Meinem Vater

Holger Karsten Schmidt

Kiepenheuer & Witsch

Roman

ISENHART

MIX
Papier | Fördert gute Waldnutzung
FSC® C083411

4. Auflage 2022

Umschlaggestaltung: Rudolf Linn, Köln
Umschlagmotiv: © Rudolf Linn, Köln, unter Verwendung eines Motivs von Anyka – Fotolia.com
Gesetzt aus der Aldus und der Ramo Caps
Satz: Pinkuin Satz und Datentechnik, Berlin
Druck und Bindung: CPI books GmbH, Leck
ISBN 978-3-462-04439-3

Das Buch

Ein Serienmörder im hohen Mittelalter. Der junge Schmied Isenhart, der ihm auf die Spur zu kommen versucht – und zugleich dem Geheimnis seiner eigenen Existenz. Ein umwerfend spannender Roman aus einer Zeit, in der der freie Geist mit Denkverboten rang – und die uns gar nicht so fern erscheint.

Anno Domini 1171. Isenhart stirbt bei der Geburt. Und wird wieder zum Leben erweckt. Der wissbegierige Junge, der irgendwie *anders* ist, wächst auf der Burg Laurin bei Spira auf und erhält Zugang zu einem ungeheuren Privileg: Bildung. Isenharts Welt bricht entzwei, als seine heimliche Liebschaft, die Fürstentochter Anna, ermordet – und ihr das Herz geraubt – wird. Nach einem weiteren Mord macht Isenhart sich auf, den Serienmörder zur Strecke zu bringen. Die Jagd führt ihn – immer auf der Hut vor der katholischen Inquisition – bis ins ferne Iberien, in den *Basar des Wissens* von Toledo, wo freie Geister aus Morgen- und Abendland sich austauschen …

»Ein knallharter Thriller aus der Zeit der Kreuzzüge«
Berliner Zeitung

»Kein Buch, das man einfach nur liest, sondern ein Buch, das man erlebt« *lovelybooks.de*

»Ein Mittelalterepos, das den Leser gefangen nimmt«
literaturmarkt.info

Der Autor

Holger Karsten Schmidt, geboren 1965 in Hamburg, studierte Germanistik und Politikwissenschaft in Mannheim. 1992–1997 folgte ein Drehbuchstudium an der Filmakademie Baden-Württemberg. Seit vielen Jahren zählt er zu den erfolgreichsten Drehbuchautoren Deutschlands. 2010 waren drei Filme für den Adolf-Grimme-Preis nominiert, zu denen Schmidt das Drehbuch geschrieben hatte; für »Mörder auf Amrum« erhielt er die Auszeichnung.

KiWi
PAPERBACK
1280

1.

ANNO DOMINI 1171

Sigimund von Laurin, Fürst und Herrscher über die Ländereien derer von Laurin, hatte ihnen untersagt, jemals ein Wort über die Begebenheit zu verlieren, die sich im Winter 1171 in ihrer Mitte ereignet hatte.

Er stand in ihrer armseligen Hütte, von Hühnern und Schafen beglotzt, ein Herr mit einem ebenmäßigen Antlitz und Gewändern, die nicht nach Rauch und Mist rochen, sondern noch den Duft eines Bratens mit sich trugen. Reh vielleicht, aber diesen Geruch hatte Irmgard nur einmal in ihrem Leben aufschnappen können. Das war viele Jahre her, und so war sie sich nicht ganz sicher.

»Niemals«, befahl Sigimund von Laurin, »verlierst du oder deine Tochter auch nur ein Wort über den Fremden.«

In seiner Stimme schwang keine Drohung mit, daran konnte sie sich am besten erinnern, weil es sie am meisten beeindruckte. Der Herr stellte es einfach fest, während sein klarer Blick in ihrem ruhte. Sie und Therese beeilten sich zu nicken.

Irmgard ahnte, dass der Fremde für Sigimund von Laurin gar kein Fremder war.

Woher der Mann gekommen war, hatte Irmgard nicht sagen können. Für sie und ihre störrische Tochter Therese, die ihr bei ihren Hebammendiensten zur Hand ging und im Sommer einen armen Bauern heiraten würde, obwohl sie von Landwirtschaft so viel verstand wie eine Haselnuss, kam er sprichwörtlich aus dem Nichts.

Sie wuschen Loretta, die Tote, als es passierte. Vor der Hütte hatte sich eine Handvoll Bewohner der kleinen Siedlung versammelt, zumeist Frauen und Kinder. Einige, die in die Hütte schauen und einen Blick auf das blasse Gesicht der jungen, toten Frau erhaschen konnten, bekreuzigten sich. Sie steckten die Köpfe zusammen und tuschelten.

»Soll ich den Bastard waschen?«, fragte Therese. Die Stimme ihrer Tochter war frei von jedem Eifer.

Irmgard schüttelte den Kopf. Nur Augenblicke zuvor hatten sie den Säugling aus Lorettas totem Schoß geborgen, um auch dessen Tod festzustellen. Die Nabelschnur hatte ihn erwürgt, bevor er das Licht dieser Welt erblicken konnte. Sie hatten das Bündel auf den Haufen voller blutiger Decken geworfen, von dem sich sein blau angelaufener Kopf fast unheimlich abhob.

»Wer seid Ihr?«, hörten sie aufgeregte Stimmen von draußen.

»Kein Diener des Herrn«, erwiderte ein Mann.

Dann erstarb das Tuscheln. Jemand trat in das Licht, das die Sonne durch den Eingang in die Hütte warf, die ansonsten keine Öffnung nach draußen aufwies, sodass im Inneren ein stetes Halbdunkel herrschte. Lediglich eine kleine Feuerstelle warf tanzende Schatten an die Wände.

Irmgard und Therese schauten auf die Gestalt im Eingang. Der Mann verharrte dort, damit sich seine Augen an die Lichtverhältnisse gewöhnen konnten. Kurz nur, dann trat er ganz ein. Er trug einen schmutzigen grauen Umhang, der von Rissen und Mottenlöchern durchzogen war. Die nackten Füße des Mannes steckten in Ledersandalen, sein Gesicht wurde nicht von dem struppigen grauen Bart dominiert, sondern von einem Paar strahlend heller Augen. Seine Hände waren schmutzig, er war mager, aber sehnig. Irmgard spürte seine Kraft, als er an das Lager aus Stroh und Tuch trat, auf dem Loretta lag.

»Sie ist tot«, stellte er fest.

»Ja«, antwortete Irmgard, die nun ihre Fassung wiedererlangte, »was wollt Ihr?«

Der Fremde bedachte sie nur mit einem kurzen Blick. Im Nu war er bei der Feuerstelle, griff einen brennenden Scheit und hielt ihn über die Tote. Seine Augen wanderten forschend über ihr Gesicht, dann nickte er sich kaum merklich selbst zu.

»Was ist passiert?«

»Sie ist verblutet«, antwortete Therese. Sie hatte sich unwillkürlich geduckt.

»Und das Kind?«, fragte der Fremde drängend. Irmgard spürte, wie sich die kleinen Härchen auf ihrem Unterarm aufrichteten. Therese sah zum Ausgang und bemaß die Chance, ihn ungehindert zu erreichen.

»Das Kind«, sagte der Mann jetzt eindringlich. Er hatte sich zu Irmgard hinabgebeugt, sodass ihre Gesichter keine Armeslänge voneinander entfernt waren.

Irmgard deutete mit dem Kopf in die Richtung des toten Säuglings. »Tot seit der fünften Stunde. Es ist an der Nabelschnur erstickt.«

Sofort trat der Fremde zu den blutverschmierten Tüchern, in denen der tote Säugling mit der blauen Haut lag. Eilig packte er das kleine Bündel Mensch, hob es hoch und betrachtete es rasch im Schein des Scheits, den er nun fallen ließ. Trotz des fehlenden Lichts konnte Irmgard genau sehen, was sich dann ereignete.

Der Fremde hob den Kopf des toten Säuglings zu sich heran, presste seine Lippen auf die des Kindes und atmete aus. Irmgard schluckte. Was, in Gottes Namen, spielte sich da ab?

Ihre Tochter Therese huschte auf leisen Sohlen hinaus, ohne sich nach ihrer Mutter umzuschauen. Der Mann wiederholte die merkwürdige Prozedur, dann schrie der Säugling auf, und das Schreien wurde zu einem Wimmern. Irmgard glaubte, ein kurzes Lächeln über das Gesicht des Fremden gleiten zu sehen, der jetzt zu ihr trat.

»Das ist Hexerei«, brachte Irmgard hervor. Um nichts in der Welt wollte sie bei diesem Mann und dem untoten Kind bleiben. Aber ihre Knie waren weich geworden. Sie fand sich unfähig, auch nur aufzustehen.

»Er hat ein totes Kind zum Leben erweckt!«, rief draußen eine Frau, deren Stimme Irmgard ihrer Tochter zuordnete; Thereses Entsetzen war unüberhörbar. Vor der Hütte entstand Bewegung.

Den Fremden kümmerte der Aufruhr nicht. Er ging vor Irmgard in die Hocke, sein Blick nahm sie gefangen. Er hielt ihr das schreiende Bündel entgegen. »Nimm es und säug es.«

Irmgard wollte dem Mann nicht in die Augen schauen, sie warf einen Blick auf das Kind, dessen Gesichtshaut noch immer blau angelaufen war. Es war tot gewesen. Sie und ihre Tochter hatten es gesehen. Mehr noch: Sie hatten abwechselnd ihre Hand auf den Brustkorb des Säuglings gelegt und nichts von dieser kleinen, typischen Erschütterung gespürt, die das Herz üblicherweise verursachte.

Jede Faser ihres Körpers sträubte sich, dieses Kind zu berühren. »Nein!«

Alles, was sie an Abscheu empfand, hatte sie in ihre Stimme gelegt. Und jetzt gelang es Irmgard endlich, auf die Beine zu kommen. Doch die linke Hand des Fremden umschloss ihr Handgelenk und zwang sie mit der puren Kraft seines Griffes zurück aufs Lager. Eine knappe, gewaltvolle Geste, die ihre Angst verdoppelte.

Immer noch hielt er ihr den kleinen Untoten entgegen, aber sein Blick war weich geworden.

»Wer seid Ihr?«, brachte sie hervor, während ihre Augen in der Hoffnung auf Hilfe zum Eingang wanderten.

»Ich war auf dem Weg zum Grab Christi«, erwiderte der Fremde mit brüchiger Ruhe, »Hunderte habe ich fallen sehen. Hunderte sind verdurstet oder verhungert. Meine Seele ist auf dem Sprung. Dem Kind habe ich einen Teil davon eingehaucht. Das ist der Grund, weshalb es lebt. Es trägt mich nun in sich. Nimm ihn jetzt.«

Irmgard spürte das Bemühen des Fremden, sie zu beruhigen und dazu zu bewegen, den untoten Bastard von ihrer Brust trinken zu lassen.

»Hier ist der Lohn für deine Dienste«, fügte der Fremde hinzu und warf ein paar Münzen vor das Lager.

Es waren echte Pfennige, soweit Irmgard das im Halbdunkel beurteilen konnte.

»Nimm ihn zu dir. Und … gib mir dein Wort.«

Die Hebamme schüttelte den Kopf.

Der Fremde legte ihr den Bastard ohne ein Wort auf den Schoß. »Du wirst ihn behüten. Ich komme wieder. Und wenn du nicht Wort gehalten hast«, er stand auf und beugte sich zu ihr hinab, »schneid ich dir den Kopf ab und verfüttere ihn an die Schweine.«

Irmgard blickte in seine Augen. Der Fremde machte ihr nichts vor. Also nahm sie den untoten Säugling in die Arme, ihr blieb keine Wahl. Sobald der Mann weg war, konnte sie den Bastard ertränken. Oder ihn großziehen und verkaufen. Sie konnte es zum Vorteil wenden. Allein dieser Gedanke gab ihr die Kraft, dieses blutige Bündel mit dem blauen Kopf an sich zu pressen.

Der Fremde ließ endlich den Blick von ihr, er reckte den Kopf so sehr, dass seine Halsmuskeln sich spannten und die Adern hervortraten.

Dann hörte sie es auch: Hufe. Mehr als vier, Reiter näherten sich.

Der Fremde schlüpfte aus der Hütte und verschwand. Die kleine Traube aus Frauen und Kindern starrte dem Mann, der sich in das Unterholz schlug, untätig nach, bis der Wald ihn ihren Blicken entzog.

Vier Reiter sprengten heran. Drei von ihnen waren Soldritter mit Helmen und gefüttertem Wams. Sie trugen ihre Lanzen mit der scheinbaren Leichtigkeit jener, die täglich damit Umgang haben. Das Gesinde vor der Hütte wich zurück. Der vierte Reiter trug Schwert und Kettenhemd, er musste reich sein.

Walther von Ascisberg war in einem Alter, in dem man sich nicht mehr ohne gewichtigen Grund auf Reisen begab. Sein Rücken und sein Gesäß schmerzten, kein Kraut war dagegen gewachsen. Von Ascisberg musste es wissen, er hatte sie alle probiert.

»Wir suchen einen alten Mann«, sagte er mit dem rasselnden Atem, der der hörbare Tribut der letzten Tage war, »über vierzig Lenze. Er …«

»Er ist dort in den Wald, Herr«, beeilte eine Frau sich zu sagen, ihr Zeigefinger wies die Stelle, an der der Fremde verschwunden war. Einer der berittenen Begleiter warf Walther von Ascisberg einen Blick zu, dieser nickte. Die drei Männer gaben ihren schwitzenden

Pferden die Sporen, die, vom Schmerz in ihren Seiten angetrieben, vorschossen, ein paar empört gackernde Hühner aufsteigen ließen und in den Wald brachen.

»Er beherrscht die dunklen Künste«, sagte eine helle Stimme. Von Ascisberg wandte sich ihr zu. Es war Therese.

»Ich weiß«, erwiderte er ebenso sachlich wie müde.

Therese war verdattert, weil die erhoffte Wirkung auf ihre Worte bei diesem Hohen Herrn ausblieb. Der Mann wendete sein Pferd und verschaffte sich freien Blick auf die Burg derer von Laurin.

»Er hat ein totes Kind zum Leben erweckt«, sagte eine andere Frau.

Von Ascisberg wendete sein Pferd abermals. Seiner zerfurchten Stirn gesellten sich Sorgenfalten hinzu, als er die Frau ansah. »Ein totes Kind zum Leben erweckt?«

Therese kam es in den Sinn, dass sie dem Tod aus Langeweile an der Seite des Bauern entgehen und stattdessen ein Leben an der Seite dieses Herrn führen könnte. Also trat sie vor ihn. »Ich habe es mit eigenen Augen gesehen – Gott ist mein Zeuge.« Dabei warf sie ihm ein einnehmendes Lächeln zu, das üblicherweise bei Männern verfing – an diesem aber wirkungslos abperlte.

»Wo ist es, Weib?«

Thereses Lächeln wurde hölzern, sie deutete in die Hütte.

Walther von Ascisberg glitt rasch von seinem Pferd, in einer einzigen, fließenden Bewegung, die die Umstehenden dem alten Mann nicht zugetraut hätten.

Der Säugling starrte vor Dreck, die Hebamme machte keinen besseren Eindruck auf ihn. Der Gestank drang durch die Nase direkt in den Kopf und beschwor Bilder vor seinem inneren Auge herauf, die Walther von Ascisberg nie mehr sehen wollte.

Eigentlich.

Er musterte die Tote und den Blutfleck, der sich vor ihrem Schoß ausgebreitet hatte. »Sie ist verblutet«, stellte er fest.

Irmgard nickte.

»Wer ist der Vater?«

Die Hebamme deutete ein Achselzucken an. Walthers gestrenger Blick traf sie.

»Letzten Frühling war sie beim Reisigsammeln im Wald«, brachte Irmgard hervor. Ein Bastard, dachte von Ascisberg. Oder auch nicht. Der Mann, der in ebendiesem Moment seiner Lunge und seinen Beinen alles abverlangte, um am Leben zu bleiben, war hier gewesen.

Von Ascisberg musterte den Säugling, dessen Gesicht seine bläuliche Verfärbung langsam verlor. »Es war tot, sagt das Gesinde?«

Die Hebamme nickte. Sie hatte ein breites, rosiges Gesicht. Mit ihrem Körperumfang war sie in der vorteilhaften Lage, dem harten Frost zu trotzen. Aber ihre Augen waren müde und ohne Glanz.

»Der Mann, was wollte er hier?«

»Das hier«, sie hob den Säugling etwas an, »das war tot.« Sie blickte auf den kleinen Jungen hinab, hin- und hergerissen zwischen Abscheu und Verblüffung.

»Und weiter?«

Die Ungeduld in der Stimme von Walther von Ascisberg war unüberhörbar. Irmgard wusste seit frühester Kindheit, welche Unannehmlichkeiten es mit sich bringen konnte, einem Herrn die Laune zu verderben.

»Es war tot«, beeilte sie sich deshalb zu sagen, »der Mann hat ihm einen Teil seiner Seele gegeben, und dann ist es aus dem Reich der Toten zurückgekommen. Gott ist mein Zeuge.« Ihre rechte Hand beschrieb etwas fahrig das Kreuz in der Luft.

»Ein Stück seiner Seele – hat er diese Worte benutzt?«

Die Hebamme nickte eifrig, um ein Haar hätte sie mit ihrem Kinn dem Kopf des Kindes einen Stoß versetzt.

Walther von Ascisberg atmete tief durch für das, was jetzt vor ihm lag. »Gib es mir und geh«, befahl er, ohne dabei die Stimme zu heben.

Irmgard zögerte, bis sie dem Blick des Mannes begegnete. Dann drückte sie ihm den Säugling in die Arme und verließ die Hütte mit eiligen Schritten und ohne sich noch einmal umzusehen.

Von Ascisberg schloss die Tür, die nur lose in den Angeln hing und durch deren Ritzen der Winterwind pfiff. Dann legte er das Neugeborene neben den Füßen seiner leblosen Mutter ab und ertappte sich dabei, mit welcher Sanftheit er dabei zu Werke ging. Mit welch unangemessener Sanftheit.

Sein Blick fiel auf die Münzen, als er sich gerade wieder aufrichten wollte. Er nahm eine davon in die Hand und rollte sie zwischen Daumen und Zeigefinger, seine Augen ließen nach, kein Wunder bei seinem Alter, er war immerhin Anfang vierzig, und so war er erleichtert, einen Lichtstrahl zu finden, der seinen Weg durch einen Spalt im Holz in die drückende Düsternis des Raums fand.

Von Ascisberg erkannte auf dem Stück Metall, das mehr oval als rund war, einen Bischofsstab. Der Fremde, der es mit seinen Künsten fertiggebracht hatte, ein totes Kind zurück unter die Lebenden zu holen, der es – jede andere Sichtweise wäre pure Blasphemie – dem Schöpfer persönlich wieder entrissen hatte, benutzte Geld der Münzpräge zu Worms. Denn nur diese versah ihre Pfennige mit dem Bischofsstab.

Er nahm eine Münze an sich, zückte den Dolch, aber besann sich sofort. Die Stichwaffe verschwand wieder an seinem Gürtel, er kniete sich neben den Säugling, raffte ein paar mit Blut besudelte Tücher zusammen und presste sie dem hilflosen kleinen Menschen mit all seiner Kraft auf Mund und Nase.

»Herr, vergib mir«, murmelte er, und als die kleinen Ärmchen sich im Todeskampf zu regen begannen, fügte er hinzu: »Herr Jesus, es geschieht um deinetwillen und dir zu Ehren.«

Das Neugeborene gab ein ersticktes Husten von sich, die Beine strampelten erst zögernd und dann immer wilder, als könnten sie für ein Quäntchen Luft sorgen, wenn sie sich nur panisch genug aufbäumten.

Walther von Ascisberg trat in der eisigen Hütte der kalte Schweiß auf die Stirn. Er hatte, man sah es ihm nicht an, allerlei Seelen von ihrem fleischlichen Gefängnis befreit. In der Schlacht bei Doryläum mit dem ausweglosen Verhältnis sieben zu eins konfrontiert, hatte er zur Verblüffung seiner Feinde und seinen Leidensgenossen zum mitreißenden Vorbild mit dem Namen des Herrn auf den Lippen eine blutige Bresche in die Linie der Muselmanen geschlagen und mit dem Zweihänder wie im göttlichen Wahn vier von ihnen enthauptet, bevor ein Streitflegel seinen Helm traf, dessen Dröhnen ihm das rechte Trommelfell zerriss und dessen Wucht ihm die Sinne raubte.

Und nun, dreiundzwanzig Jahre später, fand er sich beinahe unfähig, ein wehrloses Bündel Mensch vom Leben zum Tode zu befördern. Endlich wurden die Ellipsen, die Beine und Arme des Säuglings in der Winterluft beschrieben, langsamer. Verloren an Schwung, an Intensität.

Gleich war es so weit. Walther von Ascisberg drückte mit aller Kraft drei Finger – die Faust konnte der Mund des Neugeborenen nicht aufnehmen, sofern man ihm nicht die Kiefer brach – tief in den Rachen. Ein gegurgeltes Husten noch, dann war es vorbei, dann fielen die Ärmchen aufs Stroh und regten sich nicht mehr.

Von Ascisberg atmete schwer, packte die Tücher und warf sie zur Seite. Die Augen des Knaben waren geschlossen, aber er wusste, dass der Blick unter den Lidern gebrochen war.

Von Ascisberg erhob sich. Etwas außer Atem betrachtete er den kleinen Leichnam unter sich. Scham überkam ihn, er musste sich abwenden.

Da, ein Gurgeln!

Er fuhr herum, denn was er hörte, war bar jeglicher Vernunft. Doch von Ascisberg hatte sich getäuscht, sein Gehörsinn ihm einen Streich gespielt. Das Neugeborene war tot.

Schon wich das Blut aus seinen Adern, die Haut wurde bleich. Man konnte zusehen, wie der Tod in rasendem Tempo Zoll um Zoll Besitz von dem noch warmen Körper ergriff und alles, was er noch an Leben vorfand, in sich aufsog.

Walther von Ascisberg ritt neben seinem Diener Ruprecht den schmalen Weg hinauf zur Burg Laurin, deren Wehrturmspitze man schon erblicken konnte.

Ruprecht hielt die Zügel der beiden Pferde, die ihre getöteten Reiter trugen. Er hatte je einen Fuß und eine Hand der Erschlagenen mit einer Schnur aus Rosshaar unter dem Bauch der Pferde verbunden, sodass ihnen die Leiber ihrer Gefährten unterwegs nicht verloren gingen.

Schneeflocken schwebten im sachten Tanz mit dem Wind auf sie herab. Das Kind schrie. Von Ascisberg drückte das Bündel fester an sich, um es zu wärmen.

Er würde sich später noch oft fragen, was ihn dazu veranlasst hatte, in der Hütte neben dem Säugling noch einmal auf die Knie zu gehen.

Wieder hatte er ein Geräusch von sich gegeben, ein Geräusch, das aus seinem Mund drang, die Lippen hatten sich geöffnet und mit dem Säuseln einer Brise etwas in den Raum entlassen.

Die Seele?

Von Ascisberg kniete sich neben den zweifach Gestorbenen. Seine Nase dicht über den Säugling gebeugt, stellte er fest, dass er nach nichts roch. Dass er rein war und ihn diese Reinheit über den beißenden Gestank in dieser Hütte erhob.

Der Mann, den sie jagten, war für Walther von Ascisberg kein Fremder, ganz im Gegenteil. Und etwas von der Seele dieses Wahnsinnigen wurde nun von diesem unschuldigen Kind beherbergt, um sich vielleicht eines Tages wie ein wulstiges Geschwür Bahn zu brechen.

Aber als er der Feinheit der Gesichtszüge, der filigranen Linien der Hände und Füße des Neugeborenen gewahr wurde, begriff von Ascisberg, was für einen unvorstellbaren Frevel er begangen hatte. In einem einzigen Moment seines ansonsten untadeligen Lebens hatte er sich in einem Augenblick der Raserei die ewige Verdammnis gesichert.

Nein, er hatte kein Recht, dieses Leben zu vernichten, weil es sich irgendwann möglicherweise gegen ihn oder andere richten könnte. Aber diese Erkenntnis kam zu spät. Der Säugling war tot, und es gab nichts außer Gebeten, die er dieser Tatsache entgegenzusetzen vermochte.

Nach der Schlacht von Doryläum, als sie vor über zwanzig Jahren auf ihrem Weg ins Heilige Land von den türkischen Seldschuken vernichtend geschlagen worden waren, hatte Walther von Ascisberg für ein halbes Dutzend Freunde und Verwandte, die den Hieben der Krummsäbel zum Opfer gefallen waren, unzählige Gebete gesprochen. Nicht einer von ihnen war ins Leben zurückgekehrt. Der Herrgott hatte in dieser Nacht sein Antlitz von ihnen abgewandt. Aus Scham, wie Walther vermutete.

Gebete hatten bisher niemanden zurück ins Diesseits geholt. Aber wenn er der Hebamme Glauben schenken konnte, war das tote Kind nur durch einen Atemzug belebt worden, dadurch, dass es jemand mit einem Stück seiner Seele versorgt hatte.

Lassen wir die Seelen in Widerstreit treten, dachte von Ascisberg, bevor er dem toten Kind seine Lippen auf den Mund presste und ihm etwas von seiner Seele einhauchte.

Er setzte den Mund ab und starrte gespannt auf das Kind.

Durch dessen Körper ging ein einziger Ruck. Dann brüllte der Säugling, und von Ascisberg lächelte erschrocken – wie war das möglich?

Irmgard, die Hebamme, sollte all die Beteiligten niemals wiedersehen. Im nächsten Winter stürzte sie, brach sich den Knöchel und erfror.

2.

Sigimund von Laurin war es gewohnt, von der oberen Wehrmauer, an der er stand, die Umrisse des Ascisbergs zu sehen, der sich weithin sichtbar dem Himmel entgegenreckte, aber dichtes Schneetreiben versagte ihm diesmal den Anblick. Der Wind pfiff über das Gestein, es war kalt.

Er presste das doppelte Kuhfell an sich und warf einen Blick hinab in den Burghof, wo Ruprecht sich anschickte, zwei Gruben ins Erdreich zu treiben, bevor der Frost ihm einen Strich durch die Rechnung machen konnte.

Sigimund schaute an Walther von Ascisberg vorbei zu dem dürren Barbier, der dem Hause Laurin auch als Medicus zu Diensten war. Im Augenblick untersuchte er im Schutz des Turmaufgangs das Neugeborene, das sein alter Weggefährte mitgebracht hatte.

»Es war tot«, sagte Sigimund ohne Umschweife, wie es seine Art war.

Walther von Ascisberg konnte sein Erstaunen nicht verbergen. »Woher weißt du das?«

Ein Lächeln zog über Sigimunds Gesicht und war so schnell wieder verschwunden, dass es von Ascisberg schwerfiel zu bestimmen, ob er es überhaupt gesehen hatte.

»Das Gesinde«, erwiderte der Burgherr, »ist immer noch der verlässlichste Kurier.« Er schritt ein wenig an der Wehrmauer entlang und sah hinab zu der Quelle des metallischen Geräusches, das klar und nüchtern durch den Schnee drang. Der Pinkepank ließ den Hammer auf ein Hufeisen fahren. Wieder und wieder, unermüdlich. »Ein Untoter, der ein Stück seiner Seele in sich trägt. Ich sollte das Bündel nehmen und es über die Mauern werfen.«

»Er ist jetzt auch für ein Stück meiner Seele Unterschlupf«, erwiderte von Ascisberg. Ihre Blicke begegneten sich, während die Schneeflocken zwischen ihnen die Strömungen des Windes markierten.

»Lebt er?«, fragte von Laurin unvermittelt.

»Er hat zwei Soldritter erschlagen. Ich nehme es an, ja.«

Sigimund von Laurin war nicht verwundert über die Antwort. Er beobachtete Walther von Ascisberg, eine dürre Gestalt im Kettenhemd, die so verletzlich wirkte, dass er den Reflex verspürte, ihn vor den Kamin zu setzen – aber er widerstand dem Impuls, weil er wusste, aus welchem Stoff sein Freund gemacht war.

»Warum sollte ich das tun – den Knaben aufnehmen?«

»Deus vult«, erwiderte Walther von Ascisberg.

Sigimund von Laurin wusste nicht, ob er verärgert oder froh sein sollte, diese Worte zu hören.

Deus vult war die Parole der Katholischen Kirche, mit der sie Abertausende ins Heilige Land entsandt hatte, um das Grab des Herrn vor den Ungläubigen zu sichern, wie er sich nur zu genau erinnerte. »Gott will es« brachte den Vorteil mit sich, dass niemand, der nicht öffentlich zu brennen gedachte, widersprach.

»Der kleine Bastard war tot«, stellte Sigimund von Laurin fest, »wie kommt es, dass er die Luft atmet, die wir auch atmen? Wie kommt es, dass sein Herz schlägt? Er könnte ein Vorbote des Antichristen sein.«

Walther von Ascisberg bekreuzigte sich eilig.

Sigimund von Laurin lächelte, weil es ihm gelungen war, den Freund zu dieser Geste zu provozieren. Aber seine Belustigung war nicht frei von Unbehagen. Dem Unbehagen, seinen Worten könnte etwas Wahres anhaften.

Unten im Hof jammerte ein Kind. Von Laurin erkannte die Frau des Schmieds. Ihr Name war Ida, sie trug ihren einjährigen Sohn mit sich herum.

»Der Pinkepank soll ihn aufziehen. Sein Weib kann ihn stillen.«

Walther von Ascisberg hatte keinen Zweifel gehabt, wie sich sein Freund entscheiden würde. Er erkundigte sich nach dessen Familie und erfuhr, dass Schelm, der Älteste, zu seinem Herrn gerufen worden war.

»Ein Unfall?«

Von Laurin schüttelte den Kopf: »Gemeiner Sterb.«

Grippen und Seuchen rafften die sehr Jungen und die Alten regelmäßig dahin. Es war die gängigste Todesursache.

Der neue Stammhalter hieß Konrad, erfuhr Walther von Ascisberg, er war ein Jahr alt und konnte schon laufen. Kinder kamen und gingen, kaum hatte man sich ihre Namen eingeprägt, hatten sie den Löffel an den Nächstälteren abgegeben. Wer das zehnte Lebensjahr vollendete, so hatte Walther von Ascisberg in seinen Aufzeichnungen festgehalten, war gegen den Gemeinen Sterb gut gewappnet. Vielleicht lag es daran, dass in diesem Alter, in dem sie alle langsam flügge wurden, die vier Lebenssäfte miteinander in Einklang gerieten. Das, so rief er sich ins Gedächtnis, galt es noch zu erforschen.

Und obwohl Sigimund von Laurin schon Kinder verloren und gelernt hatte, sein Herz nicht allzu sehr an sie zu binden, um im Fall ihres Todes nicht wochenlang aus der Bahn geworfen zu werden – immerhin oblag ihm die Verantwortung für Haus, Hof und Gesinde, eine Pflicht, die keine Pause duldete –, hörte Walther von Ascisberg Zuneigung in der Stimme des Freundes, als er von seinem Sohn Konrad sprach.

»Wann haben wir uns das letzte Mal gesehen? Bei der Sonnenwendfeier vorletztes Jahr?«, fragte von Laurin. In seinen Worten schwang keinerlei Bitterkeit mit, nur Bedauern.

Walther nickte. »Ich habe deine Gesellschaft auch vermisst«, antwortete er.

»Wo warst du?«

»Hier und da. Und Sydal auf den Fersen.«

Es war beschwerlich gewesen, aber das brachte das Reisen stets mit sich. Er erzählte von seiner Reise nach Iberien, genauer gesagt nach Toledo. Eine einzige Strapaze. Sydal hatte es dorthin verschlagen gehabt, den Grund dafür ahnte Walther, und als er Nachforschungen anstellte, stieß er auf Ablehnung und offene Bedrohung.

Auf dem Rückweg hatte ihn in den Pyrenäen, wie er Sigimund berichtete, die Nachricht erreicht, dass ein gewisser Saladin Sultan von Ägypten geworden sei.

»Die Herrscher der Muselmanen kommen und gehen«, lautete Sigimunds Kommentar.

»Er hat eine Vielzahl der arabischen Stämme hinter sich geeint«, erwiderte von Ascisberg.

»Das ist allerdings eine Leistung«, gab der Burgherr zu, »vielleicht gelingt es ihm ja, ein paar Monate zu überleben, ohne vergiftet zu werden.«

Sie schwiegen einen Moment, ihre bevorzugte Disziplin. Es war ein Leichtes, jemanden zum Reden zu finden, aber ein Glücksfall, auf jemanden zu treffen, mit dem man beredt schweigen konnte. Sie hatten sich nie über diesen Umstand ausgetauscht und sollten das auch bis an ihr Lebensende versäumen. Aber unausgesprochen fühlten sie die Wertschätzung dieser Seelenverwandtschaft beim anderen.

»Ich möchte, dass er lesen und schreiben lernt«, sagte Walther von Ascisberg unvermittelt.

»Er muss nicht lesen können, um ein Feld zu bestellen.«

»Trotzdem.«

»Wozu? Ich kann selbst keines von beidem.«

»Und Konrad auch.«

Ihre Blicke begegneten sich. Sigimund von Laurin war nicht verärgert, nur irritiert.

»Konrad soll kein Mönch werden. Er soll das Wort führen und das Schwert.«

»Meinst du, lesen und schreiben wäre für ihn von Nachteil?«

»Es wäre Zeitverschwendung.«

»Die Zeit, die du den beiden für das Lesen und das Schreiben gibst, wird dir hundertfach vergolten werden, glaub mir.«

Sigimund von Laurin konnte das nicht glauben. Etwas hundertfach vergelten … »Wie soll das gehen?«

In Walther von Ascisbergs Lächeln lag keine Abschätzigkeit. »Die Zeiten nehmen ihren Lauf. Du wirst es noch erleben, dass

Lesen und Schreiben und andere geistige Fähigkeiten mächtiger sein können als hundert Soldritter. Und ertragreicher als hundert Morgen. Und wenn es so weit ist, ist dein Stammhalter vorbereitet.«

Von Laurin überlegte, sah noch einmal hinaus zu der Silhouette des Ascisbergs, zu dessen Füßen Walther seine Kindheit verbracht hatte, und richtete den Blick wieder auf den Freund.

Soldrittern konnte man sich entgegenwerfen, Erde und Bäume anfassen, mit der bloßen Hände Arbeit eine ganze Landschaft verändern. Dazu brauchte man keine Buchstaben, und Wissen ließ sich nicht anfassen. Fällte Wissen vielleicht einen Baum oder – viel wichtiger – füllte es den Bauch? Nein, es war nur gut für unpraktisches Gerede.

Wozu sollte man Lesen lernen? Es gab nur ein Buch, die Heilige Schrift, und die Geistlichen besorgten das Vorlesen und Seiern. Wozu schreiben? Ein Wort war schneller gesagt als geschrieben, schreiben machte alles langsamer und komplizierter. Denn was nützte auch das gelehrteste Schreiben, wenn der Empfänger es nicht lesen konnte?

Sigimund von Laurin fand nichts Vernünftiges an dem Anliegen seines Freundes. Aber eine Freundschaft wie die zwischen ihnen war rar, Sigimund wollte sie nicht missen, und vielleicht – wer weiß – hatte Walther wie so oft recht, auch wenn Sigimund es dieses Mal nicht glauben wollte. Außerdem würde Konrad das Lesen und Schreiben nicht zum Nachteil gereichen, wenn er, Sigimund, nur darauf achtete, dass seine Kampfausbildung neben all dem nutzlosen Tand nicht zu kurz kam.

Also willigte er ein.

Der Barbier trat mit dem Säugling zu ihnen. Der Kleine war ganz still, als von Laurin sich über ihn beugte und mit Blicken den kleinen Körper bemaß.

»Er ist schwach, klein und kränklich, Herr«, sagte der grauhaarige Mann, »er wird den Winter nicht überstehen. Falls doch, muss er eiserne Härte beweisen.«

Sigimund warf von Ascisberg einen Blick zu, der dort schlotternd in seinem viel zu weiten Kettenhemd stand und keine Miene verzog. »Also gut. Der Knabe bleibt ohne Namen. Aber wenn er im Frühjahr noch lebt, dann soll er auch ›Isenhart‹ gerufen werden.«

3.

ANNO DOMINI 1182

»Isenhart, wo steckst du?«

Die Stimme seines Vaters riss Isenhart nur kurz aus seinen Gedanken. Er stand unter einer Eiche im Wald und hatte soeben eines ihrer Blätter zwischen Daumen und Zeigefinger zerquetscht.

Grünlicher Saft war dabei ausgetreten. Isenhart hob den Kopf, starrte zur Eiche empor, die ihn um ein Vielfaches überragte. Ein ebenso verwegener wie einleuchtender Gedanke, der vielleicht erklären konnte, weshalb die Bäume im Herbst ihre Blätter abwarfen, kam ihm gerade, als sein Vater ihn ein zweites Mal rief und ihn daran hinderte, den folgerichtigen Schluss zu ziehen. Isenhart wartete die dritte Aufforderung besser nicht ab und ließ die Eiche Eiche sein.

Der Pinkepank Chlodio stand neben dem rauchenden Holz, das durch eine Decke aus Erde und Gras begierig nach Luft schnappte. Zum Leben zu wenig, zum Sterben zu viel, wie er zu sagen pflegte. Er trank den ganzen Tag über Bier und er züchtigte seine Frau und seine Kinder, ein ganz normaler Vater also.

Isenhart fragte sich insgeheim, ob das in hundert Jahren anders sein würde. Dann kniete er sich neben seinen zwölf Monate älteren Bruder Henrick und dichtete das Holz weiter ab, damit es sich nicht entflammte. Wenn es durchs Feuer gefressen wurde, war die Arbeit dahin.

Es gelang ihnen einigermaßen, und Chlodio gab ihnen vom Bier zu trinken, während der stechende Qualm Tränen über ihre Wangen laufen ließ.

Chlodio wies seinen Ältesten an, den Maulesel mit dem Karren herzuschaffen, um die Holzkohle, die die Glut bald geschaffen hatte, zur Esse zu transportieren.

Henrick täuschte Magenschmerzen vor, und als das nichts half, bemühte er zunächst Waldgeister, deren angebliche Umtriebe sein Vater mit einem Tritt in die Rippen quittierte, bis Henrick schließlich Chlodios persönlichen Albtraum bediente: Wölfe.

Als Kind war ihr Vater in einen Zusammenstoß mit einem Wolf verwickelt gewesen. Abends, im Schein einer Wachskerze, wenn genug Bier und Met geflossen waren, wurde er nicht müde, von dem Kampf auf Leben und Tod zu berichten, den er damals überstanden hatte, obgleich sich das Gesinde einig war, dass es ein blindes, sterbendes Tier gewesen sein musste, das – ebenso erschrocken wie Chlodio – vom Hunger ermattet kraftlos gegen ihn gestolpert war.

Nichtsdestotrotz waren ein fahrender Händler und seine beiden Kinder in der schlimmen Hungersnot vor drei Jahren – Isenhart konnte sich erinnern, wie sie im Burginneren an Lederriemen gekaut hatten, während draußen Kinder und Vieh erfroren – von einem Wolfsrudel angefallen und in Stücke gerissen worden.

Isenhart bot sich an, den Maulesel zu holen. Chlodio hatte nichts anderes erwartet, und Henrick versicherte ihm seine ewige Dankbarkeit.

Die Eselin ließ sich bereitwillig von ihm führen. Isenhart achtete darauf, sich stets vor ihr zu befinden, um sie ruhig zu halten – und aus Vorsicht. Das letzte Mal, als Henrick sie vergewaltigt hatte, waren ihre Hinterläufe nicht um eine Antwort verlegen gewesen. Seitdem hielt Henrick Abstand, und wer ihn kannte, sah, dass er ein wenig gekrümmt ging.

Sie hatten die Holzkohle in der Schmiede neben der Esse abgeladen, als Isenhart sich mit schmerzendem Rücken erhob. Der Pinkepank trat auf den Blasebalg, die Holzkohle zischte im Ofen. Henrick und er nahmen das schmutzige Erz, das sie jeden Nachmittag in einem dreißig Fuß tiefen Erdtrichter im Wald abbauten, und warfen es auf die Holzkohle.

Die Schmiede befand sich am äußersten Ende des Burghofs. Im Sommer wurde sie vom Gesinde und der Familie Laurin gemieden, aber im Winter konnten sie oftmals vor Gedränge kaum arbeiten, denn die beißenden Dämpfe, die zischend aus der Esse schossen und die Luft verpesteten, wurden als wärmende Wohltat empfunden.

Wieder kam eine Schicht Holzkohle auf das Erz. Während Walther von Ascisberg schon eine Weile über eine Methode zur Temperaturbestimmung sinnierte, war Isenhart und Henrick nur bewusst, wie unendlich und zum Zerspringen heiß der Ofen glühen musste, damit das Erz sich verflüssigte. Das wechselseitige Schichten von Holzkohle und Erz verbrannte ihnen die Haare an den Armen und raubte ihnen die Luft, die unfreiwilligen Berührungen mit dem Ofen hatten ihnen schwere Brandnarben zugefügt. Meist eiterten sie nicht, weil die Gluthitze jeden Keim zuverlässig vernichtete.

Die Unterarme des Pinkepanks waren übersät mit hellen Strichen, auf denen kein Haar mehr wuchs. Von denen auch Isenhart bereits zwei aufweisen konnte, da ihn sein Vater seit einigen Wochen in der Schmiedekunst unterwies.

Ida kam mit einem Bottich frisch gegärtem Bier zu ihnen. Sie war hochschwanger. Der Pinkepank schöpfte mit seinem Kelch, probierte und war zufrieden. Henrick und Isenhart griffen nach ihren Holzbechern und tranken gierig von dem Bier, das ihre Mutter gebraut hatte. Ihr Bier war das schmackhafteste weit und breit.

In den Jahren zuvor hatte sie zwei tote Kinder zur Welt gebracht. Chlodio war außer sich vor Zorn gewesen, hatte in ihrer Kammer – Schlaflager, Tisch, ein Stuhl – alles kurz und klein geschlagen, bis er sich schließlich mangels anderer Gegenstände, an denen er seinem Schmerz und seiner Scham freien Lauf lassen konnte, Ida zugewandt hatte.

Henrick hatte die Eselin aufgesucht, Isenhart hörte es am Wiehern des Tieres, also stellte er sich vor seine Mutter. »Fass sie nicht an«, sagte er mit einer Stimme, in der Angst und Wut sich die Waage hielten.

Der Pinkepank war für einen kurzen Augenblick fassungslos. Eher hätte er damit gerechnet, dass der Leibhaftige in ihre Stube trat. Was nicht geschah.

»Du kleiner, untoter Bastard«, schnaufte Chlodio.

Und dann bezog Isenhart die Prügel seines Lebens. Der Verlust seines Bewusstseins kam wie eine Erlösung über ihn.

Als er erwachte, beugte sich gerade ein Engel über ihn, das blonde Haar strich über sein Kinn, er konnte die blaue Färbung der Pupillen sehen. »Bin ich im Himmelreich?«, hörte er sich flüstern.

Der Engel war gleichermaßen belustigt wie bestürzt. Die Bestürzung gewann die Oberhand. »Er ist wach«, sagte der Engel, in dem er jetzt endlich Anna erkannte, die älteste Tochter des Fürsten von Laurin. Isenhart blickte von seinem Lager zur Seite. Da war ihre jüngere Schwester Sophia, die roten Haare kurz gestutzt wie bei einem Jungen. Sie streckte ihm die Zunge heraus und versuchte zu schielen.

Ein weiteres Gesicht beugte sich nun über ihn, es war das eines alten Mannes, über fünfzig Lenze hatten tiefe Furchen in sein Gesicht getrieben, das durch Barthaare halb verdeckt war.

»Stirbt er?«

Diese Stimme erkannte Isenhart, er hatte sie hin und wieder vernommen. Sie gehörte zu Sigimund von Laurin, ihrem Herrn, der sich am Eingang zu dem Krankenzimmer befand. Die Arme hingen locker herab, die ganze Gestalt befand sich nicht unter Spannung, Sigimund von Laurin stand einfach da. Und strahlte dabei eine Selbstverständlichkeit des Seins aus, die Isenhart trotz seines Dämmerzustands – oder gerade deswegen – tief beeindruckte. Ich überstehe nicht Steine noch Bäume, schien der ganze Mann auszudrücken, aber ich *bin*.

Etwas an diesem Gedanken spendete Isenhart Trost.

»Nein«, sagte Walther von Ascisberg, der Mann über ihm. Er betastete Isenharts Auge, die Linien verschoben sich, der Raum schrumpfte. Und dann sprang das Volumen zurück in den Raum und verursachte ihm starke Kopfschmerzen.

»Wer …«, setzte Isenhart leise an.

»Schweig«, befahl der Mann. Er sah tief in sein rechtes Auge, fuhr mit den Fingern erstaunlich sanft über das Lid. »Schließ das linke Auge.«

Isenhart zögerte.

»Das da«, sagte Walther von Ascisberg mit einer leichten Ungeduld in der Stimme und tippte mit dem Zeigefinger neben das Auge.

Isenhart war beschämt, weil der Mann annehmen musste, dass er unfähig war, zwischen links und rechts zu unterscheiden. »Ich weiß«, antwortete er deshalb. Seine Stimme erschien ihm selbst schwach.

»Ich weiß, dass du es weißt, und jetzt schließ das Auge.«

Isenhart fügte sich. Aber er hatte Probleme, das Lid über den Augapfel gleiten zu lassen. Davon abgesehen war es ein Gefühl, als fahre rohes Fleisch über Sand.

Der alte Mann führte ihm seine Hand vor Augen. »Wie weit ist der Abstand zwischen meiner Hand und meinem Gesicht?«, fragte er.

»Eine Armeslänge.«

Von Ascisberg nickte zufrieden. »Jetzt öffne das Auge wieder und schließ das andere.«

Isenhart befolgte die Anweisung.

»Ich will nicht, dass er stirbt«, sagte eines der Mädchen. Es war Anna.

»Anna will Isenhart heiraten.« Das war Sophia.

»Schweigt.« Die Mädchen verstummten, ihr Vater hatte gesprochen.

»Und wie ist der Abstand jetzt?«

»Da ist keiner«, antwortete Isenhart ebenso verblüfft wie erschrocken.

»Auf einem Auge existiert nie ein Raum«, belehrte Walther ihn, »was du eine Armeslänge nennst, basiert auf Erfahrung und Annahme – nicht auf dem, was du siehst, denn mit einem Auge erscheint der Raum als Fläche. Also: Was siehst du jetzt?«

Isenhart konzentrierte sich: »Ich sehe Flächen, die verwoben sind.«

Von Ascisberg kniff die Augen zusammen, und Isenhart ahnte die Anstrengung des Mannes, seinen Worten etwas Greifbares zu entnehmen.

Er sah zur Seite und entdeckte dort ein Flachrelief, das in das Mauergestein gehauen worden war. »So wie das«, sagte er schnell. Walther von Ascisberg warf erst dem Relief einen langen Blick zu, dann dem Jungen auf dem Lager.

»Erblindet er?«, fragte der Fürst.

»Nein, aber er nimmt den Raum jetzt anders wahr als wir«, antwortete von Ascisberg mit einer Gelassenheit in der Stimme, die dazu angetan war, Isenhart zu beruhigen. »Abstände und Maße wirken auf dem einen Auge für ihn anders.«

»Kann er damit arbeiten?«, wollte Sigimund von Laurin wissen und trat an das Lager aus Stroh heran, auf dem Isenhart lag.

Walther von Ascisberg sah zu ihm auf. »Er wird sich daran gewöhnen.«

Es war Sophia gewesen, die seine Schreie gehört und in die Kammer des Pinkepanks getreten war, um unfreiwillige Zeugin eines Bildes zu werden, das sie noch jahrelang verfolgen sollte. Die blutige Fehlgeburt in den Armen der verängstigten Frau, der verdreckte Junge am Boden und dieses Auge, das selbst den tobenden Chlodio von dem Schlag abhielt, zu dem er gerade ausgeholt hatte.

Isenhart war schon nicht mehr bei Bewusstsein. Die Wucht des letzten Fausthiebs gegen seine Schläfe hatte ihm das rechte Auge hinauskatapultiert. Es lag, nur durch die dünne Ader des Sehnervs mit ihm verbunden, eine Handbreit von seinem Kopf entfernt auf dem Boden.

Von Ascisberg hatte ihm den Augapfel mit aller Behutsamkeit zurück in die Höhle gedrückt, wie Isenhart später erfuhr.

Von da an spielten sich vor jedem seiner Augen verschiedene Dinge ab. Dem rechten Auge präsentierte sich die Welt als Relief. Anna, die er seit den zwei Tagen auf dem Krankenlager verehrte, warf ihm hin und wieder etwas zu, wenn ihre Wege sich kreuzten. Einen Stein, einen Stock, solche Dinge. Während der erste Stock ihn noch an der Stirn traf und er eine tiefere Verletzung wegen ihrer Geringschätzigkeit ihm gegenüber als wegen der Schramme empfand, die seine Stirn davontrug, begriff er sehr bald, dass es ihre Art war, ihm einen Gefallen zu erweisen.

Sophia erklärte es ihm, denn es war auch ihre Idee gewesen. Es ging darum – von Ascisberg hatte es in jener Nacht gesagt –, sich an sein verändertes, nicht zwangsläufig reduziertes Sehvermögen zu gewöhnen. Da war sie sechs Jahre alt und Isenhart beeindruckt von der Reife dieses Kindes, das ansonsten mehr Schabernack ausheckte als Henrick und er zusammen.

In der zweiten Woche fing Isenhart die Gegenstände, die Anna ihm zuwarf. Und in der Woche darauf arbeitete er an der Esse, als sei nie etwas gewesen. Mit seinem Vater behandelte er das erste Mal selbst das frisch gewonnene Eisen. Schlagzahl und Wucht der Hammerhiebe waren für ihn ein ebenso unbekanntes Feld wie die Deutung der Verfärbung des erkaltenden Metalls. Chlodio, seit dem Zwischenfall in sich gekehrt und melancholisch, brachte es ihm bei, und wenn er einen Fehler beging, begnügte sein Vater sich mit einem kräftigen Tritt gegen sein Schienbein.

»Du untoter Bastard«, sagte Isenhart bei einer Gelegenheit, »was habt Ihr damit gemeint?«

»Das habe ich nie gesagt«, erwiderte der Pinkepank und hämmerte heftiger auf das Metall, das einmal das Scharnier für das neue Burgtor werden sollte. Isenhart hatte die Lüge schon erkannt, bevor sie den Mund des Pinkepanks verließ. Und damit auch die Unmöglichkeit, jemals eine ehrliche Antwort auf seine Frage zu erhalten.

Die Verletzung verlieh ihm allerdings auch eine neue Fähigkeit: Kniff er das linke Auge zu, verhalf das Relief, das sich plötzlich aus der Fläche erhob, seinen Hieben am Amboss zu einer traumwandlerischen Zielgenauigkeit.

Kein Stock und kein Stein, den er nicht mehr fing.

Als der Herbst nahte, gebar Ida einen Sohn. Henrick, der von Esel zu Schaf gewechselt hatte – Esel sind so unruhige Tiere –, kümmerte sich zusammen mit Isenhart um den Nachwuchs, der Frieden in das Haus brachte. Selbst Chlodio lebte auf. Henrick schwor Stein und Bein, ihn lachen gesehen zu haben.

Als Sophia einmal vorbeischaute und den Kleinen, Ludwig, nach dem gerade verstorbenen Landesfürsten von Württemberg benannt, im Arm hielt und dieser zu lächeln begann, schrie sie unvermittelt auf und brach in Tränen aus. Henrick nahm den Bruder an sich, Isenhart fragte Sophia, was sie bedrückte, obwohl er kein wirkliches Interesse für die wechselhaften Gefühle der kleinen Fürstentochter empfand.

»Nichts«, sagte Sophia und verschwand. Und beides war Isenhart recht.

Erst später begriff Isenhart, wie oft Walther von Ascisberg lenkend in sein Leben eingegriffen hatte. An einem regnerischen Septembermorgen tauchte er plötzlich in der Schmiede auf, eine hagere Gestalt, das Gesicht ausgezehrt, die Augen wach und auf den Pinkepank gerichtet. »Ab jetzt kann Isenhart dir nur noch am Nachmittag zur Hand gehen«, sagte er.

Walther von Ascisberg wirkte auf den ersten Blick unscheinbar, ein Mann, den man durchaus übersehen konnte. Und doch war er in gewissem Sinne aus demselben Stoff wie Sigimund von Laurin. Egal, welchen Raum sie betraten, immer beherrschten die beiden ihn auch.

Chlodio erhob keine Widerrede, und von Ascisberg nahm Isenhart mit sich.

Isenhart spürte zum ersten Mal in seinem Leben ein Pferd, das sich unter ihm bewegte und ihn durch die Landschaft trug. »Tut das dem Pferd weh?«, fragte er.

Von Ascisberg lächelte und schüttelte dann den Kopf. Danach verdoppelte sich Isenharts Genuss.

Sie erreichten eine Lichtung, sanfter Nieselregen setzte ein.

»Du wirst«, sagte Walther von Ascisberg, »ab heute etwas erhalten, was dem Stand der Nobile vorbehalten ist: Bildung.«

Isenhart ahnte, dass das wohl eine Art Geschenk sein sollte. Er nickte ehrfürchtig und schwieg, um keinen Fehler zu begehen. Er war den Umgang mit Geschenken nicht gewohnt. Und er wusste auch nicht, was Bildung ist.

»Muss ich dafür weg?«

Walther von Ascisberg schüttelte erneut den Kopf und schmunzelte. »Du wirst die Sprache der Gelehrten lernen«, erwiderte er dann.

Sie hatten einen kleinen Fluss erreicht. Von Ascisberg saß ab, und auch Isenhart rutschte so elegant wie möglich vom Rücken des Pferdes.

»Sieh.«

Isenhart sah ein großes Rad aus Holz, das von der Strömung des Flusses in Bewegung gehalten wurde. Am Rand des Rads waren kleine Gefäße angebracht, die fünf oder sechs Kellen vom Wasser aufnahmen und es, in ihrer unweigerlichen Abwärtsbewegung, in eine hölzerne Rinne entluden. Isenharts Augen folgten dem Verlauf der Rinne. Walther von Ascisberg beobachtete jede seiner Regungen.

»Wohin wird das Wasser getragen?«

»Zu einer Siedlung, sie brauchen es zum Leben, für das Vieh, die Schmiede. Zu allem. Niemand muss jetzt mehr zum Fluss.«

Isenhart verstand. Sein Blick war auf das Rad und seine Funktionsweise geheftet. Es war ebenso einfach wie gewitzt. Er sah zu von Ascisberg. »Habt Ihr es gebaut?«

»Nur erdacht. Das Gesinde hat es gebaut.«

Isenhart durchlief ein Schauer. »Warum werfen die Bäume im Herbst ihr Laub ab?«

Walther von Ascisberg, selbst ganz versunken in den Anblick seines Werkes, versunken in der immer gleichen Bewegung und dem steten Fluss des Wassers in der Rinne, merkte auf und musterte den Jungen. »Ich weiß nicht. Vielleicht ist es Gottes Wunsch, dass sie es tun.«

Isenhart nickte, aber von Ascisberg konnte ihm an der Nasenspitze ablesen, dass er sich damit nicht zufriedengeben würde, und prompt kam die Bestätigung: »Aber warum ist es Gottes Wunsch?«

»Die Wege des Herrn sind unergründlich.«

Isenhart nickte, doch sein Blick galt dem Wasserrad. Und von Ascisberg konnte es ihm nicht verdenken, denn ebenso gut hätte er gar keine Antwort geben können.

»Was ist, wenn der Fluss irgendwann kein Wasser mehr führt?«

»Der Fluss versiegt nicht.«

»Warum?«

»Ich habe noch nie von einem Fluss gehört, der versiegt wäre.«

»Und wenn doch?«

Der Junge wurde langsam anstrengend.

»Dann muss das Gesinde zu einem anderen Fluss gehen und sich sein Wasser wieder selbst holen.«

Isenhart spürte, wie seine Fragen den Unmut des Mannes neben ihm hervorriefen, und obschon er wohl einen Tag ununterbrochen hätte reden müssen, um auch nur die dringendsten Fragen zu stellen, die ihn bewegten, schwieg er daher.

So standen sie einige Augenblicke am Ufer und bemerkten am Glitzern des Wassers, dass die Sonne sich gegen den Regen durchgesetzt hatte.

Von Ascisberg selbst war im niederen Adel geboren worden, wie er zu erzählen begann. Er hätte es sich auf dem Landsitz seines Vaters bequem machen und den Knechten beim Arbeiten auf den Feldern zusehen können. Aber ihn trieb dieselbe Frage um, die er auch bei Isenhart immer lauter zu vernehmen meinte: *Warum?*

Warum werfen die Bäume im Herbst ihr Laub ab? Warum ändert der Mond seine Form, wachsen den Toten Nägel und Haare, fällt alles zu Boden, statt zu schweben, und warum verlieren die Menschen nach und nach ihre Zähne? Und warum, schloss Walther von Ascisberg, sollten die Bewohner einer Siedlung täglich den Weg zum Fluss auf sich nehmen, wenn man den Fluss zu der Siedlung fließen lassen kann?

»Das Wasserrad«, erkannte Isenhart.

Von Ascisberg nickte. Er erklärte ihm, wie der Unterricht, den er von nun an von Pater Hieronymus erhalten sollte, Türen für ihn aufstoßen würde, die einem Jungen aus seinem Stand für gewöhnlich zeit seines Lebens verschlossen blieben.

»Aber«, fügte von Ascisberg hinzu, »durch die Türen muss man immer noch selbst gehen.«

Isenhart wollte sich der Sinn dieser Worte im Moment nicht erschließen, aber das tat seiner zunehmenden Aufgeregtheit keinen Abbruch. In seinem Bauch war ein Kribbeln entstanden, das ihn jetzt ganz erfasst hatte. Seine Intuition sagte ihm, dass er auf der Schwelle zu einer neuen Welt stand.

Sie kehrten zu den Pferden zurück, die in der Nähe grasten.

»Es ist ein Privileg«, sagte Walther von Ascisberg.

»Was ist das?«

»Es stammt aus einer Sprache, die du jetzt lernen wirst: Latein. Es ist die Sprache der Gelehrten. ›Privileg‹ bedeutet ein Vorrecht für den Einzelnen. In diesem Fall für dich.«

Walther von Ascisberg half ihm hinauf aufs Pferd, bevor er sein eigenes bestieg. Gemeinsam machten sie sich auf den Weg zurück.

»Warum tut Ihr das für mich?«

»Weißt du, was ›verwandte Seelen‹ sind?«

»Nein.«

Walther von Ascisberg nickte sich selbst auf eine Weise zu, die keinen Zweifel daran ließ, dass er mit dieser Antwort gerechnet hatte.

Ihr Rückweg nahm eine gute Stunde in Anspruch, und in der erklärte er Isenhart, was es bedeutete, wenn fremde Menschen im Gleichtakt schwangen.

4.

Konrad war vom Messen besessen. Nicht vom Abmessen des Wehrturms oder der Ländereien, sondern vom Sichmessen mit anderen.

Isenhart war, als bestünde Konrads ganzes Wesen darin, seinen Platz in einer Hierarchie zu finden, die durch das Wetteifern bestimmt war. Und in dieser wie in jeder anderen Ordnung waren der Ruf und das Ansehen umso größer, je höher man in ihr rangierte.

Konrad von Laurin war ein Jahr älter als er, sein Vater hatte ihn für zwei Jahre zu einem befreundeten Fürsten geschickt, der bei Spira seine Ländereien unterhielt. Dort hatte Konrad das Reiten und Bogenschießen gelernt; Letzteres unter Protest, denn Bogenschießen war in seinen Augen etwas für Feiglinge, die auf diese Art dem ehrlichen, direkten Kampf auswichen.

Vor ihrem ersten Tag bei Vater Hieronymus steckte man die beiden zusammen. Konrad war wohlgenährt, aber Bauch und Arme trugen kein Gramm zu viel. Sigimund von Laurin stellte sie einander vor. Isenhart war voller Hoffnung, einem Gleichgesinnten zu begegnen. Der Gleichgesinnte griff seinen Arm und drehte ihn in der Länge so schmerzhaft, dass Isenhart augenblicklich zu Boden ging.

Und so ging es in einem fort. Konrad konnte schneller laufen, weiter werfen und höher klettern. Wer gewann wohl beim Armdrücken, zu dem Konrad ihn bei jeder Gelegenheit aufforderte?

Das, sagte Konrad, entspreche der natürlichen Ordnung von Herr und Knecht. Isenhart sei als Diener geboren, und ein Diener könne – und vor allem *dürfe* – den Herrn niemals überragen.

Am Ende des Tages fragte Isenhart sich, ob es überhaupt erstrebenswert war, eine der Türen zu durchschreiten, die sich ihm heute geöffnet hatten. Er schlich zu seinem Lager, seine Mutter wiegte das Neugeborene in den Schlaf. Der Pinkepank schnarchte, und sein Bruder Henrick fütterte zwei Hühner, die er im Austausch gegen einen Steigbügel erhalten hatte.

Isenhart nahm an, dass dem Federvieh eine eindringliche Nacht bevorstand, doch er irrte sich. Henrick hatte sich ein großes Ziel gesetzt: Er wollte Hühner züchten. Deshalb einen Hahn und eine Henne, den Nachwuchs würde er wieder kreuzen und so weiter.

»Wie ist er so?«, fragte Henrick.

»Er ist ein Schafskopf«, erwiderte Isenhart müde.

Hieronymus war ein Geistlicher, Ende zwanzig, eine hagere, fast ausgezehrte Gestalt, die nicht stillstehen konnte, sondern in der kleinen Kapelle auf und ab ging. Von links nach rechts und wieder zurück.

»Ich bin das A und das O«, zitierte er, »der Anfang und das Ende.«

»Aber das O ist in der Mitte, oder?« Konrad kniff die Augen zusammen, weil alles, was diese spindeldürre Gestalt von sich gab, keinen Sinn ergab.

»Alpha und Omega«, widersprach Isenhart leise.

Er und der Sohn von Sigimund von Laurin saßen nebeneinander auf zwei kalten Holzschemeln, sie teilten sich eine handgeschriebene Bibel, ein Buch von unschätzbarem Wert. Hieronymus hatte ihnen erklärt, dass drei Mönche zwei Jahre benötigt hätten, um es herzustellen. Während Konrad sich insgeheim fragte, wie man seine Zeit dermaßen sinnlos verplempern konnte, fuhren Isenharts Finger sanft über das Pergament.

»Alpha und Omega«, nahm Hieronymus den Faden auf, »im griechischen Alphabet der erste und der letzte Buchstabe.«

Konrad blies seine Wangen auf: »Wozu brauch ich das?«

Hieronymus verfügte über ein ausgezeichnetes Gehör. Er trat an Konrad heran.

»Um zu dienen«, brachte er schmallippig vor Ärger hervor, »und um zu herrschen. Ihr seid der Stammhalter des Hauses Laurin.

Herrscher über das Gesinde, aber Untertan Gottes. Euer Leben soll dem Allmächtigen wohlgefällig sein.«

»Er kann doch gar nicht so viele Leute im Auge behalten«, meinte Konrad.

Vater Hieronymus verstand sich meisterhaft auf die Handhabung des Rohrstocks, deren Geheimnis im Wesentlichen auf der Wendigkeit des Handgelenks basierte, das ihn führte. Isenhart konnte dem Halbkreis kaum folgen, den der Stock in die Luft schnitt, bevor er zwischen Konrads Schulterblätter fuhr.

Der Sohn des Fürsten sprang auf – halb vor Schmerz, halb vor Zorn – und fand sich von Angesicht zu Angesicht dem Geistlichen gegenüber. »Wagt es noch ein einziges Mal …«, begann Konrad mit zitternder Stimme, denn er war gerade erst zwölf Jahre alt.

»Wagt *was?*«, unterbrach ihn Hieronymus, »*was* soll ich wagen?«

Isenhart begriff, dass es eine Frage der Zeit war. Von Jahren, aber derer nicht allzu viele. Vielleicht fünf oder sechs Jahre mehr, und Konrad von Laurin hätte dem Geistlichen die Hände gebrochen.

»Hinsetzen«, befahl Hieronymus.

Nach einem kurzen Zögern, das es ihm gestattete, etwas von seinem Gesicht zu wahren, kam Konrad dem Befehl des Geistlichen nach.

»Hände auf das Pult.«

Konrad kam auch dieser Anordnung nach, vor Wut bebend.

»Offenbarung des Johannes, Isenhart. Kapitel 1, Vers 17 und 18. Für jeden Fehler, den du machst, büßt der junge Herr.«

»Aber wir sollten Vers 15 und 16 lernen«, erwiderte Isenhart vorsichtig.

»Aber bis Vers 20 lesen«, entgegnete Hieronymus und beugte sich zu ihm herab. »Die Leute im Ort erzählen sich merkwürdige Dinge über dich, wusstest du das?«

Isenhart schüttelte den Kopf, ihm war schleierhaft, warum das Gesinde überhaupt Worte für ihn verschwenden sollte, den elfjährigen Sohn eines Pinkepanks.

»Dein Gedächtnis soll außergewöhnlich sein.«

»Noli timere ego sum primi«, zitierte Isenhart.

»Primus«, korrigierte Hieronymus. »Nun, mir scheint es nicht außergewöhnlich«, fügte er hinzu und ließ den Rohrstock auf Konrads Finger niedersausen. Der verzog vor Schmerz das Gesicht, zog aber die Finger nicht zurück.

»Ego sum primus«, verbesserte Isenhart sich und war bemüht, Konrads Blick auszuweichen.

Hieronymus nickte: »Fürchte dich nicht. Ich bin der Erste – weiter, Isenhart.«

»Et novissimus et vivus et fui mortus …«

»*Mor-tu-us*«, korrigierte der Geistliche. Der Rohrstock zischte durch die Luft. Die Schmerzen, die Konrad von Laurin erleiden musste, darüber war Isenhart sich nicht minder schmerzlich im Klaren, würden ihm heimgezahlt werden. Da Konrad nicht eben die Geduld in Person war, würde das schon sehr bald nach Unterrichtsende der Fall sein.

Während er fieberhaft überlegte, wie er dem entgehen konnte, unterlief ihm der nächste Fehler: »Et ecce sum vivens in saecula saeculorum et habeo clades …«

»*Cla-ves*«, sagte Hieronymus mit einem leichten Lächeln. Dieses Mal schlug er so heftig zu, wie er konnte, denn üblicherweise rief das Auffrischen des Gedächtnisses mithilfe des kleinen Holzes Wehklagen hervor, was der junge Herr sich aber zu untersagen schien. Zum Bedauern des Geistlichen und der wachsenden Bewunderung Isenharts kam abermals kein Laut über Konrads Lippen.

»Et habeo *cla-ves* mortis et inferni.«

»Perfekt«, lobte Hieronymus und ließ den Rohrstock unerwartet ein letztes Mal auf Konrads Hände sausen, dieses Mal erwischte er die Kuppen und der junge Herr stöhnte auf, »aber nicht frei von Ironie, Isenhart. Nicht frei von Ironie.«

Konrad warf Isenhart einen vorwurfsvollen Blick zu.

»Fürchte dich nicht! Ich bin der Erste und der Letzte und der Lebendige; ich war tot, und siehe, ich bin lebendig von Ewigkeit zu Ewigkeit und habe die Schlüssel der Hölle und des Todes«, übersetzte der Geistliche die abgefragte Bibelstelle, »ich habe es deinetwegen ausgewählt.«

Sein Blick ruhte auf Isenhart.

»Du wirst dermaßen Prügel bekommen«, zischte Konrad.

»Wie war das?«, fragte Hieronymus.

»Ich lobte den Herrn«, antwortete Konrad von Laurin.

Hieronymus schritt erneut durch die Kapelle, während Konrad sich die malträtierten Finger rieb, die bereits anschwollen.

»Und nun du, Konrad. Dieselbe Bibelstelle.«

»Gerne«, seine Schmerzen waren schon halb vergessen. Isenhart starrte den Geistlichen ungläubig an.

»Finger ausstrecken«, befahl Hieronymus.

Isenhart kassierte vierzehn Schläge für ein Zitat, das aus 25 Wörtern bestand. Aber über seine Lippen kam kein Laut, keine Träne tropfte von seinen Wimpern.

Seine Finger waren so stark angeschwollen, dass er nicht einmal mehr eine Tür öffnen konnte und sie deshalb eine ganze Weile in den Fluss tauchte. Konrad hockte sich neben ihn und versenkte seine Finger ebenfalls in das wohltuend kalte Wasser.

»Das war keine Absicht«, sagte Konrad schuldbewusst.

»Die ersten drei Fehler schon.«

Konrad war peinlich berührt, Isenhart hatte ihn durchschaut. »Du bist ein Knecht«, rettete er sich.

Isenhart verschluckte sich fast vor Wut: »Aber meine Finger haben dieselben Schmerzen!«

Isenhart war ziemlich schlau, wurde Konrad bewusst, auf nahezu alles hatte er eine gute Antwort.

Er wollte schon fast so etwas sagen wie »tut mir leid«, aber sein Vater hatte ihm eingeschärft, dass ein Nobile sich niemals gemein mit dem Gesinde machen dürfte. Das sei der Anfang vom Ende.

»Wir können ja irgendwas zusammen machen«, sagte er deshalb in aufmunterndem Ton, »Armdrücken oder so.«

»Lass mich in Ruhe.« Isenhart zog seine Finger aus dem Wasser und ging.

Hieronymus erkrankte wenig später, sein Körper wurde an den Lenden und unter den Achseln von Abszessen heimgesucht, außerdem plagte ihn starkes Fieber. Der Barbier des Hauses Laurin, der den Aderlass wie so viele seiner Zunft als Allheilmittel praktizierte, scheiterte an der Heilung des Geistlichen. Er ließ bis zu drei Liter Blut an Stirn und Unterarm ab – natürlich nicht bei Vollmond, das brachte Unglück –, sodass Hieronymus kurzzeitig mehr tot als lebendig war.

Die Scheinheiligkeit, mit der Konrad und Isenhart Hieronymus' womöglich bevorstehende Begegnung mit seinem Schöpfer in Worten und Gesten bedauerten, war die erste Gemeinsamkeit, die sie entdeckten.

Auf Bitte Sigimunds von Laurin entsandte Wilbrand von Mulenbrunnen, der Abt des Klosters zu Mulenbrunnen, einen jungen Gelehrten zum Hause Laurin. Sein Name war Stephan der Jüngere.

Der Medicus schien Geistliche nicht sonderlich zu schätzen – Isenhart und Konrad waren ganz seiner Meinung, und Konrad wagte den Rat, den Abszessen mit einigen gut gemeinten Rohrstockhieben zu Leibe zu rücken. Demgegenüber stand die Überzeugung des Barbiers, der Sache mit einem riskanten Aderlass am Hals zu begegnen.

Stephan der Jüngere entschied sich für keines von beidem. Nachdem er den Kranken ausgiebig untersucht hatte, verlangte er nach Wermutwasser, Kupfervitriol, ungelöschtem Kalk und Schwefel. Das Gesinde rümpfte die Nase, aber Sigimund von Laurin sorgte dafür, dass der Medicus umgehend erhielt, wonach er verlangte.

Wein und Salz hatte der junge Gelehrte selbst mitgebracht; damit rieb er die Abszesse zunächst ein, um sie auszutrocknen und Hieronymus gleichzeitig Linderung zu verschaffen.

»Wessen Lehre wendet Ihr an?«, fragte Hieronymus mit fiebrigen Augen.

»Ich behandle Euch nach den vier Säften des Galenos«, erwiderte Stephan der Jüngere, woraufhin der Geistliche erleichtert seinen Kopf auf das Strohkissen senkte.

»Die Säfte des Galenos«, sagte der Barbier, »was soll das sein?

Der einzige Saft des Lebens ist Blut, und er wird mit Aderlass reguliert.«

Die Behandlung von Stephan dem Jüngeren schlug an, der junge Medicus verließ das Haus Laurin, und Vater Hieronymus nahm seinen Unterricht wieder auf. Wobei die Lehre auf den Horizont eines Geistlichen beschränkt blieb, nämlich auf Latein und das Vermögen, die Bibel zu verstehen und Teile von ihr zu rezitieren.

Hieronymus empfand zwar Dank gegenüber dem Medicus, aber insgeheim war er von der Gnade des Allmächtigen überzeugt, der sich von den Gebeten des Geistlichen hatte erweichen lassen. Gleichzeitig war Hieronymus nicht so blauäugig anzunehmen, der Schöpfer habe ihm zu Ehren seinen Weltenplan geändert. Also sollte er Gottes Werkzeug sein, nur darin konnte der Sinn seiner Genesung liegen.

An dem Morgen, an dem das Fieber, das ihn seiner Kräfte und Sinne beraubt hatte, endlich von ihm abließ, war das Erste, was er sah, wie Konrad und Isenhart den Burghof überquerten. Und er verstand, dass er sein Werk an ihnen zu vollenden hatte. Hieronymus beschloss, ihnen auch noch die Grundrechenarten beizubringen.

Konrad und Isenhart hatten begriffen, dass die Unterweisung durch Hieronymus sie zu einer Art Schicksalsgemeinschaft verurteilt hatte.

»Einer trage des anderen Last«, sagte Hieronymus gerne, für ihn ein Inbegriff der Christlichkeit, für Isenhart der Menschlichkeit und für Konrad leeres Geschwätz.

Trotzdem kniete Konrad von Laurin sich in die Arbeit, redete zwar weiter von Knechten und Herren, war dann aber so gut vorbereitet, dass Isenhart meist mit unter fünf Rohrstockhieben davonkam.

»Ich hab's nicht deinetwegen getan«, sagte Konrad schnell, als er Isenharts anerkennenden Blick auffing.

Dort, wo Hieronymus' Lehre ihre natürliche Begrenzung erfuhr, trat Walther von Ascisberg auf den Plan. Auch er führte den Rohrstock, der in der Lage zu sein schien, Faulheit und Desinteresse ausfindig zu machen und ohne Federlesens zu bestrafen. Aber er machte davon selten Gebrauch. Und anders als Hieronymus, der auf Konrad immer ein klein wenig Rücksicht nahm, behandelte von Ascisberg Konrad und Isenhart, als entstammten sie beide der fürstlichen Linie.

Er setzte sie davon in Kenntnis, dass im Heiligen Römischen Reich nur etwa jeder Fünfzehnte des Lesens und lediglich jeder Zwanzigste des Schreibens mächtig war.

Er brachte ihnen bei, dass der menschliche Körper sich mithilfe der Elle exakt vermessen ließ. Dass die Schraube sich hervorragend eignete, um Kräfte zu übertragen, dass die Erde umspannt war von einer Hülle, in der die Sterne sich in Bahnen bewegten, deren Gesetzmäßigkeiten noch nicht gänzlich bestimmt waren.

»Ein gleichwinkliges Dreieck«, sagte Walther von Ascisberg und zeichnete es in den Sand vor der Kapelle, »ist ein Dreieck, in dem die Summe aller Winkel stets 180 Grad ergibt.«

Isenhart schaute hinüber zu seinem Vater, der Erz in die Esse warf und sie keines Blickes würdigte.

»Es gab einen großen Mann unter den Griechen: Pythagoras.«

»War er ein Krieger?«, fragte Konrad. Isenhart verdrehte die Augen. Seitdem Konrad von Laurin sich auf alle erdenklichen Arten mit ihm gemessen und selbstredend in jeder Disziplin den Sieg davongetragen hatte, war es ihm langweilig geworden. Nun galt sein Interesse vermehrt den Geschichten über Krieger. Vor allem der Frage, wie viele Gegner sie erschlagen, erschossen, ertränkt oder erdrosselt hatten.

»Nein«, sagte Walther von Ascisberg, »er war ein Gelehrter.«

Konrad nickte, als habe er zu seinem Leidwesen schon mit dieser Antwort gerechnet.

»Der Satz des Pythagoras lautet, dass man aus den zwei rechtwinklig angeordneten Linien eines Dreiecks die Länge der dritten Linie berechnen kann. Und dass die Flächeninhalte der Quadrate der beiden bekannten Linien dem Flächeninhalt des Quadrats der unbekannten Linie entsprechen.«

Er versah sowohl die beiden bekannten Seiten des Dreiecks mit einem entsprechenden Rechteck wie auch die unbekannte Linie.

Isenhart starrte wie gebannt auf diese Zeichnung im Sand.

»Wofür brauch ich das?«, entfuhr es Konrad mit einer Inbrunst, die keinen Zweifel an seinem Widerwillen ließ.

»Dieser Satz«, erwiderte von Ascisberg mit unterdrückter Feierlichkeit in der Stimme, »findet in der Mechanik und der Berechnung der Dinge seine Anwendung. Man kann damit das Land vermessen. Oder ihn in der Architektur verwenden.«

»Aber nicht für den Kampf«, vermutete Konrad.

Walther von Ascisberg nickte. Ein wenig Müdigkeit lag in dieser Bewegung. »Nicht für den Kampf«, bestätigte er.

»Habt Ihr viel gekämpft?«

Von Ascisberg zögerte, Bilder zogen auf, von denen er – vergeblich, wie Konrad ihm vor Augen führte – glaubte, sie für immer verdrängt zu haben. »Nur, wenn es sein musste.«

Konrad ließ sich von dieser Antwort nicht entmutigen, es war, als habe er sie gar nicht gehört. Seine Augen begannen zu leuchten. »Hattet Ihr Furcht?«

»Jedes Mal.«

Konrads Augen verloren etwas von ihrem Glanz. »Mein Vater erzählt, Ihr habt bei Doryläum vier Muselmanen entleibt. Mit einem Zweihänder.«

Die Begeisterung des Jungen war von Ascisberg nicht fremd, sie war es, die ihn damals in diesen Kreuzzug getrieben hatte. »Der Herr hat meine Hand geführt«, antwortete er.

5.

ANNO DOMINI 1187

»Es ist ein großes Unglück geschehen«, sagte Sigimund von Laurin. Er stand oben an der Brustwehr und blickte hinab in den Burghof, wo sich das Gesinde auf sein Geheiß hin versammelt hatte.

Die Jahre, die hinter ihm lagen, hatten sich in seinem ganzen Wesen manifestiert. Aber die Falten in seinem Gesicht verliehen ihm Reife, die Forschheit seines Ganges war echter Würde gewichen, sein Blick hatte an Milde gewonnen.

An diesem Morgen, dem 24. September 1187, hatten sich neben Konrad und Isenhart auch Anna und Sophia im Burgfried eingefunden. Isenhart war nicht überrascht, Walther von Ascisberg neben dem Burgherrn zu sehen. Gegen Mitternacht war Walther mit zwei Begleitern eingetroffen und hatte Isenhart die Obhut über ihre Pferde übertragen. Deren schweißbedeckte Körper ließen auf einen langen Ritt schließen.

Es waren die neuesten Nachrichten aus dem Morgenland, wie Isenhart nun erfuhr, die Walther von Ascisberg bewogen hatten, noch in der Nacht anzureisen.

»Die Ungläubigen haben ein christliches Heer am See Genezareth vernichtet«, fuhr Sigimund fort, »der Allmächtige hat den Blick von ihnen gewandt.«

Ein Raunen ging durch die Menge, ängstliche Blicke wurden getauscht, die wenigsten hatten eine Vorstellung davon, wie weit der See Genezareth entfernt lag und wie es dort überhaupt aussah.

»Niemand wird heute arbeiten. Vater Hieronymus hält die

Totenmesse bis zur sechsten Stunde. Wir alle wollen für das Seelenheil der Gefallenen beten.«

Hieronymus trat neben den Burgherrn, nickte den Leuten zu und setzte sich dann in Richtung Kapelle in Bewegung. Das Gesinde folgte ihm, die Leute tuschelten. Isenhart und Konrad blieben zurück, und als Isenhart zur Brustwehr hinaufschaute, begegneten sich Walthers und sein Blick.

Selbstredend war Konrad an jedem Detail der Schlacht interessiert, und so erfuhren die Jungs von ihrem Lehrer das, was diesem in Regensburg selbst zu Ohren gekommen war: Am 4. Juli 1187 hatte Saladin der Christenheit eine Lektion erteilt, die sich für immer in ihr Gedächtnis brennen sollte. Am See Genezareth rieb er mithilfe seiner Mamluken-Garde an die vierzehntausend Mann unter Guido von Lusignan an den Hörnern von Hattin auf. Ritter des Templer- und Lazarusordens wurden zu Dutzenden erschlagen.

Saladin zündete alle Sträucher an und ließ dem Heer der Kreuzfahrer jeden Zugang zum See verstellen, am Ende des Tages befahl er den Sturm auf die von Hitze und unsäglichem Durst zermürbten Anhänger Christi. Aber Saladin hatte das Leben Guidos von Lusignan geschont und ihm am Ende der Schlacht persönlich eine Schale mit Wasser gereicht.

Der Schock, den diese Nachricht beim Gesinde auslöste, war enorm. Wie war es einer Horde von muslimischen Stämmen möglich, Kreuzritter zu schlagen? Noch dazu in einem so großen Verband? Man sprach schließlich von über zehntausend Männern, die Saladin entgegengetreten waren. Es war, als hätte eine große, erbarmungslose Faust die Bewohner einer Stadt wie Regensburg mit einem einzigen Streich ausgelöscht.

Wie ein Schatten legte sich die Nachricht auf die Brust der Menschen, verdunkelte ihre Gedanken und erfüllte ihre Herzen mit einer unbestimmten Angst.

»Ich würde ihnen gerne die Köpfe vom Hals schlagen«, brummte Konrad, der Isenhart mittlerweile um eine halbe Kopfeslänge überragte und in den Schultern auslegte. Aber in seiner Grimmigkeit schwang die Furcht vor dem Unbekannten mit.

Isenhart blickte zu Henricks Hühnern, die sich inzwischen kräftig vermehrt hatten und von alledem unberührt Körner aufpickten. Er hatte herausgefunden, dass sie über ein spärliches Verständigungssystem verfügten, das es ihnen ermöglichte, sich untereinander vor Feinden zu warnen. Sie machten mithilfe spezifischer Laute auf Futter aufmerksam oder riefen ihre Küken zu sich. Sie *sprachen*.

Isenhart fragte sich, ob sie in ihrer Beschränktheit vielleicht glücklicher waren als er. Sorge um Nahrung kannten sie nicht, da sein Bruder eher selbst aufs Essen verzichtete, als sie hungern zu lassen, niemand hob den Rohrstock gegen sie, und mit Sicherheit war ihnen Saladin einerlei.

Isenhart drosch auf das glühende Eisen ein, dass die Funken davonstoben. Dann löschte er es im Bottich ab, fegelte es, stieß nämlich es in schneller Folge in einen Haufen Stroh hinein, wieder und wieder.

Der Pinkepank, der seinen Sohn gerade lehrte, ein Schwert für den jungen Herrn zu schmieden, begutachtete die Klinge, während ihm Henricks Hühner über die Füße liefen. Mit routinierten Bewegungen wog und wendete er die Waffe, sein mehrfach verbrannter Zeigefinger fuhr über die Schneide. »Mehr weiches Eisen«, sagte er nicht ohne Anerkennung und reichte ihm die Waffe zurück.

Seit der Sache mit dem Auge schlug Chlodio ihn nur noch, wenn er sich bei der Arbeit wirklich schwere Schnitzer erlaubte. Und auch dann steckte in den Schlägen keine Wucht, sie waren zu einer tadelnden Geste verkommen.

Manchmal ertappte Isenhart sich bei dem Gedanken, die ehrliche Aggression der früheren Prügel, die er bezogen hatte, zu vermissen, denn der jetzigen Züchtigung fehlte jede Leidenschaft. Die Ohrfeigen kamen mechanisch und lustlos. Damit war nun auch das einzige Gefühl, das sein Vater ihm gegenüber je gezeigt hatte, verschwunden.

»Mehr weiches Eisen, damit die Klinge elastischer wird?«, fragte Konrad.

Isenhart nickte. Eine stahlharte Klinge würde im Kampf zwangsläufig brechen, er selbst hatte nach Aufforderung seines Vaters ein solches Schwert mit ihm gekreuzt, und es war zersplittert.

Auch hatte er gelernt, die Schneide nicht auf den Durchmesser eines Fingernagels zu verjüngen. Wie er dem Pinkepank vorführte, eignete sich ein solches Schwert vorzüglich, um Äpfel und sogar in die Luft geworfenes Leinen zu durchtrennen. Wie ihm anschließend sein Vater vorführte, wurde die Schneide mit dem ersten Aufeinandertreffen bei einer Parade allerdings schartig und letztlich, nach einigen Schlägen, unbrauchbar für den Kampf.

Konrad und Isenhart hatten die Burg hinter sich gelassen und stapften durch den Wald. Der Sommer näherte sich seinem Ende.

Konrads Interesse an Helden war keineswegs versiegt, nur hatte sich ein Faible für Waffen hinzugesellt. Wenn Walther von Ascisberg ihnen die Vorzüge der schiefen Ebene oder der Hebelkraft nahebrachte, bekamen Konrads Augen jenen leblosen Ausdruck, den Isenhart nur zu gut kannte.

Bei einer der letzten Unterrichtsstunden aber hatte von Ascisberg das Gespräch auf die Armbrust gebracht. Konrad war sofort Feuer und Flamme.

»Aber die Armbrust wurde auf dem Zweiten Lateranischen Konzil verboten«, wand Isenhart ein.

Konrad verdrehte die Augen: »Wen interessiert das?«

»Sie wurde als unritterlich gebannt«, stimmte von Ascisberg zu, »aber sie ist erlaubt und erwünscht im Kampf gegen Araber und Juden.«

Konrad warf Isenhart einen triumphierenden Blick zu. Und damit war er bei seinem Lieblingsthema: »Welche Waffe bevorzugt Ihr im Kampf?«

Isenhart meinte, bei von Ascisberg ein kurzes Schmunzeln bemerkt zu haben. Dieser verfügte jetzt noch über dreizehn Zähne und richtete seinen Blick, der mit den Jahren an Schärfe verloren und Güte gewonnen hatte, auf den Sohn von Sigimund von Laurin. »Immer die angemessene.«

Diese Antwort enttäuschte Konrad zwar, verdoppelte aber seine Neugier. »Welche Waffe würdet Ihr gegen mich wählen?«

Walther von Ascisberg musterte ihn kurz. »Zwei«, erwiderte er dann. »Ein Streithammer würde dich nicht beeindrucken. Also ein leichtes Schwert und einen Dolch.«

Konrad war ehrlich überrascht. »Warum?«

»Die Jugend ist immer ungestüm. Jungs ... junge Männer wie du können ihre Ungeduld nicht zügeln, sie greifen an. Deshalb das leichte Schwert für die Parade und den Dolch für deine Kehle.«

Konrad schluckte. Ihm war, als besäße Walther von Ascisberg freien Blick in seinen Kopf. »Und bei Isenhart?«, fragte er schnell, um seine Verblüffung zu überspielen; und auch aus echter Neugier.

Walther von Ascisberg nahm Isenhart ins Visier, dem schon alleine der Gedanke, gegen seinen Lehrer zu kämpfen, unangenehm war. »Die Armbrust«, erwiderte er schlicht. Woraufhin Isenhart dasselbe Gefühl beschlichen hatte, das Konrad soeben empfunden hatte.

»Welche Waffe würdest du wählen, wenn du gegen mich kämpfen müsstest?«

Isenhart und Konrad marschierten immer noch durch den Wald.

»Ich muss nicht gegen dich kämpfen.«

Konrad seufzte. Hätte Walther von Ascisberg »Geduld« unterrichtet, wäre er an Konrad von Laurin verzweifelt.

»Ich bin ein Knecht, schon vergessen? Knechte erheben nicht die Waffe gegen einen Herrn«, erinnerte Isenhart ihn.

»Ich hab vor ein paar Jahren mal so etwas gesagt. Willst du mir das jetzt bis ans Ende meiner Tage vorwerfen?«

»Ich fürchte schon, ja.«

Konrad sah Isenhart von der Seite an. Er kannte ihn mittlerweile gut genug, um zu erkennen, dass es ihm ernst war. Kurz war er versucht, Isenhart in den Schwitzkasten zu nehmen, unterließ es dann aber. Schweigend setzten sie ihren Weg fort.

Aber die Frage ließ Konrad keine Ruhe. »Also«, begann er erneut und wählte seine Worte mit Bedacht, »wenn du jemandem wie mir begegnen würdest, der auch ein Knecht wäre. Und du müsstest gegen ihn kämpfen, welche Waffe …«

»Jede, die in Reichweite ist«, unterbrach ihn Isenhart und lächelte.

Sie hatten eine Lichtung erreicht, auf der eine kleine Hütte stand. Sie war dem Norden zugeneigt, Moos hatte sie überwuchert. Das Holz war verwittert. Trotzdem strahlte sie eine gewisse Behaglichkeit aus, wie Isenhart fand.

Eine große, hagere Gestalt stand vor der Hütte und ließ das Beil auf einen Holzscheit sausen, der in zwei Stücke zersprang.

»Das ist Giselbert«, sagte Konrad voller Ehrfurcht, »er hat in Spira gerade einen Mörder enthauptet – mit nur zwei Schlägen.« Wenn er sich bemüht hatte, seine Begeisterung zu verbergen, war es ihm nicht gelungen.

Isenhart dagegen schauderte es bei der Vorstellung daran. Er hatte schon von dem Mann im Wald gehört.

Wie sie von Sigimund von Laurin erfahren hatten, oblag es Kaiser Friedrich Barbarossa aus dem Geschlecht der Staufer die Scharfrichter im Reich zu ernennen. Giselbert war einer von ihnen und stand damit unter dem persönlichen Schutz des Kaisers, er war unantastbar. Wie alle, die durch das scharfe Schwert richteten, musste Giselbert ein Leben außerhalb der Gemeinschaft fristen, da man seinem Stand magische Kräfte nachsagte, und Giselbert hatte keine Frau gefunden, die sein Eremitendasein zu teilen bereit gewesen wäre.

Er blickte auf und sah den beiden jungen Männern entgegen, die über die Lichtung auf ihn zukamen. In seinen Augen lag eine unbestimmte Traurigkeit. »Konrad, nicht wahr?«

Konrad nickte.

Selbst seine Stimme wirkte niedergeschlagen, dachte Isenhart. Er konnte sich nicht erinnern, jemals eine traurigere Gestalt gesehen zu haben.

»Das ist Isenhart, der Sohn vom Pinkepank.«

Kurz flackerte Interesse in den Augen des Scharfrichters auf, er musterte den Jungen mit unverhohlener Neugier. »Hab von dir gehört«, sagte er dann. Er hob zwei Leinensäcke auf, die er vor seiner Hütte abgestellt hatte, und reichte sie Isenhart. »Eicheln und Bucheckern«, kommentierte er deren Inhalt.

Die Eicheln würde man an die Schweine verfüttern, und aus den Bucheckern Öl gewinnen. Isenhart griff nach den Säcken, kurz berührten sich ihre Hände. Giselbert zuckte zurück. Der eine Sack ging zu Boden.

Isenhart war irritiert wegen der Reaktion, registrierte dann aus den Augenwinkeln, wie Konrad mit einem kleinen Schritt Abstand von ihm nahm und ihn ebenso interessiert wie besorgt beobachtete.

»Mich zu berühren bringt Unglück«, stellte Giselbert fest.

»Warum bringt es Unglück?«, fragte Isenhart auf dem Rückweg. Selbstverständlich schleppte er beide Säcke, während Konrad im Gehen an einem Stock schnitzte.

»Alle Carnifexe besitzen dunkle Kräfte«, erwiderte Konrad.

»Was für Kräfte?«

»Dunkle eben.«

»Was für welche denn?«

Konrad blies die Wangen auf: »Kannst du nicht mal etwas so nehmen, wie es ist?«

Isenhart schwieg. Das war die Haltung, der er allerorten begegnete, wenn er nach dem tieferen Sinn einer Sache fragte, wenn er nach Antworten auf das Warum suchte. Der Pinkepank, Konrad, auch Hieronymus und selbst Sigimund von Laurin nahmen die Dinge einfach als gegeben hin.

Den einzigen Lichtblick in dieser Hinsicht stellte Walther von Ascisberg dar. Während Hieronymus langsam der Lehrstoff ausging – auch das Buch der Bücher war endlich –, fieberte Isenhart den seltener werdenden Stunden entgegen, in denen Walther von Ascisberg sein Wissen mit ihnen teilte.

Denn es hatte einen Grund gegeben, weshalb von Ascisberg die

Armbrust angesprochen hatte. In der nächsten Unterrichtsstunde präsentierte er ihnen eine, die in Konstantinopel erfunden und in Mailand konstruiert worden war. Konrad nahm sie sofort und ungefragt an sich, zielte mit ihr und befand, er halte eine Fehlkonstruktion in den Händen. Denn die Enden des Bogens zeigten nicht in seine Richtung, sondern deuteten von ihm weg.

»Spann den Bogen«, forderte Walther von Ascisberg ihn auf.

Konrad von Laurin kam der Aufforderung nach und stellte fest, dass er durch das Spannen der Sehne auch die Bogenenden in die richtige Position zog – was einen Mehraufwand an Kraft erforderte.

»Es ist ein besonderer Bogen«, erklärte von Ascisberg, »sehr teuer in der Herstellung. Ein Reflexbogen. Er besteht aus dehnbarem Horn und den Achillessehnen von Rindern.«

»Von wie vielen?«, fragte Isenhart.

»Von rund fünfzig Rindern«, antwortete ihr Lehrmeister, »das macht ihn so wertvoll.«

»Er ist schwer zu spannen«, befand Konrad, der sich mit der seltsamen Konstruktion nach wie vor nicht anfreunden konnte.

»Aber der damit abgeschossene Bolzen trifft sein Ziel mit doppelter oder dreifacher Wucht«, erwiderte von Ascisberg, »er kann die Glieder von Kettenhemden sprengen.«

Tatsächlich hatte Walther von Ascisberg die Armbrust mitgebracht, um sie in der Impetustheorie zu unterweisen.

»Ein Gegenstand, in diesem Fall der Bolzen, kann nur in Bewegung geraten, wenn eine äußere Kraft auf ihn wirkt. Hier der Schwung, den ihm die Sehne verleiht. Das ist die Aristotelische Lehre von der Bewegung der Dinge. Die kann aber nicht den Abwärtsbogen erklären, den der Bolzen beschreibt, bevor er zu Boden fällt. Also muss es eine zweite Kraft geben, die auf ihn wirkt. Die ihn zu Boden zwingt.«

»Und was soll das sein?«, fragte Konrad.

»Das eigene Gewicht«, vermutete Isenhart.

Von Ascisberg sah ihn mit jenem Erstaunen an, das mittlerweile eine gewisse Routine erlangt hatte. »So ist es«, stellte er fest. Seine

Augen ruhten auf Isenhart oder vielmehr in den Augen des Jungen.

»Das war doch geraten«, hoffte Konrad.

Isenhart zögerte einen Augenblick, bevor er nickte.

Aber Walter von Ascisberg glaubte ihm nicht. »Ich frage mich seit Jahren«, sagte er daher, »wie ich die Höhe von Dingen aus der Distanz bestimmen kann.«

»Man kann hingehen und sie abschreiten«, erwiderte Konrad.

Walther von Ascisberg nickte, ein geduldiges Lächeln umspielte seinen Mund. »Ich sagte *Distanz*. Wenn man die Höhe aus der Ferne messen kann, muss man nicht mehr hingehen«, antwortete er.

Isenhart hatte den Wink verstanden. Es war eine Herausforderung, der er sich keineswegs gewachsen fühlte. Walther von Ascisberg war weit und breit der intelligenteste und weiseste Mensch, den er kannte. Eine Antwort auf eine Frage zu finden, die sein Lehrmeister noch nicht gefunden hatte, schien ihm unmöglich. Aber er wollte sich bemühen, und das war – gemessen an ihrer lebenstauglichen Bedeutung – in Walthers Augen die zweite Eigenschaft, die Isenhart auszeichnete: seine Leidenschaft.

Isenhart warf einen Blick nach draußen, hinab in den Burghof. Er entdeckte Anna. Sie war dreizehn, trug einen einfachen Umhang und die Haare schulterlang. Blondes Haar, das in der Septembersonne glitzerte. Sie blickte sich um und gewährte ihm unbewusst einen freien Blick auf ihren schmalen Nacken.

»Glotzt du meiner Schwester nach?«

»So ein Blödsinn«, beeilte Isenhart sich zu sagen.

Das Öffnen der Burgtore kam wie eine Erlösung über ihn. Von Ascisberg blickte nun auch hinab, und Konrad stellte sich an die Maueröffnung, durch die im Winter der Wind pfiff. »Alexander von Westheim«, sagte er.

In einem Abstand von vier bis sechs Monaten stattete der fahrende Händler ihnen einen Besuch ab. Diesen zu verpassen wäre undenkbar gewesen. Isenhart und Konrad warfen ihrem Lehrer einen fragenden Blick zu. Und der nickte.

Die beiden Jungs stürmten hinaus.

Immer, wenn Alexander von Westheim auftauchte, verwarf Konrad auf der Stelle seine Leidenschaft für Schlachten, berühmte Krieger und die mannigfaltigen Möglichkeiten, Gegner vom Leben zum Tode zu befördern – nicht zu vergessen all die Instrumente, die einem dabei zur Verfügung standen.

Konrad und Isenhart wuchsen im Umkreis der Burg Laurin auf, die weiteste Reise, die Isenhart je unternommen hatte, war jene mit Walther von Ascisberg zum Wasserrad. Konrad war ihm natürlich auch in dieser Hinsicht überlegen, denn er kannte die freie Reichsstadt Spira, die gut und gerne sieben Tage zu Pferd entfernt lag. Doch auch für Konrad von Laurin endete hier die bekannte Welt.

Alles, was dahinter kam, übte den Reiz des Unbekannten auf sie aus. Malten sie sich aus, was sie auf einer Reise dorthin wohl erwartete, hielten sich Begeisterung und wohlige Schauer die Waage.

Sigimund von Laurin und Walther von Ascisberg waren auf dem Kreuzzug ins Heilige Land gewesen. Die Jungs hatten keinerlei Vorstellung davon, welch unermessliche Strapazen sie dafür in Kauf genommen hatten. Sprach man einen von ihnen darauf an, hüllten sie sich in Schweigen oder antworteten ausweichend. Ganz offensichtlich waren sie bemüht, diesen Teil ihres Lebens der Vergessenheit zu überantworten. Es konnte nicht sonderlich erfreulich gewesen sein, schloss Isenhart.

»Die Welt ist dort genauso wie hier, nur eben anders.« Zu mehr als dieser lakonischen Auskunft hatte Walther von Ascisberg sich nicht hinreißen lassen.

Fahrende Händler waren daher für Konrad und Isenhart das Nonplusultra, denn sie waren das Tor zur Welt.

»Ich habe Salz aus Salzburg«, rief Alexander von Westheim und deutete auf ein kleines Fass. Er stand auf seinem Wagen, die Plane aus behandeltem Leder gerafft, und pries seine Ware an. Ein Dutzend Menschen aus dem Gesinde hatte sich versammelt, Konrad und Isenhart wohnten dem Schauspiel bei, das für alle eine willkommene Abwechslung darstellte.

»Tuch aus Flandern, der erlesenste Stoff im ganzen Reich«, rief von Westheim, »fühlt selbst.«

Er hielt ihnen seinen Arm hin, drei Frauen ließen den Ärmel durch ihre Finger gleiten. Natürlich war er gelblich gefärbt, Alexander von Westheim war Jude.

»Was kosten fünf auf zwei Ellen?«, fragte eine der Frauen.

»Drei Pfennige«, erwiderte von Westheim.

Die Frauen ließen seinen Ärmel sofort los. »Drei Pfennige«, wiederholte eine von ihnen mit fassungsloser Stimme.

»Ihr wuchert«, stellte die zweite Frau fest.

Alexander von Westheim ging mit einem Lächeln darüber hinweg: »Tapfere Männer haben beste englische Wolle an Piraten und Seeungeheuern vorbei durch Regen und Sturm nach Brügge verschifft. Die besten Tuchmacher des Abendlands haben all ihr Können darauf verwandt. Und mich hat es drei Monate gekostet, es zu Euch zu bringen. In Mulenbrunnen habe ich es für vier Pfennige verkauft, man hat es mir aus den Händen gerissen, aber«, er legte eine bedeutungsvolle Pause ein, »dem Haus Laurin fühle ich mich am meisten verbunden. Ich biete es fast zu dem Preis an, zu dem ich es selbst erworben habe.«

Isenhart nahm deutlich wahr, wie zwei der Frauen wankelmütig wurden. Ida, seine Mutter, war wie die meisten anderen Frauen neben schönen Tüchern an Salz interessiert, um Fisch und Fleisch darin einzulegen.

Chlodio, dessen Kopfhaut langsam durch seine Haare schimmerte, fragte nach einem Haarwuchsmittel.

Von Westheim zog sofort eine Ampulle hervor, in der eine rötliche Flüssigkeit glitzerte. »Es ist aus dem Morgenland«, setzte er an und wurde sofort von Hieronymus, der das Treiben mit offener Skepsis beobachtete, unterbrochen: »Wir erwerben nichts von den Gottlosen!«

Einige zuckten zusammen, auch Isenhart hatte ihren Lehrmeister zuvor nicht bemerkt.

»Ah, Vater Hieronymus«, rief von Westheim mit aufgesetzter Fröhlichkeit, »ich hatte gehofft, Euch anzutreffen. Ich habe etwas für Euch, tretet näher.«

Hieronymus war für einen Augenblick hin- und hergerissen, der fahrende Händler hatte ihn aus dem Konzept gebracht, und nun richteten sich die Augen der Versammelten auf ihn. Von Westheim ermunterte ihn mit einer Geste, zu ihm zu kommen.

Der Geistliche trat an den Wagen, von dem Alexander von Westheim jetzt herabstieg. Er zauberte ein kleines Stück Stoff hervor.

»Zeigt mir Eure Hand«, sagte er freundlich. Hieronymus zögerte kurz, gab dann aber nach. Der Händler legte das Stück Stoff auf die Handfläche des Geistlichen.

»Tuch? Was soll das?«, fragte Hieronymus mit jenem gereizten Ton in der Stimme, den Konrad und Isenhart zu fürchten gelernt hatten.

Von Westheim entfaltete den Stoff, sodass ein kleiner Holzsplitter zum Vorschein kam. Hieronymus legte die Stirn in Falten. Was trieb der Jude für ein Spiel mit ihm? Auch den anderen im Burghof wollte sich die Bedeutung des Splitters nicht erschließen.

»Dieser Splitter hat eine weite Reise hinter sich. Von Metz hierher nach Schwaben. Nach Metz gelangte er zuvor von Marseille. Und davor«, spannte von Westheim sie weiter auf die Folter, »musste er eine gefährliche Seereise überstehen. Denn er stammt aus Jerusalem.«

Hieronymus war wie vom Schlag getroffen, er blickte dem Mann in die Augen. Suchte in ihnen nach einem Anzeichen der Belustigung. Erfolglos. Die linke Hand, die er nach dem Splitter ausstreckte, begann vor Erregung zu zittern. Sanft fuhren seine Finger über den kleinen Span. Tiefste freudige Erschütterung erfasste ihn, ein Schauer nach dem anderen durchfuhr seinen gesamten Körper, eine solche Welle an Glücksgefühlen hatte er noch nie erlebt.

Während Konrad durchaus begriffen hatte, mit welchem Geschick es Alexander von Westheim gelungen war, von dem Haarwasser aus dem Morgenland abzulenken, verstand er den Grund für Hieronymus' plötzliche Ehrfurcht nicht.

Isenhart hingegen war ebenfalls ergriffen, er erhaschte einen Blick auf den Holzsplitter. Auf den Span aus Jerusalem, der Stadt des Königs der Christenheit.

Der Holzsplitter stammt vom Kreuz des Herrn.

»Ist das auch wahr?«, fragte Hieronymus. Sofort hing auch Isenhart an den Lippen des Juden.

»Ritter des Templerordens haben einen Teil des Heiligen Kreuzes in den Gewölben von Salomons Tempel gefunden. Sie verwahren ihren Fund dort seit mehr als zwei Jahren. Gérard de Ridefort lässt es alle sieben Tage an einem anderen Platz verstecken.«

Jetzt begriffen es alle. Staunend betrachteten sie den kleinen Splitter auf der Handfläche ihres Geistlichen, der das Kreuz schlug. Ohne Ausnahme bekreuzigten sie sich ebenfalls.

Gérard de Ridefort war Isenhart nur deshalb ein Begriff, weil er in Jerusalem weilte, ohne zu wissen, dass er in Konrad seinen glühendsten Verehrer gefunden hatte.

Der Großmeister des Templerordens hatte Ende April von einem 7000 Mann starken Heer erfahren, das Saladin bei Nazareth zusammengezogen hatte. Schnell rekrutierte er aus den eigenen Reihen 140 Männer – und attackierte Saladin am 1. Mai bei Cresson, einem kleinen Ort vor Nazareths Toren.

Konrad hatte unentwegt den Kopf geschüttelt, als er davon gehört hatte. Welch eine zahlenmäßige Unterlegenheit! Welch ein Mut! Welche Todesverachtung! Gérard de Ridefort war sein neuer Held, Konrad träumte davon, an seiner Seite als Tempelritter durch Jerusalem zu reiten und Abenteuer zu bestehen.

Isenhart dagegen hielt de Ridefort für einen Dummkopf. Denn wie beschränkt im Geist musste man sein, um seine eigenen Glaubensbrüder ohne jede Not in einen aussichtslosen Kampf und in den sicheren Tod zu führen?

Und als er Konrads Lobeshymnen überdrüssig wurde, sagte er ihm das auch.

Der junge Laurin war außer sich, erst recht, als er Walther von Ascisberg Isenharts Meinung auftischte und dieser Isenhart – wenn auch mit anderen Worten – zustimmte. Lediglich in Hieronymus hatte Konrad von Laurin in dieser Angelegenheit ausnahmsweise einen Verbündeten gefunden. Diese Koalition hatte aber einen banalen Grund, denn Hieronymus freute sich grundsätzlich über jeden Muselmanen, der einen Kopf kürzer gemacht wurde.

»Ich will nichts hören«, sagte Konrad daher leise, als der Name des Großmeisters fiel.

»Was wollt Ihr dafür haben?«, fragte Hieronymus den fahrenden Händler mit zitternder Stimme.

»Wie könnte ich mit dem Kreuz Eures lieben Herrn Jesus Handel treiben, Vater?«, fragte Alexander von Westheim. »Es ist ein Geschenk an Euch und möge Eure Kapelle unter den besonderen Schutz Gottes stellen.«

So viel Selbstlosigkeit trieb Hieronymus die Tränen in die Augen, ein Teil der Welt verschwamm vor ihm, und völlig überwältigt segnete er Alexander von Westheim, bevor er mit dem Holzsplitter in der Kapelle verschwand.

Anschließend kaufte Chlodio das Haarwuchsmittel, von dem der Jude ihm versicherte, es sei in Akkon hergestellt und tausendfach erprobt worden. Der Pinkepank wiederum machte beträchtlichen Gewinn beim Verkauf von Steigbügeln, Gabeln und Dolchen, die Alexander von Westheim in Prag zum doppelten Preis an den Mann bringen würde.

Henrick hatte ein Auge auf die beiden schwarz gefiederten Hühner geworfen, die ihr Dasein in einem kleinen Käfig fristeten, der ihnen kaum genug Platz bot, um sich um die eigene Körperachse zu wenden.

Von Westheim nannte sie »Cochin-Hühner«, da sie aus der Region *Cochin* in China stammten – das jedenfalls erzählte er. Henricks Leidenschaft für das Federvieh war von solcher Reinheit, dass der Händler es nicht über sich brachte, ihn zu belügen. Zudem hielt er Henrick für leicht zurückgeblieben. Nichts war einfacher und bereitete weniger Spaß, als einen Simpel übers Ohr zu hauen. »Sie legen nur achtzig Eier im Jahr«, gestand er deshalb.

Henrick nickte mit abwesendem Blick. Eier? Es war typisch für einen Händler, die Dinge nur unter dem Aspekt von Wert und Gegenwert zu betrachten, dachte Henrick. Was dem Juden dadurch für eine Welt verschlossen blieb! Hatte er denn kein Auge für den

Daunenreichtum der beiden Hühner? Für ihre reich befiederten Läufe und die zierlichen Köpfe? Für ihre – trotz der beengten Situation – würdige Haltung?

Vermutlich nicht. Henrick hatte schon früh begriffen, dass er in einer Welt zu Hause war, in der man sich nur ein wenig dumm anstellen musste, um von schweren oder komplizierten Arbeiten verschont zu bleiben. Deswegen wurde Isenhart in der Schmiedekunst unterwiesen und nicht er. Keine beißenden Dämpfe, kein Schwitzen, keine Verbrennungen an Armen und Händen.

Wegen seines scheinbar mangelnden Geschicks behelligte man ihn nur noch mit Arbeiten, bei denen weder Menschen noch Tiere oder Gegenstände zu Schaden kommen konnten. So sammelte er Reisig oder drosch draußen mit dem Gesinde das Korn.

Henrick war daher nicht sonderlich überrascht, wie tief Alexander von Westheim den Wert der Cochin-Hühner veranschlagte, denn er hatte beobachtet, dass die Genugtuung des Händlers über ein erfolgreiches Geschäft umso größer ausfiel, je schlauer er sein Gegenüber wähnte. Sanft auf die Hühner einredend und innerlich jubelnd trug Henrick die Cochins zu dem Gehege.

Von Westheim verkaufte Safran und Zimt, Wolle und Leinen, Leder und Armreife. Da bemerkte er Anna und Sophia. Sophia trug die Haare, deren Blond ein wenig ins Rötliche ging, immer noch recht kurz. Sie standen ihr struppig vom Kopf ab. Zusammen mit ihrer Schwester sollte sie Salz kaufen. Anna trug ihre Haare offen, sie fielen ihr auf die Schultern. Anders als ihre jüngere Schwester, die stets einen für ihr Alter ungewöhnlichen Ernst und grimmigen Blick an den Tag legte, war Anna von einer erfrischenden Heiterkeit. Nichts schien sie zu bekümmern.

Und sie war hübsch, wenn auch zu dünn, um wirklich schön zu sein.

»Komm näher, schönes Kind«, sagte von Westheim trotzdem und lächelte.

»Wir brauchen Salz«, sagte Sophia.

Isenhart fand, sie benahm sich wie ein Trampel. Sie bewegte sich auch wie einer.

Von Westheim nickte zwar, sein Interesse galt aber ausschließlich Anna. »Ich habe etwas für dich«, fuhr er fort, griff in eine Kiste und zog einen kleinen Lederbeutel hervor, den er ihr reichte. Um sie herum schaute das Gesinde nach den Waren auf der Wagenfläche, prüfte die Festigkeit von Holzgabeln und die Struktur der Tücher.

»Was ist das?«, fragte Anna.

Der Händler ging in die Hocke, betrachtete Anna einen Augenblick, ihre Gesichtszüge, die schmalen Schultern.

»Das sind Kräuter aus Toledo, wer diesen kleinen Beutel bei sich trägt, der wird begehrt sein.«

Annas Augen hefteten sich umgehend auf den wundersamen Lederbeutel.

»Wir haben nur Münzen für Salz«, quäkte Sophia.

Bei Licht betrachtet waren ihre Züge grob, stellte Isenhart fest. Alexander von Westheim beachtete sie einfach nicht.

»Was wollt Ihr dafür haben?«, fragte Anna.

»Ein Lächeln.«

Sie schenkte dem Juden ein wunderschönes Lächeln, und Isenhart war überrascht über den kleinen Stich, den sie ihm damit versetzte.

Wenn Alexander vom Westheim seine Reiseberichte zum Besten gab, fand er in Konrad seinen treuesten Zuhörer. Konrad interessierte jede Begebenheit, die dem gerade 28-jährigen Mann widerfahren war. Dessen Vater, Magnus von Westheim, der den Leuten verdünnte und mit Zucker aufbereitete Kuhpisse als orientalisches Heilgetränk angedreht hatte, war im vergangenen Frühjahr bei Montpellier im Duell um eine Hure erschlagen worden. Böse Zungen behaupteten, er sei sternhagelvoll auf dem Kampfplatz erschienen.

Alexander jedenfalls hatte die Geschäfte des Vaters übernommen, und wie nur wenige in dieser Zeit hatte er die weite Reise über die Seidenstraße bis nach China gewagt. Er erzählte von heißen Wüsten und bitterkalten Gebirgspässen – wo er auch dem Stamm der

Zweiköpfigen begegnet sei –, von fremden Bräuchen und Kleidern (Anna und Sophia waren ganz Ohr) und von den Kämpfen um sein Hab und sein Gut.

Von Westheim hatte für jeden die passende Neuigkeit parat.

Anna umkreiste ihn am Abend wie die Sonne die Erde.

Isenhart reinigte den Ofen und sah die beiden über den Burgfried zu dem Wagen des Händlers schlendern. Anna trug den Beutel um den Hals, und Isenhart fragte sich, was Alexander von Westheim so Komisches zu erzählen hatte, dass sie ihn in einem fort anlächelte.

Er konnte dieses Gefühl, als erwärme sich plötzlich sein Blut, noch nicht einordnen. Es war ein Vorgeschmack auf das Brennen der Eifersucht.

Etwas geschah mit Isenhart in diesen Wochen. Und nicht nur mit ihm.

Zwei kleine Wölbungen zeichneten sich unter Annas Kleid ab, die Isenhart in tiefe Verwirrung stürzten. Anna und Sophia waren Nervensägen, denn sie waren Mädchen. Aber immer öfter ertappte er sich dabei, Anna nicht mehr zuzuhören, wenn sie das Wort an ihn richtete, sondern ihr Antlitz zu studieren.

Ihren Mund, die hellen Zähne, das glatte blonde Haar, die stets leicht geröteten Wangen, ihre schmalen Finger und vor allem diese graublauen Augen. Jedes Gesetz verschmähend, das Isenhart kannte, wirkte all das und noch viel mehr auf unvorhersehbare Weise zusammen, potenzierte sich mit ihrer Art, sich zu bewegen, und addierte sich mit ihrem Lachen, das jeden Ernst dahinfegte, zu einer für Isenhart unermesslichen Summe, die mehr war als die Gesamtheit ihrer Teile. Es war ein Zauber, der sie umgab und ihn erfasste, der ihm zeit seines Lebens unerklärlich blieb und einzig aus diesem Mysterium seine Kostbarkeit bezog.

Waren ihm früher die Antworten auf Annas Fragen fast spielerisch von der Hand gegangen, kam er nun häufig ins Stottern. Und wenn er vorsichtshalber schwieg, kam Isenhart sich vor wie ein minderbegabter Idiot. Um von Walther von Ascisberg zu hören, dass man dieses – »minderbegabter Idiot« – in der Rhetorik einen Pleonasmus nennt, ebenso wie einen »schwarzen Raben«.

Isenhart nickte zwar, aber er fragte sich, ob an diesem Lederbeutel wirklich etwas dran war.

Anna warf ihn nach einer Woche weg, weil er zu stinken begonnen hatte. An dem Beutel lag es also nicht.

Nur drei Tage später begann Saladin mit der Belagerung Jerusalems, das unter dem Befehl von Balian von Ibelin verteidigt wurde. Die aussichtslose Situation der Christen führte am 2. Oktober 1187 zur Übergabe Jerusalems an Saladin.

Die Burg Laurin erreichte die Nachricht im darauffolgenden Jahr.

6.

ANNO DOMINI 1188

»Gott hat uns alle mit den vier Lebenssäften ausgestattet«, sagte Hieronymus. Er stand vor dem kleinen Altar, den er zum Ruhme Jesu für den Holzspan in der Kapelle errichtet hatte.

»Walther von Ascisberg hat uns schon …«, begann Isenhart.

»Walther von Ascisberg«, unterbrach ihn Hieronymus barsch, »tut hier nichts zur Sache.«

Konrad und Isenhart wagten nicht zu widersprechen.

Vater Hieronymus argwöhnte, sie könnten größeren Gefallen an den Lehrstunden bei von Ascisberg finden. Der hatte ihnen bereits von den vier Lebenssäften erzählt. Es handelte sich um die von Hippokrates ausgehende Lehre vom Gleichgewicht der Säfte, die der griechische Arzt und Gelehrte Galenos von Pergamon verfeinert hatte. Isenhart haftete noch sehr genau im Gedächtnis, wie Hieronymus nach dieser Lehre behandelt und geheilt worden war.

»Jeder Mensch besteht aus diesen vier Lebenssäften: Blut, Schleim, gelbe und schwarze Galle«, fuhr der Geistliche fort.

Konrads Augenlider senkten sich und gönnten ihm eine Pause vom Sonnenlicht, das ihn heute Morgen eigenartig grell heimsuchte.

Der Rohrstock durchschnitt die Luft so schnell, dass er ein giftiges Surren verursachte, bevor er auf Konrads Fingerkuppen niederfuhr. Der zuckte vor Überraschung und Schmerz zusammen.

»Aufstehen«, befahl Hieronymus, seine Nasenflügel blähten sich auf.

Konrad schoss in die Höhe, für einen Sekundenbruchteil glitzerte in seinen Augen die blanke Mordlust.

»Bleib stehen«, sagte der Geistliche ungerührt, »das belebt die Geister.«

Die vier Säfte, so Hippokrates' Theorie, standen in Verbindung mit den Zuständen der unbelebten Welt: warm, kalt, feucht und trocken. »Es ist die Theorie von Gleichgewicht und Ungleichgewicht«, erklärte Hieronymus, »aber auch die Theorie vom Temperament eines Menschen.«

Laut Hippokrates und Galenos bestimmte das Vorherrschen eines Saftes auch das seelische Temperament des Menschen. Lag ein Ungleichgewicht zugunsten des Blutes vor, so hatte man es mit einem Sanguiniker zu tun, der sich durch sein lebhaftes Wesen und seine Heiterkeit auszeichnete; Isenhart musste unweigerlich an Anna denken. Was nichts zu bedeuten hatte, da er seit Wochen sowieso ständig an sie dachte.

Ein Übermaß an Schleim begründete den Phlegmatiker, dessen prägnanteste Eigenschaft die Trägheit war. Konrad und Isenhart blickten bei Hieronymus' Erklärung unabhängig voneinander in den Hof, in dem Henrick sich um seine Cochins kümmerte.

Dann waren da noch die schwarze und die gelbe Galle. »Der Choleriker wird von der gelben Galle geleitet«, erläuterte Hieronymus. »Galenos hat ihn als aufbrausenden Menschen beschrieben.«

»Da fällt mir niemand ein«, meinte Konrad und sah zu Isenhart, »dir?«

Isenhart grinste, schüttelte aber den Kopf.

»Was gibt's denn da zu grinsen?«

»Nichts.«

Der Melancholiker schließlich, dem Schwermut und Trübsinn zugeneigt, litt der Hippokratischen Lehre nach an zu viel schwarzer Galle.

»Nur, wenn sich alle vier Säfte im Gleichgewicht miteinander befinden, geht es dem Menschen gut. Hat er von einem der Säfte zu viel oder zu wenig, wird er erkranken«, schloss Hieronymus. Er warf einen ehrfürchtigen Blick auf den Holzsplitter.

»Da hat Hippokrates aber einen Lebenssaft vergessen«, merkte Konrad mit scheinheiliger Miene an.

Hieronymus riss sich vom Anblick des Spans los. »Blut, Schleim, gelbe und schwarze Galle«, zählte er auf, »das sind die vier Säfte. Welcher sollte der fünfte sein?«

»Einer, der den Männern vorbehalten ist«, erwiderte Konrad und grinste breit.

Hieronymus lief puterrot an.

Sicher, da war die Geschichte mit Bruder Reinhold gewesen, nach schwerem Tagewerk hatten sie die Kutten abgelegt und im Fluss nach Erfrischung gesucht. Die Körper junger Männer, die durchs Wasser glitten, eine zufällige Berührung hier, ein heimlicher Blick dort. Tropfen auf nackter Haut, am Ufer, hin und wieder schoss Hieronymus diese Erinnerung durch den Kopf.

Etwas war über sie gekommen, Reinhold und er wurden von einer animalischen Geilheit erfasst, die sie diese *Dinge* tun ließ.

Hieronymus dachte mit tiefer Abscheu an jenen Nachmittag zurück. Gott hatte ihn in Versuchung geführt, und er hatte sich als unwürdig erwiesen. Reinhold zog ins Heilige Land, angeblich war ihm Jesus im Schlaf erschienen, aber Hieronymus wusste es besser. Reinhold wollte die Sünde, die eine Reihe schöner Gefühle mit sich gebracht hatte, durch seinen Bußgang ungeschehen machen.

Im Hafen von Genova, wo er sich um eine Überfahrt nach Tripolis bemühte, wurde er von Wegelagerern erstochen. Hieronymus schämte sich für die Erleichterung, die er empfunden hatte, als die Nachricht ihn erreichte. Ihr Geheimnis ruhte nun allein bei ihm.

Aber darauf konnte Konrad von Laurin, dieser ungehobelte Spross einer Linie, die sich bisher nicht gerade durch übermäßige Gottesfürchtigkeit hervorgetan hatte, unmöglich anspielen.

»Solch eine Bemerkung ist Eures Standes unwürdig«, befand Hieronymus daher und trat an Konrad heran, der ihm an Körpergröße mittlerweile ebenbürtig war und ihn fraglos bald überragen würde. »Ihr seid der Stammhalter Eures Geschlechts«, fuhr der Geistliche fort, »Euer Stand trägt Verantwortung, denn er ist Vorbild. Euer anrüchiger Scherz findet vielleicht in den Kreisen eines Pinkepanks Anklang«, fuhr Hieronymus fort, während eine senkrechte Ader auf seiner Stirn mehr und mehr anschwoll, »aber er ist nicht standesgemäß. Ja, er ist *un-an-ständig.*«

Die Wut, die in Hieronymus hochstieg und ihm die Brust zusammenpresste, hatte ihren Ursprung nicht in dem geschmacklosen Scherz dieses flügge gewordenen Jungen, sondern in Konrads Geringschätzung ihm gegenüber.

Der junge Laurin kam eben nach seinem Vater. Stur wie ein Maulesel, keinem Kampf aus dem Wege gehend und so gläubig wie ein Kuhfladen. Konnte man dem Jungen etwa einen Vorwurf machen?

Die Liebe, die Hieronymus für ihn empfand, wurde mit zunehmendem Alter Konrads immer weniger erwidert, bis sie irgendwann ganz ausblieb. Nur zu gern hätte Hieronymus die Seele dieses Jungen vor der ewigen Verdammnis bewahrt, aber Konrad von Laurin hatte seine Wahl längst getroffen.

Isenhart räusperte sich, und der Geistliche lenkte seinen Blick auf den hageren Jungen. »Aber Schweine bestehen aus mehr als den vier Säften.«

Dieser unheimliche Junge platzte vor Neugier und Wissensdurst. Isenharts schnelle Auffassungsgabe bereitete Hieronymus zuweilen Angst.

Natürlich war Hieronymus in jener Hütte unten am Wald gewesen, in der sich all das abgespielt hatte, worüber Sigimund von Laurin zu sprechen verboten hatte.

Ein Fremder hat das Kind zum Leben erweckt.

Der Fremde.

Wer mochte das gewesen sein? Wer besaß die Macht, Tote wiederauferstehen zu lassen? War der Fremde ein direktes Werkzeug Gottes?

Auch die Rolle Walthers von Ascisberg in dieser ganzen Angelegenheit blieb im Dunkel. Warum hatte er den Säugling zur Burg Laurin gebracht? Weshalb sollte dieses Kind, das mehr wusste als sie alle – denn es war im Reich der Toten gewesen –, schreiben und lesen lernen?

»Schweine bestehen doch aus mehr als vier Säften«, wiederholte Isenhart und riss den Geistlichen damit aus seinen Gedanken.

Wieder begann die Ader auf Hieronymus' Stirn zu pulsieren. »Wer bist du, dass du die Krone der Schöpfung Gottes mit Mastvieh vergleichen willst?«, polterte er.

»Das will ich gar nicht, ich frage mich nur …«

Dieses eine Mal knallte der Rohrstock nicht auf Isenharts Fingerkuppen, sondern auf die Kante des Pults, an dem er saß. Der Rohrstock zersprang mit einem trockenen Knall in zwei Stücke.

Hieronymus war darüber nicht weniger verdutzt als Isenhart. Und über Konrads Lippen kräuselte ein Lächeln.

Alle waren erstarrt.

»Ich wollte nur …«, begann Isenhart erneut.

»Schweig!«

Jemand räusperte sich hinter ihnen, sie alle fuhren herum. Sigimund von Laurin stand im Eingang, mit dem Kopf deutete er eine Verbeugung in Richtung des Geistlichen an. Von Laurin trug einen Plattenpanzer, Isenhart erkannte ihn wieder. Chlodio hatte ihn gefertigt, er war ein Meisterwerk.

Seit die Armbrustbolzen den Schutz, den ein Kettenhemd üblicherweise bot, mehr oder minder neutralisiert hatten, wie Walther sie gelehrt hatte, rüsteten jene, die es sich leisten konnten, auf. Der Plattenpanzer war daher nicht allzu verbreitet. Außerdem prallten die Bolzen zwar wirkungslos an ihm ab, aber sein Träger bezahlte die relative Unverwundbarkeit mit einem Mangel an Behändigkeit.

Der Burgherr hatte sich einen Kinnbart stehen lassen, und ebenso wie Isenhart es schon bei Walther von Ascisberg bemerkt hatte, mischten sich die ersten feinen silbernen Haare darunter und ersetzten die grauen. Sie wurden alt. Von Ascisberg wirkte noch keineswegs gebrechlich, aber gewisse Bewegungen und Haltungen – etwa die linke, leicht hängende Schulter, die er mit den Jahren immer weniger verbarg – kündeten doch von körperlichem Verfall.

Isenhart war das bei ihrem letzten Treffen aufgefallen. Walther von Ascisberg hatte ihnen eine Abschrift der taufrischen Übersetzung eines Buches mitgebracht, das von einem Franzosen verfasst worden war: Chrétien de Troyes' »Li Contes del Graal«, in dem es um einen gewissen Perceval ging. Konrad machte keinen Hehl aus seinem Desinteresse, also nahm Isenhart es in seine Obhut, für den es auch eigentlich bestimmt gewesen war.

Sigimund von Laurin zählte bald 56 Lenze, er war schon lange kein Springinsfeld mehr. Aber er hatte Kraft, Konrad kam unübersehbar nach ihm, auch wenn ihm die natürliche Präsenz seines Vaters abging. Er strahlte auf natürliche Weise Macht aus, ohne dabei ignorant zu wirken.

»Zeit zu kämpfen«, sagte er. Als geschwätzig konnte man ihn beim besten Willen nicht bezeichnen, dachte Isenhart.

Konrad atmete erleichtert aus, nur allzu bereitwillig verließ er die Kapelle.

Hieronymus empfand die unerbetene Beendigung seines Unterrichts nicht als Herabsetzung. Zum einen waren Konrads Lehrjahre praktisch abgeschlossen, es gab kaum etwas, was der Geistliche ihm und Isenhart noch hätte vermitteln können, zum anderen mochte man von Sigimund von Laurin halten, was immer man mochte – seine Entscheidungen waren stets klug.

Konrad musste darin unterwiesen werden, das Haus Laurin zu führen. Eines nicht allzu fernen Tages würde Sigimund von Laurin hinter seinen Sohn zurücktreten und ihm die Geschicke des Hauses überlassen. Da das niemandem zum Nachteil gereichen sollte, war es notwendig, Konrad in alles einzuweihen.

Dazu gehörte auch der Kampf.

Wenige Wochen später sollte Hieronymus' Wohlwollen für den Burgherrn allerdings einer gewissen Verstimmung weichen. Ursache war niemand Geringerer als Friedrich I., genannt Barbarossa, Kaiser des Heiligen Römischen Reiches.

Nach der Niederlage an den Hörnern von Hattin war die Nachricht vom Verlust Jerusalems weit mehr als nur ein weiterer Schock. Das Abendland war vor Entsetzen wie gelähmt, etwas schier Undenkbares hatte sich ereignet.

Die einen beschlich die Furcht vor Saladin und seinen Plänen, über die nur spekuliert werden konnte: Würde er nach Konstantinopel vorrücken? Die anderen empfanden es als eine unglaubliche Schande und Demütigung, dass sich die Stadt des Königs aller Könige in der Hand von Ungläubigen befand. Ein Leben, in dem sie dieses tatenlos hinnahmen, war für sie ohne Wert.

Zu ihnen zählte Barbarossa.

Papst Gregor VIII. hatte zu einem dritten Kreuzzug aufgerufen. Dessen Beginn erlebte er nicht mehr. Aber sein Nachfolger Clemens III. hielt an dieser Linie fest. Barbarossa hatte im März auf dem Hoftag zu Mainz seine Teilnahme erklärt. Der Mann war immerhin 66 Jahre alt, und seine Entscheidung nötigte im Reich und im gesamten Abendland jedermann Respekt ab.

Konrad war sich noch nicht im Klaren gewesen, ob Barbarossa sein neuer Held sein sollte, aber im Mai verdrängte der Kaiser endgültig den Templer-Großmeister Gérard de Ridefort von Konrads persönlicher Heldenliste. Dieser fiel auf den zweiten Platz – ganz wollte Konrad de Ridefort nicht aus seinem Herzen bannen.

Im Mai nämlich, erfuhren sie von Walther von Ascisberg, sandte Friedrich Barbarossa ein Schreiben an Sultan Saladin, in dem er ihn zum Zweikampf in der ägyptischen Ebene Zoan aufforderte. Und zwar für den 1. November 1188.

»Tollkühn«, nannte Konrad dieses Schreiben. Isenhart musste ihm recht geben.

Hieronymus war außer sich vor Freude, Friedrich – ohnehin für jeden deutschen Christen obligatorischer Bestandteil des täglichen Gebets – wurde mit einem Psalm extra bedacht. Der dritte Kreuzzug war in seinen Augen unumgänglich. Vielleicht würden sich noch andere Herrscher anschließen, bestimmt sogar.

»Hört Ihr mir überhaupt zu?«, fragte Hieronymus, als er sich über den Kreuzzug ausließ und wahrnahm, dass Konrad seinen Blick nach draußen gewandt hatte. Der Geistliche schnaubte, erhob sich, griff nach dem Rohrstock und ging auf Konrad zu. Isenhart räusperte sich, um ihn zu warnen. Vergebens.

Konrad blickte erst auf, als Hieronymus ihm die Sicht verstellte. »Ich schließe mich an«, sagte Konrad mit fester Stimme.

Vor Verblüffung entglitt dem Geistlichen der Rohrstock.

Alles, *wirklich alles*, hätte er von diesem Jungen erwartet, eine weitere Enttäuschung beispielsweise, aber nicht dieses Zeugnis des festen Glaubens.

Das also, schoss es Hieronymus durch den Kopf, war endlich der Lohn für die Mühsal, die er mit dem Sohn des Fürsten durchlitten hatte. So trug sein Unterricht am Ende doch noch Früchte. Der Herr hatte ihn aus diesem Grund zu seinem Werkzeug bestimmt.

Er beschloss, Konrad den Splitter aus dem Kreuz Christi mit auf den Weg zu geben – etwas Wertvolleres besaß er nicht. Vor seiner Abreise würde er ihn mit dem Segen Gottes versehen. Und die Bibel würde er ihm auch mitgeben.

Isenhart kam in den Sinn, dass Konrad schon die letzten Tage nie ganz bei der Sache gewesen war. Wenn er ihn mit Gérard de Ridefort aufzog, nickte er lediglich.

»Lustig, Isenhart«, brummte er nur, und seine Gedanken kehrten zurück an jenen Ort, von dem Isenharts Neckerei sie aufgescheucht hatten. In diesen Augenblicken, begriff Isenhart nun, hatte Konrad vermutlich seine einsame Entscheidung gefällt.

Ihm waren lediglich zwei Männer bekannt, die an einem Kreuzzug teilgenommen hatten. Aber das beredte Schweigen von Sigimund von Laurin und Walther von Ascisberg über ihre Teilnahme am zweiten Kreuzzug erzählte ihm mehr, als sie preisgeben wollten. Er ahnte die Torturen und die Strapazen, die die Kreuzritter auf sich genommen hatten.

Ein Blick von Sigimund von Laurin genügte, und Isenhart meinte, den Angstschweiß riechen zu können, den ihre Körper damals ausgestoßen hatten. Und wenn von Ascisberg sie, gelöchert von Konrads Fragen nach Kampf und Ruhm auf dem Weg nach Jerusalem, mit einem milden Lächeln bedachte, ermaß Isenhart aus der Kraft, die dieses Lächeln seinen Lehrmeister kostete, mit welchen Schrecken und Albdrücken die gestandenen Männer heimgekehrt waren. Ganz gewiss waren es nicht jene Abenteuer mit brenzligen Situationen und glücklichem Ausgang gewesen, die Konrad vorschwebten.

»Einmal habe ich Massen an Vögeln gesehen, so viele Vögel, wie ich noch nie …«, hatte von Ascisberg eines Morgens begonnen, als Isenhart sich mit ihm über das Flugverhalten von Jagdvögeln unterhielt. Walther von Ascisberg unterbrach sich, mitten im Satz, kurz zitterten seine Nasenflügel, dann hatte er sich wieder im Griff.

»Was war mit den Vögeln?«

»Nichts, Isenhart.«

Er log. Isenhart sah die Vögel in seinen Gedanken nun auch, sie kamen in Scharen und ließen sich auf den Erschlagenen nieder, die neben- und übereinander auf einem Feld lagen. Die Vögel bedienten sich zuerst an ihren Augen.

Isenhart saß mit Konrad am Fluss, sie angelten.

»Ich komme mit«, sagte Isenhart in die Stille hinein.

Konrad warf ihm einen prüfenden Blick zu. Dann wurde ihm warm ums Herz. Isenhart meinte es ernst, das begriff Konrad. Aber er spürte sehr genau die Angst, die den jungen Schmied gleichwohl erfüllte, die leicht gepresste Stimme verriet es. Damit konnte es für Isenharts Entscheidung nur einen Grund geben: ihn, Konrad.

Isenhart dabeizuhaben wäre schön, dachte Konrad. Auch, wenn er ihm die Sache mit dem Knecht noch nachtrug – Isenhart verfügte über ein beneidenswertes Gedächtnis –, waren sie doch so etwas wie Freunde geworden, obwohl sie – wie auch Walther und Sigimund – nie ein einziges Wort darüber verloren hatten. Selbst sein Vater, der gegen jeglichen näheren Umgang mit dem Gesinde war, duldete dieses Band zwischen ihnen.

Für Konrad würde alles neu sein auf dem Kreuzzug. Einen Gefährten an seiner Seite zu haben, mit dem er sich austauschen konnte, erschien ihm tröstlich.

Sein Vater sprach stets von der Verantwortung, die er gegenüber der Familie, der Blutlinie, und dem Gesinde trug. Damit hatte Konrad nichts anfangen können. Die Leute arbeiteten für seinen Vater, dafür wurden sie entlohnt. Sollte er etwa auch noch das Denken für sie übernehmen? Seine schützende Hand über sie halten?

Diese Verpflichtung war Konrad widersinnig erschienen. Bis jetzt. Bis zu dieser Stunde, in der er sich mit Isenhart am Fluss wiederfand. Ja, sagte er sich, genau das bedeutete es: die Hand schützend über seine Nächsten zu halten und notfalls auch Entscheidungen über ihren Kopf hinweg, aber für ihr Wohl zu treffen.

Isenhart und er waren eigentlich grundverschieden, sie hatten wenige Gemeinsamkeiten. Isenhart ließen Männer, die große Taten vollbracht hatten, kalt, und er, Konrad, konnte sich nur schwerlich für die Sprache von Hühnern erwärmen oder für die Frage, warum die Bäume im Herbst ihr Laub abwarfen.

Isenharts Geste aber rührte ihn zutiefst. Das erste Mal spürte er die Verantwortung, von der sein Vater gesprochen hatte. Isenhart hatte bei einem Kreuzzug nichts verloren, am wohlsten fühlte er sich in einem Raum mit Schriftrollen. Sein Angebot anzunehmen, hätte bedeutet, zu Isenharts Nachteil zu handeln.

Also schüttelte er den Kopf. »Ich kann mich nicht um zwei kümmern«, sagte Konrad.

Isenhart war erleichtert und enttäuscht zugleich. Die Enttäuschung überwog, und sie rührte daher, dass Konrad offensichtlich überhaupt nicht begriff, was sein Entschluss, mit ihm zu ziehen, im Kern bedeutete.

Er bedeutete: Ja, ich verbringe zwei oder drei Jahre meines Lebens an deiner Seite, ich gehe mit dir durch Schnee, Sturm und Hitze, brüderlich teilen wir die Entbehrungen und die unwiederbringlichen Momente, ich kämpfe an deiner Seite, und wenn es sein muss, sterbe ich auch an ihr. Konnte es ein größeres Versprechen geben? Und alles, was Konrad dazu zu sagen hatte, war: Ich kann mich nicht um zwei kümmern?

»Ich kann sehr gut auf mich selbst aufpassen«, antwortete Isenhart verärgert.

Konrad erhob sich, legte die Angel beiseite und sah Isenhart in die Augen. Dabei war er bemüht, eine möglichst abschätzige Miene an den Tag zu legen. »Wir brauchen keine Knechte bei diesem Vorhaben«, sagte er, wandte sich ab und ging.

Damit hatte er Isenhart hoffentlich ins Mark getroffen.

Der blieb fassungslos am Flussufer zurück. Nie zuvor hatte ihn irgendetwas so tief verletzt wie diese Worte. Konrad hatte mit einem einzigen Satz alles abgewiesen, was er war, alles für wertlos erklärt, was Isenhart zu geben bereit war. Im Grunde hatte er seine ganze Person infrage gestellt.

Er warf dem jungen Laurin einen Blick nach. Der schaute sich über die Schulter und nun, da er Isenharts Blick bemerkte, wendete er den Kopf schnell ab.

Das war der Moment, in dem Isenhart ihn durchschaute. Er hätte weinen mögen vor so viel Zuneigung.

»Ich verbiete es«, mehr sagte Sigimund von Laurin nicht dazu.

Konrad stand in Hieronymus' Beisein vor ihm in der Kapelle, und es war schwer zu sagen, wem von beiden die Worte mehr zusetzten.

»Warum?«, fragte Konrad.

Sein Vater trat an ihn heran, er betrachtete seinen Sohn, vielleicht erkannte er in dieser Ungeduld, die Konrad umtrieb, sich selbst in jungen Jahren wieder. »*Weil ich es sage*«, erwiderte er. »Die Ernte ist gut ausgefallen, warum bist du nicht draußen auf dem Feld und machst dich nützlich?«

»Soll ich etwa Korn dreschen?«

Sigimund nickte: »Kein Laurin ist sich zu schade, das Wohl des Hauses zu mehren. Merk dir das.«

»Aber da ist Gesinde«, erwiderte Konrad zornig.

»Arbeit ist keine ansteckende Seuche. Und jetzt geh und sei ihnen Vorbild.«

Konrad gab seinen Widerstand auf und ging – aber nur so weit, wie es sein Gehörsinn erlaubte.

»Es ist die heilige Pflicht eines jeden Christen ...«, begann Hieronymus.

»Ich war unter Konrad dem Dritten auf dem Weg nach Jerusalem«, unterbrach Sigimund, »ich habe mehr als ein Dutzend Ungläubige getötet, für den irdischen Teil meines Lebens sollte das heilige Pflicht genug sein.«

Hieronymus schluckte, obwohl die Kaltschnäuzigkeit des Fürsten von Laurin weithin bekannt war, wenn es sich um Glaubensfragen drehte.

»Aber Euer Sohn …«, wagte Hieronymus einen zweiten Anlauf.

»Bleibt hier«, unterbrach Sigimund erneut. »Ich will von diesen Dingen nichts mehr hören. Ich kann Konrad nicht so lange entbehren.« Damit ließ er Hieronymus stehen.

Das Wort eines Fürsten mochte einem behagen oder auch nicht, aber es war Gesetz.

Während Konrad im Hof Hiebe von seinem Vater kassierte, saß Isenhart oben am Fenster der Kapelle und las in Chrétiens Werk. Von hier aus hatte er freien Blick auf Vater und Sohn.

Sigimund von Laurin trainierte mit Konrad in einer Ecke des Burghofs, sie trugen Helme und Kettenhemden, die Schwerter waren an ihren Spitzen mit mehreren Lagen Leinen bespannt, um schwere Verletzungen auszuschließen.

»Du musst schneller parieren«, urteilte Sigimund von Laurin ohne jeden Vorwurf, nachdem er seinen Sohn mit einem Treffer an den Rippen aus dem Gleichgewicht gebracht hatte.

»Mein Schwert ist viel zu schwer für eine schnelle Parade«, brachte Konrad mit mühsam unterdrücktem Zorn hervor.

»Durch Lamentieren büßt es nicht an Gewicht ein«, beschied sein Vater ihn, »und achte endlich auf einen festen Stand.«

Isenhart musste schmunzeln. Er wusste, was als Nächstes passieren würde. Konrad würde seine Wut nicht länger unter Kontrolle halten können – und den nächsten Fehler begehen.

Konrad startete einen Ausfall, ihm schwebte eine Serie von fünf, sechs Schlägen vor, mit denen er seinen Vater in die Knie zwingen wollte. Aber schon der erste durchschnitt lediglich die warme Juniluft. Sein Vater war dem Hieb mit überraschender Schnelligkeit ausgewichen. Konrad, der all seine Kraft in den Schlag gelegt hatte, stolperte vom eigenen Schwung mitgerissen nach vorne, und sein Vater ließ den stumpfen Schwertrücken in sein Kreuz sausen, sodass sein Sohn in den Staub stürzte. Als er sich auf den Rücken drehte, stand Sigimund von Laurin über ihm. Die Spitze seines Schwertes berührte Konrads Kehle. Dieser erstarrte.

Sein Vater sah ihm in die Augen. »Ein kühler Kopf ist das A und O. Überlass dich niemals dem Zorn.«

Er nahm das Schwert zurück, und Konrad rappelte sich auf. »Walther von Ascisberg hat vier Ungläubige im Zorn enthauptet«, hielt er seinem Vater entgegen.

Der atmete einmal tief durch. »Es war die Hand Gottes«, erwiderte er dann.

»Ja, sie hat sein Schwert geführt.«

Sein Vater schüttelte den Kopf: »Nein, die Hand hat Gott über Walther gehalten in diesem Moment. Sonst wäre er tot. Man hätte ihn in Stücke gerissen an jenem Tag.«

Konrad keuchte. Die Kämpfe mit seinem Vater entmutigten ihn, er hatte das Gefühl, alle würden zuschauen und heimlich über ihn lachen. »Ich mache Euch nichts recht«, konstatierte er und ließ das Schwert zu Boden fallen.

Sigimund von Laurin trat dicht an ihn heran, kurz funkelte der Zorn in seinen Augen auf, wich dann aber dem Mitleid. »Ich lehre dich das, was mein Vater mich gelehrt hat. Jedes Mal, wenn ich dich treffe, bereitet es mir mehr Schmerzen als dir.«

Konrad hob den Blick. Sein Vater meinte jedes Wort so, wie er es sagte.

»Du bist mein Stammhalter, Konrad. Du wirst dieses Haus führen. Deine Mutter und ich haben dich aufgezogen, es würde mir das Herz brechen, wenn du viel zu früh den Weg zum Herrgott antrittst, weil ich dich nicht gut genug vorbereitet habe.«

Konrad spürte einen dicken Kloß in seinem Hals. Im gleichen Augenblick bemerkte Sigimund von Laurin, dass er möglicherweise zwei, drei Wörter mehr verloren hatte, als ihm lieb war.

»Vater«, sagte Konrad leise und griff mit beiden Händen nach der Rechten seines Vaters, »ich wusste nicht …«

»Schon gut«, unterbrach Sigimund, »verschwenden wir die Zeit nicht mit Empfindeleien. Heb dein Schwert auf.«

Konrad tat wie ihm geheißen, und sie nahmen die Übung wieder auf.

Die Schläge aus dem Burghof drangen nur noch von ferne an Isenharts Ohr. Er versank regelrecht in Chrétiens Buch. Er vergaß die Welt um sich herum, denn das, was der Franzose zu Pergament gebracht hatte, erschien ihm ebenso radikal wie bewundernswert.

»Was liest du da?«

Er fuhr herum.

»Was Verbotenes?«, fragte Anna und lächelte neugierig. In ihrem Blick flackerte aber noch etwas anderes mit, etwas Freches.

»Ja«, sagte Isenhart, kniff die Augen kurz zusammen und schüttelte dann den Kopf, »ich meine natürlich nein.«

Wieder hatte sie ihn durcheinandergebracht, er hätte sich ohrfeigen können. Ihre Lippen waren roter und voller als sonst, ihr dünnes Sommerkleid war vorteilhaft geschnürt und – spielten seine Augen ihm etwa einen Streich? – sogar ein klein wenig durchsichtig, wenn das Sonnenlicht günstig fiel.

Anna hatte rote Beeren gegessen und ihre Lippen damit eingerieben. Seit ein paar Monaten veränderte sich ihr Körper. Auch ihre Umwelt unterlag einer interessanten Metamorphose. Junge Burschen und gestandene Männer, die sie früher keines Blickes gewürdigt hatten, sahen ihr nach. Manche starrten sogar.

Anna empfand Genugtuung.

Natürlich genoss sie eine Kindheit in relativem Wohlstand, gemeine Entbehrungen waren ihr fremd. Man behandelte sie freundlich und mit Respekt – aber sie spürte auch, dass diese Behandlung nicht ihr Verdienst war. Der Respekt nicht natürlich gewachsen. Er war dem Umstand geschuldet, Tochter des Fürsten von Laurin zu sein – und nichts sonst.

Diese Blicke aber, die sie seit einigen Monaten erntete, galten ihr allein. Endlich wurde Anna nicht aufgrund ihres Standes beachtet, sondern wegen ihrer Schönheit. Es waren Blicke, die ihre Mutter immer weniger auf sich zog, und Sophia noch gar nicht.

Schnell fand sie heraus, wie sie ihre Erscheinung einsetzen konnte. An jenem Abend mit Alexander von Westheim hatte sie gelernt, dass ein vorteilhaftes Äußeres Macht über Männer bedeutete, sofern man es nicht übertrieb oder an ein besonderes Exemplar geriet.

Anna hatte mit von Westheim am Feuer gesessen, es war schon spät geworden. In einem fort lächelte sie ihn an, strich sich durch die Haare, ließ ihren Umhang versehentlich über die Schulter rutschen und registrierte haargenau jede seiner Reaktionen. Dann geschahen zwei Dinge fast gleichzeitig. Im ersten Augenblick veränderte sich der Glanz in seinen Augen, er wurde durchdringend und zielgerichtet. Im zweiten Moment griff er ihr zwischen die Beine. Anna war erschrocken, sie sprang auf.

Von Westheim seufzte. »Anna«, sagte er, als sei gar nichts geschehen, »du bist ein Backfisch.«

Anna war verunsichert. Sie hatte keine Ahnung, was ein Backfisch war, außerdem fragte sie sich, ob es zum Wandel vom Mädchen zur Frau dazugehörte, sich von Männern so berühren zu lassen.

»In jedem Mann haust auch ein Wolf«, pflegte ihre Mutter zu ihr und Sophia zu sagen.

Alexander von Westheim begann zu lachen. Er löschte das Feuer und kroch unter seinen Wagen, um dort vor Wind und Regen geschützt zu schlafen. Anna kam sich benutzt und dumm vor. Andererseits hatte sie den fahrenden Händler auch benutzt. Verwirrt zog sie sich in ihre Kammer zurück.

»Was ist ein Backfisch?«

Ihre Mutter sah Anna ratlos an: »Ich weiß es nicht, wieso fragst du?«

Ihrem Vater wagte sie diese Frage nicht zu stellen, aber das amüsierte Lächeln Walther von Ascisbergs nahm sie in Kauf.

»Der Begriff stammt aus der Sprache der Seeleute«, erklärte Walther ihr, »haben sie einen Fisch gefangen, der noch zu klein ist, um ihn zu essen oder zu verkaufen, werfen sie ihn ins Meer zurück, um ihn vielleicht später zu fangen. Ein Backfisch ist einfach noch nicht reif genug für den Fang.«

Anna begriff, dass Alexander von Westheim sie ausgelacht hatte, sie fühlte sich belächelt und gedemütigt. Außerdem machte sich ehrliche Entrüstung in ihrer jungen Brust breit: noch nicht reif genug für den Fang?

Alle Welt jedenfalls zollte ihrer Veränderung auf die eine oder andere Weise Tribut. Bis auf Isenhart.

Isenhart war der Sohn des Schmieds, er roch nach Dämpfen und Esse. Für sein Alter war er zu klein, trotzdem überragte er sie um eine Kopfeslänge. Er gehörte zum Gesinde, und es war weithin bekannt, was ihr Vater von Verbindungen zwischen dem Adel und diesem Stand hielt.

Trotzdem war es ihm gelungen, die Sympathie, wenn nicht gar Freundschaft ihres älteren Bruders Konrad zu gewinnen. Das war ungewöhnlich, denn für gewöhnlich hielt es niemand länger als eine Viertelstunde mit Konrad aus. Auch war Anna zu Ohren gekommen, er triebe mit seinen Fragen Vater Hieronymus in den Wahnsinn.

Von klein auf meinte sie zu spüren, dass Isenhart *anders* war.

Sophia, ihre kleine Schwester, die sich in nahezu allem von ihr unterschied, war wenigstens in diesem einen Punkt einer Meinung mit ihr. Und sie wusste auch, weshalb: »Isenhart hat das Jenseits gesehen.«

Sophia hatte die Wortkargheit von ihrem Vater, sie öffnete den Mund nur, wenn es sich gar nicht umgehen ließ.

Die Wahl ihres Umgangs flößte den Menschen, die sich Gedanken darüber machten, Angst ein. Es gab für Sophia nur zwei Arten von Kindern. Solche, mit denen sie sich abgab, und solche, die vor ihrer Zeit starben.

Mit Ludwig etwa, Isenharts kleinem Bruder, beschäftigte sie sich kaum. Anderthalb Jahre nach seiner Geburt raffte Ludwig die Grippe dahin.

Man sagte, Sophia habe das *zweite Gesicht.*

Als Hieronymus wegen seiner Abszesse mit dem Tod rang, teilte

Sophia die Sorge der anderen um den Geistlichen nicht. Sie hatte von ihm geträumt. Er stand in seiner Kutte neben dem Fährmann auf einem Floß. Seine Haare waren grau. »Der Herr ruft ihn noch nicht«, stellte Sophia daher fest.

Hieronymus konnte sich gar nicht entscheiden, wen von beiden er unheimlicher fand: Isenhart oder dieses Mädchen, das merkwürdige Dinge von sich gab, etwa als Kaiser Friedrich Barbarossa samt Gefolge an der Burg von Laurin vorbeizog. Man konnte den prächtigen Tross von der Brustwehr aus sehen. Sophia war noch klein, vielleicht vier Jahre alt. Sigimund hielt sie auf dem Arm. Er deutete auf den Kaiser.

»Er kriegt keine Luft«, sagte Sophia bestürzt.

»Doch«, widersprach Anna, »er atmet doch.«

Aber Sophia hatte nur den Kopf geschüttelt.

Mit dem, was sie über Isenhart gesagt hatte, kehrten Annas Gedanken an ihren Ausgangspunkt zurück. Er hat das Jenseits gesehen, was sollte das bedeuten? Hatte er den Tod eines Menschen mit ansehen müssen?

Auf alle Fälle unterschied Isenhart sich von all den anderen Jungen in seinem Alter. Und er war, ihr Vater und Bruder ausgenommen, der Einzige, der ihr nicht auf den Hintern starrte.

Natürlich war er nicht adlig, durch seine Adern floss das Blut eines Pinkepanks. Aber was hieß das schon?

Als ihr Vater Sophia und sie vor wenigen Wochen zum Markt nach Grüningen mitgenommen hatte, wo Bauern und Händler Dinge des täglichen Lebens feilboten, waren sie auf Maximilian von Grundauf und seinen sechzehnjährigen Sohn Dolph getroffen.

Während Maximilian und Sigimund nach Höflichkeiten Neuigkeiten austauschten, war Dolph damit beschäftigt, sich vor Anna aufzuplustern. Nachdem er seine Reisen nach Mainz und Regensburg erwähnt hatte, streifte er beiläufig den Reichtum der Ländereien seines Vaters, die eines Tages an ihn fallen würden, betonte seinen Ärger über jenen Schnupfen, der ihm bei der Teilnahme am

Kreuzzug in die Quere gekommen war (»Ich erkälte mich sonst nie, und dann das. Ich war untröstlich«), und versuchte ein Kompliment: »Wenn du ein breiteres Becken bekommst, bist du bestimmt eine gute Partie für einen Nobile.« Er lächelte ihr jovial zu, als wolle er sagen: Kopf hoch, das wird schon noch.

Anna und Sophia warfen sich einen vielsagenden Blick zu. Da er ihr ohnehin keine Beachtung schenkte, stahl Sophia sich bei nächster Gelegenheit davon.

Als Dolph von Grundauf schließlich bemerkte, dass er mit Anna quasi allein war, presste er sich an sie und seinen Mund auf ihre Lippen. Anna entwand sich seinem Griff und stieß ihn zurück, ihre Augen funkelten vor Zorn.

»Zier dich nicht so«, brachte Dolph mit hochrotem Kopf hervor, »so was Besonderes bist du auch nicht.«

Auf dem Weg zurück wischte Anna sich immer wieder über ihre Lippen und verzog dabei vor Ekel das Gesicht.

»Iiih«, kommentierte Sophia, »der hatte so wulstige Lippen.«

»Und strohdoof war er auch«, fügte Anna hinzu.

»Doof von Grundauf«, platzte es aus Sophia heraus. Sie kreischten los vor Lachen, Sigimund schmunzelte, und als sie die heimische Burg erreichten, kicherten die Schwestern immer noch vor sich hin.

Dolph von Grundauf mochte zwar aus adliger Linie stammen, aber Isenhart übertraf ihn an Charakter und Benehmen dutzendfach.

Anna hatte beschlossen, dass er der Erste sein sollte, der sie küsste.

»Also, ist es jetzt etwas Verbotenes oder nicht?«, fragte Anna in der Kapelle. Zufrieden nahm sie zur Kenntnis, dass Isenhart offenbar ihr roter Mund aufgefallen war.

»Chrétien de Troyes schreibt darin von der Suche nach dem Heiligen Gral«, sagte Isenhart und war dankbar, ein Thema zu haben, bei dem er nicht ständig ins Stottern geriet, »die Suche geht aus von einem König, der in Britannien gelebt hat: König Artus.« Er sprang auf und gestikulierte beim Reden. Seine Arme formten einen großen Kreis. »König Artus sitzt mit seinen Rittern an einem runden Tisch. Artus ist zwar der König, aber sie alle haben dieselben Rechte. Verstehst du? Es gibt keine Stände.«

Anna konnte kaum folgen, so schnell sprudelte alles aus Isenhart heraus, aber als sie die Begeisterung und Intensität sah, die *Leidenschaft*, mit der er all das vorbrachte, wünschte sie sich, er möge diese Leidenschaft in seinen Kuss legen.

»Ist das nicht eine großartige Idee? Eine Welt ohne Stände, in der jedermann ebenso viel wert ist wie sein Nächster. Es wäre eine Welt ohne Schranken. Und genau das«, Isenhart tippte erregt auf den Buchdeckel, »entwirft de Troyes hier. Als Erzählung getarnt, wohlgemerkt. Als Zerstreuung, die viel mehr beabsichtigt.«

»Mehr beabsichtigt?«, fragte Anna überfordert.

Isenhart nickte, er war direkt vor ihr zum Stehen gekommen. Wieder einmal stellte sie fest, was für ungewöhnlich lange Wimpern er hatte.

»Ja, mehr. Dieser Text soll ein Umdenken bewirken.«

Isenhart wollte diesen Mann unbedingt treffen. Er erinnerte sich, wie Walther von Ascisberg von fremden Seelen gesprochen hatte, die im Gleichklang schwangen. Chrétien de Troyes war so eine Seele.

Außerdem stand Isenhart unerhört nahe vor der Tochter von Sigimund von Laurin.

»Ich soll Pilze sammeln, magst du mir helfen?«

Selbst mit Blindheit geschlagen hätte ihn allein ihre Stimme erlegt.

Sie schnitten die Pilze knapp über dem Waldboden am Schaft ab und drückten den Stumpf zurück in die Erde, damit er nicht austrocknete, sondern nachwuchs.

Es war ein schwüler Sommertag, Wolken zogen auf, die Luft wurde stickig. Beim Pilzesammeln nahm Anna allerlei Posen ein, von denen sie hoffte, sie könnten Isenhart ermutigen, sich ihr zu nähern. Hin und wieder berührten sich ihre Hände, als sie gleichzeitig einen Pilz in den geflochtenen Korb ablegten. Dann lächelten sie scheu und wandten sich schnell wieder den Pfifferlingen zu.

Isenhart hatte Anna schon manches Mal beim Pilzesammeln begleitet, aber heute bückte und bog sie sich dabei, dass das Zusehen eine reine Freude war und seinem inneren Auge Fantasien bescherte, für die er ausgiebig würde beichten müssen.

Nur zu gerne hätte er sie geküsst, aber vermutlich hätte sie ihn abgewiesen. Aber wenn er es nicht wagte, würde er keine Gewissheit haben. Doch wenn er es wagte, würde er vielleicht eine Gewissheit haben, die gleichzeitig alle Brücken zu Anna abbrach. Es war wie verhext. Man konnte es drehen und wenden, Sicherheiten gab es nicht.

Isenhart fasste sich ein Herz und trat an Anna heran, die langsam Muskelkater von den ungewohnten Haltungen bekam. Als sie sich aufrichtete, standen sie so nah beieinander, dass jedes Missverständnis ausgeschlossen war.

Ein hellblaues Leuchten erfasste sie, fast gleichzeitig erfolgte der Donner. Anna packte seine Hand, zusammen rannten sie los. Die Burg war zu weit entfernt. Instinktiv schlug Anna die richtige Richtung ein. Man konnte sie noch nicht sehen, aber Isenhart wusste um die geringe Entfernung, die sie von Giselberts Hütte trennte.

Erneut zuckte ein Blitz hinab und zerteilte den schwarzen Himmel in unvorhersehbaren Bahnen. Platzregen setzte ein, den Isenhart wegen der Frische, die er mit sich brachte, als Wohltat empfand. Auch fiel ihm auf, dass Anna beim Laufen immer noch seine Hand hielt.

Als sie durchnässt die Hütte erreichten, wurde Isenhart klar, weshalb sie dort nicht auf Giselbert stießen. Mittwochs ging er seiner Arbeit als Abdecker nach.

Sie huschten hinein, Isenhart schloss die Tür. Der Wind pfiff durch die Ritzen, der Regen prasselte auf das Dach und tropfte durch drei Löcher ins Innere der kargen Hütte.

Außer Atem standen sie dort, ihre Kleider klebten ihnen auf der Haut. Sie sahen sich an, und beiden klopfte das Herz bis zum

Hals. Isenhart musste schlucken. Anna unterbrach den Blickkontakt nicht, als sie an ihn herantrat. Nur eine Handbreit trennte ihre Gesichter voneinander. Anna beugte sich vor, ihre Lippen berührten die seinen. Sie waren weich und warm. Isenhart erwiderte den Kuss, er legte die Arme um Anna.

Die Zärtlichkeit, mit der er sie küsste und berührte, rief einen wohligen Schauer bei Anna hervor. Sie ließen sich auf das Lager des Carnifex sinken, ohne den Kuss zu unterbrechen. Dabei stießen sie mit den Zähnen aneinander. Sie mussten lachen.

Draußen ging die Welt unter, aber die beiden waren in den Augen des anderen versunken. Isenhart küsste sie erneut, sie umarmten sich und pressten ihre Körper aneinander. Isenhart spürte ihre Brüste, gerne hätte er sie gestreichelt, aber er war unsicher, ob sie es zulassen würde. Also begnügte er sich einstweilen damit, ihren Hals zu küssen, bis Anna seine Hand nahm und sie auf ihre Brust legte. Er fühlte, wie ihre Brustwarze sich unter seinen Fingern verhärtete. Isenhart öffnete mit der anderen Hand die Spange, die Annas Kleid oben zusammenhielt, ihm schien, als dauerte es Ewigkeiten, bis es ihm endlich gelang.

Sein Herz hämmerte, das Blut rauschte ihm nur so durch die Ohren, und für einen feierlichen Augenblick lang, in dem er zum ersten Mal ihre Brüste sah, blieb die Welt stehen.

Mit seinen Lippen erkundete er die zarten Wölbungen und spürte, wie ihr Atmen sich beschleunigte. Isenhart konnte nicht bestimmen, ob nur wenige Augenblicke oder gar eine volle Stunde vergangen waren, aber schließlich drückte Anna ihn von sich weg, und er befürchtete, sie unwissentlich verärgert zu haben.

Ihr verliebtes Lächeln zerstreute diese Sorge. Mit ihren Fingern öffnete sie seinen Umhang, ihre Hände fuhren über seinen Oberkörper. Neugierig betrachtete sie ihn dabei, beugte sich hinab und küsste ihn.

Mit der rechten Hand glitt sie hinab zu seinem Schoß, tastete über sein Glied, presste ihre Hand sanft darauf und zog ihm die Hose herunter. Dann legte Anna ihren Kopf auf seine Brust und nahm sein Geschlecht in Augenschein.

So weit, so gut, sie war nicht weniger erregt als Isenhart, aber Anna wusste nicht, was jetzt zu tun war. Also streichelte sie sein Glied und schrak zurück, weil sein Samen sich auf seinen Bauch ergoss.

In dem Moment, als sie ihn berührte, geschah es einfach, er konnte nichts dagegen unternehmen, es war wie eine sanfte Explosion in seinem Unterleib, und Isenhart wandte den Blick zur Seite und zog eilig seine Hose wieder hoch, weil er sich maßlos schämte.

Anna war überrascht, wie schnell er zum Höhepunkt gekommen war, und sie empfand Stolz für das, was sie bewerkstelligt hatte.

Die beiden tauschten noch einen langen Kuss im Schutz der letzten Baumreihe vor der Burg. Es musste ihr Geheimnis bleiben, das war ihnen klar, obwohl sie kein einziges Wort darüber verloren. Nicht auszudenken, was passieren würde, wenn Sigimund von Laurin davon erfuhr – von Konrad ganz zu schweigen.

Mit brennenden Wangen erreichten sie das Tor und wurden hereingelassen.

7.
ANNO DOMINI 1189

Chlodio hatte vorgehabt, Meister William zu treffen, den Pinkepank, der ihn vor vielen Jahren in den Schmiedekünsten unterwiesen hatte. Doch dazu blieb keine Zeit. Kaum hatte er Cannstatt erreicht, das sich zu beiden Seiten des Neckars erstreckte, traf ein Kurier ein, den Maximilian von Grundauf entsandt hatte – aus demselben Grund, aus dem Chlodio vor allem gekommen war, wie sich bald herausstellte.

Was sie erfuhren, duldete keinen Aufschub. Chlodio benötigte eine Tagesreise zurück zur Burg Laurin. Er gab dem Pferd die Sporen, jagte über gewundene Waldwege und sah in der Abenddämmerung den Ascisberg, der sich weit über die übrige Landschaft erhob. Er nutzte ihn zur Orientierung und traf mit dem ermatteten Pferd zur elften Stunde an der Burg Laurin ein.

Sigimund von Laurin hatte ihn geschickt, weil der Schmied den Weg nach Cannstatt am besten kannte. Mit ernster Miene erwartete er ihn nun im Burgfried.

»Es gibt Anlass zur Sorge«, kam Chlodio ohne Umschweife zum Punkt, »Dolph von Grundauf, Patrick von Cannstatt und Euer Sohn sind vor vier Tagen gen Osten aufgebrochen.«

Sigimund von Laurin senkte den Kopf. Einige Momente verstrichen, dann sah er wieder auf, sein Blick traf Isenhart, der im Halbschlaf gehört hatte, wie das Burgtor geöffnet wurde, und deshalb aufgestanden war. Sigimund ging zügig auf ihn zu, Zorn und Sorge lagen in seinen Augen.

»Wohin ist Konrad geritten?«

»Ich weiß es nicht, Herr.«

Sigimund von Laurin packte ihn an beiden Oberarmen, so fest, dass sein Griff blaue Flecken hinterlassen sollte. Isenhart war von dieser Reaktion ebenso überrascht wie von der unglaublichen Kraft; ihm war, als lägen seine Arme in Schraubzwingen.

»Bist du sein Freund, Isenhart?«

Er nickte.

Sigimund hatte offenbar nichts anderes erwartet. »Was hat er dir gesagt?«

»Nichts.«

Ein prüfender Blick noch, dann ließ Sigimund von Laurin von ihm ab. »Sattle das schnellste Pferd und besorg Proviant für eine Woche.«

Saladin hatte sich am 1. November 1188 nicht in der Ebene Zoan eingefunden, um im ritterlichen Zweikampf mit Kaiser Friedrich I. die Entscheidung zu suchen. Denn etliche Verzögerungen hatten dazu geführt, dass die Teilnehmer des dritten Kreuzzugs sich erst im April des folgenden Jahres bei Regensburg einfanden. Von dort aus wollte Barbarossa auf dem Landweg ins Heilige Land vorstoßen. Er hatte aus den anderen Kreuzzügen gelernt, in denen unerfahrene Pilger zuhauf mitmarschiert (und gestorben) waren – ihnen verweigerte er die Teilnahme.

Mit einer beeindruckenden Landstreitmacht, die aus über 20000 Rittern bestand, war er am 11. Mai 1189 nach Ungarn aufgebrochen.

Sigimund von Laurin hatte Ende Mai Kunde von dem Kreuzzugsheer erhalten. Nur einige Tage später kehrten Otto von Cannstatt und sein Sohn Patrick auf ihrer Rückreise von Worms, wo sie vielversprechende Geschäfte abgeschlossen hatten, auf der Burg Laurin ein. Patrick lud Konrad zur Jagd auf den Ländereien seines Vaters ein. Dolph von Grundauf würde auch daran teilnehmen. Es sollte ein Jagdausflug der »Jungen« werden.

Seit Sigimund seinem Sohn die Teilnahme am Kreuzzug untersagt hatte, fühlte er sich in der Pflicht und sah in der Erlaubnis, dass Konrad sich an der Jagd beteiligen durfte, eine willkommene Gelegenheit, ihm einen Gefallen zu erweisen.

Doch dann, zwei Tage nachdem Konrad nach Cannstatt aufgebrochen war, fiel ihm, als er mit seiner Frau Mechthild die Sonntagsmesse besuchte, das Fehlen des Spans auf. Er sprach Vater Hieronymus darauf an, und dieser lächelte entschuldigend: »Ich habe ihn Eurem Sohn mit auf den Weg gegeben – zu seinem Schutz. Ihr wisst ja um das Gesindel, das in den Wäldern haust.«

Die Räuberbanden, die entlang der Handelswege ihr Unwesen trieben, waren allerorts Anlass zur Sorge. Sorge bereitete Sigimund von Laurin an jenem Morgen aber vor allem der Umstand, dass Vater Hieronymus lächelte. Das hatte er seit Jahren nicht mehr getan.

Wenig später hatte er den Pinkepank instruiert und nach Cannstatt geschickt, um nach dem Rechten zu sehen.

Isenhart wartete im Stall auf den Burgherrn. Er hatte das Pferd seines Vaters zur Tränke geführt und anschließend mit Stroh abgerieben.

Er hörte Sigimund von Laurin, bevor er ihn sah. Die Sporen klirrten bei jedem Schritt. Als Sigimund in den Stall trat, fiel sein Blick sofort auf das zweite Pferd, das Isenhart gesattelt hatte.

Auch trug der junge Schmied ein Schwert umgeschnallt. Trotz der Sorge und Eile, die ihn antrieben, wusste Sigimund von Laurin diese Bereitschaft zu schätzen. Isenhart stammte aus dem Gesinde, er schuldete ihm nichts – ganz im Gegenteil –, aber diese Geste berührte etwas in seinem Inneren.

Sigimund schenkte Isenhart ein bedauerndes Lächeln und schüttelte den Kopf. Dann bestieg er sein Pferd und sprengte davon.

Isenhart rang mit sich, aber dann sprang er aufs Pferd und trabte zum Tor, um festzustellen, dass Walther von Ascisberg seine Gedanken erraten hatte und ihn dort abpasste. Mit sanfter Hand nahm er ihm die Zügel ab.

»Er ist allein«, brachte Isenhart besorgt hervor.

Von Ascisberg nickte in dieser unnachahmlichen Art. Niemals

schien er die Ruhe zu verlieren. »Allein ist er schneller. Wir beide wären nur Ballast.«

Also hatte Walther von Ascisberg dem Burgherrn ebenfalls seine Begleitung angeboten.

»Wir könnten ihm helfen.«

»Unser Herrgott muss ihm jetzt Stab und Stecken sein.«

Isenhart zögerte, aber dann gab er nach und stieg vom Pferd. Seine Reise ins Heilige Land hatte nach dreißig Fuß geendet.

Von Ascisberg hatte wieder einmal recht, wie Isenhart später erfuhr.

Sigimund von Laurin folgte ab Regensburg der Donau bis ins Herzogtum Österreich. Dort erfuhr er Ende Juni, dass das Heer der Kreuzfahrer sich bereits vervierfacht hatte. An die 100 000 Mann sollten unterwegs sein.

Konrad war entzückt.

Abertausende Männer ritten und marschierten gen Jerusalem, um die Stadt zurückzuerobern und Sultan Saladin seinerseits eine Lehre zu erteilen, die er nicht vergessen sollte. Wenn Gott einen Blick hinab nach Ungarn warf, so dachte Konrad, mussten seine Augen von unzähligen Ritterrüstungen geblendet sein, die den Sonnenschein reflektierten.

Und er war einer von ihnen.

Zu Tausenden verrichteten sie im Unterholz am Wegesrand ihre Notdurft; am vierten oder fünften Morgen streifte Konrad seine Scham darüber ab. Täglich erkundete die Vorhut das Gelände, denn obwohl König Béla III. von Ungarn dem Kaiser freies Geleit zugesichert hatte, wollte Barbarossa kein Risiko eingehen.

Ohne dessen gewahr zu werden, entvölkerten die Kreuzzügler die Gegenden, durch die sie zogen, denn Béla III. hatte die Versorgung des Heeres durch die ansässigen Fürsten und damit auf dem Rücken der dort lebenden Bauern versprochen. Pro Tag verzehrten die Durchziehenden 1500 Kilo Getreide, 1000 Schweine und ebenso viele Rinder. Bauern und kleine Fürstentümer wurden um ihre Existenz gebracht.

Ständig kam es wegen der Versorgungslage zu Engpässen, und man füllte die Lücken mit Beeren, Fallobst und Ziegenkäse. Die Versorgung mit Trinkwasser band sie zudem eng an den Verlauf von Flüssen und Bächen.

Das Heer erstreckte sich auf eine Marschlänge von einer Tagesreise – brach die Vorhut bei Morgendämmerung auf, erreichte die Nachhut gerade erst das Lager.

Konrads Augen schöpften aus dem Vollen. Prächtige Rüstungen und geschmückte Pferde, wohin er auch blickte. Die Grenzen zwischen hohem und niederem Adel verschmolzen beim abendlichen Feuer, sie alle einte eine einzige Mission: Jerusalem.

Das machte sie zu Brüdern, die einander mit Hilfsbereitschaft und Rücksicht begegneten. Das erste Mal hörte er nicht nur von dem christlichen Gedanken, sondern war von ihm durchdrungen. Es war die beste Zeit seines Lebens.

Und in Ungarn konnte er sogar einen Blick auf den Kaiser erhaschen.

Patrick von Cannstatt überragte ihn um eine halbe Kopfeslänge; der junge Mann war – im Gegensatz zum trägen Dolph von Grundauf – ein Draufgänger nach Konrads Geschmack. Gegen Abend brach er regelmäßig ins Umland auf, um wenig später zurückzukehren und ihr Abendmahl mit örtlichen Köstlichkeiten zu bereichern.

Konrad hatte seinen Vater um ein Pferd und eine komplette Ausrüstung geprellt – und er hatte ihn belogen. All das lastete schwerer auf ihm, als er zunächst vermutet hatte. Aber Dolph und Patrick sprachen ihm Mut zu. Von Vaterliebe war die Rede und von dem Stolz, den Sigimund von Laurin ganz sicher empfand. Das beruhigte Konrad zwar ein wenig, doch waren die aufmunternden Worte nicht dazu angetan, seine Zweifel gänzlich zu zerstreuen.

Die Burg Laurin wurde in Konrads Gedanken zu einer schönen, aber vagen Erinnerung, die mit jedem neuen Tagesanbruch mehr verblasste.

Im August überschritt das Heer die Grenze des Oströmischen Reiches. Kaiser Isaak II. Angelos, Herrscher über Konstantinopel, hatte Friedrich Barbarossa vorab freies Geleit und Versorgung zugesichert.

Daran hielt er sich nicht. Isaak II. hatte in der Zwischenzeit ein Abkommen mit Saladin getroffen.

Am Morgen des 12. August erreichte die Vorhut der Vorhut, zu der Konrad mit Patrick und Dolph eingeteilt worden waren, mitten in der Thrakischen Ebene, während sie einem sandigen Handelsweg folgten, eine Kreuzung, neben der sich ein befestigtes Gebäude befand. Das Fundament und drei Fuß hoch aus Stein gemauert, darüber ein Aufbau aus massivem Holz. Davor warteten angebundene Pferde und stillten ihren Durst an der Tränke.

Die sieben Kuriere, Nobile aus Ungarn und dem Reich, die die Vorhut bis hierhin eskortiert hatte, sprengten davon auf ihren Schlachtrössern, ihre Wimpel wehten im Wind, die Rüstungen glitzerten in der Morgensonne. Die Hufe der Pferde erzeugten eine weithin sichtbare und eindrucksvolle Staubfahne, die sich über der Ebene immer weiter in den Himmel erhob.

Konrad sah ihnen nach, und als er Patrick von Cannstatt einen heimlichen Blick zuwarf, entdeckte er in dessen Augen den Wunsch, den er selbst verspürte: mit ihnen zu reiten.

Die Abordnung war auf Anordnung des Kaisers unterwegs. Seine Kuriere sollten in Windeseile den oströmischen Herrscher aufsuchen und ihm Barbarossas Unmut übermitteln. Und zwar ohne jede höfliche Zurückhaltung, so der Wortlaut des Befehls, den der erzürnte Kaiser ausgegeben hatte.

Die Höfe, die sie hungrig und auf Gastfreundschaft hoffend aufsuchten, waren verlassen. Die Brunnen vergiftet – und gottlob hatte das riesige Heer noch keinen einzigen Mann deswegen verloren. Der eine oder andere Bauer mochte so handeln, weil er um sein Gut fürchtete, um seine Frau, die Tochter, das Vieh; natürlich in der umgekehrten Reihenfolge, wie Patrick von Cannstatt mit einem Grinsen anmerkte.

Doch das plötzliche Umschlagen der Stimmung der oströmischen Bevölkerung, die ihnen anfangs so offen begegnet war, von Freundlichkeit in Heimtücke, mochte Kaiser Friedrich I. nicht dem Zufall zuschreiben. Wenn etwas in Masse geschah – und ohne Ausnahme –, geschah es auf Befehl, das war seine feste Überzeugung. Und nur ein Mann im ganzen Oströmischen Reich vereinte die Macht, die eine derartige Weisung zum Gesetz erheben konnte, das ausnahmslos befolgt wurde: Kaiser Isaak II.

»Und das«, erklärte ihnen Bero von Hept, ein Mann um die vierzig Lenze mit zotteligem Bart und ebensolchem Haar, »das ist kein gutes Zeichen.«

Von Hept leitete die Vorhut. Er selbst hatte sieben Ritter zu Pferde samt Rüstung und Bewaffnung in den Dienst des Kreuzzugs gestellt, die sie nun auch begleiteten. Alte Haudegen, gichtgeplagt und mit vernarbten Unterarmen, ebenso wie nassforsche Hitzköpfe, unruhig wie Rüden, wenn eine läufige Hündin ihr Terrain querte.

Dolph schlug die ganze Zeit um sich.

»Was machst du?«, fragte Patrick.

»Fliegen«, erwiderte Dolph voller Abscheu, »es gibt hier viel mehr davon als zu Hause.«

Sie saßen vor dem Gebäude ab. Mit einer Kopfbewegung bestimmte von Hept Konrad zu seinem Begleiter, mit dem er durch den Eingang trat und zunächst stoppte. Die Fensterläden waren bis auf einen verschlossen – und der ging gen Norden. Im Inneren des Hauses herrschte ein Halbdunkel, an das sich ihre Augen erst gewöhnen mussten, weshalb sie für Augenblicke verharrten.

Gestalten marschierten umher, sie trugen Dinge mit sich, gehäufte Gegenstände auf ihren Armen und vor ihren Bäuchen. Sie luden sie in Kisten, die wiederum von anderen nach draußen und auf Karren geschafft wurden.

Konrad spürte, dass er sich nicht in Gefahr befand. Und deshalb gestattete er seinen Gedanken, ihm vorauszueilen, voraus nach Aleppo und Akkon, voraus nach – Jerusalem. Mit schimmernder Rüstung sah er sich neben Gérard de Ridefort, der ihn in den Orden der ehrwürdigen Templer aufnahm.

Vielleicht würde aus ihm, Konrad von Laurin, ein berühmter Templer werden, wer weiß? Und möglicherweise war es ihm sogar gegeben, Sultan Saladin im Zweikampf zu begegnen – *und zu schlagen!*

Im Halbdunkel der Hütte verzog sein Mund sich bei diesem Gedanken zu einem zufriedenen Lächeln. Die Barden des Abendlandes würden ihm in ihren Liedern und Reimen die Unsterblichkeit bescheren, ja, er wäre bereits zu Lebzeiten eine Legende!

»Was gibt es zu grinsen?«, dröhnte eine Stimme quer durch den Raum.

Konrad zuckte ein wenig zusammen.

Die Frage hatte ein Mann an ihn gerichtet, der als Einziger im Raum saß, während seine Untergebenen alles aus dem Zimmer forttrugen. Er thronte hinter einem Tisch und kritzelte Zahlen auf ein Pergament. Sein Haar war strähnig und kurz und schwarz. Seine Nase dominierte das Gesicht, das dem eines Habichts glich.

Er hieß Samuel, erfuhren sie, Offizier des oströmischen Heeres, Logothet des Kurierdienstes, des *dromos*, der sich wie ein mal weit- und dann wieder engmaschiges Netz über das gesamte Reich erstreckte.

»Wir benötigen Unterkunft«, ließ Bero ihn wissen.

»Gebt mir, wie lange eine Heuschrecke braucht, um vier Pferde abzuschreiten«, bat er sich aus, »dann gehört Euch dieses Quartier.«

Konrad hatte keinen Schimmer, was eine Heuschrecke sein sollte. Er blickte zu Bero von Hept, der nicht so aussah, als würde seine überlegene Lebenserfahrung ihm in die Karten spielen. Ganz offensichtlich aber hatten sie sich auf keine längere Wartezeit einzustellen.

»Die Brunnen in der Gegend sind vergiftet«, stellte Konrad fest.

Samuel blickte auf und musterte ihn kurz. Lächelte dann. Und tauschte ein paar Worte in einer dem jungen Laurin unbekannten Sprache mit seinem Adjutanten.

»Das ist Arabisch«, flüsterte Bero.

»Nein«, widersprach Samuel, der offensichtlich über ein tadelloses Gehör verfügte und sich nun von seinem Platz am Tisch erhob, »das ist Griechisch, unsere Sprache. Die Worte unserer Väter.«

Er trat vor die beiden. Und wie Konrad feststellte, war seine Miene dabei frei von Angst.

»Ihr sprecht die Alte Sprache?«, erkundigte Bero von Hept sich erstaunt.

Samuel nickte: »Wir sind *Romanoi.* Oströmer. Und Griechisch ist unsere Sprache. Und«, fügte er hinzu, »es ist kein Wunder, dass die Bauern die Brunnen vergiften – Euer Marsch zerstört ihr Lebenswerk.«

»So viele Brunnen? Gleichzeitig?«

»Ihr seid ein kluger Mann«, ließ Samuel Hept wissen, »aber bedenkt: Wenn es das Oströmische Reich nicht gäbe, grenzte das Abend- an das Morgenland. Jede Seite könnte über Nacht die andere überfallen und in ihr Gebiet einmarschieren. Jetzt aber müssen sie hier durch. Und ganz gleich, was in Outremer geschieht, ob Ihr siegt oder geschlagen werdet, wir werden weiterhin mit Saladin oder seinem Nachfolger Haus an Haus wohnen und Tür an Tür. Euch das freie Geleit zu gewähren, wird uns schwächen. Dazu sind wir bereit. Aber zu mehr nicht.«

Ohne eine Antwort abzuwarten, verließ Samuel das Quartier. Und er verließ es als letzter Mann, wie Bero und Konrad leichterdings feststellten, da ihre Augen sich nun an das Halbdunkel gewöhnt hatten.

»Geschützt gegen Wind und Regen«, stellte Bero mit einem Rundblick fest. Konrad von Laurin pflichtete ihm mit einem Nicken bei. Hatten Regen und Wind ihn früher gestört, hatte er sich einfach ins Innere der Burg begeben. Von einer Reihe dieser scheinbaren Selbstverständlichkeiten hatte Konrad seit seinem Aufbruch Abschied nehmen müssen, weshalb er ein Dach über dem Kopf wieder zu schätzen gelernt hatte.

Noch am Nachmittag kundschafteten sie das Gebiet aus und entdeckten einen sicheren Zugang zu einem Flusslauf, der sie und das in zwei Tagen eintreffende Hauptheer von einer Frischwasserversorgung durch Brunnen entband.

Als Barbarossa eintraf, waren seine Kuriere immer noch nicht zurückgekehrt. Aber Konrad wusste, wie eine Heuschrecke aussieht.

Zu diesem Zeitpunkt erlangte Patrick von Cannstatt traurige Berühmtheit. Er war auf christlicher Seite der erste Ritter, der fiel. Sie fanden ihn im Schatten eines Olivenhains. Er lag dort, als hätte der Schlaf ihn jäh übermannt. Auf dem Rücken und alle viere von sich gestreckt.

An den Hain grenzte ein Hühnerstall, dessen Tür sich im warmen Wind wiegte und knarrte. Patrick von Cannstatt hatte sie aufgebrochen, um an das Federvieh heranzukommen. Und jemand hatte ihm den Schädel eingeschlagen, um das zu verhindern.

Als sie seine sterbliche Hülle beisetzten, lagen nur noch sieben Tagesreisen zwischen Sigimund von Laurin und seinem Sohn.

Abgesehen von der Sorge um den Burgherrn und seinen Stammhalter war der Beginn des dritten Kreuzzugs das Beste, was Anna und Isenhart passieren konnte.

Innerhalb der Burgmauern beachteten sie sich kaum, und wenn ihre Blicke sich doch einmal trafen, legten sie demonstratives Desinteresse an den Tag. Ein Lächeln, eine flüchtige Berührung im Vorbeigehen, mehr wagten sie nicht.

»Anna ist hübsch«, meinte Henrick einmal, während sie in den Weinbergen standen, die dem Haus Laurin gehörten.

»Ach ja?«, fragte Isenhart so beiläufig wie möglich. Er meinte, ein Lächeln über das Gesicht seines Bruders huschen zu sehen.

»Ja«, stellte Henrick fest.

Er und Isenhart halfen bei der Weinernte aus. Es war Ende August, der heiße Sommer hatte die Beeren frühzeitig reifen lassen.

Zwar benötigte Chlodio seinen Sohn üblicherweise in der Schmiede, aber bei der Weinernte waren stets alle vonnöten. So kam es, dass Isenhart Seite an Seite mit Henrick damit beschäftigt war, die Trauben abzuschneiden und in einen hölzernen Eimer zu füllen.

Die Trauben mussten verarbeitet werden, bevor sie verdorrten, selbst Anna und Sophia waren von ihrer Mutter dazu angehalten worden. Sie wunderte sich zwar, dass Anna im Gegensatz zu früheren Jahren nicht dagegen aufbegehrte, indem sie auf ihre adlige

Herkunft verwies, sondern sich sofort ans Werk machte, dachte sich aber nichts weiter dabei.

»Das muss dir doch aufgefallen sein«, hakte Henrick nach, »schließlich sammelt ihr jeden Mittwoch Pilze.«

Jeden Mittwoch Pilze. Diese Anspielung – und um eine solche handelte es sich wegen ihres konkreten Wesens, da war Isenhart sich sicher – ließ ihn aufmerken.

»Ja, möglich«, erwiderte er kurz angebunden. Er beschloss, dass sie sich einen neuen Treffpunkt suchen mussten.

Henrick schnappte sich den Eimer, aber Isenhart nahm ihn ihm ab. Henrick sah ihn erstaunt an.

»Du bist ganz blass«, sagte Isenhart, »setz dich und ruh dich aus, bis ich zurück bin.« Damit marschierte er los, hinab zu dem Zuber, der auf einem hölzernen Karren stand.

In dem Zuber stapften, die Kleider gerafft, vier Mädchen die Trauben zu Maische. Eines von ihnen war Anna.

»Dein Eimer ist immer nur halb voll«, stellte Sophia fest, die kreuz und quer durch den Zuber stapfte.

Isenhart verdrehte die Augen. »Wir können gerne tauschen«, bot er an.

Sophia schüttelte den Kopf: »Deine Füße kommen nicht an unseren Wein.« Die Mädchen lachten.

Isenhart schüttete den Inhalt in den Zuber, er hatte den ganzen Weg nur in Kauf genommen, um Anna aus der Nähe betrachten zu können. Sie warf ihm ein heimliches Lächeln zu.

Beseelt nahm er den Aufstieg zum Hügel wieder in Angriff. Wenn ihr Blick ihn traf, verspürte er weder Hunger noch Durst.

Am Abend kehrten sie zurück in die Burg, wo der Zuberinhalt gepresst und der Most in Fässer gefüllt wurde. Zur Haltbarmachung und Klärung des Traubensaftes wurden mit Schwefel überzogene Hölzer in den Fässern entzündet, kurz bevor der flüssige Teil des Gepressten zur Gärung darin eingelassen wurde, die Hölzer löschte und sich mit dem Qualm aus Schwefel verband.

Anschließend wurde der junge Wein unter der Leitung von Hieronymus, der als Keltermeister fungierte, auf vielerlei Arten angereichert: Lauchsamen, Honigstein, Alaun und Wermut, Weizenmehl und Rosenblätter wurden hinzugegeben. Holunderblätter, Weinessig, Nesseln und die Asche von Tannenzapfen warf er außerdem ins Fass.

»Henrick ist uns auf die Schliche gekommen«, raunte Isenhart Anna zu, als sie für einen Moment alleine an einem der Fässer standen.

Anna von Laurin begegnete dieser Neuigkeit so gefasst, dass er sich einmal mehr glücklich schätzte, ihre Zuneigung gewonnen zu haben.

Isenhart, der die Dinge sonst sehr überlegt anging, kannte kein Halten mehr, wenn sich der Mittwoch näherte. Er ließ jede Vorsicht fahren, Anna schrieb es seiner Leidenschaft zu, die ihn blind machte gegenüber den Risiken, denen sie sich stets aufs Neue aussetzten.

Bisher war alles gut gegangen, und möglicherweise rührte daher Isenharts Unbekümmertheit.

Sie selbst hatte sich bereits gefragt, was wohl passierte, wenn Giselbert eines Tages zu früh nach Hause käme. Oder ihnen jemand folgte. War Henrick ihnen gefolgt?

Wie auch immer: Sie hatte vorgesorgt.

Isenhart war in dem Glauben groß geworden, jeden Winkel der Burg zu kennen – er hatte sich geirrt. Neben Sophias Zimmer endete der Gang, in dem die Gemächer der herrschaftlichen Familie lagen. Hinter dem schweren Wandteppich, der – mit einer Portion guten Willens konnte man es als solches erkennen – die Auferstehung des Herrn symbolisierte, befand sich der Eingang zu einer morschen Wendeltreppe hinab zu einem Fluchtgang. Er führte unter der Erde in Richtung Süden und war mit Pfählen und Dielen notdürftig gegen das Erdreich abgestützt.

Der Gang war eng und voller Spinnweben. Isenhart hatte seine Mannesgröße noch nicht erreicht, trotzdem konnte er sich nur leicht gebückt fortbewegen.

Und mit einem Mal zog Anna ihn nach links ins Nichts. Kurz

herrschte Stille, dann hörte Isenhart das unverwechselbare Geräusch von zwei Feuersteinen, die aufeinandergeschlagen wurden. Die kleinen Funken blitzten in der Dunkelheit auf, bis einer von ihnen sich weigerte, wieder zu vergehen. Er hatte sich in einem Ballen Reisig verfangen und nährte sich nun von den getrockneten Zweigen. Es knisterte, dann loderte eine Flamme empor. An ihr entzündete Anna zwei Wachskerzen.

Isenharts Augen tasteten den Raum unverzüglich ab. Es handelte sich um ein kleines Gewölbe, Anna saß auf einem Lager aus Stroh, das noch recht frisch wirkte – sie musste es hierhergetragen haben.

Ihr Blick ruhte auf ihm, und die fröhliche Heiterkeit, die sich sonst auf ihrem Gesicht spiegelte, war einem andächtigen Ernst gewichen.

»Wohin führt der Gang?«

»Der Großvater meines Vaters hat ihn während der Fehde mit dem Haus Feinga als geheimen Fluchtweg anlegen lassen«, erwiderte sie und betrachtete ihn im Schein der Kerzen, die mehr Schatten als Licht zu werfen schienen, »er endet an einem Stall. Giselbert kümmert sich dort um ein paar Pferde.«

Isenhart nickte.

»Zieh dich aus für mich.«

Es hatte sie Überwindung gekostet, den letzten Satz auszusprechen, der Isenhart so überraschte. Es war eine Sache, nackt neben Anna zu liegen, und eine andere, sich vor ihr zu entblößen. Als Isenhart sie ansah, lächelte sie unsicher und wich seinem Blick aus. Isenhart spürte, wie zerbrechlich die Situation war.

Eine Anspannung nahm von ihm Besitz. Mit zwei, drei Handgriffen hatte er sich seiner schmutzigen Kleider entledigt. Die Verletzlichkeit, die er empfand, wurde durch den Umstand des Halbdunkels gemindert.

Die Kerzenflammen warfen scharfe Schatten. Anna konnte die Struktur seines Rückens sehen, die Rippenbögen, die Schulterblätter. Die festen Pobacken, die sich halb rund abzeichneten. Die ganze hagere Gestalt.

Das ist Gottes Werk, dachte sie.

Anfangs war Isenhart die beste Wahl gewesen, die sich ihr bot, die angenehmste Antwort auf all die Fragen, die ihr Körper ihr plötzlich gestellt hatte. Sie mochte ihn gern. Doch im Handumdrehen war Anna in ihn verliebt. Konnte ihn unentwegt ansehen, ohne dass ihr langweilig geworden wäre. Und wenn sie nicht bei ihm sein konnte, verspürte sie einen ziehenden Schmerz in ihrer Brust.

»Komm zu mir«, flüsterte sie. Isenhart ging auf sie zu. Anna saß neben dem Feuer, das die feinen Züge ihres Gesichts auf wunderbare Weise zur Geltung brachte. Er kniete sich vor sie hin, und nun war ihm seine Nacktheit nicht mehr unangenehm. Obwohl Anna noch bekleidet war, entdeckte er in ihren Augen dieselbe Nacktheit.

An diesem Abend – es war ein Mittwoch – ließ Anna sich von Isenhart entjungfern. Und Henrick wartete vergebens auf dem niedrigen Dachboden von Giselberts Hütte. Edda, sein Lieblingsschaf, erhielt in dieser Nacht einen Besuch außer der Reihe.

Es war ein erhabenes Gefühl. In einer Schlachtlinie mit den anderen Kreuzrittern – neben ihm Dolph von Grundauf – sprengten sie in vollem Galopp auf jene Nische in der Stadtmauer von Philippopolis zu, die ein Katapult gerissen hatte.

Isaak II. hatte inzwischen die Kuriere von Barbarossa festsetzen lassen und dessen Heer überdies verboten, seinen Weg nach Kleinasien fortzusetzen. An eine Überfahrt war nicht mehr zu denken, vielmehr mussten Verpflegung und eine sichere Unterkunft für den Winter gefunden werden. Am 26. August ließ Barbarossa daher Philippopolis angreifen.

Erst hörte Konrad ein dezentes Surren in seinem Rücken, dem er keine weitere Beachtung schenkte. Das Surren schwoll schnell zu einem Zischen und Dröhnen an, dann raste der Feuerball über ihre Köpfe hinweg und schlug exakt in jene Gruppe von Speerträgern ein, die bemüht war, den Durchbruch in der Mauer zu verteidigen.

»Keil!«, brüllte einer der Ritter, an dessen Arm ein Stecken mit österreichischem Banner flatterte. Umgehend formierten sich seine Ritter zu einem Keil, dessen Spitze er selbst bildete. Sie alle lockerten ihre Lanzen und legten sie am rechten Schultergelenk ihrer Pferde an, um die Treffsicherheit zu erhöhen.

Dann der Zusammenprall. Speerträger wurden durchbohrt, Lanzen brachen, Gegner wurden niedergeritten, Pferde bäumten sich auf und brüllten ihren Schmerz in hellen Tonlagen hinaus, einige überschlugen sich und brachen sich die Beine.

Konrad verspürte eine Todesangst, die ihn so lebendig machte wie nie zuvor.

Er war der Erste, der die Linie der Feinde durchbrach. Anfliegende Pfeile verdunkelten kurz den Himmel, bevor sie auf die Kreuzritter niedergingen.

Der Geruch von Eisen erfüllte die Luft, als ein Berittener mit einer Waffe auf ihn eindrosch, die Konrad noch nie zuvor gesehen hatte. Eine mit Eisenspitzen bedeckte Kugel, die über eine Kette mit einem Stock verbunden war.

Die Kugel zerbeulte seinen Schild mit jedem Treffer. Er schlug zurück, und als das keinen Vorteil brachte, erinnerte er sich an die Worte seines Vaters.

Ein kühler Kopf ist das A und O. Überlass dich niemals dem Zorn.

Dolph griff von der anderen Seite an, der Gegner wehrte sich und öffnete so seine Flanke. Konrad trieb sein Schwert in die Seite des Mannes, der aufschrie und abgeworfen wurde. Er wälzte sich im Staub und brüllte vor Schmerzen.

Das war der erste Mann, den Konrad tödlich verletzte.

Er hatte sich das anders vorgestellt. Sauberer. Ehrenhafter. Und leiser.

Nicht in diesem Staub, nicht begleitet von den Schreien, die schon nicht mehr menschlich waren. So hoch und waidwund, dass er wünschte, ihm würden auf der Stelle die Trommelfelle platzen, damit er ihnen entging.

Sein Hieb hatte den Gegner am Bauch verletzt, hatte die Rüstung gesprengt und ihn aufgeschlitzt. Währenddessen riegelten die Speerträger hinter ihnen die Lücke in der Mauer ab, sie hatten die erste Angriffswelle zum Stillstand gebracht.

Dolph und Konrad waren eingeschlossen.

Ein Durchbruch zurück zu den eigenen Reihen wäre glatter Selbstmord gewesen, daher gab Konrad von Laurin seinem Pferd die Sporen und jagte in die Stadt hinein, Dolph war ihm dicht auf den Fersen. Es war nur eine Frage der Zeit, bis die zweite Angriffswelle des Kreuzfahrerheeres die entscheidende Bresche in die Reihe der Verteidiger schlagen würde. Ein, zwei Stunden vielleicht.

Sie warteten zwei endlose Tage.

Dolph und Konrad hatten sich in die Ruinen eines ausgebrannten Gebäudes zurückgezogen. Für ihre Pferde bot die Ruine kein Versteck, schweren Herzens nahmen sie ihnen die Sättel ab und verjagten sie.

»Wir könnten ausbrechen«, sagte Dolph. Er war versucht, seiner Stimme einen entschlossenen Klang zu verleihen, aber die Angst ließ sie vibrieren.

»Da ist nichts, wohin wir ausbrechen könnten.«

Stumm fügte Dolph von Grundauf sich in sein gottgewolltes Schicksal.

Die zweite Welle kam nicht. Nicht am Nachmittag, nicht in der Nacht und auch nicht am darauffolgenden Tag. Hatte man sie vergessen? Oder aufgegeben?

»Die halten uns für tot«, sagte Dolph niedergeschlagen, »bestimmt sind sie schon weitergezogen.«

Konrad musste schlucken, und das fiel ihm schwer. Seit über 24 Stunden hatten sie nichts getrunken, die mörderische Hitze zehrte an ihren Kräften. Und das, obwohl sie darauf achteten, sich im Schatten aufzuhalten.

Um den nötigsten Hunger zu stillen, erschlugen sie Ratten, und da ein Feuer ihre Position verraten hätte, aßen sie sie roh.

Einmal kehrten zwei Speerträger im Stockwerk unter ihnen ein; Konrad und Dolph hielten die Luft an. Die beiden ließen ihren homosexuellen Fantasien freien Lauf. Sie waren sehr ausdauernd, Konrad liefen die Ratten über das Gesicht, Dolph und er wagten sich nicht zu rühren.

Sie erstarrten ganz einfach für zwei Stunden, sandten stumm ihre Stoßgebete gen Himmel.

Dann verzogen sich die beiden Speerträger wieder.

Der brennende Durst trieb sie am Mittag des zweiten Tages zum Äußersten. Sie tranken ihren eigenen Urin, um überhaupt Flüssigkeit zu sich zu nehmen. Beim ersten Mal erbrachen sie sich beide – und das möglichst leise –, dann siegte ihr Überlebenswille.

Und es wurde Abend.

Schließlich stand Konrad auf, Dolphs fragender Blick begegnete ihm. »Ich geh jetzt raus«, sagte er.

Dolphs Entsetzen war fast physisch greifbar. »Die erschlagen dich, Konrad.«

»Ja, gut. Mag sein«, antwortete Konrad von Laurin mit einer Müdigkeit in der Stimme, die unterstrich, dass er nicht aus Panik handelte. Er hatte es ganz einfach satt. Wenn sein Ableben schon vom Schicksal vorherbestimmt war, dann wollte er das Ewige Leben wenigstens aufrecht betreten.

Er empfand Wehmut bei dem Gedanken, Burg Laurin nicht wiederzusehen und alle, die er damit verband, Eltern, Geschwister und Isenhart. Aber vielleicht schützte ihn der kleine Holzspan vom Kreuz des Erlösers, den Hieronymus – ihn hatte er als Einzigen eingeweiht – ihm mit auf den Weg gegeben hatte.

Dolph stöhnte auf. Konrad warf ihm einen besorgten Blick zu.

Der junge Adlige hielt sich den Knöchel seines rechten Fußes. »Ich bin umgeknickt«, flüsterte er. Sein Gesicht war schmerzverzerrt.

In diesem Augenblick ertönten die Hörner: Barbarossa ließ angreifen.

Die beiden schöpften Hoffnung. Wenn es den Kreuzrittern gelang, durch die Bresche in der Stadtmauer zu dringen, konnten sie sich vielleicht zu ihnen durchschlagen. Während sie sich im Schutz der hereinbrechenden Dunkelheit an den Hauswänden entlangdrückten, bemerkte Konrad, dass Dolphs Knöchelschmerzen mit einem Mal verflogen waren. Er bewegte sich leichtfüßig und schnell.

Konrad erinnerte sich, wie Patrick von Cannstatt vor Wochen den Vorschlag unterbreitet hatte, das Heer Barbarossas, dessen Abreise aus Regensburg sie verpasst hatten, einzuholen. Konrad war sofort Feuer und Flamme gewesen, und als sie beide sich mit begeisterten Gesichtern Dolph zuwandten, lächelte dieser und nickte. Vielleicht war er gar nicht so angetan gewesen von Patricks Idee, möglicherweise hatte er nur nicht hinter ihnen zurückstehen wollen, dachte Konrad.

Sie hatten einen Punkt erreicht, der ihnen freien Blick auf die Stadtmauer gewährte. Tatsächlich drängten die Kreuzritter die Verteidigungslinie zurück, ja durchbrachen sie an dieser oder jener Stelle sogar. Konrad und Dolph wechselten nur einen Blick. Stumm waren sie sich einig, dass sie eine solche Chance kein zweites Mal geboten bekommen würden. Sie stürmten los.

Dolph konnte ziemlich schnell laufen, schoss es Konrad durch den Sinn. Möglicherweise war das sein Unglück, denn fast hatten sie die eigenen Männer erreicht, als aus einer Seitengasse gegnerische Ritter strömten, die sich in den Kampf warfen – und ihnen so den Weg versperrten. Das geschah so plötzlich, dass Dolph in einen von ihnen hineinlief. Er machte auf dem Absatz kehrt, aber ein Hüne von einem Mann, der ihn um mehr als einen Kopf überragte, stach zu. Die Speerspitze durchbohrte Dolphs Hals, mit einem Aufschrei ging er zu Boden.

Konrad griff an, um Dolph vor einem zweiten Stoß zu bewahren. Der Hüne war wendig, er wich den ersten Schlägen geschickt aus und verletzte Konrad mit seiner Lanze am Bein. Mit einer schnellen Drehung der Waffe hieb er ihm den Speergriff mit einer Wucht ins Gesicht, die Konrad straucheln und auf den Rücken krachen ließ.

Der Hüne war sofort über ihm, mit beiden Armen hielt er die Lanze, mit der er zum tödlichen Stoß ansetzte. Konrad wollte das Schwert hochreißen, aber es war zu spät.

Dieses also war die Stunde seines Todes, er würde Jerusalem nicht sehen und Gérard de Ridefort niemals begegnen.

Eine Schwertklinge wischte von der Seite durch die Luft, der

Kopf des Hünen fiel zur einen, sein massiger Körper zur anderen Seite. Blut schoss in immer langsamer werdenden Intervallen aus dem Hals.

Statt seiner trat eine andere Gestalt über Konrad.

»Steh auf«, sagte sein Vater, »wir gehen nach Hause.«

Isenhart wusste von alledem nichts. Seit Sigimund von Laurin davongeritten war, hatte sie keine Kunde mehr über Wohl oder Wehe von Vater und Sohn erreicht.

Isenhart und Walther von Ascisberg trabten auf Pferden durch den Wald, der sich, da er in eine Wiese überging, lichtete und den Blick freigab auf den Ascisberg.

Isenhart stoppte sein Pferd, die beiden Männer stiegen ab.

»Warum habt Ihr mich damals für den Unterricht empfohlen?« Diese Frage beschäftigte Isenhart schon seit geraumer Weile.

»Du erschienst begabt«, erwiderte von Ascisberg knapp, »hast du mich deshalb hierhergeführt?«

Isenhart spürte, dass die Antwort seines Lehrmeisters nur die halbe Wahrheit war – wenn überhaupt. Aber er hatte gelernt, nicht nachzuhaken, wenn Walther von Ascisberg seinen Fragen auswich.

Isenhart schüttelte den Kopf. Er band den Leinensack, den er mitgenommen hatte, vom Pferd und trat damit einige Schritte vor. Walther von Ascisberg warf einen Blick auf die grasenden Pferde, dann folgte er seinem Schüler.

»Der Ascisberg«, sagte Isenhart, in seiner Vorstellung dieses Augenblicks hatte er sich viel aufgeregter vermutet, als er nun war, »in welcher Entfernung würdet Ihr den Berg schätzen?«

Es war von Ascisberg, den die Aufregung ergriff. Er kannte Isenhart gut. Der hatte ihn nicht hierhergeführt, um ihm einen Berg zu zeigen. Dafür übte er in allen Dingen eine viel zu große Zurückhaltung. Die Schlussfolgerungen, die Isenhart im Bereich der Physik und Mathematik, aber auch der Philosophie traf, waren außergewöhnlich. Und wenn Walther ihn lobte, blickte Isenhart betreten zu Boden. Isenhart strebte nicht nach Anerkennung, sondern nach *Wissen.* Sein ganzer Charakter war nicht auf Zurschaustellung ausgerichtet. Es ging ihm lediglich darum, das Wesen der Dinge zu erfassen, eine *Erklärung* zu finden.

Walther von Ascisberg zweifelte daher nicht daran, dass Isenhart ihn zu seinem Geburtsort geführt hatte, um ihn zu verblüffen.

»1600 Fuß«, schätzte von Ascisberg.

»Es sind 1500, ich habe sie abgeschritten«, erwiderte Isenhart sachlich.

Er kramte zwei Holzstäbe aus dem Leinensack hervor. Der eine war knapp zwei Fuß lang, der andere – mit Kerben versehen – gut fünf Fuß. Den reichte er seinem Lehrmeister. »Stützt den hier direkt unter das Auge und deutet mit dem anderen Ende auf das, was Ihr vermessen wollt«, wies Isenhart ihn an.

Diese Rolle war für Walther neu. Aber er erhob nicht das Wort, sondern tat wie ihm geheißen.

Isenhart reichte ihm den zweiten Stab. »Das ist der Stock, den ich ›Läufer‹ genannt habe«, merkte er an, »haltet ihn senkrecht zum Grundstab.«

Walther von Ascisberg legte den Läufer im Winkel von neunzig Grad an den Grundstab an.

»Führt den Läufer zu Euch hin oder von Euch weg, bis das untere Ende mit dem unteren Ende des Ascisbergs übereinstimmt. Und das obere Ende des Läufers ebenso.«

Walther von Ascisberg führte den Läufer auf sich zu, bis sich Boden und Spitze des Berges mit dem Läuferholz in Deckung befanden. »Und weiter?«, fragte er.

»Die Höhe des Ascisbergs ergibt sich, wenn Ihr die Entfernung des Berges mit der Länge des Läufers multipliziert. Ich habe den Läufer auf zwei Fuß konzipiert.«

»Also das Produkt aus 1500 Fuß Entfernung und zwei Fuß Läuferlänge«, resümierte Walter von Ascisberg, »das ergibt 3000 Fuß.«

»Dividiert durch die Distanz zwischen Eurem Auge und dem Läufer.«

»Was einem Drittel Fuß entsprechen dürfte«, schätzte Walther.

Isenhart nickte freudig.

»Dann ergeben sich knapp 300 Fuß für die Höhe.«

»Ja, der Ascisberg ist fast 300 Fuß hoch«, bestätigte Isenhart.

Walther senkte Grundstab und Läufer. Er musterte Isenhart, der ohne jede Überheblichkeit lächelte. Eine Menge Gedanken schossen von Ascisberg durch den Kopf. Vor allem aber jener, der ihn mit tiefer Befriedigung erfüllte. Dies war das Ziel, auf das so viele Lehrmeister vergeblich hofften: Dass einer ihrer Schüler das Handwerkszeug, das man ihm mit auf den Weg gab, auf neue Weise nutzte und so seinen Lehrer übertraf.

»Wie bist du darauf gekommen?«

»Eine Komplementärformel«, erwiderte Isenhart, »ich habe die Höhe vorausgesetzt und die Entfernung als unbekannt eingestuft. Sie kann bestimmt werden, wenn man die Höhe mit der Entfernung vom Auge zum Läufer multipliziert und durch die Länge des Läufers teilt. Das Ergebnis waren 1500 Fuß. Die konnte ich durch Abmessen beweisen. Und dann musste ich die Formel nur noch auf die Höhe ausrichten.«

Walther von Ascisberg konnte seinen Gedanken kaum folgen.

Mit einem Mal versteifte Isenhart sich etwas, sein Blick ging an ihm vorbei. Von Ascisberg schaute sich über die Schulter und entdeckte drei Gestalten auf Pferden, die sich ihnen näherten.

Isenharts Herz krampfte sich vor Freude zusammen. Es waren Sigimund und Konrad. Und ein Mädchen namens Marie.

Als Walther von Ascisberg und Sigimund von Laurin sich umarmten, ließen auch Konrad und Isenhart jede übliche Zurückhaltung zwischen Knecht und Herrn fahren.

Sie alle ahnten noch nichts von den Ereignissen des 17. Dezembers. Und wäre ihnen gegenwärtig gewesen, wie ihr Leben aus den Fugen gerissen werden würde, wie knapp ihre gemeinsame Zeit bemessen war, sie hätten in vollem Galopp die Flucht ergriffen.

Der 17. Dezember 1189 war ein Mittwoch und brachte dichten Schneefall mit sich. Die Burg Laurin und die umliegende Landschaft wurden in ein frostiges Weiß getaucht. Es wäre unmöglich gewesen, Ida an diesem Morgen zu begraben, weil die Erde bis zu zwei Fuß tief gefroren war.

Eine nervöse Mauleselin – Henrick ging hinten an ihr vorbei – hatte ausgetreten und sie seitlich am Kopf getroffen. Idas Ohr, das nur noch einen breiigen Klumpen bildete, markierte die Stelle, an der ihr Schädel die Fraktur erlitten hatte.

Walther von Ascisberg und Vater Hieronymus konnten nichts mehr ausrichten, es war eine Sache von Stunden, und als Isenhart ihr in die Augen blickte, war ihm klar, dass sie es auch wusste.

Chlodio wandte sich ab und sprach dem Bier zu. Er würde sich eine Dienstmagd zulegen müssen, und während Ida im Sterben lag, fragte er sich, womit er all das verdient hatte. Unter welch ungütigem Stern er geboren worden war.

Isenhart wusch ihr mit einem Lappen das Gesicht und stillte Idas Durst. Er und Henrick saßen an ihrem Lager, Henrick weinte leise. Einmal stand sein Bruder auf, um nach den Cochins zu schauen, die mittlerweile zu siebt waren.

Isenhart nutzte die Gelegenheit: »Bin ich dein Sohn?«, fragte er ebenso leise wie eindringlich.

Idas Augen weiteten sich, sie richtete den Blick auf ihn, mit einem verzeihenden Lächeln entspannten sich ihre Züge. »Aber natürlich«, flüsterte sie, ihre kalkige Haut war von Schweiß bedeckt, »aber natürlich, mein Junge.« Mit schwacher Hand fuhren ihre Finger die Linie seiner Wange nach.

Die Blicke, mit dem sie Henrick oder den verstorbenen Ludwig bedacht hatte, waren ihm anders vorgekommen als die, die ihm galten. Tiefer und inniger. Gut, Ida mochte ihn, Isenhart hatte nicht vergessen, wie sie ihn vor Chlodios ungeduldiger Hand geschützt hatte. Und während er sich diese Momente in Erinnerung rief, schämte Isenhart sich wegen der Frage, die er seiner Mutter ausgerechnet auf ihrem Sterbebett gestellt hatte.

Zur achten Stunde hatte sich ihre Brust gehoben, ein Seufzen sich über ihre Lippen gequält, und mit ihm war alles Leben aus ihr gewichen.

Am Morgen des 17. Dezembers stand er an jener Stelle im Burghof, an der man Ida beigesetzt hatte. Es waren schon andere gekommen und gegangen, aber Idas Tod verdeutlichte ihm auf schmerzliche Weise, dass er die Menschen um sich herum nie als selbstverständlich nehmen konnte. Jeden konnte es plötzlich ereilen.

Jeder Moment ist voll der Möglichkeit, dachte Isenhart. Und nichts wirklich sicher. Alle Augenblicke sind nur fragile Zustände ohne jede Garantie aufs Fortbestehen.

Den restlichen Tag verbrachte Isenhart an der Esse, im Winter war die Arbeit mit der Glut ein Privileg. Außerdem ließ ihm Chlodios Zustand keine Wahl. Seit Idas Tod schüttete sein Vater einen Becher Bier nach dem anderen in sich hinein. Im Grunde war es die erste und letzte Tat eines jeden Tages.

Isenhart empfand tiefstes Mitleid für seinen Vater, den er als kalt und hartherzig bezeichnet hätte, und der nun auf rülpsende und torkelnde Weise ein Zeugnis seiner wahren Gefühle ausstellte.

Tatsächlich ließ Chlodio sich vollaufen, weil eine unstillbare Wut auf Ida in ihm tobte. Sie war von ihnen gegangen, hatte sich einfach in ein besseres Leben davongestohlen und ihn mit den Nichtsnutzen Henrick und Isenhart zurückgelassen. Dafür hasste er sie.

Als die Glocke die fünfte Stunde anmahnte, ließ Isenhart den Hammer sinken. Zur sechsten Stunde war er mit Anna im Fluchtgang der Burg verabredet.

Zwischen der zuweilen eintönigen Schmiedearbeit am Ofen und dem Moment, an dem sie ihre Körper aneinanderpressen und die Lust aufs Neue entfesseln würden, lag nur noch Hieronymus' letzte Unterrichtsstunde.

Gemessen an dem, was ihn erwartete, empfand er die Lehrstunde, die Konrad und er früher so gefürchtet hatten, als ein sinnliches Hinauszögern.

Der Konrad, der aus Philippopolis zurückgekehrt war, war ein anderer.

Isenhart hatte es schon draußen am Ascisberg gespürt, bei ihrer ersten Begegnung. Gewissermaßen schloss er einen Fremden in die Arme.

Der Freund war in sich gekehrt, seit Wochen hatten sie kein Wort über das getauscht, was sich ereignet hatte. Isenhart drängte ihn nicht, obwohl seine Neugier ein fast unerträgliches Ausmaß annahm.

Konrad war keineswegs gebrochen. Er lachte, machte seine Späße und begegnete allen mit Fürsorge. Es dauerte ein paar Tage, bis Isenhart begriff, dass statt eines nach Abenteuern strebenden Jünglings ein junger Mann aus Barbarossas Kreuzzug heimgekehrt war.

Dolphs Wunde, die ihm den Kehlkopf zerrissen hatte und ihn auf diese Weise für den kurzen Rest seines Lebens verstummen ließ, hatte sich auf dem Rückweg entzündet. Geschwächt von dem Kreuzzug und den zwei Tagen und Nächten in Philippopolis hatte sein Körper dem beginnenden Wundbrand nicht mehr viel entgegenzusetzen. Weinend, abwechselnd betend und ohne Stimme nach seiner Mutter rufend, hoffte er auf dem kargen Lager, das sie ihm wie jeden Abend bereitet hatten, der Herr möge ihn noch nicht zu sich rufen.

Aber Gott – seine Wege waren auch dieses Mal unergründlich – hatte offensichtlich andere Pläne, bei denen er keinesfalls auf den jungen von Grundauf verzichten wollte. Daher nahm er ihn zu sich, als sie im Morgengrauen die Donau erreichten.

In Ufernähe begruben Vater und Sohn ihn und schmückten sein Grab mit Steinen der Gegend. Kurz war Konrad versucht, Dolph den Splitter vom Kreuz Christi mit auf die Reise zu geben, aber der Span war eine Leihgabe und kein Geschenk. Er konnte nicht einfach darüber verfügen, und außerdem war vielleicht etwas dran an diesem kleinen, unscheinbaren Stück Holz. Immerhin waren sie zu dritt losgezogen, und nun kehrte er ohne Patrick von Cannstatt und Dolph von Grundauf zurück.

Marie griffen sie dort auf, von wo aus das Kreuzzugheer aufgebrochen war. In einem Waldstück bei Regensburg stieß Sigimund auf die Überreste einer kleinen Händlerkolonne. Ihm genügte ein Blick, um zu erfassen, dass in der Nacht ein Gemetzel stattgefunden haben musste, bei dem die Händler ermordet und ihre Waren entwendet worden waren.

Marie fanden sie wimmernd neben ihrem erschlagenen Vater. Ihre Lider flatterten nervös, sie gab Laute in einer Sprache von sich, die sie nicht kannten, und sie hatte keine Kontrolle über ihre Blase.

Konrad bestand darauf, sie mitzunehmen. Der christliche Gedanke gebot es, wie er sagte.

Sein Vater warf ihm einen langen Blick zu. »Was soll das?«, fragte Sigimund, »sie ist verblödet und pinkelt überallhin. Wir bringen sie zum Armenhaus nach Regensburg, dort kann man sich um sie kümmern.«

»*Ich* kümmere mich um sie«, versprach Konrad.

Sigimund sah seinem Sohn in die Augen. Und mit Verblüffung las er in Konrads Blick dessen unerschütterlichen Willen.

So war Marie zur Burg Laurin gekommen.

Sicher, Konrad hatte es nicht bis nach Jerusalem geschafft, aber er hatte *teilgenommen*. Das war entscheidend, beschloss Hieronymus. Die anderen waren tot, die Häuser Grundauf und Cannstatt hatten keinen Nachfolger. Burg Laurin verfügte über einen.

Hieronymus hatte ein paar Psalme vorbereitet. Der Span vom Holz Christi ruhte wieder auf seinem angestammten Platz.

Viele Jahre zuvor waren ihm zwei Jungs anvertraut worden, und nun war die Stunde der Ernte gekommen. Beide hatten zum Abschluss eine Frage offen, die sie an ihn richten konnten, so wollte es das Ritual.

»Glaubt Ihr an die christliche Nächstenliebe?«, fragte Konrad.

Früher war es Isenhart, der Hieronymus nervös gemacht hatte, aber nun – er saß so selbstsicher und erwachsen auf seinem Platz, während der Winterwind um die Burg pfiff – hatte Konrad von Laurin diese Rolle übernommen.

»Natürlich«, sagte Hieronymus vorsichtig.

Konrad nickte. Seit seiner Rückkehr aus Philippopolis redete er zwar mit den Leuten. Aber stets verweilten seine Augen woanders und signalisierten die Abwesenheit seines Geistes. So auch jetzt.

»Muss ich dann nicht meinen Feind umarmen und ihn zu meinem Tisch und meinem Lager führen?«

Das war in der Tat eine sehr berechtigte Frage, wie der Geistliche stumm feststellte. Konrads Augen suchten die seinen. Dieses Mal war es keine Provokation, nach der ihm der Sinn stand. Dieses Mal bewegte es ihn wirklich.

»Liebe deinen Nächsten«, sagte Hieronymus, ja er flüsterte fast, »deinen *Nächsten.* Vater, Mutter, Freund. *Ihnen* gilt die Nächstenliebe. Und natürlich nicht den Muselmanen. Unser Herr Jesus selbst hat es gesagt. Matthäus, Kapitel 10, Absatz 34 …«

»Ihr sollt nicht wähnen«, unterbrach Isenhart, »dass ich gekommen sei, Frieden zu bringen auf die Erde. Ich bin nicht gekommen, Frieden zu bringen, sondern das Schwert.«

Hieronymus nickte, das Gedächtnis dieses Jungen war zweifellos außergewöhnlich. »Wenn du diesen Ungläubigen die Hand reichst, Konrad«, wandte Hieronymus das Wort an ihn, »werden sie sie dir abhacken und dann über deine Nächsten herfallen.«

Konrad von Laurin nickte.

Isenhart genügte ein Blick, um zu wissen, dass sein Freund sich mit dieser Antwort nicht begnügen würde. Er sah hinaus in den Burghof, wo Alexander von Westheim, der dieses Mal kein gutes Geschäft gemacht hatte, die Burg verließ. Sein Käse aus Flandern war verschimmelt gewesen, Chlodio hatte sich zu Recht über sein teuer erstandenes Haarwuchsmittel beschwert, das noch mehr Haare als zuvor ausfallen ließ, und die Tücher aus Brügge hatten sich als Imitate aus Lyon entpuppt.

Hieronymus richtete seinen Blick schnell auf Isenhart. »Wie lautet deine Frage, Isenhart?«

»Warum werfen die Bäume im Herbst ihr Laub ab?«

Konrad lächelte ein wenig, aber in seinen Augen lag Traurigkeit. Isenhart – diese Frage bewies es ihm – hatte sich während seiner Abwesenheit ganz offensichtlich nicht verändert. Das erzeugte in Konrad ein Gefühl der Vertrautheit, was ihn lächeln ließ. Gleichzeitig stimmte es ihn traurig, denn Isenharts Frage war ein Relikt aus unbeschwerten Jugendtagen, in denen die Welt noch weit und ihnen wohlgesinnt war. In Konrads Augen ein Paradies, das er nicht mehr betreten konnte, und in das Isenhart anscheinend immer noch Zugang hatte.

»Das ist deine Frage?«

Isenhart nickte. Er konnte sehen, wie die Ader auf der Stirn des Geistlichen wieder zum Leben erwachte. Sie nahm ein Violett an, das im goldenen Licht der untergehenden Sonne fast schön wirkte, aber Isenhart hütete sich, Hieronymus darauf aufmerksam zu machen.

»All die Jahre habe ich dich unterrichtet, dir schreiben, lesen und rechnen beigebracht. Und dich die Heilige Schrift studieren lassen.« Er machte zwei schnelle Schritte auf Isenhart zu und sah ihm in die Augen. »Und all das lässt für dich nur diese Frage offen? Warum die Bäume im Herbst ihr Laub verlieren? Habe ich dich richtig verstanden?«

»Ja.«

Hieronymus schnaubte vor Empörung. Etwas an diesem Jungen stimmte nicht. Er hatte es von Anfang an gewusst. Bereits seine Herkunft war höchst dubios. Und nicht nur das, im Zusammenhang mit Isenhart ergaben sich eine Menge ungeklärter Fragen. War denn niemandem aufgefallen, dass Isenhart in seinem ganzen Leben nicht ein einziges Mal krank geworden war? Keine Grippe, ja nicht einmal ein simpler Schnupfen hatte ihn heimgesucht! Sein Vater hatte ihm das Auge ausgeschlagen, und trotzdem nannte er das Sehvermögen eines Raubvogels sein Eigen. Konnte das noch mit rechten Dingen zugehen? Wohl kaum.

Hieronymus war überzeugt von der Existenz einer Kraft, die im Innern dieses Jungen hauste. Er war sich nur nicht sicher, ob der Allmächtige sie in ihn gepflanzt hatte oder der Endchrist.

Der Geistliche kämpfte die unbändige Lust in sich nieder, die danach schrie, den Rohrstock sprechen zu lassen. Nein, er widerstand der Versuchung, er sammelte sich. »Gott ist das A und das O, der Anfang und das Ende«, sagte er mit belegter Stimme, »alles wächst, blüht auf, verwelkt und stirbt – so wie die vier Jahreszeiten. Das ist Gottes Werk. Und es gilt ebenso für die Menschen. Das ist der Lauf der Dinge. Und deshalb werfen die Bäume im Herbst ihr Laub ab, Isenhart.«

Isenhart nickte. »Ich dachte, es gibt vielleicht einen anderen Grund«, brachte er vorsichtig hervor.

»Der da wäre?«

Konrad sah Isenhart von der Seite an, und er hätte geschworen, dass die Augen seines Freundes zu leuchten begannen, als er sich nun vorbeugte.

»Kann es nicht sein, dass die Bäume ihre Blätter abwerfen, damit sie im Winter nicht verdursten?«

Etwas so Abwegiges hatte Hieronymus noch nie zuvor vernommen. Selbst Konrads Wohlwollen, das sich unter anderem aus seiner Überzeugung speiste, Isenhart sei ihnen allen geistig weit überlegen, wurde stark in Anspruch genommen.

»Wie um alles in der Welt kommst du darauf?«, fragte Hieronymus sichtlich fassungslos, »kannst du mir das mal sagen? Wie kommst du auf so etwas?« Er beugte sich nah zu ihm herunter, fast berührten sich ihre Nasenspitzen: »Wer flüstert dir so etwas ein?«

»Niemand. Es war nur …«

»Nur *was?*«

»Wenn man im Sommer ein Blatt zwischen den Fingern zerquetscht«, erklärte Isenhart, »dann läuft einem der Pflanzensaft über die Finger.«

»Was für eine Beobachtung«, kommentierte Hieronymus mit beißendem Unterton.

Aber der junge Mann ließ sich davon nicht beirren und fuhr fort: »Das Blatt ist voller Saft, aber im Herbst, wenn es abgeworfen wird, ist es verdorrt. Es verfügt über keinen Saft mehr – warum? Weil der Baum ihn wieder an sich genommen hat.«

Hieronymus ertappte sich bei dem – natürlich höchst absurden – Gedanken, Isenhart könnte recht haben. Aber dann schüttelte er den Kopf, sein Blut geriet in Wallung, weil er wankelmütig geworden war. Wankelmütig wegen der Worte eines jungen Schmieds, der es wagte, seinen Erklärungsansatz gegen Gottes Werk zu stellen.

»Sind Bäume Wesen? Haben sie Muskeln?«, fragte der Geistliche erzürnt, »können sie Saft *anziehen?*«

»Warum nicht?«, erwiderte Isenhart, der sich über Hieronymus'

Bereitschaft freute, sich mit dieser Frage auseinanderzusetzen. Und dabei alle Warnsignale missachtete, die ihm sonst nicht entgangen wären. »Sie können den Saft, den sie aus dem Boden fördern, in ihre Blätter drücken«, fuhr er daher begeistert fort, »und wenn sie das können, warum sollten sie nicht auch die Fähigkeit haben, ihren Blättern diesen Saft wieder zu entziehen?«

Es musste eine besondere Prüfung sein, der Gott ihn unterzog, dachte Hieronymus. Und er würde sich ihrer als würdig erweisen. »Das sind ketzerische Reden«, fuhr er Isenhart an, »es steht dir nicht zu, den Weltenplan unseres Herrn infrage zu stellen.«

»Aber ich habe ihn nicht infrage gestellt.«

Isenhart besaß kein böses Herz, das wusste Hieronymus. Er brauchte nur hin und wieder eine freundliche Hand, die ihm den rechten Weg wies. »Du bleibst hier, bis es zur siebten Stunde geschlagen hat«, kündigte er daher an, »bis dahin rezitierst du die Bußverse.«

»Aber ich habe nichts Falsches gesagt«, entgegnete Isenhart, dem bewusst wurde, dass er sein Treffen mit Anna soeben um eine Stunde verzögert hatte. Und es gab keine Gelegenheit, ihr das mitzuteilen. Konrad war selbstverständlich nicht im Bilde, es gab niemanden, den er mit einer Nachricht beauftragen konnte. Höchstens Marie.

Sigimund von Laurin hatte dem Drängen seines Ältesten nachgegeben und sie zu Annas und Sophias Dienerin bestimmt. Hin und wieder urinierte sie noch in den Burghof, aber ansonsten erholte sie sich ausgesprochen gut von dieser grauenhaften Nacht bei Regensburg. Manchmal pfiff sie eine Melodie vor sich hin.

Doch selbst, wenn er ihr eine Nachricht hätte zukommen lassen können, wäre es sinnlos gewesen. Marie sprach nicht mehr. Ob aus Unvermögen oder Vorsatz, ließ sich schwer sagen.

Es kostete Isenhart sechs Versuche, die Fackel mithilfe von zwei Feuersteinen zu entzünden. Je eiliger man es hat, fiel ihm dabei auf, desto weniger scheinen einem die einfachsten Dinge zu gelingen. Möglicherweise konnte man den Zusammenhang mathematisch beweisen, überlegte Isenhart, während er mit eingezogenem Kopf durch den Fluchtgang lief.

Sein Herz schlug höher, als er die kleine Höhle erreichte. Aber sie war leer.

Isenhart stutzte. Er hatte sich in der Burg unter einem Vorwand zu ihrer Kammer begeben, Anna dort aber nicht angetroffen.

Er war schon im Begriff wieder zurückzukehren, als ihm die Idee kam, die Sache durch Annas Augen zu betrachten. Sie war nach dem Schlag zur sechsten Stunde aufgebrochen, hierhergekommen und hatte auf ihn gewartet. Isenhart wandte sich noch einmal um und schwenkte seine Fackel langsam in einem Halbkreis herum, sodass ihm kein Winkel der Höhle verborgen blieb. Er entdeckte keine Fackel. Aber Anna musste eine benutzt haben. Am Boden des Fluchtwegs hatte sich hier und da Geröll angesammelt – wenn man nicht stürzen wollte, benötigte man den Feuerschein einer Fackel.

War Anna überhaupt nicht hergekommen? Aber dann hätte vorne, beim Einstieg, eine zweite Fackel gelegen. Isenhart meinte sich zu erinnern, dort keine gesehen zu haben. Er versetzte sich erneut in sie.

Anna war hier gewesen, sie hatte im Lichtschein der Fackel gewartet und es sich auf dem Lager bequem gemacht, und irgendwann war sie unruhig geworden, so wie er es jetzt war, sie hatte sich überlegt, was passiert sein konnte. Und vielleicht hatte sie auch versucht, sich in ihn hineinzuversetzen.

Zu welchem Schluss konnte sie gekommen sein, überlegte Isenhart. Das gleichwinklige Dreieck schoss ihm plötzlich durch den Kopf. *Von zwei bekannten lässt sich auf eine unbekannte Größe schließen.*

Anna war nicht in der Burg und nicht hier. Und eine Fackel fehlte. Beides zusammengenommen konnte nur bedeuten, dass sie mit der Fackel immer noch unterwegs war. Bloß wo?

Draußen herrschte längst Dunkelheit, die Temperaturen waren eisig. Bedachte man diese beiden Umstände, gab es nur einen einzigen Ort, an dem Anna jetzt sein konnte – in Giselberts Hütte.

Denn es war Mittwoch und der Carnifex mit Sicherheit unterwegs.

Mit Erleichterung und Vorfreude machte er sich auf den Weg, den er noch nicht kannte, nämlich den zweiten Abschnitt des Fluchtweges, der hinter jenem schweren Wandteppich bei Sophias Kammer begann.

Der Abschnitt führte tiefer hinab, um einen großen, unterirdischen Felsblock herum, und mündete in einer Wand aus Efeu. Isenhart steckte seine Hand hindurch, schob die Blätter beiseite und trat hinaus. Sofort sah er die Fußabdrücke im ansonsten unberührten Schnee. Sie führten in den Wald.

Isenhart erkannte die Stelle wieder. Nur hundert Fuß weiter verlief der Bach. Er drehte sich um seine eigene Achse. Die Mauern und Zinnen der Burg Laurin hoben sich düster gegen den Nachthimmel ab. Der Efeu rankte von einem Felsvorsprung hinab und sorgte für eine natürliche Tarnung des Fluchtganges.

Isenhart folgte der Spur, die Anna hinterlassen hatte, und wie er richtig vermutet hatte, führte sie ihn immer näher zu Giselberts Hütte. Es musste Anna gewesen sein, war Isenhart sich sicher. Ein Ortsunkundiger wäre keinesfalls vom Weg abgewichen, aber die kleinen Fußabdrücke, denen Isenhart folgte, führten quer durchs Unterholz, sie nahmen den kürzesten Weg.

Dann entdeckte er die anderen Spuren. Während Annas Abdrücke weiter durch den Wald führten, gesellten sich von rechts nun die Spuren einer zweiten Person hinzu. Einer Person mit größeren Schuhen. Einer Person, die denselben Weg eingeschlagen hatte wie Anna.

Eine unbestimmte Angst erfasste Isenhart. Er beschleunigte seine Schritte und betete, es möge Giselbert gewesen sein, der, früher zurück als erwartet, den Spuren zu seiner Behausung gefolgt war. Oder Henrick. Der hoffte, sie beim Liebesspiel beobachten zu können.

Isenharts Blick eilte voraus. Die Fußabdrücke führten hinter den mächtigen Stamm einer Eiche, und was er dann sah, ließ ihn verkrampfen und stehen bleiben.

Beide Spuren verschwanden hinter dem Baum. Aber nur eine führte wieder von ihm weg.

Und etwas lag dort, eine Art Bündel, so schien es, aber obwohl Isenhart sich gegen die Erkenntnis sträubte, wusste er doch längst, dass es nicht bloß ein Bündel war.

Auf zittrigen Beinen ging er zu der Eiche. Der Anblick presste ihm die Brust schmerzhaft zusammen. Die Knöchel der Hand, die die Fackel hielt, traten weiß hervor.

Es war Anna, und sie war tot.

Sie lag rücklings im Zentrum eines riesigen, tiefdunklen Flecks, der sich gebildet hatte, als ihr Blut und der Schnee miteinander verschmolzen waren. Ihre Augen starrten ohne jeden Glanz in den Nachthimmel, feiner Frost hatte ihr Gesicht überzogen und verlieh ihrem Antlitz eine unwirkliche Schönheit. Ihr Kopf lag in einem unnatürlichen Winkel zu den Schultern, was nur durch den tiefen Schnitt, mit dem der Mörder ihre Kehle durchtrennt hatte, erklärlich war.

Isenhart ging neben ihrem Leichnam in die Hocke.

Ihre linke Brust lag neben ihr im Schnee. Und dort, wo sie sich befunden hatte, klaffte ein großes Loch. Jemand hatte ihr das Herz herausgerissen.

Isenhart war dankbar über die Kälte der Winternacht, die ihn langsam durchdrang. »Nimm mich auch zu dir, Herr«, flehte er leise, »ich möchte nicht mehr sein.«

8.

Sophia sollte noch Jahre später erschauern, wenn sie sich die Schreie aus dem Wald ins Gedächtnis rief, so gellend hell, dass sie nur von einem waidwunden Tier stammen konnten.

Giselbert hatte ihn gefunden, er kauerte neben der Leiche und war halb erfroren. Isenhart erinnerte sich nur noch an die Hände kräftiger Männer, die ihn und Annas Leiche auf einen Karren hoben. Kurz war da das Gesicht von Walther von Ascisberg, seine betretene Miene, die zwischen Mitleid und Entsetzen schwankte. Es sollte Isenhart Jahre kosten, den Grund dafür zu erfahren.

Der Weg zur Burg dauerte Ewigkeiten. Isenhart ließ seine Hand über die Konturen von Annas Gesicht gleiten. Ihm war, als hätte man auch ihm das Herz aus dem Leib gerissen. Ein unsagbar tiefer Schmerz, von dem er nie angenommen hätte, dass ein Mensch ihn auch nur einen Lidschlag lang ertragen könnte, hatte ihn erfasst und in gnädige Betäubung geführt.

Einmal stoppte der Karren. Isenhart, dem die Tränen über die Wangen liefen, erkannte durch ihren Schleier die Gestalt Sigimunds von Laurin, der zusammengesunken auf seinem Pferd saß.

Als er bemerkte, dass Isenhart ihn sah, straffte er sich und trabte auf seinem Pferd weiter in Richtung Wald.

Im Burghof packte ihn ein starker Mann, warf sich Isenhart über die Schulter und trug ihn zum Hühnerstall. Henrick hatte in aller Eile ein notdürftiges Lager bereitet. Er und der kräftige Mann hüllten ihn in Decken und massierten seine Füße. Walther von Ascisberg hatte es ihnen aufgetragen, nachdem er Isenhart mit einem Dolch einen Schnitt am Rist beigebracht hatte und dieser dabei nicht einmal zusammengezuckt war.

Der kräftige Mann beugte sich nah zu ihm herab. »Was hattest du im Wald zu suchen?«, fragte er. Isenhart erkannte erst jetzt Konrad in ihm.

Die große Gleichgültigkeit, die an der Eiche von ihm Besitz ergriffen hatte, erfüllte ihn immer noch. Er hatte das Wertvollste verloren, was einem Menschen geschenkt werden konnte. Sein Leben erschien ihm ohne jeglichen Sinn, und daher suchte er sein Heil nicht in Ausflüchten.

»Wir waren verabredet«, brachte er leise, aber deutlich hervor, »Anna und ich.«

Konrads Blick ruhte in seinem. Er spürte, wie sich der tiefe Groll des Freundes über eine solche Verbindung zwischen Adel und Gesinde ein zähes Ringen mit seinem Mitgefühl lieferte. Schließlich nickte Konrad, erhob sich und verschwand ohne ein Wort.

Walther von Ascisberg hatte keine Kinder. Es hatte sich einfach nicht ergeben; er würde sterben, ohne je Vater geworden zu sein. Und doch konnte er im Ansatz ermessen, wie es seinem Freund zumute sein musste. Anna war Sigimunds älteste Tochter. Sie war in einem Alter, in dem er sie gut hätte vermählen und so einen Vorteil für das Haus Laurin sichern können. Die Verheiratung war noch immer das effektivste Mittel, um Fehden beizulegen oder sich Zugang zu einflussreicheren Kreisen zu verschaffen. Der Verlust eines Kindes in Annas Alter war darüber hinaus viel schwerer zu ertragen, als wäre sie mit ein oder zwei Jahren verstorben, so wie die meisten Neugeborenen.

Walther und Sigimund befanden sich dort, wo Isenhart sie gefunden hatte. Ihr Vater starrte mit leerer Miene auf den großen Fleck am Fuß des Baumes. Der Platz war jetzt übersät mit Fußabdrücken, es waren die Spuren des Abtransports.

Von Ascisberg deutete auf die Lichtung, über die sie alle gekommen waren: Isenhart, Anna und ihr Mörder.

»Annas Spur, die kleinen Abdrücke«, kommentierte Walther von Ascisberg, »der Fremde und Isenhart. Die Fußspuren von Anna und

Isenhart enden hier.« Er senkte die Fackel knapp über den Boden. »Aber die dritte Spur führt weiter.«

Walther erschien es, als benötigte Sigimund Ewigkeiten, um den Kopf zu wenden und mit den Augen der Richtung zu folgen, die er ihm mit der Hand wies. Die Schultern des Freundes waren leicht nach vorne gebeugt. Jedweder Kraft beraubt, folgte Sigimund von Laurin Walther durch die Nacht.

Mehr noch als der Mord an Anna traf Walther von Ascisberg die Art ihres Todes. Ganz zu schweigen von dem Anblick, den sein Freund ihm bot.

Sie vernahmen eine Bewegung in ihrem Rücken. Es war Konrad, der stumm zu ihnen trat. Von Ascisberg wünschte, er wäre oben in der Burg geblieben. Konrads Anwesenheit zwang seinen Vater, eine würdevolle Haltung anzunehmen, obwohl ihm dazu die Kraft fehlte.

Stumm folgten sie jenem Weg, den der Mörder Stunden vor ihnen genommen hatte. Alle vier, fünf Schritte zeugte ein dunkler Fleck neben den Fußspuren von dem, was er Annas Körper entrissen und offenbar mit sich getragen hatte.

Die Spuren führten zu einer Stelle, von der aus sie sich in Form von zwei Linien und den Abdrücken von vier Hufen fortsetzten.

»Ein Fuhrwerk, das von einem Pferd gezogen wird«, sagte Konrad leise. Er vermied es, seinem Vater in die Augen zu schauen, er fürchtete, der Schmerz, den er darin vermutete, würde ihn bis ins Mark treffen.

»Wir suchen einen Mann mit einem Fuhrwerk«, sagte Sigimund von Laurin mit schwacher Stimme. »Er kann noch nicht weit sein, wenn er seinen Karren unterwegs nicht aufgegeben hat.«

Er warf seinem Ältesten einen Blick zu, und der verstand. Konrad nickte und lief zurück zu seinem Pferd. Von Ascisberg war froh, sich wieder ungestört an Sigimunds Seite befinden zu können.

»Wusstest du von Isenhart und meiner Tochter?«

»Nein«, antwortete von Ascisberg nicht ganz wahrheitsgemäß, »nein, wusste ich nicht.«

»Er hat geweint wie ein Weib neben meiner Tochter«, stellte Sigimund fest.

»Was auch immer war, es ist zu Ende«, sagte Walther.

Sigimund von Laurin haderte einige Augenblicke mit diesen Worten, aber dann deutete er doch ein Nicken an. Es machte Anna nicht wieder lebendig, wenn er den Jungen auspeitschen ließ. Noch dazu hatte er keineswegs dessen Bereitschaft vergessen, sich ihm anzuschließen, als es darum ging, Konrad aus diesem Heer von Verblendeten nach Hause zu holen.

Eine angenehme Stille senkte sich zwischen die beiden. Von nicht allzu fern hörten sie Reiter, die durch den Wald davongaloppierten – Konrad war aufgebrochen.

»Das Herz hat er ihr herausgeschnitten.«

»So sieht es aus. Soll ich sie untersuchen?«

Sigimund stimmte zu: »Ich kann es nicht.«

Walther nickte. Sigimund war sein Freund, er erwies ihm diesen Dienst gerne.

»Das Herz herausgeschnitten«, wiederholte Sigimund und suchte nun Walthers Blick. »Du hast gesagt, er sei tot. Bist du sicher?«

»Ich hab ihn erschlagen und verbrannt. Wenn er immer noch mordet, muss es ein Wiedergänger sein.«

»Spürst du deine Füße wieder?«

Die Frage seines Bruders riss ihn aus seinen Gedanken. Die Cochins stolzierten direkt an seinem Kopf vorbei, und Henrick hatte aufgehört, seine Beine zu bearbeiten.

Zuerst sahen sie den Fackelschein, der sich näherte, anschließend gesellten sich die Geräusche von Füßen dazu.

Eine Gestalt schob sich in den Eingang des Hühnerstalls. Walther von Ascisberg warf Isenhart einen langen Blick zu. »Ich inspiziere sie jetzt und will, dass du mir zur Hand gehst.«

Seine Worte hingen in der kristallklaren Nacht und ließen sich nicht verscheuchen.

»Inspizieren?«, fragte Isenhart.

Sein Lehrmeister nickte im Schein der Fackel. »Nur der Mörder kennt die genauen Umstände ihres Todes.«

Walther von Ascisberg richtete kein Wort an ihn, während sie die Treppen zu ihrer Kammer hinaufstiegen. Oben angekommen wandte er sich aber doch noch an seinen Begleiter. »Hast du ihn gesehen?«

Isenhart schüttelte den Kopf. »Nur die Spuren«, erwiderte er matt.

Von Ascisberg nickte, als bestätige das seine Vermutung. Dann betraten sie die Kammer.

Trotz der grässlichen Verletzungen erschien ihm Anna noch immer von jenem Liebreiz, der ihn in ihren Bann gezogen hatte. Der ihn vor Aufregung nicht hatte einschlafen lassen. Und der ungebrochen fortdauerte, über den Tod hinaus.

Sie war in ihrer Kammer aufgebahrt worden, links und rechts brannten Kerzen. Die Flammen duckten sich vor dem Wind, der durch Spalten und Ritzen kroch. Der Frost war von ihrer Gesichtshaut gewichen, und trotzdem war Anna von einer geradezu überirdischen Schönheit. Jemand hatte ihr die Augen geschlossen. Für einen Augenblick ließ Isenhart sich von der Hoffnung narren, sie sei möglicherweise nur eingeschlafen.

Walther von Ascisberg schloss die Tür hinter ihnen, bevor er an den Leichnam trat und ihn aufmerksam in Augenschein nahm. »Licht.«

Isenhart gab sich einen Ruck und trat näher heran. Er hielt die Fackel in einer Weise, die von Ascisberg mühelos jede Kleinigkeit erkennen ließ.

Zunächst beschäftigte er sich mit dem Schnitt durch ihre Kehle. Er steckte den Finger in die Wunde und fuhr sie sanft entlang.

Isenhart musste sich abwenden und den Würgereiz hinunterschlucken.

Von Ascisberg nahm ein der Länge nach zusammengerolltes Stück Leder aus der Tasche seines Umhangs und öffnete die Riemen mit einem einzigen Handgriff. Er entrollte das Leder und gab auf diese Weise den Blick auf einige metallische Instrumente frei, einige so fein, wie Isenhart sie noch nie zuvor gesehen hatte.

Walther nahm zwei davon in die Hände, ein längliches, das in einer abgeflachten Spitze mündete, und eines, das in einem so filigranen Haken endete, dass Isenhart sich unwillkürlich fragte, welcher Pinkepank über derlei Fertigkeiten verfügte.

Mit dem Haken wölbte er Annas Haut an der Schnittstelle nach oben, mit dem anderen Instrument zeichnete er den Schnitt nach. An einer Stelle stutzte er und führte die abgeflachte Spitze tiefer in die Wunde hinein, bis er erneut auf einen Widerstand traf. Dann fuhr er mit dem länglichen Metall weiter die Wunde entlang, bis er jenen Punkt erreichte, an dem der Schnitt endete.

»Der Mörder hat nicht viel Erfahrung in so etwas«, stellte von Ascisberg fest und deutete auf einen Punkt knapp hinter dem Beginn der Schnittwunde, »dort, wo er begonnen hat, ist die Schnitttiefe ein Fingerglied tief – zu wenig, um eine Kehle zu durchtrennen. Aber hier«, Walther deutete auf den Punkt, auf den er gestoßen war, »hat er nachgesetzt.«

»Ein Wolf ...«, begann Isenhart.

»Nein«, unterbrach Walther von Ascisberg bestimmt. Aber er hatte Verständnis für Isenharts Hoffnung, es könnte ein Zusammenstoß mit einem Rudel von Wölfen gewesen sein. Es hätte dem Tod etwas von seinem Schrecken genommen, den er vor allem aus der zweiten Wunde bezog – dem herausgerissenen Herz.

Walther setzte auch hier seine Instrumente ein, und die Routine, mit der er dabei zu Werke ging, verriet Isenhart etwas über die Übung, die sein Lehrmeister darin hatte.

»Der Brustkorb wurde mit einer Klinge geöffnet.« Walther nahm Isenhart die Fackel aus der Hand und hielt das Feuer so nah über die klaffende Wunde, dass er dabei etwas von dem Leinen versengte, in das Anna gekleidet war.

»Bei den Rippen hat er sein Messer nicht benutzt. Hier«, er zeigte ins Innere des Torsos, »sie sind nach innen gedrückt, er hat sie zerschmettert.«

Isenhart trat nicht näher an ihn heran, daher warf von Ascisberg einen Blick über die Schulter. Als er Isenharts Gesichtsausdruck sah, wurde ihm sein mangelndes Feingefühl bewusst. Er drückte ihm die Fackel wieder in die Hand.

»Hat er ihr ... ist das ... ist ihr das bei lebendigem Leib widerfahren?«

Von Ascisberg schüttelte den Kopf.

Isenhart war ihm dankbar. Noch schlimmer als der Anblick, der ihn entsetzte, war die Vorstellung dessen, was da draußen passiert war. Wie Anna sich gewehrt, vielleicht um Hilfe gerufen, gefleht hatte, natürlich ungehört, wie der Mörder ihr die Klinge durch den Hals getrieben hatte und das Leben aus ihr hinausgelaufen war und den Schnee durchtränkt hatte.

Oder genauer: Was da draußen passiert war, während er die Strafe verbüßte, mit der sein blasphemischer Wissensdurst in die Schranken gewiesen worden war. Hätte er sich gezügelt und die Frage nach den Bäumen und ihrem Laub nicht an Hieronymus gerichtet, er wäre rechtzeitig im Gewölbe gewesen.

Vermutlich wäre er auch jetzt noch dort, würde Anna in seinen Armen halten, würde ihr Atem seine Wimpern zum Tanzen bringen und er – das Ohr auf ihrer Brust – ihren Herzschlag hören. Ruhig und gleichmäßig, so beruhigend, dass er darüber einschlafen würde.

Wenn man Brennnesseln kochte und noch eine Kelle von Idas Bier hinzugab, entstand eine Mahlzeit, die den Brei aus zerstampftem Getreide und Wasser, den sie täglich zu sich nahmen, aufwertete. Genau so roch Annas Haut, nach gekochten Brennnesseln, frisch und ein wenig süßlich. Wenn seine Lippen ihren Bauch küssten, schmeckte er es auch.

All das war nun Teil der Vergangenheit, war unwiderruflich verloren.

Und das war seine Schuld.

Walther von Ascisberg hatte die Inspizierung der Wunde beendet und erhob sich. Er gab Isenhart mit einer Geste zu verstehen, dass er erneut mehr Licht benötigte, aber Isenhart reagierte nicht.

»Isenhart.« Walther von Ascisberg hatte die Stimme nicht erhoben, Isenhart war, als hätte er kaum etwas gesagt, es war nur ein Wispern, ein Windhauch, der seinen Namen trug. Er richtete den Blick auf seinen Lehrmeister.

»Ich brauche mehr Licht.«

Isenhart löste sich aus seiner Erstarrung. Verwundert nahm er wahr, wie Walther von Ascisberg auf die Knie sank. Walther schob Annas Kleid in die Höhe und entblößte so ihre Scham.

Um ein Haar wäre Isenhart die Fackel aus der Hand gefallen. »Was macht Ihr da?« Seine Empörung war nicht zu überhören.

»Ich untersuche ihren Schoß«, gab Walther von Ascisberg ebenso ruhig wie unbeeindruckt zur Antwort. Um hinzuzufügen: »Komm näher mit der Fackel, Isenhart.«

Behutsam spreizte er mit Daumen und Zeigefinger Annas Schamlippen. Diese Entweihung war weit mehr, als Isenhart ertragen konnte. Wütend riss er die Fackel in die Höhe und entzog seinem Lehrmeister so das nötige Licht. Dieser warf ihm einen verärgerten Blick zu.

»Ihr habt nicht das Recht, Anna ... die Tochter des Fürsten auf diese Weise zu berühren«, stieß er hervor und bemerkte, wie er am ganzen Körper zu zittern begann.

Von Ascisberg federte erstaunlich geschmeidig in die Höhe und stand mit einem Mal ganz nah vor ihm. Seine Augen, ansonsten rehbraun, wirkten tiefschwarz, sein Blick war bohrend. »Sondern wer? Du?«

Isenharts Mund fühlte sich staubtrocken an, plötzlich entdeckte er im Wesen seines Lehrers einen Zorn, den er noch nie bei ihm erlebt hatte. Begegnete er doch sonst stets einem friedfertigen, um Ausgleich bemühten Geist, dessen Auftreten ihn bewogen hatte, diese Gerüchte vom zweiten Kreuzzug als das Gerede von Waschweibern zu betrachten.

Doch in diesem Augenblick erkannte Isenhart die Wahrheit. Es war kein Geschwätz beim Kneten der Leinen im Fluss: Der Mann, der ihm in die Augen blickte, hatte die vier Muslime geköpft, ein in heiliger Verzweiflung Rasender, der die aus jeder seiner Poren atmende Todesangst in seine Schläge gelegt hatte. Und natürlich hatten seine Gegner diesem Ausbruch nichts entgegensetzen können.

»Nein«, brachte Isenhart hervor, »niemand.«

Walther von Ascisberg deutete ein Nicken an, wich aber keinen Schritt zurück, und sein durchdringender Blick lag weiterhin in seinem. »Pilze sammeln, nicht wahr? Was glaubst du? Dass ihr damit alle täuschen konntet?«

Isenhart überkam die Erkenntnis wie ein kalter Schauer. Sie hatten sich für schlau gehalten, für vorsichtig. Doch im Grunde hatte er es immer geahnt, immer gewusst. Gewusst, wie leicht durchschaubar ihre Erklärungen und Beteuerungen gewesen waren.

Pilze sammeln – sie waren sogar so sorglos gewesen, Pilze zu sammeln, als es gar keine mehr gab. Er hob den Blick.

»Anna besitzt kein Jungfernhäutchen mehr, und da ich keinen Mannessaft finde, muss ich davon ausgehen, dass sie es vorher verloren hat. Anna hat vor ihrem Tod das Lager mit jemandem geteilt.«

Isenhart bemerkte, wie sich eine sanfte Wärme seines Gesichts bemächtigte. »Er kann das Jungfernhäutchen zerstört haben, ohne etwas von seinem …« Er ließ es unausgesprochen.

»Du meinst, er hat ihr Häutchen zerstört und sich in den Schnee erleichtert? Warum sollte er? Schwängern konnte er sie wohl kaum noch.«

Isenhart nahm fast schmerzlich wahr, wie Ober- und Unterkiefer sich trafen und aufeinander zu mahlen begannen.

Walther wich ihm immer noch nicht von der Seite. »Also?«, fragte er, was im Kern keine Frage war, sondern eine Aufforderung, sich endlich zu äußern und von Ascisberg Gewissheit zu verschaffen. »Du hast mit Anna das Lager geteilt.«

Isenhart spürte einen Kloß im Hals. Es waren einzigartige Momente zwischen Anna und ihm gewesen, am Ende waren sie so vertraut, dass sie ihre vor Lust verzerrten Mienen nicht mehr voreinander verbargen. Sie ließen sich gehen, sich fallen und wurden vom anderen aufgefangen. Diese Verschmelzung des Vertrauens erschien ihm noch heiliger als ihr körperliches Einssein. Zu heilig, um es nun vor jemandem auszubreiten.

Walther vom Ascisberg spürte das Zögern seines Schülers. Er kannte den Jungen gut, möglicherweise besser als jeder andere. Allein Isenharts Haltung, die hochgezogenen Schultern, die Lippen, die nur noch eine Linie bildeten, wo sie doch sinnliche Wellen werfen konnten, der starre Blick – all das signalisierte ihm die Erfolglosigkeit seines Versuches, Isenhart zum Reden zu bringen.

Er atmete zweimal tief durch und deutete dann ein Nicken an. »Schön«, sagte er, »der Mörder hat sie nicht wegen der körperlichen Freuden begehrt, er hat Anna nicht geschändet. Alles, was er wollte, war ihr Herz.«

»Aber wozu?«, fragte Isenhart.

Walther von Ascisberg trat zurück, warf Annas Leiche einen langen Blick zu und richtete die Augen erneut auf ihn. »Ja«, sagte er leise, »das ist die entscheidende Frage: *Wozu?*« Wenn er sprach, hinterließ sein Atem kleine Wölkchen in der klirrenden Winterluft. »Habt ihr mit jemandem gesprochen, mit einem Fremden?«

»Nein.«

»Bist du dir *ganz sicher?*«

Isenhart überlegte kurz. Dann nickte er. Anna und er hatten mit niemandem gesprochen. Wenn, dann war sie ihrem Mörder zuvor alleine begegnet. Sie beide hatten jeden Hinweis auf ihre verbotenen Treffen vermieden. Wären sie ans Licht gekommen, es hätte das sofortige Ende ihrer heimlichen Feste bedeutet und für Isenhart eine drakonische Strafe nach sich gezogen.

Mein Vater könnte dich dafür töten lassen.

Annas von Sorge getragenen Worte hallten in seinem Kopf wider. Sie hatte es mehr als einmal gesagt, gewispert in ihrer Kammer, und er hatte ihr ein beherztes Lächeln geschenkt, das sagte: Ich weiß um den Preis.

Trotz aller Vorsicht war seinem Bruder Henrick ihre Verbindung nicht verborgen geblieben. Und von Ascisberg waren ihre Ausflüge unter dem Deckmantel des Pilzesammelns berechtigterweise suspekt erschienen.

Beide hatten sie gedeckt. Henrick, weil er Hand an sich legte, während er sie heimlich bei ihrem Liebesspiel beobachtete, und Walther von Ascisberg, weil – ja, warum eigentlich?

»Warum habt Ihr Sigimund von Laurin nicht von uns erzählt?«

Eine Frage, mit der Walther von Ascisberg zweifelsohne nicht gerechnet hatte. Nicht jetzt, nicht hier. Er zog den Kopf unmerklich ein, wandte den Blick ab. »Wem wäre damit gedient gewesen?«, erwiderte er, und Isenhart fand keine Antwort auf diese Gegenfrage.

Aus der Kammer nebenan vernahmen sie ein Schluchzen, das in ein Wimmern überging. Marie. Jemand musste es ihr erzählt haben. Seit Konrad sie aus Regensburg mitgebracht hatte, kümmerte sie sich um Anna und Sophia. Sorgte für Ordnung in deren Kammern, bürstete ihr Haar und wusch ihre Kleider. All das klaglos, denn über ihre Lippen gelangte kein Wort.

Es war das erste Mal, dass Isenhart und Walther ihre Stimme überhaupt hörten.

Konrad kümmerte sich um sie, wann immer seine Zeit es ihm erlaubte. Er unternahm Spaziergänge mit ihr im Wald. Isenhart wusste genau, wie verhasst diese eintönigen Märsche dem Freund waren, zu denen sein Vater ihn gezwungen hatte, um die Gemarkungen des Hauses Laurin abzuschreiten. Aber Marie blühte dort auf, ihre geduckte Haltung verlor sich, jede Verkniffenheit wich aus ihrem Gesicht. Ein-, zweimal lächelte sie sogar.

Konrad, ansonsten ein Mann schneller Entschlüsse und bekannt für sein loses Mundwerk, nahm sich zurück. Mehr noch: Ihretwegen offenbarte er eine Feinfühligkeit, die man ihm schon immer zugetraut, aber nie zugebilligt hatte.

Isenharts Augen wanderten noch einmal über Annas Körper, über ihr Gesicht, das nun – vom Griff des Eises befreit – eine widersinnig rosige Färbung angenommen hatte. Keine Linie war ihm unvertraut. Das, was er sah, als sterbliche Hülle zu akzeptieren, als eine Masse an Fleisch, an dem sich alsbald die Fliegen laben und in dem sie ihre Eier absetzen würden, widerstrebte ihm zutiefst. Er fand seinen Verstand unfähig, Anna ohne Zusammenhang mit ihrem Körper zu sehen.

Und selbst, als er es mit aller Kraft versuchte, als er sich *zwang*, Walthers Perspektive zu seiner zu machen, stutzte Isenhart. Denn etwas fehlte. Und es machte ihn verrückt, dass er nicht wusste, was es war. Was das *Fehlen* hervorrief.

Die Doppeltür flog auf, das Holz, mit Lederriemen am Gestein befestigt, krachte gegen die Wand. Isenhart fuhr herum.

Sigimund und Mechthild von Laurin standen im Eingang wie gemeißelt. Beim Anblick ihres Kindes stiegen Mechthild die Tränen in die Augen, ihr Gatte räusperte sich vernehmlich, um seine Trauer zu überspielen.

Isenhart sah zu Walther von Ascisberg. Dieser senkte den Blick zu Boden.

Isenhart folgte seinem Beispiel. Kurz nur erhaschte er einen Blick auf Sigimund von Laurin. Ein Mann, dem das Liebste entrissen worden war, der eigentlich – so wie seine Gattin – gänzlich zerstört dort hätte stehen müssen, wirkte vitaler denn je. Die Augen wach, das Kinn vorgestreckt, jede Faser gespannt. Der Verlust hatte das Herz gebrochen, aber nicht den Mann.

Sigimund und Mechthild traten vor, der Winterwind blies durch den Raum und beugte die Flammen der wenigen Kerzen, die Hieronymus aufgestellt hatte.

Das rhythmische Geräusch, das sich ihnen vom Flur her näherte, kam wie eine Erlösung über Walther und ihn. Es war das leise Rasseln eines Kettenhemds. Isenhart konnte es seinem Besitzer zuordnen.

Jedes Kettenhemd war ein Unikat, sie besaßen nicht nur unterschiedliche Gewichte oder Farben, sie verfügten auch über ein charakteristisches Geräusch. Für dieses Hemd, das er hörte, hatte Isenhart über dreißigtausend Ringe geschmiedet. Zwanzigtausend hätten genügt und ihm drei Wochen Arbeit erspart, aber der Empfänger des Hemdes war ihm ein unerschütterlicher Ansporn gewesen. Konrad von Laurin trug das wertvollste und beste Kettenhemd weit und breit.

Und mit diesem trat er in die Tür. Sein Vater wandte sich ihm zu.

»Wir haben ihn«, sagte Konrad ein wenig außer Atem, »wir haben Alexander von Westheim.«

Der Wandel von der Nacht zum Tag hatte sich hinter einer dichten Wolkendecke so heimlich vollzogen, als gestattete der Himmel ihnen, noch ein wenig in der Dunkelheit zu verharren. Im Burghof brannten die Fackeln in ihren Halterungen, als Isenhart und Walther von Ascisberg dem Fürsten von Laurin und seinem Sohn zum Wagen des fahrenden Händlers folgten.

Eines der Pferde schrie gell auf, als Chlodio ihm mit dem Schlichthammer seitlich auf die Hufe schlug. Der Frost hatte sich mit einer Intensität über das Land gelegt, die die Pferde im Schlaf überraschte. Einige von ihnen waren festgefroren, als sie erwachten. Und fanden sich unfähig, ihre Läufe aus eigener Kraft dem Bodenfrost zu entreißen. Der Pinkepank musste sie mit geschickten Schlägen des wuchtigen Hammers aus ihrer misslichen Lage befreien, ohne ihnen dabei die Beine zu brechen.

Ob Alexander von Westheim vor Kälte oder aus Angst vor der Strafe zitterte, war schwerlich auszumachen. Zwei Männer hielten ihn links und rechts untergehakt. Isenhart erkannte in ihnen Rupert, den Bogner, und dessen Sohn. Sie waren unter denjenigen gewesen, mit denen Konrad in der Nacht aufgebrochen war.

Isenhart empfand die Ruhe, das In-sich-Gekehrte seines Lehrers, der neben ihm den Hof durchschritt, als irritierend. Er selbst meinte, das Blut durch seine Ohren rauschen zu hören. Er war aufgebracht, er spürte keine Kälte, nur Zorn. Von Ascisberg wirkte dagegen so, als sei er in Gedanken ganz woanders.

Isenharts Intuition trog nicht, nur zog er daraus die falschen Schlüsse. Aber das sollte er erst viele Jahre später begreifen.

Sie erreichten den Händler, der den Kopf einzog, als Sigimunds Augen ihn mit versteinerter Miene trafen. »Hast du meine Tochter angerührt?«

Von Westheim schluckte, er senkte den Blick.

Isenhart registrierte die Schwellungen, die die Gesichtszüge des Mannes verunstalteten. Und er empfand Genugtuung bei diesem Anblick. Sein Körper befand sich in einer fast schmerzlichen Anspannung, jede Faser, jeder Muskel schien die Kontraktion nicht abwarten zu können, die Isenhart nach vorne schnellen lassen würde, um den Händler zu töten. Aus den Augenwinkeln registrierte er bei Konrad dieselbe Spannung, und es lag ein kalter Schimmer in den Pupillen des Freundes.

»Er hat schon seit Jahren ein Auge auf Anna geworfen«, sagte Konrad.

»Sprich!« Sigimunds Befehl wurde von einer kräftigen Ohrfeige unterstrichen.

Von Westheim blickte auf, dem Fürsten in die Augen. Er war Sigimund von Laurin auf Gedeih und Verderb ausgeliefert. Hier herrschte die Gerichtsbarkeit der von Laurins und nichts sonst.

»Ich habe nichts zu tun damit, Herr«, sagte er so leise, dass seine Stimme fast im Morgenwind unterging, »es ist schrecklich, was vorgefallen ist. Schrecklich. Aber ich habe Eurer Tochter kein Leid angetan.«

Konrad spuckte in den Burghof. Er schenkte dem Mann ebenso wenig Glauben, wie Isenhart es tat.

Sigimund holte zum zweiten Schlag aus, als Walther seine Stimme erhob und dabei kaum merklich vortrat: »Es gibt Spuren, Alexander von Westheim.«

Konrad war mit dem kleinen Trupp den Spuren des Wagens gefolgt, bei Nacht kein leichtes Unterfangen, mehrmals mussten sie haltmachen und mit einer Fackel den Weg ableuchten. Schließlich erreichten sie Mulenbrunnen, vier Meilen entfernt, normalerweise eine Tagesreise. Konrad legte die Strecke in weniger als drei Stunden zurück.

Die Spuren des Wagens führten direkt in die Klosteranlage zu Mulenbrunnen – und wieder hinaus.

Abermals waren Konrad und seine Männer den Linien gefolgt, die die Wagenräder in den Schnee gepresst hatten. Und so waren sie auf von Westheim gestoßen, der sich anschickte, die Mulenbrunner Gemarkungen nach Norden hin zu verlassen.

Nun sah der Jude Walther verzweifelt an.

»Warst du in Mulenbrunnen?«, fragte Sigimund daher.

»Ja, aber ich war heute nicht auf Eurem Besitz, Herr.«

Sigimund zögerte. Und obwohl Isenhart sich danach sehnte, dass man von Westheim richtete, hier und jetzt, durch das Schwert, war er von der Haltung seines Fürsten beeindruckt. Wenn man Konrads Erzählungen von Giselberts Reisen nach Spira Glauben schenken konnte, hätte der Jude dort längst lichterloh gebrannt.

Aber Sigimund von Laurin war trotz seines äußerlichen Gebarens aus anderem Holz. Mehr als einmal hatte er Leute davonkommen lassen, deren Schuld nicht eindeutig bewiesen werden konnte. Im Winter 1184 waren es zwei Bauern gewesen, die auf seinen Ländereien Holz geschlagen hatten, um ihre Familien vor dem Erfrieren zu bewahren. Zwei Sommer später erlegte eine Frau einen Keiler – angeblich, weil er sie angegriffen hatte. Sigimund von Laurin hätte sie wegen Wilderei durch Giselbert hinrichten lassen können – und unterließ es.

Trotz dieser Begebenheiten war allgemein bekannt, dass man sich nicht auf seine Sanftmut verlassen konnte.

Und nun stand jener Sigimund von Laurin dem fahrenden Händler gegenüber, der den Kopf immer tiefer senkte. Isenhart erhaschte einen Blick auf Henrick, der seine Hühner fütterte. Einst wegen seines Vorhabens belächelt, erwirtschaftete sein Hühnerstall genug Eier für die gesamte Burg und darüber hinaus. Regelmäßig machte er sich nach Grüningen auf, um dort die überschüssigen Eier an den Mann zu bringen.

Und dann – vermutlich eine göttliche Eingebung – erschien Isenhart das Bild der toten und aufgebahrten Anna. Ein Bild, in dem etwas *fehlte.* Etwas, was er in Anwesenheit ihrer Leiche nicht benennen konnte. Aber jetzt wusste er es. Und trat vor.

»Was habt ihr bei ihm gefunden?«, fragte er und registrierte die Überraschung der anderen über seine Einmischung.

»Das hier«, antwortete der Sohn des Bogners, zog einen kleinen Lederbeutel hervor und ließ ihn auf die Ladefläche des Karrens fallen, woraufhin der Beutel einen Teil seines Inhalts preisgab, der sich über das nasse Holz zerstreute. Pfennige natürlich, zwei Sporen, ein paar Feuersteine und einen Bernstein.

Isenhart sah das Schmuckwerk, den zerrissenen Lederriemen, an dem er hing, dann schoss er wie der Pfeil von der Sehne, ungeahnt schnell, ungeahnt geschmeidig, ein einziger Satz. Die Wucht, mit der er auf den Juden prallte, ließ sie beide zu Boden stürzen.

Isenhart spürte nicht, wie er sich beim Aufprall die Haut aufschürfte. Er hieb dem Mann die Faust in atemloser Folge ins Gesicht, zwei-, dreimal, dann riss ihn eine unsichtbare Kraft in die Höhe und setzte ihn im Burghof ab.

Sigimund von Laurin hatte ihn mit nur einem Arm emporgehoben. Isenharts Atem ging stoßweise, er bleckte die Zähne wie ein Tier. Sein Gesicht schien kaum noch menschlich. Konrad und von Ascisberg sahen ihn ebenso konsterniert an wie der fahrende Händler selbst. Insbesondere Walther von Ascisberg musterte seinen Schüler mit jenem Unbehagen, mit dem man einen Menschen bedenkt, dessen Charakter man zu kennen glaubt – und eines Besseren belehrt wird.

Alexander von Westheim rappelte sich auf, und Isenhart spannte sich unwillkürlich für einen zweiten Angriff.

»Was ist in dich gefahren?«, herrschte Sigimund von Laurin Isenhart an, während er ihn immer noch am Kragen festhielt. Der Fürst sah ihm in die Augen, ein durchdringender Blick, der Isenhart auf den Bernstein zeigen ließ.

Er griff nach ihm und hielt ihn seinem Herrn vor die Augen. »Seht Ihr die Einfassung? Seht Ihr sie?«

»Ich sehe sie«, erwiderte Sigimund mit einer bemerkenswerten Ruhe.

»Ich habe sie geschmiedet, ich habe sie für den Bernstein geschmiedet, den ich Eurer Tochter geschenkt habe.«

»Ich habe ihn nie gesehen.«

»Anna trug ihn unter ihrem Kleid.«

Schweigen walzte über den Burghof. Konrad kniff ein wenig die Augen zusammen, von Ascisberg dagegen senkte den Blick. Isenhart begriff, dass er sich besser auf die Zunge gebissen hätte.

Sigimund räusperte sich. Isenhart wagte nicht, dem Mann in die Augen zu schauen.

»Ein Geschenk von dir, das meine Tochter unter ihrem Kleid trug«, hielt Sigimund fest. Ein rauer Ton hatte sich in seine Stimme geschlichen.

Von Westheim war inzwischen von Rupert und dessen Sohn

wieder auf die Beine gestellt worden. Als Isenhart den Bernstein und die Einfassung erwähnte, war seine Haltung starr geworden.

»Was sagst du dazu, Jude?«

Die Pupillen des Händlers wanderten hin und her, von einem zum anderen, dann zum Tor, als wolle er einen möglichen Fluchtweg bemessen, und schließlich, in Einklang mit der Erkenntnis, dass eine Flucht nicht infrage kam und sein Wohl und Wehe in den Händen des Fürsten von Laurin lag, zu Sigimund. »Ich habe ihn bekommen«, brachte er quälend langsam hervor, »bekommen im Tausch gegen Heilkräuter.«

»Von wem?«, fragte Konrad, der seine Ungeduld mit einer unwirschen Geste unterstrich.

»Von einem Mann.«

»Sein Name.«

Alexander von Westheim wirkte wie ein gehetztes und nun in die Enge getriebenes Tier. Sigimunds Ohrfeige traf ihn an der Nase, Blut schoss ihm über den Mund auf die Brust.

Die Blicke der beiden kreuzten sich. Und obwohl die Sonne nun in den Burghof schien, sah Isenhart keinerlei Glanz in den Augen von Sigimund von Laurin. Sie wirkten leblos und kalt.

»Ihr würdet mir keinen Glauben schenken«, brachte der Händler hervor, seine Stimme brach fast.

Sigimund nickte. »Isenhart, bring einen Schürhaken zum Glühen«, sagte er mit der ruhigen Bestimmtheit eines Mannes, der um jeden Preis eine Antwort erzwingen will und dazu auch in der Lage ist.

Isenhart hatte keine zwei Schritte getan, als es aus von Westheim unter Tränen herausbrach. »Ich habe ihn von Wilbrand von Mulenbrunnen, Herr.«

»Für diese ungeheuerliche Anmaßung soll er brennen«, verlangte Konrad, sein Unterkiefer bebte vor Empörung.

Isenhart wusste nicht mehr von Wilbrand, als dass dieser den Posten des Abtes des Klosters von Mulenbrunnen bekleidete. Einen Diener Gottes – noch dazu in einer solch herausragenden Stellung – zu bezichtigen, war absurd.

Sigimund von Laurin verschwendete kein Wort, sondern zog den Dolch und trat an den Mann heran, der sich auf die Knie sinken ließ und zu wimmern begann, Tränen flossen ihm über die wettergegerbte Haut und hinterließen helle Linien in dem blutverkrusteten Gesicht.

»Der Herr ist mein Zeuge«, brachte Alexander von Westheim hervor.

Es war ein Anblick des Jammers, dem Isenhart erst viel später den Weg zu seinem Herzen gestatten sollte. Im Moment spürte er nur den Wunsch, von Westheim für seine Tat leiden zu sehen.

Ihm lediglich die Kehle durchzuschneiden, wie es Sigimund von Laurin offenbar beabsichtigte, erschien ihm unangemessen gnädig. Er hatte Anna die Kehle durchtrennt, diesem hilflosen Geschöpf, das ganz sicher um sein Leben gefleht hatte, um ihr dann die Brust zu amputieren und ihr den Torso zu öffnen, ihr die Rippen zu brechen und das Herz herauszureißen.

Doch Sigimunds dolchbewehrte Hand verharrte in der Luft.

»Der Schöpfer ist mein Zeuge«, wiederholte der Händler, »bitte, Herr. Niemals«, ein Schluchzen unterbrach und schüttelte ihn, »niemals hätte ich Eurer Tochter ein Leid zufügen können.«

Von Laurin rührte sich immer noch nicht, was Konrads wachsender Besorgnis Nahrung gab.

»Vater«, mahnte er leise.

Sigimund sah von dem Juden zu seinem Sohn.

»Er soll brennen«, sagte Konrad.

»Noch bestimme *ich*, was im Hause Laurin Recht und Unrecht ist«, wies Sigimund ihn zurecht und schob die Klinge zurück in die Scheide. Isenhart konnte die Fassungslosigkeit des Freundes spüren, denn es war seine eigene.

»Bringt ihn ins Verlies und haltet Wache. Dort bleibt er, bis seine Schuld oder Unschuld bewiesen ist«, befahl Sigimund dem Bogner und dessen Sohn, deren Verwunderung sich zwar in ihren Gesichtern spiegelte, die sie aber niemals zu artikulieren gewagt hätten. Sie packten Alexander von Westheim und führten ihn davon. Konrad und Isenhart sahen ihnen nach.

»Der Herr segne Euch«, flüsterte von Westheim im Weggehen.

»Halt's Maul«, erwiderte Sigimund.

Walther von Ascisberg trat an ihn heran, seine Miene war ernst. »Deine Stellung beruht auf deinem Geschick und deinen Weinbergen«, sagte Walther. Isenhart kannte die Stimme seines Lehrmeisters in- und auswendig, er konnte anhand der Tonalität recht genau die Intention einer Bemerkung bestimmen.

Dies war eine eindringliche Warnung. Und die Betonung lag auf dem Wein.

9.

Gegen Mittag, nachdem sie den Ascisberg passiert hatten, erreichten sie Grüningen und deckten sich auf dem Markt mit Brot und Forellen ein. Walther, der sie bis hierhin begleitet hatte, nahm von ihnen Abschied, er wollte die Fernhandelsstraße erreichen, die Cannstatt mit Spira verband.

Es war ein klarer Wintertag, die Sonne wärmte ihnen Gesichter und Schultern. Auf dem Markt spielten ein paar Kinder, ein Gaukler vollführte Kunststücke, indem er einen Würfel aus Rinderknochen verschwinden und wieder erscheinen ließ. Die Kinder lachten.

Für einen kurzen Moment ließ Isenhart sich von ihrer Heiterkeit anstecken, bis eine Berührung ihn aus seiner Betrachtung riss. Es war Walthers Hand, die sich auf seinen Unterarm gelegt hatte. Und sofort war alles wieder da. Anna. Ihr Leichnam im Schnee, all das Blut. Und ihre Beisetzung, der Schweiß war ihnen brennend in die Augen getreten, als Konrad und Isenhart mit einigen anderen der gefrorenen Erde eine Grube abtrotzten. Hieronymus hatte die Messe gehalten, ein wenig lieblos, wie Isenhart fand, aber das lag in der Natur der Sache, denn Anna war eine Frau gewesen. Evas Erbsünde.

Sophia hatte neben ihm gesessen. Stumm, die Augen rot von all den Tränen, die sie vergossen hatte. Isenhart hatte bemerkt, wie der Geistliche ihren Blicken ausgewichen war.

Sein Lehrmeister beugte sich leicht zu ihm vor, damit Sigimund und Konrad nicht hörten, was er zu sagen hatte. »Gib auf sie acht, Isenhart.«

Isenhart nickte, aber der tiefere Sinn erschloss sich ihm nicht. »Warum begleitet Ihr uns nicht?«

Von Ascisberg vergewisserte sich mit einem Blick, dass die Laurins sich immer noch außer Hörweite befanden. »Ich treffe Vorkehrungen«, antwortete er leise. Dann nahm er seine Hand von Isenharts Arm, wendete sein Pferd und verschwand langsam in der Menschenmenge.

Isenharts Herz krampfte sich zusammen. Es war die Angst, Walther von Ascisberg niemals wiederzusehen.

Am frühen Nachmittag, sie folgten dem Ufer der Enz, machten sie unter einer Eiche halt, die ihnen Schutz vor dem einsetzenden Nieselregen bot. Sie grillten die Forellen auf hölzernen Spießen. Wortlos, ein jeder in Gedanken, verspeisten sie die Fische und spuckten die Gräten aus.

Es hätte ein Ausflug sein können wie jeder andere auch. Aber zwei Dinge sprachen dagegen. Nach ihrem Halt ließen sie auch das Wasserrad hinter sich zurück, zu dem Walther von Ascisberg ihn einst geführt hatte. Isenhart hielt auf dem Rücken des Pferdes, das Sigimund von Laurin ihm zur Verfügung gestellt hatte, Einzug in eine neue Welt.

Und zum anderen trugen Sigimund und sein Sohn Kettenhemden unter ihren Kuhhäuten. Der Fürst wollte also auf einen Kampf vorbereitet sein. Es reichte leider nicht für ein Kettenhemd, mit dem Isenhart sich hätte schützen können, denn das Haus Laurin verfügte lediglich über deren zwei.

Konrad sah in dieser Reise keinen Sinn. Was sollte eine Befragung von Wilbrand von Mulenbrunnen bringen außer Ärger? Warum hatte sein Vater nicht einfach Giselbert mit der Hinrichtung des Händlers beauftragt? Aber Sigimund hatte ihn zu seinem Schutz an seine Seite befohlen, und Konrad hatte nicht widersprochen.

Isenhart war dabei, weil er als Einziger Zeugnis über den Bernstein ablegen konnte.

Das Schweigen zwischen ihnen wurde schließlich so laut, dass Konrad sich nach dem Mann erkundigte, den sein Vater aufsuchen wollte.

Wilbrand von Mulenbrunnen stammte aus einem Adelsgeschlecht und hatte die Stelle des Abtes von seinem Vater übernommen. Das Kloster stand nicht nur unter dem Schutz des Bischofs in Spira, sondern auch unter kaiserlicher Schirmvogtei. Niemand Geringerer als Friedrich Barbarossa, der in diesem Augenblick in Adrianopel überwinterte, garantierte für die Unversehrtheit der Anlage und der dort lebenden Mönche.

Aber Wilbrand hatte keine geistliche Laufbahn eingeschlagen – das wäre auch nicht im Sinne seines Vaters gewesen –, sondern kümmerte sich um die Mehrung seiner Ländereien und deren Erträge. Demzufolge hatte er einen gewissen Konrad I. zu seinem Prior ernannt, der an seiner Stelle die Entscheidungen im Kloster traf, die ein Abt zu treffen hatte.

Isenhart fragte sich, welchen Sinn es für einen Mann in dieser Position haben konnte, auf einem Karren den Weg zur Burg Laurin zu nehmen und dort eine junge Frau zu töten. Alexander von Westheim dagegen hatte Anna nachgestellt, und wenn Henrick sie bei ihren Treffen beobachtet hatte, weshalb sollte das nicht auch dem jüdischen Händler möglich gewesen sein? Das Einzige, was keinen Sinn ergab, war Annas geraubtes Herz.

Bei von Westheim ebenso wenig wie bei Wilbrand von Mulenbrunnen.

Mit blauen Lippen und eisigen Gelenken erreichten sie am späten Nachmittag das Kloster. Der gefrorene Feldweg vollführte eine Biegung und gab mit einem Mal den Blick auf die Anlage frei, die gleich einer geistlichen Oase, unberührt von der äußerlichen Welt, in einem abgelegenen Waldstück lag. Neben der Kirche selbst, die weniger imposant wirkte, als Isenhart erwartet hatte, fanden sich auf dem weitläufigen Hof vielerlei Nebengebäude. Außerdem eine Mühle und ein Brunnen. Hölzerne Rinnen, die Isenharts Interesse hervorriefen, führten oberhalb der Häuser an einem Hang entlang.

Einige Mönche waren mit dem Bau einer Steinmauer beschäftigt, die eines Tages den gesamten Besitz umfassen sollte. Ihre einheitliche Kleidung fiel Isenhart sofort ins Auge. Die Männer trugen allesamt das gleiche, ungebleichte Leinen.

»Sind das die grauen Mönche, von denen Ihr mir erzählt habt?«, fragte Konrad. Sein Vater nickte. »Es sind Zisterzienser«, erklärte Sigimund von Laurin.

Sanft führte er die Sporen in die Seite seines Pferdes, das wieder in den Gang wechselte. Konrad und Isenhart folgten ihm.

Was mochte vor Gott gewesen sein, fragte sich Isenhart, während der Prior, ein kleiner, gebeugter Mann, sie über einen Kreuzgang zum Refektorium führte, das sich aus dem lateinischen *refectio* herleitete, der Wiederherstellung, wie Konrad wusste. Sie steuerten nicht etwa die Schlafkammern an, sondern den Speisesaal. Schwach drangen die Gesänge der Mönche, ihre Lobpreisungen an den Herrn, aus der Kirche bis zu ihnen hinüber.

Man hatte sie mit großer Gastfreundlichkeit empfangen, die Zisterzienser hatten ihnen die Pferde abgenommen und zur Tränke geführt. Isenhart fragte einen von ihnen dreimal nach dem Zweck der hölzernen Rinnen, aber ein ums andere Mal schwieg der Mann. Sein aufkeimender Ärger über so viel Starrsinn wich dem Mitleid mit dem offensichtlich tauben Mann, bis der Prior sich ihnen vorstellte und Isenhart darüber aufklärte, dass es den Mönchen verboten war zu sprechen.

Die Rinnen, erfuhr Isenhart von Konrad I., erstreckten sich von einem höher gelegenen See hinab in die Klosteranlage und führten Wasser mit sich. Auf diese Weise gelangte nicht nur Trinkwasser in die Gebäude, über hölzerne Schieber regulierten sie sogar das Volumen des Zulaufs.

Isenhart war fasziniert.

Gott hatte sie alle aus dem Nichts geschaffen. Den Himmel, die Erde, die Tiere. Aber was war vor ihm gewesen? Woraus bestand Gott? Gab es etwas, was ihn geschaffen hatte? Oder war er immer schon da? Das A und das O?

Der Eintritt ins Refektorium riss Isenhart aus seinen Überlegungen, deren Nachwehen ihn mit der schmerzhaften Gewissheit zurückließen, diese Gedanken niemals mit jemandem teilen zu können. Zu *dürfen.* Mit Ausnahme vielleicht von Walther von

Ascisberg und von Konrad, der aber kein rechtes Interesse hatte, Dingen auf den Grund zu gehen.

Wilbrand von Mulenbrunnen erwartete sie in sitzender Haltung, den rechten Ellenbogen auf den Oberschenkel gestützt, den Kopf in die offene rechte Hand gebeugt. Er wurde von zwei Landsknechten flankiert. Enge Beinkleider, ledernes Wams, Lanze. Sie nahmen die Besucher mit stoischer Sachlichkeit zur Kenntnis. Ihre Blicke wanderten, so wollte es ihre Profession, zur Bewaffnung der Fremden.

Das Refektorium war ein großer Saal, der größte Raum, den Isenhart bis dato gesehen hatte. Er wurde gestützt durch Säulen, die in einer Linie auf der Längsachse des Raumes angeordnet waren. Isenhart wusste nichts von Statik, aber mithilfe seiner mathematischen Grundkenntnisse kam er zu dem Schluss, dass das Refektorium ohne die Säulen in sich zusammengebrochen wäre.

Ansonsten standen dort Tische aus unbehandeltem Holz nebst den Bänken, auf denen die Mönche üblicherweise saßen, um ihr Mahl einzunehmen. Dazu hatten sie nur einmal am Tag Gelegenheit.

Der erste Eindruck von Wilbrand von Mulenbrunnen war auch der bleibendste. Der Abt federte aus seiner sitzenden Haltung hoch. Seine Schläfen hatten ein mattes Grau angenommen, und doch entsprach diese flüssige Bewegung des Aufstehens eher einem Mann Mitte zwanzig. Und so war auch seine ganze Haltung, von lässiger Gespanntheit.

Wilbrand trug die Insignien seines Amtes, die Mitra auf dem Haupt, das Brustkreuz auf seinem Gewand, den Ring und schließlich den Hirtenstab mit seinem nahezu zum Kreis gewölbten Griff. Er lächelte. »Sigimund, welch Freude«, sagte er, »hattet Ihr eine gute Reise?«

Was nach einem Treffen unter Freunden klang, war nichts weiter als der Versuch, die Form zu wahren. Isenhart hätte dieses Gefühl nie in Worte kleiden können, aber er spürte die Diskrepanz aus Zunge und Absicht.

»Ausgezeichnet«, erwiderte Sigimund mit einem Lächeln, das einstudiert wirkte.

Isenhart erfasste den Zustand seines Herrn mit einem Blick. Sigimund strahlte eine Ruhe aus, zu der er sich zwingen musste.

Wilbrand kam näher, seine Augen musterten erst Konrad, dann ihn. All das eine Sache von Augenblicken. Er kam vor Sigimund von Laurin zum Stehen. »Die Kunde von Eurem Verlust hat mich erreicht«, sagte der Abt, »wir haben für Anna gebetet.«

Sigimund nickte – und wollte gerade zu einer Antwort ansetzen, als sein Sohn ihn unterbrach. »So zügig?«

Wilbrand wandte sich ihm zu und antwortete fast in entschuldigendem Tonfall: »Meine Männer haben ihre Augen und Ohren überall, manchmal mehr, als einem lieb ist, aber sie können nicht wider ihre Natur.«

»Ich danke Euch, Wilbrand«, sagte Sigimund von Laurin. »Eure Gebete mögen den Herrn milde stimmen.«

Auch Wilbrand deutete ein Nicken an, ließ Sigimund dabei aber nicht aus den Augen. »Das ist die Hoffnung«, bestätigte er, »aber deshalb habt Ihr die beschwerliche Tagesreise nicht auf Euch genommen, nehme ich an.«

»Nein«, erwiderte Sigimund, stets die Landsknechte im Blick, »wir haben Alexander von Westheim gefasst. Er trug etwas bei sich, was meiner Tochter gehörte. Mein Schmied hatte es ihr zuvor zum Geschenk gemacht.« Mit dem Kopf deutete er auf Isenhart, der regungslos im Refektorium stand und Wilbrand von Mulenbrunnen musterte, ja beinahe studierte.

Wieder begaben die Pupillen des Abtes sich auf kurze Wanderschaft, schweiften an Konrad vorbei und blieben auf ihm, Isenhart, hängen. »Bist du der, den man ›Isenhart‹ nennt?«

Isenhart entdeckte in Wilbrands Augen dieselbe Neugier, die ihm Giselbert damals entgegengebracht hatte.

»Ja, Herr.«

Der Abt trat näher an ihn heran. Die Augen des Geistlichen verloren etwas von ihrem wachen Glanz, der Blick wurde weich, es war, als löse Isenharts Anblick eine ferne Erinnerung in dem Mann aus. Aber dann war der Augenblick auch schon wieder vorbei, Isenhart konnte schwerlich sagen, ob er überhaupt stattgefunden hatte.

»Habt Ihr ihn hinrichten lassen?«, fragte der Abt Sigimund von Laurin.

Der Angesprochene schüttelte leicht den Kopf. »Ich weiß nicht, ob er schuldig ist.«

Wilbrand von Mulenbrunnen nickte voller Verständnis. »Übergebt ihn mir, Sigimund, wir werden ihn prüfen. *Eingehend* prüfen.«

Isenhart nahm einen eigenartigen Geruch wahr, intensiv und abstoßend, als der Abt an ihm vorbeiging. Das Tuch um dessen Hals fiel ihm nun auf, es war in einer Farbe gehalten, die er noch nie zuvor gesehen hatte: Purpur.

Alexander von Westheim hatte ihnen von der Farbe Purpur berichtet – und vor allem von ihrem Geruch. Schon die Römer benutzten ein spezielles Verfahren zu seiner Herstellung, wie der fahrende Händler zu berichten wusste, und weit vor ihnen die Phönizier. Man schnitt Purpurschnecken die Drüsen heraus, die eine gelbliche Flüssigkeit absonderten, lagerte sie einige Tage in Salz und kochte sie dann in Urin, um schließlich das Leinen darin zu färben.

Für ein einziges Gramm Purpur, so erzählte der Jude, benötige man zwanzigtausend Schnecken. Da Isenhart mit zunehmendem Alter auch eine zunehmende Skepsis gegenüber dem Wahrheitsgehalt der Geschichten entwickelt hatte, mit denen Alexander von Westheim ihnen die Zeit vertrieb, halbierte er die Anzahl der benötigten Tiere. Zehntausend Wirbellose aufzulesen, ihnen die Drüsen zu extrahieren, um schließlich mit einem Gramm Purpur belohnt zu werden, stellte immer noch einen ungeheuren Aufwand dar.

Wilbrand von Mulenbrunnen musste steinreich sein, schloss Isenhart.

Jener warf Sigimund einen langen Blick zu. »Was meint Ihr?«

»Er untersteht meiner Gerichtsbarkeit«, erwiderte Sigimund selbstbewusst, »wenn ich zu keinem Urteil komme, werde ich Euer Angebot annehmen.«

Den drei Männern blieb die Missbilligung, die sich in Wilbrands Gesicht abzeichnete, nicht verborgen, obwohl er es rasch mit einem

Lächeln kaschierte. »Natürlich. Kloster Mulenbrunnen steht Euch offen.«

»Ich weiß Eure Großzügigkeit zu schätzen«, antwortete Sigimund. »Der Tod meiner Tochter Anna hat meiner Gattin schweres Leid zugefügt, und auch mir war sie lieb und teuer. Sicher habt Ihr Verständnis, Wilbrand, wenn ich jeden noch so kleinen Umstand ihres Todes klären möchte.«

»Ich bitte Euch, wie könnte ich kein Verständnis haben? Ein jeder Vater würde nicht nur so handeln wie Ihr, es sollte ihm auch heilige Pflicht sein.«

In diesem Moment begriff Isenhart, wie Sigimund von Laurin die Sache anging. Soeben hatte er die Zustimmung des Abtes erhalten, ihn selbst zu befragen. Isenhart kannte seinen Burgherrn vor allem als einen Mann der Tat. Als Walther von Ascisberg einmal in einem Nebensatz das diplomatische Geschick seines alten Freundes erwähnte, fragte Isenhart sich, worin das bestehen sollte. Jetzt wusste er es.

»Bei der Befragung von Alexander von Westheim fiel Euer Name«, wagte Sigimund den entscheidenden Vorstoß, der ein Stirnrunzeln bei Wilbrand von Mulenbrunnen bewirkte.

»Ich hoffe, in einem positiven Kontext.«

»Was?«, flüsterte Konrad.

»Kontext«, sagte Isenhart leise.

Konrad deutete ein Achselzucken an.

»Leider nicht«, erwiderte Sigimund vorsichtig. »Ihr wurdet beschuldigt.«

»Ich? Das ist absurd!«

»Natürlich ist es das«, beruhigte Sigimund den Abt.

»Der Jude hat mich beschuldigt?« Wilbrand von Mulenbrunnen war außer sich, sein Kopf war so heftig herumgefahren, dass die Mitra nun schief auf seinem Haupt ruhte und ihm etwas von seiner kirchlichen Würde nahm.

Sigimund von Laurin nickte: »Ich erwähnte eingangs das Geschenk des Schmieds.«

»Ja«, unterbrach Wilbrand ungeduldig, »und weiter?«

»Wir fanden es im Besitz des Händlers. Und dieser sagte, er hätte es als Geschenk von Euch erhalten. Einen Bernstein.«

Der Abt legte den Kopf ein wenig schief, wie um im Nachhall der Worte seine Vermutung bestätigt zu bekommen, dass er sich verhört hatte. Dem war nicht so. Bei dem Anblick der Zornesröte, die dem Abt ins Gesicht stieg, konnte Isenhart beinahe fühlen, wie gelbe Galle die Oberhand in dem ansonsten wohl ausgeglichenen Verhältnis der Säfte gewann.

»Ein fahrender Händler beschuldigt mich, ein Jude wohlgemerkt, und Ihr messt seinem Wort ebenso viel bei wie meinem?«, fragte Wilbrand schneidend, seine Worte trugen die Heiserkeit unterdrückter Wut in sich.

»Keineswegs«, erwiderte Sigimund von Laurin, »aber angenommen, er hat diesen Stein von Euch entgegengenommen, so könnt Ihr mir sicher Auskunft geben, von wem Ihr ihn erhalten habt.«

»Ich habe diesen Bernstein nicht in meinen Händen gehalten, Sigimund von Laurin«, sprach der Abt ihn nun förmlich an. »Ihr nehmt bei dieser Witterung eine beschwerliche Tagesreise in Kauf. Wieso solltet Ihr das tun, wenn Ihr Alexander von Westheims Anschuldigung keinen Glauben schenkt?«

An der Stelle seines Herrn hätte Isenhart nun eingelenkt. Aber es gab keinen Zweifel, von welchem Elternteil Konrad die Sturheit übernommen hatte.

»Ich kläre die Umstände, sonst nichts«, gab Sigimund zurück. Sein Blick war klar, die Haltung offen.

»Umstände, ein schönes Wort habt Ihr gewählt für Euren Verdacht mir gegenüber.« Der Abt trat dicht an Sigimund heran, seine vornehme Höflichkeit hatte sich verflüchtigt. »Ich bin ein Mann Gottes, Ihr steht auf geheiligtem Boden, und mich zu beschuldigen ist gleichsam eine Beleidigung des Herrn!«

Die Ohrfeige kam so plötzlich, dass Sigimund ihr nicht ausweichen konnte – oder wollte.

Isenhart zuckte zusammen. Nie zuvor war er Zeuge einer ähnlichen Demütigung Sigimunds gewesen. Und sollte es auch nie wieder sein.

Sigimund von Laurin umschloss den Knauf seines Schwertes.

Die Landsknechte legten die freie Hand an die Lanzen. Und Sigimunds Hand, die am Knauf verharrte, die Sehnen gespannt, um das drei Fuß lange Eisen hervorschnellen zu lassen und Wilbrand zu durchbohren, löste sich und pendelte hinab.

Der Abt war gleichermaßen überrascht und enttäuscht. Ebenso wie Konrad, der einen schnellen Schritt nach vorne vollführte und dessen Ohrfeige Wilbrand von Mulenbrunnen unvorbereitet traf. Konrad war blass vor Wut.

Die Landsknechte lupften die Lanzen zum Stoß, aber Wilbrand hob leicht die Hand, was genügte, um seine Wachen aufzuhalten. Sigimund packte seinen Sohn an der Schulter und riss ihn so heftig zurück, dass Konrad strauchelte und zu Boden fiel. Isenhart half ihm auf die Beine, in Konrads Gesicht spiegelte sich Verwirrung.

Ein Lächeln, das mehr war als pure Belustigung, huschte über Wilbrands Mund. Das Gesicht des Abtes strahlte von innen, als habe er soeben ein lang ersehntes Geschenk erhalten. In dem Blick, mit dem er Konrad bedachte, herrschte Dankbarkeit. »Konrad, nicht wahr?«, fragte er.

Die Nüstern von Walthers Pferd stießen den heißen Atem in die klirrende Winterluft, das Spiel unzähliger Muskeln trieb es und seinen Reiter in vollem Galopp vorwärts. Die Fernstraße nach Spira war oftmals nicht mehr als ein in der Breite ausgedehnter Trampelpfad.

In Bretten, er hatte ein Drittel des Weges zurückgelegt, tauschte er sein schwitzendes und erschöpftes Pferd gegen eine Stute. Walthers Arme und sein Rücken schmerzten, sein Gesäß war wund, der Hunger bohrte ihm tiefe Löcher in den Magen. Einen Laib Brot verzehrte er im Trab, dann gab er der Stute die Sporen. Eine Räuberbande, die aus dem Wald brach, um ihn vom Pferd zu schlagen und auszurauben, sprang knapp hinter ihm aus dem Unterholz, so schnell trug ihn das Tier.

Er wollte vor Beginn der Nacht Bruchsal erreichen, zwei Meilen lagen noch vor ihm. Von dort hatte ihn sein Weg mehr als einmal nach Spira geführt, doch nie bei Nacht.

Bei Einbruch der Dunkelheit beendeten die Bauern ihr Tagewerk und zogen sich in ihre rauchgeschwängerten Stuben zurück, die sie mit ihren Eltern und Kindern und dem Kleinvieh teilten. Die Menschen in den Städten, sofern sie nicht die Nacht durchzechten oder zur Wachmannschaft gehörten, schlossen sich in ihren vier Wänden ein und lagerten allesamt um die Öfen herum, um nicht zu erfrieren.

Dann herrschte die Nacht, und wie der Tag dem Leben gehörte, gehörte die Nacht den Toten. Und wer mitten in der Nacht einen Blick hinauswarf in die Gasse, in der kein Licht brannte, in der Totenstille herrschte, dem konnte es schon erscheinen, als sei er von Gott verlassen. Die Menschen teilten ihre Lager nicht nur aus fleischlicher Lust oder auf der Suche nach Wärme, sondern auch und vor allem aus Angst.

Walther hätte bei einbrechender Dunkelheit absteigen und mit einem Windlicht das Pferd hinter sich führen müssen. Was ihn und das Tier den Weg finden lassen würde, war aber gleichzeitig ein ausgezeichnetes Signal für Wegelagerer, ausgehungerte Wölfe oder Bären. Schon bei Tag war die Reise durch den dunklen Wald ein riskantes Unterfangen. Wer es bei Nacht versuchte, konnte nicht ernstlich an seinem Leben hängen.

Andererseits konnte Walther von Ascisberg sich nicht den Luxus erlauben, elf Stunden – von der siebten Stunde am Abend bis zur sechsten am Morgen – untätig vergehen zu lassen.

Vergeblich hatte er auf den alten Freund eingeredet, ihn umzustimmen versucht, doch Sigimund von Laurin war fest entschlossen, Abt Wilbrand aufzusuchen und ihn zur Rede zu stellen. Sigimund hatte es sich in den Kopf gesetzt, mehr war dazu nicht zu sagen.

Deshalb suchte Walther in Bruchsal einen ortskundigen Kurier, der in seinem Auftrag Simon Rubinstein im Judenviertel von Spira aufspüren sollte. Walther von Ascisberg hatte etwas gut bei ihm, und nun war die Zeit gekommen, es einzufordern.

»Mach das nie wieder«, befahl Sigimund, ohne seinen Sohn dabei anzusehen.

Zu dritt hatten sie die Heimreise zur Burg Laurin angetreten und führten ihre Pferde im Trab, um sie zu schonen.

Sigimund von Laurin war verstimmt, ohne Konrads Intervention hätte das Treffen vielleicht einen anderen Ausgang genommen. Auf der anderen Seite kam er nicht umhin, das erhebende Gefühl von Stolz, das sich in seiner Brust breitmachte, wahrzunehmen. Es nötigte ihm Bewunderung ab, mit welcher Kompromisslosigkeit sein Stammhalter die Ehre des Hauses Laurin verteidigt hatte – und zwar ohne Rücksicht auf Ansehen oder Person.

Sorge bereitete ihm lediglich Wilbrands Reaktion auf die körperliche Züchtigung, die er durch den jungen Heißsporn erfahren hatte. Es war allgemein bekannt, dass Wilbrand von Mulenbrunnen stets zum eigenen Vorteil handelte. Konrad nicht sofort festzusetzen, sondern ihn ohne Bestrafung, ja ohne ein mahnendes Wort oder dergleichen ziehen zu lassen, musste einen Gewinn für den Abt darstellen.

Bloß welchen?

»Glaubt Ihr, der Abt hat Anna getötet?«, fragte Isenhart.

Sigimund schüttelte den Kopf. »Warum sollte er das tun?«

Cui bono, das war die Frage, um die Isenharts Gedanken kreisten: *Wem nützt es?*

Nur dem, der das Herz haben will. Nur für den macht es Sinn. Und da Isenhart dieser Sinn verschlossen blieb, konnte er per Kombinatorik nicht die nächste Stufe der Erkenntnis erklimmen. Er stand hilflos vor dieser Stufe wie vor einer mächtigen Burgmauer, die ein Geheimnis beherbergte, das sie ausschließlich ihrem Bezwinger preisgeben würde.

Gott hatte ihm das Liebste in seinem Leben entrissen. Die Nachtstunden über hatte er gehadert und in Gebeten eine Antwort beschworen: Warum, Herr, hast du deine schützende Hand nicht über sie gelegt? Warum hast du ihr nicht beigestanden in der Stunde ihres Todes? Warum? *Antworte mir.*

Doch die Antwort des Schöpfers blieb aus, keine Stimme, die zu

Isenhart sprach, kein Zeichen, dessen er gewahr wurde. Vielleicht, überlegte Isenhart, gab es einen guten Grund, Anna aus dem Diesseits abzuberufen. Möglicherweise hätte sie in ihrem irdischen Dasein eine derartige Häufung von Leid, Schmerz und Entbehrung erwartet, die den Allmächtigen dazu bewogen hatte, es ihr zu ersparen.

Trotz der gottgefälligen Erklärungen, die Isenhart der Tatenlosigkeit des Herrn in der gestrigen Nacht gegenüberstellte, um seine Unfehlbarkeit nicht in Abrede zu stellen, blieb doch der Dorn des Zweifels in seinem Kopf stecken – was er jedem gegenüber bestritten hätte.

Aus seinen Überlegungen schälte sich der unbequeme Verdacht, dass auf Gott in dieser Angelegenheit wenig Verlass war. Der Schöpfer würde ihm den Weg zu Annas Mörder nicht weisen, Gelegenheiten hatte es im Überfluss gegeben. *Allesamt ungenutzt,* wie Isenhart mit Bitterkeit konstatierte. Also blieb ihm nur sein eigener Verstand.

Als er sich dessen bediente, erinnerte er sich an eine von Walthers Erzählungen. Am Vorabend der Schlacht von Doryläum anno 1147 war es den Kreuzfahrern, unter ihnen Sigimund und Walther, gelungen, einige Seldschuken gefangen zu nehmen, die ihnen auf ihrem Weg nach Damaskus aufgelauert hatten.

Die Muselmanen waren zutiefst erschüttert über die von Staub und Dreck starrende Haut der abendländischen Soldaten. Und erst recht von dem intensiven gärigen Geruch, der von ihnen ausging. Die Kreuzfahrer stanken zum Himmel.

Walther lachte an diesem Punkt der Geschichte, und Isenhart verstand den Grund seiner Belustigung nicht. »Wir baden doch alle drei Monate«, hatte er entgegnet. Und dabei nicht die Bauern mit einbezogen, in deren Augen ein Bad für männliche Schwäche und Verweichlichung stand – weshalb sie eine umfassende Körperreinigung ganz unterließen.

»Die Muselmanen beten fünfmal am Tag«, erwiderte Walther von Ascisberg schmunzelnd, »und ihr Gott, den sie ›Allah‹ nennen, erwartet von ihnen Reinheit beim Gebet. Daher waschen sie sich fünfmal täglich. *Täglich.*« Walther richtete den Blick auf den jungen Schmied neben sich. »Was lernen wir daraus, Isenhart?«

Isenhart musste nicht lange überlegen. »Dass die Muselmanen sich zu oft waschen.«

»Das meinte ich nicht«, stellte Walther von Ascisberg ernüchtert fest.

Isenhart hatte diese Ernüchterung zu deuten gelernt. Sie trat immer dann zutage, wenn Isenharts gedankliche Leistungen weit hinter der Erwartung seines Lehrmeisters zurückblieben. Er rief sich die geschilderte Situation ins Gedächtnis, bis die Antwort plötzlich klar vor ihm lag, ganz so, als hätte jemand die hölzernen Fensterläden aufgestoßen und ihm den Blick in die Sonne ermöglicht.

»Es ist eine Sache der Perspektive«, antwortete er, und Zunge und Mund konnten der Geschwindigkeit seiner Gedanken nur schwerlich folgen, weswegen er sich beim Sprechen verhaspelte, »eine andere Perspektive wandelt die Form dessen, was man betrachtet.«

»Und den Inhalt«, hatte Walther zufrieden hinzugefügt.

Und den Inhalt.

Von der Seite betrachtet mochte ein Haus als Kubus erscheinen, weil es einem die Stirnseite darbot, ein kleiner Schritt reichte aber, um das Gebäude als Quader mit ungleichen Kantenlängen wahrzunehmen. Wenn er also den Mord an Anna nicht zu verstehen in der Lage war, lag es möglicherweise an der Perspektive.

Isenhart hatte dieses Verbrechen bisher nur aus seinen eigenen Augen gesehen, aus der Sicht des Betroffenen. Der Perspektive des Opfers. Und die ließ ihn mit unbeantworteten Fragen zurück. Die vernünftige Schlussfolgerung daraus, die Logik, gebot ihm, was zu tun war: die Perspektive zu ändern.

Wenn er die Sicht des Mörders einnahm, musste er sich in ihn hineindenken, hineinversetzen. Er musste hineinschlüpfen in seine Schuhe, in seine Finger, in seine Haut, die die Kälte der Nacht wahrnahm, in seine Ohren, die das Knirschen des Schnees bei jedem Schritt auffingen, in seine Augen, die Annas Gestalt über die vom Vollmond beschienene Lichtung stapfen sah. Eins sein mit seinen

Sinnen, seinem Kopf. Schmecken, wie er schmeckt. Greifen, wie er greift. Denken, wie er denkt.

Doch dafür musste er mehr von dem Mann wissen, von seinen Trieben und Begierden.

»Was wird nun geschehen mit Alexander von Westheim?«, fragte Konrad und holte Isenharts Gedanken ins Hier und Jetzt zurück.

Konrads Vater schien diese Frage auch umzutreiben, denn seine Antwort kam prompt: »Ich weiß es nicht.«

»Dann fordere ich ein Gottesurteil«, sagte Konrad bestimmt.

10.

Schwöre ab der Hure Babylon, der Mutter aller Sünden.«

Mit diesen Worten eröffnete Vater Hieronymus das *iudicium dei,* das als Kreuzordal zu einer Entscheidung führen sollte.

Zu diesem Zweck hatten sich Sigimund, Konrad und Hieronymus in der Kapelle eingefunden. Rupert stand neben dem knienden Händler, der immer noch mit Fuß- und Handeisen versehen war. Isenhart selbst wartete an der Schwelle zu dem Nebenraum, wo er das Privileg der Bildung erfahren hatte.

»Ich schwöre«, wisperte Alexander von Westheim mit rasselndem Atem. Die Nacht im Verlies hatte ihm hörbar zugesetzt.

»Löst die Handeisen«, sagte Hieronymus. Rupert warf einen Blick zu Sigimund von Laurin, der ein Nicken andeutete.

Hieronymus wandte sich um, während der Bogner dem Juden die Fesseln löste, und ergriff mit sanfter Geste den Splitter vom Kreuz Christi, den Konrad vom Kreuzzug sicher wieder heimgebracht hatte. Oder der Konrad vom Kreuzzug unversehrt wieder heimgebracht hatte – wie auch immer.

»Schwöre ab den Dämonen in dir, die dir den Pfad zu Tugend und Wahrhaftigkeit verstellen.«

»Ich schwöre ihnen ab.«

Hieronymus nickte zufrieden. Es war das erste Gottesurteil, das er persönlich in die Wege leitete. Aber als junger Mönch hatte er zwei Ordalen beigewohnt. In beiden Fällen wurde die Schuld des Angeklagten bewiesen, der eine ertrank, der andere verbrannte sich so schwer, dass er seinen Verletzungen erlag.

Gerne hätte er auch Alexander von Westheim der Eindeutigkeit eines Feuerlaufs oder der Wasserprobe unterzogen, aber Sigimund von Laurin hatte das vergleichsweise milde Kreuzordal angeordnet.

»Schwöre ab dem Endchristen.«

»Ich schwöre.«

»Leg deine rechte Hand auf diesen Span und schwöre bei Gott, dem Allmächtigen, dass du frei bist von jeder Schuld.«

Alexander von Westheim zögerte. Der Geistliche zog eine Augenbraue hoch. Der Händler legte die Hand auf das spitz zulaufende Stückchen Holz, das Hieronymus ihm entgegenhielt, und sagte: »Ich schwöre, ich bin frei von Schuld, Vater.«

Das Zögern hatte seinen Ursprung nicht in der Frage von Schuld oder Unschuld, sondern in der Herkunft des Spans. Vielleicht, so überlegte Alexander von Westheim, war dieser Scherz, der ihm in den Sinn gekommen war, als er sich damals beim Radwechsel versehentlich den Splitter in die Hand trieb, nicht die beste Idee in seinem Leben gewesen.

Vater Hieronymus hatte stets ein Auge auf ihn gehabt, wenn er im Burghof seine Waren an den Mann brachte. Dieses war aus dem Orient, jenes von heidnischen Slawen, anderes sah die Kirche gar nicht gern und so weiter und so fort. Einen guten Schnitt machte von Westheim nur, wenn der Geistliche nicht bei jeder zweiten Ware die Nase rümpfte und dem interessierten Gesinde die Kauflaune verdarb.

Als von Westheim schließlich mithilfe seiner Zähne den Splitter aus der Hand zog, wurden der Ärger über das Missgeschick und der Schmerz dahingefegt von der Heiterkeit, die ihn bei der Vorstellung von Hieronymus' ergriffener Miene erfüllte, wenn dieser einem profanen Holzspan einen Ehrenplatz in seiner Kapelle einrichten würde.

Von Westheims Genugtuung hatte sich verdoppelt, als er den Splitter zu Boden gelegt und sogleich darauf uriniert hatte.

Und vor ebendiesem Span hob er nun seine Hand.

Hieronymus richtete das Wort an Konrad: »Tretet vor und kniet.«

Isenhart konnte Konrad die Entschlossenheit selbst von hinten ansehen. Sein Gang ließ die Geschmeidigkeit des Vaters vermissen, doch war er fest und gewichtig. Der Stammhalter ließ zwischen Alexander von Westheim und sich etwa zehn Fuß Platz, dann ging er auf die Knie.

Der Händler warf ihm einen devoten Blick zu. »Konrad«, wandte er sich leise an ihn.

»Schweig«, befahl Hieronymus, segnete das Kreuz, vor dem die beiden Männer knieten, und sprach die Hoffnung aus, Gott möge dem Unschuldigen beistehen.

Damit waren alle Vorbereitungen getroffen. Er sah zu Sigimund von Laurin.

»Hebt die Arme und betet«, wies dieser Konrad und den Juden an. Sie hoben die Arme, die Augen auf das Kreuz gerichtet.

»Nun liegt es in Gottes Hand«, fügte Hieronymus hinzu und trat beiseite.

Anna hatte Gottes Beistand nicht erfahren, als sie ihn am meisten brauchte, stellte Isenhart fest. Nun wollte er der Sache auf den Grund gehen. Vor den Blicken der anderen geschützt, kniete er sich auf den Boden und hob ebenfalls die Arme in die Höhe.

Von fern drang ein spitzer Schrei an sein Ohr.

Er stammte von Sophia. Marie und ihre Mutter Mechthild von Laurin waren bei ihr und umsorgten sie, tunkten Leinen in das kalte Flusswasser und umwickelten damit die Waden und die glühende Stirn der Zwölfjährigen.

Sophia hatte neben dem Grab der geliebten Schwester gewacht, mehr noch, sich bäuchlings auf die frisch aufgeworfene Erde gelegt, die Arme ausgebreitet und unablässig gebetet in dem vergeblichen Versuch, Anna zurück ins Diesseits zu erbitten.

Damit zog sie sich nicht nur das schwere Fieber zu, das sie dahinzuraffen drohte, sondern erwarb sich auch Isenharts unverbrüchliche Zuneigung. Mechthild und Sigimund von Laurin ausgenommen, gab es niemanden, den Annas Tod härter getroffen hatte als ihn. Das zumindest war seine Überzeugung, als er mit Konrad und Sigimund nach Mulenbrunnen aufbrach – um eines Besseren belehrt zu werden. Die hilflose Geste Sophias rührte ihn in besonderer Weise, weil er mit ihr nicht gerechnet hatte.

Aus dem kleinen, rothaarigen Trampel war ein rothaariges, in sich gekehrtes Mädchen geworden. Die Haut blasser als gebleichtes Leinen; der grimmige Blick war geblieben. Aus grünen Pupillen musterte sie ihr Gegenüber und verzog keine Miene, nur manchmal spielte ein undurchsichtiges Lächeln um ihren Mund.

Hin und wieder stahl sie sich nachts aus der Burg und ging in den Wald, nur der Herrgott mochte wissen, was sie da trieb.

Isenhart – und nicht nur ihm – erschien sie unzugänglich und entrückt. Sie passte sich nicht ein. Und was hatte es für ein Zeter und Mordio gegeben, als ihr Vater ihr untersagt hatte, Giselbert aufzusuchen. Was sie da überhaupt verloren habe, wolle sie etwa Scharfrichterin werden? Er lachte sie aus.

Sie wolle alles über Carnifexe wissen, erwiderte sie, alles über den Tod und wie es sich anfühlt, wenn man ihn über andere bringt. Dem Vater blieb das Lachen im Halse stecken.

Sophia war den Leuten unheimlich.

Anna erwähnte das einmal, sie hatten sich geliebt, Isenhart lag ausgelaugt neben ihr, sein ganzer Körper befand sich in wohliger Erschlaffung, aber sein Geist war hellwach. Anna sorgte sich um ihre kleine Schwester, um den rothaarigen Wildfang, der so sehr aus der Art schlug.

Isenhart machte sich deswegen in jener Nacht Gedanken über Sophia. Er kam zu dem Schluss, dass sie sich außerhalb befand. Ohne tieferen Bezug zu irgendjemandem stand sie in ihrer aller Mitte und wirkte allein. Dies erregte bei Isenhart allerdings kein Mitleid, weil diese innerliche Zurückgezogenheit von Sophia bewusst gewählt worden war – so schien es jedenfalls.

Und doch hatte Sophia sich auf Annas Grab gelegt. Diese Offenbarung tiefster Verletztheit rief bei Isenhart Mitgefühl hervor.

Nach ihrer Rückkehr aus Mulenbrunnen hatte Sigimund seine Tochter bereits im Fieberwahn gefunden. »Hundertfacher Tod!«, brüllte sie aus Leibeskräften und jagte ihren Eltern einen gehörigen Schrecken ein.

Während Isenhart an der Schwelle zur Kapelle die Arme schwer wurden, den Blick unverwandt auf die beiden Kontrahenten vor dem Kreuz gerichtet, begriff er plötzlich Sophias Interesse an Giselbert, dem Scharfrichter. Ihre Begründung – wie fühlt es sich an, den Tod zu bringen – war eine Ausflucht. Sie hatte den Carnifex aufsuchen wollen, weil er ebenso einsam war wie sie.

Zur neunten Stunde waren die Finger bleich, das Blut war aus ihnen gewichen. Isenhart wusste, dass Hände und Unterarme von Konrad und dem fahrenden Händler dem Stechen Hunderter Nadeln ausgesetzt waren. Allein der Wille feuerte die Muskeln an, sich weiter aufzubäumen und die beginnenden Krämpfe zu ignorieren.

Diese Schmerzen teilte Isenhart mit ihnen.

Die Anstrengung, die das Kreuzordal ihnen abverlangte, ließ Konrad und Alexander von Westheim den Schweiß auf die Stirn perlen. Das Leinen unter ihren Achseln und am Rücken war durchnässt, ihre Nacken schmerzhaft verhärtet.

Erst war es nur ein Wispern, das Konrad wahrnahm. Ein Wispern, das aus dem Mund des Juden neben ihm drang. Kaum hörbar bildeten sich Worte. »Herr, ich erbitte deinen Beistand in meiner großen Not. Gib mir Kraft, Herr, bitte, steh mir bei.«

Konrad atmete erleichtert aus, das Flehen des Händlers verlieh ihm neue Kraft, die aus den Schultergelenken in seine Oberarme fuhr.

Die enorme Anstrengung hatte Isenharts Gesichtszüge zu einer bizarren Grimasse entstellt, die Krämpfe verwandelten seine Bizepse in Stein, ihm war, als schreie jede Faser der Arme nach einem Ende der Qual. Einzig sein Wille gestattete ihnen kein Nachgeben.

»Strafe keinen Unschuldigen, Allmächtiger«, flüsterte von Westheim. Eine leise Weinerlichkeit schlich sich in seine Stimme, die Konrad weiter anspornte. Gleich war es vollbracht!

Nach Luft japsend ließ Isenhart die Arme sinken, das Blut schoss zurück in die Adern und verursachte ein Kribbeln, als liefen Heerscharen von Ameisen unter seiner Haut entlang. Er blickte nach vorne, wo ein schweres Zittern die Arme des Händlers durchlief. Hätte er, Isenhart, sich an Konrads Stelle befunden, von Westheim wäre jetzt ein freier Mann.

»Du weißt, ich bin ohne Schuld«, wandte dieser sich erneut an seinen Schöpfer, »bitte. Erbarme dich meiner, Herr.« Die letzten Worte waren kaum mehr als ein Hauch, dann begann der Mann zu weinen, das Schluchzen ließ seinen Oberkörper vibrieren.

Sigimund von Laurin, der auf einer Bank Platz genommen und den Verlauf des Ordals mit unbewegter Miene verfolgt hatte, war peinlich berührt wegen dieses Gefühlsausbruches. Männer, die Tränen vergossen, waren ihm suspekt, und taten sie es öffentlich, zuwider. Und obwohl seine Gottesfürchtigkeit sich in recht engen Grenzen bewegte, war er nichtsdestotrotz unerschütterlich in seinem Glauben. Den glücklichen Ausgang des Kreuzordals sicherte sich nicht der kräftigere Mann, sondern der, den der Lenker der Welt dazu bestimmte.

In dem Augenblick, in dem Alexander von Westheim – von Gott verlassen – die Arme hinabfallen ließ, erhob sich Sigimund von seinem Platz und schritt auf den Händler zu. Auch Konrad senkte nun die Arme, mit grimmigem Blick schaute er zu dem Juden.

»Der Herr hat sein Urteil gefällt«, verkündete Hieronymus feierlich.

Der Herr des Hauses Laurin schlug dem Angeklagten ohne Vorankündigung ins Gesicht, drei, vier Fausthiebe, bis der Nasenrücken ein dumpfes Knacken von sich gab und von Westheim das Blut aus der Nase stob. Sigimund riss den Benommenen auf die Beine und zog ihn hinter sich her, so schnell, dass von Westheim mehrmals ins Straucheln geriet.

Giselbert wartete auf der Lichtung, die auszuwählen der Herr derer von Laurin ihm übertragen hatte. Sein Leinen leuchtete von Kopf bis Fuß in einem kräftigen Rot, sein Stand war angehalten, auffällige Kleidung zu tragen, damit die Leute Abstand wahrten. In der Rechten hielt er ein schmales Rohr aus Holz, zwei Finger im Durchmesser.

Giselbert hasste seinen Vater für eine Menge Dinge, auch der Umstand, dass dieser sein Erdenleben längst hinter sich hatte, konnte ihn nicht besänftigen. Jedenfalls nicht, wenn er sich in seinen Zorn hineinsteigerte, was keine Seltenheit war.

Ein Scharfrichter wurde gut entlohnt und stand unter dem Freimannsschutz, niemand durfte sich an ihm für das Richten einer Person rächen. Und damit erschöpften sich auch schon die Vorteile, die ein Carnifex genoss. Der Rest gestaltete sich eher traurig.

Das Schlimmste war die Einsamkeit. Kaum jemand wagte, überhaupt mit ihm zu sprechen. Wurde er krank, musste er sich selbst heilen. Niemand schenkte ihm Mitleid, daher blieb ihm nur, sich selbst zu bemitleiden, und darin hatte er eine regelrechte Kunst entwickelt. Was hatte er schon für Tränen über die Ungerechtigkeit der Welt im Allgemeinen und der Mühsal seines Lebens im Besonderen vergossen!

Es ging so weit, dass er sich dem Vieh anvertraute und den Tieren sein Leid klagte. Die Ziegen erwiesen sich als sehr geduldig. Aufmerksam verfolgten sie seine Reden, beim Gestikulieren musste er sich allerdings zurücknehmen, um seine treue Zuhörerschaft nicht zu verjagen.

So weit war es gekommen. Giselbert, der Scharfrichter von Kaisers Gnaden, sprach mit den Ziegen!

Er hielt auf der Lichtung Ausschau nach dem Delinquenten und schüttelte den Kopf über sich selbst. Und all das wegen seines Vaters, einem Abdecker, dem das Geld knapp geworden war und der sich deswegen nicht lange dazu hatte überreden lassen müssen, einem Mörder öffentlich den Kopf abzuschlagen. Drei Hiebe genügten ihm, die Schaulustigen quittierten die Treffer mit Gejohle. Anschließend gab Giselberts Vater die Abdeckerarbeit, die ihm die Haut der Hände für immer ruiniert hatte, auf und wurde Henker.

Seine Braut lief ihm davon, in einem Hurenhaus traf er auf Isabel, die blinde Isabel, mit der jeder tat, wonach ihm gerade der Sinn stand. Giselberts Vater nahm sie zur Frau. Sie gebar ihm Kinder, insgesamt neun an der Zahl, von denen vier überlebten. Zwei Knaben und zwei Mädchen.

Für die Kinder eines Carnifexes gab es keine Zukunft. Weder durften sie einen ehrlichen Beruf erlernen noch innerhalb ihres

Standes heiraten. Das Handwerk des Vaters war ein Stigma, dem sie nicht entrinnen konnten. Ihr Vieh durfte nicht zusammen mit dem der Bauern weiden. Der Besuch von Badehäusern war ihnen verboten, zu Hochzeiten wurden sie nicht geladen. In der Kirche gab es weit hinten in einer Ecke eine Bank, die für sie reserviert war. Und niemand, wirklich niemand, fand sich, der darauf Platz genommen hätte.

Den Töchtern standen nur zwei Wege offen: Heilige oder Hure. Nonnen wurden alle beide nicht, dazu waren sie zu dumm. Deshalb verdingten sie sich als Dirnen, und als der Vater davon erfuhr, warf er sie aus dem Haus.

Um Giselbert und seinen Bruder war es kaum besser bestellt. Niemand hätte sie angestellt oder Handel mit ihnen getrieben, daher blieben auch ihnen nur zwei Wege: die Profession des Vaters zu übernehmen oder sich einer Räuberbande anzuschließen. Der Bruder begann damit, Händler zu überfallen.

Giselbert fehlte dazu der Mut. Mit gesenktem Haupt und hängenden Schultern trat er in die Fußstapfen seines Vaters, eine Körperhaltung, die er bis zum heutigen Tage beibehalten sollte.

Sein Alltag war von Routine betäubt. Die immer gleichen Erledigungen, die immer gleichen Handgriffe und die immer gleiche Einsamkeit am Abend, bis … ja, bis eines Abends ein Mädchen mit abstehenden roten Haaren in der Tür erschien, die Haut schimmernd bleich wie Elfenbein: Sophia.

Sie verzog ihren Mund und zeigte ihm zwei Reihen makellos schimmernder Zähne.

Das bleiche Mädchen war vorbeigekommen, um die Bucheckern zu holen. Giselbert sagte, sie seien zu schwer für eine so feine und junge Dame.

Sophia lachte ihn an. »Feine, junge Dame«, wiederholte sie und machte ein Gesicht, als würde sie jeden dieser Begriffe einzeln abschmecken, »so hat mich noch niemand genannt.«

Er schleppte die Bucheckern in Richtung Burg, eigentlich erledigte das dieser unheimliche Junge, aber wie man hörte, war er sehr oft Pilze sammeln.

An einer Wurzel strauchelte Giselbert und stürzte auf das weiche Moos. Er wollte sich schon aufrappeln, als er nur wenige Fingerbreit vor sich die schmale Hand des Mädchens sah, bereit, ihm auf die Beine zu helfen.

Giselbert blickte zu ihr auf. »Mich zu berühren bringt Unglück«, stellte er fest, »ich bin ein Carnifex.«

Tausende von Male hatte er diese Worte schon ausgesprochen, Tausende Male waren die Hände der anderen zurückgezuckt, hatten sie plötzlich Wichtiges und Eiliges zu erledigen – allesamt Angelegenheiten von einer Dringlichkeit, die keinen Aufschub duldete – und stahlen sich davon.

»Ich weiß«, erwiderte Sophia unbekümmert. Sie sah Giselberts Zögern und fügte hinzu: »Das Unglück, das auf mich wartet, geschieht nicht durch dich, Giselbert.«

Als sie seinen Namen aussprach, war ihre Stimme frei von jenem Unbehagen, das stets bei all den anderen mitschwang. Da er immer noch zögerte, ergriff sie einfach die Initiative und seine Hand. Diese Berührung, die Wärme der dünnen Finger, erschien Giselbert als das Schönste, was er je empfunden hatte.

Auch, nachdem er wieder auf die Beine gekommen war, hielt Sophia seine Hand noch für die Dauer einiger Schritte. Sie grinste schelmisch. »Trifft mich ein Blitz? Ein herabfallender Ast?«

Nein, nichts dergleichen geschah, wie Giselbert verschwommen wahrnahm, denn diese kleine Hand zu halten, die furchtlose Berührung durch einen anderen Menschen, ließ alle anderen Gedanken in den Hintergrund treten. Er widmete sich ausschließlich diesem Gefühl, er wollte jeden Augenblick davon auskosten, weil Giselbert ahnte, wie viele Jahre er davon würde zehren müssen.

Sophia kam wieder, in unregelmäßigen Abständen, manchmal des Nachts, dann zündete er ein Feuer an, sie starrten in die Flammen und sprachen über dieses oder jenes oder schwiegen einfach. Giselbert wagte nicht, sich zu erkundigen, was der Grund ihrer Besuche war, denn er fürchtete, damit könne er diese Bande, die sich zart zwischen ihnen geknüpft hatten, wie mit einer groben, unüberlegten Geste zerstören.

Mehrmals schon wollte er sie bitten, noch einmal seine Hand zu halten, aber stets verschob er es auf das nächste Treffen. Als Giselbert es schließlich nicht mehr aushielt und – ihrem Blick ausweichend – seinen Wunsch aussprach, fragte sie nach dem Grund.

»Weil mich seit zwanzig Jahren niemand mehr berührt hat«, sagte er leise, fast schamvoll.

Sophias Augen wurden feucht. Sie setzte sich neben ihn und nahm seine Hand in die ihre. Nach einer Weile, die sie stumm nebeneinander verbracht hatten, entzog Giselbert sie der Fürstentochter wieder. Er wollte es nicht übertreiben und musste auch nichts erklären, denn Sophia nahm ihren ursprünglichen Platz wieder ein. In diesem Moment kam Giselbert ein ungeheuerlicher Gedanke.

Sophia würde bald zwölf Jahre alt werden. Andere Mädchen wurden mit dreizehn oder vierzehn verheiratet, dann bekamen sie Kinder, das war der Lauf der Dinge. Giselbert hatte für sich beschlossen, keine Kinder in die Welt zu setzen, denn ihnen blühte derselbe dornige Weg, den er hatte beschreiten müssen. Dies war eine schöne Erklärung, wie der Carnifex fand, aber er unterschlug dabei, dass der wahre Grund seiner Enthaltsamkeit weniger dieser hehre Gedanke war als vielmehr der Mangel an Gelegenheit. Kein Weib fand sich, das freiwillig die Tristesse seines Alltags auf sich genommen hätte.

Bei Sophia lagen die Dinge aber anscheinend anders. Hatte sie nicht gesagt, ihr würde durch ihn kein Unglück geschehen? Ja, was dann? Wenn kein Unglück, dann vielleicht Glück? Das *Glück des Lebens* sogar?

Sein Herz schlug immer höher bei diesen Gedanken, ihm war, als könne Sophia, die verträumt in die Flammen blickte, es unmöglich überhören. Doch sie rührte sich nicht.

Sie würden fliehen müssen, überlegte der Carnifex. Weit weg und …

»Giselbert«, sagte Sophia leise, »träumst du manchmal von Sachen, die später passieren?« Ruhig und gefasst fixierte sie ihn dabei mit ihren grünen Augen.

»Nein«, antwortete er, und als er die Ernüchterung in Sophias

Gesicht las, wusste er nicht, was er falsch gemacht hatte. Er hatte eben keine Träume von künftigen Ereignissen, die sich später bewahrheiteten.

Das war vor fünf Tagen gewesen. Seitdem hatte Sophia sich nicht mehr bei ihm blicken lassen. Allmählich hatte ihn eine Unruhe erfasst, in der sich ehrliche Sorge und aus der möglichen Zurückweisung entsprungene Wut die Waage hielten.

Und nun fand er sich auf der Lichtung neben der frischen Grube. Sein Rücken und seine Arme schmerzten. Es war eine mörderische Arbeit gewesen, sie bei diesen winterlichen Temperaturen auszuheben.

Endlich löste sich eine Gruppe aus dem Wald und überquerte die Lichtung, die Männer gingen auf ihn zu. Giselbert erkannte zuerst Sigimund von Laurin, der maßvoll einen Fuß vor den anderen setzte, jeder Schritt ein echter Herr. Dahinter Rupert, der Bogner, und Konrad, die den fahrenden Händler eskortierten, dem – Giselbert konnte es sehen – hin und wieder die Beine den Dienst versagten. Dann griffen Konrad und der Bogner ihn unter den Armen und zogen ihn weiter.

Giselbert hatte eine Reihe an Männern und auch Frauen zum Schafott gehen sehen. Einige weinten und flehten um Gnade, andere schienen vor Schock entrückt und wieder andere beschimpften die Schaulustigen und spien sie an.

Und dann war da noch die Kategorie jener, die erhaben über alledem standen. Sie schritten nicht verhalten aus oder gar zögerlich, sondern selbstverständlich, ganz so, als ginge es nicht etwa zum Richtplatz, sondern als unternähmen sie einen Spaziergang.

All diesen Menschen war allerdings eines gemein: Wenn Giselbert mit dem Schwert zum Schlag ausholte, entleerten sie ihre Blase. »Der Schnitter ist ein großer Gleichmacher«, hatte schon sein Vater gesagt.

Hintendran ging der Junge, der nun schon keiner mehr war: Isenhart. Ganz vorneweg schritt Vater Hieronymus, eine Kugel mit qualmenden Kräutern zu beiden Seiten schwenkend. Mit überheblichem Gesichtsausdruck verpestete er die Luft. Er erreichte als Erster die Grube und inspizierte sie – den Scharfrichter keines Blickes würdigend.

Giselbert konnte ihn nicht leiden. Jahre zuvor waren sie einander das erste Mal begegnet, Giselbert hatte als Letzter die Messe verlassen, damit es nicht zu zufälligen Berührungen mit den anderen Besuchern des Gottesdienstes kam. Hieronymus stellte sich neben ihn.

»Wir gehen beide einer einsamen Profession nach«, richtete Giselbert das Wort an ihn, um eine Form der brüderlichen Verbundenheit geltend zu machen.

Der Geistliche gab ein verächtliches Schnauben von sich. »Einigen ist die Einsamkeit von Geburt an gegeben, so wie dir«, hatte Hieronymus geantwortet, »und einige wählen sie aus freien Stücken – so wie ich.«

Der fahrende Händler sah mitgenommen aus. Sein Gesicht wies große, eiternde Brandblasen auf.

Isenhart war unentschieden gewesen, wer von beiden lauter gebrüllt hatte, der Burgherr oder Alexander von Westheim.

Er befand sich nicht mit in dem Verlies, aber der Geruch, der aus diesem Loch in den Gang drang, war ihm nur allzu bekannt. Er entstand, wenn glühendes Metall auf die menschliche Haut traf.

»Wo ist das Herz?«

Der Tonlage nach zu urteilen hatte Sigimund von Laurin jede Fassung fahren lassen, seine Stimme klang schrill, beinahe unmenschlich. Und von Westheims Stimme war mindestens ebenso sonderbar.

Als Kind hatte Isenhart einmal ein unerträgliches Schreien im Wald vernommen. Zusammen mit Konrad, den er daraufhin weckte, streifte er durchs Unterholz. Sie fanden ein Rehkitz, das sich in einer Falle beide Vorderläufe gebrochen hatte und nun – aus Angst vor ihnen – den Versuch unternahm zu fliehen. Niemals würde Isenhart den Blick des jungen Tieres vergessen, panisch und rein zugleich.

Konrad packte das Kitz und erlöste es mit einem raschen Schnitt durch die Kehle von seinen Qualen.

Isenhart wusste, was Sigimund von Laurin von weinenden Männern hielt, aber er versuchte vergeblich, seine Tränen zurückzuhalten. Als er vor Scham errötet aufblickte, sah er Konrad, der sich die Tränen aus dem Gesicht wischte.

Das war der Moment gewesen, in dem Isenhart den jungen Adligen in den Stand eines Freundes erhoben hatte.

Die Schreie des Rehkitzes schallten aus der Tiefe seines Gedächtnisses und vereinten sich mit jenen, die aus dem Verlies drangen. Der Mund, der sie von sich gegeben hatte, war nun verschlossen.

Ich habe es weggeworfen.

»Wir haben uns hier mit Gottes Willen und Segen eingefunden«, begann Hieronymus feierlich. Aber da packte der Burgherr den Gefesselten und warf ihn mit einem einzigen, kraftvollen Ruck hinab in die kalte Grube, in der Alexander von Westheim, der den Sturz nicht abfangen konnte, schwer aufschlug.

»Fangt an«, befahl Sigimund von Laurin lapidar.

Die Männer ergriffen die Schaufeln und begannen damit, das Erdreich wieder in die Grube zu befördern. Isenhart zögerte. Natürlich waren die Indizien eindeutig. Die Fußspuren führten zu dem Karren, der Karren führte bis an die Grenzen des Klosters von Mulenbrunnen, und auf dem Karren, den Konrad und die Männer eingeholt hatten, saß niemand anderer als der fahrende Händler. Darüber hinaus erschien seine Aussage, er habe den Bernstein von Wilbrand von Mulenbrunn erhalten, höchst suspekt. Was sollte den Abt dazu bewogen haben? Warum sollte er einen Edelstein gegen ein paar Heilkräuter getauscht haben? Fragen, auf die Alexander von Westheim auch im Angesicht des glühenden Schürhakens keine Antwort zu geben imstande gewesen war.

Auch erinnerte sich Isenhart an die Blicke, mit denen der Händler den Körper der jungen Frau, der sich aus dem Mädchen Anna entpuppte, abtastete.

Und trotzdem widerstrebte es Isenhart, einen Wehrlosen mit Erde zu überschütten.

»Auch du«, richtete Sigimund von Laurin das Wort nun an ihn und reichte ihm eine Schaufel.

Isenhart ergriff sie, denn er fand nicht den Mut, sich zu weigern. Während Konrad sich richtig ins Zeug legte, achtete Isenhart darauf, die Erde lediglich auf die Beine des Händlers zu werfen.

Dieser begann erneut um Gnade zu flehen, die Nacht im Verlies habe ihn geschwächt, deswegen sei das Kreuzordal zu seinem Nachteil ausgefallen, wenn er sich nur zwei Tage erholen könnte ...

Sigimund verbot ihm das Wort, Alexander von Westheim schluckte und schwieg. Seine ganze Verzweiflung, die sich eben noch in der Hektik seiner Gnadenappelle niedergeschlagen hatte, lag nun in seinen Augen, die er unverwandt auf Sigimund von Laurin heftete.

Als die ersten Stücke Mutterboden auf das Gesicht des Juden fielen, legte Giselbert die Schaufel beiseite, nahm am Kopfende des kalten Grabes Aufstellung und führte das dünne Holzrohr zum Mund des Mannes.

»Sperr den Mund auf«, sagte der Carnifex leise und vor allem – Isenhart fiel das auf – ohne jegliche emotionale Färbung. Kein Mitleid, kein Zorn, nur die sachliche Anweisung an den Delinquenten, dessen Kooperation nun benötigt wurde, um das Unternehmen seiner eigenen Hinrichtung zu einem gelungenen Ende zu führen.

Giselbert schob das Rohr in den Mundraum des Händlers, dessen Gesicht bereits zum Teil von der kalten Erde bedeckt wurde. Einmal noch sah Isenhart die vor unglaublicher Panik weit aufgerissenen Augen, aber mit der nächsten Schippe lugte nur noch die Nase aus dem Erdhaufen. Nach zwei weiteren Schaufeln war nichts mehr von Alexander von Westheim zu sehen. Auch keine Regung des Juden war mehr zu beobachten, während ihn Schippe um Schippe tiefer ins kalte Erdreich presste.

Dünne Atemschleier stiegen aus dem Rohr in die Winterluft empor. Der Atem des Händlers.

»Wozu soll er noch atmen?«, fragte Konrad.

»Dazu dient es nicht«, erwiderte Giselbert ruhig, »er wird bald erfrieren. Dann kann seine Seele vom Herzen über den Mund entweichen und zum Schöpfer auffahren.«

»Dort wird sie kaum willkommen sein«, mutmaßte Konrad. Isenhart nickte unwillkürlich.

»Darüber wird alleine der Herrgott befinden«, wies Hieronymus sie zurecht, »aber wir dürfen ihr den Weg in Gottes Reich nicht verwehren, sonst wird aus dem Toten ein Wiedergänger, der uns alle aus Rache heimsuchen würde.«

Es war kalt, aber die Härchen an Isenharts Unterarmen stellten sich erst bei diesen Worten auf. Er warf noch einmal einen Blick auf das Grab, an dem nur das Rohr, das aus der Erde ragte, daran erinnerte, dass nur drei Fuß tiefer ein lebendig Begrabener lag. Damit, so überlegte Isenhart, handelte es sich auch nicht um ein Grab, denn das Wesen eines Grabes bestand darin, einen Verstorbenen zu beherbergen. Unter den zum Teil gefrorenen Erdschollen aber lag ein atmender Mann. Ein paar Handgriffe nur, und sie konnten ihn zurück ins Leben befördern. Aber niemand legte Hand an.

Die anderen Männer standen schwer atmend um die geschlossene Grube. Sigimund von Laurin gab dem Scharfrichter seinen Lohn, indem er die Münzen in dessen offene Hand fallen ließ.

Konrad spie voller Verachtung auf die Grube, bevor sie – mit Ausnahme Giselberts – den Weg zurück zur Burg antraten.

Sigimund von Laurin bemerkte aus den Augenwinkeln, wie energisch und durch das Ereignis der Hinrichtung gleichsam gestärkt sein Sohn ausschritt. Befreit und tatendurstig.

Möglicherweise war das ein Vorrecht der Jungen, überlegte Sigimund, denn er selbst spürte diese Kraft, die seinen Sohn zu durchfließen schien, nicht. Das Verbrechen war gesühnt, sicherlich. Aber warum empfand er darüber keine Erleichterung? Nicht einmal Genugtuung wollte sich einstellen.

In diesem Moment vermisste er Walther von Ascisberg. Sein Freund hätte Antwort gewusst.

Simon Rubinstein reinigte sich in der Mikwe, einem Badehaus in der Judengasse Spiras, als man den Kurier zu ihm geleitete, den Walther von Ascisberg von Bruchsal aus entsandt hatte. Jener übergab ihm ein dünnes Pergament, das Simon entrollte und – nackt in der Mikwe stehend – las. Währenddessen betrachtete der Kurier neugierig seinen Unterleib und wurde durch Simons Frage, ob er noch nie einen beschnittenen Mann gesehen habe, aus ebendiesen Betrachtungen gerissen. Der gerade Blick des Juden veranlasste den Kurier zu heftigem Räuspern.

Wenn Euer Wort bezüglich Emicho noch gilt, benötige ich schnellstens Eure Hilfe nebst fünfzig Rittern zu Pferde.

Simon Rubinstein sog die feuchte Luft ein, sein Oberkörper dehnte sich aus und mit einem tiefen Seufzen der Erleichterung ließ er den Atem wieder entweichen. Endlich war der Augenblick gekommen!

Wenn Euer Wort bezüglich Emicho noch gilt – Walther von Ascisberg war einer der rücksichtsvollsten Menschen, die er kannte. Es sah dem Mann ähnlich, ihm durch diese Formulierung eine Ablehnung des Wunsches ohne Gesichtsverlust zu ermöglichen, aber selbstverständlich galt das Wort eines Rubinsteins.

Simon führte den Kurier durch verwinkelte Gassen, in denen die Handwerker ihrer Beschäftigung nachgingen und Kinder herumtollten. Hunde waren auf der Flucht vor dem Huntschlager, irgendwo quiekte ein Schwein, das geschlachtet wurde. Leute standen herum, meist in Lumpen, die anfingen, sich zu schlagen, obwohl keinem von ihnen ein Stück Fleisch zustand. Simon Rubinstein leitete den Kurier durch all das hindurch und daran vorbei, sie passierten eine Spelunke, in der Geld und Land verwürfelt wurde, und erreichten schließlich die Frauensynagoge zu Spira.

Rubinsteins altehrwürdige Mutter Ruth sorgte hier für die Bedürftigen. Der Spiraer Bischof unterstützte sie dabei mit Geld und Lebensmitteln. Das tat er nicht von sich aus, vielmehr war Simons Mutter ihm so lange auf die Nerven gegangen, bis er seine Ruhe und seinen Seelenfrieden höher bemaß als den wirtschaftlichen Verlust, den die Spenden für das Judenviertel mit sich brachten.

Dem Kurier blieb nicht verborgen, wie oft und wie ergeben man Simon Rubinstein in den Gassen grüßte. Offenbar besaß dieser Mann eine Menge Einfluss. Seine Mutter Ruth bat Simon um ein neues Pferd für den Bruchsaler Kurier, außerdem um Speise und Trank und ein Lager, denn der Mann musste ausgeruht sein, wenn er sie nach Bruchsal führte.

Er selbst begab sich zu den Fährmännern an der Spira – die Stadt verdankte dem Flüsschen, das an dieser Stelle in den Rhein mündete, ihren Namen – und ließ sich und sein Pferd zum anderen Ufer übersetzen. Natürlich kostenlos, die Fähren waren sein Eigentum.

Der Tropfen der Laurins wurde hier hoch geschätzt, nach der Lese beförderten Simons Fähren die Fässer über den Fluss, und seine Neffen, Nichten, Großneffen und deren Freunde verkauften den Wein in der ganzen Pfalz und sogar bis nach Frankreich hinein.

Die jüdischen Kaufleute genossen in Spira Handelsfreiheit, das heißt, sie unterlagen keinerlei Zöllen, was Spira neben Mainz und Worms zu einem höchst lukrativen Standort machte.

Eigentlich wäre Simon Rubinstein vermutlich in Mainz geboren worden. Dass er in Spira das Licht der Welt erblickte, war dem Großvater von Walther zu verdanken, dem Kaufmann Dieter von Ascisberg.

Fast hundert Jahre zuvor, am 27. November 1095, hatte Papst Urban II. unter dem Motto *Deus vult* zum ersten Kreuzzug und zum Ausmerzen aller Ungläubigen aufgerufen, worunter auch die *Anders*gläubigen fielen. Also auch die Juden, deren Urahnen Jesus Christus ans Kreuz geschlagen hatten.

Unter anderem auch wegen dieses Umstands galten die Juden als Anhänger des Antichristen, und eine Menge Leute fragten sich, warum sie eine beschwerliche Reise durch Kleinasien antreten sollten, um Ungläubigen den Schädel einzuschlagen, wenn es ganz ohne solche Entbehrungen gleich hier vor Ort ebenso möglich war und man abends im Gasthaus einkehren und den Tag wie gewohnt beschließen konnte.

Derlei Anhänger scharte Emicho von Flonheim um sich, ein Graf aus dem niederen Adel, dem im Schlaf angeblich ein Engel erschienen war, der ihn zum Kampf mit dem Antichristen bestimmte.

Er begann seinen Kreuzzug in Spira, wo er Juden angreifen ließ. Die Intervention des Bischofs beendete diesen Pogrom frühzeitig, ein Dutzend jüdischer Kaufleute kam dabei ums Leben. In Worms waren es bereits fünfhundert, in Mainz schließlich – obwohl der dortige Bischof ebenso Partei für die Juden ergriffen hatte – wütete Emichos Mob besonders gründlich. Über tausend Menschen, auch Frauen, Kinder und Alte, wurden erschlagen.

Einer der gefährdeten Juden war Aaron Rubinstein, Steinmetz und Kaufmann, der in Mainz einiges Ansehen genoss. Dieter von Ascisberg, sein stärkster Konkurrent vor Ort, tauchte am Abend vor Emichos Angriff auf und überredete Aaron, mit Kind und Kegel Mainz zu verlassen. Kegel, uneheliche Kinder, hatte Aaron nicht.

Aaron fragte sich, ob Dieter von Ascisberg die Gunst der Stunde nutzen würde, um den Rivalen und dessen Familie ans Messer zu liefern und anschließend dessen Geschäfte zu übernehmen. Aber Dieter war soeben von Tuchgeschäften aus Worms zurückgekehrt und schilderte Aaron die Vorkommnisse von dort so bildhaft, dass dieser sich zur Flucht entschloss.

Dieter von Ascisberg schmuggelte die Rubinsteins – insgesamt 14 an der Zahl – zwischen seinen Handelswaren versteckt durch die Linien von Emichos Marodeuren. Und sicher bis nach Spira, wo die Rubinsteins sich im Judenviertel niederließen. Bischof Johann I., entsetzt von den Übergriffen in seiner Stadt, hatte jedem Juden, der sich entschließen sollte, nach Spira zu kommen, seinen Schutz zugesagt.

»Warum habt Ihr das getan?«, soll Aaron nach geglückter Mission gefragt haben.

»Ich habe sonst keinen Konkurrenten von Eurem Rang«, soll Dieter zur Antwort gegeben haben, »wenn ich mir Euch nicht erhalte, sinken meine Maßstäbe und ich werde nachlässig, und mein Geschäft wird zugrunde gehen. Ich benötige Euch als Instanz, mit der ich mich messen kann.«

Simon Rubinstein kannte diese Geschichte in- und auswendig, jedes Wort, jeder Blick, jede noch so kleine Geste hatte in den Überlieferungen ihren angestammten Platz.

Aus diesem Zwischenfall erwuchs eine tiefe Freundschaft zwischen den von Ascisbergs und den Rubinsteins, die zu Zeiten von Dieter und Aaron auch ökonomisch zu beider Vorteil gedieh.

Diese Zusammenarbeit fand ihr Ende in Dieters Tod und dem Entschluss seines einzigen Sohnes Feist von Ascisberg, sich aus den Geschäften der Familie zurückzuziehen und sich stattdessen am Fuße des Ascisbergs ganz der Wissenschaft hinzugeben. Gleichwohl achtete Feist auf regelmäßigen Kontakt und Austausch zwischen den beiden Familien. Walther wurde in dem Wissen groß, dass die Rubinsteins bei ihnen mit dem »Emicho-Versprechen« im Wort waren.

»Ich gebe Euch bezüglich Emicho von Flonheim zweierlei Versprechen«, hatte Aaron zu Dieter gesagt, »meine Familie steht für immer in Eurer Schuld, bis sie Euch einen Dienst erwiesen hat, der sie aus dieser Schuld entlässt.«

»Ich will das nicht annehmen«, erwiderte Dieter.

»Über meine Familienangelegenheiten bestimme ich allein«, sagte Aaron mit gespielter Strenge. Dieter widersprach nicht, was Aaron als Einverständnis wertete.

»Und das zweite Versprechen?«, fragte Dieter von Ascisberg neugierig.

»Ich denke, das können wir eher einlösen«, gab Aaron Rubinstein zur Antwort, »Graf Emicho wird nach seiner Rückkehr aus dem Kreuzzug nie wieder einem Juden Leid antun.«

So geschah es. Emicho kehrte zurück, wurde gemieden und verschwand eines Tages. Niemand konnte etwas über seinen Aufenthaltsort sagen. Nur Aaron und die Fische im Rhein, die Emicho in sich aufgenommen hatten, wussten es besser. Aber Aaron wollte nicht darüber reden, und die Fische konnten es nicht.

In dem Zeitraum, in dem die Verbundenheit der Familien durch Feist von Ascisberg und Simons Vater, David Rubinstein, gepflegt wurde, hatte sich nie die Gelegenheit ergeben, jenes Versprechen einzulösen, das daher mit dem Ableben der beiden Männer in die dritte Generation überging.

Jetzt gehörte es zur Verpflichtung von Simon Rubinstein. Als er sein Pferd von den schwankenden Planken des Floßes ans Ufer führte und aufsaß, spürte er unter dem gefärbten Leinen den prall gefüllten Lederbeutel. Es sollte keine Mühe kosten, das von Walther erbetene Kontingent an kampferprobten Männern aufzutreiben.

Die Burg Laurin war jetzt immer deutlicher zu erkennen, während die Gruppe um den Fürsten die letzten Schritte im Wald zurücklegte. Isenhart sah schon die kleinen Holzhütten des Gesindes am Fuße des Burghügels. Manchmal fragte er sich, wie sein Leben wohl verlaufen wäre, wenn er hier unten aufgewachsen wäre. Als einer von *ihnen*. Ohne jenes Privileg, das er Walther von Ascisberg verdankte.

Zuerst sahen sie die Wimpel, die an langen Lanzen befestigt waren und über den Dächern der Katen zu tanzen schienen. Auf und ab flatterten sie im Winterwind, und im Grunde wäre es ein erbauliches Bild gewesen, wenn darauf nicht ein Maultier zu sehen gewesen wäre, das an einem Brunnen seinen Durst stillte – das Wappen des Klosters von Mulenbrunnen.

Als die Wimpel die letzte Biegung der Siedlung erreichten, gaben die windschiefen Behausungen den Blick auf ihre Träger frei. Drei Reiter sprengten heran, der vordere lenkte sein Pferd nach links, wo ein steiler, steiniger Pfad von der Breite eines Gespanns nach oben führte, zögerte dann aber, als er sie entdeckte. Die drei Männer hielten an und sprachen kurz miteinander, um dann ihre Pferde im Trab zu ihnen zu führen.

»Die hat Wilbrand geschickt«, murmelte Sigimund leise.

»Was wollen die?«, fragte Konrad.

»Das werden sie uns sagen«, antwortete sein Vater ruhig.

Die drei Männer trugen Reiterhosen und einen Lederwams, keine Helme, aber Schwerter. Sie waren bärtig, die Fußtücher durchtränkt von dem Schneematsch, den ihre Pferde aufgewirbelt hatten.

Der erste Reiter stieg vom Pferd und kam auf Sigimund von

Laurin zu, der sich unwillkürlich straffte. »Sigimund von Laurin?«, fragte der Mann in die Runde, obwohl seine Augen, die vor allem auf Sigimund ruhten, seine Vermutung bereits zu erkennen gaben.

»Das bin ich«, sagte Sigimund und trat ein wenig vor. Er tat das mit aufreizender Gelassenheit.

»Mein Name ist Hannes von Lauffen«, begann der Reiter, wurde aber sofort von Sigimund unterbrochen.

»Von Davonlaufen?«, fragte er, seine Augen lächelten dabei.

Isenhart kam nicht umhin, die Chuzpe seines Herrn zu bewundern, empfand es aber als ein gefährliches Spiel.

»Hannes von Lauffen«, wiederholte der Mann stoisch, obwohl ihm die Beleidigung nicht entgangen war, »mein Herr, Abt Wilbrand von Mulenbrunnen, schickt mich. Er fordert von Euch die Herausgabe Eures Sohnes Konrad, damit im Kloster Gericht über ihn gehalten werden kann.«

»Andernfalls?«

»Andernfalls wird er sich Euren Sohn holen«, verkündete Hannes von Lauffen.

Isenhart warf Konrad einen Blick zu, dem in diesem Augenblick bewusst wurde, welche Tragweite die Züchtigung des Abtes gewonnen hatte.

»Richtet Eurem Herrn aus, dass er dazu an mir vorbeimuss«, erwiderte Sigimund von Laurin.

11.

Isenhart erreichte den Neckar nur eine Stunde, nachdem Wilbrands Kuriere das Land des Hauses Laurin wieder verlassen hatten. Er stieg vom Pferd und sah sich um. Der Fährmann legte soeben auf der anderen Seite des Flusses an. Von dort stiegen Leute hinzu, drei an der Zahl. Und neben Isenhart warteten vier auf die Überfahrt. Ein altes Mütterchen, gestützt von der Tochter, und zwei Bauern, die schwere Leinensäcke neben sich abgestellt hatten. Sicherlich wollten sie drüben etwas von ihren Winterreserven verkaufen und hofften auf einen guten Preis.

Nichts Ungewöhnliches. Isenhart war erleichtert. Er wandte sich seinem Pferd zu, als von der anderen Seite des Flusses Hufgetrappel zu hören war. Isenhart erkannte etwa ein Dutzend Männer, die von ihren Pferden sprangen und hinab ans Ufer eilten.

Der Fährmann unternahm noch den Versuch abzulegen, doch er und die drei Fahrgäste wurden von den allesamt mit Kettenhemden bewehrten Männern überwältigt, geschlagen und fortgeschickt. Anschließend zogen sie das Floß an Land.

Isenhart konnte nirgends das Wappen von Mulenbrunnen entdecken, trotzdem war er sich sicher, dass diese Soldritter – denn das waren sie zweifelsohne – im Dienst des Abtes standen.

»Geht nach Hause!«, rief ihnen einer von drüben zu, Isenhart fiel die merkwürdige Betonung der Wörter auf.

»Aber wir müssen auf die andere Seite«, brüllte einer der Bauern zurück.

»Dann schwimmt!«, beschied man ihn. Ein paar Söldner lachten.

Die Strömung war zu stark, das Wasser eiskalt. Die Bauern schulterten ihre Leinensäcke und traten den Rückweg an, kurz darauf folgten die alte Frau und ihre Tochter.

Die Soldritter stellten zwei Mann als Wachen ab, zwei weitere schichteten Holz und Reisig auf, all das ohne viele Worte.

Sie sind eingespielt, dachte Isenhart, sie müssen sich nicht abstimmen, sie wissen, was zu tun ist. Er erschauerte bei der Vorstellung, dass diese Männer mit derselben leidenschaftslosen Effektivität in den Kampf ziehen könnten.

Wenn man jedes Anzeichen, das Sigimunds Späher zurück in die Burg trugen, für sich betrachtete, gab es nicht unbedingt Anlass zur Sorge. Wie einzelne Mosaiksteinchen, die sich zusammen- und aneinanderfügten, ergaben sie aber recht bald das konsistente Bild eines Hauses Laurin, das von der Außenwelt abgeschnitten war.

Wilbrands Ritter und die Söldner, die er hatte anheuern lassen, kontrollierten die Wege nach Grüningen und Westheim ebenso wie nach Fügingen und Bussingen. Sie hatten Posten am Neckar und an der Enz bezogen, ein loser Verband von drei Dutzend Soldrittern hatte bereits die Glems bei Swiebertingen überquert.

All das waren lediglich diejenigen Einheiten, die den Spähern *nicht* entgangen waren. Eine verlässliche Schätzung der Truppenstärke war also nicht möglich.

Sigimund hatte vorgehabt, seinen Stammhalter zusammen mit Isenhart in einer weiten Umgehung über das nördlich gelegene Helibrunna nach Spira zu entsenden, früher oder später würden sie dort auf Walther treffen und der ihnen Unterkunft und Schutz gewähren. Die winterlichen Umstände und die Geografie sollten Konrad und Isenhart einen ausreichenden Vorsprung ermöglichen.

Hannes von Lauffen, so kalkulierte Sigimund von Laurin, würde Mulenbrunnen erst am späten Abend erreichen und Wilbrand seine Leute nicht auf einen Nachtmarsch durch Schnee und Eis schicken. Daher hatte das Haus Laurin nicht vor Mittag des folgenden Tages mit einer feindseligen Reaktion des Abtes zu rechnen.

Knappe zwanzig Stunden also. Das sollte seinem Stammhalter reichen und würde ihn, Sigimund, darüber hinaus in die Lage versetzen, seine schützende Hand auch über seine Familie und das Gesinde zu halten, indem er den Glemsübergang in Swiebertingen mit einem starken Verband von dreißig Mann bestückte und so den Fluchtweg ins alemannische Bistum Konstanz sicherte, das dort seinen Grenzverlauf hatte.

Diese Planungen hatte Wilbrand von Mulenbrunnen frühzeitig durchkreuzt. Er benötigte nicht zwanzig Stunden bis zum Neckar, sondern nur eine. Was wiederum nur möglich gewesen war, wenn sein Kurier nicht den Weg bis zum Kloster hatte zurücklegen müssen. Keine Stunde nach dem Zusammentreffen mit Hannes von Lauffen hatte Isenhart die Söldner am Neckar gesehen.

Sigimund begriff, dass Wilbrand mit seinen Rittern längst bis an die Gemarkungen des Hauses Laurin vorgerückt war, bevor er seinen Kurier entsandt hatte. Er hatte Sigimunds Weigerung, seinen Sohn Konrad auszuliefern, vorhergesehen und in seine Planungen mit einbezogen.

Der Kopf des Hauses Laurin hatte seinen Gegner unterschätzt.

»Ich kann mich stellen, Vater«, schlug Konrad vor, »er hat Euch zuerst geohrfeigt, es gibt Zeugen.«

Die beiden standen im Herzen der Burg, dem Esssaal der herrschaftlichen Familie, den zwei grobe Wandteppiche schmückten und dessen unübertroffener Luxus der große Kamin an der Nordseite des Raumes darstellte, in dem die Holzscheite vom Feuer gefressen wurden. Über eine geschickt angelegte Lüftungsvorrichtung heizte das Feuer auch die darüberliegenden Schlafgemächer. In einem besonders harten Winter wurden diese Leitungen verriegelt, und Sigimund nächtigte mit seiner Frau und seinen Kindern in diesem Raum.

Zwei Tische und vier Bänke aus Eiche bildeten das Zentrum des Saales, der von den Ausmaßen her gar keiner war, belief er sich doch lediglich auf zwanzig mal fünfzig Fuß. Über schmale Öffnungen, die der Kälte trotzen sollten, wurde ein stetes Dämmerlicht gewährleistet, in dem Konrad auf und ab schritt.

Außer ihm befanden sich Isenhart, Vater Hieronymus und Rupert, der Bogner, in dem Esssaal. Isenhart hätte mit Konrad fliehen sollen, aber dieses Vorhaben war gescheitert, und niemand dachte daran, den Sohn des Schmieds fortzuschicken, während die weiteren Optionen, die ihnen blieben, durchgesprochen wurden.

Sigimund schüttelte vehement den Kopf. »Wilbrand von Mulenbrunnen ist nicht deinetwegen hier«, erwiderte er ruhig, »was er will, sind unsere Weinberge.«

Während Konrad und Rupert mit Überraschung reagierten, war diese Begründung für alles, was sich seit der Ohrfeige ereignet hatte, in Isenharts Augen die sinnfälligste Erklärung überhaupt. Sie beantwortete, weshalb Wilbrand auf Konrads Züchtigung nicht unmittelbar reagiert hatte. Wäre es ihm tatsächlich um Konrad und die durch ihn erlittene Schmach gegangen, wäre es ein Leichtes gewesen, Konrad noch innerhalb der Klostermauern festsetzen zu lassen. Wilbrand von Mulenbrunnen hätte nicht kostspielige Soldritter rekrutieren müssen, und darüber hinaus hätte die Ehrverletzung ebenso gut dem Bischof von Spira zur Klärung vorgetragen werden können. Stattdessen ließ Wilbrand seine Truppen aufmarschieren.

Er strebte nicht danach, über eine Ehrverletzung Gericht abhalten zu lassen. Er strebte nach Mehrung seines Besitzes. Die Weinberge der Laurins – verglichen mit anderen Winzergebieten zwar recht klein – lagen im Land am höchsten, die Trauben, vom längsten Sonnenstand des Landes verwöhnt, waren die besten.

Während also Sigimund von Laurin sich die Zeit mit dem Zeugen von Nachkommen vertrieb oder mit seinem Sohn durch die angrenzenden Wälder ritt, vermehrten die Trauben wie von selbst seinen Reichtum. Er musste keinen Finger rühren.

»Du kannst dich stellen, sooft du willst«, fügte Sigimund an seinen Sohn gerichtet hinzu, »Wilbrand wird uns trotzdem angreifen.«

Er wandte sich der schmalen Öffnung zu, die ihm einen Blick hinaus auf sein Land gewährte – und auf die Weinberge, über die sich der Raureif gelegt hatte.

Wilbrands strategische Maßnahme der Einkesselung begrenzte seine eigenen Möglichkeiten auf ein halbes Dutzend. Das war nicht unbedingt eine Quelle der Freude, erleichterte Sigimund aber dennoch, weil sich dadurch Überschaubarkeit einstellte.

Sicherlich gab es weiterhin die Chance, dass Isenhart und Konrad unbemerkt hinter die Linien der Söldner gelangten. Aber was dann? Der Abt musste vermuten, Konrad hier in der Burg stellen zu können – und würde seine Pläne also nicht ändern.

Schlimmer noch, die beiden könnten bei ihrer Flucht gefasst werden. Wilbrand von Mulenbrunnen würde Konrad den Prozess machen und doch wissen, dass sein Vater Sigimund niemals den Ausgang abzuwarten bereit wäre. Was Sigimund dazu zwänge, seinerseits gegen Mulenbrunnen zu ziehen. Doch mit zahlenmäßiger Unterlegenheit – davon ging er aus – bei dieser Witterung ein Kloster anzugreifen, das sich im Schutze Spiras und unter der Schirmvogtei des Kaisers befand, war – vorsichtig ausgedrückt – unklug.

Er konnte die Dinge drehen und wenden, wie er wollte, bei Licht und von allen Seiten betrachtet, konnte er sein und das Heil aller anderen nur in einer wirksamen Verteidigung der Burg suchen. Er wandte sich zu den anderen um.

»Wir werden niemanden finden, der uns hilft«, stellte der Herr des Hauses Laurin fest. Ein kurzes, mit einer Spur Grimmigkeit versehenes Lächeln glitt über sein Gesicht, als er fortfuhr: »Wir sind auf uns gestellt. Wilbrand hat die Verbindungen nach außen gekappt. Ein kluger Schritt – aber kein weiser. Denn es ist Winter. Seine Männer frieren, sie brauchen Holz, sie brauchen Fleisch, sie brauchen Getreide. Sie brauchen Unterkünfte mit frischem Stroh, damit sie nicht am Boden festfrieren.«

Ein Fürst kann im Frieden und im Krieg zwei völlig unterschiedliche Persönlichkeiten annehmen – das waren Walthers Worte.

Nun, auf Sigimund von Laurin traf das nicht zu, er blieb ein und derselbe Mann. Doch in einer Lage, in der andere vermutlich die Waffen gestreckt hätten, blühte er regelrecht auf. Sein Blick wurde hellwach, seine Bewegungen waren die eines Zwanzigjährigen, seine Anweisungen formulierte er knapp und präzise.

»Rupert, wir brauchen Pfeile und Armbrustbolzen, außerdem Öl – alles, was sich an Öl herstellen lässt. Vater, könnt Ihr Rupert dabei zur Hand gehen?«

»Ich wollte eigentlich beten und ...«

»Das ist gut. Gleich anschließend könnt Ihr für unser aller Seelenheil beten. Mein Dank ist Euch gewiss. Isenhart, das Haupttor muss mit Querbalken verstärkt werden, Chlodio soll das ... dein Vater soll das erledigen, danach fertigst du Pfeil- und Bolzenspitzen. Konrad, du gehst zur Siedlung. Es soll nichts zurückgelassen werden.« Dabei nickte Sigimund von Laurin sich selbst zu, als wolle er sich in dem, was er plante, bekräftigen.

Die Männer zogen los.

»Konrad, noch etwas«, sagte sein Vater, »der Steinmetz soll alle Karren mit Findlingen beladen und in den Burghof ziehen lassen. Isenhart.«

Isenhart hatte den Esssaal fast verlasen, als das Wort seines Herrn ihn einholte.

»Du bleibst noch«, fügte Sigimund hinzu.

Isenhart befürchtete, Sigimund von Laurin würde auf Anna und ihn zu sprechen kommen, auf den Bernstein, auf all die Stunden, die er mit Anna geteilt hatte, und während die anderen eilig den Raum verließen, beschloss Isenhart, ihm alles zu sagen. Ihm von der Schönheit der Tochter und von den gemeinsamen Momenten zu berichten, die ihn in einen Zustand der Glückseligkeit emporgerissen hatten. Diese Kraft der Wahrhaftigkeit verlieh seinem Stand Sicherheit und seiner Haltung Würde. Um Anna, um ihrer geflüsterten Schwüre willen war er nicht bereit, auch nur einen Fußbreit zu weichen oder sein Wohl in Ausflüchten zu suchen, die das Andenken an Anna entehrt hätten.

Und wenn er dafür sein Leben lassen musste – ja, was dann?

Niemand, der auf Erden wandelte, blieb dieser letzte Gang erspart. Und wenn er ihn jetzt antreten sollte, dann war es ihm süß, es ihretwegen zu tun.

Sigimund trat an ihn heran, seine Miene war ernst, er kniff die Augen zusammen.

»Ich habe Eure Tochter geliebt«, kam Isenhart ihm zuvor, und auch wenn sein Herz ihm vor Angst bis zum Hals schlug, gab ihm die Erinnerung an Anna die nötige Kraft fortzufahren, »ich tue es noch immer. Und ich werde unter keiner Strafe der Welt dieses Bekenntnis zurücknehmen. Versteht Ihr? Ich werde meine Hand nicht von Annas lösen und …«

»Ja, schon gut«, knurrte Sigimund von Laurin. Isenhart hätte nicht geglaubt, dass es seinem Herrn möglich war, noch näher zu rücken. War es aber. Er konnte Sigimunds Atem spüren, ihn riechen.

»Was war, ist nicht mehr«, sagte Sigimund mit leisem Ernst, »dass ich dir nicht Arme und Beine breche, das ist, weil Anna es nicht gewollt hätte. Und weil ich das respektiere, obwohl sie eine Frau war. Und das, Isenhart, ist das letzte Mal, dass wir beide über meine Tochter gesprochen haben.«

Isenharts Unterkiefer begann zu zittern, er fürchtete, wenn er noch länger in diese dunklen Pupillen blickte, würde er in diesen Blick hineinfallen und für immer verschwinden.

Sigimund von Laurin trat wieder zurück. »Was ist mit deinem Kiefer?«

»Nichts, Herr.«

»Gut. Und jetzt erzähl mir von den Soldrittern.«

Isenhart hob den Blick wieder. Er lebte noch, es würde keine Strafe geben. »Es waren etwa ein Dutzend«, begann er, »sie kamen von Osten.«

»Ich will nur wissen, wie sie ausgesehen haben«, sagte Sigimund.

Isenhart versuchte, sich zu konzentrieren und möglichst detailliert das Aussehen jener Männer zu beschreiben, die er am Neckarufer beobachtet hatte. »Ihr Lederwams war mit Metall beschlagen, Eisen, schätze ich. Sie trugen Kettenhemden und Helme.«

»Waren sie mit Lanzen bewaffnet? Außergewöhnlich langen Spießen? Und Armbrüsten?«

Isenhart war, als wäre Sigimund von Laurin dabei gewesen und hätte ihm über die Schulter geschaut. Er nickte, denn genau darin bestand die Bewaffnung dieser Männer. Und jetzt, im Rückblick, erinnerte er sich auch wieder an ihre ungewöhnliche Betonung der Wörter, wovon er Sigimund berichtete.

Das nennt man Dialekt, hörte er Walther von Ascisberg sagen.

Sigimund von Laurin nickte: »So sprechen die Leute in Lothringen. Das sind Söldner aus Brabant, die dir begegnet sind: Brabanzonen.«

Isenhart entging weder Ernst noch Respekt, die in der Stimme seines Herrn mitschwangen.

Sigimund von Laurin wusste genug, um sich ein Bild von seinem Feind zu machen. Er trat wieder an die Maueröffnung und sog die frische Luft ein. Der Fürst genoss diesen Augenblick der Einsamkeit, es würde für lange Zeit der letzte sein. Wenn nicht der letzte überhaupt.

Die Brabanzonen waren keine eilig rekrutierten Bauernlümmel, die mit Knüppeln und Dreschflegeln ins Feld zogen, sondern auf den Kampf spezialisierte Söldner, das war weithin bekannt. Kunstfertig und furchtlos setzten sie ihre Piken gegen anstürmende Reiterei ein, die päpstliche Ächtung der Armbrust kümmerte sie nicht. Selbst wenn Ritterheere aufgeboten wurden, flohen sie nicht. Ihren Sold verdoppelten und verdreifachten sie durch Plünderungen, wobei ihnen in Hinsicht auf Gründlichkeit niemand das Wasser reichen konnte.

Auch Barbarossa hatte 1500 von ihnen für die Schlacht von Legnano rekrutiert, um sie den mailändischen Truppen entgegenzuwerfen. Sie wurden ebenso wie ihre Waffenbrüder, die Geldoni und die Armagnaken, von Königshäusern im Heiligen Römischen Reich und in Britannien eingesetzt.

Und nun bot Wilbrand von Mulenbrunnen sie gegen das Haus Laurin auf.

Mit der Achtung, vielleicht sogar der latenten Furcht Wilbrands vor einem Kampf mit Sigimund, die der Einsatz von Brabanzonen verriet, hielt der Burgherr sich nicht auf, vielmehr schloss er umgehend auf die taktische Information, die das Vorgehen des Abtes beinhaltete: Wilbrand stellte sich nicht auf eine lange Belagerung ein.

Drüben, in der Pfalz, aber auch in Sachsen war es zu bis zu vierjährigen Belagerungen gekommen, die letztlich auf ein Aushungern jener hinausliefen, die sich verschanzt hatten.

Wilbrand mochte ein reicher Mann sein, doch die Besoldung der Brabanzonen war kostspielig – und blieb sie aus, konnten die lothringischen Söldner schnell die Seiten wechseln. Das und die frostigen Temperaturen ließen darauf schließen, dass Wilbrand von Mulenbrunnen die schnelle Entscheidung suchte.

Das kam Sigimunds Gemüt entgegen, untätiges Abwarten war ihm eine Qual. Erleichtert und mit jener beherzten Entschlossenheit, mit der er Mechthilds Vater um die Hand seiner Tochter gebeten hatte, machte er sich ans Werk und traf die nächsten Entscheidungen.

Das Hab und Gut der Bauern- und Handwerkerfamilien, die im Umkreis der Burg lebten, war schnell auf Karren geladen, die Menschen besaßen nicht viel, einen Tisch, ein paar Kleider, Kleinvieh.

Einige wenige wollten sich zu Verwandten in benachbarten Fürstentümern durchschlagen und hofften – sofern sie nicht den Plünderungen der Soldritter oder dem Frost zum Opfer fielen –, dort aufgenommen zu werden.

Die Mehrheit der Menschen, denen Konrad begegnete und denen er den Schutz der Burg anbot, reagierte dankbar. Natürlich gab es die Möglichkeit, sich in ihren Behausungen zu verkriechen und zu hoffen, dass die Fehde an ihnen vorbei ausgetragen würde, dass es zu keinen Plünderungen, Vergewaltigungen und sonstigen Brutalitäten und Nachstellungen käme. Konrad war verblüfft, wie viele diese Unsicherheit gegen die die nicht minder zwiespältige Gewissheit einzutauschen bereit waren, die sein Vater ihnen bot: Tod oder Überleben. Ein Dazwischen gab es nicht.

Sie murrten nicht einmal, als Konrad den Männern, die ihn bereits bei der Festnahme von Alexander von Westheim begleitet hatten, befahl, die Hütten in Brand zu setzen. Auch wenn die Frauen, Kinder und Männer mit eigenen Augen die manchmal jahrelange Arbeit an ihren Behausungen in Flammen aufgehen sahen, sagte ihnen der gesunde Menschenverstand doch, dass es zu ihrem Wohl geschah. Kein Vieh, mit dem die Brabanzonen sich den leeren Bauch vollschlagen konnten, kein Strohlager, auf dem die Soldritter ruhen, und keine Feuerstätte, an deren Flammen sie sich wärmen konnten.

»Wir werden alles wieder aufbauen«, versprach Konrad einer Familie, denen der Vater fehlte.

Eine Bauersfrau, den Rücken gebeugt, mit Schwielen an den Händen und schweren Tränensäcken unter den Augen, die mit einer Schar von fünf Kindern den Weg zur Burg hinaufzog, nickte ihm zu. »Ihr seid Konrad von Laurin«, sagte sie, als sei sie sich nicht ganz sicher, weshalb Konrad ein Nicken andeutete, »wir legen unser Heil in Eure Hand. Und in die Eures Vaters.«

»Wir werden euch Schutz und Schild sein«, antwortete Konrad und bemerkte, dass er das Gefühl, das ihn dabei erfasste, bereits kannte. Er hatte es erlebt, als Isenhart sich entschlossen hatte, ihn in den Kreuzzug zu begleiten. Auch jetzt stellte es sich wieder ein und verband ihn mit den Gedanken seines Vaters: die schützende Hand über die legen, die einem anvertraut waren.

Der feste Glaube dieser Frau an den Schutz, den man ihr gewähren wollte, erschütterte Konrad in seinem Innersten und war ihm gleichzeitig Ansporn, dafür zu sorgen, dass niemand, wirklich niemand aus dem Gesinde zu Schaden kommen sollte. Und wenn es ihn sein Leben kostete.

Dunkle Rauchschwaden erhoben sich aus der Siedlung und verdunkelten die Burg, die weit oberhalb lag.

»Du machst nichts anderes, als diesen Gang zu bewachen«, hatte Sigimund von Laurin angeordnet und dann hinter sich auf zwei Türen gedeutet, »die Kammer deiner Herrin und die Kammer meiner Tochter Sophia.« Um ihm dann wieder in die Augen zu schauen, ihn kurz zu mustern und dann hinzuzufügen: »Solange du noch einen Atemzug tust, wird kein Mann lebend diesen Durchgang passieren.«

»Niemand, Herr.« Seine Antwort ging ihm mit solch grimmiger Entschlossenheit über die Lippen, dass selbst der Burgherr kurz stutzte, bevor er wieder seiner Wege ging und weitere Vorbereitungen traf.

Giselbert war sowohl aufseiten des Hauses Laurin wie aufseiten Wilbrands vermutlich derjenige, der sich am meisten auf diese Belagerung freute, die seinetwegen gerne bis zum Jüngsten Tag andauern konnte. Endlich war er unter Leuten!

Keine salzigen Tränen mehr auf das einsame Nachtlager, beinahe hätte er ein fröhliches Lied angestimmt, so sehr hüpfte ihm das Herz. Er schaute den Gang hinunter, in dem jetzt eine Tür aufflog, durch die eine junge Frau huschte und zur anderen Seite hin verschwand. Die Kammer von Sophia. Die an starkem Fieber litt, Sigimund von Laurin hatte es kurz erwähnt.

Das also war der Grund für das plötzliche Ausbleiben ihrer heimlichen Treffen. Sie war nicht etwa verstimmt, Sophia war krank. Und sie trauerte um ihre Schwester. Natürlich! Wie hatte er ihr nur etwas anderes unterstellen können?

Um sich für diesen widerwärtigen Gedanken, den er – wenn auch nur kurz und in höchster Verzweiflung – gehegt hatte, zu strafen, rammte er die Stirn gegen das Gemäuer. Nicht zu heftig, schließlich musste er einen klaren Kopf bewahren.

Erfreut über all die Flüchtlinge, die im Burghof eintrafen und deren Anblick ihm reichhaltige Zerstreuung bot, lehnte er sich mit den Ellenbogen auf den Sims und sog alles auf, was da unten vor sich ging. Diese Ansammlung von Gesichtern, es mochten bald an die hundert sein, war ihm nur bei Hinrichtungen vergönnt. Im Gegensatz zu solchen Anlässen, bei denen von einem Carnifex höchste Konzentration erwartet wurde, eröffnete sich für Giselbert nun die Möglichkeit, all das Treiben gelassen zu beobachten. Als Unbeteiligter sozusagen.

Ein zufriedener Seufzer ging ihm über die Lippen. Möglicherweise, dachte er und erschrak kurz über die Frohlockung, die ihm bei diesem Gedanken wohlig durch die Lenden fuhr, war dieses der Beginn einer Katastrophe. Einer Katastrophe, die das Haus Laurin verschlingen würde und in der ihm Sophias Rettung gelang. Weitab von hier, wo sie Menschen ohne Herkunft und Vergangenheit waren, konnte er den Fluch des Vaters abstreifen und mit ihr an seiner Seite von vorne beginnen. Konnte endlich Bestandteil einer

Gemeinschaft sein und mit Sophia das Lager teilen. Wegen ihrer Rettung würde sie ihm bis an sein Lebensende dankbar sein. Ihn vielleicht sogar verehren.

Giselbert konnte sein Glück kaum fassen, die Vision dieser Zukunft lag zum Greifen nahe und wurde nur durch eine Gestalt, die unten im Burghof knappe Kommandos erteilte, gestört. Der Carnifex erkannte Hieronymus, der den eintreffenden Flüchtlingen ihre Unterkünfte zuteilte.

Die Stallungen, die ohnehin nur wenige Pferde beherbergten, konnten das Vieh, das die Familien mit sich führten, aufnehmen. Die Frauen mit den Kleinkindern brachte Hieronymus in den Stuben von Chlodio und dem Bogner unter, deren Unterkünfte sich noch am besten heizen ließen. Der Pinkepank, wie immer angetrunken, begann zu lamentieren, aber Hieronymus, der in Eile war, versprach ihm für alle Sünden des kommenden Jahres Ablass. Chlodio akzeptierte mit einem breiten Lächeln.

Ein gewisser Pragmatismus war manchmal unumgänglich.

Direkt neben der Schmiede, deren Ofen ein solches Maß an Hitze abstrahlte, dass Isenhart bei winterlichen Temperaturen mit freiem Oberkörper arbeitete, hieß er die Bauern ein Notlager aus Holz und Stroh errichten. Den Alten und Gebrechlichen gewährte er in der Kapelle Unterkunft, in der – so hatte Sigimund von Laurin es angeordnet – auch das Essen ausgegeben wurde, Bier und Getreidebrei, außerdem Milch für die Kinder. Keinem unter sechs Jahren sollte Bier verabreicht werden, nur gepanschter Wein.

In den Gewölben der Burg wurden außerdem Räucherfleisch, Dörrobst sowie getrockneter Fisch, Erbsen und Linsen bereitgehalten, um die Mägen zu füllen. Der Medicus wurde angehalten, seinen Vorrat an Heilkräutern auf ein Minimum zu reduzieren und den Hauptbestandteil dem Würzen der Speisen zu überlassen. Salz hatte der Burgherr gehortet, also kamen Petersilie, Minze, Dill und Kümmel hinzu.

Die Getreidekammern waren noch mehr als halb voll. Auf den

Beständen an Weizen, Hafer und Roggen gründete sich die Zuversicht, alle über den Winter bringen zu können. In der Burg lebten in Friedenszeiten um die fünfzig Menschen, doch nun musste sie rund zweihundert Seelen Unterkunft und Schutz bieten.

Hieronymus warf noch einmal einen Blick hinüber zu Isenhart, der Eisenspitzen produzierte. Unablässig ließ er den Hammer auf den Amboss niederfahren, er schien in diesen Stunden niemals müde zu werden, und obgleich sein schmaler Oberkörper von einer Sehnigkeit durchzogen wurde, die ihn an Bruder Reinhold erinnerte, fragte Hieronymus sich doch, woher der Junge diese Kraft nahm.

Die Chancen standen schlecht, da mochte sein Ziehsohn noch so viele Pfeilspitzen fertigen, auch wenn Chlodio – gegen seinen Willen – von dem Stakkato der Schläge beeindruckt war. Er genehmigte sich einen ordentlichen Schluck aus seinem Krug und beobachtete das Treiben in der Burg.

Gesichter, in die sich die harte Feldarbeit gegraben hatte und in deren Augen nun die Angst nistete, zogen an ihm vorbei. Männer, Kinder, Alte, sie alle steckten in drei- und vierfach gefaltetem Leinen, um der Kälte zu trotzen. Einige wenige hatten Rinderhäute oder gar Tierfelle über die Schultern geworfen. Aus ihren Poren kroch die Angst und machte die Luft im Hof zum Schneiden dick, ein saurer Geruch breitete sich aus. Selbst die mitgeführten Tiere, Hühner, Schweine, Ziegen, sogar zwei Pferde und einige Rinder, schienen unruhig. Einige Schafe rannten blökend durch die Menge, verfolgt von zwei Bauerntöchtern, die erfolglos versuchten, sie einzufangen, bis ein Hund sie endlich stellte.

Dreißig Mann unter Waffen, das war es, was Sigimund von Laurin aufzubieten hatte. Kaum einer von ihnen hatte je an einem Kampf teilgenommen. Es waren Seiler, Bogner, Steinmetze, Färber, zwei Schmiede – und ein Hühnerzüchter. Aus der Schar der Flüchtlinge ließen sich vielleicht noch einmal drei Dutzend Mann rekrutieren. Aber die hatten ihre Zwistigkeiten bisher unter der Zuhilfenahme von Keulen oder Forken ausgetragen.

Was hatten die einem Brabanzonen entgegenzusetzen, das fragte Chlodio sich. Was sollten sie ausrichten gegen die sieben, acht Fuß langen Piken?

Sosehr das Bier ihm auch wohlige Mattheit verschaffte, wusste Chlodio doch nur zu genau, dass die Burg in dem Augenblick verloren war, in dem es Wilbrands Truppen gelang, die Mauern zu überwinden. Sigimund von Laurin würde alles daransetzen müssen, die Brabanzonen und Wilbrands Gefolgsleute auf Distanz zu bekämpfen.

So, wie Isenhart sich ins Zeug legte, hegte der offenbar noch die Hoffnung, dass das gelingen könnte. Chlodio hingegen, der den Burgherrn oben an der Brustwehr entdeckte, wo dieser sich einen Überblick über die Lage verschaffte, trat mit Sigimund in ein lautloses Zwiegespräch.

Von Schmied zu Herr, Sigimund, die Dinge haben einen schlechten Lauf genommen. Mir starben die Frau und das Kind, deiner Tochter hat man das Herz herausgerissen, der Abt belagert deine Burg, und – ohne kleinlich erscheinen zu wollen – auch die Ernte fiel dieses Jahr äußerst knapp aus.

Und wenn Gott dieses Haus und seine Menschen nicht verlassen hat, muss es dann nicht wenigstens einen Fluch geben, der sich über das Geschlecht der von Laurins gelegt hat? Ist die Häufung all dieser Widrigkeiten denn sonst zu erklären?

Nein, befand Chlodio. Und wenn man das Unvermeidbare nicht mehr abzuwenden in der Lage war, konnte man sich immerhin noch selbst vom Unvermeidlichen abwenden.

Den Querbalken hatte er am Tor angebracht, es gab nichts, was er dem Haus Laurin noch schuldete.

Henrick sah, wie sein Vater sich erhob und damit begann, ein paar Habseligkeiten zusammenzuklauben. Nach dem Tod seiner Mutter Ida gab es nur noch einen Menschen, für den er mehr empfand als für seine Hühner: seinen Bruder.

Sein Vater hatte sich schon früh von ihm abgewandt, was Henrick zunächst in ein Messen mit Isenhart trieb, bis er erkannte, dass auch dieser ohne die Zuneigung des Vaters aufwuchs. Chlodio hatte nur eine grobe Zärtlichkeit für Ida übrig, immer dann, wenn er sie sich nahm. Ansonsten erhielt niemand seine Zuneigung, weil Chlodio keine verspürte.

Isenhart kümmerte sich um alle. Sicher, er konnte einem hin und wieder zur Last fallen mit all seinen Fragen und merkwürdigen Gedanken. Doch niemals ließ er es an Fürsorge fehlen.

Henrick wusste sehr wohl von der Bereitschaft seines Bruders, den Burgherrn bis nach Kleinasien zu begleiten, um Konrad von Laurin zu retten. Er hatte dem Vater einen Großteil der täglichen Verpflichtungen abgenommen, um nach Idas Ableben die Schmiedearbeit ganz alleine zu verrichten. Und wenn Chlodio am späten Nachmittag volltrunken auf dem kalten Boden lag, war es Isenhart, der ihn in die Stube schleppte und aufs Strohlager bettete.

Ihm, Henrick, war er Freund und Berater zugleich. Isenhart – obwohl ein Jahr jünger als er selbst – hatte ihn nach dem Tod der Mutter getröstet und eines Abends großes Unglück von ihm abgewendet.

Sigimund von Laurin hatte Maximilian von Grundauf und seinem Sohn Dolph Unterkunft für die Nacht gewährt, es fehlte an Wildbret, also beauftragte er Konrad, unten im Hof vier Hühner von Henrick zu schlachten.

»Nein«, sagte Isenhart aus der Dunkelheit der angrenzenden Stube heraus und trat hinaus, um Konrad und Henrick gegenüberstehen zu sehen. Er hatte alles mit angehört.

Henrick war das Blut aus dem Gesicht gewichen, Konrad seufzte, mit seinen Zehen malte er Halbkreise in den Sand. »Es sind nur Hühner, Isenhart«, spielte er die Sache herunter, er wusste nur zu genau, wie sehr Henrick an den Tieren hing.

»Das sind sie nicht«, schleuderte Henrick ihm so entrüstet entgegen, dass sein Speichel fein zerstäubt im Hof niederging.

»Mein Vater hat es befohlen«, entgegnete Konrad.

Darauf wusste Henrick nichts mehr zu sagen, geradezu schmerzlich nahm er seine Beschränktheit wahr, die vieren seiner Hühner buchstäblich den Hals kosten würde.

»Herr und Knecht, hm? Der Herr befiehlt, der Knecht muss sich beugen«, sagte Isenhart. Er sagte es leise und ruhig, und doch war jede Silbe ein Stachel, der in Konrads Fleisch fuhr.

Er hatte es gewusst, zumindest geahnt, dass ihm für diesen einen Satz, der ihm damals über die Lippen gekommen war, eines Tages die Rechnung präsentiert werden würde. Und hier war sie. Es machte die Angelegenheit nicht einfacher, dass er Isenharts Blick auf sich gerichtet fühlte, auf jedes Heben des Lides oder Zucken des Mundwinkels.

»Schön, was soll ich jetzt machen?«

Isenhart verzog den Mund zu einem leisen Lächeln, er trat an Konrad heran. »Die Frage ist, wer Herr ist und wer Knecht.«

»Du bist nicht mein Knecht«, erwiderte Konrad vorsichtig und wandte den Blick zu Henrick, »aber dein Bruder ist es.«

»Dann bist du Knecht deines Vaters«, warf Isenhart ein, »dabei muss man nur zwei Dingen gegenüber Knecht sein, Gott und dem Gewissen. Also?«

Konrad wie Henrick waren konsterniert, sie konnten den Gedanken kaum folgen, geschweige denn den logischen Schluss artikulieren, den Isenhart mit dem Wort »also« eingefordert hatte.

»Also was?«, fragte Konrad verärgert.

»Also musst du dich entscheiden, ob du Knecht sein willst oder Herr.«

»Herr.«

»Dann geh und sag deinem Vater, dass wir keines der Hühner herausgeben. Natürlich machst du dich damit gegenüber deinem Vater zum Herrn, aber zu unserem Knecht.«

Konrads Verwirrung war komplett, Henricks Augenlider flatterten vor Nervosität.

»Wie soll ich ihm das erklären, Isenhart? Sag mir das mal.«

»Gar nicht. Ich erklär's ihm.«

Konrad von Laurin fühlte sich wie ein kleines Kind, dessen Intellekt noch nicht ausgebildet genug war, um dem Gespräch von Erwachsenen zu folgen.

»Es könnte meinen Vater sehr wütend machen, wenn er zu dieser Stunde selbst ein paar Hühner besorgen muss.«

»Ich glaube nicht, dass er sich dem Zorn überlässt«, antwortete Isenhart gelassen, weil er Sigimund damit zitierte.

Konrad versuchte, mit einem besorgten Blick zu ergründen, ob sein Freund sich der Tragweite seines Verhaltens bewusst war. Dann überquerte er den Burghof wieder, um wenig später mit seinem Vater zurückzukehren.

Dieser richtete ohne Umschweife die Frage an Henrick, wo dessen Impertinenz herrührte, mit der er seinem Herrn die vier Hühner verweigerte, nach denen er verlangte. Henrick begann zu zittern, daraufhin ergriff Isenhart das Wort.

Sein Bruder hatte diverse Kreuzungen durchgeführt. Isenhart meinte anhand der Ergebnisse herleiten zu können, dass es – wie beim Menschen auch – Eigenschaften gab, die von den Vätern an die Söhne – in diesem Fall an die Töchter – weitergegeben wurden.

»Konrads zupackendes Wesen, wenn ich das sagen darf, stammt von Euch. Er hat die Augen seiner Mutter, er hat Euren Mund.«

Dann entführte Isenhart Sigimunds Geist – freilich, ohne es zu wissen – in die Grundlagen der Vererbungslehre. Isenhart machte ihm nachvollziehbar, dass die vier Hühner, um die es ging, zum Verspeisen viel zu schade waren, weil sie den Grundstock einer neuen Gattung von Hühnern bildeten, die das Doppelte an Eiern und Küken abwerfen würde. Raubte man seinem Bruder für den schnellen Genuss die Hühner, schnitt man sich auf längere Sicht ins eigene Fleisch, weil Henricks Bemühungen damit um gut zwei Jahre zurückgeworfen werden würden. Abschließend stellte er fest, dass man dem Herrn des Hauses Laurin niemals den Zugriff auf das Geflügel verwehren wollte.

Sigimund ließ die Augen lange auf dem jungen Pinkepank ruhen. Dann endlich nickte er, und Maximilian und Dolph von Grundauf wurden mit Bohnen, Kresse und Getreidebrei beköstigt. Der Traube Laurin lange und ausdauernd zusprechend, lobten sie sogar den Brei. Nie zuvor hätten sie erleseneren zu sich genommen.

Diesen ebenso klugen wie tapferen Beistand würde Henrick seinem Bruder niemals vergessen. Doch heute, wenn Gott sich gegen das Haus Laurin stellte, würde auch Isenhart die Hühner nicht schützen können.

Mithilfe der Spitzhacke trieb Henrick im Hühnerstall eine Grube in den Grund, etwa vier Fuß tief. Er beschichtete den Boden mit Lumpen und Stroh und ging bei der Vorbereitung des Verstecks für seine Hühner auch sonst mit größter Sorgfalt vor.

Sein Bruder hatte ihm geraten, das Federvieh mithilfe von hohlen Holzstäben mit Luft zu versorgen. Henrick musste lächeln: Woher nahm Isenhart nur solche Einfälle?

Sie warteten zusammengekauert auf der Brustwehr. Isenhart hatte zwischen Konrad und Rupert Position bezogen. Sie verfügten über sechs Armbrüste und achtzehn Bogen. Bolzen und Pfeile waren in ausreichender Menge vorhanden.

Konrad hatte die Armbrust, die sein Vater ihm reichte, an Isenhart weitergegeben, der in seinen Augen der bessere Schütze war.

Henrick rührte das Öl im Kessel um, der sich oberhalb des Tores befand. Ihm standen vier Bauern zur Seite, die gemeinsam die Kraft aufbrachten, die es benötigte, um den Kesselinhalt über die Brustwehr zu kippen.

Sigimund von Laurin starrte unentwegt ins Dunkel, hinab zu den Bäumen und Sträuchern, die den Weg zur Burg säumten. Um sich herum hatte er die Bogenschützen geschart, die aus dem Gesinde stammten. Deren Pfeilspitzen waren mit Stoff umwickelt.

Und dann kamen sie. Für alle unüberhörbar rückte etwas vor, näher an die Burg heran. Mit stoischer Stetigkeit kündeten das Rasseln von Kettenhemden, das Stapfen der Pferde und das Schnarren von Metall auf Metall, das entstand, wenn die Glieder von Plattenpanzern sich beim Gehen aneinanderrieben, von Wilbrands vorrückender Streitmacht.

Den Feind nicht zu sehen bereitete Isenhart Unbehagen. Und als er zu Konrad blickte, spiegelte sich dieses Gefühl in den Augen seines Freundes.

»Wie viele sind das?«, flüsterte Isenhart. Konrad konzentrierte sich einen Augenblick, dazu schloss er die Augen und hob den Kopf etwas, sodass sein Ohr über die Kuppe der Brustwehr reichte.

»Viele«, sagte Konrad.

Isenhart seufzte. So viel war ihm auch klar. »Mehr als zweihundert?«

»Bestimmt.«

»Dreihundert?«

»Vielleicht, ja«, raunte Konrad.

Seine Einschätzung sollte sich als recht exakt erweisen, Wilbrand hatte 320 Angreifer um sich geschart.

»Bolzen spannen, Pfeile anlegen«, befahl Sigimund, denn für den Bruchteil eines Augenblicks drang der Mondschein durch die Wolken und gab dem aufmerksamen Betrachter den Blick auf ein Gemenge aus Metall, Helmen, Piken, Armen und Beinen preis.

»Brandschützen, Pfeile entzünden.«

Die Bogenschützen tauchten ihre mit Stoff bespannten Pfeilspitzen erst in den Kessel mit Öl und dann in das kleine Feuer, das darunter loderte. Sofort entflammten die Pfeile. Der Burgherr musste den Männern kein weiteres Kommando erteilen, er hatte sie zuvor instruiert. Sie ließen die Pfeile von den Sehnen schnellen. Wie rasende Lichtkugeln zischten sie hinab in die Dunkelheit und schlugen ein. Im Boden, zwei davon in Baumstämme. Gemeinsam illuminierten sie ihre nähere Umgebung. Ritter und Brabanzonen wurden von den brennenden Pfeilen des Schutzes der Nacht beraubt. Ganz vorne marschierte ein Dutzend, das einen wuchtigen, länglichen Gegenstand trug.

»Sie haben einen Rammbock«, stellte Rupert fest und sprach damit das aus, was alle sahen. Den Rammbock und diese schwarzsilbrige Masse mit Dutzenden von Köpfen und Piken, gesichtslose Glieder eines Ungeheuers, das sich unaufhaltsam näherte.

»Konrad, zu den Steinen«, wies sein Vater ihn an, »Brandschützen, eine zweite Linie«, fügte er hinzu, denn die ersten Brabanzonen zertraten die Lichtsignale, die die brennenden Pfeile bildeten.

»Greift an!«, rief Sigimund von Laurin. Er selbst schoss den ersten Armbrustbolzen hinab in die Menge. Alle anderen folgten.

Isenhart und die Bogenschützen visierten die Gegner grob an – an einen gezielten Schuss war bei dieser Distanz und diesen Lichtverhältnissen nicht zu denken – und schickten ihre Geschosse auf die Reise. Die meisten Pfeile zersplitterten beim Aufprall auf die Glieder der Kettenhemden oder dem Metall der Helme, zwei Armbrustbolzen fanden ihr Ziel.

Wie von Sigimund befohlen, setzten die Brandschützen eine zweite Feuerlinie in das abschüssige Gebiet unter ihnen. Die anderen spannten Bogen oder Armbrust und ließen die Geschosse hinabsausen. Dies war die Gunst der Stunde, das musste ihnen niemand erklären. Der schmale Weg, der sich in engen Kurven schlängelnd auf das Burgtor zubewegte, zwang die Angreifer zu einer engen Formation, sie gaben ein vortreffliches Ziel ab, ohne Chance, durch das Bilden einer lockeren Formation die Trefferrate der Schützen auf der Brustwehr zu verringern.

Diese griffen – kaum hatte sich ein Pfeil von ihrer Sehne gelöst – zum nächsten. Schnell lief ihnen der Schweiß über Stirn und Rücken, so emsig jagten sie ihre Projektile in die gegnerische Menge, in der mit einem Mal an die hundert Lichtquellen erstrahlten. Sie erhellten das Gebiet unterhalb der Burg und ermöglichten nun einen Blick auf das Heer, das gegen die Burg zog.

Fast gleichzeitig sausten die Lichter der Gegner empor, das hundertfache Vorschnellen der Bogensehnen war wie ein einziger, großer Flügelschlag eines Vogels, der in der Nacht erhallte. Über hundert Brandpfeile jagten knapp über die Brustwehr und gingen im Hof nieder. Eine Ziege, die getroffen wurde, schrie gellend auf und galoppierte im Burghof umher.

Isenhart blickte sich über die Schulter, er spürte das Erschauern der Männer ringsherum, deren Mut durch die bloße Anzahl der Pfeile gekühlt wurde. Einige Brandpfeile staken in Holzbalken oder Karren, Bauernweiber liefen umher und löschten sie, einige versuchten die Ziege einzufangen.

»Konrad, die Steine!«, brüllte sein Vater.

Konrad von Laurin hievte mithilfe des Steinmetzes und zweier Bauern einen zum groben Quader gehauenen Findling auf die

Brustwehr und ließ ihn hinabfallen. Der Quader krachte auf den gefrorenen Boden, das abschüssige Gelände ließ ihn mit zunehmender Geschwindigkeit zu Tal poltern. Mit einer Urgewalt riss er eine Schneise in die Angreifer, tötete vier, fünf von ihnen, ließ Helme, Piken und Kettenhemden zerbersten und in einem wilden Reigen durch die Luft fliegen, bevor der Findling die Teile der Streitkräfte heimsuchte, die sich noch weiter unterhalb befanden.

Und während Konrad mit seinen Helfern den nächsten Quader über die Brustwehr stieß, während die ersten Schreie der Verletzten zu ihnen hinaufdrangen, schossen Isenhart und die anderen ohne Unterlass in die Menge der Angreifer.

Diese suchten nun Schutz hinter den Bäumen und Bodenwellen. Im ersten Moment schien es, als sei ihr Vormarsch ins Stocken geraten, bis zwölf Brabanzonen den Rammbock im Laufschritt die Anhöhe hinauftrugen.

»Armbrüste«, rief Sigimund von Laurin, »die Rammbockträger!«

Isenhart und die anderen Armbrustschützen setzten die Ellbogen auf der Brustwehr auf und visierten das Dutzend Feinde an, das den Rammbock unter ihren Blicken zum Tor befördern wollte. Eine Salve aus Armbrustbolzen ging auf sie nieder, tötete einen von ihnen auf der Stelle und verletzte zwei andere so schwer, dass sie zu Boden gingen, wo sie sich vor Schmerzen krümmten.

Inzwischen raste der vierte Quader zu Tal und traf auf ein Pferd samt Reiter, die er beide mit sich in die Tiefe riss. Aus der Deckung der Bäume liefen drei Brabanzonen zu dem Rammbock und nahmen die Position ihrer verletzten und getöteten Kampfgefährten ein.

Dass das Verharren der restlichen Söldner nicht aus Verunsicherung, sondern aus strategischem Grund erfolgt war, erfuhren sie recht bald, als sie die Rammbockträger erneut unter Beschuss zu nehmen versuchten. Es hagelte Armbrustbolzen.

Zwei davon trafen Rupert am Kopf und spalteten ihm den Schädel, Isenhart selbst trennte ein Bolzen den unteren Teil seines rechten Ohres ab. Wieder rauschten hundert Brandpfeile über sie hinweg und gingen im Hof nieder. Gleichzeitig donnerte der fünfte

Quader in die Tiefe, so unberechenbar in seiner Flugbahn, dass er vier Brabanzonen im Vorbeiflug die Köpfe vom Hals riss.

Wann immer sie von der Brustwehr aus die Männer am Rammbock attackierten, wurden sie unter einen so dichten Beschuss genommen, dass sie es aufgeben mussten. Die Brabanter Armbrustschützen gaben ihren Kampfgefährten am Rammbock volle Deckung. Nur deswegen hatten sie sich hinter den Baumstämmen verschanzt.

Isenhart und den anderen blieb lediglich, die Armbrüste über die Burgmauer zu halten und die Bolzen blind von den Sehnen zu schicken.

Die Brabanzonen schmetterten den Rammbock gegen das Tor. Die Vibration nahm von dort ihren Ausgang, durchlief das Mauerwerk und fuhr den Verteidigern auf der Brustwehr in die Fußsohlen.

»Öl!«, brüllte Sigimund und marschierte geduckt – was in seiner Plattenpanzerung höchst unbeholfen wirkte – zum Kessel.

Drei Brandpfeile fanden den Weg in die Stallungen, das Stroh entzündete sich sofort, die angebundenen Tiere begannen zu schreien.

Unter Beschuss brachten Konrad und seine Helfer einen weiteren Quader auf den Weg, der die Hänge hinabrauschte, während Henrick und die Bauern den Kessel gemeinsam anhoben und an die Brustwehr lehnten. Im nächsten Sekundenbruchteil waren drei Bauern tot und einer verkrüppelt.

Der Kessel kippte zurück, Sigimund kam gerade rechtzeitig, um das schwere Gefäß zusammen mit Henrick aufzufangen.

Die Brabanzonen waren in Belagerungen versiert. Der Kessel verriet ihnen seine Position durch die Dämpfe, die in Form von blassen Wölkchen in den Nachthimmel aufstiegen. Zudem schien der Brand innerhalb der Burg immer größere Ausmaße anzunehmen, denn die Brustwehr wurde von hinten erhellt.

Als die Verteidiger den Kessel an die Brustwehr gedrückt hatten, um die Männer am Rammbock mit siedendem Öl zu übergießen, war dies den Brabanzonen also nicht verborgen geblieben. An die hundert Armbrustbolzen waren daraufhin den Bauern am Kessel entgegengeflogen.

Sigimund von Laurin warf einen Blick in den Burghof. Das Feuer, das sich im Stall ausbreitete, griff auf die Burg über. Die wenigen Kübel Wasser, die das Gesinde gegen die Glut schleuderte, konnten den Hunger der Flammen auf altes, getrocknetes Holz nicht eindämmen. Andererseits bestand das Gebäude größtenteils aus Gestein, der Brand würde auf den Stall und ein paar Nebengebäude begrenzt bleiben.

Wieder war die Nachtluft von dem Rauschen der Brandpfeile erfüllt, die in den Hof hinabregneten, viele verfehlten, aber drei Frauen beim Löschen trafen.

Eine Gestalt, vielmehr ihre Silhouette, von Kerzen erhellt, die am Fenster ihrer Kammer stand und das Geschehen verfolgte, erhaschte seine Aufmerksamkeit. Es waren die Umrisse Mechthilds, seiner Frau. Für einen kurzen Moment versanken der Lärm und das Feuer um ihn herum, kurz erinnerte er sich an sie als junge Frau, das Haar im Sonnenlicht schimmernd, an ihr zögerliches Lächeln, ihre schmalen Finger, die sich auf seinen Unterarm legten auf dem Gang zum Geistlichen, der sie in den Status von Mann und Frau erhob.

Dann schwoll der Lärm an, verjagte seine Gedanken aus der Welt der Erinnerungen und konfrontierte ihn mit dem Jetzt.

Der Aufprall der eisenbewehrten Spitze des Rammbocks auf das Holztor rief ein Dröhnen hervor, das ihnen allen in die Glieder fuhr. Sigimund sah in die vor Todesangst geweiteten Augen der Umstehenden.

Isenhart und ein paar andere fassten sich ein Herz, beugten sich bis zu einer Stelle über die Brustwehr, an der Wagemut und Leichtsinn einander die Hand reichten, und jagten die Bolzen von den Sehnen. Die Antwort ließ keinen Moment auf sich warten. Ein surrender Schwarm von mehr als siebzig Geschossen rauschte heran und schlug ein – in Burgmauer und Fleisch. Die Verletzten brüllten auf, die Masse an Bolzen ließ Gestein von der Brustwehr splittern.

Beim nächsten Quader fehlte es Konrad und seinen Helfern an

Geschick. Sie beförderten ihn in einem so unglücklichen Winkel über die Kante, dass er neben den Brabanzonen am Rammbock auf den Boden schlug und lediglich einen Strauch unter sich begrub.

Den Rammbock von der Brustwehr aus aufhalten zu wollen, das erfasste Sigimund von Laurin nun, war aussichtslos geworden. Sie mussten sich darauf vorbereiten, die eindringenden Brabanzonen zurückzuwerfen. Deswegen zog er bis auf Henrick und zwei Bauern, denen er das Ausharren am Ölkessel befahl, alle Männer von der Wehr ab.

Wilbrand hatte derweil mit einem Trupp von drei Dutzend Soldrittern die Burg zur Hälfte umquert. Die Männer stapften durch nahezu komplette Dunkelheit, immer am Burggraben entlang. Wieder und wieder verhakten sie sich in Strauchwurzeln und stürzten.

Rogier van Heyden, Anführer der Brabanzonen und neben dem Abt der einzige Mann, der mit einem Plattenpanzer in die Schlacht zog, hatte jegliches Licht verboten. Neben der Dunkelheit boten der Brand im Burghof und der Kampfeslärm genug Deckung, um unerkannt zu jenem Tor zu gelangen, von dem Wilbrand von Mulenbrunnen berichtet worden war.

In Swiebertingen hatten sie eine Magd aufgebracht, die gegen ein paar Pfennige bereit war, die Schilderungen ihres Vaters wiederzugeben. Der hatte sich auf dem Feld zu Tode geackert, war aber zuvor bemüht gewesen, seine Nachkommen mit den Kenntnissen des Aufbaus der Burg Laurin zu beglücken, was zu Lebzeiten des Mannes niemanden ernsthaft interessierte. Demzufolge existierte, von Gestrüpp gut verborgen, eine massive Tür, hinter der ein Gang ins Innere der Burg führte.

Kein geheimer Fluchtgang, sondern eine Möglichkeit für das Gesinde, das in der Küche arbeitete, ohne großen Aufwand Lebensmittel ein- und auszuführen. Oder Unrat.

»Gesinde flieht«, sagte Rogier van Heyden, als sei dieser Umstand bei Belagerungen ein Gesetz. Und der Abt war gewillt, dem Lothringer zu glauben. Irgendwann, meinte der Mann, würden einige ihr Heil in der Flucht suchen. Und dann mussten sie zur Stelle sein.

Giselbert hatte im Wald Reisig gesammelt. Der Himmel war wolkenlos, es würde eine bitterkalte Nacht geben. Aber vielleicht, jeden Abend rief er den Herrn deswegen an, würde Sophia vorbeischauen. Ihm möglicherweise sogar die Hand halten.

Als er in seine Hütte trat, standen drei Männer vor ihm. Giselbert sah sich über die Schulter, es war der wichtigste Blick, den ein Henker beherrschen sollte. Zwei weitere Männer traten vor die Tür und versperrten ihm damit den Fluchtweg.

Wilbrand von Mulenbrunnen schritt vor und nah an ihn heran. »Über dreihundert Männer werden gleich auf die Burg vorrücken«, sagte er mit leiser Stimme, er war die Ruhe selbst, »wir werden das Haus Laurin schleifen.«

Es war die Gewissheit in der Stimme des Abtes, die den Henker erschreckte. Wilbrand sprach über etwas, was am nächsten Morgen nicht mehr sein würde.

»Wege und Furten sind besetzt«, fuhr der Abt von Mulenbrunnen fort und fixierte den Carnifex, »niemand wird entkommen. Es sei denn, ja, es sei denn, er hat einen Pakt mit mir geschlossen.«

Der Abt hielt ihn für dumm. Er las die Geringschätzung in seinem Blick.

»Was denn für einen Pakt?«, fragte Giselbert und mühte sich zu einem treudoofen Blick, um der Erwartung Wilbrands zu genügen.

»Ich gebe dir etwas, was niemand sonst dir bieten kann«, fuhr Wilbrand fort und durchquerte die Hütte, was ihn nach fünf Schritten zu einer Kehrtwendung zwang, »ich biete dir eine Zukunft.«

Es war dieses ein Wort, das Giselbert hellhörig werden ließ: *Zukunft.*

Das war in der Tat etwas, was er nicht hatte.

»Dein Herr wird seinen Stammsitz nicht halten können. Es gibt im unteren Trakt der Burg einen Versorgungsgang, der in einer Tür mündet. Ich will, dass du sie mir öffnest. Natürlich kannst du mein Ansinnen nun Sigimund von Laurin berichten. Er wird die Tür doppelt und dreifach verriegeln lassen, dennoch wird die Burg fallen – es wird bloß mehr Tote geben, als es geben müsste. Das ist der einzige Unterschied. Und klingt er in deinen Ohren vernünftig?«

»Nein.«

Wilbrand von Mulenbrunnen nickte zufrieden. »Nein«, sagte er, »das ist er auch nicht. Wir werden jeden erschlagen, auf den wir treffen. Jeden, der nicht klug genug war, sich auf unsere Seite zu schlagen. Ich biete dir zehn Goldmark und ein Stück Land im Norden, wo dich niemand kennt, wo du von vorne beginnen kannst. Als ein ehrlicher Mann. Du kannst ein Weib haben und Kinder, Carnifex. Du kannst Teil der Gemeinschaft werden. Wenn du mir diesen einen Dienst erweist und die Tür öffnest.«

Giselberts Mund war trocken. Sein Leben war an einem Scheideweg angekommen. Er mochte den Abt nicht, das Tuch um dessen Hals stank entsetzlich. Aber das durfte keine Rolle spielen.

»Was ist, wenn ich es nur für zwei Leben tue?«

»Welches ist das andere?«, fragte Wilbrand.

»Sophia.«

»Sigimunds jüngste Tochter?«

Giselbert nickte.

Der Abt bedachte ihn mit einem anzüglichen Lächeln. »Giselbert, Giselbert«, sagte er mit gespieltem Tadel, »blutet sie denn schon?«

»Sie ist zwölf.«

Das Lächeln verlor sich, Wilbrand von Mulenbrunnen war plötzlich stehen geblieben und starrte mitten in seine Augen. »Du und dieses Kind – wenn du die Tür öffnest.«

Mehr hatte er nicht gesagt, sondern eilig mit seinen Männern die Hütte verlassen.

Diese Begegnung rief Giselbert sich ins Gedächtnis, während das dumpfe Dröhnen, das der Rammbock erzeugte, über den Burghof bis zu ihm hallte. Die Burg fiel, daran gab es keinen Zweifel. Er sah an sich hinab. Seine Füße hatten ihn zur Treppe geführt, und er hätte nicht sagen können, wie er hierhergekommen war.

Giselbert blickte hinab. Die Stufen, auf denen er stand, führten ins Erdgeschoss. Dort, rechts um die Ecke und dann noch eine kurze Treppe tiefer, befand sich die Tür, von der der Abt Kenntnis erlangt hatte. Vermutlich wartete er dort bereits mit einem Stoßtrupp.

Zehn Goldmark waren ein kleines Vermögen, selbst für Giselbert, der als Carnifex über ein gutes Auskommen verfügte. Die Burg fiel, sagte er sich noch einmal. Und was würde wohl mit ihm geschehen, wenn die Brabanzonen einfielen? Und, noch schlimmer, was würden sie Sophia antun?

Giselbert gab sich einen Ruck und schlich die Treppe hinab. Er erschauerte bei dem Gedanken, sich in einer riesigen Gruft zu befinden, in der über hundert Menschen ihr Grab finden sollten. Zwei von ihnen konnte er retten.

Die Stallungen brannten, obwohl die Weiber Kübel um Kübel Wasser hineinwarfen. Isenhart spürte die enorme Hitze auf seinem Rücken. Einer der Männer, Isenhart erkannte in ihm Ruperts Sohn, verteilte auf Weisung Sigimunds Fackeln an die Männer, die einen Halbkreis um das Tor gebildet hatten.

Die Wucht des nächsten Rammbockstoßes löste etwas Mörtel aus dem Mauerwerk, das zu Boden polterte.

Sigimund von Laurin wandte sich an seinen Sohn, der neben Isenhart stand. Konrad war mittlerweile so groß wie sein Vater, seine Hände umklammerten das Schwert so energisch, dass die Handknöchel weiß hervortraten.

»Du gehst und beschützt deine Mutter und deine Schwester.«

»Aber Ihr braucht jeden Mann, um das Tor zu halten!«

»Was nützt mir ein Tor, wenn ich Weib und Kind verliere?«

»Aber Giselbert …«, entgegnete Konrad, wurde aber sofort von seinem Vater unterbrochen.

»Ich habe bereits eine Tochter verloren, die mir lieb war. Und jetzt geh.«

Diese letzten drei Worte verließen die Lippen des Burgherrn mit einer Sanftheit, die im Gegensatz zu seinen Augen standen, die sagten: Ich dulde keinen Widerspruch.

Es war Sigimunds Art, Lebewohl zu sagen, und Isenhart hoffte inbrünstig, dass Konrad das nicht begriff. Nicht hier, nicht jetzt.

Einen ewigen Augenblick lang standen sich Vater und Sohn noch gegenüber, und die ferne Ahnung, dieses könne ein Abschied sein, bestürzte Konrad mehr, als er geglaubt hätte. Er wandte sich ohne ein weiteres Wort ab und schritt über den Hof. Er blickte sich auch nicht mehr um. Konrad ging einfach, wie sein Vater es ihm befohlen hatte.

Sigimund von Laurin sah seinem Stammhalter nach, bis dieser über einen Durchlass im Inneren der Burg verschwunden war.

»Du«, wandte er sich danach an Isenhart, »weichst meinem Sohn nicht von der Seite. Wenn das Tor fällt, fliehst du mit ihm.«

»Ich glaube nicht, dass Euer Sohn …«

»Fliehst du mit ihm«, wiederholte Sigimund bestimmt.

Isenhart schluckte. Und nickte. Wie auch immer er das mit der Flucht anstellen sollte. Er wollte sich bereits abwenden, als ihm ein Gedanke durch den Kopf schoss. »Herr, wenn Ihr die Burg übergebt, zwingt Ihr den Abt zur Nachsicht.«

Sigimund von Laurin schien vor seinen Augen zu wachsen, in die Höhe, in die Breite. Ruhe kehrte in das Gesicht des Mannes ein, Haltung.

»Ich bin der Herr des Hauses von Laurin«, antwortete Sigimund ebenso feierlich wie bestimmt, »ich bin nur Gott und Kaiser untertan, und ich werde niemandem sonst irgendetwas überlassen.«

Giselbert erreichte die Tür.

So wie er vor zwei Jahrzehnten mit seinem kranken Vater die Burg erreicht hatte und einem großzügigen Herrn von Laurin begegnet war. Ihrer beider Väter siechten, und Sigimund gewährte Giselbert und dem Vater Unterkunft – ihnen, Carnifexen. Auch wenn Sigimund und er ihre Väter an unterschiedlichen Stätten zur ewigen Ruhe betteten, waren diese doch an ein und demselben Tag gestorben: am 25. März.

Es war Sigimund gewesen, der ihm Henkerarbeit in Spira verschafft hatte und Männer abgestellt hatte, um das Material für die

Hütte zu liefern, die Giselbert sich am Rande der Siedlung errichtete.

Sigimund von Laurin war sicherlich ein gottesfürchtiger Mann, aber ein gottgefälliges Leben führte er nicht. Von diesem Makel einmal abgesehen konnte man Sigimund eines ganz sicher nicht nachsagen: dass er nicht für die Seinen einstand. Und damit war nicht nur seine Familie gemeint, sondern ein jeder, der auf seinem Land lebte. Hinter der starken Hand, für die er über die Gemarkungen des Hauses Laurin hinaus bekannt war, verbarg sich ein tiefes Verständnis und Mitgefühl für seine Mitmenschen. In guten wie in schlechten Zeiten, wie Sigimund zu sagen pflegte.

Dieses waren schlechte Zeiten für das Haus Laurin, konstatierte Giselbert. Tiefe Scham ergriff ihn, sich hier vor dieser Tür wiederzufinden, bereit, des eigenen Vorteils willen all das zu opfern, wofür sein Herr stand. Ihm jetzt, da es Giselbert gelegen kam und es mehr als schäbig war, die Hand zu entziehen. Er schüttelte den Kopf, als könne Sigimund ihn sehen, und kehrte um. So einfach konnte man ihn nicht kaufen! Außerdem war er immer noch Scharfrichter von Kaisers Gnaden, er genoss Immunität.

Als Giselbert auf seinem Rückweg die Treppe erreichte, stieß er auf Gesinde. Männer, Frauen und Kinder, die ihre wenigen Habseligkeiten bei sich trugen. Bereit für die Flucht.

»Ihr solltet euch schämen«, warf Giselbert ihnen mit jener Abscheu entgegen, die er sich selbst gegenüber empfand.

Beim nächsten Stoß krachte der Querbalken aus seiner linken Verankerung. Sigimund von Laurin sah noch einmal hinauf zu seiner Frau Mechthild. Sie schaute ihn an, wie er dastand in der Plattenrüstung, die seinen Körper komplett bedeckte und lediglich das Gesicht aussparte.

Dieser junge, drangvolle Mann mit den hellen Augen, die geglänzt hatten vor Tatendrang und Witz. Der um ihre Hand angehalten hatte, Jahre war das her, viele Jahre, acht Kinder waren ihrer Zuneigung entsprungen, zwei hatten überlebt.

An seiner Seite war sie durch diese Jahre gegangen, hatte zu ihm aufgeblickt voll echter Ehrfurcht. Einzig seine Kompromisslosigkeit hatte sie als gefährlich empfunden und gleichzeitig bewundert. Jeder Mann mit so wenigen Ländereien hätte sich geduckt, nicht so Sigimund. Nichts und niemandem war er gewichen, und vielleicht besiegelte diese Haltung jetzt den Untergang des Hauses. Aber wenn es so war, dann hätte es auf jeden Fall so kommen müssen, und dann war es auch unausweichlich, beschloss Mechthild.

Das Tor splitterte in der Mitte, es war soweit.

Sie tauschten noch einen Blick, dann ließ ihr Mann das Visier herunterfahren.

Das Tor maß gute zwanzig Fuß in der Breite und schwang nun auf. In einer Reihe von acht Mann marschierten die Brabanzonen in den Burghof, das Ende der Piken an die Oberschenkel gelehnt.

»Jetzt, Henrick!«, brüllte Sigimund.

Henrick und seine beiden Helfer stemmten sich mit aller Kraft gegen den Kessel und kippten den Inhalt in die Tiefe. Das siedende Öl flog durch die Winterluft und begrub die ersten beiden Reihen unter sich, die Soldritter brüllten unter Schmerzen auf, als das Öl ihnen die Haut unter den Kettenhemden verbrühte.

Unbeeindruckt von den unsagbaren Qualen ihrer Kampfgefährten rückten die weiteren Linien vor. Eine Reihe von sechs Bauern schoss aus nächster Nähe eine Salve aus Armbrustbolzen in die dritte Linie.

»Die Fackeln!«, rief der Burgherr und schleuderte die erste gegen die Eindringlinge.

Die Umstehenden folgten seinem Beispiel, und das Öl entzündete sich sofort, es gab ein Geräusch, als zische die Luft, dann standen drei weitere Reihen Brabanzonen in Flammen. Lichterloh brennende Gestalten, die hilflos umhertappten und dabei schrille Schreie ausstießen, zu Boden stürzten und die unmöglichsten Verrenkungen vollführten – sie alle bildeten eine Feuerwand, die für die nachrückenden Einheiten undurchdringbar war.

»Was macht ihr hier?«

Männer und Frauen wichen den Blicken des jungen Herrn aus, der am Fuß der Treppe stand, die zu den Kammern seiner Mutter und Schwester führte. Draußen, vom Burghof, gellten die schrecklichsten Schreie herüber.

In dem Augenblick hörten sie alle eine Art Scheppern und Klirren, das aus den Gemächern oberhalb stammte.

Du gehst und schützt deine Mutter und deine Schwester.

Konrad stürmte die Stufen hinauf. Kaum war er verschwunden, stieß Isenhart zu ihnen, verlangsamte bei dem Anblick der versammelten Menschen seine Schritte und musterte sie mit exakt jenem Gesichtsausdruck, den auch Konrad aufgesetzt hatte: den eines Verratenen.

Ganz offensichtlich wollten sie sich durch den alten Ausgang davonstehlen.

»Ihr dürft nicht gehen, wir brauchen jeden Mann!«

»Wir wollen nicht sterben!«, rief ihm eine Frau zu, während sich zwei Männer an der Verriegelung zu schaffen machten. Isenhart wollte voranstürmen, wurde aber von mehreren Armen festgehalten und zurückgeworfen. Er prallte mit dem Rücken gegen die Mauer.

An einer Gestalt blieb Isenharts Blick hängen. Es war die Gestalt seines Vaters, der ein paar Habseligkeiten in ein Tuch aus grobem Leinen gewickelt hatte.

Isenhart ging auf ihn zu. »Vater, wir müssen unserem Herrn zur Seite stehen. Wir müssen ihm …«

»Ich bin nicht dein Vater«, unterbrach Chlodio ihn zornig, »ich habe dich nur aufgezogen.«

Die Tür schwang auf, man spürte es an dem kalten Lufthauch, der an ihnen vorbeistrich, die Ersten flohen. Isenhart fühlte mit aufkeimender Panik die Abwesenheit seines Geistes.

Er war unfähig zu denken!

Das, worauf er sich stets verlassen hatte, hatte ihn verlassen. Kein Gedanke wollte sich formen, es war, als griffe er nach einem Schwarm Fische, der sich seiner Hand stets aufs Neue entzog, ganz gleich wie oft er es versuchte. So musste es sein, wenn man seinen Verstand verlor, verloren in der eigenen Einsamkeit, einem verglühenden Feuerscheit gleich. Und obwohl dieser Gedanke die schrecklichste Vision war, die sein Kopf ihm je präsentiert hatte, war er immerhin ein Gedanke!

Und dann, als habe alles nur einen Moment ausgesetzt, kam plötzlich alles wieder in Bewegung. Isenhart packte den Pinkepank, der sich anschickte, den anderen zu folgen, am Arm. Erschrocken wandte dieser sich um und starrte in das Gesicht seines Ziehsohns, der vor Aufregung und Konzentration grotesk schnell blinzelte.

»Warum habt Ihr mir das verschwiegen?«

»Weil Sigimund von Laurin es so befohlen hat«, antwortete Chlodio eilig. Er wollte sich losmachen, doch dieses Mal drückte ihn Isenhart gegen die Wand, seine Augen tauchten in die seinen, sein Griff war wie eine Eisenzwinge.

Man sah es Isenhart nicht an, Arme und Beine waren dünn, aber die Schwerstarbeit an Ofen und Amboss hatten ihm jene Sehnigkeit verliehen, die ihn in die Lage versetzte, seinen Ziehvater so lange hier festzuhalten, wie es ihm beliebte.

»Wer ist mein Vater?«

»Ich weiß es nicht. Deine Mutter hat unten in der Siedlung gewohnt. Sie … sie ist bei deiner Geburt gestorben. Mehr weiß ich nicht. Und jetzt lass mich gehen!«

An der Tür kam etwas in Bewegung. Eine Frau, die hinaus in die Dunkelheit schlüpfen wollte, wurde von etwas Schwerem am Kopf getroffen. Sie krachte gegen die Tür und sank dann zu Boden. Und mit einem Mal stand der Anführer der Brabanzonen, Rogier van Heyden, im Türrahmen. Das Gesinde stob auseinander.

Van Heyden brach einem Mann mit seinem gepanzerten Ellbogen den Schädel. Die Brutalität dieser Handlung entstand nicht aus der Schwere der Verletzung, sondern daraus, dass der Brabanzone den Mann im Vorbeigehen tötete. Wie ein lästiges Insekt.

Isenhart ließ Chlodio los und stürmte die Stufen hinauf.

Mechthild von Laurin war über den Schemel gestürzt und hatte keine Kraft mehr gehabt, den Becher, aus dem sie getrunken hatte, festzuhalten. Der Rest des Trankes, der in der Hauptsache aus den Früchten und Wurzeln des gefleckten Schierlings bestand, hatte sich über das Gestein ergossen. Dieses waren die Geräusche gewesen, die Konrad und das Gesinde am Fuß der Treppe vernommen hatten.

Konrad kniete neben seiner toten Mutter, deren Antlitz durch das Ringen nach Luft zu einer entsetzlichen Fratze entstellt worden war. Weit traten die Augen aus den Höhlen, der Mund war aufgerissen.

Konrad fühlte sich unfähig, irgendetwas zu tun, er spürte nur eine merkwürdige Kälte, die von ihm Besitz ergriff. Wie ein Panzer umschloss sie seine Haut, den ganzen Körper, auch seine Gedanken. Seine Welt zerbarst um ihn herum in Stücke. Nichts war mehr sicher, auf nichts konnte er mehr zählen, im nächsten Augenblick konnte sich alles ereignen, und seine Wehrlosigkeit, seine tiefe Ohnmacht, lähmte ihn.

Es war das Ende der Verlässlichkeit.

Nie mehr würde er sie an der Seite des Vaters über den Burghof schreiten sehen, nie mehr würde ihre Hand über seine Wange fahren, nie mehr ihr Lächeln ihn umfangen. Es stürzten mit einem Schlag so viele Nie-Mehrs auf Konrad ein, dass ihm das Herz verkrampfte.

Fast dankbar vernahm er Schritte hinter sich, die ihn von ihrem Anblick losrissen. Es war Isenhart, der atem- und fassungslos in der Türöffnung stand und die Situation mit einem einzigen Blick erfasst hatte.

Beide wussten nicht, wie sie mit dieser Situation umgehen sollten, die Ruhe und Sanftmut erforderte, wo doch die äußerlichen Gegebenheiten zu Eile und klaren Worten zwangen.

»Ich bin ein Carnifex! Und ich bin unantastbar!«, hörten sie die Stimme Giselberts.

Sophia.

Isenhart lief den Gang entlang und erreichte Sophias Kammer beinahe gleichzeitig mit Marie, die vom anderen Ende auf ihn zulief.

Einer der Brabanzonen hatte Sophia auf den kalten Boden gezerrt und ihr Nachthemd zerrissen. Er presste mit seinen Beinen die des fiebrigen Mädchens auseinander, um in sie einzudringen. Sophia wehrte sich nach Leibeskräften, aber vergeblich. Nur wenig weiter lag Giselbert in einer Blutlache. Neben ihm eine Streitaxt.

Isenhart fühlte sich einem Zweikampf nicht gewachsen, er hatte das Messen mit Waffen nie geübt, und der Brabanzone dort war ein richtiger Söldner. Kräftig, bärtig, eisenbewehrt.

Aber das war Makulatur, als er Sophias Gesicht sah, ihre vor Angst geweiteten Augen, die hilflosen Versuche ihrer dünnen Arme, den massigen Körper des Soldritters von sich zu drücken. Die gelbe Galle gewann die Oberhand in ihm, er dachte nicht mehr, wägte nicht ab, sondern ergriff den schmiedeeisernen Kerzenleuchter – sein Werk –, war mit einem katzenhaften Sprung über dem überraschten Mann und hieb ihm das Metall auf den Kopf. Eine Delle im Helm, mehr bewirkte der erste Schlag nicht. Der Brabanzone hob abwehrend den Arm, aber dann – und das war Sophias flehendem Blick zu verdanken – verwandelte Isenhart sich.

»In ein Tier«, sollte Sophia später ohne Abscheu sagen.

Marie, die Konrads Freund mochte, obwohl sie es noch nicht artikulieren konnte, war entsetzt über das, was sie sah. Isenharts ebenmäßiges Gesicht wurde von dem hässlichen Willen zu töten verzerrt, seine Augen waren die eines Fisches: leblos und kalt. »Als sei der Teufel in ihn gefahren«, sollte sie Vater Hieronymus später anvertrauen.

In einer nahezu übermenschlichen Schnelligkeit und Wucht fuhr der Kerzenleuchter binnen Sekunden ein Dutzend Mal nieder, brach dem Brabanzonen erst das Handgelenk, dann den Helm und schließlich Kiefer, Nase und Schädel.

Erst, als eine gräuliche, wässrige Substanz aus einem der Schädelrisse trat, ließ Isenhart den Leuchter sinken und zu Boden poltern, er war völlig außer Atem. Kurz ließ er sich dazu hinreißen, einen näheren Blick auf das zu werfen, was aus dem Kopf des Toten quoll, dann packte er Sophia und zog sie zu sich hoch.

»Kannst du gehen?«

Sophia liefen die Tränen über die Wangen, sie nickte. Isenhart sah zu Marie, die totenbleich neben der Tür stand.

»Kennst du den geheimen Fluchtgang?«

Marie zwang sich zu einem Nicken.

»Nimm Sophia mit. Am Ausgang des Stollens wartest du auf mich. Hast du verstanden?«

Marie nickte erneut.

Eigentlich hatte Konrad dem Freund in die Kammer seiner Schwester folgen wollen, doch als er aus dem Zimmer seiner Mutter lief, stieß er um ein Haar mit einem Mann zusammen, der eine Plattenpanzerung trug und gerade den Durchgang erreicht hatte, der den Gang und die Treppe, die ins Erdgeschoss führte, miteinander verband.

Es war Rogier van Heyden, der Lanze und Schwert trug. Mit der Lanze stieß er sofort nach dem jungen Mann und entnahm der geschickten Drehung, mit der Konrad von Laurin den Stoß ins Leere gehen ließ, dass sein Gegner keinesfalls seinen ersten Zweikampf bestritt. Dies unterstrich Konrad, der noch in der Drehung sein Schwert gezogen hatte, mit einem Hieb in den Unterleib des Brabanzonen, der wegen der Panzerung aber keinerlei Wirkung zeigte.

Sein Vater hatte ihn die Schwachstellen einer Plattenpanzerung gelehrt, die in den Übergängen vom Torso zu den Gliedmaßen und dem Hals bestanden. Doch einen beweglichen Gegner dort mit der Kraft zu treffen, die es benötigte, um ihn ernsthaft zu verletzen, war schwierig. Bei Rogier van Heyden kam hinzu, dass dieser Mann auch noch mit Schwert und Lanze umzugehen verstand.

Konrad wusste auch um seinen eigenen Vorteil: die Schnelligkeit. Und er hätte sie dazu nutzen können, vor dem schier unbesiegbaren Feind davonzulaufen, denn van Heyden, der gut und gerne an die hundert Pfund an Rüstung mit sich trug, hätte ihn niemals einholen können.

Doch der Brabanzone stand höchst günstig in dem Durchlass,

weil er ihn auch seinen Kampfgefährten versperrte. Je länger es also Konrad gelang, ihn an dieser Stelle durch seine Attacken zu fixieren, umso größer gestaltete sich Sophias und Maries Chance auf eine erfolgreiche Flucht.

Wie aus dem Nichts tauchte Isenhart plötzlich neben ihm auf, im Schein der Fackeln traktierte er Rogier van Heyden mit der Streitaxt, die er in Sophias Gemach aufgelesen hatte. Gemeinsam droschen sie auf den Brabanzonen ein, freilich ohne ihn in Bedrängnis bringen zu können. Die Schneide der Axt wie auch Konrads Klinge wurden schnell schartig, da sie an dem viel härteren Eisen der Rüstung ein ums andere Mal abprallten.

Das Feuer am Burgtor bildete noch immer ein wirksames Hindernis, obschon die Flammen an Höhe verloren, zu deren Füßen die verkohlten Leiber von rund zwanzig Soldrittern lagen und unter der enormen Hitze, die nach und nach Zähne und Knochen bloßlegte, immer weiter zusammenschrumpften.

Wilbrands Männer schickten Pfeile und Armbrustbolzen durch die Flammen. Sigimund und sein Gefolge suchten daher zu beiden Seiten des Tores Schutz vor den Geschossen, als Gesinde aus der Burg in den Hof strömte, von zwei Dutzend Brabanzonen vor sich hergetrieben, die alles niederschlugen oder aufspießten, was in ihre Reichweite geriet.

Sigimund hatte insgeheim damit gerechnet, die Burg nicht halten zu können. Mit dem Auftauchen der Brabanzonen, die offensichtlich einen anderen Zugang ins Innere gefunden hatten, wurde das zur Gewissheit.

Aus den Augenwinkeln nahm er das Zurückweichen seiner Männer wahr. Sigimund von Laurin umschloss den Zweihänder fester und schritt alleine auf die Gegner zu, von denen einige bei dem Anblick dieses Mannes nun zögerten.

Sigimund schlug die ersten Piken, die ihn zu verletzen suchten, mit dem Schwert beiseite und überraschte die Männer mit einem Ausfall nach links, der Zweihänder fuhr nieder und verletzte zwei von ihnen stark.

Als Sigimunds Gefolge sah, wie der Burgherr mithilfe des Schwertes eine regelrechte Bresche in die Brabanzonen schlug, griff sein Mut auf sie über, und sie stürmten auf die Feinde zu.

Von ein paar Kratzern abgesehen, die Schwert und Streitaxt auf dem Plattenpanzer hinterlassen hatten, war es Isenhart und Konrad nicht gelungen, Rogier van Heyden zu verletzen. Dieser ließ das Schwert in einem Halbkreis in Isenharts Richtung sausen, wodurch er Konrad seine rechte Flanke offenbarte. Der junge Laurin holte aus und begriff zu spät, dass es sich um eine Finte handelte. Der Brabanzone legte so viel Kraft in den Lanzenstoß, der Konrad an der Hüfte verletzte, dass die Metallspitze auf das Hüftgelenk traf, dort abrutschte, ihm durch die Eingeweide fuhr und an seinem Rücken wieder austrat.

Der Schmerz durchfuhr ihn mit einem Augenblick Verzögerung, dennoch erstarrte er sofort, das Schwert wurde ihm schwer, mit einem Klirren fiel es zu Boden. Van Heyden wollte den Hilflosen mit einem Schwertstreich töten, der von Isenhart mit der Streitaxt pariert wurde. Der Brabanzone riss die Lanze aus Konrads Körper, dem nun die Beine nachgaben. Er sackte auf die Knie, sein Kettenhemd rasselte.

Isenhart erschrak über die Schwere von Konrads Verletzung. Er begriff sofort, dass er dem Freund nicht helfen konnte, solange er gleichzeitig den Brabanzonen daran hindern musste, den Durchgang zu passieren.

Mit dem Mut der Verzweiflung sprang er vor, den Dolch gezückt, warf sich gegen den Mann, packte mit der Linken das Visier und drückte es mit einem Ruck, in den er all seine Kraft legte, nach oben. Und dort sah er, worauf er gehofft hatte – schlechte Schmiedearbeit. In diesem Winkel überlappten der Rand des Visiers und der des Brustpanzers einander nicht mehr. Ein Stück Haut schimmerte im tanzenden Licht der Fackeln, und Isenhart trieb die Dolchklinge hinein in diese Stelle, in die Gurgel des Mannes, der nach der ersten Überraschung nun zu reagieren begann. Er packte Isenharts Arme mit seinen Eisenhandschuhen, doch sosehr er dem jungen Schmied auch die Haut zerquetschte, ließ dieser doch nicht davon ab, ihm mit der Klinge durch den Hals zu fahren.

Isenhart spürte das Erzittern des Mannes, er konnte seinen Schweiß riechen, das Rasseln aus seiner Luftröhre hören, in die immer mehr Blut hinabrann, und endlich wurde der eiserne Griff lockerer, lösten sich die Hände ganz, schwangen hinab. Isenhart stemmte sich rechtzeitig gegen die bald 200 Pfund, die ins Wanken geraten waren, und ließ den Mann rücklings zu Boden krachen.

Sigimund von Laurin sah über sich die Sterne, denn man hatte ihn zu Fall gebracht, und gleich einem auf dem Rücken liegenden Käfer war es ihm unmöglich, aus eigener Kraft wieder auf die Beine zu kommen. Die Brabanzonen erschlugen sein Gefolge. Sieben von ihnen standen um ihn herum, pressten ihn mit ihren Füßen an den Grund und zogen an seinen Armen und dem Kopf, bis auch sie wie zuvor Isenhart fündig wurden.

Mit ihren Piken stießen sie in seinen Hals und die Schultergelenke. Einmal durch Haut und Muskeln gefahren, drehten und wendeten sie die Piken in alle Richtungen. Das eigene Blut rann Sigimund warm über die Haut, bis sich endlich jemand an den Verschlüssen zu schaffen machte und ihm grob den Helm vom Kopf zog.

Es war Wilbrand von Mulenbrunnen.

Im gleichen Augenblick wurden die Piken aus seinem Körper gezogen. Der Blick des Abtes ruhte in seinem, ringsherum herrschte das Stöhnen der Verwundeten, hier und da prallten noch Waffen aufeinander.

»Ich werde Eurem Sohn ein faires Gericht halten und Eure Frau und Tochter zu einem anständigen Preis verkaufen, dass sie bei guten Menschen Dienst tun«, versprach Wilbrand, bevor er das Schwert hob und Sigimund von Laurin den Kopf vom Hals trennte.

Isenhart spürte den Schweiß am ganzen Körper, als er mit der Fackel in der rechten Hand den Weg im Stollen ausleuchtete. Er trug Konrad über der Schulter, seine Knie zitterten unter dem Gewicht.

Ständig stieß er mit dem Körper des Freundes links oder rechts gegen die Stollenwände.

In seinem Kopf überschlugen sich die Gedanken. Konrad brauchte dringend Hilfe – aber wo und vor allem durch wen? Eine Reise nach Spira würde er nicht überstehen, das war Isenhart klar. Dass die Wunde den Freund vermutlich das Leben kosten würde, daran wollte er nicht denken.

Als er den Ausgang erblickte, warf er die Fackel zu Boden und trat sie aus. Den letzten Abschnitt legte er im Halbdunkel zurück, schob den Efeu beiseite und trat hinaus.

»Konrad!«

Der Schrei ließ ihn erschauern, denn es war Marie, die ihn von sich gegeben hatte. Die Dienerin, die einen erstaunlich kühlen Kopf bewiesen hatte – Isenhart sah Sophia in Decken gehüllt auf einem Pferd kauern, außerdem Proviant, ein weiteres Pferd aus dem verborgenen Unterstand, in dem Giselbert sich um die Tiere gekümmert hatte –, kam ihm entgegen. Die an Entsetzen grenzende Angst, die sich in Maries Zügen spiegelte, verriet Isenhart, wie unverzichtbar Konrad in ihrem Leben geworden war.

Sophia ging binnen Momenten durch ein Wechselbad der Gefühle. Zunächst war sie erleichtert, den jungen Schmied zu sehen, bemerkte dann den großen, dunklen Blutfleck, der sich von seiner Schulter bis fast zur Hüfte hinab ausbreitete, worauf sie annahm, er müsse schwer verletzt sein. Und sie spürte, dass sie seinen Tod nicht auch noch ertragen wollte. Erst als Isenhart den Körper ihres Bruders aufs Pferd hob, begriff sie, von wem das Blut ursprünglich stammte. So empfand sie gleichzeitig Erleichterung über Isenharts Unversehrtheit und Bestürzung über Konrads Zustand.

Trotz der Fieberschübe, die kamen und gingen, ließ sie sich vom Pferd gleiten. »Mein Bruder muss versorgt werden.«

»Wir können nicht zurück«, erwiderte Isenhart knapp und achtete darauf, Sophia dabei nicht in die Augen zu schauen. Hoch oben über ihnen konnte man die Flammen sehen, die in den Nachthimmel schlugen.

»Und meine Mutter? Mein Vater?«

Dieses Mal hob Isenhart den Blick und sah ihr in die Augen. Sophia las in ihnen das Mitgefühl dessen, der einen Wissensvorsprung besaß.

»Wir können nicht zurück«, wiederholte Isenhart. Und in diesen vier Worten lag das ganze Schicksal des Hauses Laurin.

Die Pferde waren zwar ausgeruht, aber sie trugen das doppelte Gewicht.

Marie und Isenhart hatten Konrad in Decken gehüllt und an jenem Pferd festgebunden, auf dem Isenhart ritt. Er orientierte sich an dem dunklen Halbrund, das sich in die Nacht erhob: den Ascisberg. Marie, die das andere Pferd führte, das Sophia und sie trug, folgte ihm dicht auf.

Sie bewegten sich im Trab, eine schnellere Gangart wäre bei den Lichtverhältnissen selbstmörderisch gewesen, und Isenhart, der Teile von Wilbrands Truppen in der Nähe vermutete, verzichtete aus diesem Grund auf eine Fackel.

In Grüningen lebte ein Medicus, der keinen besonders guten Ruf genoss, doch Isenhart war überzeugt, dass Konrad mit einer schlechten Versorgung seiner Wunde besser gedient war als mit gar keiner. Natürlich konnten sich auch dort Männer des Abtes aufhalten, trotzdem wollte Isenhart es wagen, denn die Vorstellung, nicht alles für das Überleben des Freundes getan zu haben, war ihm unerträglich.

Erst war es ein Wispern hinter ihm. Dann vernahm er Sophias Stimme deutlicher. »Reiter«, sagte sie.

Isenhart stoppte sein Pferd und lauschte. Tatsächlich war Hufgetrappel zu hören.

Als habe selbst der Mond sich mit dem Abt aus Mulenbrunnen verbündet, trat das Himmelsgestirn hinter einigen Wolken hervor und warf sein Licht auf die Fliehenden. Isenhart entdeckte zwei Reiter, deren Helme und Kettenhemden den Mondschein reflektierten.

Ohne Zweifel hatten die Verfolger sie nun ebenfalls entdeckt, denn sie gaben ihren Rössern die Sporen und jagten heran. Isenhart und Marie sprengten davon. Wegen einiger Äste, die über den Pfad reichten, auf dem sie flohen, zogen sie die Köpfe ein und beugten sich weit nach vorne.

Doch zwei Biegungen weiter hatte sich der Abstand zu den beiden Brabanzonen bereits um die Hälfte verkürzt. Sie konnten ihnen unmöglich entkommen. Mitten im Galopp einen Angriff von hinten abzuwehren und auch noch Marie und Sophia zu schützen, erschien Isenhart ohne die geringste Aussicht auf Erfolg.

Also reichte er Sophia die Zügel seines Pferdes, denn wenn seine Erinnerung ihn nicht trog, mussten sie jeden Augenblick einen Steg erreichen, der über die Glems führte. Es war der Weg, den Walther von Ascisberg vor vielen Jahren mit ihm eingeschlagen hatte, um ihm das Wasserrad zu zeigen.

»Reitet«, rief Isenhart, als der Steg in Sichtweite kam, »reitet und haltet nicht!«

Er packte die Streitaxt und ließ sich vom Pferd fallen. Bei dem Sturz auf den Pfad und ins Unterholz schlug er sich das Knie an einem Baumstamm an. Der Schmerz fuhr Isenhart ins Hirn, aber dann machte er eine außergewöhnliche Erfahrung: Kraft einer Willensanstrengung schob er den Schmerz einfach beiseite wie einen Vorhang. Er gestattete ihm nicht zu sein.

Der Steg bildete die Engstelle, die auch die Verfolger passieren mussten. Dort konnte er sie aufhalten. Und sich danach den Schmerzen hingeben.

Eilig humpelte Isenhart über das Holz, das unter seinen Schritten knarrte. Der Steg war breit genug für zwei Reiter, und genau so stürmten die Brabanzonen auf ihn zu. Isenhart warf einen Blick hinter sich, wo Marie, Sophia und Konrad im angrenzenden Wald verschwanden.

Dann waren die Verfolger da. Isenhart hob die Streitaxt, aber er unterschätzte die Erschütterung, die die Pferde hervorriefen, als sie über die Bohlen jagten, die dabei leicht ins Wanken gerieten und Isenhart zu einem Stützschritt zwangen. So geriet er zwischen die Leiber der Rösser, die ihn seitlich rammten und zu Boden warfen. Isenhart schlug hart auf, die Streitaxt schlitterte davon, der Schmerz im Knie meldete sich zurück. Sein Blick folgte den Brabanzonen, die den Steg überquert hatten.

Sie würden Sigimunds Kinder einholen und töten.

Er hatte versagt.

Doch dann wurde der erste Verfolger von einer riesigen, unsichtbaren Hand aus dem Sattel gehoben und fallen gelassen. Einen Wimpernschlag später erging es dem zweiten Mann ebenso. Während dieser liegen blieb, rappelte der erste sich auf und schleppte sich mit unsicheren Schritten zurück.

Das markante Surren von Armbrustbolzen, die durch die Luft zischten, drang bis an Isenharts Ohr. Der Brabanzone, dem ein Bolzen in der Hüfte steckte, wurde von drei weiteren Armbrustgeschossen getroffen und zu Boden gerissen.

Eine Gestalt auf einem Pferd schob sich langsam aus dem Wald, dann eine zweite, dritte.

Isenhart kniff die Augen zusammen: Was waren das für Männer? Hatten Wilbrands Ritter ihre Armbrüste versehentlich gegen Verbündete eingesetzt?

Ein Mann ohne Kettenhemd und Helm stieg vom Pferd und hockte sich neben den Verfolger, der soeben getötet worden war. Dort verharrte er nur kurz, dann wandte er Kopf und Blick zum Steg und wurde auf Isenhart aufmerksam.

Dieser spielte kurz mit dem Gedanken, sich in den Fluss zu werfen und von der seichten Strömung der Glems davontragen zu lassen, doch dann erkannte er zu seiner maßlosen Erleichterung in dem Mann, der sich ihm nun näherte, Walther von Ascisberg. Isenhart zog sich am Geländer des Stegs hoch, sein Knie erschien ihm glühend heiß und sandte ein Pochen aus, das in wellenartigen Schüben seinen Körper durchlief.

»Bist du verletzt?«, fragte Walther, sein Gesicht war voller Sorge.

»Nein«, brachte Isenhart hervor, »aber Konrad. Er …«

»Ich weiß«, unterbrach Walther ihn sanft, »ist der Fluchtgang noch unbesetzt?«

Isenhart nahm an die vier Dutzend Ritter wahr, die sich nun

näherten. Das war es also: Walther von Ascisberg hatte sich um Verstärkung bemüht. Als sich ihre Wege in Grüningen getrennt hatten, hatte er bereits vorausgesehen, was nun geschehen war.

»Das Haus Laurin ist gefallen«, stellte Isenhart matt fest, und als er seine eigenen Worte hörte, schnürte es ihm die Kehle zusammen.

Ein tiefes Seufzen drang aus Walthers Mund. »Und Sigimund?«, fragte er dennoch.

Isenhart schüttelte den Kopf.

1190 verlor das Heilige Römische Reich zwei überragende Männer. Der eine war Sigimund von Laurin, den die Geschichte vergessen sollte. Der andere war Kaiser Friedrich Barbarossa, der auf seinem Kreuzzug ins Heilige Land im Saleph ertrank. Er bekam keine Luft mehr, ganz so, wie Sophia es prophezeit hatte.

12.

In jener Nacht an der Glems drängte Simon Rubinstein darauf, Wilbrands Männer anzugreifen. Isenhart sah ihn noch vor sich, wie er sich im Sattel zu Walther von Ascisberg hinabbeugte. Das Licht des Mondes wurde vom Kettenhemd des Juden reflektiert; Isenhart schätzte es auf knapp zwanzigtausend Glieder. Keine Sonderanfertigung.

»Er rechnet nicht mit uns«, wisperte Simon. Um ihn herum saßen stumm die Ritter, die er rekrutiert hatte, Augen und Waffen blitzten auf, ihre Pferde bogen die Hälse nervös nach links und nach rechts. Zwei der Söldner hatten sogar ihren Pferden Kettenhemden umgelegt. Lediglich deren Augen, die aus dem metallischen Geschirr starrten, erinnerten Isenhart daran, dass er es nicht mit Wesen aus Metall zu tun hatte.

»Der Abt hat bestimmt 300 Männer gegen uns geführt«, mischte Isenhart sich ein, als er spürte, wie Walther wankelmütig wurde und einen Ausritt in Betracht zog, »die meisten sind Brabanzonen.«

Keiner sagte etwas, aber das Verharren der kampfbereiten Männer war umso gesprächiger: Niemand wollte ernstlich gegen eine Überzahl dieser Brabanter Soldritter anreiten.

Simon Rubinstein befahl zehn Männer zur Nachhut, und das sollte sich als bitter nötig erweisen. Nur zwei Stunden später trafen Wilbrands Ritter nordöstlich von Ascisberg bei Fügingen ein, wo sie in einen Hinterhalt gerieten, den Rubinsteins Nachhut ihnen dort bereitete. Zwei Gefolgsleuten des Abtes gelang die Flucht, ihre drei Gefährten wurden erschlagen.

Wilbrand von Mulenbrunnen, der die Brabanzonen morden, vergewaltigen und plündern ließ, um ihnen die Laune nicht zu verderben oder sie gar gegen sich aufzubringen, erhielt weitere zwei

Stunden später Kunde von diesem wenig erquicklichen Zusammentreffen. Während der eine Ritter mit stiller Zustimmung des anderen Überlebenden die Nachhut auf fünfzig Gepanzerte aufblähte, war für den Abt nur eine Information von Bedeutung: Fügingen.

Es hatte ein erstes Zusammentreffen an einem Übergang der Glems gegeben, einem Nebenarm der Enz. Folgte man dem Lauf der Enz, gelangte man nach Fügingen. Verband man diese beiden Stellen im Geiste zu einer Linie und führte diese fort, landete man unweigerlich in Spira.

Unter Sigimunds Gesinde fand sich niemand mit einer Verbindung dorthin. Aber es gab einen guten Freund des Fürsten von Laurin, der in Spira seine Wurzeln hatte, obwohl er einen Großteil seines Lebens an der höchsten Erhebung der Gegend verbracht hatte: Walther von Ascisberg.

Dieser lenkte sein Pferd mit größtmöglicher Sorgfalt über die Handelsstraße, während die Trage, auf der der ohnmächtige Konrad von Laurin festgebunden worden war, zwei gleichmäßige Linien im frischen Schnee hinterließ. Walther war bemüht, jede Erschütterung und damit jede Unebenheit des Weges zu vermeiden, um den neuen Herrn von Laurin, den er hinter sich herzog, zu schonen.

Einmal erst hatte er das Meer gesehen, diese unfassbare Menge an Wasser, in jeder Hinsicht unbegrenzt. Dieser Teil der Schöpfung flößte ihm tiefen Respekt ein, er konnte nicht benennen, wann in seinem Leben er sich jemals näher zu Gott gefühlt hätte. Bis zu den Knien in dieses Land aus Wasser zu stapfen, war, als spürte er den Atem des Allmächtigen.

Walther hatte sich anschließend auf einen Felsblock gesetzt und die Wellen beobachtet, die wieder und wieder, mal stärker, mal schwächer, aber stets unermüdlich auf den Sand schlugen. Nie ließen sie nach, nie kamen sie zur Ruhe; die Bewegung war der Kern ihres Wesens.

Irgendwann bemerkte er schräg hinter sich eine vertraute Gestalt. Es war der junge Sigimund von Laurin. Schon damals wortkarg. Er fragte nicht, was sein Freund Walther da trieb, er sah es ja: Walther beobachtete die Wellen. Da sie das Immergleiche vollführten, stumpfte Sigimunds Interesse an ihnen recht zügig ab.

»Was ist so außergewöhnlich?«, fragte er schließlich.

Walther benötigte einige Augenblicke, um sich zu sammeln, bevor er antwortete. »Ich habe so etwas noch nie gesehen«, sagte er ehrfürchtig.

»Jetzt schon«, lautete Sigimunds knapper Kommentar.

Walther war durchaus für die Lakonie des Freundes empfänglich, dieses Mal jedoch nicht. »Es ist wie ein Lebewesen«, sagte er ruhig, »es riecht, es bewegt sich, aber es wird nicht müde. Und hört vielleicht auch nie auf zu sein.«

Er erschauerte ein wenig bei seinen Worten, denn sie beinhalteten nicht weniger als die Nichtigkeit seiner Existenz.

»Alles hört auf zu sein. Irgendwann.«

Walther von Ascisberg schaute sich über die Schulter, sah seinem Freund in die Augen. »Vielleicht«, erwiderte er mit Bedauern, »ja, vielleicht. Aber wenn es einmal so weit ist, wenn das Meer erstarrt und seine Ränder sich nicht mehr als Wellen ans Ufer werfen, dann bin ich überzeugt davon, dass ein großer Schmerz über die Menschen kommt.«

»Was für ein Schmerz soll das sein?«

»Einer, der nicht auszuhalten ist.«

Sigimund hatte die Worte einen Moment lang auf sich wirken lassen, dann genickt, sich abgewandt und seinen Freund nicht länger behelligt.

Daran musste Walther denken, als die Nachhut wieder zu ihnen aufschloss und er erfuhr, was sich bei Fügingen ereignet hatte.

Wie Wilbrand von Mulenbrunnen war auch er in der Lage, aus vergangenen Ereignissen die richtigen Schlüsse für zukünftige zu ziehen. Dem Abt war mit ziemlicher Sicherheit klar, wohin er die Flüchtlinge hatte führen wollen – nach Spira. Sich dort um einen Unterschlupf zu kümmern, war Walthers Plan gewesen, doch erschien ihm Spira nun nicht länger sicher. Dort würde man zuerst nach dem jungen Laurin suchen.

Natürlich konnte er ihn – sofern er nicht bald starb, wonach es im Augenblick eher aussah – weit weg schaffen, nach Flandern beispielsweise oder ins Dänische Königreich, wo er ein Unbekannter war. Aber die Entfernung und der Schutz, den Walther zu mobilisieren in der Lage war, ergaben stets dieselbe Summe. Man hätte Konrad ins ferne China schaffen können, wo man kaum nach ihm suchen würde. Wenn doch, war es Walther aber unmöglich, ihn dort zu schützen. In Spira wiederum würde man Konrad schneller finden, aber hier besaß Walther wiederum ausreichende Verbindungen, um den letzten Laurin abzusichern.

Und dessen Überleben hatte im Augenblick höchste Priorität. Sigimund war tot, für ihn konnte er nichts mehr tun. Seit Isenhart es ihm an der Glems nur mit einem Blick berichtet hatte, schwiegen für Walther die Wellen, und das Meer hörte auf zu sein.

In den frühen Morgenstunden des 25. Dezembers erreichten sie unbehelligt Bruchsal, das unter dichtem Nebel lag. Schon von fern ereilte sie der Hall der Kirchenglocken, die das Volk, das heute die Arbeit ruhen ließ, in das Gotteshaus riefen. Denn es war der Tag der geweihten Nacht, der Wintersonnenwende und des Jahreswechsels.

Isenhart hatte die vor Fieber entkräftete Sophia vor sich aufs Pferd genommen, den linken Arm schützend um ihren Hals und ihre Oberarme gelegt. So ritt er bald anderthalb Stunden, Marie neben sich, die sich kaum noch auf ihrem Pferd zu halten vermochte.

Sein Arm war erstarrt, Sophia in den Erschöpfungsschlaf gefallen, und Isenhart folgte seinem Mentor und hatte dabei stets einen Blick auf Konrad, der kein einziges Mal erwachte. Er stöhnte und seufzte lediglich hin und wieder in seiner tiefen Bewusstlosigkeit.

Die Feier der Geburt des Gottessohnes und der dichte Nebel waren ihre Garanten für eine nahezu unbemerkte Durchquerung des Ortes. Als Walther sicher zu sein glaubte, dass ihnen niemand folgte, hörten sie jedoch erst die Hufe und dann das Schnaufen eines Pferdes, das einen Gewaltritt hinter sich gebracht haben musste.

Vier von Simons Rittern wendeten ihre Rösser und legten die Lanzen an. Doch dann schälte sich, einer Zwiebel gleich, die Schicht um Schicht ihr Innerstes preisgab, Vater Hieronymus aus den Nebelschwaden und nahm immer mehr Gestalt an.

Erleichterung ergriff sie ohne Ausnahme. Walther, der stets auf Distanz zu dem Geistlichen geblieben war, Hieronymus, der Walther seit jeher mit Skepsis begegnet war, und selbst Isenhart, der sich die Anzahl der erlittenen Rohrstockhiebe über alle die Jahre gemerkt hatte – zweihundertneunundvierzig –, sie alle waren von Freude über dieses Wiedersehen erfüllt.

Hieronymus lief zu Konrad, kniete sich neben ihn in den Schnee, öffnete seine schlaffe Hand und legte jenen Splitter hinein, von dem er immer noch glaubte, er stamme vom Kreuz Christi. Dieser Holzspan hatte Konrad von Laurin unversehrt aus dem Kreuzzug heimkehren lassen, mit Gottes Hilfe würde er ihn auch aus dem Niemandsland zwischen Diesseits und Jenseits zurückführen.

Nördlich von Bruchsal traf eine Bauernfamilie eine göttliche Fügung, wie sie später ihren Kindern und noch viel später ihren Kindeskindern berichten sollte. Eine Schar von Rittern traf zur geweihten Nacht auf dem Hof ein. Deren Pferde leerten die Tränken und fraßen nahezu den gesamten Heuvorrat, den der Bauer für den Winter angelegt hatte.

Dafür und für den Umzug in die klirrend kalte Scheune, in der die einfachen Leute eine Woche zubringen sollten, wurde die Familie reichlich entlohnt. Erst von einem dünnen grauhaarigen Mann, später von einem Herrn in Rüstung, einem Juden. Es hatte den Anschein, als wüssten diese beiden Männer nichts von den Zuwendungen des jeweils anderen, und der Bauer war nicht so dumm, sie darauf anzusprechen. Dafür überließen sie den Fremden ihr Haus und schworen, niemandem gegenüber ein Wort über ihre Anwesenheit zu verlieren.

Der dünne grauhaarige Mann, bei dem es sich um Walther von Ascisberg handelte, ließ Konrad und Sophia ein Lager direkt neben dem einzigen Ofen herrichten. Sophia, der ihre nassen roten Haare am Kopf klebten, fiel ebenso wie Marie sofort in einen tiefen Schlaf.

»Sie braucht trockene Decken«, wies Walther Isenhart an, der sich bereitwillig zu dem Dutzend Ritter, das in einigem Abstand lagerte, begab und um Leinen bat. Mit den vier Bahnen grober Reiterdecken, die die Männer erübrigten, wickelten Walther und Isenhart das Mädchen ein.

»Aber ihr ist warm«, gab Isenhart zu bedenken.

»Was sie heimgesucht hat, soll über ihre Haut aus dem Körper gedrängt werden, damit die vier Säfte wieder ins Gleichgewicht geraten«, erklärte Walther von Ascisberg, bevor er sich Konrad zuwandte. Nach der Inspektion der Wunde zögerte er.

Isenhart hockte neben ihm und befeuerte den Ofen mit Holz, das noch nicht komplett getrocknet war und sich deshalb in beißenden Qualm verwandelte. Gleichwohl entging ihm das Innehalten seines Lehrers nicht. Als er ihn fragend ansah, wich Walther dem Blick des jungen Schmieds nicht aus.

Konrad hatte sehr viel Blut verloren und seine Gesichtshaut infolgedessen die wächserne Durchlässigkeit Sterbender angenommen. Die Wunde war verheerend – falls Konrad genesen sollte, wäre es ein Wunder. All das musste von Ascisberg nicht aussprechen, Isenhart las es in seinem Blick schneller, als sein Gehör es erfasst hätte.

Er war in der Behandlung von Fleischwunden nicht bewandert. Und Heilkräuter sowie deren Wirkung waren ihm nur durch Walthers Unterricht bekannt. »Was braucht Ihr?«, fragte er deshalb.

»Unsere Fürsprache«, antwortete Hieronymus, der nahezu lautlos an sie herangetreten war, »Konrad braucht jetzt unsere Gebete.« Mit diesen Worten hockte er sich an Konrads Kopfseite auf den Boden und wischte ihm mit dem Saum seines Umhangs den Schweiß von der Stirn. »Vater«, intonierte er, »der du bist im Himmel …«

»Nicht jetzt«, unterbrach Walther ihn knapp. Hieronymus schaute verdutzt auf und begegnete dem Blick des gelehrten Mannes, dessen Antlitz ebenso wie das eigene von den Vorkommnissen der letzten Tage gezeichnet war.

»Wollt Ihr mir das Gebet untersagen?«, brauste Hieronymus auf, dessen Worte es trotz des kräfteraubenden Ritts nicht an Angriffslust missen ließen.

Walther von Ascisberg atmete einmal tief durch.

»Ihr glaubt wohl nicht an die Heilkraft des Gebets«, legte Vater Hieronymus nach.

»Das tue ich«, erwiderte Walther, wobei Isenhart zur Kenntnis nahm, dass sein Lehrer die Kunst beherrschte, beim Lügen nicht zu erröten, »aber ich glaube, Konrads Wunde gehört behandelt. Ich glaube, Fürsprache beim Herrn und Versorgung der Verletzung sind kein Widerspruch. In diesem Punkt kann ich wohl Eure Zustimmung erhoffen.«

»Das könnt Ihr«, antwortete Hieronymus vorsichtig, denn er rechnete damit, von Walther von Ascisberg aufs Glatteis geführt zu werden.

»Gut«, sagte dieser, »ganz gleich, was uns trennen mag, gibt es eines, was uns eint: Konrad. Ist es nicht Euer innigster Wunsch, ihn noch nicht gehen zu lassen?«

»Natürlich ist es das.«

»Dann wollen wir unsere Kenntnisse für ihn einen. Ich kümmere mich um seine Wunde. Und Euch bitte ich um das, was ich nicht leisten kann: Weiht dieses Haus, Hieronymus. Weiht es mit Hoffnung.«

Hieronymus blinzelte. Meinte von Ascisberg es ernst? Oder hatte er soeben ein geschicktes Netz gesponnen, in dem er sich alsbald verheddern würde? Denn natürlich gab es nichts, was Walther tun konnte. Konrads Heilung lag allein in Gottes Hand. Ganz gleich, welcher Behandlung von Ascisberg ihn unterziehen würde. Andererseits, sagte Hieronymus sich, konnte es nicht schaden, wenn dieses klaffende, blutige Loch in der Hüfte des Stammhalters gleichzeitig von Menschenhand versorgt wurde. Überdies raubte ihm die Sanftmut, mit der Walther das Wort an ihn richtete, jeglichen Zorn aus seinem Herzen, der – wie der Geistliche nur zu genau wusste – der Eifersucht entsprang.

Also nickte er, erhob sich und ging vor die Tür, um das Haus zu weihen. »Hoffnung«, hatte Walther von Ascisberg gesagt. Hieronymus wusste sehr genau, worauf der Mann damit anspielte: grün. Grün war die Hoffnung.

Bei einer geringfügigeren Verletzung hätte Walther die offenen Gefäße mit einem glühenden Eisenstab versengt, um die Blutung zu stillen. Denn nach der Lehre des Galenos war der Verlust des zweiten Saftes – Blut – so immens, dass das Gleichgewicht der Säfte über eine Unausgewogenheit hinausging und Konrads Leben an einem Faden aus brüchigem Hanf hing.

Doch hatte die Lanze van Heydens seine Hüfte auf ganzer Länge durchbohrt. Und das Innere des Menschen glich fast noch einem unberührten Eiland, wie Walther einmal mit einer Spur Bedauern in der Stimme festgestellt hatte. Niemand konnte eine verlässliche Aussage darüber treffen, wie es dort aussah.

Terra incognita.

Nun, es gab im Zuge von Hinrichtungen und vor allem Schlachten die grässlichsten Verletzungen, die dem aufmerksamen Betrachter einen kurzen Blick in das Innere gewährten, bei Vierteilungen etwa oder wenn einem Krieger die Hand oder gar der Arm abgeschlagen wurde. Doch was der eilige Blick erhaschte, war nur die Form. Partiell war also die Anordnung der Organe bekannt, ihre Funktionsweise aber oder gar ihr Zusammenwirken mit den anderen Organen konnte sich niemandem erschließen.

Walther hätte das Schüreisen durch jenen Weg führen müssen, den die Lanze zuvor genommen hatte. Und er fürchtete, dass er dabei mehr Schaden als Nutzen hervorrufen würde.

Aus diesem Gedanken war das Zögern entstanden, das Isenhart bemerkt hatte.

Gemeinsam säuberten sie die Wunde mit Wasser und Wein, bevor sie sie mit Mehl und Butter füllten, was sie in ausreichender Menge auf dem Proviantpferd mit sich führten. Mehl und Butter, erklärte von Ascisberg seinem verdutzten Schüler, würden die offenen Gefäße verklumpen und damit die Blutung stillen. Nach etwas Ruhe würde der Körper neues Blut entwickeln – wo auch immer das geschah –, und dies würde wieder zu einem Gleichgewicht der Säfte führen.

Isenhart desinfizierte eine Nadel in der Ofenglut, doch Walther beließ es bei einem eng gewickelten Verband. Er wollte sichergehen, dass die Blutung zum Stillstand kam und sich kein Wundbrand oder eine andere Komplikation ergab, bevor sie die Ein- und Austrittswunde vernähten.

Während der ganzen Prozedur erwachte Konrad nicht aus seiner tiefen Ohnmacht.

»Und nun holen wir Vater Hieronymus und bitten den Allmächtigen zusammen mit ihm um Beistand«, sagte Walther.

Als Isenhart und er vor die Tür traten, beendete der Geistliche soeben seine Arbeit, die darin bestand, das Haus des Bauern mit Tannenzweigen zu schmücken.

Isenhart konnte seinen frischen Atem in der Luft sehen, der in den Nebel überging, der sie nach wie vor umgab. Hieronymus wäre allerdings nie in den Sinn gekommen, ein Gotteshaus mit den Zweigen zu versehen, da es sich um einen heidnischen Brauch handelte, der sich aber während der geweihten Zeit immer noch einiger Beliebtheit erfreute. Man sagte den Zweigen übernatürliche Kräfte nach, die die Menschen in der geweihten Nacht gegen böse Geister schützten und dem Haus, an dem man sie anbrachte, Hoffnung, Gesundheit und Wachstum bescherten; all das, was Konrad von Laurin dringend nötig hatte.

»Vater«, wandte sich Walther mit müder Stimme an Hieronymus, »es ist jetzt alles bereit zum Gebet. Gerne möchte ich mit Euch für Konrad Fürbitte bei unserem Herrn halten.«

Beides, die Sanftmut seiner Worte und der ehrliche Respekt in Walthers Augen, ließen die lang andauernde Eifersucht, die Hieronymus empfunden hatte und die auch jetzt noch sein Blut wallen ließ, als kleinmütig erscheinen. Deshalb trat er an Walther heran, nahm dessen Hände in seine und sagte: »Ich bin sicher, kein Medicus hätte die Verletzung meines neuen Herrn mit mehr Geschick und Vorsicht behandelt als Ihr, Walther von Ascisberg. Die Treue, mit der Ihr gerade heute zum Haus Laurin standet, hat mir die Augen geöffnet. Ich möchte Euch von Herzen danken.«

So weit Isenharts Erinnerung reichte, hatte er seinen Lehrmeister noch nie so überrascht gesehen. Und obwohl er sich dagegen sträubte, trafen Isenhart die Worte ins Herz.

Der Geistliche löste seine Hände von denen Walthers und trat ein.

Von Ascisberg warf Isenhart noch einen staunenden Blick zu, bevor er folgte. Dann stutzte er und wandte sich um, weil er Isenharts Zögern bemerkte. »Was ist mit dir?«

»Ich bleibe noch draußen.«

Walther wollte schon nach dem Grund fragen, aber etwas an Isenhart, an seiner Haltung, seinem Blick, sagte ihm, er würde keine Antwort erhalten. Daher nickte er und wollte sich abwenden, als Isenhart doch noch etwas sagte. »Wusstet Ihr, dass ich nicht der Sohn von Ida und Chlodio bin?«

Walther von Ascisberg hatte diese Frage über all die Jahre fast mehr als alles andere gefürchtet. Und sich doch gegen alle Wahrscheinlichkeit der widersinnigen Hoffnung hingegeben, sie würde ihm vielleicht – mit etwas Glück – nie gestellt werden.

Nun war es so weit. Lange hatte er Gelegenheit gehabt, sich darauf einzustellen und zu wappnen. Trotzdem fanden ihn Isenharts Worte unvorbereitet.

Er warf kurz einen Blick zu Boden, um sich zu sammeln, bevor er dem jungen Schmied in die Augen schaute. »Wer hat das behauptet?«

»Chlodio.«

Walther von Ascisberg runzelte die Stirn. »Vielleicht hat er es gesagt, um dich nicht an der Flucht mit Konrad zu hindern. Vielleicht hat er gehofft, du würdest deswegen keine Rücksicht auf ihn nehmen.«

Isenhart schüttelte ganz leicht den Kopf. Andere bewegten ihr Haupt dabei mehrmals nach links und rechts. Isenhart dagegen hatte die Angewohnheit, ihn nur ein einziges Mal zwei Fingerbreit nach beiden Seiten zu schwenken. »Er hat keine Rücksicht genommen.« Eine Prise Bitterkeit schwang in den Worten des jungen Schmieds mit.

»Hat er denn gesagt, wer dein leiblicher Vater ist, Isenhart?«

»Nein.«

Eine gewaltige Erleichterung durchströmte Walther. Natürlich:

Chlodio wusste nicht, wer Isenharts Vater war. Aber die Hebamme hatte noch ein Jahr gelebt, gut möglich, dass sie sich etwas zusammengereimt und es unters Gesinde gebracht hatte. Und von dort war es erfahrungsgemäß nicht mehr weit bis zur Schmiede.

Diese Möglichkeit hatte stets bestanden. Diese *eine* Möglichkeit.

Die beiden anderen Möglichkeiten hatte Walther damals umgehend ausgeschlossen, und das tat er auch heute, hier in Bruchsal, während Isenhart ihn erwartungsvoll ansah. Die eine war Chlodio selbst gewesen, dem die Sache eventuell keine Ruhe hätte lassen können und der hätte Erkundigungen einholen können über seinen Ziehsohn. Allerdings erschien Walther Sigimunds Wahl, die damals auf Chlodio gefallen war, in diesem Sinne als gut, denn Chlodio war ein Phlegmatiker, er würde niemals die Initiative ergreifen und sich auf die Suche nach der wahren Identität Isenharts machen.

Die andere Möglichkeit war Sigimund von Laurin. Sigimund wusste um Isenharts Herkunft. Aber Sigimund hatte mit Sicherheit zeit seines Lebens keine Silbe darüber verloren. Zu brisant war die Angelegenheit, die der Herr von Laurin nun mit ins Grab genommen hatte.

Der einzige Hüter des Geheimnisses um Isenharts Herkunft war nun also Walther selbst. Und der verschwand im Inneren des Hauses.

Isenhart schloss die Tür.

Walther betete aufrichtig, selbst einige der Ritter, die Simon Rubinstein zu ihrem Schutz zurückgelassen hatte, gesellten sich dazu. Sie beschworen den Herrgott, diesen guten Mann, der da vor ihnen im Stroh lag und schwer atmete, noch nicht zu sich zu rufen.

Als sie sich endlich zur Ruhe betteten, die Lippen trocken und aufgesprungen von all den gemurmelten Fürbitten, dunkelte es bereits. Sophia erwachte, ihr Zustand hatte sich gebessert. Nachdem sie ihren Bruder in Augenschein genommen hatte, dessen Kopf in Maries Schoß lag, die ihm unermüdlich den Schweiß vom Gesicht tupfte, erkundigte sie sich nach Isenhart.

Draußen trafen sie auf niemanden, das Gehöft lag verlassen da, der Nebel war nicht gewichen.

»Isenhart«, rief Sophia, doch die Antwort blieb aus. Walther spähte in den dichten Nebel auf der Suche nach einer Silhouette. Erfolglos.

Sie stießen in den Stallungen beim Durchzählen auf vierzehn statt auf sechzehn Pferde.

»Zwei fehlen«, stellte Sophia fest, »es müssten sechzehn sein.«

»Richtig«, antwortete Walther und wollte umkehren, als ihn die Erkenntnis über Sophias Leistung einholte und mitten in der Bewegung verharren ließ. Er sah sie verblüfft an. »Woher weißt du das?«

»Weil wir sechzehn Personen sind. Die zwölf Ritter, Vater Hieronymus, Ihr …«

»Das meinte ich nicht«, unterbrach von Ascisberg, »*woher kannst du rechnen,* Sophia?«

»Ich hab's mir beigebracht«, erwiderte das Mädchen. Walther von Ascisberg wusste nicht, worüber er mehr erstaunt sein sollte, über die Tatsache an sich oder über die Beiläufigkeit, mit der Sophia sie ohne jeden Stolz feststellte.

»Und warum?«

»Ich wollte rechnen können.«

Walther kniff vor Zerknirschung wegen seiner unüberlegten Frage, die ihn wie einen Trottel dastehen ließ, kurz die Augen zusammen. Natürlich hatte sie es erlernt, um rechnen zu können, der Grund ihrer Bemühungen lag auf der Hand.

Noch dazu kursierte diese und jene Geschichte über Sophia mit ihren roten Haaren und den Sommersprossen. Man sagte ihr das *zweite Gesicht* nach. Vielen Leuten im Hause Laurin war sie nicht geheuer. Einige böse Zungen behaupteten, ein Blick von ihr genüge, die Lebenszeit um ein Jahr zu verkürzen.

Walther von Ascisberg besaß eine ungefähre Ahnung von der Unzulänglichkeit seines Geistes. Ihm war bewusst, dass es noch viele Dinge zwischen Himmel und Erde gab, die sich dem Bestreben seines Verstandes, sie zu erfassen, entzogen – oder die ihm schlicht nicht bekannt waren. Was also sprach gegen die – vielleicht gottgewollte – Gabe, in die Zukunft schauen zu können?

Ihm war sie nicht gegeben, leider. Möglicherweise war an den Gerüchten aber etwas dran, möglicherweise besaß Sophia diese Fähigkeit.

»Kannst du Isenhart jetzt *sehen?*«

Sophia richtete den Blick auf ihn, ihre grünen Augen musterten ihn offen, aber mit dem Ernst einer erwachsenen Frau. »Ich kann es nicht erzwingen«, erwiderte sie, als gebe sie Auskunft über das Wetter, »ich träume von Dingen. Manche treten ein, viele nicht.«

Von Ascisberg empfand wegen dieser Worte eine seltsame Beruhigung. Sophia war nicht in der Lage, ihre Gabe bewusst einzusetzen. Walther vermochte nicht zu sagen, warum, aber dieses Bekenntnis erleichterte ihn. Alles über dieses Phänomen schien gesagt, aber dann stutzte er doch. Ihm war ein ungeheuerlicher Gedanke gekommen.

»Manches tritt ein, vieles nicht«, wiederholte er. Sophia nickte. Walther fixierte sie regelrecht. »Aber du *weißt,* welche eintreten und welche nicht«, vermutete er.

»Ja.«

Von Ascisberg spürte, wie ihm ein Schauer über den Rücken kroch. Die Furcht vor so einem Talent stieß ihn ab, die Neugierde zog ihn an. »Von Isenhart hast du nichts geträumt?«

Sophia unterbrach den Blickkontakt, um für einen Moment in sich zu gehen. »Doch«, bekannte sie dann, »aber das wird erst später geschehen.«

Walther spürte, wie seine Kehle trocken wurde. »Und was wird mit ihm geschehen?«

»Ich weiß nicht genau. Es sind nur Bilder.«

»Was zeigen sie?«

»Isenhart steht auf einem Fährfloß.«

»Und sonst nichts?«

»Nein.«

Die letzte Antwort kam zu zögerlich, um der Wahrheit zu entsprechen. Walther wollte nachhaken, aber bei Sophias Anblick erlebte er dieselbe Ahnung wie schon zuvor mit Isenhart: Er konnte ihr an der mit Sommersprossen gesprenkelten Nasenspitze ablesen, dass sie ihm keine weitere Antwort zuteillassen würde.

Er atmete tief durch. Hätte der Allmächtige ihn doch nur mit dieser Gabe ausgestattet! Plötzlich schoss ihm eine Eingebung durch den Kopf. »Hast du auch von mir geträumt?«

Sophia nickte.

»Auch von meinem Tod?«

»Ja.«

Walther schluckte. Er war hin- und hergerissen, doch schließlich siegte seine Wissbegier. »Was hast du gesehen?«

»Einen jungen Mann, nicht Euch. Seine Augen waren herausgeschnitten.« Die Vorstellung daran durchlief den kleinen, schmalen Körper in Form eines Zitterns.

»Sterbe ich durch Gewalt?«

»Nein.«

Dieses Mal kam die Antwort zu schnell, um wahr zu sein.

An Walthers Sattel, der neben seinem Pferd an der Wand hing, entdeckten sie einen kleinen Fetzen Leinen. *Biduum* hatte jemand mit Ruß darauf gekritzelt.

»Was steht da?«, fragte Sophia.

Walther von Ascisberg verspürte Erleichterung darüber, dass sie sich nicht auch noch das Lesen beigebracht hatte. »Zwei Tage«, antwortete er. Sie mussten es nicht aussprechen, zwischen ihnen herrschte stilles Einvernehmen über die Frage, wer diese Nachricht hinterlassen hatte.

Man benötigte etwa einen Tag von hier bis Spira – oder bis zur Burg Laurin. Und einen weiteren, um nach Bruchsal zurückzukehren. Was hatte Isenhart vor?

»Zwei Pferde«, murmelte Sophia, die in Gedanken offensichtlich derselben Frage nachging.

»Er will jemanden herholen«, vermutete von Ascisberg.

Sophia nickte. Ihr Blick fiel auf die Hühner, die neugierig die Hälse nach ihnen reckten. »Henrick«, sagte sie leise.

Falls Sophias Vermutung zutraf – und einiges sprach dafür, dass das der Fall war –, vermochte Walther dem jungen Mann, der Isenhart inzwischen geworden war, nicht zu helfen. Konrads Zustand war bedenklich, Walther konnte Bruchsal nicht verlassen, ohne das Leben des jungen Stammhalters aufs Spiel zu setzen. Und Isenhart wusste das.

Walther von Ascisberg erwog, drei Ritter nach Isenhart auszusenden, verwarf diesen Einfall aber sofort wieder. Mit Sicherheit hatte Wilbrand von Mulenbrunnen nach dem Zusammenstoß seiner Männer an der Glems und dem Hinterhalt bei Fügingen ein schlagkräftigeres Kontingent entsandt. Denn man stellte keine Ritter gegen die des Abtes, wenn es nicht etwas Wertvolles zu schützen gab. Walther nahm an, dass Wilbrand sehr genau wusste, wen sie in Sicherheit zu bringen gedachten.

Dieses Kontingent aus Mulenbrunner Rittern suchte nach Konrad – nicht nach Isenhart. Dessen Chance, ihnen auszuweichen oder sie mit einem Trick zu umgehen, stand also gut. Noch dazu war Konrad von Laurin weit davon entfernt, sich selbst verteidigen zu können. Isenhart dagegen blieb immerhin noch die Möglichkeit, sich seiner Haut zu erwehren, wenn es hart auf hart kam.

Schweren Herzens beschloss Walther daher, dass es nichts gab, was er für ihn tun konnte.

Tatsächlich begegnete Isenhart den Häschern Wilbrands mitten in der Nacht in Höhe von Bretten. Er sah ihre Fackeln früh genug, um sich mit den beiden Pferden ins Unterholz zu schlagen und dort abzuwarten, bis sie ihn passiert hatten.

Isenhart zählte an die vierzig Mann. Und hoffte inbrünstig, die List, die Walther und Simon Rubinstein ersonnen hatten, möge funktionieren. Denn die zwölf Ritter, die der Jude zu Konrads Bewachung bei Bruchsal zurückgelassen hatte, wären bei einem Aufeinandertreffen mit dieser gepanzerten Schar, die nun wieder zusehends in der Dunkelheit verschwand, hoffnungslos unterlegen.

Vorsichtig führte er die Pferde zurück auf die Handelsstraße und setzte seinen Weg nach Südosten fort. Erst seitdem sich Konrad und Sophia in relativer Sicherheit befanden, war ihm Henrick wieder eingefallen. Ein wenig spät, wie er beschämt feststellte. Aber seinem Bruder, wie er ihn wider besseres Wissen immer noch nannte, war es in den vergangenen Jahren fast immer gelungen, sich vor anstrengender Arbeit zu drücken. Möglicherweise hatte er sein Geschick in diesem Zusammenhang auch bei der Erstürmung der Burg anwenden können und so sein Leben gerettet.

Simon Rubinstein hatte mit den knapp dreißig Rittern, die ihn noch begleiteten, rechtzeitig die Bruchsaler Kirche erreicht. Sie platzten in die Messe, baten unüberhörbar um Proviant für den verletzten Konrad von Laurin und fragten so viele Leute wie möglich nach dem Weg nach Worms.

Simon nahm dabei die Rolle Konrads an. Mit einer Kapuze über dem Kopf waren seine Züge für die Kirchengänger nur erahnbar. Er saß leicht zusammengesackt auf seinem Pferd. Und als sie nach Spira aufbrachen, wusste jedes Kind in Bruchsal, dass der verletzte Konrad von Laurin Zuflucht in Worms suchte.

Doch hatte Walther von Ascisberg richtig vorhergesagt, dass diese eine Finte nicht ausreichen würde, um Wilbrand zu blenden.

Am Abend erreichte der Trupp Spira, wo die Männer sich erneut auf alle erdenklichen Arten bemerkbar machten – dieses Mal gab einer der Ritter vor, Konrad von Laurin zu sein –, um in Richtung Worms abzureisen und dies auch jeden wissen zu lassen.

Kaum hatten sie die Stadt hinter sich gelassen, sandte Rubinstein sechs der Söldner zurück. Zwei von ihnen nach Spira selbst, in dessen Gassen und vor allem Wirtshäusern sie Ausschau nach Verfolgern halten sollten. Mit demselben Auftrag ritten zwei weitere Ritter zu dem Gut Tutenhoven, südlich von Spira, das Walther von Ascisberg zeitweise bewohnte und wo sie von einer nahe gelegenen Anhöhe aus beobachten sollten, ob Wilbrands Männer sich dort blicken ließen.

Diese vier Männer erhielten die Weisung, sich nicht zu erkennen zu geben und die Männer des Abtes auf gar keinen Fall in einen Kampf zu verwickeln.

Die letzten beiden Soldritter schließlich schickte Simon Rubinstein nach Worms, um dort nach einem geeigneten Nachtquartier zu suchen, das den Stammhalter und vierzig Ritter aufnehmen könnte. Sie waren angehalten, mit möglichst vielen Wirten und Stadtvätern zu sprechen und nach zwei Tagen wieder abzureisen.

Simon selbst folgte der alten Römerstraße, die Spira mit Worms verband. Am Folgetag erreichten sie Mannenheim, ein kleines, unbedeutendes Dorf, an dem Rhein und Neckar aufeinandertrafen. Bei Fischern und Bauern erkundigten sie sich nach dem Weg in Richtung Worms, bevor sie in nördlicher Richtung weiterzogen und etwa die Hälfte der Wegstrecke nach Worms zurücklegten. Dort zahlte Simon Rubinstein die Männer aus und entließ sie, bevor er sich abseits der Römerstraße über Spira zurück nach Bruchsal begab.

Langsam sehnte er sich nach dem Ofen in seiner Stube, so sehr hatten die Winternächte ihm zugesetzt.

Offenbar verfingen die falschen Fährten bei Wilbrands Männern, die man in Spira antraf, aber auch auf dem Gut Walthers, das sie verwaist vorfanden. Zuletzt sichtete man sie bei Mannenheim und hörte von einigen, die ohne Erfolg nach dem Nachtlager in Worms suchten, in dem Konrad von Laurin sich aufgehalten haben sollte.

Auch Wilbrand von Mulenbrunnen erreichten die verschiedenen Nachrichten über die Fluchtroute, die vermutlich Walther von Ascisberg geplant hatte.

Aber irgendwo zwischen Mannenheim und Worms verlor sich die Spur von Konrad von Laurin. Alle Nachforschungen verliefen im Sande. Es war, als habe der Erdboden ihn verschluckt.

Vermutlich, dachte Wilbrand, waren sie bis nach Frankreich geflohen, um dort unterzutauchen, wo der Einflussbereich des Abtes endete.

»Es gibt einen unter ihnen, den man Isenhart nennt«, hatte Wilbrand seinen Männern mit auf den Weg gegeben, »tötet ihn nach Möglichkeit nicht, sondern schafft ihn zu mir.«

Es war derselbe Befehl, den er auch den Brabanzonen vor dem

Sturm auf die Burg Laurin erteilt hatte. Doch blieb Isenhart ebenso unauffindbar wie der Stammhalter.

Der Morgen war durchdrungen von trockener Kälte, am Himmel fand sich keine Wolke, und Isenhart genoss die Wärme der Sonnenstrahlen, die sich auf sein Gesicht legten. Vor ihm erhob sich der Ascisberg.

Ein Turmfalke, den er zuvor nicht bemerkt hatte, hob die Schwingen. Als Isenhart sich ihm bis auf zwanzig Fuß genähert hatte, stieß er einen spitzen, hellen Schrei aus und glitt von dem Ast, auf dem er ausgeruht hatte. Mit nur vier, fünf Flügelschlägen erhob er sich in die Luft und tat keinen weiteren Schlag mehr, sondern schwebte wie von unsichtbaren Kräften getragen am Himmel entlang.

Isenharts Blick folgte dem Falken aufmerksam. Die Erde gehörte den Menschen, der Himmel den Vögeln, so stand es schon in der Heiligen Schrift geschrieben.

Bruchsal mochte etwa fünf Meilen entfernt sein. Legte man zugrunde, dass selbst ein geübter Wanderer zwei Stunden benötigte, um eine Meile zurückzulegen, war Bruchsal im Laufe eines Tages kaum erreichbar, mit dem Pferd kostete es ihn an die acht Stunden. Nach Spira doppelt so viel.

Isenhart orientierte sich an zwei Bäumen in der Landschaft, die der Turmfalke im Segelflug hinter sich ließ. Isenhart schätzte grob die Geschwindigkeit des Vogels und berechnete die Zeit, die dieser bis nach Bruchsal benötigen würde: kaum mehr als eine Stunde. Wäre er in der Haut dieses Falken, überlegte Isenhart, könnte er binnen zwei Stunden Spira erreichen.

Und wie schnell wären wohl fliegende Menschen im Heiligen Land?

Er lachte über sich, lachte laut über diesen absurden Gedanken, bis der Ascisberg ihm mit dem Echo seines Lachens antwortete und er verstummte.

Fliegende Menschen – das war nicht nur absurd, es war vermessen und wider die Natur. Wenn Gott gewollt hätte, dass sie mit den Vögeln fliegen, hätte er den Menschen mit Flügeln ausgestattet.

Gerne hätte er seinen Geist noch in diesen für ihn jungfräulichen Gefilden schweifen lassen, aber nun erreichte Isenhart eine Erhebung neben dem Ascisberg, die ihm freie Sicht auf die Burg Laurin gestattete. Und jeden Gedanken über das Fliegen davonfegte.

Obwohl von etlichen Fußspuren aufgewühlt und zertreten, kennzeichnete das dunkel gewordene Rot des Blutes, das im Weiß des Schnees noch zu sehen war, den Ort, an dem Anna ermordet worden war.

Als Isenhart sein Pferd unter der Eiche anhielt, verflog der Hauch des Mitleids, das er für Alexander von Westheim empfunden hatte. Er ließ sich aus dem Sattel gleiten und war froh, endlich festen Boden unter den Füßen zu spüren. Er kniete nieder, senkte seine Hand und nahm mit zwei Fingern einige Eiskristalle auf, die auf seinen Fingerkuppen zu rotem Wasser zerschmolzen.

Isenhart roch daran, aber es stieg ihm nur der Duft von Eisen in die Nasenlöcher. Das Blut hätte ebenso gut von einem Tier stammen können. Er legte die Finger auf die Zunge und schmeckte es. Ihm war nicht klar, wie sich das Wunder ereignen sollte, auf das er hoffte. Gab es einen Ritus, der es ihm erlaubte, Anna aus dem Jenseits zu erlösen? Sie in die Arme zu schließen und ihre warmen Lippen auf den seinen zu spüren?

Er wäre blind und nackt über die gesamte Erdscheibe marschiert, wenn das der Preis dafür gewesen wäre. Aber das Blut roch nicht nur, sondern schmeckte auch nach Eisen und machte ihm klar, dass er nicht mal mehr einen Teil von Anna heraufbeschwören konnte. Nicht ihren Geruch, nicht ihren Geschmack. Die süßlichen Brennnesseln.

Der sanfte Bogen, den ihr Hals beim Pilzesammeln schlug, ihr staunendes Gesicht, wenn er von der Artusrunde sprach und ihr dabei der Mund halb offen stand, was ihr auf unerklärliche Weise nichts von ihrem Liebreiz nahm, die Anmut ihres Gesichts im Schlaf oder die Behändigkeit, mit der sie über einen Bach sprang, oder all die Tonarten, in denen sie seinen Namen aussprach, mal tadelnd, mal einem Seufzer gleich und nie, nie ohne bedingungslose Zuneigung.

All diese Momente waren nur noch Spiegelungen seines Geistes und würden mit seinem eigenen Tod für immer verloren sein.

Er atmete tief durch, dann erhob er sich.

»Henrick.«

Keine Antwort. Isenhart stand leicht gebückt in dem Hühnerstall und wisperte den Namen des jungen Mannes, als dessen Bruder er aufgewachsen war. Die obere Begrenzung des Stalles erlaubte ihm keine aufrechte Haltung.

»Was treibst du da, du Kretin?«

Isenhart fuhr herum.

Am Eingang des Stalls stand ein Plünderer, bärtig, mit zerlumpten Kleidern. Die Pupillen des Mannes flogen unstet hin und her, als sei hier ein Schatz verborgen, den er nicht sehen konnte. »Bist du stumm?«

»Nein«, erwiderte Isenhart leise, »ich schaue mich nur um.«

»Umschauen? Wonach? Die Hühner sind doch längst weg.« Misstrauen hatte sich in die Stimme des Mannes geschlichen. Verheimlichte dieser junge Mann etwas vor ihm? Etwas, das er nicht zu teilen gedachte?

In diesem Augenblick erschien Wilbrand von Mulenbrunnen im Burghof, auf dessen Grund die Leichen aufgereiht worden waren. Zwölf Reihen aus Leibern, Jung und Alt, Mann und Frau.

Er schritt sie ab, inspizierte die Gesichter.

Er sucht Konrad, dachte Isenhart. Um ihn herum wurde die Burg geplündert, aber nicht geschleift. Niemand war damit beschäftigt, die Burgmauern abzutragen.

»Willst du mir wohl Antwort geben, du Taugenichts? Oder gehörst du zu den Laurins, hm? Gehörst du zu den Laurins?«

Sofort war Isenharts Aufmerksamkeit wieder bei dem Mann, der nun in der Tür zum Stall stand und ihn voller Argwohn beglotzte. »Nein«, erwiderte Isenhart mit der Miene eines Simpels, »muss man das, um hier sein zu dürfen?«

Der Plünderer grinste breit und entblößte anstelle von Schneidezähnen eine Reihe brauner Stummel. »Gott, bist du dumm«, stellte er fest, »was suchst du hier? Sag's mir!« Er trat noch einen Schritt vor.

»Eier«, erwiderte Isenhart und tastete nach dem Dolch, mit dem er bereits Rogier van Heyden getötet hatte. Wenn dieser Trampel ihn weiter bedrängte, würde er ihn töten müssen. Leise – wie auch immer er das anstellen sollte.

»Pah«, stieß der hervor, »Eier?«

»Ja«, bekräftigte Isenhart angespannt.

Der Mann trat in den Stall, Isenhart umschloss den Knauf der Stichwaffe.

»Lass den Dolch stecken«, flüsterte der Plünderer. »Du bist Isenhart, nicht wahr?«

Isenhart erstarrte, nur seine Hand bewegte sich und zog die Klinge zwischen Gürtel und Leinen hervor.

»Henrick ist bei seinen Hühnern, direkt unter uns«, fuhr der Mann leise fort, »du musst ihn hier wegschaffen. Und ich kann dir dabei helfen.«

Isenhart zögerte. »Wer bist du?«

»Gunther. Ich habe die Eier in Grüningen verkauft.«

Isenhart steckte den Dolch an seine Stelle zurück. Henrick hatte ihm von Gunther erzählt. Die Identität des Mannes konnte er unter diesen Umständen schwerlich überprüfen. Er musste ihm vertrauen und auf das Beste hoffen.

Tatsächlich hatte Henrick ganze zwei Tage mit seinen Hühnern unter der Erde zugebracht, nur durch die Holzröhren mit Luft versorgt. Wie Isenhart vermutet hatte, war Henrick nach dem Fall des Tores das Risiko für Leib und Leben zu groß erschienen. Auch die Sorge um die mühsam gezüchteten Cochins, die bei der bevorstehenden Plünderung höchstwahrscheinlich in die Hände eines debilen Grobians fallen würden, waren ihm ein Graus.

Also begab er sich zu ihnen und wisperte beruhigend auf sie ein, wenn sie aus Panik und Stress ihr Gefieder zerrupften. Unruhig wanderten sie umher, über ihn hinweg, zwei Hennen gerieten miteinander in Streit, und obschon der Lärm, den sie dabei verursachten, höchst verräterisch war, hatte Henrick es nicht übers Herz gebracht, einer von ihnen den Hals umzudrehen.

Nachdem Isenhart und Gunther vorsichtig die Ränder des Verschlags freigelegt hatten, hoben sie die Decke der Grube an. Die Hühner wandten die Köpfe ab und Henrick kniff die Augen zusammen, weil sich das Tageslicht mit schmerzhaftem Gleißen in seinen Kopf bohrte.

Das Federvieh hüpfte und flatterte aus der Grube, die es vor den hungrigen Mägen der Brabanzonen bewahrt hatte.

Sobald seine Augen sich einigermaßen an das Tageslicht gewöhnt hatten, schloss Henrick außer sich vor Freude seinen Bruder in die Arme und dankte dem Herrn, dass dieser Isenhart verschont hatte.

Als sei es nicht schon schwierig genug für sie beide, unter den Augen Wilbrands das Weite zu suchen, weigerte Henrick sich selbstverständlich, auch nur einen Schritt ohne die Hühner zu tun. Die neue Hühnerzucht, die Isenhart ihm in Aussicht stellte, war Henrick kein rechter Trost. Er wollte nicht irgendwelche Hühner, er wollte *diese.* Mit jedem Wort, mit dem Isenhart und auch Gunther ihn beschworen, um seines Lebens willen endlich Einsicht zu zeigen, nahm Henricks Haltung trotzigere Formen an. Arme und Beine versteiften sich, er presste die Kiefer aufeinander. Als Gunther schließlich laut wurde, weil ihm seinen Worten zufolge noch nie so ein bockbeiniger Dickschädel begegnet war – ein Pleonasmus, wie Isenhart erkannte –, bereitete Isenhart der Auseinandersetzung ein Ende, indem er sich zwei Hühner schnappte und damit loszog.

Kaum hatte er die ersten Schritte zurückgelegt, hellte Henricks Miene sich auf. »Wo bringst du sie hin?«

»Nach da hinten«, erwiderte Isenhart ungerührt, »da dreh ich ihnen den Hals um.«

Jegliches Blut wich aus Henricks Gesicht. Und mehr hatte Isenhart auch nicht bezweckt.

»Nur ein Scherz, Henrick. Nur ein kleiner Scherz.«

Isenhart nutzte den einzigen Vorteil, über den sie verfügten: die Kenntnis über den Grundriss der Burg. Natürlich hatten die Brabanzonen das Haus Laurin in einer bestimmten Reihenfolge geplündert, sie orientierten sich dabei an der Hierarchie der Werte. Zunächst ging es um Geld, Schmuck und teure Rüstungsteile wie Plattenpanzer und Kettenhemden. Im Anschluss folgten die Tiere, allen voran die Pferde. Für den Gegenwert eines einzigen Rosses musste ein Bauer ein Jahr arbeiten. Wer keines mehr an sich bringen konnte, versuchte sich einen Maulesel zu sichern. Dann ein Schwein oder eine Ziege. Und je länger sie die Burg nach allem durchstreiften, was ihren Reichtum steigern konnte, desto mehr Dinge kamen infrage, weil sie beim Verkauf ein ähnliches Entgelt erzielen würden.

Steigbügel oder Sporen, auf die sie in der Schmiede stießen, konnten zwar nicht den Wert einer Ziege aufwiegen, dafür waren sie aber leichter zu transportieren und mussten nicht mit Futter und Wasser versorgt werden.

Mit etwas Glück, so Isenharts Überlegung, würden sie also dort, wo für Plünderer am meisten zu holen war, nun niemanden mehr antreffen. Dementsprechend orientierte er sich an den Räumen und Gängen, in denen Wilbrands Soldritter mit ihrer Plünderung begonnen hatten – den Gemächern der Familie Laurin.

Auf diese Art erreichten sie den Fluchtstollen und an dessen Ausgang dann die beiden Pferde, die Isenhart dort zurückgelassen hatte.

Gunther verließ die Burg über das rußgeschwärzte Portal, vor dem die verbrannten Brabanzonen auf die Größe kleiner Kinder zusammengeschrumpft waren. Ein paar barmherzige Männer hatten sie zu einem kleinen Haufen gestapelt und waren nun dabei, sie zu verscharren.

Gunther war mit einem Karren aus Grüningen hierhergeeilt, den er ihnen nun überließ, wofür Henrick ihm schweren Herzens drei seiner jüngsten Hühner überlassen musste, denn vermutlich, so meinte Gunther, würden sie sich in ihrem irdischen Dasein nicht mehr begegnen und Henrick damit ein Leben lang sein Schuldner bleiben, ein Zustand, der Henrick – so gut kenne er ihn – ganz gewiss schwer zu schaffen machen würde. Um ihm das zu ersparen, nahm Gunther die Hühner bereitwillig an und wünschte ihnen viel Glück.

Das hatten sie tatsächlich, denn bis auf einen Radbruch gelangten sie in den kommenden zwei Tagen ohne Schwierigkeiten nach Bruchsal, wo sie fast zeitgleich mit Simon Rubinstein an dem Bauerngehöft eintrafen.

Unter der Führung des Juden ließen sie den Ort nach sieben Tagen hinter sich, obwohl Konrad immer noch eine Mischung aus Blut und Eiter aus der Wunde floss. Simon wie Walther fürchteten das Risiko der Entdeckung, das mit jedem Tag ihres Aufenthalts wuchs. Es war nur eine Frage der Zeit, bis jemand hier vorstellig wurde, um den Bauern auszufragen.

Rubinstein leitete sie zu drei einsamen Gebäuden in Rheinnähe, die südwestlich von Spira lagen und verlassen waren. Obwohl es gelungen war, Wilbrands Männer ins Leere laufen zu lassen, war Spira selbst zu diesem Zeitpunkt kein sicheres Pflaster für Konrad. Fraglos würden die Mulenbrunner Ritter im Auftrag des Abtes auch in den kommenden Wochen die Gegenden um die angebliche Fluchtroute herum durchkämmen.

Also bot sich jener verlassene Ort an, auf den sie von einer Anhöhe aus freien Blick hatten. Die drei Häuser waren in einer Art Halbkreis angeordnet, sodass sich zwischen ihnen wie von selbst ein Hof ergab, auf dem man eine alte Eiche hatte stehen lassen. Dieses kleine Stück Land, das Isenhart beim ersten Anblick als von Gott verlassen erschien, wurde *Heiligster* genannt.

Niemand verirrte sich zufällig hierhin, denn unweit des Hofes versperrte der Rhein den Weg nach Westen. Als Besucher war daher nur jemand zu erwarten, der Heiligster zum Ziel hatte. Und weil die Gebäude seit vielen Jahren verwaist waren und Plünderer alles hatten mitgehen lassen, was nicht niet- und nagelfest war – selbst die Fensterläden fehlten –, mussten sie vorerst mit niemandem rechnen.

Das Anwesen samt Ackergrund gehörte zum Besitz der Familie

Rubinstein. Simon entschloss sich, all das Konrad von Laurin als Lehen zu überlassen.

Selbstredend gehörte Heiligster Rubinstein nicht offiziell, denn er war Jude, und wie jedes Kind wusste, war ein Adliger jüdischen Blutes nicht denkbar; ebenso wenig wie ein Grundbesitzer, der nicht dem Adel angehörte. Alles lief darauf hinaus, dass Juden kein eigenes Land besitzen konnten.

Urkundliche Erwähnung als Besitzer Heiligsters hatte daher einst Feist von Ascisberg in den Registraturen Spiras gefunden. Mit dem Geld, das die Familie Rubinstein ihm anvertraut hatte, hatte er jenen Kauf getätigt, der Simons Vater verboten gewesen war – und überließ ihm das Land.

So, wie Simon Rubinstein diesen Landstrich, der urkundlich in den Besitz Walthers von Ascisberg übergegangen war, de facto aber ihm gehörte, nun Konrad von Laurin zu überlassen gedachte.

»Ist mit der Bereitstellung der Ritter, die Ihr gewünscht habt, mit der Eskorte hierher und der Übergabe von Heiligster als Lehen an Konrad von Laurin das Emicho-Versprechen abgegolten?«

»Das ist es«, antwortete Walther, »und es ist mehr als das.«

»Meine Familie steht damit nicht mehr in Eurer Schuld?«, hakte Simon Rubinstein nach.

»Im Gegenteil. Ich stehe in Eurer.«

Ihre Blicke begegneten sich, während sie nebeneinander auf ihren Pferden saßen.

»Wir schulden einander nichts, Walther«, ergriff Simon das Wort, »wollt Ihr mir darauf Eure Hand geben?«

Die Großmut des Juden imponierte Walther von Ascisberg, der die dargebotene Hand schüttelte.

Damit war es beschlossen.

13.

ANNO DOMINI 1195

»Na, wird wieder blaugemacht?«, fragte der Wirt und stellte zwei weitere Humpen mit Bier auf den Holztisch, an dem die beiden Färber saßen und ihm zunickten.

Außer ihnen und den beiden Männern am hintersten Tisch, die Brot und eingelegtes Kraut aßen, befand sich niemand sonst in dem Wirtshaus, das in Sichtweite zu der Stelle lag, in der die Spira in den Rhein mündete.

Die Sonne schien verschwenderisch in diesem Sommer. Jene Gassen, die mit Steinen ausgelegt waren, speicherten die Wärme bis tief in die Nacht. Einige Alte klagten wegen der Hitze, aber sie klagten auch, wenn es regnete oder Schnee fiel, die Alten jammerten in einem fort, und der Wirt hatte gute Lust, ihnen die morschen Hälse umzudrehen, wenn sie bei ihm einkehrten. Sie tranken wie die Spatzen und verdarben den anderen Gästen die Laune. Sie waren einfach nicht gut für das Geschäft.

Im Schankraum befanden sich nur sechs Tische, aber seine Tochter und er kamen gut über die Runden. Das einzige Licht fiel durch zwei Wandöffnungen, sodass ein stetes Halbdunkel herrschte, das die Augen nicht reizte und vor allem den Blick auf die Ameisen verbarg, die drauf und dran waren, das Holz der Stirnseite in feinste Partikel zu zerlegen.

Die Färber hingegen waren gute Gäste, sie leerten einen Humpen nach dem anderen und prellten nicht die Zeche. Obschon sie unsicher in Bewegung und Blick waren, nahm niemand Anstoß an ihrem Zustand der Trunkenheit, denn er gehörte zu ihrer Zunft.

Hin und wieder torkelten sie hinaus, dann gab die Sonne ihnen den Rest, und sie pinkelten in den Bottich, in dem das Leinen in einer Brühe aus Wasser und Färberwaid schwamm, einer Pflanze, die eine ähnliche Blaufärbung ermöglichte wie das unerschwingliche Indigo aus Indien.

Durch das Beimengen von Alkohol wurde eine intensivere farbliche Sättigung erreicht, aber natürlich war das in den Augen der Färber – und nicht nur in ihren – eine wenig gottgefällige Verschwendung. Also tranken sie den Alkohol, bevor sie sich in den Bottich erleichterten.

Das Färberhandwerk wurde nicht gut entlohnt, aber die Färber verbreiteten überwiegend gute Laune. Sie mussten nur trinken, warten und urinieren. Darin bestand, neben dem Aufhängen des gefärbten Leinens, ihr Handwerk. Erschien der Stoff anfangs noch gelblich, brachte die Kraft der Sonne nach einer Weile das Blau zur vollen Geltung.

»Sie hätten diesen Löwenherz vermodern lassen sollen«, sagte einer der Färber.

Der andere merkte auf, in seinen Augen glomm die Streitlust. »Und wozu?«

»Was weiß ich.«

»Ja, was weißt du schon? Der Mann hat immerhin Saladin geschlagen«, erinnerte der Färber seinen Handwerksgenossen mit schwerer Zunge.

»Saladin geschlagen – aber Jerusalem hat er nicht erobert, dein Engländer.«

Die beiden redeten sich, befeuert durch den Alkohol, der ihnen Kraft und den einzigen Zugang zur Wahrheit suggerierte, in Rage. Ein Wort gab das andere, denn tatsächlich war es Richard Löwenherz 1191 bei Arsuf während des dritten Kreuzzugs gelungen, Sultan Saladin zu schlagen. Jerusalem indessen vermochte er nicht für die Christenheit zurückzuerobern, weswegen er mit leeren Händen heimgekehrt war.

Der große Saladin, mit dem Richard zuvor Frieden geschlossen hatte, war am 4. März 1193 in Damaskus gestorben.

Darüber ereiferten sich die beiden Färber, bis einer von ihnen seinen Humpen Bier hochriss, um ihn dem anderen über den Schädel zu ziehen. Noch in der Ausholbewegung umschloss ein beherzter Griff sein Handgelenk, er fuhr wütend herum und ergoss dabei den Inhalt des Humpens über den Boden. Ebenso empört wie streitlustig blickte er den Mann an, der sein Handgelenk umklammert hielt. Er war um einen halben Kopf kleiner, ansonsten durchaus von kräftiger Statur, und um seinen Mund spielte ein nahezu freundliches Lächeln. Eine feine Narbe, die sich vom linken Auge bis zum linken Ohr zog, verlieh ihm den Nimbus von Kampferfahrung.

»Loslassen«, lallte der Färber.

»Nein«, erwiderte Konrad ruhig, »ich bin Wachmann der Stadt Spira.«

Der Färber erkannte das Wappen des Ortes, eine bildliche Darstellung des Domes zu Spira, auf dem Lederwams des Mannes.

Der andere Färber erhob sich und trat neben den Arbeitskameraden, mit dem er gerade eben noch fast in eine Prügelei geraten war. Er fixierte Konrad. »Er ist nicht allein«, ließ er ihn mit drohendem Unterton wissen.

Ein zweiter Mann trat in das Gesichtsfeld der beiden Färber. Er war ein wenig kleiner und schmaler, aber auch er trug das Wappen an der Brust. »Er auch nicht«, sagte der Kleinere. Es war Isenhart. Keinerlei Wut oder gar Feindseligkeit lag in seinem Blick, nichts weiter als eine Feststellung, die ihm über die Lippen gekommen war.

»Und nun loslassen«, verlangte Konrad, der jetzt nicht mehr lächelte.

»Sonst was?«, gab der Färber zurück.

»Sonst das«, erwiderte Konrad und hieb ihm mit der Faust zwischen die Augen.

Die Pferde, auf deren Rücken sie Spira hinter sich ließen, waren Eigentum der Stadt, doch drückte der Hauptmann der Wachmannschaft ihnen gegenüber ein Auge zu. Durch die Vermittlung Simon Rubinsteins hatte man Konrad und Isenhart für die Wachmannschaft Spiras rekrutiert.

Das Heilige Römische Reich war übersät von Wiesen, Wäldern und Sümpfen, wie Walther ihnen erzählt hatte, er musste es wissen, denn er kannte so ziemlich jeden Winkel des Reiches. Nicht einmal ein Fünftel der Reichsfläche, das hatte er grob überschlagen, war urbar gemacht worden.

Siedlungen wie Spira oder Worms bildeten einsame Oasen, die durch Trampelpfade oder Flussläufe miteinander verbunden waren. Zur neunten Abendstunde verriegelten die Wachmänner die Tore. Dann verschlossen sie die Oasen vor der Nacht und all den Gestalten, die diese hervorbrachte. Die Umgebung gehörte bis zum Morgengrauen den Gesetzlosen und den Tieren. Und das Innere verwandelte sich in ein warmes Nest in der Dunkelheit, das von den Wachleuten beschützt wurde und den Bewohnern einen Schlaf gewährte, aus dem sie wieder erwachten.

Konrad trug seine Haare halblang, sie fielen ihm in dichten Strähnen auf die Schultern. Ebenso wie Isenhart hatte er sich einen Vollbart stehen lassen, den sie einmal pro Woche stutzten. Er ließ sie erwachsener wirken, aber die Augen verrieten ihr wahres Alter.

Hin und wieder rieb Konrad sich die Knöchel der rechten Hand.

»Was ist mit deinen Knöcheln?«, fragte Isenhart deshalb.

»Sie tun mir weh«, antwortete Konrad.

»Dann schlag doch nächstes Mal mit links zu.«

»Mit links hab ich nicht so viel Kraft, da schlag ich wie ein Weib.«

Sie führten ihre Pferde vom Rhein weg und schlugen eine Route nach Südwesten ein. Der Fluss beschrieb einen weiten Bogen, den sie mit einem Ritt über die Wiesen verkürzten, um eine halbe Stunde später wieder seinem Verlauf zu folgen.

»Sie muss ein breites Becken haben«, sagte Konrad, sie trabten über die Weiden auf Heiligster zu, »die Kinder sollen mühelos aus ihr rausflutschen.«

»Die Kinder flutschen nicht«, entgegnete Isenhart, »die Kinder tun gar nichts. Es liegt einzig an den Muskeln im Unterleib der Mutter, die ihr …«

»Wie auch immer«, unterbrach Konrad, »sie soll ein breites Becken haben.«

Dann stirbt sie nicht bei der Geburt.

»Dann stirbt sie nicht bei der Geburt«, fügte Konrad hinzu.

Und sie muss was auf den Rippen haben.

»Und natürlich sollte sie auch gut was auf den Rippen haben.«

Auch lange zieren soll sie sich nicht.

»Zieren soll sie sich auch nicht zu lange«, schloss Konrad die Aufzählung der Vorteile jener Frau, die ihm einmal seine Kinder gebären sollte.

Isenhart lächelte in sich hinein.

»Was ist so komisch?«

»Nichts.«

In den letzten fünf Jahren waren sie selten ohne den anderen gewesen, Isenhart war, als kenne er Konrad in- und auswendig. Wenn er die Gedanken seines Freundes vorhersah, die dieser dann in Worte fasste, stellte sich bei Isenhart ein warmes Gefühl ein, ganz so, als streiche ihm die Abendsonne sanft über die Haut. Er fühlte sich Konrad nahe, mehr noch: bei ihm geborgen, obwohl sie auch etwas Fundamentales trennte: Konrad war nicht neugierig.

So wägten sie auf ihren Wegen nach Heiligster die Vor- und Nachteile des anderen Geschlechts ab, oftmals boten Konrads neueste Bekanntschaften aus den Freudenhäusern Spiras, in denen sich auch viele der edlen Damen ein Zubrot erschliefen, ausreichenden Gesprächsstoff.

Die beiden erreichten eine Anhöhe und stoppten ihre Pferde. Die Wiese, die übersät war von wilden Blumen, um deren Nektar unzählige Insekten auf und ab tanzten, erstreckte sich von hier hinab bis zu dem Gut, das von alten, schweren Bäumen umsäumt war. Ein Stall und ein kleines Nebengebäude, beide aus Lehm und Holz. Das Haupthaus, ein Gebilde aus lauter Winkeln, von denen sich keiner auf neunzig Grad belief, bestand sogar aus Stein. Ein unnatürlich gerader Flusslauf umspülte Heiligster mit frischem Wasser.

Exakt auf dieser Anhöhe hatten sie vor fünf Jahren auch gestanden, der Winterwind hatte die Schneeflocken tanzen lassen.

Damals, in jener Winternacht, als sie Heiligster das erste Mal erreichten, schien das Anwesen aus dunklen Fensteröffnungen, die über keine Läden mehr verfügten, auf sie zu starren wie ein ausgehöhltes Wesen. Kalt und abweisend lag es da. Ausgekühlte, kahle Wände erwarteten sie, die Natur hatte in Form von Sträuchern und Unkraut begonnen, diesen Platz, den einst Menschen ihr abgetrotzt hatten, gemächlich zurückzuerobern. Heiligster war in einem erbärmlichen Zustand.

Marie stieß damals auf einen löchrigen Ofen, ein Wunder, dass er noch nicht gestohlen worden war. Er qualmte nach allen Seiten und ließ ihnen die Tränen in die Augen steigen und sie immerzu husten. Aber sie erfroren nicht.

Von hier aus, einem Raum im Steinhaus, begannen sie, Heiligster wieder bewohnbar zu machen. Sie fällten Bäume und zimmerten Fensterverschläge. Isenhart sammelte mit Sophia und Marie Holz im Wald, riss den Ofen ab und schmiedete in ihm den Kubus für eine neue Beheizung. Obwohl er Tag und Nacht arbeitete, waren die anderen gezwungen, sich zwei Nächte lang an einem offenen Feuer zu wärmen, bevor der neue Ofen in Betrieb genommen werden konnte.

Der Rauch zog verlässlich über den Schornstein ab, die Wände begannen die Wärme zu speichern, die Isenharts Ofen spendete. Und die Fensterläden hielten die Wärme im Raum.

Nach und nach nahmen sie auch alle anderen Räume in Angriff, besserten die Wände aus, verlegten Dielen über dem kalten Erdboden, knüpften Decken und dichteten das Dach ab.

Und so fuhren sie fort mit den Nebengebäuden, der Scheune und einem Anbau, der früher den Bediensteten als Unterkunft gedient hatte. Sie ernährten sich hauptsächlich von den Eiern, die Henricks Hühner abgaben, und den Lieferungen, die Simon Rubinstein ihnen zukommen ließ: Essensabfälle, nach denen die Bettler in Spira sich die Finger leckten. Auch Walther, der sein Gut in Tutenhoven bezog, ließ ihnen Nahrungsmittel zukommen. Zudem entwickelte Marie sich zu einer vorzüglichen Anglerin, und als sie im ersten Jahr eine lächerlich kleine Menge an Korn einfuhren, das sie im Frühjahr ausgesät hatte, buken sie immerhin ihr erstes eigenes Brot.

Konrad war in dieser Zeit keine Hilfe. Er hütete das Lager, sein Körper hatte etliche Pfunde verloren. Hier zahlte sich seine Robustheit aus. Einen Mann von Isenharts Gestalt hätte das Fieber längst zugrunde gerichtet.

Mal verbesserte sich Konrads Zustand und er konnte sogar aufstehen, mal verlor er rapide an Gewicht und seine Haut nahm ein verschwitztes Kalkweiß an.

Konrads Wunde, die sich einschwärzte, verlangte nach Walthers ganzer Kunstfertigkeit. An den Wundrändern starb die Haut ab. Walther begegnete den Widrigkeiten mit immer neuen Kombinationen aus Kräutern und Desinfizierungen. Gelöschten Kalk, Branntwein und Rosenwasser setzte er den Entzündungen entgegen, die sich ihm stets aufs Neue in Form eines wässrigen Gelbs widersetzten. Als diese Absonderungen keine feinen Blutfäden mehr in sich trugen, atmete der Gelehrte auf – die Gefäße waren endlich verheilt.

Zu diesem Zeitpunkt stand Isenharts ehrgeiziges Projekt kurz vor der Vollendung. Mithilfe der beiden Mädchen – sie waren ja eigentlich schon keine mehr, Marie hatte mittlerweile auch zu ihrer Sprache zurückgefunden – und Hieronymus hub er einen fünf Fuß tiefen Graben rund um das Anwesen aus. Mit Schaufeln und Hacken waren sie dafür von morgens bis abends auf den Beinen.

»Hoffentlich ist das nicht umsonst«, merkte Sophia erschöpft an.

»Isenhart hat sich schon etwas dabei gedacht«, nahm Marie ihn in Schutz.

»Der Allmächtige hat den Lauf des Flusses bestimmt«, sagte Vater Hieronymus, »wie wird er wohl darüber denken, dass ein Sterblicher ihm in seine Vision pfuscht?«

»Er wird sich freuen, dass seine Schöpfung den Kopf benutzt, den er ihr mitgegeben hat«, entgegnete Isenhart und ließ die Spitzhacke in den Boden fahren.

Am Ende hatten sie vom Rhein aus eine lange Schneise durch den Wald und in einem engen Bogen um die Gebäude von Heiligster herumgeschlagen, der in einer Geraden wieder zurück zum Fluss führte.

Zur Einweihung des Wassergrabens in spe schritten sie gemeinsam zum Rheinufer. In einer Entfernung von dreißig Fuß hatte Isenhart einen Schieber aus massivem Holz entwickelt und mit einem tiefen Halt im Boden versehen, der es ihnen ermöglichte, die eintretende Wassermenge ganz nach ihren Bedürfnissen zu regulieren.

Er blickte in drei Gesichter, denen die Skepsis in den Mundwinkeln hing, als er zum entscheidenden Schlag ausholte. Isenhart beschloss, sich davon nicht die Laune verderben zu lassen, und beseitigte mit drei, vier Hieben der Spitzhacke den Rest an Erde, der den leeren Wassergraben vom Rhein trennte. Das Flusswasser lief in eine Mulde, die er in den Grund getrieben hatte und die sich jetzt füllte. Der Wasserpegel stieg an und floss als dünnes Rinnsal in den Wassergraben, um dort wenige Fuß weiter zu versiegen.

Plötzlich war Marie zur Stelle und ging ihm mit einer Schaufel zur Hand. Das Wasser schoss aus dem Fluss in den Graben, entfachte dabei einen Sog, der mehr und mehr Wasser nach sich zog, donnerte mit zunehmendem Tempo den Graben entlang, umrundete Heiligster in der vorgezeichneten Bahn und ergoss sich am Ende wieder in den Fluss, aus dem es stammte.

Einige Augenblicke lang standen sie alle in einer Mischung aus Staunen und Ehrfurcht vor der künstlichen Bewässerung, die Isenhart ersonnen und mit ihrer Hilfe umgesetzt hatte. Niemand musste mehr schwere Wassereimer vom Rhein bis zu ihrer Behausung tragen, es reichte, einfach vor die Tür zu treten.

Die praktische Umsetzung hatte den Beweis für die Richtigkeit von Isenharts Gedanken angetreten. Mit kindlicher Begeisterung begab er sich zu dem Schieber, um ihn zu erproben. Dabei machte er eine bedeutsame Feststellung. Drückte er den Schieber in die Mitte des Grabens, verengte er den Raum, der dem Wasser beim Durchfluss zur Verfügung stand. Es staute sich, rief Verwirbelungen hervor, erhob sich vor dem Schieber im Pegel, um die Engstelle dann mit viel höherer Geschwindigkeit zu passieren – und sich danach wieder zu verlangsamen.

Isenhart hatte im Sinn gehabt, mit dem Schieber den Pegelstand im Wassergraben zu bestimmen. Dass er damit auch imstande war, die Fließgeschwindigkeit des Wassers zu regulieren, war ihm neu. Räumte er diesem künstlichen Seitenarm des Rheins Raum ein, beruhigte sich der Strom. Verengte er ihn, wurde das gemächlich in den Graben fließende Wasser kurz zum reißenden Bach.

So reißend, dass erst Henricks wütendes Brüllen ihn aus seinen Gedanken riss. In einer Kurve war das Wasser über den Rand des Kanals getreten und hatte den Hühnerstall überflutet.

Isenharts Beobachtung über das Verhalten des Wassers war bahnbrechend.

Ohne die Last solcher Bedeutung, die er einmal im Namen eines Mannes aus dem italienischen Vinci erlangen sollte, hatte er Henrick geholfen, die Hühner zu trocknen.

All jene Erlebnisse, die aufs Engste mit diesem Ort verbunden waren, zogen an seinem inneren Auge vorbei, während er an Konrads Seite auf Heiligster zutrabte. In der Burg Laurin war er aufgewachsen und hatte sich – welch jugendliche Fehleinschätzung – sicher gefühlt. Doch Heiligster, dieser gottverlassene Ort, als der er ihm begegnet war, wurde sein Zuhause.

Isenhart begriff, dass das wenig mit den Gebäuden und dem nahen Rhein zu tun hatte, an dem er ebenso gerne wie Sophia hin und wieder seine Zeit verbrachte, sondern sich im Miteinander mit den anderen begründete. *Sie* waren sein Zuhause, sie waren es, die Heiligster zu der Bedeutung erhoben, die es für ihn einnahm: ein Refugium. Er fühlte sich akzeptiert und aufgehoben.

Beides war er in der Burg auch gewesen, doch mit der Zerstörung des Hauses Laurin und ihrer Flucht war unwiderruflich etwas in Bewegung geraten. Die Standesunterschiede verschwanden nicht gänzlich – Konrad war immer noch sein Herr, obwohl dieser ihn schon länger und insbesondere in Heiligster als nahezu gleichrangig behandelte –, aber die Übergänge gestalteten sich fließend. Marie und Sophia verrichteten beide ihre Arbeit in Heiligster, es gab nichts, was Sigimunds Tochter Marie überließ. Und trotzdem war unzweifelhaft, dass Sophia, die Jüngere der beiden, die Herrin war und Marie ihre Dienerin.

Selbst Henrick konnte man hin und wieder arbeitend erwischen, und sogar Hieronymus' Wesen wandelte sich. Bei seinem Grad an religiöser Inbrunst konnte aus ihm nicht mehr ein Hedonist reinster Prägung werden, aber eine gewisse Sanftmut und auch Gelassenheit fanden ihren Weg in sein Herz. Über kleinere Verfehlungen seiner Schäfchen, die er früher unnachgiebig geahndet hatte, etwa eine Spur von Fröhlichkeit beim Gebet oder eine zufällige Berührung zwischen Mann und Frau, sah er nun hinweg.

Denn obwohl Konrad immer noch ein Herr war und er zusammen mit Isenhart als Wachmann Spiras den Großteil der Einkünfte bestritt, fühlte Vater Hieronymus sich für diese kleine Gemeinschaft verantwortlich. Sigimunds Kinder hatten ein Inferno von Gewalt durchlitten, und Konrad wurde während der ersten Zeit in Heiligster immer noch gejagt. Mit einem pedantischen Mann Gottes war ihnen wenig gedient. Zwar waren sie, mit Ausnahme Konrads, zumindest unversehrt hier angekommen, aber in ihren Augen las er tiefe Verstörung. Isenhart, der binnen weniger Tage vom Jungen zum Mann gereift war, hängte eine gespannte Armbrust neben dem Eingang an die Wand, und als einmal ein Schemel umfiel, sprangen Sophia und Marie instinktiv auf – bereit zur Flucht.

Was sie alle benötigten, waren ein freundliches Wort und eine hilfsbereite Hand. Darin bestimmte der Geistliche seine neue Mission. Er wollte Hoffnung und Zuversicht zurück in ihre gepeinigten Gemüter führen. Und wieder ein Lachen erschallen hören.

Im Handumdrehen ereignete sich mit ihnen das, was Isenhart als Junge für die Geschichte von König Artus eingenommen hatte: Sie saßen allesamt an einem runden Tisch. In einem gewissen Sinne zumindest, denn selbstverständlich galt im Zweifelsfall Konrads Wort, ebenso wie Heiligster nichts an dem Status von Sophia und

Marie als Menschen zweiter Wahl änderte, da sie seit Anbeginn der Zeit dem Mann untertan waren.

Doch sie zogen alle an einem Strang, weil die Vorkommnisse in der Burg Laurin sie zu einer Schicksalsgemeinschaft bestimmt hatten.

Lag es in der Natur von Schicksalsgemeinschaften, sich nach einer bewältigten Krise wieder aufzulösen, verhielt es sich hier anders. Sie alle sahen in Heiligster einen Vorteil.

Isenhart stieß einen hellen, andauernden Pfiff aus, der sich über drei Intervalle erstreckte. Obschon er ein lausiger Sänger war, traf er den richtigen Ton. Nur wenige Augenblicke später hörten Konrad und Isenhart über sich ein Rauschen, das von einem Flügelschlag herrührte. Ein Schatten durchschnitt die Luft, raste in der Geschwindigkeit des Sommerwindes auf sie zu und nahm auf Isenharts Schulter Platz. Ein ansehnlicher schwarzer Vogel krallte sich in das Kettenhemd und fand dort jenen Halt, den ein Kolkrabe bei sanfter Gangart benötigte, um eine würdevolle Haltung einzunehmen.

Das Pferd scheute nicht, zu oft hatte er sie schon bei ihren Ausflügen begleitet.

Isenhart hatte ihn während der ersten Tage in Heiligster gefunden. Der schwarze Vogel war in einen mörderischen Kampf mit einer Katze verwickelt. Mit gebrochenem Flügel dem Erdboden verhaftet und der Dimension des Himmels beraubt, erwehrte er sich mutig und trickreich seines Gefieders. Zunächst überließen Konrad und Isenhart der Natur den Lauf der Dinge, was keiner Herzlosigkeit entsprang. Tiere waren eben Tiere. Man hielt sie, weil sie Milch gaben oder später als Nahrung dienten. Oder man wich ihnen aus, weil sie in Form von Schwarzbären oder Wolfsrudeln eine Gefahr darstellten. Mit Ausnahme des Rehkitzes, das Konrad damals erlöst hatte, kümmerten Tiere einen einfach nicht. Sie waren nur auch da, das war alles.

So wie Blumen, die zu nichts taugten und daher als Unkraut wahrgenommen wurden. Wenn leuchtend roter Klatschmohn sich im seichten Wind wog, war er dem Bauern in etwa so willkommen wie ein Hexenschuss.

Als Isenhart etwa eine Stunde später ins Dunkel des Winterabends trat, um sich zu erleichtern, umkreiste die Katze, die nun am Ohr blutete, immer noch den Raben, der die erneute Attacke abwartete. Eine zweite Katze gesellte sich dazu und ging im Rücken des Raben in die geduckte Sprungstellung. Es hätte Isenhart einerlei sein können. Doch war er von der Wehrhaftigkeit des schwarzen Vogels beeindruckt. Sich verletzt gegen zwei Feinde durchzusetzen, wäre ihm nicht lange geglückt.

Isenhart verscheuchte die beiden Katzen, bevor er den Kolkraben auf den Arm nahm, der ihn zum Dank laut zeternd mit dem Schnabel traktierte. Mit einiger Mühe schiente der junge Schmied dem Raben den Flügel, der offenbar gebrochen war.

»Was stimmt nicht mit dir, Isenhart?«, fragte Konrad, der ansonsten für die neue Marotte des Freundes nur ein Kopfschütteln übrighatte, während Sophia der Gedanke, einen Raben zu halten, faszinierte.

»Sie sind Pechvögel«, warnte Hieronymus ihn, und dabei begann seine Ader auf der Stirn wieder zu pulsieren, »sie bringen Unglück.«

In Henrick fand Isenhart natürlich einen fachlich Interessierten. Einzig der Umstand, dass der Rabe sich als Allesfresser entpuppte, der Äpfel, Nüsse und Insekten vertilgte, aber auch Aas, Mäuse und vor allem Eier, führte bei Henrick zu einer gewissen Skepsis.

»Warum denn einen Namen?«, fragte Konrad seufzend. Er fand, Isenhart machte ein wenig zu viel Aufhebens um diesen Vogel, der nach etwa zwei Wochen begonnen hatte, sein Mahl in Reichweite von Isenharts Armen einzunehmen, ohne davonzuhüpfen. Nun sollte dieser schwarz gefiederte Krächzer auch noch einen Namen erhalten. Noch nie war Konrad von Laurin etwas so Abwegiges zu Ohren gekommen. Man gab doch Tieren keinen Namen!

Hieronymus und er waren ausnahmsweise einer Meinung.

»Dieser Vogel heißt ›Rabe‹«, sagte der Geistliche, während er mit

Konrad am Fluss saß und angelte, »das ist sein Name. Warum soll er jetzt *noch einen* bekommen?«

Konrad deutete ein Achselzucken an: »Ihr kennt ja Isenhart. Was soll ich da noch sagen?«

»Reden Tiere etwa?«, fuhr Hieronymus mit pulsierender Stirnader fort, »sprechen sie uns vielleicht mit Namen an? Wozu soll ein Name gut sein?«

Da kam es gerade recht, dass Marie und Isenhart zu ihnen stießen und Köder an ihren Angelschnüren befestigten.

»Warum willst du diesem Unheilsvogel einen Namen geben?«, wandte Hieronymus sich direkt an den jungen Mann.

»Damit er einen hat«, erwiderte Isenhart lakonisch. Er holte mit der Weidenrute aus und schleuderte Schnur und Köder über die Wasseroberfläche.

»Aber er heißt doch schon ›Rabe‹.«

»Jeder Rabe heißt ›Rabe‹. Das wäre ja so, als würden die Raben uns alle ›Hieronymus‹ nennen.«

»Raben nennen uns gar nicht«, empörte Hieronymus sich. Isenhart lächelte ein wenig, weil er seinen ehemaligen Lehrer in Aufruhr versetzt hatte. »Wo kommen wir denn da hin«, fügte der Geistliche hinzu, was natürlich kein Argument war, sondern lediglich ein Zeugnis seiner Entrüstung darstellte.

»Das ist die richtige Frage«, gab Isenhart zurück, und die scheinbare Zustimmung nahm Hieronymus jeden Wind aus den Segeln, »wo kommen wir denn da hin, wenn niemand je losgeht, um zu schauen, wohin man käme, wenn man denn ginge, statt nur zu fragen, wo all das endete.«

Konrad und Hieronymus konnten diesem Gedankengang auf die Schnelle nicht folgen.

»Nenn ihn doch Krähbold«, bot Konrad an.

»Das ist kein schöner Name«, mischte Marie sich ein.

»Ach, *schön* soll der Name jetzt auch noch sein«, schnaubte Hieronymus. Was wohl als Nächstes kommen würde, fragte er sich, sollte der schwarze Geselle vielleicht bald auch noch mit ihnen zu Tisch sitzen?

Der Kolkrabe nahm ihnen die Namensfindung ab, als er seinen Flügel ohne Einschränkungen wieder benutzen konnte und Isenhart ihm die Schiene, die der Rabe dutzendfach mit dem Schnabel gelöst hatte, entfernte.

Aber der Vogel machte keine Anstalten zu verschwinden. Isenhart lief auf ihn zu und klatschte in die Hände, doch der Rabe, der zwar kurz Zuflucht auf einem Ast suchte, flog nicht davon. Während seiner Rekonvaleszenz hatte er sich an die Menschen um ihn herum gewöhnt, die ihm keine Feder krümmten, insbesondere an jene, die ihn mit Futter versorgten: Sophia und Isenhart.

Letzterer empfand Erleichterung und auch ein wenig Stolz über den wiederhergestellten Flügel. Der Vogel würde es nicht begreifen, aber das lästige Stück Holz, mit dem dieser Mensch ihn während der letzten Wochen behindert hatte, eröffnete ihm wieder den Zugang zu seinem ureigensten Element – dem Himmel.

In diesem Augenblick verließ Marie das Steinhaus, um Wasser aus dem Kanal zu holen. Der Rabe wechselte – warum auch immer – vom Ast auf ihren Kopf.

Marie erschrak zu Tode, ließ den Holzeimer fallen und fuchtelte panisch mit den Armen. »Geh weg«, rief sie, »geh weg!«

An diesem Tag hatte *Gweg* seinen Namen erhalten.

Konrad und Isenhart ritten auf Heiligster zu. An dem Kanal, der das Anwesen mit Flusswasser versorgte, erhob sich ein hölzernes Wasserrad, das Isenhart konstruiert hatte. Weiter unten stand eine Gestalt in leicht gebückter Haltung bei den Hühnern und verteilte Körner. Isenharts Blick fand sie sofort. Sie richtete sich auf, warf die tiefroten Haare in einer wilden Bewegung zurück und winkte ihnen zu: Sophia. Sie war mittlerweile siebzehn Jahre alt.

Sie ließ von ihrer Arbeit ab und lief ihrem Bruder und Isenhart entgegen. Sophia war dünn wie ihre Schwester und bewegte sich leichtfüßig über die Wiese, bis sie die beiden erreichte und sich mit einem geschickten Sprung hinter Konrad aufs Pferd warf. Sie lächelte, in ihren grünen Augen blitzte der Schalk auf.

»Was habt ihr mitgebracht?«

»Nägel und Butter«, antwortete ihr Bruder, während Gweg von Isenharts Schulter auf Sophias wechselte und sie ihm sanft durch das Gefieder strich.

»Und Mehl«, ergänzte Isenhart.

»Und was gibt es an neuen Geschichten aus Spira?«, fragte sie ungeduldig.

»Das Übliche«, antwortete Konrad, »ein paar Betrunkene, vier Diebstähle, einen Mord.«

»Mord aus Leidenschaft?«

»Aus Habgier.«

Sophias gerade erwachte Begeisterung verflog etwas.

»Was hat sich hier getan?«, fragte Konrad.

»Nichts. Etwas von dem Wasserrad ist abgebrochen.«

»Ich seh's mir an«, meinte Isenhart.

»Musst du nicht, ich habe es schon repariert«, sagte Sophia. Und als sie Isenharts verwunderten Blick auffing, nahm sie eine stolze Haltung ein.

Zur Feier des Tages spendierte Henrick ein paar Eier, dazu gab es getrockneten Fisch und abgekochten Bärlauch. Sie aßen draußen, im Schneidersitz unter der Eiche. Marie hatte mithilfe des Mehls einen Brotlaib geknetet und in den Ofen geschoben. Der Rauch stieg fast senkrecht in die Höhe, es war nahezu windstill.

Hieronymus zog etwas von dem Fisch durch die Zähne, die das Fleisch von der Gräte trennten. Den Rest warf er in hohem Bogen in den Hof, und noch bevor er den Boden erreichte, fing Gweg ihn im Flug und machte sich darüber her.

»Welche Farben tragen die edlen Damen jetzt?«

»Was wird in Spira im Augenblick für einen ausgewachsenen Ochsen verlangt?«

»Und wie viel für Eier?«

»Habt ihr Simon Rubinstein getroffen?«

Die Fragen prasselten nur so auf Isenhart und Konrad nieder. Und nachdem sie alle beantwortet hatten, war nicht nur die Neugierde der anderen befriedigt, sondern stellte sich auch die einvernehmliche Erkenntnis ein, hier in Heiligster nicht allzu viel verpasst zu haben, und dass Spira nichts weiter war als ein großes Dorf. Und da war etwas dran.

»Hat ein neues Freudenhaus eröffnet?«, wandte Henrick sich an den jungen Mann, von dem er noch immer annahm, er sei sein Bruder.

Hieronymus war ein Diener des Herrn und damit dem Zölibat unterworfen, aber er empfand nichts Anstößiges an der Frage von Chlodios Sohn. Jeder normale Mann suchte diese Stätten zum Ziele der Entspannung auf.

»Nein. Aber die jüngste Tochter des Seilers verdingt sich jetzt am Haus am Dom«, antwortete Konrad.

»Wie stellt sie sich an?«, hakte Henrick nach.

»Unbedarft«, antwortete Konrad von Laurin und lächelte ein wenig, »aber auch das hat seinen Reiz. Die Kleine ist gerade vierzehn geworden, was soll man erwarten?«

Marie zeigte ein verständnisvolles Lächeln, das ihre Zahnlücke oben links offenbarte. Aber ihre Augen teilten dieses Lächeln nicht, was Sophias Mitleid hervorrief. Es lag in Maries Gesten und Blicken, dieses Bemühen um Konrads Wohlbefinden, das Sophia sehr wohl bemerkte. Fragen nach den jungen Dingern, mit denen ihr Bruder sich vergnügte, schlugen bei Marie tiefe Wunden, deren Schmerz sie stets mit ebenjenem Lächeln kaschierte, das sie auch jetzt zur Schau trug.

Konrad blieb allerdings verborgen, welche Saiten er in Marie auch durch seine Anekdoten aus den Freudenhäusern zum Schwingen brachte. In seinen Augen war es ihr gut ergangen. Ihr Entsetzen über seine Verletzung hatte sie ihre Sprache wiederfinden lassen. Sie freundete sich mit Heiligster an, das heißt mit allen, die hier lebten. Sie war Bestandteil dieser Gemeinschaft, die sich ohne sie für alle unvollkommen anfühlte. Konrad nahm an, Marie sei glücklich oder zumindest zufrieden.

Hieronymus hatte zwar im Grunde nichts gegen die Zerstreuung, die ihm versagt war, auch wenn ihm beispielsweise beim Anblick der nackten jungen Männer, die Abkühlung im Rhein suchten, zuweilen eine stattliche Erektion zuteilwurde. Doch Konrads häufige Besuche im Freudenhaus erweckten eine gewisse Besorgnis in ihm, weshalb er den Stammhalter später am Tag kurz beiseitenahm.

»Ich suche doch nur die Richtige«, redete dieser sich heraus, »wie soll ich wissen, wer das ist, wenn ich sie nicht näher kennenlerne?«

»Du willst eine Hure zur Frau?«, fragte Hieronymus fassungslos.

Konrad wurde bewusst, dass er sich soeben in eine Sackgasse manövriert hatte. »Ja … nein. Ich weiß nicht. Was soll diese Frage?«

»Diese Frage soll, dass du antwortest.«

»Das könnt Ihr nicht verstehen, Vater. Ihr habt keinen Zugang zu diesen Dingen«, wich er aus.

Hieronymus trat noch näher an ihn heran, und nun, aus kurzer Distanz, konnte Konrad von Laurin die ersten grauen Härchen auf der Kopfhaut des Geistlichen sehen. »Natürlich habe ich Zugang zu … dazu. Ich lasse ihn bloß nicht zu. Das ist ein Unterschied.«

»Das meinte ich ja.« Konrad seufzte. Wie sollte er einem Mann, der sein Leben in den Dienst einer Institution gestellt hatte, die Lust und Begierde als Versuchungen Satans betrachtete, begreiflich machen, was für ein Zugewinn diese Besuche in den Freudenhäusern für ihn waren? Isenhart, der in Gedanken und Worten so beschlagen war, hätte sicherlich eine passende Antwort parat gehabt.

»Es macht nämlich dumm, weißt du?«, sagte Hieronymus mit einer Sorge in Stimme und Blick, die nicht vorgetäuscht war. Sorge und eine Prise Stolz.

Zweiteres rührte von dem Eindruck her, den er gerade unzweifelhaft auf Konrad machen musste, denn eine Verbindung von Denkvermögen und Ejakulation war ein Gedanke, der eigentlich außerhalb seiner Zeit stand. Und Vater Hieronymus damit nicht zugänglich war. Undenkbar, im wahrsten Sinne des Wortes.

Wenn da nicht die bischöfliche Delegation gewesen wäre, die zum Hoftag nach Regensburg gereist war und nach einem Unwetter in Heiligster Zuflucht gesucht hatte.

Männer mit außergewöhnlichem Denkvermögen, manche jünger als er, die ihn in der klerikalen Hierarchie um einiges übertrafen.

Sie vertrieben sich die halbe Nacht damit, darüber zu sinnieren, welche Folgen – langfristig wohlgemerkt – der Samenerguss nach sich ziehen könnte. Einer wusste von einem Jüngling aus der Lombardei zu berichten, dem nach ungezügelter Onanie die Hand abgefallen war.

Ein anderer, älterer Geistlicher verblüffte seine Weggefährten mit der Beobachtung, dass die maßlose Geilheit vor allem von den geistig Ärmsten ausgelebt wurde. Und je dümmer sie waren, fuhr der Geistliche fort, desto wehrloser schienen sie ihren Trieben ausgeliefert zu sein. Ja, er wagte die These, dass zwischen der Frequenz von sexuellen Höhepunkten und der fortschreitenden Verblödung ein Zusammenhang existieren musste.

Ein unerhörter Gedanke, wie Hieronymus fand, der seinen Worten gelauscht hatte. Unerhört überzeugend.

»Es macht dumm? Wieso?«, entgegnete Konrad in einer Mischung aus Furcht und Ablehnung, denn auf der einen Seite wollte er nicht der Debilität anheimfallen, auf der anderen Seite aber auch nicht auf die Freuden verzichten, die die körperliche Ekstase ihm bereiteten.

Hieronymus atmete einmal tief durch. Er war nicht sonderlich geübt darin, über *solcherlei Dinge* zu referieren. Wenn es nach ihm gegangen wäre, hätte das einvernehmliche Halten der Hand von Mann und Frau genügt, um Kinder zu zeugen. Das brachte weniger Scherereien mit sich, so viel war sicher.

»Der Mann gibt *dabei* ja Samen von sich.«

»Und?«

»Das weißt du also?«

»Ja«, erwiderte Konrad ungeduldig, »das kann einem ja schwerlich entgehen, oder?«

»Zügle deine Worte«, ermahnte Hieronymus ihn.

Konrad seufzte, nickte dann aber. »Ich zügle.«

»Gut. Und weißt du auch, woher der kommt?«

»Der Samen?«

»Wonach hab ich sonst gefragt?«

»Nein, weiß ich nicht. Keine Ahnung. Aus den Lenden?«

»Nein. Und das ist der springende Punkt. Es gibt wohl im Manne Leitungen, so wie Röhren …«

»Ich weiß, was Leitungen sind«, unterbrach Konrad.

»Also gut. Diese Leitungen führen vom … du weißt schon, wovon.«

»Ich weiß, wovon.«

Hieronymus war erleichtert, die Bezeichnung der Geschlechtsteile ging ihm seit jeher nur schwerlich über die Lippen.

»Sie führen vom Hm-hm direkt zum Rückgrat.«

»Ihr nennt das Hm-hm?«

»Das ist jetzt nicht wichtig! Also: Diese Leitungen führen zum Rückgrat«, fuhr Hieronymus fort, der wahrnahm, wie ihm langsam der Schweiß auf die Stirn kroch.

»Aber was hat das mit ›dumm‹ zu tun? Worüber sprechen wir hier eigentlich?«

»Lass mich doch ausreden, zum Kuckuck!« Die Ader unter der Stirnhaut begann wieder zu pulsieren.

»Ihr habt das Wort«, sagte Konrad daher ohne jeden Spott.

»Sehr freundlich« kommentierte der Geistliche beherrscht, um sogleich fortzufahren, »sie führen zum Rückgrat, das der Zugang zum Gehirn ist.«

Konrad war in Anatomie – außer jener, die er im Zuge von Spiras Nachtleben betrachten und eingehend erkunden konnte – keinen Fingerbreit bewandert.

»Dein Mannessaft steht in engem Zusammenhang mit deinem Kopf. Jedes Mal, wenn du … wenn du also …«

»Etwas davon *abgibst*«, half Konrad aus, und Hieronymus nickte dankbar.

»Genau: etwas davon abgibst. Dann kannst du jedes Mal weniger gut denken.«

Konrad zeigte sich einigermaßen bestürzt. »Mit jedem Mal kann ich weniger gut denken?«

Hieronymus nickte feierlich: Endlich war es raus. »Richtig. Man verblödet.«

Konrad blickte sich nach links und rechts über die Schulter, ob ihnen auch niemand zuhörte. Dann wandte er sich wieder an Hieronymus. »Das ist es mir wert«, entgegnete er und schritt davon.

Mit nacktem Oberkörper standen Henrick, Isenhart und Konrad in der Scheune. Sie ließen die Dreschflegel auf die Kornähren fahren, die Sophia und Marie mit Hieronymus' Hilfe eingefahren hatten. Mit schartigen Sicheln in den Händen hatten sie im Morgengrauen die Unterkünfte verlassen und sich auf das Feld begeben, um den Kornpflanzen zu Leibe zu rücken, bevor die Sonne ihnen in den Mittagsstunden die harte Arbeit zur Qual werden ließ.

Stetig führten Marie und Sophia in gebückter Haltung die Sichel gegen die Pflanzenstiele und fällten Ähre um Ähre. Waren um die Hundert zu Fall gebracht, bündelten die jungen Frauen sie, während die Sonne ihnen auf dem Rücken brannte und allerlei Insekten sie umschwirrten, zu einem dichten Strauß, der anschließend im oberen Stockwerk der Scheune auf der Tenne gedroschen wurde.

Der Schweiß rann den drei Männern über den Körper, zwischen den Schlägen mit den Flegeln wischten sie sich mit den Oberarmen über Stirn und Augen. Feinste Spreu, aufgewirbelt von den kräftigen Hieben, tanzte in der Luft und nistete sich in Haaren, Ohren und Atemwegen ein. Hin und wieder linderten sie den Hustenreiz mit etwas Bier, das Marie gebraut hatte. Pures Wasser wäre ihnen auch recht gewesen, aber wie jedes Kind wusste, wurde man davon krank, bekam Fieber, Durchfall oder beides zusammen.

Die Weizenkörner hatten sich im Zuge des Sommers mehr und mehr verhärtet, sie lösten ihre Verbindungen zur Ähre und wurden nur mehr von den in der Sonne verdorrten Verkapselungen gehalten, um nun aus diesen durch die Wucht der Flegelhiebe herausgesprengt zu werden und auf den hölzernen Boden der Tenne zu purzeln.

»Gut jetzt«, sagte Isenhart etwas außer Atem. Henrick war froh über die Unterbrechung. Er und Konrad öffneten die gegenüberliegenden Tore der Scheune und entfachten auf diese Weise einen feinen Windsog. Der strich über den Boden, nahm die Spreu mit sich und trennte sie von den schwereren Weizenkörnern, die Hieronymus auflas und in einem flachen Korb aus Bast sammelte, in dem er sie worfelte: Er warf sie in die Luft, der Wind riss die feine Spreu mit sich, die davon befreiten Körner führte die Schwerkraft zurück in den Korb. Diese konnten nun gemahlen werden.

Am Ende des Tages hatten sie fünf Joch abgeerntet. Morgen, wenn Isenhart und Konrad nach Spira zurückkehrten, würden sie zu viert mit der Arbeit fortfahren.

Da die feine Spreu sie alle juckte und zu den aberwitzigsten Verrenkungen zwang, wenn sie sich durchs Kratzen Erleichterung verschaffen wollten, beschlossen sie, im Fluss nach Linderung zu suchen.

Was war es für eine Wohltat, in die Fluten zu tauchen und mit einem Schlag jeden Juckreiz hinter sich zu lassen! Sophia und Isenhart konnten schwimmen, der Rest achtete beim Baden darauf, nicht den Boden unter den Füßen zu verlieren.

»Ich bin kein Fisch«, pflegte Konrad auf die Frage zu erwidern, weshalb er sich weigerte, schwimmen zu lernen.

So blieb das nasse Element an diesem Nachmittag Isenhart und Sophia vorbehalten, die – sich gegenseitig mit Blicken anstachelnd – den Rhein überquerten. Erschöpft erreichten sie die andere Uferseite und sanken ins Gras. Sie prusteten, so sehr hatten sie sich verausgabt.

Ihr Leinen klebte ihnen eng am Körper, und was Isenhart bereits bemerkt hatte, gewann nun unübersehbar an Formen. Sophia, dieser Wildfang, der sich überhaupt nicht in die Rolle der braven Fürstentochter fügen wollte, der die roten Haare wie eine Entsprechung ihres Charakters immer ein wenig unbändig vom Kopf abstanden – außer jetzt, da sie nass waren –, war eine junge Frau geworden. Ihren Bewegungen wohnte immer noch etwas Ungestümes inne, aber sie war schon lange kein Trampel mehr. Eigentlich, konstatierte Isenhart, lag es in der Natur der unbändigen Bewegung, nicht gleichzeitig grazil sein zu können. Doch Sophia bewies ihm alltäglich das Gegenteil.

Auch Sophia von Laurin betrachtete den jungen Pinkepank neben sich, wenn sie glaubte, dass dieser es nicht bemerkte. Er war *außergewöhnlich.* Dieses Urteil ihrer ermordeten Schwester besaß auch heute noch Gültigkeit. Er war nicht überragend, keineswegs, nicht besonders groß, hübsch oder kräftig. Sophia vermochte es einfach nicht in Worte zu fassen, und sie vermutete, Anna war es vor fünf Jahren ebenso ergangen. Weshalb sie das Wort »außergewöhnlich« gewählt hatte.

Es ärgerte Sophia, keinen passenderen Begriff zu finden, auf der anderen Seite bestätigte der Mangel ihres Wortschatzes nur, was die Faszination an Isenhart ausmachte: ihn nicht komplett greifen zu können.

Isenhart fragte sich, wann er je mit Sophia alleine gewesen war, und konnte sich an einen solchen Moment nicht erinnern. Stets hatten sie intuitiv etwas Abstand voneinander gewahrt, als könne die Nähe des anderen die Kontrolle über sich selbst gefährden. Das fürchteten sie möglicherweise am allermeisten: nicht mehr Herr ihrer selbst zu sein.

Und jetzt, da es so weit war, wussten sie nicht, worüber sie sprechen sollten. Sie hatten darin keinerlei Übung.

»Ich hätte nicht gedacht, dass wir das schaffen«, meinte Isenhart, um etwas zu sagen.

»Ich auch nicht«, pflichtete Sophia ihm bei und empfand sich im selben Augenblick als nicht besonders geistreich.

Dann kehrte wieder Stille ein. Es gab ein weites Feld zwischen ihnen, in dem sie sich einiges zu sagen und zu erzählen hatten, die Existenz dieses Raumes spürten sie beide. Aber den Zugang hatten sie noch nicht gefunden.

So waren beide froh, dass Gweg den Weg über den Fluss fand, die Schwingen anmutig ausgebreitet, einen knappen Fuß über dem Wasser gleitend, und zwischen ihnen landete.

»Hunger«, sagte er. Oder versuchte vielmehr mit krächzenden

zwei Silben, die sein zahnloses Maul bilden konnte, jenes Wort nachzuahmen, auf das Isenhart ihn trainiert hatte. Dieses war ihm am leichtesten beizubringen gewesen, denn ein Rabe hatte immer Hunger; was für Gweg noch einmal im Besonderen galt.

Sophia und Isenhart – dankbar, von dem Raben aus ihrem Schweigen erlöst zu werden – gruben eifrig den Ufersand nach Würmern um, die sie Gweg zuwarfen. Der Vogel wusste ihre Bemühungen zu schätzen.

»Ich habe deine Zeichnungen gefunden«, sagte Sophia in die Stille hinein.

Isenhart stutzte.

»Wir haben deine und Konrads Kammer gereinigt, da fielen sie aus der Wand«, fügte sie hinzu.

Isenhart nickte und grub weiter nach Würmern. Er hatte seine Zeichnungen eines Vogelflügels in einer natürlichen Mulde der Wand untergebracht und sie lediglich mit einem Stein verdeckt. Gut möglich, dass dieser beim Aufräumen zu Boden gefallen war und das Versteck preisgegeben hatte.

Er warf Sophia einen Blick von der Seite zu und studierte ihr Profil. Die ebene Stirn, in der ein paar Strähnen hingen, die rötlich blonden Brauen, der gerade Rücken der Nase, der Schwung zu den Lippen, die nicht eben voll waren. Und dann das vorgereckte Kinn, das beim Betrachter stets den Eindruck von Willensstärke erweckte.

»Was starrst du?« Mit einem Schlag sah sie ihn an, und Isenhart spürte, dass ihre energische, unhöfliche Frage aus eigener Unsicherheit resultierte.

»Ich starre nicht«, erwiderte Isenhart ruhig, »ich sehe dich nur an.«

Die Ruhe, mit der er die Worte von sich gab, steigerte ihre Unsicherheit. »Ich mag das nicht«, eröffnete sie ihm.

»Du kommst nach deinem Vater. Du hast sein Kinn und seine Augen«, stellte Isenhart unbeirrt fest.

»Hunger«, krächzte Gweg. Sophia warf ihm zwei Würmer zu.

»Ist das gut oder schlecht?«

»Ich weiß nicht. Es ist einfach so.«

Kurz ließen sie die Stille wieder zwischen sich gleiten.

Doch dann hielt Sophia es nicht länger aus. Sie wandte Isenhart ihr Gesicht zu. »Und nichts von meiner Mutter?«

Isenhart tastete ihr Gesicht mit seinen Augen ab, Zoll um Zoll. Es dauerte einige Augenblicke, bevor er es endlich erkannte. »Das Wesen deiner Mutter war bestimmt von Sanftmut«, sagte er schließlich, »das hast du von ihr.«

»Ich bin nicht sanftmütig«, entgegnete sie sofort, und die Schnelligkeit ihrer Antwort entlarvte sie.

»Doch, bist du.«

»Bin ich nicht.«

»Du willst nicht sanftmütig sein, aber du bist es.«

Sophia schluckte. Sie stellte das Graben nach Würmern ein und setzte sich in den feinen Sand.

»Du hast mich getröstet, nachdem Chlodio mir das Auge aus der Höhle geschlagen hatte«, sagte Isenhart, »da warst du gerade sieben. Das war Sanftmut.«

»Es war interessant.«

»Du hast dich auf Annas Grab gelegt. Mitten im Winter.«

»Das war dumm. Ich hätte erfrieren können.«

»Ja. Aber es hat allen gezeigt, dass du nicht aus Stein bist. Und da hatten wir schon so unsere Zweifel.« Er grinste ein wenig, was von Sophia aber nicht erwidert wurde, weshalb er es sich schnellstens verkniff.

»Und was hat das alles mit Sanftmut zu tun?«

Isenhart sah auf, ihre Blicke trafen sich. Sophia, das konnte er ihr an der Nasenspitze ansehen, hatte die Frage nicht einfach so gestellt, sie wollte wirklich seine Meinung wissen.

»Es hat damit zu tun, Teil des Ganzen zu sein. Hineinverstrickt zu sein in all das, was einen umgibt. Menschen, Tiere, Pflanzen, einfach alles. Und all dieses und deren Bedürfnisse zu achten. Das ist Sanftmut. Wenn das nicht ein Teil von dir wäre, würdest du für Gweg keine Würmer suchen.«

Sophia sträubte sich dagegen, dennoch durchdrangen seine Worte all ihre Widerstände und berührten etwas tief in ihrem Inneren. »Dann bist du auch sanftmütig«, brachte sie hervor.

Isenhart verharrte kurz auf seiner Suche nach Würmern für den Kolkraben. »Ja, dann bin ich es.«

Sophia musste lächeln. Sie hatte noch nie einen Mann erlebt, der sich als sanftmütig bezeichnet hätte. Sanftmut galt als unmännlich. Und kein Mann wollte das sein. Obwohl sie sich innerlich dagegen stemmte, nahm Isenharts Bekenntnis sie für ihn ein.

Ihre Widerborstigkeit stand mit ihm allerdings in keinerlei Zusammenhang. Es lag in ihrem Wesen, sich nicht einfügen zu wollen. Nicht den Platz einzunehmen, den andere ihr zuwiesen.

Als Sophia sechs geworden war, hatte sie zu schwimmen begonnen. Es gab niemanden, der auf den Gedanken gekommen wäre, ihr das beizubringen, also sah sie anderen dabei zu und ahmte die Bewegungen nach. Vom Schwimmen zum Tauchen war es dann nur noch ein kleiner Schritt.

»Das tun Mädchen nicht«, belehrte ihre Mutter sie.

»Feine Mädchen erst recht nicht«, fügte Anna hinzu.

»Warum nicht?«, fragte Sophia.

»Nur einfache Leute schwimmen«, erklärte Mechthild von Laurin, »und du bist kein einfaches Mädchen. Du bist die Tochter eines Fürsten. Wenn du schwimmst und tauchst, machst du dich mit dem Gesinde gemein.«

»Ist das schlimm?«

»Ja.«

»Warum?«

»Weil man dir dann nicht mehr mit Achtung begegnet.«

Eine Weile hielt Sophia sich daraufhin vom Wasser fern. Sie wollte ihren Eltern eine gute Tochter sein. Allerdings raubte ihr diese Selbstbeschränkung bald die Luft zum Atmen.

Sie musste ihr Wesen verleugnen und Freude an Dingen zu verspüren vorgeben, die sie überhaupt nicht empfand. Wenn sie jedoch tauchte, drang Sophia in die Welt der annähernden Lautlosigkeit vor, sie glitt in eine neue Dimension, und die alltägliche Welt versank über ihr in wohltuender Stummheit. Niemand rief sie hier, niemand störte die Ruhe, niemand mahnte sie. Unter Wasser konnte Sophia sie selbst sein, fernab der Verpflichtungen des täglichen Verstellens.

Das war für sie etwas so Wunderbares, dass der angeblich damit verbundene Makel, sich mit dem einfachen Volk gemeinzumachen, dagegen verblasste. Außerdem betrachteten die Menschen auf der Burg Laurin sie wegen der Dinge, die sie manchmal von sich gab, ohnehin mit Skepsis. Sophia bekam sehr früh das Gefühl vermittelt, dass sie inmitten aller anderen doch ausgestoßen war. Dass sie nicht dazugehörte.

Selbstverständlich entging ihr keineswegs die Liebe, die ihre Eltern und auch Anna ihr entgegenbrachten. Mechthild wiegte sie in den Schlaf, wenn Albträume sie plagten – da war sie schon zehn. Sigimund wetterte gegen ihre Schwimm- und Tauchausflüge – aus Sorge, denn sie spürte seinen heimlichen Stolz darüber. Und für Anna war sie die engste Vertraute, noch vor der Mutter.

Diese eindeutigen Fingerzeige der Dazugehörigkeit vermochten in ihrer Gesamtheit aber nicht das Gefühl der Aussonderung auszugleichen.

Erst als sie diese akzeptierte, spürte Sophia, dass sie endlich mit sich im Reinen war.

An diesem Punkt angelangt, hatte sie zwei Seelenverwandte entdeckt – Giselbert und Isenhart. Giselbert war wie sie ein Außenseiter. Und zwar von Berufs wegen. Demgegenüber war Isenhart ihr um eine Spur verwandter. Er stand außerhalb, weil er sein Leben mehr und mehr nach dem ausrichtete, was sein Geist ihm befahl. Und nicht nach dem, was man von ihm erwartete. In gewissem Sinne war er ebenso frei wie sie.

Diese Erkenntnis ließ sie erschaudern.

»Warum zeichnest du Flügel?«, fragte sie. Die Abendsonne fiel im tiefen Winkel auf das Wasser, die Reflexion blendete sie kurz.

Isenhart, der den Sand noch immer nach Würmern durchkämmte, hielt inne.

»Hunger«, krächzte Gweg, der auf den nächsten Wurm wartete.

»Du hast genug«, beschied Isenhart den Kolkraben.

Der legte den Kopf nach links, dann nach rechts, ohne Isenhart dabei aus den Augen zu lassen.

»*Ge-nug*«, fügte Isenhart hinzu. Umgehend meinte er, in den Augen des Vogels einen Ansatz von Empörung lesen zu können, was er sogleich als Einbildung bewertete. Gweg war das intelligenteste Tier, das ihm je begegnet war, trotzdem glaubte er nicht, dass ein Rabe fähig war, Empörung zu empfinden.

Gweg stieß ein helles Krächzen aus, vollführte drei, vier Schritte in Richtung Fluss, breitete die Flügel aus und stieß sich von der Erde ab. Mit ein paar Schlägen fuhr er empor und glitt, allein die Thermik ausnutzend, deren Existenz Isenhart im Ansatz bewusst war, zurück zur anderen Seite.

Sophia und Isenhart sahen ihm nach, gleichermaßen fasziniert von der Leichtigkeit und Eleganz seines Fluges.

»Warum zeichnest du Flügel?«, wiederholte Sophia und riss ihn damit aus seiner Betrachtung.

Isenhart sah sie an, als wäge er ab, was er Sophia anvertrauen konnte – und was nicht. »Ich will verstehen, warum Vögel fliegen können.«

Sophia erwiderte seinen Blick und ahnte, dass das nur die halbe Wahrheit war. Sie spürte fast körperlich seinen inneren Widerstand, sich tiefer in die Karten blicken zu lassen.

»Nun, sie haben Flügel«, sagte sie. In ihren Augen lag die Antwort auf der Hand.

Isenhart nickte, warf ihr einen prüfenden Blick zu, rieb sich die Sandkörner von den Händen und nahm neben ihr Platz, sehr nah, fast berührten sich ihre Arme. »Vielleicht werden Menschen auch einmal fliegen können«, sagte er, ohne Sophia dabei anzuschauen.

Sie war ehrlich verblüfft. Isenhart wendete den Kopf und las in ihren grünen Augen die Absurdität seines Gedankens. Er schlug den Blick nieder.

Sophia war, als habe Isenhart die Tür zu seinem Innersten einen Spaltbreit geöffnet und ihr das Privileg zugestanden, als Erste zu erkennen, was ihn umtrieb – und mit der Ablehnung seines Gedankens, die sich in ihren Augen widerspiegelte, hatte sie diese Tür soeben zugestoßen. Obwohl er sich direkt neben ihr befand, nahm sie wahr, wie mit einem Schlag Meilen zwischen sie traten. Diese Ablehnung, die er nun verspüren musste, war ihr nur allzu bekannt, sie war Sophias ständige Begleiterin gewesen. Sie wusste sehr genau, wie sie sich anfühlte. Sie konnte seinen latenten Schmerz über ihre Zurückweisung, die nur einem ersten Impuls entsprungen war, mit erleiden. Es machte ihr das Herz unsagbar schwer.

»Es war ein dummer Gedanke«, stellte Isenhart fest. Mit diesen Worten verriegelte er die Tür von innen.

Sie legte ihm die Hand auf das Schulterblatt, eine Berührung, die Sophia all ihren Mut abverlangte, aber zu der ihre Intuition sie ermutigte. »Das ist es nicht«, erwiderte sie, »es ist … ein ganz wunderbarer Gedanke, Isenhart. Verwegen und schön.«

Isenhart sah ihr erneut in die Augen. Aber die Meilen wollten nicht schwinden, sie nahmen sogar rasend schnell zu.

»Aber ein unsinniger«, log er, stand auf und entzog sich damit auch ihrer Hand. »Schwimmen wir zurück?«

Sophia hätte ihm gerne tausend Erklärungen gegeben, um diesen Augenblick des Vertrauens wiederherzustellen, aber jedes weitere Wort hätte nur noch mehr zunichtegemacht. Also nickte sie.

Auf dem Feld waren Vögel die natürlichen Feinde der Bauern, weil sie sich über die Ernte hermachten. Kamen sie zu Dutzenden, wurden sie zu einer existenziellen Bedrohung. Sie stibitzten Weintrauben ebenso wie Roggen, Weizen und Dinkel. Ansonsten taugten sie für eine Mahlzeit oder als Indikatoren für das Wetter. Warum auch immer sie sich aus den oberen Luftschichten zurückzogen und ihre Bahnen relativ knapp unterhalb der Baumwipfel zogen – waren sie dort vor Blitzen geschützt? –, mit ziemlicher Sicherheit kündigte ihr Verhalten ein Unwetter an.

Doch zumindest was die Bewohner von Heiligster betraf, sorgte Gweg für ein gewisses Umdenken. Denn er verblüffte sie alle mit seiner Intelligenz. Hieronymus argwöhnte zwar, der Antichrist habe diesen Vogel des Todes damit ausgestattet, aber auch ein Geistlicher war gegen Verblüffung nicht immun.

Wie immer hatten sie einige Wochen nach Gwegs Genesung – und der Erkenntnis, dass er an Heiligster offenbar einen Narren gefressen hatte und sich um nichts auf der Welt vertreiben ließ (einige Abfälle, die Isenhart ihm zuschusterte, mochten dabei eine Rolle gespielt haben) – ihr gemeinsames Abendessen mit einem Tischgebet begonnen.

»Amen«, beendeten sie ihren Dank an den Allmächtigen.

»Amen«, schloss Gweg sich an. Er saß im Fensterverschlag und wog seinen schmalen Kopf von links nach rechts. Das »Amen« bestand zwar aus einem ungelenken Krächzen, war aber dennoch als ein solches unverkennbar.

Ohne Ausnahme waren sie wie vom Donner gerührt, und ihre Hände, die sie nach den Holzlöffeln ausgestreckt hatten, verharrten in der Luft. Würde vielleicht im nächsten Augenblick der Leibhaftige in der Tür stehen und sie der ewigen Verdammnis überantworten?

Hieronymus, das musste der Neid ihm lassen, fasste sich als Erster. Er griff sich einen Besen und versuchte, den Raben damit zu erschlagen, doch der suchte mit ein paar Flügelschlägen Zuflucht auf einem Ast. Sie alle rannten hinaus, es herrschte helle Aufregung. Konrad, der auch in dieser Situation die Nerven behielt und sich mit der Überzeugung, eine pragmatische Herangehensweise könne nicht allzu verkehrt sein, die Armbrust schnappte, um Gweg den Garaus zu machen, wurde von Isenhart zurückgehalten.

Während Hieronymus bereits geweihte Kerzen entzündete, um das Haus vor dem glühenden Sog in die Hölle zu retten, die sich unzweifelhaft gleich vor ihnen auftun würde, gerieten Isenhart und Konrad das erste Mal seit ihrem kindlichen Messen in allerlei Disziplinen wie Wettlauf oder Bäume-Hochklettern körperlich ernstlich aneinander. Konrad hatte die Armbrust erhoben und Isenhart sie heruntergedrückt. Das brachte sie einander so nahe, dass sie sich nicht mehr in beide Augen blicken konnten, sondern abwechselnd das linke und das rechte Auge anvisieren mussten, um nicht zu schielen.

Zwar war Isenhart aus exakter Beobachtung bewusst, dass es sich leichter gestaltete, eine aufstrebende Kraft nach unten zu drücken, als sich gegen eine hinabstrebende durchzusetzen, weshalb der Vorteil im Grunde bei ihm liegen musste. Auf der anderen Seite hatte sich aus dem Jungen mit dem breiten Kreuz ein Kraftpaket von Mann entwickelt, dessen Muskeln genug Energie aufzubringen vermochten, um sich gegen Isenhart *und* die Physik durchzusetzen.

Und so kam es auch. Konrad legte so viel Kraft in die Bewegung des Hochreißens der Armbrust, dass er damit nicht nur den Griff des Freundes sprengte, sondern ihn auch gleich ins Straucheln brachte.

»Schieß«, rief der Geistliche, »es ist ein Vogel des Teufels!«

»Wir wissen das nicht«, versuchte Isenhart zu besänftigen, während er sich langsam wieder fing.

Konrad legte das Ende der Armbrust zwischen Kinn und rechte Schulter.

»Wenn du den Bolzen nach ihm jagst«, sagte Isenhart leise, »werde ich gehen.«

Konrad zögerte. Er war der Herr von Heiligster, er entstammte einer adligen Blutlinie – was machte es wohl für einen Eindruck, wenn er sich von einem Schmied vorschreiben ließ, ob er einen Raben töten durfte oder nicht? Wenn er nachgab, konnte er unmöglich noch Herr sein.

Außerdem war an Hieronymus' Worten vielleicht etwas dran. Ein schwarzer Vogel, der das Wort »Amen« artikulierte, konnte nicht von dieser Welt sein.

Wenn du den Bolzen nach ihm jagst, werde ich gehen.

Hatte der Satan in Vogelgestalt möglicherweise schon Isenharts Verstand angegriffen? Ging von Gweg ein dunkler Zauber aus, der in seinem Freund das erste Opfer gefunden hatte? Und musste er nicht schon deshalb im Sinne ihrer Freundschaft den Kolkraben mit dem Bolzen in zwei Stücke schießen?

»Amen«, krächzte Gweg und beäugte sie von seinem scheinbar sicheren Standort aus.

Werde ich gehen.

Konrad kannte Isenhart lange genug, um diese drei Worte so zu verstehen, wie sie gemeint waren. Er würde nicht nur gehen, er würde sie *verlassen.* Und keinesfalls zurückkehren. Mit nur einer Bewegung seines Zeigefingers, die den Bolzen auf seine todbringende Bahn schicken würde, konnte Konrad alles, was die Zukunft für sie beide bereithielt, hier und jetzt auslöschen, ja, er konnte ihre Freundschaft für den Rest ihres Lebens zerstören.

Oder sich mit dem Dasein dieses Vogels arrangieren, an dem Isenhart offenbar so viel lag. Die Wahl fiel ihm leicht. Doch bevor er dazu kam, die Armbrust zu senken, bückte sich seine Schwester, ergriff einen Stein und schleuderte ihn nach Gweg, der sich mit einem anklagenden Krächzen vom Ast erhob und im Dunkel der Nacht verschwand.

Nach und nach arrangierten sich alle in Heiligster mit der Anwesenheit des Kolkraben, dem Isenhart zunächst abgewöhnen musste, auf ihren Köpfen zu landen und ihre Wimpern zu bearbeiten.

Gweg erlernte auf Anhieb knapp zwanzig Wörter, ein Repertoire, das er mit Isenharts Hilfe schließlich auf fünfunddreißig erweiterte. Der Rabe erwies sich als außerordentlich gelehrsam und geradezu wissbegierig. Für Isenhart wurde Gweg zuerst ein Studienobjekt – und erst dann so etwas wie ein Gefährte, wenn man diesen Ausdruck für einen Vogel überhaupt gelten lassen wollte.

Jedenfalls gehörte er irgendwann dazu. Heiligster ohne Gweg wäre nicht Heiligster gewesen.

Im zweiten Winter, als Isenhart und Konrad durch das schneebedeckte Unterholz auf der Suche nach Reisig stapften, kam der Rabe angeflogen und setzte sich auf einen Ast in ihrer Nähe. Um dort ein Mordsgeschrei zu veranstalten. Konrad schleuderte einen Stock nach ihm, der Gweg zwar verfehlte, ihn aber veranlasste, sich ein paar Fuß höher einen neuen Platz zu suchen.

Dort ließ er sich nach vorne fallen, hielt sich mit den Krallen aber am Holz fest, sodass er kopfüber baumelte und mit seinem Geschrei fortfuhr.

Konrads Gesicht verlor seine gesunde Färbung. Er deutete auf Gweg. »Ist das vielleicht normal?«, fragte er Isenhart vorwurfsvoll.

»Nein«, erwiderte der. Auch er hatte noch nie einen Vogel gesehen, der kopfüber an einem Ast hing.

Sie sahen Gweg an.

»Was ist, wenn er magische Kräfte besitzt?«, fragte Konrad und bemühte sich gar nicht erst, seine tiefe Besorgnis über diese Möglichkeit zu verbergen. Auch Isenhart geriet ins Schwanken.

»Ich kann nicht glauben, dass er ein Vogel ist. Was denkst du?«

»Ich frage mich, was er mit seiner Zeterei bezweckt«, stellte Isenhart leise fest.

Gweg ließ sich fallen, vollführte eine Drehung um seine Längsachse und landete auf dem darunterliegenden Ast wieder auf seinen Krallen. Er gab eine wilde Folge von Krächzlauten von sich, flog zum nächsten Baum und begann wieder von vorne.

Als sie ihren Weg kopfschüttelnd fortsetzten – zufällig in seiner Richtung –, wechselte der Kolkrabe zum nächsten Baum. Dann schlugen sie sich nach links ins Holz, und prompt begann Gweg wieder zu zetern. Isenhart stoppte und beobachtete den Vogel.

Konnte es sein, dass Gweg sie auf einen Weg *weisen* wollte? Der Gedanke erschien selbst Isenhart, der dem Vogel einiges zutraute, als ziemlich weit hergeholt. Trotzdem konnte er nicht umhin, die Probe aufs Exempel zu machen. Er vollführte einige Schritte in Gwegs Richtung. Prompt schwieg dieser und flog zwei Bäume weiter, um sich nach ihm umzuschauen. Ganz so, als würde er auf ihn warten.

Isenhart spürte den Schauer, der ihm über den Rücken fuhr. »Er will uns etwas zeigen.«

»Hast du dir vorhin irgendwo den Kopf angeschlagen?«

»Nein, im Ernst. Immer, wenn wir uns auf ihn zubewegen, hört er mit dem Gekrächze auf und fliegt dann weiter in dieselbe Richtung.«

»Ja, und? Was soll er uns schon zeigen wollen?«

»Vielleicht eine Stelle im Wald mit vielen Würmern.«

Konrad stieß ein kurzes Lachen aus. »Ganz bestimmt. Und selbst wenn's so wäre: Gweg würde die niemals mit uns teilen. Und ehrlich gesagt, würde ich auch keinen Wert darauf legen. Bah!«

Er verzog bei der Vorstellung jeden zur Verfügung stehenden Gesichtsmuskel.

Konrad hat recht, dachte Isenhart. Trotzdem ließ ihn seine Überlegung nicht los. »Es ist doch egal, wo wir Reisig sammeln, oder?«

Konrad warf ihm einen langen Blick zu, bevor er seufzte und sich in Bewegung setzte. »Also schön, folgen wir dem Pechvogel.«

Als Gweg endlich keinen neuen Baum mehr ansteuerte, erreichten sie eine Lichtung und überraschten einen Wolf, der Fleischstücke aus dem Reh riss, dass er zur Strecke gebracht hatte.

Die beiden Freunde hielten in ihren Bewegungen inne, aber der Canide hatte sie gehört – oder gerochen. Jedenfalls drehte er sich um, richtete seinen Blick auf sie und nahm eine geduckte Haltung an. Sprungbereit.

Konrad nahm in einer langsamen Bewegung die Armbrust von seinem Rücken, während Isenhart – ebenso ruhig – seinen Dolch zückte.

»Da ist noch viel dran«, murmelte Konrad.

»Sehr viel«, bestätigte Isenhart.

»Wie viele Tage hatten wir jetzt Bohnensuppe?«

»Viele.«

Wie auf ein stummes Stichwort hin begannen sie gleichzeitig auf den Wolf und dessen Beute zuzugehen. Konrad hob die Armbrust an und lehnte ihren Schaft ans Schultergelenk, um bei einem Angriff keine Zeit zu verlieren. Nichtsdestotrotz blieb ihm im Falle eines Falles nur ein einziger Schuss. Isenhart bewegte sich geschmeidig durch den Schnee. Der Wolf fletschte seine langen Zähne und stieß ein tiefes Knurren aus.

»Ich geh nur wegen der Bohnensuppe weiter«, raunte Isenhart.

»Ich auch.«

Mit einem Mal rauschte etwas Schwarzes durch die Luft, Gweg jagte im Sturzflug auf den Wolf hinab, um ihn zu attackieren. Erst im allerletzten Moment zog er vor dem Raubtier hoch, dessen Fell vom Nacken bis fast zur Rute einen eindrucksvollen Kamm bildete. Der Canide schnappte ins Leere und war irritiert. Drei Gegner waren ihm augenscheinlich zu viel. Unter gesichtswahrendem Knurren zog er sich zurück und überließ dem Gefiederten und den Zweibeinigen seine Beute.

Konrads Hang zum Pragmatismus ließ ihn etwas tun, worauf Isenhart in dem Augenblick niemals gekommen wäre: Er schnitt ein Stück aus den angefressenen Eingeweiden heraus und warf sie Gweg zu, der in einigem Abstand abwartete. Der Kolkrabe schnappte sich die Eingeweide und flatterte davon.

Konrad entging Isenharts fragender Blick nicht. »Ohne ihn wären wir nie auf das Reh gestoßen. Also wird geteilt.«

Seit dieser Begebenheit hatte Konrad nach und nach all seine Bedenken, die um Gwegs möglichen Herrn – den Endchristen – kreisten, über Bord geworfen und ging nur noch in Begleitung des Raben zur Jagd. Der eine in der Luft, der andere am Boden, ein jeder das, was der andere nicht leisten konnte, eine Symbiose zum Wohle beider.

Im Sommer darauf mussten sie allerdings feststellen, dass sowohl Gwegs Einschätzung, was Isenhart und Konrad zu erlegen imstande waren, als auch seine Loyalität ein wenig unterentwickelt waren. Der verletzte Bär, zu dem der Kolkrabe sie führte, war außer sich vor Wut und griff sie ansatzlos an. Mit einer Geschwindigkeit, die man diesem beleibten Tier niemals zugetraut hätte, setzte er ihnen nach. Und während Isenhart und Konrad in Todesangst durchs Unterholz hetzten, unternahm Gweg nicht etwa waghalsige Scheinangriffe, sondern betrachtete das Spektakel von einem sicheren Ast aus, ohne eine Kralle zu rühren.

So war ihnen nichts anderes übriggeblieben, als sich auf zwei Bäume zu retten, auf denen sie in unwürdiger Haltung Flüche in Gwegs Richtung ausstießen und sich gedulden mussten, bis der Bär wieder seiner Wege zog.

Auf das Fundament aerodynamischer Eigenschaften war Isenhart durch die Versorgung von Gwegs verletztem Flügel gestoßen, dessen Aufbau und Beschaffenheit er bei dieser Gelegenheit studieren konnte. Die dichten, kurzen Federn an der Flügelunterseite, die auf der Oberseite an Länge gewannen. Diejenigen an den Flügelenden, die der Rabe mit seiner Muskulatur in alle möglichen Positionen auszurichten vermochte.

Wenn der Kolkrabe über den Boden stolzierte, waren sie nutzlose Anhängsel, im Flug vollführte er damit oftmals nur kleine Bewegungen – und änderte auf diese Weise seinen gesamten Kurs. So wie Isenhart durch die Ausrichtung seiner Füße die Richtung festlegte, die er einzuschlagen gedachte.

Warum war es Vögeln gegeben, sich so beliebig durch die Luft zu bewegen, wie ein Fisch durchs Wasser glitt?

Alles drängte zur Erde. Ließ man etwas fallen, plumpste es zu Boden. Das war Gottes Wille. Isenhart nahm an, dass der Himmel alle Dinge, für die der Allmächtige ein Dasein auf der Erde vorgesehen hatte, wieder zu Boden drückte. Selbst ein Armbrustbolzen, den man senkrecht in den Himmel schoss, kehrte wieder zurück zu ihrer aller Mutter, dem Erdboden. Möglicherweise, weil es vermessen war, sich entgegen seiner Bestimmung zu bewegen. Oder weil es ihnen ihr Schicksal bestimmte, nicht vor ihrer Zeit in den Himmel emporzusteigen.

Lediglich die Vogelwelt bildete diesbezüglich eine Ausnahme. Wie hoch war wohl der stärkste aller Vögel in den Himmel gestiegen? Waren die gefiederten Tiere gar so etwas wie Gottes Boten? Späher des Allmächtigen?

Sosehr Isenhart sich auch den Kopf darüber zerbrach, nie gelangte er zu verlässlichen Antworten, alles blieb nutzlose Spekulation. Nur eines war keine: Ohne Flügel vermochten auch die Vögel nicht, sich in die Lüfte zu erheben. Ihr Schlag widersetzte sich der Druckkraft des Himmels. Also, folgerte Isenhart, waren die Flügel der Schlüssel.

Für Aufbau und Form stand Gweg ihm Modell. Lediglich die Beschaffenheit blieb weitgehend ein Geheimnis. Drei Eigenarten konnte Isenhart aber dennoch ableiten. Im Vergleich zum Körper und seiner Masse waren die Flügel erstens leichter und zweitens – in der Dimension der Fläche betrachtet – um ein Vielfaches größer. Und drittens luftundurchlässig.

Isenhart hatte noch sehr genau das Bild von Rupert, dem Bogner, vor Augen, der mit gespaltenem Schädel in den Burghof gestürzt war und sich dabei alle Knochen gebrochen hatte. Und das bei einer Fallhöhe von vielleicht dreißig Fuß. Wenn es ihm also gelingen sollte, Flügel zu konstruieren, musste jedes Detail stimmen, wollte er sich bei seinem ersten Versuch nicht selbst töten oder zumindest verkrüppeln.

Daher setzte er sich für die Entwicklung keine zeitliche Begrenzung. Sollte er tatsächlich jemals dieses Wagnis eingehen, wollte er aufs Gründlichste vorbereitet sein. Zu den mechanischen Herausforderungen, die Isenhart zu bewältigen hatte, gesellte sich das Risiko, seine Pläne unter den Augen der anderen in die Tat umzusetzen. Gegen den Widerstand innerhalb von Heiligster wäre er gewappnet, aber durch einen unkalkulierbaren Zufall – wieder ein Pleonasmus – könnten seine Bemühungen sich herumsprechen. Bis in kirchliche Kreise.

Also arbeitete er an seinem Unternehmen hauptsächlich in der Nacht, entwarf im Schein einer Wachskerze seine Konstruktionszeichnungen und löschte schnell das Licht, sobald einer der anderen schlaftrunken vorbeischlich, um sich draußen zu erleichtern.

Die Wegstrecken, die Konrad und er auf ihren Ritten zwischen Spira und Heiligster zurücklegten, nutzte er zur Beobachtung der Vögel und deren Flugverhalten. Die Flügel, die Isenhart anzufertigen gedachte, mussten vor allem leicht sein – und gleichermaßen stabil. Die Anzahl der Materialien, die dafür infrage kamen, gestaltete sich recht übersichtlich. Seine Wahl fiel auf Holz.

Da es zu unnötigen Fragen geführt hätte, wenn er in Spira Holzscheite auf eine Waage gelegt hätte, behalf er sich mit dem Rhein. An dessen Ufer legte er gleich große Stücke von Lärche, Fichte, Buche, Esche, Birke, Eiche und Kiefer ins Wasser, um festzustellen, ob sie schwammen. Und wenn sie schwammen, wie groß der Teil ihres Körpers zu veranschlagen war, der sich dabei unterhalb der Wasseroberfläche befand.

Mit dieser Methode war er auf den für sein Vorhaben am besten geeigneten Rohstoff gestoßen: Fichtenholz.

An dem Nachmittag, an dem er mit Konrad Heiligster erneut hinter sich ließ, um den Wachdienst in Spira anzutreten, waren seine Konstruktionsskizzen – auf die auch Sophia gestoßen war – komplett. Bei seiner nächsten Rückkehr würde er sich an die Arbeit machen, und der Gedanke daran wirkte wie ein Elixier, das ihn mit Leichtigkeit und Vorfreude erfüllte.

Sie passierten eine Trauerweide, deren Arme sich bis knapp über den Boden verästelten. Dem Stamm entsprangen noch oberhalb des Erdreichs zwei wuchtige Wurzeln.

Auf ihnen hatten Walther von Ascisberg und Konrad damals gesessen. Der junge Herr von Laurin trug einen Verband um die Hüfte, der mit Kamille getränkt war. Isenhart war nicht dabei gewesen, sondern damit beschäftigt, das Wasserrad zu konzipieren, unten am Kanal. Aber er hatte trotzdem ihre Gestalten ausmachen können – und eine an Gewissheit grenzende Ahnung, worum es bei diesem Treffen ging: Rache.

Walther hatte den Blick gehoben, die Wurzel unter seinem Gesäß versprach nicht viel Bequemlichkeit. Konrad saß ihm gegenüber, der junge Herr war lediglich noch ein Strich in der Landschaft. Schweiß stand ihm auf der Stirn, jede Bewegung erforderte Anstrengung.

»Rache, hm?«

Konrad nickte.

»Und was willst du machen? Wilbrand von Mulenbrunnen töten?«

Konrad löste den Blick von den Ameisen, die direkt vor seinen Füßen eine Libelle ohne Flügel davontrugen, und richtete ihn in die Augen seines Gegenübers. Konrad war erfüllt von einer Bestimmtheit, die Walther von Ascisberg Respekt abnötigte und ihn an Sigimund erinnerte. Sein erschlagener Freund hatte auch stets die Konfrontation gesucht.

Und gefunden, wie Walther betrübt feststellte.

»An Rache ist nicht zu denken«, sagte er ruhig, »jedenfalls nicht jetzt.«

Konrads Zähne mahlten unruhig aufeinander. Walther fiel kurz ein, dass Konrad darauf achtgeben sollte – auf die Zähne.

»Warum nicht?« Konrad stellte die Frage nicht zögerlich, wie es Walther lieber gewesen wäre, sondern klar und direkt. Entschlossen.

»Du kommst nicht an Wilbrand heran. Er ist ständig von ergebenen Leibwächtern umgeben. Du wärst schon tot, bevor du ihn überhaupt zu Gesicht bekämst – und wofür hätten wir dich dann gerettet?«

Konrad blinzelte nervös. Etwas in dieser Art – einen geschickten Mordanschlag – hatte er sich ganz offensichtlich vorgestellt. »Man könnte einen Trupp zusammenstellen«, begann er, aber Walther beugte sich vor und unterbrach ihn.

»Hör mir zu, es hat uns viel Mühe gekostet, dich untertauchen zu lassen. Und auch jetzt, während wir hier reden, suchen Wilbrands Männer dich.«

»Ich habe keine Furcht.«

Nichts an seinen Worten war einstudiert, Konrad sprach aus Überzeugung. Kurz nur legte diese Klarheit einige sentimentale Gedanken an Konrads Vater in Walthers Kopf frei. Konrad kam eindeutig nach ihm.

»Ein kleines Unternehmen mit ein paar Söldnern wird scheitern, glaub mir. Und stellst du ein ganzes Heer zusammen, um gegen von Mulenbrunnen zu ziehen, musst du sehr reich sein – was du nicht bist, Konrad. Du hast im Augenblick weniger als nichts. Und selbst wenn: Die Bedingungen für eine rechtmäßige Fehde waren erfüllt. So schwer es dir auch erscheinen mag, Wilbrand war im Recht, als er die Burg deiner Eltern angegriffen hat.«

»Er hat meine Ohrfeige zum Vorwand genommen.« Die Bitterkeit, die in Konrads Worten mitschwang, entsprang nicht der Galle, sondern dem Herzen. Sie speiste sich aus der Erkenntnis, mit der Züchtigung des Abtes den Untergang des Hauses Laurin eingeleitet zu haben.

Gerne hätte Walther ihn von dieser Last erlöst, denn er sah und spürte, wie sehr der junge Laurin darunter litt, aber er konnte Konrad nicht ins Gesicht lügen. Diese Bitterkeit würde Konrad bis zum letzten Atemzug begleiten. »Hat er«, pflichtete von Ascisberg ihm bei, »ja, das hat er. Trotzdem ist die Fehde von Krone und Kirche gedeckt. Wenn du jetzt gegen ihn zu Felde ziehst, setzt du dich selbst ins Unrecht. Du wirst den Bischof von Spira gegen dich haben, die Landesfürsten und auch Kaiser Heinrich selbst. Anders gesagt: Du wirst alleine auf weiter Flur stehen.«

Eine Brise drückte Konrad die leicht gelockten Haare in die Stirn.

»Dann will ich wenigstens kämpfen, bis mir das Fleisch von den Knochen gehackt worden ist.«

Walther von Ascisberg stieß einen Seufzer aus. »Und was hast du dann erreicht?«

Konrad schluckte, er wich dem Blick seines Lehrers aus, weil er keine Antwort fand.

»Nichts«, setzte Walther nach, »du würdest Sophia und Marie sich selbst überlassen. Und auch Isenhart.«

»Isenhart braucht mich nicht.« Dieses Mal waren die Worte frei von jeder Bitterkeit, sie waren eher Ausdruck des Stolzes, den er für den Freund empfand.

»Isenhart braucht dich mehr, als du glaubst, aber das ist nicht der springende Punkt.«

»Ich will Wilbrand von Mulenbrunnen töten.«

Walther gab es auf. Er erhob sich. »Gut. Ich gebe dir ein gutes Pferd und das Silber, das ich entbehren kann. Dann kannst du nach Mulenbrunnen reiten und dein Glück versuchen.«

Konrad von Laurin fühlte sich von der Plötzlichkeit des Angebots überrumpelt. Er prüfte Walthers Miene, denn wie er ihn kannte, konnte es sich bei seinen Worten auch um eine geschickte Finte handeln. Zuzustimmen, um das Gegenteil zu erreichen. Aber danach sah es nicht aus, der alte Mann war einfach des Disputs überdrüssig. Und tief in seinem Herzen wusste Konrad auch um die Erfolglosigkeit seines Vorhabens.

Als hätte von Ascisberg seine in Widerstreit geratenen Gedanken lesen können, eröffnete er ihm einen Weg aus seinem Dilemma. »Dein Tod wäre Wilbrand von Mulenbrunnen die größte Befriedigung. Also schenke sie ihm nicht. Er weiß, dass du nach dem besten Mann kommst, dem ich in meinem Leben begegnet bin. Er ist deiner Rache gewiss, Konrad. Es gibt nur eines, was er nicht weiß: *wann*. Wenn du jetzt nichts überstürzt, kannst du zu der größten Geißel seines Lebens werden. Jeden Abend, wenn er aufs Lager sinkt, kann er sich nicht sicher sein, von dir im Schlaf erstochen zu werden. Und am Tag muss er seine Augen überall haben. Wer sagt ihm, dass sich unter der Kutte einer seiner Zisterzienser nicht Konrad von Laurin verbirgt? Verstehst du? Wilbrand muss nun in jedem Augenblick seines Lebens auf der Hut sein. In jedem neuen Tag steckt ein Stachel, der es ihm unmöglich macht, seine Zeit unbeschwert zu genießen, und dieser Stachel trägt deinen Namen.«

Langsam nur sickerten die Worte und im Anschluss ihre Bedeutung in Konrads Verstand. Aber schließlich zog ein fast boshaftes Lächeln über sein Gesicht. »Ihr meint, es wäre eine größere Strafe, als ihn einfach zu töten?«

Walther nickte: »Ich denke, er hat es verdient zu leiden, bevor eure Wege sich kreuzen. Und das werden sie, Konrad. Das werden sie. Mein Wort darauf.«

Isenhart erfuhr erst später, worüber die beiden sich im Schatten der Trauerweide unterhalten hatten, er nahm damals nur wahr, dass Konrad gelöst und fast ein wenig heiter zu den Gebäuden zurückgekehrt war, denen sie nun, rund fünf Jahre später, wieder einmal den Rücken kehrten.

Konrad trabte vor ihm und hatte die Anhöhe bereits überquert, sodass ihm der Blick zurück verwehrt war. Isenhart dagegen sah sich noch einmal über die Schulter, eine Geste, die er sich im Laufe der Zeit angewöhnt hatte. Ein Haselnussstrauch am Rand des Trampelpfads markierte die letzte Gelegenheit dazu.

Heiligster erstreckte sich hinter ihm. Isenhart konnte nur eine einzige Gestalt ausmachen, die einsam im Hof stand und ihnen nachschaute. Ihr rotes Haar schimmerte in der Sonne. Und jetzt hob sie die Hand zu einem Gruß.

Möglicherweise war seine Abweisung am Flussufer zu harsch gewesen, schoss es Isenhart durch den Kopf. Also hob auch er den Arm, um Sophia mit einer versöhnlichen Geste in Heiligster zurückzulassen.

Gweg zog noch eine tiefe Kurve über ihren Köpfen, dann kehrte auch er zurück. Er war ihnen noch nie bis nach Spira gefolgt und sollte es auch zeit seines Lebens nie tun.

Gemeinsam bogen sie vom Trampelpfad für ein kurzes Stück auf die linksrheinische Handelsstraße, die aus der Lombardei über Basilia und Mainz bis in den Norden des Reiches führte.

Konrad hatte den Rat seines Lehrers befolgt und sich in den letzten fünf Jahren damit begnügt, Stachel zu sein. Und es ging ihm dabei ausgesprochen gut. Für das tägliche Leid des Abtes rührte er keinen Finger, es genügte zu sein.

»Was hältst du davon, wenn wir Walther mal wieder einen Besuch abstatten?«, fragte Isenhart.

»Gut, ich hab lange kein Huhn mehr gegessen.«

Henrick wachte über seine Hühner wie ein Löwe. Schon Konrads Gerede über saftige Hähnchenflügel brachte ihn in Rage, er gebärdete sich, als wolle man einen Verwandten verspeisen. Walthers Gesinde hielt auch einige Hühner, und der Hausherr ließ in dieser Hinsicht eher dem Magen den Vorrang. Selbstverständlich aß man das Federvieh.

Walther von Ascisberg war mittlerweile über sechzig, seine Gelenke bereiteten ihm zusehends Schmerzen, und seine Sehschärfe schwand immer mehr. Es war durchaus geboten, hin und wieder bei ihm vorbeizuschauen. Isenharts Absichten, die er mit dem geplanten Besuch verband, entsprangen aber nicht dem puren Altruismus.

Tatsächlich ging es Isenhart darum, seinen alten Lehrer in seine Pläne einzuweihen. Mit wem sonst hätte er sich über das Fliegen austauschen sollen? Es gab niemanden.

Sie passierten soeben ein Wirtshaus mit angrenzendem Stall, als ihnen ein junger Mann barfuß nachlief. Er trug eine Hose aus dunklem Leinen, das ihm bis knapp über die Knie reichte, sein Oberhemd war schmutzig und zerschlissen.

»Seid ihr Wachleute aus Spira?«, rief er ihnen nach.

Isenhart und Konrad hielten ihre Pferde an.

»Das sind wir«, antwortete Konrad und tippte auf das Wappen der Stadt, das er auf dem Wams trug.

»Dann kommt. Sie ist im Stall.«

Bevor einer der beiden nachfragen konnte, war der Mann schon losgerannt. Konrad warf Isenhart einen fragenden Blick zu, den dieser mit einem angedeuteten Achselzucken erwiderte.

Sie wendeten ihre Pferde und folgten dem jungen Mann zum Stall, der auch als Scheune diente und einen baufälligen Eindruck machte. Regen und Frost hatten dem Holz zugesetzt. Es war spröde und rissig geworden. Vor dem Gasthaus wartete ein angebundenes Gespann, das aus einem Karren und zwei Mauleseln bestand. Der junge, aufgeregte Mann, der kurz in der dunklen Scheune verschwunden war, flitzte wieder hinaus.

»Hier drinnen«, stieß er hervor, während Isenhart und Konrad von ihren Pferden stiegen.

»Was ist da drinnen?«, fragte Konrad mit einer Gereiztheit, die die Hektik des Mannes hervorgerufen hatte. Aber da war dieser schon wieder im Inneren des Gebäudes verschwunden.

Also folgten sie ihm. Zu Isenharts Überraschung war es erstaunlich gut abgedichtet, nur hier und dort fiel ein heller Lichtstrahl durch eine der wenigen Ritzen und schuf ein angenehm kühles Halbdunkel, an das ihre Augen sich binnen Augenblicken gewöhnten.

Neben dem Stroh und den Ausdünstungen der vier Kühe, die hier hausten, nahm Isenharts Nase noch einen weiteren Geruch wahr, der sich unter den anderen gleichsam verbarg. Dem aber doch eine Intensität innewohnte, die ihn verriet. Im ersten Augenblick vermochte er allerdings nicht, ihn seiner Quelle zuzuordnen.

Eine Gruppe aus drei Männern und einer Frau stand recht regungslos um eine Stelle im Stall herum, an der das Stroh aufgehäuft war.

Als Nächstes drang ein anhaltendes Surren an Isenharts Ohr. Schwankend zwar in der Intensität, aber doch stetig.

»Was ist passiert?«, fragte Konrad, der sich ein wenig gelangweilt in der Scheune umsah.

»Lilith ist tot«, antwortete der quirlige junge Mann, der sie gerufen hatte. Er stand neben einem dicklichen Kerl, der in etwa doppelt so alt war: sein Vater.

Dieser hielt einen Melkeimer in der rechten Hand, sein dunkles Haar war licht. Langsam, wie in Trance, wandte er Kopf und Blick. Er nahm die Fremden wahr, aber kein Wort drang über seine Lippen. Isenhart registrierte die Spuren der Tränen, die feine Linien auf der schmutzigen Gesichtshaut hinterlassen hatten.

Wie von selbst fächerten die vier Gestalten sich nach links und rechts auf und gaben so den Blick auf das frei, worauf sie mit entsetzten Gesichtern gestarrt hatten: ein Bündel im Stroh.

Isenhart erkannte im Halbdunkel zuerst ihr helles Oberteil, das in der Mitte aufgerissen war, und das blonde Haar. Im gleichen Moment identifizierte er auch den Geruch, der in der Luft der Scheune lag. Es war der Geruch von Eisen.

Fünf Jahre zuvor hatte er diesen Geruch sogar geschmeckt, als er sich den mit Annas Blut durchtränkten Schnee in den Mund gesteckt hatte.

Isenhart trat an das Bündel heran, das sich als das entpuppte, was er befürchtet hatte: ein menschlicher Körper. Er registrierte zwar Konrads Nähe schräg hinter sich, aber seine ganze Aufmerksamkeit galt der Leiche im Stroh. Das Surren, das wie der Eisengeruch in der Luft lag, stammte von einem feinen Teppich aus einer Unzahl feiner schwarzer Punkte, die die Tote dort bedeckten, wo sich die klaffende Wunde befand. Als Isenhart einen weiteren Schritt in Richtung des Leichnams tat, stieg ein dichter Fliegenschwarm auf und ermöglichte Konrad und ihm nun freie Sicht auf die Tote.

Lilith mochte dreizehn oder vierzehn gewesen sein, recht jung jedenfalls. Sie lag rücklings auf dem Strohhaufen, ihre leeren Augen visierten einen Punkt an der Decke der Scheune an. Ihr Oberteil war voller Blut, auch Hals und Kinn waren von Blutspritzern übersät.

Etwas lag in Höhe ihrer Schultern zwischen den Strohhalmen. Isenhart kniete sich neben sie und identifizierte den Körperteil als ihre linke Brust. Dann zwang er seinen Blick auf den Oberkörper der Toten, bereits ahnend, dass ihn ein Albtraum einholen würde. Und so kam es: Der Mörder hatte den Torso unterhalb der amputierten Brust geöffnet, ein Loch durch die Rippenbögen gebrochen oder geschnitten und ihr das Herz entnommen.

14.

In etwa dieser Haltung hatte Isenhart auch Anna vorgefunden. Die riesige Wunde hatte ihn bis in seine Grundfesten erschüttert und entsetzt, aber ihn nicht davon abgehalten, seine große Liebe zu berühren und in die Arme zu schließen. Nichts an Anna hätte ihn abstoßen können, ganz gleich, wie hoch der Grad der Entstellung gewesen wäre.

Heute lagen die Dinge anders. Lilith war eine Fremde, er stand in keinerlei Beziehung zu ihr, sodass er von dem grässlichen Anblick weiche Knie bekam.

Der Leichengeruch bewegte sich in einem erträglichen Rahmen, was zweifellos dem Stall geschuldet war, der den Leichnam vor der Hitze der Sonnenstrahlen schützte.

Als er zur Burg Laurin zurückgekehrt war, um nach Henrick zu suchen, und die Körper der Erschlagenen den Burghof zu weiten Teilen bedeckt hatten, war ein intensiver Würgereiz sein ständiger Begleiter gewesen. Damals besann er sich, dass er zwar durch Mund und Nase Luft in sich aufnahm, der Geruchssinn aber in der Nase verankert war. Nur durch den Mund zu atmen, so hatte er damals festgestellt, mutete dem Magen merklich weniger Kapriolen zu.

Er hörte ein Husten hinter sich. Es war Konrad.

»Atme durch den Mund«, riet er ihm.

Konrad wollte zu einer Frage ansetzen, unterließ es dann aber. Wenn Isenhart in diesem Tonfall das Wort an ihn richtete, handelte es sich um einen Ratschlag, dem man bedenkenlos folgen konnte. Und so war es auch dieses Mal. Nur wenige Atemzüge später rutschte das Frühstück aus Brot, Eiern und Trauben wieder die Speiseröhre hinab.

»Erinnert dich das an irgendetwas?«, fragte Isenhart seinen

Freund. Ein kaum wahrnehmbares Zittern hatte sich dabei in seine Stimme geschlichen.

»Nein. Wieso?«

»Nichts weiter.« Isenhart konnte im Augenblick nicht einordnen, ob der Anblick der toten Lilith bei Konrad nicht dieselben Erinnerungen auslöste oder ob er sie verleugnete. Und beschloss, dass es weder Zeit noch Ort war, um diese Frage näher zu erörtern.

Der Vater der Toten fragte sich, was Isenhart da trieb, der allem Anschein nach nichts weiter tat, als seine tote Tochter zu begaffen. »Seid ihr nicht da, um den Mörder zu fassen?«

»Natürlich«, bestätigte Konrad.

»Was wartet ihr dann noch? Hier ist der Schurke ganz gewiss nicht.«

»Ja«, fügte die Frau hinzu, »ihr müsst ihn suchen.«

»Und wer ist der Mörder?«, fragte Konrad.

»Woher sollen wir das wissen?«, antwortete der junge Mann, der sie zu Hilfe gerufen hatte.

»Wisst ihr, wo er sich versteckt? Wie sein Name ist, sein Aussehen?«

Die Umstehenden schüttelten die Köpfe, ganz so, wie Isenhart es vermutet hatte. Ob ihr unsinniges Gerede dem Schock entsprang oder einer allgemeinen Tumbheit, konnte Isenhart nicht beurteilen.

»Wo sollen wir ihn also suchen?«, brachte Konrad es auf den Punkt.

Betretenes Schweigen.

Isenharts erster Blick galt nicht der unübersehbaren Wunde, die die Öffnung des Oberkörpers hervorgerufen hatte, sondern Liliths Hals. Bis auf einige Blutstropfen war er unversehrt. Anna dagegen hatte man die Kehle durchtrennt.

So weit, so gut. Aber was sollte er als Nächstes tun?

Isenhart spürte die Blicke der anderen in seinem Nacken. Er wünschte, Walther wäre hier, um das Heft in die Hand zu nehmen. Er hätte ganz sicher gewusst, was nun zu tun war.

»Und jetzt?«, fragte der Wirt.

»Jetzt gehen alle hinaus, die mit dem armen Mädchen nicht verwandt sind«, sagte Isenhart eine Spur bestimmter, als er es beabsichtigt hatte.

»Es sei denn, jemand kann eine Aussage darüber machen, wie sie zu Tode kam«, fügte Konrad hinzu.

Natürlich, dachte Isenhart. Das hatte er vergessen. Aber der dritte Mann wandte sich ab und verließ den Stall.

»Ich habe manchmal mit Lilith die Gäste bedient«, sagte die Frau, die eine Leinenhaube trug und deren Gesicht eine exakte Einschätzung ihrer Lebensjahre erschwerte. Sie konnte ebenso dreißig wie fünfzig Jahre alt sein. Offensichtlich war lediglich, dass sie nach einem Vorwand suchte, der ihre Anwesenheit bei der weiteren Untersuchung legitimierte. Im Dorf würde es später einiges zu erzählen geben, und über je mehr Details sie Kenntnis erlangte, desto intensiver und andauernder würde das Interesse all der anderen an ihrer Person ausfallen.

»Weißt du etwas darüber, wie sie zu Tode gekommen ist, Weib?«, fragte Konrad, dem Tratsch schon von Kindesbeinen an zuwider war – mit Ausnahme der Geschichten über tollkühne Krieger, versteht sich.

»Nein, aber ich …«

»Dann troll dich«, wies Konrad sie an.

Die Frau warf ihm einen bösen Blick zu, den Konrad mit einem leichten Lächeln quittierte, bevor auch sie den Stall verließ.

»Du bist der Vater«, wandte Isenhart sich an den dicklichen Wirt, um etwas Zeit zu gewinnen.

»Ich bin Haintz«, antwortete der Mann selbstbewusst, »ich führe das Gasthaus. Und das hier«, er deutete mit einer leichten Kopfbewegung zu dem jungen Mann neben sich, »ist mein Sohn Kuntz.«

Isenhart sammelte sich. Er wusste nun zumindest, wo er ansetzen konnte, und das verlieh ihm ein wenig Sicherheit. *Verifizieren* hatte Walther von Ascisberg die Methode genannt.

Es lag in der Natur der Menschen, ein und denselben Hergang einer Begebenheit unterschiedlich wiederzugeben. Einige vermochten nicht, sich jeder Kleinigkeit zu entsinnen, andere wiederum ließen persönliche Wertungen in ihre Schilderung mit einfließen, die den puren Sachverhalt verwässerten. Und dann gab es noch jene, die ein vitales Interesse daran hatten, den Wahrheitssuchenden durch eine falsche Aussage in die Irre zu führen. In diesem Fall der Täter.

»Kuntz«, wandte sich Isenhart daher an den Sohn, »hast du schon einen Blick in die Stube deiner Schwester geworfen?«

Der junge Mann schüttelte den Kopf.

»Dann sieh nach, ob du dort etwas Ungewöhnliches findest – oder ob sich alles wie immer verhält. Vielleicht war der Mörder in ihrem Zimmer.«

Der junge Mann war offenkundig froh, etwas zur Klärung des Verbrechens beitragen zu können. Er nickte und machte sich rasch auf den Weg.

Als seine Schritte verhallten, sah Isenhart Haintz an, der immer noch den leeren Milcheimer in der Hand hielt. Isenhart wollte den Anblick nicht werten, denn er war ja gerade beim *Verifizieren,* aber es gelang ihm nicht, sein Herz vor dem Bild der Hilflosigkeit, das der Mann abgab, zu verschließen. »Was ist passiert?«

»Meine Lilith wurde ermordet – das seht Ihr doch.«

»Das meinte ich nicht. Wer hat sie gefunden?«

»Na, ich.«

»Und wann?«

»Zur sechsten Stunde«, gab der Mann zur Antwort.

Als sie das Wirtshaus passierten, hatte es zur neunten Stunde geschlagen. Haintz war also vor drei Stunden auf die Leiche seiner Tochter gestoßen.

»Hast du sonst jemanden bemerkt?«

Haintz schüttelte betrübt den Kopf.

»Was hatte Lilith hier zu suchen? Sollte sie das Kleinvieh füttern?«

»Eine meiner Kühe ist trächtig. Wir dachten, sie würde heute Nacht kalben. Deswegen hat Lilith sich hier ein Lager eingerichtet. Um zur Stelle zu sein, wenn es so weit ist.«

Das war eine einleuchtende Erklärung.

»Wann hast du sie das letzte Mal gesehen?«, mischte Konrad sich ein und nahm damit die Frage vorweg, die Isenhart auf der Zunge lag.

»Um Mitternacht, da hab ich noch mal nach dem Rechten gesehen und ihr eine Kerze gebracht.«

Sofort hielt Isenhart danach Ausschau und entdeckte die erwähnte Lichtquelle nur sechs Fuß neben dem Leichnam.

»Eine frische Kerze?«

»Was?«

»Hast du ihr eine frische Kerze gebracht?«

»Ja.«

»Gießt du deine Kerzen selbst oder kaufst du sie?«, fragte er.

»Die mach ich selbst«, erklärte Haintz.

Für einen Moment gingen Isenhart die Fragen aus. Er begutachtete die junge Tote und konnte den Sinn, den Gott darin sah, sie überhaupt und auch noch auf diese qualvolle Art aus der Mitte ihres Daseins zu reißen, nicht erkennen.

Eine schwer zu bemessende Distanz schob sich zwischen seine Ehrfurcht vor Gott und den Allmächtigen selbst.

»Und Lilith war hier alleine?«

Haintz nickte.

»Hatte sie ein teco-meco mit einem Burschen?«

Haintz sah ihn überfordert an.

»Eine Tacht«, übersetzte Konrad.

Haintz schüttelte heftig den Kopf, die Adern an seinem Hals schwollen vor Erregung an. »Sie war mit niemandem, Lilith war ein gutes Mädchen! Sie hat mit keinem gelegen!«

Isenhart war gewillt, dem Mann zu glauben, aber ausschließen wollte er diese Möglichkeit trotzdem nicht; Anna war mit ihrer Liebschaft auch nicht bei ihrem Vater hausieren gegangen. Wenn Lilith sich mit einem Jungen getroffen hatte, war ihr Vater mit Sicherheit der letzte Mensch auf Erden, der davon erfahren hätte.

Es sei denn, er selbst war derjenige gewesen. Auch diese Möglichkeit zog Isenhart in Betracht, denn sowohl in den ärmsten Bauernfamilien als auch in den Adelshäusern verlor eine ansehnliche Zahl von Töchtern ihre Jungfräulichkeit durch den Vater. Oder den Bruder.

Kuntz, den er im Anschluss getrennt vom Vater befragte, bestätigte im Großen und Ganzen Haintz' Aussagen. Daraus ergab sich ein Zeitraum von rund sechs Stunden, über den Unklarheit herrschte. Um Mitternacht war Lilith mit einer Kerze versorgt worden, zur sechsten Stunde hatte ihr Vater sie ermordet im Stall vorgefunden.

Es galt nun, den Leichnam zu untersuchen, um den Grund für den Eintritt des Todes festzustellen.

Die einzige Wunde, die er fand, war jene, die offensichtlich war. Konrad, der Wirt und dessen Sohn sahen ihm dabei über die Schulter.

»Vielleicht«, sagte Konrad mit gebührender Vorsicht, »wurde sie durch einen Stich ins Herz getötet.«

Isenhart fand sich von dieser These überrascht, weil sie von Konrad stammte und doch eine Menge offener Fragen beantwortete. Beispielsweise, weshalb Liliths Körper frei von einer anderen Verletzung war. Natürlich konnte der Täter sie erwürgt haben, doch dagegen sprachen der Zustand ihrer Augen, die nicht weit aus den Höhlen getreten waren, und ihr nur leicht geöffneter Mund.

Solange es möglich war, hatte er sich vor einer Inspizierung der Wunde gedrückt. Nun war allerdings der Zeitpunkt gekommen, sich Gewissheit zu verschaffen.

»Ich brauche Wasser«, sagte er. Kuntz machte sich umgehend auf den Weg.

»Was soll ich bloß tun?«, wandte Haintz sich mit jammervoller Stimme an sie, »Lilith war meine einzige Tochter, versteht ihr?«

»Das ist ein hartes Los«, bekannte Konrad.

Haintz warf ihm einen dankbaren Blick zu. Endlich jemand, der Verständnis für sein Leid aufbrachte. »Ja«, fuhr er ermutigt fort, »sie war einem Nobile versprochen. Er hat mir drei Kühe für Lilith geboten. *Drei Kühe.* Die kann ich jetzt natürlich vergessen.«

Das Mitleid, das Isenhart und Konrad eben noch für den Wirt

empfunden hatten, wurde von einer leichten Sommerbrise nach draußen getragen. Und von dort kam Kuntz zurück und reichte Isenhart einen Bottich mit Wasser.

Er wusch der Toten sorgsam die Wunde, wobei die Wundränder nun deutlich zutage traten. Der Mörder hatte eine Klinge benutzt, um die Haut zu durchtrennen. Das Messer hatte er dabei von oben nach unten geführt. Isenhart wusste, dass man dabei weniger Kraft aufwenden musste als bei einem Schnitt in entgegengesetzter Richtung. Der klare Schnitt wurde immer wieder durch Einkerbungen im Winkel von neunzig Grad zu beiden Seiten unterbrochen. Auch das ein Beleg für die Abwärtsbewegung. Gradlinigkeit und vor allem Tiefe des Einschnitts ließen darauf schließen, dass der Täter ihr vor diesem Eingriff die Brust abgenommen hatte. Der Amputationsschnitt wiederum war sehr sorgfältig ausgeführt worden.

Er wusste, was er tat.

Der vertikale Schnitt nach der Entfernung der linken Brust bemaß sich auf rund einen Fuß. Im Anschluss daran – oder davor – war dem Opfer von links nach rechts abermals die Haut geöffnet worden. Auf diese Weise ergaben sich vier dreieckige Hautlappen, die mühelos zur Seite geklappt werden konnten, um sich dann den Rippen zu widmen, die unmittelbar darunter verliefen. Die Schnitte waren – bis auf die rechteckigen Einrisse – von einer solchen Gradlinigkeit, dass sie ohne Unterbrechung durchgeführt worden sein mussten. Zu diesem Zeitpunkt konnte Lilith sich also nicht mehr gewehrt haben, ansonsten wäre Isenhart eher auf einen unruhigen Verlauf gestoßen.

Da war sie schon tot.

Isenhart beugte sich tief hinab und inspizierte die Verletzung. Sofort begann der Würgereiz, ihm den Hals hinaufzukriechen.

Er rief sich jene Nacht an der Glems ins Gedächtnis, als er sich beim Abrollen vom Pferd das Knie gestoßen und der Schmerz ihm eigentlich den Gang auf den Steg verweigert hatte. Damals war es ihm gelungen, den pochenden Schmerz einfach beiseitezuschieben. Und so hielt er es nun auch mit dem Würgereiz. Er zwang seinen Geist, den Körper Liliths nicht wahrzunehmen, die Tatsache eines

Mordes auszublenden und sich ganz allein der Beschaffenheit der Verletzung zu widmen.

Drei Rippenstücke fehlten. Isenhart inspizierte die Schnittränder. Die Unregelmäßigkeit, die er an den Schnittkanten vorfand, sprach gegen eine ungezackte Klinge. Als Schmied hatte er ein recht genaues Bild davon, womit man dieses Schnittmuster zu erzeugen in der Lage war: mit einer einblättrigen Säge.

Durch das Loch, das der Mörder damit verursacht hatte, passte die Faust eines Mannes. Unterhalb der Rippenbögen stieß Isenhart auf ein Wirrwarr aus Muskeln, Sehnen, Blut und Organen, deren glatte Oberflächen von tiefrot bis violett-blau schimmerten. Hier war er mit seinem Latein am Ende.

Isenhart hatte keinerlei Vorstellung von dem genauen Aussehen eines Herzens. Es war Gottes Kindern aufs Strengste verboten, sich ein Bildnis ihres vom Allmächtigen entworfenen Inneren zu machen. Ganz zu schweigen von den Vorgängen, die sich dort abspielten.

Doch die Größe und Stoßrichtung der äußeren Verwundung wie auch der Durchbruch der Rippenbögen wies auf das Herz hin. Exakt derselbe Umstand, auf den Walther von Ascisberg bei der Untersuchung von Annas Leichnam gestoßen war. Nur, dass damals kein Horizontalschnitt durchgeführt worden war und der Täter die Rippenbögen mit einem schweren Gegenstand – einem Stein etwa – aufgebrochen haben musste.

Das Surren der Fliegen, die sich ein ums andere Mal vorwagten, zehrte an Isenharts Konzentration. Er ließ von der Wunde ab und stand auf. Ihm war schwindelig.

»Können wir sie jetzt beisetzen?«, fragte Kuntz.

Isenhart schüttelte den Kopf. Eines hatte er noch vergessen. Also kniete er sich vor das tote Mädchen und drückte ihre Beine ein wenig auseinander. Danach warf er ihr das Kleid zurück und war froh, es ohne Unterbekleidung zu finden.

Plötzlich spürte Isenhart eine kräftige Hand auf seiner Schulter.

Es war Haintz, dessen Gesichtszüge äußerst gespannt waren. »Was macht Ihr da?«

»Ich untersuche den Schoß deiner Tochter«, gab Isenhart so sanft wie möglich zurück, »und ich werde mir ...«

Weiter kam er nicht. Der Wirt riss ihn mit einem tierischen Brüllen hoch, packte ihn, und sie beide stolperten und krachten zu Boden. Die Hühner stoben gackernd davon.

»Nichts wirst du!«, brüllte Haintz, und in seiner Stimme entlud sich all sein – monetär begründetes – Leid über den Verlust der Tochter.

Zwei kräftige Hände hoben ihn mit spielerischer Leichtigkeit empor und warfen ihn so schwer gegen die Wand, dass das Stroh aus dem darüberliegenden Stockwerk herabrieselte und Haintz kurz der Atem geraubt wurde. Es war Konrad, der sein Gesicht sehr nah an das des Wirtes führte. Sein Unterkiefer zitterte unkontrolliert. Isenhart war erst wenige Male Zeuge dieses Phänomens gewesen, das einen unmittelbar bevorstehenden Gewaltausbruch ankündigte.

Das aber mit biblischer Sicherheit. Dies schien nun auch Haintz zu spüren, der ergeben die Arme sinken ließ, weil er sich diesem Wachmann aus Spira nicht gewachsen fühlte.

»Mein Freund wird jetzt untersuchen, ob sich jemand an deiner Tochter vergangen hat«, sagte Konrad mit vor Wut vibrierender Stimme, »und wenn du ihn noch einmal anfasst, brech ich dir die Hände.«

Dann wandte er sich von Haintz ab, der erbleicht an der Wand stehen blieb.

Isenhart fühlte sich unweigerlich an seine eigene Reaktion erinnert, als Walther von Ascisberg sich damals, vor fünf Jahren, darangemacht hatte, den Intimbereich Annas zu inspizieren.

Aus der Scheide des Mädchens war kein Blut ausgetreten. Wie es einst sein Mentor getan hatte, spreizte nun auch Isenhart das Geschlecht der Wirtstochter. Am Eingang der Vagina stieß er auf ein gefurchtes, rosarotes Gewebe, das von kreisförmigem Aufbau war. Obwohl es seine erste bewusste Begegnung mit einem Jungfernhäutchen war, konnte Isenhart es doch als solches bestimmen. Und soweit er es beurteilen konnte, war es intakt.

Der Mörder hatte sie nicht defloriert und daher nicht missbraucht.

Sein einziges Interesse hatte dem Herzen gegolten. Wie bei Anna. Und wie bei Anna stellte sich sofort die Frage: *Wozu?*

Was lag ihm an dem Herz?

Als Kind hatte Isenhart einmal einen Stock in den Fluss gehalten und mit Erstaunen festgestellt, wie das Holz unterhalb der Wasseroberfläche jäh eine andere Richtung annahm, ganz so, als wäre es an dieser Stelle angebrochen. Doch als Isenhart den Stock aus dem Wasser zog, war er intakt und gerade.

Es war neben den Bäumen, die das Laub abwarfen, das zweite Mysterium der Natur, auf das er stieß. Während er im Laufe der Jahre eine – ihn befriedigende – Erklärung für die absterbenden Blätter fand, blieb ihm das Phänomen des jäh gebogenen Stockes weiterhin ein Rätsel.

Eines aber spürte er damals, an diesem Tag, an dem er den Stock an die hundert Male ins Wasser schob und wieder hervorzog, es war ein zwiespältiges Gefühl. Ihm wurde die Begrenztheit seiner Intelligenz bewusst, der enge Raum, einem Käfig gleich, in dem sie auf und ab schritt, in dem sie jeden Winkel kannte und doch nur einen einzigen Tropfen des Ozeans erfasst hatte.

Das war niederschmetternd, denn seine Lebensjahre würden nicht ausreichen, das Meer des Wissens zu erschließen. Andererseits – woher auch immer diese Gewissheit herrührte – war Isenhart felsenfest davon überzeugt, für die Krümmung des Stocks eine Erklärung zu finden. Nicht gleich, denn er war noch ein Kind. Aber ganz gewiss innerhalb der Lebensspanne, die der Herrgott für ihn vorgesehen hatte.

Daran erinnerte er sich, während er neben dem Leichnam der unglücklichen Wirtstochter kniete. Das Bedürfnis des Mörders nach dem Herzen erschloss sich ihm nicht, aber er war sich sicher, innerhalb der Zeit, die ihm gegeben war, eine Antwort darauf zu finden.

Beurteile nichts, bevor du es nicht von allen Seiten betrachtest hast.

Das waren Walthers Worte gewesen. In einem anderen Zusammenhang, sicher. Aber sie waren auch auf diese Situation anwendbar, denn Isenhart befand sich noch immer auf der Suche nach der todbringenden Verletzung. Endete sie erfolglos, würde sich damit der Stich ins Herz als die zwingende Erklärung bewahrheiten.

Also wendete er die Tote, sodass sie nun auf dem Bauch lag. Ein Blick genügte, um die Unversehrtheit ihres Rückens festzustellen. Kein getrocknetes Blut im Leinen wies auf eine Stichwunde hin, die zum Tod geführt hatte.

Nur ein Fleck an ihrem Haaransatz ließ Isenhart stutzen. An dieser Stelle war das blonde Haar eine Spur dunkler. Nass. Vorsichtig fuhr er der Toten mit zwei Fingern durchs Haar und spürte, wie seine Haut dabei benetzt wurde. Er führte sie zur Nase und atmete einen eigenartigen Geruch ein.

Er war frei von Salz, weshalb es sich nicht um Schweiß handeln konnte. Und die Feuchtigkeit auf Isenharts Finger war transparent. Dieser Umstand ließ ihn wie das Fehlen von Eisengeruch auch Blut als Quelle ausschließen.

Wasser vielleicht?

Aber woher sollte es stammen? Das Stroh war knochentrocken, ebenso das Dach des Stalls, es hatte seit Tagen, vielleicht Wochen nicht mehr geregnet. Also unterzog er den Haaransatz der Leiche einer näheren Betrachtung. Sanft strich er das Haar an jener Stelle zu beiden Seiten, um den Ursprung der Feuchtigkeit zu entdecken. Er stieß auf zwei winzige, schwarze Löcher in Liliths Schädeldecke. Etwa drei Fingerbreit oberhalb des Haaransatzes, genau dort, wo der Hinterkopf eines jeden Menschen zu seiner auffälligsten Wölbung neigte.

Die Löcher befanden sich in symmetrischer Anordnung. Isenhart griff nach einem Strohhalm und führte ihn sehr langsam in das linke Loch ein. Es dauerte nicht lange, bis er auf leichten Widerstand stieß. Dabei trat wieder Flüssigkeit aus.

Jäh zuckte das Bild des Brabanzonen durch seinen Kopf, den er in Sophias Kammer erschlagen hatte, den Riss im Kopf des Mannes, durch den die gräuliche Masse trat – das Gehirn.

Isenhart schluckte, er zog den Halm zurück.

Die beiden Löcher waren kreisrund. Bei einem Sturz, folgerte Isenhart, hatte Lilith sich diese Verletzung nicht zugezogen, dafür wirkten die Frakturen mit ihren nahezu glatten Rändern zu unnatürlich. Der Täter, schloss Isenhart, hatte als Mordinstrument eine Art langen Nagel verwendet und ihn der Unglücklichen weit in den Hinterkopf getrieben. Zu dem zweiten Stich konnte er sich nur veranlasst gefühlt haben, weil die Wirtstochter nach der ersten Attacke noch am Leben war. Was wiederum den Schluss zuließ, dass der zweite Stich der tödliche gewesen war. Außer, es handelte sich um eine Waffe mit zwei symmetrisch angeordneten Spitzen.

Ein Schatten legte sich über die Tote, den Konrad verursachte, weil er neben ihn getreten war und mit seinem Rücken einen jener Lichtstrahlen abfing, die durch die Ritzen der Holzmauer fielen.

»Was hast du gefunden?«

Isenhart legte es ihm auseinander. Der Mörder hatte Lilith mit zwei Stichen in den Hinterkopf getötet, bevor er sich darangemacht hatte, ihr das Herz zu entnehmen.

Da sie beide kurz verharrten, kehrten die unzähligen Fliegen zurück. Isenhart vollführte eine hektische Geste, um sie zu verjagen. Dann drehte er den Körper der Toten mit Konrads Hilfe wieder auf den Rücken.

»Sie hat ihrem Mörder vertraut, oder sie wurde im Schlaf getötet.«

Isenharts Schlussfolgerung rief drei erstaunte Gesichter hervor.

»Wieso?«, fragte Kuntz.

»Weil man deiner Schwester zweimal in den Hinterkopf gestochen hat, um sie zu töten. Wenn es ein Fremder war, hat er sie wahrscheinlich im Schlaf umgebracht. Aber das glaube ich nicht.«

Den Grund für seine Vermutung nannte er nicht; Anna ging den Wirt und dessen Sohn nichts an.

»Ich kann nicht glauben, dass es jemand war, den Lilith gekannt hat«, stieß Haintz hervor, bei dem dieser Gedanke für einige Aufregung sorgte.

»Nun ja«, entgegnete Isenhart sanft, »es war Nacht. Deine

Tochter kam zwischen Mitternacht und der sechsten Stunde ums Leben. Irgendwann innerhalb dieser Zeitspanne hat der Mörder sie aufgesucht. Was also soll sie bewogen haben, ihm den Rücken zuzuwenden, wen sie ihm misstraut hat?«

Das leuchtete auch den anderen ein.

Isenhart kam noch ein weiterer Gedanke, der vielleicht erklärte, weshalb der Täter seine Attacke recht ungehindert hatte ausführen können. Möglicherweise hatte er sie mit Hanfseilen gefesselt, sodass ihr eine Gegenwehr versagt blieb. Als Isenhart seine Augen auf die Handgelenke der Toten richtete, konnte er allerdings keinerlei Blutergüsse feststellen. Dafür fiel ihm aber etwas anderes auf: Liliths linke Hand war geöffnet, die rechte fest geschlossen. Die schmutzigen Nägel der Finger hatten sich schmerzhaft tief in den Handballen getrieben.

Beim Versuch, ihr die Hand zu öffnen, um das Geheimnis der Faust preiszugeben, kam ihm die Leichenstarre in die Quere. Sosehr er sich auch bemühte, die Finger nach außen zu biegen, es gelang ihm nicht. Isenhart begriff, dass er all seine Kraft aufwenden und ihr die Fingerglieder brechen musste. Was per se schon eine wenig angenehme Vorstellung war, erhielt durch die Anwesenheit von Vater und Bruder eine besonders unangenehme Note.

Sein geschärfter Blick kam Isenhart unerwartet zu Hilfe, als er feine, rote Linien erkannte, die aus der geschlossenen Hand hervorlugten. Vorsichtig zog er daran und brachte einen kleinen Haarbüschel zum Vorschein, den er ins Licht hielt, während das Geräusch der Hufe zweier Pferde, die sich näherten, an seine Ohren drang.

Rote Haare.

Sie hat mit ihrem Mörder gekämpft.

Konrad beugte sich zu den Haaren hinab, und als Isenhart das bemerkte, reckte er sie ihm entgegen.

»Sie hat sich gewehrt«, stellte Konrad leise fest, warf aber im gleichen Atemzug dem Freund einen unsicheren Blick zu, der nun nickte: »Hat sie.«

In diesem Augenblick traten zwei Männer in den Stall.

Der Jüngere ging voran. Er trug wie sein Begleiter feinstes farbiges Leinen, das sich nahezu perfekt den Formen seines Körpers anpasste. Er wischte die schwarzen vollen Strähnen aus seinem blassen Gesicht, das ein wenig feminin wirkte. Weiche Züge, in deren Zentrum sich zwei blaue hellwache Augen befanden, die wirkten, als könne ihnen rein gar nichts entgehen.

Sein Begleiter war bestimmt doppelt so alt, und obwohl auch er teuer betucht war, ließ doch das Ende seines Hemdes, das an der Seite aus dem Wams hing, wie auch das ungepflegte Haar, das sich unter einem flachen Hut in alle Richtungen kräuselte, auf einen Mann schließen, der seinem Äußeren mit einer Spur Nachlässigkeit begegnete. Was Isenhart nicht unsympathisch war, da es ihn an Walther von Ascisberg erinnerte.

Die Augen des Jüngeren hefteten sich umgehend auf das tote Mädchen, das er in einer Mischung aus Mitleid und Interesse musterte.

Der Ältere warf nun auch einen Blick auf den Leichnam. »Ich bin Günther von der Braake«, sagte er mit einer angenehm sonoren Stimme, »Medicus der Stadt Spira. Man hat nach mir und meinem Sohn Henning verlangt.«

Kurz waren die anderen irritiert.

»Das … muss ein Irrtum sein«, befand Haintz schließlich und deutete mit dem Kopf in Isenharts und Konrads Richtung, »da sind schon zwei Wachmänner aus Spira.«

Henning deutete zur Begrüßung ein Nicken an, das Konrad und Isenhart erwiderten.

»Wir waren nur zufällig hier«, klärte Konrad auf.

Günther kniete sich neben die tote Lilith, um sie näher zu inspizieren. »Ist das deine Tochter, die ermordet wurde?«

»Ja«, brachte Haintz hervor, »aber der Wachmann da hat sie schon untersucht.«

Günther und sein Sohn richteten ihre Augen auf Isenhart. Henning mit einer gewissen Neugier, Günther mit einer leichten Herablassung, die sich auch in seinen Worten spiegelte: »So. Und was habt Ihr herausgefunden? Dass das arme Kind tot ist?«

Henning blinzelte kurz, was wiederum Isenhart nicht entging. Die Haltung des Vaters war ihm offenbar unangenehm.

»Eine Kleinigkeit mehr schon«, erwiderte Isenhart ruhig.

»Nämlich?« Günther von der Braake stellte die Frage, ohne ihn anzusehen. Im Augenblick galt seine ganze Aufmerksamkeit der großen Verletzung im Bereich des Brustkorbs.

»Ihr Mörder hat sie mit zwei Stichen in den Kopf getötet. Die Wunden findet Ihr im Nacken.«

Günther stutzte kurz, fuhr dann aber mit der Inspektion des Leichnams fort.

»Es ging ihm nicht um Begierde, das arme Mädchen ist unberührt, sie trägt ihr Hymen noch.«

Es war, als stünde die Zeit still, selbst das Vieh im Stall schien sich für Augenblicke nicht zu regen. Die beiden von der Braakes verharrten gleichzeitig in ihren Bewegungen, um im Anschluss Isenhart eingehend zu mustern. In ihren Blicken lag Überraschung.

»Sagtet ihr nicht, Ihr seid Wachmann zu Spira?«, fragte Henning.

Isenhart sollte sich noch oft an ihr erstes Zusammentreffen erinnern, an diese Hoffnung in Hennings Blick, die er erst wenig später einzuordnen wusste. »Ich sagte es nicht«, antwortete Isenhart, der aufgestanden war, »aber ich bin es.«

Günther von der Braake hatte, sichtlich beeindruckt, seine Leichenschau unterbrochen. Wie sein Sohn klebte auch er an den Lippen dieses schmalen, fast unscheinbaren Wachmannes.

»Und was noch?«, fragte Günther.

»Er wollte ihr Herz«, fuhr Isenhart fort, »die Gradlinigkeit von Horizontal- und Vertikalschnitt, mit der er die Haut geöffnet hat, belegt, dass sein Opfer zu diesem Zeitpunkt bereits tot war.«

Henning konnte nicht anders, er musste schmunzeln. Sein Vater war ein weit gereister, gebildeter Mann, der sein Handwerk nicht nur in Britannien und Paris, sondern auch in Bagdad, Konstantinopel und Jaffa erlernt hatte. Dass nun ein einfacher Wachmann aus einer Leichenschau dieselben Rückschlüsse zu ziehen vermochte wie Günther von der Braake, konnte diesem kaum behagen.

Der verfolgte mit den Augen die Schnittlinien und nickte. »Der Mörder hat die Rippen durchtrennt«, hielt er fest.

»Dazu hat er sich wahrscheinlich einer Säge bedient«, ergänzte Isenhart, »Ihr seht es an der Schnittkante. Eine Klinge hätte die Knochenstruktur an den Rändern nicht so aufgerissen, wie Ihr es hier vorfindet.«

Erneut führte diese Einlassung zu einer Zäsur bei der Untersuchung der Toten.

Und als sein Vater den Blick zu ihm wandte, bemühte Henning sich, kein Lächeln erkennen zu lassen. »Fehlt ihr das Herz?«, fragte er.

Sein Vater nickte.

»Warum sollte der Mörder es an sich genommen haben?«

Die Frage richtete Henning von der Braake dieses Mal direkt an Isenhart, der ein Achselzucken andeutete.

»Das weiß ich nicht«, bekannte er.

Endlich etwas, was dieser Wachmann nicht zu beantworten in der Lage war, dachte Henning. Und war doch zugleich eingenommen von der uneitlen Direktheit, mit der Isenhart sich zu seinen Grenzen bekannte.

Günther von der Braake erhob sich. »Mich wundert, dass wir uns in Spira noch nicht begegnet sind«, stellte er fest.

»Ich bin nur mit Wachdiensten betraut«, antwortete Isenhart.

Seine natürliche Zurückhaltung weckte das Interesse des Medicus und seines Sohnes.

»Gibt es noch etwas, was Ihr über den Mord herausgefunden habt?«, fragte Günther. Sein Ton, seine ganze Haltung hatte jede Spur von Herablassung verloren.

»Nur das hier«, antwortete Isenhart und hielt ihm den Büschel roter Haare entgegen.

»Rote Haare«, konstatierte Günther von der Braake, »und weiter?«

»Die Wirtstochter hielt sie in ihrer Hand umklammert. Sie wird sich gewehrt haben.«

»Also hat der Mörder rote Haare«, schloss Henning.

Kurz zog, einem angenehmen Geruch gleich, Stille durch den Stall.

»Da war einer«, brach Haintz das Schweigen mit aufgeregter Stimme, »ein Gast mit roten Haaren.«

Sein Sohn nickte: »Er ist sehr früh abgereist.«

Er deutete an das Ende des Stalls: »Dort stand sein Pferd.«

Während Günther von der Braake und Konrad diese Stelle in Augenschein nahmen, sahen Isenhart und Henning dazu keinerlei Veranlassung, wie sie beide mit einem Seitenblick feststellten. Eine leere Stelle war eben eine leere Stelle.

»Wohin wollte er reisen?«, richtete Isenhart exakt die Frage an die Wirtsleute, die auch Henning auf der Zunge gelegen hatte.

»Über den Rhein und dann hinunter nach Regensburg«, antwortete Kuntz.

Eine Anspannung ergriff sie alle. Isenhart, der neben Henning stand, nahm wahr, wie der Sohn des Medicus sich ein wenig versteifte.

»Wann ist er von hier verschwunden?«, fragte Henning.

»Gegen fünf, würde ich sagen«, antwortete Kuntz.

»Dann hat er sieben Stunden Vorsprung«, stellte Konrad fest, »wenn er sich beeilt hat, kann er schon Bruchsal hinter sich gelassen haben.«

Niemand widersprach.

»Hat er die Zeche geprellt?«, wollte Isenhart wissen.

Kuntz schüttelte den Kopf. Sein Vater kramte zwei Kupferpfennige hervor, aber bis auf Isenhart nahm sie keiner näher in Augenschein. Er streckte die Hand nach ihnen aus, aber Haintz schloss die Finger und zog seine Hand wieder zurück. Empörung lag in seinem Blick.

»Ich glaube«, mischte Henning von der Braake sich ein, »der Wachmann Isenhart wollte sie nur ansehen.«

Haintz blinzelte kurz, dann siegte die Verlegenheit und er errötete. Anschließend reichte er Isenhart die Pfennige, der einen von ihnen ins Licht hielt.

»Worms«, stellte er fest, »der Mörder war in Worms.«

Henning runzelte die Stirn. »Woher wollt Ihr das wissen?«

Isenhart trat an ihn heran und reichte ihm den Pfennig. »Worms hat das kaiserliche Recht zur Münzprägung«, er deutete auf den Pfennig, »der Bischofsstab. Nur die Münzpräge zu Worms kennzeichnet ihre Münzen damit.«

Henning senkte die Hand, sein Blick traf den Isenharts. Ein Mensch mit einem derartigen Assoziationsvermögen war ihm bis dahin noch nicht begegnet, obwohl er in vielen, einsamen Stunden diesbezüglich etliche Gebete zum Herrgott gesandt hatte.

»Er kann die Pfennige für einen Handel in der Hammaburg erhalten haben, von einem Franken, der die Münzen zum Tausch von einem Iberer bekommen hat«, wandte Günther von der Braake ein.

Henning war gespannt auf die Antwort des Wachmannes.

»Möglich«, antwortete der, »aber nicht wahrscheinlich.«

»Einen Namen hatte dieser Gast nicht?«, fragte Henning den Wirt.

»Aberak von Annweiler«, antwortete Haintz, aber niemandem war dieser Name geläufig.

»Hat er ein Wort darüber verloren, was seine Profession ist?«, fragte Günther von der Braake.

»Nein, aber er wollte in Regensburg Seide kaufen.«

Keiner der Anwesenden stutzte wegen dieses Ansinnens. Obwohl eine Route der Seidenstraße, von China ausgehend, nach gut 800 Meilen in Konstantinopel am Goldenen Horn endete, war es für einen Händler durchaus möglich, die kostbaren Seidenfasern in der bayerischen Hauptstadt zu erwerben.

»Also ist er Händler oder Weber«, schloss Henning von der Braake.

»Und er hat nur einen Arm«, ließ Haintz sie wissen und fügte, als er in vier verblüffte Gesichter sah, eine Spur verlegen hinzu: »Hatte ich das noch nicht gesagt?«

Sie überließen Haintz und Kuntz das Waschen der Toten und gaben den Leichnam Liliths zur Beerdigung frei.

Einig über die Monstrosität dieses Verbrechens – keiner von ihnen hatte je etwas Abscheulicheres gesehen, wie sie einander versicherten, wobei Isenhart und Konrad es mit einem beifälligen Nicken bewenden ließen –, beschlossen sie, Aberak von Annweiler zu verfolgen.

»Er wird sich über die Handelsstraße über Mulenbrunnen nach Cannstatt bewegen«, mutmaßte Günther von der Braake. Konrad und Isenhart genügte ein kurzer Blick, um festzustellen, dass ihnen dasselbe durch den Kopf schoss.

»Wenn wir über Helibrunna reiten«, warf Isenhart ein, »kürzen wir den Weg nach Cannstatt um fast ein Drittel ab. Vielleicht erreichen wir es gleichzeitig.«

»Seid Ihr sicher?«, fragte Henning.

Isenhart nickte: »Seid ihr mit dem Satz des Pythagoras vertraut?«

Der Medicus und sein Sohn waren mehr als erstaunt.

»Ein wenig«, antwortete Henning vorsichtig.

»Gut. Die Route von Spira nach Mulenbrunnen und von dort nach Cannstatt dürfte grob den zwei Katheten eines Dreiecks entsprechen. Der Weg von Spira nach Cannstatt über Helibrunna ist dann die Hypotenuse – also kürzer.«

Konrad bedauerte, in Walther von Ascisbergs Unterricht nicht besser aufgepasst zu haben.

Henning musste lachen. »Ihr seid der eigenartigste Wachmann, der mir je begegnet ist, Isenhart«, stellte er fest, in seinen Augen lag Sympathie. »Aber ich glaube«, fuhr er dann mit ernsterer Miene fort, »wir sollten keine der beiden Routen wählen. Wäre ich Aberak von Annweiler, würde ich dem Vater meines Opfers niemals sagen, wohin mein Weg mich führt. Von Annweiler muss damit rechnen, dass man ihm folgt. Wenn er klug ist, reist er in die entgegengesetzte Richtung.«

Isenhart verspürte bei diesen Worten eine erfrischende Ergriffenheit. Henning von der Braakes Einlassung ließ die Beweglichkeit seiner Gedanken im Ansatz erahnen. In Isenhart keimte die Hoffnung, neben Walther von Ascisberg einen weiteren Menschen getroffen zu haben, dem es vielleicht auch ein Genuss war, seinen Geist ungehindert schweifen zu lassen.

»Annweiler liegt am Fuß des Trifels«, brach Konrad von Laurin das Schweigen, »und wenn er nach dorthin unterwegs ist, könnte er den Schutz von Spiras Stadtmauern für eine Übernachtung suchen.«

Das Schweigen, das Konrad daraufhin entgegenschlug, bestätigte die Richtigkeit seiner Gedanken. Also stiegen sie auf ihre Pferde und nahmen den Rückweg nach Spira in Angriff.

15.

»Alexander von Westheim hat Anna nicht ermordet.«

Eigentlich war sich Isenhart bereits beim ersten Anblick der Toten im Stall sicher gewesen. Die Untersuchung der Leiche hatte keine Ahnung zur Gewissheit reifen lassen, sondern die Gewissheit lediglich in allen Punkten bestätigt. Wieder und wieder.

Als er Lilith erblickt hatte, prasselten die Erkenntnisse wie ein wilder Sturzbach auf ihn nieder, ihm war, als ließe dieses Stakkato an Schlussfolgerungen, die sein Verstand wie von alleine zog, ihm keine Luft zum Atmen. Und er fand sich außerstande, seinen Gedanken Einhalt zu gebieten.

Die Art und Weise, wie der Mörder beide Mädchen getötet hatte, unterschied sich ebenso voneinander wie das Werkzeug, das er benutzt hatte, um sich einen Zugang zum Herzen zu verschaffen. Aber er hatte beide getötet, *bevor* er sich ans Werk machte. Beiden hatte er die Rippenbögen zerstört. Sie bei Anna mit einem stumpfen Gegenstand zertrümmert und bei Lilith zersägt. Und an keiner der beiden hatte der Täter sich vergangen.

Im Geiste bezeichnete Isenhart diese Übereinstimmungen für sich als *Eckpunkte.* Sie umrissen lediglich – das war ihm klar – das Verbrechen. Dessen Kern stellte das große Rätsel dar: *Wozu das Herz?*

In Isenharts Vorstellung bildeten die Morde einen Kreis im Nebel. Die Eckpunkte markierten den äußeren Verlauf des Kreises, seine Gestalt. Aber das Zentrum, sein Wesen, entzog sich seinen Blicken.

»Er hatte den Bernstein«, erwiderte Konrad verstockt.

»Wilbrand von Mulenbrunnen hätte den Stein ebenso gut haben können.«

Konrad seufzte und richtete sich im Sattel ein wenig auf. »Du weißt, dass ich mich niemals vor diese Natter stellen würde«, sagte er dann, »aber er war nicht im Besitz des Bernsteins – sondern Alexander von Westheim.«

Isenhart entnahm der Rückenhaltung seines Freundes den Grad an Verstocktheit. Und Konrad saß höchst steif im Sattel.

»Er sagte, der Abt habe ihm den Stein gegeben.«

»Ja, und das war eine Lüge.« Die Inbrunst, mit der Konrad das vorbrachte, offenbarte die Unsicherheit, die er in Wirklichkeit verspürte.

Für einige Augenblicke fand Isenhart sich ratlos, denn es dürstete ihn keineswegs danach, recht zu haben, sondern ein Einvernehmen zu erzielen, auf deren Basis sie gemeinsame Überlegungen nach dem wahren Täter anstellen konnten. Konrad, dessen war er sich sicher, bezweifelte von Westheims Unschuld nicht länger, er wollte sie bloß nicht wahrhaben.

Es gibt nichts Zwingenderes als die Logik.

Walthers Credo. Ein Satz, den er im Zuge des Unterrichts eher nebenbei hatte fallen lassen, den Isenhart sich aber gleichwohl gemerkt hatte. Das eigentlich Subversive an diesem Gedanken sollte Isenhart sich erst später erschließen, aber er war ihm jetzt trotzdem eine Hilfe.

»Zwischen beiden Morden«, sagte er ruhig, »gibt es Übereinstimmungen.«

»Ja«, antwortete Konrad prompt, »das Herz.«

»Und nicht nur das«, erwiderte Isenhart, um ihn – solange Henning und sein Vater außer Hörweite vor ihnen herritten – an seinen Überlegungen teilhaben zu lassen. Die Entnahme des Herzens war zweifelsohne die auffälligste Parallele zwischen den beiden Verbrechen. Und beide Opfer waren jung, beide waren weiblich, beiden wurde das Herz *post mortem* geraubt.

»Sie waren beide Jungfrauen.«

Konrad gab ein Hüsteln von sich, er wandte den Kopf zur Seite und blickte Isenhart durch die Augen direkt ins Herz. »Anna war keine Jungfrau«, widersprach er, in seiner Stimme schwang der Tadel des großen Bruders mit, der auf die geheimen Treffen zwischen Isenhart und Anna anspielte.

Der Schmied entschied sich, diesem Einwand nicht auszuweichen. »Sicher«, gab er zu, »aber das konnte der Täter nicht wissen. Anna war Oliver von Schündeler versprochen, der dem Ritus gemäß eine Unbefleckte zur Frau nehmen wollte. Diese geplante Verbindung war bekannt, also konnte der Mörder bis zur Eheschließung mit Fug und Recht von einer Jungfrau ausgehen. Ich glaube, wenn man verstehen will, was geschehen ist, muss man versuchen, alles durch die Augen des Mörders zu sehen.«

»Ich weiß nicht, wie du es immer wieder schaffst, einfachen Dingen durch deine Worte eine komplizierte Erscheinung zu verleihen – aber es gelingt dir.«

»Hast du je von einem ähnlichen Verbrechen gehört?«

»Nein«, gab Konrad zu.

»Väter und Vorväter haben nichts dergleichen berichtet.«

»So ist es. Aber warum soll es nicht im Abstand von fünf Jahren *zwei* Wahnsinnige geben, warum muss es unbedingt einer sein? Darauf willst du doch hinaus.«

Isenhart nickte. »Die Übereinstimmungen sind zu groß«, stellte er nach kurzem Überlegen fest.

Konrad nickte und schenkte ihm jenes verzeihende Lächeln, mit dem er sonst einen Simpel bedachte. »Du *willst* nicht glauben, dass Alexander von Westheim der Mörder meiner Schwester war«, fasste er zusammen.

»Es liegt nicht am Willen«, antwortete Isenhart, »wollen würde ich das gerne. Aber die Gemeinsamkeiten sind zu außergewöhnlich, um ein Produkt des Zufalls zu sein.«

»Außergewöhnlich ja«, pflichtete Konrad ihm bei, »aber nicht unmöglich.«

»Aber zu außergewöhnlich, um sich zufällig zu ereignen«, konterte Isenhart.

Konrad blies die Wangen auf. Sein Freund hatte sich in die Sache verbissen wie ein tollwütiger Hund, er hätte ebenso gut versuchen können, eine Burgmauer zu etwas zu überreden.

»Gut«, seufzte Konrad von Laurin, »ich erinner dich an etwas, damit deine Seele Frieden findet. Von Westheim hatte ein faires Verfahren, wir haben ihn Gott überantwortet, und Gott hat ihm die Kraft versagt, Gott hat ihn schuldig gesprochen. Willst du das bezweifeln? Willst du dieses Urteil unseres Schöpfers infrage stellen?«

»Natürlich nicht«, antwortete Isenhart.

Konrad war, als wohne der Antwort des Freundes eine Prise Trotz inne, es klang nicht wirklich überzeugend. Auf der anderen Seite war er dieses Themas überdrüssig. Anna war tot. Sie würde es auch für den Rest seines Lebens sein. So wie er Wilbrands alltäglichen Stachel darstellte, war Annas Tod der Widerhaken in *seinem* Fleisch, und er hatte nicht vor, diese frisch vernarbte Wunde aufzureißen. Auch nicht für Isenhart. »Es war ein Gottesurteil«, stellte Konrad daher abschließend fest.

Dabei senkte er ein wenig den Kopf, der Hals schien kürzer zu werden, während sie ein Haferfeld passierten, das gerade von Bauern abgeerntet wurde. In seinen Augen gab es zwei Täter – einer davon Alexander von Westheim –, die nicht das Geringste miteinander zu tun hatten und unabhängig voneinander ihr Faible für die Herzen von Jungfrauen entwickelt hatten.

Für Isenhart hingegen lag die Sache anders. Es gab nur einen Täter. Annas Mörder war auch der von Lilith.

Gott hatte Anna nicht geschützt und auch Lilith nicht. Und wenn Isenhart sich nicht völlig irrte, hatte er auch zugelassen, dass ein Unschuldiger bei lebendigem Leibe begraben wurde. Neben Walther von Ascisberg hatte der Schöpfer bisher die Rolle seines innigsten Ansprechpartners eingenommen. Vor ihm breitete er im Gebet allabendlich seine Wünsche, Hoffnungen und Nöte aus.

Als sie Spira in der Dämmerung rechtzeitig vor dem Schließen der Stadttore erreichten, hatte Isenhart sich entschlossen, seinen Dialog mit Gott auszusetzen.

Sie ritten direkt zu dem Stadttor, das in einen gut 150 Fuß hohen Wachturm eingelassen war, über eine breite Prachtstraße, die sich über zweitausend Fuß bis zum *Domus sanctae Mariae Spirae* zog, dem größten christlichen Bauwerk jener Zeit, wenn man die

Kathedrale von Cluny dabei unterschlug, was Isenhart getrost tun konnte, denn sie war ihm unbekannt.

Vor knapp 120 Jahren war Heinrich IV. von hier nach Canossa aufgebrochen, um die Auflösung des päpstlichen Bannes zu erbitten, wie jedes Kind in Spira zu berichten wusste.

Der Dom erhob sich unübersehbar in den Abendhimmel, den die Sonne in Brand gesetzt hatte.

»Wie sollen wir vorgehen?«, fragte Isenhart.

»Nun, Ihr könnt Euren Dienst antreten, und mein Sohn und ich werden sehen, was wir tun können, um diesen von Annweiler hier aufzuspüren«, schlug Günther von der Braake vor.

Konrad brummte Zustimmung, sie waren für die Nachtwache am Osttor eingeteilt, deren Eintönigkeit er mit ein paar Würfelrunden unter Wachmännern begegnete. Beim letzten Mal hatte er einiges an Geld gewonnen, er hoffte, seine Glückssträhne heute Nacht fortsetzen zu können.

Das Stadttor im Osten fungierte in den Nachtstunden nicht als Ausgang, es sei denn, man öffnete es für einen Lebensmüden. Einlass erbaten für gewöhnlich auch nur eine Handvoll Trottel, die es nicht vor Einbruch der Nacht in die Stadt geschafft hatten. Die einen jammerten nur kurz, die anderen etwas länger, bis sie sich allesamt endlich ihres Geldbeutels entsannen, um die Wachleute, die angehalten waren, wirklich niemanden passieren zu lassen, mildtätig zu stimmen.

»Ich will helfen, ihn zu fassen«, stellte Isenhart zur Überraschung Konrads und Günthers fest. Henning hingegen hatte sich bereits daran gewöhnt, von diesem Wachmann der Stadt überrascht zu werden, in diesem Sinne war er gewappnet.

»Aber wozu?«, fragte der Medicus.

»Damit er seiner Strafe zugeführt wird.«

»Wie könntet Ihr uns dabei dienlich sein, Isenhart?«, baute Henning ihm wohlwollend eine Brücke. Eine Geste, die Isenhart keineswegs entging.

»Wenn Aberak von Annweiler sich auf dem Weg nach Annweiler befindet, ist es wahrscheinlich, dass er die Nacht hier verbringt.«

»Spira ist groß«, wandte Günther von der Braake ein.

»Er ist Händler«, fuhr Isenhart unbeirrt fort, »er bezahlt mit Münzen statt mit Naturalien.«

»Und was tut das zur Sache?«, fragte Konrad, der zwar nicht wusste, worauf Isenhart hinauswollte, der aber spürte, wie sich die Wahrscheinlichkeit des gemütlichen Würfelabends, der ihm vorschwebte, mit jedem Wort seines Freundes verminderte.

»Das bedeutet, er schläft nicht bei den Armen an der Mauer, sondern er schläft in einem Gasthaus – oder bei Verwandten. Wir brauchen nicht alle Wachleute am Tor, die meiste Zeit wird sowieso beim Würfelspiel verplempert.«

»Nun ja«, beschwichtigte Konrad, »das kommt wirklich nur vereinzelt und höchst selten …«

Aber Isenhart unterbrach ihn: »Mit den Wachmännern können wir die Schänken durchkämmen. Wir haben seinen Namen, er trägt rote Haare und ist einarmig – ein Mann, der jedem auffällt.«

»Ich weiß nicht«, merkte Konrad an.

»Das ist ein guter Vorschlag«, brachte Henning von der Braake gleichzeitig hervor.

Günther von der Braake war wankelmütig geworden. Für gewöhnlich schlichteten Wachleute Streit, sorgten für Ordnung und hatten ein Auge auf jene, die man in den Türmen einsperrte. An dem Aufspüren eines Verbrechers waren sie dagegen in der Regel nicht beteiligt. Aber warum nicht eine Ausnahme machen?

Also nickte er.

Konrad teilte dem Hauptmann mit langem Gesicht den Plan für die Nacht mit, der ihm daraufhin die Hälfte der Wachmannschaft für das Vorhaben überließ und die restlichen Wachleute auf den Namen und die Gestalt Aberaks von Annweiler einschwor, falls dieser von den Nachstellungen Wind bekäme und sich abzusetzen gedachte.

Zur selben Zeit suchte Günther von der Braake den Bischof von Spira auf, den er unterhalb des Doms in der Hallenkrypta antraf, wo Otto II. von Henneberg der toten deutschen Kaiser gedachte, deren Grablege sich hier befand.

Henning begleitete Isenhart durch die Gassen der Stadt auf ihrem Weg zum Judenplatz. Wie von Isenhart erhofft, trafen sie dort auf Simon Rubinstein, der sich zu dieser späten Stunde noch in der Synagoge aufhielt, in der er im Angesicht des *Aron ha-kodesch* betete, des heiligen Toraschreins, der in der Apsis des kleinen Steinbaus stand. Isenhart wusste, dass die Torarollen nach Jerusalem ausgerichtet waren, also nach Osten. Vor allem aber hatte er Kenntnis vom Umfang der Tora, die über sechshundert Gebote aus den fünf Büchern Mose bewahrte.

Anders als befürchtet beendete Simon alsbald sein Gebet, wandte sich um und erkannte Isenhart sofort. Ein freundliches Lächeln glitt über sein Gesicht, das nicht der Höflichkeit entsprang, sondern dem Herzen.

Ohne Widerrede zu dulden, führte er die beiden um die Ecke in eine Schenke, die bis auf den letzten Platz besetzt und deren Luft von Schweiß, Braten und Urin geschwängert war. Kaum erschienen sie dort, setzte der Wirt zwei Gäste an die Luft und überließ dem Juden samt seinen Begleitern den besten Tisch.

Weder war er jemals einem Aberak von Annweiler begegnet noch hatte er je von diesem Mann gehört, wie Simon Rubinstein sie zwischen zwei Zügen aus dem mit Wein gefüllten Zinnbecher wissen ließ. Der Wirt hatte den Wein gekeltert, weshalb er nicht *trefe*, also unrein, sondern *koscher* war, wie die Juden das nannten.

Isenhart und Henning waren für einen Moment enttäuscht. Davon abgesehen fand Henning Gefallen an diesem weltgewandten Mann, der schon quer durch Europa gereist war, und Simon, der es durch seine Stellung innerhalb der jüdischen Gemeinde gewohnt war, im Mittelpunkt zu stehen, erteilte bereitwillig Auskunft. Er war kein Mann, der die Beachtung seiner Person nicht wertschätzte.

Isenhart beobachtete Henning dabei von der Seite, da er die Fragen, die dem Sohn des Medicus über die Lippen gingen, in den letzten Jahren bereits allesamt ausführlich beantwortet bekommen hatte. Und so erkannte er in der Wissbegier dieses jungen Mannes, dessen Bekanntschaft er erst vor einigen Stunden gemacht hatte, seine eigene wieder. Die Augen, die zu leuchten schienen, die schnellen Querverweise seiner Fragen auf das vor über einer halben Stunde Gehörte, sein Lachen, bar jeder Eitelkeit, wenn Simon Rubinstein ihn berichtigte.

Mit der Zeit leerte sich die Schenke, in einer Ecke waren zwei Männer über ihrem Tisch eingeschlafen, und auch bei Isenhart machte sich langsam der lange Tag bemerkbar, der ihm in den Knochen saß.

Hinzu kam, dass Simon Rubinstein soeben begonnen hatte, die Geschichte von Graf Emicho auszubreiten. Und dann stutzte. »Seid Ihr auch Jude?«, fragte er unvermittelt.

Henning schüttelte den Kopf: »Leider nicht.«

»Niemand ist vollkommen«, tröstete Rubinstein ihn mit einem breiten Grinsen, das seine vier Zahnlücken offenbarte.

Henning lachte mit einer Herzlichkeit, die Isenhart und dem Juden keine andere Wahl ließ, als darin einzustimmen.

Als sie sich ein wenig beruhigt hatten, nahm Simon den jungen Mann ins Visier:

»Ich langweile Euch mit alten Geschichten und habe Euch obendrein kaum zu Wort kommen lassen. Die Geschwätzigkeit eines Greises, habt Nachsicht.«

»Greis? Ich bin selten einem flinkeren Verstand begegnet.«

»Sehr freundlich. Ich bin 61 oder 62 Jahre alt. Eigentlich sollte ich nicht mehr sitzen, sondern schon liegen.«

Er lachte über seinen Scherz, und Isenhart war erfüllt von dem Neid auf die Leichtigkeit, mit der Simon Rubinstein die zeitliche Begrenztheit seines Daseins auf Erden akzeptierte. Und sie sogar zum Anlass für einen Scherz nahm.

»Erzählt mir von Euch«, fügte Simon hinzu.

Auf diese Weise erhielt Isenhart Antworten auf jene Fragen, die ihm zu diesem Zeitpunkt noch nicht über die Lippen gekommen waren.

Hennings Mutter war bei seiner Geburt gestorben – so wie Isenharts –, und er wuchs bei seinem Vater auf, einem Bader, der Körner vermischt und sie mit feuchtem Leinen auf Wunden gelegt hatte, bis ihm das nicht mehr genügte und seine Neugier ihn bis in den Orient trieb, wo er in Jaffa die Kunst der Kräuterheilkunde erlernte.

»Sie sind uns voraus, diese Muselmanen, nicht wahr?«, fragte Simon Rubinstein in einer Mischung aus Bewunderung und Bedauern.

»Um Welten«, bestätigte Henning.

Im Schlepptau seines Vaters hatte er Teile des westlichen Frankenreichs kennengelernt und in Ansätzen auch die Heilwirkung der Kräuter, die er allerdings als eine »Wissenschaft für sich« bezeichnete. So gab es Kombinationen, die bei dem einen Patienten zur Heilung führten und bei dem anderen den Krankheitsverlauf beschleunigten. Noch, so formulierte Henning es, stecke die Kräuterheilkunde in den Kinderschuhen. Sein Vater experimentiere mit Tausenden von Kombinationen, im Moment lägen schmerzhafte Erkrankungen der Gliedmaßen im Zentrum seiner Aufmerksamkeit.

»Aber«, sagte Henning mit einem nachsichtigen Lächeln, »das kann sich morgen schon wieder ändern. Möglicherweise hat er just zu dieser Stunde eine Eingebung, was die Bekämpfung von Atemnot angeht, und rührt ein neues Gemisch zusammen.«

Zur Jahreswende hatten Vater und Sohn wegen einer hartnäckigen Erkältung Hennings für mehrere Tage Rast in Spira eingelegt. Der Zufall wollte es, dass Otto II. von Henneberg, Bischof von Spira, durch eine Reizung zum Zweck der Lustgewinnung – der Bischof schwieg sich über diesen Teil beharrlich aus – an einer schmerzhaften Entzündung im Darmbereich litt. Hervorgerufen durch den Schmutz unter dem Fingernagel des neunjährigen Ministranten, der Ratten in der Krypta getötet und hinausgetragen hatte.

Der Medicus der Stadt erleichterte den Bischof per Aderlass um gut und gerne drei Liter Blut, was dem Körper von Hennebergs die Reserven raubte, die nötig gewesen wären, um die Infektion wirksam zu bekämpfen. Tatsächlich fand Günther von der Braake – den man schließlich herbeigerufen hatte, weil der Medicus vorsorglich das Weite gesucht hatte – seinen Patienten mehr tot als lebendig vor.

Eilig mixte er mit Hennings Hilfe eine Arznei aus Salz, Wein, Terpentinöl und Kupfervitriol. Henning, dem ohne Unterlass die Nase lief und den Ohrenscherzen plagten, erinnerte sich nur zu gut an jenen Morgen. Er war sich sicher, dass sie dem geschwächten Bischof damit den Rest geben würden. Von Henneberg spie den ersten Löffel der Tinktur erwartungsgemäß aus und schrie Zeter und Mordio.

»Trinkt, oder Ihr sterbt«, beschwor Günther den Mann Gottes und sah ihm dabei tief in die Augen.

»Aber doch nicht wegen dieses kleinen Schmerzes da … unten«, brachte Otto hervor.

»Er wird jedes Körperteil befallen«, erwiderte Günther ungerührt, »es wird das Gewebe Eures Körpers zerfressen, es wird sich anfühlen, als verbrennt Ihr von innen. Trinkt jetzt, oder ich kann auf dieser Welt nichts mehr für Euch tun.«

Und von Henneberg trank das Gebräu, wie ein Ertrinkender nach Luft schnappt.

Natürlich verursachte die Kräutermischung nichts weiter als lang anhaltende Übelkeit und überließ die Entzündung der Selbstheilung des Körpers. Sieben Tage später hatte der soeben genesene Bischof Günther von der Braake in das Amt des Medicus der Stadt Spira erhoben.

Isenhart und Simon mussten herzlich lachen, Rubinstein lief eine Träne über die Wange, als er fragte, ob die Geschichte mit dem Ministranten auch wahr sei.

War sie.

Henning hatte an der Seite seines Vaters ein regelrechtes Nomadenleben geführt, wie Isenhart erfuhr, als sie am nächsten Morgen von Spira aus nach Hambach aufbrachen.

Manchmal war Günther gerufen worden, um Todkranke zu heilen. In solchen Fällen begab er sich mit seinem Sohn unter dem Vorwand, bestimmte Heilpflanzen aufzutreiben, in den Wald. Dort bestiegen sie ihre Pferde und machten sich aus dem Staub. Zu oft waren Heilkundige von Verwandten des Kranken erschlagen worden, wenn ein geliebtes Familienmitglied trotz der Behandlung verstarb.

Die Heilkunde der Kräuter war eine Naturwissenschaft, nicht mehr und nicht weniger, und auch, wenn einige Verzweifelte hofften, es gebe eine Pflanze, die dem Tod gewachsen sei, war dem leider nicht so.

Die Freundschaften, die Henning schloss, waren naturgemäß nie von Dauer. Kaum hatte er sich eingewöhnt, zogen sie weiter, und mit den Gesichtern verblassten auch die dazugehörigen Namen der gerade erworbenen Freunde und gingen über in eine Art Nebel, der mit der Zeit dichter und dichter wurde – bis er jedes Antlitz unkenntlich machte.

Auch deshalb hatte Henning von der Braake Erleichterung über die Entzündung des Bischofs empfunden, denn nur sie war es, die seinem Vater und ihm seit nunmehr zwei Jahren eine Form von Heimat gewährt hatte.

All das erfuhr Isenhart auf ihrem Ritt nach Hambach.

Das Gespräch mit Simon Rubinstein hatte sich bis in die frühen Morgenstunden gezogen. Mit vornehmer Blässe und schwerem Schädel von durchzechter Nacht in den Tag entlassen, nahmen sie zur Kenntnis, dass Aberak von Annweiler nirgends aufgetrieben worden war.

Irrte Henning, und hatte von Annweiler doch seinen angeblichen Weg nach Regensburg fortgesetzt? Oder war er ihnen durch die Maschen gegangen, weil er bei einem Freund Unterkunft gefunden hatte?

Günther von der Braake wurde jedenfalls in den Morgenstunden zu einem Kaufmann gerufen, dem ein Pferd beim Austreten den Brustkorb zertrümmert hatte. Obwohl er annahm, für den armen Mann nichts mehr tun zu können, eilte er trotzdem zum Haus des Verletzten und ließ durch einen Boten im Dom um einen Priester samt Sterbesakramenten ersuchen.

Konrad mochte an den erfolgreichen Ausgang der Unternehmung, die Henning und Isenhart im Morgengrauen beschlossen hatten, nicht glauben, weshalb er in Spira zurückblieb.

»Um die Augen offen zu halten«, wie er sich ausdrückte. Doch Isenhart ahnte den wahren Grund seiner Zurückhaltung. Falls es gelang, Aberak von Annweiler zu fassen und vor ein Gericht in Spira zu stellen, würde sich im Zuge des sicherlich kurzen Prozesses folgerichtig die Unschuld von Alexander von Westheim herausstellen. Was das Gottesurteil in der Burg Laurin, das Konrad von seinem Vater eingefordert hatte, infrage stellen würde.

Isenhart verübelte Konrad seine Reaktion nicht, vielmehr nahm sie ihn für ihn ein, ließ sich an ihr doch seine Angst ablesen, an der Hinrichtung eines Unschuldigen teilgenommen und – schlimmer noch – sie mit Gottes Hilfe erzwungen zu haben. Mochte er auch alles daransetzen, den Eindruck zu erwecken, der Tod des fahrenden Händlers sei ihm einerlei, eröffnete gerade die Verkrampftheit seiner Bemühung Isenhart den Blick auf sein gutes Herz.

Östlich von Spira stießen Henning und Isenhart auf einen Trupp von unberittenen Männern, die links und rechts des Weges lagerten, Dreschflegel und auch Lanzen bei sich führten und ihnen den Weg versperrten.

Sie boten ihnen ihren Schutz für eine Strecke von drei Meilen an und bezifferten den Wert ihrer Begleitung auf eine Mark, was Isenhart als Wucher erschien. Überhaupt machten Kleidung und Bewaffnung nicht den Eindruck einer aufeinander eingespielten Schutztruppe, sondern den von heimatlosen Wegelagerern.

Die verstohlenen Blicke auf die Provianttaschen und die beiden Pferde blieben auch Henning von der Braake nicht verborgen. Er schenkte ihnen zu Isenharts Verwunderung ein freundliches Lächeln und ging umgehend auf ihr Angebot ein. »Wir sind Abgesandte der Kaufmannszunft zu Spira und auf dem Weg über Hambach nach Annweiler, um auf Burg Trifels lagernde Edelsteine abzuholen.«

Die Männer vor ihnen bekamen große Augen, die Blicke flogen hin und her.

»Davon werden wir eine Passage von drei Handelsschiffen aus Genova begleichen. Ihr scheint mir ortskundig und aufrecht«, sagte er und stieg vom Pferd, um mitten unter sie zu treten. Isenhart spannte sich unwillkürlich.

»Von Hambach nach Annweiler werden wir eskortiert, und der Schutz steht uns auch auf dem Rückweg zu. Aber für die Reise bis Hambach und von Hambach zurück nach Spira sind wir ohne Begleitung. Ich schlage euch ein Geschäft vor: Ihr sorgt für unsere Sicherheit, und in Spira entlohnen wir Eure Dienste mit einem Rubin, so groß wie ein halbes Hühnerei.«

Die Männer konnten ihr Glück, das ihnen diesen Tölpel direkt vor die Füße spülte, kaum fassen. Endlich hatte der Allmächtige ein Erbarmen und würde sie – nach einem beherzten Schnitt durch zwei schlafende Kehlen – zu Besitzern eines Schatzes und reichen Männern machen. Alles, was sie tun mussten, war die beiden in Sicherheit zu wiegen, bis man sich ihrer irgendwo auf dem Rückweg zwischen Hambach und Spira entledigte. Und obendrein würden sie zwei Pferde dazugewinnen.

Kurz nur, die Dauer eines Wimpernschlags vielleicht, warf Henning Isenhart einen Blick zu, ein Lachen stand in seinen Augen, eine so aufrichtige Freude darüber, diese Halsabschneider ihrerseits hereinzulegen, dass Isenhart sich ein Schmunzeln verkneifen musste. Es war gewagt, aber nicht riskant, denn ihr Hinweg war jetzt abgesichert, diese herrenlosen Wegelagerer würden erst zur rasenden Meute werden, wenn sie den angeblichen Schatz aus Edelsteinen eskortierten.

Natürlich hätten sie die Männer auch einfach niederreiten können, aber weder Henning noch Isenhart war die Gegend vertraut, von der Kenntnis des kürzesten Weges nach Hambach ganz zu schweigen. Geografische Karten auf widerstandsfähigem Kalbslederpergament waren zwar verfügbar, aber kaum erschwinglich und zudem wenig verlässlich. Neben einigen Wegpunkten wie Burgen oder Siedlungen enthielten sie nur grobe Vorstellungen der Fernhandelswege und der Flussläufe. Daher mochten die Männer vor ihnen Räuber und auch Mörder sein, entscheidend war nur, dass sie sich in der Gegend bestens auskannten.

Und das taten sie.

Auf dem Weg nach Hambach unterhielt Henning von der Braake sie mit Geschichten aus dem westlichen Frankenreich, in dem man in einigen Gegenden tatsächlich Tieren den Prozess gemacht hatte.

Einen hatten sein Vater und er selbst erlebt. Es ging um ein Hausschwein, das einen dreijährigen Jungen umgerannt hatte. Die Wucht, mit der der Kopf des Kindes gegen den Türrahmen schlug, führte eine Verletzung herbei, der der Junge wenige Stunden später erlag. Das Schwein wurde vor Gericht gestellt und auch befragt. Seine Weigerung, sich zum Tathergang wie auch über seine Motive zu äußern, erzählte Henning, bekräftigte die Vermutung des Richters, dem Tier wohne das Böse inne. Also war es am Galgen gehenkt worden.

Isenhart und Henning kamen in Hambach, einer überschaubaren, vorwiegend von Bauern bewohnten Siedlung, in einer Herberge unter. Diese waren im Reich noch nicht sehr verbreitet, da aber einige Pässe durch die Pfälzer Berge hier zusammenführten, lohnte sich die Bewirtung von Kaufleuten, die sich mehrmals täglich den Türring in die Hand gaben. Den beiden wurde ein Strohlager zugewiesen, man tränkte und fütterte ihre Pferde und gab ihnen anschließend zur Vesper Brot, Butter, Ziegenkäse, ein paar Beeren und Bier.

Isenhart war todmüde, ein Sommergewitter kündigte sich am Abendhimmel an, und er war froh, sich aufs Strohlager fallen lassen und seinen Träumen überlassen zu können.

Er erwachte mitten in der Nacht, ein Unwetter hatte sie heimgesucht, und als ein Blitz sein hellblaues Licht gleißend durch die Türöffnung warf, stellte er fest, dass das Lager neben ihm leer war.

Isenhart rappelte sich auf, gähnte herzhaft und fuhr sich mit der Hand über die Augen. Vorsichtig setzte er einen Fuß vor den anderen, um nicht auf einen der Kaufmänner zu treten, die hier ebenfalls auf Strohlagern nächtigten, bis er den Ausgang erreichte. Der Hof bestand aus aufgewühltem Matsch, die trockene Erde vermochte die Wasserfluten nicht aufzunehmen, die auf sie hinabprasselten. Am Stall machte Isenhart eine Gestalt aus und lief über den Hof, durch den Platzregen, der den letzten Rest Schläfrigkeit aus ihm heraustrommelte.

Die Gerüche traten viel klarer als sonst hervor, das war die Eigenart des Regens. Grasgeruch lag ihm tief in der Nase, das Aroma der Erde war zum Schmecken nah, als er Henning von der Braake erreichte, der ihren Pferden in kreisenden, beruhigenden Gesten über die Stirn und den Kopf fuhr.

Henning schenkte ihm nur ein Lächeln, kein Wort zerstörte diese Zweisamkeit, die sich rein zufällig ergeben hatte und von der Isenhart doch den Eindruck gewann, dass es genau so und nicht anders bestimmt war. Er ging ebenfalls dazu über, die Pferde zu streicheln und die Blicke auf jene grellen Linien zu richten, die die Blitze in unvorhersehbaren Bahnen in den schwarzen Himmel rissen.

»Ist das eine Mahnung Gottes?«, fragte Henning kaum hörbar.

»Ich weiß nicht«, bekannte Isenhart.

»Ich auch nicht.«

Henning sollte sich später gerne an diesen Augenblick erinnern. Es war – Liliths Leichenschau ausgenommen – das erste bedeutsame Band zwischen ihnen, sie strandeten beide bei dem gedanklichen Versuch, die Ursache eines Gewitters einzugrenzen. Ihren Geist fanden sie zwar hilflos vor, aber in der Dunkelheit der Unwissenheit, die sie umgab, spürten sie doch die tröstliche Hand des jeweils anderen.

Sie waren nicht alleine. Und das war für beide neu.

Sie standen eine ganze Weile nebeneinander, versunken in der Betrachtung dieses Naturschauspiels, bis Henning Isenhart von der Seite musterte.

»Ist das wahr, was wir sehen?«, fragte er vorsichtig.

Isenhart wurde aus seiner Betrachtung gerissen, dachte kurz über die Frage nach und nickte dann. »Ja«, antwortete er, »ich sehe es ja.«

»Du siehst, also bist du«, folgerte Henning.

Isenhart musste lächeln, er blickte zu Henning, der schmunzelte. »So kann man sagen, ja. Deshalb kann ich meine Existenz bestätigen – weil ich sehe.«

»*Video ergo sum*«, übersetzte Henning.

Isenhart lachte kurz auf, weil ihm all das langsam unwirklich erschien.

»Und bist du dir sicher, dass das, was du siehst, auch *das ist,* was du siehst?«

Walther von Ascisberg hatte ihn mit einer Menge an Fragen traktiert, die erst auf den zweiten oder auch dritten Blick ihre wahre Absicht offenbarten. Man konnte sagen, dass Isenhart solcherlei Fragestellungen gewohnt war. Dessen eingedenk war diese trotzdem die zweischneidigste, die man je an ihn gerichtet hatte.

Von der Vielschichtigkeit der Frage war er durchaus beeindruckt. Im Gegenzug war Henning von der *Ratio* überrascht, mit der Isenhart seinen Worten begegnete. Davon und von der Tatsache, dass zwischen der Frage und der Antwort kaum ein Atemzug verging.

»Nein«, erwiderte Isenhart, »bin ich nicht. Mein Auge ist nur ein Filter. Vielleicht sind die Blitze Wellen und der Himmel ist ein Meer aus Luft – wer weiß? Das entzieht sich meiner Kenntnis.« Er sah Henning in die Augen: »Aber nur, weil wir beide in den Wellen Blitze sehen, können wir uns austauschen. Ansonsten wären wir allesamt stumme Inseln. Deshalb nehme ich gerne in Kauf, dass mein Augenlicht mich vielleicht täuscht.«

Die Regentropfen, die der Wind hereintrieb, verbargen es zwar, aber Henning schossen die Tränen in die Augen. Isenharts Worte berührten ihn nicht nur, sie erschütterten ihn in seinen Grundfesten. Die Hoffnung, ja, die hatte er gehabt. Wieder und wieder, wochen-, monate-, jahrelang, doch eine Kette nicht enden wollender Enttäuschungen lag hinter ihm. Ein Sammelsurium verwunderter Blicke und Gesichter mit vor Staunen geöffneten Mündern. Menschen, die nicht verstanden, was ihn bewegte. Menschen, die nicht wussten – und sich vor allem nicht dafür interessierten –, was sich außerhalb ihrer Erfahrungswelt abspielte.

Eine geistlose Masse, die in den Tag hinein lebte. Unempfänglich für neue Gedanken, ja geradezu ängstlich allen Neuerungen gegenüber. Sicher, sein Vater Günther stand diesbezüglich über ihnen, aber auch er blieb Antworten schuldig, auch er hatte erst wenige eigene Schritte in diesem Kosmos zurückgelegt.

Mit den Jahren wurde Henning eine Insel. Selbstständigkeit, begriff er, erforderte einen hohen Preis: Einsamkeit. Es gab niemanden, mit dem er sich austauschen konnte. Niemanden, dem er seine Gedanken präsentieren konnte. Niemanden, der sie wertzuschätzen wusste. Geschweige denn, durch eine Replik in unerhörte Höhen zu schwingen vermochte.

Und genau das tat Isenhart in diesem Unwetter, das sie umtoste. Mit einer einzigen Antwort gab er ihm zu verstehen, dass sein Wissen nicht umsonst war, dass es neben der Insel, die er bildete, noch andere gab.

Die Erleichterung darüber, der Trost, mit dem er in diesem Leben nicht mehr gerechnet hatte, erschütterte Henning. Die Tränen in seinen Augen rührten von der Dankbarkeit her, die er gegenüber dem Schicksal empfand. »Wo, Bruder, hast du dich all die Jahre versteckt?«, fragte er. Und suchte dabei den Blick des Schmieds, dem es ähnlich zu ergehen schien.

»Ich habe einfach nur gewartet«, erwiderte dieser. Und schlug in die Hand ein, die Henning von der Braake ihm darbot.

Der Morgen war durchsetzt von frischer Luft, die keine Mücken oder Fliegen mehr beherbergte, es war, als hätte das Gewitter jeden Winkel dieser Welt gereinigt.

Hinter der Herberge lud ein frisch aufgeworfener Graben zur Entleerung von Darm und Blase ein. In der Gemeinschaft der Kaufleute, die von hier weiter ins Deutsche Reich oder in französisches Gebiet reisten, erleichterten sich Henning und Isenhart, bevor sie sich von der Bande der Wegelagerer verabschiedeten, die an diesem Morgen, durchnässt und schlotternd, ein trauriges Bild abgaben. In zwei Tagen, das war die Vereinbarung, wollte man sich wieder hier treffen, um die Edelsteine sicher nach Spira zu transportieren.

Ohne Führer brachen sie von Hambach auf aus und hielten sich südsüdwestlich, sodass sich hinter den Nadelwäldern zu ihrer Rechten, die aus der Ferne einen bläulichen Schimmer annahmen, mehr und mehr die Pfälzer Berge erhoben, an ihrer höchsten Ausdehnung bald bis zu 2000 Fuß hoch.

Am frühen Nachmittag erreichten sie einen Bach, dem sie folgten, weil er seinen Ursprung in jener Himmelsrichtung zu haben schien, die sie ohnehin anstrebten. So wuchsen die Berge langsam vor ihnen in den Himmel. Annweiler konnte nicht mehr fern sein, denn schon bald erhaschten sie durch die Zweige der Bäume, die sich beiderseits des Eußerbachs erstreckten, einen Blick auf Burg Trifels – das ehemalige Gefängnis von Richard Löwenherz –, die sich auf schier unerreichbar wirkenden Felsen mitten in den Bergen erhob.

Das Kloster Eußerthal, erbaut aus großen Sandsteinquadern, die man ganz in der Nähe dem Erdreich abgetrotzt hatte, war lediglich von einem Dutzend Häusern aus Lehm, Holz und Stein umgeben. Das Fundament bis zu drei Fuß tief in den Boden getrieben, weshalb die wenigen Fenster sich in der Überzahl auf Hüfthöhe eines normal gewachsenen Mannes befanden.

Die Glocke schlug zur Non, die Hälfte des Nachmittags war verstrichen. Die Mönche, die von ihrer Arbeit abließen, um sich in der Pfeilerbasilika zu versammeln und einen Hymnus aus drei Psalmen als Lobpreisung an den Herrn anzustimmen, erinnerten Isenhart an Mulenbrunnen, denn auch dieses Kloster wurde von Zisterziensern bewohnt.

Die Mehrzahl der Geistlichen fuhr allerdings mit ihrer Arbeit fort – es waren Laienbrüder, *Konversen* genannt, die an ihrem weißen Habit zu erkennen waren, einer bis zum Boden reichenden Tunika. Sie nahmen den Chormönchen, die zum Kloster zogen, die handwerklichen Verrichtungen ab, um ihren Brüdern die Zeit zu erwirtschaften, die sie für das Studium der Heiligen Schrift oder das Kopieren von Büchern benötigten.

Der Prior, Stellvertreter des Abtes, ein außergewöhnlich junger Mann für diese Position, empfing sie mit einem Lächeln. Was zunächst eine Atmosphäre schuf, in der Henning und Isenhart sich aufgehoben und willkommen fühlten, geriet auf Dauer zu einer sanften Marter. Denn ganz gleich, was geschah, egal, auf was sie zu sprechen kamen – das Lächeln blieb.

Henning von der Braake hatte angeregt, beim Kloster haltzumachen und sich nach von Annweiler zu erkundigen. Der Mann, den sie suchten, besaß zwangsläufig Eltern, und wenn es nicht einen höchst gewichtigen Grund für einen Umzug gab, verstarb man anständigerweise an seinem Geburtsort. Die Wahrscheinlichkeit, auf die Gräber der Eltern zu stoßen – und dabei etwas über sie und ihren wahnsinnigen Sohn zu erfahren –, war also hoch.

Das galt vor allem in Anbetracht des Umstands, dass es in den letzten Jahrzehnten in Mode gekommen war, verstorbene Familienmitglieder nicht mehr im Wohnzimmer oder direkt vor dem Haus zu verscharren, sondern sie im Umkreis eines Klosters oder einer Kirche unter die Erde zu bringen sowie die Stätten ihrer letzten Ruhe mit Holzkreuzen zu kennzeichnen.

»Ich bin Christian der Frohe«, sagte der Prior. Weder bei Henning noch bei Isenhart mochte sich Überraschung ob dieses Beinamens einstellen. Christian der Frohe, so erfuhren sie ungefragt, hieß eigentlich Christian von Kosach und stammte aus einem Adelsgeschlecht, das sich einiger Ländereien in den Bergen erfreute und im regionalen Weinhandel eine gewichtige Rolle spielte.

Christian hatte sich eines Morgens entschlossen, den irdischen Reichtum, der ihm als einziger Sohn rechtmäßig zustand, zu verschmähen und sich stattdessen den Zisterziensern anzuschließen. Nichts von dem Wohlstand seines Vaters sei auf seiner eigenen Hände Arbeit zurückzuführen, folglich habe er sich dieses Reichtums als unwürdig empfunden und ihm entsagt. Bei diesen Worten nahm sein Lächeln ein erträgliches Ausmaß an. Aber nicht für lange, denn seine makellosen Zahnreihen blitzten wieder auf, als er mit dem rechten Arm auf ein Grab deutete.

»Da liegt er, mein Vater. Die Taschen seines letzten Hemdes waren auch leer.«

»Kennt Ihr Aberak von Annweiler?«, kam Henning unumwunden auf den Punkt, während sie dem Prior durch die Reihen der Gräber folgten. »Ist er ein Einarmiger?«

»Nun«, sagte Christian der Frohe gedehnt, »Eure Frage beinhaltet deren zwei, eine kann ich bejahen, die andere muss ich verneinen.«

Möglicherweise gefiel Christian der Frohe sich in sibyllinischen Antworten, vielleicht gründete dieser Eindruck auch auf seinem stetigen Lächeln.

Das Leben Christians des Frohen war eigentlich ein Trauerspiel. Nicht hehre Werte hatten ihn veranlasst, dem Erbe zu entsagen, sondern das Bewusstsein seiner Unfähigkeit bei Geschäften jeglicher Art und daraus resultierend seine Angst vor Verantwortung.

Das Kloster im Eußerthal war für ihn diesbezüglich eher Refugium als Erfüllung. Der Versuch, in die Fußstapfen des Vaters zu treten, hätte eine endlose Folge von Entwürdigungen nach sich gezogen, dessen war er sich gewiss. Also hatte er sich für ein Leben in Trostlosigkeit entschieden. In diesem Punkt war er von der Gemeinschaft der Zisterzienser auch noch nie enttäuscht worden.

Selbstverständlich boten vor diesem Hintergrund Besuche wie der heutige eine willkommene Abwechslung, die er so weit zu dehnen versuchte wie irgend möglich.

»Ich kenne den Mann nicht, nach dem Ihr fragt«, erwiderte er.

Henning und Isenhart wechselten einen enttäuschten Blick, der dem Prior nicht verborgen blieb.

»Trotzdem weiß ich etwas über ihn zu berichten«, hielt er sie daher bei Laune.

»Und das wäre?«, fragte Isenhart.

Christian von Kosach hielt auf seinem Rundgang über den Friedhof an und deutete mit dem Kopf auf einen mit Moos bewachsenen kleinen Erdhügel. Das Kreuz darauf war nahezu verrottet. Aber die Inschrift hob sich immer noch gut lesbar von dem Holz ab: *Aberak von Annweiler, 1130–1185*.

Ernüchterung erfasste sie beide, das war das erste Gefühl, wie Isenhart und Henning einander später versicherten. Aber dann folgte – auch darüber bestand Einigkeit zwischen ihnen – eine Art Schauer.

Logische Schlussfolgerungen zogen sie beide äußerst flink: Entweder waren sie dem falschen Mann auf der Spur, oder sie jagten einen Wiedergänger. Schloss man die zweite Möglichkeit aus, konnte er weder der Mörder von Lilith noch der von Anna gewesen sein, rief Isenhart sich ins Gedächtnis. Anna von Laurin war 1189 gemeuchelt worden, vier Jahre nach von Annweilers Tod.

»Hat er einen Sohn, der denselben Namen trägt?«, fragte Henning.

Christian der Frohe schüttelte den Kopf. »Er war verheiratet, aber kinderlos. Der Herr hat ihm und seiner Frau Kinder versagt. Sie starb noch vor ihm.« Mit dem Kopf deutete er auf einen anderen Hügel, zwei Reihen weiter. »Worin begründet sich Euer Interesse an diesem Mann, wenn Ihr mir diese Frage gestatten wollt?«

»Nahe Spira wurde eine Wirtstochter ermordet«, antwortete Isenhart, »der Mann, den wir verdächtigen, gab sich als Aberak von Annweiler aus. Deshalb sind wir hier.«

Das Lächeln des Priors wurde eine Spur dünner, schwand aber selbstverständlich nicht ganz. »Wie schrecklich«, sagte er, ohne den Schrecken dabei zu empfinden, weshalb Henning wie Isenhart ihn auch nicht in seiner Stimme wiederfanden.

»Es scheint«, fuhr Christian fort, »Ihr sucht nach einem Wiedergänger.«

Er versuchte, den Schauer abzuschütteln, der ihm bei dieser Vorstellung den Rücken hinablief.

»Aber wenn der Wirt ihm begegnet ist, seid Ihr keinem Nachzehrer auf den Fersen.«

»Nachzehrer?« Henning konnte mit diesem Begriff offenbar nichts anfangen.

»Nachzehrer verlassen ihr Grab nicht«, erklärte Isenhart ihm mit sachlicher Miene, »Sie rauben den Menschen aus ihrem Grab heraus die Lebenskraft.«

Henning von der Braake nickte zum Zeichen dafür, dass er verstanden hatte. »Ich kenne nur eine Form der Wiedergänger«, sagte er, »und das ist ein *Draugr.*«

Christian der Frohe gab zu ihrer Erleichterung endlich sein Lächeln auf. Und schon war der Mund eingebettet in eine Unzahl von Falten, die sich durch das dehnende Lächeln zuvor dem Blick des Betrachters entzogen hatten. »Meint Ihr, er könnte sich hier herumtreiben?« In seinen Augen lag ehrliche Angst.

Isenhart deutete ein Achselzucken an. Er hatte keine Ahnung von den örtlichen Vorlieben eines Wiedergängers.

»Warum sollte er?«, entgegnete Henning, um den Mann zu beruhigen, der schon wieder leicht zu lächeln begann. Immerhin.

Der Prior trat nahe an sie heran und beugte sich konspirativ vor. »Sie können die Zukunft schauen«, wisperte er, »und sie haben übermenschliche Kräfte.«

»Seid Ihr schon einem begegnet?«, fragte Isenhart.

Der Prior schlug das Kreuz: »Gott behüte!« Um nach einer Pause hinzuzufügen: »Aber ich weiß, wie man sie töten kann.«

»Indem man ihnen den Kopf abschlägt«, sagte Isenhart und las in dem Gesicht des Priors die Enttäuschung darüber, den beiden Fremden keine weitere, schaurige Neuigkeit mitteilen zu können.

Also begnügte Christian von Kosach sich mit einem Nicken. »So ist es«, bestätigte er.

»Glaubst du an Draugr?«

Henning und Isenhart teilten sich ein Gästezimmer, das aus vier Strohlagern bestand, von denen sie zwei in Anspruch nahmen. Zum Glück hatte die Augustsonne den Sandstein im Laufe des Tages so sehr erhitzt, dass er die gespeicherte Wärme über weite Teile der Nacht wieder abgab.

Der Mond warf fahles Licht durch einen Spalt in der Mauer in ihre Kammer. Ein paar Mäuse huschten über den Boden und verkrochen sich in kleinen Löchern im Mauerwerk, sobald einer von ihnen sich regte.

»Ich weiß nicht«, bekannte Henning, »ich kenne niemanden, der je einen getroffen hätte.«

»Ich auch nicht.«

Sie schwiegen eine Weile. Dabei umfing Isenhart dasselbe Gefühl, das er empfand, wenn er mit Konrad schwieg – er fühlte sich aufgehoben. Nur dass es bei Konrad und ihm Jahre gedauert hatte und dieser Zustand mit Henning nach nur wenigen Tagen eintrat. Isenhart hätte nie benennen können, woher er diese Gewissheit nahm, aber er war sich sicher, dass Henning von der Braake ebenso fühlte.

»Wenn es kein Wiedergänger ist«, sagte Henning in die Stille hinein, »dann ist er ein Mensch. Ein Mensch, der nicht Aberak von Annweiler ist.«

»Aber dessen Namen benutzt«, folgte Isenhart dem Gedanken.

Henning nickte. Er warf einen Blick hinüber zu der schmalen Gestalt auf dem Stroh, die ihr Gesicht dem Licht des Mondes zugewandt hatte, der sich in seinen Augen spiegelte.

Es war ein Glanz, der Isenhart eine natürliche Schönheit verlieh, der Glanz des Aufgeweckten, des Tatendurstigen – des wachen Geistes. Und dieser Glanz zog Henning, der frei war von jeder Versuchung für das gleiche Geschlecht, an wie eine Motte das Licht.

»Angenommen, Draugr existieren«, sagte Isenhart leise, »meinst du, sie hinterlassen dann Spuren im Schnee?«

»Ich weiß es nicht«, bekannte Henning von der Braake nach kurzem Nachdenken, »wieso?«

»Wem immer wir auf den Fersen sind, er hat schon einmal getötet«, antwortete Isenhart und richtete den Blick auf den Sohn des Medicus. Er erhob sich, ein paar Strohhalme lösten sich von seinen Kleidern und schwebten hinab. Er nahm im Schneidersitz vor Hennings Lager Platz.

»Anna war Konrads Schwester. Und ich habe sie geliebt.«

Mit diesen Worten leitete Isenhart seine Erzählung ein, beschränkte sich auf die wichtigsten Einzelheiten, gab dabei eine grobe Übersicht über die Interessen des Hauses Laurin und des Abtes von Mulenbrunnen und schloss mit dem Verdacht, mit Alexander von Westheim einen Unschuldigen getötet zu haben. Ein Verdacht, der ihm sichtlich zu schaffen machte.

Mit jedem Wort, das Isenhart an ihn richtete, zog er Henning immer weiter in seinen Bann. Auch, weil der junge Schmied und Wachmann über die Gabe verfügte, mit detaillierter Präzision zu schildern, aber vor allem, weil in jedem Wort, das er über Anna von Laurin verlor, eine bedingungslose Hinwendung mitschwang. Henning sah nun auch die Spuren im Schnee. Er spürte Isenharts Besorgnis, die sich zur Angst steigerte. Und dann erfasste sie beide der Schock beim Anblick der Ermordeten. Isenhart vergegenwärtigte sich dieses Gefühl aus der gelebten Vergangenheit, Henning hingegen erzeugte es mühelos aus Isenharts Schilderung.

Und sie erschütterte ihn so sehr, traf ihn so unvorbereitet, dass es ihn alle Mühe und ein hohes Maß an Disziplin kostete, sich die Tränen zu verkneifen.

»In dem Augenblick«, schloss Isenhart, »wollte ich sterben.«

Die Welle brach sich trotz äußerster Beherrschung an Hennings Augen und rann ihm über die Wange.

Da die Zisterzienser sich nachts um eins zum Gebet versammelten und ihr Tagwerk um vier Uhr am Morgen begannen, beide Male von Glockenläuten begleitet, verbrachten Henning und Isenhart eine unruhige Nacht.

Sie sattelten gerade die Pferde, als sich ihnen ein Geräusch näherte, ein Klapp-Klapp, dumpf und trocken. Beide wandten sich gleichzeitig um.

Eine mariengleiche Gestalt bog um die Ecke, in ihrer rechten Hand lag die hölzerne Schelle, die das stete Geräusch verursachte. Sie trug den Habit der Mönche und war barfuß. Die Wangenknochen traten sanft unter den ebenmäßigen Augen hervor, der Mund geschwungen, in den Augen lag wacher Ernst.

Als die junge Frau sie beide erblickte, verharrte sie auf der Stelle. »Entschuldigt die Störung«, brachte sie hervor, ließ die Hölzer in ihrer Hand klappern und wandte sich ab.

Ihr Gesicht war überzogen von Lepraflecken.

Sie war aus dem Gebäude gekommen, das sich unweit des Stalls neben dem Kloster befand, aus dem Hospitalium, das für gewöhnlich Reisende und vor allem Pilger beherbergte. Ihnen Unterkunft und ein Lager zu bieten und vor allem Leib und Magen zu versorgen, gehörte zur obersten Christenpflicht der Mönche. Mit der

Zeit suchten auch die Kranken hier Zuflucht, sodass die Hospitalia zu einem Anlaufpunkt für die Aussätzigen wurden.

»Wartet!«, rief Henning von der Braake ihr zu. Die junge Frau verharrte erneut und sah sich über die Schulter. Henning ging mit einem Lächeln auf sie zu. Die Schelle, wusste Isenhart, war den Aussätzigen vorgeschrieben, um die Gesunden vor ihnen zu warnen, vor allem die Kinder. Unablässig mussten die Leprakranken sie klappern lassen. Das war der entwürdigende Tribut dafür, dass man sie aufnahm und pflegte.

Henning hatte die junge Frau erreicht.

»Tretet nicht zu nahe, Herr«, bat sie.

Aber Henning tat das Gegenteil. Er schloss sie fest in seine Arme, hielt sie ein wenig und küsste sie dann auf den Mund. Ganze Augenblicke lang ließ er seine Lippen auf den ihren ruhen, bevor er wieder absetzte.

Das Lächeln, das die Frau ihm schenkte – Isenhart spürte einen irrationalen Neid in sich aufsteigen –, war von einer göttlichen Vollkommenheit. Und entschädigte für jedes Wagnis.

»Wie ist Euer Name?«

»Henning von der Braake.«

»In jedes Nachtgebet werde ich Euch einschließen«, versprach sie und wandte sich ab.

Die Nächstenliebe manifestierte sich in allerlei Formen, ihre Krönung aber bestand in dem Kuss eines Leprakranken. Henning kehrte zu seinem Pferd zurück, sein Lächeln war in sich gewandt.

Christian der Frohe hob zum Abschied die Hand, bis sie hinter einer Wegbiegung verschwanden und Kurs auf Hambach nahmen. Obwohl sie ihn nicht mehr sehen konnten, war Isenhart sicher, dass noch immer ein Lächeln auf seinem Gesicht stand.

Abgesehen davon, dass sie Hambach auf ihrem Weg zurück nach Spira umgingen und so den Wegelagerern auswichen, die dort auf sie und ihren Rubin warteten, hatte ihre Reise unter keinem guten Stern gestanden. Aberak von Annweiler war seit zehn Jahren tot. Einen Wiedergänger zogen sie zwar in Betracht, und vielen ihrer

Mitmenschen mochte diese Erklärung vielleicht sogar als die einzig mögliche erscheinen, allerdings waren sie von dieser These wenig überzeugt.

Sie beide brannten nicht darauf, sich mit einem Draugr zu messen. Aber vor allem ihr Verstand sagte ihnen, dass sie einen Mann suchten, der die Identität Aberaks von Annweiler für seine Gräueltaten angenommen hatte.

»Er war hier«, stellte Henning fest, »er war in Eußerthal. Vielleicht kannte er von Annweiler.«

»Warum?«

»Er könnte sich einen Namen ausgedacht haben«, antwortete Henning, »den Namen eines Mannes, der gar nicht existiert. Das hat er aber nicht. Die Frage ist: Warum?«

»Und die Antwort?«

Henning warf Isenhart ein wissendes Lächeln zu, das dieser im Zuge ihrer Reise zu deuten gelernt hatte. Der neu gewonnene Freund war der Meinung, Isenhart sei in der Lage, seine eigene Frage zu beantworten.

»Zwischen dem Mörder und Aberak von Annweiler muss es eine Beziehung geben.«

Henning nickte. Genau das hatte er gemeint.

16.

Aberak von Annweiler nagte sich in ihre Köpfe.

Ob sie ritten, aßen, einschliefen oder aufwachten, stets begleitete er Isenhart und Henning. Er war wie ein Nebel, der jeden Blick, jede Bewegung eintrübte, und näherten sie sich ihm, griffen sie in ein Nichts. Unfassbar und doch gegenwärtig.

Zurück in Spira, das sie Ende August erreichten, unterrichteten sie Günther und Konrad von ihrer Reise, um festzustellen, dass beide zwar Anteil nahmen, um dann aber unverrichteter Dinge wieder ihrer Arbeit nachzugehen. Konrad ließ sich für den Wachdienst einteilen, und Günther von der Braake mixte Kräuter.

Die beiden erwähnten es mit keinem Wort, aber die Suche nach Aberak von Annweiler war für sie abgeschlossen. Sie sperrten den Nebel einfach aus ihren Gedanken.

Henning und Isenhart hingegen hatten an seinem Grab gestanden, sie konnten ihn nicht mehr abweisen. Er hatte sich schon in ihren Geist eingenistet, um mit jedem ihrer Gedanken mitzuschwimmen.

Wozu das Herz?

Ein Mann ging um, der Anna und Lilith das Herz herausgerissen hatte. Er war rothaarig und einarmig. Und – zumindest galt das beim Mord an der Wirtstochter – er hatte die Identität von Aberak von Annweiler angenommen, der er nicht war, denn von Annweiler war tot. Der Mörder hatte seine Spuren verwischt und bot ihnen keinen Anhaltspunkt. Sie tappten buchstäblich im Dunkeln.

»Ich möchte dir jemanden vorstellen«, sagte Isenhart zu Henning, »einen ausgesprochen klugen Kopf.«

Tutenhoven lag eine Meile westlich von Spira. Henning und Isenhart folgten dem gleichnamigen Bach, der in den Pfälzer Bergen entsprang und in den Rhein mündete.

Sein Vater hatte Walther von Ascisberg dieses Stück Land vererbt, das mit seinem stattlichen Wohnhaus aus Stein, den Stallungen und dem Gesindehaus sowie den umliegenden Ländereien, die emsig bewirtschaftet wurden, dem Stand eines Mannes aus niederem Adel entsprach.

Dreizehn Leibeigene waren Bestandteil dessen, was vom Vater an den Sohn überging. Als Walther das Gut Tutenhoven übernahm, stellte er die Leibeigenen frei, eine Geste, die alle anderen Gutsherren rund um Spira als widersinnig empfanden – wer sollte die anstehende Arbeit verrichten?

Drei gingen, der Rest blieb. Isenhart war selbst ein Leibeigener, ein unfreier Mann, über den Sigimund von Laurin nach Belieben hatte verfügen dürfen. Mit dessen Tod ging die Leibeigenschaft auf Konrad über, dem sich zwar Walthers Geste gegenüber den Unfreien partout nicht erschließen wollte, der Isenhart aber in Wort und Tat ebenfalls seiner Pflichten enthob.

Der ergebenste Mann auf Walthers Hof war Zolner. Klein, schmal von Gestalt und das Herz voller Misstrauen allen Fremden gegenüber. Zolner stammte von Zolner dem Älteren ab und der wiederum von einem Zolner zu Tutenhoven und immer so weiter. Zolners Stammbaum war voller Menschen, die allesamt in Tutenhoven das Licht der Welt erblickt hatten und deren bekannte Welt in Spira geendet hatte. Was den Anschein von Begrenzung barg, wandelte sich, sobald man das Gespräch mit Zolner suchte, der seine Unkenntnis über die Welt mit seiner Kenntnis der Gegend aufwog. Zolner kannte jeden und alles, und jeder kannte Zolner.

Kein Strauch, kein Baum, kein Stein, der nicht über seine eigene Geschichte verfügte. Wie hoch war der Normalpegel der Spira im Herbst zu veranschlagen? Auf welchem Landstrich von Tutenhoven gedieh Winterweizen am besten? Wer war die Base der Frau, deren Enkeltochter im Frühjahr 1188 das große Los gezogen und in eine Familie in Spira eingeheiratet hatte? Welchen Wetterumschwung brachten Kumuluswolken mit sich, wenn sie von Windböen aus Südsüdwest über den Himmel getrieben wurden?

Zolner wusste auf alles eine verlässliche Antwort. Er war das wandelnde Gedächtnis von Tutenhoven. Die höchste Priorität genoss der Herr, dem man diente. Ihm, seinen Wünschen und seinen Bedürfnissen wurde das eigene Leben verschrieben. So war es seit Anbeginn der Blutlinie der Zolners gewesen, und es gab keinen auch nur halbwegs vernünftigen Grund, mit dieser Tradition zu brechen.

Zolner wirkte auf dem Hof als Walthers rechte Hand, teilte die Leute zu anstehenden Arbeiten ein und schaute dem Gesinde auf die Finger. Zolner überwachte Aussaat und Ernte auf den Feldern, beteiligte sich am Scheren der Schafe, geleitete die Männer in den Wald, um Holz zu hacken, das sie verarbeiteten oder der Feuerstelle zuführten. Hier lösten sie die Eichenrinde für die Lohgerberei von den Stämmen, und im Sommer brachten sie Beeren mit nach Hause.

Hin und wieder übertrieb Zolner es mit seiner Aufsicht und fiel dem Gesinde mit seiner Pedanterie auf die Nerven.

»Obacht, der Wichtige ist im Anmarsch«, flüsterten sie sich dann mit einem vielsagenden Grinsen zu, sobald Zolner sich irgendwo blicken ließ.

Neben Walther von Ascisberg gab es auf Gut Tutenhoven nur eine Person, von der Zolner sich etwas sagen ließ: Cecilia.

Ihr filigraner Name stand im Widerspruch zu ihrer Erscheinung. Walthers Magd bewegte auf zwei kräftigen Beinen eine beachtliche Körperfülle kreuz und quer durch Hof und Haus. Emsig wie eine Biene, mit geröteten Wangen und begleitet von einem stetigen Schnaufen putzte, wusch und kochte sie. Cecilia, die für ihr Leben gerne tanzte, der der Frohsinn aus den Augen zu sprühen schien, sie erledigte ihre Aufgaben mit flinker Hand.

In von Ascisbergs Arbeitszimmer war ihr allerdings nur gestattet, mit der Hälfte ihres sonstigen Tempos für Ordnung zu sorgen, um ihn nicht aus seinen Gedanken zu reißen, während er den Almagest studierte.

Es gab nichts, was Cecilia nicht konnte – aber an der Aufgabe, sich nur halb so flink zu bewegen, wie sie konnte, scheiterte sie regelmäßig. Walther von Ascisberg hatte ein Einsehen, verließ den Raum, wenn Cecilia nahte, und zog sich auf eine Anhöhe hinter dem Steinhaus zurück, wo er unter drei Tannen Schatten suchte und sich in die Theorie der Berechnung der Gestirne vertiefte.

Manchmal vergaß der Alte dort oben die Zeit, dann schob Zolner sich mit angemessen langsamen Bewegungen in das Blickfeld des Herrn, bis dieser ihn bemerkte und mit Überraschung den tiefen Sonnenstand registrierte.

Cecilia jedenfalls war die einzige Bewohnerin des Gutes von Tutenhoven, die aus Zolners Mund keine Anweisung zu hören bekam. Denn sie hatte Zolner als Amme großgezogen, niemals hätte er es gewagt, ihr in ihre Arbeit reinzureden.

Der Empfang in Tutenhoven geriet misstrauisch bis herzlich. Isenhart war Zolner nicht geheuer. Er tauschte sich mit seinem Herrn über Dinge aus, die sich Zolners Geist entzogen, aus diesem Grunde war er unschlüssig, was er von Isenhart zu halten hatte.

Walther, der Herr, war betagt, vielleicht hatte dieser junge Mann es auf das Erbe abgesehen. Möglicherweise würde es ihm gelingen, sich Tutenhoven bereits zu Walthers Lebzeiten unter den Nagel zu reißen. Aber da Zolner den Gesprächen der beiden meist nicht zu folgen imstande war, tat er, was in seiner Macht stand: sich mit einem Dolch bewaffnen und darauf achten, dass der Besuch nicht die Gelegenheit erhielt, etwas in Speise oder Trank zu streuen.

Dieses Mal brachte Isenhart einen jungen Herrn mit. Zu Pferde. Ein gut betuchter Begleiter, denn seine Kleidung bestand aus feinem Leinen, wie Zolner für sich festhielt. Aber bevor er Henning von der Braake, wie Isenhart ihn ihm vorstellte, näher auf den Zahn fühlen konnte, übernahm Cecilia den herzlichen Teil der Begrüßung. Sie drückte Isenhart, kaum war er aus dem Sattel gestiegen, an ihren wogenden Busen.

»Ihr müsst hungers sterben!«, rief sie aus und packte den verblüfften Henning bei der Hand, um ihn in die Küche zu zerren.

»Spira ist nur eine Meile entfernt«, rief Zolner ihr hinterher. Aber Cecilia reagierte nicht.

Henning warf Isenhart einen hilflosen Blick zu, um noch das breite Lächeln des Freundes zu erhaschen, bevor er nach allen Regeln der Kunst gemästet wurde. Es gab Brennnesselsuppe – der Geruch erinnerte Isenhart unweigerlich an Anna –, anschließend Brot und Ziegenkäse. Und dazu einen Humpen selbst gebrauten Bieres. Cecilia wachte streng darüber, dass keiner einen Krümel auf seinem Holzteller übrig ließ.

Im Winter hätte sie sich diese Bewirtung kaum leisten können, aber Zolner hatte keinen Zweifel daran, dass es seiner Amme selbst unter widrigsten Umständen gelungen wäre, ein würdiges Mahl zusammenzustellen.

»Wo ist Walther?«, fragte Isenhart, der Mühe hatte, das letzte Stück Ziegenkäse in seinen Magen zu befördern.

»Oben, bei den Tannen«, antwortete Cecilia, »schon seit den Mittagsstunden.« Leichte Sorge schwang in ihrer Stimme mit.

»Und was macht er dort?«, fragte Henning, um etwas zu sagen.

»Er denkt«, erwiderte Zolner und behielt die Hände von Isenharts Begleiter im Auge. Ihn konnte man nicht täuschen. Er war auf der Hut.

Er ist kleiner geworden, schoss es Isenhart durch den Kopf. Sein Mentor war geschrumpft. Das Leinen schlackerte um seine Beine und Handgelenke, der Schädel arbeitete sich auf dem Weg zum Tod durch die Haut. Aber noch war es nicht so weit, noch blieb ihm Zeit. Walther erhob sich, als sie die Anhöhe emporkamen, und schenkte ihnen ein dreizahniges Lächeln.

Zu seinen Füßen lag ein dicker Band aus Pergament im Gras. Isenhart bemerkte bei einem Seitenblick auf Henning, dass dieser die Augen voller Neugier darauf richtete.

Isenhart stellte die beiden einander vor, sie reichten sich die Hände und ließen ihre Blicke für einige Augenblicke ineinander ruhen, bevor sie ihre Finger wieder aus dem gegenseitigen Griff entließen.

»Von der Braake«, murmelte von Ascisberg, »ist Euer Vater nicht Medicus in Spira?«

»So ist es«, antwortete Henning. Er lächelte.

Walther trat sehr nahe an ihn heran und nahm die Zähne in Augenschein, bis Henning ein wenig verwundert den Mund schloss. Walther grinste amüsiert. »Nur eine weitere Eigenart«, sagte er beschwichtigend, »mit zunehmendem Alter sammelt man sie wie die Falten. Ihr habt ein gesundes Gebiss, gebt darauf acht.«

»Ich reinige meine Zähne alle drei Tage«, gab Henning zurück.

»Reinigt sie täglich, und sie bleiben Euch länger erhalten. Die Muselmanen tun es, und es gibt eine Menge, was wir noch von ihnen lernen können.«

Er setzte sich auf ein Kissen aus Schafwolle. Es war zu einer Angewohnheit geworden, es überall mit sich herumzutragen, das Gesinde tuschelte schon, was Walther von Ascisberg nicht weiter kümmerte, denn Gesinde tuschelte immer. Anlass zur Sorge gab es für gewöhnlich erst, wenn es verstummte.

»Was lest Ihr da?«, fragte Henning und deutete auf den Band zu Walthers Füßen.

»Den Almagest«, antwortete Walther.

Während Isenhart mit dem Wort nichts anzufangen wusste, verdoppelte der Klang dieses Namens die Schlagzahl von Hennings Herz. »In welcher Sprache?«, fragte er.

»Latein«, antwortete Walther von Ascisberg, der sein Gegenüber aufmerksam betrachtete.

Die Freude, die Henning über den Almagest in lateinischer Sprache empfand, war ebenso unübersehbar wie echt. Und Isenhart brauchte keine Worte mehr, um seinem Mentor zu erklären, weshalb er Henning mitgebracht hatte, Walther verstand auch so. Derer, die beim Anblick von beschriebenem Pergament Freude empfanden, gab es in dieser Zeit nur wenige. Und ein jeder von ihnen war froh, auf einen anderen zu treffen.

»Was ist das – der Almagest?«, fragte Isenhart.

»Eine Schrift über die Gestirne«, antwortete Henning, bevor von Ascisberg es sagen konnte, »es stammt von Claudius Ptolemäus. Oder?«, fügte er etwas unsicher hinzu.

Walther nickte: »Woher habt Ihr Kenntnis davon? Euer Vater?«

»Ja. Er hat den Großteil seines Wissens über die Kräuterheilkunde in Jaffa erworben. Da ist er auch auf den *al-magisti* gestoßen. Aber er war vom Griechischen ins Arabische übersetzt worden, und wir waren weder des einen noch des anderen mächtig.«

Isenhart fühlte Neid in sich aufsteigen, eine Regung, die ihm zu billig schien, um sie verspüren zu wollen, die er aber nichtsdestotrotz empfand. Er war nicht im Heiligen Land gewesen, er war nicht in Kontakt mit einer völlig anderen Lebenswelt getreten, so wie Walther und Henning. Er missgönnte den beiden diese Erfahrung nicht, es verhielt sich lediglich so, dass er sie auch zu gerne gemacht hätte. Weil dem nicht so war, fühlte er sich ein wenig ausgeschlossen.

Walther von Ascisberg erfasste Isenharts Gefühlszustand mit einem einzigen Blick.

»Ptolemäus hat die Erkenntnisse der griechischen Gelehrten und seine eigenen in einem gewaltigen Werk zusammengefasst«, erklärte er daher, »er hat die Bewegungen von 1022 Sternen beschrieben. Außerdem Theorien über das Himmelszelt, die Sonne und den Mond entworfen und die Grundlagen seiner Messmethoden weitergegeben. Diese Sammlung von Wissen ist der Almagest.«

Isenhart erfasste sofort den Wert dieses in Leder eingebundenen Buches, das von irgendwelchen Mönchen in mühseliger Arbeit Wort für Wort kopiert worden war. Auch auf Henning übte die bloße Existenz dieses Bandes eine ungeheure Faszination aus.

»Es gibt zwei … *erstaunliche* Dinge darin zu lesen. Erinnerst du dich, wie du den Holzstab mit dem Läufer entworfen hast, um die Höhe von entfernt liegenden Objekten zu bestimmen?«

Isenhart nickte. Auf diese Art hatte er die Höhe des Ascisbergs bei Grüningen berechnet.

»Und wie soll das gehen?«, fragte Henning.

Isenhart legte es ihm in wenigen Worten auseinander, während Walther dabei die Züge des jungen von der Braake studierte, und was er entdeckte, rief Freude in ihm hervor.

»Auf diese Art hat Ptolemäus die Planeten vermessen«, knüpfte er an die Erklärung seines einstigen Schülers an, »denn mit der Position der Messung, der Entfernung zum Objekt und der Höhe des Objekts selbst ergibt sich – denkt man sich all das in Linien – ein Dreieck.«

»Das ist richtig«, stellte Isenhart verblüfft fest. Die Verblüffung rührte aus dem Umstand, dass ihm das Augenscheinliche bisher verborgen geblieben war.

»Damit ist der Winkel der beiden Linien zu dem Planeten errechenbar«, wandte Henning die Aussage sofort auf den Almagest an. Dieses Mal war es an Isenhart, beeindruckt zu sein.

»Und mit der Sinusfunktion kann auf die Kathete und anschließend auf die Länge der Gegenkathete geschlossen werden – womit die Entfernung des Planeten von der Erde berechenbar wird«, führte Walther von Ascisberg den Gedanken zu Ende.

Keiner der beiden fühlte sich zu einer Nachfrage bemüßigt. Walther war erfüllt von Wärme, die sich von der Mitte seines Körpers zu allen Seiten ausdehnte und auf diese Weise bis zu den Zehen und Fingerspitzen vordrang. Es war Glück, das er wahrnahm. Das Glück des Moments, das sofort von dem Gedanken an seinen Tod überschattet wurde. Ja, er würde eher gehen als diese beiden, an deren Seite und in deren Mitte er nur allzu gerne weiter in den Kosmos des Unbekannten vorgestoßen wäre.

Das aber war der Lauf der Dinge. Zu hadern veränderte nichts, also untersagte er es sich.

»Und was ist der zweite Punkt, der Euch erstaunt hat?«, fragte Henning.

Walther musste schmunzeln, weil ihn zwei wissbegierige Augenpaare ins Visier nahmen. »Dass wir heute keinen Schritt weiter sind, als es Ptolemäus seinerzeit war – der Almagest ist immerhin fast tausend Jahre alt. Das gibt mir zu denken. Wie kann es sein, dass sich in tausend Jahren nichts getan hat?«

»Ist denn auch alles wahr, was im Almagest steht?«

»Ja und nein«, antwortete von Ascisberg, »die Bahnen der Gestirne scheinen mir korrekt, aber ich habe nicht mehr genug Zeit, um sie allesamt zu überprüfen. Anderes ist barer Unsinn und längst überholt.«

Als Beispiel für diesen Unsinn erzählte Walther ihnen von einem gewissen Aristarchos von Samos, der 400 Jahre vor Ptolemäus' Verfassen des Almagests die These aufgestellt hatte, die Erde sei eine Kugel, die sich um die Sonne drehe. Wobei Ptolemäus den Gedanken der Kugelgestalt teilte, die Idee eines heliozentrischen Weltbildes dagegen nicht. Von Ascisberg indessen erschien beides ohne Hand und Fuß.

Ihm, führte Walther belustigt aus, sei keine Krümmung aufgefallen, wenn er von hier über das Land blickte, natürliche Erhebungen oder Vertiefungen wie Berge und Täler einmal ausgenommen. Und ohne Krümmung kein Bogen und damit auch kein Volumen, wodurch die Kugel sich nun einmal von einer Scheibe unterscheide. Und was die Sonne als Mittelpunkt des Universums betreffe, so sei es doch offensichtlich, dass sie – wie alle anderen Gestirne auch – von Osten nach Westen über die Himmelsphäre wandere und sie folglich umkreise.

»Von diesen Verfehlungen abgesehen«, beendete er seine Ausführungen, »waren die Griechen uns voraus. Sehr beschämend.«

»Der Name ist mir nicht geläufig«, stellte Walther fest, als Isenhart und Henning ihn über Aberak von Annweiler unterrichteten – und dem, was er vermutlich getan hatte.

»Gemessen an dem, was ihr wisst«, fügte er hinzu, »halte ich es mit dir, Isenhart. Es deutet alles darauf hin, dass der Mörder von Anna von Laurin auch der Mörder der Wirtshaustochter ist.«

»Aber von Annweiler ist seit mehr als zehn Jahren tot«, wandte Henning von der Braake ein, »der Mörder muss seinen Namen benutzen.«

Walther von Acisberg nickte. »Entweder das oder es sind die Taten eines Draugr.«

»Ihr glaubt an Wiedergänger?«, fragte Henning.

»Ich glaube an den freien Geist«, sagte Walther, »und der freie Geist verneint nicht, was er nicht widerlegen kann. Ein Grundsatz der Logik.«

»Niemand hat je einen Draugr gesehen«, hielt Isenhart ihm entgegen.

»Falsch«, erwiderte der alte Mann, »niemand ist je einem Draugr begegnet *und* konnte danach noch davon berichten.«

Hennings Mund verzog sich zu einem anerkennenden Lächeln, während Isenhart realisierte, dass seine Zunge schneller gewesen war als sein Verstand.

»Der Mensch empfindet Argwohn gegen alles Neue und alles Fremde«, führte Walther von Ascisberg aus, »all das, was er nicht kennt – und das ist eine Menge –, bereitet ihm Unbehagen. Der Allmächtige hat uns so geschaffen, dass wir stets gewappnet sein wollen. Deshalb stellen wir uns immer auf das Schlimmste ein, um vor bösen Überraschungen gefeit zu sein. Aber nicht alles Neue ist auch gleichzeitig schlecht. Es ist nur die Freude an der Behäbigkeit des Denkens, die uns Ruhe und Bequemlichkeit spendet, die wir nicht aufgeben wollen. Es ist bequem, Wiedergänger nicht in Betracht zu ziehen, aber deshalb muss es noch nicht wahr sein.«

Er sah von Henning zu Isenhart, um festzustellen, dass die beiden begriffen hatten, wovon er sprach.

»Also haltet Ihr einen Wiedergänger in diesem Fall für möglich«, hielt Henning fest.

»Möglich, ja. Wahrscheinlich, nein. Aber man kann es nicht ausschließen. Weshalb man es auch nicht tun sollte.«

Isenhart verspürte ein inniges Gefühl der Zuneigung diesem alten Mann gegenüber. Sein Fleisch wurde schlaff, die Haut welk, aber ihm wohnte ein Geist inne, so lebendig, dass er lässig über Zäune sprang und über die Äcker lief.

»Der Mörder hat rote Haare und nur einen Arm«, ließ Henning von der Braake ihn wissen.

Walther von Ascisberg stutzte kaum merklich bei der Erwähnung dieser Äußerlichkeiten. Henning entging dieser Moment, in dem die Lider des Alten zweimal kurz hintereinander über die Pupillen fuhren und er im Anschluss den Blick zu Boden richtete. Aber Isenhart bemerkte ihn. »Habt Ihr je von so einem Mann gehört?«, hakte er nach.

»Nein«, erwiderte Walther sofort, »nein, habe ich nicht.«

Als sie am nächsten Morgen die Pferde sattelten, trat plötzlich Zolner zu ihnen.

»Mein Herr lässt Euch grüßen«, sagte er tonlos, »und bittet zu entschuldigen, dass er Euch nicht persönlich verabschieden kann. Aber in Spira erwarten ihn wichtige Geschäfte. Er hat Tutenhoven schon vor anderthalb Stunden verlassen.«

Henning nickte, frei von jedem Argwohn.

Isenhart allerdings suchte der Gedanke heim, die Reise seines früheren Lehrers, dieses wichtige Geschäft, das offensichtlich keinerlei Aufschub duldete, könnte mit dem Stutzen des gestrigen Tages zusammenhängen. Aber dann verscheuchte er diese Überlegung, denn sie setzte Walther von Ascisberg ins Unrecht.

Gemeinsam machten sie sich auf den Weg nach Heiligster, das Henning bisher nur aus Isenharts Erzählungen kannte.

»Ich beneide dich, Isenhart«, stellte Henning unvermittelt fest, als sie die Blicke nach Osten gewandt der aufgehenden Sonne entgegenritten. Isenhart, der das für einen Scherz hielt, sah hinüber zu Henning von der Braake. Aber über dessen Mund zog kein Lächeln, in seinen Augen lag keine Belustigung.

»Ich wünschte, ich hätte einen Lehrmeister wie Walther von Ascisberg gehabt.«

»Du warst bei den Franken, in Britannien, im Heiligen Land.«

»Ich war noch ein Kind.«

»Trotzdem, *darum* beneide ich dich.«

Henning konnte nicht benennen, ob Isenhart dies aus Überzeugung von sich gab oder als Trost. Nichtsdestotrotz hob es seine Stimmung. Was Walther Isenhart gelehrt hatte, konnte dieser nun ihm vermitteln. Und das, was er aus Jaffa, Paris und London mitgenommen hatte, stand nun Isenhart offen.

Bei diesem Gedanken wurde Henning warm ums Herz. Bis Aberak von Annweiler sich wieder in seine Überlegungen drängte, einem Fremdkörper gleich, der ihn ungefragt behelligte. »Was ist mit von Annweiler?«

Isenhart deutete ein Achselzucken an. »Ich denke, dieses erste Scharmützel hat er für sich entschieden.«

»Wir haben nichts, dem wir nachgehen können.«

»Nichts«, bestätigte Isenhart.

Sie schwiegen für einige Augenblicke.

»Also lassen wir ihn ruhen?«, fragte Henning.

Isenhart nickte. Es gab nichts, was sie tun konnten. Aberak von Annweiler war tot.

Es sollte drei Monate dauern, bis Isenhart auf den entscheidenden Gedanken kam, der zu Aberaks wahrer Identität führte. Und das hing zusammen mit dem Traum vom Fliegen.

Es war auch die Zeit der Liebe, was im August kaum einer für möglich gehalten hätte, denn das wallende Blut war dem Frühjahr vorbehalten – eigentlich. Vielleicht hinkte Heiligster seiner Zeit einfach nur ein wenig hinterher, vielleicht auch nicht, letztlich war es ohnehin nicht von Belang. Und vielleicht – so dachte sich Isenhart – hielt die innige Zuneigung sich überhaupt an keine Jahreszeit.

Als Henning und Isenhart die Trauerweide erreichten und der Sohn des Medicus das erste Mal seine Augen auf diese verschlafene Zuflucht richtete, landete Gweg auf Isenharts Schulter und nagte zärtlich an seinem Ohrläppchen.

Henning war erschrocken. Sowohl über den Kolkraben als auch über Isenharts gelassene Reaktion auf dieses Untier.

»Das ist Gweg«, erklärte Isenhart mit einem amüsierten Lächeln, denn natürlich war ihm der Gesichtsausdruck des frisch gewonnenen Freundes nicht verborgen geblieben.

»Amen«, bestätigte Gweg.

Henning von der Braake starrte den pechschwarzen Vogel ungläubig an. »Hat er … hat er das gesagt, was ich gerade gehört zu haben glaube?«

Isenhart nickte: »Gweg hat ›Amen‹ gesagt.«

Kaum hatte er die Worte ausgesprochen, bemerkte er einen sanften Druck auf seiner rechten Schulter, der im Nu verschwand: Gweg hatte sich mit seinen feinen Krallen abgestoßen und flatterte in einen Baum. Er setzte sich neben einen anderen Kolkraben, dem er sanft mit dem Schnabel durch das Gefieder strich.

Verwundert betrachtete Isenhart diesen neuen Raben, der den Blick unverwandt auf ihn zu richten schien. Die Pupillen waren schwarz und entzogen sich jeder Deutung.

»Er ist sehr gelehrig«, erklärte Isenhart, »Gweg beherrscht mehr als dreißig Wörter.«

Henning setzte eine beeindruckte Miene auf. »Und der andere?«, fragte er.

»Kenne ich nicht. Aber ich halte jede Wette, es ist ein Weibchen.«

Isenhart irrte nicht. »Unnaba?«, fragte er, um sicherzugehen, dass er sich nicht verhört hatte.

»Unnaba«, bestätigte Sophia knapp, die sie mit ihren Pferden zum Stall begleitete.

»Unnaba?«, fragte Isenhart, »was ist das für ein Name?«

»Selbst Vater Hieronymus ist alleine drauf gekommen«, erwiderte sie. Das war Isenhart Ansporn genug.

»Und Ihr seid?«, fragte Henning vorsichtig.

Sophia richtete ihre grünen Augen auf ihn, es war, als nehme sie ihn jetzt erst wahr. »Sophia«, antwortete sie, »Sophia von Laurin.«

Und während sie den Nachsatz aussprach, nahm sie unwillkürlich eine andere Haltung an. Ihr Rückgrat wurde steif, sie reckte ein wenig den Kopf, die Schritte wurden kürzer und graziler.

»Henning von der Braake«, stellte Henning sich vor und deutete eine Verbeugung an.

»Höchst erfreut«, erwiderte Sophia, die die Geste seiner Ehrerbietung mit einem Nicken quittierte. Obwohl ihr Tagesablauf dem einer gewöhnlichen Bäuerin glich, hatte sie sich den vornehmen Teil ihres Wortschatzes und Umgangs erhalten.

Henning musste unwillkürlich lächeln, so viel Anmut war ihm lange nicht mehr begegnet.

»Wo ist Konrad?«, fragte Isenhart.

»Angeln – mit Marie.«

»Gut, wir sehen nach ihm, er wird Augen machen.«

»*Mit Marie*«, betonte Sophia und weitete die Augen, sosehr sie konnte. Isenhart ahnte, was sie ihm signalisieren wollte. Etwas, was alle erwartet hatten, was längst überfällig war, so überfällig, dass Isenhart schon gar nicht mehr damit gerechnet hatte.

»Ah so«, brachte er hervor und fühlte sich unweigerlich an seine ersten Begegnungen mit Anna erinnert, bei der ihm anfangs auch nur ein zusammenhangloses Stammeln über die Lippen gekommen war. »Seit wann gehen sie denn … zusammen *angeln?*«

»Seit ein paar Tagen«, antwortete Sophia.

Isenhart nickte. Er musste sich so sehr mit dem Traum vom Fliegen beschäftigt haben, dass ihm die kleinen Gesten, die das *Angeln* gemeinhin ankündigten, entgangen waren.

An Henning musste kein Wort gerichtet werden, er erfasste die Situation auch so. Sophias Blick richtete sich auf ihn. Einen flüchtigen Wimpernschlag nur.

Sie passen zusammen, dachte sie, während sie zu dritt weiter den Stall ansteuerten. Isenhart und Henning fühlten sich in der Gesellschaft des anderen wohl. Daher wirkten sie wach, beinahe aufgekratzt. Es umgab sie ein Knistern, das sich unsichtbar durch die Luft fortpflanzte und auch Besitz von ihrer Umgebung ergriff. Sophia spürte es als Erste.

Was weniger wunderlich erschien, wenn man in Betracht zog, dass sie von ihnen geträumt hatte, verwoben in einer Schlacht, einem Knäuel an Menschen, mittendrin vor Todesangst brüllende Pferde, Verstümmelte und Sterbende am Boden, einige ganz ruhig, andere richteten ihre letzten Atemzüge mit einem anklagenden, schmerzhaft hellen Kreischen an die Welt: Henning, der schützend einen Schild hob, auf den ein Schwert niederfuhr, und Isenhart, der mit Blut besudelt gegen drei Männer in fremder Rüstung den Kampf seines Lebens auszufechten schien. Um alles in der Welt wollte er zu Henning vordringen, und um alles in der Welt war alles, was Knochen, Sehnen und Muskeln aufzubieten imstande waren, nicht genug.

An dieser Stelle war sie erwacht. Und wie sie Walther von Ascisberg damals in Bruchsal zu erkennen gegeben hatte, wusste Sophia, dass dieser schwere Tag kommen und kein Traum bleiben würde.

Doch war er noch einigermaßen fern. Isenhart trug keinen Bart mehr in diesem Traum.

Die Nähe der beiden, die sie zum Stall führte, durchkreuzte überdies ihre Pläne.

Nach Isenharts Zurückweisung am Rheinufer hatte Sophia sich fest vorgenommen, sich während seiner Anwesenheit in Heiligster in allen Belangen rar zu machen. Sie war nicht etwa angetan von diesem Kerl, der schmal war und staksig ging, der in Gedanken überall und nirgends beheimatet schien, bloß nie im Hier und Jetzt. Sicher, er hatte schöne Augen, die ihren Blick direkt ins Herz zu richten vermochten, umgeben von langen Wimpern.

Aber wer war er schon? Ein Schmied, der nach Esse roch und Schweiß, mit einem ebenmäßigen Gesicht, aber davon hatte sie schon schönere gesehen, Dolphs etwa, und der war – Gott hab ihn selig – ein Kretin erster Güte gewesen.

Isenharts Mund war weich und sinnlich, Marie hatte das gesagt, und da war etwas dran, aber man konnte ihn auch *weibisch* nennen. Außerdem klappte ihm beim Denken hin und wieder die Kinnlade hinab, was ihm einen verblödeten Ausdruck verlieh. Sophia hätte mühelos noch ein weiteres halbes Dutzend nachteilige Äußerlichkeiten aufzählen können.

Doch keine von ihnen stahl seinem Geist die Freiheit.

Alles, wonach Sophia dürstete, war, ihre Gedanken mit ihm zu teilen.

Genau das hatte sie ihn spüren lassen wollen, um nun festzustellen, dass Henning von der Braake sich bereits der Position bemächtigt hatte, die sie einzunehmen gehofft hatte. Da konnte sie sich rar machen, so viel sie wollte, Isenhart hätte es sowieso nicht bemerkt.

»Wer ist das?«, fragte er.

Sophia folgte seinem Blick. Eine Gestalt kam, frisch gelegte Eier tragend, gebückt aus dem Hühnerstall. Sie trug einen Leinenumhang, der bis zum Boden reichte, und zog den Fuß nach. Die Haare waren schwarz und speckig, und als sie ihnen den Kopf zuwandte, bemerkte Isenhart, dass sie auf einem Auge blind war.

»Das«, sagte Sophia, »ist Ursel.«

Ursel bemerkte sie im gleichen Augenblick. Drei Gestalten, die ihre Augen auf sie gerichtet hatten, und lediglich Sophia war ihr bekannt. Was sie nicht daran hinderte, ihr Lächeln auch den beiden anderen zu schenken, bevor sie die Eier in Sicherheit brachte.

Isenhart warf Sophia einen Blick zu.

»Henrick und sie werden heiraten«, fügte Sophia hinzu.

Natürlich war es Leibeigenen verboten, ihre Waren auf eigene Rechnung auf dem Markt feilzubieten. Aber so, wie es Henrick bereits in Grüningen als Abgesandter Sigimunds von Laurin getan hatte, führte er sein Angebot in Spira unter dem Namen Walthers von Ascisberg. Was ihn zwar nicht zu dessen Leibeigenen machte, ihn aber den üblichen Zehnten seines Gewinns kostete, den er dafür an den Juden abzuführen hatte, den eigentlichen Herrn Heiligsters.

Auf diese Weise machten sie beide ihr Geschäft.

Links von einem Seiler und rechts von einem Mann aus dem niederen Adel flankiert, der Waisen als Arbeitskräfte oder für das körperliche Vergnügen verkaufte, konnte Henrick sich über die Nachfrage nach Hühnereiern nicht beschweren. Lediglich die hinkende Frau von gegenüber war ihm ein Dorn im Auge gewesen. Nur fünfzehn Fuß von ihm entfernt veräußerte sie an ihrem Stand dasselbe Produkt. Günstiger, versteht sich, was den Dorn zu einem Stachel wachsen ließ.

»Eines von den Hühnern da, was veranschlagst du dafür?«, hatte ein Mann mit Lederwams und keckem Hut, der ihm bis in die Stirn reichte, gefragt.

Der Mann deutete auf die beiden Cochins im Käfig, die Henrick an Markttagen stets mit sich führte. Das Weibsvolk zierte sich mit Haarspangen, Ketten, Armreifen und Ringen – nun, er schmückte seinen Marktstand mit den beiden Cochins.

Deren unübersehbare Pracht wollte sich allerdings kaum einem Betrachter erschließen.

»Sie sind unverkäuflich, mein Herr«, ließ Henrick den Mann daher wissen, den die Zurückweisung kurz stutzen ließ.

»So? Warum?«

»Es sind Cochins, sie stammen aus dem fernen China und sind zu kostbar, um verspeist zu werden.«

Henrick hoffte, dass damit alles gesagt war.

»Ich biete dir zwanzig Pfennige für das dickere Huhn.«

Das war eine Unsumme. Möglicherweise wusste der Mann, was er da von sich gab, möglicherweise war er auch schlicht ein Simpel.

»Sie sind *unverkäuflich*«, wiederholte Henrick und dehnte das letzte Wort dabei in seine einzelnen Silben, um die Klarheit seiner Aussage nicht zu trüben.

»Zwanzig Pfennige sind für einen Mann deines Schlages ein Vermögen«, ereiferte sich der Mann. Ursel von gegenüber hob den Kopf, das eine Auge unter dem strähnigen Haar richtete sich auf Henrick, ihren Konkurrenten, der sich nun straffte. Er versteifte dabei selbst den Hals, was ihm eine etwas alberne, aber auch feierliche Anmutung verlieh, ein Anblick, der sie erheiterte.

Ursel trat vor ihren Stand. »Seht Ihr denn nicht, wie dicht sie gefiedert sind?«

Beide, der adlige Kretin wie Henrick, richteten ihren Blick auf Ursel, die lächelte. Ihr blindes Auge war immerzu feucht, in regelmäßigem Abstand bildete sich ein Tropfen, der hinab zum Kinn glitt und – überwand er die Kohäsionskräfte seines Elements – ins Nichts aufbrach, um zu zerschellen.

»Wer seid Ihr?«, herrschte der Adlige sie an.

»Ursel«, antwortete sie, »Ursel vom kleinen Bachlauf. Tochter von Thomas dem Händler.«

Diese Beinamen sagten den Männern nichts.

Ursel vom kleinen Bachlauf trat dicht an die Cochins heran, die in einer Mischung aus Neugier und Fluchtreflex verharrten und sie betrachteten. Die Köpfe hin und her wippend, immer auf der Suche nach der räumlichen Dimension.

»Seht nur das dichte Gefieder, das herabreicht bis zu den Krallen!« Ursels Entzückung war echt.

Der Adlige sah von Ursel, der wieder eine Träne vom Kinn fiel, zu Henrick, dessen Aufmerksamkeit dieser seltsamen Frau galt, die nun sogar den Versuch unternahm, mittels unrhythmischer Schnalzlaute mit den Hühnern zu kommunizieren. Er war wie weggetreten.

Dann hob Ursel den Kopf, ihre Blicke trafen sich, und es war beschlossen. Kein Wort fiel, der Adlige suchte, von beiden unbeachtet, das Weite, während Henrick ihrer beider Hühner auf den Karren lud, den er im Anschluss gen Heiligster zog.

Ursel widersprach nicht, sie fügte sich in eine neue Zukunft, die sie in Heiligster finden sollte.

Schon in der ersten Nacht fielen sie übereinander her, wälzten sich in dem piksenden Stroh, das auf Rücken, Beinen und Knien unzählige juckende Zeugnisse ihrer Lust hinterließ. Dabei drang Henrick stets von hinten in sie ein, und Ursels Stöhnen bereitete ihm tiefen Genuss, denn Mauleselinnen und Schafe übten diesbezüglich Zurückhaltung.

Als Ursel sich einmal auf den Rücken drehen wollte, damit Henrick den Anblick ihrer vollen Brüste genießen konnte, ein anerkennender Blick, der ihren Stolz über die ansprechende Form ihres Busens bestätigen sollte, wendete er sie wieder auf den Bauch. Und als sie ihn später darauf ansprach, murmelte er etwas von »alter Gewohnheit«. Und schwieg sich ansonsten darüber aus.

Henrick, der sich im Laufe der Jahre einige Marotten angeeignet hatte, war überzeugt davon gewesen, in diesem Leben keine Frau mehr zu finden. Und da er sie nicht gefunden hatte, hatte er sich damit abgefunden.

Ursel dagegen hatte an der Seite ihres Vaters gelebt, weil niemand sie heiraten wollte, bis Thomas eines Morgens zusammengebrochen war. Der Tod ereilte ihn so schnell, dass er keinen Laut mehr über die Lippen brachte. Und seitdem hatte sie sich um sich selbst kümmern müssen. »Klumpfuß«, riefen die Bauernjungen ihr nach, und »Tränauge«. Was mitunter auch das andere Auge zum Tränen brachte.

Heiligster und Henrick, der sie aus tiefstem Herzen verehrte, waren ihr großes Glück. Am dritten Tag, sie fütterten die Hühner, richtete er das Wort an sie: »Wir sollten heiraten.«

Seiner Stimme hatte Henrick absichtlich einen schroffen Klang verliehen, was es ihm erleichtert hätte, bei einer Zurückweisung wenigstens ein Stück weit sein Gesicht zu wahren.

Er verlor es nicht.

»Wann?«, fragte Isenhart.

»In zwei Monaten«, antwortete Sophia.

Zwei schwarze Schatten flatterten über sie hinweg und verschwanden in einem Loch unter dem Dach im Mauerwerk des Haupthauses.

Isenhart war sich unsicher, ob seine Augen ihn getäuscht hatten oder nicht. »Sie hatten Zweige in ihren Schnäbeln, oder?«

Sophia nickte.

»Bauen sie ein Nest?«, fragte Isenhart.

»Ja.«

Es war vielleicht nicht das Lächeln eines werdenden Vaters, das sich über Isenharts Lippen legte, aber zumindest das eines stolzen Onkels. Sogleich begutachtete er mit aller gebührenden Vorsicht die Brutstätte, die Gweg und Unnaba in einer Lücke zwischen Maueroberkante und Dach angelegt hatten.

Aber die Arbeit der Raben würde vergebens sein, wie Isenhart nur zu gut wusste. Die Vögel brüteten nur bis in den Mai. Unnaba konnte eigentlich keinen Nachwuchs erwarten.

»Klug gewählt«, vernahm er Hennings Stimme dicht hinter sich, »gefeit vor Greifvögeln, Ratten und Katzen.«

Das Nest maß zwei geöffnete Hände und hatte die Form einer Halbkugel, die aus in mühevoller Arbeit ineinander verwobenem Reisig bestand.

Unnabas Zetern riss ihn aus seinen Gedanken. Mit frisch gesammeltem Reisig im Schnabel wartete sie neben dem Nest und ließ sie nicht aus den Augen.

»Sie kennt mich nicht«, erklärte Isenhart, »aber wenn sie sieht, dass Gweg mir vertraut, dann …«

Ein Schatten verdunkelte kurz die Sonne, bevor der Rabe auf Isenharts Schulter landete und ihn mit seinem scharfen Schnabel zu traktieren begann. Isenhart duckte sich weg, Henning und er wichen zurück.

Erst dann ließ Gweg von ihm ab, landete auf der Türschwelle unterhalb der Stelle, wo Unnaba mit dem Nestbau beschäftigt war, und beäugte ihn angriffslustig.

»Gweg«, sagte Isenhart sanft, nachdem er sich gefangen hatte, und vollführte einen Schritt auf den Kolkraben zu. Doch Gweg stieß schrille Krächzlaute aus und flatterte mit den Flügeln, um dadurch den Anschein eines Vielfachen seiner Körpergröße zu suggerieren.

Für die flüchtige Dauer eines Moments erfasste Isenhart Enttäuschung. Hatte er Gweg nicht vor den Katzen gerettet? Ihm den Flügel geschient und ihn während seiner Rekonvaleszenz durchgefüttert? Teilten Konrad und er nicht jede Beute mit ihm?

Um dann zu realisieren, dass der Fehler auf seiner Seite lag. Gweg war kein Mensch. Ihn an menschlichen Werten zu messen, war dem Kolkraben gegenüber nicht recht. Gweg verteidigte seine noch ungelegte Brut. So wie jedes andere Tier auch, einschließlich des Menschen. Also wandte Isenhart sich um und führte Henning weiter in Heiligster herum.

»Er wird bestimmt ein guter Vater«, stellte Isenhart leise fest. Hennings verwunderter Seitenblick entging ihm, nicht aber Sophia.

»Ah, hoher Besuch«, hörten sie eine Stimme hinter sich und wandten sich um. Konrad und Marie kehrten vom Angeln zurück, in einem Holzeimer trugen sie fünf Rotaugen mit sich.

Marie blieb stehen, ein zurückhaltendes, fast verschämtes Lächeln zierte ihr Gesicht. Ihre Wangen waren noch ein wenig gerötet.

Konrad hingegen trat an Henning von der Braake heran und deutete ein Nicken an. Kurz musterten sie sich. Konrad mit breitbeiniger Direktheit, der Sohn des Medicus mit vornehmer Zurückhaltung.

Gweg und Unnaba flogen dicht über sie hinweg. Bis auf Henning zog niemand den Kopf ein.

Konrad lächelte wegen Hennings Reaktion. Heiligster war nicht

Spira. Hier war er mehr als nur ein einfacher Wachmann, hier war sein Wort Gesetz.

»Seid willkommen«, sagte Konrad, »willkommen in Heiligster.«

Dabei lächelte er fröhlich, aber im Grunde seines Herzens war ihm nicht danach. Die Nähe zwischen Isenhart und Henning hatte er im Nu erfasst, dazu genügte ein einziger Blick. Er wusste vielleicht nichts mit Katheten anzufangen, aber er war nicht auf den Kopf gefallen.

Sie aßen die Rotaugen, die sie über dem offenen Feuer gegart hatten, im Hof. Funken stiegen in den Nachthimmel empor. Ein Aufleuchten noch, dann gingen sie über ins Nichts.

Isenhart und Henning erzählten von ihrer Reise zum Trifels. Von Christian dem Fröhlichen und von Aberak von Annweiler, bei dem es sich um einen Wiedergänger handeln konnte.

Ursel und Hieronymus sahen sich unauffällig um, als der Draugr erwähnt wurde. Vielleicht schlich er ja schon in Heiligster herum. Möglicherweise war er Henning und Isenhart gefolgt und hatte schon von Spira aus die Rotaugen gerochen?

Konrad warf Gweg, der um sie herumhüpfte, etwas von dem Fisch zu. Der Kolkrabe schnappte sich das Stück und brachte es umgehend in Sicherheit.

Ursel und Henrick zogen sich als Erste zurück. Obwohl sie erst in einigen Wochen den heiligen Bund der Ehe eingingen, rückte das Datum des *Ius primae noctis* unaufhörlich vor, denn die Ehe benötigte zu ihrer Legitimation den Segen des weltlichen Herrn, in diesem Fall die Zustimmung von Simon Rubinstein, dem Heiligster und alle seine Bewohner inoffiziell unterstellt waren. Das Gesetz gewährte ihm die Braut für die Nacht vor der Heirat. Offiziell gebührte die erste Brautnacht Walther von Ascisberg, der in Spira als Lehensherr von Tutenhoven wie Heiligster galt. Doch Walther hätte dieses Ritual nicht in Anspruch genommen. Ob aus Rücksicht auf das junge Paar oder aber, weil Ursel vom kleinen Bachlauf einen Mann seines Formats nicht zu becircen in der Lage war, blieb dahingestellt.

Er machte nur keinen Hehl daraus, dass Simon Rubinstein, ganz gleich, ob dem Adelsstand angehörig oder nicht, dieses Recht der ersten Nacht zustand, denn in Heiligster arbeiteten, schliefen und lebten sie auf seinem Land.

Naturgemäß beschäftigte Ursel dieser Umstand mehr als ihr Ehemann in spe. Für Henrick stellte diese eine Nacht eine Formalie dar, sie war gang und gäbe, ein notwendiges Ritual, das ihn nicht daran hindern würde, Ursel zur Frau zu nehmen. Ursel dagegen hatte sich das lumpigste Kleid bereitgelegt und sich – ein Rat von Marie – seit vielen Tagen nicht mehr gewaschen. Da alle anderen zum Teil seit Wochen nicht mehr den ganzen Körper gebadet hatten, stach sie diesbezüglich nicht besonders hervor. Allerdings war Simon Rubinstein mit den über sechzig Lenzen, die er schulterte, ein Greis, und ein jeder wusste, dass der Geruchssinn von Greisen höchsten Einschränkungen unterlag.

Hieronymus hatte Ursel vor ein paar Tagen abgepasst, sie schöpfte Wasser aus dem Kanal, den Isenhart angelegt hatte. Der Geistliche stand plötzlich vor ihr, sie hatte ihn nicht kommen sehen und auch keinen seiner Schritte gehört. Er trug drei Lederbeutel Wein bei sich, die er ihr reichte.

»Den Samen zu vergießen ist das schlimmste Vergehen vor Gott«, richtete er das Wort an sie.

Ursel sah ihn freundlich, aber voller Unverständnis an. »Was meint Ihr?«, fragte sie.

Ursels unkomplizierte Direktheit, ansonsten eine allgemein geschätzte Tugend, erwies sich in diesem Fall für Hieronymus als delikat.

»Nun, es bedeutet, dass der Mann seinen Samen im Schoß des Weibes pflanzen soll – und nicht woanders.«

Ursel nickte. Sie hatte eine ungefähre Vorstellung von dem, worüber Hieronymus sich ausließ. Und es ließ sie erröten. Als Hieronymus das bemerkte, errötete er seinerseits, sodass sie einander schließlich mit hochroten Köpfen am Kanal gegenüberstanden.

»Der Beischlaf von Mann und Frau ist Spende für ein neues

Leben und nicht Selbstzweck«, fuhr der Geistliche fort, »und es ist wider die Natur, dass der Mann dabei unter dem Weibe liegt.«

Hieronymus konnte sich nicht erinnern, jemals eine Ansprache gehalten zu haben, die ihn mehr gefordert hätte.

»Das haben wir nicht getan«, verteidigte Ursel sich.

Hieronymus nickte ungeduldig, er wollte diese Pflicht, die ihm als Verkünder der Worte Christi auferlegt war, so schnell wie möglich erledigt wissen. »Auch hat das Geschlecht deines zukünftigen Gatten nichts verloren in deinem Mund oder ... oder Darm.«

Jetzt begann er schon zu stottern!

»Das alles ist widernatürlich«, fing er sich sogleich, »*contra naturam.*«

Im Anschluss zählte er die Sexualpraktiken auf, die die Kirche verbot, strengstens verfolgte und unter harte Strafe gestellt hatte. Henrick konnte heilfroh sein, dass Edda, das Schaf, nicht sprechen konnte.

Als Hieronymus das, was er als seine Pflicht betrachtete, seine Pflicht gegenüber der *Herde*, beendet hatte, waren sie beide erleichtert, es hinter sich gebracht zu haben.

Die drei Beutel Wein waren für Simon Rubinstein, der der Traube Gottes mit zunehmendem Alter immer intensiver zusprach. Der Geistliche bezeichnete es als eine Geste aus Heiligster, die Ursel dem Juden überbringen sollte. Aber sie begriff alsgleich den christlichen Gedanken, der dieser Geste innewohnte: Simon Rubinstein sollte – so es Gottes Wille war – viel zu betrunken sein, um ihr beiwohnen zu können.

Auf ähnliche Weise hatte Hieronymus sich auch Konrad von Laurin zur Brust genommen, seinen Fürsten ohne Land. Eines Morgens war er zu Konrads Lager marschiert, weil der es versäumt hatte, die Schafe auf die Weide zu führen. Er schlug die Tür absichtlich so grob auf, dass sie gegen die Wand krachte. Solch einem Müßiggang musste schon im Keim Einhalt geboten werden!

Aber statt den jungen Mann an der Schulter zu packen und wach zu rütteln, blieb er wie zur Salzsäule erstarrt – Lots Weib, endlich fühlte er, wie es ihr ergangen sein musste – auf der Schwelle stehen und starrte verblüfft in zwei Augenpaare. Das von Konrad natürlich und das von Marie, die, ebenso entblößt wie der junge Herr, mit ihm unter einer Decke aus grobem Leinen lag. In ihren Augen las er Scham und ja: Trotz. Sie wussten sehr genau, dass ihre Handlungen unanständig waren.

Hieronymus machte auf dem Absatz kehrt. Im Nachhinein hätte er gerne anders reagiert, wäre nämlich in die Mitte des Raumes getreten, um den beiden den Leviticus zu lesen, jene Verhaltensregeln, die im dritten Buch Mose aufgelistet waren. Aber der Schock, ausgelöst durch den Anblick der beiden zweifelsfrei nackten Leiber, die sich die Nacht davor ganz gewiss nicht mit dem Rezitieren von Bußpsalmen vertrieben hatten, verschloss ihm die Lippen und raubte ihm die Sprache.

Hieronymus' Verblüffung speiste sich aus drei Quellen. Marie war die Tochter einer fahrenden Familie und nicht dazu ermächtigt, durch eine offizielle Verbindung mit Konrad in den Besitz von Grund oder Titel zu gelangen. Ganz im Gegenteil. Durch eine Heirat würde Konrad seine adligen Ansprüche weiter vermindern. Eine Wiederauferstehung des Hauses Laurin rückte damit in unerreichbare Ferne. Sigimund von Laurin, der Herr hab ihn selig, wäre darüber entsetzt gewesen.

Auf der anderen Seite – auch das trug zu seiner Verblüffung bei – war diese Zusammenkunft recht überfällig. Nahmen doch alle in Heiligster Anteil an den Blicken Maries, die Konrad galten und die stets unerwidert blieben. Neben der Gemeinschaft von Heiligster verlieh alleine Konrad ihrem Leben einen Sinn. Wäre der junge Herr einem tragischen Unglück zum Opfer gefallen, hätte niemand daran gezweifelt, dass Marie aus eigenem Entschluss ebenfalls aus dem Leben getreten wäre. Um wenigstens im Jenseits mit ihm vereint zu sein.

Doch das wäre ein Trugschluss gewesen, denn der Schöpfer verachtete Selbstmörder und verwehrte ihnen den Weg ins Himmelreich. Die Urtugend der Christenheit, die Vergebung, wich hier der kleinlichen Rachsucht, ein Paradoxon, das aufzulösen Hieronymus sich ohnmächtig fand. Er begnügte sich damit, dass die Wege des Herrn unergründlich waren und der Ausschluss jener, die aus eigenem Willen ihrem irdischen Dasein ein Ende setzten, einem höheren Sinn verpflichtet war, der der menschlichen Einsicht verschlossen blieb.

Kurz und gut: Neben seiner Bestürzung über die Gefährdung der Blutlinie des Hauses Laurin empfand Hieronymus Erleichterung. Maries Leiden war nicht das seine, dennoch verspürte er an diesem Morgen wohltuende Linderung, weil er, als Christ, dieses Leiden teilte. Es war Mitgefühl, das er verspürte.

Und dann war da noch der Trotz, der in ihrem Blick gelegen hatte. Derselbe Blick, den diese Unnaba auf jeden richtete, der ihrer Brut zu nahe kam. Bereit, sich für die Seinen zu opfern, wenn es sein musste. Bereit, sich dem – tatsächlichen oder vermuteten – Gegner mit aller Entschlossenheit entgegenzuwerfen. Hieronymus verspürte Angst vor dieser Kraft, denn im Unterschied zu anderen Menschen, die ihre Kraft verschiedenen Dingen widmeten und sie auf diese Weise in ihrer Wirkung zwangsläufig minderten, legte Marie all ihre Kraft in die Erlangung *eines* Zieles: Konrad.

Er war ein kräftiger Bursche, der kein Gramm zu viel mit sich herumschleppte, den Blick gerade, das Wort klar. In diesen Belangen trug Konrad das Erbe seines Vaters weiter. Nicht umsonst hatten die Hübschlerinnen in Spira ein Auge auf ihn geworfen; einem geilen Tattergreis, der sich noch mit siebzig Lenzen im Würgegriff der Libido ins Freudenhaus begab, zogen sie seine Gesellschaft allemal vor.

Konrad strotzte nur so vor Kraft. Wenn er sich in Spira als Wachmann der Stadt zu erkennen gab, wurde jeder Händel zügig beigelegt. Und falls nicht, konnte er unangenehm werden. Bisher war er auf niemanden getroffen, der nach seinem ersten Schlag noch einmal die Hand erhoben hätte.

In Konrads Leben gab es nur zwei Lebewesen, vor denen er innigen Respekt empfand: Gweg und Isenhart. Gwegs Loyalität – zumindest empfand er dessen Beutesinn als solches – war unerreicht. Das galt ebenso für die Fähigkeiten, zu denen Isenharts Geist sich aufzuschwingen vermochte – wenngleich er in Henning von der Braake einem Ebenbürtigen begegnet war.

Sicher, da war noch Sophia. Auch vor ihr und ihrem Vermögen, sich in Heiligster durchzusetzen, empfand er Respekt, aber letztendlich überwog die Liebe zu der Schwester, die ihm geblieben war.

Wie auch immer, beim Wasserholen passte Hieronymus ihn ab. »Marie ist ein feines Geschöpf, Konrad.«

»Das ist sie, Vater. Soll ich Euch einen Eimer Wasser in Eure Kammer tragen?«

»Dem Herrgott gefällt es, meine Kraft noch nicht versiegen zu lassen.«

»Verzeiht.«

Hieronymus nickte und nahm das grob geschnittene Gesicht seines Herrn ins Visier. »Sie ist keine Hure«, fuhr er ruhig fort, »vergiss das nicht. Ihre Hoffnungen ruhen in dir und in nichts sonst.«

Konrad nickte bedächtig. Ihm war die Unzulänglichkeit seines Wortschatzes, wenn es um Herzensangelegenheiten ging, sehr wohl bewusst. Dennoch fühlte er sich zu einer Erklärung genötigt: »Noch nie, Vater, habe ich so tief gefühlt wie in dem Moment, als ich Marie das erste Mal gesehen habe. Aber ich wollte, dass sie ihre Entscheidung für mich aus freien Stücken fällt – nicht aus Abhängigkeit. Deshalb habe ich ihr nie die Hand gereicht.«

Hieronymus empfand dieselbe Verblüffung wie an jenem Tag, als Konrad ihm anvertraut hatte, sich Barbarossa anschließen und das Königreich Jerusalem befreien zu wollen. Er hatte Konrad unterschätzt, ihm unterstellt, sich Marie nur entzogen zu haben, damit er sie umso leichter auf sein Lager locken konnte. Doch dieses Paradebeispiel der Nächstenliebe ließ ihn verstummen. Gerührt brachte er nur mehr ein Nicken zustande und wandte sich dann ab.

Konrad sah ihm nach, dem alternden Mann, der sich täglich aufs Neue eines aufrechten Ganges bemühte, was ihm von Tag zu Tag schwerer fiel.

Er brachte es nicht übers Herz, ihm die Wahrheit zu sagen. Dass er Marie vom ersten Augenblick an begehrt hatte. Sein Beschützerinstinkt speiste sich damals auch aus dem Gedanken der Kreuzfahrer, einander Trost, Kraft und Stütze zu sein. Aber das trat weit in den Hintergrund angesichts jener Tagträume, in denen Marie ihn umklammerte, so sehr an sich presste, als wolle sie ihn ganz und für immer in sich aufnehmen.

Darum ging es ihm in erster Linie. Ohne Frage, sie war ein zerbrechliches Wesen, aber genau das hatte ihn gereizt. Diesen Reiz barg allerdings auch die vierzehnjährige Tochter des Seilers, die sich in Spira als Hübschlerin verdingte.

Bei Marie verhielt es sich noch einmal anders, Konrad vermochte es kaum zu benennen. Sie entfaltete ihren Zauber beim Gehen, beim Schöpfen des Wassers und wenn sie – was selten vorkam – sich die Haare wusch. Ihre Zerbrechlichkeit fußte auf einer Verwundung, die so tief sein musste, dass sie niemandem Zugang zu ihrem Innersten gewährte.

Dieses Wesen zu seinem Vergnügen für seine Bettstatt zu gewinnen, bereitete ihm höchste Befriedigung.

Ohne es zu wissen, leuchtete ihm allerdings ausgerechnet Hieronymus mit seinen Worten an diesem Morgen den Weg. Marie war nicht die Tochter des Seilers, ihre Zuneigung echt und unverbrüchlich. *Bedingungslos.* Die Worte des Geistlichen beschworen in ihm jene christliche Überzeugung, die er zum ersten Mal im Zug der Hunderttausenden unter Barbarossas Kommando empfunden hatte.

Konrad musste sich prüfen, ob das, was in seinem Herzen für sie schlug, ihren Gefühlen auch nur annähernd das Wasser reichen konnte. Dann, *und nur dann,* das war ihm jetzt klar geworden, war er ihrer wert.

Nachdem die Rotaugen verzehrt waren, der Halbmond sich in den anderen Teil der Hemisphäre verabschiedet hatte und kein Gespräch, sondern nur noch das Prasseln des Feuers die Ruhe störte, führte Isenhart den Gast an den schlafenden Raben vorbei zu seinem Lager, das er bereitwillig mit Henning teilte.

Müde sanken sie auf das mit Leinen überworfene Stroh. Isenhart hörte das wohlige Seufzen Hennings. Ein Spalt im Dach gewährte ihm den Blick auf einen Stern, die Venus, wie er wusste.

All seine Glieder sehnten sich nach der erholsamen Entspannung des Schlafs, dem er sich nur allzu gerne hingegeben hätte, wenn sein Geist auch Ruhe gegeben hätte.

Seine Gedanken galten Aberak von Annweiler.

Er sah zu Henning, dessen Gesicht sich im Schlaf entspannt hatte.

Aberak hatte Anna ermordet und dann – viele Jahre später – Lilith.

Er hatte zweimal getötet. *Zweimal.*

Isenhart spürte, dass dieser Umstand zu der Identität von Aberak von Annweiler führte. Führen *musste.* Aber sosehr er sich die Vorkommnisse auch zurechtlegte, sie bog, rückwärts ablaufen ließ oder jedes Detail des einen Verbrechens mit denen des anderen abglich, blieb ihm in dieser Nacht Aberaks Identität doch verborgen.

Sein Bauch – später sollte er das begründen können – befand, dass die *Häufigkeit* der Morde den Schlüssel darstellte.

Darüber schlief er ein, und das ferne Licht der Venus bestrich sein Haar.

Gwegs Ablehnung hatte ihn tiefer getroffen, als Isenhart sich im ersten Augenblick eingestand. Er erwachte bei Sonnenaufgang und sann darüber nach, wie er dem Kolkraben beikommen konnte.

Isenhart trat vor das Haus, der Tau lag auf den Gräsern und Blättern. Er ging zu seinem Kanal und steckte den Kopf unter das kalte Wasser, zählte gleichmäßig bis zwölf – ein stummer Gruß an die Apostel – und japste dann nach Luft. Das Wasser rann ihm über das Gesicht, den Bart, die Brust hinab.

Und dann wusste er plötzlich, was zu tun war.

Barfuß lief er zum Rheinufer, wühlte im Sand, sammelte ein paar Würmer und legte sie in einer Holzschale auf die Türschwelle, oberhalb derer Unnaba zur allgemeinen Verblüffung – immerhin hielt sie sich nicht an Gottes Ordnung, wie Hieronymus ins Feld führte – mittlerweile über vier Eiern brütete. Sie musste sie in der Nacht im Nest abgelegt haben.

Kurz nur begegneten sich ihre Blicke, dann entfernte sich Isenhart und wartete ab. Gespannt, was nun geschehen würde. Aber Unnabas Geduld stellte ihn auf eine harte Probe. Zweifelsfrei vermochte sie die Würmer zu sehen. Aber sie rührte sich nicht.

Isenhart sollte nie erfahren, ob Unnabas Disziplin die Oberhand über ihren Beutesinn behalten hätte, denn plötzlich landete neben der Schale, in die er die Würmer gelegt hatte, ein Mäusebussard. Der Greifvogel, der neben Insekten, Fröschen und Blindschleichen durchaus auch Tauben tötete, vergriff sich – ergab sich die Gelegenheit – auch an der Brut anderer Vögel.

Unnaba attackierte ihn daher sofort, die beiden ließen ihre scharfen Schnäbel aufeinander niederfahren, wobei hier ein Missverständnis vorlag. Während Unnaba ihre Nachkommen gefährdet sah, hatte der Mäusebussard die Eier noch gar nicht registriert und wertete ihren Angriff als den Versuch, ihm die Würmer streitig zu machen.

Unnaba konnte es weder an Größe noch an Gewicht mit dem Raubvogel aufnehmen, und Isenhart wollte schon dazwischengehen, als er über sich das wohlbekannte Flügelrauschen vernahm. Gweg schoss aus der Luft hinab und nahm auf diese Weise den Ruhestörer zusammen mit seiner Gefährtin in die Zange.

Federn flogen durch die Luft, alle drei flatterten aufgeregt mit den Flügeln und bedachten einander mit Kreischlauten, bis es dem Bussard zu bunt wurde und er sich in die Luft schwang – mit zwei Würmern im Schnabel, nach denen er noch beherzt den Kopf gereckt hatte.

Gweg stieg ebenfalls auf. Isenharts Augen verfolgten den Weg des Kolkraben in die Lüfte. Und nun sah er, dass Gwegs Flügelspannweite beinahe an die des Bussards heranreichte, der seinen Verfolger bemerkt hatte und einige enge Kurven flog, um die Würmer in Sicherheit zu bringen.

Der Rabe stieß von oben hinab und verfehlte den Mäusebussard nur knapp – wie Isenhart annahm. Tatsächlich wurde er Zeuge eines Flugmanövers, zu dem außer Kolkraben kaum ein anderer Vogel imstande war. Gweg tauchte hinter dem Schwanz des Bussards unter dessen Flugbahn, wendete sich in einer raschen Bewegung um seine Längsachse und flog auf dem Rücken, fast Brust an Brust mit dem Eindringling. In dieser Position entriss er dem überraschten Bussard die beiden Würmer, überließ sich der Schwerkraft, fiel dem Erdboden entgegen, vollzog die Drehung erneut und fing den Fall ab, um zum Nest zurückzukehren.

Der Bussard verirrte sich danach nicht mehr in das Revier der Raben.

»Unglaublich.«

Isenhart, der sich alleine wähnte, blickte sich überrascht über die Schulter. Henning stand dort, der immer noch dem Mäusebussard nachsah. Begeisterung blitzte in seinen Augen auf. Isenharts Blick fiel auf das, was von der Braake in der Hand hielt – es waren seine Zeichnungen.

»Ich habe so etwas noch nie gesehen«, sagte Henning und wedelte mit den Zeichnungen, »das ist großartig. Es ist eine Apparatur, die dem Menschen das Fliegen ermöglichen soll, richtig?«

Henning hatte noch keine Morgenwäsche hinter sich gebracht, sein schwarzes Haar stand ihm seitlich vom Kopf ab.

Isenhart zögerte. Eine Bejahung dieser Frage dem falschen Mann gegenüber konnte ihn den Kopf kosten. Wortwörtlich. Auf der anderen Seite galt es jetzt. Dieses war der Augenblick der Wahrheit, das spürte er und fand sich selbst gleichermaßen bestätigt und verwundert, dass er auf die Wahrheit setzte – ganz gleich, wie hoch sie ihren Preis veranschlagte.

»Ja«, platzte es daher fast aus ihm heraus, »es sind Zeichnungen für Flügel. Ich habe Gweg über sechs Monate studiert. Sein Flugverhalten. Und ich weiß, wie er sich in der Luft zu halten vermag. Nur den Mechanismus des Vortriebs habe ich noch nicht durchschaut.«

Henning verschluckte sich vor Aufregung, er hustete. Isenhart klopfte ihm mit der flachen Hand auf den Rücken, bis von der Braake wieder zu Atem kam. Sein Mund stand offen, die Augen glänzten.

»Erlaube mir, dass ich dich unterstütze«, brachte er dann hervor. Isenhart musterte Hennings Gesichtsausdruck. Es war mehr als nur ein Angebot, das von der Braake ihm gerade unterbreitete, es war sein innigster Wunsch.

Wer sonst hätte ihn unterstützt? Wer sonst seine Träume geteilt? Erleichtert nickte er.

Sogleich führte er Henning in den oberen Teil der Scheune, wo er seine Planungen bisher und erfolgreich umgesetzt hatte. Hier verbarg er sein Allerheiligstes: einen Flügel aus Fichtenholz, so schmal geschnitten und geschmirgelt, dass er gerade noch genug Stabilität aufwies. Am Seitenende abgerundet und mit dünnster Kalbshaut überspannt, die er in mühseliger, stupider Arbeit ihrer Haarwurzeln beraubt hatte.

Henning von der Braake war von dem Anblick ergriffen. Er ging in die Knie, seine Finger fuhren sanft über das bearbeitete Holz. Er ertastete Isenharts Werk mit Bedacht.

Die Fingerkuppen übten sanften Druck auf die Haut aus, die die Bespannung bildete. Er nickte, als er im Geist die Schritte nachvollzog, die Isenhart ins unbekannte Neuland unternommen hatte.

»Ist das Fichte?«

»Ja. Ich habe das leichteste Holz verwendet.«

»Schafshaut?«

»Kalb.«

Henning von der Braake nickte erneut. Die Beschränktheit ihres Dialogs auf die wesentliche Information mochte auf einen Außenstehenden frei von Gefühlen wirken, aber es war nur der zum Scheitern verurteilte Versuch, mit Worten den Gedanken zu folgen, die sich bereits in vollem Galopp davonbewegten.

»Du brauchst einen zweiten Flügel.«

»Ja.«

Henning erhob sich und maß den Flügel mit kleinen Schritten ab, bevor er den Blick wieder auf Isenhart richtete. Auf diese schmale Gestalt, die ihre Augen gespannt auf ihn geheftet hatte.

»Ist der Flügel zu lang?«

»Nein.«

Isenharts Antwort kam ohne Verzögerung, so überzeugt war er von der Richtigkeit seiner Berechnungen.

»Er muss im Flug eine Hälfte des Körpergewichts und sein eigenes aufwiegen«, fügte er dann hinzu. Henning nickte wie jemand, der exakt diesen Gedanken gehabt hatte und den man ihm nun bestätigte.

»Kann Luft durch die Haut dringen?«

»Ich habe sie mit Öl versiegelt.«

Henning schüttelte ganz leicht den Kopf. Die Geste war Ausdruck seiner Verwunderung über den Umstand, dass sie sich ausgerechnet im Wirtshaus von Liliths Vater über den Weg gelaufen waren. Er, der Sohn eines Kräuternomaden, eines rastlosen Heilers, der sich zu diesem Zeitpunkt ebenso gut in Konstantinopel wie in Burgund hätte aufhalten können, und der Sohn eines Schmieds, der wohl nie im Leben seinen Geburtsort verlassen hätte, wenn die Burg Laurin nicht gestürmt worden wäre. Die Leichtigkeit, mit der ihre Lebensbahnen sich verfehlt haben könnten und aller Wahrscheinlichkeit nach auch hätten verfehlen müssen, ließ ihm einen Schauer über den Rücken fahren.

Wie zwei Gestirne, die einsam ihre Ellipsen über das Himmelszelt zogen, Tag für Tag und Nacht für Nacht, stets gewiss, einander für die restliche Spanne ihres Daseins eine Existenz in Einsamkeit führen zu müssen, kreuzten sich gegen jede Hoffnung ihre Bahnen.

Isenhart erriet die Gedanken des anderen.

»Nennen wir es eine Fügung«, sagte er.

»Von Gott gewollt?«, fragte Henning, als sei ihm ein diesbezüglicher Segen lieber.

»Einfach eine Fügung«, antwortete Isenhart.

Seit Gott ihn in der Nacht von Annas Tod verlassen hatte, reichte er ihm nicht mehr die Hand.

Als Ursel vom kleinen Bachlauf nach Spira aufbrach, um die Nacht mit Simon Rubinstein zu verbringen, wollte Sophia sie keinesfalls alleine reisen lassen. Und da Konrad und Marie mal wieder beim Angeln waren, entschloss Isenhart sich, den jungen Damen Eskorte zu sein.

»Ist er ein großer Mann?«, fragte Ursel. Sie passierten gerade die Trauerweide, Isenhart warf einen letzten Blick auf Heiligster, so, wie er es sich an diesem Punkt zur Gewohnheit gemacht hatte.

Sophia schüttelte den Kopf: »Er ist klein. Gedrungen. Aber kräftig.«

Ursel nickte und warf ihrer Begleiterin ein dankbares Nicken zu, aber in Wirklichkeit war die Frage nicht ihrer Neugier, sondern ihrer Nervosität entsprungen. Simon Rubinstein würde in dieser Nacht auf ihr liegen, betrunken vermutlich, und seinen Samen in ihr hinterlassen. Und Ursel hatte keinerlei Handhabe dagegen.

Tatsächlich ruhte Simon Rubinstein in dieser Nacht auf ihr. Sie lag ganz still, wagte kaum zu atmen, während das Gewicht des Juden ihr die Blutbahnen zu den Füßen unterbrach, die daraufhin kalt und taub wurden. Simon schnarchte, wobei sein kräftiger Leib einen würdigen Resonanzkörper darstellte. Ursel vom kleinen Bachlauf betete stumm das Ave Marie hoch und runter, sie versprach dem Herrgott, ihr erstes Kind *Christian* zu nennen. Als Dank und Lobpreisung für den Gottessohn, sofern Simon Rubinstein nicht doch noch erwachte.

Dabei – ein wenig fühlte sie sich bei diesem Gedanken ertappt – wäre das vermutlich gar nicht so schlimm gewesen. Ihretwegen hatte er den Raum schmücken lassen und ein Bad genommen. Im Anschluss daran hatte der Jude seiner Haut mit Öl Geschmeidigkeit verliehen, sie konnte es riechen. Obwohl in seinen Augen ein erwartungsvoller Glanz nistete, die männliche Gier, waren seine Worte und Gesten voller Ritterlichkeit. Zum ersten Mal in Ursels Leben wurde ihr die vollendete Behandlung einer Dame zuteil. Für diese Stunde, die Rubinstein benötigte, um zweien der drei Beutel Wein den Garaus zu machen, war sie keine klumpfüßige Eierverkäuferin mehr, keine einäugige, nach strengem Dung riechende Bauersfrau, sondern eine Hochwohlgeborene.

Eine Adlige, deren Wirkung sich gerade mal auf den Bereich

erstreckte, den die vier Wände bildeten, in denen sie sich befand, in denen es aber nichtsdestotrotz einzig und allein um ihr Wohlbefinden ging.

So war Ursel mit ihren eingeschlafenen Füßen Königin für eine Nacht.

Im Judenviertel zu Spira war es um diese Stunde still, lediglich der Nachtwächter patrouillierte und rief die vollen Stunden aus. An den Hauptkreuzungen verbreiteten Öllampen ihr tanzendes Licht.

Sophia und Isenhart befanden sich in der Gästekammer des Juden gleich unter dem Dach, das an einer Stelle eine breite Lücke aufwies, sodass sie nebeneinanderstehen und auf die nächtliche Stadt blicken konnten. Sie hatten gesalzenen Fisch und Dörrobst mitgenommen, mit dem sie, im Schneidersitz auf den Holzbohlen sitzend, ihren Hunger stillten. Ursel hatte ihnen aus Dankbarkeit für ihre Begleitung die dritte Weinration überlassen, die sie sich teilten.

»Siehst du dieses Licht da?«, fragte Sophia und deutete auf einen hellen Stern, der als Erster in den frühen Abendstunden aufstieg.

»Das ist die Venus«, sagte Isenhart ruhig, »der Liebreiz, das Licht Jesu Christi, sein Vorbote.«

»Wie mag es dort wohl aussehen?«, fragte sie.

Isenhart stutzte bei dieser Frage, denn er hatte sie sich nie gestellt und schalt sich dafür, denn er hätte sie sich längst stellen müssen. Dabei wusste er, dass ihm *eine* Lebensspanne niemals reichen würde; drei und mehr Leben bräuchte er, um allem auf den Grund zu gehen, und selbst das wäre nicht genug. Selbst dann müsste er vor Gottes Vielfalt in die Knie gehen, um letztendlich zu scheitern.

Isenhart nickte leicht, als befände er sich in Zwiesprache mit dem Schöpfer.

Sophia betrachtete ihn von der Seite. »Was geht dir durch den Kopf?«, fragte sie.

»Dass die Zeit, die mir bleibt, nicht reicht, um alles zu umfassen. Ich werde nur Ansätze begreifen und … unwissend sterben.«

Die letzten Worte versah er zwar mit einem Lächeln, doch Sophia konnte er nicht täuschen. Sie hörte nicht nur den Schmerz, der in seine Worte verwoben war, sie konnte ihn regelrecht spüren. Die Bedrückung. Und die unbarmherzig weichende Zeit.

Als sie deshalb nach seiner Hand griff, seine Finger ihrem sanften Druck aussetzte, war dies eine Geste des Trostes, und als er seine Augen auf ihre richtete, empfand sie Erleichterung wegen der Erkenntnis, dass er alles so auffasste, wie sie es gemeint hatte.

»Fühlst du nicht auch so?«

Diese Frage war frei von jeder Berechnung. Isenhart wollte es einfach nur wissen. Sie in derselben Gefühlslage zu wissen, hätte ihm einen nicht unerheblichen Trost bedeutet, wie Sophia begriff, andererseits war ihm zuallererst an der Wahrheit gelegen.

»Nein«, antwortete sie daher, »die Begrenztheit der Zeit, *meiner* Zeit, ist der Ursprung ihrer Wertigkeit. Besäße ich sie im Überfluss, wäre sie einerlei. Und ohnehin ist dieses nur ein Vorleben.«

»Ist es das?«

»Ist es das nicht?«

Ihre Hände hatten sich noch nicht voneinander gelöst, ihre Blicke fanden sich. Unsicher und verletzlich. Es war ein fragiler Augenblick, wie am Rheinufer, in dem alles auf dem Spiel zu stehen schien und gleichermaßen auch alles gewonnen werden konnte.

Ein ferner Glanz fiel auf Sophias grüne Augen und ließ sie ein wenig schimmern. Die Sorgenfalte, die ansonsten stets ihre Stirn zu zieren schien, trat ausnahmsweise nicht hervor. Ihr Geist gab sich seinem hin, sie leistete keine Gegenwehr, als er mit seinen Gedanken in sie drang.

»Vielleicht ist dieses gar kein Vorleben«, wisperte er.

Sophias Geist verscheuchte den seinen nicht, sie ließ ihn gewähren. Und das, obgleich er einen seiner traurigsten Gedanken mit sich brachte. Wenn dieses kein Vorleben war, trug dieser Gedanke den Ausschluss des Ewigen Lebens in sich. Trotzdem wich sie nicht zurück.

»Dann musst du die Zeit nutzen. Den Tag. Und die Nacht.«

»Carpe noctem«, erwiderte Isenhart leise.

Er wollte die Hand lösen, doch ihre Finger umschlossen die seinen.

»Bleib«, sagte sie leise.

Sie meinte zu spüren, wie sich sein Geist aus ihrem zurückzog, wie erneut eine Distanz zwischen sie zu treten drohte, und sie war nicht gewillt, das ein zweites Mal zuzulassen.

»Komm.«

Sie zog ihn sanft mit sich, legte sich aufs Stroh und nötigte ihn, da sie immer noch seine Finger umklammert hielt, neben sich.

Sein Geist hatte sich aus ihrem nicht verflüchtigt, das spürte Sophia. Er war noch bei ihr, in ihr.

»Vielleicht gibt es nach dem Tod keine Zeit mehr«, nahm sie den Faden wieder auf, »denn was ist Ewigkeit denn anderes als die Abwesenheit von Zeit?«

Isenhart fühlte, wie ihre Gedanken die seinen umschlangen und wie die seinen sich begehrlich um die ihren rankten. Er fühlte sich aufgehoben.

»Und was ist, wenn die Ewigkeit nichts weiter ist als ein tröstlicher Gedanke für die Sterblichen?«

Die Frage zischte mit dem nachhaltigen Schmerz eines Peitschenschlages auf sie hinab. Sie stellte all das, woran sie glaubte, mit einigen wenigen Silben komplett infrage. Doch sie bemühte sich, ihr Erschrecken im Zaum zu halten, um ihn nicht zu verjagen.

»Dann gilt nur die Gegenwart«, antwortete Sophia, »aber warum fragst du?«

»Weil ich es nicht weiß.«

»Aber Gott weiß es.«

Isenhart holte Luft, er wollte etwas erwidern, sah ihr in die Augen und unterließ es dann.

»Was wolltest du sagen?«

»Nichts.«

Er zog sich zurück, sie konnte es spüren. Behutsamer, langsamer als am Rheinufer, aber nichtsdestotrotz schlug er die Türen zu und verweigerte sich ihr.

»Walther hat Ähnliches erwähnt«, verriet sie.

Isenhart rückte unwillkürlich näher, die Türen öffneten sich wieder, und erneut ertasteten beider Gedanken diejenigen des anderen. Sophia nahm das als eine wohlige Wärme wahr, die ihren Körper nicht gleichmäßig traf, sondern sich aus ihrer Brust ausbreitete.

»Ähnliches?«

»Walther von Ascisberg beschäftigt sich schon lange mit der Zeit«, antwortete Sophia, »ihn treiben dieselben Gedanken um.«

In Isenharts Gesicht spiegelte sich angenehme Überraschung. »Woher weißt du das?«

Sophia schenkte ihm ein entrücktes Lächeln. »Walther hat mich unterrichtet«, flüsterte sie. Eigentlich bestand kein Anlass, die Stimme zu senken, denn es gab niemanden, der sie belauschte, aber Sophia war daran gelegen, Isenhart dieses Mal keinen Grund zu liefern, sich zurückzuziehen. Also beließ sie es beim Flüstern, das sein Scherflein beitragen sollte.

Nachdem sie damals während der Flucht vor den Häschern Wilbrands über das gesprochen hatten, was Walther ihre »Gabe« nannte, hatte von Ascisberg sie seiner bedingungslosen Hilfe versichert, ein Eid, den er beim Anblick dessen, was von Heiligster übrig war, als sie es erschöpft erreichten, erneuerte. Und den sie nicht viel später auch in Anspruch nahm.

»Ich will von Euch lernen, was Ihr einen Knaben lehrt«, hatte Sophia gefordert. Walther sah sie überrascht an.

»Ihr seid ein weiblicher Nachkomme des Hauses Laurin, Sophia«, erwiderte er, »bald werdet Ihr eine Frau sein. Der Herr hat Euch nicht geschaffen, um Wissen zu sammeln, sondern um dem Manne untertan zu sein. Dieses ist Eure Aufgabe.«

»Ich will aber niemandem untertan sein.«

»Aber Gott beruft Euch zum Untertan.«

»Dem Herrgott mag ich Untertan sein.«

Von Ascisberg seufzte erleichtert.

Doch Sophia war noch nicht fertig: »Aber nicht dem Mann.«

Walther nahm sie genauer in Augenschein als jemals zuvor, diese magere Gestalt, der das Schlüsselbein die blasse Haut spannte, die roten Haare, die ihre Andersartigkeit unterstrichen, und die grünen Augen, die ohne Angst in den seinen ruhten.

»Wenn Ihr mich teilhaben lasst«, sagte sie ruhig, »werde ich allerdings Euch untertan sein und alles tun, was Ihr von mir verlangt.«

Von Ascisberg musste wegen des heiligen Ernstes lächeln, mit dem das Mädchen zu ihm sprach. Selbstverständlich war dies kein Argument, ihr Wunsch widersprach der göttlichen Ordnung.

»Eva hat die Erbsünde begangen, die sich in allen Menschen ihrer Art fortgepflanzt hat. Es ist die Schuld einer jeden Frau«, entgegnete er, »und die tragen du und deinesgleichen bis zum Jüngsten Gericht.«

»Ich habe keine Sünde begangen«, widersprach Sophia.

Walther nickte mit jener Güte, die in seinen späteren Jahren mehr und mehr sein Wesen bestimmen sollte: »Das weiß ich sehr wohl. Aber du trägst die Sünde in dir wie ein Geschwür, das sich eines Tages Bahn brechen könnte.«

Sophia legte den Kopf schief und betrachtete ihn weiterhin. »Ist es Furcht, die Ihr vor mir empfindet?«

»Ich empfinde Respekt vor deiner Gabe«, stellte Walther klar, »aber ich fürchte mich nicht.«

Die grünen Augen starrten unverhohlen in seine Pupillen, als könnten sie dadurch Zugang zu seinem Geist erlangen. Es widerstrebte ihm, aber er kam tatsächlich nicht umhin, den Blick kurz zu senken.

»Gibt es nichts, wovor Ihr Furcht habt?«, klang ihre helle Stimme an sein Ohr.

Er musste schmunzeln und sah ihr nun seinerseits in die Augen, um einen Blick auf das zu erhaschen, was sich dahinter verbarg. »Ich habe vor so ziemlich allem Furcht«, erwiderte er ruhig, »vor allem vor dem, was sich meinem Verstand entzieht. Und das ist mehr, als mir lieb ist.«

Er legte eine Pause ein, um sich die Gelegenheit zu verschaffen, Sophia abermals eingehend zu betrachten.

»Gut. Du sollst deinen Unterricht erhalten. Aber ich muss dich warnen.«

Sophia betrachtete ihn mit großen Augen. Worin würde die Warnung wohl bestehen? »Ich muss anderen gegenüber verschweigen, was ich gelernt habe«, vermutete sie.

Walther schüttelte den Kopf: »Nein, ein Wissender, der schweigt, vergeht sich an der Welt. Aber Vater Hieronymus hat Anna und dich sicher darüber unterrichtet, was passiert, wenn man von der Frucht der Erkenntnis isst.«

Sophia nickte ehrfürchtig. »Mein Bruder und Isenhart haben sie auch gegessen.« Es war mehr eine Frage, die sich in einer Feststellung verbarg.

Von Ascisberg nickte: »Sagen wir so, Sophia, dein Bruder hat davon gekostet, und Isenhart hat die Frucht herzhaft verschlungen.«

Ein nachsichtiges Lächeln begleitete seine letzten Worte.

»Der Weg zur Erkenntnis ist wie ein Boot, das der Strömung des Flusses folgt«, sagte er, »irgendwann führt es dich zum Meer. Aber du kannst den Weg niemals wieder zurückgehen. Du kannst nicht so tun, als hättest du diese Reise niemals unternommen, nichts von dem, was du auf der Reise erfahren hast, kannst du je wieder von dir abstreifen. Es wird unwiderruflich ein Teil von dir, und du kannst es nicht mehr verleugnen. Nach außen vielleicht, aber nicht vor dir selbst. Verstehst du?«

Sophia konnte den Gedanken des Mannes nur schwer folgen. Was sie aber zweifelsfrei spürte, war Walthers Wunsch, sie vor unliebsamen Erkenntnissen zu schützen. »Aber Ihr habt diesen Weg schon hinter Euch.«

»Oh, das Meer dürfte noch weit sein.«

»Und bereut Ihr Eure Entscheidung?«

»Keinen Fuß.«

Also willigte Sophia ein. Zu groß war ihre Neugier gewesen, als dass die Unumkehrbarkeit der Reise, die nun anstand, sie ernstlich hatte schrecken können.

»Die Zeit frisst uns gemächlich. Es ist die Langsamkeit, mit der sie ihr Werk verrichtet, die uns den Schrecken vor ihr nimmt. Dabei müssten wir sie fürchten wie den Teufel selbst«, rezitierte Sophia, »das ist es, was Walther gesagt hat.«

Sie und Isenhart lagen noch immer Hand in Hand auf dem Stroh in der Dachkammer. Mittlerweile hatten sie vor der Kälte der Nacht Zuflucht unter vier kleinen Decken aus grobem Leinen gesucht, die bei sinnvoller Anordnung genug Wärme boten.

Ihre Augen fanden sich. In Heiligster schliefen sie oft gemeinsam an einer Stelle, wobei die Stelle sich zur Winterszeit so nahe wie möglich am Ofen befand. Über-, unter- und nebeneinander bildeten sie ein eindrucksvolles Knäuel an Gliedmaßen und Rümpfen, aus dem sich Seufzer und tiefes Schnarchen erhoben. Für gewöhnlich.

Damit würde es nun ein Ende haben. Obwohl es den guten Sitten entsprach, dass in dem Raum, in dem sich alle zur Nachtruhe betteten, ohne Scham kopuliert wurde, sich vor den Augen des Nachwuchses Zeugungsakte, Geburten und Ableben vollzogen, war in Heiligster ohne Zweifel eine neue Ära angebrochen.

Marie und Konrad hatten ihr Faible für das *Angeln* entdeckt, Ursel und Henrick würden heiraten, selbst Gweg, der im Begriff war, seine eigene Familie zu gründen, konnte nun nicht mehr so viel Zeit wie sonst für sie erübrigen.

Die folgenden gemeinsamen Nächte in Heiligster würden sie nur noch mit Vater Hieronymus teilen.

»Wünschst du dir, die Zeit anhalten zu können?«, wisperte Sophia in die Dunkelheit, die sie umfing und die sie gleichermaßen willkommen hießen.

»Ich wünschte«, erwiderte Isenhart, »ich könnte sie um zwei Jahrhunderte vordrehen.«

Sophia fühlte sich von diesem Wunsch, mit dem Isenhart sich öffnete und sein Innerstes offenbarte, gleichsam erhoben wie abgestoßen. In zwei Jahrhunderten wäre sie lediglich noch Zähne und Knochen. Wenn überhaupt.

17.

Am 21. September 1195 traten Henrick und Ursel in den heiligen Stand der Ehe.

Es ging ein starker Westwind, der die Oberfläche des Rheins kräuseln ließ. Die ersten Kolkraben waren geschlüpft, ihr helles, kehliges Geschrei, das Gweg und Unnaba im Wechsel zur Nahrungssuche antrieb – und an den Rand der Erschöpfung brachte –, drang bis ans Ufer.

Henrick hatte das bessere Paar seiner zwei Beinlinge angezogen, Ursel steckte in einem Stück aus gebleichtem Leinen, das Marie für sie angefertigt hatte.

Selbst Walther von Ascisberg hatte die Anreise auf sich genommen. Offiziell natürlich wegen der Trauung, die Vater Hieronymus gerade vornahm, doch insgeheim bargen Isenharts Berichte über die Flügel, die Henning und er angefertigt hatten, den weitaus größeren Anreiz, sich nach Heiligster zu begeben.

»Reicht nun einander die Hand«, sagte Hieronymus mit feierlichem Unterton. Ursel und Henrick blickten sich in die Augen und führten ihre Hände zusammen. Isenhart erhaschte einen Blick auf Sophia. In ihren Augen lag ein feuchter Schimmer.

»Mit Gottes Segen traue ich euch, Henrick, Sohn des Chlodio, und Ursel vom kleinen Bachlauf zu Mann und Frau.«

Henrick und Ursel wandten sich einander zu, er trat ihr auf den rechten Fuß, wie der Brauch es befahl, dann lief Ursel los. Flink wie ein Wiesel sprang sie über die Steine und den Trampelpfad entlang, der vom Rheinufer nach Heiligster führte, immer eng am Kanal entlang, den Isenhart angelegt hatte.

Henrick gab ihr einige Augenblicke Vorsprung, bevor er ihr nachsetzte, auch das ein Ausdruck des guten Tons.

Henrick und Ursel hatten ihre Schlafstatt neben den Hühnern eingerichtet, denn der Sohn des Pinkepanks wollte immerzu ein Auge auf die Cochins haben, die sich prächtig vermehrt hatten. Während die Hühner also den Boden nach Essbarem absuchten und ihre Schnäbel vorschossen, sobald sie ein Korn entdeckt zu haben glaubten, vollzogen die beiden auf einem Lager aus Stroh den Beischlaf.

Nur einige Fuß entfernt hatten die anderen sich eingefunden und stillten ihren Hunger an den Speisen, die Sophia und Konrad aufgetischt hatten, als da waren Ziegenkäse und Beeren, frisches Brot und ein wenig Honig – Hieronymus hatte seine Neigung zum Imker entdeckt, denn Bienen waren göttliche Wesen. Im Gegensatz zu zahmen Raben, die zweifelhafte Dinge von sich gaben, Teufelswerk, und die sich in Heiligster nur deshalb ungestört ausbreiten konnten, weil Isenharts Hand über ihnen ruhte.

Während des Essens drang das Stöhnen der Liebenden zu ihnen herüber, hin und wieder warfen sie einen Blick auf die beiden kopulierenden Leiber, die in Ekstase ineinander verfangen waren. Aus gegebenem Anlass, wobei Hieronymus' Anwesenheit die entscheidende Rolle spielte, lag Ursel unter ihrem frisch getrauten Ehemann.

Derweil zog Konrad Isenhart damit auf, dass dieser am Rabennest gewacht hatte, als würde er selbst Vater werden. Die anderen lachten. Isenhart blickte zu Walther von Ascisberg, der nicht lachte, sondern wohlwollend lächelte.

Ja, er hatte gewacht. Besorgt hatte er unterhalb des Nestes genächtigt, stets von Unnaba beäugt, als das erste Junge die dünne Schale durchbrach, den von Schleim umfangenen Kopf reckte, den feinen Schnabel öffnete und einen verhaltenen und ungeübten Krächzlaut von sich gab.

Umgehend wurde es von den beiden Kolkraben verhätschelt und umsorgt. Isenhart schlich auf leisen Sohlen davon, rannte zum Ufer und machte sich auf die Suche nach besonders kleinen Würmern. Die legte er an der Schwelle ab, wo Gweg oder Unnaba sie einsammelten und an den Nachwuchs verfütterten.

Am nächsten Morgen schlüpfte der zweite Rabe. Unnaba hatte über vier Eiern gebrütet, aber zwei von ihnen hatte ein Eichhörnchen stibitzt. Die beiden taufte Isenhart auf die Namen Dolph und Patrick, nach jenen zwei jungen Männern, die Konrad auf seinem Zug gen Jerusalem begleitet hatten.

Patrick fiel gleich am zweiten Tag aus dem Nest auf den Boden, wo ihn eine Katze anfiel und trotz der beherzten Attacken der Eltern im Spiel tötete. Also war nur noch Dolph geblieben.

Der sich aber hervorragend machte, wie auch Konrad zu berichten wusste, während Ursel und Henrick noch immer dem Beischlaf frönten, nun allerdings mit erhitzten Gesichtern. Henrick arbeitete sich unermüdlich ab.

»Mechanisch«, urteilte Henning.

»Ohne rechte Finesse«, bestätigte Walther.

»Aber nicht ohne Wirkung«, nahm Marie ihn in Schutz. Beifälliges Nicken.

»Der Honig ist übrigens ganz ausgezeichnet«, merkte Sophia an.

»Nun ja, es ist eben Honig«, antwortete der Geistliche, der, stolz ob des Lobes, sich in der Hoffnung auf ein weiteres Lob etwas zurücknahm.

»Er schmeckt schon besonders«, pflichtete Walther bei.

Hieronymus' Mund verzog sich kein bisschen, aber sein ganzes Gesicht strahlte von innen.

»Oh, Henrick«, entfuhr es Ursel vom kleinen Bachlauf.

»Immerhin weiß sie seinen Namen noch«, merkte Konrad trocken an. Die Männer grinsten sich vielsagend zu. Marie und Sophia verdrehten die Augen.

»Eine schöne Hochzeit«, befand Hieronymus, der feststellte, dass er Henricks Hinterteil bisher nicht die Aufmerksamkeit hatte zukommen lassen, die es zweifelsohne verdiente.

»Wenn man Honig und Ziegenkäse mischt, schmeckt es auch ganz hervorragend«, ließ Henning sich vernehmen.

»Gefällt Euch die Hochzeit?«, erkundigte sich Hieronymus.

»Ausgezeichnet«, versicherte Henning von der Braake, »ohne viel *breborion*, wie man in Frankreich sagt.«

Isenhart vernahm ein helles Fiepen, er erhob sich und ging zur Tür, um es besser hören zu können.

»Was macht er?«, fragte Hieronymus.

»Schaut nach Dolph«, brachte Konrad zwischen zwei Bissen hervor.

Der Geistliche schüttelte den Kopf. »Diese Pechvögel lassen ihn noch verblöden.«

»Gweg ist klug«, wandte Sophia ein.

»Natürlich«, erwiderte Hieronymus und strich Honig auf den Ziegenkäse, »aber er ist und bleibt ein Pechvogel.«

»Aber ein schlauer«, wandte Sophia ein.

»Ja, schlau. Aber immer noch ein Pechvogel«, erwiderte der Geistliche und biss in den Käse, »mit Honig schmeckt der Käse wirklich ganz besonders.«

Isenhart kehrte an den Tisch zurück.

»Und? Wie macht sich der kleine Dolph?«, fragte Hieronymus.

»Gedeiht«, gab Isenhart zurück.

Dann ging eine Erstarrung durch Henrick, und die Ehe war vollzogen. Er und Ursel glätteten hastig ihre Kleider und setzten sich zu ihnen, um umarmt und beglückwünscht zu werden. Erst jetzt, mit dem unter Zeugen vollzogenen Akt, war ihre Eheschließung rechtskräftig.

»Ich weiß nicht«, vertraute Ursel sich Sophia und Marie an, »ich habe das noch nie unter den Blicken Fremder getan.«

»Gott ist kein Fremder«, wies Hieronymus sie zurecht.

Die Tür krachte so heftig gegen die Holzwand, dass sie alle auf der Stelle aufwachten. Isenhart, Henning und Sophia schossen von ihrem Lager hoch und erblickten eine hagere Gestalt, durch deren Gewänder der Vollmond schien und ihnen eine knöchrige Gestalt präsentierte.

Im ersten Augenblick hatten sie den Eindruck, als stünde der Schnitter höchstpersönlich in der Tür, um sie zu holen und zu ihren Vorfahren zu geleiten.

»Sturm kommt auf!«, rief Walther von Ascisberg freudig, während es ihn alle Mühe kostete, die Tür nicht dem böigen Wind zu überlassen, der daran zerrte.

Der starke Westwind hatte sich zu einem Sturm ausgewachsen, der Gebäude und Bäume durchschüttelte und, da er sich zu einem Orkan steigerte, das spätsommerliche Laub von den Zweigen riss.

Für gewöhnlich galt ein Haus dann als sturmfest, wenn es drei Männern mit vereinten Kräften nicht gelang, es auf die Seite zu kippen. Heiligster sollte ihm standhalten, aber der Sturm war genau das, worauf Isenhart inständig gehofft hatte.

Auf den Streifzügen mit Gweg hatte er für jenen Anteil an Luft, der sich nicht den Weg in den Himmel bahnen konnte, wie es ihm gottgewollt bestimmt war, und sich deshalb unter den Flügeln ansammelte und sie emporhob, den Begriff *Unterwind* gewählt.

Nachdem Isenhart, Henning und Walther eine kleine Anhöhe erreicht hatten, befestigte Isenhart mit Hennings Hilfe die beiden Flügel an seinen Armen und bewegte sie auf und ab. Senkte er die Flügel, spürte er das Luftkissen, das sich unter ihnen bildete. Und umso jäher die Abwärtsbewegung ausgeführt wurde, desto kompakter die Luft, die sich unter den Flügeln staute und nicht schnell genug zur Seite entweichen konnte.

Einmal nur, der Schweiß troff ihm bereits von der Stirn, hob er ab. Ein paar Fingerbreit.

Aber das erneute Flügelschlagen, das ihn weiter in die Lüfte erheben sollte, drückte die Luft über ihm zusammen und presste ihn zurück zum Erdboden. Auf diese Weise, stellten sie alle – Isenhart, Henning und Walther – fest, würde er niemals an Gwegs Seite den Raum über ihm erobern.

Aber worin lag der Unterschied? Die Größen- und Kräfteverhältnisse hatten sie berechnet. Länge und Durchmesser der Flügel standen im Einklang zu Isenharts Gewicht.

Walther schüttelte ein ums andere Mal den Kopf, während Isenhart mit den Flügeln schlug.

»Wenn die Abwärtsbewegung der Flügel dieselbe Menge an Luft komprimiert wie die Aufwärtsbewegung«, stellte Henning fest, »dann ist das Fliegen nicht möglich. Das, was Isenhart abheben lassen müsste, zwingt ihn mit der Aufwärtsbewegung auch wieder zu Boden.«

Walther nickte, während Isenhart sich auf der kleinen Anhöhe weiterhin abmühte, etwa, indem er den Anstellwinkel veränderte, der ihn zwar nach vorne presste, nicht aber in die Höhe.

»Unter ausschließlich mathematischen Gesichtspunkten dürfte Gweg nicht fliegen können«, erhob der alte Mann seine Stimme gegen den Sturm, »aber genau das tut er. So wie alle anderen Vögel auch.«

Isenhart gab es auf, er zog die Arme aus den Lederschlaufen, ließ die riesigen Flügel auf den Boden gleiten und gesellte sich enttäuscht zu ihnen. »Es gibt eine dritte Kraft«, sagte er, »die wir nicht berücksichtigt haben. Eine, über die Gweg verfügt. Deshalb kann er fliegen und wir nicht.«

»Entweder«, fasste Walther zusammen, in dessen Augen trotz der fehlgeschlagenen Versuche noch immer der Glanz der Neugier schimmerte, »uns ist bei der Konstruktion der Flügel ein Fehler unterlaufen, oder wir versuchen etwas zu berechnen, was sich der mathematischen Betrachtung entzieht.«

»Und das ist was?«, rief Henning von der Braake gegen den Sturm an.

»Der göttliche Funke«, erwiderte Walther.

Sein Wort entmutigte die beiden jungen Männer. Natürlich – wenn Gweg das Fliegen erst und letztlich durch Gottes Wille ermöglicht wurde, standen sie vor einer unlösbaren Aufgabe.

»Dann können wir die Versuche abbrechen«, schloss Isenhart. Er bemühte sich, sachlich zu klingen, doch überhörte Henning die Wehmut, die seinen Worten nachklang, keineswegs.

»Wer sagt«, rief er gegen das Heulen des Windes an, »dass der göttliche Funke nicht berechenbar ist?«

Isenhart und Walther von Ascisberg erstarrten.

Der alte Mann fing sich als Erster: »Du meinst, wir sollen die göttliche Substanz, die in allen Dingen liegt, mathematisch umreißen? Ihr eine Gestalt geben?«

Henning nickte.

Der Gedanke erschien Isenhart ebenso unerhört wie verlockend.

»Du sollst dir kein Bildnis machen«, antwortete Walther und erhob sich, um Henning einen ernsten Blick zuzuwerfen.

»Es ist nicht direkt ein Bildnis«, erwiderte Henning.

Aber Walter deutete ein Kopfschütteln an. »Der Schöpfer ist mit Mathematik nicht zu fassen.«

Henning hob abwehrend die Hände: »Das war nicht mein Ansinnen. Natürlich ist der Allmächtige nicht fassbar. Aber wie Ihr ganz richtig sagt, liegt sein Wesen in allen Dingen, hat er alles geschaffen, den Menschen, jeden Halm, jeden Wassertropfen – und die Vögel. In all seinen Schöpfungen lassen sich bestimmte Muster erkennen.«

»Der Mensch ist ein Vielfaches der Länge seiner Elle«, fügte Isenhart hinzu und zitierte damit Walther, der ihn und Konrad dies einst in der Burg Laurin gelehrt hatte.

Henning nickte eifrig, erfreut darüber, dass Isenhart erkannte, worauf er hinauswollte. »Nehmt den Satz des Pythagoras …«, begann er, wurde aber von Walther unterbrochen.

»Du sprichst von der Systematik des Lebens«, sagte von Ascisberg, und Henning nickte erneut, »von dem Plan, der den Dingen innewohnt. Vom göttlichen Prinzip.«

»Ja«, bestätigte Henning erleichtert, »und warum sollte das göttliche Prinzip des Fliegens ein Geheimnis bleiben?«

»Was treibt ihr da eigentlich?«, ertönte eine ihnen wohlbekannte Stimme. Sie sahen sich um. Hieronymus stakste auf sie zu. Walther, Isenhart und Henning wechselten schnell und stumm ein paar Blicke, die von ihrem Unwillen kündeten, sich über all das mit Hieronymus auszutauschen.

»Wir versuchen, uns die Kraft des Windes zunutze zu machen«, rief Isenhart zurück.

»Mir sieht es eher danach aus, als ob ihr so etwas wie Flügel hergestellt habt!«

»Das täuscht«, sagte Walther von Ascisberg.

»Ihr habt recht«, entgegnete Henning, »sie sehen tatsächlich aus wie Flügel. Dabei sind es nur die Konstrukte für ein Windrad.«

Hieronymus erreichte sie. Die Zusammenkunft dreier Irrer – wenn auch harmloser Natur – rief eine elementare Skepsis in ihm hervor.

»Der Herrgott schickt uns den Wind«, sagte Walther ruhig, »aber wir waren bisher nicht in der Lage, dieses Schöpfergeschenk zu würdigen. Die Kraft des Windes kann uns die Arbeit erleichtern. Der Wind kann Wasser schöpfen und Korn mahlen.«

Hieronymus musterte ihn, aber in Walthers Gesicht war kein Anzeichen einer Belustigung auszumachen.

»Bei allem, was uns trennt«, begann der Geistliche – und das war mehr als ein Schiff laden konnte, wie er für sich feststellte –, »habe ich Euch stets geachtet. Jetzt aber ...«

»Fackeln!«, rief Isenhart, »wir brauchen Fackeln und mit Öl getränktes Leinen!«

»Wozu?«, rief Henning zurück.

»Um dem Wind Gestalt zu geben«, antwortete Isenhart. Die Begeisterung über seinen Einfall ließ ihn strahlen, und während Henning noch darüber rätselte, wie Isenhart dem Wind *Gestalt* verleihen wollte, nickte Walther von Ascisberg mit unverhohlener Anerkennung: »Das ist es!«

Sie machten sich auf und ließen Hieronymus einfach stehen.

Nur sechs Stunden später hatten sie sich in der Hallenkrypta des Doms von Spira vor Bischof Otto II. von Henneberg für ihre Taten zu verantworten.

Walthers Urgroßvater, ein Steinmetz, war Zeuge gewesen, als 1027 der Grundstein des Doms gelegt worden war, dessen Bau mit der Hallenkrypta seinen Anfang nahm, im Auftrag Konrad II., des ersten Fürsten aus dem Geschlecht der Salier, der den Thron bestieg.

Die Krypta lag unterhalb des Hauptschiffes, war aber kein gedrungener Raum, sondern bemaß sich in der Höhe auf ganze 21 Fuß – und dehnte sich auf einer Fläche aus, die den Gebäuden von Heiligster genug Platz geboten hätte. Schwere Säulen stützten in gleichmäßigen Abständen die Decke. An den Wänden brannten Öllampen und schwängerten die modrige Luft mit einem Gemisch aus Schimmel und verbranntem Fett.

Otto II. von Henneberg war todmüde. Er saß auf einem ausladenden Stuhl und hatte die Insignien seines Amtes angelegt, den breitkrempigen grünen Bischofshut, den Hirtenstab, den Bischofsring und das *pectorale* – das Brustkreuz, dessen Kette so lang war, dass es schwer auf seinem Bauch lag.

Ihm zur Seite stand im Gewand eines Mönches der Novizenmeister, dessen Gestalt und vor allem dessen Augen Isenhart an Giselbert erinnerten. Erfüllt von Traurigkeit.

Walther, Isenhart und Henning standen ihnen gegenüber, enge Fußfesseln rieben sich in ihre Haut. Zu beiden Seiten standen leicht gepanzerte Ritter, die dem Bischof von Spira auf seinen Reisen Begleitschutz leisteten. Zwei von ihnen waren Ritter des Templerordens, wie sich unschwer an dem roten Kreuz auf weißem Grund auf Brust und Rücken erkennen ließ.

Ihre Kameraden hatte Gérard de Ridefort, Konrads Held aus früheren Tagen, in seinem letzten Husarenstück am 1. Oktober 1189 bei Akkon gegen Saladin reiten lassen, wo der Sultan die Kreuzfahrer abermals schlug und der Großmeister des Templerordens sein Leben verlor.

Die Ironie, dass sie nun ausgerechnet von Mitgliedern jenes Ordens bewacht wurden, denen Konrad mit der Teilnahme am Kreuzzug beizustehen beabsichtigt hatte, lockte bei Isenhart allerdings kein Lächeln hervor, dazu war die Lage zu ernst. Aus den Augenwinkeln nahm er wahr, dass sowohl Henning als auch Walther ihre Situation ähnlich einschätzten. Hinter ihnen hatten sich Simon Rubinstein und Günther von der Braake eingefunden.

Otto II. von Henneberg hatte eine stoische Miene aufgesetzt, seine Gesichtszüge waren über jede Interpretation erhaben, so hatte er es sich bei jedem Gericht zur Gewohnheit gemacht, das er abhielt. Sein unbewegtes Gesicht täuschte jedoch über die Zerrissenheit hinweg, die er empfand.

Auf dem Rückweg von Helibrunna hatte er mit seinem Tross an einer Weggabelung die falsche Richtung eingeschlagen. Da es recht stürmisch war und der Wind die Wolken vor sich hertrieb, gestattete er seinem Führer, sich an den Sternen zu orientieren. Als sie eine enge Biegung passiert hatten, hielten sie abrupt an, denn es bot sich ihnen ein Bild wie aus einer anderen Welt.

Ein Mann mit breiten Schwingen stand auf einer Anhöhe, zwei andere hatten sich in einem Abstand von vielleicht 20 Fuß links und rechts vor ihm postiert und hielten stark qualmende Fackeln in ihren Händen.

Die mit Öl getränkten Lappen riefen helle Rauchsäulen hervor, ganz so, wie Isenhart es beabsichtigt hatte. Der Westwind riss den Rauch beinahe horizontal mit sich und offenbarte allen dreien den Weg, den die Strömung an den Flügeln nahm. Dabei entdeckten sie etwas Erstaunliches, denn die Luft jagte schneller über die Oberseite der Flügel als an der Unterseite. Diesen Effekt vermochte Isenhart zu beeinflussen, indem er den Anstellwinkel der Flügel veränderte. Umso mehr er die Vorderkante der Flügel zum Himmel hob – und damit die Hinterkante im gleichen Maß senkte –, desto schneller fand der Wind den Weg über die Flügel.

Isenhart assoziierte sofort das Bild des Schiebers am Kanal: An einer Engstelle floss das Wasser um ein Vielfaches schneller. Und das bedeutete, dass sich die Luft und das Wasser, zwei der göttlichen Elemente, in Engstellen *nach demselben Prinzip* verhielten.

Möglicherweise war es das, was Walther als den göttlichen Funken bezeichnet hatte und Henning als das Wesen, das in allem ruhte. Wurde er also gerade eines kleinen Teils von Gottes Plan ansichtig? Offenbarte sich in dem Bildnis des Windes, dessen Verlauf sie unter Zuhilfenahme von Rauch der Unsichtbarkeit entrissen, die Hand des Schöpfers?

Isenhart schlug leicht mit den Schwingen, um den Weg des Windes im Zusammenspiel mit dem Weg der Flügel zu beobachten, als er und die anderen sich mit einem Mal von Rittern umgeben fanden, die wie aus dem Nichts aufgetaucht waren.

Und nun, ohne viel Federlesens abgeführt und nach Spira verfrachtet, standen sie dem Bischof von Spira gegenüber, der von innerer Zerrissenheit erfüllt war.

Er hielt ihnen zwar zugute, keine kultische oder gar teuflische Zeremonie abgehalten zu haben. Ein weniger wohlgesinnter Mann in seiner Position hätte auch das ohne Probleme als die einzig mögliche Erklärung für das, was die drei Männer da mitten in einer Sturmnacht trieben, bestimmen können. Allerdings war nicht zu bestreiten, dass sie sich angemaßt hatten, aus eigener Kraft in den Himmel emporzusteigen.

Der Novizenmeister ließ sie einzeln den Eid abgeben, in dieser heiligen Halle ausschließlich die Wahrheit zu sagen. Auf Meineid stand der Tod, wie Henning, Walther und Isenhart bewusst war, und deshalb schien es wenig angebracht, dem Bischof, der Isenharts Flugversuche mit eigenen Augen gesehen hatte, etwas von Windrädern oder dergleichen aufzutischen.

Also räumten sie ein, das Flugverhalten von Vögeln erforscht zu haben.

Von Henneberg nahm Isenhart ins Visier, und das hatte drei praktische Gründe. Henning von der Braake war der Sohn des Medicus, der ihn geheilt hatte. Das verpflichtete ihn zu Dank diesem Mann gegenüber, auf dessen Kunst er womöglich erneut angewiesen sein könnte. Ein Schmerz am Steißbein begann ihn zu plagen, und wenn er Henning von der Braake einer drakonischen Strafe zuführte, bedankte sein Vater sich vielleicht mit einem vergifteten Heiltrank.

Für Walther von Ascisberg verwendete sich Simon Rubinstein mit seinem einwandfreien Leumund. Rubinstein war ein einflussreicher Mann, denn er war nicht nur schlau, sondern auch vermögend. Das bezeugten wertvolle Spenden, die sich nicht auf die jüdische Gemeinde beschränkten, sondern von denen auch der Klerus profitierte, insbesondere er selbst. Mit einer Bestrafung dieses alten Mannes würde er sich ins eigene Fleisch schneiden.

Zu guter Letzt hatten von der Braake und von Ascisberg lediglich Fackeln gehalten. Hatten lediglich ein wenig Licht in eine dunkle Sturmnacht gebracht, wenn man es zu ihrem Vorteil auslegen wollte, wozu er durchaus gewillt war.

So blieb nur noch die schmale Gestalt mit dem merkwürdigen Namen: Isenhart.

»Du«, richtete er deshalb das Wort an Isenhart, »tritt vor.«

Isenhart zögerte kaum merklich und tat dann, wie der Bischof von ihm verlangte. Das Fußeisen nötigte ihn zu kleinen Schritten. Eben noch im Halbdunkel stehend, konnte Otto II. von Henneberg sich jetzt ein genaueres Bild von dem Mann machen, der die Flügel getragen hatte. Henning und Walther wechselten einen besorgten Blick.

»Ist hier sonst noch jemand?«, hatte einer der Templer in Heiligster gefragt.

»Nein«, brüllte Walther aus Leibeskräften, »nein, hier ist sonst niemand!«

Hieronymus, der verärgert zu den Gebäuden zurückgekehrt war, verstand. Er ließ sich nicht blicken und musste Konrad und Henrick davon abhalten, den dreien zur Hilfe zu eilen, als sie auf Weisung des Bischofs mit dem Tross gen Spira verschleppt wurden.

Der Geistliche stellte sich vor die Tür, als Konrad nach seinem Schwert griff und hinausstürmen wollte. »Du musst an mir vorbei, Konrad von Laurin, und ich werde …«

»Verzeiht, Vater«, erwiderte Konrad, während er Hieronymus am Arm packte und wenig zimperlich zur Seite zog, sodass sein ehemaliger Lehrer unsanft gegen die Wand stieß. Konrad öffnete die Tür, aber Marie schlug sie wieder zu und versperrte ihm den Weg.

So energisch hatte er sie noch nie erlebt, ihr Blick bohrte sich in den seinen. »Du darfst nicht gehen«, sagte sie mit fester Stimme.

Sie konnte schon ein Sturkopf sein, dachte Konrad. »Isenhart hat mir das Leben gerettet. Und selbst, wenn nicht. Mehr muss nicht gesagt werden.« Er griff zum Türring, als hinter ihm eine Stimme erklang.

»Isenhart will es nicht.«

Sie alle wandten sich um. Sophia stand dort in ihrem langen Nachtgewand, die roten Haare standen wild von ihrem Kopf ab. Sie trat näher, aber ihr Blick galt allein ihrem Bruder, der tatsächlich zögerte.

Mit Sophia erging es ihm ähnlich wie mit Isenhart. Das Band zwischen ihm und Isenhart, zwischen dem Herrn und dem Unfreien, war ungewöhnlich. Zumal Konrad sich eingestehen musste, einen jungen Mann zum Freund zu haben, der ihn in geistiger Hinsicht weit in den Schatten stellte. Selbstverständlich artikulierte er das nie – ebenso wenig wie seine Einsicht in das Wesen seiner Schwester, denn es war wider die Natur, wider die göttliche Ordnung, eine Frau vorzufinden, die klüger war als ein Mann. Klüger als ihr Bruder. Aber genau so verhielt es sich nun einmal.

»Wilbrand von Mulenbrunnen hat die Suche nach uns nie aufgegeben«, fuhr Sophia fort, denn sie war sich durchaus bewusst, wie sehr man ihren impulsiven Bruder aus der Reserve locken könnte, hätte man sie zur Geisel. »Wenn du dich jetzt einmischst oder Fürsprache für Isenhart halten willst, dann weiß der Abt, wo er dich finden kann. Bischof von Henneberg unterhält regelmäßigen Kontakt mit ihm.«

»Dann soll er kommen«, erwiderte Konrad, »es wird mir eine Freude sein, ihm den Kopf vom Hals zu schlagen.«

»Mir auch«, antwortete Sophia, und diese Einlassung irritierte ihren Bruder, »aber nicht jetzt. Du trägst Verantwortung für Heiligster. Wenn du dich jetzt offenbarst, werden wir alle fliehen müssen. Oder uns dem Kampf stellen.«

Daran hatte Konrad nicht gedacht.

Otto II. von Henneberg missfiel, wie Isenhart seinen Blick erwiderte, nämlich ohne rechte Demut.

»Was hast du dir dabei gedacht?«

»Ich wollte herausfinden, wie es Vögeln möglich ist, sich durch die Luft zu bewegen.«

»Aber wozu?«

»Um es zu wissen.«

Von Hennebergs linkes Lid zuckte nervös. »Und dann?«

»Ich verstehe nicht.«

»Bist du so ein Simpel? Was hast du damit *bezweckt?*«

»Ich wollte wissen, wie das Fliegen funktioniert.«

Der Bischof spürte das Wallen seines Blutes. Hatte er es mit einem Neunmalklugen zu tun, der glaubte, ihn vorführen zu können? Hier, vor aller Augen?

Er erhob sich, was Isenhart veranlasste, einen Schritt zurückzutreten. Die Augen des Bischofs musterten ihn, denn Isenhart bot ihm keinen noch so kleinen Anhaltspunkt, wie er einzuordnen wäre. Kurz: So ein Mensch war dem Bischof bisher noch nicht begegnet. Von Henneberg fragte sich, ob er es mit einem außergewöhnlichen Dummkopf zu tun hatte oder einem Pfiffikus – was erfahrungsgemäß die größere Gefahr barg.

»Du hast beeidet, die Wahrheit zu sagen«, erinnerte von Henneberg ihn.

»Ich sage die Wahrheit«, antwortete Isenhart.

»Wozu also willst du Wissen erwerben, wenn es nicht angewendet werden soll? Worin besteht der Nutzen?«

»Ich weiß, wie man einen Mann mit einem Schnitt durch die Kehle tötet – deshalb muss ich es aber nicht anwenden. Denn das machte mich zu einem Mörder, der ich nicht sein will.«

Kurz senkte sich die Stille über sie. Otto II. von Henneberg war sich nun sicher, es mit der gefährlichen Variante zu tun zu haben.

»Ich gebe dir eine letzte Möglichkeit, dich zu erklären.«

Isenhart atmete einmal tief durch. Dem Bischof war es bitterernst, er erwartete eine nachvollziehbare Begründung für das merkwürdige Verhalten, dessen er in Heiligster Zeuge geworden war.

»Ich bin ein Werkzeug Gottes«, sagte Isenhart.

»Nun, das sind wir alle.«

»Der Schöpfer hat mir einen Geist gegeben und mich damit über die Tiere erhoben«, fuhr Isenhart unbeirrt fort, »sodass ich die Frage von Euer Exzellenz an Exzellenz selbst richten kann: Wozu hat der Allmächtige mich mit Verstand ausgestattet, wenn ich ihn nicht nutze? Ist es nicht ein Frevel, dieses Gottesgeschenk brachliegen zu lassen?«

Erneut walzte Schweigen durch den Raum. Walther meinte eine Vibration in der Luft zu spüren, die sich aus der allgemeinen Anspannung speiste, während Henning für Isenhart, der seinen Prinzipien treu blieb, Stolz empfand.

»Das ist es in der Tat«, erwiderte der Bischof, und Isenhart spürte, dass er nun auf der Hut sein musste, »in der Tat. Nutze deinen Geist in seinem Sinne, so ist es bestimmt. Das ist der Wille des Allmächtigen. Nutze deinen Verstand zur Ehre und zum Wohlgefallen deines Schöpfers.«

»Das habe ich getan«, bestätigte Isenhart.

»Nein, hast du nicht. Du wolltest den Flug der Vögel nachahmen. Ohne Zweck, mit Ausnahme des Zweckes deiner eigenen Bereicherung. Und das ist nicht gottgefällig.«

Er schritt dicht an Isenhart heran, ihre Gesichter waren keine zwei Handbreit voneinander entfernt. »Du bist ohne Flügel geboren«, fuhr Otto fort, »du sollst auf Erden wandeln, nicht in der Luft. Der Himmel ist den Vögeln vorbehalten. Das ist die göttliche Ordnung – und du hast gegen sie aufbegehrt. Du hast Gott gelästert.«

Isenhart schluckte unwillkürlich. Je mehr der Bischof durch seinen Widerspruch in Rage geriet, desto massiver gestalteten sich die Verstöße, die er angeblich begangen hatte.

»Ich wollte nur etwas über die göttliche Ordnung erfahren«, entgegnete Isenhart, »ich wollte herausfinden, warum dem Menschen der Himmel verweigert ist.«

»Wer etwas über die göttliche Ordnung erfahren will, kann sich des Rates der Kirche und des Heiligen Stuhls gewiss sein. Selbst ein Laienprediger hätte dir die Antwort geben können. Sie lautet: *Gottes Wege sind unergründlich*. Das sind sie auch für dich, weil du Gott in seiner Weisheit nicht erfassen kannst. Also versuche es gar nicht erst. Erkennst du deine Schuld?«

»Meine Schuld?«

»Gott gelästert zu haben?«

Isenhart war wie vor den Kopf gestoßen. »Aber das habe ich nicht.«

»Oh, doch. Du hast die göttliche Ordnung in Zweifel gezogen. Bekenne dich zu deiner Sünde, und ich will es bei einer Lektion belassen und dir ein wenig die Flügel stutzen, denn mir scheint, deine Seele ist in ihrer Gänze noch nicht vom Bösen befallen. Oder erhebe dich mit deiner Antwort über den Allmächtigen, und du wirst einer gerechten Strafe zugeführt. Also?«

Isenhart fand sich ohnmächtig, denn ein Widerwort oder das Bekenntnis zur Wahrheit hätte ihn das Leben gekostet. Worin bestand der Sinn, auf einer Wahrheit zu bestehen, auf der man nicht mehr aufbauen konnte, um zu anderen Wahrheiten vorzudringen?

Er empfand die größte Demütigung seines Lebens, als er sich zu den Worten durchrang, die Otto II. von Henneberg aus seinem Mund zu hören wünschte: »Ich bekenne, Gott gelästert zu haben.«

Ein Lächeln kräuselte um den Mund des Bischofs. »Du hast es so leise gesagt, als wärst du nicht recht von deinen eigenen Worten überzeugt. Wiederhole es!«

Henning und Walther von Ascisberg blickten zu Boden, zu groß war ihr Schmerz. Nicht wegen Isenharts Antwort, sondern weil er seiner Würde beraubt wurde, die in der Sache untrennbar mit ihrer eigenen verbunden war. Da sie beide nicht wagten, ihre Stimmen zu erheben, war es, als seien sie selbst erniedrigt worden.

»Ich habe Gott gelästert.«

Otto II. von Henneberg wandte sich an den Tempelritter, der am nächsten zu Isenhart stand. »Trennt ihm den kleinen Finger ab. Das soll ihm Lektion genug sein.«

Der Ritter deutete ein Nicken an und packte Isenhart an der Schulter und warf ihn zu Boden, auf den er hart aufschlug. Der zweite Templer kniete sich neben ihn und presste ihm den Unterarm auf den kalten Stein der Hallenkrypta.

»Nein!«

Alle fuhren herum, Henning von der Braake war vorgetreten. Der erste Templer zückte seinen Dolch und nahm Maß.

»Ich habe den zweiten Flügel gebaut«, bekannte Henning, »und ich wollte auch die göttliche Ordnung erforschen.«

»Schweigt«, befahl der Bischof.

Isenharts Blick traf Henning von der Braake, der ihn erwiderte. Isenhart deutete ein Kopfschütteln an.

»Tretet zurück, oder ich überlege es mir anders und lasse Euch das Schicksal Eures Freundes teilen.« Diese Warnung war unmissverständlich. Begriff der Sohn des Medicus denn nicht, dass er – Otto – gewillt war, ihn davonkommen zu lassen?

»Ich trete nicht zurück«, entgegnete Henning in einer Mischung aus Angst und Trotz.

»Dann nehmt beiden einen kleinen Finger ab«, befahl von Henneberg.

Günther von der Braake hatte vom Rat der Stadt ein windschiefes Haus an der Stadtmauer zugewiesen bekommen, in deren Schutz sich Abend für Abend alle Obdachlosen und Bettler, die meisten von ihnen wiederum Krüppel oder sonst wie Versehrte, begaben. Die Mauer bot ihnen Schutz vor Schnee, Regen und Wind.

Das Innere des Hauses bestand aus drei Räumen im Erdgeschoss, die Vater und Sohn bewohnten. Eine Treppe höher lebte niemand, das obere Stockwerk war nach einem Blitzschlag ausgebrannt.

In den frühen Morgenstunden dieses nebligen Tages versorgte Günther mit Walthers Hilfe die blutigen Stümpfe von Isenhart und Henning, deren Wundschmerzen ihnen jeden klaren Gedanken raubten.

Das Sammelsurium von Behältnissen aus Ton, Stein und Holz in einem Kaleidoskop an Formen schien keinem ordnenden Prinzip zu unterliegen. Überall standen und lagen sie herum, enthielten Pflanzenextrakte, Kräuter, klare oder ölig schimmernde Flüssigkeiten oder aufs Feinste gemahlene Substanzen. Drei rußige und von der Hitze verformte Kochtöpfe standen neben der Kochstelle.

Auf einem breiten Stück Leder allerdings herrschte penible Ordnung. Auf ihm lagen die Werkzeuge, die Günther von der Braake als Wundarzt benötigte. Ein Handbohrer, Zangen und Pinzetten, Wundklammern, zwei skalpellartige Messer, Aderpressen, Nadeln und natürlich die Sägen. Die mit dem großen Blatt für Arme und Beine, die mit dem kleinen Blatt für Finger und Zehen.

Gegen die Schmerzen verabreichte Günther den beiden einen Heiltrank, der aus Alraune und Schierling bestand und der sie in einen Dämmerzustand versetzte, in dem sie Farben voller wahrnahmen und Bewegungen langsamer.

Die Mixtur der beiden Pflanzenextrakte erforderte eine gewisse Erfahrung; es gab Menschen, die mitten in der Amputation ihres Beines mit unvorstellbaren Schmerzen zu sich kamen – andere dagegen wachten gar nicht mehr auf.

Er reinigte die Stümpfe mit frisch abgekochtem Wasser und verband sie anschließend. Günther von der Braake hatte keine Vorstellung, weshalb verschmutzte Wunden Blutvergiftungen hervorriefen oder eiterten und sich in der Folge die Haut ins Schwarze verfärbte und abstarb. Er hatte lediglich davon Kenntnis, dass dem so war, wenn man sie nicht entsprechend behandelte.

Auch das Abkochen des Wassers war nicht der Kenntnis von Bakterien und Keimen, sondern dem Umstand geschuldet, dass Menschen leicht erkrankten, wenn sie Fluss- oder Seewasser zu sich nahmen. Dabei stand das Risiko der Erkrankung in Beziehung zu der Stelle, an der man das Wasser entnahm. Lag sie flussabwärts eines Punktes, an dem die menschlichen Ausscheidungen und auch sonst alle Abfälle, etwa die Reste von Tierkadavern, in den Strom gelangten, nahm das Risiko sprunghaft zu.

Schmerz. Nichts anderes hatte nach der Amputation Platz in Isenharts Kopf gehabt als der reine Schmerz. Alles in ihm schrie nach Linderung, und im ersten Moment glaubte er, der Schmerz würde ihm den Verstand rauben; er hätte alles getan, um ihn zu beseitigen.

Das Blut lief ihm warm aus dem offenen Stumpf. Das erschien ihm vertraut, der Schmerz verlor etwas von seinem nackten Sein.

Von Hennebergs Bestrafung des freien Denkens trieb eine Blüte, die weder der Bischof noch Isenhart selbst erahnt hätten. In dem unbändigen Wunsch, alles zu tun, um den Schmerz zu stillen, vollzog Isenhart nach, weswegen der Mörder tötete. *Er konnte nicht anders.*

»Warum hast du das getan?«, fragte Isenhart, dessen Schmerzen ein wenig abklangen. Günther hatte ihn zuerst behandelt und kümmerte sich nun um seinen Sohn, der auf einem Schemel saß.

Henning schenkte ihm trotz seiner Schmerzen ein Lächeln. »Es gab viele gute Gründe dafür«, erwiderte er.

»Es war töricht«, schaltete sich sein Vater ein.

Der Sohn schüttelte den Kopf: »Niemand hat die göttliche Ordnung infrage gestellt. Es galt nur herauszufinden, ob wir in den Himmel vorstoßen können. Wenn das gegen Gottes Wille ist, wird er es zu verhindern wissen.«

»Wie heute«, kommentierte Günther von der Braake.

»Isenhart und ich haben zusammen noch achtzehn Finger. Wenn man uns die auch genommen hat – spätestens dann wissen wir, ob wir heute Nacht Pech hatten oder an Gottes Grenzen gestoßen sind.«

Isenhart blickte zu Walther. Stumm waren die beiden sich einig, dass noch niemals so wenige Worte gereicht hatten, um sie für etwas zu vereinnahmen.

Henning beugte sich vor: »Wie könnte ich wohl den Traum vom Fliegen weiterverfolgen, wenn man nur dich bestraft hätte?«

Am Vormittag machten sie sich auf den Rückweg, obwohl Günther es nicht gerne sah, dass Henning erneut die Stadt verließ. In Heiligster, so seine Befürchtung, würde er sich nur weiter in Gefahr bringen.

Und zu dieser Sorge hatte er Anlass. Henning war der Meinung, dass es dem Menschen vielleicht nicht gegeben war, sich von der Erde zu *erheben* – aber vielleicht, sich in der Luft zu *halten*. Ebenso wie Isenhart hatte er Gwegs und Unnabas Flugbahnen sehr genau beobachtet. Zum Vergleich hatte er jene von Finken, Spatzen und Elstern herangezogen.

»Es gibt einen Zusammenhang zwischen der Flügelspannweite und der Frequenz der Flügelschläge«, sagte er bestimmt, während sie sich zu Pferde dem Stadttor näherten, »je größer die Spannweite, desto weniger Schläge genügen dem Vogel, um sich in der Luft zu halten. Er korrigiert nur kurz seine Höhe, dann tut er vor allem eines: gleiten.«

»Im Gleitflug sind die Flügel starr«, beteiligte Walther von Ascisberg sich an der Unterhaltung.

In ruhigem Gang führten sie ihre Pferde von Spira weg. Walther war noch in Gedanken bei dem Bischof von Spira, er fragte sich, ob Otto II. seinen Namen gegenüber Wilbrand von Mulenbrunnen erwähnen würde. Falls ja, war Konrads Leben abermals in Gefahr.

»Ein durchgehender, starrer Flügel«, sagte Henning von der Braake. Walther musste lächeln, als er sah, wie die Augen der beiden bei dieser Vorstellung glänzten, obwohl man ihnen nur ein paar Stunden zuvor für ebendiese Gedanken die kleinen Finger abgeschnitten hatte.

»Wir müssen zurück«, befand Isenhart ebenso unerwartet wie überzeugt.

Henning stoppte sein Pferd, und Walther tat es ihm gleich.

»Aberak von Annweiler hat mehr als zweimal gemordet«, fügte Isenhart hinzu. »Und mit ein wenig Glück finden wir einen Hinweis darauf in der Registratur der Stadt.«

Henning und Walther von Ascisberg sahen sich fragend an. Wie – um Himmels willen – kam der Junge darauf?

»Warum essen und trinken wir?«, fragte Isenhart.

»Weil wir sonst sterben«, antwortete Henning.

Isenhart nickte: »Es ist uns ein *Bedürfnis.*« So, fuhr er fort, wie es ihnen ein Bedürfnis war, ihre Neugier zu befriedigen und ihren Horizont zu erweitern. Trotz des Risikos, bei einem erneuten Verstoß gegen die kirchlichen Dogmen viel drakonischer bestraft oder gar getötet zu werden, brachte es sie nicht dazu, ihre Forschungen über das Fliegen einzustellen. Sie konnten nicht wider ihre Natur.

Warum also, das hatte Isenhart sich gefragt, tötete der Mann, der sich als Aberak von Annweiler ausgab, obwohl der Preis dafür – wurde man seiner habhaft – kein geringerer als sein Leben sein würde. Weil er *den Schmerz abstellen* musste. »Weil er bereit ist, diesen Preis zu zahlen«, sagte Isenhart daher zu seinen beiden Begleitern. Die Befriedigung seines Bedürfnisses, die Frauen zu töten und ihnen das Herz zu entnehmen, war ihm mehr wert als sein Leben.

»Und er wird weiter töten«, folgerte Walther.

Isenhart nickte: »Falls wir ihn nicht vorher stellen. Wir wissen von Anna und Lilith. Aber wer sagt, dass Anna sein erstes Opfer war? Oder Lilith sein zweites? Es ist ebenso gut denkbar, dass es noch weitere gibt, von denen wir bloß nichts wissen.«

Das erschien den anderen als ein ebenso brillanter wie logischer Gedanke.

Sie kamen überein, sich zu trennen.

Isenhart wollte unbedingt und ohne Verzögerung in die Registratur, zu der Henning als Sohn des Medicus Zugang hatte. Also erklärte Walther sich bereit, den Weg nach Heiligster fortzusetzen, um Konrad und Sophia die Sorge um sie zu nehmen.

In der Registratur schlug Isenhart starker Schimmelgeruch entgegen.

Die Wände waren von Wassertropfen übersät. In der Mitte des kleinen, gewölbten Raumes, der sich im Untergeschoss eines Hauses befand, in dem die Wachleute ihre Ausrüstung und Lampen lagerten und in dem bei Bedarf Gericht abgehalten wurde, stand ein Regal, in dem Schriftrollen neben- und übereinanderlagen. Auf feinstem Kalbsleder wurden Gerichtsbeschlüsse, Verurteilungen, Eigentums- und Grundstücksrechte festgehalten.

Die Dokumente waren keineswegs vollständig, und der Zahn der Zeit nagte an ihnen. Einige Pergamente waren abgegriffen, oftmals geöffnet und entrollt worden, andere wirkten wie neu, und der Großteil vermoderte. Die Rollen schimmelten, die Schrift verblich, und Mäuse und Ratten konnten sich hier auf eine Notreserve im Winter verlassen.

Henning hatte die Öllampe an einen Nagel im mittleren Stützbalken gehängt, bevor sie sich an die Arbeit machten, denn die Rollen waren nicht sortiert. Um sicherzugehen, waren sie gezwungen, eine jede zu öffnen und zu lesen.

Kurz nur war die Verwunderung, die Henning bei dem Anblick eines lesenden Wachmanns erfasste. Er hatte gelernt, dass in Isenharts Gegenwart mit Überraschungen zu rechnen war.

Die Schriften waren in lateinischer Sprache abgefasst, auf etlichen Pergamenten hatte Tintenfraß eingesetzt, der das Material brüchig werden ließ und als bräunliche Verfärbung um die Buchstaben oder ganze Zeilen herum sichtbar wurde. Diese Art von Tintenfraß trat nur bei der Verwendung von Eisengallustinte auf, wie Henning von seinem Vater wusste. Rußtinte beispielsweise griff die Schriftrolle nicht an, war im Gegensatz zur Eisengallustinte aber wasserlöslich.

Bevor Henning das Wort an ihn richtete, bemerkte Isenhart aus den Augenwinkeln, wie der Sohn des Medicus sich spannte und die Augen näher an das Pergament vor ihm führte. »Hier wird von einem Mord an einer jungen Frau berichtet«, sagte er leise, ganz so, als könne die Schrift vor ihm auf immer verschwimmen, wenn er seine Stimme zu sehr erhob.

Isenhart trat neben ihn und blickte auf die Schrift. *Cor* fiel ihm in die Augen: das Herz. Ihn packte die Ungeduld, seine Blicke flogen über die Zeilen, während Henning sie Wort für Wort aufmerksam studierte. *Scalpere* fingen Isenharts Augen auf und *circumseco* – kreisförmig ausgeschnitten. Sein eigenes Herz verdoppelte die Schlagzahl, zumindest empfand er es so, und mit höchster Anspannung warf er einen Blick auf das Ende der Aufzeichnung: *Percussor ignotus.*

Mörder unbekannt. *Anno Domini 1193.*

Henning hob den Blick, ihre Augen trafen sich. Und mit ihnen die Gewissheit, dass sie mehr wussten als der Verfasser. Für sie war der Mörder kein Unbekannter.

18.

Ob im Diesseits oder Jenseits, ganz egal – dafür werdet ihr brennen.« Konrad von Laurin schüttelte mit grimmiger Miene den Kopf. Er stand mit Henning und Isenhart oben am Wachturm, von hier gewährte die erhöhte Position einen ausgezeichneten Blick über die Stadt und das umliegende Gelände, das, bestrichen von dem satten Schein der Abendsonne, Ruhe ausstrahlte.

»Begreifst du nicht ...«, setzte Isenhart an.

Aber Konrad fuhr herum, er war einen halben Kopf größer als Isenhart und auch sonst von eindrucksvoller Gestalt, der beste Wachmann, den der Hauptmann unter sich wusste. »Hör auf, das zu fragen«, unterbrach er barsch, »dir und deinem Freund mag ich dumm erscheinen ...«

»Das hat niemand gesagt«, stellte Isenhart fest, der nun seinerseits spürte, wie die Wut in seine Blutbahnen kroch.

»Mund und Kopf sind zweierlei«, erwiderte Konrad, »und es stimmt ja auch. Ich bin nicht klug. Ich bin nicht so wie du, Isenhart.« Seine Augen wanderten zu Henning von der Braake, der abwartend an der Brüstung stand: »Oder wie Henning«, fügte er dann hinzu, und in seiner Stimme schwang eine Portion Bitterkeit mit.

»Niemand hat das je behauptet, niemand hat je ...«

»Schweig.«

Henning von der Braake verstummte, als Konrad an ihn herantrat und ihm mit seinem Körper das Licht der Abendsonne nahm.

»Das Gift ist nie in den Worten, es versteckt sich immer in den Gesten«, sagte Konrad.

»Ich weiß nicht, welcher Simpel das von sich gegeben ...«, begann Henning.

»Mein Vater«, antwortete Konrad, bevor Henning von der Braake sich um Kopf und Kragen redete, »mein Vater, der Simpel, hat das gesagt.« Die Drohung, die in seinen Worten mitschwang, war unmissverständlich.

Henning schwieg. Konrad von Laurin sah zu Isenhart, seinem Freund. War er das noch?

»Das hatte ich nicht gemeint«, stellte Henning fest.

Ihm war nicht entgangen, wie Konrad von Laurin auf die Momente reagierte, die er mit Isenhart verbrachte. Sie debattierten über Dinge, denen Konrads Geist nicht gewachsen war. Er war in aller Regel ausgeschlossen von jenen Welten, in die sie sich so wissbegierig aufmachten.

Und mit jedem Schritt, den Isenhart in diese Fremde tat, die ihm, Konrad, unzugänglich war, entfernte er sich auch von ihm.

Aber nur, weil es Konrads Geist nicht gegeben war, Isenhart zu begleiten, konnte dieser nicht einfach weiter auf der Stelle treten, befand Henning. Der Wundschmerz pochte in seinem Finger.

»Wenn ihr die Totenruhe stört, vergeht ihr euch an Gottes Schöpfung.«

»Es ist nur noch ihr Körper«, wandte Henning von der Braake ein.

Konrad seufzte. »Ihr dürft sie in ihrem ewigen Schlaf nicht stören«, entgegnete er gereizt und deutete auf Hennings Stumpf mit dem blutigen Leinen, »wenn man euch erwischt, bleibt's nicht bei Fingern, begreifst du das nicht?«

»Wir wollen ja nur nachsehen«, erwiderte Isenhart, »das ist keine Störung. Nicht im eigentlichen Sinne jedenfalls.«

Er wusste selbst, dass Otto II. von Henneberg diesem feinen Unterschied keine Bedeutung beimessen würde. Und auch Konrad ging ihm nicht auf den Leim. Er winkte verärgert ab.

»Ihr beide habt am Osttor Wachdienst«, kam Henning von der Braake auf ihr eigentliches Anliegen zurück, »das ist keinen Steinwurf vom Friedhof entfernt. Wir wollen dich nur bitten, uns zu warnen, falls du jemanden siehst.«

Isenhart nickte bekräftigend: »Du musst uns nicht zur Hand gehen.«

»Das hab ich schon begriffen«, antwortete Konrad. Die Wut, die er mühsam unterdrückte, schwang nichtsdestotrotz in seinen Worten mit. Es verhielt sich schließlich nicht so, als könne er ohne Hilfe nicht alleine geradeaus gucken. »Wer war sie?«, fragte er unvermittelt, und Henning und Isenhart begriffen diese Frage zu Recht als ein Einlenken.

»Sie hieß Ketlin«, sagte Isenhart, »mehr wissen wir nicht. Nur, wo sie beigesetzt wurde.«

Konrad stutzte. »Ketlin?«

Henning und Isenhart sahen ihn aufmerksam an, nickten.

»Hatte sie eine Schwester?«

»Wissen wir nicht«, antwortete Henning, »nur, dass man ihr das Herz genommen hat. Wieso?«

Konrad blickte zu Boden, in seinem Kopf arbeitete es. »Weil es im Hurenhaus ein Weib gibt, deren Schwester Ketlin hieß«, er hob den Blick, »ihr Name ist Brid. Sie hat einmal ihre kleine Schwester erwähnt. Und dass die ums Leben gekommen ist.«

Ketlin war kein besonders häufiger Name, dachte Isenhart, es war nicht unwahrscheinlich, dass Brid tatsächlich die Schwester des Mordopfers war – und ihnen vielleicht etwas über Aberak von Annweiler erzählen konnte.

Henning und Isenhart hatten doppelt Glück.

Zum einen hatte man Ketlins Leichnam nicht irgendwo verscharrt oder in den Fluss geworfen, sondern in dem Bericht auch den Ort ihres ewigen Schlafes vermerkt. Zum anderen lag die Parzelle, auf der man Ketlin begraben hatte, im Windschatten des Beinhauses, in dem der Totengräber die Gebeine jener aufschichtete, die auf dem Friedhof den Körpern der frisch Verstorbenen weichen mussten.

Weitgehend vor neugierigen Blicken geschützt konnten sie mit Schaufel und Spitzhacke das Grab ausheben. Der prasselnde Regen, der in dieser Oktobernacht pünktlich zum Sonnenuntergang eingesetzt und seitdem nicht mehr nachgelassen hatte, sondern sich vielmehr anschickte, sie bis in den Morgen zu begleiten, war ihnen dabei dienlich und übertünchte die Geräusche, die sie beim Graben verursachten.

Konrad hatte unter dem weiten Bogen des Osttores Position bezogen und regte sich nicht. Nur hin und wieder drehte er den Kopf ein wenig, um sie mit einem vorwurfsvollen Blick zu bedenken.

Auf dem Weg über den Friedhof war Isenhart zum ersten Mal in seinem Leben bewusst geworden, wie nah an der Oberfläche die Toten ruhten. Der Regen führte zu Auswaschungen im Erdboden, Schemen von Körpern erhoben sich aus dem Dreck, Hände, Gliedmaßen, der Teil eines Rückens wurde der Erde vom Regen abgetrotzt, den Ratten und Mäusen dargeboten, die sich daran gütlich taten und vor Henning und Isenhart flohen, als sie zu der Parzelle schritten.

Einige Körper schienen sich zu bewegen, im Todesschlaf zu kauen und zu schmatzen. Isenhart erstarrte zur Salzsäule. Er meinte, sie wispern hören zu können.

Henning hielt ebenfalls inne und bemerkte Isenharts vor Angst geweitete Augen. »Sie sind tot«, sagte er daher.

»Ich höre sie *flüstern.*«

Mit einem Mal war die Vorstellung, Aberak von Annweiler sei ein Draugr, der sich aus seinem Grab erhoben hatte, gar nicht mehr so abwegig.

Henning trat näher. »Es sind Gase, die entweichen. Faulgase«, präzisierte er.

Die Worte des Freundes drangen durch seine Angst und beruhigten Isenhart ein wenig.

»Das erste Mal hab ich mich auch erschrocken. Aber mit den Jahren …«

Er ließ es unausgesprochen. Isenhart konnte sich aber auch so problemlos vorstellen, wie in den Jahren, die Henning an der Seite seines Vaters verbracht hatte, sich beim Anblick von Leichen zunehmend Erträglichkeit eingestellt hatte.

Isenhart hatte sich gezwungen, Henning zu der Parzelle neben dem Beinhaus zu folgen, wo sie jetzt gruben und binnen einer Viertelstunde auf die ersten Knochen stießen. Die Zehen eines

Fußes, dann das Schienbein und das Kniegelenk, weiter hinauf zur Hüfte und den Rippenbögen, die an der Seite eingedrückt waren, verbogen.

»Wahrscheinlich wurden die inneren Organe verletzt oder sogar durchbohrt«, wie Henning kommentierte, während Isenhart den aufkeimenden Würgereiz unterdrückte, indem er den Blick von dem Skelett, an dem noch Stofffetzen klebten, ab- und ihn Konrads Gestalt unter dem Torbogen zuwandte.

Eine weitere Viertelstunde später hatten sie vier Skelette aus der schwarzen Erde gehoben, deren Knochen der Regen wusch. Ketlin war noch nicht darunter, denn zu dem Zeitpunkt, an dem sie ihrem Mörder zum Opfer gefallen war, zählte sie erst zwölf Lenze. Sie durchsuchten die Grablege nach einem kleinen Gerippe.

Als sie endlich darauf stießen, es war das siebte Skelett, pochte Isenharts Herz vor Wut über den Mann, der ein wehrloses Mädchen ermordet hatte. Behutsam befreiten sie die Knochen von der Erde, während sich am Grund des Loches langsam das Regenwasser sammelte.

Henning winkte Konrad heran, so war es verabredet. Konrad von Laurin schnappte sich die Fackel neben dem Tor, deren Flamme sich zischend der Regentropfen erwehrte, und kam auf sie zu. Selbstverständlich sah er bei jedem Schritt über die Schulter und auch zu beiden Seiten, er hing an seinem kleinen Finger.

Isenhart und Henning, beide bis auf die Haut vom Regen durchnässt, hockten neben dem feinen Knochengerüst und mussten abwarten, bis Konrad ihnen die Fackel übergab. Isenhart las Bedauern in dem Blick, mit dem Henning den Schädel Ketlins betrachtete.

Dann endlich hatte Konrad sie erreicht. Missbilligend nahm er zur Kenntnis, was Isenhart und sein neuer Freund hier angerichtet hatten. Sieben Tote lagen im Schlamm. Wenn in diesem Moment jemand vorbeikam, war die Zeit zu knapp, um noch etwas zu vertuschen. Sie würden fliehen müssen.

Mit einer barschen Bewegung hielt er Henning die Fackel hin, der sie mit einem Nicken entgegennahm und nah an das kleine Skelett zu ihren Füßen führte. Das erste Indiz war bereits beredt genug: Der Torso ließ in Höhe des Herzens ein klaffendes Loch in den Rippenbögen erkennen. Jemand hatte sie durchtrennt.

Isenhart zauderte einen Augenblick, aber dann packte er so sanft wie möglich den Schädel der Toten, nahm ihn in beide Hände und neigte ihn nach vorn, sodass das Licht der Fackel auch das Schädelinnere beleuchtete.

Mit einem Knacken, das ihm seltsam hell erschien, brach der Kopf von der Wirbelsäule. Isenhart erschauderte so sehr, dass ihm der Totenschädel entglitt und die Grube hinabpurzelte, um in der Schlammpfütze zu landen.

»Großartig, Isenhart«, brummte Konrad, »jetzt kommt auch noch Grabschändung dazu.«

Henning drückte Isenhart die Fackel in die Hand und tastete sich nach unten vor, ließ einen Finger durch die Augenhöhle fahren und hob den Schädel hoch ins Licht.

Isenhart, der sich wieder einigermaßen gefangen hatte, führte die lodernde Fackel nahe an den Totenkopf. Vier Strahlen von winzigem Durchmesser entsprangen dem Hinterkopf. Vier symmetrisch angeordnete Löcher, jedes von ihnen kreisrund. Etwa dort, wo sich einmal Ketlins Haaransatz befunden haben musste.

Im Schein der Fackel, mit der freien Sicht in den Schädel der Zwölfjährigen, beim Erblicken der vier Stichwunden und angesichts der zertrümmerten Rippenbögen, war Isenhart frei von jedem Zweifel. Er hob den Kopf, aber Konrad wandte sich ab, damit Isenhart nicht in seinem Gesicht lesen konnte. Alexander von Westheim hatte zwar nach einem Schäferstündchen mit Anna getrachtet, aber er hatte sie nicht getötet. Sie hatten einen unschuldigen Mann lebendig begraben.

Konrad entfernte sich, er schaute sich kein einziges Mal um, bis er das Osttor erreicht hatte und im Wachraum verschwunden war. Sein Gang war nicht ganz sicher, einmal hatte er die Stadtmauer gestreift.

»Meinst du, er kannte Ketlin?«, fragte Henning.

Isenhart schüttelte den Kopf: »Nein. Ich sehe kurz nach ihm.«

Im Wachraum brannte eine Kerze, im Stockwerk über ihnen

huschten Ratten über den Boden. Als Isenhart das Zimmer betrat, saß Konrad auf einem Schemel und starrte mit weggetretener Miene in die Kerzenflamme. Isenhart ließ sich auf einem zweiten Schemel nieder. Der Regen fiel mit sanftem Trommeln gegen die Mauer. Isenhart sprach Konrad nicht an, er kannte ihn viel zu lange.

Aberak von Annweiler hatte mindestens dreimal getötet. *Wozu das Herz?* Er tötete dafür, er riskierte auch, dafür entdeckt zu werden. Und es gab einen neuen Gedanken, der durch die Zahl der Ermordeten ausgelöst wurde – er benötigte nicht nur *ein* Herz. Er benötigte *mehrere.* Brauchte Aberak von Annweiler eine bestimmte Anzahl von Herzen? Oder taugten diejenigen, die er raubte, nach einem bestimmten Zeitraum nicht mehr für seine Zwecke, weshalb er sich frische beschaffen musste?

Und weshalb hatte er sich auf eine neue Art des Tötens verlegt? Weshalb hatte er Lilith und Ketlin nicht auch mit einem Schnitt durch die Kehle das Leben genommen? Er trieb ihnen, das erinnerte Isenhart, weil er der toten Lilith einen Strohhalm ins Hirn geführt hatte, einen spitzen, sehr dünnen Gegenstand in den Hinterkopf.

Konrad unterbrach Isenharts Gedankengänge, weil er urplötzlich mit einer solchen Kraft emporschoss, dass sein Schemel umkippte. Seine Faust krachte auf den Tisch, der Kerzenleuchter vollzog einen kleinen Hüpfer, Staub schoss zu allen Seiten.

Es war lange her, dass Isenhart den jungen Laurin so resolut erlebt hatte.

»Lass ihn uns jagen, Isenhart. Ich will ihn töten.« Konrad wartete die Antwort gar nicht mehr ab, sondern ging zur Tür.

»Möglicherweise haben wir es mit einem Draugr zu tun«, antwortete Isenhart, der erleichtert war, endlich wieder einen gemeinsamen Weg zu beschreiten.

»Ist mir einerlei«, sagte Konrad, ohne sich umzudrehen, und schon marschierte er voller Tatendrang hinaus in die regnerische Nacht.

Eine Menge Dinge sprachen dagegen, jetzt belustigt zu sein, aber Isenhart konnte ein Schmunzeln dennoch nicht unterdrücken.

In aller Eile hatten sie Henning geholfen, die Toten wieder in der Grube abzulegen und sie mit Erde zu bedecken. Nun redeten Isenhart und Henning auf Konrad ein, während sie Spira zu Fuß durchquerten.

Dass man vielleicht noch einmal alles überdenken sollte.

»Es ist doch alles klar.«

Dass es mitten in der Nacht war.

»Das seh ich selbst.«

Dass es womöglich sinnvoll sei, sich ein paar Stunden Schlaf zu gönnen.

Konrad stoppte so abrupt ab, dass sie beide – Henning und Isenhart – in ihn hineinliefen. Konrads Augen schienen zu glitzern, er reckte den Kopf angriffslustig nach vorne. »Schlafen könnt ihr, wenn es vorbei ist. Oder von mir aus auch jetzt. Dann geh ich eben alleine.« Schnellen Schrittes eilte er weiter.

»Was ist denn in ihn gefahren?«, fragte Henning verwundert.

Isenhart lachte, was Hennings Irritation nur steigerte. »Das ist eben Konrad«, antwortete er, »Aberak hat einen Unschuldigen auf dem Gewissen, der für seinen Mord an Anna von Laurin hingerichtet wurde. Und dafür wird er jetzt zahlen müssen. Und das nicht zu knapp.«

Das Frauenhaus, in dem die Hübschlerinnen ihrer Arbeit nachgingen, lag nicht etwa am Stadtrand vom Spira, sondern im Zentrum der Stadt. Aus dem zweiten Stock – Konrad wusste das – konnte man sogar den Dom sehen. Die Kirche im Heiligen Römischen Reich schob dem Treiben keinen Riegel vor. Ganz im Gegenteil. Das Frauenhaus in Spira war Eigentum der Kirche, die es wiederum an einen Frauenwirt verpachtete, damit sich der fleischliche Notstand der unverheirateten Männer nicht in Form von Notzucht an den ehrbaren Frauen entlud.

Das *kleinere Übel*, wie man es im Vatikan zu nennen pflegte.

Zu Vergewaltigungen kam es natürlich trotzdem – allerdings nicht im Frauenhaus, denn falls jemand über die Stränge schlug, bekam er es zuerst mit dem Frauenwirt zu tun und dann mit dem Gericht.

Zwar war der Zutritt Juden, Geistlichen und verheirateten Männern strikt untersagt, aber auch der Nachtwächter hatte eine Familie, die es durchzubringen galt. Bruno, der Frauenwirt, steckte ihm einmal in der Woche ein paar Pfennige zu, und dann überkamen auch den Nachtwächter regelmäßig Zweifel an der Striktheit dieses Verbots.

Konrad marschierte mit Henning und Isenhart im Schlepptau auf die Rückseite des Gebäudes zu, in dessen Zimmern noch Licht brannte. Sie durchquerten einen kleinen, ummauerten Hinterhof, in dem sich sechs Kreuze erhoben, bevor Konrad an der Hintertür klopfte.

Isenhart war erst einmal hier gewesen – und dann nie wieder. Der Rausch der Ekstase, den er mit Anna gekostet hatte, wollte sich bei ihm einfach nicht einstellen, wenn die jeweilige Frau ihn nicht teilte. Lieber erleichterte er sich dann und wann alleine, obwohl auch hier höchste Vorsicht geboten war, denn wer seinen Samen zum tausendsten Mal vergoss, bezahlte seine Sünde mit dem Tod.

»Wer wurde hier denn beigesetzt?«, fragte er.

»Eine Meretrix darf nicht auf geweihtem Boden bestattet werden«, erklärte Henning mit gedämpfter Stimme. Konrad nickte beifällig. Er lauschte, ob sich nicht endlich Schritte der Tür nähern wollten.

Isenhart wandte sich um und betrachtete die Kreuze jener Huren, denen die Kirche verwehrt hatte, neben den anderen, den Ehrbaren, beigesetzt zu werden.

Ein Mann, über dessen Kinn eine breite, schlecht verheilte Narbe verlief, öffnete die Tür: Bruno. Er hatte eine finstere Miene aufgesetzt, die sich aber zu einem Grinsen verzog, als er in dem nächtlichen Besucher Konrad erkannte.

»Freunde?«, fragte Bruno mit einer Kopfbewegung in Richtung von Henning und Isenhart.

Konrad nickte: »Wir müssen zu Brid.«

»Alle drei?«

»Ja.«

Bruno machte erfreut den Weg frei, schließlich erhielt er ein Drittel des Geldes oder der Lebensmittel, die die Huren einnahmen. Über die Jahre war auf diese Art nicht nur für sein leibliches Wohl gesorgt, er hatte neben der Pacht, die zu entrichten war, sogar etwas auf die hohe Kante legen können.

Henning und Isenhart folgten Konrad und Bruno über einen schmalen Gang, wo sich – immer der Nase nach – in einer Einlassung zur Linken die Kloake befand, in den Gemeinschaftsraum, in dem die stärkste Lichtquelle vom Ofen ausging. Drei junge Burschen saßen beim Würfelspiel an einem Tisch zusammen.

Sie erschraken wegen Konrads Uniform, die ihn als Wachmann der Stadt Spira zu erkennen gab, aber Bruno beruhigte sie. Fünf der acht Huren waren hier im größten Raum des Hauses versammelt und flochten Körbe, sofern sie keinen Gast zum Trinken oder zur Liebe animieren konnten. Auch an den Körben verdiente Bruno sein Drittel, aber um den Nebenerwerb kümmerte er sich nicht weiter, das oblag seiner Frau, der ältesten der versammelten Hübschlerinnen, die Konrad freudig begrüßten. Die jüngste war die Tochter des Seilers, Iris.

Sie sprang von ihrem Platz auf und schmiegte sich gleich an Konrad. »Wann kommst du und heiratest mich?« Dabei legte sie ihre Hand auf seinen Schritt und bewegte sie sanft hin und her.

Sie war ein hübsches Kind, wie Isenhart fand. Feine Züge und ein freches Grübchen, wenn sie lächelte. In ihren Augen spiegelte sich echtes Entzücken. Aber das war nur eine Täuschung, wie Isenhart sich schnell besann, die Leidenschaft war nur gespielt. Wenn auch bemerkenswert gut.

»Wo ist Brid?«

Das Lächeln des Mädchens wandelte sich zu einem Schmollen, an der Nasenwurzel bildete sich eine feine Falte, die Ausdruck ihrer Verärgerung über diese Zurückweisung war. Brid war immerhin schon neunzehn Jahre alt!

»Oben«, sagte Bruno.

Als sei dies das Stichwort, öffnete sich über ihnen eine Tür, und ein Mann trat hinaus.

»In dem Zimmer?«, fragte Konrad. Bruno deutete ein Nicken an.

Konrad ging voraus und stieg die Treppe, die unter dem Gewicht der drei Männer bedenklich knarrte, hinauf.

Er hatte es seit dem Anblick von Lilith geahnt. Geahnt, dass Alexander von Westheim seine Schwester nicht ermordet hatte. Tief in seinem Innern hatte er auch gewusst, wie goldrichtig Isenhart mit seiner Theorie lag. Aber das anzuerkennen hätte auch bedeutet, sich der eigenen Schuld zu stellen. Konrad hatte sich an den Bernstein geklammert, in seinen Gedanken wurde aus den Indizien ein Beweis. Doch der Mord an Ketlin ließ Konrad von Laurin kapitulieren. Er sah den lachenden von Westheim vor sich, wie er Isenhart und ihm von seinen Reisen erzählte. Und demselben Mann hatte er nicht die Hand gereicht, als sie sein Gesicht mit kalter Erde bedeckten.

Gott hatte in der Kapelle der Burg das falsche Urteil gefällt.

Über die Schuld hinaus, die Konrad nun verspürte und ihn nur kurz lähmte, um dann seinen Willen, den wahren Mörder zu stellen, noch zu festigen, erschütterte ihn der Irrtum seines Schöpfers. Ihm war, als trage Aberak von Annweiler die Schuld für den Tod des Händlers, und deswegen hatte Konrad es sich zur Mission gemacht, diesen Mann bis zum letzten Atemzug zu jagen. Darin bot sich in seinen Augen die einzige Möglichkeit, sich von diesem Makel zu befreien. Und seinen Schöpfer.

»Drei gleich«, sagte Brid wenig begeistert, als sie Konrad und die beiden anderen, die hinter ihm in der Tür standen, erblickte. Sie hockte über einem kleinen Bottich mit Wasser, wobei ihr Kleid ihre Blöße verbarg, und wusch sich mit einem Schwamm.

Das Gesetz schrieb Huren vor, keinen Mann abweisen zu dürfen, der ihre Liebesdienste in Anspruch zu nehmen gedachte. Brid war hochgewachsen, hohlwangig und blond. Das natürlich gelockte Haar fiel ihr weit über die Schultern hinab. Ihr Becken hatte gebärfreudige Ausmaße, ihre Brüste waren voll, und sie war auch zu allerlei Dingen bereit, die der Klerus verbot, sofern der Preis stimmte.

Im Alter von elf Jahren war sie von ihrem Vater entjungfert worden. Mit dreizehn vertraute sie sich einem Geistlichen an, der sie und ihre Schwester Ketlin in Obhut nahm. Ihrem Vater wurde auf dem Marktplatz von Spira der Kopf vom Hals getrennt, irgendeine traurige Gestalt von weit her, ein Mann namens Giselbert, übernahm diese Aufgabe und benötigte dazu nur zwei Schläge.

Ketlin und sie waren Vollwaisen. Der Geistliche, von dem sie annahm, er würde die Vergehen ihres Vaters an ihr oder Ketlin fortsetzen, tat nichts dergleichen, sondern steckte sie beide in ein Kloster, damit sie Jesu dienten und mit Gottes Sohn die lebenslange Ehe führten.

Doch sie sah nicht ein, weshalb sie sich wegen der Verfehlungen ihres Vaters in ein Leben voller Trostlosigkeit fügen sollte. Sie nahm Ketlin mit und verdingte sich bei Bruno als Hübschlerin. Auf diese Weise machte sie genug Geld, um ihre Schwester und sich durchzubringen. Sicher, Bruno konnte seine Finger nicht von ihr lassen, aber er zahlte für jedes Mal.

Und er brachte Ketlin bei seinem Bruder unter, dem Lederer. Wenn der vom Abdecker seine Häute bezog, war es Ketlins Aufgabe, die Fleischreste von den Tierhäuten zu schaben.

Zweimal erst war Brid auf eine Engelmacherin angewiesen, die der reifenden Frucht in ihrem Unterleib, deren Vater sie nicht einmal hätte benennen können, mit Seifenlauge und Nadeln ein vorzeitiges Ende bereitete. Zwei der sechs Holzkreuze im Hof waren die Folgen von Abtreibungsversuchen. Ansonsten führte Brid ein gutes Leben. Bruno schützte sie, die Männer machten ihr Komplimente, und sie holte sich auf den Feldern bei Frost oder sengender Hitze keinen krummen Rücken.

Vom Dom her schlug es halb zwei in der Nacht. Konrad nahm auf dem Strohlager Platz, auf dem Brid vor wenigen Minuten noch dem Fährmann die Wünsche erfüllt hatte, die ihm von seiner Frau verweigert wurden, *a tergo*, wie die Gelehrten sagten, die des Lateins mächtig waren.

Viele Male hatte sie mit Konrad hier gelegen, die Nacht verbracht und manchmal nur den halben Preis verlangt. Dann nämlich, wenn er sie im Schlaf in den Armen hielt, wenn die Geborgenheit, die er vermittelte, ihre Seele berührte. Er war ein gut gebauter Kerl, das Frauenhaus hatte er gewiss nicht nötig, und nicht zu Unrecht bildete sie sich etwas darauf ein, ihn bei seinen Besuchen meist in ihrer Kammer vorzufinden.

Großzügig übersah sie dabei, dass Konrad eine ehrbare Frau, die er befleckte, umgehend hätte heiraten müssen. Insbesondere, wenn er sie dabei schwängerte.

Heute Nacht war er allerdings von einer Ernsthaftigkeit, die sie noch nie bei ihm erlebt hatte. »Das sind Henning von der Braake und Isenhart«, stellte er seine Begleiter vor.

Hennings Augen verfingen sich kurz an ihren Rundungen, das war Brid gewohnt. Der Blick des anderen, schmächtigen aber galt ihren Augen, er musterte sie ohne jede Wollust, nur mit Interesse. Sie hatte Angst vor ihm.

»Wer will zuerst?«, flüchtete sie sich auf gewohntes Terrain.

»Wir sind hier, weil wir dich etwas fragen wollen, nicht zum Vergnügen«, wandte Isenhart sich an sie. Er kam näher, seine Augen erschienen ihr dunkel.

Sie warf Konrad einen fragenden Blick zu, aber der nickte lediglich. Brid richtete ihre Augen erneut auf den, den Konrad ihr als »Isenhart« vorgestellt hatte. Seinen Blick konnte sie nicht halten, sie meinte, einen kalten Luftzug zu spüren.

»Es geht um den Mord an deiner Schwester Ketlin«, fuhr Isenhart fort, »wir glauben, dass dieser Mann wieder getötet hat. Und es erneut tun wird. Wieder und wieder. Bis wir ihn stellen. Aber dazu müssen wir wissen, ob es jemand war, den Ketlin gekannt hat – oder du?«

Brids Augen wanderten zu Konrad, der die Maserung der Holzdielen studierte und schwieg. Darum also waren sie hier. Und deshalb war ihr der Schmächtige unheimlich gewesen. In den Gesichtern der Männer, die hierherkamen, las sie für gewöhnlich wie in einem Buch – davon abgesehen, dass sie des Lesens natürlich nicht mächtig war. Sie las die Lust und die Gier in ihren Augen, mit der sie zu spielen verstand. Brid beherrschte es, ihr Begehren mit Gesten und Blicken anzustacheln, bis sie bereit waren, absurd hohe Preise für recht überschaubare Gegenleistungen zu zahlen. Sie steuerte die Männer ganz nach ihrem Willen, überließ sie der Illusion zu entscheiden und war in Wirklichkeit diejenige, die die Entscheidungen fällte.

Nicht so bei diesem jungen Kerl vor ihr. Natürlich war er anfällig für weibliche Reize, denn er war ein Mann. Aber er war *anders.* Er schob es beiseite, er streifte das Körperliche von sich, ließ sich nicht beirren noch ablenken, sondern war einem Ziel verpflichtet.

»Aberak von Annweiler«, ergriff Henning das Wort, »kennst du ihn?«

»Es ist wichtig für uns«, fügte Konrad hinzu.

»Nein«, sagte Brid.

»Denk nach!«, befahl Konrad. Er saß zwar auf dem Strohlager, aber jede seiner Sehnen war gespannt, in seinen Augen lag keine Zuneigung, wie sie es sonst von ihm gewohnt war.

Nein, wollte sie sagen, nein, ich kenne ihn nicht, Aberak von Annweiler – diesen Namen habe ich nie gehört.

Aber Isenhart hob die Hand. Seine dunklen Augen ruhten in den ihren. »Nimm dir Zeit«, sagte er mit einer Stimme, die Geborgenheit versprach, »nimm dir Zeit. Du bist die einzige Spur, die wir haben. Wir sind hier, um den Tod an Konrads und deiner Schwester zu sühnen.«

Brid war überrascht: »Du hattest eine Schwester?«

»Zwei. *Hör ihm zu.*«

Unwillkürlich sah sie Isenhart wieder an. Etwas an ihm zog sie an, etwas, was weit über dem Geschlechtlichen lag; sie fürchtete, sich zu verlieren, wenn sie zu lange in seine Augen schaute – und etwas stieß sie ab. Etwas, was sie schwerlich benennen konnte.

Sie hatten Ketlin, die sich geweigert hatte, im Frauenhaus zu arbeiten, weil diese Männer, die hierherkamen, stark rochen und unsagbar schwer waren, dass es einem die Luft raubte, wenn sie auf einem lagen, in einem Verhau unten am Fluss gefunden. Mit Blut besudelt, den Mund weit offen, als richte sie ihren stummen Schrei an Gott, die Augen vor Entsetzen weit geöffnet. Bruno schwor beim Leben seiner Mutter, diesen Teufel zu finden, allerdings lebte seine Mutter nicht mehr, und kaum zurück im Frauenhaus hatte er frisch Gebrannten in sich hineingeschüttet und war für die nächsten zwei Tage nicht zu gebrauchen gewesen.

Den Namen *Aberak von Annweiler* hatte Brid noch nie gehört. Auch hatte keine der anderen Huren je von ihm berichtet. Dabei tauschten sie sich über jeden Freier aus. War er gefährlich? Spendabel? Wurde er aus nichtigem Anlass schnell zornig?

Der erschreckende Gedanke, sie selbst könnte einem Freier von ihrer Schwester erzählt haben – so wie auch Konrad von Ketlin wusste –, der ihr dann in der Nacht auflauerte, sie in den Verhau zerrte und ermordete, schoss Brid durch den Kopf. Aber ein Aberak von Annweiler hatte nicht das Lager mit ihr geteilt, da war sie sich sicher. Also schüttelte sie den Kopf.

Während Isenhart seine Augen auf einen weit entfernten Punkt richtete, befiel Konrad eine innere Unruhe, die er immer dann empfand, wenn er nicht wusste, was er mit all der Energie, über die er verfügte, anfangen sollte. »Bist du dir ganz sicher?«, fragte er noch einmal.

»Ja«, antwortete Brid.

Henning wandte sich zur Tür, legte die Hand auf das runde Türeisen und sah zu Isenhart: »Ich fürchte, wir kommen hier nicht weiter.«

»Wir können die anderen Huren fragen«, warf Konrad von Laurin ein.

»Ja«, stimmte Henning zu.

»Das wird zu keiner anderen Antwort führen«, stellte Isenhart fest, »keine der Hübschlerinnen kennt Aberak von Annweiler. Weil er – sollte er je hier gewesen sein – einen anderen Namen benutzt hat.«

»Einen anderen Namen?«, sagte Konrad und sprach damit das aus, was auch Brid sich fragte.

»Aberak ist nicht sein wahrer Name, das wissen wir«, führte Isenhart aus, »denn Aberak von Annweiler ist schon lange tot.

Wenn ich der Mörder wäre, würde ich mich nur dann als Aberak von Annweiler ausgeben, wenn ich vorhabe zu morden. Alles andere wäre ein unnötiges Risiko. Und jemand, der sich mit einem fremden Namen tarnt, ist nicht dumm. Und wer nicht dumm ist, geht kein unnötiges Risiko ein. Falls er also hier war, in diesem Frauenhaus, dann ganz gewiss nicht als Aberak von Annweiler. Aber vielleicht unter seinem richtigen Namen.«

Konrad wurde fast schwindlig bei dem Tempo, mit dem Isenhart seine kausalen Schlüsse zog. »Und was bedeutet das?«, fragte er.

»Das bedeutet, dass wir Aberak von Annweiler vergessen müssen. Wir suchen jemanden mit sehr auffälligen Äußerlichkeiten.« Isenhart wandte sich erneut Brid zu, er ging vor ihr in die Hocke. »Wir suchen einen Mann, von dem wir zwei Dinge wissen: Er hat rote Haare und nur einen Arm.«

Mit einem Schlag empfand Brid keine Furcht mehr vor ihm. Sie spürte, Isenhart würde diesen Mann jagen und nicht aufhören, bevor er es vollbracht hatte. Und überdies war sie erleichtert, ihm endlich helfen zu können.

»Michael von Bremen«, sagte sie, »er ist ein Einarmiger mit roten Haaren.«

Die drei Männer erstarrten.

Konrad schwang vom Lager hoch. »Und er ist einarmig?«

Brid nickte.

»Und er hat rote Haare?«, versicherte Henning von der Braake sich.

»So ist es«, antwortete Brid, »er war vor drei Jahren hier. Bruno hat ihm seine Narbe zu verdanken.«

»Erzähl uns von ihm«, forderte Isenhart sie mit leiser, aber eindringlicher Stimme auf.

Es war keine schöne Erinnerung, die er damit bei ihr wachrief.

»Es war vor drei Jahren, da tauchte er hier auf, schmiss mit Geld um sich, und seine Wahl fiel auf mich«, gab sie fast mechanisch wieder. Dass er sie den anderen Hübschlerinnen vorgezogen hatte, erfüllte sie immer noch mit einer Spur Stolz.

Krüppel, Entstellte und zahnlose Greise kehrten hier ein, kurzum Männer, denen sich ohne Gegengabe keine Frau mehr hingab. Brid war das gewohnt, und gerade jene, denen Gliedmaßen amputiert worden waren, machten ihr am wenigsten aus. Bein- und Armstümpfe schienen stets dorthin zu deuten, wo sich einst Hände oder Füße befunden hatten. Meist waren es bemitleidenswerte Gestalten, die ihren Verlust nie überwunden hatten und sich bei ihr versicherten, doch noch ein ganzer Mann zu sein. Brid versicherte es ihnen und ließ sie später, kurz vor der Bezahlung, wissen, dass sie noch nie mit so einem wilden Liebhaber das Lager geteilt habe. Für gewöhnlich blühten die Krüppel dann auf und ließen es nicht an Trinkgeld mangeln.

Bei Michael von Bremen hatte es sich anders verhalten. Er betrat das Frauenhaus und beherrschte den Raum. Wegen seiner imposanten Größe und seiner feuerroten Haare richteten sich alle Blicke auf ihn.

»Bestimmt sechseinhalb Fuß«, ergänzte Brid auf Isenharts Nachfrage.

Er hatte lange keine Frau mehr gehabt, das spürte sie damals. Seine ungestüme Art verriet es. Und er war trotz seines einen Armes, der unterhalb des Ellbogengelenks amputiert war, voller Kraft. Als es ans Bezahlen ging, wollte er anschreiben lassen. Sie rief nach Bruno. Ein Wort gab das andere, Bruno griff nach ihm, und dann, schneller als man sehen konnte, schlug Michael von Bremen die Arme des Wirtes beiseite, packte ihn mit der Rechten an der Gurgel und warf ihn mit solcher Wucht an die Wand, dass sich die Risse durch die Maserung zogen.

»Fang keinen Händel mit mir an«, hatte er gebrüllt, um Bruno dann die Treppe hinabzustoßen.

»Das alles mit einem Arm?«, fragte Henning von der Braake.

Brid nickte. Sie spürte, wie Ehrfurcht über die drei Männer kam.

»Kannte er Ketlin?«, wollte Konrad wissen.

»Ich weiß nicht«, antwortete Brid wahrheitsgemäß und wandte sich an ihn, »du denkst, er hat sie ermordet?«

»Ja«, sagte Konrad von Laurin knapp. Und, wie um sich zu vergewissern, schaute er zu Isenhart.

Dessen Muskeln und Sehnen waren gespannt, er fühlte sich trotz der späten Nachtstunde merkwürdig lebendig. Jetzt, sechs Jahre später, sechs Jahre, nachdem er den Herrgott um seinen eigenen Tod angefleht hatte, neben Annas Leiche im Schnee kniend, gab es so etwas wie einen ersten Kontakt. Sie jagten keinem Geist mehr nach, keinem Mann, der wiederauferstanden war und als Draugr Angst und Schrecken verbreitete – sondern einem Mann aus Fleisch und Blut.

Rote Haare und einarmig. Eine Verwechslung, dachte Isenhart, dürfte schwerlich vorliegen.

»Aber warum?«, fragte Brid. Sie erschauerte innerlich bei der Erinnerung an diesen Mann, an dessen fast übernatürliche Kraft, und bei dem Gedanken daran, wie wehrlos Ketlin ihm gegenübergestanden haben musste.

»Wo können wir ihn finden?«, fragte Henning, der immer noch an der Tür stand.

Er riss Isenhart aus seinen Gedanken. Was Brid ihnen erzählte, war immerhin drei Jahre her. Andererseits zeugte der Mord an der Wirtstochter von seiner Verbundenheit mit der Gegend um Spira.

»Ich weiß nicht«, bekannte die Hure.

»Denk nach, Weib«, herrschte Konrad sie an, »er *muss* doch etwas gesagt haben.«

Brid deutete ein Kopfschütteln an, als ihr doch noch eine Kleinigkeit einfiel: »Nur, dass er viel unterwegs ist, das hat er erzählt. Und beim ersten Kreuzzug dabei war.«

Isenhart merkte auf: »Bist du ganz sicher?«

»Ja.«

»Und weißt du sonst noch etwas von ihm? Oder jemanden, der uns sagen kann, wo wir ihn finden können?«, fragte Henning.

»Er war nur einmal hier und dann nie wieder. Aber vielleicht weiß Bruno mehr. Oder die anderen.«

Bruno und die anderen Hübschlerinnen meinten, bei Michael von Bremen den bösen Blick gesehen zu haben. Brunos linke Hand war damals angebrochen gewesen, ansonsten hätte er sich den Kerl natürlich zur Brust genommen.

Eine Hübschlerin wusste zu berichten, dass von Bremen ein eiskalter Lufthauch folgte, wenn er dicht an einem vorbeischritt. Und eine andere war felsenfest davon überzeugt, unter seinem dichten, roten Haar die Ansätze von zwei Höckern gesehen zu haben, wenn das Kerzenlicht günstig stand.

Isenhart begriff, dass sie alle auch nichts Substanzielles über den Mann zu berichten wussten.

»Ich kann mich an ihn erinnern«, sagte die Tochter des Seilers leise, als die drei sich schon zur Tür wandten, »aber da war ich noch ein Kind.«

Isenhart ging auf sie zu, packte sie am Oberarm, etwas fester als vorgesehen, und starrte ihr aus kürzester Distanz in die Augen. Einen Augenblick lang wusste das Mädchen nicht, vor wem sie mehr Furcht empfinden sollte. Vor dem, den die drei suchten, oder vor dem, der durch sie hindurchzusehen schien.

»Sprich.«

»Er hatte Zwist mit meinem Onkel, dem Flickschuster.«

»Wie heißt er? Wo finden wir den?«

»Er hat seine Werkstatt zwei Gassen von hier nach Süden«, erwiderte Iris, »sein Name ist Friedmann.«

Isenhart entließ den Arm aus seinem Griff, und das Mädchen begann, die Druckstelle zu massieren, die beim Zupacken entstanden war.

»Und worüber haben die beiden gestritten?«, wollte Konrad wissen.

Schnell zauberte das Mädchen ein Lächeln auf ihr Gesicht. »Das weiß ich nicht. Ich erinnere mich nur, was mein Onkel über ihn gesagt hat.«

»Und das war?«, fragte Henning interessiert.

»Dass Michael von Bremen ein Menschenfresser ist.«

19.

Ihr wisst nicht, worauf ihr euch einlasst«, warnte Günther sie, »sicherlich verfügt er über Gefolge.«

Sie hatten in der Wachstube am Osttor genächtigt, wo ein besonders eifriger Hauptmann geglaubt hatte, eine Grabschändung erkannt zu haben, und daher Wachmänner ausrücken ließ, um dieses Sakrileg nicht ungesühnt zu lassen.

Bis zur Morgendämmerung hatten sie darüber gesprochen, was nun zu tun war. Bevor sie sich dem Schlaf überließen, beschlossen Konrad, Isenhart und Henning, dass Michael von Bremen, der sich offensichtlich als Aberak von Annweiler ausgab, daran gehindert werden musste, weitere Menschen zu töten.

Friedmann, der seinen Lebensunterhalt mit dem Reparieren von Schuhwerk bestritt, hatte nicht viel über den Mann zu sagen gewusst. Dass er groß war und mit einem Blick in den Tag schaute, der einen das Fürchten lehren konnte.

»Ihr habt Eurer Nichte gegenüber gesagt, Michael von Bremen sei ein Menschenfresser«, mit diesen Worten hatte Isenhart den Flickschuster konfrontiert.

Friedmann war ein kleiner, gedrungener Mann mit einer Weinnase. Sie war von roten Äderchen durchzogen. »Menschenfresser – das soll ich gesagt haben?«

»Ja.«

»Ja … mag sein. Man erzählt sich eben Geschichten über ihn.«

»Was für Geschichten?«, wollte Henning von der Braake wissen.

»Dass er Menschen verspeist hat.«

»Wer sagt das?«

»Ich weiß nicht. Man erzählt es sich eben.«

Sehr schnell verlief die Befragung im Kreis. Der Schuster war nicht in der Lage, die Quelle zu nennen, die Michael von Bremen der Menschenfresserei zieh.

Bis auf eine Kleinigkeit gab es nichts, was ihre spärlichen Hinweise auf von Bremen bereicherte. Immerhin entsann der Flickschuster sich der Wohnstatt des Mannes. Michael von Bremen lebte angeblich in einem Anwesen namens Tarup südlich von Mannenheim, was den Rhein entlang nördlich von Spira lag.

Die Geschichten, die sie im Frauenhaus über Michael von Bremen gehört hatten, nährten ihre Gewissheit, es mit dem Mann zu tun zu haben, den sie suchten. Isenhart empfand vorsichtigen Respekt für den Einarmigen, und wenn er in der Wachstube den Blick zu Henning wandte, las er in dessen Augen dieselbe Vorsicht. Nur Konrad kümmerte das alles nicht, er wollte nur so schnell wie möglich nach Tarup aufbrechen und von Bremen töten, um alledem ein Ende zu machen. Um Ruhe und Frieden einkehren zu lassen und die Gespenster der Vergangenheit für immer hinter sich zu wissen.

»Wir können ihn nicht einfach umbringen«, warf Isenhart ein, »er gehört vor ein Gericht.«

»Vor Gericht? Es gibt nichts mehr zu klären.«

»Es soll schon Fälle gegeben haben, bei denen allzu eilfertige Beschlüsse Unschuldige das Leben gekostet haben.«

Isenharts Anspielung auf Alexander von Westheim blieb Konrad von Laurin nicht verborgen, er grummelte den Trotz, den er empfand, in seinen Bart.

»Meinst du, er isst die Herzen?«, fragte Henning, während sie im Morgengrauen die Pferde sattelten.

»Wozu sollte er das tun?«, gab Isenhart zurück.

Henning wandte die Augen zu seinem Vater, der sich letztlich entschlossen hatte, die drei auf ihrer Reise zu begleiten.

»Im Orient gibt es die Vorstellung, dass der Verzehr eines starken Herzens auch denjenigen erstarken lässt, der es verspeist.«

»Ein weiterer Grund, diese Heiden in ihre Schranken zu weisen«, befand Konrad.

Gerne hätte Isenhart in Heiligster haltgemacht, um Sophia und Walther von den neuesten Entwicklungen zu berichten, aber Heiligster befand sich in entgegengesetzter Richtung zu ihrem Ziel. Der Mord an Lilith lag noch nicht sehr lange zurück, und daher rechneten sie sich gute Chancen aus, Michael von Bremen in seiner Heimstatt Tarup anzutreffen.

Günther von der Braake – wenn er von dieser Unternehmung angetan war, verbarg er seine Begeisterung darüber erfolgreich – hatte ihre Stümpfe gereinigt und sie mit frischen Tüchern bandagiert, bevor sie nach Norden aufbrachen.

Der Wind blies so stark von Westen, dass der Regen sie beinahe horizontal traf. Sie drückten das Kinn auf die Brust und stellten die Kragen der Lederwämser aufrecht, um die Hälse vor dem Wind zu schützen. Mehr konnten sie nicht tun.

Eine halbe Meile hinter Spira kamen die Pferde im Matsch, in den der Regen den Trampelpfad verwandelt hatte, kaum noch voran, sodass die vier abstiegen und die Tiere an den Zügeln hinter sich herführten.

»Vielleicht hatten Aristarchos von Samos und Claudius Ptolemäus nicht mal unrecht«, begann Henning.

»Wer?«, fragte Konrad. Er führte den kleinen Treck mit einem von Zielstrebigkeit bestimmten Tempo an.

»Sie waren griechische Gelehrte.«

»Ich hätt's mir denken können«, seufzte Konrad leise.

»Was?«, hakte Henning nach.

»Nichts. Womit hatten sie recht?«

»Sie haben behauptet, dass die Erde eine Kugel sei«, sprang Günther ein.

»Wenn wir uns auf einer Kugel bewegten, würden wir abrutschen«, hielt Konrad von Laurin ihnen entgegen, »ich sehe nicht, dass der Grund sich wölbt.« Er grinste Isenhart zu. Endlich einmal war er der Überzeugung, bei einem dieser Gespräche Schritt halten zu können.

»Das kommt nur auf die Größe der Kugel an«, gab Henning zu bedenken.

»Wieso?«, fragte Konrad von Laurin angriffslustig.

»Wenn die Kugel groß genug ist, entzieht sich uns die Wölbung«, erklärte Isenhart.

»So ist es«, bestätigte Henning von der Braake.

»Auch einige arabische Gelehrte glauben, die Gestalt der Erde müsse eine Kugel sein«, flankierte Günther.

»Muselmanen sind eben Hohlköpfe«, sagte Konrad.

Die Muselmanen waren ihre ärgsten Feinde, wie Isenhart nur zu genau wusste. Saladin hatte ihnen nachdrücklich vor Augen geführt, wie bitterlich der Lauf der Geschichte sich zu wenden vermochte. Doch Günthers Erwähnung, die zweifelsohne mit seinen Begegnungen in Jaffa zusammenhing, weckte in Isenhart eine neue Idee.

Konnte ein Volk denn so durchsetzt sein von Schlechtigkeit und Amoral, wenn es gleichzeitig den Almagest zur Himmelsgestirnbetrachtung heranzog und dem Abendland in medizinischer Hinsicht weit voraus war? Und abgesehen von dem Umstand, dass er der größte ihrer Feinde gewesen war – hatte Sultan Saladin mit der Einigung der arabischen Stämme und der Rückeroberung der Heiligen Stadt nicht ein Feldherrengeschick bewiesen, das dem eines Richard Löwenherz ebenbürtig war?

Die Araber waren Gottlose, gewiss. Aber tat man einmal die Religion beiseite – denn auch sie lebten nach einer, nur eben der falschen –, wurde aus dem unüberbrückbaren Abgrund zwischen ihnen ein Graben. Was für ein unermesslicher Schatz mochte wohl zu gewinnen sein, wenn sie einander als Ebenbürtige begegneten? Und sich austauschten?

Der Regen wurde stärker, und als sich am Waldrand unter einem Felsvorsprung die Gelegenheit bot, suchten sie Schutz. Den Pferden schien der Regen nichts auszumachen, sie standen einfach da und sahen sich um. Aber Isenhart und die anderen spürten, wie die Feuchtigkeit die Kälte mit sich brachte, wie sie die Haut erreichte, die sich verengte, um die Wärme zu speichern.

»Habt ihr schon einmal eine Mondfinsternis gesehen?«, fragte Henning.

Konrad und Isenhart nickten. Walther hatte sie damals geweckt, sie waren noch Kinder. Bei der Erinnerung daran spürte Isenhart wieder die sanfte Berührung seines Lehrers, sah das fröhliche Glitzern in seinen Augen. »Gleich wird sich der Mond verdunkeln«, hatte er mit einer Begeisterung geflüstert, die sofort auf Isenhart übergesprungen war.

»Es ist eine göttliche Mahnung!«, rief Hieronymus im Burghof aus. Die, die wach waren, bekreuzigten sich, einige suchten Schutz nahe der Burgmauer. Walther und seine zwei Schützlinge standen etwas abseits.

»Es ist nicht Gott, der hier am Werk ist«, wisperte Walther ergriffen, als sich ein Schatten über den Vollmond zu legen begann, »ich meine: Natürlich hat Gott all das erschaffen. Wovon ihr jetzt aber Zeuge werdet, ist eine seltene Kombination von Positionen der Himmelsgestirne. Die Sonne und der Mond stehen in einer Linie mit der Erdscheibe. Die Sonne taucht uns in Licht – und so ergibt sich ein Schatten, in den der Mond wandert.«

»Kann es dann auch eine Sonnenfinsternis geben?«, fragte Isenhart leise.

Konrad schüttelte den Kopf: »Wie kann man nur so dumm sein? Was soll denn die Sonne verdecken?«

»Wenn die Erde den Mond verdeckt, warum soll dann nicht auch der Mond die Sonne verdecken?«

»Du denkst schon wieder zu viel, Isenhart«, tadelte Konrad ihn.

Aber als Isenhart aufsah zu Walther von Ascisberg, begegnete ihm das Lächeln eines beeindruckten Mannes. »Ja«, sagte Walther, hockte sich vor ihn, ergriff seine Hände und strahlte ihn an, »ja, Isenhart. Das ist es. Lass deine Gedanken zu ihrem größten Abenteuer aufbrechen: Lass sie ihre Flügel benutzen und aufsteigen!«

Isenhart musste trotz der Kälte und des Regens lächeln, als er sich Walthers Begeisterung entsann.

»... und dann nicht eine Scheibe zu sehen sein?«

»Was?«, fragte Isenhart, der nicht zugehört hatte.

Henning nahm erneut Anlauf: »Was wir bei einer Mondfinsternis sehen, ist die Gestalt der Erde. Wandelten wir auf einer Scheibe, erschiene die Form der Erde auf dem Mond als ein Strich. Tatsächlich aber können wir von dem Schatten auf das Objekt zurückschließen. Und wir sehen: einen Kreis. Das Abbild einer Kugel, wenn man sie auf eine Fläche reduziert.«

»Das ist das, was Aristarchos von Samos aus der Mondfinsternis geschlossen hat«, ergänzte Günther von der Braake, »demnach befinden wir uns auf einer Kugel, was auch deswegen mehr einleuchtet, weil die Kugel die göttliche Form ist.«

Konrad sah sich aufmerksam um. Keine Wölbung weit und breit. Was hatte denn ein Strich auf dem Mond mit der Form der Erde zu tun? Konrad hegte den leisen Verdacht, sie machten es seinetwegen manchmal absichtlich kompliziert.

»Es gibt ein Muster«, sagte Isenhart in die Stille hinein, »ein Muster, wie er tötet.«

Was für die anderen überraschend kam, war das Resultat von Isenharts Überlegungen, die darauf fußten, verstehen zu wollen. So wie dem Fliegen ein Prinzip innewohnte, das aus vielen einzelnen Faktoren vor seinem geistigen Auge zu einer Struktur erwuchs, so existierte auch für die Taten von Michael von Bremen alias Aberak von Annweiler eine Textur, die aus erkennbaren Einzelheiten bestand. Und die umriss er nun den Freunden.

»Er mordet erst mit einem Schnitt durch die Kehle. Später benutzt er einen dünnen, harten Gegenstand, den er seinen Opfern ins Hirn treibt. Ich habe mich gefragt, warum Michael von Bremen die Art zu töten geändert hat.«

»Und die Antwort?«, fragte Günther interessiert.

»Er lernt. Was ist sein Bedürfnis? Das Herz. Er tötet nicht um des Tötens willen, ihm geht es um das Herz. Der Stich ins Zentrum des Gehirns tötet das Opfer vermutlich auf der Stelle. Das geht schneller vonstatten als bei einem Opfer, das verblutet.«

Kurz erhob sich ein Bild aus seinem Gedächtnis, das er bis an sein Lebensende ohne jede Verblassung immer wieder würde abrufen können: Annas Gestalt im Schnee, der große, dunkle Fleck, der ihren Körper umgab.

»Bei Ketlin hat es vier Stiche gebraucht«, hielt Konrad entgegen, »auch das hat ihn Zeit gekostet.«

»Aber bei Lilith waren es nur noch zwei«, wandte Henning ein.

Isenhart nickte. Das war es, worauf er hinauswollte. »So wie ein Bogenschütze sich durch Übung mit jedem Schuss verbessert, verbessert er die Technik des Tötens. Und jedes Mal entnimmt er ihnen das Herz. Auch darin hat er sich gewissermaßen verbessert. Am Anfang hat er die Rippenbögen gebrochen, später zersägt. Anfangs hat er den Torso weit geöffnet, später nur an der Stelle, die für ihn von Bedeutung war. Alles zielt darauf ab, keine Zeit zu verlieren.«

»Und das Risiko seiner Entdeckung zu minimieren«, fügte Günther von der Braake hinzu.

»So ist es«, bestätigte Isenhart, »das ist das Muster seiner Taten. Seine Handschrift. Aber diese Handschrift liegt nicht nur in der Tat selbst, sondern auch in der Auswahl seiner Opfer. Auch sie haben eine identische Struktur. Sie sind jung, sie sind weiblich, und sie sind unbefleckt.«

»Aber Anna ...«, warf Konrad ein.

»Das hatten wir doch schon geklärt«, unterbrach Isenhart.

Der Regen ließ nicht nach, das Himmelslicht schwand, und ihnen war unsagbar kalt.

»Mit etwas Glück finden wir ein Gasthaus auf dem Weg«, meinte Konrad.

Die anderen belächelten ihn. Ein Gasthaus – in dieser Einöde aus Wäldern und Sümpfen!

»Jedenfalls ist es egal, ob wir uns beim Warten oder Gehen den Tod holen«, stand Günther dem letzten Laurin bei. Der Medicus ging zu seinem Pferd, nahm die Zügel in die Hand und zog los. Und die anderen folgten ihm.

Nur eine Stunde später saßen sie schlotternd um einen Kamin herum.

Es war Nacht geworden, und genau jene Wolken, die ihre nasse Fracht über ihren Köpfen entluden, hatten ihnen auch den Blick auf die Sterne verwehrt, wodurch sie ihrer Kursbestimmung beraubt waren. Wider alles Erwarten entdeckte Konrad, der sie nun anführte, abseits des Weges, der sich am Rhein orientierte, einen Lichtschein im Wald.

Sie lauschten, aber bis auf den Regen, der in einschläfernder Regelmäßigkeit auf das Blattwerk und in das Unterholz fiel, vernahmen sie kein Geräusch. Leise berieten sie sich, was nun zu tun sei. Das Licht stammte zweifelsohne von einem Feuer, und wo ein Feuer prasselte, waren Menschen zugegen. Fragte sich nur, welcher Art sie waren. Reisende wie sie oder eine Bande von Räubern, die ihr Lager hier aufgeschlagen hatten, um Kaufleute zu überfallen. Günthers Rat folgend saßen sie auf, bevor sie sich weiter näherten, um im Zweifelsfall ihr Heil in der schnellen Flucht suchen zu können.

Ein Trampelpfad führte von dem Feldweg ins Dickicht, sie hoben die Arme, um Zweige beiseitezuschieben, während sie ihre Pferde im Gang auf das Licht zuführten. Konrad hielt an, sah über die Schulter und lächelte ihnen triumphierend zu. Vor ihnen lag ein Haus, aus dem Feuerschein fiel. Aus einer Öffnung im Dach zog der Rauch ab. Vor dem Eingang standen zwei Pferde, die von ihren Besitzern an der Tränke angebunden worden waren.

Konrad stieg ab und klopfte an die schwere Holztür. Es dauerte nur einige Augenblicke, dann wurde ihnen von einem Mann um die vierzig Jahre geöffnet. Aber nur einen Spaltbreit.

»Was wollt Ihr?«

»Wir suchen Unterkunft für die Nacht«, antwortete Konrad.

Der Mann richtete einen prüfenden Blick auf die drei Begleiter des stämmigen Burschen vor ihm. Die Skepsis, die er empfand, verbarg er nicht.

»Wir sind auf dem Weg nach Mannenheim und vom Unwetter überrascht worden«, sprang Henning Konrad bei. Ob der Mann ihn verstanden hatte oder nicht, war unklar, denn weder in seiner Haltung noch in seinem Gesicht war eine Regung zu erkennen.

»Wir sind auf dem Weg nach Mannenheim«, wiederholte Henning daher eine Spur lauter.

»Ich habe Euch verstanden«, unterbrach der Mann ihn, »tretet näher, damit ich Eure Gesichter sehen kann.«

Die vier stutzten nur kurz. Niemand reiste nachts, wenn es sich nicht irgendwie vermeiden ließ. Und wie es aussah, befand sich in der näheren Umgebung kein Haus, keine Siedlung, niemand, bei dem der Mann um Hilfe hätte ersuchen können. In seinen Augen, das wusste Isenhart, mussten sie als verdächtig erscheinen. Ein Wunder, dass er ihnen nicht einfach die Tür vor der Nase zuschlug. Also traten sie näher, bis der warme Lichtschein, zu dessen Quelle ihre zitternden Leiber sich sehnten, über ihre Gesichter strich, sie aus den Grautönen der Nacht riss und ihnen Farbe und Kontur verlieh.

»Wir haben die beiden Pferde gesehen«, sagte Isenhart, »wir hatten gehofft, Ihr betreibt eine Herberge.«

Der Mann, er trug eine schmutzige Hose und ein hellgraues, sehr sauberes Hemd, seine nackten Füße standen auf dem geklopften Lehm, der den Boden bildete, verfiel erneut in Regungslosigkeit. »Wir haben nur ein Fremdenzimmer«, brachte er endlich hervor, »und in dem liegen schon zwei Kaufleute. Ihr müsstet mit der Scheune vorliebnehmen.«

Dabei öffnete er die Tür etwas weiter, sodass sich den vieren ein Blick in den Innenraum bot. Ein Schankbrett, zwei Tische, eine Eckbank am Kamin, nichts Außergewöhnliches, aber da sie am ganzen Leib zitterten, erschien es ihnen von überirdischer Behaglichkeit. Der Wirt, um den es sich wohl handelte, deutete mit einer Kopfbewegung nach links zu einem ans Haupthaus angrenzenden Bretterverhau. Sie folgten seinem Blick. Der Verhau verfügte über ein Dach, sie würden es trocken haben und durch die Seitenwände gegen Wind geschützt sein. Einem Lager unter freiem Himmel war dies allemal vorzuziehen.

»Die Scheune reicht uns«, artikulierte Konrad ihre Gedanken. »Wir haben Hunger.«

Der Mann musterte sie noch einmal, als könne er auf diese Weise ihre wahren Absichten offenlegen. Schließlich gab er sich einen Ruck. »Ich bin Anselm«, stellte er sich vor und trat im gleichen Atemzug zurück, um ihnen Eintritt zu gewähren.

Konrad steuerte sogleich auf die Eckbank neben dem Kamin zu, und nachdem Günther als Letzter das Wirtshaus betreten hatte, schloss Anselm die Tür und verriegelte sie mit einem massiven Querbalken. Weil die anderen dasselbe Bedürfnis hatten, saßen sie im Nu dicht gedrängt vor dem Feuer.

Anselm rührte mit einem starken Zweig in einem Kessel über der Feuerstelle. Konrad erhob sich und warf einen Blick hinein. Der Stock zog eine Schneise durch eine bräunliche Masse. Aus dem Gefäß dampfte ein erdiger Geruch.

»Was ist das?«, fragte Konrad.

»Buchweizengrütze«, erwiderte Anselm.

Die Begeisterung, die Konrad vor wenigen Augenblicken noch bei der Aussicht auf eine warme Mahlzeit empfunden hatte, verflüchtigte sich.

»Habt Ihr zufällig auch Fleisch?«, fragte Henning.

»Nur die Grütze. Und leicht schimmliges Brot – der Regen«, fügte Anselm erklärend hinzu.

Auf dem Schankbrett brannte eine Öllampe, auf dem Tisch, an dem sie saßen, eine Talgkerze. Zusammen mit dem Ofenfeuer bildeten sie die einzigen Lichtquellen im Raum, der zwar sehr düster war, aber auch wohlig wirkte. Geborgen. Der Regen, der stetig gegen die Außenwand und das Dach fiel – an zwei Stellen war es undicht –, erzeugte ein leises Trommeln, das sich sanft über den Raum legte und alles einzuhüllen schien.

»Petrissa, Sibille! Kundschaft!«

Zwei junge Frauen in schmutzigen Nachthemden, dünnen, von Motten zerfressenen löchrigen Decken um die Schultern und Hüften geworfen, kamen aus dem Nebenraum, offenbar hatten sie bereits geschlafen. Trotz des Dämmerlichts blinzelten sie, als träfe sie der helle Sonnenschein.

Petrissa war vielleicht fünfzehn, sie war groß für ihr Alter, ihr Haar war dunkel, und als ihr und Konrads Blick sich kreuzten, lächelte der Stammhalter des Hauses Laurin. Sibille folgte ihr, der Busen, der sich unter ihrem Stoff abzeichnete, war noch flach. Isenhart schätzte sie auf dreizehn. Gott war es ein Wohlgefallen gewesen, auf ihrer Nase Sommersprossen wachsen zu lassen, was er freilich erst erkannte, als die Schwestern sie mit Bier in Holzkrügen versorgten.

Die Mädchen beäugten sie mit unverhohlener Neugier, wobei Petrissa immer dann, wenn sie Konrad ansah, sein frivoles Grinsen erwiderte. Anselm nahm davon zwar Kenntnis, aber offensichtlich war er das schon gewohnt, denn er ließ sich mit keiner Silbe darüber aus.

Als er ihnen die Buchweizengrütze in kleinen Holzschalen reichte, nahm Petrissa ungefragt neben Konrad Platz und nippte von seinem Bier. Ihre Schwester holte sich einen Schemel, auf dem sie an der Kopfseite des Tisches Platz nahm.

Die vier Männer hatten selten etwas Schlechteres gegessen, aber die Strapazen des Tages ließen sie kräftig zulangen.

»Züchtigt sie, wenn sie Euch belästigen. Ich muss noch Wein panschen«, ließ Anselm sie wissen, bevor er sich anschickte, im Nebenraum zu verschwinden.

Da klopfte es an der Tür, an die Anselm trat. »Wer da?«

»Wir sind's!«

»Meine Söhne«, sagte Anselm und schob den Querbalken beiseite, um die Tür zu öffnen. Zwei junge Männer, beide um die zwanzig, traten ein, sie waren ebenfalls vom Regen durchnässt.

»Ludolf und Huste«, stellte Anselm sie seinen Besuchern vor.

Die beiden setzten Reisende über den Rhein, wie sie erfuhren. Von dem, was die Herberge abwarf, stellte Anselm klar, konnten sie nicht leben. Ihre einzige Alternative bestand darin, gen Mannenheim zu ziehen und Fischer zu werden. Aber das Haus hatte schon seinen Eltern gehört, und er wollte es nicht aufgeben.

»Schmeckt Euch das Bier?«, fragte Petrissa in die Runde, während ihre Augen allein Konrad galten.

»Ausgezeichnet«, antwortete der und nahm demonstrativ einen tiefen Schluck aus seinem Humpen.

Petrissa und Sibille strahlten. »Wir haben es selbst gebraut«, verriet Sibille.

Konrad setzte den Humpen wieder ab und sah von der einen zur anderen. »Alleine dafür müsste ich euch beide ehelichen«, verkündete er.

Die Mädchen kicherten.

Isenharts Blick fiel wieder auf die Wölbung von Sibilles Brust, über der der Stoff sich spannte. Das, was er als junger Mann bei Anna entdeckt hatte, das, was seine Welt ins Wanken gebracht und jede Logik außer Kraft gesetzt hatte, dieser Anblick entführte seinen Geist nun nicht in eine Welt, deren Gesetze ihm fremd waren, sondern auf einen einzigen Punkt, der keineswegs neu war. »Das Herz ist der Schlüssel«, sagte er ruhig und bestimmt.

»O ja«, stimmte Petrissa zu und blickte Konrad tief in die Augen, während ihre Hand sich auf seinen Oberschenkel legte. Konrad ermutigte sie mit einem Lächeln, es nicht dabei zu belassen.

»Niemand«, fuhr Isenhart fort, »tötet ohne Grund. Niemand steht morgens auf und sagt sich: Heute werde ich jemanden töten. Einfach so. Es gibt *immer* einen Grund. Aus Hass. Eifersucht. Aus Lust und aus Habgier. Aber nichts von alledem hat das Herz zum Ziel. Er tötet nur aus einem Grund: Er will das Herz. *Wozu?*«

»Vielleicht isst er es«, sagte Petrissa leichthin. Und war erschrocken von dem Ernst, der in den Blicken lag, die man ihr zuwarf.

»Wie kommst du darauf?«, fragte Günther von der Braake interessiert.

Ihr Vater kam mit seinen Söhnen und frisch nachgeschenkten Bierkrügen an den Tisch, um sich zu den Gästen zu gesellen, so verlangte es die Gastfreundschaft.

»Wie kommst du darauf, dass er sie isst?«, wiederholte Günther seine Frage.

»Ich … es war nur – ich dachte, Ihr redet von Michael von Bremen.«

»Das tun wir«, bestätigte Henning von der Braake.

»Du kennst ihn?«, fragte Konrad. Petrissa sah ihn an, ein schöner junger Mann, dem sie nur zu gern zu Gefallen war. Sie nickte.

»Hin und wieder macht er hier halt«, bestätigte ihr Bruder Huste.

»Aber wir setzen ihn nicht mehr über, es gibt jedes Mal Streit um den Preis«, fügte Ludolf hinzu, »deswegen nimmt er die Furt weiter im Süden.«

»Was hat er am Preis auszusetzen?«, fragte Konrad.

Huste wollte schon antworten, aber Isenhart kam ihm zuvor: »Wieso sollte er Herzen essen?«

»Erinnert Ihr Euch an 1191? An den Winter nach den Missernten?«, fragte Anselm mit bedrückter Miene. Sie nickten.

Petrissa verzog das Gesicht und ergriff gleichzeitig Konrads Hand. »Jetzt wird es eklig«, sagte sie und erhob sich, ohne ihn dabei loszulassen. »Kommt«, sagte sie nur und lächelte ihn an.

Konrad zögerte kurz, was seine Ursache nicht in der Anwesenheit der anderen hatte, sondern in Marie, die in Heiligster auf ihn wartete. Andererseits war Petrissa ein schönes Kind. Und was war schon dabei, wenn er sich etwas Entspannung gönnte? Schließlich hatte er nicht vor, sie zu ehelichen. Also stand er auf. Sibille lächelte ihn an. Auch sie war einen zweiten und dritten Blick wert, deshalb nickte er ihr zu. Und zu dritt verließen sie den Schankraum und verschwanden nach nebenan. Die anderen sahen ihnen nicht einmal nach.

»Was war 1191?«, nahm Isenhart den Faden wieder auf.

»Die große Hungersnot«, antwortete Anselm, »viele starben damals. Michael von Bremen war durch die Schneemassen auf seiner Burg in Tarup abgeschnitten, es gab kein Durchkommen. Und über sein Gesinde kam der gemeine Sterb.«

»Erst ging das Korn aus«, sagte Huste.

»Dann das Vieh«, führte Ludolf fort.

»Sie aßen Baumrinde«, sagte ihr Vater, »sie kauten an Tierhäuten, und zuletzt kratzten sie das Moos von den Mauersteinen.«

»Selbst das Stroh haben sie gefressen«, ergänzte Ludolf.

»Und als sie nichts mehr hatten, da bedienten sie sich an den Toten. Der Winter war hart, die Leiber auch, sie erhitzten sie in einem großen Trog, eine Suppe aus Menschen, denen sie das Fleisch von den Knochen kochten.«

Hennings Magen rührte sich, er musste schlucken. Anselm und seinen Söhnen entging das nicht, Anselm lächelte schief. Es war seine Lieblingsgeschichte.

Isenhart verdrängte sein aufkeimendes Unwohlsein: Auch Barbarossas Sohn Friedrich ließ seinem Vater das Fleisch von den Knochen lösen, nachdem sich herausgestellt hatte, dass die Konservierung in Essig nicht ausreichend war, um ihn in Jerusalem beerdigen zu können. Deshalb wurden die Eingeweide und das Herz in Tarsos zur letzten Ruhe gebettet, die Gebeine in Tyros und sein Fleisch in der Peterskirche zu Antiochia.

Trotzdem erhob sich vor seinem geistigen Auge das Bild von nackten, ausgemergelten Leibern, die allesamt mit ihren kurzen und langen Haaren, mit ihren ineinander verschlungenen Extremitäten sanfte Kreise in einer Brühe zogen, aus der hin und wieder ihre toten Augen starrten.

»Das Herz«, erinnerte Günther von der Braake den Herbergsvater.

Das Lächeln schwand aus dem Gesicht des Gastgebers, ganz offensichtlich waren seine Gäste keine Freunde der Erzählkunst. »Michael von Bremen hat die Herzen gegessen, weil niemand sonst sie angerührt hat.«

»Man isst kein Herz«, sagte Huste.

»Es war einer unter ihnen, den ich gekannt habe«, fuhr Anselm fort, »so groß, dass er sich bücken musste, wenn er hier einkehrte, Arme so dick wie Beine. Er war in der Nacht erfroren, und Michael von Bremen schnitt ihm das Herz heraus, bevor er den anderen seinen Körper überließ. Er verzehrte das Herz, als es noch lauwarm war. Und danach geschah etwas Merkwürdiges.«

Anselm legte eine Pause ein, denn was nun kam, war zweifellos der Höhepunkt der Geschichte. Die drei Augenpaare der Gäste waren gespannt auf ihn gerichtet.

»Danach konnte er so schnell laufen …«, begann Huste, aber Anselm züchtige ihn mit einem Schlag der flachen Hand ins Gesicht.

»*Ich* erzähle«, bestimmte er. Und Huste fügte sich.

»Also«, fuhr er fort, »danach geschah etwas Merkwürdiges.«

Mit einem Schlag wich das wonnige Gefühl, das Anselm beim Erschaudern der Gäste ob seiner Geschichten durchströmte, dem eigenen Erschaudern.

»Danach konnte er fast so schnell laufen wie ein Pferd. Und mit der bloßen Kraft seiner Arme und Hände hat Michael von Bremen ein Schwert verbogen. Nicht viel, ich will nicht übertreiben, aber doch etwas«, sagte Anselm und beugte sich mit konspirativer Miene vor, »versteht Ihr? Alles an ihm war kräftiger, nachdem er die Herzen gegessen hatte. Ist das nicht unheimlich?«

Anselms Enttäuschung darüber, dass lediglich der Schmale ein Nicken andeutete, erfuhr umgehend seine Erklärung.

»Im Heiligen Land gibt es einige Gelehrte, die glauben, man kann sich durch das Verspeisen des Herzens die Eigenschaften des Toten aneignen«, sagte Günther von der Braake. Er war keineswegs verängstigt, wie Isenhart mit einem Seitenblick feststellte. Vielmehr lag ehrliches Interesse in seinen Augen.

»Die Leute in Mannenheim sagen, Michael von Bremen steht mit dem Antichristen im Bunde«, bemerkte Ludolf. Alle bekreuzigten sich eilig.

»Und andere«, fügte Huste hinzu, »dass er damals starb wie alle anderen und er ein Draugr ist.«

»Jedenfalls setzen wir ihn nicht mehr über«, schloss Ludolf.

Isenhart lag schon neben Henning und Günther im Stroh der Scheune, als Konrad zu ihnen fand, sich die Pferdedecke überwarf und in dem Augenblick, in dem er das Stroh unter sich berührte, zu schnarchen begann.

Der Regen trommelte unermüdlich auf das Dach, hier und da tropfte er durch Löcher, aber der Wind hatte nachgelassen. Aus dem Wald erklang der Ruf eines Käuzchens, ansonsten war es still.

Henning und sein Vater schliefen, auch ihre Pferde hatten sich zur Ruhe gelegt.

Isenhart fragte sich, was Sophia wohl gerade tat. Er erinnerte sich an den Tag, an dem sie beide den Rhein überquert hatten. An ihr rotes Haar, das sich nicht zähmen ließ. An ihre wachen Augen, mit denen sie in die seinen blickte.

Sie ist Annas Schwester.

Anna – mit einer Portion Glück würde er schon morgen ihrem Mörder von Angesicht zu Angesicht gegenüberstehen. Was würde er wohl empfinden, wenn es so weit war? Und was für ein Mann war das wohl, dieser Michael von Bremen, von dem diese Schauergeschichten kursierten?

Über diesen Gedanken schloss er die Lider und überließ sich dem Schlaf, der als sanfte, dunkle Welle über ihn kam und ihn mit sich zog.

Später hätte er den Zeitpunkt, an dem er die Schwelle vom Schlaf zum Wachsein überschritt, nicht bestimmen können. Die Regenwolken waren weitergezogen und überließen dem Mond das Firmament. Da waren Gestalten, Umrisse nur, die sich in seinen Traum drängten, die sich wie ein Strom in die Scheune ergossen. Schatten. Wispernd und auf leisen Sohlen.

Eine der Gestalten beugte sich zu ihm herab, im Licht des Mondes blitzte eine Klinge auf.

Mit einem Schlag war er wach und konnte sich doch nicht rühren. Etwas wischte durch sein Blickfeld, und dann plumpste eine abgetrennte Hand, deren Finger noch immer den Dolch umklammerten, auf ihn herab.

Henning, der Huste die Hand vom Arm getrennt hatte, sprang mit dem Schwert in der Hand auf.

Huste brüllte vor Schmerz und presste den Stumpf, aus dem ihm das Blut stob, gegen die eigene Brust.

»Tötet sie!«, rief eine Stimme, die Isenhart bekannt war. Sie gehörte dem Herbergsvater.

Henning wehrte einen Angreifer ab, und sein Vater, Isenhart sah es im Spiel von Licht und Schatten, schleuderte mit der Rechten einen Dolch, der den Mann im Rücken seines Sohnes in den Hals traf. Isenhart griff nach seinem Schwert und rollte sich zurück, während er sah, wie Konrad sich mit einem Angreifer über den Boden wälzte.

»Vater, ich sterbe!«, rief Huste, und das Entsetzen darüber trieb seine Stimme in ungeahnte Höhen.

Sibille sprang Isenhart von hinten an, klammerte sich an ihn und biss ihm mit aller Kraft in den Nacken. Er ließ das Schwert fallen und drehte sich im Kreis, aber die Wirtstochter war nicht abzuwerfen.

Es mochten sieben, acht Angreifer sein, die über sie herfielen. Henning und Günther hatten – Folge ihrer Erfahrung aus den jahrelangen Reisen – ohne ein Wort sofort eine Position eingenommen, in der sie mit ihren Rücken eng zueinander standen, was sie in die Lage versetzte, jeden Angriff kommen zu sehen – und abzuwehren. Damit zogen sie die meisten Gegner auf sich.

Konrad packte seinen Feind am Kinn und am Schopf, während dieser ihn würgte. Der junge Laurin legte alle Kraft in die entgegengesetzte Richtung seiner Handbewegungen. Das Kinn stieß er von sich, den Nacken des Angreifers riss er zu sich hin. Ein dumpfes Knacken ertönte, und im selben Augenblick erschlaffte der Griff des Mannes. Gerade rechtzeitig, weil es Konrad Gelegenheit gab, der Schneide der Axt auszuweichen, die auf ihn niederfuhr. Er rollte zur Seite, ergriff im Hochfedern einen faustgroßen Stein, preschte in die erneute Ausholbewegung des zweiten Angreifers und schlug ihm vier-, fünfmal das Gestein ins Gesicht, bis das Nasenbein mit einem Knirschen nachgab und der Mann zu Boden stürzte.

Zur selben Zeit warf Isenhart sich nach vorne, rollte sich am Boden ab, was Sibille dazu zwang, ihn loszulassen. Ludolf, der im Zweikampf mit Henning lag, konnte diesen am Bein verletzen. Petrissa wollte sich auf ihn stürzen, aber Günther rammte ihr den Ellbogen zwischen die Augen, sodass sie zurücktaumelte, während Konrad dem fliehenden Angreifer dessen eigene Axt mit aller Kraft zwischen die Schulterblätter trieb.

Isenhart sprang Henning zur Seite, sodass sie nun zu dritt ihre Rücken deckten. Konrad war außer sich vor Wut. Jegliche Vorsicht fahren lassend warf er sich mit der Axt ins Getümmel.

Mit dieser ebenso soliden wie beherzten Abwehr hatten ihre Gegner offensichtlich nicht gerechnet. Und als der Erste davonlief, ergriffen auch die anderen die Flucht.

Der letzte Mann war Anselm selbst, dem Konrad nachsetzte. Vor dem Scheunentor holte er ihn ein und schlug dem Wirt die Axt mit solcher Wucht ins Schienbein, dass er das Blatt nicht mehr herausziehen konnte. Er mühte sich zwar ab, aber die Axt stak so fest, dass er den vor Schmerzen brüllenden Mann hinter sich herschleifte. Außer Atem ließ Konrad von Laurin den Axtstiel los. »Nicht weglaufen«, wies er Anselm an und stapfte in die Scheune, um nach seinem Schwert zu sehen und die Sache auf diese Weise zu beenden.

Henning humpelte mit Isenhart und seinem Vater hinaus. Jederzeit eine neue Attacke erwartend, sahen sie sich um. Schwerer Eisengeruch vermengte sich mit dem der Erde, den der Regen zutage befördert hatte.

Konrad kehrte mit seinem Schwert zurück, mit dem er zum tödlichen Streich ausholte.

Isenhart hob den Arm: »Nicht, Konrad.«

Der hielt verdutzt inne, während Anselm sich nun selbst mühte, die Axt aus seinem Schienbein zu entfernen, ein Unterfangen, dem auch kein Glück beschieden war.

»Diese Schlangenbrut wollte uns ermorden!«

»Ich weiß«, erwiderte Isenhart, der sich trotz seines wild pochenden Herzens zur Ruhe zwang.

Er richtete den Blick auf Anselm, der ihn in einer Mischung aus Todesangst und Trotz erwiderte. »Handelst du im Auftrag von Michael von Bremen?«

»Nein«, brachte Anselm unter Schmerzen hervor, der von dieser Frage sichtlich überrascht war, »die Fährarbeit wirft nicht genug ab, und der Zehnte macht uns arm.«

»Ich kann schwerlich meine Tränen zurückhalten«, erwiderte Konrad, dessen Stimme vor Wut rau war, »wo finden wir den Rest von deinem Geschmeiß?«

Täuschte Isenhart sich, oder erhaschte er ein schadenfrohes Funkeln in den Augen des Mannes am Boden?

»Die müsst ihr nicht suchen. Die holen die anderen, und dann finden sie *Euch.*«

Die Worte verfehlten – bis auf Konrad – ihre Wirkung nicht. Unwillkürlich hoben sie den Blick und mühten sich, in der Dunkelheit Gestalten auszumachen.

»Gut«, sagte Konrad grimmig, »dann warten wir.«

»Das tun wir nicht«, entgegnete Günther von Braake bestimmt, »wir satteln die Pferde und verschwinden von hier. Kannst du reiten?«

Henning, der die Hand auf seine Beinwunde gepresst hielt, nickte.

Isenhart war erleichtert über Günthers Widerworte, denn er war einem weiteren Kampf überhaupt nicht geneigt. Zum einen würden sie es mit einer Überzahl aufnehmen müssen, und zum anderen – das war weitaus wichtiger – wollte er nicht kurz vor dem Ziel, kurz vor dem Zusammentreffen mit Michael von Bremen, von einer Horde Totschläger daran gehindert werden, Annas Mörder zu stellen.

Sein Blick fiel auf die beiden Pferde an der Tränke. »Die Kaufleute«, sagte er nur.

Henning nickte ihm zu: »Wir satteln so lange die Pferde, spute dich.«

Isenhart war einverstanden, aber er richtete das Wort noch einmal an Anselm: »Die Geschichte über Michael von Bremen – ist sie wahr?«

Anselm musterte ihn irritiert. Wie kam der Schmale ausgerechnet jetzt auf so eine Frage?

»Ja oder nein?«, drängte Konrad und trat leicht gegen den Stiel der Axt.

»Ja«, brachte Anselm mit einem Stöhnen über die Lippen.

Isenhart näherte sich mit aller gebotenen Vorsicht dem Gasthaus, und es war ihm innere Aufrichtung, als er Augenblicke später Konrad neben sich bemerkte. Wie erhofft war der Schankraum leer. Eine knarzende Stiege führte hinauf zu zwei Räumen, deren Türen geschlossen waren. Ohne mit dem Türeisen anzuschlagen traten sie in den ersten ein. Konrad hatte die Öllampe mitgenommen und hielt sie hinein. Die Kaufleute lagen auf einem Strohlager, beide zur Hälfte entkleidet und tot.

Dabei also hatten sie Anselm und seine Söhne bei ihrer Ankunft gestört. Huste und Ludolf hatten die Hintertür benutzt, um dann durch den vorderen Eingang zu spazieren und vorzugeben, soeben von der Fähre gekommen zu sein.

Isenhart nahm Konrad die Lampe ab und öffnete vorsichtig die andere Tür. Im sanft tanzenden Licht des brennenden Öls entdeckte er zuerst Schuhpaare, ganze neunzehn an der Zahl. Daneben eine Kiste mit Dolchen, Steigbügeln und Gürteln. Wämser, Hemden, Beinkleider und Hüte lagen zu einem Haufen aufgeschichtet in einer Ecke.

»Was für eine Mördergrube«, stellte Konrad fest.

Isenhart nickte. Um ein Haar wären es dreiundzwanzig Schuhpaare gewesen.

Damit keiner auf die Idee kam, ihnen zu folgen, führten sie die Pferde der ermordeten Kaufleute mit sich, und obschon ihre eigenen Pferde Schwierigkeiten mit dem bald knietiefen Matsch hatten, trieben sie sie voran.

Als Isenhart sich noch einmal über die Schulter blickte, loderten Flammen zwanzig Fuß hoch in die Nacht.

»Mir ist die Lampe ins Stroh gefallen«, erklärte Konrad belustigt.

20.

Efeu rankte um jene Grundmauern, über denen sich einst eine Burg erhoben hatte. »Hier lebt niemand mehr«, stellte Konrad enttäuscht fest.

Sie hatten die Burg oder vielmehr das, was von ihr übrig geblieben war, am Nachmittag des folgenden Tages erreicht. Ein Fischer, der mit seinen Söhnen unten am Fluss lebte, hatte ihnen den Weg gewiesen. »Nachts laufen da die Toten herum«, sagte er. »Die haben sich da oben in Tarup gegenseitig aufgefressen.«

Isenhart stellte sich vor, wie alles hier zugeschneit und vereist gewesen war. Wie einige den Versuch unternommen hatten, bis nach Mannenheim vorzustoßen, und unterwegs erfroren waren.

Ranken bedeckten Böden und Mauern. Allerlei Pflanzen hatten sich in die Zwischenräume der Steine genistet und ausgebreitet. Fünf oder zehn Jahre noch, dachte Henning, um dessen Fleischwunde sich sein Vater gekümmert hatte, und man würde nur noch ahnen können, dass hier jemals Menschenhand der Natur dieses Stück Erde abgetrotzt hatte.

Die Natur kennt die Gesetze der Menschen nicht, überlegte Isenhart, ohne zu ahnen, dass Henning ähnlichen Gedanken nachhing; vielleicht gehorchte sie einer höheren Ordnung – der göttliche Funke.

»Warten wir hier oder kehren wir um?«, fragte Konrad und sah Isenhart an. Für gewöhnlich wusste der, was zu tun war, wenn die Dinge sich nicht fügten. Wie seinem Vater war ihm Stillstand das größte Übel. Auch, wenn es keinem Sinn dienen mochte, sich zu bewegen, erschien Konrad das Leben viel leichter, wenn er es tat. Er stieg vom Pferd und drosch mit seinem Schwert auf hohes Unkraut ein, um sich einen Weg zu den Mauern zu bahnen.

»Hier ist ein Zugang!«, rief Henning aufgeregt. Er stand neben dem Rest einer Burgmauer, die sich konisch zum Himmel erhob, und winkte ihnen zu.

Über den »Zugang«, der nicht mehr als ein eingestürztes Deckenstück war, gelangten sie in einen Gewölbegang, der nur zu den Seiten von dicken Spinnweben bedeckt war. Der Weg in der Mitte war frei.

»Hier hat sich jemand bewegt«, stellte Günther fest und nahm die Armbrust von seinem Rücken, während sie dem Pfad zwischen den Gespinsten folgten.

An den Wänden staken erloschene Fackeln in ihren Halterungen. Konrad trat näher und fuhr mit der Hand darüber. Mit fachmännischer Miene zerrieb er die Rußreste zwischen Daumen und Zeigefinger.

»Und?«, fragte Günther.

»Keine zwei Tage her«, antwortete Konrad leise. Unbewohnt war diese Ruine also keineswegs.

Isenhart folgte Henning, der sich langsam vorwagte. Sie stießen auf eine Gewölbekammer, aus der ihnen starker Schimmelgeruch entgegenschlug, eine Farbe in der Palette der Gerüche, die ihnen nur allzu bekannt war. In einer Burg, so sagte ein Sprichwort, wohnen stets zwei Herren: der Besitzer und der Schimmel.

Das Gewölbe bildete anscheinend den Endpunkt ihres Vorstoßes, denn von hier tat sich kein weiterer Weg auf. In den Ecken waren Totenschädel und Gebeine gestapelt, zwischen denen ganze Generationen von Spinnen ungestört ihr eigenes Reich errichtet hatten.

Anna hatte Spinnen nicht leiden können, entsann Isenhart sich. Waren ihre Art, sich zu bewegen, und ihre Größe Grund genug, sie zu töten? Waren sie nicht auch Gottes Geschöpfe?

Seine Gedanken wurden von einer Entdeckung unterbrochen, die er auf der anderen Seite des Gewölbekellers machte: Pergamente! Er marschierte darauf zu, als existierte ein unsichtbarer Strang, mit dessen Hilfe er zielgenau durch den Raum gezogen wurde. Henning gesellte sich voller Neugier sofort zu ihm.

Isenhart wendete das erste Blatt mit einer benahe feierlichen

Geste. Es offenbarte eine Tintenzeichnung von ungeahnter Feinheit. Neben der Zeichnung selbst, die einen Querschnitt durch den Unterarm darstellte, hatte der Verfasser seine Anmerkungen am Rand des Pergaments in lateinischer Sprache festgehalten.

»Ist das ein Unterarm?«, fragte Konrad, die Stirn in Sorgenfalten gelegt.

»Ja«, bestätigte Henning, ohne den Blick von der Zeichnung zu heben. In seiner Antwort schwang weder Schrecken noch Entsetzen mit, dafür kam sie ihm viel zu sanft über die Lippen. Sie trug das gleiche Erstaunen in sich, das auch Isenhart bei dem Anblick der Zeichnung ergriffen hatte.

Isenhart nahm das nächste Stück Pergament zur Hand. Sie sahen ein Viereck, von dem vier Linien in die Senkrechte nach oben fuhren – und eine nach unten. Isenhart runzelte die Stirn, blickte zu Henning, der ein Achselzucken andeutete und statt eines Erklärungsversuches das nächste Pergament über die merkwürdige Zeichnung legte. Dieses präsentierte ihnen einen Querschnitt durch den menschlichen Kopf, der die verschiedenen Schichten freilegte. Es begann bei der Haut, legte dann Adern und Nervenbahnen offen, passierte neben Zähnen die Kiefer- und Schädelknochen, um im Gehirn zu enden, in das er ebenfalls Einblick gewährte.

»Was für ein Ungeheuer«, entfuhr es Konrad heiser. Er bekreuzigte sich. Von Isenhart und Henning kam keine Antwort, ja, überhaupt keine Reaktion, wie Konrad bemerkte. »Eine Bestie«, schob er daher nach.

»Ja«, pflichtete Henning ihm lahm bei.

Isenhart zog die nächste Zeichnung hervor. Er hätte nicht benennen können, was es darstellen sollte, wenn Michael von Bremen auf dem Umriss eines menschlichen Körpers daneben nicht die Stelle markiert hätte, an der es sich befand: das Herz.

»Was soll das sein?«, fragte Konrad, den die Einsilbigkeit der anderen zunehmend irritierte.

»Das Herz«, antwortete Isenhart leise.

Henning und Günther, der sich zu ihnen gesellt hatte, nickten.

»Dieser unförmige Haufen soll ein Herz sein?«

Sie antworteten Konrad nicht. Die Zeichnung der Schichten des Kopfes war viel zu detailliert, um der Imagination zu entspringen, das war Isenhart bewusst. Folgerichtig wusste von Bremen auch beim Herz ganz genau, wie es aussah.

»Das ist großartig«, gab Henning leise von sich.

Isenhart musste sich eingestehen, dass er für dieses Bekenntnis zu feige gewesen war.

»Großartig? Er hat sich an Gottes Geschöpfen vergangen!« Konrads Entrüstung war echt. Es war offensichtlich, dass Michael von Bremen seine Skizzen nicht aufgrund von Vermutungen entworfen hatte. Also mussten sie das Ergebnis von Sektionen sein.

Hennings Seufzen erklang so leise, dass es ausschließlich an Isenharts Ohren drang. »Sie waren schon tot, Konrad«, antwortete er ruhig, »ihre Seelen waren aufgefahren, und sie hatten für ihre Hüllen keine Verwendung mehr.«

Konrad von Laurin war wie vor den Kopf gestoßen. »Eine dieser Hüllen gehörte meiner Schwester!«

Isenhart schluckte. Ihm war, als hätte ihm jemand, während er etwas Verbotenes tat, die Hand auf die Schulter gelegt. »Das stimmt«, stellte er daher fest.

Henning nickte kaum merklich, löste den Blick von den Pergamenten und richtete ihn dann auf Konrad: »Es war dumm von mir. Ich habe das nicht bedacht.«

Der junge Laurin nickte. Dass Henning und auch Günther ihn irritierten, verwunderte ihn nicht. Doch bei Isenhart verhielt es sich anders. Konrad meinte, ihn in- und auswendig zu kennen. Während das Weibsvolk alles ein viertes, fünftes und leider auch sechstes Mal besprach, von allen Seiten wendete, noch einmal durchkaute – all das freilich ohne jeden neuen Erkenntnisgewinn, sodass es augenscheinlich allein mit ihrem angeborenen Genuss am Schwatzen zu erklären war –, genügte Isenhart und ihm oftmals nur ein kurzer Blick, um sich einig und bestätigt zu finden.

Mit der Fürsorge um Gweg hatte es im Grunde begonnen, seinen Fortgang in den Gesprächen, die Isenhart und Walther von Ascisberg führten, genommen und in den Zusammenkünften mit

Henning von der Braake seinen Zenit erlebt, um hier, in diesem Gewölbe, unabweislich zu werden: Isenhart entfernte sich von ihm. Konrad griff nach ihm, immer wieder, in kleinen Gesten und Worten, aber er entglitt ihm zusehends. Ihm war, als ginge die Sprache zwischen ihnen verloren, als büßten sie täglich ein Quantum an Wörtern ein, die ihnen nicht mehr zur Verfügung standen, bis sie sich immer weniger austauschen konnten – und irgendwann dann überhaupt nicht mehr. Weil es keine gemeinsamen Wörter mehr gab.

»Was ist das?«, fragte Henning und holte Konrad damit aus seinen Gedanken zurück. Auf dem Pergament war ein menschlicher Körper zu sehen, in dessen Innerem sich eine Vielzahl von Linien zog. Große, dunkle Linien, die – teilte man den Körper im Geiste durch einen vertikalen Schnitt – sich links und rechts spiegelten.

Aus den schwarzen Strichen entsprangen kleinere, die sich abermals verästelten und einfach aufhörten.

»Ich weiß nicht«, bekannte Isenhart.

»Vielleicht ist es der Weg, den das Blut nimmt«, vermutete Günther.

Isenhart betrachtete die Linien erneut. Sie zogen sich bis in die Füße, Hände und in den Kopf. Und ihr Zentrum lag oben in der Brust. Vom Herzen aus nahmen sie ihren Weg. Isenhart nickte. »Ja«, sagte er, »ganz gleich, wo wir uns verletzen, immer fließt Blut. Es ist überall.«

»Also mordet er … aus Neugier?«, fragte Henning.

»Er hat drei Jungfrauen das Herz genommen«, erinnerte Günther ihn, »er hat sie nicht ausgeweidet. Und um das da zu zeichnen, hätte er es tun müssen.«

»Das stimmt«, gab Henning seinem Vater recht.

»Was für ein Wissen«, raunte Isenhart.

»Du bewunderst diesen Schlächter doch nicht etwa?«, fragte Konrad verärgert.

Isenhart wandte sich ihm zu, und Konrad war verwundert über die zornige Falte, die von der Nasenwurzel des Freundes senkrecht bis zur Stirn verlief. »Ich habe mich geirrt«, bekannte Isenhart, »ich war überzeugt davon, dass wir einen Mann jagen, der den Verstand verloren hat. Oder einen Wiedergänger. Oder beides. Aber«, er tippte mit dem Zeigefinger auf die Pergamente in seiner Hand, »Michael von Bremen ist kein Wahnsinniger, sondern ein Gelehrter. Vielleicht … vielleicht sogar ein Genie.«

Die letzten Worte waren ihm Annas wegen nur schwer über die Lippen gekommen, nichtsdestotrotz entsprachen sie seinen Gedanken.

Erneut hatte Konrad das Gefühl, dass ihnen noch mehr Wörter abhandenkamen. »Er hat Anna ermordet«, stellte er bitter fest.

»Du musst mich daran nicht schon wieder erinnern«, erwiderte Isenhart gereizt.

»Wie kannst du das hier dann bewundern?«

»Weil es unschätzbar wertvolles Wissen ist!«

Henning und Günther nahmen sich zurück, Isenhart und Konrad standen sich gegenüber, beide erfüllt von dem Wunsch, den anderen zu erreichen, beide aber auch entschlossen, ihren Standpunkt nicht aufzugeben.

»Das hier«, fuhr Isenhart fort und tippte auf das Pergament in seiner Hand, »ist die *Zukunft*. Und es ist vielleicht die Antwort darauf, wie man Kranke und Sieche besser behandeln kann als mit der Viersäfte-Theorie.«

»Dafür hat er Menschen ausgeweidet«, brachte Konrad mit einem Zorn hervor, von dem schwer zu sagen war, ob er den Taten Michaels von Bremen galt oder Isenharts Haltung.

»Natürlich! Wie hätte er sonst diese Zeichnungen zu Pergament bringen können?«, erwiderte Isenhart nicht weniger aufgebracht.

Unvereinbar standen sie sich gegenüber. Aus Konrads Sicht drehte der Disput sich bereits im Kreis. »Er hätte das niemals tun dürfen. Und ich fasse nicht, dass du dem Mörder meiner Schwester dafür Anerkennung zollst«, brachte er seinen inneren Aufruhr auf den Punkt.

Was Isenharts Unmut nur weiter steigerte. »Ich bewundere ihn nicht«, stellte er fest, wobei er sich gleichzeitig bemühte, seine Stimme nicht zu erheben, was ihn eine Menge Kraft kostete, »ich habe lediglich Respekt vor seiner Neugier. Das ist ein Unterschied!«

»Du hast Respekt vor dem Mann, der deiner Liebe das Herz herausgerissen hat? Versteh ich das richtig? Ist das dein Ernst?«

»Hör endlich auf, das eine mit dem anderen zu vermischen, damit ich mich schuldig fühle«, brüllte Isenhart aufgebracht, »ich verzeihe Annas Mörder nichts. Und wir werden ihn richten. Das ist die *eine* Sache. Die *andere* Sache sind die Erkenntnisse, die er über den Aufbau des menschlichen Körpers gewonnen hat.«

»Ich kann das nicht trennen«, bekannte Konrad und nahm Isenhart mit diesem offenen Bekenntnis den Wind aus den Segeln, »ich kann es nicht. Und … und es macht mir das Herz schwer, dass du das kannst.«

Er wusste es nicht besser zu formulieren, aber das war auch nicht nötig, denn Isenhart meinte Konrads Ohnmacht beinahe körperlich zu spüren. Der Schmerz, den Konrad empfand, rief in ihm Mitleid hervor. Nichtsdestotrotz gab es neben seinen Empfindungen noch andere, sachliche Erwägungen, die er nicht verleugnen konnte.

»Der Raub der Herzen und die Morde, die er deswegen begangen hat«, sprang Henning ihm zur Seite, »das hat nichts mit diesen Zeichnungen zu tun, Konrad.« Um hinzuzufügen: »Außer mit der einen.«

»Trotzdem bleibt es ein Verbrechen, sich an den Toten zu vergehen«, hielt Konrad entgegen, dem sehr wohl bewusst war, wie er in dem sachlichen Wettstreit Stück für Stück an Boden verlor. Aber im Zweifelsfall – und dieser Moment war so einer – vertraute er mehr auf seinen Bauch als auf seinen Verstand.

»Wer verbietet es denn?«, fragte Isenhart.

»Unser Schöpfer!«

»Hat er dir das gesagt? Hat er zu dir gesprochen?«

»Gott offenbart sich auf vielfältige Weise«, wich Konrad von Laurin aus. Er konnte Isenhart an der Nasenspitze ablesen, dass er sich mit diesen Worten exakt in jene Position gebracht hatte, in der Isenhart ihn sich wünschte. Dem wiederum kam dieser Satz nur allzu bekannt vor, es war, als stünde Hieronymus unsichtbar neben ihnen und würde Konrad soufflieren.

»Und wer sagt das? Wer verbietet es uns, den menschlichen Körper zu erforschen?«

»Unser Glaube«, antwortete Konrad.

»Nein«, entgegnete Isenhart entschieden, »die Kirche verbietet es. Und von jeder ihrer Kanzeln wird es verkündet.«

»Es ist Gottes Wille«, warf Konrad seinen letzten Trumpf in den Streit.

»Gottes Wille ist doch keine abschließende Erklärung für alles! Oder kann man damit erklären, warum die Bäume im Winter ihr Laub verlieren?«

»Man muss nicht alles erklären können«, brachte Konrad hervor, »manches bleibt unergründlich. Und das soll auch so sein.«

»Unwissen ist niemals gut«, widersprach Isenhart. »Wenn wir das Flugverhalten der Vögel ungestört studieren könnten, wenn wir es umsetzen könnten, ohne dafür bestraft zu werden«, er hielt ihm den Stumpf seines kleinen Fingers entgegen, »vielleicht wäre es dann allen Menschen gegeben, sich in die Luft zu erheben. Das wäre Fortschritt. So wie das hier«, fuhr er fort und deutete wieder auf die Zeichnungen in seiner Hand. »Gottes Wille ziehen wir nur für all die Fragen heran, die unser Verstand noch nicht beantworten kann.«

Nur bei der Schilderung von Annas Tod hatte Henning von der Braake sich Isenhart mehr verbunden gefühlt als jetzt. Für Konrad dagegen kappten diese Worte seines Freundes die letzten Leinen, die sie noch verbanden.

»Weil sie sonst verdursten«, sagte Henning leise. Die Blicke wandten sich ihm zu, niemand konnte diese Feststellung einer Frage zuordnen. »Die Bäume«, fügte der junge von der Braake deshalb hinzu, »sie werfen ihr Laub ab, weil sie sonst verdursten.«

Günther verdrehte ein wenig die Augen, anscheinend verlieh sein Sohn diesem Gedanken nicht das erste Mal Ausdruck. Isenhart und Konrad waren dagegen wie vom Donner gerührt. Konrad erinnerte sich noch sehr genau an diese These, und erst jetzt wurde ihm gewahr, dass es eigentlich sie war, die die Wegscheide ihres Entfremdens markierte. Und Isenhart war noch sehr gegenwärtig, wie Vater Hieronymus darüber in Wallung geraten war, wie er ihm mit pulsierender Ader ketzerische Gedanken vorgeworfen hatte.

Henning interpretierte ihre Mienen falsch. »Ich weiß«, brachte er deshalb unsicher hervor, »das klingt unsinnig.«

»Ganz und gar nicht«, antwortete Isenhart, der sich als Erster wieder gefasst hatte, »nein, ganz und gar nicht. Es ist die sinnfälligste Erklärung überhaupt.«

»Was habt ihr Gesindel auf meinem Grund und Boden verloren«, donnerte eine Stimme hinter ihnen. Einer aufgescheuchten Kinderschar gleich wirbelten sie herum, alle vier, die viel zu sehr in ihrem Disput versunken gewesen waren, um die Schritte zu hören, mit denen der Burgherr sich genähert hatte.

Michael von Bremen maß über sechs Fuß, und von seinem Schädel wellte sich graues und rotes Haar bis hinab über die Schultern. Der Stumpf seines linken Armes deutete ins Leere. Die schmale, lange Nase verlieh ihm im Zusammenspiel mit den schmalen Schlitzen, aus denen seine Pupillen sie beäugten, etwas von einem Raubvogel. Sein Alter war schwerlich zu schätzen.

Isenhart gestand sich ein, dass von Bremen eine imposante Gestalt abgab, vor der sich zu fürchten nicht weiter schwerfiel.

»Sprecht, oder ich schlage euch die Schädel ...«

Bevor einer von ihnen sich äußern konnte, stürmte Konrad bereits auf ihn zu, riss sich im Laufen das Schwert vom Gürtel und setzte zum tödlichen Hieb an. Von Bremen wich nicht, er vollführte nur eine kurze, kräftige Bewegung mit seiner rechten Hand, und die mit stumpfen Spitzen bewehrte Kugel, die eben noch träge neben dem Stab baumelte, den er in seiner Rechten hielt, sauste so flink durch die Luft, dass ein Blick ihr kaum folgen konnte.

Der Schlag, den Konrad abwehren wollte, erfolgte nicht frontal, wie er es erwartet hatte, sondern in einem unvorhersehbaren Halbkreis. Beinahe hatte er Michael von Bremen erreicht, als die Kugel ihn dumpf am Kopf traf, ein Loch in seiner Schläfe hinterließ und ihn von den Beinen riss. Er schlug schwer auf. Es war Konrads zweite Begegnung mit den Tücken eines Streitflegels.

Günther lupfte die Armbrust.

»Wir sind Wachleute der Stadt Spira«, rief Isenhart und hob abwehrend die offene Hand, »wir sind hier, um Euch zu Eurem Prozess nach Spira zu geleiten, wo man über Euch das Urteil sprechen wird für jene, denen Ihr das Herz geraubt habt!«

Michael von Bremen, der zu einem zweiten Schlag ausgeholt hatte, verharrte mitten in der Bewegung und sah Isenhart direkt in die Augen.

»Wenn Ihr unschuldig seid«, fügte Henning eilig hinzu, »besteht kein Grund, Euer Heil im Kampf zu suchen!«

Isenhart war, als verzerrte sich die Zeit, als mühte sie sich langsam und gegen ihren Willen nach vorne. Die Bewegungen wurden langsamer, die Blicke dehnten sich.

Von Bremen duckte seine hochgewachsene Gestalt und setzte zur Flucht an. Günther zog den Hebel der Armbrust durch, der Bolzen wurde nahezu lautlos auf seine Bahn katapultiert und traf den Flüchtenden im Oberschenkel, der daraufhin zwar humpelte, aber in einer Gangöffnung zur Rechten verschwand.

Isenhart war sofort bei Konrad und hockte sich neben ihn. Er warf einen besorgten Blick auf die Wunde, während Henning und sein Vater an ihnen vorbeiliefen.

»Hör auf, mich anzustarren, mir geht's gut«, fauchte Konrad, »sieh zu, dass diese Missgeburt uns nicht entwischt!«

Konrad verlor Blut, und sie kannten sich in den Gängen der Ruine nicht aus.

»Wir müssen logisch vorgehen«, flüsterte Henning.

Und das taten sie. Die einzige Fluchtmöglichkeit zu ihrer Seite hin bestand in dem Loch in der Decke, das Henning von der Braake aufgestöbert hatte. Also postierten sie Günther und Konrad dort. Der alte von der Braake hatte einen neuen Bolzen in die Armbrust gespannt und konnte nicht nur den Eingang bewachen, sondern auch ein Auge auf Konrad haben, der in die Hocke gegangen war, weil ihn die ersten Ausläufer hämmernder Kopfschmerzen heimsuchten.

Direkt hinter dem Einlass in der Wand, durch den Michael von Bremen verschwunden war, gabelte sich der Weg.

»Wir sollten uns nicht trennen«, sagte Henning. Isenhart nickte. Da hörten sie Schritte hinter sich und wandten sich um.

Konrad erschien, die linke Hand auf die Wunde gepresst. »Ich komme mit«, ließ er sie in einem Ton wissen, der keinen Widerspruch duldete.

Michael von Bremen kannte sich im Gegensatz zu ihnen in diesen Gewölben bestens aus. Und ungeachtet seiner Behinderung wusste er sich zu wehren. Aus diesem Grund bewegten sie sich langsam und mit offenen Augen und Ohren durch den Gang, der eine Biegung beschrieb, die ihre freie Sicht auf etwa sechs Fuß beschränkte.

Isenhart hielt sein Schwert fest umklammert, jeden Augenblick rechnete er damit, dass Michael von Bremen links oder rechts von ihnen aus einer Nische brach und sie attackierte.

Im gleichen Rhythmus mit ihm tastete auch Henning sich vor, wobei sie sich zwischendurch immer wieder mit Blicken des gemeinsamen Vorgehens vergewisserten.

»Wollt Ihr vielleicht noch Rast machen?«, fragte Konrad ungeduldig und schob sich wütend an ihnen vorbei, ihm ging es mal wieder nicht schnell genug. Mit Katheten, so viel war Konrad klar, war Michael von Bremen nicht aufzustöbern, und Debatten über die Gestalt der Erde würden ihn auch nicht zum Einlenken bewegen.

Glück, Gottes Segen oder was auch immer sorgte dafür, dass sie unbehelligt in den Raum gelangten, in den der schmale, gewundene Gang mündete.

Es handelte sich um eine Halle mit außergewöhnlich hoher Decke – eingedenk insbesondere der Tatsache, dass keine Säule sie stützte. Eine lange Tafel dominierte den Raum, in deren Rücken sich die große Feuerstelle befand. Der Staub der Jahre hatte sich auf Boden, Gegenstände und Möbel gelegt.

Schnell hatte Konrad den Gang gefunden, der als einziger von hier fortführte. Doch wie sie nach einigen Schritten feststellten, gab es hier kein Fortkommen. Die Decke hatte unter dem Gewicht der oberen Stockwerke nachgegeben, sodass Geröll ihnen den Weg versperrte.

»Wir hätten an der Gabelung nach rechts gehen müssen«, konstatierte Henning.

Dort stießen sie auf Günther, der die Armbrust schussbereit in den Händen hielt.

»Ist er hier vorbeigekommen?«, fragte Konrad.

Von der Braake deutete ein Kopfschütteln an. Konrad nickte und marschierte in den anderen Gang, während ihm das Blut aus der Schläfe pulsierte und über den Hals zur Schulter lief. Isenhart und Henning folgten ihm.

»Und wenn es noch einen weiteren Gang gibt, eine geheime Tür?«, fragte Henning.

»Er ist hier entlanggelaufen«, sagte Konrad und deutete zu Boden. Tatsächlich entdeckten Henning und Isenhart in unregelmäßigen Abständen Blutstropfen, die auf dem staubigen Gestein zerschellt waren.

»Vergiss nicht, dass ihm der Prozess gemacht werden soll«, erinnerte Isenhart Konrad, denn die Entschlossenheit, die im Gang des jungen Laurin lag, ließ nichts Gutes ahnen.

»Ihm wird der Prozess gemacht«, bestätigte Konrad grimmig. Und schluckte die Worte *gleich hier* herunter.

Sie erreichten einen Quergang, an den vier Räume angrenzten, die sich hinter geschlossenen Türen befanden. Konrad von Laurin folgte der Blutspur, die ihn zur letzten Tür führte. Vorsichtig legte er das Ohr auf das schwere Eichenholz und lauschte. Henning und Isenhart verharrten hinter ihm. Konrad deutete ein Kopfschütteln an.

Henning fasste sich ein Herz, schritt vor und nahm den Türring in die Hand. Konrad und Isenhart hoben die Schwerter und holten zum Schlag aus.

»Jetzt«, sagte Henning und stemmte sich gegen die Tür. Vergeblich. Eilig wechselten sie Blicke. Hinter dieser Tür musste er sich befinden. Isenhart fragte sich, was von Bremen dort ausgeheckt hatte. Ganz sicher war er nicht untätig geblieben. Mit Sicherheit erwartete sie eine Falle. Oder ein Angriff. Oder beides.

»Wir sind Beauftragte der Stadt Spira«, rief Henning, »wir werden nicht Hand an Euch legen! Öffnet die Tür!«

Die Augen auf die Tür gerichtet, jede Faser gespannt, die Muskeln zur Streckung bereit, verharrten sie und hofften auf ein Geräusch. Aber nichts als Stille schlug ihnen entgegen. Wortlos packte Konrad Henning am Arm und drückte ihn zur Seite. Dann warf er sich mit seinen gut hundertsechzig Pfund gegen das Holz, das für einen Sekundenbruchteil nachgab, um dann zurückzufedern. Konrad entfuhr ein Stöhnen, er rieb sich die Schulter.

»Öffnet endlich!«, rief Isenhart.

Aber von Bremen ließ sich zu keiner Antwort hinreißen.

»Vielleicht ist er längst auf und davon«, flüsterte Henning.

»Durch Debattieren werden wir es nicht herausfinden«, erwiderte Konrad gereizt. Er trat zurück, nahm kurzen Anlauf und warf sich erneut gegen die Tür, die dieses Mal aus den Angeln gerissen wurde und zusammen mit dem jungen Laurin in den dahinterliegenden Raum stürzte.

Eine Staubwolke schoss vom Boden auf, als Henning und Isenhart nachsetzten, die Waffen schlagbereit. Konrad war direkt vor einen Schemel gestürzt, und als er den Blick hob, baumelten vor seinem Gesicht ein Paar Füße.

Michael von Bremen drehte sich sanft in dem Wind, der durch eine Maueröffnung strich, um seine eigene Längsachse. Er hing an einem dünnen Hanfseil, den Kopf gesenkt, das Kinn ruhte auf der Brust, die Augen waren nur halb geschlossen.

Während Konrad wieder auf die Beine kam, trat Henning nah an den Mann heran und legte ihm das Ohr auf die Brust. Dann sah er zu seinen beiden Begleitern und deutete ein Kopfschütteln an.

»Er ist tot.«

Sie trabten mit ihren Pferden gen Süden, und bei keinem wollte sich das erleichternde und auch triumphierende Gefühl einstellen, etwas zu Ende gebracht zu haben. Annas Mörder hatte sich gerichtet, und mit seiner letzten Handlung im Diesseits hatte er ihnen abermals ein Schnippchen geschlagen, sich abermals entzogen; jetzt weilte er an einem Ort, an dem sie keinerlei Zugriff mehr auf ihn hatten.

Konrad von Laurin betrübte vor allem um seiner Schwester und Alexander von Westheims willen, nicht mit eigenen Händen Rache genommen zu haben. Der innere Frieden, den er sich davon versprochen hatte, blieb aus.

»Ich begreife nicht, warum er das getan hat«, bekannte Günther von der Braake. Auch in seinen Worten schwang Enttäuschung über den Ausgang ihrer Mission mit.

»In Spira wäre er bei lebendigem Leib verbrannt worden«, sagte Henning.

»Oder man hätte ihn gevierteilt«, fügte Konrad hinzu, »er wusste wohl recht genau, was ihn erwartet.«

Es war, als hätte Michael von Bremen letztlich doch den Sieg über sie errungen. Die Freude darüber, dass der Mord an Anna nun gesühnt war, schmeckte schal.

Isenhart bedauerte den raschen Tod des Mannes noch aus einem ganz anderen Grund. Die Zeichnungen, auf die sie gestoßen waren, wiesen auf ein unvorstellbares Wissen hin, das Michael von Bremen nun mit sich genommen hatte, und keine irdische Macht war dazu imstande, Isenhart an diesen Erkenntnissen teilhaben zu lassen. Sie waren für immer verloren.

Isenhart hätte weitere vier Finger dafür gegeben, sich nur eine Stunde lang mit Michael von Bremen austauschen zu können. Aber diesen Wunsch behielt er wohlweislich für sich.

21.

Wilbrand von Mulenbrunnen vermutete Konrad in Frankreich, wie Simon Rubinstein von einem der zahlreichen Kaufleute erfahren hatte, die bei Spira übersetzten. Der Abt ließe schon lange nicht mehr nach Sigimunds Erben suchen. Da diese Nachricht mit dem Tod von Michael von Bremen zusammenfiel, fühlten sie sich in Heiligster von einer doppelten Umklammerung befreit.

Konrad befand sich nicht mehr in Gefahr, und leichten Schrittes begaben Isenhart und er sich auf die Jagd, bei der sie nun von Gweg, Unnaba und Dolph begleitet wurden.

Die drei Kolkraben deckten auf ihren Erkundungsflügen eine weite Fläche ab, sodass sie in Heiligster auch in den Wintermonaten keine Not leiden und kein frisches Fleisch entbehren mussten.

Verirrte sich ein Turmfalke oder ein Mäusebussard in ihr Revier, trieben die Raben ihren Schabernack mit dem Eindringling, sie schossen in gewagten Bahnen um ihn herum, zupften ihn am Schwanz oder stibitzten ihm die Beute aus dem Schnabel. Während Dolph, seinem Vater vertrauend, auch auf Konrads und Isenharts Schultern Platz nahm und sich an ihren Ohren und Augenbrauen zu schaffen machte, blieb Unnaba unnahbar.

Als Marie sich in den Tagen vor Weihnachten zum zweiten Mal erbrach, war Hieronymus voller Freude. Er zündete vor Begeisterung so viele Talgkerzen an, dass sie mehrere Nächte ohne Licht waren, bis Nachschub hergestellt wurde.

»War das wirklich nötig?«, fragte Sophia, die mit Ursel vom kleinen Bachlauf gezwungen war, im Dämmerlicht zu spinnen.

»Und ob«, strahlte der Geistliche, »und ob!«

Isenhart glaubte, Konrad etwas breitbeiniger auftreten zu sehen, manchmal bildete sich dieser Tage ohne ersichtlichen Grund ein Lächeln auf seinem Gesicht, und er schaute wie ein glückseliger Idiot in die Ferne.

»Komm rein«, sagte Isenhart, »es schneit.«

Konrad hockte draußen vor dem Brennholz, das er gehackt hatte, und starrte in den Himmel, seine Lippen waren schon blau.

»Ja«, sagte er ebenso abwesend wie sanft, »ist das nicht schön?«

Walther von Ascisberg hatte am Weihnachtstag den Weg von Tutenhoven auf sich genommen.

»Hieronymus benimmt sich, als würde *er* Vater werden«, vertraute Isenhart ihm an. Doch statt auf Verständnis stieß er auf ein Augenpaar, das gegen die Feuchtigkeit anblinzelte, die sich an ihren unteren Rändern gebildet hatte.

»Dem Herrn sei Dank setzt sich die Linie der Laurins fort«, merkte Walther an.

Als Konrad ihnen gut gelaunt über den Weg lief, fragte von Ascisberg ihn, wie sie den Bewahrer der Blutlinie zu nennen gedachten.

»Sigimund«, antwortete Konrad.

Walther wandte sich ab, damit niemand Zeuge seiner unmännlichen Tränen wurde.

»Ihr wisst doch überhaupt nicht, ob es ein Junge oder ein Mädchen wird«, wandte Sophia ein.

»Es wird ein Junge«, ließ Konrad seine Schwester wissen, und in seiner Stimme schwang nicht der Hauch eines Zweifels mit.

»Amen«, sagte Gweg, der auf seiner Schulter saß.

Mithilfe der Frauen schmückte Hieronymus das Wohnhaus mit Tannenzweigen, wie er es schon Jahre zuvor in Bruchsal getan hatte, weil Walther ihn darum ersucht und das Leben von Sigimunds Sohn an einem seidenen Faden gehangen hatte. Darüber hinaus boten grüne Zweige Schutz gegen die bösen Geister, wie jedermann wusste.

»Annas Mörder ist tot«, eröffnete Isenhart, der mit Walther und Sophia am Kanal stand, »er hat sich selbst gerichtet.«

Für Weihnachten war es ausgesprochen mild, aber nichtsdestotrotz kroch ihnen die Kälte unter die Kleider.

»Wer war es?«

»Michael von Bremen, ein Nobile«, antwortete Isenhart, »in der Hungersnot 1191 hat man auf seiner Burg Menschen gegessen. Auch die Herzen.«

Und dann erzählte er den beiden die ganze Geschichte, ihre Entdeckung auf dem Friedhof zu Spira, den Hinweis von Brid, die Geschehnisse in Anselms Herberge und schließlich ihr Zusammentreffen mit dem Mann selbst.

Während er die beiden über die Einzelheiten aufklärte, meinte Isenhart zu spüren, wie Walther von Ascisberg sich zweiteilte. Seine Gestalt verharrte neben ihnen und schien zu lauschen, aber es war nur mehr eine Hülle, unbelebt und unbehaust, weil der Geist, der ihr innewohnte, sich entfernte, vom Wind dahingetragen wurde an einen Ort, den Isenhart nicht zu betreten in der Lage war.

Als er geendet hatte, schüttelte Sophia voller Abscheu den Kopf, und Walther war wieder ein Ganzes. Ein Ganzes, das ihm einen sehr ernsten Blick zuwarf. Von der anfänglichen Gebrechlichkeit, die sich ansonsten des Öfteren bei Isenharts Mentor bemerkbar machte, war nichts zu spüren.

»Gib mir zehn Tage, Isenhart«, sagte er, »dann komm nach Tutenhoven.«

»Wenn es etwas gibt, das Ihr wisst …«, begann Sophia, aber Walther vollführte mit der rechten Hand eine herrische Geste, die ihren Mund verschloss. »Schweig«, befahl er mit schneidender Stimme.

Diese Unerbittlichkeit kannten Isenhart und Sophia noch nicht an Walther.

»Warum erzählt er mir nicht, was er weiß?«, fragte Isenhart leise, nachdem von Ascisberg auf sein Pferd gestiegen und davongetrabt war.

»Ich habe von dir geträumt«, sagte Sophia.

Isenhart riss seine Augen von Walthers Anblick los. »Und was hast du gesehen?«, fragte er.

»Zwei tote Augen«, sagte Sophia, die dabei selbst leicht erzitterte, wobei nicht auszumachen war, ob das an ihrer Weissagung lag oder an dem eisigen Wind.

In der ersten Januarwoche 1196 jagte ein Sturm über den Südwesten des Heiligen Römischen Reiches. Neben den Gewittern, vor denen sie sich in Heiligster verschanzten, brachte er Böen mit sich, die ein paar Bäume entwurzelten – und Schnee. Der Kanal vereiste, Henrick und Ursel dichteten den Hühnerstall mit einer doppelten Schicht Stroh ab, und die Kolkraben suchten in der Nähe des Ofenrohrs Schutz und Wärme.

Unten, am Ofen selbst, bereitete Hieronymus höchstpersönlich jeden Abend das Lager für Marie. Marie hier, Marie dort, Marie hat gegessen, Marie hat nach Südwesten geschaut, Marie hat sich über den Bauch gestrichen. So ging es in einem fort und wuchs sich für alle anderen in Heiligster zu einer Nervenprobe aus.

Hatte der Geistliche in ihr dereinst einen ungünstigen Umgang für den jungen Laurin ausgemacht, verdrehte ihre Schwangerschaft seine Haltung ins Gegenteil. Das Beste war sie, was Konrad passieren konnte, was ihm in seinem nicht eben untadeligen Leben endlich Halt und Hafen bot. Marie selbst empfand Stolz und Geborgenheit. Sie würde – so Gott wollte – trotz ihrer profanen Herkunft die Blutlinie der Laurins erhalten, eine große Ehre, zweifellos.

Trotz der frostigen Temperaturen erschien Henning und Isenhart der Sturm als ideal für einen erneuten Flugversuch. Nach ihrer Rückkehr aus Tarup hatten sie eine Konstruktion ersonnen, um die beiden Flügel zu einem einzigen zu verbinden, anschließend die Häute erneut versiegelt – eine undichte Stelle hätte die »Unterluft« zu einem unkalkulierbaren Risiko gemacht –, danach den Rahmen wieder und wieder abgeschliffen, bis Henning vorschlug, die einzelnen Hölzer dieses Rahmens auszuhöhlen, um das Gleitgerät von überflüssigem Gewicht zu befreien. Isenhart ärgerte sich kurz, weil er nicht selbst auf diesen Gedanken gekommen war – so könnten sie ihr Konstrukt im besten Fall um knapp ein Drittel an Gewicht reduzieren.

Walther von Ascisberg würde erst übermorgen nach Tutenhoven

zurückkehren, Günther von der Braake kümmerte sich um einige schwere Fälle in Spira, und Konrad wollte mit alledem nichts zu tun haben. »Es ist wider die Natur«, sagte er.

Sie standen oben im Heuboden der Scheune, wo sie vor neugierigen Blicken geschützt ihrem Vorhaben nachgehen konnten.

»Nein, eigentlich nicht«, entgegnete Henning von der Braake, während er wie Isenhart den Rahmen mit Fischfett einrieb, um den Flügel vor kleinsten Verwirbelungen der Luft zu schützen. »Wenn der Herrgott in seinem Weltenplan nicht gewollt hätte, dass wir die Grenzen des Seins erforschen, hätte er uns nicht mit dem ausgestattet, das uns über die Tiere erhebt: unseren Verstand.«

Trotz all der Spalten und Ritzen, durch die der Winterwind pfiff, hing der Fischgeruch drückend in der Luft sowie in den Kleidern und dem Stroh, das sie hier gelagert hatten.

Konrad von Laurin schüttelte den Kopf, warf Isenhart noch einen Blick zu und ließ sie dann in diesem abscheulichen Gestank zurück.

Einzig Sophia stand ihrem Vorhaben wohlwollend gegenüber, lauschte ihren nächtlichen Debatten um den Luftwiderstand sowie die Gefahr von Verwirbelungen und wurde Zeugin von Isenharts Bedauern, lediglich etwas zu konstruieren, das sich den Launen der Luftströmungen überlassen musste, statt aktiv Richtung und Höhe zu bestimmen, wie es mit beweglichen Flügeln vielleicht möglich gewesen wäre.

»Das eine kann der Schritt zum anderen sein«, tröstete Henning ihn.

So war es nicht weiter verwunderlich, dass Sophia die beiden am Morgen des 3. Januar 1196 beim Aufstieg zum Knorrigen Alten begleitete. Die Pferde, Eigentum Spiras, hatten sie mit dem Tod Michaels von Bremen abgeben müssen, da der Fall in den Augen des Hauptmanns der Stadtwache abgeschlossen war.

Also ließen sie den Karren, auf dem sich unter einer Plane die beiden Teile des Gleitflügels befanden, von zwei Maultieren ziehen, die sie für ihre Arbeiten in Heiligster besaßen. Nur zu gerne hätte Isenhart Walther an ihrer Unternehmung teilnehmen lassen, doch er war noch nicht nach Tutenhoven zurückgekehrt. Außerdem war Walthers Haut mittlerweile von hellbraunen Altersflecken übersät, seine Augen umrahmten schwere Tränensäcke und buschige graue Brauen. Das Gehen bereitete ihm Mühe, auch wenn er diesen Umstand vor anderen zu verbergen und mit seiner aufrechten Haltung auszugleichen versuchte. Isenhart wollte dem alten Freund so eine Strapaze – und das war sie – wie ihre Expedition zum Knorrigen Alten ersparen.

Der Knorrige Alte, der wegen seines Silbervorkommens erst drei Jahrhunderte später fast gänzlich abgebaut worden sein sollte, erhob sich eine halbe Meile südwestlich von Heiligster bis zu 210 Fuß in den Himmel. Der Ascisberg überragte den Alten um 90 Fuß, aber für ihre Zwecke war Letzterer allemal ausreichend.

Mühsam stapften sie durch den Tiefschnee, dessen Oberfläche immer wieder von heftigen Böen aufgewirbelt wurde, und trieben die Maultiere an, die bis zu den Kniegelenken in der weißen Pracht versanken. Die beiden Tiere trugen ein neues Geschirr, das Einzug ins Heilige Römische Reich gehalten hatte und sich von den jahrhundertealten Zuggeschirren dadurch unterschied, dass die Vierbeiner die Last nicht mehr mit ihrem Hals in die Vorwärtsbewegung zerrten – was der Mehrzahl der Ochsen auf den Feldern schlicht den Atem raubte –, sondern mit der Brust. Die Maultiere fanden sich also nicht länger in dem Konflikt zwischen den antreibenden Stockschlägen ihrer Besitzer und ihrer eigenen Strangulation wieder.

Gweg und Dolph waren ihnen gefolgt, mal kreisten Vater und Sohn über ihnen, mal pausierten sie auf dem Karren und ließen sich durch Schnee und Wind ziehen, reckten die Schnäbel und gaben Krächzlaute oder ein »Amen« von sich.

Gegen Mittag war es so weit.

Isenhart stand auf einem Felsvorsprung rund 60 Fuß über dem Boden. Henning und er hatten die Flügel huckepack bis hierher unter gepressten Flüchen getragen, gezerrt und geschleift und ineinander montiert, während Sophia unten bei dem Karren ausharrte. Sie führte die Maultiere herum, damit ihre Läufe nicht festfroren.

Die Böen griffen unter die Kalbshaut des Flügels, drückten und zogen und verlangten Isenhart alles an Standvermögen und Kraft ab, um sich dagegenzustemmen und nicht in die Tiefe gerissen zu werden.

Henning stand neben ihm, umtanzt von Schneeflocken, und hielt den Flügel fest. Isenhart sah zwei Linien blitzender Zähne, Henning lachte gegen den Wind. »Jetzt gilt es!«, rief er voller Begeisterung.

Isenhart spürte ein Kribbeln, das von seinen Füßen ausging, unter der Haut aufwärtsstieg und ihn schließlich komplett durchdrang. Ein ähnliches Wonnegefühl hatte ihn in seiner ersten Nacht mit Anna heimgesucht und dazu geführt, dass er sich so lebendig fühlte wie nie zuvor, intensiv durchdrungen von dem Bewusstsein der Körperlichkeit, dass es eine Lust war zu sein.

Er blickte hinab, Sophias und seine Augen trafen sich. Isenhart meinte, ihre grünen Augen von hier oben ausmachen zu können, als er gegen jedes warnende Signal seines Körpers das Unerhörte wagte und sich ins Nichts abstieß.

Von der Erhabenheit, die er sich erhofft hatte, sanft durch die Sphären gleitend, den göttlichen Funken erhaschend, war zunächst nichts zu spüren. Sofort wurde er von einer Bö erfasst, die ihn in eine aerodynamisch heikle Situation bugsierte. Mithilfe der Lederriemen, an denen er unter der Flügelkonstruktion hing, steuerte er dagegen, und wider alle Befürchtung gelang ihm dieses Manöver, er brachte den Flügel erfolgreich in jenen Wind, der ihm in den Ohren toste.

Sophia erschauerte bei dem Anblick, der sich ihr bot – Isenhart flog. Weit über ihr glitt er durch die Schneeflocken. Gegen jede Wahrscheinlichkeit und trotz der Widrigkeiten, die die Dogmen des Heiligen Stuhls ihnen bei ihrem Vorhaben auferlegten, hatte er seinen Traum vom fliegenden Menschen Gestalt annehmen lassen. Sie empfand einen ungeheuren Stolz auf diesen jungen, schmächtigen Mann, der sich prächtig im Wind hielt.

Henning, der an der Felswand verharrte, erging es nicht anders. Kaum hatte Isenhart sich ins Nichts gestürzt, waren Gweg und

Dolph aufgeflattert, um ihm zu folgen. Das Konstrukt erwies sich in dem neuen Element, das sie nur im Ansatz erforscht hatten, als tauglich. Und wichtiger noch, viel wichtiger: Isenhart lebte.

Als der junge Schmied sich abstieß, schlugen zwei Herzen in Hennings Brust. Das eine, das den Schritt in die dritte Dimension wagen wollte und musste, weil es vor Neugierde sonst umgekommen wäre, und das andere, das Isenhart, diesen gewonnenen Bruder, um keinen Preis verlieren wollte.

Isenharts Herz hämmerte derweil bis zum Hals, zumal der Aufwind unter den Gleiter griff und ihn mit einem Schlag noch einmal zwanzig Fuß in den Himmel riss, so unvermittelt und urgewaltig, dass er um ein Haar die Balance verloren hätte. Der Flügel vibrierte unter der Last seines Körpergewichts und wegen der Verwirbelungen, die sich trotz der akribischen Versiegelung, die er mit Henning auf den Ober- und Unterseiten aufgetragen hatte, bildeten. Die Vibration griff erst auf die Lederriemen über, dann auf ihn.

Isenhart riss den linken Arm herunter, der Nurflügler neigte sich in die Windrichtung und versetzte ihm einen erneuten Schub. Dann ließ die Vibration nach, der Wind rüttelte nicht mehr an dem Gleitflügel, Isenhart schwebte. Ja, er schwebte!

Erhaben glitt er über die Winterlandschaft, während die Erde unter ihm davonrauschte. Und plötzlich wurde er von Dolph und Gweg eskortiert, die sich zu beiden Seiten des Flügels eingefunden hatten und in den Wind krächzten.

Nun war er eins mit ihnen. Nun wusste er, wie es sich anfühlte, wenn man durch die Lüfte glitt, vom Unterwind getragen, und die Welt von oben sah. Die Freude darüber rumorte in seinem Bauch, jagte die Kehle hinauf und entsprang seinen Lippen als wohliges Jauchzen, das sich im Tal brach und als Echo zu seinen Ohren zurückkehrte. Als Sophia es hörte, strahlte sie über das ganze Gesicht.

Am Mittag des 3. Januar 1196 hatte sich mit Isenhart – nach Ibn Firnas und Eilmer von Malmesbury – der dritte Mensch in die Luft erhoben.

Der 3. Januar 1196 war auch das Datum der dritten Bruchlandung der Menschheitsgeschichte.

Nachdem eine glückliche Fügung den Gleiter trotz des Überschlags, den Isenhart bei seiner Landekollision mit einer Tanne vollführte – der Nurflügler eignete sich nicht für schnelle Ausweichmanöver –, vor jeglicher Beschädigung bewahrt hatte, fanden sie wieder zusammen. Sophia, Henning und Isenhart sprangen in die Luft und lachten, sie fielen sich in die Arme, berauscht vom Gelingen und froh, dass Isenhart unversehrt war.

Dieses war der glücklichste Augenblick in seinem Leben, und obwohl sie es nicht aussprachen, spürte er in der ungezügelten Freude Sophias und Hennings, dass es sich bei ihnen keinen Deut anders verhielt.

Dann kam dieser Moment.

Henning stürmte zum Flügel, um die Verstrebungen zu lösen, sodass aus der Umarmung dreier eine Umarmung von zweien wurde. Ihr Lachen stob noch als weißer Schleier zwischen die Schneeflocken, aber da wussten ihre Augen es schon, und Isenhart ließ los. »Ich wünschte, Anna hätte das sehen können«, sagte er, um einen Keil zwischen sie zu treiben.

Was ihm gelang: Sophia ließ die Arme sinken, stand einen Augenblick reglos, um sich dann zu straffen und zu nicken.

Sie benötigten eine Stunde, um die beiden Flügelteile, die sie sich mit Hanfseilen um die Körper gespannt hatten, wieder auf den Knorrigen Alten zu hieven. Dieses Mal begnügte Sophia sich nicht mit einer Beobachterposition, sondern begleitete sie hinauf.

»Hier«, rief Isenhart gegen das Sturmtief, als sie die Felswand erreichten, von der aus er sich in die Tiefe gestürzt hatte.

»Höher«, rief Henning zurück, »viel höher!« Und schon umschloss seine linke Hand den nächsten Vorsprung.

Isenhart warf Sophia einen Blick zu, aber die quittierte ihn mit einem angedeuteten Schulterzucken.

»Der Flügel lässt sich nur schwer lenken«, brachte Isenhart hervor.

»Aber vielleicht verhält es sich bei den Luftströmungen weiter oben anders!«, bekam er zur Antwort.

120 Höhenfuß weiter hatte der eisige Wind ihren Schweiß in feinste Eisstrukturen verwandelt, die sich über ihre Gesichter zogen, selbst ihre Wimpern waren weiß.

Und während Isenhart und Henning die beiden Flügelteile mittels der Verstrebungen wieder zu einem Ganzen montierten, studierte Sophia die beiden. Ihre zupackenden Hände, die trotz der kleinen Verletzungen, die sie sich aufgrund ihrer immer starrer werdenden neun Finger zuzogen, unermüdlich den Start von der höheren Position aus vorbereiteten, die nahezu weißen Gesichter, in denen die Augen zweier kleiner Jungs zu leuchten schienen, und all die anderen kleinen Zeichen ihrer Entschlossenheit und Begeisterung ließen in Sophias Augen nur einen Schluss zu.

Die beiden würden sich auf dem Weg, den ihr Verstand und ihre Neugier ihnen wiesen, durch nichts und niemanden abbringen lassen. Und wenn ihr Leben der Preis dafür war, dann war es eben der Preis.

Henning, der den Flügel über sich stemmte, hatte Mühe, das Gleichgewicht zu halten. Der Winterwind stieß unter den Gleiter und zwang ihn mit unvorhersehbaren Böen zu Stützschritten. Isenhart und Sophia standen neben ihm, sie alle drei blickten hinab, wo sie rund 200 Fuß tiefer die Maultiere ausmachten, die zugeschneit wurden.

»Das ist *sehr* hoch!«, rief Sophia dem Sohn des Medicus zu.

Henning wandte ihr und Isenhart den Blick zu. »Ich weiß«, antwortete er. Obwohl er nur zwei Worte von sich gab, waren sie unüberhörbar von Furcht geprägt.

»Wir können wieder zum Felsvorsprung absteigen«, schlug Isenhart vor, der sich aus dieser Höhe nie und nimmer den Elementen überlassen hätte.

Henning von der Braake nickte. »Aber dann kehren wir ohne Antworten zurück«, rief er zurück und sprang.

Isenhart und Sophia erschraken.

Aber Henning hätte kaum eine günstigere Luftströmung erwischen können. Der Nurflügler trug ihn sanft durch das Schneetreiben. Von der Braake zog den Gleiter auf der rechten Seite nach unten, der Wind erhielt links eine größere Angriffsfläche, und so gelang ihm ein nahezu vollendeter Halbkreis, während die Kolkraben ihn oberhalb der Konstruktion aus Fichtenholz und Kalbsleder eskortierten.

Angst und respektvolle Bewunderung hielten sich die Waage bei Isenhart, der wie Sophia Hennings Weg durch die Lüfte aufmerksam verfolgte. Es war erst eine Stunde her, dass er am eigenen Leib erfahren hatte, was es hieß, sich dem Wind zu überlassen.

Der Halbkreis trug Henning wieder in Richtung des Knorrigen Alten. Sophia und Isenhart hätten das, was dann passierte, mit keinem Begriff bezeichnen können: Der Flügel sackte zur Linken weg, als Henning den Anstellwinkel der Tragfläche so sehr in die Vertikale hob, dass keine Luft mehr griff, wurde vom Sturm erfasst, geriet ins Strudeln und beschrieb eine rasende Spirale in die Tiefe.

Isenhart warf sich zu Boden und robbte eilends an die Kuppe, von der Henning ins Ungewisse aufgebrochen war. Der Sturm ergriff den Gleiter und schleuderte ihn mitsamt seiner menschlichen Fracht mit einer Wucht gegen den Knorrigen Alten, die Isenhart noch einmal verdeutlichte, mit welcher Naturgewalt sie sich eingelassen hatten.

Henning war regungslos, als sie ihn endlich erreichten. Er starrte in den Himmel, die Reste des zerborstenen Gleiters neben sich. Sein Blick war trüb, auf Ansprache reagierte er seltsam verzögert. Aber angesichts seiner aufs Merkwürdigste verschlungenen Beine und dem Loch in seinem Beinkleid, aus dem das makellose Weiß eines offenen Oberschenkelbruches lugte, war der Schock, unter dem er stand, nicht nur erklärlich, sondern barmherzig.

Es kostete sie anderthalb Stunden beschwerlichen Weges, bis sie Tutenhoven erreichten, das näher am Unglücksort gelegen war als Heiligster. Zolner empfing sie mit dem üblichen Misstrauen, aber angesichts der unübersehbar schweren Verletzung ließ er Gnade vor Recht ergehen, stellte keine Fragen, sondern wagte sich ins Schlafgemach seines Herrn, um diesen zu wecken.

Walthers Hand ruhte auf dem schmerzenden Becken, als er das Haupthaus betrat, in das sie Henning schafften, um ihn vorsichtig neben dem Ofen zu betten. Als Isenharts Blick ihn traf, nahm Walther die Hand von seiner Hüfte. Er war müde, sehr müde. Eine der wenigen Vorzüge des Alters bestand in dem Gewinn von Lebenszeit. Vier Stunden Schlaf waren mittlerweile ausreichend, während er sich früher ein Pensum von sechs und mehr Stunden genehmigt hatte. Dass die Müdigkeit sich trotzdem wie flüssiges Blei durch die Blutbahnen zog und jede Bewegung zur Mühsal erhob, lag an Cecilia, die mit einer schweren Grippe und hohem Fieber das Lager hütete.

Der Schnitter hatte die Hand nach ihr ausgestreckt, und Walther machte diesbezüglich Zolner gegenüber keinen Hehl. Aber er gab ihm ebenso unmissverständlich zu verstehen, dass er all sein Wissen und all seine Kräuterkunde in die Waagschale zu werfen beabsichtigte, um dem Schnitter dieses Mal ein Schnippchen zu schlagen.

Auf den Schlachtfeldern des zweiten Kreuzzugs hatte er allerlei Verletzungen gesehen, und so genügte ein einziger Blick, um diejenige, die Henning erlitten hatte, einzuordnen. Es stand nicht gut um den jungen von der Braake.

Der Schock war von ihm gewichen, er stöhnte und krümmte sich unter den Schmerzen, und hin und wieder entglitt ihm gegen seinen Willen ein spitzer Schrei. Sophia wischte dem Verletzten den Schweiß von der Stirn, sie murmelte das Ave-Maria. Und Isenhart war ihr dankbar dafür, denn obwohl auch er die Fürbitte hätte sprechen können, wäre es ihm nicht aufrichtig erschienen.

»Bitte«, wandte er sich an seinen alten Lehrer, »bitte, rettet sein Leben. Ich bitte Euch bei allem, was mir heilig ist. Ich ersuche Euch um Eure ganze Kunstfertigkeit.«

Isenhart verstand es, seine tiefe Verzweiflung hinter einem ruhigen Ton zu verbergen, und Walther verstand es, hinter dem ruhigen Ton seines ehemaligen Schülers dessen Verzweiflung wahrzunehmen.

»Das wird nicht reichen, Isenhart«, stellte er bei genauerer Betrachtung der Verletzungen fest, »geh und hol seinen Vater. Zolner?«

»Ja, Herr?«

»Gib ihm unser schnellstes Pferd.«

In halsbrecherischem Tempo jagte Isenhart den Schimmel in der Linie durch die Schneeverwehungen, in der er den Weg vermutete. So musste er jederzeit auf einen Sturz gefasst sein, aber für ihn war es keine Frage, dieses Risiko in Kauf nehmen zu müssen.

Das Herz wurde ihm klein, als er endlich die Befürchtung zuließ, die zurückzudrängen ihm auf dem Weg nach Tutenhoven noch gelungen war: Wenn er Henning verlor, diesen unerwarteten Zugewinn, würde er wieder alleine seine Bahnen ziehen. Und das vermutlich für den Rest seines Lebens.

So war es ihm bereits ein kleiner Trost, an den Stadtmauern Spiras auf Konrad zu treffen, der dort seinem Wachdienst nachkam. Sofort entsandte dieser Wachmänner zu jenen Örtlichkeiten der Stadt, an denen Günther von der Braake sich aufhalten konnte.

Nur eine Viertelstunde später befanden sie sich zu dritt auf dem Weg zurück nach Tutenhoven. Günthers Miene war eine verkniffene Maske. Er trug einen Beutel mit sich, in dem er Kräuter, Salben, Verbände und Operationsbesteck verstaut hatte.

»Wie ist es passiert?«, wollte Konrad wissen, der neben Isenhart ritt.

»Er hat sich die Beine gebrochen«, gab Isenhart knapp zurück.

»Ja, das hast du gesagt. Aber *wobei?*«, hakte Konrad von Laurin nach.

»Ist das so wichtig?«, fragte Isenhart gereizt. Er wusste, wie Konrad zu ihrem Unterfangen stand, das Fliegen zu erforschen, deswegen wollte er ihm keine Gelegenheit zu nachträglichen Belehrungen geben.

Konrad hingegen ahnte, dass sich der Unfall im Zusammenhang

mit einem Flugversuch ereignet hatte. Aber obschon sich eine gewisse Eifersucht auf Henning in ihm regte, schätzte er den Sohn des Medicus doch. Vor allem, weil er eine Bereicherung für Isenharts Leben darstellte, die er ihm nicht bieten konnte – ihm aber gleichwohl gönnte, denn wer gesehen hatte, wie Isenhart im Umgang mit Henning von der Braake aufblühte, musste diesem alleine schon um Isenharts willen ein langes Leben wünschen.

Walther und Günther mussten sich nicht über die Schritte austauschen, die zu unternehmen waren. Sie schienten Henning das rechte Bein, das zwei Brüche aufwies, und hießen Sophia, die Bruchstellen mit frischem Schnee zu kühlen, um den unvermeidlichen Schwellungen entgegenzuwirken.

Der offene Bruch am linken Bein dagegen erforderte ihr ganzes Geschick. Nerven, Muskeln und Sehnen waren zum Teil gedehnt, überwiegend gerissen. Unentwegt quoll frisches Blut aus der Wunde. Der Winter verschonte sie vor den Fliegen und ihren Eiern, aber als Günther Hand an das Bein legte, brüllte sein Sohn vor Schmerzen auf.

»Was für einen Unsinn habt ihr nur getrieben«, tadelte Günther ihn, um mit dieser Bemerkung von seiner tiefen Bestürzung abzulenken.

Für den Eingriff mit Nadel, Faden und Knochenheber wusste Günther von der Braake keine rechte Dosis. Zwar trug er Fliegenpilz und Schierling bei sich, aber da es um seinen Sohn ging, zögerte er. Nur ein Knollenstück zu viel war in der Lage, Henning den Verstand zu rauben oder ihn gar zu töten.

»Schnaps«, schlug Walther von Ascisberg vor. Günther und er warfen sich über den sich vor Schmerzen windenden Leib einen Blick zu. »Zolner hat Selbstgebrannten, der hart ist, aber nicht blind macht«, fügte Walther hinzu. Also pressten sie Henning einen hölzernen Trichter zwischen die Zähne und gossen ihm einen Dreiviertelliter reinen Schnaps in die Speiseröhre, und der Schluckreflex erledigte den Rest. Binnen einer Viertelstunde war Henning ohnmächtig.

Die beiden Männer operierten drei Stunden lang. Zolner reichte Talgkerzen, Sophia hielt Hennings Kopf, und Isenhart assistierte, er säuberte und reinigte das Besteck. Nach zwei Stunden, als sie die Blutung gestillt hatten und den Knochen richteten, kam Henning zu sich – und eilends in den zweifelhaften Genuss eines weiteren halben Liters, der ihn wunschgemäß binnen weniger Augenblicke erneut außer Gefecht setzte.

Aus Hennings Husten entnahm Isenhart, wie schwer es dem liegenden Freund fiel, den hochkonzentrierten Gebrannten an der Luftröhre vorbeizuschleusen.

Hennings Bemühungen, unter denen er sich neben den Schmerzen, die sein offener Bruch für ihn bereithielt, quälte, führten Isenhart zu der Frage nach der Vollkommenheit und Unfehlbarkeit ihres Schöpfers. Das Zusammenlegen von Luft- und Speiseröhre widersprach jeder Vollkommenheit. Wenn ihre Anlage dem göttlichen Funken entsprang, schloss Isenhart, konnte der Funke nicht allzu hell gewesen sein.

Nachdem sie den offenen Bruch vernäht hatten, banden sie Hennings Beine aneinander, um sie ruhig zu stellen. Während Walther nach Cecilia sehen wollte, fanden die anderen sich um Henning zusammen und beteten für ihn, ganz so, wie sie es damals in Bruchsal für Konrad getan hatten.

Isenhart, der die Hände faltete, war unschlüssig, ob er das Wort, die Bitte tatsächlich an den Herrgott richten sollte, doch er wurde einer Entscheidung enthoben, als ein panischer Schrei aus dem Nebenraum ihrem Vorhaben ein vorzeitiges Ende bereitete.

Wie sich herausstellte, war Walther sich seines Anblickes nicht bewusst gewesen. Hände, Kleidung, ja selbst die Stirn, von der er den Schweiß gewischt hatte, waren blutverschmiert. Er sah aus wie der Schnitter höchstpersönlich, und für den hatte Cecilia ihn auch gehalten, als sie aus ihrem Fiebertraum erwachte und Gevatter Tod über sich gebeugt vorfand.

22.

Walther von Ascisberg war davon überzeugt, dass einen letztlich jede Frage einholte, ganz gleich wie lange oder wie schnell man vor ihr davongelaufen war.

Er studierte in seinem Arbeitszimmer eine eigene Aufzeichnung, als Isenhart und Konrad eintraten. Der Stammhalter des Hauses Laurin schloss die Tür hinter ihnen.

Isenhart sah seinem alten Lehrer in die Augen. Es brauchte kein Wort, Walther wusste, dass der Moment gekommen war, vor dem er ein halbes Leben lang davongelaufen war. Wieder und wieder hatte er ihn umschifft, war ihm auf diese und jene Weise ausgewichen und sah sich jetzt mit dem Jungen, den er gleichsam getötet und wieder zum Leben erweckt hatte, konfrontiert.

Er wusste, Isenhart würde diesen Raum ohne eine Antwort nicht wieder verlassen.

Hennings subkutane Schwellungen hatten nachgelassen und mit ihnen die Sorge um sein Leben – die alle bis auf Sophia umgetrieben hatte, denn ihre Träume hatten ihr verraten, dass Hennings Zeit noch nicht gekommen war.

»Gibt es Komplikationen?«, fragte Walther, um Zeit zu gewinnen.

»Die zehn Tage, um die Ihr mich in Heiligster gebeten hattet, sind vorbei«, erwiderte Isenhart trocken, fast beiläufig.

War der junge Schmied früher zu ihm gekommen und waren ihm die Worte – oder vielmehr die Fragen – ungeprüft aus dem Mund gesprudelt, wählte er sie heute mit Bedacht, ein Umstand, der Walther zu Vorsicht ermahnte. Hier trat ihm kein Schüler mehr gegenüber, sondern ein Ebenbürtiger.

Isenhart griff unter sein Hemd, holte einige Pergamente hervor und legte sie in den Schein der Öllampe. »Das haben wir bei Michael von Bremen gefunden«, sagte er nur und vermied jede Bewertung.

Vor Walthers Augen verschwammen die Linien, die er auf dem Pergament entdeckte. Er griff nach einem transparenten Stein und hielt ihn dicht vor sein Auge, um die gezeichneten Linien zurück in die Schärfe zu bannen.

»Was ist das?«, fragte Konrad interessiert und trat näher.

Von Ascisberg spürte die Anspannung, die diese Verzögerung bei Isenhart auslöste. Er nahm den Stein vom Auge und sah zu Konrad auf. »Das ist ein Lesestein.«

»Kann er lesen?«, fragte Konrad verwirrt und starrte auf den Stein.

Walther musste unwillkürlich lächeln, Isenhart erging es nicht anders, wie er mit einem kurzen Seitenblick feststellte. Kurz war sie wieder da, die vertraute Nähe, bis Isenharts Lächeln verschwand und so den Platz für etwas Unbekanntes schuf, das sich zwischen sie senkte.

»Nein«, antwortete von Ascisberg, »es ist ein Beryll. Ein Stück von einem Bergkristall, und wenn man ihn vor sein Auge hält, erscheinen einem die Dinge größer. Vielleicht werden ihn die Menschen eines Tages vor ihren Augen tragen, den Beryll.«

Konrad verstand ohne Weiteres die Worte, aber der Sinn dahinter blieb ihm verborgen.

Walther reichte ihm den Kristall. »Hier, sieh selbst.«

Konrad ergriff bereitwillig den Stein, wandte sich einer Spinne zu, die reglos in ihrem feinen Netz verharrte, und hielt sich den Beryll vor das Auge, um sofort zurückzuschrecken.

Isenhart warf ihm einen vorwurfsvollen Blick zu, weil er mit seinem Gehampel das ernste Anliegen untergrub, in dessen Absicht Isenhart das Zimmer seines Mentors betreten hatte.

»Sie war plötzlich ziemlich groß«, brachte Konrad zu seiner Verteidigung vor, »sie hat Haare an den Beinen. Ich hab so was noch nie gesehen.« Mit dem Beryll zwischen den Fingern inspizierte er den Rest des Arbeitszimmers. Ihm war, als entdecke er eine neue Welt.

»Wie auch immer«, sagte Isenhart und deutete auf die Pergamente, die er Walther von Ascisberg hingelegt hatte, »das haben wir bei von Bremen gefunden.«

Walther nahm einen zweiten Beryll zur Hand und beugte sich über die Pergamente, die Isenhart ihm gereicht hatte. Studierte die feinen Federzeichnungen, denen Sektionen des menschlichen Körpers vorangegangen sein mussten, denn anders war ihr Entstehen nicht zu erklären. So viel Abstraktionsvermögen gab es nicht. »Er hat Körper geöffnet«, sagte Walther.

»Ganz recht«, bestätigte Isenhart.

Walther von Ascisberg blätterte um und stieß auf jene Zeichnung, die auch für Henning und Isenhart ein Rätsel dargestellt hatte. Isenhart nahm wahr, wie sein Lehrer bei dem Anblick erstarrte. Sich mit dem Finger nervös über die ausgetrockneten Lippen fuhr. Und entschied, dass dieses der rechte Moment war.

»Als ich Euch von Michael von Bremen berichtete, habt Ihr gesagt, Ihr kennt diesen Namen nicht«, stellte Isenhart fest, »Ihr habt gesagt, Ihr hättet noch nie von ihm gehört, richtig?«

Walther hob den Blick, und Isenharts Miene ließ keinen Zweifel: Jetzt gab es kein Ausweichen mehr. Jetzt hatte es ihn eingeholt.

»Ja«, sagte er matt. Und dabei streifte ihn die Ahnung, wie ein Fuchs sich am Ende einer Treibjagd wohl fühlen mochte.

»Ihr habt mit Konrads Vater auf Eurem Kreuzzug nach Jerusalem 1147 bei Doryläum gegen die Seldschuken gekämpft, so war es doch?«

Jahrzehntelang hatte Walther von Ascisberg sich auf diesen einen Augenblick vorbereitet, um nun festzustellen, dass er es nicht war. Aber er nickte.

»Ich weiß von dem Vater einer Herberge, dass Michael von Bremen auch in dieser Schlacht gekämpft hat. Und nicht nur das. Er hat dort seinen Arm verloren.«

Walther wagte nicht aufzublicken. Hatte er Schuld auf sich geladen? Hätte er Isenhart einweihen müssen? Aber was, wenn das zu früh geschehen wäre, zu einem Zeitpunkt, als Isenharts Geist noch weit formbarer war? Von Ascisberg schüttelte leicht den Kopf. Die

Spekulation über das, was hätte sein können, war natürlich müßig, denn was war, war unverrückbar geschehen.

Er atmete einmal tief durch und erhob sich, nahm das letzte Blatt jener Aufzeichnungen, die Isenhart ihm gereicht hatte, und hielt es hoch. Es handelte sich um eine Zeichnung, die ein Rechteck über einer vereinfacht wiedergegebenen Wasserfläche darstellte. Vier Linien, ausgehend von den vier Eckpunkten des Rechtecks, führten nach oben. Und eine, die ihren Ursprung in der vorderen, rechten Ecke hatte, verlief senkrecht nach unten.

»Was stellt das dar?«, fragte Walther, der seine Beherrschung zurückgewonnen hatte und Isenhart nun wieder in die Augen schauen konnte.

Isenhart deutete ein Achselzucken an: »Ich weiß nicht.«

»Ich auch nicht«, gestand sein alter Lehrer. Er legte das Pergament zu den anderen, öffnete, während Konrad mithilfe des Berylls gerade die Flamme einer Ölkerze in Augenschein nahm, eine Kiste, wühlte darin herum und kehrte schließlich mit zwei Schriftrollen zurück, von denen er Isenhart eine reichte.

Der zögerte und warf Walther einen fragenden Blick zu. Von Ascisberg nickte: Nur zu.

Isenhart entrollte das Schriftstück. Und entdeckte das Rechteck mit den vier Linien, die nach oben wiesen, und der einen, die nach unten ins Wasser führte.

»Dieselbe Zeichnung«, stellte er fest.

Walter nickte.

»Derselbe Mann?«, fragte Isenhart.

Von Ascisberg konnte sich trotz des Ernstes der Lage eines anerkennenden Schmunzelns nicht erwehren. Isenhart demonstrierte erneut die erstaunliche Wendigkeit seines Geistes. Er schüttelte den Kopf und reichte ihm die zweite Schriftrolle, die Isenhart sofort öffnete.

De non existentia dei las er zu seiner Überraschung. »Über die Nichtexistenz Gottes?«, fragte er.

»Es stammt von dem Mann, der diese Zeichnung zuerst entworfen hat.«

In einer unwillkürlich sanften Bewegung glitten Isenharts Finger über das bereits brüchige Pergament, über die Schrift, die sich anschickte zu verblassen. Flinken Auges überflog er die Zeilen, um sie in sich aufzusaugen, bevor sie in einer Wölbung der Zeit verschwanden.

»Alleine der Titel ist pure Blasphemie«, stellte Isenhart vorsichtshalber fest.

Sein Mentor nickte. »Statt von Blasphemie sprich lieber von Vorurteil«, riet er ihm, »und sei bei der Lektüre frei vom Vorurteil. Nimm nicht an, was man von dir erwartet, wenn dein alter Lehrer dir einen Rat geben darf, nimm nur an, was dein Verstand dir gebietet.«

Walther und Isenhart stiegen hinauf zu den Tannen, der Winterwind strich über ihre Kleider und durch ihre Haare. Von Ascisberg hatte es vorgezogen, mit Isenhart unter vier Augen zu sprechen, was von Konrads Seite mit keinem Einwand bedacht wurde, viel zu sehr hatten die optischen Möglichkeiten, die der Beryll bot, seine Neugierde erregt.

»Die Zeichnungen – welche von beiden ist das Original«, fragte Isenhart, »die, die wir bei Michael von Bremen vorgefunden haben, oder Eure?«

»Meine«, antwortete von Ascisberg, »aber ich habe sie nicht entworfen. Ich … verwahre sie nur.«

»Und was hat es mit dem Schriftstück auf sich, mit der Nichtexistenz Gottes?«

»Es ist die erste Seite eines Manuskripts. Der Rest ist leider verschollen. Aber die These von der Nichtexistenz Gottes und die Zeichnung stammen von ein und demselben Mann, von Sydal von Friedberg.«

Als er den Namen nannte, beobachtete Walther jede Regung in Isenharts Gesicht. Nur um festzustellen, dass sich bei seinem ehemaligen Schüler daraufhin keine Erkenntnis einstellte. »Hast du je von ihm gehört?«

»Nein.«

»Er war ein junger Bursche, ganz so wie Sigimund und ich. Er hat auch bei Doryläum gekämpft. Wir drei waren Freunde.«

Isenhart war überrascht. Er hörte den Namen dieses Mannes zum ersten Mal. »Ihr habt mir nie von ihm erzählt.«

»Ich wünschte, wir wären keine gewesen«, sagte Walther leise, »das hätte es einfacher gemacht.«

»Was ist passiert?«

»Michael von Bremen hatte Sydal im Kampf das Leben gerettet und dafür mit der Hälfte seines Armes bezahlt. Die Seldschuken hatten mit Scheinangriffen unsere Reiterei zu Ausfällen provoziert. Und als ihnen das gelang, haben sie uns Fußvolk niedergeritten und auf der Flucht zu Hunderten erschlagen. Was für ein Gemetzel, Isenhart.« Von Ascisberg stockte bei der Erinnerung daran kurz die Stimme.

»Gegen Abend haben wir uns am Fuß eines Berges gesammelt, und wir hatten mehr Verletzte als Unversehrte um uns. Michael von Bremen lag im Sterben, und Sydal fühlte sich für ihn verantwortlich, verstehst du? Er stand tief in von Bremens Schuld.« Er legte eine kurze Pause ein und ließ den Blick über die Schneewehen schweifen.

»Allerdings hatten wir auch einige Gefangene gemacht. An denen entlud sich am Abend unser Zorn. Sie wurden enthauptet, verbrannt und zu Tode gefoltert. Einer von ihnen war ohne Waffen und nach eigenem Bekunden ein arabischer Medicus und Gelehrter. Sydal von Friedberg und er schlossen einen Pakt: Wenn es dem Araber gelang, Michael von Bremen zu retten, würde Sydal sich für sein Leben einsetzen. Und damit begann diese unselige Geschichte.«

Und so erzählte er Isenhart von dem Ansinnen des Arabers, man müsste das Herz eines starken Gefallenen herausschneiden und Michael von Bremen zu essen geben. Sydal und der Medicus, dessen Name Ibn Al-Hariq war, streiften durch die Linien der Gefallenen, die Vögel nahmen Reißaus vor ihnen. Unter den erschlagenen Kreuzfahrern befand sich ein Freund Simon Rubinsteins, den Sydal und der Araber schließlich als den stärksten Toten identifizierten, den sie finden konnten.

Als sie ihn zu öffnen begannen, war Walther zur Stelle. Er verbot ihnen, den Leichnam zu schänden.

»Die Seele ist aufgefahren«, sagte Sydal, »er braucht sein Herz nicht mehr.« Sydal von Friedberg war noch jung, ein drahtiger Kerl. Und unter seinem dichten Haar, das ihm weit in die Stirn fiel, blickten Walther zwei strahlend blaue Augen an.

»Leg Hand an ihn, Sydal, und deine Hand bleibt in Doryläum«, entgegnete Walther.

Sie gerieten auf der Stelle in einen heftigen Streit, der darin mündete, dass Sydal mit dem Araber das Weite suchte. Walther schlug sein Nachtlager neben dem Erschlagenen auf. Als er in den frühen Morgenstunden erwachte, war der Torso des Toten geöffnet, das Herz entnommen und Sydal mit dem Ibn Al-Hariq über alle Berge.

»Sie haben«, schloss Walther seine Erzählung, »Michael von Bremen das Herz verspeisen lassen.«

Isenhart musste bei der Vorstellung, was sich dort in Kleinasien abgespielt hatte, unwillkürlich schlucken. »Also ist Michael von Bremen gesundet«, schloss er.

Walther nickte: »Ja, das war in der Tat ... erstaunlich. Ich habe mich in den Jahren danach oft gefragt, ob der heidnische Gelehrte einfach nur vom Glück der Stunde gesegnet worden war – oder ob er schon Wissensräume durchschritten hatte, von deren Existenz ich noch nicht einmal eine ferne Ahnung besaß. Michael von Bremens Wunde verheilte ohne jede Komplikation, er erlangte eine beeindruckende Stärke. Und zurück im Reich zog er sich nach Tarup zurück.«

»Und Sydal?«

»Das ist nicht ganz klar. Nach dem, was mir zugetragen wurde, schiffte er sich in Konstantinopel zusammen mit Ibn Al-Hariq nach Valencia ein.«

»Wo ist Valencia?«

»Es liegt auf der iberischen Halbinsel und hat einen Mittelmeerhafen.«

Isenhart hatte nur eine grobe Vorstellung von der Lage Valencias. Südlich von Frankreich, vermutete er.

»Von Valencia aus stieß er bis nach Toledo vor, inzwischen Hauptstadt der Iberer«, fuhr Walther fort, »da verbrachte er gut zehn Jahre, bevor er ins Reich zurückkehrte.«

»Was hat Sydal von Friedberg in Toledo getan?«

Walther von Ascisberg deutete ein Achselzucken an. »Ich weiß nur, dass er als ein anderer zurückkam.«

»Als ein anderer?«

Sein alter Lehrer blickte an ihm vorbei. Nicht etwa, weil etwas in sein Gesichtsfeld geraten war, das seine Aufmerksamkeit auf sich lenkte, sondern weil er sich sammeln musste, bevor er weitersprach.

»Er kam zurück und tötete Jungfrauen«, sagte Walther und richtete die Augen wieder auf ihn, »Sydal tötete die Jungfrauen und sezierte ihre Herzen aus den Leichen.«

»Warum hat er das getan?«

»Ich weiß es nicht. Ich habe Sydal von Friedberg … ich habe ihn am 24. September 1172 erschlagen.«

»Euren Freund.«

»Meinen Freund, der zu einer Bestie geworden war«, korrigierte Walther ihn erzürnt, »jemand musste ihm Einhalt gebieten. Ich habe ihn drei Jahre lang kreuz und quer durch das Reich gejagt.«

Isenhart musste erst verarbeiten, was er soeben von seinem Mentor erfahren hatte. »Ihr glaubt nicht, dass Michael von Bremen die Morde begangen hat.«

»Das habe ich nicht gesagt.«

»Aber Ihr haltet es für unwahrscheinlich.«

Walther von Ascisberg starrte auf den Schnee zu seinen Füßen.

»Was wollt Ihr mir sagen? Dass wir es mit einem Wiedergänger von Sydal von Friedberg zu tun haben?«

»Ich glaube nicht an Wiedergänger.«

»Ihr sagtet, Ihr kennt Aberak von Annweiler nicht«, nahm Isenhart einen anderen Faden auf, und als Walther von Ascisberg diese Feststellung mit einem Nicken bestätigte, fuhr er fort: »Und Ihr habt auch gesagt, Ihr kennt keinen rothaarigen, einarmigen Mann.«

Walther war noch nie von einem seiner Schüler der Lüge überführt worden. Jetzt stellte er fest, dass es keine Erfahrung war, nach deren baldiger Wiederholung er sich sehnte. Er nickte. »Ich wollte mit ihm reden, nach dem Mord an Lilith, deshalb habe ich seine Identität dir und Henning gegenüber verschwiegen.«

»Ihr wart in Mannenheim? Und Tarup?«

»Ganz recht. Er sagte mir, er habe mit den Morden an den Jungfrauen nichts zu tun.«

»Und Ihr habt ihm geglaubt?«, fragte Isenhart, um Fassung bemüht.

»Ja. Ansonsten hätte ich ihn getötet, Isenhart.«

»Aber Ihr wisst, was während der Hungersnot auf seiner Burg geschehen ist, nicht wahr? Ihr wisst, dass sie dort Menschen gegessen haben. Dass Michael von Bremen die Herzen von zwei Männern …«

»Im Winter 1191 hat das Verspeisen von Menschen nicht nur in Mannenheim und Tarup Einzug gehalten, das solltest du bei der Einschätzung dieses Mannes nicht außer Acht lassen.«

»Aber ebenso wenig die Vorkommnisse, von denen Ihr mir berichtet habt. Michael von Bremen hat bei Doryläum überlebt, weil man ihm das Herz eines Mannes zu essen gegeben hat – zumindest hätte das seine Überzeugung sein können.«

Walther deutete ein Nicken an. »Genau. Starke Männer, starkes Herz. *Das* ist der Zusammenhang. Wieso sollte er sich von starken Männern auf Jungfrauen verlegen? Das ergibt keinen Sinn. Und noch etwas: 1191 haben sie in Tarup Tote verspeist. Nicht Lebendige getötet, um sie zu essen. Das ist ein Unterschied.«

In der Tat war es einer, den Isenhart übersehen hatte. »Warum habt Ihr mir nichts von Eurem Besuch bei von Bremen erzählt?«

Der leise Vorwurf, den die Frage in ihrem Ton barg, blieb Walther nicht verborgen, und er konnte es Isenhart nicht verdenken. »Weil ich ratlos bin«, gab er zu, »die Morde an Anna und der Wirtstochter Lilith entsprechen denen, die Sydal von Friedberg begangen hat. Und es sind auch seine Schriften, auf die du in Tarup gestoßen bist. Aber Sydal ist lange tot. Bleibt die Möglichkeit eines Draugr. Sollen wir das glauben?«

»Ich weiß nicht mehr, was ich glauben soll«, bekannte Isenhart.

Walther fand sich von der Offenheit der Worte berührt. Isenhart war noch nie daran gelegen, schlauer dazustehen, als er tatsächlich war. »Möglicherweise ist Michael von Bremen es doch gewesen«, machte von Ascisberg die Konfusion komplett, »vielleicht hat er mich belogen, glaubte, seine Täuschung sei gelungen, bis ihr bei ihm aufgetaucht seid. Und hat dem schmerzvollen, öffentlichen Tod einen selbstbestimmten Übergang ins Jenseits vorgezogen. Wer weiß? *Er* kann es uns jedenfalls nicht mehr sagen.«

Walther trat wieder an ihn heran, ihm schien der rechte Moment gekommen. »Du bist Sydal von Friedberg schon einmal begegnet. Er hat dir nämlich das Leben gerettet.«

Isenhart sah ihn erstaunt an, durchsuchte sein Gedächtnis nach einer Situation, in der ein Fremder ihn gerettet hatte, und wurde nicht fündig. Also schüttelte er den Kopf: »Das müsste ich wissen.«

»Das kannst du nicht mehr wissen«, meinte Walther nachsichtig, »du wurdest tot geboren, deine Nabelschnur hatte dich bei der Geburt erstickt. Du bist das, was die Leute einen Untoten nennen, Isenhart, du warst schon im Jenseits, du hast die andere Seite gesehen. Sydal von Friedberg hat dich aus dem Totenreich zurückgeholt. Ins Leben. Zu uns.«

»Ich war tot, und er hat mich zum Leben erweckt?«, fragte Isenhart ungläubig.

Walther nickte. Er verschwieg, dass dieses Kunststück nicht nur Sydal gelungen war, sondern auch ihm, denn er hätte Isenhart unweigerlich Zeugnis darüber ablegen müssen, wie er zweimal gestorben war.

»Aber wie konnte das gelingen?«

»Er hat dir seinen Atem eingehaucht. Einen Teil seiner Seele, das hat er gesagt.«

Jede von Walthers Feststellungen glich einem Stein, den man ins Wasser warf. In konzentrischen Kreisen jagten ganze Ketten von Fragen, Assoziationen und neuen Überlegungen durch Isenharts Kopf. Und er war nicht in der Lage, sie zu bändigen.

Die Antwort auf die nächste Frage veränderte sein Leben – das, das bereits hinter ihm lag, wie auch sein zukünftiges. »Warum hat Sydal von Friedberg mich gerettet?«

Walther atmete einmal tief durch: »Weil er dein Vater war, Isenhart.«

23.

Hennings Heilungsprozess und die damit einhergehende Gewissheit, ihn nach seiner Rückkehr lebend anzutreffen, ermunterten Isenhart zu seinem Vorhaben.

Henning von der Braake mochte ein Krüppel bleiben, aber Isenharts Anwesenheit hätte es nicht zum Besseren wenden können, außerdem würde sein Geist immer auf zwei flinken Beinen laufen. Seine Genesung war bei Walther und seinem Vater in denkbar besten Händen.

Am Morgen nach der Unterredung mit Walther von Ascisberg kniete er neben dem schlafenden Freund, dessen Gesicht von Schweiß bedeckt war. Mit einem Tuch wischte Isenhart ihm den Film von der Stirn, ohne dass Henning erwachte. Er weckte den Freund nicht, sondern gab ihm einen Kuss auf die Stirn, bevor er sich erhob und den Raum verließ.

»Schließ dich anderen Reisenden an, such den Schutz der Gruppe«, hatte Günther ihm geraten. Walther hatte – Isenharts Wunsch entsprechend – den Medicus nicht in die Einzelheiten eingeweiht. Günther von der Braake hatte er erklärt, Isenhart mache sich in seinem Auftrag nach Toledo auf. Die iberische Hauptstadt hatte auch der weit gereiste von der Braake nie betreten, wie er zugab.

Nichtsdestotrotz hatten die beiden alten Männer bis in den frühen Morgen über die günstigste Reiseroute beraten. Toledo lag im Herzen der iberischen Halbinsel, das war bekannt. Die eine Route bewegte sich über Strasbourg und weiter gen Westen durch Frankreich, sah die Überquerung der Pyrenäen vor und mündete in einer geschätzten Strecke von 150 Meilen, die zwischen den Gebirgsausläufern und Toledo lagen.

Die zweite Route – es war jene, die sie Isenhart schließlich ans Herz legten – barg ihre schwierigste Etappe, die in der Überwindung der Alpen bestand, gleich zu Beginn. Aber von Genova aus gab es eine Passage nach Barcelona oder sogar bis nach Valencia, wobei weder Walther noch Günther sicher Auskunft darüber erteilen konnten, in wessen Hand die Stadt sich gerade befand. El Cid hatte sie Ende des 11. Jahrhunderts den Mauren entrissen, und nach seinem Tod eroberten diese sie zurück, so viel war bekannt. Also rieten sie Isenhart, bereits in Barcelona von Bord zu gehen und sich über Zaragoza auf der üblichen Handelsroute bis nach Toledo zu begeben – man konnte nie wissen.

Die beiden schätzten die gesamte Wegstrecke auf 350 Meilen, womit sie gut 80 Meilen zu wenig veranschlagten. Ein Pferd, das nicht den lieben langen Tag im Stall oder auf der Weide verbrachte und den Ausritt gewohnt war, vermochte seinen Reiter etwa fünf Meilen pro Tag zu tragen. Rein rechnerisch war die Distanz für einen berittenen Mann also binnen 54 Tagen zu bewältigen, vorausgesetzt, er machte keine Umwege, wurde nirgends aufgehalten, schlief weniger als sechs Stunden und wurde von einem Pferd mit entsprechender Konstitution getragen, das immer dort, wo sein Reiter sich niederließ, Nahrung und frisches Wasser vorfand. Diese Bedingungen eingerechnet, die der Realität nicht standhielten, ergänzt um den Umstand, durch Umwege auf schwer zugänglichen Trampelpfaden tatsächlich eine beträchtlich längere Strecke zurücklegen zu müssen, kumulierte sich die Reisedauer auf 120 Tage. Das Übersetzen von Genova nach Valencia minderte diese Summe um geschätzte 30 Tage auf insgesamt 90. Hin und zurück 180, wie Isenhart überschlug, plus Nachforschungen in Toledo 200.

Mit etwas Fortune würde Isenhart den Jahreswechsel also wieder in Heiligster begehen.

Dessen Welt stand nach der Unterredung mit seinem alten Lehrer buchstäblich auf dem Kopf. Gegebenheiten, die ihm als Beiläufigkeiten erschienen waren, gewannen plötzlich an Bedeutung und andere, denen er Bedeutung beigemessen hatte, standen nun als Nichtigkeiten da.

Walthers Fürsorge war offenbar auch einer Sorge entsprungen, die dem Umstand galt, dass Sydal seinem Sohn etwas von seiner Seele eingehaucht hatte. Sollte Isenhart ihn wieder aus dem Totenreich zurück in die Welt der Lebenden holen? War etwas von Sydals Seele in ihm, Isenhart, haften geblieben?

Isenhart war nicht nur Schüler gewesen, sondern immer auch ein Objekt der Beobachtung, ein zweibeiniges Experiment, das jederzeit aus dem Ruder laufen konnte. Und was hätte Walther dann getan, schoss es Isenhart durch den Kopf, hätte er ihn ebenso getötet wie seinen Vater?

Walther von Ascisberg wäre zu einer solchen Tat nicht fähig gewesen, das spürte er in seinem tiefsten Innern, aber dann entsann er sich der Geschichte mit den entleibten Muselmanen. Um dann zu der Erkenntnis zu gelangen, dass auf viel weniger Verlass war in dieser Welt, als er bisher vermutet hatte.

Obschon Walther ihm versichert hatte, niemand sonst wüsste von seiner Herkunft, empfand er trotzdem das Stigma eines Untoten. Es war Sonderstatus und Ausgegrenztheit zugleich, Giselbert, der Scharfrichter, dürfte eine ähnliche Verlassenheit verspürt haben.

Loretta, seine Mutter, selbst Waise, war im Jahr vor seiner Geburt zum Reisigsammeln im Wald gewesen, als Sydal sie vergewaltigt hatte. Das war Isenhart: das Produkt einer Vergewaltigung. Wenngleich gut ein Drittel der Bevölkerung auf diese Weise gezeugt wurde, wie Walther von Ascisberg ihm erklärte, behagte ihm die Vorstellung nicht sonderlich, Ergebnis eines Gewaltakts zu sein.

»Deine Mutter war schön, Isenhart«, hatte Walther gesagt, »sie hatte ein breites Becken und volle Brüste.« Damit entsprach sie zwar den allgemeinen Vorstellungen von weiblicher Schönheit, aber die Beschreibung ihrer Formen sagte nichts über ihre Persönlichkeit aus. Wie war sie wohl gewesen? Ein phlegmatisches Gemüt oder ein wacher Geist? Bildeten sich freche Grübchen auf ihren Wangen, wenn sie lächelte? Oder war der Glanz ihrer Augen auch beim Anblick eines wundervollen Sonnenuntergangs stumpf? Über Loretta gab es nicht viel zu berichten.

Obwohl Isenhart so gut wie nichts über sie wusste, fühlte er sich ihr aufs Innigste verbunden. Wie sie war auch er ohne Wurzeln. Seine Identität lag ebenso im Dunkeln wie jene Lorettas. Wie seine Mutter hatte er in den Läuften der Geschichte an einem Punkt begonnen zu sein, um irgendwann an einem anderen zu enden.

Sydal dagegen stammte aus Hammaburg.

Laut Walther von Ascisberg spielten sich in der Schlacht bei Doryläum solch unaussprechliche Grausamkeiten ab, dass Sydal von Friedberg den Glauben an den barmherzigen christlichen Gott verlor. Ausgehend von den Erlebnissen bei Doryläum und angereichert durch die Jahre in Toledo an Al-Hariqs Seite, hatte sein Vater offenbar ein Weltbild entwickelt, das keinen Gott mehr brauchte und sich stattdessen auf die Erkenntnisse der Naturwissenschaften stützte.

Als von Ascisberg ihm davon berichtete, meinte Isenhart aus seinen Worten Verständnis für diese Haltung herauszuhören, vielleicht sogar Sympathie. »Aber Ihr glaubt an unseren Schöpfer?«, fragte er deshalb.

Von Ascisberg nickte: »Wie sonst hätte das Sein Einzug halten können in einen unbelebten Kosmos?«

Mit keinem Wort, keiner Silbe erwähnte Isenhart ihm gegenüber den Umstand, dass Walther seinen leiblichen Vater vom Leben zum Tode befördert hatte. Dessen ungeachtet verspürte von Ascisberg einen leisen Schmerz, der in Form einer unbestimmten Wehmut über ihn kam. Und die ihren Ursprung in Isenharts Verhalten hatte. Anstelle seiner Zuneigung – so sie existiert hatte und nicht der Einbildung eines senilen Alten entsprungen war – trat höflicher Respekt. Die Augen des jungen Schmieds, in denen Walther ohne Mühe zu lesen vermocht hatte, blieben ihm verschlossen, obwohl Isenhart seinem Blick nicht auswich. Es war, als habe sich ein unsichtbarer Vorhang über Isenharts Pupillen gesenkt.

Walther von Ascisberg hatte ihn in sein Arbeitszimmer geführt, um ihn dort mit Haller Silbermünzen zu versorgen. Erwartungsgemäß lehnte Isenhart ab.

»Gib einfach nur das Nötigste aus«, schlug Walther daher vor, »und bring den Rest zurück.«

»Ich kann das nicht annehmen«, erwiderte Isenhart.

Konnte er nicht, weil es ihm unangemessen erschien, oder *wollte* er nicht?

»Ich bin alt, ich besitze das Gut und die Ländereien. Ich brauche das Silber nicht.«

»Ich schaffe es auch so nach Toledo.«

Die Zurückweisung war unüberhörbar.

»Ich will es dir geben, weil ich dich selbst nicht mehr begleiten kann.«

Da war sie wieder, diese ruhige, überlegte Art, die er so sehr an Walther von Ascisberg schätzte und mit der es dem alten Mann unwissentlich gelang, wieder eine Saite in Isenhart zum Schwingen zu bringen. Aber noch sträubte er sich dagegen: »Wer weiß noch davon? Konrad? Sophia?«

»Niemand, der noch am Leben ist – außer mir.«

»Sigimund von Laurin«, sagte Isenhart. Es war mehr eine Feststellung denn eine Vermutung.

Sein Kombinationsvermögen ist schneller als meines, erkannte Walther neidlos an. »Ja, Sigimund. Aber er hat es mit ins Grab genommen.«

Die Gewissheit, in seinem alten Lehrer den einzigen Geheimnisträger vor sich zu haben, beruhigte Isenhart, ohne dass er den Grund dafür hätte benennen können.

»Ich habe nur eine Frage an dich«, fuhr von Ascisberg fort, »du kannst dich an Sydal nicht erinnern. Aber vielleicht, vielleicht ist es dir möglich ...« Er schüttelte den Kopf und wandte sich wieder den Haller Münzen auf der Tischplatte zu.

»Fragt ruhig«, ermunterte Isenhart ihn.

»Ich bin ein alter Narr, Isenhart.«

»Fragt trotzdem.«

Von Ascisberg sah ihn von der Seite an. Nun, eine gewisse Ähnlichkeit mit seinem Vater war unübersehbar. Er hatte Sydals Augen. »Du warst tot. Du warst ... auf der *anderen* Seite. Erinnerst du dich daran?«

Isenhart schüttelte den Kopf. Und Walther nickte. Er hätte es sich denken können, ja müssen und hatte sich trotz dessen zu dieser naiven Frage hinreißen lassen. Er sah nicht, wie Isenhart kurz schmunzelte. Es war nicht das innigste Band, das zwischen ihnen bestand, aber doch eines der stärksten: die Neugier. Die Frage nach dem Warum. Aus diesem Grund empfand Isenhart nicht nur Verständnis für die Frage, sie gebar auch eine neue Nähe, die er nicht empfinden wollte. Nicht hier, nicht jetzt.

»Ihr hättet es mir sagen müssen.«

Anders als erwartet, neigte der alte Mann nicht sein Haupt. Er reckte es auf seinem dürren, faltigen Hals, sein Blick war klar, als er antwortete: »Nein. Niemals.«

Es kursierten Theorien von der Übertragbarkeit. Ausgehend von körperlichen Merkmalen, die Eltern an ihre Kinder weitergaben und die für jeden Betrachter offensichtlich waren, lautete die Frage, ob auch anderes von Generation zu Generation weitergegeben wurde. Das Temperament gehörte in der allgemeinen Wahrnehmung dazu. Auch einige meist nachteilig empfundene Eigenschaften, als da waren die Trunksucht und all ihre Gesellen, das aufbrausende Wesen etwa, der Hang zum Spiel, die Untreue und vielerlei mehr.

Walther von Ascisberg hatte die Angst umgetrieben, es könnte Sydal gelungen sein, sich mit der Beatmung des Säuglings in geistiger Hinsicht fortgepflanzt zu haben. Mehr noch: das Kind mit seinen ketzerischen und bestialischen Gedanken infiziert zu haben.

»Das ist der ganze Grund«, schloss Walther, nachdem er Isenhart seine Motive dargelegt hatte, »denn was hättest du gewonnen, wenn du es gewusst hättest?«

»Die Wahrheit.«

Walther lächelte mit freundlicher Nachsicht: »Die Wahrheit. Sie ist ein unbequemes Ding. Jeder meint, sie zu wissen, aber niemand mag sie gesagt bekommen. Und die halbe Wahrheit ist nie die Hälfte der ganzen. Du suchst die Wahrheit, seit du denken kannst, ich weiß – ich suche sie auch schon mein ganzes Leben lang. Aber wir neigen dazu, sie immer auch dort zu suchen, wo es für uns nicht mit Unannehmlichkeiten verbunden ist, sie zu finden.«

»Die Wahrheit ist, dass meine Mutter eine Waise war. Und mein Vater ein mehrfacher Mörder«, entgegnete Isenhart, »und die Wahrheit ist, dass Ihr mir beides verschwiegen habt.«

»Das ist die Wahrheit«, bestätigte Walther ihm, »aber die Wahrheit ist auch, dass du auf sie vorbereitet sein solltest, reif für sie und ihr gewachsen, wenn der Tag gekommen sein würde. Aber du bist ihr auch heute kaum gewachsen, du reagierst mit Trotz und Zurückweisung und verlangst, ich hätte sie dir sagen sollen, als du ihr noch viel weniger gewachsen warst. Ergibt das bei vernünftiger Betrachtung einen Sinn?«

Isenhart schluckte unwillkürlich. *Es gibt nichts Zwingenderes als die Logik,* das waren die Worte seines Lehrers gewesen, und vor der Logik ging Isenhart jetzt in die Knie. Wie ein lähmendes Gift waren die Erzählungen über seinen Vater in seinen Kopf gedrungen. Endlich kannte er einen Teil seiner Wurzeln, endlich war seine Herkunft nicht länger irgendein Punkt in einem undurchdringlichen Nebel. Die Erleichterung darüber hielt sich die Waage mit der Fassungslosigkeit, die die Taten Sydals von Friedberg in ihm auslösten.

Walther von Ascisberg hatte recht – mal wieder. Zu einem früheren Zeitpunkt hätte ihn die Wahrheit womöglich aus der Bahn geworfen.

»Das Silber, das ich nicht verwende, bringe ich Euch zurück«, sagte er daher.

Walther von Ascisberg hatte Zolner angewiesen, Isenhart ihr bestes Pferd zu überlassen, was zwar zwangsläufig Zolners Unmut hervorrief, ihn aber nicht daran hinderte, der Anweisung klaglos nachzukommen. Als Isenhart das Tier sattelte, trat Walther an ihn heran und reichte ihm ein Medaillon. Darin befand sich das kleine Bildnis eines Mannes, der ein Kind über einen Fluss trägt.

»Es ist der heilige Christophorus«, erklärte von Ascisberg. »Er schützt seinen Träger vor dem unerwarteten Tod. Ich habe es immer bei mir getragen. Aber jetzt scheint mir, du brauchst den Schutz dringender.«

Zögernd nahm Isenhart das Medaillon entgegen, drehte und wendete es in seiner Hand.

Von Ascisberg spürte seine Unentschlossenheit. Also nahm er es ihm ab, öffnete den Verschluss der Kette, an der es hing, und legte es Isenhart um den Hals. »Mein Vater hat es von meinem Vorvater geerbt, mein Vater hat es mir vermacht, und da ich selbst keinen Sohn habe …«

Er ließ es unausgesprochen. Aber die Umarmung, in die er Isenhart schloss, war umso beredter. Isenhart sträubte sich nicht länger und nahm seinen Mentor ebenfalls in die Arme.

Gegen Abend erreichten sie Heiligster. Sophia und Konrad hatten ihn begleitet, denn zum einen waren ihnen die Hände gebunden, was Henning anging, und zum anderen meinte Konrad nach einer ganzen Woche der Enthaltsamkeit ein Ziehen in seinen Lenden zu spüren.

Isenhart, dem nicht daran gelegen war, dass Henrick sich nicht mehr als sein Bruder empfand, wartete, bis er und Ursel vom kleinen Bachlauf sich zu ihren Hühnern zurückzogen, bevor er Konrad, Sophia, Marie und Hieronymus von dem berichtete, was ihn so erschüttert hatte. Der Ofen wärmte sie dabei stets von einer Seite, weshalb sie nach wenigen Minuten ihre Sitzhaltung änderten, um nicht zu erfrieren oder geröstet zu werden.

Entsetzen, Mitleid, Anteilnahme, all das und noch mehr las er dabei in ihren Mienen. *Untot,* so sagte er einmal über sich selbst, und bis auf Sophia rückten die anderen kaum merklich von ihm ab.

»Deshalb«, schloss er seinen Bericht, »mache ich mich morgen auf den Weg nach Toledo.«

»Wozu?«, fragte Konrad. Isenhart, dessen Blick eben noch in den grünen Augen von Sophia von Laurin geruht hatte, sah seinen Freund an.

»Der Mörder hat sich gerichtet«, sprang Marie dem Vater ihres ungeborenen Kindes zur Seite.

»Und dein Vater ist tot«, fügte Konrad hinzu, »es ist vorbei.«

Isenhart deutete ein Nicken an. »Du bist der Stammhalter, Konrad. Du und Sophia, ihr seid die Letzten der Laurins. Aber ihr könnt einen Stammbaum euer Eigen nennen. Ihr habt Wurzeln.«

»Die hast du auch«, sagte Sophia.

»Sicher«, pflichtete Isenhart ihr bei, »meine Mutter war eine Waise, mein Vater ein Mörder. Viel mehr weiß ich nicht. Ich muss herausfinden, was mit ihm in Toledo geschehen ist.«

»Ich würde sagen«, meldete Hieronymus sich zu Wort, »er ist vom Glauben abgefallen.«

Isenhart nickte: »Aber warum? Warum gehen zwei gelehrte Männer nach Toledo, von denen einer ins Heilige Reich zurückkehrt und damit beginnt, Jungfrauen zu töten und ihnen das Herz zu rauben?« Er sah in ihren Gesichtern sein eigenes Unvermögen gespiegelt, darauf eine befriedigende Antwort zu finden.

Nichtsdestotrotz beantwortete Isenharts Enthüllung ihnen jene ungelösten Fragen, die sie seit Jahren mit sich herumtrugen. Hieronymus verstand nun, weshalb Walther sich des kleinen Bastards angenommen hatte. Er wollte verhindern, dass er zu der Bestie heranreifte, die sein Vater gewesen war. Und selbstverständlich hatte er Isenharts Herkunft verschleiert, denn ein untotes Kind hätte wie ein Fluch über der Burg gelegen, und keine Ritterschar wäre in der Lage gewesen, dem panischen Mob Einhalt zu gebieten, der das Kind zum eigenen Schutz ertränkt oder verbrannt hätte.

Der Geistliche fragte sich insgeheim, warum Walther von Ascisberg den Säugling nicht getötet hatte. Er selbst hätte es um Jesu willen getan. Damals. Heute meinte er um den Fehler zu wissen, den er damit begangen hätte. Isenhart mochte ein untotes Kind gewesen sein, ein wenig unheimlich, äußerst wissbegierig und schlau. Aber er war kein schlechter Mensch. Es gab niemanden, den man vor ihm hätte schützen müssen.

Sophia dagegen begriff, weshalb sie von ihm als jemandem geträumt hatte, der bereits einen Blick ins Jenseits geworfen hatte. Das hatte sie damals Anna gesagt, ohne zu wissen, was genau damit gemeint sein könnte. Ihr damaliger Traum von Isenhart hatte sie nicht getäuscht.

»Die Reise ist viel zu gefährlich«, stellte Konrad mit echter Sorge in der Stimme fest, »und es ist dabei kaum mehr zu gewinnen als ein paar Geschichten über deinen Vater.«

»Mag sein«, erwiderte Isenhart, »wahrscheinlich wird es genau so kommen, wie du sagst. Aber ich brauche Gewissheit.«

Gewissheit – ein Gedanke, der auch Hieronymus umtrieb, wie Isenhart feststellte, als er vor die Tür trat und die nächtliche Winterluft ihn umfing. Der Geistliche war ihm gefolgt.

»Vermutlich warst du noch zu klein«, begann Hieronymus, »aber ich würde es trotzdem gerne wissen. Als du als Säugling auf der … *anderen Seite* warst, was hast du da gesehen?«

»Nichts«, antwortete Isenhart wahrheitsgemäß.

Hieronymus' Gestalt, so meinte er, sackte vor Enttäuschung ein wenig zusammen. Straffte sich dann aber sogleich, um ihm ein wenig auf die Sprünge zu helfen: »War es womöglich ein schöner Garten mit einem Bach und fröhlichen Menschen, und …«

»Nein«, unterbrach Isenhart, der nun eine genaue Vorstellung davon hatte, wie Hieronymus sich das Paradies vorstellte: ein Garten mit einem Bach.

»Oder«, legte der Geistliche nach, »hast du vielleicht Flammen gesehen, hast du die Hitze gespürt und die Schmerzensschreie von verlorenen Seelen gehört?«

»Auch das nicht«, antwortete Isenhart ruhig, »ich habe keine Erinnerung mehr an das, was ich damals gesehen habe.«

»Natürlich nicht«, beeilte Hieronymus sich zu sagen.

Die entscheidende Frage, die es abzuwägen galt, war: Würde er überhaupt lebend nach Heiligster zurückkehren? Da deren Beantwortung ohne seherische Fähigkeiten unmöglich war, ging er pragmatisch an die Sache heran. Sollte er unversehrt aus Toledo zurückkehren, war die Frage ohne Belang. Damit galt es nur noch für den Fall vorzusorgen, dass er Heiligster nie wiedersehen würde.

Um Hieronymus und Henrick musste er sich nicht sorgen, die hatten ihren Weg eingeschlagen und waren auf ihn nicht angewiesen. Konrad würde Vater werden, und Isenhart war sich sicher, dass dies dem Freund auch jene Verantwortung bewusst werden ließ, die seinem Leben eine gewisse Ruhe und Gelassenheit angedeihen lassen würde. Unter dem Strich liefe es auf weniger durchwürfelte Nächte und weniger Prügeleien in Spira hinaus.

Blieben die Kolkraben und Sophia.

Gweg hatte zusammen mit Unnaba seine eigene Familie gegründet. Die Raben würden mit oder ohne ihn dasselbe Leben führen. Sicher, ein paar Leckerbissen weniger. Aber sie waren klug genug, sich selbst welche zu beschaffen. Ihnen galt die geringste Sorge, ganz abgesehen davon, dass ihr Flattern, ihr Landen auf seiner Schulter und ihr Krächzen ihm fehlen würden.

Isenhart beschloss, auf dem Heuboden zu übernachten. Er wollte nicht neben den anderen lagern, um ihnen den Abschied zu vereinfachen. Dieser hehre Gedanke erschien ihm bei den nächtlichen Temperaturen, die ihn in der Scheune empfingen, alsbald als ein wenig *zu* selbstlos. Der Wind, der die Kälte durch die Ritzen der Tenne presste, wischte jeden Gedanken an Schlaf beiseite, sodass er die Schritte, die sich seiner Schlafstatt näherten, schon von Weitem hörte. Es war Sophia.

Sie kniete sich neben ihn. »Mir ist kalt«, wisperte sie.

Isenhart schlug die zwei Kuhfelle, mit denen er sich vor der Kälte schützte, zurück, und Sophia kroch darunter. Im Winter, wenn sie sich allesamt neben dem Ofen versammelten und wie Schafe im Sturm aneinanderdrängten, wenn die Gerüche aus ihren Mündern und von dem getrockneten Schweiß, der aus ihren Kleidern drang, sie umfingen und ihnen Sicherheit und Wohlbehagen vermittelten, war die körperliche Nähe ganz natürlich.

Dieses Mal schwang noch etwas anderes mit. Ihre Arme und Beine umschlangen ihn nicht, und doch lagen sie so eng wie frisch Getraute.

»Reimar von Vogt hat wieder um meine Hand angehalten«, flüsterte Sophia.

Auch wenn Isenhart Erleichterung verspürte, weil ihm womöglich eine große Sorge genommen war, hinterließen Sophias Worte doch auch einen ziehenden Schmerz in seiner Brust.

Aus dem kleinen rothaarigen Trampel war eine recht hübsche Frau geworden. Ihre schmale Gestalt, die die weiblichen Formen nicht recht zur Geltung brachte, und ihre Sommersprossen, die sie dem Verdacht aussetzten, mit Kräften zu paktieren, die nicht von dieser Welt waren, machten sie zu einem Blickfang.

Das war auch Reimar von Vogt nicht verborgen geblieben, einem Mann aus dem niederen Adel, der die Geschäfte seines Vaters Jurgan von Vogt übernahm – dieses just zu dem Zeitpunkt, an dem auch der Bischof von Spira nicht länger die Hand über Simon Rubinstein halten konnte. Den Juden waren der Handel – mit Ausnahme der Geldwirtschaft – und andere Berufszweige in der Folge der Kreuzzüge weitgehend verboten worden.

Die Ausnahme, die man Rubinstein gewährt hatte, stieß im Rathaus auf das Unverständnis all derer, die ihm die lukrativen Fährübersetzungen neideten. Der Rat untersagte ihm dieses Geschäft und kaufte ihm unter dem Vorwand der Mildtätigkeit und Nächstenliebe die Fähren zu einem Spottpreis ab. Rubinstein traf buchstäblich der Schlag. Halbseitig gelähmt und kaum noch des Sprechens fähig verbrachte er seine letzten Tage in den eigenen vier Wänden. Bis auf Walther und seine Mutter Ruth wollte er niemanden mehr sehen.

Den so entstandenen monetären Engpässen begegnete Rubinstein mit der Veräußerung von Heiligster samt umliegendem Ackerland an die von Vogts – natürlich mit Walthers Hilfe, der nach außen als Besitzer auftrat. Das allerdings unter der Maßgabe, dass Konrad von Laurin und all jene, die dort mit ihm lebten, für den Rest ihres Daseins dort bleiben durften.

Reimar von Vogt erbat sich Bedenkzeit und suchte Heiligster auf.

Dessen Bewohner säuberten gerade den Kanal vom Schlamm, als er auf dem Hof auftauchte, fast fünf Fuß groß, auf einem Maulesel – eben *niederer* Adel –, und Sophia erblickte. Eigentlich hatte er Heiligster in Augenschein nehmen wollen, aber er fand sich außerstande, seine Augen von der Fürstentochter zu lösen. Noch am Abend desselben Tages machte er das Geschäft mit Simon Rubinstein vollkommen und sich damit zum neuen Herrn über Heiligster.

Das wiederum befand sich so abgelegen, dass sich kaum jemand dorthin verirrte. Die neunzehn Anträge, die Sophia bisher zurückgewiesen hatte, ließen erahnen, um wie viel mehr sie in einer Stadt wie Spira von Offerten bedrängt worden wäre. Bauernlümmel, Schäfer, Fischer, Binnenschiffer und auch ein Kaufmann waren darunter gewesen. Allesamt hatten sie Heiligster mit gesenktem Haupt wieder verlassen. Und jedes Mal, wenn Sophia dem Eheleben erneut eine Abfuhr erteilte, empfand Isenhart eine Erleichterung, deren Ursprung zu erkunden sein Bauch ihm abriet.

Bei Reimar von Vogt verhielten die Dinge sich anders. Er war Herr über Heiligster, und obwohl Simon Rubinstein dafür Sorge getragen hatte, dass Konrad und die anderen in keinerlei Pflichtverhältnis zum Grundbesitzer standen, so existierte doch unbestreitbar eine Bande der Abhängigkeit zwischen ihnen: Es war sein Land, und sie lebten darauf.

Das hätte Sophia in ihren Überlegungen, ob sie die Kinder dieses Mannes gebären und an seiner Seite alt werden wollte, nicht weiter beeinträchtigt, wenn sie nicht Zeugin des Versprechens geworden wäre, das Reimar von Vogt ihrem Bruder gegeben hatte: »Mein Vater Jurgan ist bekannt mit Walther von Ascisberg, und wir kennen die Gerüchte, die über den Herrn von Laurin im Umlauf sind. Von seinem heldenhaften Mut und seinem Sohn, der all diesem Unglück entgangen ist. Und von dem man annimmt, er halte sich in Frankreich auf. Ich gebe Euch mein Wort, dass das Wissen über Euren wahren Verbleib bei meinem Vater und mir gut aufgehoben ist. Ihr sprecht mit einem Mann, der Euch wohlgesinnt ist.«

Konrad hatte dem jungen von Vogt in die Augen gesehen und sogar ein wenig gelächelt. »Wilbrand von Mulenbrunnen und ich werden uns begegnen. Ob durch Zufall oder nun durch Euch – das macht keinen Unterschied. So oder so, er findet mich bereit.«

Konrads Freude über einen Kampf mit dem Abt war dabei unübersehbar gewesen. Doch während ihm dabei ein Zweikampf vorschwebte, in dem sich all sein sorgsam verborgener Zorn Bahn brechen und ihn den Mann, der seinen Vater ermordet hatte, in Stücke reißen lassen würde, ahnte Sophia, dass Wilbrand sich niemals stellen, sondern seine Schergen schicken würde.

Wie auch immer: Sein Leben lag nun in der Hand Reimars von Vogt. Willigte sie in die Ehe mit ihm ein, würde Konrads Aufenthaltsort ein gut gehütetes Geheimnis bleiben. Tat sie es nicht, waren die Folgen unabsehbar, und all ihre Sicherheit beruhte auf dem Wort eines Mannes, den sie mit ihrer Zurückweisung gekränkt hatte.

Isenhart wusste um die Umstände, als Sophia, die so nahe neben ihm lag, dass ihr Atem seine Wimpern zum Vibrieren brachte, ihn von dem Antrag wissen ließ.

Anders als die ihrer Schwester Anna roch Sophias Haut nach Lavendel und Erde, und zumindest Ersteres entsprang keinesfalls seiner Einbildung, denn die Mücken machten einen großen Bogen um sie. Einmal, während sie dicht um den Ofen geschart geschlafen hatten, war er mit seinen Nasenflügeln an ihrer nackten Schulter erwacht und hatte das Aroma ihrer Haut geatmet. Er träumte, ähnlich wie Giselbert vor ihm, von einer gemeinsamen Zukunft weit weg von Heiligster. Wie bei ihrem Vater fürchtete er manchmal, wenn ihr Blick sich in den seinen bohrte, er könne in ihre Augen fallen und für immer verschwinden.

Bei der Ernte bewegte sie sich mit – wenn man das sagen konnte – ungelenker Anmut, und es war diese besondere Anmut, die ihn bei ihrem Anblick zutiefst rührte. Sie vermochte ihren Hals so stolz zu recken, wie es nur den Hochwohlgeborenen vorbehalten war. Ihre Worte wählte sie mit Bedacht, ihre femininen Attribute verhüllte sie meist unter Leinengewändern – er wurde ihrer nur ansichtig, wenn sie den Fluss durchschwammen. Für das fleischliche Verlangen, das Isenhart in solchen Momenten bei ihrem Anblick verspürte, schämte er sich. Seit Anna war keine Frau von Bedeutung mehr in sein Leben getreten. Bis auf Sophia.

Auch wenn er jeden Zoll von Annas Körper gekannt hatte, war sie für ihn eigentlich unantastbar gewesen – das galt auch für Sophia. Sie war die Tochter eines Fürsten, und er war ein Schmied.

Die Trennung ihrer Stände verbot eine Liaison und erst recht eine Ehe. Ganz davon abgesehen, wie Konrad wohl reagierte, wenn er erfuhr, dass Isenhart sich offenbar in der Reihenfolge ihrer Geburt in die Töchter des Hauses Laurin verliebte.

Sicher, Anna war das lockende Geheimnis der Weiblichkeit gewesen, bei genauerer – und ein wenig schmerzlicher – Betrachtung war sie in diesem Sinne austauschbar. Und natürlich wieder nicht, denn das, was sie verbunden hatte, war etwas Einzigartiges gewesen.

Wenn Isenhart erwachte, nachdem sie sich geliebt hatten, wenn er ihren Körper betrachtete, die Zehen, ihre verdeckte Scham, den Bogen der Schulter, den Schwung, den ihre Lippen nahmen, den engen Hof um ihre Brustwarzen oder die Struktur, die die Wirbelsäule in der Mitte ihres Rückens warf, dann war das alles gewesen, was er jemals hatte sehen wollen.

Und all das legte Sophia in einen einzigen Augenaufschlag, ohne um dessen Wirkung zu wissen. Lange glaubte Isenhart, er fühle sich zu ihr hingezogen, weil er Anna in ihr sah. Doch bis auf die Eltern und den Bruder hatten sie nichts gemein.

Das, was er für Sophia empfand und täglich aufs Neue unterdrückte, weil es für sie beide keine Zukunft gab, war reifer als jenes Gefühl, das ihn zu Anna hingezogen hatte. Seit Anna wusste er, wie eine junge Frau ohne Kleider aussah, wie es sich als Mann anfühlte, in sie einzudringen, kurz: all das Körperliche war durch Anna nicht länger terra incognita.

Sophia dagegen war noch Neuland, allerdings in einem anderen Sinne.

Jene Sophia, die ihm das Ansinnen von Reimar von Vogt anvertraute – in der Hoffnung, er, Isenhart, würde sie ehelichen und damit dem neuen Herrn von Heiligster zuvorkommen.

Aber Isenhart konnte nicht.

Schon früh hatte er bemerkt, dass er *anders* war. Er kam sich vor wie eine Gestalt, die für eine andere Zeit, eine andere Epoche vorgesehen gewesen war. Wie Walther und auch Henning. Er gehörte nicht *hierher.*

Lediglich eine Laune oder ein Irrtum der Schöpfung hatte ihn in diese Ära katapultiert, aus der auszubrechen ihm nicht gegeben war. Er war ein Gefangener seiner Zeit.

Die von ihm schon oftmals in Tagträumen ausgemalte Zweisamkeit mit Sophia war auch seinetwegen zum Scheitern verurteilt. Sie würde das Leben teilen mit einem Rastlosen, ewig Fragenden, mit einem, den die *große Unruhe* umtrieb, wie Walther von Ascisberg es einmal formuliert hatte – den Willen nämlich, sich nicht mit dem zufriedenzugeben, was war. Doch die Gegebenheiten seiner Zeit zwangen ihn, seinen Fragen nur im kleinsten Rahmen nachzugehen. Ihm war, als wäre er ein Rabe, der in der Lage war, an einem einzigen Tag an die siebzig Meilen zurückzulegen – und den man mit einem Stück Seil an einem Pflock befestigt hatte, der es ihm nur mehr erlaubte, einen Radius von sechs Fuß zu erkunden.

Mit ziemlicher Sicherheit würde aus ihm ein merkwürdiger, verbitterter Kauz werden, der seiner Umwelt mit galligem Spott begegnete. Ein unausstehlicher Griesgram, dessen Gesellschaft einem den Tag verhagelte.

Genau das hatte der Mensch, zu dem Isenhart sich am meisten hingezogen fühlte, nicht verdient. Und er, ein Diktum der Logik, aus diesem Grund diesen Menschen nicht. Sophia würde ganz gewiss zeit ihres Lebens ein wandelndes Mysterium bleiben, nie könnte er sie in Gänze ergründen. Nichtsdestotrotz war Isenhart mit ihr aufgewachsen und konnte ihre Reaktion daher vorhersehen. Sophia würde es trotzdem darauf ankommen lassen – und an seiner Seite direkt in ihr Unglück laufen.

Also sagte er: »Reimar von Vogt ist eine sehr gute Partie, ein Mann, der dir mit Achtung und Respekt begegnet. Ich wünsche dir mit ihm alles Glück dieser Welt, Sophia.«

24.

Die Verletzung, die er Sophia mit seiner Zurückweisung beigebracht hatte, hatte sich mit einer solch schutzlosen Nacktheit in ihrem Gesicht gespiegelt, dass er den Blick abwenden musste. Ohne ein Wort war sie gegangen, und da Isenhart sich vor einer erneuten Begegnung fürchtete, machte er sich vor Tagesanbruch auf.

Die anderen schliefen noch, lediglich Gweg und Dolph begleiteten ihn eine Weile, bis sie als Zweck seines Ausflugs die Jagd ausschlossen, bei der sie üblicherweise behilflich waren, und deshalb umkehrten.

Als Isenhart am Nachmittag Bruchsal erreichte, holte Konrad ihn ein. »Meinst du nicht, es wäre besser, wieder umzukehren?«

»Nein«, gab Isenhart zurück.

Anschließend überquerten sie die Alpen, schifften sich in Genova ein, erreichten auf dem Seeweg Barcelona und setzten von dort ihre Reise nach Toledo fort.

Aber ganz so einfach war es natürlich nicht.

Zunächst umgingen sie Mulenbrunnen in einem weiten Bogen nach Westen, wo sie sich einem Kaufmannstreck anschlossen, der Konstanz zum Ziel hatte. Ein humpelnder Alter, Johann genannt, erbat sich ihren Schutz und versprach ihnen im Gegenzug ausreichende Mahlzeiten. Denn ihren Proviant aus gepökeltem Fleisch und gesalzenem Fisch würden sie bei ihrem Vorhaben, über Milano den Hafen von Genova zu erreichen, noch bitter nötig haben.

Kaum hatte er seinen Mund geschlossen, bot Johann ihnen ein schrecklich dünnes Männerbein dar und einen Fuß, an dem die Zehen fehlten. Sie waren ihm erfroren, als er vor gut fünf Jahren selbst Waren nach Norditalien schaffen wollte. Er hatte es nicht einmal bis zum Pass am *Mons avium*, dem Vogelberg, geschafft, der die höchste Stelle bei einer Überquerung auf dieser Route darstellte – jene, die Walther von Ascisberg und Günther von der Braake Isenhart empfohlen hatten.

Die Menschen in den Gegenden, die sie auf ihrem Weg nach Süden durchstreiften, sprachen mit einem harten Akzent und rollten das »r«, als stecke es ihnen im Hals fest und als seien sie bemüht, es nicht in ihre Luftröhre hinabrutschen zu lassen. Es waren Franken. Deren Siedlungsgebiet, wusste Johann zu berichten, erstreckte sich bis hinab nach Luceria, dem südlichsten Besitz der Habsburger am Vierwaldstätter See, gleichzeitig ihr Ausgangspunkt für den Streckenabschnitt über das Alpenmassiv.

»Du wirst Vater«, stellte Isenhart fest, »willst du bei der Geburt nicht dabei sein und Marie zur Seite stehen?«

»Das wollte ich«, antwortete Konrad und blies die Wangen auf, »das wollte ich. Aber Marie meinte, ich kann dich nicht alleine ziehen lassen. Und was wohl mein Stammhalter von mir halten sollte, wenn er eines Tages erfährt, dass ich dich alleine hab reiten lassen.« Konrad warf ihm von der Seite einen Blick zu.

»Was hast du mit meiner Schwester angestellt?«

»Warum fragst du?«

»Weil sie mich, bevor ich mir in Tutenhoven einen anständigen Gaul geliehen habe, um meine Zustimmung für die Ehe mit diesem von Vogt gebeten hat.«

»Ich habe ihr dazu geraten«, antwortete Isenhart, was nicht ganz der Wahrheit entsprach. Konrad nickte, aber irgendetwas bereitete dem Freund trotzdem Kopfzerbrechen, es stand ihm in breiten Lettern auf der Stirn geschrieben.

»Was ist?«, fragte Isenhart.

Konrad richtete den Blick auf ihn. »Ich dachte … ich habe geglaubt … für mich sah es so aus, als wäre Sophia dir zugetan.«

Isenhart deutete ein Achselzucken an.

»Und du ihr«, fügte Konrad hinzu.

»Sie ist von unvergleichlicher Anmut«, bestätigte Isenhart, und während er es sagte, stellte sich wie von selbst vor seinem inneren Auge das Bild Sophias ein. Das war der Punkt, an dem er beinahe die Suche nach seinem Vater und dem, was aus ihm in Toledo geworden war, abgebrochen und sein Pferd gewendet hätte.

»Anmut«, fragte Konrad stirnrunzelnd, als sei er sich nicht sicher, ob sie über die gleiche Person sprachen, »was für eine Anmut? Die Anmut ihres Hinterns?« Er grinste breit über seinen eigenen Scherz.

»Einem Simpel ist es eben nicht gegeben, die Welt der Anmut zu verstehen«, stellte Isenhart fest, woraufhin Konrads Grinsen hölzern wurde, »davon abgesehen bin ich ihr zugetan. Aber die Heirat mit Reimar von Vogt wird sie glücklich machen. Und ich sehe sie gerne glücklich.«

Konrad fiel auf, dass in Isenharts Feststellung jene Prise Fröhlichkeit fehlte, die man von einem erwarten konnte, der behauptete, ihm liege am Glück eines anderen Menschen – und dieses Glück gerade drauf und dran war, sich einzustellen. Aber er hakte nicht nach. Er verfügte nicht über die Intelligenz seines Begleiters, dafür aber über ein ausgezeichnetes und meist treffsicheres Gespür, und das riet ihm, den Mund zu halten.

Als der Treck nach Konstanz weiterzog, trennten sich ihre und Johanns Wege.

Im Februar führten Konrad von Laurin und Isenhart ihre Pferde durch den Aargau westlich vom Zürichgau und nördlich von Luceria, wobei die Ausläufer des Jura ihnen einen kleinen Vorgeschmack auf die Alpen boten.

Die frostigen Temperaturen zwangen sie noch jeden Abend zur Einkehr. Bei einer ungeschützten Übernachtung hätte die Gefahr bestanden, zu erfrieren oder die Pferde zu verlieren – oder beides. Da die Tage recht kurz waren, lag die jeweils zurückgelegte Etappe zu Isenharts Missfallen um einiges unter dem, was er errechnet hatte. Konrad wiederum schlugen das Essen in den Wirtshäusern und das Wetter aufs Gemüt.

Zwei Gasthausschlägereien später erblickten sie in den ersten

Märztagen das Benediktinerkloster St. Leodegar, um das herum sich aus einem kleinen Fischerdorf eine Stadt entwickelt hatte: Luceria. Diese lag an einem See von so unglaublichen Ausmaßen, dass Konrad und Isenhart zunächst glaubten, bereits das Meer erreicht zu haben. Vielleicht, so Konrads Hoffnung, hatten sie einen Weg gefunden, der an den Alpen vorbei nach Genova führte.

Isenhart stieg vom Pferd, tauchte die Hand ins klare Wasser und benetzte seine Lippen, bevor er den Kopf schüttelte. »Das ist Süßwasser«, sagte er, als er sein Pferd wieder bestieg.

»Und?«

»Und Meereswasser ist salzig.«

»Und wenn das hier ein Süßwassermeer ist?«

»Das gibt es nicht.«

»Sagt wer?«

»Sagt Walther.«

»Oha. Du fühlst dich doch sonst auch nicht wohl, wenn du etwas nicht infrage stellen kannst«, stichelte Konrad.

»In diesem Fall vertraue ich auf Walther.«

In Luceria füllten sie ihre Vorräte auf, die nicht nur aus Lebensmitteln bestanden, sondern auch aus Decken und Fellen für sie selbst und die Pferde. Außerdem Holzscheite, Reisig und zwei Feuersteine. Wie Urs, ihr fünfzehnjähriger Führer, den sie vor einem Gasthaus getroffen hatten, meinte, war es höchst riskant, um diese Jahreszeit den Vogelberg zu passieren. Oben lag mit Sicherheit noch Schnee, in der Nacht würden sie dem Frost ausgeliefert sein. Wenn dann am Tag darauf auch noch die Sonne durch eine dicke Wolkenschicht verdunkelt wurde, hatten sie schlechte Karten. Besser sei es, mindestens bis zum Mai auszuharren.

Isenhart wollte nicht so lange warten, und Konrad kam es suspekt vor, dass die Eltern ihres Bergführers ihren Sohn so ähnlich wie einen Auerochsen nannten.

Am 25. März 1196 unternahmen sie ihren ersten Versuch.

Vom See führte ein Weg direkt hinauf in die Berge. Die Steigung zwang sie, die größten Teile der Strecke zu Fuß zurückzulegen und die Pferde hinter sich herzuführen.

Am Ende des Brünigpasses, von dem aus bereits größere Berge zu sehen waren, die aus dem Massiv hervorstachen und ihre Gipfel in den Himmel reckten, war an ein Fortkommen nicht mehr zu denken. Der Schnee reichte den Pferden bis zum Bauch. Sie stapften – dabei versanken sie selbst bis zur Brust – eine Schneise von dreihundert Fuß in die weiße Pracht, aber sie sahen nicht, wohin sie traten. Wären sie vom Weg abgekommen und auf abschüssiges Gelände geraten, hätte der Schnee sie einfach verschluckt.

»Im Sommer finden wir hier immer welche«, sagte Urs. Die dreihundert Fuß hatten sie eine knappe Stunde gekostet. »Der Schweiß bleibt in den Kleidern«, wusste der Junge, »und nachts gefriert er, wenn er nicht vorher getrocknet ist.«

»Wie viele Meilen sind es von hier bis zum Grimselpass?«, fragte Isenhart außer Atem. Oben, am Grimselpass, sollte es eine Unterkunft geben, nicht mehr als eine fensterlose Holzbaracke – dafür aber ausreichend vom Wind geschützt, um ein Feuer in Gang zu setzen.

»Ich weiß nicht«, erwiderte der Junge, denn wie sich herausstellte, konnte Urs nicht rechnen. Und Zahlen, die über die zehn Finger an seinen Händen hinausgingen, waren für ihn nicht greifbar, außer, dass er auf sie den Begriff »viele« anwandte.

Isenhart war ratlos – und verärgert. Aber nicht wegen der mangelnden Bildung ihres jungen Bergführers, sondern wegen seiner eigenen Unfähigkeit, die Frage nach der Strecke bis zum Grimselpass in eine für Urs verständliche Form zu übersetzen.

»Das ist ein Fuß«, versuchte Isenhart es erneut und deutete auf seinen eigenen, »wie viele Füße müsste man aneinanderreihen, um den Grimselpass zu erreichen?«

Urs' Kinnlade klappte vor gedanklicher Anstrengung nach unten. Ganz offensichtlich sprengten die Zehntausende an Füßen seine Vorstellungskraft. Davon abgesehen, wie hätte der junge Franke die Anzahl der benötigten Fußlängen *beziffern* sollen? Das begriff nun auch Isenhart. Ein längeres durch ein kürzeres Maß zu ersetzen, beseitigte nicht die eigentliche Barriere: Urs' Unkenntnis jener Millionen Zahlen, die das Wort »viele« umschloss.

»Müssen wir einmal, zweimal oder dreimal das Nachtlager aufschlagen, bevor wir den Grimselpass erreichen?«, fragte Konrad.

»Zweimal«, sagte Urs erleichtert.

Sie kehrten um.

Der April 1196 zeigte sich in Luceria ungewohnt mild. Mild genug, um einen zweiten Anlauf zu wagen. Tatsächlich waren die Schneemassen, die sie noch im März auf dem Brünigpass zur Umkehr gezwungen hatten, nahezu ausnahmslos geschmolzen.

Der Aufstieg in den Eingang des Grimselpasses erwies sich als höchst anstrengend, da der Scheitelpunkt des Übergangs nur wenig niedriger lag als jener am Vogelberg, nämlich rund 5850 Fuß. Isenhart meinte fast zu spüren, wie die Umgebungstemperatur mit jedem zurückgelegten Höhenmeter abfiel.

Auch für die Tiere, die eine nicht unerhebliche Last an Proviant trugen, wurde der Aufstieg zu einer Herausforderung. Isenhart registrierte überrascht, wie alle – die Pferde mit eingeschlossen – auch im Ruhezustand schneller atmeten. Er führte diesen Umstand auf ihre aktuelle Höhenposition zurück, ohne den Grund dafür benennen zu können.

Auf dem ersten Drittel des Klausenübergangs wiederholte sich die Geschichte. Sie versanken im Schnee. Die Berge unterlagen ganz offensichtlich anderen Gesetzmäßigkeiten als jenen, die Isenhart gewohnt war. Ihm erschienen sie beinahe als lebendige Wesen, die ihre Immobilität mit gigantischer Größe wettmachten und ihm, diesem kleinen Stück Mensch, aus purer Bosheit trotzten. Aber es half nichts. Die Berge zwangen sie abermals zur Umkehr.

Während sie in Luceria erneut auf bessere Wetterverhältnisse warteten, studierte Isenhart ein ums andere Mal die Skizzen seines Vaters.

Sydals Zeichnung eines Rechtecks, an dessen vier Eckpunkten sich Linien senkrecht nach oben erhoben und nur eine ebenso senkrecht, also in einem Winkel von neunzig Grad, nach unten erstreckte, rief seine größte Neugier hervor, auch wenn er außerstande war, den Grund für seine Faszination zu benennen. Vielleicht, weil sich hinter dieser Zeichnung, deren Sinn selbst Walthers Geist nicht aufzuspüren vermocht hatte, ein komplexes Geheimnis verbarg, das wiederum ein Beleg für den Umstand sein konnte, dass Sydal von Friedberg ebenfalls außerhalb seiner Zeit gestanden hatte. Etwas also, was Vater und Sohn verband, auch wenn Isenhart nicht recht wusste, ob er das als angenehm oder unheimlich empfinden sollte.

Bevor sie sich ein drittes Mal aufmachten, suchte Urs Rat bei seinem Vater, Linardin Kuhfuss, um einen weiteren Fehlschlag zu vermeiden.

Für jemanden, der *Kuhfuss* hieß, räsonierte Konrad, lag es vielleicht sogar nahe, seinen Sohn *Urs* zu nennen.

Linardin Kuhfuss jedenfalls, ein Mann von Mitte dreißig, sparte an allem. Er heizte im Winter kaum, denn Holz erschien ihm teuer. Seine Frau kleidete sich in die Überbleibsel dreier Kleider. »Wärmt auch«, stellte Kuhfuss gerne fest, der sich selbst das Schuhwerk versagte und sich hauptsächlich von Wasser und Brei ernährte, um nicht in den Verdacht der Völlerei zu geraten.

Urs war nichts weiter als ein Versehen gewesen, denn Kinder erschwerten einem den Lebensunterhalt, den Linardin sauer und beschwerlich mit der Herstellung von Sbrinz bestritt, einem Käse, der – hatte er erst einmal zwei, drei Jahre auf dem Buckel – vorzüglich schmeckte.

»Mein Vater ist ein Meister im Sparen«, warnte Urs Konrad und Isenhart mit stolzer Miene vor. Sie folgten dem Jungen zu einer verfallenen Bretterbude, die zwischen einem Lehm- und einem Steinbau aus der Gasse herausstach. Auch, weil aus ihr im Gegensatz zu den Nachbargebäuden kein Rauch aufstieg.

»Last«, sagte Linardin Kuhfuss nur, als er die beiden Männer musterte, die sein Sohn hierhergebracht hatte.

»Wir müssen«, übersetzte Urs, »überlegen, worauf Ihr verzichten könnt.«

Konrad speiste ihn mit einem Nicken ab, für ihn war etwas anderes von Interesse: »Heißt Ihr tatsächlich Kuhfuss, ja?«

»Mmh«, anwortete Urs' Vater, der in einem Kupferkessel Rohmilch umrührte.

Konrad konnte sich ein Grinsen nicht verkneifen.

»Wir haben nur Kleidung dabei, unsere Waffen, etwas Proviant«, zählte Isenhart auf, »nichts, was überflüssig wäre.«

Jetzt erst sah Linardin Kuhfuss zum ersten Mal richtig auf und nahm den Fremden in Augenschein. Es war, als hätte Isenhart das entscheidende Stichwort geliefert. »Man kann alles kaufen«, beschied Kuhfuss ihn.

»Ihr könnt«, vermittelte Urs erneut, »Eure Kleidung und Eure Waffen hier verkaufen. Dann habt Ihr und Eure Pferde weniger zu tragen. Und wenn die Alpen hinter Euch liegen, kauft Ihr Euch einfach, was Ihr hier zurückgelassen habt.«

»Wir brauchen unsere Waffen«, beharrte Konrad von Laurin.

»Niemand wartet in den Bergen«, widersprach Linardin, »würde erfrieren.«

Er spart selbst an Worten, dachte Konrad.

»Gut«, ging Isenhart darauf ein, »wir lassen etwas von der Bewaffnung zurück, ein paar Kleidungsstücke … wir haben auch noch Silber.«

Konrad klappte die Kinnlade herunter, Urs und sein Vater sahen interessiert auf. »Viel?«, wollte Kuhfuss wissen.

»Nein«, sagte Konrad.

»Ja«, erwiderte Isenhart im selben Augenblick.

Sie sahen sich vorwurfsvoll an.

Ein helles, hohes Wimmern ertönte hinter Linardin, es war, als würde ein Kalb vor Schmerzen meckern. Doch es war nur Urs' Mutter, die angesichts der gegensätzlichen Aussagen Konrads und Isenharts nicht länger an sich halten konnte.

»Lachen schickt sich nicht, Weib«, maßregelte ihr Gatte sie mit verkniffener Miene.

Doch dieser Verweis ließ seine Frau nur umso lauter prusten. Urs starrte derweil angestrengt an die Decke der Stube. Das helle Lachen seiner Mutter war indessen so ungestüm wie ein Sturzbach aus den Bergen, dass es ihn mitriss. Und nicht nur ihn. Auch Konrad und Isenhart ließen sich anstecken, sie krümmten sich bald, alle vier lachten sie, was das Zeug hielt. Selbst Linardin Kuhfuß platzte lauthals und stoßweise heraus. Verschwendung der Atemluft natürlich, wie er für sich feststellte, aber wenigstens eine heitere.

»Wir können das Silber wohl schwerlich hierlassen«, sagte Isenhart, nachdem die Erheiterung ihren Zenit überschritten hatte, »und gleichzeitig davon unsere Auslagen bestreiten.«

»Schick sie zu Meige Schütterkuss«, riet Linardins Frau.

»Zur Meige«, vergewisserte der sich, »mit ihren merkwürdigen Ideen?«

»Genau«, bestätigte ihm sein Weib.

Urs führte die beiden zwei Gassen weiter, nachdem Isenhart die Haller Silbermünzen aus seinem Versteck geholt und in ein schmutziges Stück Leinen gehüllt hatte.

Die Gassen in Luceria hatten sich geleert, die Nacht kehrte ein. Die Menschen kamen von ihrem Tagwerk, füllten sich den Magen und fielen aufs Strohlager oder kehrten noch schnell in die Schänke ein.

»Sie sorgt dafür, dass das Silber die Berge überquert, ohne dass wir es tragen müssen?«, fragte Konrad. Er zog als Ausdruck seiner Skepsis die linke Augenbraue hoch, eine Fertigkeit in Sachen Muskelbeherrschung, die aus dem Wettstreit zwischen ihm und Isenhart heraus entstanden war, wer von ihnen wohl als Erster dazu in der Lage sein würde, das mimische Meisterstück ihres Scholasticus Walther von Ascisberg nachzuahmen. »Wie soll das gehen?«

Isenhart deutete ein Achselzucken an.

Urs führte sie eine schmale, enge Treppe hinab in einen Vorraum, in dem ein modriger Geruch in der Luft hing. An einem runden Tisch saß ein Mann, der die drei musterte. Gelassen.

Hinter ihm, ins Gestein gestoßen, befand sich eine Tür, die aus Gitterstäben bestand. Irgendwo dahinter musste sich eine Lichtquelle befinden, Isenhart sah, wie der Schein an der Felswand hin und her tanzte.

»Wir müssen zu Meige Schütterkuss«, sagte Urs.

»Wir«, fragte der Mann, und außer seinem Mund regte sich dabei nichts, »wer seid Ihr?«

»Konrad von Laurin und Isenhart«, stellte Isenhart sie beide vor, »wir müssen über die Berge und wollen unser Reisegewicht verringern.«

»Dann legt mal Eure Waffen ab«, trug der Mann ihnen an.

Isenhart hörte, wie Konrad einmal tief Luft holte. Dann trat dieser vor, blickte dem Mann in die Augen und sagte: »Ihr haltet uns wohl für sehr dumm. Natürlich legen wir das Schwert nicht ab – und jetzt führt uns zu Meige Schütterkuss.«

Der Mann am Tisch wurde kurz von der Reglosigkeit gepackt, die er mit einem kurzen Schütteln verscheuchte. Er stand auf und überragte Konrad um eine halbe Haupteslänge. Auch war er breiter gebaut. »Ich bin Ragbert. Und wenn Ihr ein wenig Euren Mut kühlen wollt, sollten wir vor die Tür in den Wind treten.«

Konrad nickte grimmig.

»Lass sie durch«, ließ sich eine Stimme hinter ihm vernehmen, und als er sich ihr zuwandte, gab er auch den Blick auf sie frei. Meige Schütterkuss war eine feingliedrige und energische Person. Die blonden Haare angeordnet wie ein Heiligenschein, ließen ihre Augen sie wissen, dass sie eben das nicht war, eine Heilige.

Hinter der Gittertür herrschte akribische Ordnung. Hier lagerten Wertgegenstände jeglicher Natur. Münzen, Metallbarren, Schmuck, Edelsteine, Besitzpapiere, wertvolle Kerzenleuchter, Büsten, Sporen, Schwerter. Ringe, Kettenhemden, Rüstungen, Diademe. Eine Lagerstatt in der Ecke des Gewölbes, das immer dort zu Boden abfiel, wo es durch eine Säule gestützt wurde, gab Auskunft darüber, wo Meige nächtigte. Die Frage nach der Versorgung beantwortete eine Feuerstelle, in der verbranntes Holz nachglühte und sich ein Rauchabzug in die Decke bohrte. Die Frau selbst steckte in einer Art Tunika, die keinen einzigen Fleck oder gar ein Mottenloch aufwies.

Sie erbat einen Blick auf die Haller Silbermünzen, die Isenhart mit sich führte. Und befand sie für schwer. Nachdem sie sich mit einem beherzten Biss und im Anschluss daran mit einer Kneifzange der Konsistenz dreier Münzen vergewissert hatte, erklärte sie sich zu Verhandlungen bereit.

Meige Schütterkuss, so stellte sich heraus, war keinesfalls Besitzerin all des Reichtums, den sie hier unten, geschützt durch Gittertüren und bewacht von Ragbert, angesammelt hatte, sondern lediglich eine Verwalterin.

Ihr Mann, Martin der Kleinere, ein Händler, war bei einem Überfall ums Leben gekommen, weil die Räuber es auf seinen Geldbeutel abgesehen hatten. Aber was wäre wohl geschehen, wenn man ihn mittellos angetroffen hätte? Es hätte nichts gegeben, was zu verteidigen er sich verpflichtet gefühlt hätte. Nichts, weswegen man ihn hätte töten müssen. Vielleicht hätten sie ihm noch einen Stoß oder Tritt versetzt oder einen Schabernack mit ihm getrieben. Aber es hätte keinen Grund gegeben, ihm die Kehle durchzuschneiden, wie man es getan hatte.

Etwas von Wert mit sich zu führen, resümierte Meige Schütterkuss, war ein Risiko. Und wenn man noch dazu die Alpen zu überqueren gedachte, war es außerdem Ballast. Also hatte sie ein System erdacht, das beides minderte, das Risiko ebenso wie das Gewicht. Sie sah auf.

Konrads Miene war von Skepsis bestimmt, wie Meige Schütterkuss für sich feststellte, der Schmale dagegen schien ehrliches Interesse an ihren Ideen zu hegen. Trotz des Dämmerlichts hier unten wirkte sein Blick wach.

Sie werde, erläuterte sie den beiden, den Wert des Silbers auf einem Pergament festhalten und dieses versiegeln. »Nachdem Ihr die Alpen überquert habt«, fuhr sie fort, »werdet Ihr nach Birizona kommen. Dort lebt ein guter Geschäftspartner, der Euch gegen Vorlage des Pergaments den Gegenwert des Silbers in norditalienischen Münzen auszahlen wird.«

Konrad war nicht gewillt, dieser Sache auf den Leim zu gehen, er sah den Freund von der Seite an.

»Und Euer Vorteil bei der Sache?«, fragte Isenhart.

»Ich behalte eine Silbermark ein, ebenso wie mein Bekannter in Birizona.«

»Ah ja, Euer Bekannter«, warf Konrad ein und stellte sich eine Spur breitbeiniger hin, um für einen Angriff von Ragbert gerüstet zu sein, »und was ist, wenn der nie von Euch gehört hat oder uns für das Stück Pergament nichts gibt?«

Ein Einwand, der auch Isenhart aufmerken ließ.

»Wir haben eine Vereinbarung«, hielt die kleine Schütterkuss ihnen entgegen, »selbstverständlich verteilt mein Freund in Birizona auch diese Pergamente an norditalienische Kaufleute aus Milano oder Venezia oder Genova. Weigert er sich, Euch Euren Besitz auszuzahlen, werde ich den Besitz seiner Freunde hier ebenfalls einbehalten. Das ist ein Zustand, der für keine Seite einen Vorteil birgt. Weswegen es aus der Sicht eines Kaufmanns unsinnig wäre, ihn absichtlich eintreten zu lassen.«

Das ergab in der Tat einen Sinn, dem sich selbst Konrad von Laurin nicht verschließen konnte.

»Und wie heißt dieser Kaufmann in Birizona?«, wollte er wissen.

»Simone Canzano«, antwortete Ragbert hinter ihnen. Meige Schütterkuss nickte.

»Si-mo-ne?«, fragte Konrad gedehnt, »ein Mann, der *Simone* heißt?«

»Das ist sein Name«, bestätigte die blonde Frau.

Für einen Augenblick fand der Stammhalter sich ratlos vor – was sollte man denn dazu sagen?

»Sein Vater hat ihn wohl gehasst, nicht wahr. Sonst hätte er den Sohn ja nicht mit einem Weibsnamen dem Gespött ausgesetzt.«

»In Birizona ist das kein Name für ein Weib«, berichtigte Meige ihn.

»Muss ja eine merkwürdige Gegend sein«, stellte Konrad fest.

Anfang Mai, der Monat, zu dem Urs ihnen von Anfang an geraten hatte, empfing der Etzelübergang sie in saftigem Grün, und obwohl der Klausenpass an seiner höchsten Stelle noch mit einer dünnen Schneeschicht aufwartete, war dieser Aufstieg im Vergleich zu den vorangegangenen Versuchen ein Leichtes.

In der Hütte, die sich auf dem Scheitelpunkt des Passes befand, schlugen sie wie geplant ihr Nachtlager auf. Am nächsten Morgen beschrieb Urs ihnen die weitere Strecke und machte sich dann auf den Rückweg, nicht ohne vorher für seine Dienste großzügig belohnt zu werden.

Die weitere Reise gestaltete sich beschwerlich, aber nicht unmöglich, auch wenn es manchmal schien, als wollte das Massiv kein Ende mehr nehmen. Hinter jeder Wegbiegung erhob sich ein weiterer Berg, den es zu umgehen galt. Die höchsten von ihnen trugen schneebedeckte Gipfel. Am Vogelberg, in über 6000 Fuß Höhe, wurden Konrad und Isenhart von Kopfschmerzen heimgesucht, die aber wieder abklangen, je weiter der Pass sie zurück in die Tiefe führte.

Ende Mai, an einem wohltuend warmen Frühsommertag, entdeckten sie Schafe und fielen sich vor lauter Freude in die Arme. Ihre Gesichter waren von ihren Bärten halb verdeckt, ihre Haut von der Sonne verbrannt und sie stanken zum Himmel.

Eine knappe Meile weiter stießen sie auf eine kleine Bauernsiedlung, die sich Birizona nannte. Die Bewohner dort waren freundlich und augenscheinlich an die Ankunft von Alpenüberquerern gewohnt. Mit dem Versorgen solcher Reisender, die über die Pässe kamen, verdienten sie sich ein kleines Zubrot.

Dass Isenhart und Konrad sich weitab ihrer Heimat befanden, wurde ihnen stets aufs Neue ins Gedächtnis gerufen, sobald sie sich mit den Bauern unterhielten. Das erste Mal seit dem Lesen von Schriftstücken kam hier ihre Bildung zum praktischen Zug: Sie waren in der Lage, auf das erlernte Latein zurückzugreifen, ansonsten wäre die Kommunikation auf eine pantomimische beschränkt geblieben.

Tatsächlich trafen sie auf Simone Canzano, einen Mann mit einem Vollbart, den, so Konrads Vermutung, er sich stehen ließ, um die Wirkung seines Vornamens auszugleichen.

Anstandslos und wie von Meige Schütterkuss aus Luceria prophezeit, hielt Simone sich an die Abmachung, indem er ihnen den Gegenwert für das in Luceria ausgestellte Dokument in Denaren ausbezahlte, eine Währung, die sie nicht kannten. Obschon Alexander von Westheim sie wohl mal erwähnt hatte.

Und als Simone sie mit Ziegenkäse und Brot und Wein versorgte, schwand auch Konrads Skepsis.

Mithilfe ihrer Kenntnisse in Latein erhielten sie recht genaue Angaben für ihre weitere Reise nach Milano, wo man Konrad nach einer Meinungsverschiedenheit mit zwei Einheimischen in Ketten legte. Isenhart appellierte mit einer Handvoll Denare an die Milde der Verantwortlichen. Auf dieser Grundlage klärte er das Missverständnis auf, das sich zwischen Konrad auf der einen und zwei Einwohnern auf der anderen Seite ereignet hatte. Während diese ein paar lobende Worte für sein Kettenhemd fanden – Isenhart fühlte sich geehrt –, verstand der junge von Laurin, dass die beiden ihn als Hure bezeichneten. Selbstverständlich durfte das nicht ungesühnt bleiben. Und in Ermangelung einer angemessenen verbalen Replik – er hätte dem Unterricht früher doch aufmerksamer folgen sollen – verprügelte er sie einfach.

Doch statt sich bei Isenhart dafür zu bedanken, dass der ihn aus dem Verlies holte und möglicherweise noch vor Schlimmerem bewahrte, war Konrad gekränkt.

»Du hast mich als Kretin dargestellt«, warf er ihm vor.

»Was hätte ich denn tun sollen?«, verteidigte Isenhart sich.

Eine passende Antwort fiel Konrad von Laurin darauf leider nicht ein, was seinen Zorn weiter anschwellen ließ. Er maulte bis kurz vor Genova.

Die Alpen waren Isenhart als Prüfung seiner Selbstdisziplin und Entschlossenheit vorgekommen. Die echte Prüfung, fand er nun heraus, bestand darin, mit einem ungenießbar schlecht gelaunten Konrad seine Tage zu verbringen.

»An der Seite von Gérard de Ridefort hättest du dich nicht so aufgeführt«, ließ Isenhart nebenbei fallen, »und das liegt daran, dass de Ridefort vom gleichen Stand ist wie du. Und ich nur ein Knecht bin.«

»Das ist nicht wahr«, fuhr es Konrad mit Nachdruck aus dem Mund.

»Denk mal darüber nach.«

»Es ist nicht wahr.«

»Und deinem Vater machst du damit ganz gewiss auch keine Ehre.«

»Und das ist auch nicht wahr.«

Isenhart kommentierte die Sache nicht weiter, aber er bemerkte doch aus den Augenwinkeln, wie Konrad sich im Sattel straffte und dezent räusperte. Es verging eine Weile, bis Konrad wieder das Wort an ihn richtete, er lächelte sogar ein wenig.

»Bist du auch gespannt auf dieses *Meer?*«

Isenhart konnte sein Grinsen nur schwerlich unterdrücken. Er nickte: »Und ob.«

Aller Zank war damit beiseitegeschoben und vergessen. Er hatte nie existiert. Und auch, wenn es nicht dem entsprach, was vorgefallen war, entsprach es letztendlich doch der Wahrheit.

Bevor sie das Meer erblickten, rochen sie es. Ein Aroma aus Salz und Tang und feuchter Luft wehte ihnen entgegen. Isenhart und Konrad führten ihre Pferde hinter sich her und um die nächste Biegung.

Die beiden blieben so abrupt stehen, dass Konrads Pferd mit dem Kopf gegen seine Schulter stieß. Tief unten breitete es sich aus, das Meer, ein schimmerndes Spiel aus Gischt und hellem Blau, bald sanftem Grün, das sich erstreckte, ohne dass man ein gegenüberliegendes Ufer hätte ausmachen können.

Und blickte man nach links oder rechts, ließ sich auch dort keine Begrenzung erkennen.

»Das muss das Meer sein«, stellte Konrad andächtig fest.

»Wie groß es ist«, kam es Isenhart über die Lippen. Der Anblick dieser Weite, die Wucht der Natur, vor der er sich unglaublich klein und vernichtend unwichtig fühlte, ähnlich dem Anblick der höchsten Berge, ergriff ihn. Die Haare auf seinem Unterarm stellten sich kerzengerade auf.

So verharrten sie dort einige Augenblicke, unfähig, ihren Gefühlen Worte zu verleihen.

Nur etwas weiter – nämlich eine weitere Biegung des Weges – erhoben sich die Stadtgrenzen Genovas.

Der Apennin fiel hier so stark zur Küste ab, dass sich das Stadttor erst ins Blickfeld des Betrachters schob, wenn man es beinahe schon erreicht hatte.

Die Porta Soprana, so sein Name, war mit zwei großen, runden Wachtürmen bewehrt, auf deren Plattformen die genuesische Flagge wehte, ein rotes Kreuz auf weißem Grund, gleichzeitig Symbol der Kreuzfahrer. Der Anblick des Tuches löste in Konrad die Erinnerung an den Zug des Kreuzfahrerheeres unter Barbarossa aus. An jene Schicksalsstunden, die er Seite an Seite mit Dolph von Grundauf durchgestanden hatte. Und natürlich die Erinnerung an seinen Vater, der ihm bis nach Philippopolis gefolgt war.

Die Wachleute am offenen Tor fragten sie, welches Ziel ihre Reise habe. Dabei legten die Genuesen, die ihre Helme abgelegt und die Lanzen nicht am Mann trugen, sondern sie wenige Schritte entfernt an die Stadtmauer gelehnt hatten, eine freundliche Gelassenheit an den Tag.

Bevor ihnen eine Antwort über die Lippen kam, fiel einem der Wachleute das Wappen auf Konrads Wams auf. Interessiert erkundigten sie sich, welche Stadt es repräsentiere, wie groß sie sei und wie weit entfernt sie sich befinde.

Verlangte ihnen die Entfernung, die Isenhart den Wachmännern anhand der Anzahl der zurückgelegten Tagesreisen verdeutlichte, Anerkennung ab, verhielt es sich bei dem Vergleich der Größe der Städte andersherum.

Spira, so schätzte Isenhart recht exakt, wurde von knapp über 2000 Menschen bewohnt, eine Ortschaft auf dem Sprung.

»Hier leben fünfzehn Mal so viele Menschen«, antwortete einer der Männer, die sie mit einem nachsichtigen Lächeln bedachten, das frei war von Hohn oder Spott.

»Sicher führt der stete Sonnenschein aufs Haupt dazu, zu Übertreibungen zu neigen«, vermutete Konrad mit gespielter Fröhlichkeit. Doch die Genuesen ließen sich von ihm nicht provozieren, sondern begegneten ihm mit einem entwaffnenden Lächeln.

»Wir Genuesen übertreiben immerzu«, bekannte derjenige freimütig, der das erste Wort an sie gerichtet hatte, »zuerst bei der Größe unseres Gemächts, dann bei der Schönheit unserer Frauen, bei der Anzahl unserer besiegten Feinde und schließlich bei der Liebe, die unsere Mütter für uns empfinden. Aber nie, niemals, würden wir bei der Größe Genovas übertreiben. Denn das weckte nur Neugierde, und es kämen noch mehr und würden hier sesshaft und die Preise in die Höhe treiben. Warum sollten wir zu unserem Nachteil handeln, hm?«

Darauf wussten weder Isenhart noch Konrad eine kluge Antwort.

»Wie können wir Euch helfen?«, fragte der zweite Wachmann.

Nachdem Isenhart von ihrem Anliegen, nach Barcelona übergesetzt zu werden, erzählt hatte, warnte ein Wachmann sie zunächst vor Dieben und wies ihnen dann den Weg zum Hafen. Dort unten organisierten einige Männer den Fährverkehr, die einander in tiefer Feindschaft verbunden waren. Einer, der Speise und Lager für Reisende bot, betrieb sein Geschäft unten am Hafen ganz links.

»Wie ist sein Name?«, wollte Konrad wissen.

»Luca Passaforo.«

Konrad seufzte.

»In dieser Gegend stimmt doch etwas grundsätzlich nicht«, bemerkte Konrad halblaut, während sie sich durch die engen Gassen drückten, in denen die Ausdünstungen von Mensch und Tier bleiern in der Luft hingen und rege Betriebsamkeit herrschte. Jeder schien ein wichtiges Ziel zu haben, niemand trödelte, mit Ausnahme von zumeist versehrten Bettlern und jenen, die ein Schwätzchen hielten.

Diese allgemeine Geschäftigkeit, die wie ein Flirren über der ganzen Stadt zu schweben schien, ließ sie alsbald die Orientierung verlieren. Gassen kreuzten von allen Seiten, und kaum führten sie auf einen kleinen Platz, meist mit einem Brunnen, verzweigten sie sich wieder. Oftmals reichten die Balkone so weit in die Gassen hinein, dass sie die Galerie der gegenüberliegenden Gebäude beinahe berührten.

Die Frauen zollten der mörderischen Mittagshitze durch leichte Kleidung Tribut, der von der See wehende Wind drückte das dünne Leinen bisweilen ansprechend an die Körper. Konrad verrenkte sich den Hals.

Um sie herum drängelten sich Pilger, Kaufleute, Kreuzfahrer und Abenteurer ebenfalls durch die Gassen, die Worte von einem Dutzend Sprachen glitten durch die flimmernde Luft.

»Ich weiß nicht, wo wir sind«, bekannte Konrad.

Isenhart war stehen geblieben. »Ich auch nicht«, stimmte er dem Freund zu, »die Stadt ist wirklich groß.«

»Ja, groß und …«

Konrad brach mitten im Satz ab. An ihnen schritt ein Mohr vorbei, der einen Hut auf dem Kopf trug, an dem Federn staken. Um seinen Hals raschelte eine Kette aus kleinen Knöchelchen.

Konrad schlug eilig das Kreuz. Isenhart starrte dem Mann beeindruckt hinterher.

»Mit der ganzen Gegend stimmt was nicht«, war Konrad von Laurin überzeugt.

»Immer bergab«, sagte Isenhart.

»Was?«

»Immer bergab«, wiederholte Isenhart, »der Hafen muss am niedrigsten Punkt der Stadt liegen.«

Am Hafen, einer breiten Uferbefestigung, die den Wellen trotzte und geschützte Ankerplätze für die Schiffe bereithielt, banden sie ihre Pferde an und stiegen hinab zum Wasser, das seine Massen in einem kraftvollen, dunklen Blau gegen die Anlagen drückte.

Einen andächtigen und auch ehrfürchtigen Moment lang starrten sie hinaus auf diese schier unendliche Ebene aus Wasser. Isenhart hielt seine Hand hinein und fuhr anschließend mit der Zunge über seine Finger. Er hustete.

»Salzig«, stellte er fest.

Isenhart überlegte, wie viele Tonnen Wasser ein Meer mit sich trug, und wie es kam, dass dieses Wasser salzig schmeckte und jenes von Flüssen und Seen nicht. Er hätte sich noch viel weiter und tiefer in diesen Gedanken verloren, wenn nicht plötzlich das Knurren von Konrads Magen an sein Ohr gedrungen wäre.

Luca Passaforo war ein fetter, gedrungener Kerl mit grauen speckigen Haaren, die sich bis auf seine wulstigen Schultern schlängelten. Tiefe Lachfalten zogen sich von seinen Augenwinkeln in Richtung Schläfen. Immerzu umspielte ein Lächeln sein loses Mundwerk.

Er war Koch, Reeder, Sklavenhändler, Zuhälter und Reiseführer in Personalunion.

»In der Reihenfolge«, wie er lachend hinzufügte.

Seine Tochter Patricia, ein Kind von fünfzehn Jahren, die Haare so schwarz wie die Augen, vom Herrn geschaffen, um den Männern den Verstand zu rauben, bediente sie mit Rotwein, der sanft in Kelchen hin und her schwappte.

Zum späten Nachmittag waren Isenhart und Konrad die einzigen Gäste in Lucas Spelunke, die ihre Gäste auch draußen bediente, auf einer Terrasse, von der aus sie einen freien Blick auf das Meer genießen konnten. Auf die Galeeren, die anlegten und beladen wurden. Der ganze Hafen war in Bewegung.

»Hübsches Kind, Eure Tochter«, sagte Konrad.

»Ja«, lachte Passaforo gegen eine Bö, die über den Kai bis zu ihnen hinauffegte, »und wer sie anrührt, wird ein ödes Leben ohne Hoden führen, mein Freund. Den Schwanz werde ich dem Mistkerl abschneiden, die Fingerkuppen rausreißen und ihn blenden.«

»Verständlich«, murmelte Konrad von Laurin.

Patricia stellte ihnen zwei Holzschalen auf den Tisch, in denen sich jeweils drei dem Viertel eines Kreises entsprechende Wölbungen befanden.

»Das sind Jakobsmuscheln«, erklärte Luca, als er ihre erstaunten Mienen bemerkte, »habt Ihr noch nie Muscheln gesehen, hä?«

»Nein«, bekannte Isenhart.

Passaforo lachte in einem dröhnenden Bass.

»Herrje«, fügte er hinzu, »seht her.«

Mit der kurzen Klinge eines Messers öffnete er eine der Muscheln und deutete auf das Fleisch.

»Das ist das, was man essen kann. Die Fischer stibitzen die eine oder andere, denn eigentlich kosten sie so viel, dass sie sich nur die hohen Herren leisten können.«

»Wir sind keine hohen Herren«, klärte Isenhart ihn auf.

»Macht nichts, die Muscheln sind von vorgestern«, beruhigte Luca Passaforo ihn, »langt zu.«

Vorsichtig probierten die beiden. Die Muscheln waren in einem Sud aus Wasser, Knoblauch und etwas Gemüse angerichtet, ihren Gaumen war das fremd, aber nicht unangenehm. Obwohl sich im Nachgeschmack etwas Modriges einstellte.

Patricia gesellte sich zu ihrem Vater, sie richtete ihre Augen auf Konrad. Mit der Miene eines Mädchens, das sich gerade seiner Wirkung auf das männliche Geschlecht bewusst geworden war.

»Jakobsmuscheln«, sagte Konrad, um sich von dem abzulenken, was er am liebsten mit Passaforos Tochter anstellen würde, »woher kommt der Name?«

»Großartige Geschichte«, grinste Luca und zog einen Schemel heran, auf dem er Platz nahm, bevor er seiner Tochter, die ihm zu lange den Deutschen anstarrte, einen kräftigen Klaps auf ihren schönen Hintern verpasste. »Bring Wein. Also, diese Muscheln gibt es überall. Und angeblich hat Jakob, der Jünger unseres Herrn Christus, der Apostel Jakob, in Iberien gewirkt. Ist natürlich Unsinn, denn was hatte er da zu suchen, und Kastilisch konnte er auch nicht. Aber vor dreihundert Jahren oder so hat man in der hispanischen Einöde bei einem noch öderen Dorf ein paar Gebeine gefunden. Vielleicht gehörten sie einem Goten oder einem Muselmanen oder einem Maultier«, Passaforo lachte, »wer weiß? Der Bischof dort war ein kluger Mann, er bestimmte, dass diese die Gebeine des Apostels Jakob sein müssen.«

»Was ist daran klug?«, wollte Konrad wissen.

»Na, seitdem das Pilgern in Mode gekommen ist, laufen Trottel quer durchs Abendland zu heiligen Stätten. Und sie bringen Gold mit. Sie essen und trinken und müssen schlafen. Santiago de Compostela, so heißt das Kaff, war mal klein und kein Wort wert. Heute steht da eine Kathedrale, und alle leben davon, dass die Verwirrten sich unter Strapazen dorthin quälen.«

Nach dem Essen erfuhren Isenhart und Konrad, dass sie sich noch zwei Tage gedulden mussten, bevor wieder ein Schiff zur iberischen Halbinsel aufbrach. Ihre Magen rebellierten – die Seeluft, wie Luca erklärte – und in dieser Zeit erkundeten sie die Stadt, hörten sich um, was über den Landweg von Genova nach Toledo in Erfahrung zu bringen war, und erörterten die Vor- und Nachteile der Schiffspassage.

Denn für Konrad war das Meer bisher eine abstrakte Größe gewesen, quasi ein besonders großer See, auf dem man sich statt zu Pferde eben auf Schiffen bewegte. Bloß war es ihm zu Land gegeben, jederzeit vom Pferd zu steigen. Auf der Seereise nach Barcelona würde ihm das nicht möglich sein. Mehr noch: Er musste sein Wohl in die Hände anderer legen und hoffen, dass diese Männer ihn unbeschadet wieder an Land absetzen würden. Ein Umstand, der ihm gar nicht behagte. Isenhart konnte wenigstens schwimmen.

In diesem Licht betrachtet erschienen Konrad die Entbehrungen, die die rund 220 Meilen Landstrecke, die noch vor ihnen lag, bedeuteten, samt einer weiteren Gebirgsüberquerung, nämlich der Pyrenäen, doch recht verlockend.

Isenhart führte ihm den enormen Zeitverlust vor Augen, den sie sich bei der Reise über Land einhandeln würden. »Und außerdem«, schloss er mit begeisterter Stimme, »wann werden wir in unserem Leben wohl noch mal Gelegenheit haben, übers Meer zu reisen?«

Konrad musterte den Freund, entdeckte aber keinerlei Anzeichen einer Täuschung oder gar boshafter Belustigung. Isenhart sah der Passage wirklich mit ungeduldiger Freude entgegen. Wenn also ein Schmied, noch dazu ein kluger, keine Angst vor der Schiffsreise zeigte, überlegte Konrad, dann durfte er als Stammhalter des Hauses Laurin nicht das leiseste Anzeichen von Furcht zeigen.

Geh und sei ihnen Vorbild. Das waren die Worte seines Vaters gewesen. Also stimmte er Isenhart zu, dass es das Sinnvollste sei, die Strecke bis nach Spanien per Schiff zurückzulegen, und mühte sich, dabei einen entspannten Eindruck zu erwecken.

Am 23. Juni 1196 legten sie mit einer Galeere ab, ein Schiffstypus, der seinen Namen seiner Ähnlichkeit mit dem Schwertfisch verdankte, wie Andrea Centurión, ihr Kapitän, ihnen erklärte, als die über achtzig Männer das Schiff mit ihren rhythmischen Ruderschlägen auf eine Geschwindigkeit von drei Knoten brachten.

Obschon Konrad es als befremdlich empfand, sich von einem Mann durch die Tücken des Mittelmeers führen zu lassen, der den Vornamen eines Weibes trug – natürlich, das war in dieser Gegend wohl unausweichlich –, mochte er Centurión von ihrer ersten Begegnung an. Andrea war nur wenig älter als sie, er stammte aus adliger Familie und war eine Frohnatur.

Er führte seine beiden Passagiere an den Bug und forderte sie auf, einen Blick hinabzuwerfen. Isenhart und Konrad entdeckten daraufhin unterhalb der Wasserlinie einen mächtigen Dorn, der mit Eisenplatten beschlagen war, die im Licht der Sonne glitzerten.

»Das ist der Rammsporn«, erläuterte ihr junger Kapitän, »wenn wir damit ein feindliches Schiff rammen, läuft es voll Wasser und sinkt.«

Konrad schluckte bei dem Gedanken daran unwillkürlich. »Ist denn mit Feinden zu rechnen?«, fragte er.

»Leider nicht«, erwiderte Andrea Centurión.

Seine Betrübnis darüber war echt, denn schon sein Vater und Vorvater hatten Galeeren befehligt und zusammen mit den Pisanern die Sarazenen von Sardinien und Korsika vertrieben. Ihnen war es zu verdanken, dass die genuesische Flotte nahezu ungehindert im gesamten Mittelmeerraum operieren konnte.

»Einige der Ruderer liegen in Ketten, andere nicht«, stellt Isenhart fest.

Centurión nickte: »Ganz recht. Die in Ketten sind Sklaven oder Sträflinge. Die anderen sind freie Männer. Viele können sich die

Überfahrt nicht leisten. Und wer trotzdem nach Barcelona will, muss rudern.«

Isenharts Blick fiel auf einen sehr dunkelhäutigen Mann – er war sich ziemlich sicher, es mit einem Sarazenen zu tun zu haben –, der mit apathischer Miene nahe der Bordwand auf der Ruderbank saß und dessen Arme und Oberkörper die immer gleichen Bewegungen mit einer traumwandlerischen Präzision vollführten. Seine Augen waren ohne jeden Glanz, das Leben in seinem Körper war bereits erloschen, und wie ein Untoter würde der Körper losgelöst vom Geist bis in alle Ewigkeit weiterrudern.

Er blickte zurück. Die Stadt mit ihren hellen Hausfassaden war noch gut auszumachen. Der Wind verstärkte sich, während die Galeere langsam den Schutz der Bucht verließ.

Andrea Centurión ließ die beiden dreieckigen Lateinersegel setzen. Sofort verfing sich der Wind in dem Leinen, blähte die Segel auf und steigerte die Fahrtgeschwindigkeit.

»Ruder einholen!«, befahl der Kapitän. Und zu seinen beiden Passagieren gewandt: »Ab jetzt trägt uns der Wind.«

Zu Konrads Erleichterung bewegten sie sich zumeist in Küstennähe. Die Galeere maß an die 150 Fuß Länge bei nur 21 Fuß Breite. Sie lag sehr flach im Wasser. Der Stauraum, der sich unterhalb der Wasserlinie befand, bemaß sich auf knappe sieben Fuß Höhe. Hier stapelten sich überwiegend Waren, die zwischen den beiden Städten von Handelspartnern ausgetauscht wurden.

Der Stauraum direkt unterhalb der Treppe war reserviert für jene Güter, zu denen schneller Zugriff gewährleistet werden musste, Lebensmittel und Süßwasser für die Besatzung etwa. Diese bestand neben den Ruderern aus knapp hundert bewaffneten Genuesen, die die Fracht im Ernstfall zu schützen hatten. Einige von ihnen führten während der Reise die Segelkommandos des Kapitäns aus, andere hielten an den drei kleinen Katapulten Stellung, aus denen Eisenkugeln oder -splitter aus nächster Nähe auf feindliche Schiffe geschleudert wurden.

Der geringe Tiefgang verlieh der Galeere ihre in Seegefechten gefürchtete Wendigkeit, aber *da das eine mit dem anderen stets zusammenhängt*, wie Walther von Ascisberg sie gelehrt hatte, gab es auch hier keinen Vor- ohne einen Nachteil. Den Preis ihrer Wendigkeit bekamen sie in der dritten Nacht zu spüren, als sie den Blickkontakt mit dem Land verloren – Konrad erkundigte sich zweimal mit blasser Miene bei Centurión, ob kein Versehen vorlag; was nicht der Fall war – und durch hohe See segelten.

Der Kapitän wies diesen schmalen, an allem interessierten Burschen namens Isenhart gerade in die Grundlagen der Nautik ein, als der Himmel zuzog. Der Polarstern, von dem Isenhart soeben gelernt hatte, dass er niemals seine Position veränderte und somit den einzig verlässlichen Punkt im Sternenzelt bildete, der ihnen beharrlich den Weg nach Norden wies, wurde von einer rasch aufziehenden Wolkendecke verdeckt, die lediglich Vorbote für ein Gewitter war.

Das Unwetter näherte sich von Norden und seine Böen würden sie weiter aufs Meer hinausdrücken. Centurión ließ umgehend die Segel einholen und die Ruderer wecken. Als die die Blitze sahen, die in unvorhersehbaren Bahnen aus den Wolken zuckten, brauchte er ihnen nichts mehr zu erklären. Der Kapitän ließ den Bug nach Norden schwenken und gab das Kommando für volle Fahrt. Die Ruderer, von denen jede Schläfrigkeit abgefallen war, legten sich ins Zeug.

Centuriόns Plan war es, das Gewitter zu durchqueren. Auf diese Weise würde die Galeere nur die Hälfte jenes Zeitraumes im Unwetter zubringen, den sie im unbewegten Zustand zu ertragen hätten, und mit etwas Glück glichen sich die Strömung und die Ruderkraft der Männer aus, sodass sie am Ende ihre Position gehalten haben würden.

Die schwarzen Wellen erfassten die Galeere aus einem Winkel von fünfundvierzig Grad auf der Steuerbordseite. Das Schiff mit seinem geringen Tiefgang hatte dem nicht viel entgegenzusetzen und verwandelte sich in ein schwer zu manövrierendes Stück Holz. Regen und Gischt vermischten sich und stoben an Deck, über ihnen grollte der Donner. Eine Welle schoss über die Reling und riss zwei der bewaffneten Genover über Bord. Andrea Centurión konnte aber unmöglich ein Wendemanöver durchführen, um nach ihnen zu suchen, er hätte das Leben aller anderen riskiert. Zudem hätte so ein Vorgehen nur dann die kleinste Aussicht auf Erfolg, wenn die beiden Unglücklichen des Schwimmens mächtig gewesen wären – und das konnten auch in Genova nur die wenigsten – und sie sich schnell genug von ihren Bein- und Brustpanzern hätten befreien können, die sie unter Wasser zogen.

Unter Zuhilfenahme seines nassen Kompasses, eines magnetischen Metallsplitters auf einem Stück Holz, das wiederum in einer Wasserschale lag – eine brandneue Erfindung –, richtete Centurión das Schiff nach Nordwesten aus. Auch in dieser Richtung würden sie früher oder später Land erreichen, doch mit dieser Kursänderung verjüngte er den Winkel, mit dem die Wellen dem Schiff zusetzten. Er bot ihnen weniger Angriffsfläche und schmälerte damit das Risiko des Kenterns.

Isenhart klammerte sich neben Konrad an die Reling, der ein Stoßgebet nach dem anderen in den Nachthimmel schickte, bis er sich an den Span erinnerte, den Vater Hieronymus ihm mit auf die Reise gegeben hatte. Mit der rechten Hand fuhr er in die Tasche seines Wamses und umklammerte das kleine Stück Holz, das ihn schon in Philippopolis vor dem Tod bewahrt hatte. »Herr, schütze uns«, murmelte Konrad und schluckte gegen den Würgereiz an, den der starke Seegang in seiner Kehle verursachte.

»Und ziiiieeht«, brüllte Andrea Centurión gegen den Sturm an, »und ziiieeht!«

Mit seinen Rufen gab er den Rudertakt vor, und Isenhart kam nicht umhin, ihn für seine Entschlossenheit zu bewundern. Ohne jede Stütze stand er mittschiffs bei den Ruderern, die ihre hölzernen Blätter in die tosende See senkten und die Galeere gegen den Sturm drückten.

Der nächste Blitz schlug in die vordere Mastspitze ein, der Donner dehnte ihre Trommelfelle, und das Holz splitterte. Das obere Viertel des Mastes raste hinab und krachte aufs Deck. Wie durch ein Wunder wurde niemand verletzt. Zwar war das Maststück tiefschwarz verkohlt, aber es brach kein Feuer aus. Der Regen, der sich die ganze Zeit über sie ergoss, verdampfte mit einem Zischen, wenn er auf das verkohlte Holz traf. Isenhart hatte wegen seiner Arbeit am Schmiedeofen eine ungefähre Vorstellung davon, was für eine Hitze der Blitz in das Holz getrieben haben musste.

Dann schwächte der Wind etwas ab, die Wellenberge wurden flacher, der Regen ließ nach. Sie hatten es geschafft, sie waren dem Unwetter entkommen. Kapitän Centurión ließ auf Nord drehen.

Isenhart erbrach sich ins Meer.

Nur zwölf Tage später gingen sie im Hafen von Barcelona an einem heißen Julivormittag vor Anker. Als Konrad und Isenhart den Fuß wieder auf festen Boden setzten, gerieten sie zu ihrer Überraschung leicht ins Taumeln. Andrea Centurión, der sie geleitete und ihre Pferde bereitstellen ließ, versicherte ihnen, dass dieses eine natürliche Reaktion des Körpers sei. Den beiden Pferden, die wegen der Überfahrt im Stauraum der Galeere jeden Wellengang, jede kleine Dünung mit den Beinen auszugleichen gehabt hatten, erging es nicht anders. Ihre ersten Tritte waren von Unsicherheit bestimmt, sie vollführten Stützschritte, wo bei objektiver Betrachtung keine vonnöten waren.

»Das legt sich«, beruhigte Andrea sie, während Isenharts Blick auf den Sarazenen fiel, der teilnahmslos auf seiner Ruderbank saß, wo er der Gluthitze der Sonne ungeschützt ausgesetzt war.

»Der Mann dort mit der dunklen Haut«, sagte Isenhart und deutete in dessen Richtung, »wer ist das?«

Andrea Centurión sah sich über die Schulter. »Ach, der. Hat ein Seegefecht überlebt, glaube ich.«

»Wie heißt er?«

»Ich weiß nicht, ein Maure eben.«

»Ich möchte ihn kaufen.«

Konrad war über Isenharts Ersuchen ebenso verwundert wie der genuesische Kapitän.

»Er ist ein Ungläubiger«, wandte Konrad von Laurin ein.

»Ist das so?«, hielt Isenhart ihm entgegen.

»Alle Mauren sind Ungläubige«, bestätigte Andrea Centurión, »sie spotten über unseren Herrgott.«

Konrad nickte eifrig: »Er glaubt nämlich an Allah und an … diesen Propheten …«

»Mohammed«, half Centurión aus.

»So ist es«, erwiderte Konrad von Laurin dankbar.

»Dann glaubt er also doch an etwas«, stellte Isenhart fest. Konrad seufzte.

»Aber an das Falsche«, wandte Andrea Centurión ein.

»Mag sein«, lenkte Isenhart ein, »aber das macht ihn nicht zu einem *Ungläubigen.*«

»Mit dieser Ansicht wagt Ihr Euch auf ein gefährliches Terrain«, merkte der Kapitän an, der das Gespräch mit Isenhart nur fortführte, weil es ein Gebot der Höflichkeit war und er außerdem dessen Begleiter schätzte. »Im Übrigen spricht er von uns auch als Ungläubigen.«

Isenhart nickte zwar und wollte den Mann, der im Sturm Nerven bewiesen und sie unversehrt bis nach Barcelona gebracht hatte, nicht weiter reizen, sagte dann aber doch: »Nun, die Unkenntnis des anderen zwingt einen nicht, ihm auch mit Unkenntnis zu begegnen. – Was kostet er?«

Tarif al-Aziz war für den Preis von zwei Hühnern zu haben.

Als man ihn von seinen Ketten befreite und er begriff, dass man keinen bösen Scherz mit ihm trieb, kehrte das Leben in seine Augen zurück.

Konrad von Laurin stand dieser Angelegenheit mit unübersehbarer Abweisung gegenüber. »Sie sind unsere Feinde«, erinnerte er seinen Freund mit Nachdruck.

»Ich weiß«, antwortete Isenhart, der dieses Argument anscheinend nicht gelten lassen wollte.

Sicherlich, überlegte Konrad, hätte er nicht so bar jeglicher Vernunft gehandelt, wenn er in Philippopolis gegen diese Heiden dabei gewesen wäre. Er unterschlug dabei in Gedanken, dass sie gegen Byzantiner geritten waren, die zur oströmischen Kirche zählten und dem Islam mit abwartender Vorsicht gegenüberstanden.

Tarif al-Aziz dankte den beiden auf Latein, was Isenhart durchaus verblüffte.

»Es war seine Entscheidung«, stellte Konrad klar und deutete mit einer Kopfbewegung zu seinem Freund, »ich hätte dich für immer rudern lassen.«

Seine schroffe Zurechtweisung blieb bei dem Mauren ohne Wirkung. Offenbar war er von Christen nichts anderes gewohnt. Umso mehr war ihm Isenharts Verhalten ein Rätsel, er musterte den schmalen Fremden, was ihm aber auch keinen Aufschluss über die Motive des Mannes brachte. »Warum habt Ihr das für mich getan?«, fragte al-Aziz deshalb.

»Ich habe es für mich getan«, antwortete Isenhart, »Euer Leid hätte mich noch eine Weile auf meiner Reise begleitet – das wollte ich nicht.«

Isenhart hatte nicht viele Schwächen, dachte Konrad, aber seine Nachsicht war ganz sicher eine. Unangebrachte Nachsicht, wie er sich in Gedanken korrigierte.

Der Maure war von der Ehrlichkeit seines Befreiers angetan. Er nickte. »Jetzt gehöre ich Euch«, stellte Tarif fest, »was wünscht Ihr?«

»Habt Ihr Kinder?«

»Zwei, einen Jungen und ein Mädchen.«

Isenhart nickte: »Geht nach Hause, Tarif al-Aziz.«

Ihn trafen zwei verblüffte Blicke, den Konrads und der des Mauren.

»Geht«, bestätigte Isenhart, weil al-Aziz ihn immer noch fragend ansah.

»Eure Geste ehrt Euch, aber sie macht uns nicht zu Freunden«, stellte der Maure fest.

»Was hindert uns daran?«, wollte Isenhart wissen.

»Euer Glaube«, antwortete Tarif sofort.

»Oder der Eurige«, erwiderte Isenhart.

Der Maure stutzte bei dieser Erwiderung, er ließ die Worte des anderen in seinem Kopf nachhallen. »Nein«, sagte er, »Ihr folgt dem falschen Glauben, deswegen steht er zwischen uns. Es gibt nur einen Gott: Allah. Und nur einen Propheten: Mohammed. Erkennt Ihr beide an, könnten wir mehr sein als Freunde. Wir wären Brüder. Wie ist Euer Name?«

»Isenhart.«

Der Maure sprach den Namen langsam nach, als wollte er jede einzelne Silbe in sein Gedächtnis brennen.

»Ich werde nicht an Euren Gott glauben«, stellte Isenhart ruhig fest, »denn er stachelt Euch dazu auf, uns Christen zu töten.«

»Wie der Eurige«, gab al-Aziz zurück, »denn er fordert unseren Kopf.«

Keiner von beiden ist barmherzig, dachte Isenhart.

»Ihr habt mir ein Leben geschenkt, I-sen-hart, ich stehe in Eurer Schuld.«

Isenhart lächelte etwas und deutete dann ein Kopfschütteln an. »Nein, da ist keine Schuld zu begleichen, denn Ihr habt keine auf Euch geladen. Ihr seid ein freier Mann. Und sollten wir uns eines Tages gegenüberstehen, übt keine Rücksicht – es sei denn, Euer Glauben gebietet es. Und gebietet er es nicht, fragt Euch, aus welchem Holz er geschnitzt ist.«

Konrad und Isenhart durchquerten die Stadt gen Westen, denn wie Andrea Centurión ihnen bestätigt hatte, lag Zaragoza in westlicher Richtung auf einer Linie mit Barcelona.

»War es nicht so, dass hier Krieg herrscht?«, fragte Konrad von Laurin beim Anblick der Christen, Moslems und Juden, die sich in den Gassen bewegten, miteinander sprachen, zusammen scherzten und auch Handel betrieben – und nicht übereinander herfielen und einander im Namen ihres jeweiligen Gottes meuchelten.

Isenhart nickte. Laut Centurión hatten die Mauren weite Teile der iberischen Halbinsel erobert und auch schon Vorstöße ins Reich der Franken unternommen. Weshalb man Mauren hier in der Stadt duldete, war in der Tat ein Rätsel.

In einer äußerst engen Seitengasse stießen sie auf eine Reihe von Händlern, die ihre Waren auf Ständen drapiert hatten und sie feilboten, ein Anblick, der Konrad und Isenhart nur allzu vertraut war.

»Ich habe Durst«, bekannte Konrad. Isenhart nickte, ihm erging es nicht anders. Und nach all den Sardinen und dem schon binnen drei Tagen schimmligen Brot an Bord war beiden überdies nach einer Abwechslung.

Isenhart deutete auf gelbe und orange Früchte, die ein Händler vor sich ausgebreitet hatte. Daneben lagen kleine grüne Früchte, die sie bereits in Genova kennengelernt hatten. Die allerdings hatten Isenhart und Konrad an den Geschmack von Bockshornklee erinnert – Günther von der Braake hielt dieses Kraut stets unter Vorrat –, sie füllten den Mundraum mit einer gewissen Bitterkeit. Die Genuesen nannten sie *Oliven*.

Konrad war allerdings nicht zu dem Stand zu bewegen, denn der Händler war zweifelsfrei ein Maure. Also führten sie ihre Pferde weiter, die Gasse entlang, bis sie auf einen Iberer stießen, der ähnliche Früchte im Angebot führte und zu ihrem Glück ihr Latein verstand.

»Wir haben Durst«, ließ Konrad ihn wissen.

Der Mann nickte, er legte den Kopf etwas zur Seite, stieß einen leisen Pfiff aus und wandte sich ihnen wieder zu. Prompt kam ein Junge von vielleicht zehn Jahren angelaufen, der mit anderen Kindern etwas abseits im Staub der Gasse einem Spiel mit faustgroßen Steinen nachging. Der Händler übermittelte dem Jungen seine Anweisungen auf Kastilisch. Der musterte die beiden fremden Männer am Stand seines Vaters neugierig, dann grinste er und lief los.

»Warum hat er gelacht?«, wollte Konrad wissen.

»Nun ja«, erwiderte der Händler mit einem Achselzucken, »Kinder lachen eben. Ich lasse Euch Wasser bringen. Aber das wird mit der Zeit schlecht. Bleibt Ihr in Barcelona oder zieht Ihr weiter?«

»Wir müssen nach Zaragoza«, antwortete Isenhart.

Der Spanier nickte wieder, mit der offenen Hand deutete er auf die Früchte vor ihnen. »Ihr werdet auf wenige Flüsse stoßen, aber diese Früchte sind saftig, sie lindern den Durst. Der weise Mann führt von jedem ein paar mit sich!« Da Isenhart und Konrad zögerten, kam der Mann ihnen entgegen: »Kostet, bevor Ihr kauft.«

Das ließ Konrad von Laurin sich nicht zweimal sagen. Er griff nach der prallen orangen Frucht und biss ein Stück ab. Tatsächlich platzte das Fruchtfleisch auf und benetzte die Mundhöhle. Neben dem sauer-bitteren Geschmack war da noch etwas anderes, was ihm Unbehagen bereitete.

Der Händler konnte ein Lachen nicht unterdrücken. »Nein, nein, Ihr müsst die Orange schälen, bevor Ihr esst. Gebt her.«

Und schon nahm er sie Konrad wieder aus der Hand, zückte ein Messer und befreite sie mit geschickten, routinierten Schnitten von ihrer Schale. Konrad spie ein Stück der Schale wieder aus.

»Seht, so könnt Ihr einzelne Stücke zu Euch nehmen«, fuhr der Iberer fort und trennte ein Stück mit der Hand ab, das er dem Sohn Sigimunds reichte, während Isenhart sich für eine gelbe Frucht entschieden hatte, die er nun seinerseits zu schälen begann.

»Nein, nein«, sagte der Händler, und Isenhart hielt inne.

»Die kann man so essen?«, fragte er.

Der Iberer schüttelte den Kopf: »Diese muss man schneiden, schaut.« Der Mann teilte die gelbe Frucht hälftig, legte den Kopf in den Nacken, hob einen Teil der Frucht über seinen zurückgelegten Kopf und presste sie mit der Hand zusammen, sodass der Fruchtsaft in seinen Mund träufelte. Er schüttelte sich leicht, lachte dann aber und reichte Isenhart das zweite Stück. »Probiert.«

Isenhart ahmte die Prozedur nach, aber als der Saft auf seine Zunge fiel, wurde er jeden Speichels beraubt, seine Wangen zogen sich nach innen, er kam nicht umhin, die Augen zusammenzukneifen.

»Wie nennt man diese Frucht?«, fragte Konrad.

»Citrus«, sagte der Händler in dem Augenblick, in dem der Junge mit zwei prall gefüllten Lederbeuteln wieder auftauchte, die er ihnen reichte, bevor er zu den anderen Kindern zurückkehrte, um sich wieder dem Spiel anzuschließen.

Isenhart sah ihm nach. Ein Kind trommelte mit einem Stock auf einem Stein. Die anderen Kinder liefen langsam um die anderen Findlinge herum. Sobald das Trommeln endete, stürzten die Kinder sich jeweils auf einen Stein. Da die Anzahl der Steine die Anzahl der Kinder um eins unterschritt, blieb eines der Kinder ohne Stein und musste sich – so wollte es offenbar die Regel – an die Seite stellen. Anschließend begann das Trommeln wieder, und die restlichen Kinder erhoben sich und liefern erneut um die Steine herum.

»Was spielen sie da?«, fragte Isenhart den Händler.

»Reise nach Jerusalem«, antwortete der Iberer, »jede Runde stirbt einer.«

Für die Wasserschläuche mussten sie einen hohen Preis zahlen, aber der Iberer begründete ihn mit dem Umstand, dass frisches Wasser hier in der Gegend nur sehr schwer zu beschaffen sei.

Eine Viertelstunde später verließen sie Barcelona in nordwestlicher Richtung, wo sie ein herrlicher Ausblick auf den breiten Lauf eines Flusses erwartete. Konrad war drauf und dran, sofort wieder umzukehren, aber Isenhart war sich sicher, dass der Händler seinen Stand längst geräumt hatte. In Anbetracht des kleinen Vermögens, das sie ihm für das Wasser überlassen hatten, bestand für den Spanier keine Notwendigkeit, sich den Rest der Woche hinter seinem Stand die Beine in den Bauch zu stehen.

»Vielleicht hat dieser Schalk uns auch noch in die falsche Richtung geschickt«, argwöhnte Konrad.

Isenhart mochte daran nicht glauben, weil es dem Mann keinen Vorteil verschafft hätte. Überdies hatten sie trotz der Gluthitze, mit der die Sonne diesen Landstrich malträtierte, nichts zu befürchten, da ihr Weg am Fluss entlang verlief.

Nach anderthalb Meilen legten sie die erste Rast ein und tränkten die schwitzenden und schnaufenden Pferde.

Manchmal bildeten sich in der Ferne kleine Seen, über denen die Luft flimmerte. Nur dreihundert Fuß weiter verschwanden sie mit einem Mal. Isenhart und Konrad tauschten besorgte Blicke. Griff ihr Schöpfer in ihre Mission ein? Oder walteten hier andere Kräfte?

Am späten Nachmittag, als die Frequenz des Kommens und Gehens der kleinen Seen merklich nachließ, hatten sie sich an dieses sonderbare Phänomen gewöhnt.

»Ich habe mal von Kobolden gehört, die Reisende auf diese Art ängstigen wollen«, bemerkte Konrad. Er trug ein Stück Leinen über dem Kopf, das den Nacken bedeckte und an der Vorderseite bis knapp über die Augen reichte. Gegen Mittag waren sie einigen Pilgern begegnet, die sich auf diese Weise vor der Hitze schützten.

Spätestens nach jeder zurückgelegten Meile suchten sie Abkühlung im Fluss, Isenhart schwamm sogar ein paar Züge. Bevor sie wieder auf ihre Pferde stiegen, tauchten sie das Leinen ins Wasser und legten es sich aufs Haupt.

Mit Rücksicht auf die Tiere verzichteten sie auf jede schnelle Gangart. Die Pferde waren ein kleines Vermögen wert und konnten nicht ohne Weiteres ersetzt werden. Dieser Entschluss drosselte ihr Vorankommen merklich.

Anfang Juli in Barcelona aufgebrochen, erreichten sie am Abend des 22. Juli die Stadtgrenzen Zaragozas und damit den Lauf des mächtigen Ebro.

Isenhart und Konrad rasteten zwei Tage, um die Pferde für die letzte Etappe nach Toledo ausruhen und Kraft schöpfen zu lassen. Die Route, die es in Angriff zu nehmen galt, erstreckte sich über 60 Meilen und wurde anfangs von einem Nebenlauf des Ebro begleitet. Bevor sie aber auf den Tejo stoßen sollten, den größten Fluss der iberischen Halbinsel, würden sie eine nicht unerhebliche Teilstrecke ohne Trinkwasser zurücklegen müssen. Daher erstanden sie eine tiefe Tonschale und noch weitere sechs Wasserschläuche. Außerdem Bitterorangen, an denen Konrad Gefallen gefunden hatte.

Wiederum wurden sie auf ihrer Reise von den Seen begleitet, die ohne erkennbare Gesetzmäßigkeiten kamen und gingen. Während der Durststrecke zwischen Ebro und Tejo begnügten sie sich hauptsächlich mit Orangen und überließen den Großteil des Wassers den Tieren, denen sie das Wasser, das sie am Ende des Ebros entnommen hatten, aus den Lederschläuchen in die Schale füllten.

Am zehnten Tag tauchte endlich ein See auf, der nicht wieder verschwand, wenn man sich ihm näherte. Und er sollte sich eine Tagesreise später als ein besonders breites Becken des Tejo erweisen. Sie ließen die Pferde trinken und stürzten sich ins Wasser.

Um den Tejo herum blühten die Pflanzen, wiegte sich das Gras, dass es eine Freude war. Sie hatten Tage in großer Ödnis hinter sich. Nur Steine und Geröll, ein paar Flechten am Boden hatten ihnen profane Gesellschaft geleistet. Der feine Staub lag in jedem Wurf ihrer Kleidung, in jeder Körperöffnung und -falte. Wenn sie Orangen aßen, knirschte es zwischen den Zähnen, und die verbrannte Haut blätterte sich trockenen Pergamentstücken gleich von ihren Gesichtern, die auch in der kühlsten Nacht noch zu glühen schienen.

Noch nie war Isenhart die Abhängigkeit alles Lebendigen von Trinkwasser so erfahrbar vor Augen geführt worden. Nicht auszudenken, wenn eines Tages die Flüsse versiegen und kein Regen mehr vom Himmel fallen würde. Dann stünden sie vor riesigen Mengen an Meereswasser, das für sie und die Tiere nicht genießbar war. Es sei denn – dieser Gedanke kam ihm plötzlich, während er bis zum Hals im Tejo eingetaucht war –, es sei denn, es gelänge eine Prozedur zu finden, die das Wasser von seinem Salz befreite.

Er wollte sich mit seinen Überlegungen an Konrad wenden, doch schon an der Haltung des Freundes erkannte Isenhart, dass möglicherweise Gefahr drohte. Konrad stand schräg abgewandt zu ihm knietief im Wasser. Er folgte Konrads Blick.

Auf einer kleinen Anhöhe – genau auf dem Weg, den sie gekommen waren – machte er sechs Gestalten zu Pferde aus, allesamt in schwarze Tücher gekleidet. Die Form ihrer Schwertscheiden verlief in einer absurden Krümmung, ganz so, als seien sie Behältnisse für im Kampf verbogene Klingen.

Isenhart gesellte sich zu Konrad. Die schwarz gekleideten Männer blickten unverwandt zu ihnen hinab. Und dann zu ihren Pferden.

»Vielleicht wollen sie auch nur zum Wasser«, sagte Isenhart und bemühte sich, die Furcht vor einem Kampf aus seiner Stimme zu bannen.

Konrad nickte: »Oder sich zum Christentum bekehren.«

Die Mauren begannen miteinander zu sprechen. Isenhart hatte keinen Zweifel, um wen es dabei ging.

Konrad stieg aus dem Wasser und ging auf sein Pferd zu.

»Komm«, befahl er, ohne sich zu Isenhart umzudrehen. Der gab sich einen Ruck und folgte dem jungen Laurin.

Konrad zog sein Schwert aus der Scheide, entnahm dem Beutel mit Proviant einen Schleifstein und begann herausfordernd, die Klinge zu schärfen. Prompt verstummte das Gespräch der Mauren.

Isenhart fragte sich, ob sie ohne diese Provokation – denn nur so konnten die Muselmanen Konrads Verhalten auffassen – möglicherweise weitergezogen wären. Er stellte sich neben sein Pferd und nestelte am Sattel herum, als habe er etwas Unaufschiebbares zu erledigen. Sobald er die Augen nur ein wenig hob, nicht mehr als eine winzige Bewegung der Pupille, hatte er die sechs Reiter im Blick. Und die führten ihre Pferde nun die Anhöhe hinab und hielten auf sie zu. »Noch haben wir einen Vorsprung«, flüsterte Isenhart, »wenn wir sofort aufsitzen und …«

»Und dann treiben sie uns genau in die Arme anderer Muselmanen«, unterbrach Konrad. Er warf Isenhart einen ruhigen Blick zu. Dieser fühlte sich an Konrads Vater erinnert, an das letzte Mal, als er Sigimund von Laurin lebend gesehen hatte. Nun wuchs auch der Sohn vor seinen Augen, in die Höhe, in die Breite.

»Ist die Armbrust gespannt?«

Isenhart musste unwillkürlich schlucken, denn diese Frage offenbarte, dass Konrad ihr Heil keineswegs in der Flucht suchen wollte. Er griff zum Bogen, legte hastig einen Bolzen im Sichtschutz des Pferderückens ein und dehnte die Rindersehnen. »Sie ist gespannt.«

»Gut.« Konrad schleifte unermüdlich weiter. Er versuchte auch nicht, den Blick, den er den sechs Reitern – sie näherten sich in einer doppelten Dreierlinie – zuwarf, zu verheimlichen. Offenen Auges musterte er sie. In einer anderen Situation hätte Isenhart Zeit gehabt, die unerschütterliche Haltung seines Freundes zu bewundern, die den Mauren signalisierte: *Wir mögen unterliegen, aber ihr werdet nicht unversehrt bleiben.*

»Sie sind zu sechst«, merkte Isenhart an.

»Ich kann zählen«, kam es leise zurück, »meinst du, du wirst mit den beiden ganz rechts fertig?«

Selbst wenn er die Armbrust auf kurze Distanz einsetzte und ganz davon abgesehen, dass Konrad sich dann mit den anderen vieren konfrontiert sah, lief es für Isenhart dann immer noch auf einen Kampf Mann gegen Mann hinaus. Er war kein Ritter oder Krieger, der tagein, tagaus Angriffe, Finten und Schlagserien trainierte, er sah den Sinn seines Daseins nicht im Kampf. Jedenfalls nicht im physischen. Andererseits war dieses der denkbar schlechteste Zeitpunkt, Konrad daran zu erinnern.

»Kannst du?«, drängte der Freund.

»Ja«, sagte er daher.

Der junge Laurin nickte. »Die Vorderläufe«, wisperte er, »attackier die Vorderläufe, wenn sie nicht absitzen.«

Die sechs Mauren saßen nicht ab. Ohne ein Wort an sie zu richten, glitten sie einfach an ihnen vorbei, beäugten sie mit wenig Neugierde, aber großer Selbstverständlichkeit, als seien sie die Gebieter über jene Seen, die kamen und gingen, oder zumindest so, als kannten sie die Gesetzmäßigkeiten ihres Erscheinens. Als Isenhart die Ruhe und die Überlegenheit in ihren Augen las, war er froh, nicht in einen Kampf mit ihnen verwickelt zu werden.

Konrad fuhr mit dem Schleifstein die Klinge hinauf und hinab, bis die sechs Mauren keine dreihundert Fuß entfernt ebenfalls hielten. Dort entledigten sie sich ihrer Kleidung, stellten einen Mann als Wache ab und genossen das kühle Nass. Der leichte Wind trug ihr Lachen bis zu Konrad und Isenhart.

Konrad schüttelte leicht den Kopf: »Wie kann man nur so dumm sein und bei diesem Wetter schwarzes Leinen tragen? Das kann doch nur einem Muselmanen in den Sinn kommen.«

Mitte August trafen sie in Toledo ein. Der Tejo führte mitten durch die Stadt, in der christliche, maurische und jüdische Bauwerke sich abwechselten, eine Mischung aus Baustilen und -materialien, die auf den Straßen – sie waren es schon aus Barcelona gewohnt – ihre Entsprechung fand. Anhänger aller drei Religionen gingen ihren Geschäften nach oder vertrieben sich sonst wie die Zeit, ein Wirrwarr aus arabischen, kastilischen und diversen romanischen Gesprächsfetzen begleitete Isenhart und Konrad durch die Stadt.

Diese Fahrlässigkeit, wie er es sah, bereitete Konrad einiges Kopfzerbrechen. Wie konnte man im Süden Iberiens gegen maurische Stämme reiten und sie zugleich in der mächtigsten seiner Städte dulden?

Sie erkundigten sich an verschiedenen Stellen nach Ibn Al-Hariq, worauf sie ebenso wie bei der Nennung des Namens Sydal von Friedberg ein Kopfschütteln ernteten. Erst ein alter Iberer, der am Straßenrand Körbe flocht und ihnen ein zahnloses Lächeln schenkte, schien sich zu entsinnen.

»El alcázar Puente«, sagte er und deutete den Tejo in südlicher Richtung hinab.

Mehr war aus ihm nicht herauszukriegen, er wiederholte nur immer wieder diese drei Worte, die bei Isenhart zwar zu keiner Erkenntnis führten, die er aber einigermaßen fehlerfrei rezitieren konnte.

Bei *El alcázar Puente,* so fanden sie bald heraus, handelte es sich um eine alte Festung südlich von Toledo, zu Pferd keine halbe Stunde entfernt.

Puente, wie die Festungsanlage von den Toledanern genannt wurde, war ein römisch-maurisches Bollwerk, so geschickt in den von rötlichen Strukturen durchzogenen Fels eingebettet, dass es sich erst beim zweiten Hinsehen als von Menschenhand gebildet offenbarte. Isenhart und Konrad, die abermals dem Lauf des Tejo gefolgt waren, erging es nicht anders. Ein schmaler, steiniger Pfad, gerade breit genug für einen Karren, wand sich steil hinauf und endete vor einem Tor aus massivem schwarzen Holz.

Oben auf der Brüstung hatten sie niemanden ausmachen können. Isenhart saß ab, nahm den eisernen Ring in die Hand und hielt inne.

Hier, hinter diese Mauern hatte der Weg von Al-Hariq und seinem Vater geführt, hier hatte Sydal von Friedberg zehn Jahre seines Lebens zugebracht, um danach ins Heilige Römische Reich zurückzukehren und Jungfrauen das Herz aus dem Torso zu schneiden. Isenhart fragte sich, ob es eine kluge Entscheidung war, hinter dieses Tor zu treten. Zu sehen, was Sydal gesehen hatte, möglicherweise in den gleichen Abgrund zu blicken, der sich seinem Vater in der Puente aufgetan hatte.

Würden Konrad und er als dieselben Männer in ihre Heimat zurückkehren?

»Worauf wartest du?«, fragte Konrad von Laurin ungeduldig und schreckte seinen Freund damit aus den Gedanken auf.

Isenhart konnte beim besten Willen nicht sagen, ob er es ohne Konrads Begleitung bis hierher geschafft hätte. Als Henning in sein Leben getreten war, geriet der junge Laurin ganz zwangsläufig ins Hintertreffen, denn er teilte nicht ihre Interessen. Er fragte nie nach dem *Warum*, sondern er gab sich einfach mit dem Gegebenen zufrieden. So wie alle anderen auch.

Doch auf dieser Reise quer durch das Abendland war Konrad ihm erneut zum Bruder geworden. Ohne viele Worte zu verlieren, hatte er Marie und das ungeborene Kind zurückgelassen. Er hatte hier und da genörgelt und auch kindlichen Trotz an den Tag gelegt, aber nie, in keinem Augenblick, war ihm auch nur eine Silbe des Vorwurfs über die Lippen gekommen. Nie hatte er die Reise an sich infrage gestellt. Nie war er ihm von der Seite gewichen.

Und nun, mit dem Klopfen am Tor, führte Isenhart ihn möglicherweise ins Verderben. Er erinnerte sich noch sehr genau an jenen Nachmittag am Fluss, an dem Konrad ihn absichtlich gekränkt hatte, um ihn von dem Kreuzzug abzuhalten, für dessen Teilnahme der junge Laurin sich entschieden hatte.

Nun fühlte Isenhart den Zeitpunkt gekommen, sich dafür erkenntlich zu zeigen. Also teilte er Konrad seine Bedenken mit. Mit seinem ersten Satz, den er an den Freund richtete, rief er eine horizontale Falte auf dessen Stirn hervor, die sich mit jedem weiteren Wort zu vertiefen schien.

Schließlich – Isenhart hatte noch gar nicht geendet und alle möglichen Konsequenzen aufgezählt – schritt Konrad auf ihn zu und blieb ganz dicht vor ihm stehen. Er sah ihm wütend in die

Augen. »Das sagst du mir *jetzt?* Nach sieben Monaten Reise? Nach den Alpen und dem Meer? Wir sind am Ziel, und was willst du nun? Willst du etwa *umkehren?*«

»Es war nur ein Gedanke.«

Konrad blickte zu Boden und schüttelte den Kopf, er war in der Tat fassungslos. »Du verstehst es wirklich, einen wütend zu machen.«

Isenhart wollte etwas erwidern, aber Konrad kam ihm zuvor, packte den Eisenring und ließ ihn so heftig gegen das Tor krachen, dass Isenhart glaubte, man könne es zweifelsohne noch bis nach Toledo hören.

»Ich hab nämlich Hunger«, ließ Konrad ihn wissen.

25.

Das Tor öffnete sich und gab den Blick frei auf eine einsame Gestalt im sandigen Burghof. Es war ein Maure, in schwarze Wolle gehüllt, den Blick auf sie gerichtet. Sein Bart quoll seine Wangen hinab, kräuselte sich am Kinn und stand von dort ausgehend im spitzen Winkel ab. Mit einer angedeuteten Verbeugung und einer ausladenden Geste seiner rechten Hand bedeutete er ihnen, die Burg zu betreten.

Isenhart und Konrad waren wieder aufgesessen und führten ihre Pferde in den Hof, in dem bis auf den Mann vor ihnen niemand sonst zu sehen war.

Ein donnerndes Krachen ließ sie herumfahren. Zwei spanische Wachleute hatten das Tor hinter ihnen geschlossen, einer der beiden ließ den Querbalken herabsausen, der den möglichen Fluchtweg verriegelte. Oberhalb des Tores, auf der Brüstung, erhoben sich an die zwanzig maurische Bogenschützen aus ihrer hockenden Haltung und blickten zu ihnen hinab. Gleichzeitig öffneten sich die Türen der Wachräume zu beiden Seiten des Tores, und ein Dutzend mit Krummsäbeln bewehrter Mauren, ebenfalls in schwarzer Kleidung, kam ruhigen Schrittes in gefächerter Formation auf sie zu. Sie nahmen keine Angriffsposition ein, sondern standen einfach nur da. Bereit.

»Wer seid Ihr?«, fragte der Mann mit dem Spitzbart auf Lateinisch.

»Wer seid *Ihr?*«, entgegnete Konrad.

»Man nennt mich Baba«, antwortete der Maure nach kurzem Zögern.

»Ich bin Konrad von Laurin«, gab Konrad zurück, »und mein Begleiter ist Isenhart. Isenhart … von Laurin.«

»Und was wollt Ihr hier in der Puente?«

»Wir suchen Ibn Al-Hariq«, erwiderte Isenhart und las in den Augen Babas ein vages Bedauern. Etwas trat zwischen sie. Es war, als hätte Isenhart ein unerwünschtes Thema angeschnitten.

»Und wozu?«, richtete Baba die nächste Frage an sie. Aber Isenhart verspürte kein rechtes Interesse dahinter. Ihr Gegenüber hätte ihnen ebenso gut eine Frage über das Wetter oder ihr Wohlbefinden stellen können.

»Wir wollen mit ihm sprechen«, sagte Isenhart. Er spürte, wie unsinnig die Hoffnung war, diese Worte würden das Blatt nun zum Guten wenden.

Baba musterte sie. Er mochte von einem anderen Kulturkreis stammen und statt an Gott an Allah glauben, aber seine Mimik unterlag denselben Gesetzen wie die ihre. Und deshalb war es Isenhart möglich, die Ablehnung in den Augen des Mannes zu lesen, bevor dieser sie in Worte fasste.

»Händigt mir Eure Waffen aus.«

Isenhart griff bereitwillig zum Knauf seines Schwertes.

»Nein«, sagte Konrad und straffte sich in seinem Sattel.

»Konrad von Laurin«, wandte Baba sich mit einem leichten Lächeln, dem seine Augen widersprachen, denn sie lächelten nicht, an den jungen Laurin, »wenn Ihr gekommen seid, um zu sprechen, braucht Ihr Eure Waffen nicht. Wozu wollt Ihr sie behalten?«

Diese Logik zwang Konrad in die Defensive, und da er nicht gedachte, sich hier narren zu lassen, reagierte er mit barschen Worten: »Die behalten wir, um ein paar Muselmanen einen Kopf kürzer zu machen.«

Isenhart überkam die dumpfe Ahnung, dass diese Antwort nicht unbedingt die klügste unter denen war, die zur Auswahl gestanden hatten.

Baba gab nur ein kleines Zeichen mit den Fingern seiner rechten Hand, schon sprangen die maurischen Wachmänner sie seitlich an und warfen sie aus ihren Sätteln. Isenhart stürzte hart neben Konrad auf den sandigen Grund des Burghofs, und da er mit dem Rücken aufgeschlagen war, raubte die Wucht des Aufpralls ihm kurz die Luft.

Konrad riss einen Arm hoch, doch die Mauren, die auf Babas Handzeichen reagiert hatten wie ein einziger Mann, pressten ihn wieder zu Boden.

»Tötet sie«, wies Baba seine Untergebenen an, »danach tränkt die Pferde.«

Zwei der Mauren zogen ihre Dolche und machten sich daran, ihnen die Kehlen durchzuschneiden. Konrad warf den Kopf nach rechts, Isenhart nach links, auf diese Weise konnten sie noch einen Blick wechseln.

Isenhart durchflutete ein entsetzliches Bedauern. Ja, er fühlte sich gefangen in dieser Zeit, ihm war manchmal, als müsse er ein Leben lang durch Gitter starren, doch jetzt, da die Zeit gekommen war, alledem zu entfliehen, alles weit hinter sich zu lassen und nackt vor den Schöpfer zu treten, spürte er den Willen zu leben in sich pochen.

»Sieh nur, Isenhart«, rief Konrad, der zwar lächelte, dessen Angst sich jedoch in seinen Augen spiegelte, »dies muss die viel gepriesene Tapferkeit der Mauren sein!«

Der Mann, der sein Knie auf Konrads Brust gepresst hatte, blieb unbeirrt und setzte ihm die Klinge an die Halsschlagader.

»Ich bin Isenhart von Laurin«, rief Isenhart verzweifelt.

»Noch nie von Euch gehört«, merkte Baba lapidar an.

»Er ist der Sohn von Sydal von Friedberg!«, rief Konrad, der begriffen hatte, dass es dieser Zusammenhang war, den Isenhart sich herzustellen mühte.

»Halt!«, befahl Baba daraufhin und trat näher. Der Maure musterte Isenhart neugierig, als sei er ein seltenes Insekt, hilflos auf dem Rücken liegend. »Sydal von Friedbergs Sohn«, murmelte er halblaut vor sich hin, und Isenhart deutete ein Nicken an, »wenn Ihr das seid, dann sagt mir etwas, das dies beweist.«

»Mein Vater hat mir ein Stück seiner Seele eingehaucht. Ich … ich bin ein Untoter.«

»Das untote Kind«, wisperte Baba.

Die Mauren wichen zurück.

Baba geleitete sie durch einen Arkadengang, der an einem bewachten Tor endete – dem dritten, seit sie die Burg betreten hatten.

»Ibn Al-Hariq ist tot«, eröffnete Baba ihnen und nickte den beiden Wachmännern zu, die daraufhin das dritte Tor freigaben, »aber ich bringe Euch zu seinem Vertrauten, zu Ibn Khamud. Sprecht laut zu ihm, er verliert sein Gehör.«

»Warum habt Ihr uns unsere Waffen abgenommen?«

»Es ist das Gesetz von Ibn Al-Hariq und Sydal, dass innerhalb der Festung niemand eine Waffe trägt. Bis auf den Hüter der Puente.«

»Das seid dann wohl Ihr«, vermutete Konrad.

»Der Sturz vom Pferd hat Eurem Kopf nicht geschadet«, erwiderte Baba.

»Kanntet Ihr meinen Vater?«, wollte Isenhart wissen.

Hinter der Tür erschloss sich ein weiterer Platz, der *innere Burgfried,* wie man es hier nannte.

»Nein. Richtig gekannt habe ich ihn nicht«, antwortete Baba. Ein leises, kaum wahrnehmbares Bedauern schwang da mit. »Er verschwand, bevor man mir die Sicherheit der Puente anvertraut hat«, fügte er hinzu.

»Er verschwand? Einfach so?«, fragte Isenhart.

»Nein, er tötete meinen Vorgänger. Sonst ginge ich heute nicht neben Euch.«

Langsam erhob sich ein fernes, ganz unwirkliches Wispern. Es wehte zu ihnen hinüber, und sie waren dankbar für jede Brise, die etwas von der Hitze nahm. Das Wispern veränderte sich mit jedem weiteren Schritt, den sie unternahmen. Es wurde lauter, dann mehrzüngig, aber es brachte keine Abkühlung.

Nachdem sie erneut eine Biegung hinter sich gebracht hatten, entdeckte Isenhart den Ursprung dieses Wisperns. Es stammte aus einem kleinen, zum Teil überdachten Hof. In der Mehrzahl saßen etwas ältere Männer hier oder standen in kleinen Trauben beieinander. Sie alle sprachen unentwegt, und ihre Stimmen stiegen im warmen Wind auf, vermengten sich miteinander in der Gluthitze. Sie wurden eins und zu jenem Wispern, das durch die Ritzen der Festung kroch.

Juden, Araber und Christen tauschten sich aus. Baba führte seine beiden neuen Besucher direkt an ihnen vorbei.

»Die Ekliptik des Mars ist stabil«, sagte ein Jude.

»Nehmt diesen Stock«, trug ein Christ nur wenige Fuß weiter seine Erkenntnisse vor, »mit ihm und diesem anderen, genau bemessenen Stück Holz könnt ihr die Höhe eines fremden Gebildes bestimmen.«

Isenharts Schritte verlangsamten sich, sein Verstand sezierte das Wispern in seine einzelnen Bestandteile. Die Kombination aus Hölzern, die der Mann hier vorführte, war die exakte Entsprechung jener, die Isenhart für Walter entwickelt hatte. Zumindest war das mathematische Prinzip dasselbe: Auch hier wurde aus zwei bekannten Zahlen eine bis dahin unbekannte Größe errechnet. In diesem Fall die Höhe.

»Nun, was ist Zeit«, fragte ein Muslim nur einige Schritte entfernt, »angenommen, unsere Erde wäre leer, würde Zeit dann überhaupt vergehen? Ist Zeit etwas, was nur im Zusammenhang mit Menschen existiert?«

»Aristoteles sagte«, erwiderte ein anderer Muslim, »Zeit ist die Zahl der Bewegungen zwischen dem Früher und dem Später.«

»Aber sie ist auch ein Kontinuum, definiert durch den Augenblick«, fügte ein jüdischer Gelehrter hinzu, »der Augenblick ist die Brücke zwischen der Vergangenheit und der Zukunft, der Augenblick garantiert die Sukzession der Zeit. Und die Anhäufung der Augenblicke ist das, was Aristoteles mit der ›Zahl der Bewegungen‹ ausdrücken wollte.«

Ein Räuspern mischte sich in Isenharts Wahrnehmung. Da es von keinem auszugehen schien, der in seinem Blickfeld stand, drehte er sich um. Es war Baba, der zusammen mit Konrad in der gleißenden Sonne stand und auf ihn wartete.

»Entschuldigt«, beeilte Isenhart sich zu sagen, »es war nur … nur gerade so interessant.«

»Die meisten schreckt das Geschwätz ab«, stellte Baba fest, um nun den Weg zu Ibn Khamud fortzusetzen.

Konrad nickte unwillkürlich. In seinen Augen waren es Gedankenspielereien, im besten Fall so sinnvoll wie ein abendlicher Sonnenstrahl, der einen erwärmte, im schlechtesten Fall so dienlich wie ein Mückenstich, der unentwegt juckte und den man immerzu kratzen zu müssen glaubte. Letztlich waren all diese Überlegungen ohne einen konkreten Nutzen. Sie fällten kein Holz und brachten kein Heer zu Fall, sie wandelten sich nicht in Speisen oder Trank, sie hielten nur sich selbst auf Trab. Kurz: Sie waren eine lästige Zeitverschwendung. Sicherlich eine, der Isenhart mit Hingabe frönte, aber wer unter Gottes Antlitz war schon ohne Fehl?

»Was ist das?«, fragte Isenhart und deutete mit dem Kopf in Richtung der Debattierenden. Sein Herz schlug ihm vor Aufregung bis zum Hals.

»Das da«, meinte Baba beiläufig, »das ist eine Zusammenkunft unter Gleichgesinnten. Sie alle treibt ihr Streben nach Erkenntnis hierher. Was Ihr seht, ist der *Basar des Wissens.*«

»Der Basar des Wissens«, wiederholte Isenhart beinahe feierlich und warf noch einmal einen Blick zurück zu jenen Männern, die im Schutze der Puente ihre Gedanken austauschten. Er spürte ein ehrliches und tiefes Bedauern wegen des Umstands, dass Henning nicht hier sein konnte, um zu erleben, was er erlebte.

»Das ist das, was Ibn Al-Hariq und Sydal von Friedberg zu schaffen gedachten. Einen Fleck, an dem Gleichgesinnte sich unbehelligt treffen können. Es ist diesen Männern nicht einerlei, woher sie stammen, wer ihr König und ihr Gott ist, aber für die Zeit, die sie in der Puente verbringen, zählt all das nichts. Dies müssen sie abstreifen und vor den Toren lassen, so ist der Wille der Gründer.«

»Und einer von ihnen war mein Vater«, stellte Isenhart fest.

»So ist es«, bestätigte Baba.

»Was heißt eigentlich *Puente?*«, fragte Konrad.

»Es heißt Brücke.«

Sie gingen einige Schritte weiter.

»›Brücke‹ klingt schöner.«

Ibn Khamud saß in einem Meer aus Kissen, angehäuft in einem Winkel des Atriums, in das Baba sie geführt hatte. Der Schatten zweier Palmen überschnitt sich recht exakt an jenem Punkt, an dem der Vertraute Al-Hariqs wartete. Er war barfuß, trug ein langes weißes Gewand, und sein Schädel war kahl. Khamuds Augen hatten eine milchige Eintrübung erfahren, die Pupillen wanderten unentwegt, ohne Hast, aber ausdauernd.

»Zwei Gäste sind hier, die Euch zu sehen wünschen. Einer von ihnen nennt sich Isenhart. Er ist Sydals Sohn – jedenfalls sagt er das.«

Die Pupillen unterbrachen ihre Wanderung, ein abwartendes Lächeln zog über Ibn Khamuds Gesicht. Er mochte um die siebzig Jahre alt sein, ein knochiger Mann. »Wir werden sehen.«

Baba nickte, obwohl dem alten Mann diese Geste verborgen bleiben musste.

»I-sen-hart, wie ist der Name deines Begleiters?«, fragte Ibn Khamud.

»Mein Name ist Konrad, Konrad von Laurin«, entgegnete Konrad.

Khamud nickte. »I-sen-hart, spricht man das so?«

»Ja.«

»Setz dich zu mir, ich will dein Gesicht sehen.«

Isenhart sah zu Konrad hinüber, der ein Achselzucken andeutete. Dann ging er zu dem alten Mann und nahm im Schneidersitz vor ihm Platz. Ibn Khamud streckte die Hände aus, bis sie Isenharts Kinn erreichten. Seine Finger waren sanft und warm, frei von Hornhaut und Schwielen, nicht die eines Bauern. Vom Kinn tasteten sie sich behutsam fort. Über den Schwung der Lippen, hinauf zu den Wangenknochen, von dort zu den Augenhöhlen und dem Brauen.

Als sie seine Nasenlöcher passierten, nahm Isenhart den neuen Geruch wahr, dem er in Barcelona zum ersten Mal begegnet war. Der Blinde hatte seine Finger in Citrussaft gewaschen.

»Auf diese Art kann ich sehen«, erklärte Ibn Khamud ihm, »mein Herr ist vor zwei Jahren von uns gegangen. Am Ende hat er sich mehr um mich als um sich selbst gekümmert.«

Als er von seinem Herrn sprach, lag bedingungslose Hingabe in seinen Worten.

»Woher kommt Ihr?«, fragte Ibn Khamud und beendete das Ertasten von Isenharts Gesicht.

»Aus Spira«, sagte Isenhart.

»Ich bin nur ein Diener«, erwiderte der Blinde, um seinen Mangel an geografischen Kenntnissen zu erklären. »Ist das fern von hier?«

»Es liegt im Heiligen Römischen Reich«, wandte Konrad sich an ihn, der neben Isenhart Platz genommen hatte und die Kissen befühlte, »es ist gut 100 Tagesreisen entfernt.«

»Das ist weit«, stellte Ibn Khamud fest.

»Wofür legt man so viele Meilen zurück? Ihr seid Sydals Sohn«, sagte Baba.

»Das stimmt«, antwortete Isenhart.

»Und wer hat Euch das gesagt?«

»Ein Gelehrter.«

»Wie ist sein Name?«

»Walther von Ascisberg.«

»Wal-ther«, sagte Ibn Khamud, als müsse er diesen Namen erst wieder aus den Tiefen seines Gedächtnisses an die Oberfläche seines Bewusstseins befördern.

»Ihr kennt ihn?«, fragte Konrad verblüfft. Ihm war, als habe niemand vor ihnen diese beschwerliche Reise unternommen – und würde es auch lange Zeit niemand nach ihnen tun. Dass Walther von Ascisberg Toledo und die Puente bereits besucht hatte, schmälerte diesen Ruhm ein wenig.

»Er war hier?«, präzisierte Isenhart die Frage.

Ibn Khamud nickte: »Er kam her, um Euren Vater zu töten.«

Konrad merkte auf. Walther von Ascisberg war ihm stets als ein Anhängsel seines Vaters erschienen, in gewisser Weise spiegelten Isenhart und er, Konrad, sich in den beiden Männern. Von Ascisberg hatte ihnen all das vermittelt, was es jenseits der Theologie zu vermitteln gab. Und natürlich kursierte auch diese Geschichte von den vier Muselmanen, die er enthauptet hatte – zugegebenermaßen hatte Konrad diese Episode in Walthers Leben fasziniert –, doch hatte das bei genauerer Betrachtung wirklich wahr sein können? Angesichts des Umstands, dass Walther auf der Suche nach einem

Mörder das halbe Abendland durchquert hatte, hielt Konrad von Laurin diese Frage für beantwortet.

»Und er hat meinen Vater nicht angetroffen«, vermutete Isenhart.

Ibn Khamud deutete ein Nicken an, er lächelte sogar etwas.

»Mein Vater kam mit Ibn Al-Hariq von einem Kreuzzug nach Toledo und ließ sich hier nieder. Warum?«

Das Gesicht des Blinden war mit einem Mal von Enttäuschung gekennzeichnet. »Wenn Ihr Sydals Sohn seid, dann wisst Ihr die Antwort.«

Isenhart trieb die Furcht um, der blinde Alte könnte ihre Zusammenkunft jederzeit auflösen. Und womöglich keine zweite gewähren. Hunderte von Meilen hatten sie hinter sich gebracht, um hier die Antworten auf ihre Fragen zu erhalten. Es wäre Isenhart unerträglich gewesen, jetzt abgewiesen zu werden. Jetzt, so nahe vor dem Ziel. Also konzentrierte er sich in Gedanken auf das »Warum«.

»Der Basar des Wissens«, wisperte er.

»So ist es«, bestätigte Ibn Khamud, der ihm wieder zugewandt schien. So erzählte er ihnen von der Heimkehr Ibn Al-Hariqs, der hier Zuflucht beim Bruder seines Vaters, dem die Puente gehörte, gesucht hatte. Der Bruder war eine Woche zuvor verstorben, Al-Hariq daher der rechtmäßige Erbe. Und wie die beiden – Al-Hariq und Sydal von Friedberg – darin übereinkamen, die Puente zu einem Hort und einem Refugium der Wissenschaft zu machen.

Nur Eingeweihte sollten Zugang erhalten, man gab Losungen aus an die *Freunde der Freunde,* um auch jene mit einzubeziehen, die einem nicht sofort in den Sinn kamen.

Als Khamud die Losung erwähnte, richtete Isenhart die Augen auf Baba, der am Zugang des Atriums Position bezogen hatte. Baba deutete mit einem Lächeln ein Nicken an. Isenhart hatte beim Betreten der Festung auf die Frage, was sie hier verloren hatten, ihren Wunsch in Worte gefasst, Ibn Al-Hariq zu sprechen. Das war nicht die Losung gewesen. Also hatten Konrad und Isenhart nicht zu den Freunden der Freunde gehört. Jedes Wort, das Isenhart danach an

Baba gerichtet hatte, war ohne Belang gewesen. Denn ihr Tod war bereits beschlossene Sache gewesen.

»Meinem Vater hat die Puente sehr viel bedeutet«, stellte er fest, um dann die Frage zu stellen, derentwegen er diese beschwerliche Reise angetreten hatte.

Aber der blinde Diener kam ihm zuvor, er nickte: »Sie war seine Erfüllung. Sie war die Bestimmung seines Daseins. Seines wie dessen von Ibn Al-Hariq.«

»Und warum verließ er sie dann? Warum wurde er zum Mörder?«

Das Gesicht des alten Mannes nahm einen bekümmerten Ausdruck an. »Wir haben von diesen Gerüchten gehört, damals. Walther von Ascisberg hat bezeugt, dass sie zuträfen. Leider. Mein Herr war bestürzt über diese Morde, ja, er fühlte sich mitverantwortlich für diese abscheulichen Taten.«

»Warum?«, fragte Isenhart irritiert.

Ibn Khamud atmete einmal tief durch. »Euer Vater und mein Herr haben viele Gespräche geführt, ich weiß noch, wie mir beim Zuhören schwindlig wurde. Sie sprachen vom Wind, wenn ich die Kammer verließ, um ihnen Wasser zu bringen. Kehrte ich nur wenige Augenblicke später zurück, widmeten sie sich einer mathematischen Frage, die plötzlich in astronomische Betrachtungen überging, sich von dort aus der Astrologie zuwandte, um dann in einer philosophischen Debatte zu münden. Ich hatte manchmal das Gefühl, sie brauchten niemanden sonst. Sie ergänzten sich aufs Trefflichste, es muss Allahs Wille und Wunsch gewesen sein, diese beiden seiner Geschöpfe zueinanderzuführen.«

»Aber wenn die beiden …«, unterbrach Isenhart, wurde von dem Diener Al-Hariqs aber seinerseits unterbrochen. »Wie Euer Vater immer sagte, steht die Geduld in tiefer Abhängigkeit zu ihrer Dauer oder, um es verständlicher auszudrücken, was er damals meinetwegen tat: Wenn sie schwindet, benötigt man sie am meisten.«

Ibn Khamud legte eine kurze Pause ein, während Isenharts beredtes Schweigen ihm vermittelte, dass er verstanden hatte. Der Blinde nickte kaum merklich, bevor er seine Erzählung wieder aufnahm: »Mein Herr war ein großer Denker und großer Arzt. Seine Schriften sind im Morgenland weit verbreitet, er genoss höchstes Ansehen. Eine Frage, die ihn aber zeit seines Lebens beschäftigte und letztlich unbeantwortet blieb, war die Frage nach dem Sitz der menschlichen Seele. Wo genau sie sich im menschlichen Körper befindet.«

Binnen eines Sekundenbruchteils war Isenhart alles klar.

Wozu das Herz?

Er hätte den einen richtigen Gedanken nur konsequent zu Ende denken müssen. Das Bedürfnis des Täters. Waren sie alle zunächst davon ausgegangen, einen Wahnsinnigen zur Strecke bringen zu wollen, schien schließlich die Geschichte des Menschenfressers Michael von Bremen einen Sinn zu ergeben, zumal Walther von der höchst unwahrscheinlichen Gesundung von Bremens bei Doryläum berichtet hatte. Er aß eben Herzen, weil er glaubte, sie verliehen ihm Kraft. Und wer weiß … niemand hat bisher das Gegenteil bewiesen.

Doch die Schriften, auf die sie bei Michael von Bremen gestoßen waren, die anatomischen Zeichnungen, die möglicherweise auf das Genie eines von Bremens verwiesen, sie verwiesen auch auf das, was nicht auf dem Pergament stand: den Sinn dahinter. Wie hatten sie nur übersehen können, dass die Neugier eines Geistes, der in der Lage war, solche Zeichnungen zu fertigen, lediglich auf das Offensichtliche beschränkt war, nämlich die Gestalt und Funktion der Organe?

»Sie nahmen an, dass das Herz der Sitz der Seele ist«, sagte Isenhart. Es war keine Vermutung, er wusste um das Zwingende der Logik.

»Genau so war es«, bestätigte Ibn Khamud.

»Aber das war nur eine Annahme«, fuhr Isenhart fort und musste achtgeben, dass seine Gedanken nicht seinem Mund davonliefen, »und für den Wissensdurstigen ist Erkenntnis die einzige Erfrischung. Die gedankliche Erkenntnis war aber nicht belegt. Dazu hätte man … hätte man einen Menschen töten und sein Herz öffnen müssen. Einer von beiden war dazu bereit: mein Vater. Sydal von Friedberg. Und Euer Herr hat sich dem verweigert. War es nicht so?«

»Das ist richtig«, antwortete Ibn Khamud mit einer Stimme, die von Erstaunen geprägt war, »Ibn Al-Hariq gab sich damit zufrieden, dass es Fragen gibt, die keine Antwort erfahren werden. Oder dürfen. Euer Vater war nicht zu überzeugen. Mein Herr sah keine andere Möglichkeit, um Unschuldige zu schützen, als Sydal von Friedberg unter Arrest zu stellen. Aber Sydal kam ihm zuvor und tötete Babas Vorgänger, um aus der Puente zu fliehen.«

»Mein Vater hat nach seiner Rückkehr auf deutschen Boden Jungfrauen ermordet und ihnen das Herz genommen«, stellte Isenhart fest, »er wollte die Seele finden. Das war der Grund.«

»Ja.«

Konrad von Laurin hatte immer gebannter gelauscht. Auch für ihn fügte sich nun langsam eines zum anderen, die Dinge standen nicht mehr für sich, Isenharts und Ibn Khamuds Worte spannen feine Seile zwischen ihnen, bis sie alle so miteinander verbunden und verwoben waren, als hätte der vorherige Zustand nie existiert.

»Ein Seelensammler«, fügte der Blinde hinzu, »so hat er sich selbst genannt.«

Konrad überkam bei diesen Worten ein leichter Schauer, während Isenhart sich noch mehr zu Ibn Khamud vorbeugte.

Seelensammler, das stieß Isenhart in demselben Maße ab, in dem es ihn faszinierte. »Hat Ibn Al-Hariq seine Forschungen über den Sitz der Seele weiter vorangetrieben?«

Der Blinde deutete ein Kopfschütteln an: »Er hat nie wieder darüber gesprochen. Für Euren Vater und meinen Herrn war es auch eine Debatte um das Ich, um das Wesen des Menschen. Darüber, ob er bestimmt wird oder selbst bestimmt. Aber wie ich höre, wurde das Herz als Hort der Seele inzwischen abgelöst.«

»Wodurch?«, fragte Konrad.

Ibn Khamud antwortete nicht sofort, denn ein Diener, so wie er selbst einer gewesen war, stellte eine Tasse mit dampfendem Wasser vor ihm ab. In dem erhitzten Wasser schwammen ein paar kleine Blätter.

»Mein Herr hatte es schon geahnt. Die letzten Aufzeichnungen, die ich mit eigenen Augen sehen konnte, kreisten um ebendiese. Seht, Isenhart, wir können beide einander in die Augen schauen, und wenn wir vergessen, dass Allah mich mit Blindheit geschlagen hat um meiner Sünden willen, dann würden wir in den Augen des anderen das Wahrste sehen, was der andere mit sich trägt. Sein Wesen. Das Ich. Ibn Al-Hariq hat die Augen als *Fenster der Seele* bezeichnet.«

Isenhart verstand. Hinter den Augen verbarg der Körper die Seele. Wer auch immer im Reich gemordet hatte, Michael von Bremen, ein Draugr oder ein ganz anderer, sie alle hatten keinen Zugang zum Wissen der Puente. Zu dem Wissen, das sich hier überschnitt.

Walther von Ascisberg hatte Isenhart einmal von zwei Meeren erzählt, die hoch oben im Norden, wo das Land endete, aufeinandertrafen. Ein ewiger Wellenkamm, das Zeichen ihrer Vereinigung, der sich vom Ufer bis zum Horizont zog, dieses Bild traf auch für das Innere der Puente zu. Hier, in dieser Festung, trafen drei Wellen aufeinander und barsten nicht: Juden, Moslems und Christen. Das Ergebnis war jenes Wispern, das Isenhart zuvor wahrgenommen hatte. Das Wesen der Puente.

Ibn Khamud nahm einen Schluck von dem dampfenden Tee. Konrad verzog leicht das Gesicht: »Ist das nicht viel zu warm bei dieser Hitze?«

Der Blinde nickte: »Als Kind empfand ich es auch als unerträglich. Aber nur, bis ich gemerkt habe, wie es erfrischt.«

Konrad wollte etwas erwidern, hielt sich aber zurück. Der alte Mann vor ihm schien dies zu spüren. »Mein Herr, Al-Hariq, hat mir erklärt, dass das warme Wasser das Blut erwärmt. Und zwar so sehr, dass die Sonnenhitze nichts mehr zum Erwärmen vorfindet.«

»Ich verstehe«, sagte Konrad, was eine glatte Lüge war.

»Habt Ihr je von einem Mann gehört, dessen Name Aberak von Annweiler ist? Oder Michael von Bremen?«, fragte Isenhart.

Ibn Khamud überlegte kurz, um dann mittels eines angedeuteten Kopfschüttelns zu verneinen.

Obwohl Isenhart mit dieser Antwort gerechnet hatte, gelang es ihm nicht gänzlich, seine Enttäuschung zu verbergen. Die Antworten auf seine brennendsten Fragen hatte er nun erhalten. Er wusste, wie es dazu gekommen war, dass sein Vater von einem jungen Mönch zu einem Seelensammler wurde. »Wir möchten Eure Zeit nicht länger in Anspruch nehmen«, sagte er daher und wollte sich erheben.

»100 Tagesreisen, das ist es, was Euer Begleiter gesagt hat, nicht wahr?«

»Ja«, bestätigte Konrad.

Über Ibn Khamuds Gesicht zog ein trauriges Lächeln. »Wie Euer Vater«, sagte er, »Sydal von Friedberg hat immer alles aufgeboten, um Antworten auf seine Fragen zu erhalten. Er ... es hätte ihm gefallen zu wissen, was Ihr auf Euch genommen habt. Für eine halbe Stunde mit einem blinden alten Mann.«

Es war eine Eingebung, die Isenhart nach der Hand Ibn Khamuds greifen ließ. Der Blinde ließ es geschehen, seine Züge entspannten sich.

»Erzählt mir von meinem Vater«, bat Isenhart. Die Inbrunst, mit der sein Freund die Bitte hervorbrachte, ließ Konrad von Laurin aufmerken.

Von großem Ernst sei Sydal gewesen, erfuhr Isenhart, so wendig im Geist wie ein Wiesel im Feld. Das machte eigentlich sein Wesen aus, erklärte Ibn Khamud, nämlich dass seine Gedanken stets in Bewegung waren. Nichts konnte er so akzeptieren, wie es war – Isenhart spürte bei diesen Worten sehr wohl Konrads Blick in seinem Nacken.

»Der Tag mit dem Stein fällt mir da ein«, sagte der Blinde. Und er erzählte, wie Sydal einen Stein aufgehoben hatte, ihn sich genau angesehen und begonnen hatte, Fragen zu stellen. Warum war ein Stein hart und nicht weich wie Wasser? Hat möglicherweise ein Stein auch eine Art Wesen, und sind wir nur zu grobe und geistig begrenzte Kreaturen, um das zu erkennen? Was hat der Schöpfer sich wohl dabei gedacht, ein paar Steine in den Sand zu legen, die mit Sicherheit einige Jahrzehnte oder gar Jahrhunderte zuvor genauso dagelegen hatten, wie Sydal sie vorfand – und nach ihm auch wieder für weitere Jahrzehnte und Jahrhunderte unbeachtet liegen bleiben würden. Was war der *Sinn* dieses Steins? Warum war er? Welchen göttlichen Funken trug er in sich? Oder war er einfach doch nur unbelebte Masse, so lange sinn- und funktionslos, bis man ihm einen Sinn oder eine Funktion verlieh?

»Und das war erst der Anfang«, sagte Ibn Khamud, »auf den Stein folgte der Feigenbaum, auf den die Katze – und schließlich der Mensch.«

Konrad hatte nach der Schilderung des Steines eine recht konkrete Vorstellung davon, wie Isenharts Vater beständig an den Nerven all jener gesägt haben musste, die das zweifelhafte Privileg besaßen, sich in Hörweite zu befinden.

Isenhart dagegen spürte sich bei der Erzählung Khamuds diesem Mann, dem Mörder und Seelensammler, nahe. Mehr noch: Er begriff, dass etwas von diesem Mann in ihm war, dass etwas, das diesen Mann ausgemacht hatte, in ihm weiterlebte. Ganz gleich, ob er die Nähe zu diesem Mörder empfinden wollte oder nicht – ihr war seine Befindlichkeit einerlei, sie existierte einfach.

»Da ist noch etwas, was wir uns gefragt haben«, nahm Konrad den Faden wieder auf und riss Isenhart damit aus seinen Überlegungen, »warum waren es ohne Ausnahme Jungfrauen, die ermordet worden sind?«

Ibn Khamud senkte den leeren Blick, er überlegte. »Mein Herr hat vermutet, dass es mit der Reinheit zusammenhing«, erinnerte er sich, »und je reiner die Seele, desto wertvoller.«

»Die unbefleckte Seele«, raunte Isenhart, »deshalb die Jungfrauen.«

Sein Gegenüber nickte.

Kurz senkte sich Schweigen über sie. Konrad warf Baba einen Blick zu, der in stoischer Haltung wartete.

»Ich danke Euch«, sagte Isenhart und erhob sich, aber Ibn Khamud griff in seine Gewänder und zog ein zusammengerolltes Pergament hervor.

»Dies ist für Euch, Isenhart.«

Isenhart griff zögerlich nach der Pergamentrolle. »Was ist das?«

»Ich weiß es nicht, wir haben es nie geöffnet. Es ist für den Sohn von Sydal von Friedberg bestimmt. Es stammt von ihm.«

Isenhart starrte gebannt auf die Rolle in seinen Händen. »Dann muss die Nachricht schon recht alt sein«, stellte er fest.

»Nun, Euer Vater kam noch einmal zur Puente zurück. Das war, als er erfahren hatte, dass sein alter Weggefährte Ibn Al-Hariq im Sterben liegt.«

Isenhart hatte das Gefühl, in eine Citrusfrucht zu beißen. Sein Mund war mit einem Schlag trocken. Konrad blickte ihn überrascht an, auch er hatte den entscheidenden Schluss bereits gezogen.

»Sagtet Ihr nicht, Ibn Al-Hariq sei vor zwei Jahren gestorben?«

Ibn Khamud nickte: »Das sagte ich.«

»Aber Walther von Ascisberg hat meinen Vater doch erschlagen.«

»Hat er das? Oder hat er es nur behauptet?«, gab Ibn Khamud zurück, und seiner Frage wohnte eine Betonung inne, die darauf verwies, welche der beiden Möglichkeiten der Blinde für wahrscheinlicher hielt.

26.

Baba führte sie zu ihrer Unterkunft, einem quaderförmigen Gebäude aus hellem Stein.

»Es scheint den Muselmanen noch nicht aufgefallen zu sein, dass man bei Sonnenschein in schwarzem Leinen viel schneller schwitzt«, sagte Konrad.

Und während Baba ihm erklärte, warum das Tragen von mehreren Schichten schwarzer, schwerer Wolle den Körper abkühlte – durch die verschiedenen Luftschichten nämlich –, hörte Isenhart nur mit einem Ohr zu.

Einerseits konnte er es kaum abwarten, endlich die Schriftrolle zu öffnen, andererseits trat auch diese Ungeduld angesichts der Frage, weshalb Walther von Ascisberg sie alle belogen hatte, in den Hintergrund.

Er erinnerte sich noch sehr genau an ihr Gespräch in Tutenhoven, oben bei den Tannen, Walthers bevorzugtem Platz.

Ich habe Sydal von Friedberg am 24. September 1172 erschlagen.

Das waren seine Worte gewesen. Demnach wäre Isenharts Vater seit mehr als 23 Jahren tot.

Ibn Khamud hatte ihm aber versichert, dass sein Vater vor zwei Jahren hier gewesen war, auf dem Basar des Wissens, den er einst zusammen mit Ibn Al-Hariq ins Leben gerufen hatte. Aber *gesehen* hatte Khamud ihn nicht. Isenhart überlegte, ob sich womöglich ein anderer Mann als sein Vater ausgegeben hatte. Doch wozu? Außerdem soll Ibn Al-Hariq noch bei Bewusstsein gewesen sein und in dem Besucher seinen alten Weggefährten Sydal erkannt haben.

Ibn Khamud hatte jedenfalls erzählt, dass Isenharts Vater nach

Al-Hariqs Tod nach Süden vorgestoßen war, in den maurischen Teil Iberiens. Monate später habe ein Vertrauter der Puente berichtet, dass er Sydal in Al-Qahira begegnet war, einer berühmten arabischen Stadt, die unter den Kreuzfahrern als *Kairo* bekannt war. Von Friedberg sei abgemagert, regelrecht ausgezehrt gewesen. Sein Bemühen sei es gewesen, an der Al-Azhar-Universität aufgenommen zu werden.

Isenhart wusste mit diesem Wort nichts anzufangen: *Universität.* Ibn Khamud setzte ihm auseinander, dass man so Einrichtungen nennt, in denen die Wissenschaften gelehrt werden. »Junge Männer versammeln sich dort und lauschen den Koryphäen ihres Studienfaches.«

»Auch ein Basar des Wissens«, kleidete Isenhart es in eigene Worte.

Der Blinde nickte: »Mit dem Unterschied, dass die Puente nicht von Studenten aufgesucht wird, sondern von den Gelehrten selbst.«

Ibn Khamud führte neben dem gesundheitlichen Zustand seines Vaters zwei weitere Gründe ins Feld, die Zweifel an von Friedbergs damaliger Verfassung begründeten. Er wollte an der Universität aufgenommen werden – zu dem Zeitpunkt war er 62 Jahre alt! Davon abgesehen war ausschließlich Muslimen der Zugang zur Al-Azhar-Universität gestattet.

»Wenn der Verstand erlischt, ist es immer eine Tragödie«, sagte der Blinde, »aber wenn es einen so regen Geist trifft wie den Eures Vaters, dann wiegt der Verlust doppelt.«

Danach, so Ibn Khamud, habe man nichts mehr von ihm gehört, weder durch Sydal selbst noch durch Freunde der Puente. Er habe einfach aufgehört zu sein.

Daran erinnerte Isenhart sich, während er Baba und Konrad zu den Unterkünften folgte.

»Ihr sagtet, Ihr hättet Sydal von Friedberg nicht gekannt – aber er kam zum Sterbebett von Ibn Al-Hariq.«

Baba nickte: »Ich habe einen Mann gesehen, von dem man mir erzählte, er sei Sydal von Friedberg. Und Ibn Al-Hariq ließ Weisung an mich ergehen, diesem Mann freies Geleit zu gewähren. Ich sah ihn, ja, aber ich kannte ihn nicht.«

Der Hüter der Puente führte sie eine schmale Treppe aus Stein hinauf und öffnete eine hölzerne Doppeltür, um den Blick auf einen großzügigen Raum freizugeben. Er war gefliest, zur linken wie zur rechten Seite erwartete sie ein Lager.

Konrad entfuhr ein leiser Seufzer. Auf reichlich verzierten Tellern lag Obst bereit. Einige Pflanzen in Tongefäßen hingen von der Decke hinab, gehalten von Eisenketten mit groben Ringen.

»Die Puente lädt Euch ein, so lange zu bleiben, wie Ihr wünscht«, sagte Baba, »tragt Ihr noch Waffen bei Euch? Messer? Gift?«

Isenhart und Konrad schüttelten den Kopf.

»Die Einzigen, die hier Waffen tragen dürfen, sind der Hüter der Puente und seine Wachen«, fügte Baba als freundliche Mahnung hinzu, »und sie haben Anweisung, jeden anzugreifen, der dagegen verstößt.«

»Ihr habt uns alle abnehmen lassen«, versicherte Isenhart ihm. Er spürte den leichten Schweißfilm in seiner Rechten, die das Pergament seines Vaters hielt.

Baba schien ihnen zu glauben. Er sah Isenhart noch einmal an, *das untote Kind,* bevor er sich zum Ausgang wandte.

Konrad von Laurin räusperte sich vernehmlich. »*Baba* – was bedeutet der Name?«

Baba blieb stehen und wandte sich zu Konrad um: »Es bedeutet ›Vollmond‹.«

»Vollmond«, wiederholte Konrad nachdenklich, bevor sich ein Lächeln Bahn brach, »wegen Eurer Statur?«

»Weil ich den Schein der Hellsten spiegle«, entgegnete Baba, »und was bedeutet Konrad?«

»Konrad«, antwortete Konrad etwas verdrossen.

Eigentlich war Konrad von Laurin nicht minder gespannt als Isenhart auf das, was Sydal von Friedberg seinem Sohn hinterlassen hatte, aber kaum war er auf das Lager gesunken, entspannte er sich von einhundert Tagen Reise und schlief ein.

Isenhart ließ sich auf dem mit Stroh gefüllten Leinen nieder und entrollte das Pergament. Sein Puls beschleunigte sich, als er die Augen auf die erste Zeile richtete, die sein Vater ihm hinterlassen hatte: *Xqxoxfv kqcfrob mqxmcol vtitune evnfldm ffdxzov fensdof ogxkmok lyynfof.*

Die Ernüchterung folgte der Aufregung auf dem Fuß. Er begriff kein Wort. Was sollte das sein? Was wollte sein Vater ihm sagen? Der Ernüchterung folgte seine Enttäuschung. Dies waren die Worte, die Sydal von Friedberg persönlich an ihn gerichtet hatte, vermutlich die einzigen, und Isenhart begriff ihren Sinn nicht. Der erste Gedanke, der ihm kam, war, dass es möglicherweise auf Kastilisch oder Arabisch verfasst worden war. Isenhart hatte gelernt, auf dieses Bauchgefühl zu hören, diese Mischung aus Eingebung und Erfahrung, und in gewisser Weise lag er damit meist auch nicht falsch. Aber beim Anblick der ersten Zeile – *Xqxoxfv kqcfrob mqxmcol vtitune evnfldm ffdxzov fensdof ogxkmok lyynfof* – fiel ihm die Gleichmäßigkeit der Wortlängen auf. Alle Wörter bestanden aus sieben Buchstaben.

Dieses war keine fremde Sprache, in der sein vermutlich toter Vater mit ihm kommunizierte, es war vielmehr, so widersinnig das auch klingen mochte, ein Text, der sich in den sichtbaren Buchstaben verbarg.

Eine Verschlüsselung?

Ganz entfernt erinnerte er sich an eine Unterrichtsstunde mit Walther von Ascisberg, in der dieser auf eine Form der Nachrichtenübermittlung zu sprechen gekommen war, wie sie in Kriegszeiten zwischen Heeresteilen angewandt wurde. Etwa, indem man einen schmalen Streifen Pergament um einen Stab wickelte, von oben nach unten, sodass das Papyrus das gesamte Stück Holz bedeckte. Der Absender schrieb nun über die nebeneinanderliegenden Abschnitte des Pergamentstreifens seine Nachricht, entfernte anschließend den Stab und entsandte einen Kurier mit dem Papierstreifen, der dem fremden Beobachter nur eine scheinbar sinnlose Aneinanderreihung von Buchstaben darbot.

Den Schlüssel zum Entziffern der Nachricht bildete der Durchmesser des Holzstabes, um den das unbeschriebene Stück Pergament gewickelt worden war. Lediglich der exakte gleiche Durchmesser formte ein Wirrwarr an Buchstaben wieder in eine sinnvolle Reihenfolge um.

Sydal von Friedberg hatte sich einer anderen Verschlüsselung bedient, ansonsten böte das Pergament die Gestalt eines dünnen Streifens dar. Aber das Prinzip war identisch, wie Isenhart annahm. Wie beim Durchmesser des Holzstabes benötigte er auch hier den Schlüssel, um aus einer beliebigen Aneinanderreihung von Lettern eine sinnvolle Kette von Buchstaben zu bilden.

Er starrte auf die Kolonnen an Buchstaben, mittlerweile im Licht einer Öllampe, denn inzwischen umfing die Dämmerung die Puente.

Das beste Versteck besteht darin, etwas offen liegen zu lassen.

Isenhart erinnerte sich sehr genau an die Überzeugung seines Mentors, doch an den Lettern auf dem Pergament vor ihm war nichts offensichtlich.

Um etwas zu begreifen, fasse es an. Ist es etwas, was du nicht anfassen kannst, ein Gedanke etwa, berühr es durch die Gesetzmäßigkeiten seines Wesens.

Damals waren es einfach nur Worte, die im Nebenraum der Kapelle in der Burg Laurin fielen. Weit entfernt von einem brauchbaren Nutzen. *Worte eben,* wie Konrad gerne anmerkte.

Berühr es durch die Gesetzmäßigkeiten seines Wesens.

Er unternahm als Nächstes das, was jedem sofort einfiel, der sich mit einem verschlüsselten Text konfrontiert sah – er las ihn rückwärts, was sich bereits nach wenigen Worten als falsch erwies: *fofnyyl komkxgo fodsnef.*

Da Isenhart keinerlei Erfahrung mit dem Codieren von Nachrichten besaß, überlegte er, welchen mathematischen Prinzips er sich bedienen würde, um eine wichtige Nachricht vor den Augen derer, für die sie nicht bestimmt war, zu verbergen. Zunächst verfiel er auf die Idee, ein Wort um eine bestimmte Anzahl von Buchstaben zu verschieben, womit die Anzahl den Schlüssel bildete, den man kennen musste. Nahm man *Sophia* und versetzte die Buchstaben um eine Stelle nach vorne, ergab sich *Tpqikb* (da das lateinische Alphabet über 23 Buchstaben verfügte und *j* nicht dazugehörte – ebenso wenig wie *u* und *w*, die durch *v* ersetzt wurden).

Isenhart wandte diesen Schlüssel auf Sydals Zeilen an ihn an. Aus dem ersten Wort entstand dadurch *Yrypygx*.

Ohne die Geduld zu verlieren, verschob Isenhart die Buchstaben nacheinander um die restlichen 22 Stellen, was allerdings auch keine verständlichen Wörter ergab. Zu seiner eigenen Verblüffung deprimierte ihn dieses Resultat nicht, sondern spornte ihn im Gegenteil an, ja, es bereitete ihm sogar eine gewisse Freude, immer intensiver um die Lösung des Rätsels zu ringen.

Möglicherweise hatte sein Vater einen sich verändernden Schlüssel angewandt, beispielsweise einen, der seine Anzahl der Stellen, die es zu verschieben galt, mit jedem neuen Buchstaben erhöhte, also den ersten Buchstaben um eine Stelle versetzte, den zweiten um zwei Stellen und immer so fort, bis es nach 23 Stellen wieder von vorne begann.

Xqxoxfv mutierte dadurch zu *ysascmd*. Verschob man dagegen den ersten Buchstaben um eine Stelle nach vorne, den zweiten um eine Stelle zurück und den dritten wieder nach vorne, ergab sich aus *Xqxoxfv* die Buchstabenfolge *Ypynyex*.

Bis tief in die Nacht experimentierte Isenhart mit anderen Kombinationen, er wandte schließlich auch mathematische Operationen auf die Lettern an, die durch Additionen und Subtraktionen immer neue Wortgebilde hervorriefen, doch keines von ihnen ergab einen Sinn.

Die Flamme der Öllampe flackerte eine Weile, bevor sie erlosch. Ein dünner Rauchfaden stieg vom Docht auf. Isenhart legte das Pergament zur Seite und streckte sich aus. Seine Gedanken lösten sich von der verborgenen Nachricht und glitten hinüber nach Heiligster. Wie mochte es den anderen inzwischen ergangen sein? Waren sie wohlauf? Isenhart realisierte, dass er sich zwang, im Plural zu denken, denn im Grunde drehten seine Fragen sich nur um Sophia.

War sie nun doch glücklich, den Bund der Ehe eingegangen zu sein? Sicherlich ermöglichte Reimar von Vogt ihr ein Leben, das dem in der Burg Laurin mehr glich als jenes oftmals entbehrungsreiche Landleben in Heiligster. Eines, das ein wenig ihrem adligen Stand entsprach. Isenhart verfluchte sich, sie abgewiesen zu haben. Und mit ihrem Bild vor seinem inneren Auge, das sich nicht verscheuchen ließ, schlief er ein.

Als sie am späten Vormittag erwachten, verspeiste Konrad zwei Orangen und ließ sich von Isenharts Versuchen, die Nachricht seines Vaters zu entschlüsseln, berichten. Anschließend traten sie vor das Haus der Gäste und trafen auf Baba, der eine Taube in der rechten Hand hielt, die keinen Versuch unternahm, sich seinem Griff zu entwinden.

»Ah, Taube«, sagte Konrad, »hatten wir schon lange nicht mehr.«

Baba nickte, riss den Arm hoch und öffnete die Hand. Die Taube flatterte davon.

Konrad und Isenhart sahen dem Vogel hinterher.

»Ist das ein muslimischer Brauch?«, fragte Isenhart.

»Nein, wir benutzen sie, um Nachrichten auszutauschen.«

»Wie das?«, wollte Konrad wissen.

Baba erklärte ihnen, wo man die Nachricht anbrachte, wie man Tauben trainierte, wobei einem die Fähigkeit der Tiere zugutekam, immer ihren Heimatschlag zu finden, und dass schon Sultan Saladin im Kampf gegen die Kreuzfahrerheere Brieftauben eingesetzt hatte.

Isenhart fragte, ob er wohl zum Basar gehen dürfte.

Baba musterte ihn eingehend.

Nachdem sie sich und ihre Kleider gereinigt hatten, gewährte Baba ihnen den Zugang zum Basar des Wissens, der in der Tat nur aus dem bestand, was Isenhart am Vortag bereits gesehen hatte. Eine zwanglose Ansammlung von Gelehrten, die in Trauben beieinanderstanden und sich austauschten.

»Wenn die Erde die Gestalt einer Kugel hat«, sagte ein Jude zu einem Moslem, »wie kommt es dann, dass nicht alles, was nicht mit dem Boden verwurzelt ist, herunterfällt?«

»Weil es eine Kraft gibt, die alles zur Erde zurückwirft«, entgegnete der, »und wenn das, auf dem wir stehen, wirklich eine Scheibe ist, wie sieht die dann von unten aus?«

Niemand fragte nach seinem Stand oder woher er stammte, als Isenhart sich dazugesellte.

Wie nicht anders zu erwarten, langweilte Konrad sich außerordentlich. Die Männer hätten ebenso gut Maurisch sprechen können, es hätte für ihn keinen Unterschied gemacht. Und wenn er denn einmal etwas aufschnappte, was er verstand, interessierte es ihn nicht. Isenharts Augen dagegen glänzten, er hing den Gelehrten an den Lippen, kein einziges Wort ließ er sich entgehen, und als Konrad ihm sagte, er sehe sich etwas um, nickte er nur kurz.

Isenhart erfuhr von Ibn Sina, einem Moslem, der vor über hundert Jahren verstorben war und der den *Qanun al-Tibb* verfasst hatte, ein Universalwerk der Medizin, das im Abendland erst seit wenigen Jahren unter dem Namen *Canon medicinae* eine recht überschaubare Bekanntheit erlangt hatte.

Eine Gruppe von drei Gelehrten tauschte sich über Details des Qanun aus. Offenbar unterschied sich das den Christen vorliegende lateinische Werk in bestimmten Einzelheiten vom Original. In dem konkreten Fall ging es um das Kauterisieren.

Der Araber legte den beiden interessierten Medici dar, wie Ibn Sina, dessen lateinischer Name Avicenna noch über Jahrhunderte strahlen sollte, die Behandlung von Hautkrebs vornahm. Zunächst mussten die zu behandelnde Stelle und das Skalpell mit Alkohol desinfiziert werden, den Patienten betäubte man mit Mohnaufgüssen, anschließend sollte das erkrankte Gewebe komplett herausgeschnitten werden. Für die starken Blutungen, die bei so einem chirurgischen Eingriff zuweilen auftraten, empfahl Ibn Sina alias Avicenna das Kauterisieren, nämlich das Verschließen des blutenden Gewebes mittels glühenden Metalls oder ätzender Chemikalien.

Ein weiterer Christ, der zu ihnen trat, konnte sie darüber hinaus über die Hintergründe der Abweichungen aufklären. Gerhard von Cremona, der wie zahlreiche andere Gelehrte eigens nach Toledo gereist war, um arabische Schriften ins Lateinische zu übersetzen, hatte sich der Hilfe eines mozarabischen Burschen namens Ghablid bedient. Ghablid las den arabischen Satz des Kanons der Medizin, übersetzte ihn ins Kastilische und artikulierte ihn. Von Cremona wiederum hörte den kastilischen Satz, übertrug ihn im Geiste ins Lateinische und schrieb diesen Satz nieder.

Daher, so der dritte Christ, wichen arabisches Original des Qanuns und seine lateinische Übersetzung bisweilen in Detailfragen voneinander ab. »Aber«, fügte er mit einem Lächeln hinzu, »es gibt ja die Puente.«

Isenhart nahm schmerzlich wahr, dass er zum Basar nicht allzu viel beizutragen hatte, bei genauerem Hinsehen im Grunde gar nichts. Daher war er dankbar, als er erfuhr, von Cremona habe auch den Almagest übersetzt. Und zwar just hier in Toledo.

»Mein alter Lehrer hat diese Übersetzung«, sagte er mit einer Spur Stolz.

Die Blicke der anderen richteten sich auf ihn. Sie hatten Mienen aufgesetzt, als würden sie noch auf etwas warten. Einen gedanklichen Schluss oder einen zweiten Satz etwa, der Isenharts Feststellung zu einer interessanten Information würde reifen lassen.

»Er hat eine richtige Bibliothek«, fuhr er daher ermutigt fort, »mit insgesamt *zwölf* Büchern.«

Isenhart wusste, dass diese Anschaffungen Walther von Ascisberg ein Vermögen gekostet hatten.

»Oha«, sagte ein schmal wirkender Jude.

»Allerhand«, schloss sich ein Araber an.

»Zwölf Stück«, betonte ein anderer Mann anerkennend.

Doch Isenharts kleine Angeberei war nicht von langer Wirkung. Der Araber wandte sich an seinen Nachbarn: »Avicenna hat nur ein Wesen beschrieben, in dem Seele und Körper eines sind.«

»Gott«, erwiderte der Angesprochene, ein Mann aus Poitiers.

»Ihr meint Allah«, bemerkte der Araber mit leichter Ironie, und schon wandte sich die Aufmerksamkeit der anderen von Isenhart ab, und sie widmeten sich Avicennas Abhandlung über die Negierung der Unsterblichkeit der Seele. Isenhart hatte keinen blassen

Schimmer, wovon die Rede war, aber ihm entging keinesfalls die Aufgeregtheit, mit der die Gelehrten darüber debattierten.

»Avicenna hat in diesem Punkt geirrt«, wiederholte der Mann aus Poitiers mehrmals.

»Wenn das der Fall ist, solltet Ihr uns nicht vorenthalten, worin Ibn Sinas Irrtum besteht«, wurde dem Poitevin entgegnet.

Das erste Mal an diesem Tag ließen die Gelehrten alle sachliche Zurückhaltung fahren, die Gemüter erhitzten sich schlagartig. Dem Diskurs vermochte Isenhart nicht zu folgen, dazu fehlten ihm die Grundlagen, etwa die Kenntnis von Avicennas Schriften, aber ihm stieg die Schamesröte ins Gesicht, als er im Zuge der Debatte erfuhr, dass zu dieser Zeit im maurisch kontrollierten Córdoba angeblich an die fünfhunderttausend Bücher für jeden frei zugänglich waren (so viele Werke, wie die Stadt Einwohner beherbergte) – eine Zahl, die Isenhart sich kaum richtig vorstellen konnte.

Er begriff auf der Stelle, wie er sich mit seiner Bemerkung über die zwölf Bände in Walthers Bibliothek zum Narren gemacht hatte. Und konnte nachvollziehen, wie es Konrad in seiner und Hennings Gesellschaft oftmals ergangen sein musste.

Also hielt er für den Rest des Tages den Mund geschlossen und die Ohren weit offen.

Am Nachmittag sagte ein jüdischer Gelehrter, es werde bald regnen. Die meisten schauten zu einer bestimmten Stelle im Hof und nickten. Eine Viertelstunde später entlud sich ein Platzregen über der Puente. Der Basar wechselte in den unteren Teil des Gasthauses, der aus einem einzigen großen Raum bestand. Kurz kam es zu einem Gedränge, das Isenhart dazu nutzte, den Juden zu fragen, wie er den Wetterumschwung so präzise hatte vorhersagen können. War es ihm möglicherweise als eine Art Talent in die Wiege gelegt worden? Oder verfügte er über eine besonders ausgeprägte Wetterfühligkeit? Oder gab es dafür einfach gar keine Erklärung?

Der Jude lächelte, er besaß sehr helle und blaue Augen. Er war von noch schmalerer Gestalt als Isenhart und auch kleiner. Sein Name war Benjamin, wie er sagte. Arme, Beine, selbst die Proportionen seines Gesichts und auch sein Schädel selbst erschienen dem Betrachter verkleinert und fein. Beinahe zerbrechlich. Dieser Eindruck wurde durch seine helle und klare Stimme abgerundet.

»Es gibt immer für alles eine Erklärung«, antwortete er ruhig, »die Frage ist nur, ob wir schon reif genug für die Erklärung sind. Denkt Ihr, ich stehe mit Geistern in Kontakt, die mir das Wetter der Zukunft einflüstern?« Er klang belustigt.

Isenhart wollte sich von der leisen Ironie nicht verspottet fühlen, also deutete er ein Kopfschütteln an und lächelte.

Daraufhin zeigte Benjamin hinaus in den Hof, exakt auf die Stelle, auf die die meisten Gelehrten nach der Ankündigung des Wetterumschwungs geblickt hatten. »Seht Ihr das goldene Gewächs dort vor der Mauer?«

Es handelte sich um eine kurzstielige Pflanze, die von einer goldenen Blüte gekrönt wurde – und doch war es nur eine Distel. Isenhart nickte.

»Das ist eine Golddistel«, erklärte Benjamin ihm, »wenn die Distel ihre Blätter zusammenzieht, gibt es Regen. Ihre Blätter zeigen das genauso verlässlich an wie die der Silberdistel.«

Ein einfaches Stück Unkraut, das war die ganze Erklärung.

Benjamin schmunzelte. »Seid Ihr das erste Mal in der Puente?«

»Ja.«

»Gefällt Euch, was Ihr erlebt?«, fragte Benjamin.

Isenhart zögerte, er überlegte, ob er seinen Gedanken das Zaumzeug anlegen sollte, bevor er sie aussprach, entschied sich dann aber dagegen: »Ich fürchte, ich bringe nicht genug mit, um Teil dieses Zirkels zu sein. Und gleichzeitig möchte ich nichts lieber als das.«

Benjamins Lächeln verlor sich, er legte Isenhart die kleine, feingliedrige Hand auf den Unterarm: »Das geht jedem so, der das erste Mal die Puente betritt«, tröstete er ihn, »man glaubt, man werde den Abstand niemals aufholen. Man denkt, dass auch zehn Lebensspannen nicht ausreichen, um sich das Wissen anzueignen, über das die anderen zu verfügen scheinen.«

»Ja«, stieß Isenhart ebenso dankbar wie bedrückt hervor, »ja, genau so ist es.«

Benjamin nickte, in seinen Augen lag tiefes Verständnis für Isenharts Kummer.

»Glaubt mir, wir stehen hier alle noch weit am Anfang. In der Puente wie überhaupt in der Welt zählt nicht der Berg an angehäuftem Wissen, das Ihr rezitieren könnt, sondern ausschließlich der Grad an Fertigkeit, es anzuwenden. Das Wissen anderer allein führt niemanden zu neuen Ufern. Es bedarf dazu immer auch der Kraft eines Geistes, der den nächsten Schritt ins Unbekannte wagt.«

Am Abend brummte Isenhart der Schädel.

Während die anderen die interessantesten Aspekte der heutigen Diskussionen bei Rebhuhn und Wein Revue passieren ließen, widmete er sich ganz seiner Mahlzeit. Den zahlreichen Möglichkeiten, einen Geflügelschenkel anzuknabbern etwa, oder er versank in der Betrachtung eines hölzernen Schemels oder einer Kerzenflamme. Die einfache Struktur dieser Dinge übte eine erholsame Wirkung auf seinen Verstand aus, der noch nie so intensiv wie am heutigen Tage in Anspruch genommen worden war.

Ibn Khamud hatte Isenhart einen kleinen Vorgeschmack davon vermittelt, als er ihm und Konrad von den Unterhaltungen zwischen Sydal von Friedberg und Al-Hariq berichtete. Exakt nach diesem Muster war der gesamte Tag verlaufen.

Die Gelehrten sprangen mit ihren Gedanken von der Astronomie zur Astrologie, sie streiften die Optik, die Sinusfunktion und die Struktur des Auges. Unermüdlich ging es von dort zur Landwirtschaft und der sinnvollsten Form von Pflügen, dem besten Zeitpunkt der Wintersaat, um dann aufgrund eines Einwurfs plötzlich in die Erörterung des Sinns der Liebe zu münden.

»Kinder«, sagte Konrad, der sich für die Abendmahlzeit zu ihnen gesellt hatte, »was denn sonst?«

Und er erntete gelöstes und wohlmeinendes Gelächter.

Die Abendsonne hatte, während sie sich unweigerlich auf den Horizont fortbewegte, die wenigen Wolken am Firmament unterschritten und setzte sie mit ihrem tiefroten Schein von unten in Brand, als Isenhart die filigrane Gestalt Benjamins oben auf dem Dach entdeckte.

Das Dach des Gebäudes war flach und mit einer reichlich verzierten Brüstung versehen. Isenhart schlenderte hinauf.

Der Jude blickte nur kurz auf, schenkte ihm aber ein freundliches Lächeln. »Schon mal gesehen?«, fragte er und hielte Isenhart das Stück Pergament vor die Augen, über das er sich eben noch selbst gebeugt hatte.

Isenhart warf einen interessierten Blick auf die Symbole. Aber er hatte sie noch nie zuvor gesehen, weshalb er mit einem angedeuteten Kopfschütteln antwortete.

Benjamins Lächeln entbehrte jeder Überheblichkeit: »Kein Wunder. Sie waren sechshundert Jahre verschollen. Es sind die neun Ziffern der Inder.«

»Und wozu sind sie gut?«, fragte Isenhart.

»Laut Ibn Khamud haben die Inder sie bereits vor sechs Jahrhunderten ersonnen, um das Rechnen zu erleichtern.«

»Das können wir mit den römischen Ziffern auch«, hielt Isenhart ihm entgegen. Nur zu gut erinnerte er sich daran, wie Meige Schütterkuss in Luceria geschwind die Pfennigstücke auf dem Liniennetz verschoben hatte, das Fünfer-, Zehner-, dann Fünfziger- und Hunderterschritte trennte und immer so weiter, bis sie schließlich den Gegenwert des Silbers herausgefunden hatte.

»Ja«, gab Benjamin ihm recht, »aber die römischen Ziffern werden immer in ein anderes System übersetzt, damit man mit ihnen rechnen kann. Deswegen wurde der Abakus erfunden. Aber diese neun Ziffern der Inder benötigen keine Verschiebung mehr. Sie werden um die Null ergänzt, damit ist man auf kein weiteres Symbol mehr angewiesen. Großartig. Hinfort, ihr Abakusse«, lachte er, »hinweg mit all den Hilfskonstruktionen!«

Isenhart begann in Ansätzen zu begreifen, inwieweit die Einführung dieser neuartigen Symbole ihr Wissen der Mathematik, vielleicht auch der Mechanik und Physik revolutionieren könnte. Ohne ein Zwischenmodell wie das Rechnen auf Linien, das Meige

Schütterkuss anwandte, oder den Abakus – Walther besaß selbstredend einen – wäre es möglich, mathematische Operationen zügiger im Kopf durchzuführen. Oder mit einem Finger im Sand oder einem Federkiel auf Pergament.

»Wie kommt es, dass etwas von den Indern ausgerechnet sechshundert Jahre später in Toledo ankommt?«, fragte er Benjamin.

Der antwortete mit einem Achselzucken. »Das sind wohl die unergründlichen Wege Allahs, Jahwes, Gottes und Buddhas«, vermutete er.

»Wer ist Buddha?«

»Der Gott der Inder«, sagte Benjamin, der sich wieder auf die Symbole vor sich auf dem Pergament konzentrierte, »Al-Chwarizmi, einer der Besten der Besten, hat die neun Zahlen der Inder vor fünfhundert Jahren bei den Arabern eingeführt. Seitdem verwenden die Mauren diese Art zu rechnen, es nennt sich *Dezimalsystem.* Und mir scheint, es könnte auch für das Abendland ein Zugewinn sein.«

Isenhart trat näher, um erneut ein Auge auf die merkwürdigen Symbole zu werfen. »Die Basis ist zehn«, stellte er fest.

»Ja«, stimmte Benjamin ihm zu, »warum auch immer.«

Isenhart sah an sich hinab, zu seinen Händen, den Fingern. »Vielleicht, weil wir zehn Finger haben und jeder Kaufmann weit und breit sie beim Rechnen einsetzt.«

Benjamin musste lachen, fing sich aber sofort wieder: »Ja«, sagte er, »ja. Manchmal sind die naheliegenden Antworten die zutreffendsten. Meist sogar. Wollen wir ein wenig rechnen mit den neun Ziffern der Inder?«

Isenhart hatte nichts dagegen. Benjamin nahm im Schneidersitz Platz, Isenhart neben ihm.

»Also«, begann Benjamin, »wenn ich zwei Datteln habe und sie verdopple, welches Symbol …«

»Das da«, sagte Isenhart und deutete auf die entsprechende Ziffer auf dem Pergament.

»Das ist die Vier«, erklärte Benjamin, »und wenn ich nun …«

»Verzeiht meine mangelnde Geduld«, unterbrach Isenhart, »aber was haltet Ihr davon, wenn wir die neun Ziffern der Inder auf Katheten und Hypotenusen anwenden?«

Benjamin führte keinen Einwand ins Feld.

Obwohl Konrad von Laurin den Tag an Babas Seite verbracht, eine Menge über Brieftauben gelernt und sich – Ungläubiger hin, Ungläubiger her – in der Gesellschaft des Hüters der Puente wohlgefühlt hatte, wusste Isenhart um die wenige Zeit, die ihnen hier noch blieb. Sie hatten das Ziel ihrer Reise erreicht, Konrad war inzwischen sicher Vater geworden, und so war es nur natürlich, dass er alsbald auf die Rückkehr drängen würde.

Kurz überlegte Isenhart, ob das hier eine Zäsur war, der Beginn eines neuen Lebens in Toledo, verwarf diese Möglichkeit aber, kaum dass er sie erwogen hatte, denn es hätte bedeutet, den Freund die Rückreise alleine antreten zu lassen. Und viel entscheidender: Es wäre ein Leben ohne Konrad, Henning und Sophia.

Konrad von Laurin musste nicht lange überlegen, ein Blick in Isenharts Gesicht genügte, um zu wissen, dass der Freund hier in der Puente die beste Zeit seines Lebens verbrachte. Natürlich trieb es ihn zurück in Maries Arme, zurück zu seinem Sohn, wenn es, so Gott es gewollt hatte, denn einer geworden war, notfalls auch zurück zu seiner Tochter, zurück zu Sophia, der einen Schwester, die ihm geblieben war. Auf der anderen Seite hatte der Kreuzzug Barbarossas eine Saite in ihm zum Schwingen gebracht, die ihm als jene christliche Nächstenliebe erschien, von der Hieronymus immer gepredigt hatte. Die Fähigkeit und den Willen, die eigenen Bedürfnisse hintanzustellen.

Einhundert Tage hatte er seine Nase nicht mehr zwischen Maries Brüsten vergraben und war mit den Raben nicht mehr auf der Jagd gewesen – da kam es auf ein paar Tage mehr oder weniger auch nicht an.

»Von mir aus können wir noch sieben Tage bleiben, bevor wir uns auf den Weg zurück machen«, sagte er daher.

Das war weit mehr, als Isenhart erhofft hatte, weshalb er schnell nickte: »Einverstanden.«

Nachdem Konrad in einen traumlosen Schlaf gefallen war, nahm Isenhart sich, befeuert durch die zwei Stunden Rechnerei mit den neun Ziffern der Inder zusammen mit Benjamin, dem Juden, noch einmal des chiffrierten Schreibens seines Vaters an. Draußen zirpten die Grillen, die Geckos eroberten die Wände und Decken, eine sternklare Nacht zog auf.

Durch die offene Doppeltür erblickte er Baba, der auf einem kleinen Teppich kniete und gen Mekka betete, wo Mohammed vor knapp sechshundert Jahren eine neue Religion verkündet hatte.

Konrad regte sich im Schlaf, und soweit Isenhart das beurteilen konnte, verschaffte der junge Laurin sich unter der Decke Erleichterung, bevor er ein wohliges Grunzen von sich gab.

Isenhart musste grinsen, ihre Blicke begegneten sich. »Du hast nur tausend Mal«, wisperte er.

Konrads müdes Schmunzeln wuchs sich zu einem breiten Grinsen aus. »Ich verrat dir was«, flüsterte er zurück, »das ist Mumpitz.«

»Mumpitz? Woher willst du das wissen?«

»Na rat mal«, gab Konrad zurück und drehte sich mit dem Gesicht zur Wand.

Isenhart betrachtete für einige Momente Konrads nackten Rücken, die Strukturen der Muskeln, Schulterblätter und Wirbel, deren Konturen im Schein der Öllampe deutlich hervortraten. Die Stelle in Höhe der linken Hüfte, an der der Speer Rogier van Heydens durch Muskeln und Haut gestoßen war. Konrad lachte noch einmal leise gegen die Wand, anschließend wurde sein Atem gleichmäßig.

Bei der erneuten Betrachtung jener Botschaft, die Sydal von Friedberg an seinen Sohn gerichtet hatte, wollte sich bei Isenhart immer noch keine Erleuchtung einstellen. Er war sich darüber im Klaren, nicht mal ein Tausendstel der Buchstabenverschiebungen überprüft zu haben, die überhaupt möglich waren. Trotzdem war er davon überzeugt, dass sein Vater ein anderes Verfahren gewählt haben musste.

Einen Text einer Verfremdung zu unterziehen, die ihn für Dritte als Mysterium erscheinen ließ, bedurfte keiner großen Mühe oder Fertigkeit. Den Text aber so zu codieren, dass seine Bedeutung unter den Augen vieler unentdeckt blieb und erst für den beabsichtigten Empfänger seinen eigentlichen Sinn offenbarte, darin bestand die Kunst der Verschlüsselung.

Und an diese Notwendigkeit knüpfte Isenhart seine Überlegungen an. Wollte Sydal von Friedberg sichergehen, dass Isenhart seine Zeilen enträtseln konnte, musste er einen Schlüssel wählen, von dem er annahm, ja *wusste,* Isenhart werde ihn finden. Da sie beide einander nie bewusst begegnet waren und Sydal nicht die geringste Kenntnis von dem hatte, was in Isenharts Leben eine Rolle spielte, ergab sich im Grunde keinerlei Schnittmenge gemeinsamer Erfahrungen, die bei der Auswahl eines Schlüssels dienlich gewesen wäre.

Es gibt nichts Zwingenderes als die Logik, rief Isenhart sich Walthers Worte wieder ins Gedächtnis.

Logisch war, dass er vor der Aufgabe der Entschlüsselung nur dann stehen konnte, wenn er die Puente erreicht, mit Ibn Khamud gesprochen und von den Gelehrten auf dem Basar des Wissens schon einiges erfahren hatte. Dies hatte Sydal von Friedberg bei der Wahl eines geeigneten Schlüssels vermutlich vorausgesetzt. Außerdem Isenharts Wissen über Sydals Vaterschaft, denn ansonsten hätte er sich kaum auf den weiten Weg gemacht.

Isenhart betrachtete die stets identische Wortlänge von sieben Buchstaben. Diese Wahl hatte sein Vater nicht zufällig getroffen. Er musste ein Wort mit sieben Buchstaben finden, dessen Kenntnis Sydal von Friedberg bei seinem Sohn als gesichert betrachtet hatte. *Ibn Sina* war so ein Begriff, der aus sieben Buchstaben bestand. Aber in welcher Weise mochte von Friedberg ihn angewandt haben?

Mit sieben Schriftzeichen ließen sich die 23 Buchstaben des Alphabets nicht darstellen. Also, folgerte Isenhart, konnte eine einzelne Letter des Schlüssels einem Buchstaben keine exakte Position in einem Text zuweisen. Denn dazu hätte jeder Buchstabe des Schlüssels ja jeweils seinen Wert, also seine Position innerhalb des Alphabets, verändern müssen. Aber Buchstaben änderten nicht selbstständig ihre Position oder ihren Wert, wie Isenhart im Geist feststellte. Menschen taten das.

Sofern *Ibn Sina* also das Wort war, mit dem sich die Zeilen seines Vaters in eine verständliche Sprache transformieren ließ, musste es eine mathematische Herleitung geben. Eine, die für einen Außenstehenden wie Isenhart nachvollziehbar war.

Mathematisch sich in der Welt der Ziffern zu bewegen, und zwar in den neun Ziffern der Inder (plus der Null), ebnete ihm den entscheidenden Schritt. Der Name Ibn Sina ergab, ersetzte man sie durch ihre Position im Alphabet, die Zahlenfolge 9-2-13-18-9-13-1.

Sieben Ziffern. Isenhart spannte sich, er spürte, dies war die richtige Fährte.

Wenn sein Vater die Buchstaben des Ursprungswortes mit der Ziffernfolge der Inder nach vorne versetzt hatte, musste Isenhart die Buchstaben des ersten Wortes *Xqxoxfv* jeweils um die Werte 9-2-13-18-9-13-1 zurücksetzen. Das ergab *Mohtmqt.*

Das Ergebnis entmutigte ihn nicht, es zeigte Isenhart nur, dass er sich für den falschen Schlüssel entschieden hatte. *Toledo* und *Doryläum* schieden mit sechs und acht Buchstaben aus, *Walther* ergab sowohl nach vorne wie nach hinten versetzt keinen sinnvollen Begriff, ebenso wie Michael (von Bremen).

Ibn Al-Hariq um das Präfix des Sohnes erleichtert – Ibn –, wies ebenfalls sieben Buchstaben auf. *Al-Hariq.* Mit der Ziffernfolge 1-11-8-1-17-9-16.

Angewandt auf das erste Wort führte der Schlüssel zu W-e-n-n-d-u-d. Im Gegensatz zu den anderen Lösungen, die Isenhart bisher erschlossen hatte, ergab sich erstmals eine sinnvolle Kombination aus Vokalen und Konsonanten. Daher fuhr Isenhart mit den nächsten beiden Worten fort: i-e-s-e-z-e-i-l-e-n-l-i-e-s.

Mit »Al-Hariq« als Schlüssel lauteten die ersten Worte: Wenn du diese Zeilen liest.

Isenhart erstarrte. Er hatte den richtigen Schlüssel entdeckt!

Die Nachricht des Seelensammlers lautete: »*Wenn du diese Zeilen liest, hast du die erste Stufe der Erkenntnis erklommen. Wal-*

ther von Ascisberg – der ein Auge auf deinen Werdegang gehabt haben wird – hat mich im Frühjahr 1172 gestellt, da warst du wenige Monate alt. Er ließ mich unter der Bedingung am Leben, dass ich keinen Fuß mehr ins Heilige Römische Reich setze, meinen Taten abschwöre und dich niemals aufsuchen werde. Ich sollte im Gedächtnis jener, die von mir wussten, tot sein.«

Isenhart blickte auf. Sein Vater hatte also noch gelebt vor zwei Jahren. Er war hier gewesen, hier in der Puente. Und Walther von Ascisberg – warum mochte er Sydal von Friedberg, den er ganz offensichtlich quer durch Europa verfolgt hatte, letzten Endes doch verschont haben?

Isenhart versetzte die weiteren Buchstaben durch den korrekten Schlüssel an ihre ursprüngliche Position im Alphabet, die nun nach und nach Worte bildeten: *»Ich habe in diesen Pakt eingewilligt und mein Wort gehalten. Ich habe keinen Menschen mehr getötet, mein Leben in Konstantinopel und Aleppo zugebracht und dich nicht aufgesucht. Diese Zeilen hinterlasse ich dir, damit du weißt, warum ich getötet habe.*

Ich habe die reinsten Seelen aus ihren körperlichen Verliesen befreit, weil die reinen Seelen Gott schauen werden und sie ganz sicher emporfahren. Ich habe getötet, um die Seele zu erforschen. Getötet, um den Weg zum Schöpfer zu erkunden. Ich habe ihm die reinsten Seelen gesandt, um ihn zu erfreuen. Und für all das hatte ich nur einen Beweggrund: meinen unstillbaren Trieb nach Erkenntnis.«

Hier hielt Isenhart mit der Entzifferung kurz inne. Walther von Ascisberg hatte ihn vor seiner Abreise nach Toledo gefragt, ob er manchmal etwas Fremdes in sich spüre, etwas, was nicht zu ihm gehörte. Wahrheitsgemäß hatte er dieses verneint. Denn das, was er in sich spürte, war ihm nicht fremd. *Der unstillbare Trieb nach Erkenntnis* – den kannte er nur allzu gut. Und hätte von Ascisberg das Empfinden dieses Triebs für sich verleugnet, hätte er gelogen. Dieser Trieb stachelte auch seinen Mentor an. Die Frage nach dem Warum. Nach dem Wesen des Seins. Dem Miteinander der Elemente.

Möglicherweise hatte Walther von Ascisberg in diesem Trieb, der Sydal von Friedberg auch vor Mord nicht zurückschrecken ließ, einen Teil seines Selbst erkannt. Und ihn deshalb am Ende geschont.

Wie auch immer: Nach ihrer Rückkehr würde Isenhart zuallererst nach Tutenhoven reiten und ein langes Gespräch mit seinem alten Lehrer führen.

»Nun weißt du von meinem Antrieb und magst dir dein eigenes Urteil bilden. Wir werden einander in diesem Leben nicht mehr treffen – es sei denn, Walther entbindet mich meines Schwurs.«

In Isenharts Kehle hatte sich ein Kloß gebildete. Er wendete das Pergament, aber er entdeckte keine weiteren Schriftzeichen.

Es sei denn, Walther entbindet mich meines Schwurs – so endete die Nachricht Sydals von Friedberg an seinen Sohn.

Obwohl sein Vater Jungfrauen ermordet und ihnen das Herz genommen hatte, empfand Isenhart bei aller – gebotenen – Abscheu doch Neugierde. Gerne hätte er diesen Mann getroffen, der ihn abstieß und dessen Konsequenz ihn, er mochte es sich kaum eingestehen, mitunter faszinierte. Sydal hatte keine Grenzen gelten lassen – nur das Wort, das er Walther von Ascisberg gegeben hatte.

Aber über etwas Entscheidendes hatte Sydal von Friedberg sich in seiner Nachricht an ihn ausgeschwiegen. Kein Wort darüber, welche Erkenntnisse er über die menschliche Seele gewonnen hatte.

27.

Am Morgen hatte Isenhart im Halbschlaf das Hufgetrappel von vier oder fünf Pferden wahrgenommen, die vor dem Haupttor zum Stehen kamen.

Eine Stunde später – die Ankunft der Berittenen hatte er längst vergessen – befand er sich an Konrads Seite auf dem Weg zum Basar, als Benjamin und der Mann aus Poitiers einen Toten an ihnen vorbeitrugen.

»Was ist passiert?«, fragte Konrad von Laurin.

»Er ist gestorben«, antwortete der Poitevin.

Benjamin deutete mit einer sanften Kopfbewegung hinter sie. Isenhart und Konrad folgten seinem Blick, um eine Ansammlung verschiedener Tücher vor einem Gebäude zu entdecken, die sich im sanften Wind wiegten. Auf dem Boden befanden sich mehrere Lager, auf denen Menschen ruhten.

»Es sind Kranke«, erklärte Benjamin, »solche, deren Leiden nicht gelindert werden können. Die meisten sind schon halb tot, wenn sie in die Puente kommen. Die Medici hier sind ihre letzte Hoffnung. Und sie sind bereit, neue Methoden, Heilkräuter und Salben an sich erproben zu lassen.«

Isenhart begriff sofort das symbiotische Wesen dieser Zusammenkunft. Die Gelehrten erweiterten ihren Horizont, und die Kranken hatten nichts mehr zu verlieren, möglicherweise aber alles zu gewinnen.

Benjamin und der Poitevin hoben den Leichnam wieder an und trugen ihn davon. Isenhart näherte sich den Lagern, die durch die Tücher vor neugierigen Blicken und auch vor der Sonne geschützt wurden. Wenn überhaupt, erhaschte der Betrachter nur einen kurzen Eindruck von dem Kranken, einem Angehörigen oder dem

Medicus, dann verwehrte wehendes Leinen wieder die Sicht. Auf diese Weise ergaben viele visuelle Mosaiksteinchen langsam ein Gesamtbild.

Von hier und dort trug der laue Sommerwind ein Stöhnen herüber oder das Schnaufen eines weinenden Menschen. Konrad war Isenhart gefolgt. Für die beiden war so ein Anblick neu. Man schaffte Kranke nicht an einen gemeinsamen Ort, man behandelte sie zu Hause, betete für sie und sicherte sich den Trost eines Geistlichen. Simplen Erkältungen, Lungenentzündungen oder eiternden Wunden und Geschwüren rückte man am besten zu Leibe, indem man Zeit verstreichen ließ oder einen Aderlass vornahm.

Spitäler zur Pflege und Behandlung der Kranken verbreiteten sich erst langsam durch christliche Orden wie die der Templer, die Pilgern auf dem Weg ins Heilige Land Schutz und Zuflucht bieten wollten, während das Hospital in Bagdad bereits für über 8000 Patienten Platz bot, wie Isenhart auf dem Basar in Erfahrung gebracht hatte.

Isenhart nahm nur aus den Augenwinkeln wahr, wie Konrad zur Salzsäule erstarrte. So wie beim Anblick der Mauren am Ufer des Tejo. Aber dieses Mal konnte Isenhart den Grund für Konrads Verhalten nicht entdecken. »Was ist?«

»Nichts.« Konrad schüttelte kräftig den Kopf, als wolle er einen Albdruck verscheuchen.

Sie traten näher an die Lager heran. Isenhart, dem Konrad nichts vormachen konnte, behielt seinen Freund im Auge. Tatsächlich galt dessen Blick einer männlichen Gestalt, die über ein Kind gebeugt war, ein kleines Mädchen, das die Pocken hatte. Neben ihr kniete ihre ältere Schwester oder Mutter oder beides und betete. Der Mann hatte sein Gesicht nahe an das des Kindes gehalten, aber dann hob er den Kopf und schloss dem Mädchen die Lider. Die Frau begann zu wimmern.

Isenhart nahm an der Gestalt mit den silbernen Haaren die Unterschenkelpanzer wahr. Ein Ritter? Der Mann stand auf und wandte sich um. Für einen kurzen Augenblick versagte ihnen ein schwarzes Tuch den Blick auf das Gesicht. Aber dann wusste Isenhart, warum Konrad soeben erstarrt war: Vor ihnen stand Wilbrand von Mulenbrunnen. Und der hatte seiner überraschten Miene nach zu urteilen ebenso wenig mit ihnen gerechnet wie sie mit ihm.

Konrad war der Meinung, nun lange genug Stachel im Fleisch des Abtes gewesen zu sein, also schritt er auf ihn zu und ohrfeigte ihn.

Sofort erhoben sich vier Männer von ihrem Würfelspiel, dem sie im Schatten der Festungsmauer nachgegangen waren, und gingen auf sie zu, zweifellos von Mulenbrunnens Begleiter.

»Von dieser Schande könnt Ihr Euch morgen früh bei Sonnenaufgang reinwaschen, wenn Ihr dazu Manns genug seid«, sagte Konrad, dessen Halsschlagader angeschwollen war.

»Soll ich ihn Demut lehren, Herr?«, fragte der erste der Männer, der Konrad um halbe Kopfeslänge überragte.

Wilbrand hatte nur für den Bruchteil eines Augenblicks seine Fassung verloren. Im Nu hatte er wieder ein souveränes Lächeln aufgesetzt und deutete ein Kopfschütteln an. Kurz wandte er die Augen von dem jungen Laurin ab und richtete sie auf Isenhart. In seinem Blick lagen ehrliches Interesse und sogar eine Spur Respekt, wie Isenhart irritiert feststellte.

»Morgen bei Sonnenaufgang«, bestätigte der Abt und sah Konrad wieder an, »aber bedenkt, dass Euer Vater, den ich enthauptet habe, falls Ihr Euch seit Jahren fragt, wie er wohl umgekommen sein mag, während Eure Füße Euch fortgetragen haben, bedenkt, dass seine starke Hand Euch nicht mehr schützt, Konrad. Morgen könnt Ihr Euch nicht mehr drücken.«

Konrad spannte sich, er war bereit zum Sprung, weswegen Wilbrand einen Schritt zurücktrat. Aber er verlor dabei sein Lächeln nicht.

»Ich habe so gehandelt, wie mein Vater es von mir verlangt hat«, gab Konrad so gepresst zurück, dass man ihn nur schwerlich verstehen konnte.

Der Abt nickte: »Ich habe auch stets das getan, wozu mein Vater mich anwies. Allerdings habe ich in der Stunde der Not dann doch stets auf mein Herz gehört.«

Noch eine Stunde später war Konrad kaum zu beruhigen. Am liebsten hätte er Wilbrand erwürgt. »Einhändig«, wie er betonte.

Kurz nach dem Zwischenfall mit von Mulenbrunnen hatte Baba sie in ihrer Kammer aufgesucht und ihnen mitgeteilt, ihm sei zu Ohren gekommen, was sich vorhin abgespielt habe. »Euer Zwist geht mich nichts an«, sagte er ruhig, »denn er geht die Puente nichts an. Wenn es also etwas zu klären gibt, dann klärt es vor dem Tor.«

Konrad starrte auf den Boden, aber Isenhart nickte.

Baba warf ihm einen forschenden Blick zu. »Benötigt Ihr Schutz?«, fragte er dann.

»Nein«, antwortete Konrad entschlossen und schneller, als Isenhart den Mund öffnen konnte.

Baba nickte, doch es blieb Isenhart verborgen, was der Hüter der Puente wirklich gedacht hatte.

Und nun war Isenhart mit Konrad alleine. Der junge Laurin konnte keinen Augenblick still sitzen, sondern schritt die Kammer auf und ab wie ein Tier in einem Käfig. Er grinste voll grimmiger Freude: »Morgen früh wird er für alles Buße tun. Erst hier und dann vor seinem Herrn.«

Isenhart zweifelte nicht am Ausgang des Zweikampfes, denn obschon der Abt von Mulenbrunnen eine für sein Alter erstaunliche Beweglichkeit an den Tag legte und wohl als der Erfahrenere der beiden zu gelten hatte, so war er nichtsdestotrotz ein alter Mann, den alleine Konrads pure Kraft in die Knie zwingen würde.

Isenhart zweifelte vielmehr daran, dass es überhaupt zu diesem Kampf kommen würde. »Er wird es nicht riskieren«, wandte er daher ein, »Wilbrand von Mulenbrunnen wäre ein Narr, sich morgen mit dir zu messen.«

»Wenn er nicht erscheint, verliert er sein Gesicht«, entgegnete Konrad mit einem Lächeln, dessen Boshaftigkeit dem Hass auf den Mörder seiner Eltern entsprungen war, »er *muss* erscheinen, verstehst du?«

»Nun, es gibt eine Variante, die ihn sein Gesicht wahren lässt und sein Erscheinen trotzdem nicht notwendig macht.«

»Und die wäre?«

»Wenn sein Herausforderer in der Nacht vor dem Zweikampf unerwartet dahinscheiden würde.«

Konrads Lächeln verlor sich, zum ersten Mal seit einer guten Stunde unterbrach er sein ruheloses Umherwandern. Isenhart wertete beides als Zeichen dafür, dass Konrad von Laurin seine Warnung durchaus ernst nahm.

»Es wäre ihm zuzutrauen«, gab Konrad dem Freund recht.

Isenhart nickte. Er bedauerte zutiefst, dem Basar des Wissens den Rücken kehren zu müssen. Und das mit der an Gewissheit grenzenden Ahnung, diesen Ort nie wieder zu betreten. Aber Wilbrand, der seine Häscher jahrelang erfolglos nach Sigimunds Sohn hatte ausschwärmen lassen, dieser Mann würde bis zum Sonnenaufgang nicht die Hände in den Schoß legen und sich auf den ungewissen Ausgang eines Duells verlassen.

»Wir brauchen unsere Waffen«, stelle Konrad fest.

Isenhart stutzte. »Sie sind zu fünft, Konrad. Je schneller wir hier wegkommen, desto besser.«

»*Wegkommen?* Wovon redest du?«, fragte Konrad und trat nah an ihn heran: »Er hat nur vier Männer bei sich, Isenhart. Nur *vier.* Kein Heer, das Wilbrand zwischen sich und mich werfen kann. Und kein Kaiser, der ihn schützt, hier, auf iberischem Boden. Ich wäre ja der größte lebende Narr, wenn ich diese Gelegenheit nicht beim Schopf packen würde.«

Isenhart schluckte. Seine Absicht war es gewesen, das Heil in der unbemerkten Flucht zu suchen, nicht in dem Versuch, mitten in der Puente ihrerseits Wilbrand von Mulenbrunnen den Garaus zu machen. Aber sosehr er sich auch dagegen sträubte, musste er sich eingestehen, dass Wilbrands Chance, sich endlich Konrads zu entledigen, natürlich auch Konrads Chance entsprach, den Abt zum Teufel zu jagen.

Wilbrand von Mulenbrunnen zu töten würde Konrad von Laurin wieder ein freies Leben ermöglichen. Wenngleich man seinen Alltag in Spira und Heiligster nicht als unfrei bezeichnen konnte, musste er doch stets auf der Hut sein, und den Ort seiner Kindheit und Jugend konnte er nur unter dem Einsatz des eigenen Lebens aufsuchen.

Isenhart mochte sich gar nicht ausmalen, was alles passieren konnte. Was, wenn einer von ihnen verletzt wurde? Und es war unmöglich, sich unter Babas Schutz zu stellen, nachdem sie fünf Männer getötet hatten. »Also gut«, sagte er.

Eine Stunde später ereiferten die beiden sich in einem Streit mitten im Hof, an dessen Ende Isenhart die beiden Pferde mit sich nahm und fluchend die Puente verließ. Baba, dem er am Tor begegnete, wollte noch mit ihm reden, aber Isenhart schlug jedes Gespräch aus. »Mein Herr glaubt mir nicht«, sagte er zum Hüter der Puente, »Wilbrand von Mulenbrunnen wird ihn töten. Oder töten lassen. Hier, in den Mauern der Puente.«

»Das wird er gewiss nicht«, versicherte Baba.

Isenhart wog das Haupt vage hin und her, um Babas Entgegnung in Zweifel zu ziehen. »Ihr werdet es erleben. Aber – ich will nicht mit Euch streiten zum Abschied. Ich danke Euch für Eure Gastfreundschaft«, verabschiedete Isenhart sich, dem man seine Waffen am Haupttor wieder aushändigte, und ritt davon.

Wilbrand von Mulenbrunnen war niemand, der parierte. *Reaktion* war nicht sein Metier. Er griff an, er wagte den Ausfall, und er würde auch heute Nacht die Initiative ergreifen und einen gedungenen Mörder in Konrads Kammer schicken.

Was Isenhart aber am meisten zu denken gab, war der Umstand von Wilbrands Anwesenheit in Toledo an sich, insbesondere seine Kenntnis der Puente. Was hatte der Abt von Mulenbrunnen ausgerechnet hier verloren? Hatte er seinen Vater gekannt? Waren sie vielleicht sogar Freunde gewesen?

Aber selbst wenn sie einander nie getroffen hatten, war es für einen Besucher des Basars des Wissens nahezu unmöglich, nicht mit den Namen Sydal und Al-Hariq konfrontiert zu werden.

Isenhart fragte sich, ob noch eine weitere Schnittmenge existierte. Doryläum etwa? Sein Vater war ebenso dort gewesen wie Sigimund von Laurin, Ibn Al-Hariq und auch Michael von Bremen. Auch der Abt?

Er führte die Pferde unter einen Felsvorsprung, der ihnen genügend Schatten spendete. Der befand sich nur noch einen Steinwurf vom Tejo entfernt, und vom Sandweg aus versperrte das rötliche Gestein den Blick auf die Pferde. Der Platz schützte sie ebenso vor Hitze wie vor neugierigen Blicken. Nachdem er die Tiere im Fluss getränkt hatte, band er sie an einen verdorrten Baumstumpf.

Er überlegte, inwiefern Wilbrand von Mulenbrunnen mit dem Mord an Anna – und vielleicht auch an Lilith und Ketlin – in Verbindung stehen mochte. Alexander von Westheim hatte behauptet, den Bernstein von dem Abt erhalten zu haben. Dann hätte Wilbrand von Mulenbrunnen schon 1191 vom Sitz der Seele wissen müssen, kombinierte Isenhart.

Babas Geduld wurde auf eine harte Probe gestellt, aber kurz nach Mitternacht lösten sich zwei Gestalten aus den Schatten, die das fahle Licht des Halbmonds im Arkadengang erzeugte. Ebenso zügig wie leise bewegten sie sich barfuß über die schweren Steine, die von der Sonne so aufgeheizt worden waren, dass sie selbst jetzt noch Wärme abstrahlten.

Die beiden Männer machten sich an der Tür jener Kammer zu schaffen, in der Konrad von Laurin nächtigte. Genau das, was der Untote prophezeit hatte.

Zwei gekrümmte Finger Babas genügten, und schon sprangen er und zwei seiner Gefolgsleute von den Arkaden zwischen die beiden Männer.

Darelcante hatte sein Vater jenes kleine Instrument genannt, das nach seinen Vorgaben geschmiedet worden war. Es bestand aus einem länglichen Stück massiven Metalls, so dick wie ein Finger und eine Handbreit lang. Aus diesem erwuchs ein metallischer Dorn, der zwischen dem Zeige- und Mittelfinger der geschlossenen Hand hervorlugte.

»Darelcante« bedeutete so viel wie »ins Auge springen«. Und genau dorthin beförderte Baba den Dorn, ins rechte Auge des vorderen Mannes, den er in seiner Bewegung des Herumwirbelns abpasste. Der Darelcante durchbohrte ohne nennenswerten Widerstand die Pupille, um im Hirn zu landen und ihn auf der Stelle zu töten. Das Herausziehen des Dornes und der seitliche Ausfallschritt waren ein und dieselbe Bewegung, Gleichmäßigkeit und Eleganz reichten einander die Hand. Die Achtsamkeit des Hüters der Puente entbehrte allerdings jeder Dringlichkeit. Seine beiden Begleiter hatten den zweiten Mann zeitgleich getötet.

In der Puente war der Gast unantastbar, das war der Wille Ibn Al-Hariqs und Sydals von Friedberg gewesen. Wer dagegen verstieß, wurde ohne Ansehen von Alter, Glaube oder Stand getötet.

Baba öffnete die Tür zu der Kammer, in der sich Konrad von Laurin befand. Seine Augen machten die Form eines menschlichen Körpers unter der Decke aus grober Wolle aus. Baba trat näher. Aber dort, wo aus einem Hals ein Kopf hätte münden müssen, lag eine Melone. Baba riss die Wolle weg. Einige der Orangen, die auf dem Lager angehäuft worden waren, rollten gegen seine Bastschuhe.

Wilbrand von Mulenbrunnen hatte selbstverständlich keinen einzigen Gedanken an einen Zweikampf mit dem jungen Laurin vergeudet. Dessen Vater Sigimund war ganz nach seinem Geschmack gewesen. Aufrecht, ohne Furcht und das Herz auf der Zunge, was ihn berechenbar gemacht hatte. Leider hatte Sigimund von Laurin über so lukrative Ländereien geherrscht, dass an ein Miteinander nicht zu denken gewesen war. Und wer konnte schon wissen, ob der Vater den Sohn nicht doch den einen oder anderen Kniff gelehrt hatte, der ihm in einem Duell zu dem entscheidenden Hieb befähigte? Der Abt hatte zu viele lebensgefährliche Situationen gemeistert, um sich nun ohne jede Notwendigkeit einem Risiko auszusetzen.

Von Mulenbrunnen logierte auf der anderen Seite des Gästehauses, in jenem Teil, wo die Kammern größer angelegt worden waren, um den Gästen samt ihrem Gefolge ausreichend Platz zu gewähren. Der Abt hatte zwei seiner Männer ausgesandt, von denen er später – sollten sie entdeckt oder gar getötet werden – stets behaupten konnte, sie hätten ohne seine Weisung gehandelt. Warmund, in Mulenbrunnen der Befehlshaber seiner Leibwache, hatte er vor einer Biegung zu seiner eigenen Kammer postiert. Wilbrand bezweifelte zwar, dass Konrad auf den Gedanken verfallen mochte, einem Angriff auf ihn zuvorzukommen, aber der junge Laurin befand sich in höchst interessanter Begleitung.

Einiges war Wilbrand zugetragen worden im Laufe all der Jahre. Tot sollte Isenhart gewesen sein, zweimal gestorben, wie einige aus dem Gesinde, aber auch Zisterzienser tuschelten, um dann eiligst das Kreuz in die Luft zu zeichnen.

Aus der Distanz hatte Wilbrand das Aufwachsen des Jungen verfolgt. Sigimund von Laurin war nicht gefährlich, weil er seinen Worten stets prompt Taten folgen ließ, sondern weil er Walther von Ascisberg bei sich wusste. Dessen Weitsicht, Intellekt und Scharfsinn waren dem Haus Laurin stets treue Begleiter gewesen.

Ähnlich verhielt es sich mit Konrad von Laurin und Isenhart. Konrad mochte mit seiner ungestümen und furchtlosen Art sicher in der Lage sein, einiges an Schaden anzurichten, bevor man ihm Einhalt gebieten konnte. Mit Isenhart an seiner Seite wurde aus ihm aber ein ernsthaftes Risiko. Zum Beispiel könnte Isenhart den Streit, den er angeblich mit Konrad gehabt hatte, als Teil einer List genutzt haben, deren Ziel es war, dem Abt zuvorzukommen und ihn zu meucheln.

Daher wachte Warmund draußen.

Eine Öllampe spendete das einzige Licht in der geräumigen Kammer. Wilbrand selbst saß auf seinem Lager, das sich direkt neben einer Maueröffnung befand. Von hier aus hatte er freien Blick in den Sternenhimmel – und zum Eingang. Wilbrand hatte dem vierten Mann, der ihn bis nach Toledo begleitet hatte, Colin, befohlen, sein Lager direkt vor der Tür aufzuschlagen. Sollte er gegen die Weisung des Abtes trotzdem vom Schlaf übermannt werden, würde er beim Eindringen eines Fremden vom Stoß der Tür geweckt werden. Aber auch für diesen Fall war Wilbrand von Mulenbrunnen gewappnet. Zwar hatten sie dem Hüter der Puente bei der Ankunft ihre Waffen übergeben, doch führte jeder von ihnen noch einen Dolch im Schutz des Unterschenkelpanzers mit sich.

Der eiserne Ring wurde von außen einmal sehr leise gegen das

Holz geschlagen. Colin, der nicht eingeschlafen war, schaute zu seinem Herrn. Der Abt löste sich von der Maueröffnung und blieb in der Mitte des Raumes stehen. Er nickte Colin zu, der die Tür ein wenig öffnete. Im dämmrigen Licht der Lampe erkannte er Warmunds Gesicht.

»Was ist passiert?«, fragte Colin, auch Wilbrand von Mulenbrunnen trat nun näher.

»Sie sind tot«, antwortete Warmund, sodass Colin die Tür ganz öffnete, und noch während er das tat, während er einen Schritt zur Seite vollführte, um ihm Einlass zu gewähren, wurde ihm bewusst, dass man ihn getäuscht hatte, denn Warmunds Lippen hatten sich bei seiner Antwort überhaupt nicht bewegt.

Warmunds Leichnam kippte plötzlich nach vorne und gab die Sicht frei auf Konrad von Laurin, der den Toten offensichtlich in die Höhe gestemmt hatte, und Isenhart.

Die beiden sprangen in die Kammer, auch sie mit Dolchen bewaffnet. Colin wich Warmunds Leichnam aus, der der Länge nach auf den Steinboden krachte und dabei einen Schemel unter sich begrub, was Konrad die Chance eröffnete, sich ungehindert auf den Mörder seines Vaters zu stürzen. Colin, der seinem Herrn zu Hilfe eilen wollte, wurde von Isenhart der Weg versperrt.

Dieser hatte in Toledo die Melone und die Orangen erstanden und war mit ihnen und zwei Dolchen nach Einbruch der Nacht zur Puente zurückgekehrt. Konrad hievte die Früchte über zwei zusammengeknotete Leinentücher in die Kammer. Nachdem er sein Nachtlager präpariert hatte, seilte er sich zu Isenhart hinab. Denn wie sie richtig vermuteten, lagen Wilbrands Männer schon auf der Lauer und ließen den Eingang zur Kammer nicht mehr aus den Augen.

Eng an die Mauer gepresst schlichen die beiden an der Festung entlang. Einmal verharrten sie eine Weile, weil einer von Babas Gefolgsmännern direkt über ihnen auf dem Wachgang patrouillierte. Als sie sicher waren, nicht mehr gehört oder gesehen zu werden, setzten sie ihren Weg fort.

Während Isenhart die Pferde zum Fluss geführt und in Toledo

alle Vorkehrungen für ihre Flucht oder auch für einen Unterschlupf getroffen hatte, in dem die Versorgung von Wunden oder im Zweifelsfall auch eine kleine Amputation vorgenommen werden konnte, war Konrad durch die Puente gestreift, um ihnen den nächtlichen Zugang zur Festung zu sichern.

In Sichtweite des Basars des Wissens knüpfte Konrad eine Leine aus Rosshaar um einen Torbogen, legte das Seil aus, bedeckte es mit Sand, führte es durch Efeuranken hindurch und warf es über die Brüstung hinab. Das rötlich braune Pferdehaar war in Farbe und Struktur kaum von der Festungsmauer zu unterscheiden.

»Geradezu perfekt«, wie Konrad Isenhart berichtete. So perfekt, dass sie mehrmals daran vorbeiliefen, bis Konrad das Seil endlich wiederfand.

Auf diese Weise waren sie unbemerkt über die Schutzmauern und in die Puente gelangt.

Und nun fand Isenhart sich Colin gegenüber, der ihn angriff. Isenhart stand zu eng an der Wand, ein Ausweichen war unmöglich, er konnte die Attacke nur mit dem Dolch abwehren, bevor der Mann mit ihm zusammenstieß und ihn mit seinem Schwung zu Boden riss.

»Ich bin unbewaffnet!«, rief Wilbrand aus, der zurückgewichen war, um die Konfrontation mit dem Sohn Sigimunds noch ein wenig zu verzögern.

Aber Konrad ging überhaupt nicht darauf ein, er war gekommen, um zu töten – da war es einerlei, wie gut, schlecht oder gar nicht bewaffnet der Abt ihm begegnete.

»Mörder!«, brüllte Wilbrand aus Leibeskräften, als Konrad ihn erreichte und die Klinge zur Kehle des Mannes vorschnellen ließ, der seinen Vater und seine Mutter auf dem Gewissen hatte.

Für einen Mann seines Alters verfügte Wilbrand über ausgezeichnete Reflexe, eine minimale Drehung der Schulterachse, und Konrads Stich zerschnitt nicht Muskeln, Sehnen und die Halsschlagader, sondern lediglich iberische Luft.

Aber Wilbrands rechte Hand beschrieb dafür eine halbkreisförmige Bewegung. Konrad sah sie noch aus den Augenwinkeln, da drang ihm schon die Eisenspitze in den Rücken, rutschte am Schulterblatt ab und riss ihm die Haut der Länge nach auf. Der Abt hatte die ganze Zeit sein Messer hinter dem Rücken versteckt, wie Konrad jäh bewusst wurde.

Überlass dich niemals dem Zorn.

Ja, das ist es, schoss es Konrad durch den Kopf. Die wohlgemeinten Worte seines Vaters hatte er wohl verstanden, denn der Zorn führte zu unüberlegten Handlungen, doch jetzt *fühlte* er die Bedeutung der Worte am eigenen Leib. Es war, als hätte die väterliche Mahnung sich in Form einer Dolchspitze schmerzhaft in Erinnerung gebracht.

Die Nähe zu seinem Vater in diesem Augenblick war so unverhofft und von tröstender Wärme, dass er nicht anders konnte, als zu lächeln. Dieses friedfertige Lächeln des Sohnes von Sigimund von Laurin wiederum irritierte den Abt, zumal nicht jener Frieden Einkehr in Konrads Herzen hielt, den der Tod mit sich brachte, wie der Abt schon unzählige Male beobachtet hatte, sondern es war, als hätte der Dolchstoß in den Rücken des jungen Mannes diese Seligkeit hervorgerufen.

Für einen Augenblick stand die Zeit zwischen ihnen still.

Sie sahen, wie Isenhart und Colin sich am Boden wälzten, miteinander um einen Dolch ringend, sie hörten Bewegung auf dem Gang, hervorgerufen durch andere Gäste der Puente.

Aber auch das Geräusch, das mit Bast bewehrte sehr leichte Schuhe beim Laufen auf Sand erzeugten, und das Huschen von Gewändern drangen ihnen ans Ohr. Die Zeit wurde knapp, Baba würde keinen Moment zögern.

Überlass dich niemals dem Zorn.

Diesen Rat beherzigte Konrad nun. Er schob seinen Hass auf den Mann vor ihm beiseite und überließ sich seinem Kampfgeist. Der Abt war bewaffnet.

Konrad packte Wilbrands Handgelenk und schlug es mehrere Male gegen die Wand, bis der Abt die Klinge zu Boden fallen ließ. Mit der freien Hand unternahm von Mulenbrunnen den Versuch, Konrad an der Gurgel zu packen, aber dieser stieß ihm den Dolch durch die Hand. Und dann, nach diesem überlegten Vorgehen, rammte er dem Mörder das Messer in den Bauch und riss es dann mit aller Kraft nach oben. Wilbrand entglitt seinem Griff, er stürzte zu Boden. Blut quoll aus der schrecklichen Wunde, die Konrad ihm beigebracht hatte. Dem jungen Laurin war ein kleiner Moment der Genugtuung vergönnt, ein Blick auf das Gesicht des Mannes, an dem er sich im Namen seines Vaters und des Hauses Laurin gerächt hatte.

Wilbrands Augen suchten die seinen und fanden sie. Mit einer schwachen Bewegung zog der Abt den Dolch aus seinem Körper und ließ ihn auf die Steinplatte neben sich rutschen. Er bedachte den jungen Laurin mit einem unangemessen fröhlichen Lächeln. Damit wurde Konrad von derselben Irritation heimgesucht, die auch der Abt mitten im Kampf mit ihm erfahren hatte.

»Du kannst mich nicht töten, Konrad«, wisperte von Mulenbrunnen.

Der junge Laurin erhielt keine Gelegenheit mehr, über den Sinn dieser Worte nachzudenken oder dem Abt das Messer ins Herz zu rammen, damit dieses überlegene Lächeln, das über ihn zu triumphieren schien, endlich brach. Denn plötzlich stürmte Isenhart heran, riss ihn mit sich und drängte ihn zur Maueröffnung. Als Konrad einen Blick über die Schulter warf, entdeckte er den Grund für Isenharts Hast: Baba stürmte in die Kammer, seine Augen waren auf sie gerichtet, und er machte nicht unbedingt den Eindruck, als könne man ihm in einem ruhigen Gespräch auseinandersetzen, was sie dazu bewogen hatte, die Gesetze der Puente zu brechen.

Also sprangen sie. Es waren gut und gerne 15 Fuß, aber Babas grimmige Miene hätte sie auch zu noch gewagteren Sprüngen veranlasst.

Konrad verstauchte sich zwar etwas das linke Fußgelenk, aber sie erreichten trotzdem vor den Mauren, die ihnen unter Babas Führung nachsetzten, den Fluss. Isenhart hatte auf dem Rückweg von Toledo einen Baumstumpf entdeckt, den er ans Ufer gezogen hatte. An ihm konnten er und vor allem Konrad sich nun festhalten, als sie sich der Strömung des Tejos überließen.

»Bist du verletzt?«, fragte Konrad, nachdem sie eine halbe Meile den Fluss entlanggetrieben waren.

Isenhart schüttelte den Kopf und erkundigte sich im Gegenzug nach Konrads Wohlbefinden. Der Schnitt auf seinem Rücken war nicht tief. »Und Wilbrand?«, wollte Isenhart anschließen wissen.

»Tot ist er noch nicht, aber die Verletzung ist zu schwer.«

Die Genugtuung in Konrads Worten griff auf Isenhart über. Die Genugtuung und die Erleichterung. Er wusste nicht, wie es Konrad all die Jahre gegangen war, denn er sprach das Thema Mulenbrunnen in seiner Anwesenheit nicht an, aber selbst Isenhart war stets auf der Hut gewesen. Wilbrand trachtete Konrad nach dem Leben, und auch nach Jahren in Heiligster hatte Isenhart sich bei jedem Reiter, der des Weges kam, gefragt, ob er nicht ein Meuchelmörder sei, der sie im Auftrag des Abtes aufgespürt hatte, um den Letzten in der Blutlinie des Hauses Laurin auszumerzen.

Auch in Spira konnte hinter dem gewöhnlichen Streit zweier Trunkenbolde das abgekartete Spiel von Auftragsmördern stecken, die ihre Trunkenheit lediglich vortäuschten und die Unübersichtlichkeit eines Handgemenges zu nutzen wussten, um Konrad mit einem Humpen den Schädel einzuschlagen.

Dieser allgegenwärtigen Sorge hatten sie sich endlich entledigt. Für Konrad bedeutete dies keinesfalls, das Hab und Gut seines Vaters zu erben. Die Fehde, die Wilbrand von Mulenbrunnen mit Sigimund von Laurin ausgetragen hatte, war nach wie vor rechtmäßig. Der Grund und Boden der Laurins blieb damit auch nach dem Tod des Abtes angegliedert an den Besitz des Klosters.

Doch von nun an war Konrad von Laurin frei.

Nach der nächsten Biegung des Tejos entdeckte Isenhart die Stelle, an der er die Pferde zurückgelassen hatte.

Sie banden die Hufe mit Stoff ab und befestigten Sträucher an den Sätteln, die die Pferde hinter sich herzogen. Das Blattwerk der Sträucher verwischte ihre Spuren.

Würde Baba sie immer noch töten wollen, wenn er auf sie träfe – hier bei Toledo? Sein erster Zorn mochte verraucht sein, und Isenhart war – Konrad merkte es leise an – immerhin der Sohn einer der Gründer der Puente. Und da war ein weiterer Aspekt, fügte Isenhart in Gedanken hinzu. Der Umstand seiner Geburt war für die Mauren offenbar von Bedeutung. Er hatte in ihren Gesichtern, ihren Blicken eine unbestimmte Furcht gelesen. Vielleicht war er in ihren Augen ein wandelnder Toter, der über außergewöhnliche Fähigkeiten verfügte. Möglicherweise würden sie ihn daher verschonen, wenn sie ihn aufgriffen. Doch dann wäre zumindest Konrads Schicksal ungewiss.

Sie umgingen Toledo und füllten in der Dämmerung ihre Lederschläuche mit dem Wasser des Tejo auf, den sie nun hinter sich ließen.

»Baba weiß, dass wir auf das Wasser angewiesen sind«, hatte Isenhart dem Freund erklärt, »deswegen wird er nur den Fluss absuchen.«

Das leuchtete Konrad sofort ein, und sie schlugen sich nach Osten. Bald schon bildeten sich wieder die kleinen Seen, die flimmernd kamen und ebenso wieder verschwanden. Wieder und wieder blickten sie sich um, suchten ihre Augen die Richtung ab, aus der sie gekommen waren – von Baba und seinen Männern war nichts zu sehen, überhaupt bekamen sie am zweiten Tag nichts anderes zu Gesicht als eine dürftiger werdende Flora aus Stauden und Bodenflechten.

Daran änderte sich auch am darauffolgenden Vormittag nichts. Obwohl sie ihre Situation noch nicht als kritisch betrachteten, wandten sie sich nach Norden, wo sie irgendwann, ritten sie nur weit genug, erneut auf einen Fluss stoßen mussten.

Am Nachmittag passierten sie einen verdorrten Baum. Es war seit Stunden das einzige Gewächs, das sich über einen Fuß Höhe erhob. Aber vor der sengenden Augustsonne bot er ihnen keinen Schutz. Kein Baum spendete ihnen Schatten, kein Felsvorsprung. Ihre Lippen sprangen auf, die Bewegungen der Pferde wurden mit jedem Schritt matter, bis Konrad und Isenhart absaßen und neben ihnen hergingen. Der Schweiß lief ihnen die Wirbelsäule hinab, die Hitze drang ihnen beinahe schmerzlich in Nase und Mund, und wenn endlich eine Brise über ihre Haut strich, war der Wind warm.

»Willst du ihn suchen?«, fragte Konrad und blinzelte gegen die Sonne.

Isenhart musste nicht nachfragen, wen sein Freund damit meinte. Aber es war nichtsdestotrotz eine interessante Frage, denn er wusste sie nicht zu beantworten. Was, wenn sein Vater gegen jede Wahrscheinlichkeit noch am Leben war, wenn er ihm begegnete?

All das schoss ihm nicht zum ersten Mal durch den Kopf. Das, worum er sich aber im Kern sorgte, war die Möglichkeit, sich zu Sydal von Friedberg hingezogen zu fühlen. Denn dessen Drang nach Wissen und Erkenntnis teilte er aus tiefstem Herzen, was ihn alle – weltliche wie geistliche Autoritäten – verabscheuen ließ, die ihm den Zugang dazu verwehren wollten.

Wer Wissen als Gefahr einstuft, ist selbst eine. Walthers Worte.

Andererseits konnte Isenhart es zwar nicht in Form einer Kausalkette beweisen, aber er hätte Stein und Bein schwören können, dass die Taten Michaels von Bremen ohne die Morde Sydals von Friedberg nicht denkbar waren. Auch ohne das Zwingende der Logik erschien es ihm als höchst unwahrscheinlich, dass zwei Männer unabhängig voneinander der Idee verfallen sein sollten, Jungfrauen zu ermorden, um ihnen das Herz aus dem Torso zu schneiden. Es musste einen Zusammenhang zwischen ihnen geben. Laut Walther hatten beide bei Doryläum gekämpft. Mehr noch: Isenharts Vater hatte Michael von Bremen das Leben gerettet. Ganz gleich, ob das Verspeisen des fremden Herzens ursächlich für von Bremens Genesung gewesen war oder er aus eigener Kraft überlebt hatte, auf jeden Fall musste er annehmen, dass Sydal von Friedberg sein Lebensretter gewesen war.

Und nachdem Sydal von Friedberg und Ibn Al-Hariq im Streit auseinandergegangen waren, begann sein Vater zu töten. Walther hatte ihm, wie er behauptet hatte, Einhalt geboten, etwa neun Monate nach Isenharts Geburt. Der nächste Mord an einer Jungfrau, von dem Isenhart wusste, war jener an Anna gewesen. Siebzehn Jahre, nachdem Walther Sydals Treiben angeblich ein Ende bereitet hatte.

Wie Isenhart nun erfahren hatte, war sein Vater 1189 noch am Leben gewesen. Wenn Michael von Bremen nicht der Täter gewesen war und Sydal gegen sein Gelöbnis verstoßen hatte, brauchte es für den Mord an Anna keinen Wiedergänger. Erst recht nicht, wenn von Bremen sie wie auch Lilith und das Mädchen in Spira doch getötet hatte. Und davon musste er ausgehen. Sydal von Friedberg war kein rothaariger Einarmiger gewesen.

Aber der einarmige Rothaarige war im Besitz von Sydals Aufzeichnungen gewesen. Hatte er seinen Vater lediglich nachgeahmt oder dessen Streben nach Wissen ebenso blutig fortgeführt? Standen sie womöglich in Verbindung miteinander? War dies die Rolle Aberaks von Annweiler, war er ihr Bindeglied gewesen?

Isenhart schüttelte den Kopf. Mit den Anhaltspunkten, die ihm zur Verfügung standen, kam er nicht weiter. Aber er konnte sich der Ahnung nicht erwehren, dass Michael von Bremen der falsche Mann gewesen war. Was zu der Frage führte, weshalb er sich das Leben genommen hatte. Ein wahrscheinlich unschuldiger Mann.

Seine ganze Hoffnung setzte Isenhart dabei auf das Gespräch mit Walther.

Dieses rückte gegen Mittag in weite Ferne, als sie den Pferden von ihrem Wasser zu trinken gaben. Isenharts Pferd scheute vor einer kleinen silbernen Schlange, die die beiden noch nie zuvor gesehen hatten, und stieß dabei mit dem linken Vorderlauf gegen die Schale mit Wasser, die umkippte. Konrad zertrat der Viper, um eine solche handelte es sich, den Kopf, aber das Nass war binnen weniger Augenblicke im Erdreich verschwunden.

Ein wenig fassungslos starrten sie erst auf den dunklen Fleck, den das Wasser hinterlassen hatte, und sich dann gegenseitig an. Es half nichts. Wenn sie nicht umkommen wollten, mussten sie zuerst die Tiere versorgen. Zu Fuß den Ebro zu erreichen, war vielleicht möglich, aber ihre Chance vervielfachte sich, wenn sie die Strecke so weit es ging zu Pferde zurücklegten, um dann, wenn sie die Rösser aufgeben mussten, noch ausgeruht und kräftig genug für den weiteren Weg zu sein.

Schweren Herzens füllten sie die Schale erneut auf und teilten sich dann den recht überschaubaren Rest, der sich in den Lederschläuchen befand.

»Bis morgen Mittag müssen wir einen Fluss finden«, stellte Isenhart fest.

Konrad nickte. Nie hätte er geglaubt, mit welcher Intensität Hitze einen erwachsenen Mann zu schwächen imstande war. Isenharts Schätzung, wie lange die Tiere und sie ohne Wasser noch bewegungsfähig waren, erschien ihm derweil als sehr optimistisch, aber das behielt er für sich. Gemeinsam hatten sie eine Vielzahl an gefährlichen Situationen überstanden. Auch wenn ihre jetzige Lage zunehmend bedrohlich erschien, herrschte tief in seinem Herzen die Überzeugung, sie an Isenharts Seite letztlich zu meistern.

Die Nacht hatte sie alle erfrischt. Sie war wolkenlos und kalt über sie gekommen, sodass die Pferde bei Tagesanbruch wie ausgewechselt waren und – hat ein Tier Gefühle oder nicht, eine interessante Frage, der Isenhart unbedingt einmal nachgehen wollte – *freudig* nach Norden trabten.

Damit nicht genug, rauschte ein Vogel über sie hinweg, der sich mit seinem Erscheinen sofort Isenharts Aufmerksamkeit sicherte, denn er senkte den Hals und den Kopf im Gleitflug ab. Isenhart konnte auch das nicht beweisen – wie den Zusammenhang, den es zwischen Sydal von Friedberg und Michael von Bremen gegeben haben musste –, aber während er dem Vogel nachblickte, machte er die bessere Nutzung der Luftströmung für diese Flughaltung verantwortlich. Anders als Gweg, Dolph und Unnaba war dieser Vogel auch mit einer beeindruckenden Spannweite von circa neun Fuß ausgestattet. Eine größere fliegende Spezies war Isenhart bisher nicht zu Gesicht gekommen.

Zu dem einen Vogel gesellte sich alsbald ein zweiter. Von derselben Art, soweit Isenhart das von seinem Standpunkt aus zu beurteilen vermochte. Die beiden zogen nicht etwa weiter, sondern kreuzten mit außergewöhnlicher Präzision und Anmut über ihnen.

Was hatten sie hier an diesem gottlosen Ort verloren? Wovon ernährten sie sich?

Isenhart konnte nicht wissen, dass sie sich nur deshalb der mörderischen Hitze aussetzten, weil sie *ihnen* folgten. Es waren Gänsegeier. Aasfresser.

Isenhart mochte der Hartnäckigere der beiden sein – die Hitze zwang ihn trotzdem zuerst in die Knie. Er bat Konrad um eine kurze Rast, weil seine Sinne von einem Schwindel erfasst worden waren, den er nicht eingestehen wollte.

Er stützte sich auf sein Pferd, Konrads besorgte Blicke streiften ihn. Fuhren über die karge Landschaft, in der sich nur zwei Dinge zu bewegen schienen, nämlich der Staub, den eine der seltenen Brisen aufwirbelte, und die Schar dieser Vögel, die auf sieben Exemplare angewachsen war.

Konrad erstarrte. Er deutete Richtung Nordwest. »Da ist eine Hütte.«

Isenhart folgte dem Blick des Freundes. Konrad hatte recht.

Sie näherten sich der Behausung, an die sich noch zwei weitere Hütten anschlossen. Dazu ein Gatter für das Vieh, in dem sich allerdings keines befand; es mochte schon vor Langem verendet oder von seinen Besitzern an einen barmherzigeren Ort mitgenommen worden sein.

Sie entdeckten – bis auf die Behausungen selbst – nichts, was auf die Anwesenheit von Menschen hinwies. Niemand, der die Türen der Hütten verschloss, die sich knarrend im Wind wiegten, niemand, der ihnen entgegenkam oder das Wort an sie richtete. In der Tat überhaupt keine Menschenseele.

Der Wind hatte zugenommen, er sorgte nicht mehr nur hier und da für Verwirbelungen. Um dem Sand, der mit einem Prickeln über ihre Gesichtshaut wanderte und ihnen in die Augen getrieben wurde, zu entgehen, führten sie ihre erschöpften Pferde einfach in die erstbeste Hütte – und erschraken.

Da war ein merkwürdiger Luftzug im Halbdunkel der Hütte, an das ihre Augen sich noch nicht ausreichend gewöhnt hatten. Weil eines der Pferde die Ohren anlegte, war Isenhart davon überzeugt, dass sich etwas in dieser Behausung befinden musste. Etwas Lebendiges.

Sie vernahmen ein trockenes Schlagen in der Luft, dann flatterte ein Gänsegeier an ihnen vorbei, stieß einen schrillen Laut aus, der die Pferde scheuen ließ, und verschwand. Mit aufgeschreckten Mienen sahen sie dem Vogel nach, Isenhart runzelte die Stirn. Was hatte der Vogel in der Hütte verloren? Hatte er Schutz gesucht vor dem sandigen Wind?

Er wandte sich wieder um, nur zögerlich mochte sein Pferd ihm ins Halbdunkel folgen. Als sie den Leichnam am Boden entdeckten, begriffen sie, weshalb der Vogel sich in der Hütte aufgehalten hatte. Aus dunklen Augenhöhlen schien der Verstorbene sie anzustarren, an den Augäpfeln hatte der Aasfresser sich zuerst gelabt. Die beiden dunklen Hohlräume verliehen dem Gesicht etwas Anklagendes. Danach hatte der Gänsegeier sich an den Lippen schadlos gehalten und damit die Zähne freigelegt, sodass der Klage, die von den fehlenden Augen auszugehen schien, von dem morbiden unablässigen Grinsen der Zähne widersprochen wurde. Isenhart war, als hätte der Gänseadler sich einen pietätlosen Jux geleistet.

Der Leichnam trug das Kreuzzugssymbol, rotes Kreuz auf weißem Grund – gleichzeitig auch das Wahrzeichen der freien Seerepublik Genova, wie sie mittlerweile wussten –, auf Brust und Rücken.

»Draußen liegt noch einer«, sagte Konrad hinter ihm. Die Worte passierten seine aufgesprungenen Lippen nur schleppend.

»Hat er Lederschläuche dabei?«

»Ich seh nach.«

Konrad stapfte hinaus, während Isenhart sich im Inneren der Behausung nach Wasser umsah und dabei vermied, in das groteske Antlitz des Toten zu blicken.

Waren die beiden Kreuzzugsteilnehmer im Kampf mit Mauren ums Leben gekommen? Hatten sie hier gehaust? Waren sie es, die man überfallen hatte?

Wer auch immer in dieser unwirtlichen Gegend sein Dasein gefristet hatte, dachte Isenhart und wurde dabei gewahr, dass selbst die Gedanken sich so langsam und so zäh bewegten wie Füße durch Morast, wer auch immer hier gelebt haben mochte – auch er benötigte Wasser. Kein Mensch errichtete hier Hütten, um darin zu verdursten.

»Brunnen«, brüllte Konrad gegen den aufkommenden Sturm an, »hier ist ein Brunnen!«

Isenhart schluckte, und selbst das kostete ihn Mühe. Er wandte sich um und stakste auf unsicheren Beinen hinaus. Der aufgewirbelte Sand begrenzte die Sicht auf vielleicht sechzig Fuß. Konrad von Laurin stand an einem kreisförmig gemauerten Brunnen.

Ein Lachen wurde vom Wind an Isenharts Ohr vorbeigetragen, ganz so wie das helle Krächzen des Gänsegeiers wenige Augenblicke zuvor. Dieses Mal war das Lachen menschlichen Ursprungs. Etwas zu hell, um aus den Lungen des jungen Laurin zu stammen, auch eine Spur zu hysterisch und damit eigentlich von femininem Wesen. Dessen ungeachtet war es doch Konrad, der sich in den Sand gesetzt hatte, den Rücken an den Brunnen gelehnt, und lachte.

Isenhart war mit jeder Regung des Freundes bestens vertraut, dieses Lachen allerdings war auch ihm neu. Es entsprang nicht der Heiterkeit, sondern war ein Ausdruck der Verzweiflung.

Als Isenhart einen Blick hinabwarf, wusste er auch, warum: Der Brunnen führte zwar Wasser, aber das lag gute zwanzig Fuß tiefer.

Isenhart schluckte. Aber dann ging er zu dem zweiten Toten, dem nur noch einige Fleischreste an den Knochen klebten, zog ihm das Leinen mit dem Kreuz über den glänzend weißen Schädel und begann damit, die Fasern aufzutrennen. Konrad, der begriff, was Isenhart vorhatte, ging ihm dabei zur Hand. Er befestigte einen der Lederschläuche an den Leinenfasern. Stumm verrichteten sie ihre Arbeit, und mit der Hoffnung kehrte auch die Kraft zurück, die sich in dem Willen manifestierte, nicht klein beizugeben. Nicht hier, nicht heute, nicht ohne noch einmal Heiligster gesehen zu haben.

Der erste Lederschlauch, den sie an Leinenfasern gesichert hinabwarfen, wollte nicht unter den Wasserspiegel sinken und nahm daher auch kein Nass auf. Der zweite, den sie mit einem Stein beschwerten, ließ den Strang aus Leinen reißen und ging unter.

Isenhart stützte sich auf den steinernen Rand des Brunnens. Hier, nur wenige Höhenfüße vom Wasser entfernt zu sterben, war beileibe nicht ohne eine gewisse Ironie. Dieser Brunnen sortiert die Dümmeren aus, dachte er. Natürlich konnten sie auf die Knie gehen und beten. Beten, der Herrgott möge den Wasserpegel steigen lassen oder sie beide zu einem nahe gelegenen Fluss leiten. Oder auf ein Lager saftiger Orangen stoßen lassen.

»Herr«, hörte er neben sich und wandte sich um, »Herr, verschone uns vor einem frühen Tod.« Konrad hatte die geschwollenen Hände gefaltet, den Blick aber nicht zum Himmel erhoben, wo mittlerweile ein Dutzend Gänsegeier kreisten, sondern demütig auf den staubigen Boden.

Asche zu Asche, Staub zu Staub.

Über ihnen krächzten die Aasfresser, die von Geburt an, wie Isenhart vermutete, jene immer gleichen Muster in dem Verhalten, insbesondere den Bewegungen sterbender Kreaturen zu werten gelernt hatten.

Und das war ihre Rettung. Oder besser gesagt: Die Intelligenz der Kolkraben war es.

Isenhart erinnerte sich an eine Begebenheit im Sommer vor ihrer Abreise, als sie sich während der Jagd nach einem Wildschwein, das ihnen letztlich entging und durch Bärlauchsuppe auf dem Abendtisch ersetzt werden musste, weit vom Rhein entfernt hatten. Während Konrad und er im Schutz eines Gebüschs und gegen die Windrichtung auf die Beute lauerten, landeten Gweg und Dolph neben einem verdorrten Strauch, dessen kräftigster Zweig etwa zwei Daumenbreiten maß. Der Zersetzungsprozess hatte den Zweig ausgehöhlt, sodass sich Regenwasser in der schmalen, hölzernen Röhre angesammelt hatte.

Pfützen waren ausgetrocknet und der Rhein weit – außerdem: Wer garantierte den Raben ihren Anteil an der Beute, wenn sie sich möglicherweise am Fluss aufhielten, während die ungefiederten Zweibeinigen etwas erlegten? Sie waren also gezwungen, in der Nähe zu bleiben.

Mit einiger Verwunderung nahm Isenhart wenige Augenblicke später wahr, wie erst Dolph und dann auch Gweg kleine Kieselsteine zu dem hohlen Zweig trugen, mit ihren dünnen Beinen

Schlusssprung um Schlusssprung vollziehend, bis sie über der Öffnung standen – und den Kieselstein in den Hohlraum plumpsen ließen.

»Was treiben die da für einen Schabernack«, fragte Konrad leise, »haben sie ihr kleines bisschen Verstand verloren?«

Isenhart schüttelte den Kopf: »Ganz im Gegenteil.«

Nachdem er Konrad erklärt hatte, dass ein Kieselstein das Wasser nach oben verdrängen und es den beiden Kolkraben so bald erlauben würde, ihre Schnäbel zu benetzen, teilte der Isenharts Verblüffung.

»Aber das behalten wir für uns«, fügte Isenhart hinzu.

Eine weitere Erklärung war nicht nötig, Konrad wusste auch so, wer gemeint war. Hieronymus hatte sich zwar an die Anwesenheit der Vögel gewöhnt, aber bei ihrem »Amen« zuckte er immer noch unwillkürlich zusammen.

Über anderthalb Stunden lang, eine Zeitspanne, von der sie niemals geglaubt hätten, sie noch überleben zu können, warfen sie alles an Steinen, dessen sie habhaft werden konnten, in den Brunnen. Mit einer Langsamkeit, die ihnen alle Beherrschung abverlangte, stieg Brocken um Brocken der Wasserpegel. Schließlich hielt Konrad Isenhart an den Füßen fest, der sich seinerseits kopfüber in den Brunnen streckte und einen der Lederschläuche füllen konnte.

Sie teilten sich das modrige Wasser, und es mutete wie die süßeste Quelle überhaupt an. Eine weitere halbe Stunde, in der sie mit aufgerissenen Fingern und schmerzendem Rücken Steine in den Brunnen warfen, reichte, um nun auch bequem die Pferde versorgen zu können, die mit dem Trinken überhaupt nicht mehr aufzuhören schienen.

Außer Atem warfen Isenhart und Konrad sich einen Blick zu, während sie neben den Rössern standen. Sie mussten schmunzeln, gar lächeln. Anerkennung lag in ihren Augen und Dankbarkeit.

Jeder auf sich alleine gestellt hätte es womöglich nicht bis zu diesem Punkt der Reise geschafft.

Konrad schwor, jeden einzelnen seiner Knochen zu spüren. Nach 600 Fuß sahen sie noch einmal zu dem Brunnen und den verlassenen Hütten zurück, bevor sie eine kleine Anhöhe erklommen. Dahinter erwartete sie eine Landschaft, die in ein sattes Grün getaucht war und in deren Mitte das Band eines Flusses im Sonnenlicht glitzerte.

28.

Zwar gelang es Konrad nicht, den Mann aufzutreiben, der ihnen das überteuerte Wasser angedreht hatte, aber dafür wurde er im Hafen von Barcelona entschädigt, denn dort lag keine andere Galeere als jene von Andrea Centurión zum Ablegen bereit.

»Ah, Konrad«, schallte es quer über den Kai. Und schon marschierte der junge Kapitän auf sie zu, bahnte sich den Weg vorbei an all den Männern, die Waren be- und entluden. Muskatnuss, Pfeffer, Salbei, Tuch, in Kisten, Fässern, Säcken und Lederbeuteln, Armreife, Ohrringe, Halsketten. Mit Toledostahl geschmiedete Schwerter waren ein gefragtes Exportgut. Und höchst teuer, denn sie konnten sich, wie Weitgereiste berichteten, mit den legendären japanischen Schwertern messen.

Orient und Okzident mochten sich rund ums Mittelmeer mit Unverständnis gegenüberstehen, mithilfe der Seerepubliken Genova, Venezia und Pisa betrieben sie jedenfalls munter Handel, wie Isenhart konstatierte.

Mit einem breiten Lächeln erreichte der junge Genuese sie, nickte Isenhart zu – ein Akt der Höflichkeit gegenüber jemandem, der sich für einen Mauren eingesetzt hatte – und packte Konrad herzlich an der Schulter. »Wie ist es Euch ergangen?«

»Erst wollte man mich mit gelehrten Debatten zu Tode langweilen, dann mit einem Messer umbringen, und schließlich wären wir beinahe verdurstet«, erwiderte Konrad mit einem Grinsen, »und selbst?«

Andrea gefiel der trockene Humor des Nordländers. »Wir haben zwei maurische Daus versenkt«, erwiderte er gut gelaunt, »ich nehme an, Ihr wollt nach Genova übersetzen?« Konrad von Laurin deutete ein Nicken an. »Wir legen morgen früh ab. Seid mein Gast, wonach steht Euch der Sinn?«

»Man sagt, es gibt sehr hübsche Spanierinnen.«

Andrea Centurión lenkte ihn mit dem sanften Druck der Hand auf seiner Schulter in eine Gasse. Isenhart sah den beiden Männern nach, Konrad schaute sich nicht einmal mehr nach ihm um.

»In der Tat«, vernahm er Centurións Stimme noch, »sie schauen einen mit der Unschuld der Marie Gottes an, und dann treiben sie Unzucht mit einem wie der Teufel höchstpersönlich. Wenn Ihr versteht, was ich meine.«

Konrad verstand nur zu gut.

Isenhart fragte sich, ob der junge Laurin während ihrer Rückreise einen Gedanken daran verschwendet hatte, wie nahe Wilbrand von Mulenbrunnen ihnen womöglich all die Zeit gewesen war. Wenn er ebenfalls den Alpenpass gewählt hatte, war er stets nur wenige Tagesritte von ihnen entfernt gewesen, hin und wieder sicherlich auch nur wenige Stunden.

Isenhart erschauerte ob der mannigfaltigen Möglichkeiten.

Am 2. November 1196 trafen sie nach einer Schiffsreise ohne nennenswerte Zwischenfälle in Genova ein. Andrea Centurión und Konrad von Laurin fiel der Abschied nicht so leicht, obgleich beide sich bemühten, sich diesen Anschein zu geben.

Immerhin gab Andrea ihnen eine Adresse in Milano mit, wo man sie aufnehmen würde. Der Onkel des Bruders des Schwagers seiner Schwester betrieb dort ein kleines Gewerbe. Sein Name war Marco Ray. Man finde ihn am Ende der Gasse der Gerber, unweit eines Brunnens, wie Andrea Centurión zu berichten wusste.

In Milano angekommen, mussten sie sich kaum durchfragen, sie vertrauten auf ihre Nase und folgten dem Gestank von verrottendem Tierfleisch und Fell. Die Gerber befanden sich in einer der ältesten Gassen der Stadt, die wie ein Fluss Bögen zog, sich verbreiterte, zu schmalen Durchlässen verengte und sie schließlich zu dem Brunnen führte, von dem der genuesische Kapitän ihnen berichtet hatte.

Isenhart fiel auf, dass die Bewohner der Häuser das obere Stockwerk vergrößerten, indem sie dessen Grundfläche einfach in Richtung Gasse ausdehnten und sie mittels einiger Holzpfeiler abstützten.

Am Brunnen herrschte naturgemäß reges Treiben, und so dauerte es nicht lange, bis eine junge Frau – Konrad hatte sie angestarrt; ihre Schönheit gebot es, wie er später sagte – ihnen den Weg wies. Sie deutete mit dem Kopf zu einem Mann, der aufgeregt um vier Fässer herumrannte. »Der Quirlige da«, sagte sie, »das ist Signor Ray.«

Als sie Wasser aus dem Brunnen gezogen hatte, warf sie zu Konrads Verblüffung Isenhart ein zärtliches Lächeln zu, und als der es erwiderte, wandte sie sich mit kokettem Blick ab.

Konrad von Laurin sah seinen Freund erstaunt an. Isenhart war ein dünner Kerl, kleiner als er, sein Kreuz war schmal, sein Mund klein, aber mit sinnlichen Lippen, sein Blick dunkel und ernst. Manchmal gar bohrend. Und so verschieden sie sonst auch sein mochten, wenn Isenhart sich etwas in den Kopf gesetzt hatte, dann hatte er es sich aber wirklich in den Kopf gesetzt, das hatten sie gemein, wie Konrad in seltener Selbstreflexion erkannte. Er verdächtigte Isenhart auch der noch größeren Sturheit. War sogar gut möglich, dass er eines – hoffentlich fernen – Tages daran sterben würde, an seiner Unbeirrtheit, überlegte er.

Allerdings fragte Konrad sich, was die Weibsbilder an ihm fanden. Er hatte es sich bereits bei Anna gefragt, bei Sophia auch, aber der sah er es nach, weil sie, bei aller brüderlichen Liebe, bisweilen einen gehörigen Sprung in der Schüssel hatte. Und nun geschah es wieder. Und da die junge Italienerin keine Haube über dem Haar trug, war sie vermutlich noch ohne Ehemann, wie jedermann sehen konnte. Ein loses Frauenzimmer.

Isenhart war nicht kräftig, er war auch nicht gekleidet wie ein reicher Mann, denn er war keiner. Vermutlich, nahm Konrad von Laurin an, lag es letztlich doch an der Eitelkeit des schwachen Geschlechts. Denn sobald Isenhart in seine Gedanken abtauchte, ganz so, als träfen zwei Wellen aus Luft über ihm zusammen und schirmten ihn gegen jede weitere Störung ab, erhielt sein Blick etwas Leeres und Durchdringendes. Leer, weil sein Blick ohne jeden Ausdruck war, und durchdringend, da seine Augen auf einen Punkt gerichtet waren, so weit entfernt, dass einen alleine schon die Distanz frösteln ließ.

»Vielleicht blickt er ins Jenseits«, hatte Marie eines Abends gesagt, sie hatten auf ihrem Lager in Heiligster gelegen. Und Konrad musste unwillkürlich schlucken, denn Marie kannte Isenharts Geschichte nicht, wusste nicht wie er und Sophia, was es mit dem kleinen Jungen von damals auf sich hatte – er hatte das Jenseits betreten und war zurückgekehrt.

Jedenfalls waren Anna, Sophia und auch diese Italienerin von einer Schönheit, die jeden Mann veranlasste, *ja, zwang,* ihnen einen Blick nachzuwerfen. Und verrenkten sich hundert Mannsbilder die Hälse nach ihr und starrte nur einer von ihnen an jenen anderen Punkt – Isenhart nämlich, der darüber sinnierte, was für ein unvorstellbarer Vorrat an Wasser für all die Flüsse der Erde existieren musste, da sie nie versiegten, oder sich etwa fragte, mit was für einem Wesen sie es zu tun hatten, das in der Lage war, Tag und Nacht Millionen von Gebeten zu lauschen und sie in seinem Weltenplan zu berücksichtigen, was in der logischen Konsequenz mündete, dass es sich bei Gott um einen Schöpfer handelte, der nie schlief und daher auch nie träumte –, dann waren die hundert Verehrer dem Weib gleichgültig, es war neugierig auf den einen, der ihm nicht hinterherschaute.

Sie hätte jeden der anderen hundert haben können, sagte Konrad sich in Gedanken, doch zweifellos galt ihr Augenmerk ausschließlich jenem, der sie nicht beachtet hatte – wie konnte das sein? Dieser Umstand, die Gefallsucht der Frauen, war Konrad von Laurin sich sicher, spielte einem wie Isenhart in die Hände.

Marco Ray verpasste gerade seiner etwa neunjährigen Tochter einen Schlag mit der flachen Hand auf den Hinterkopf und dann dem ein Jahr älteren Sohn ebenfalls. Beide Schläge waren ohne Wucht, sie kamen mit tadelnder Beiläufigkeit. »Schnell, schnell, schnell,

schnell«, rief er und warf beide Arme in die Luft, »wo habt ihr euch rumgetrieben?«

Es war weniger eine Frage als vielmehr eine Floskel, die seiner Empörung eine Form verleihen sollte, denn Marco Ray wartete eine Antwort überhaupt nicht ab. Wieselflink erklomm er eine Holzleiter, die auf eine offene Ebene führte, auf der sich ein großer Kessel befand, aus dessen Innerem Dämpfe aufstiegen. Unter dem Kessel, dessen Metall rußgeschwärzt war, brannte ein kleines Feuer.

Gleichzeitig hatten seine Kinder links und rechts Aufstellung um das erste Fass genommen, das sie mithilfe zweier Hanfseile und unter großer Anstrengung in Richtung ihres Vaters zogen, der – die Fäuste in die Hüfte gestützt – mit Argusauen und mürrischer Miene über ihr Tun wachte. »Vorsicht, Vorsicht. Weiter, weiter. Und Vorsicht. Weiter, habt ihr denn keine Augen im Kopf? Halt! Zu weit! Zurück. Etwas. So, ja … so ist gut. Und jetzt weg vom Fass.«

Die Kinder, die zunächst jene Hast und Hektik, die ihr Vater an den Tag legte, mit einer Spur Trägheit ausgeglichen hatten, sprangen nun eilig von dem Fass weg.

»Wir grüßen Euch«, rief Konrad ihm freundlich zu, »Andrea Centurión schickt uns!«

»Ist er immer noch nicht bei den Fischen?«, knurrte Ray mit zusammengepressten Lippen, während er mithilfe der Hebelkraft den Kessel anhob, was für einen Mann alleine aber immer noch eine enorme Kraftanstrengung bedeutete.

Eine gelbliche, fettige Flüssigkeit schwappte nun aus dem Behältnis hinab und ergoss sich erst zischend, dann dampfend in das Fass, das Rays Kinder unter seinen aufgeregten Anweisungen dorthin bugsiert hatten.

Isenhart und Konrad hielten instinktiv ein wenig Abstand zu dem Fass, in dem die Brühe nun beinahe bis zum Rand reichte. Der Duft von Molke drang Konrad und Isenhart in die Nasen.

»Los, was glotzt ihr die Herren an, bringt Butter her«, stauchte Marco Ray seine Kinder zusammen, die Konrad und Isenhart neugierig anstarrten. Nachdem sie davongelaufen waren, wandte

Signor Ray sich ihnen zu. »Was will er, Andrea Centurión?«, fragte er. In seinem Blick lag Vorsicht.

»Nichts«, antwortete Konrad, »er hat uns gesagt, wir könnten ein paar Tage bei Euch unterkommen.«

Ray lachte und zeigte das wohl hellste und sauberste Gebiss, das Isenhart je gesehen hatte. »Ja, natürlich«, sagte er dann mit amüsierter Grimmigkeit, »das kostet ihn ja keine Mühe, den hohen Herrn, wenn er Euch bei mir unterbringt.«

Isenhart nickte, er schaute zu Konrad, und sie waren sich stumm einig.

»Wir haben unsere Pläne geändert«, ließ Isenhart ihn wissen, aber da war Marco Ray die klapprige Holzleiter schon wieder herabgeklettert.

»Nein, nein, nein«, meinte Signor Ray, er hob dabei die Unterarme und streckte die Zeigefinger, »nein, nein. Mein bescheidenes Haus ist eines der gastfreundlichsten in ganz Milano – und Umgebung. Bloß ist Signor Centurión manchmal ein wenig zu freigiebig mit Dingen, die ihm nicht gehören. Mit Menschen, die ihm nicht unterstehen. Aber das ist etwas, was zwischen ihm und mir beizeiten zu klären ist und Euch nicht betrifft.«

Signor Ray sprach, wie er sich bewegte. Dem Stakkato an Wörtern hatten Konrad und Isenhart nichts entgegenzusetzen. Marco Ray zeigte ein kurzes Lächeln. Er gestikulierte in einer Geschwindigkeit, die bei Konrad und Isenhart den Eindruck erweckte, er verfüge über *vier* Arme.

»Niemand, der an meine Tür klopft, wird abgewiesen. Nur kann ich Euch nicht lange beherbergen. Ihr seid tedesci, richtig?«

Der Begriff war ihnen mittlerweile bekannt, ja, sie waren *tiutsche,* Isenhart nickte.

Marco Ray fuhr fort: »Ich will die Fässer da«, vier Arme fuchtelten hinter seinem Rücken, »nach Regensburg bringen. Und Ihr müsst die Alpen mindestens einmal überquert haben, ja?«

Konrad nickte, er nahm Haltung an, in seinem Blick lag Stolz: »Ja, das haben wir.«

Signor Ray war erfreut. Wie sich herausstellte, stand ihm seine erste Gebirgsüberquerung bevor. Die beiden tedesci konnten sich seinen Optimismus nicht recht erklären, vier schwere Fässer auf 6000 Fuß Höhe befördern zu wollen, ganz zu schweigen von den engen, steilen und unwegsamen Pässen, bei denen jeder Schritt wohlüberlegt sein musste, wollte man nicht riskieren, in die Tiefe zu stürzen.

In Konrad und Isenhart hatte Marco Ray ohne deren Zutun seine kundigen Führer und seinen zweiköpfigen Geleitschutz in Personalunion entdeckt. Zwei Dienste, die ihm das doppelte Salär ihrer Entlohnung als Wachmänner der Stadt Spira wert war.

Konrad schüttelte den Kopf. Ihr Weg führte ohnehin über die Alpen, wie er erklärte, weswegen er eine Bezahlung rundweg ablehnte. Darüber hinaus sei es ihm eine Freude, wie er betonte, einem entfernten Verwandten von Andrea Centurión einen Gefallen erweisen zu können.

Der entfernte Verwandte sträubte sich aufrichtig und hartnäckig, sodass – langsam knurrte ihr Magen – Isenhart des lieben Friedens willen einlenkte. Zum Schein, versteht sich.

Signor Ray war zufrieden. Er ermahnte sie lediglich, den Begriff *entfernte Verwandte* nicht im Beisein seiner Familie zu benutzen, da der Engelmacher in diesem Haus schon mehrmals ein und aus gegangen war.

Vor der Vesper halfen sie Marco Ray dabei, die geschmolzene Butter – daher der Molkegeruch – aus dem Kessel in die drei verbliebenen Fässer zu füllen.

In den hölzernen Bottichen hatte Signor Ray zuvor mit der erforderlichen Vorsicht Keramik- und Glasarbeiten abgelegt und gestapelt. Teller und Becher in jenem typischen schwachen Rot. Einige Becher waren transparent und überwiegend grün. Es lagerten flache Schüsseln über Serviertellern, Kannen neben Vasen, mit biblischen Motiven verzierte Kirchenscheiben unter Töpfen.

»Jetzt ist alles in Butter«, sagte Marco Ray nach getaner Arbeit sichtlich zufrieden.

Durch andere Händler war ihm zu Ohren gekommen, welch beträchtlichen Schaden der schwierige Pass über die Alpen an den zerbrechlichen Waren anzurichten vermochte. Die Butter, die über Nacht abkühlen und sich verdicken würde, so erfuhren Isenhart und Konrad, schützte die Keramik- und Glasprodukte vor jeglicher Erschütterung. Und am Zielort angekommen, war es lediglich nötig, die Butter zu erhitzen und die transportierten Gegenstände abzuwaschen.

Isenhart war von der Wechselwirkung zwischen Einfachheit und Effizienz dieser Maßnahme sehr angetan. Konrad empfand sie schlicht als klug. Butter in so einer Masse zu verschwenden, um viel kostbarere Erzeugnisse zu schützen, darauf musste man erst einmal kommen!

Die Frau des Milanen war im Frühjahr an der Ruhr gestorben. Sie und Signor Ray hatten zuvor vierzehn Kinder in die Welt gesetzt, von denen – in der Nachbarschaft hatte man bereits getuschelt, dass in dieser Sippe etwas nicht mit rechten Dingen zuging – neun überlebt hatten. Ein Übermaß, das den Verdacht gläubiger Eiferer in der Gasse erregte, in der die Rays wohnten.

Da Marco Rays Frau 31 Jahre alt gewesen war, als der Schnitter sie holte, erschien der Nachbarschaft dieser relativ frühe Tod als eine Art ausgleichende Gerechtigkeit, das Gebären hatte endlich ein Ende, die Gerüchte verstummten.

Und Signor Ray war für sein Alter, Ende dreißig, ein ansehnlicher Mann. Mit einem Gewerbe dazu. Und vielen Kindern, die einen mit durchbringen konnten, wenn man alt und gebrechlich wurde, wenn die Augen nachließen und die anderen Sinne. Wenn die Schmerzen in den Gelenken und Knochen fröhlich Einzug hielten.

Ja, unter diesen Gesichtspunkten war Signor Ray für eine alte ebenso wie für eine junge Frau eine glänzende Partie.

Diejenige, die das Herbstlaub bereits umwehte, durfte auf Zuflucht, Hilfe und Trost hoffen, wenn Marco Ray – der Herr hab ihn selig – den Weg allen Fleisches gegangen sein würde. Kein Dahinvegetieren auf der Straße, kein Zusammenbrechen auf dem Acker, sondern das Ableben im Kreise von Stiefkindern, möglicherweise würde ihr jemand die Hand halten und beruhigende Worte flüstern. Und ihr Wasser reichen und einen Brei, den sie ohne Zähne zu sich nehmen konnte.

Die junge Gemahlin dagegen würde sich das Erbe mit dem ältesten Sohn teilen, was immer noch ausreichen würde, um sich keine allzu großen Schwielen mehr an den Händen zu holen. Für einen Junggesellen aus der Handwerkerschaft hätte sie dann die passende Mitgift parat.

Aus diesen Gründen herrschte bei der Familie Signor Rays nie Hunger. Allabendlich fanden sich Frauen, junge und alte, die sich mit einem Essen oder einem anderen Geschenk ins Spiel zu bringen wussten. Allesamt Witwen.

Eine von ihnen kochte am Abend für Marco Ray und seine Kinder und mittlerweile auch Kindeskinder, es gab insgesamt dreizehn Münder zu stopfen, auf zwei mehr kam es dabei nicht an, zumal es die Gastfreundschaft gebot, Fremden Unterkunft und Speise zu gewähren.

Die Kinder amüsierten sich prächtig, als Isenhart und Konrad bei Wahrung ihrer Würde jene gekochten Fäden aus Weizen zu sich zu nehmen versuchten, die man ihnen auf ihre Teller gefüllt hatte.

»Pasta«, antwortete die Frau auf Konrads Frage, was er da zu sich nahm.

»Die Muslime nennen es Itryah«, wusste Marco Ray zu berichten, »und es ist bei ihnen sehr beliebt.«

Konrad verzog ein wenig das Gesicht. Durfte ihm etwas schmecken, was ebenfalls den Gaumen dieser *Ungläubigen* erfreute? Isenhart bemerkte das Zögern des Freundes und interpretierte es richtig. Er entlockte ihm ein leichtes Lächeln, als Konrads leerer Magen diese Glaubensfrage binnen weniger Augenblicke beantwortete und der junge Laurin sich den Bauch vollschlug.

Freilich mit jener christlichen Schuld im Nacken, konstatierte Isenhart, die bereits den Neugeborenen die Erbsünde in die Wiege legte. Die einem Wesen, das soeben das Licht der Welt erblickt hatte, als Erstes ein schlechtes Gewissen für Taten antrug, die es nie begangen hatte.

»Was bedeutet Itryah?«, fragte Konrad.

Ihr Gastgeber deutete ein Achselzucken an.

»Vielleicht bedeutet es *in dünne Streifen geschnittener Fladen*«, scherzte Konrad und brachte damit vor allem die Kinder zum Lachen. Er konnte nicht ahnen, dass er damit den Nagel auf den Kopf getroffen hatte.

Isenhart sollte noch oft an diesen Abend zurückdenken.

Wie Isenhart schon in Milano zu bedenken gegeben hatte und was von Marco Ray und Konrad geflissentlich übergangen wurde – Konrad wollte endlich zurück nach Heiligster, Signor Ray war viel zu ungeduldig, um den Winter abzuwarten –, war an eine Überquerung der Alpen zu dieser Jahreszeit nicht zu denken.

Als sie Birizona erreichten, waren die Pässe bereits von Schneemassen blockiert. Da Isenhart und Konrad ihrem Begleiter von ihren Strapazen auf dem Herweg berichteten und die Einwohner Birizonas Signor Ray versicherten, er ginge in den sicheren Tod, wenn er sich nicht bis zum Frühjahr gedulde, fügte dieser sich schließlich in das Unvermeidliche.

Vier Monate verbrachten sie in dem kleinen Ort.

Signor Ray unterwies Isenhart in einem Spiel, von dem dieser schon einmal gehört hatte: Schach. Das Spiel der Könige. Nach drei Tagen gewann Isenhart das erste Mal gegen Marco Ray, der Isenharts unerwarteten Erfolg mit einem jovialen Lächeln quittierte.

»Sehr gut«, sagte er nach seiner zweiten Niederlage, »ich war ein wenig unachtsam.«

Ab dem zehnten Tag gewann Signor Ray kein Spiel mehr gegen den schmalen Burschen mit der schnellen Auffassungsgabe. Und nach zwei Wochen verlor er ganz die Lust.

Zudem fiel Konrad erst den beiden und dann ganz Birizona auf die Nerven, indem er bei jeder sich bietenden Gelegenheit *alles in Butter* sagte.

So war es für alle ein Aufatmen, als sie am 13. März 1197 endlich aus Birizona aufbrechen konnten.

Erst im Blick zurück wird offenbar, wer den Verlauf unseres Lebens bestimmt hat, der freie Wille oder der Zufall.

Walther von Ascisberg hatte das gesagt, und das Lächeln, das seine Worte begleitete, hatte zweierlei Väter: Belustigung und tief empfundene Demut. Während man sich im Glauben befand, Herr seines Lebens und seiner Entscheidungen zu sein, erlangte man erst mit dem Abstand zu seinem früheren Selbst zu der Erkenntnis, dass der freie Wille lediglich in jenem engen Raum agierte, den der Zufall ihm überlassen hatte.

Isenhart mochte das damals nicht glauben, es gab noch nicht allzu viele Lebensjahre, die er einem analytischen Blick unterziehen konnte. Außerdem lehrte Walther sie seine Überzeugung, als Isenhart sich nach Anna verzehrte. Zu einer Zeit also, da er sich unsterblich wähnte, zu wissen meinte, wie die Welt funktioniert, und davon überzeugt war, dass Gott und sein freier Wille sein Schicksal bestimmten und nicht eine diffuse Aneinanderreihung von Zufällen.

Aber als er mit Marco Ray und Konrad auf der Hälfte der Strecke den Vogelberg hinter sich ließ, begriff er die Wahrheit von Walthers Sentenz. Möglicherweise – und Isenhart meinte ein *sehr wahrscheinliches* Möglicherweise – hätte er sie nie begriffen. Hätte den Sinn hinter den Zeichnungen seines Vaters nie erkannt. Wenn ihm nicht ein Zufall – ein höchst unwahrscheinlicher – in die Hände gespielt hätte.

Die Schneeflocken umtanzten ihn und seine beiden Begleiter, der Frost hatte ihre Haare, die unter den Decken vorlugten, weiß gefärbt. Weiße Brauen, weiße Bärte. Sie wirkten auf den ersten Blick wie drei alte Männer mit jungen Augen.

In dieser Kälte, die ihnen beim Einatmen wie ein metallischer Schmerz in die Nasen fuhr, mitten in dieser menschenfeindlichen Landschaft begriff Isenhart etwas von der unerhörten Fragilität des Seins.

Denn an ihrem ersten Abend in Milano hatte sich jener Zufall ereignet, der die entscheidende Wendung einläutete.

Sie waren nach dem Essen auf die Tür zu der Kammer zugeschritten, in der sie nächtigen sollten, Konrad voran, als Isenhart aus den Augenwinkeln sah, wie zwei der vielen Kinder in ihre Holzbecher grinsten.

Konrad trat in den Raum und erschrak. In der Kammer befand sich bereits ein Mann, der sie gerade zu verlassen gedachte, als Konrad eintrat. Um ein Haar stießen sie zusammen, aber beide waren geistesgegenwärtig genug und zuckten im entscheidenden Augenblick rechtzeitig zurück.

Der Mann, dessen Gesicht Konrad im Dunkel kaum erkannte, war kräftig, das ließ seine Statur ahnen. Und er war genauso groß wie er.

Marco Rays Kinder konnten nicht länger an sich halten, sie prusteten los. Und das genau in dem Moment, in dem zu dem Mann in der Kammer ein zweiter trat. Kleiner, schmaler. Konrads Verblüffung war perfekt, zumal neben ihm jemand erstarrte. Und der zweite Mann neben seinem Gegenüber ebenfalls.

Es war Isenhart. »Wir spiegeln uns«, stellte er erstaunt fest.

Marco Ray sprang vom Tisch auf, und wie eine Traube von Ratten, die ungestört in der Dunkelheit ihren Verrichtungen nachgingen und plötzlich vom Licht überrascht wurden, schossen die Kinder lachend auseinander. Sie tauchten unter dem Tisch weg, drückten sich durch einen Spalt in einen anderen Raum oder gaben einfach Fersengeld.

Fluchend schnappte ihr Vater sich eine der beiden Öllampen, mit deren Hilfe er die Kammer erhellte. Direkt hinter der geöffneten Tür hatten Rays Kinder einen mannshohen metallenen Spiegel aufgestellt.

»Ich habe es ihnen hundert Mal gesagt«, schnaubte Signor Ray, »dieser Spiegel ist unglaublich teuer. Wenn Ihr mit anfassen würdet?« Er legte die Hände an die eine Seite des Spiegels, um ihn in Sicherheit zu bringen.

»Augenblick«, sagte Konrad und wandte dabei nicht die Augen von seinem Spiegelbild. Er trat – wie Isenhart auch – näher an die reflektierende Glasfläche. Die beiden betrachteten intensiv ihr eigenes Konterfei.

Konrad fuhr sich über die Narbe am Auge. »Ich dachte, die ist viel größer«, stellte er mit einer Spur Enttäuschung fest.

Isenhart schwenkte den Kopf erst leicht nach links, dann nach rechts, wobei er seine Halbprofile einer aufmerksamen Musterung unterzog.

»Ihr tut gerade so, als würdet Ihr Euch zum ersten Mal anschauen«, sagte Signor Ray, die Wut über den Schabernack seiner Kinder lag noch in seiner Stimme.

Isenhart musste nur den Blick heben, um diese Vermutung zu bestätigen. Selbstverständlich hatten sie sich schon betrachtet, im Blech eines Eimers, im Schimmer der Klinge eines Schwertes, in Wasser, das ihr Ebenbild zurückwarf.

Aber so hatten sie sich wahrhaftig noch nie gesehen. Klar und plastisch, scharf und detailliert.

»Ich hab abstehende Ohren«, bekannte Konrad.

»Weil Vater Hieronymus immer dran gezogen hat«, ärgerte Isenhart ihn.

»Wir haben es dir immer verheimlicht«, revanchierte Konrad sich, »aber jetzt siehst du ja selbst, was für eine große Nase du hast.«

Später hätte Isenhart nicht zu sagen gewusst, ob er – vor die Wahl gestellt – sein gespiegeltes Bildnis hätte sehen wollen oder nicht. Als Signor Ray den Spiegel aber unbeabsichtigt etwas verrückte und sie beide, um ihr Abbild nicht aus den Augen zu verlieren, folgen mussten, änderte sich auch der Hintergrund. Schräg über ihnen hatte jemand ein großes Stück groben Leinens an der Decke vertäut.

Isenhart wandte sich vom Spiegel ab und nahm das, was er wiederzuerkennen glaubte, in direkten Augenschein. »Was ist das?«, fragte er.

Signor Ray folgte seinem Blick. »Ein Knoten«, antwortete er.

»Ich weiß«, erwiderte Isenhart, dem es nicht gelang, die aufkeimende Aufregung aus seiner Stimme zu bannen, »das ist ein besonderer Knoten. Habt Ihr ihn gefertigt?«

Marco Ray deutete ein Kopfschütteln an: »Mein Schwiegervater.

Er hat auf einer Galeere gedient. Es ist ein Seemannsknoten. Die Leute nennen ihn Augspleiß.«

»Augspleiß«, hatte Isenhart ebenso leise wie feierlich wiederholt.

Dieses war der Zufall, an den Isenhart denken musste, als sie den höchsten Punkt der Alpen mithilfe der widerspenstigen Maultiere, die den Karren mit den Butterfässern zogen, überquert hatten.

Hätten die Kinder an diesem Abend den Spiegel nicht aufgestellt, wäre Isenhart der Knoten überhaupt nicht aufgefallen, ja, er hätte sich nicht nach seinem Namen erkundigt. Zu dem Zufall gesellte sich der Umstand, dass Signor Ray den Spiegel verschob und der Augspleiß erst dadurch in Isenharts Gesichtsfeld geriet. Ansonsten – hier galt es abermals – hätte er ihn nicht bemerkt.

Aber all dies war nur das Ende einer Kette von Zufällen.

Hätte er Walther von Ascisberg nicht bedrängt, dieser hätte ihn womöglich nie über seine Identität aufgeklärt, er wäre also nie nach Toledo aufgebrochen. Aber nur deshalb hatte Isenhart Genova erreicht, wo der Zufall es wollte, dass sie auf Andrea Centurión trafen, und der noch viel größere Zufall führte sie just auf ihrem Rückweg erneut mit ihm zusammen. Und wäre auch das nicht vorgefallen, sie hätten niemals Marco Ray in Milano aufgesucht.

Vielleicht, überlegte er, verbarg sich hinter dieser Abfolge von Zufällen das Angesicht der göttlichen Fügung.

Wie auch immer: Den Augspleiß hatte er schon einmal gesehen. In einer solchen Schlinge hatte sich Michael von Bremen erhängt.

29.

Auf dem Weg zurück nach Heiligster passierten sie Tutenhoven. Isenhart überzeugte Konrad, eine kurze Rast einzulegen, um mit Walther das auszutauschen, was unaufschiebbar anmutete – dass Sydal Isenhart eine Botschaft hinterlassen hatte und wie es um Henning stand –, und dann nach Hause zu reiten, damit Konrad endlich sein Kind in die Arme schließen konnte.

Von Süden kommend erreichten sie zunächst jene Stelle, die Walther aufsuchte, wenn er nicht von Cecilia gestört werden wollte. Die drei Tannen deuteten mit ihren Spitzen in Ptolemäus' Kosmos. An diesem Platz studierte der alte Mann den Almagest.

»Da ist ein Kreuz«, stellte Konrad fest. Isenhart folgte seinem Blick und entdeckte das schlichte Symbol nun ebenfalls.

Henning ist tot.

Das schoss ihm als Erstes durch den Kopf. Die verwandte Seele, auf die er endlich gestoßen war, wider Erwarten und gegen jede Wahrscheinlichkeit, er hatte sie wieder verloren in ihrer beider Streben, die gegebenen Grenzen zu überwinden.

Ein kurzes Brennen huschte über seine Wangen, als Isenhart sich den Hoffnungsschimmer vergegenwärtigte, der für den Bruchteil eines Moments sein Herz durchzog, nämlich auf dem Holzkreuz möge Cecilias Name stehen und nicht Hennings.

Aber auf dem Kreuz las er keinen der beiden Namen. Die Inschrift lautete: *Walther von Ascisberg, 1130–1197.*

Isenhart stieg ebenso wie Konrad vom Pferd und trat an das Grab heran. Einige Augenblicke lang war er unfähig, auch nur einen einzigen Gedanken zu fassen. Danach erhob sich aus dem Gefühl des unsagbaren Verlustes eine Beklemmung, die ihm den Brustkorb zusammenpresste. Er ging vor dem Kreuz auf die Knie, die Tränen liefen ihm übers Gesicht.

Wann immer Isenhart sich mit einem Problem konfrontiert gesehen hatte, an dem seine Ratio scheiterte, ganz gleich ob konkreter oder hypothetischer Natur, hatte es stets jemanden gegeben, an den er sich wenden konnte.

Für alle Probleme des Lebens hatte Walther von Ascisberg den sicheren Hafen gebildet, in den Isenhart jederzeit einlaufen und anlegen durfte. Er gab ihm die Antworten, die er selbst nicht fand, hatte die Lösungen parat, die er selbst zu erschließen nicht imstande war. Falls Isenhart also jemals an einen Punkt gelangte, an dem er sich nicht mehr zu helfen wusste, musste er sich nur auf den Weg nach Tutenhoven machen. Das, wie Isenhart an dessen letzter Ruhestätte erfasste, war es, was Walthers Wesen ausgemacht hatte: *Er war nie um eine Antwort verlegen. Gegenüber niemandem.*

Walther von Ascisberg hatte stets seine Hand über Isenhart gehalten. Das untote Kind stand unter seinem Schutz. Das Tor zu diesem Refugium war dem untoten Kind nun für den Rest seines Lebens verschlossen. Ab jetzt war Isenhart gänzlich auf sich alleine gestellt.

Dies war, Sophia hatte es treffend ausgedrückt, das Ende der Kindheit.

Einige Herzschläge später spürte er die große Hand des jungen Laurin auf seiner Schulter. Konrad sprach kein Wort, die Hand bewegte sich nicht, sie war ganz ruhig und versicherte Isenhart lediglich der Anwesenheit des Freundes.

»Es ist das Ende der Kindheit«, hatte Sophia auf Isenharts Frage geantwortet. Er hatte damals zwei Jahre in Heiligster verstreichen lassen, bevor er es wagte, sie auf den Tod ihrer Eltern anzusprechen. Es hatte bis zum Mittag des 10. Juni 1198 gedauert, bis Isenhart auch diese Erfahrung mit Sophia teilte. Der Tag, an dem *seine* Kindheit endete.

»Sie haben ihn unweit der Stadtmauer gefunden«, sagte Zolner mit zitterndem Unterkiefer, nachdem sie Tutenhoven erreicht hatten. Dieses war die heftigste Gefühlsregung, die Konrad je an dem Mann beobachtet hatte.

»Man hat ihm den Schädel eingeschlagen«, fügte Zolner hinzu, »den Schädel eingeschlagen und ihn neben einem Abwassergraben verenden lassen wie einen Hund.«

»Wann?«, fragte Isenhart, dem es alle Kraft abverlangte, seine Stimme nicht brechen zu lassen.

Zolner hob den Blick, er wollte etwas erwidern, wurde aber von einem unterdrückten Schluchzen abgelenkt. Es war Cecilia, die im Schatten des Vordachs Tränen auf ihren riesigen Busen vergoss. »Mitte April«, antwortete er dann.

»Anderthalb Monate nur«, kam es schleppend und kaum vernehmbar über Isenharts Lippen, »wären wir nur sechs Wochen früher hier gewesen.«

Er hatte angenommen, dass ihn der Grad des Schmerzes, den er bei Annas Verlust erlitten hatte, nur noch zweimal im Leben ereilen konnte – sollten Konrad und Sophia eher als er selbst zum Herrn befohlen werden. Trotz der Intensität des Schmerzes hatte diese Sicht der Gegebenheiten eine gewisse Überschaubarkeit garantiert. Er wusste, was eines Tages anstehen würde, er war vorbereitet.

Das galt auch für Walther von Ascisberg, den er schätzte, achtete, bisweilen bewundert hatte und für den er trotz ihrer Differenzen kurz vor Isenharts Aufbruch nach Toledo stets eine tiefe Zuneigung empfunden hatte. Ein unverbrüchliches Band. Denn obwohl Chlodio ihm zu essen und trinken gegeben und ihn gezüchtigt hatte, obschon Hieronymus ihm das Lesen und Schreiben gelehrt hatte, war es doch letztlich von Ascisberg, der das Feuer in ihm erkannt, geschürt und gefördert hatte, ja, Walther von Ascisberg war es, der ihn erzogen hatte. In jener wohl austarierten Mischung aus Sorgfalt, Unnachgiebigkeit, Weitsicht und Humor, wie ein Schüler sie sich nur wünschen konnte. Oder ein Sohn.

Und falls Isenhart nicht durch schwere Krankheit, einen Unfall oder durch eine Auseinandersetzung im Zuge seiner Tätigkeit als Wachmann ums Leben kam, würde Walther als Erster von ihnen vor ihren Schöpfer treten. Über diesen Umstand hatte bei Isenhart sehr früh Klarheit geherrscht, er hatte ihn bereits betrauert, als er an der Seite seines Mentors den Rückweg vom Wasserrad antrat.

Aber die Gewissheit, Walther werde ins Paradies übergehen, wo sie sich alsbald treffen würden – in Anbetracht des Alters eines Sterns war ihre Lebensspanne nicht mal ein Augenzwinkern –, vermittelte ihm Trost. Damals. Als das Paradies noch sicher war.

Nach Annas Tod wurde der Trost des Gläubigen durch den der Ratio verdrängt. Sollte es kein Wiedersehen geben, dann blieb wenigstens noch die Zeit des Abschieds. Isenhart war fest entschlossen gewesen, alles, was noch zu sagen war, zur Sprache zu bringen. Er empfand es als seine Pflicht, Walther auf diesem letzten Gang ein fürsorglicher Begleiter zu sein.

Beides blieb ihm versagt. Kein Abschied, keine Gespräche, keine im Augenblick des Todes gehaltene Hand.

Walther von Ascisberg war einfach aus dem Leben gerissen worden. Aus seinem eigenen und dem Isenharts. Und *darauf* war er nicht vorbereitet gewesen.

Zolner war untröstlich. Immer wieder hatte er Walther von Ascisberg beschworen, sich nicht ohne Begleitung auf den Weg nach Spira zu machen.

»Oha, eine Meile. Und das bei Tageslicht«, hatte der alte Herr gespottet, »was macht es wohl für einen Eindruck, wenn du neben mir herreitest? Alle Welt müsste annehmen, ich sei ein alter, gebrechlicher Mann!«

Zolner hatte es nicht übers Herz gebracht, ihm zu bedeuten, dass er genau das war. Ein alter, gebrechlicher Mann. Ein heller Geist, sicher, aber einer, dem Arthrose und nachlassende Sehkraft immer engere Zügel anlegten. Ein Mann, dessen Würde durch unauffällige, hilfreiche Handgriffe eines geschickten Dieners um keinen Fingerbreit geschmälert worden wäre.

Aber Walther war eben Walther, er ritt alleine und verbat sich jede Sorge um seine Person. »Der Herr ist allwissend und allmächtig, Zolner«, hatte er gesagt, als er Tutenhoven das letzte Mal verließ, »mein Schicksal liegt ohnehin in seiner Hand.«

Isenhart wurde schwer ums Herz, als Zolner ihnen davon berichtete, denn Walther von Ascisberg war keineswegs so unbekümmert gewesen, wie er Zolner glauben machen wollte.

Der Glaube an ein Schicksal ist der Glaube daran, im Leben nichts ausrichten zu können. Es führt dazu, dass kluge und kräftige Männer die Hände in den Schoß legen, statt Kopf und Herz in die Waagschale zu werfen.

Walther war bei diesen Worten in der Burg Laurin wütend auf und ab geschritten. Seiner Miene nach zu urteilen, fasste er den Glauben an das Schicksal, an den vorherbestimmten Weg der Dinge, als persönliche Beleidigung auf.

»Aber Gott ist doch allwissend und allmächtig«, wandte Konrad ein, er mochte damals dreizehn Jahre alt gewesen sein, vielleicht vierzehn, der trotzige Zug um seinen Mund, der später so typisch und fast dominierend für seine Physiognomie werden sollte, deutete sich hier bereits an.

»So«, fragte Walther von Ascisberg mit hochgezogener Braue, »ist das so? Allmächtig *und* allwissend? Ist er beides?« Dabei legte von Ascisberg jenes Lächeln an den Tag, das ihnen zuzuflüstern schien, das Gesagte besser nicht einfach hinzunehmen. In den Augen seines Lehrers las Isenhart die Hoffnung, nahezu das Flehen, einer von ihnen möge sich als würdig erweisen.

»Aber Vater Hieronymus sagt, der Schöpfer ist allmächtig und allwissend«, erwiderte Konrad und rief mit seinen Worten bei Walther ein nachsichtiges Lächeln hervor.

»Ich gebe euch einen Hinweis«, sagte er, »es ist weniger eine Frage des Glaubens als vielmehr eine der Logik.«

Dieser Rat motivierte Isenhart. Und binnen eines Flügelschlags offenbarte sich ihm die Lösung, als hätte sie sich schon immer verkapselt in seinem Kopf befunden, wo sie ungeduldig darauf wartete, endlich entdeckt zu werden.

»Nein, der Herrgott kann nicht beides sein«, antwortete er schnell, »jedenfalls nicht zugleich, was er aber sein müsste, weil beide Eigenschaften ewig sind.«

Walther nickte: »Richtig. Aber *warum?*«

»Wenn er allwissend ist, weiß er alles. Also weiß er auch, auf welche Art er einmal ins Weltengeschehen eingreifen wird.«

»So weit, so gut«, ermunterte Walther von Ascisberg ihn.

»In dem Moment, in dem er dann etwas verändert, kann Gott nicht mehr anders handeln, als er es vorausgesehen hat, sonst wäre er nicht allwissend. Aber ein Gott, der nicht zu jedem Zeitpunkt so handeln kann, wie es ihm beliebt, ist nicht allmächtig. Also kann er nur allwissend *oder* allmächtig sein, nicht beides zugleich, da das eine jeweils das andere ausschließt.«

Konrads Züge nahmen jenen Ausdruck des Erstaunens an, zu dem er sich noch sehr oft bemüßigt fühlen würde.

Isenhart erinnerte sich sehr genau an diesen Tag. Wenn Walther also bei seiner Abreise gesagt hatte, sein Schicksal liege ohnehin in den Händen des allwissenden und allmächtigen Schöpfers, so war das eine Lüge gewesen, deren einziger Sinn darin bestanden hatte, Zolners Sorge um das Wohlergehen seines Herrn den Boden zu entziehen.

»Wie geht es Henning?«, fragte Konrad und verjagte damit Isenharts Erinnerungen. Der sah vorsichtig zu Zolner auf, ganz so, als könne er, falls er den Blick nur recht behutsam hob, den möglichen Tod des Freundes ungeschehen machen.

»Oh, ihm geht es außerordentlich gut«, antwortete Zolner, der sich die ganze Zeit am Kopf kratzte, von dem hin und wieder ein Pulk schwarzer Punkte aufsprang, um erneut in seinem Haar zu verschwinden, »ich meine, gemessen daran, dass er schon fast in des Schnitters Hand war. Er ist gesundet, er kann laufen. Nicht mehr so unbeschwert wie früher, aber …« Er schüttelte den Kopf.

Konrad und Isenhart merkten auf. »Aber?«, hakte Konrad von Laurin nach.

Tränen schossen in die Augen von Walthers loyalem Diener. »Es ist ein Wunder, was mein Herr und Hennings Vater vollbracht haben. Ein Wunder. Es gibt keine andere Erklärung.«

Der göttliche Funke.

Isenhart atmete schwer aus, er hatte unbewusst die Luft angehalten, das Atmen ausgesetzt, bis Zolners Worte ihn erlösten. Henning lebte!

Eine Woche, nachdem man Walthers Leichnam nach Tutenhoven überführt und ihn beigesetzt hatte, war Henning hier erschienen, wie sie von Zolner erfuhren.

»Er hat sich oft nach dir erkundigt«, merkte Zolner an und sah dabei zu Isenhart.

Günther von der Braake war erkrankt, dennoch hatten er und sein Sohn vorgehabt, der Bitte eines Adligen zu folgen, eines gewissen Engelhard II. von Weinsberg, der im Dienste der Staufer eine Burg nahe Helibrunna unterhielt, die diese wiederum 1140 von den Welfen erobert hatten. Woran der Nobile litt und weshalb er nach einem Medicus schicken ließ, all dies war Zolner nicht bekannt.

»Der Mörder«, nahm Konrad erneut den Faden auf, »hat man ihn gerichtet?«

Zolner schüttelte den Kopf: »Niemand hat die Tat bezeugt. Der Mörder ist unbekannt.« Seine Augen wanderten zu Isenhart. »Was soll jetzt mit Tutenhoven geschehen?«, fragte er.

»Ich weiß nicht«, bekannte Isenhart, »ich denke, es wäre Walther von Ascisbergs Wille gewesen, wenn du die Geschicke des Gehöfts leitest. Mit Cecilias Unterstützung.«

Aber Zolner schüttelte kurz und kräftig seinen Kopf und zog ein Pergament hervor, das er an seiner Brust getragen hatte. Ein säuerlicher Geruch umwehte die Urkunde, die Zolner ihm hinhielt. »*Du* bist der neue Herr. Tutenhoven gehört dir, Isenhart.«

Wenn man bedachte, dass er als ein mittelloser, toter Bastard geboren worden war, hatte Isenhart sich mit der Erbschaft Tutenhovens um ein Vielfaches verbessert. Mit einem einzigen Schlag war er vermögender als ein Konrad von Laurin, dessen Adelstitel sich auf eine Burg gründete, die er nicht einmal betreten durfte. Plötzlich zählte Isenhart qua seinem Besitz zum niederen Adel.

Das manifestierte sich zuallererst in Zolners Wechsel von der zweiten Person Singular zur zweiten Person Plural. »Ihr könnt Euch jetzt nach weltlichem Recht und mit Gottes Segen und auch dem Segen der Heiligen Kirche Isenhart von Tutenhoven nennen.«

Dieser Titel stand Isenhart in der Tat aufgrund seines neuen, umfangreichen Besitzes zu.

»Ich glaube, Walther von Ascisberg befindet sich jetzt an einem Ort, von dem aus er uns sehen kann und auch hören«, antwortete Isenhart ruhig, und tatsächlich hoben Konrad, Zolner und Cecilia, die Zeigefinger und Daumen auf die Nasenflügel presste und noch einmal schniefte, die Blicke gen Himmel, »und ich glaube außerdem, dass er großes Verständnis dafür hätte, wenn ich mich nach meinen Wurzeln benenne: Isenhart von … Laurin.«

Zolner tat nicht einmal so, als würde er für diesen groben Undank Verständnis aufbringen. Es kursierten ohnehin ein paar merkwürdige Geschichten über diesen jungen Mann. Für Zolner zählte es zu den ganz großen Rätseln der Schöpfung, welchen Narren sein verstorbener Herr an ihm gefressen hatte.

Aber der junge Mann war nun der neue Herr. An diesem Faktum gab es nichts zu rütteln. Leider, wie Zolner in Gedanken hinzufügte, wobei er sich dessen bewusst wurde, dass Walther von Ascisberg viel schlauer und weiser war als er selbst und die Wahl seines Erben mit Bedacht und Weitsicht auf Isenhart gefallen war. Zolner wollte diesen letzten Willen seines Herrn beherzigen und Isenhart eine Chance einräumen. Isenhart *von Tutenhoven.*

Genau dieser Erbe nahm ihn jetzt ins Visier. »Gab es einen besonderen Grund für Walthers Ritt nach Spira?«

»Es ging wohl um einen Mord.«

»Einen Mord?«, fragte Konrad.

Zolner nickte: »Um einen Mord an einem jungen Mönch. Vater Hieronymus hatte ihm davon berichtet. Nun, das war nichts Außergewöhnliches, aber als mein Herr erfuhr, dass man dem Novizen die Augäpfel entnommen hatte, wollte er unbedingt aufbrechen.«

Isenhart und Konrad presste sich das identische Bild in den Kopf, der Anblick des getöteten Kreuzfahrers, von dessen Kopf der Gänsegeier aufgestiegen war. Die leeren Höhlen, die einen anstarrten.

»Wie das? Wie soll er morden können?«, fragte Konrad von Laurin fassungslos, »Michael von Bremen ist tot.«

Er und Isenhart hatten es sich unter den drei Tannen bequem gemacht, sie saßen im Gras, Walters letzte Ruhestätte in Sichtweite.

Isenhart nickte: »Ich bin mir nicht sicher. Fest steht aber, dass Walther von Ascisberg den Weg nach Spira deswegen auf sich genommen hat.«

»Was nicht besonders weit ist.«

»Ein Mann in seinem Alter bewegt sich nicht ohne gewichtigen Grund.«

Konrad seufzte. Es galt also, Isenhart mit seinen eigenen Waffen zu schlagen. »Du hast damals von einem Muster gesprochen. Von den Ähnlichkeiten unter den Opfern. Dass sie allesamt Jungfrauen waren. Was der ermordete Mönch in Spira wohl nur schwerlich gewesen sein konnte.«

Isenhart war im Begriff, zu einer Erwiderung anzusetzen, als er sich selbst Einhalt gebot. Konrad war ihm um die halbe Erde gefolgt, es war an der Zeit, ihn endlich nach Hause gehen zu lassen. Zu Frau und Kind, so Gott wollte. Daher nickte er: »Das stimmt. Du hast recht, Konrad.«

Der junge Laurin war völlig perplex. Er war es gewohnt, dass das Ende einer Debatte zwischen ihnen durch Isenharts letzte Replik gebildet wurde. Sein Bauchgefühl ließ ihn stutzig werden. »Du lenkst nicht etwa ein, damit ich endlich zu meiner Frau und meinem Kind gehen kann?«

»Keineswegs.«

»Dann ist es gut«, sagte Konrad beruhigt.

Sie kamen überein, dass Isenhart vorerst in Tutenhoven verweilen würde, um hier alles Weitere und Nötige im Sinne von Walther von Ascisberg zu veranlassen. Konrad indessen sollte sich nach Heiligster aufmachen.

»Willst du es nicht lesen?«, fragte Konrad von Laurin. Er deutete mit einer knappen Kopfbewegung auf die Pergamentrolle, die Isenhart von Zolner überreicht bekommen hatte und die nun neben ihm im Gras lag, umschwirrt von emsigen Insekten.

»Später«, vertröstete Isenhart ihn. Er erwähnte nichts von seinem Wunsch, mit Walthers Zeilen alleine sein zu wollen. Er hoffte einfach, Konrad würde auch so verstehen, und er irrte nicht.

Am späten Nachmittag saß Konrad von Laurin auf, Isenhart begleitete ihn bis zur Wegbiegung. Dort hielten sie inne, um einander zu mustern.

»Ich denke, du weißt es längst«, ergriff Isenhart das Wort, »aber Gewissheiten sind selten, und wenn wir mal einer habhaft werden, dann sind sie nie von Dauer. Deshalb möchte ich es dir sagen. Diese Reise nach Toledo, zur Puente …«

»Sag es nicht«, unterbrach der junge Laurin ihn, »ausgesprochen erscheint das edelste Gefühl profan.«

»Du siehst mich erstaunt.«

»Nicht meine Worte«, grinste Konrad, »Baba hat das gesagt.«

»Ein Maure, Konrad«, tadelte Isenhart ihn mit einem spielerischen Lächeln.

»Auch ein Maure kann über einen guten Gedanken straucheln. Wenn die Beine eines Moslems auch sonst zu nichts gut sind.«

Die Schlagfertigkeit seines Freundes überraschte Isenhart nun tatsächlich. Sie tauschten einen langen, offenen Blick.

»Ich habe nie vergessen, wer mir am Todestag meiner Eltern das Leben gerettet hat«, sagte Konrad dann, »aber das war nicht der Grund, weshalb ich mit nach Toledo gekommen bin.«

»Sondern?«

»Ich wollte, dass du uns nicht verloren gehst.«

Konrad von Laurin wartete die Reaktion Isenharts gar nicht mehr ab, er trabte einfach los, entfernte sich ohne ein weiteres Wort, ohne sich umzuschauen, einfach eine Gestalt auf einem Pferd, die langsam kleiner wurde.

Isenhart sah ihm noch nach, als Konrad aus seinem Blickfeld verschwunden war. Erst dann machte er auf dem Absatz kehrt und ging zurück zum Gehöft. Was es nun zu klären galt, duldete keinen Aufschub.

30.

D*ieses Mal verhält es sich andersherum.*

So begann die Nachricht, die Walther von Ascisberg Isenhart hinterlassen hatte. Er hatte sie nicht auf Latein geschrieben, sondern auf Deutsch. Die Schriftzeichen waren klar, die Tinte verschwamm nur wenig in den feinen, gepressten Verästelungen des Pergaments.

Üblicherweise hat der Lehrer schon jenen Pfad betreten, über den er seinen Schüler führt. An dem Ort aber, an dem ich jetzt bin, warst du vor mir.

Isenhart war, als höre er mit jedem Wort, das er las, Walthers Stimme. Und erst jetzt, im Nachhall, bemerkte er, dass sich die Stimme seines Mentors im Alter nicht verändert hatte. Sie war nicht ins Knorrige oder Heisere umgeschlagen. Ebenso wie seine Augen, die zwar in ein feines Netz aus Falten eingebettet gewesen waren, hatte sich Walthers Stimme ihre jugendliche Frische bewahrt.

Isenharts Augen schweiften zum oberen Rand: *Im Jahre des Herrn 1197.* Walther hatte diese Schrift also während ihrer Abwesenheit verfasst.

Ich weiß nicht, ob Dein Vater noch am Leben ist. Ich habe gehört, er sei in Konstantinopel gewesen und Aleppo. Und natürlich in der Puente. Wie du sicher in der Puente erfahren hast, habe ich ihn nicht getötet. Nichtsdestotrotz verfolgte ich ihn zu genau jenem Zwecke. Und auch, wenn ich es letztlich nicht tun konnte, so ist es doch eine Wahrheit. Nur eine, die nie in die Tat umgesetzt wurde.

Nicht tun *konnte?* Was meinte er damit? Isenhart strich sich mit einer unbewussten Handbewegung über den Kopf. Cecilia und Zolner hatten ihn in einen Bottich verfrachtet, ihm die Haare geschnitten und ihn rasiert. Die Haare waren so verfilzt gewesen, dass

Zolner das Messer einen Daumen breit über der Kopfhaut hatte ansetzen müssen. Zumindest behauptete er das, wobei er unangemessen belustigt dreinschaute.

Die Haarstoppeln riefen ein leichtes Kitzeln auf Isenharts Handinnenfläche hervor, als er über seinen Schädel strich. Er lag auf der Bettstatt, die Walther von Ascisberg sich in seiner Arbeitskammer eingerichtet hatte. Das Leinen darauf roch noch immer nach ihm.

In keines Menschen Leben habe ich mehr eingegriffen als in Deines. Es geschah nicht, um Dich zu lenken und von außen zu bestimmen. Ich tat es, um Dich vor Deinem Vater zu schützen. Und noch viel wichtiger: vor seinen Gedanken. Sowohl Dein Vater als auch ich haben Dir nach Deiner Geburt etwas von unserer Seele eingehaucht. Ich war mir nicht sicher, zu welcher Seite Du tendieren würdest. Also habe ich das Meinige in die Waagschale geworfen, damit Du zumindest gewappnet bist, wenn Du seinen Gedanken das erste Mal begegnest.

Denn Sydal von Friedberg und seine Denkgebäude üben einen verführerischen Reiz aus, und man muss in sich ruhen, um diesem standzuhalten. Er kann den Geist anderer in Brand setzen. Das macht seine Gefährlichkeit aus. Daher beschloss ich, er könne am wenigsten anrichten, wenn er tot ist.

Aber als ich ihn stellte, habe ich es nicht über mich gebracht, diesen Zugewinn für die Welt – den er neben seinen verachtenswerten Taten zweifellos darstellte – auszulöschen. Er gab mir sein Wort, nie wieder zu töten, den Fuß nicht auf deutschen Boden zu setzen und Dich niemals aufzusuchen. Danach ließ ich ihn gehen. Dein Vater wusste, dass er für alle, die im Heiligen Römischen Reich je mit ihm in Kontakt gestanden hatten, als ein toter Mann gelten würde. Nur dadurch konnte die Gefahr, die von ihm ausgeht, gebannt werden. Sydal von Friedberg ist wie der Krebs. Er wuchert und wächst, und wenn man ihn nicht herausschneidet, dann befällt er gesundes Gewebe und schließlich den gesamten Organismus.

Ich hoffe, Du kannst mir diese Täuschung, die ich zu Deinem Guten betrieben habe, nachsehen.

Damit endete die erste Seite von Walthers Nachricht. Isenhart legte das Blatt neben sich, nachdenklich ließ er seinen Blick durch die Kammer schweifen, bis er auf dem Beryll zum Stillstand kam. Ja, Walther hatte ihn belogen, aber nicht aus Niedertracht, sondern aus Fürsorge. Es fiel Isenhart nicht schwer, ihm zu verzeihen. Aber er fragte sich, in welchen Bahnen sein Leben verlaufen wäre, wenn sein leiblicher Vater ihn aufgezogen hätte. Wer er dann heute wäre. Aus welchem Stoff sein Wesen bestünde. Die Frage hinter all diesen Erwägungen lautete: *Was wäre, wenn?* Und sie, das wusste Isenhart, weil er bereits bei anderen Gelegenheiten lange genug darüber gegrübelt hatte, war dazu angetan, einen direkt in den Wahnsinn zu treiben.

Also sammelte er seine Gedanken wieder und bändigte sie, indem er das zweite Blatt vor seine Augen hob.

Tutenhoven und all mein Hab und Gut sollen in Deinen Besitz übergehen. Falls Du die Dienste von Zolner und Cecilia nicht länger in Anspruch nehmen willst, erweise mir den Gefallen und entlasse sie großzügig.

Ich danke dem Herrn, dass unsere Lebenswege sich gekreuzt haben und für eine gewisse Spanne nebeneinander verlaufen sind. Ich wurde nie Vater, aber ich habe jetzt eine Ahnung, wie es ist, einer zu sein.

Möge der Schöpfer über Dich wachen, Dich schützen und Dir ein langes Leben und einen kurzen Tod bescheren.

Damit endete Walthers Brief.

Isenhart löschte das Licht der Talgkerze und schlang sich das Leinen um den Leib. Er atmete noch einmal den Geruch Walther von Ascisbergs, wollte ihm noch einmal nahe sein, ihn ein letztes Mal in die Arme schließen.

Der Morgentau hing in den Gräsern und auf den Blättern.

Isenhart hatte bei Sonnenaufgang die kleine Anhöhe bestiegen und warf von dort einen Blick auf das Land, das er nun sein Eigen nennen durfte. Er kniete vor der letzten Ruhestätte seines Mentors und übergab ihm den Heiligen Christophorus, indem er das Medaillon an die rechte Seite des Kreuzes hängte.

Auch am Grab war der Tau allgegenwärtig. In der Gestalt birnenförmiger Tropfen hing er am Kreuz und an den feinen Strängen des Netzes, das eine emsige Spinne in dem Winkel gewebt hatte, den das Längs- und das Querstück des Kreuzes bildete.

Das Wunder des Lebens, dachte Isenhart. Nichts hielt inne, weil ein geliebter Mensch von der Erde verschwunden war, nichts erstarrte voller Ehrfurcht. Alles nahm seinen gewohnten Gang; die Natur, die Schöpfung kümmerte es nicht. Walther von Ascisberg war nicht mehr, und sie war. Das war der entscheidende Unterschied.

Bevor er aufgebrochen war, hatte er die Notizen seines ermordeten Lehrmeisters in der Hoffnung durchsucht, etwas möge ihm einen Hinweis auf dessen Mörder geben. *Anagramm,* das war das letzte Wort, auf das Isenhart in den Niederschriften seines Mentors gestoßen war. *Anagramm.*

Er wusste sehr wohl, dass man es als Anagramm bezeichnete, wenn jemand aus den Lettern eines Wortes ein anderes bildete, aus *Bier* das Wort *Brei,* aus *Donner Norden* und aus *Norden* wiederum *Dornen.* Doch dieses Wissen half Isenhart nicht, weil er das Wort nicht kannte, in dem Walther von Ascisberg ein Anagramm entdeckt haben wollte.

Er atmete einmal tief durch und erhob sich. Er wagte den Blick mitten in die aufgehende Sonne, bis die Helligkeit des Gestirns erst einen stechenden Schmerz und dann ein pulsierendes Gebilde auf seinem Auge hinterließ.

Dieses Gebilde würde an Kontur und Intensität verlieren, eine Weile nachglühen und dann ganz verschwinden. Ebenso würde es ihm mit Walthers Antlitz ergehen. Schon jetzt, nach seiner Reise nach Toledo, konnte er nicht mehr jedes Detail von Walthers Erscheinung aus seinem Gedächtnis abrufen.

Das Phänomen des Verblassens der Bilder von Toten war für Isenhart nicht neu, er hatte es bereits mit Bestürzung nach Annas Verlust erfahren. Später hatte er sich einmal mit Walther von Ascisberg darüber unterhalten, der ihm versicherte, dass dabei keine Fehlleistung seines Geistes vorlag, es sich vielmehr um einen ganz normalen Vorgang handelte. Einem, dem möglicherweise die Güte des Herrn innewohnte.

So wurden die Umrisse vage, die Konturen flossen aus ihren Bahnen und gaben den Inhalten keinen Halt mehr, sie ergossen sich über die Ränder, und über alles legte sich Nebel.

Und wenn all jene, die Walther von Ascisberg persönlich gekannt hatten, ebenfalls vor ihren Schöpfer getreten waren, würde jede konkrete Erinnerung an ihn ausgelöscht sein, es wäre, als hätte er nie gewirkt, als hätte das Gedächtnis der Welt entschieden, ihn nicht länger beherbergen zu müssen, da er nichts mehr auszurichten vermochte und in diesem Sinne wertlos geworden war.

Isenhart durchfuhr ein Schauer ob dieses Gedankens, der eines Tages auch ihm gelten würde. Er warf einen letzten Blick auf das Grab, bevor er die Anhöhe hinabstieg und Zolner bat, das Gehöft in seinem Namen zu führen, solange er unterwegs war.

Am frühen Vormittag machte sich Isenhart auf den Weg nach Heiligster.

Er war überzeugt davon, dass Michael von Bremen nicht Annas, Ketlins und Liliths Mörder gewesen war. Und er glaubte auch nicht an den zufälligen Tod seines Mentors. Der Mann, der vermutlich auch den Mönch und Walther von Ascisberg auf dem Gewissen hatte, befand sich höchstwahrscheinlich noch auf freiem Fuß.

Isenhart erinnerte sich an Konrads Worte über das Muster, dem die bisher Ermordeten entsprachen. Jungfrauen, denen das Herz geraubt worden war. Der ermordete Mönch, sein Name war Jobst gewesen, fügte sich scheinbar nicht ein. Er war ein Mann, und ihm fehlten die Augäpfel, nicht das Herz.

Dessen ungeachtet bildete Jobst aus der Nähe betrachtet die logische Fortsetzung der Opferkette. Denn nachdem den Klerikern bereits 306 nach Christi in der Synode von Elvira die Enthaltsamkeit auferlegt worden war, der 1139 auf dem Zweiten Lateranischen Konzil der Zölibat folgte, also das Verbot der Ehe oder des Lebens an der Seite einer Konkubine – der Bischof von Passau wäre um ein

Haar vom tobenden Klerus gelyncht worden –, waren Geistliche *rein*.

Die Reinheit hatten Ibn Al-Hariq und Sydal von Friedberg als das Kriterium der Wertigkeit festgelegt – diese Aussage Ibn Khamuds hallte in Isenharts Kopf nach.

Je reiner die Seele, desto wertvoller.

Das Geschlecht spielte für den Täter jedoch keine Rolle. Zudem vermuteten die Gelehrten in der Puente den Sitz der Seele hinter den Augen und nicht mehr im Herzen – worauf die fehlenden Augäpfel verwiesen. Und Jobsts Mönchstum garantierte Unbeflecktheit.

Während ihrer Zeit in Heiligster hatten sich in Spira diverse Totschläge und Morde ereignet. Kein einziger aber hatte es vermocht, das Interesse von Walther von Ascisberg zu wecken, geschweige denn, sich deshalb nach Spira zu begeben.

Für den ermordeten Mönch aber hatte er die Mühsal auf sich genommen, die ein Ritt von Tutenhoven nach Spira für einen 67-jährigen Mann bedeutete. In diesem Alter, in dem Bewegung zwangsläufig mit Schmerzen verbunden war, konnten nur höchste Dringlichkeit und unaufschiebbare Notwendigkeit Grund für von Ascisbergs Reise gewesen sein.

Isenhart fand sich nicht in der Lage, es zu beweisen, aber er war sich sicher, dass sein Lehrer Jobst, den Mönch, als ein Opfer des mehrfachen Mörders angesehen hatte. Mehr noch: Sein Mentor hatte der Mordserie ein Ende bereiten wollen.

Allzu gerne hätte Isenhart sich in all diesen Punkten der Ratschläge Ibn Khamuds und des Basars versichert, aber die Antworten würde ihn anderthalb Jahre Reisezeit kosten. Vielleicht würde die Verständigung auf Distanz durch kluge Erfindungen eines Tages weniger Zeit in Anspruch nehmen. Doch darauf konnte Isenhart natürlich nicht warten.

Und das musste er auch nicht.

Es gibt nichts Zwingenderes als die Logik.

Die Logik nahm ihm diese Wege ab. Dies und Isenharts Eingebung, die Vorgänge mit den Augen des Mörders zu betrachten, führte ihn näher zur Quelle. Beide Faktoren grenzten die Anzahl der möglichen Täter auf eine kleine Gruppe ein. Denn die Schlussfolgerung seiner Überlegungen lautete: Der Mörder musste Walther von Ascisberg gekannt haben.

In Gedanken begab sich Isenhart in der Gestalt des Täters nach Spira, er beobachtete Jobst, den Mönch, denn er nahm an, dass der Mörder niemals im Affekt zuschlug, dagegen sprach die Intelligenz, die er bei seinen bisherigen Taten an den Tag gelegt hatte. Affekt bedeutete Risiko. Und ein Risiko einzugehen, obwohl es vermeidbar war, blieb den schlichteren Gemütern vorbehalten.

Er verfolgte Jobst den Tag über, vielleicht richtete er sogar unter einem Vorwand das Wort an ihn, hörte ihn sprechen, vergewisserte sich des Tones seiner Stimme. Ganz bestimmt warf er einen Blick in die Augen des Mönchs, die er ihm später entnehmen würde.

Isenhart spürte die Allmacht, die der Mörder empfunden haben musste. Dem Opfer gegenüberzustehen, es nach dem Weg oder einer anderen Belanglosigkeit zu fragen und – im Gegensatz zu ihm – zu wissen, dass es die wertvollsten Stunden seines Lebens vor sich hatte, nämlich seine letzten.

Nachts, auf dem Rückweg nach Tutenhoven, erschlug er ihn. Nein, er tötete ihn mit einem einzigen Stich in den Hinterkopf. Isenhart sah in seinen Gedanken, wie der schlaffe, junge Körper des Mönchs tot aufs Pflaster aufschlug. Wie er, der Mörder, sich auf ihn schwang, als werfe er sich auf ein junges Pferd, das durchzugehen drohte, und ihm sogleich die scharfe Klinge an den Lidern ansetzte. Schnell musste es nun gehen, denn die Seele befand sich auf dem Sprung. Sie galt es rechtzeitig abzupassen. Mit zügiger Sorgfalt durchtrennte der Seelensammler das Gewebe und hob die Augäpfel aus ihren Höhlen, mit einem letzten Schnitt durch die Faser des Sehnervs trennte er sie vom restlichen Körper und bahnte Jobsts unbefleckter Seele den Weg.

Ein Gefühl des Glücks und eine Art göttlichen Schutzes dürfte er daraufhin empfunden haben, denn Gott hätte ihm jederzeit Einhalt gebieten und ihn in ewige Verdammnis stürzen können. Doch beides blieb aus – war dieses nicht ein Zeichen dafür, dass die Taten des

Seelensammlers gottgefällig waren? Riefen sie, da ungesühnt und unverhindert, gar die Verzückung des Schöpfers hervor? Erntete der Mörder Gottes Wohlgefallen?

Isenhart wusste diese Frage nicht zu beantworten. Aber da der Schöpfer die Taten nicht verhindert und auch nicht gesühnt hatte, musste der Täter sich in seinem Handeln bestätigt fühlen. Bestätigt und womöglich angestachelt zu neuen Taten.

Gott hat den Fuchs geschaffen und den Hasen, hatte Walther von Ascisberg einmal gesagt. *Und uns nicht wissen lassen, für wen von beiden sein Herz schlägt.*

Walther, der dann in Spira aufgetaucht sein musste. Dem der Mord an Jobst keine Ruhe gelassen, der die Zeichen begriffen hatte. Reinheit und Mönch, Seele und Augen.

Aus der Perspektive des Täters, die Isenhart noch immer einzunehmen sich bemühte, während er sich Heiligster näherte, war dieser Mord eine bewusste Täuschung. Warum sollte er nach all den Jahren, in denen seine Opfer einander geglichen hatten, die Wahl der Unglückseligen, die seine Neugier mit ihrem Leben bezahlten, geändert haben?

Die Entnahme der Augäpfel statt des Herzens war dem neuesten Stand der Forschung geschuldet. Dass die Wahl aber statt auf eine weitere Jungfrau auf einen Mönch gefallen war, konnte kein Zufall sein.

Ein Täter, der sich unverfolgt und unentdeckt wähnt, schloss Isenhart, hat keinerlei Veranlassung, sich auf einen neuen Opfertyp einzustellen. Es hätte für Annas Mörder also überhaupt keine Notwendigkeit bestanden, sich von Jungfrauen auf Mönche zu verlegen – außer er wusste, dass man ihm auf den Fersen war.

Mit dem Freitod Michael von Bremens hatte diese über Jahre andauernde Mordserie endlich ein Ende gefunden. Der Mörder war gefasst, seine Taten waren gesühnt, zukünftige Opfer geschützt.

Scheinbar.

Denn in Jobst hatte er eine neue Seelenquelle gefunden, die niemand mit den Morden an den Jungfrauen in Verbindung bringen würde. Keiner seiner Jäger könnte bei der Nachricht des ermordeten Mönches Argwohn im Herzen tragen. Niemand wäre in der Lage, eine Verbindung zwischen der Tötungsserie und Jobst herzustellen.

Nur ein höchst wacher Geist. Nur einer, der über das Abstraktionsvermögen verfügte, Jungfräulichkeit und Enthaltsamkeit in diesem Sinnzusammenhang zur Deckung zu bringen, *und* der um den neuen Sitz der Seele wusste.

Derer gab es nicht viele.

Das Wagnis seiner Entdeckung war verschwindend gering. Es war nicht mehr als ein Stutzen Walthers, der den Tratsch zweier Weiber bei der Ernte auffing, den ein günstiger Sommerwind an sein rechtes Ohr trug, aus dem feine, silberne Härchen sprossen. Ein Tratsch über einen Mönch, über gestohlene Augäpfel – die Weiber bogen die Rücken unter wohligen Schauern –, der das Ohr Walthers in Schwingungen versetzte. Und direkt danach sein Kombinationsvermögen.

Gegen jede Unwahrscheinlichkeit begriff er in der Zeitspanne, die eine Ähre benötigte, um sich wieder aufzurichten, dass das Morden noch kein Ende genommen hatte. Dass der Seelensammler sich tarnte und hoffte, seine Taten unerkannt fortsetzen zu können.

Isenhart saß ab und führte sein Pferd zum Rhein, um es zu tränken. Die Sonne spiegelte sich auf der Wasseroberfläche, die Reflexionen ließen helle Flecken über Steine, Laub und Gräser flitzen und vibrieren.

Er setzte sich auf einen warmen Stein.

Während die Wachleute in Spira die Ermordung des Mönches für die abscheuliche Tat eines Wahnsinnigen halten mussten, die die offiziellen Nachforschungen in die falsche Richtung lockten, konnte der Täter sich in Sicherheit wiegen. Doch dann erschien Walther von Ascisberg in der Stadt. Er stellte Fragen, mit hoher Wahrscheinlichkeit begutachtete er auch den Leichnam, falls der noch nicht verscharrt worden war. Für den Außenstehenden war er ein alter, klappriger Kauz. Ein neugieriger Greis. Wer ihn nicht kannte, musste ihn als ungefährlich einstufen, dachte Isenhart. Was sollte der Seelensammler denn von einem neugierigen Alten befürchten? Nichts. Der gebrechliche Mann stellte keine Gefahr dar – es sei denn, der Mörder wusste, mit wem er es zu tun hatte.

Der Täter, der Walther von Ascisberg bekannt war, musste unfraglich seiner Entlarvung entgegensehen, die es unter allen Umständen zu verhindern galt. Vierteilung oder Rädern, was auch immer bevorstand, es brachte dem Täter mit Gewissheit den Tod.

Also, schloss Isenhart, während seine Augen stumpfsinnig auf die glitzernde Wasseroberfläche des Flusses gerichtet waren, geriet der Seelensammler unter Zugzwang – diesen Begriff entlehnte er aus dem Spiel der Könige, das Marco Ray ihn gelehrt hatte. Der Mörder musste handeln. Kaum hatte Walther von Ascisberg die Stadtmauern Spiras hinter sich gebracht, schlug er zu.

Und es sprach dabei nicht nur für seine Kaltblütigkeit und Intelligenz, dass er den Alten erschlug, es kündete Isenhart auch von der Disziplin des Mörders, die ihn an der Entnahme der Augen hinderte. Nur zu gerne hätte der Mörder sicherlich einen Blick auf die Seele dieses gebildeten Mannes geworfen. Ein Schatz möglicherweise, ein Schatz, dessen Anblick er sich versagte.

Die Art und Weise des Mordes an Jobst sollte jene, die ihm auf den Fersen gewesen waren, in ihrem Glauben, mit von Bremens Tod sei die Serie beendet, nicht aufschrecken. Die Tötung Walthers mit einem Stich ins Hirn, eine Methode, die der Seelensammler mittlerweile mit erschreckender Präzision beherrschte, kam nicht zur Anwendung. Er wollte seine Spuren verwischen.

Die Brise trug Wärme über den Rhein, die Sonnenstrahlen glitten über Unterarme, Hände und Gesicht, dennoch fröstelte Isenhart, als seine Gedanken ihm die Erkenntnis zutrugen, dass der Mörder nicht nur Walther von Ascisberg gekannt haben musste – sondern auch ihn. Nur wenn der Seelensammler Isenhart nahe war, nur dann ergab es Sinn, den Mord an Walther von Ascisberg als den zufälligen Raubmord einiger finsterer Gesellen erscheinen zu lassen.

Die Mordmethode war im Sinne einer Täuschung gewählt worden. Und bei oberflächlicher Betrachtung hätte der Seelensammler sein Ziel auch erreicht. Hätten seine Spuren ins Nichts geführt.

Aber Isenhart ließ sich nicht täuschen. Nicht ein drittes Mal.

31.

Ein schwarzes Rauschen durchfuhr die Luft und erschreckte Isenhart. Doch nur kurz, denn das kehlige Krächzen des Kolkraben, der auf seiner Schulter landete, ließ seine Muskeln umgehend entspannen. Gweg musterte ihn aus seinen dunkelbraunen Augen.

Mit seinen Krallen wanderte er nur ein paar Fingerbreit hin und her, dann liebkoste er mit seinem Schnabel Isenharts Ohr. Es dauerte nur wenige Augenblicke, bis Dolph, immer noch kleiner als sein Vater, was von Unnabas grazilem Körperbau herzurühren schien, sich auf der anderen Schulter niederließ.

Sie rochen nach Aas, aber das stieß Isenhart nicht ab, denn sie waren nun mal Allesfresser, und wenn er an die Reise dachte, die er mit Konrad hinter sich gebracht hatte, dann hatten Regenwürmer, Käfer, Blindschleichen, Spinnen und andere Insekten nicht nur ihren Weg gekreuzt, sondern auch ihren Speiseplan bereichert. Und wer wusste, ob Kolkraben nicht auch Ekel zu empfinden in der Lage waren?

Sie passierten die Trauerweide, an deren Stamm sich Walther und Konrad vor Jahren über die Möglichkeiten unterhalten hatten, wie an Wilbrand von Mulenbrunnen Rache geübt werden konnte.

Und nun waren sie beide nicht mehr, Wilbrand und auch Walther nicht.

Isenhart stoppte. Vor ihm lag Heiligster. Das Haupt- und das Nebengebäude. Die Scheune und der Kanal, den er angelegt hatte. Ein helles Lachen erhob sich und drang bis zu ihm hinauf. Es stammte von Marie. Sie stand vor dem Nebengebäude und sah dabei zu, wie Konrad mit seinem Sohn, dessen ängstliches Quäken ebenfalls bis zur Trauerweide schallte, im Kanal badete.

»Alles in Butter, Sigimund«, hörte Isenhart.

Da wurde ihm warm ums Herz, und doch spürte er die Lücke in Heiligster, die er im ersten Moment nicht zu benennen wusste. Bis sein Blick auf den Hühnerstall fiel, der unbewohnt war.

»Henrick und Ursel haben sich auf den Weg über die Seidenstraße gemacht«, berichtete Marie. Sie hatte in der Schwangerschaft etwas zugelegt. Hieronymus, der langsam ergraute, nickte. Er war mit seiner Kleidung etwas nachlässig geworden, Mottenlöcher bildeten ein interessantes Muster auf seinem Rücken.

»Cochins«, vermutete Isenhart.

Sie saßen vor dem Nebengebäude und aßen frischen Fisch, während Konrad sich mit seinem Sohn beschäftigte. Er trug ihn an eine Stelle, setzte ihn dort ab und lief fünf Pferdelängen weg, wo er in die Hocke ging und seinen Sprössling anstrahlte. »Komm her, du Knirps!«, rief er ihm zu.

Und prompt watschelte der kleine Sigimund auf seinen Vater zu. Wenn einer der Kolkraben dabei zu knapp an ihm vorbeiflatterte und ihn erschreckte, beruhigte Konrad ihn: »Alles in Butter. Die tun dir nichts.«

»Ja«, ging Vater Hieronymus auf Isenharts Vermutung ein, »sie gingen im Frühjahr.«

Er schüttelte leicht den Kopf, in seinem Blick lag Betrübnis, die Isenhart teilte. Henrick war nicht sein Bruder, aber die gemeinsame Kindheit wog letztlich schwerer als die Information, mit der Chlodio ihn vor seinem Tod konfrontiert hatte.

Die Cochins stammten aus China, wenn Alexander von Westheim sie nicht belogen hatte. Isenhart hatte keine Vorstellung davon, wie entsetzlich weit der Weg bis dorthin war, mit Sicherheit aber ein Vielfaches der Strecke nach Toledo. Etwas, da war er sich sicher, was Henrick nicht wusste.

»Er hat immer Dusel gehabt«, sagte Marie zuversichtlich. Sie hatte erfasst, dass Isenhart und Hieronymus sich stumm um das Schicksal der beiden sorgten.

Tatsächlich brachte Marie Isenhart zum Schmunzeln. Henrick

hatte die Kindheit unter Chlodio überlebt, sich erfolgreich um die Arbeit am Ofen gedrückt, er hatte den Kampf um die Burg und ihre Flucht nach Heiligster ohne den kleinsten Kratzer hinter sich gebracht. Er musste wahrlich keine Furcht vor der Seidenstraße haben, sprach Isenhart sich selbst Zuversicht zu.

Gweg landete auf seiner Schulter. »Amen.«

Seit seiner Rückkehr wich ihm der Vogel kaum von der Seite, im Grunde wechselte er ständig zwischen Konrad – der inzwischen auch stoppelkurze Haare trug – und ihm.

»Sieht aus, als hätte er euch vermisst«, stellte Marie fest.

Isenhart nickte. Tatsächlich aber erinnerte Gweg sich vor allem an die gemeinsamen Jagdausflüge mit den beiden Männern, die meist zu einem erklecklichen Mahl geführt hatten. Und die er gerne wieder aufnehmen würde, denn er war zwar in der Lage, zusammen mit Dolph einem Wildschwein mit kleinen Wettbewerben – etwa, wer von beiden länger auf dem Rücken eines Ebers zu reiten vermochte – auf die Nerven zu fallen; erlegen konnte er es indessen nicht.

Marie musterte Isenhart von der Seite. »Nun weißt du, wie es uns hier ergangen ist. Hieronymus und mir. Und den Raben. Henrick und Ursel. Vater, hab ich jemanden vergessen?«

Hieronymus begriff das kleine Spiel, das Marie mit Isenhart trieb. Langsam senkten und hoben sich seine Augenlider einmal, bevor er antwortete: »Gab es da nicht jemanden mit roten Haaren?«

»Rote Haare?«, fragte Marie.

»Ja«, fuhr der Geistliche fort, »und grüne Augen.«

»Doch, Ihr habt recht. Ich komme bloß nicht auf den Namen.«

»Er endete auf ›a‹.«

»Schon gut«, schaltete Isenhart sich ein, »ich habe Sophia nicht vergessen. Behandelt Reimar von Vogt sie gut? Ist sie glücklich an seiner Seite?«

Er sprach schneller, wenn von Sophia die Rede war, wie er soeben bemerkte, seiner Stimme, die unbefangen klingen sollte, wohnte ein verräterisches Zittern inne. Isenhart hoffte inständig, es möge den beiden verborgen bleiben.

»Nein«, antwortete Hieronymus, und sein Strahlen wurde nur noch von dem stummen Jubilieren seiner Augen übertroffen, »nein. Und auch ja. Du hast zwei Fragen gestellt.«

Isenhart sah beunruhigt zu Marie. Als er das Mitleid in ihrem Blick las, das nicht ihm, sondern Sophia galt, erwuchs aus der Beunruhigung Sorge. »Was ist mit ihr?«, platzte es ungeduldig aus ihm heraus.

»Reimar von Vogt hat sie nicht zum Weib genommen«, ließ Hieronymus ihn mit unverhohlener Freude wissen, »Sophia von Laurin ist die Braut eines viel edleren Herrn geworden.«

Obwohl Isenhart nicht stand, versagten ihm die Beine, er sackte in sich zusammen, als er ermaß, wovon Vater Hieronymus sprach. Ihm erschloss sich der Sinn des Gesagten, bevor er von Marie in Worte gekleidet wurde.

»Sophia ist jetzt die Braut Christi, Isenhart.«

»Ich will niemals so werden wie Ennlin.«

Das hatte Sophia von Laurin gesagt. Im Jahre des Herrn 1187, es war ein schwüler Tag, die Wolken hingen schwer und dunkel über den Feldern. Die Luft war stickig, das Vieh unruhig. Den Arbeitern auf dem Feld stand der Schweiß auf der Stirn. Alles wartete auf die Entladung der allgegenwärtigen Spannung. Die Trockenheit der letzten Tage hatte der Erde jede Feuchtigkeit entzogen, der Boden war hart und brüchig.

Bis sich ein sintflutartiges Donnerwetter über sie ergoss. Isenhart war auf dem Feld den anderen zur Hand gegangen, während Anna und Sophia Kräuter sammelten.

Vor dem Platzregen fliehend stürzte Isenhart, ihm platzte die Unterlippe bei dem Zusammenstoß mit einem Ast auf. Er erspähte zum ersten Mal den Zugang zu einer Art Höhle.

Die anderen waren weitergerannt, Chlodio und Henrick und andere aus dem Gesinde.

Die Neugier lenkte seine Schritte in die Höhle, die sich als der verlassene Überrest einer früheren Behausung entpuppte. Mit Moos bewachsene Mauern aus Sandstein. Das Erdreich hatte die

Decke nach unten gewölbt, Isenhart musste auf die Knie gehen. Und – er mochte es kaum zugeben – es kroch ihm auch ein Schauer den Rücken hinauf. Was, wenn hier Geister wohnten? Geister von Verblichenen? Wenn ihm gar ein Untoter begegnete? Man hatte ihm schreckliche Geschichten über Untote erzählt.

Doch viel weiter drang er mit seinen Gedanken nicht vor, weil er ein unterdrücktes Lachen vernahm. Isenhart erstarrte, denn an der Tonlage des Lachens erkannte er Anna von Laurin. Anna, die sich in den letzten Wochen auf unerklärliche Weise verändert hatte. Eine Verwandlung, die ihm unbegreiflich war, weil er die Faszination, die sie seit Kurzem auf ihn ausübte, nicht fassen konnte.

Im Nebenraum der Ruine erhaschte Isenhart eine Bewegung. Er beugte sich vor. Tatsächlich entdeckte er Anna und Sophia, die ebenfalls Schutz vor dem Platzregen gesucht hatten, der sich draußen in unverminderter Heftigkeit ergoss. Soeben wollte er das Wort an sie richten, als Anna sich unvermittelt ihr Kleid über den Kopf zog und splitternackt dort stand. Mit ihren Händen begann sie ihre Kleider auszuwringen.

Sophia folgte dem Beispiel ihrer Schwester. Und wenn Isenhart bisher die Ursache für Annas Verwandlung verborgen geblieben war, präsentierte sie sich hier in aller Anschaulichkeit. Sophia war ein Mädchen, ein Kind. Ihrer Schwester hingegen waren feine Brüste entsprungen, ihr Becken war breiter geworden, Flaum bedeckte ihre Scham.

Isenhart, der noch vor einer Viertelstunde wie ein Verdurstender aus dem Bach getrunken hatte, nahm lediglich am Rande seine staubtrockene Kehle wahr. Viel deutlicher spürte er eine Erektion, die so intensiv war, dass sie von ihm zunehmend als Schmerz wahrgenommen wurde – schaurig schön, aber dennoch unangenehm.

Was also sollte er zu diesem Zeitpunkt noch tun? Sich anstandsvoll räuspern und mit jener unübersehbaren Ausdehnung in Schritthöhe vor zwei hüllenlose Fürstentöchter treten? Und über das Wetter plaudern? Wohl kaum.

Daher verharrte er in seiner Position, warf einen letzten Blick auf Anna und ihre Brüste, bevor er sich aus dem Sichtfeld schob –

Eintrittswinkel gleich Austrittswinkel, ein Grundsatz der Optik, wie Walther von Ascisberg sie am gestrigen Nachmittag gelehrt hatte, weswegen sein heimlicher Blick jederzeit von Anna von Laurin hätte erwidert werden können; welch eine Schmach, wenn sie ihn entdeckt hätte! – und er daher nur mehr Zeuge der Worte der Schwestern wurde. Isenhart lauschte ihnen bei geschlossenen Augen, weil er annahm, Annas Bild so länger bewahren zu können.

»Ich will niemals so werden wie Ennlin«, wiederholte Sophia.

»Hast du von ihr geträumt?«, hörte er Anna fragen. Offensichtlich schenkte sie dem wirren Zeug, das ihre jüngere Schwester, dieser kleine Trampel, hin und wieder von sich gab, ernstliche Beachtung.

Anscheinend wich Sophia einer Antwort aus.

»Hast du etwas von Ennlin geträumt?«

»Nein, ich habe sie besucht.«

»Und?«

»Und sie ist jetzt eine Inkluse.«

Stille.

»Nein.« Das war Annas Stimme, und das Entsetzen darin war echt.

Isenhart rief sich ins Gedächtnis, was er von Ennlin von Grundauf wusste. Sie war Dolphs ältere Schwester und bis zu ihrem zwölften Lebensjahr ein echter Sonnenschein. Vorwitzig und blitzgescheit, selbstbewusst und von geradezu unheimlicher Schönheit.

Ihr Äußeres ließ gestandene Männer in die Knie gehen und peinliche Lyrik zu Pergament bringen oder schlicht sinnloses Gestammel über ihre Lippen plätschern lassen. Sie war das größte Pfund des Hauses von Grundauf, ihr Vater Maximilian plante mit Ennlins Verheiratung in die Dynastie der Staufer vordringen zu können, jenem Geschlecht, das die Geschicke des Heiligen Römischen Reiches bestimmte.

Sigimund und seine Familie waren bei den von Grundaufs sehr geschätzt, obwohl dieser Fürst mit kleinem Land und wertvollen Weinbergen keinerlei Ambitionen zeigte, mit den Staufern, Saliern oder Welfen nähere Beziehungen einzugehen. Sigimund strebte nicht nach höheren Weihen, nach der Anerkennung des Adels, er war ein sehr genügsamer Mann, was dies betraf.

Eine Vermählung Ennlins mit Konrad wäre beispielsweise undenkbar gewesen. Es hätte den Status des Hauses von Grundauf keinen Deut verbessert.

Doch all die hochfliegenden Pläne Maximilians sollten alsbald auf dem harten, unnachsichtigen Grund der Wirklichkeit zerschellen. Zuerst tauchten punktuelle Hautrötungen in Ennlins Gesicht auf. Die Medici gaben sich das Türeisen in die Hand. Sie behandelten das arme Kind mit Kräutern, rieben Ennlins Gesicht mit Schnecken ein oder gestoßenem Blindschleichenmus, und selbstverständlich wurde sie auch kräftig zur Ader gelassen, als alle medizinischen Maßnahmen scheiterten und der Verlust der Schönheit ihren Lauf nahm.

Die Hautveränderungen ähnelten alsbald kleinen Verstümmelungen, wie sie von Bissen wilder Tiere herrührten. Den einzigen Ausweg schien ihnen der Prior eines nahe gelegenen Frauenklosters zu weisen, sein Name war Thiemo. Er nahm die Tochter Maximilians von Grundauf ins Gebet, was allerdings zu keiner Verbesserung ihres Zustandes führte.

»Ennlin muss schwer gesündigt haben«, stellte Vater Thiemo daher fest.

»Aber sie ist unberührt«, widersprach Maximilian von Grundauf vorsichtig.

Thiemo warf ihm einen langen Blick zu, in dem sich Überheblichkeit und Langeweile die Waage hielten. »Man kann sich auch im Geiste gegen Gott versündigen«, belehrte der Prior Maximilian daraufhin, »vielleicht hatte sie unkeusche Gedanken, ganz bestimmt sogar. Was aber ihre Stigmata nicht erklärt. Ich sehe nur eine Möglichkeit, dem armen Wesen zu helfen. Ennlin muss Jesu in die Arme schließen.«

Maximilian von Grundauf zögerte nicht lange. Ennlin war in politischer Hinsicht ein Stück totes Fleisch auf zwei Beinen. Daher blieb ihr ohnehin nur ein Leben als Nonne. Und vielleicht verzieh der Herrgott ihr die Sünden, die sie im Geiste begangen hatte. Vielleicht gingen die Entstellungen zurück, und er konnte sich mittels seiner Tochter eben zu einem späteren Zeitpunkt Zutritt zum Haus der einflussreichen Staufer erkaufen.

Also stimmte er zu, und noch am selben Tag nahm Thiemo das Mädchen in seine Obhut.

Schnell erlernte Ennlin von den älteren Nonnen ihre Aufgaben und Pflichten, das Beten der Horen und Psalmen und – man riet es ihr wegen der Strafe, die Gott ihr auferlegt hatte – die Kasteiung mit einem ledernen Riemen, der mit Nägeln durchsetzt war und befreiende Löcher auf ihrem Rücken hinterließ. Und Vater Thiemo lehrte sie in den Nachtstunden, dass manche göttliche Freude sich erst offenbarte, wenn man sie oft genug genossen hatte, so auch sein rektales und orales Eindringen, das darüber hinaus dazu angetan war, Ennlin vor einer Schwangerschaft zu bewahren.

Denn zum einen lagen unten in den Katakomben bereits genug winzige Skelette mit Frakturen in den Schädeln, zum anderen war der Prior sich sehr wohl seiner Pflicht bewusst, Maximilian von Grundauf eine Jungfrau zu übergeben, sofern Ennlin genesen sollte, was Thiemo selbstverständlich bezweifelte. Jeder Mensch, der noch alle Sinne beisammenhatte, konnte mit einem einzigen Blick feststellen, dass das Kind nicht mehr zu retten war.

Der Knochenfraß nahm ihrem Antlitz die Strukturen, es verzerrte sich wie ein Spiegelbild im See, in den jemand einen Kieselstein geworfen hatte.

Und natürlich war die Enthaltsamkeit kompletter Unsinn, wie Vater Thiemo für sich feststellte, eine Idealvorstellung, die an der Wirklichkeit scheitern musste, die lauter heimliche, gewaltvolle Übergriffe an Schwächeren mit sich brachte, so wie auch er selbst sich nahm, wonach es ihm gelüstete. Ansonsten hätte er Ennlin vor den Augen der Welt zu seiner Frau machen können, wenigstens zu seiner Konkubine. Er hätte sie nach Gutdünken und nach Strich und Faden fegeln können, statt diese unwürdige Heimlichtuerei praktizieren zu müssen, die schließlich auch dem Mädchen beständig signalisierte, etwas Unrechtes zu tun.

Von einer Ausnutzung seiner Machtstellung, fand Vater Thiemo, konnte man selbst als boshafter Mensch nicht sprechen. Denn er empfand Mitleid mit dem armen Ding, dem seine Sünden das Gesicht vernichteten. Deshalb schenkte er ihr manchmal etwas, gleich nachdem er sich erleichtert hatte, einen halben Apfel etwa oder ein gütiges Wort.

Anna und Sophia durften sie einmal besuchen. Ennlin trug das unscheinbare Leinen des Benediktinerordens, man hatte ihr die Haare geschoren, um den Läusen Einhalt zu gebieten.

Sophia hatte der frischgebackenen Nonne eine Wiesenblume mitgebracht, die Vater Thiemo umgehend an einen Esel verfütterte. »Schwester Ennlin soll sich nicht an so viel ungehöriger Buntheit ergötzen«, maßregelte er Sophia.

Abgesehen von den Entstellungen, die über ihre ehemals tadellose Haut wucherten, spürten die Schwestern Laurin eine dumpfe, uferlose Traurigkeit, die Ennlin ausstrahlte.

»Ist Vater Thiemo gut zu dir?«, fragte Sophia.

»Er ist der Antichrist«, wisperte Ennlin mit heiserer Stimme.

Die Überzeugung in ihrem Blick und in ihrer Stimme jagte den beiden Mädchen Schauer über den Rücken.

Plötzlich wurde ihre Miene weich. »Nehmt mich mit, bitte. Nehmt mich mit. Weg von hier. Dieser Ort ist die Verdammnis zu Lebzeiten.«

»Aber dein Vater …«, begann Anna.

»Weiß nichts von dem, was hier vor sich geht«, unterbrach Ennlin. Bittere Tränen waren über ihre verwachsene Miene gelaufen.

Isenhart, der sich immer noch bemühte, flach zu atmen, und auch sonst jeden Hinweis auf seine Anwesenheit vermied, erinnerte sich an diesen Besuchstag. Die Schwestern hatten Ennlin aus dem Kloster nach Hause bringen wollen, begegneten am Tor aber just Maximilian von Grundauf. Der zeigte sich unempfänglich für die Bitten seiner Tochter, schalt sie eine Lügnerin, als die die Verfehlungen von Vater Thiemo beim Namen nannte, und prügelte sie blutig, sodass Thiemo seine schützende Hand über Maximilians

Tochter halten musste, um sie vor ernsthaften Verletzungen zu bewahren. Kaum waren der leibliche Vater und die Freundinnen verschwunden, wusch er sie zärtlich, und in dieser Nacht verging er sich nicht an ihr – Vorfreude ist die schönste Freude.

Die Geschehnisse bescherten den Schwestern Laurin heftige Albträume. Sie tauschten sich nicht darüber aus, denn es war unnötig: Nie wieder, darüber herrschte Einvernehmen, würden sie Ennlin von Grundauf besuchen.

Aber dieser Vorsatz und der Schrecken der Albdrücke hielt bei Sophia nur vier Monate an. Dann suchte sie die Freundin, aus deren Augen der Witz und der Charme gefunkelt hatten, die von Mann und Frau so begehrt worden war – Anna und Sophia hatten immer so werden wollen wie sie –, erneut auf.

Zu ihrer Verwunderung führte eine Nonne sie aus dem Kloster hinaus, dessen Mauer in unregelmäßigen Abständen mit Auswölbungen versehen war. Außenräume, wie Sophia begriff, als sie sich näherten, um die man die Anlage im Nachhinein ergänzt hatte.

»Sie ist eine Inklusin geworden«, offenbarte die Nonne Sophia und erntete ein irritiertes Aufblicken. »Ennlin hat sich von den irdischen Versuchungen abgewandt, um in der Vereinigung mit unserem Herrgott zu leben«, erklärte die Nonne, was Sophia nicht als besonders erhellend empfand. Zumal ihr mit jedem Schritt auf eines der Inklusoria das Herz kleiner wurde.

Schließlich erreichten sie eine der gemauerten Auswölbungen, die über eine kleine Öffnung verfügte, zugehängt mit grauem Leinen. Ein Holznapf stand direkt vor der Öffnung auf einem steinernen Sims, Kotgeruch ging von ihm aus. Die Nonne, die Sophia hierhergeführt hatte, nahm das Behältnis, das für die Notdurft vorgesehen war, beiseite. Mit geübter Hand entleerte sie die Exkremente durch eine kurios schnelle Streckung ihres Handgelenks – exakt jene Bewegung, aus der Vater Hieronymus und auch Walther von Ascisberg die Wucht der Rohrstockhiebe bezogen, mit denen sich Lehrstoff nachhaltiger einzuprägen schickte.

Die Nonne klopfte mit dem Holzgefäß gegen die Mauer, bevor

sie das Behältnis wieder vor die Öffnung stellte, Sophia mit der rechten Hand – der guten – über das Haar fuhr und sie alleine ließ. Der Vorhang wurde zur Seite geschoben, eine dürre Hand nahm den Topf hinein.

»Ennlin«, flüsterte Sophia.

Die dürre Hand verharrte für einen Moment. Dann erschien das zerfressene Antlitz Ennlins in der kleinen Öffnung. Das, was einmal der Mund gewesen war, dehnte sich zu einem Lächeln. Und obwohl das Gesicht für den Betrachter einen monströsen Schock bedeutete, sah Sophia darin, vor allem in den Augen, ihre Freundin Ennlin.

»Sophia.«

Ennlins Stimme war voller Sanftmut und Liebe, beides rief auf Sophia von Laurins Gesicht ein Lächeln hervor, das allerdings sogleich von Sorge überschattet wurde. »Was ist passiert? Was hat man mit dir gemacht?«

»Ich habe dieses Leben für mich gewählt, Sophia. Es ist nichts, was ich nicht gewollt hätte. Tritt näher. Tritt näher und sieh selbst.«

Sie selbst nahm ein wenig Abstand von der Öffnung, die als Durchreiche für Notdurft, Speise und Trank diente und für jene Erzeugnisse, die Ennlin hier in der Gesellschaft mit sich selbst herstellte. Sophia gab sich einen Ruck und warf einen Blick durch die Öffnung in das, was man als *Klause* bezeichnete. Ein Quadrat von zwölf auf zwölf Fuß. Eine Matte am Boden. Ein paar Kräuter. Eine zweite Öffnung. Ansonsten kein Tageslicht, lediglich ein Andachtsbild Jesu Christi. Ein Riemen mit blutigen Nägeln lag neben der Ruhestatt, die aus einer Matte aus Stroh und einer Decke bestand. Sophia entdeckte keine Tür.

Erst, als sie einen Schritt zurücktrat, fiel ihr der Unterschied in der Färbung der Mauersteine direkt vor ihr auf. Dort, wo sich die Öffnung befand, hatte es zuvor einen mannshohen Durchlass gegeben.

Ennlin von Grundauf hatte sich für das Leben einer Inklusin entschieden und sich daher für den Rest ihres irdischen Daseins einmauern lassen, um ungestört von weltlichen Einflüssen ihren

Alltag mit Beten, Lesen, Kasteiung und Fasten zu verbringen, um dem Herrn Jesus Christus zu gefallen und sich der Aufnahme ins Paradies zu versichern.

Denn näher als die Inklusen konnte man dem Schöpfer nicht sein. Sie kreuzigten ihre Leidenschaften und Begierden, sie töteten den Körper ab und sie peinigten sich in einem fort. Selbstverständlich wäre das Heizen der Klausen ein sündhafter Luxus gewesen, weswegen Ennlin erst das linke Bein, zwei Winter später der rechte Arm zunächst erfrieren und dann verkrüppeln sollten.

Das wussten die Schwestern Laurin noch nicht, die in der Ruine Schutz vor dem Unwetter gesucht hatten und nicht ahnten, dass der junge Schmied sie belauschte.

Sophias Entsetzen, das sie nach dem Besuch der Freundin den ganzen Heimweg über begleitet hatte, traf Anna mit dem Schmerz, den ein unerwarteter Schlag in sich trägt. Ennlin und eine Inklusin! Ein größerer Gegensatz war für Anna gar nicht vorstellbar. »Hat sie den Verstand verloren?«, fragte sie bestürzt.

Sophia schüttelte den Kopf: »Es ist wegen Prior Thiemo, glaube ich. Weil er sie … *zu* gerne hat.«

»Ach so.« Anna nickte unwillkürlich. So ergab Ennlins Entscheidung wenigstens einen Sinn, nachdem ihr Vater ihren Nöten kein Gehör geschenkt hatte. Das Inklusorium mochte dem Außenstehenden als ein Verlies erschienen, für Ennlin von Grundauf war es ein Refugium. Die Mauern schützten sie vor den Übergriffen des Priors.

Sophia beendete die Schilderung der Einzelheiten ihres Besuches mit den Worten: »Ich will niemals so werden wie Ennlin. Ich will niemals eine Nonne sein.«

»Ich auch nicht«, platzte es aus Anna heraus, »niemals.«

»Niemals«, antwortete Sophia.

»Lass uns schwören«, flüsterte Anna.

»Dass wir niemals Nonnen werden?«, fragte Sophia.

»Ja. Und dass wir uns gegenseitig schützen.«

»Du lässt nicht zu, dass Vater mich ins Kloster schickt.«

»Und du nicht, dass er es mir auferlegt.«

»Nein.«

»Gut, dann lass uns schwören. Schwören beim Leben unserer Mutter.«

Und so hatten sie ihren Eid geschworen mit dem tiefen Ernst zweier Kinder, von dem eines der beiden gerade die kindliche Hülle abgestreift hatte wie eine zu enge Haut. Sie hatten feierlich gelobt, lieber in den Tod zu gehen, als eine Nonne zu werden.

Der schmale Pfad flog unter Isenhart dahin, er rannte zwischen den Bäumen und Sträuchern entlang zum Rhein. Es war der übliche Weg von Heiligster zum Fluss, immer am Kanal entlang. Er lief nicht, er hetzte, er stürzte vorwärts, als säße ihm der Teufel persönlich im Nacken.

Ohne das Tempo zu vermindern, warf er sich in den Rhein, schwamm gegen den Strom, seine Arme schossen vor, angewinkelt tauchten sie ein, in einem Kräfte verschleudernden Stakkato ließ er sie das Flusswasser durchpflügen, bis er ans gegenüberliegende Ufer gelangte.

Der Platz, an dem er mit Sophia gesessen hatte. Aber Isenhart hielt nicht inne, er sprintete weiter, lief durch feinen Sand, schlug sich ins Unterholz, wich Ästen und Zweigen aus und spürte endlich, wie seine Lunge zu brennen begann, wie Nadelstiche ihm in die Seiten fuhren. Doch er gestattete sich kein Nachgeben, nein, er erhöhte vielmehr seine Schrittzahl, er preschte voran, weiter und weiter, bis er den Knorrigen Alten erreichte und seine Beine schwungvoll bergan warf.

Isenhart stürmte hinauf, und wie er damals in der Nacht der Erstürmung der Burg Laurin an der Glems nach dem Sturz dem aufpeitschenden Schmerz in seinem Kniegelenk befohlen hatte, nicht zu sein, versagte er auch jetzt dem hämmernden Herz das Versagen und fegte die Versteinerung seiner Waden mit purer Willensanstrengung beiseite.

Vielleicht hätte Isenhart innegehalten, wenn ihm zu Bewusstsein gekommen wäre, dass in diesem Augenblick niemand auf Gottes

Erde existierte, der seinen Willen hätte brechen können. Niemand. Kein Mann, kein Heer, keine Idee.

Für diesen Moment war er der Herrscher der Welt, denn es gab nichts, dem er sich hätte beugen müssen. Nichts, dem er die Stirn zu bieten nicht in der Lage gewesen wäre. Auch seinem eigenen Schöpfer nicht.

Denn er scheute in diesem Augenblick den Tod nicht mehr. Keine Folge seines Handelns beeinträchtigte ihn, er war im wahrsten Sinne des Wortes frei. Er war es schon einmal gewesen, in der Nacht neben Annas Leichnam. Und er würde es noch einmal sein, noch einmal sich hingeben im alles entscheidenden Augenblick, der noch in der Zukunft lag.

Und als freier Mann erreichte er jenen Punkt, von dem aus er mit dem Nurflügler ins Nichts aufgebrochen war. Mit rasselndem Atem stoppte er auf der Kuppe des Knorrigen Alten ab.

»Was willst du noch?«, brüllte er mit sengender Lunge in die Wolken. »Was willst du mir noch nehmen?«, schrie er hinaus.

Der Wind zerrte an seinen Kleidern und Haaren.

»Ich weiche nicht! Hörst du? Ich weiche nicht!«

Zitternd wegen der Kraftanstrengung, die hinter ihm lag, starrte Isenhart in den Himmel.

Aber Gott zog es vor zu schweigen.

32.

Die Feste Weinsberg befand sich, man konnte es ahnen, auf dem Scheitelpunkt eines Berges, der sich bestens für den Weinanbau eignete. Nach allen Seiten fielen lange Reihen von Reben dem Tal und dem Betrachter entgegen.

1140 hatte der erste Stauferkönig Konrad III., dessen Haus mit dem der Welfen über die Herrschaft im Heiligen Römischen Reich über Kreuz lag, in der Schlacht von Weinsberg Herzog Welf VI. von Bayern eine empfindliche Niederlage bereitet. Die Verteidiger – den Herzog ausgeschlossen – erwartete der sichere Tod, als sie endlich kapitulierten.

Isenhart und Konrad kannten jedes Detail dieser Geschichte, denn der Großvater Zolners von Tutenhoven stand damals in den Diensten der Welfen.

Den Weibern gewährte Konrad III. den freien Abzug mit allem, was sie auf ihren Rücken zu tragen vermochten. Als die Tore sich daraufhin öffneten, bildete sich eine nicht enden wollende Linie von Frauen, die ächzend und keuchend ihre Männer bergab trugen. Der staufische König zögerte, ließ dann aber nicht attackieren.

Eine ritterliche Geste, die ihm auch Anerkennung aus dem feindlichen Lager zuteilwerden ließ. Und die Zolners Großvater das Leben geschenkt hatte.

Die Bauern der umliegenden Gehöfte lieferten gerade den Zehnten ihrer Erzeugnisse an die Ministerialfamilie, die die Staufer mit der Verwaltung des Schlosses betraut hatten, als Isenhart eintraf. Daher gelangte er unbehelligt in den Burghof, der jenen des Hauses Laurin in seiner Größe um das Doppelte übertraf.

Jung und Alt waren versammelt, häufig waren es die Frauen,

meist Töchter im gebärfähigen Alter, also zwölf oder dreizehn, die den Zehnten abtraten. Zum einen nutzten ihre Väter und Brüder die Zeit für die Arbeit, statt sich im Hof die Beine in den Bauch zu stehen, zum anderen täuschte ein kokettes Lächeln oder ein wohlgeübter Augenaufschlag womöglich über eine dürftige Abgabe hinweg.

Milch und Käse, Bier und Wein, manchmal gar ein ganzes Huhn, oftmals aber auch Becher und Schalen aus Ton, geflochtene Körbe, gesponnene Decken und allerlei mehr, was das Gesinde mit seinen Händen fertigte, wurde dem Herrn im Tausch gegen dessen Schutz und dessen Land, das sie bewirtschaften durften, abgetreten.

Das Warten nutzten die Leute für einen Plausch. Wer war schwanger und von wem, wen hatte der Schnitter geholt, und wer hatte spätnachts wieder an die falsche Tür geklopft? Man ließ sich aus über das Wetter, die Kleider der Edlen in der Stadt und die Last des Zehnten, Letzteres natürlich im Flüsterton.

Isenhart band sein Pferd an und betrachtete einige Augenblicke lang das Treiben, das keineswegs bunt war, denn die meisten Bauern leisteten sich kein gefärbtes Leinen.

Aus den Augenwinkeln nahm er eine Gestalt wahr, die sich auf dem ummauerten Brunnen abstützte und mithilfe eines Holzeimers Wasser schöpfte. Er erkannte ihn, obwohl er Isenhart den Rücken zugewandt hatte.

Auch er trug seine schwarzen Haare stoppelkurz, eine Gemeinsamkeit, die Isenhart kurz verwunderte. Das Gesicht des Freundes wirkte sehr gereift, er war in den vergangenen anderthalb Jahren viel älter geworden als nur achtzehn Monate, so schien es. Seine Miene war bedrückt, und er zog das linke Bein ein wenig nach. Das Schuldgefühl, Henning in Tutenhoven zurückgelassen zu haben, zog in Form eines sanften Glühens über Isenharts Wangen, verflüchtigte sich aber umgehend, als Henning von der Braake so abrupt abstoppte, als sei er gegen eine unsichtbare Mauer gelaufen, dann mit heller Freude auf ihn zuging und ihn so innig herzte, dass es eine Freude war.

»Endlich«, stieß Henning etwas gepresst hervor, »du lebst!«

Er packte Isenhart an den Schultern und musterte ihn. Diese Vertrautheit, die Isenhart dabei verspürte, erinnerte ihn an das Quäntchen, das Seelenverwandte Freunden voraushatten. Er hatte es anderthalb Jahre nicht mehr empfunden, und mit Walthers Tod war die Zahl derer, die diese wundervolle Regung in ihm wachzurufen wussten, auf eine sehr überschaubare Schar geschrumpft, im Grunde gab es neben Henning niemanden sonst.

»Du hast es auch überlebt«, stellte Isenhart fest.

Henning nickte, sein Lächeln verschwand plötzlich und wich der Sorge: »Und Konrad?«

»Er ist unversehrt«, beeilte er sich zu antworten.

Henning von der Braake ließ ihn jetzt los, aber seine Augen waren unverwandt auf Isenhart gerichtet, ganz so, als hätte er dessen Anblick zu lange vermisst. »Ich bedaure aufrichtig die Momente, die ich nicht mit dir teilen konnte«, sagte er.

Dieses Bekenntnis berührte Isenhart. Umso mehr, da ihm erst jetzt bewusst wurde, dass er ebenso empfand.

»Du hast sicher von Walther gehört«, wechselte der Sohn des Medicus das Thema.

»Ja. Und das ist auch ein Grund, warum ich mich auf den Weg hierher gemacht habe«, unterrichtete Isenhart ihn, »denn ich weiß jetzt, dass Michael von Bremen nicht der Mann war, den wir gesucht haben.«

Henning von der Braake sah Isenhart verblüfft an.

»Henning!«

Beide wandten sich zur Seite. Dort, am Einlass eines Wehrturmes, stand ein kräftiger Kerl, größer als Konrad. Er winkte Henning eilig zu sich.

»Das ist Simon von Hainfeld«, ließ Henning Isenhart wissen, »komm mit, mein Vater liegt im Sterben.«

Isenhart erschrak. Er war gekommen, um Henning vor seinem eigenen Vater zu warnen, was nun offenbar nicht mehr nötig war.

Sie eilten zum Turm, Simon von Hainfeld musterte Isenhart aufmerksam.

»Isenhart von Laurin«, sagte Henning, um sie einander vorzustellen, »Simon von Hainfeld.«

Der Hüne nickte und lächelte ein wenig: »Henning hat mir schon viel von Euch erzählt.« Von Hainfeld strahlte etwas Kindliches aus.

»Ist es so weit?«, fragte Henning. Das Lächeln von Hainfelds verlor sich. Er nickte. Henning schien nicht überrascht zu sein. Er ging auf jenen steinernen Stufen hinab, auf denen Isenhart ihm folgte. Mit jedem weiteren Schritt wich das Tageslicht und kroch ihnen die Dunkelheit der Gewölbe, in die sie hinabstiegen, entgegen.

Einige Tage zuvor war Isenhart in Hieronymus' Kammer getreten, die langsam den Geruch annahm, wie ihn ein alter Mann verströmte. Die Muffigkeit ging sicher auch vom Schimmel aus, der sich in grünlich schwarzen Wucherungen über die Mauern zog. Doch Isenhart hatte schon früher wahrgenommen, wie frei von Intensität der Geruch war, den ein Neugeborenes ausströmte. Und wie Atem und Körpergeruch wie alles andere auch dem Wandel der Zeit unterworfen waren.

Seine Kammer hatte der Geistliche mit vier Kruzifixen ausgestattet, für jede Himmelsrichtung eines. Er studierte den Span vom Kreuz Christi, den Alexander von Westheim ihm einst überantwortet hatte, als Isenhart eintrat. Dieser hielt ein dünnes Hanfseil in der Hand.

Wie so oft wurde Hieronymus aus dem Gesichtsausdruck Isenharts nicht schlau. Nicht vollständig zumindest, denn jetzt, da er ihn auf diese respektlose Art fixierte, ihm also direkt in die Augen blickte, stand mit ziemlicher Sicherheit zu befürchten, dass er mit seinen nächsten Worten Hieronymus' Ader auf der Stirn in schmerzhaftes Pochen versetzen würde.

Es war vor allem die Logik, die Isenhart hierhergeführt hatte.

Mit Walther von Ascisberg hatten Konrad und Isenhart Aristoteles' – frisch aus dem Arabischen übersetzte – *Analytica priora* studiert, eine stellenweise gespreizt zu Pergament gebrachte Abhandlung über die Logik, insbesondere über die Syllogistik, über das Verfahren also, aus zwei Prämissen eine Schlussfolgerung abzuleiten, die – sofern die Prämissen Gültigkeit besaßen – ebenfalls legitimen Charakter besaß und als Prämisse für weitere logische Schlüsse Verwendung finden durfte.

»Ich kenne diese Miene an dir«, holten Hieronymus' Worte ihn zurück nach Heiligster, »sie verheißt nichts Gutes.«

»Nichts Gutes für wen?«, fragte Isenhart.

»Nichts Gutes für niemanden«, erwiderte der Geistliche mürrisch. »Was hat es mit dem Hanfseil auf sich?«

»Ich möchte Euch etwas über die Logik erzählen.«

»Du siehst mich gespannt«, erwiderte Hieronymus mit leichter Ironie.

»Alle Raben sind sterblich«, begann Isenhart, um Vater Hieronymus mit dem aristotelischen Weltbild vertraut zu machen, »das ist die erste Prämisse. Gweg ist ein Rabe. Das ist die zweite Prämisse. Also, das ist die *conclusio*, ist Gweg sterblich.«

»Oha, eine beeindruckende Erkenntnis«, lächelte Hieronymus, »Raben sind sterblich. Der Heilige Stuhl wird außer sich sein. Wir müssen umgehend einen berittenen Kurier entsenden.« Er stieß ein heiseres Lachen aus. »Also wirklich.« Vater Hieronymus schlug sich auf den Schenkel vor Freude.

»Und jede Schlussfolgerung kann man wieder als Prämisse verwenden, weil sie wahr ist«, fuhr Isenhart fort, dem nun seinerseits eine Ader auf der Stirn zu pulsieren begann, »auf diese Art ist es möglich, das ganze Leben, ja, die ganze Welt auf Wahrhaftigkeit zu überprüfen.«

»Nun ja, Isenhart, das klingt mir doch sehr vermessen.«

»Aber wieso? Man kann jede Aussage zurückführen auf genau zwei Zustände. Sie ist wahr oder sie ist unwahr. Hell oder dunkel. Ja oder nein.«

»Und wo bleibt Gott dabei?«, wollte Hieronymus wissen.

Isenhart räusperte sich vernehmlich. »In der Welt der Logik ist Gott ohne Bedeutung«, stellte er trocken fest.

»Du weißt, ich bin als sehr junger Mann zur See gefahren«, rief der Geistliche ihm zu, »das war, bevor der Schöpfer mich zu seinem

Diener bestimmt hat. Ich habe die unseligsten Kreaturen getroffen, Isenhart. Den Abschaum unter Gottes Augen. Der Abschaum vertraut nicht auf den Herrn. Der Abschaum stellt Fragen. Die Ratio stellt Fragen. Die Logik auch. Und all das wird weggefegt von Gottes Antwort: Liebe. Nichts sonst zählt.«

Kurz senkte sich das Schweigen zwischen sie wie die Stille nach einem Unentschieden.

»Und was sagst du dazu?«, hakte Hieronymus nach. Sein Kopf ruckte dabei angriffslustig nach vorne. Er war von dem sanftmütigen Lächeln Isenharts überrascht – immer, wenn man meinte, ihn in eine Ecke gedrängt zu haben, aus dem es kein Entrinnen mehr gab, verblüffte er einen aufs Neue.

»Deshalb bin ich eigentlich hier, wegen des Syllogismus natürlich, aber vor allem – weil Ihr zur See gefahren seid.«

»Ach. Habe ich das nicht gerade selbst vor zwei Wimpernschlägen erwähnt? Hörst du mir überhaupt zu?«

»Ihr seid zur See gefahren. Dann müsstet Ihr einen Augspleiß kennen.«

»Den kenne ich«, erwiderte Hieronymus, während er in Gedanken seine eigenen Worte überprüfte, sie nach Schwachstellen und Flanken absuchte, in die dieser Logikgläubige – der Herr sei seiner armen Seele gnädig – einzufallen drohte. Er überprüfte seine eigenen Gedanken! So weit war es gekommen.

Isenhart nickte, als habe er mit dieser Antwort gerechnet. Natürlich, der Mann tat ja nicht mal einen Atemzug, sofern sein Geist ihn nicht vorher analysiert hatte. Er schnitt die Welt in so dünne Scheiben, dass sie transparent wurden. Wenn man durch ein Tor in einem Denkgebäude trat, war Isenhart schon dort gewesen.

Dieser hielt ihm das Hanfseil entgegen. »Ich bitte Euch, mir einen Augspleiß zu binden, Vater.«

»Und wozu?«

»Tut mir den Gefallen.«

Hieronymus deutete ein Achselzucken an. Was war schon dabei? Er nahm den groben Hanf, konzentrierte sich einen Moment lang und verknotete mit zunehmender Freude das Seil zu einem Augspleiß. Ungeheuerlich, mit welcher Güte der Schöpfer ihn auf die Erinnerungen aus seiner Jugend zurückgreifen ließ. Dieser Umstand, diese Liebe Gottes, war der Quell für Hieronymus' Freude, während er den Augspleiß fertigstellte, den er schließlich, nicht frei von einer Prise Eitelkeit, Isenhart reichte. Dieser nahm ihn zwar entgegen, löste ihn allerdings sofort wieder und hielt ihm erneut das Seil hin. »Bindet ihn mir mit einer Hand, Vater.«

Hieronymus blies die Wangen auf. »Das Feld gehört bewässert, der Kanal ist voller Schlamm«, ließ er Isenhart wissen.

Er besaß nicht eben übermäßig Zeit für diese Spielereien, noch dazu nahm er Marie häufig den kleinen Sigimund ab, um an ihm das zu vollbringen, was er bei Konrad versäumt hatte, nämlich ihm frühzeitig Demut und Gottesfürchtigkeit einzutrichtern, auf dass aus ihm ein guter Mensch werde. Schnell war damit ein ganzes Tagewerk vollbracht.

»Bitte«, sagte Isenhart und blickte ihm dabei unverwandt in die Augen.

»Wenn das eine Narretei ist, die mich …«

»Ist es nicht«, unterbrach Isenhart ihn, ohne dabei die Stimme zu heben, »ist es nicht, Vater. Ich versichere Euch, dass es nicht dazu angetan ist, Euch in Verlegenheit zu bringen. Ihr dürft den Mund zu Hilfe nehmen, den Fuß, alles – nur nicht die zweite Hand.«

Hieronymus erwiderte den starren Blick dieses jungen Mannes, der seinen Fuß schon auf ein Land gesetzt hatte, das allen anderen erst nach ihrem Tode eröffnet wurde. Dann nahm er das Hanfseil erneut in die Hand und versuchte, den Augspleiß zu knüpfen, was ihm aber auch mithilfe seines Kiefers nicht gelang. Schließlich warf er das Seil erzürnt zu Boden.

»Man kann den Augspleiß nicht mit einer Hand knüpfen«, entfuhr es ihm voller Wut über sein Misslingen, »was ist das für eine blödsinnige Idee? Hat es wieder mit den Blättern zu tun und dem Saft? Starr mich nicht an, sprich!«

»Nein, keine Sorge«, antwortete Isenhart ernst und bedrückt. Um dann zu seufzen. »Eine letzte Frage noch«, fuhr er fort.

»Nein«, unterbrach der Geistliche ihn, »keine letzte Frage mehr und keine fragwürdigen Kunststückchen.«

»Doch«, entgegnete Isenhart und trat näher, sehr viel näher, sie konnten den Atem des anderen über ihre Haut streichen spüren, »wenn ich noch eine letzte Frage in diesem Leben an Euch stellen dürfte, wäre es diese: Habt Ihr je einen Mann gesehen oder je von einem gehört, der in der Lage gewesen wäre, einen Augspleiß ohne eine zweite Hand zu binden?«

»Nein«, antwortete Hieronymus ruhig, »ich habe niemals jemanden gesehen oder von jemandem gehört, der den Augspleiß nur mit einer Hand binden kann. Warum?«

Aristoteles' Syllogistik gab die Antwort, die Isenhart zwar geahnt, aber gerne vermieden hätte. Die Logik präsentierte ihre Kehrseite, sie war frei von jeglicher Rücksicht.

Die erste Prämisse lautete also, wie Isenhart sich vergegenwärtigte, dass Michael von Bremen sich nicht selbst gerichtet haben konnte. Die zweite Prämisse kam in Form einer Frage daher: Wer von ihnen vieren – Isenhart, Henning, Konrad und Günther – war als Einziger für eine Weile alleine in der Burgruine zu Tarup gewesen?

Und die Conclusio lautete: Günther von der Braake war der Mörder von Michael von Bremen.

Was natürlich die Frage aufwarf, weshalb er das getan hatte und wieso er seine Tat als Selbsttötung von Michael von Bremen getarnt hatte. Was war sein Motiv? Endlich hatten sie ihn gefasst, endlich den vermeintlichen Mörder Annas und Liliths und von Britts kleiner Schwester in die Enge getrieben, endlich konnten sie ihn fragen nach dem Warum. Und Günther von der Braake, dieser besonnene Mann, hatte all das verhindert.

Isenhart erreichte nach Henning das Gewölbe. Seine Nase war allerlei Ausdünstungen gewohnt, doch der Geruch, der aus dem Dunkel in seine Nase kroch, war anders. Er roch Blut und Eiter, er roch Fäulnis und Kot und Urin. Und über alledem lag wie ein alles durchdringender Nebel noch etwas. Der Tod.

In einem Nebenraum warf eine Talgkerze warmes Licht an die Wände und erhellte indirekt auch jene Kammer, in die Henning trat. Isenhart blieb ihm dicht auf den Fersen, weil sich seine Augen noch nicht genügend an die Dunkelheit gewöhnt hatten.

Von irgendwo hörte Isenhart ein Husten, dann ein Stöhnen. Dazu gesellte sich ein so erschütternder Schmerzensschrei, dass er animalischen Ursprungs sein musste. Henning ging vor ihm in die Hocke. Und nun, im Dämmerlicht, nahm Günther von der Braake langsam Gestalt vor ihm an. Henning tauchte einen Stofffetzen in den Holzeimer mit Wasser und wischte dem Sterbenden damit über die Stirn.

Günther lag mit Schweiß bedeckt und nackt unter einer Decke, die einen Teil seiner eingefallenen Brust enthüllte. Die Nase des Mannes hob sich spitz aus dem Gesicht mit dem weit geöffneten Mund, durch den der Medicus schnell und stoßweise atmete, jedes Mal von einem kehligen Rasseln begleitet. Die Augen aufgerissen, aber nichts Bestimmtes fixierend rollte Günther in langsamen, schleppenden Bewegungen den Kopf hin und her.

»Günther«, sprach Isenhart ihn an, während er neben Henning in die Hocke ging.

Von der Braake wälzte sein Haupt wieder von links nach rechts und zurück.

Henning warf Isenhart einen kurzen Seitenblick zu. »Er erkennt dich nicht«, flüsterte er und artikulierte damit das, was auch Isenhart hätte offensichtlich sein müssen. Der Mann befand sich im Todeskampf, mehr noch, es war der Anblick eines bereits erloschenen Geistes, eines Verstandes, der vor dem Unausweichlichen kapituliert hatte und es dem Körper überließ, der es nicht besser zu wissen schien und sich nach Kräften gegen das Unvermeidliche stemmte.

»Isenhart ist hier bei mir«, sagte Henning sanft, doch Günther von der Braake reagierte nicht mehr auf Ansprache.

»Simon, eine Fackel – schnell.«

Simon von Hainfeld, der hinter ihnen gestanden hatte, verschwand ohne ein weiteres Wort.

Erst jetzt nahm Isenhart die vier Hanfseile wahr, die von den vier Eckpunkten des Lagers an die Decke des Gewölbes verliefen, wo sie mit horizontal in die Wand eingelassenen, schweren Weidenruten verbunden waren. Auf diese Weise »schwebte« das Lager, auf dem der Körper des Sterbenden dem Schnitter immer noch die Stirn bot, über dem Boden. Aber wozu diese Apparatur? Warum hatte man das Lager nicht einfach auf dem Grund des Gewölbes ausgebreitet?

Unauffällig wollte Isenhart einen Blick unter das Lager erhaschen, als Simon von Hainfeld mit der Fackel zurückkehrte und sie über die Bettstatt hielt. Der Lichtschein des Feuers wurde vom Boden reflektiert, der gar keiner war. Es handelte sich vielmehr um ein rechteckiges Becken, das mit Wasser gefüllt war. Und einen Fuß über der Wasseroberfläche hing das Lager.

Das Licht der Fackel ließ weitere Lager erkennen, große und kleine, auch sie waren über Hanfseile an Weidenruten montiert, unter jedem von ihnen glitzerte das Wasser. Auf den kleinen Schlafstellen ruhten Tiere, vornehmlich ein paar Hunde, aber auch eine Ziege. Mit Seilen fixiert. Die größeren Schlafstätten wurden von Menschen eingenommen. Neben den schwebenden Lagern stand Geschirr, manchmal Schalen mit Essensresten, und nun, da das Licht kam, nahmen die Ratten Reißaus.

»Ich habe so etwas schon einmal gesehen«, wisperte Isenhart, der sich zu erinnern versuchte, wo genau das gewesen war.

»Es ist ein Experiment«, sagte Simon von Hainfeld.

»Schweigt«, befahl Henning ihnen sanft. Tatsächlich geriet Günthers Atmen nun aus dem Takt, verlor er die klare, direkte Linie, wurde zu einem lautlichen Schlingern und dann zu einem erstickten Keuchen. Man musste keinen Menschen sterben gesehen haben, um zu erkennen, dass der Moment gekommen war.

Henning fuhr seinem Vater noch einmal sanft über die Stirn. Der weit geöffnete Mund von der Braakes fiel in sich zusammen. Wider Isenharts Erwarten verformten sich die trockenen, schmalen Lippen des Medicus zu einem Lächeln. »Der Faden«, hauchte er nahezu unhörbar.

Isenhart verstand nicht.

»Dort«, wies Henning ihn auf einen Faden hin, der vom Rand des Lagers hinabhing und zum Teil ins Wasser ragte. Der Teil, der sich oberhalb der Wasseroberfläche befand, war schwarz, derjenige, der ins gefüllte Becken reichte, weiß.

Aber Isenhart begriff den Sinn der Markierungen nicht. Was hatte es mit diesem Stück gefärbten Hanfs auf sich? Warum rief er auf dem Gesicht eines sterbenden Mannes ein Lächeln hervor? Instinktiv hob er den Blick und entdeckte nun unter jedem der aufgehängten Lager einen zweifarbigen Hanffaden.

»Vater«, raunte Günther von der Braake, es war der letzte Hauch, der ihm über die Lippen kam, kraftlos sackte sein Kopf zur Seite, und es gab nichts mehr, was seinen Blick noch hielt.

»Der Faden«, sagte Simon von Hainfeld und hielt die Fackel näher. Isenhart registrierte, wie sich ein kleines Stück des weißen Teils aus dem Wasser erhob.

Günther war von ihnen gegangen und stand nun vermutlich bereits seinem Schöpfer Rede und Antwort über sein Leben. Wenn Isenhart nicht alles täuschte, brannte er alsbald in der Hölle.

Und während Henning seinem Vater die Lider schloss, ihn auf die Stirn küsste und seine Hände über dem Brustkorb faltete, blickte Isenhart hinauf zur Decke, zu den Weidenruten, an denen die Aufhängung befestigt war.

Weidenruten wurden zur Errichtung von Gebäuden nicht verwendet, denn sie waren elastisch. Diese Eigenschaft ermöglichte es allerdings, dass sie sich je nach Gewichtszunahme oder -abnahme spannten oder entspannten. Sobald sie Günthers Leichnam vom Lager hoben, würden die Ruten sich noch mehr entspannen und auf diese Weise das Lager anheben, was den Hanffaden noch weiter aus dem Wasser ziehen würde.

Das war es. Das Lager war so aufgehängt worden, um jede Gewichtsveränderung mittels der farbigen Teile des Fadens sichtbar machen zu können. Und im Augenblick des Todes war Günther von der Braake leichter geworden. Die gedehnten Weidenruten hatten das Lager um ein Minimum angehoben, um diese Winzigkeit, die der weiße Teil des Hanfes symbolisierte. Menschen und Tiere ruhten nicht auf Lagern – sondern auf *Waagen*.

»Sydal von Friedberg«, sagte Isenhart tonlos.

Henning, der vor seinem Vater verharrte und stumm ein Gebet sprach, richtete die Augen auf ihn.

»Wie viel Grän?«, fragte Isenhart. Dieser unglaubliche Gedanke, den Henning und sein Vater hier in diesem Gewölbe in die Tat umgesetzt hatten, hatte ihn mit jeder Faser erfasst.

»Du … hast begriffen, was hier vor sich geht?«, fragte Henning von der Braake erstaunt.

»Elastische Weidenruten«, antwortete Isenhart, »die Markierung des Fadens. Ihr messt kleinste Gewichtsveränderungen. Und wenn Ihr das messt, was ich glaube, dann lasst Euch nicht dabei erwischen.«

Über Hennings Mund zog ein kurzes Lächeln, er sah zu Simon von Hainfeld. »Jetzt weißt du, wovon ich gesprochen habe«, ließ er den Hünen nicht ohne eine Spur Stolz, die er aufgrund Isenharts zügiger Auffassungsgabe hegte, wissen. »Wir werden geschützt«, beruhigte er daraufhin den Freund, »der Burgherr hält seine Hand über uns.«

Henning hob die Decke und bedeckte das Antlitz seines Vaters, aus dem jede Spannung gewichen war. »Wir müssen exaktere Messmethoden entwickeln«, räumte er ein, »aber wir messen mit geringen Abweichungen nach oben und nach unten eine Veränderung um fünfzig Grän.«

Isenhart hatte nicht viele Momente in seinem Leben erlebt, in denen er sprachlos war. Doch dieses war so ein Augenblick. Er bewunderte die kühle Klarheit von Hennings Gedanken ebenso wie die Unverfrorenheit, mit der er trotz des Risikos eines klerikalen Gerichts über ihn und die Ahndung seiner Vergehen unbeirrt seinen Weg verfolgte.

»Das ist großartig«, platzte es aus Isenhart heraus, und er konnte nicht umhin, Hennings Hand in die seine zu nehmen und zu pressen, »fünfzig Grän.«

Henning von der Braake nickte, und obschon die warme Leiche

seines Vaters neben ihm lag, entlockte ihm Isenharts ehrliche Begeisterung ein Lächeln.

»Egal, ob Mann oder Frau?«, fragte Isenhart.

Henning nickte: »Und egal ob Kind oder Greis.«

»Die Tiere?«, fragte Isenhart und deutete mit dem Kopf zu der Ziege.

»Kein Gran«, antwortete Henning.

Isenhart durchliefen feierliche Schauer. Er sah in die Runde. »Was machen die Leute hier?«

»Sie sterben, Isenhart. Sie sind todkrank. Wir versorgen sie, sprechen ein beruhigendes Wort und sind bei ihnen in der letzten Stunde. Und im Gegenzug messen wir. Messen und halten Ausschau.«

Was Isenhart an das Lager in der Puente erinnerte, in dem die Medici ihre neuesten Errungenschaften an den Todkranken erprobten. »Hast du eine Seele gesehen?«, wollte er wissen, sein Herz schlug ihm dabei bis zum Hals.

Der Sohn des Medicus deutete ein Kopfschütteln an: »Wir haben den Sterbenden Wasser in die Münder gefüllt, aber der Pegel blieb konstant. Nichts, was durch das Wasser aufstieg. Eigentlich gar keine Bewegung. Wir haben es auch mit Rauch versucht, ohne Erfolg. Aber möglicherweise ist die Seele nicht nur unsichtbar, vielleicht hat sie gar keine Gestalt, Isenhart. Aber eines ist sicher: Sie wiegt etwa fünfzig Grän.«

33.

F*ünfzig Grän.*

Das Gewicht der Seele.

Wie von zu viel Met oder gepanschtem Wein beeinträchtigt, bahnte Isenhart sich unsicheren Schrittes den Weg über den Burghof zum Tor, durch das immer noch Menschen strömten, um dem Burgherrn den Zehnten zu entrichten.

»Gott zum Gruß, junger Herr«, hörte er eine dünne Stimme, nach der er sich umwandte. Die Gedanken um das, was Günther von der Braake angerichtet hatte, um das Experiment und um den Faden, der sich aus dem Wasserbecken gehoben hatte, beherrschten seine Sinne. Isenhart wollte sich nicht ablenken lassen, doch das Geschöpf vor ihm ließ das nicht zu.

Es handelte sich um eine junge Dame – ihre Kleider zeugten von betuchter Herkunft – von vielleicht dreizehn oder vierzehn Jahren. Blond und mit Sommersprossen, sie erinnerte ihn an Anna.

»Ich bin Agnes von Weinsberg.«

»Isenhart. Von Laurin.«

Agnes von Weinsberg nickte ihm mit einem Lächeln zu. »Kleiner Eselficker«, fügte sie hinzu. Dabei bewegten ihre Lippen sich kaum, kurz überkam Isenhart der Zweifel, ob sie überhaupt etwas zu ihm gesagt hatte. Oder ob man *Ficker* großzügiger auslegen konnte, zum Beispiel als *Flicker*, wobei *Eselflicker* nicht unbedingt Sinn ergab. Oder ob sie ihn mit Henrick verwechselte.

»Wie belieben?«

»Nichts«, sagte Agnes von Weinsberg, »das ist nur … nur ein Spiel.« Ihre Lider flatterten kurz, ihr Lächeln geriet außer Form. Mit einer Urgewalt wurden ihr der Kopf, die linke Schulter und der linke Arm zurückgerissen, der Bewegung wohnte eine Heftigkeit inne, die – so zumindest hatte es den Anschein – nicht irdischer Natur sein konnte.

»Fegel mich, geile Sau!«

Das Gesicht Agnes von Weinsbergs blieb dabei merkwürdig ruhig, aber ihr Mund warf kleine Blasen aus Speichel. Sie lachte hysterisch auf. Zwei Männer stießen aus der Menge der Wartenden hervor und packten die junge Frau, um sie mitzunehmen.

»Wartet«, befahl Isenhart, aber es war, als hätte er das Wort an die Burgmauer gerichtet.

»Sie gehören zu Engelhard Fürst von Weinsberg.«

Isenhart fuhr herum. Henning stand hinter ihm. »Agnes von Weinsberg ist krank«, fuhr der Freund fort, »ihretwegen sind wir hierher gekommen. Um sie zu heilen.«

Er seufzte und schien das, was er unten in dem Gewölbe erlebt hatte, abzustreifen. Hennings Augen fixierten einen Punkt, der weit in der Ferne lag.

Isenhart sah zu dem Mädchen, das von den beiden Burschen weggeschafft wurde. »Was ist mit ihr?«

»Die Leute sagen, sie sei besessen«, sagte Henning und riss sich von dem weit entfernten Punkt los, »die Leute sagen, Geister hätten sich in ihren Kopf eingenistet und trieben boshaften Schabernack mit ihr. Die Leute denken, sie muss brennen.«

»Du glaubst, sie ist krank«, sagte Isenhart.

Henning deutete ein Achselzucken an, er streckte sich, reckte den Kopf und ließ ihn langsam rotieren. Isenhart hörte das Knacken der Halswirbel. »Günther glaubte das, und ich«, er zögerte, »ja, ich auch. Oder anders gesagt: Wir wollten herausfinden, ob sie besessen ist.«

»Wie?«, fragte Isenhart, »ihr in den Kopf schauen?«

»Ja, genau das. Ihr die Schädeldecke öffnen und nach den Geistern Ausschau halten. Ein Exorzist hat sich schon an ihr versucht. Vergebens.«

Hennings letztes Wort war frei von Überraschung. Ohne Zweifel stand er dem Exorzismus skeptisch gegenüber, wie Isenhart feststellte. Er selbst hatte keinem Exorzismus beigewohnt und war auch nie einem Exemplar dieser besonderen Schar Gottes begegnet, die dem Satan die Stirn auf Erden bot und mit ihm um jene Seelen rang, die er sich mal hier, mal dort unter den Nagel riss, meist waren es junge Frauen in der Blüte ihrer Jugend.

»Und er zog durch ganz Galiläa, predigte in den Synagogen und trieb die Dämonen aus«, rezitierte Henning, seine Stimme war kraftlos.

»Markusevangelium, Kapitel 1, Vers 21–28«, erkannte Isenhart, die Rohrstockhiebe hatten ihm jede einzelne Zeile so intensiv verinnerlicht, dass sie ein ganzes Leben lang ohne Verzug abrufbar waren.

Henning von der Braake nickte: »Jesus Christus war der erste Exorzist.« Er seufzte.

Isenhart legte dem Freund die Hand auf den Unterarm, und ihre Blicke fanden sich. Es war, als hätte es Hennings schwere Verletzungen nie gegeben, als hätte Isenhart die anderthalbjährige Reise zu den Wurzeln seiner Existenz nicht angetreten, die alte Vertrautheit umschloss sie beide wie eine Mutter, die den heimgekehrten Sohn an sich drückte. »Und ist das Öffnen der Schädeldecke immer noch dein Wille?«

»Wenn du mir hilfst, habe ich keine Angst«, antwortete Henning.

Isenhart hatte noch nie operiert, seine Ausflüge in die Wundmedizin beschränkten sich auf das Stillen von Blutungen und das Nähen von Fleischwunden. Die Haut über dem Kopf zu öffnen, dann den Schädel aufzusägen und im Inneren einen Blick auf ein Organ zu werfen, das man noch nie zuvor gesehen hatte, im Anschluss eine Diagnose zu stellen und dieses Organ dann zu behandeln, zu beschneiden, zu kneten, mit Ölen einzureiben, mit Heilkräutern zu bestreuen oder mit dem scharfen Messer zu teilen – was auch immer zu Gebote stand –, das erschien ihm als enormes Wagnis.

Einerseits. Jede ihrer Maßnahmen wäre lebensgefährlich, aber was schreckte diese Erkenntnis einen Patienten, den man ansonsten bei lebendigem Leibe zu verbrennen gedachte?

Der Mensch klammert sich ans Leben. Immerzu und jederzeit.

Walther hatte sie das gelehrt, damals auf der Burg Laurin.

»Vater Hieronymus sagt, unsere Leiber sind fleischliche Gefängnisse, und die Seele und Gott sind froh, wenn wir sie abstreifen«, entgegnete ihm Konrad damals.

»Soso«, merkte Walther mit gutmütigem Lächeln an, in dem auch stets die Wehmut durchschien, nicht einer von ihnen zu sein und mit ihnen allen erdenklichen Unsinn anstellen zu dürfen, »soso. Vater Hieronymus. Aber er weilt schon noch unter uns, nicht wahr?«

Die beiden Jungs stutzten.

»Ich frage mich nur«, fügte ihr Lehrer hinzu, »weshalb jene, denen das Himmelreich ist, sich ohne Not weiter den Unpässlichkeiten ihres irdischen Daseins aussetzen. Das ist ein höchst interessanter Gedanke – er stammt nicht von mir. Er stammt von einem Mann, der ... der aus dem Norden stammt. Aus Friedberg.«

Sie beide, Isenhart und Konrad, standen zu jener Zeit in der Blüte ihrer Jugend. Gesund und strotzend vor Kraft, furchtlos, neugierig und wohlgemut. Doch entging Isenhart nicht, welch Mühsal das Leben auch für sie bereithielt. Nur so war zu verstehen, wie ihre allernächste Umgebung, Sigimund und Mechthild von Laurin, Chlodio und Ida, Giselbert und Alexander von Westheim, mit dem Tod umging. Sie alle sehnten ihn herbei. Nicht sofort und am besten mit so wenig Schmerzen verbunden wie irgend möglich, doch letztlich war der Schnitter in erster Linie ein Erlöser, war nicht die Hölle das, was es zu fürchten galt, sondern das irdische Dasein war jene Hölle, die aus Hunger, Schmerz und Elend bestand, aus Krankheit, Siechtum, Niedertracht und Habgier. Kein Ort, den man bei klarem Verstand ernstlich zum Verweilen auserkoren hätte, wäre man nicht ohne eigenes Zutun mitten in ihn hineingeboren worden. Und daher ein Ort, dem man lieber früher als später zu entrinnen gedachte. Der nur Gehalt haben konnte, wenn der Sinn des Lebens in einer göttlichen Prüfung bestand, die dazu angetan war, die Verweildauer der Seelen im Fegefeuer, in dem sie ihre gründliche Reinigung erfuhren, so kurz wie möglich zu halten.

Die Angst vor dem Fegefeuer war allerdings allgegenwärtig. Ein jeder hatte sich schon einmal verbrannt und konnte erahnen, was es wohl bedeuten mochte, wenn die hüllen- und schutzlose Seele dem Fegefeuer ausgesetzt war. Konrad wie Isenhart hatten sich einen See vorgestellt, der lichterloh brannte, und mittendrin wanden sich unter unermesslichen Qualen ihre Seelen.

Was Isenharts Gedanken wieder zurückführte, zurück nach Weinsberg, zurück zu Henning. Denn wenn jene Geister im Kopfe Agnes' von Weinsberg einem Exorzismus standhielten, so war es nur folgerichtig, die Heimgesuchte dem Feuer zu überantworten, auf dass die Geister nicht in die Köpfe der anderen sprangen, die sie tagtäglich umgaben.

Das zumindest würde die Kirche erwägen, vermutlich, so überlegte Isenhart, war es lediglich der Stellung ihres Vaters zu verdanken, seiner adeligen Herkunft und seinem Einfluss bei den Staufern, dass man sie noch nicht der reinigenden Kraft der Flammen ausgesetzt hatte.

Vor die Wahl gestellt, zu brennen oder den Schädel geöffnet zu bekommen, war der Tod in beiden Fällen so gut wie sicher. Im zweiten aber eben nicht ganz. Auch Agnes und ihr Vater klammerten sich also an die einzige Hoffnung, die der Fürstentochter noch blieb. Deshalb hatten sie dem waghalsigen Eingriff zugestimmt.

»Der Eingriff ist riskant«, stellte Isenhart fest.

»Ja, ziemlich«, antwortete Henning matt. Isenhart spürte, dass der Freund in Gedanken woanders war, bei seinem soeben verschiedenen Vater vermutlich. Aber er irrte.

»Fünfzig Grän«, nahm Henning von der Braake den Austausch der Gedanken wieder auf.

»Es ist eine Sensation«, betonte Isenhart mit einem leichten Beben in der Stimme. Und meinte in Hennings Augen jenes Aufblitzen gesehen zu haben, mit dem er auf die Anerkennung unter seinesgleichen reagierte.

»Ja«, schoss es über Hennings Lippen, mit einem Schlag kehrte alles Leben in ihn zurück, all jene Energie, die bisher noch jeden Widerstand in die Knie gezwungen hatte. Er vibrierte beinahe vor

Leben. Das war der Henning von der Braake, den Isenhart vermisst hatte.

»Ja«, fuhr Henning fort, »aber wir können nicht davon berichten. Wir haben«, er unterbrach sich selbst mit einem Lachen, das sich nicht aus Fröhlichkeit Bahn brach, »wir haben etwas in den Händen, was unsere Auffassung der Welt und der Dinge, die sie zusammenhält, auf ein neues Fundament stellen könnte. Bloß wird das den Alleinanspruch des Klerus auf Gott gefährden.«

Er hob seine Hand und hielt Isenhart den Fingerstumpf entgegen, an dem sich das Fingerglied befunden hatte, das Henning sich hatte abhacken lassen, um seiner Treue zu Isenhart und ihrem Traum vom Fliegen Ausdruck zu verleihen. Ohne Not, nur auf den Befehl seines Gewissens und seiner Überzeugung hin. »Und deshalb wird es dieses Mal nicht bei einem Stück Finger bleiben, Isenhart. Dieses Mal werden uns vier Pferde unter dem Geifer des Pöbels in vier Stücke reißen.« Henning blickte ihm tief in die Augen.

»Kann man deshalb der Welt die Wahrheit verweigern?«, fragte Isenhart und hielt den Blick.

Dem jungen von der Braake zuckte das linke Augenlid vor Überraschung. Ja, das war es. Hier endlich galt es, dachte Henning von der Braake, hier fügte sich alles wieder zusammen.

»Aber wir können die Forschungen immerhin im Verborgenen fortführen«, schränkte er ein, »wenn man uns tötet, tritt die Wissenschaft auf der Stelle.«

»Dann müssen andere kommen und den Gedanken aufnehmen«, hielt Isenhart ihm entgegen, »ist denn nicht viel entscheidender als das, was auf die Wahrheit folgt, die Wahrheit selbst?«

»Die Wahrheit ist«, erwiderte Henning, »dass die Seele fünfzig Grän wiegt.«

»Also existiert sie«, leitete Isenhart eine Kausalkette ein.

»Also existiert sie«, bestätigte Henning.

»Also beweist sie Gott.«

»Ja?«

»Nein?«

»Fünfzig Grän können für ihn oder gegen ihn sprechen«, erwiderte Henning und senkte dabei instinktiv seine Stimme.

»Auf jeden Fall hast du das getan, was dem Erzengel Michael zufällt: das Wiegen der Seelen«, stellte Isenhart nachdenklich fest. Henning hob die Augen. Der Himmel teilte sich nicht, kein Blitz fuhr auf sie hernieder, kein übermenschliches Wesen donnerte hinab und zerschmetterte sie. Es geschah überhaupt nichts.

»Warum können sie ein Beweis gegen die Existenz des Allmächtigen sein?«, fragte Isenhart.

»Das ist eine Frage der Ursache«, begann Henning.

Eine Frage der Ursache, überlegte Isenhart. Wenn es eine Frage der Ursache war, ob die Existenz der Seele eine zentrale Gegenthese zur Existenz Gottes darstellte, dann verdichtete die Logik alle möglichen Antworten auf eine: Die Seele ist nicht Gottes Werk.

»Die Ursache nämlich …«, fuhr Henning fort, um sofort von Isenhart unterbrochen zu werden, »die Seele braucht keinen Gott, um zu sein.«

Isenharts Antwort verzögerte sich nur kurz: »So ist es. Sie existiert und kann damit ein Beweis für den Schöpfer sein. Oder sie existiert ohne Schöpfer. Sicher ist nur: Es gibt sie.«

Er ging an der Brustwehr in die Hocke und warf einen Blick hinab, wo die Reihe derer, die den Zehnten ablieferten, sich kontinuierlich verkürzte. Henning hockte sich neben ihn.

Beide überkam kurz – und darüber musste zwischen ihnen kein Wort des Einvernehmens getauscht werden, nicht mal ein Blick – der Gedanke, zu zweit alleine zu sein.

»Ich hatte diesen Gedanken schon früher«, begann Isenhart zu erzählen und kehrte damit zu dem Gedanken des Ursprungs zurück, »und dabei geht es um das Wesen der Seele. Was macht denn diese fünfzig Grän aus? Was trägt die Seele mit sich? Wenn ihr Wesen nicht das desjenigen spiegelt, aus dem sie emporfährt, dann ist sie beliebig.«

Henning sah ihn von der Seite an. Isenhart hatte schon immer das Bedürfnis zum Teil völlig fremder Menschen geweckt, ihn mit Essbarem zu versorgen. Sein Körper war von einer gespannten

Sehnigkeit durchzogen, die – so erschien es Henning – durch die Reise nach Toledo sogar noch ins Extrem geführt worden war.

Henning von der Braake nickte: »Dann ist sie beliebig. Und Beliebigkeit ist ohne Wert.«

»So ist es«, ergriff Isenhart wieder das Wort, »vielleicht sind wir Menschen überhaupt nicht die Krone der Schöpfung.«

Die Verblüffung in Hennings Miene war echt. »Du glaubst, es gibt noch eine Schöpfung, die über uns steht? Ich meine: außer Gott?«

»Nein, es … es war nur ein Gedanke.«

»Und was soll das sein?«

»Möglicherweise ist es unsere Bestimmung«, sagte Isenhart leise und wählte seine Worte mit der Bedachtsamkeit eines Mannes auf der Pirsch, »vielleicht überschätzen wir den Sinn unserer Existenz. Wenn du dich und mich und alle anderen Menschen aus dem Zentrum rückst, wenn du den Fokus auf die Seele legst, auf nichts sonst, was spricht dann dagegen, dass sie ein eigenständiger Organismus ist?«

»Das wäre eine Trennung von Mensch und Seele«, konstatierte Henning.

Isenhart spürte die Ablehnung seines Gedankens, obwohl sie unausgesprochen blieb. Doch anders als sonst kümmerte es ihn nicht. »Das ist der Kern der Überlegung«, bestätigte er den Einwand des jungen von der Braake, »darum geht es. Und nur dann hat es Sinn. Nur dann, wenn man die Position der Seele einnimmt. Ganz offensichtlich benötigt sie den menschlichen Körper, sonst würde sie sich nicht in ihm niederlassen und in uns, nun ja, nisten.«

»Du … du meinst, wir sind nur *Behältnisse?*«

»Ja. Denn sie streifen uns ab, heißt es nicht so? Sie lassen ihre körperlichen Gefängnisse hinter sich. Das sind wir. Und die Seelen eigenständige Wesen, die in uns andauern, bis wir sterben. Sie verlassen uns, weil sie sonst auch untergehen. Sie entsagen ihrem Wirtskörper, um sein Schicksal nicht teilen zu müssen. Sie wollen nicht sterben.«

Henning von der Braake wandte den Blick ab und ließ ihn über den Tannenhain im Südwesten streifen. So ein abwegiger Gedanke war ihm noch nie gekommen, dabei war das Prinzip, das Isenhart anwandte, ganz einfach. Er versetzte sich schlicht in die Sichtweise eines anderen, in diesem Fall in jene der Seele. Und obwohl der Schritt dorthin ein ganz kleiner war, änderte sich damit doch alles.

»Dann sind wir nur Stationen?«

»Es ist nur ein Gedanke«, beschwichtigte Isenhart. Doch Hennings Mimik ließ keinen Zweifel zu. Dieser Gedanke hatte den Geist des Freundes befallen und tobte sich nun in seinem Kopf aus.

»Vielleicht«, fuhr Isenhart ruhig fort, »sind die Seelen die Bewahrer der besten Gedanken. Sie nehmen die klügsten Ideen in sich auf, sie profitieren von unseren Erfahrungen, und auf diese Weise sind auch die Seelen nur Boten. Bewahrer des Wissens.«

Bisher hatten sie in ihren Gesprächen stets Bahnen betreten, die Henning nicht gänzlich unbekannt waren. Diesen oder jenen Teilaspekt hatte sein ruheloser Geist bereits zuvor gestreift, doch dieses Mal nahm Isenhart ihn an die Hand und führte ihn in Gefilde, in denen noch kein Mensch zuvor seinen Fußabdruck hinterlassen hatte. »Sie konservieren das Wissen«, fuhr er fort, »sie behüten die besten Gedanken.«

»Aber für wen«, fragte Henning von der Braake, »cui bono?«

»Es ist ein Wettstreit unter den Besten der Besten«, antwortete Isenhart, und vor Begeisterung begannen seine Wangen zu glühen, »ein Wettstreit, der seit Jahrhunderten andauert, seit der Schöpfung. Und andauern wird bis zum Jüngsten Gericht. Und vielleicht«, er holte tief Luft und gab sich einen Ruck, »und vielleicht auch darüber hinaus. Es ist der Wettkampf der besten Gedanken. Diejenigen, die zeitlos sind, überdauern, sie sind tatsächlich unsterblich. Und die, die nichts taugen, gehen wieder unter.«

Diese Idee erschien Henning von der Braake nur allzu einleuchtend. Der klügere Gedanke hatte sich ein ums andere Mal an der Wirklichkeit zu messen, hatte stets unter Beweis zu stellen, dass er von raffinierter Herkunft war. Tat er beides nicht, ging er sang- und klanglos unter. Tat er es, überlebte er. Er überlebte in den Menschen, die ihn nicht verwarfen. Starben sie, rettete der Gedanke sich mithilfe der Seele. Auf diese Weise war es ihm gegeben, der menschlichen Sterblichkeit ein Schnippchen zu schlagen.

»Du denkst, der Mensch und seine Seele sind so konzipiert, wie sie sind, weil wir existieren, um den besten und überragendsten Gedanken eine Heimstatt zu sein? Damit sie in uns hausen und fortdauern können, auch über Generationen hinweg?«

Isenhart nickte. Genau dies hatte er sich vorgestellt. Eine Welt, in der die Gedanken mit ihrer Hilfe Überlebensstrategien entwickelten, die sie nicht weiter an die Sterblichkeit des menschlichen Körpers band. Auf diese Weise dauerte nur der lohnende Gedanke fort. Und kristallisierte sich das Wissen als das heraus, worum sich alles drehte. Der kluge Gedanke pflanzte sich in den fruchtbaren Köpfen fort, verzweigte sich in Abwandlungen seiner selbst, die wiederum ihre Nützlichkeit – das Kriterium ihrer Existenz – im Alltag unter Beweis zu stellen hatten, und mithilfe der Seelen sicherten sie sich vor ihrem Verlust. Auf diese Weise war jeder Gedanke einem ständigen Wandel unterworfen, gleich einem rohen Edelstein, der mit jedem Schliff an Kontur und Wert gewann, der sich mit jeder Korrektur seiner Gestalt eine Spur mehr verewigte.

Henning musterte Isenhart, und er versuchte gar nicht erst, seine Bewunderung zu unterdrücken. »Das ist eine fantastische Idee«, bekannte er, »und in diesem Sinne wäre die Seele kein Indiz für das Jenseits.«

»Ganz richtig. Denn für das Überleben des Gedankens ist es völlig unerheblich, ob auf uns das Paradies oder die Hölle wartet oder keines von beidem. Ich muss aber bekennen«, fuhr Isenhart fort, »dass mir bei diesem Gedanken die Zusammenkunft einiger Gelehrter auf die Sprünge geholfen hat. Sie treffen sich in Toledo, man nennt es den ›Basar des Wissens‹. Und die Gespräche dort haben mir …«

»Du kennst den Basar des Wissens?«, platzte es aus Henning heraus. Er packte Isenhart fest an den Oberarmen, als hinge von dessen Antwort Wohl und Wehe der Welt ab: »Du warst dort, als du dich für Walther auf den Weg nach Toledo gemacht hast?«

Isenhart nickte. Er war erstaunt. »Woher weißt du davon?«

»Mein Vater hat mir davon erzählt.«

»Er war in der Puente?«

Henning schluckte, er entließ Isenharts Oberarme aus seinem festen Griff. »Ja, er hat oft von diesem Ort gesprochen. Es war ihm wie ein wahr gewordenes Wunder, ja, so hat er diesen Basar bezeichnet. Als ein Wunder. Stell dir ein dunkles Verlies vor, hat mein Vater immer gesagt, ein Verlies, so dunkel, dass du nicht einmal deine Füße sehen kannst, nicht einmal die Hand vor Augen. Und dann, ganz weit hinten, sehr klein und durch eine Brise stets kurz vor dem Verlöschen, erblickst du einen kleinen Schimmer. Ein winziges Licht. Das«, Hennings Lächeln wurde traurig, als er sich dessen entsann, »sei der Basar des Wissens.«

Günther von der Braake war also auch dort gewesen. Die Puente war für Isenhart untrennbar mit dem Namen seines Vaters verbunden, mit Sydal von Friedberg. Hatten sie sich dort getroffen, kannten sie einander womöglich?

Ja, es gab eine Verbindung zwischen diesen beiden Männern, wie Isenhart plötzlich begriff. Die Apparatur zum Messen des Gewichts der Seele, er hatte sie schon einmal gesehen. Als Zeichnung.

Jene Zeichnung seines Vaters, über die er sich in den Wochen vor der Alpenüberquerung den Kopf zerbrochen hatte. Ein Rechteck mit vier senkrechten Linien nach oben – die Aufhängung. Und mit einer senkrechten Linie nach unten – der Faden, der ins Wasser hinabreichte. Die Zeichnung, die auch Walther von Ascisberg ratlos zurückgelassen hatte. Selbst ihn.

Wie hätte er wohl reagiert, wenn ihm zu Bewusstsein gekommen wäre, es mit einem Versuchsaufbau zu tun zu haben, mit dessen Hilfe Sydal von Friedberg die Schädeldecke des Allmächtigen aufbrechen wollte, um einen Blick auf das göttliche Räderwerk des Weltenplans zu erhaschen? War es ungeheure Anmaßung, Blasphemie in einer Ausformung, die nichts Minderes als den Tod verlangte, oder ein forschender Geist, der vor nichts haltmachte? Der sich keine Fessel gestattete und auch keinem anderen, weder Ibn Al-Hariq noch dem Hüter der Puente, den Sydal getötet hatte?

»Ich kenne den Versuchsaufbau«, wandte Isenhart das Wort an den Freund, »ich bin ihm schon in Form einer Zeichnung begegnet. Die Zeichnung eines Mannes …«

»Sydal von Friedberg«, unterbrach ihn Henning von der Braake. Es lag nicht der Hauch eines Zweifels in diesen Worten. »Ein Genie. Leider bin ich ihm nie begegnet, aber Günther hat mir viel von ihm erzählt. Ja, du hast recht. Wir haben das zu Ende führen wollen, was von Friedberg begonnen hat. Eine Seelenwaage herstellen.«

Henning schüttelte den Kopf, sein Gesicht war ein einziges sentimentales Lächeln, als würde er sich an den Dummejungenstreich eines alten Freundes erinnern. »Seelen *wiegen*. Auf diesen abwegigen und einzigartigen Gedanken muss man erst mal verfallen«, fügte er bewundernd hinzu, »keine hohle, idiotische Idee, sondern ein geistiger Kunstgriff. Das Problem an der Wurzel packen, nicht vor der Unsichtbarkeit in die Knie gehen, sondern sie über das Gewicht sichtbar machen.«

Etwas an der Bewunderung des Freundes für seinen Vater stieß Isenhart zurück. »Sydal von Friedberg war ein Mörder«, wandte er ein.

»Aber nie der Mordlust wegen, sondern stets als Mittel zum Zweck auf dem Weg zur Erkenntnis – zumindest waren das Günthers Worte.«

»Was weißt du noch von ihm?«, fragte Isenhart, der nicht beurteilen konnte, ob die Stimmlage sein Stutzen verbarg oder verriet.

»Günther hat ihn in Toledo getroffen. Zusammen mit einem Araber soll er da eine Stätte geschaffen haben, an der jede Stimme das gleiche Gewicht genießt, ganz gleich, woher sie stammt, wie alt sie ist oder welchem Glauben sie angehört. Den Basar des Wissens. Das ist es, was mich für ihn eingenommen hat. Für Sydal von Friedberg.«

»In der Tat«, antwortete Isenhart, »es ist ein wunderbarer Ort.«

»Bist du ihm begegnet? Sydal von Friedberg?«, fragte Henning.

Isenhart schüttelte den Kopf: »Nein, leider nicht. Wie es scheint, lebt er in Kairo. Und … und er ist mein Vater.«

Henning von der Braake starrte ihn an, als habe er einen schlechten Scherz zum Besten gegeben. »Er ist mein Vater«, wiederholte Isenhart daher.

In Hennings Blick las Isenhart die Erkenntnis eines Mannes, den schon lange eine Frage umgetrieben hatte, mehr noch: eine Fassungslosigkeit, die sich jeder Erklärbarkeit widersetzte. Wie nur war es möglich, einem einfachen Wachmann zu begegnen, der des Schreibens und Lesens mächtig war, schnell in der Auffassung, rasend in der Conclusio, der Wille frei, der Geist erst recht ungebändigt. Wie konnte das sein? Die Antwort darauf war – das lag in der Natur der Sache – nicht monokausal. Walther von Ascisberg war der beste Mentor, dem jemand wie Isenhart in die Arme laufen konnte. Ein Mann, der das Aufglimmen von Isenharts Geist angefacht, der das auflodernde Feuer beständig gefüttert hatte mit Wissen und Aufgaben, an denen die noch rohe, ungehobelte Intelligenz sich aufrichten sollte wie ein Strang Efeu, der an einer Auswölbung in einer Mauer Halt fand, um von dort aus erneut ins Unbekannte aufzubrechen.

All das, Henning von der Braake erkannte es nun, war begünstigt worden durch Isenharts Herkunft. Er war der Sohn eines Genies. Der Sohn eines Mannes, der nicht gewillt war, Grenzen zu akzeptieren.

»Sydals Sohn.«

»Ja.«

Henning nickte. Er hatte es nicht wissen können, aber vielleicht müssen. Diese Nachricht wendete noch einmal alles – und gebar neue Chancen.

Sydals Sohn.

»Wir könnten zusammen an diesen Ort reisen«, sagte Henning.

Auf diesen Einfall, der so nahelag, war Isenhart noch nicht gekommen. Aber er nickte, was Henning zu einem Lächeln veranlasste, das aber zügig wieder verschwand.

»Michael von Bremen kann nicht der Jungfrauenmörder gewesen sein«, offenbarte Isenhart dem Freund, »dein Vater hat ihn erdrosselt, oben in Tarup.«

Henning zog die Stirn in Falten, verwundert musterte er Isenhart. »Das musst du mir später erklären, ich muss meinen Vater jetzt herrichten«, sagte er und federte hoch.

Isenhart erhob sich ebenfalls. »Natürlich.«

Henning schenkte ihm ein Lächeln, ein trauriges dieses Mal, und wandte sich ab. Isenhart blickte ihm nach. Natürlich wollte Henning seinen Vater aufbahren und den Herrn mit einigen Gebeten dazu bewegen, die Reinigung der Seele im Fegefeuer nicht allzu ausgedehnt geraten zu lassen, doch machte sich ein Unbehagen in Isenhart breit. Wollte Henning denn nicht hören, warum sein Vater das getan hatte? Ob Günther von der Braake der Seelensammler gewesen war, der sich ihnen ein ums andere Mal entwunden hatte, sie auf falsche Fährten gelockt und munter weitergemordet hatte?

Es gab nur einen Grund, weshalb Henning es nicht hören wollte, nicht hören musste, dachte Isenhart, und der lautete: *Er wusste es schon.*

Unter dem Vorwand, Henning von der Braake ein wichtiges Utensil für den Fortgang seiner Forschung besorgen zu müssen, erfuhr Isenhart, in welchen Kammern er und Simon von Hainfeld auf der Burg untergebracht waren.

Eilig huschte er hinauf, nahm zwei Stufen der steinernen Wendeltreppe, die hoch zu den Turmzimmern führte, auf einmal, stoppte plötzlich ab und lauschte. Ein Geräusch war an sein Ohr gedrungen. War Henning bereits wieder auf dem Weg zurück zu seiner Kammer?

Etwas zu seiner Linken flatterte, erschrak ihn, aber dann sah er eine junge Schwalbe, die sich in die Tiefe stürzte. Isenhart atmete einmal durch, sein Herzschlag beruhigte sich allmählich wieder.

Er war nicht hier, um etwas nachzuweisen, rief er sich ins Gedächtnis. Er war hier, weil er Gewissheit haben musste und Henning von dem schrecklichen Verdacht, der eben erst in ihm gereift war, reinzuwaschen. Er wusste nicht einmal exakt, wonach er in der Kammer Ausschau halten sollte.

Isenhart lief die restlichen Stufen hinauf. Die erste Kammer links, hatte die Frau gesagt, auf die er unten im Burghof eingeredet hatte. Die erste Kammer links, die mit einem Türeisen versehen war, an dem er zog – vergeblich.

Das leise, metallische Rasseln zu seinen Füßen verriet ihm den Grund. Eine dünne Kette mit alten, rostigen Gliedern sicherte den Zugang. Isenhart nahm die gegenüberliegende Tür ins Visier, was seine Vermutung umgehend bestätigte – die Kammer auf der anderen Seite wies keine Kette auf. Die Räumlichkeiten der Gäste auf Burg Weinsberg wurden also nicht prinzipiell geschützt.

Er zögerte für einen kurzen Augenblick, dann warf er sich mit aller Kraft gegen das Holz und zog sich eine Prellung an der Schulter zu. Die Kette riss aus ihrer Verankerung, die Tür flog auf und krachte gegen die Zimmerwand. Staub und Schmutz wirbelten auf und tanzten durch den feinen Lichtstrahl, den die Sommersonne durch den schmalen Schlitz sandte, der sich zwischen den hölzernen Fensterläden befand.

Ein Lager aus Stroh, darauf grobe Decken, grau. Von ihnen ging der Geruch von Pferden oder Maultieren aus, der Isenhart sofort in die Nase drang. Neben dem Lager stand der Nachttopf.

Spinnen hatten ihre Netze gespannt und blieben reglos, als Isenhart die Läden nach außen stieß, um dem Tageslicht Einlass zu gewähren. Neben dem Fenster befand sich eine Holzkiste, die an der Vorder- und Rückseite mit Metall verziert war. In deren Innern stieß er lediglich auf eine weitere Decke und zwei Kerzenstummel aus Talg. Bis auf einen großen, ledernen Beutel war die Kammer ansonsten leer.

Isenhart kniete sich neben den Ledersack und griff hinein. Er zog ein kleines, zylindrisches Tongefäß hervor, dessen Öffnung mit einem Stück Kork verschlossen war.

Er begutachtete es, wendete es zwischen seinen Fingern und zog dann das Korkstück heraus. Alles, was er ausmachen konnte, war eine dunkle Flüssigkeit, die sanft hin- und herschwappte, einen kleinen, fernen Lichtreflex auf der Oberfläche tragend. Er hob die Öffnung an seine Nase. Ein scharfer Geruch schoss Isenhart die

Nasenlöcher hinauf. Ein Aroma, das er noch nie zuvor gerochen hatte – ein Gemisch also, um etwas anderes konnte es sich kaum handeln. Eine Tinktur wofür?

Isenhart neigte das Gefäß und träufelte ein wenig davon über die Finger seiner linken Hand. Die Tropfen waren rot, sie schimmerten im Sonnenlicht. Ihren Sinn verrieten sie dabei nicht. Und doch hinterließen sie Schlieren auf seinen Fingern, hellrote Schlieren. Rot. Ein helles Rot.

Mit einem Mal führte die Farbe zu einer Assoziation. Isenhart griff sich an den Kopf, hinter die Ohrmuschel, dort, wo er nicht sorgsam genug barbiert worden war, dort, wo sich noch einige seiner hellbraunen Haare fanden, deren Länge diejenige eines Fingerglieds überragten – und riss sie aus.

Sorgfältig, aber eilig führte er sie in das kleine Gefäß, tränkte sie in der Flüssigkeit, zog sie wieder hinaus und hielt sie ins Sonnenlicht. Durchwoben von der Tinktur schimmerten seine Haare nun Rot. Ein dunkles Rot, fast kupferfarben. So rot wie jene Haare, die Lilith, die Wirtstochter, ihrem Mörder im Todeskampf von der Kopfhaut gerissen hatte.

Dieses war der Zweck der Tinktur: die Färbung der Haare. Der Mörder hatte sich getarnt, er hatte vorgegeben, rote Haare zu haben. Damit jene Trottel, zu denen Isenhart sich nun zählen durfte, ihm auf den Leim gingen und nach rothaarigen Männern Ausschau hielten. Ja, ganze Städte wie Spira nach ihnen durchkämmen ließen. Aber der Mörder hatte keine roten Haare. Und Michael von Bremen war daher entweder ein komplett Ahnungsloser oder ein Eingeweihter gewesen, den man am Ende hintergangen und gemeuchelt hatte.

Es gibt nichts Zwingenderes als die Logik.

Und diese erteilte Isenhart klare Auskunft: Es hatte keinen Sinn, seine Haare rot zu färben, wenn man rote Haare besaß. Damit schied Michael von Bremen als Täter aus. Was zur Folge hatte, dass die Haare, die er in der verkrampften, blassen Hand der Wirtstochter gefunden hatte, nicht diejenigen von Bremens waren.

Kaum hatte Isenhart diesen Gedanken gefasst, fuhr seine linke

Hand bereits unter sein Hemd und zog den kleinen Beutel hervor, in dem er die Haare und auch die Pergamente mitführte, die sie in Tarup entdeckt hatten. Nebst der verschlüsselten Nachricht seines Vaters. Er entnahm die Haare und betrachtete sie im Sonnenlicht, dabei legte Isenhart ein wenig den Kopf schief, als würden sie ihm unter dieser minimal veränderten Perspektive ihre wahre Herkunft verraten. Er schaute auf und entdeckte einen Tonkrug, der – durch das Lager ein wenig verdeckt – in Reichweite des Gefäßes für die Notdurft stand.

Er federte hoch, griff nach dem Krug und schaute hinein – aus dem Behältnis starrte ihn sein verschwommenes Spiegelbild an. Mit zwei zügigen Schritten, doch ein Ohr immer auf ein mögliches Geräusch von draußen gerichtet, um nicht überrascht zu werden, kehrte er zu dem Ledersack zurück, in dem Henning und sein Vater ihr Hab und Gut aufbewahrt hatten. Er setzte den Krug ab, nahm im Schneidersitz daneben Platz und hielt das Haarbüschel, das ihn bis nach Toledo und zurück begleitet hatte, über den Rand. Ein letztes Zögern noch. Mit etwas Glück würde er gleich mehr über den Seelensammler wissen.

Isenhart tauchte das Büschel in das Wasser, bewegte es mit sanften Bewegungen hin und her und hob es aus dem Krug heraus. Feine, rötliche Tropfen liefen an den Haaren hinab, einer Perlenschnur gleich, auf der jede neue Perle desto farbloser wurde, je mehr das Wasser die Färbung aus den Haaren wusch.

Isenhart kniff die Augen zusammen. Unter der roten Struktur der Haare schimmerte eine dunklere hindurch und trat langsam als Schwarz hervor. Der Mörder trug schwarze Haare. Das war seine wahre Erscheinung.

Die Haare Günther von der Braakes waren grau gewesen, fast weiß. Auch Sydal von Friedberg dürfte es kaum gelungen sein, sich dem Altern zu verweigern. Also hatte sein Vater tatsächlich Wort gehalten, stellte Isenhart fest. Er war nicht ins Heilige Römische Reich zurückgekehrt, um seine Taten fortzuführen. Und da er erst vor drei Jahren eine Nachricht an seinen Sohn in der Puente hinterlassen hatte, war auch jede Theorie über einen Wiedergänger obsolet, der bei den Morden seine Hände im Spiel gehabt haben sollte.

Isenhart hielt seine Gedanken von dem Offensichtlichen fern, so gut es eben ging, denn das Offensichtliche in dieser Angelegenheit barg auch ein Wider. Ein Wider von höchst persönlicher Natur. Die größte geistige Verstümmelung, die er sich vorzustellen in der Lage war, wenn er es wagte, die Augen endlich ins Licht zu richten.

Du suchst die Wahrheit, seit du denken kannst, ich weiß – ich suche sie auch schon mein ganzes Leben lang. Aber wir neigen dazu, sie immer dort zu suchen, wo es für uns nicht mit Unannehmlichkeiten verbunden ist, sie zu finden.

Walther hatte diese Worte an ihn gerichtet, bevor er nach Toledo aufgebrochen war. Er musste es geahnt haben, nahm Isenhart nun an, geahnt haben, aus eigener Erfahrung vermutlich, dass sein Schüler irgendwann diesen schmerzlichen Punkt kreuzen würde. Unwillkürlich deutete Isenhart ein Nicken an – er sah sich nun mit mehr als nur einer Unannehmlichkeit konfrontiert. Wenn seine These zutraf – und er war sich keinesfalls sicher, ob er das wirklich wissen wollte –, musste er seine Bahnen wieder alleine ziehen.

Und was ist dir die Wahrheit jetzt noch wert, hörte er seinen Mentor. *Wie weit bist du bereit zu gehen, Isenhart? Nur ein Mensch mit Überzeugung geht den Weg bis ans Ende. Und selbst wenn du felsenfest überzeugt bist, kann es immer noch die falsche Überzeugung sein.*

Isenhart entschied sich, den Weg bis zu Ende zu gehen, als er die Pergamente aus Tarup und das Schreiben seines Vaters an ihn vor sich auf den Boden legte. Urheber des Briefes war unzweifelhaft Sydal von Friedberg. Aber wer hatte jene anatomischen Zeichnungen angefertigt, vor deren Anblick sie in den Gewölben der Burgruine in Ehrfurcht erstarrt waren? Die Isenhart das erste Mal ahnen ließen, keinen Schlächter oder Wahnsinnigen zu jagen, sondern einen Mann, der ihnen voraus war. Einen Mensch aus einer anderen Ära. Einen Bruder im Geiste.

Isenhart beugte sich für einen Schriftenvergleich hinab zu den Pergamentblättern. Seine Augen glitten über die feingliedrigen

Buchstaben auf der Suche nach identischen Schriftmerkmalen. Und stolperten zunächst über die unterschiedlichen Wölbungen des *b*, dann über das geschlossene und ungeschlossene *g* zum *h*, das Sydal von Friedberg im Abschluss mit einer schwungvollen, einem Ausrufezeichen nicht unähnlichen Senkrechten beging, während die Schriften aus Tarup einen Schwung nach rechts ausgeben.

Einen lebhaften, möglicherweise ein wenig übermütigen Schwung. Was von Jugend zeugte, von Witz und Selbstsicherheit. Die Schriften aus Tarup stammten nicht von Sydal von Friedberg und auch nicht von Michael von Bremen. Sie stammten vom Täter selbst. Er hatte sie dort hinterlegt. Sie als diejenigen von Bremens ausgegeben, damit der Mordverdacht nicht auf ihn selbst fiel.

Alles fügte sich nun. Jeder Satz, jeder Blickwechsel, jede einzelne Erinnerung an Henning mit seinen schwarzen Haaren.

Natürlich. Der Seelensammler konnte nur ein Seelenverwandter sein.

Walther von Ascisberg war ihm auf die Schliche gekommen, während Isenhart und Konrad sich auf dem Weg von der Iberischen Halbinsel zurück ins Reich befunden hatten. Von Ascisberg hatte all das durchschaut und begriffen, was Isenhart jetzt ebenfalls zu begreifen begann. Sein alter Lehrer hatte den Täter in Spira stellen wollen und war von ihm erschlagen worden.

Wir haben das zu Ende führen wollen, was von Friedberg begonnen hat.

Ja, Henning führte es fort. Dort, wo Walther von Ascisberg Isenharts Vater die Klinge an den Hals gesetzt und ihm ein Versprechen abgerungen hatte, stand in Hennings Fall niemand. Niemand, der ihm Einhalt gebot. Bis jetzt.

Isenhart, der sich mit einem Mal schwach fühlte, um etwas Kostbares beraubt, fragte sich, was es mit dem letzten Hinweis seines Mentors auf sich hatte. *Anagramm.*

Anagramm wovon? Wofür?

Hinter ihm ertönte ein Geräusch. Isenhart sprang auf und wirbelte herum. Die Hand Simon von Hainfelds, die zu einer Faust geballt war, steckte in einem eisernen Handschuh und traf Isenhart mitten in seiner Aufwärtsbewegung.

Ein dumpfes Knacken nahm Isenhart noch wahr, und er glaubte, das Augenlicht zu verlieren, weil sich unverzüglich Dunkelheit über seine Augen legte. Er spürte auch, wie seine Knie nachgaben, die Beine einknickten und er stürzte. Ein langer Sturz, lang genug jedenfalls für einen letzten Gedanken, bevor er schwer auf den Steinplatten aufschlug und ihn die Ohnmacht umfing.

Dieser Gedanke galt Aberak von Annweiler.

Dem Mann, mit dem der Mörder sich und seinen Intellekt über den anderer gestellt hatte, weil er geglaubt hatte, so klug und so überlegen zu sein, dass niemand ihm gefährlich werden konnte und er sich deshalb ohne jede Not, bloß aus schierer Eitelkeit, einen Hinweis auf seine Täterschaft geleistet hatte. A-b-e-r-a-k war ein Anagramm von B-r-a-a-k-e.

34.

Man fand Isenhart mit einer Platzwunde und einer beachtlichen Beule am Kopf auf dem Boden der Kammer Henning von der Braakes.

Einigermaßen zu sich gekommen, setzte er den Burgherrn Engelhardt II., den Vater Agnes' von Weinsberg, von den Geschehnissen in dessen Haus in Kenntnis. Und von der Gefahr, die von Henning von der Braake ausging, sollte es nicht gelingen, ihn rechtzeitig zu stoppen. Der Ministeriale von Gnaden der Dynastie der Staufer stellte ihm zwanzig Mann aus seinem Gesinde für die Verfolgung zur Verfügung.

Drei Tage lang hetzte Isenhart ihm nach, überlegte stets, wie er sich auf der Flucht verhalten würde, wenn er sich selbst im Rücken wüsste, und entschied sich dann für die Routen, die abzusuchen er den Männern auf ihren Rössern befahl.

Anfangs erhielten sie noch wertvolle Hinweise von Bauern und vom fahrenden Volk, Indizien für Fährten, die allesamt nach Süden führten, dann einen weiten Bogen beschrieben und sich aufteilten – nach Westen und nach Osten.

Prompt verfielen Isenharts Mitstreiter auf die einzige Himmelsrichtung, die ihnen ihrer Meinung nach noch blieb: Norden. Dabei war es lediglich die einzige, wie Isenhart ihnen vorhielt, die die Flüchtenden bisher noch nicht eingeschlagen hatten und die sich ihnen deshalb als die wahrscheinliche aufdrängte. »Aber Henning von der Braake denkt anders«, wandte er sich an sie und las in ihren Augen schon den Zweifel, bevor er den Satz vollendet hatte, »und ich weiß, wie er uns zu täuschen gedenkt.«

Er würde sie täuschen wollen, indem er darauf setzte, dass die Verfolger bei der Frage, welche Richtung einzuschlagen war, aneinandergeraten würden – was auch eintrat –, sich darauf verließ, dass es Isenhart nicht gelingen würde, sie auf jenen Kurs einzustimmen, von dem er nahezu sicher annahm, Henning dort noch einholen zu können – es gelang ihm tatsächlich nicht –, und schließlich folgerichtig vermutete, dass die Männer sich ohne Isenhart nach Norden aufmachen würden – und so geschah es am 28. August 1197.

Nach 48 Stunden Hetzjagd preschte Isenhart auf sich gestellt in südliche Richtung weiter und verfehlte Henning und Simon von Hainfeld bei Groppenbach um eine knappe halbe Stunde.

Doch dann, nur einen Tag später, war es den Flüchtenden gelungen, über ein Dutzend Fährten von nahezu ebenbürtiger Glaubwürdigkeit zu legen, für deren zügige Überprüfung es Isenhart schlicht an Männern mangelte. Henning und sein Begleiter waren entkommen.

Als er erschöpft auf Burg Weinsberg zuritt, ertappte Isenhart sich dabei, erleichtert zu sein, weil er nicht in die Mühlen der moralischen Pflicht geraten war, die ein Stellen Hennings mit sich gebracht hätte – der Pflicht nämlich, ihn erschlagen zu müssen.

Engelhardt II., ein Mann von rascher Auffassungsgabe, zeigte sich untröstlich über den Umstand, welchen Nattern er hier in seinem Haus Zuflucht gewährt hatte; um Isenhart im gleichen Atemzug zu bitten, jenen chirurgischen Eingriff an seiner Tochter zu wagen, dessentwegen er Henning und seinen Vater mit zahlreichen Zugeständnissen hierhergelockt hatte.

Das war sieben Tage nach der Flucht.

Isenhart saß in den unterirdischen Gewölben und hielt die sehnige Hand einer alten Frau, deren zahnloser Mund nach Atem rang. Fürst Engelhardt stand neben ihm.

Isenhart blickte von der Frau, die beim Übergang in die andere Welt zumindest von einem Händedruck begleitet werden sollte, auf zu dem Mann, den ehrliche Sorge umtrieb. »Wenn ich Eurer Tochter den Kopf mit der Säge öffne, wird sie der Medizin einen großen Dienst erweisen und ich ihr einen schlechten. Eure Tochter wird wahrscheinlich sterben. Sie wird verbluten.«

Engelhardt II. schluckte, wiegte den Kopf hin, wiegte ihn her und rang sich durch: »Es ist nicht so, dass ich ein leichtfertiger Mann und Vater wäre, bitte schenkt mir Glauben. Ich würde Euch nicht um Eure Hilfe, um diese Gefälligkeit mit all ihren Unwägbarkeiten bitten, wenn mir eine Möglichkeit bliebe, versteht Ihr, Isenhart von Laurin? Begreift Ihr meine unselige Lage? Ihre Brüder haben sich von Agnes abgewandt, selbst ihre eigene Mutter. Und manchmal – manchmal wende auch ich mich ab. Wenn Agnes mir unheimlich ist. Das eigene Kind.« Er seufzte.

»Ich *kann* Euch nicht helfen«, beharrte Isenhart.

Der Fürst senkte den Blick. Der Gram um seine von Gott verlassene Tochter hatte schwere Falten in sein Gesicht graviert, seine Augen erschienen Isenhart unsagbar müde. »Die Benediktiner tuscheln schon, das Gesinde sowieso. Ihr wisst, was das heißt.«

Isenhart nickte. Unauffällig warf er einen Blick auf den Stumpf seines kleinen Fingers. Den Verdacht des Klerus zu wecken war nie ohne Risiko. »Wollen sie sie holen?«, fragte er.

Engelhardt II. deutete ein Nicken an. »Einige sagen, dass der Herrgott uns die letzten beiden Missernten auferlegt hat, um uns für unsere Nachsicht gegenüber meiner Tochter zu strafen. Und dass sie zur nächsten Herbst-Tagundnachtgleiche als Opfer dargebracht werden muss, um den Lauf der Dinge zu ändern. Was würdet Ihr an meiner Stelle tun?«

»Wenn mir am Wohl meiner Tochter läge«, entgegnete Isenhart ruhig, noch immer von den Strapazen der Jagd auf Henning von der Braake gezeichnet, »dann würde ich sie an einen Ort begleiten, an dem die … Kirchenoberen keinen Zugriff auf sie haben.«

Die Verblüffung, die sich im Gesicht Engelhardts II. widerspiegelte, war für Isenhart keine Überraschung, mehr noch, er ahnte, welche Frage der Fürst nun an ihn richten würde. »Und wo könnte das wohl sein?«

Engelhardts Ratlosigkeit war echt. Natürlich, denn das gesamte Abendland war christlich und dem Übergang zum Morgenland stand die oströmische Kirche vor. Alles, was danach kam, wurde von Allah und seinen Anhängern beherrscht.

»Ich weiß es nicht«, bekannte Isenhart daher, »möglicherweise müsste man dazu der Seidenstraße folgen.«

Fürst Engelhardt schien auch schon über diese Option gegrübelt zu haben, denn er nickte, als habe Isenhart ihn mit seinen Worten soeben in seiner Haltung bekräftigt.

»Die Seidenstraße«, murmelte er und wandte sich dann ab, seine Sporen klirrten für vier Schritte, bevor er verharrte und sich noch einmal zu Isenhart umwandte, so zügig, dass ihm das schulterlange Haar um den dünnen, faltigen Nacken schwang. »Wie lange wollt Ihr Euer mildtätiges Tun fortsetzen?«, fragte er.

»Bis es vollbracht ist«, antwortete Isenhart ruhig.

Eigentlich gingen ihn diejenigen, die Henning von der Braake hier in den Gewölben zum Sterben versammelt hatte, nichts an. Doch wenn er all den Groll, den er auf den früheren Freund empfand – in einigen Augenblicken durchfuhr ihn auch Hass –, wenn er all das beiseiteschob, blieb der Umstand, dass Henning Menschen wie Tieren mit Speise, Trank und Zuspruch das Sterben erleichtert hatte. Um sich seinen Zugewinn daran zu sichern – das Wiegen der Seele –, gewiss. Doch unterm Strich war das gegenseitige Nehmen und Geben für beide von Vorteil.

Weder für Hennings Forschung noch für den Versuchsaufbau, den sein Vater erdacht hatte, trug Isenhart Verantwortung. Und doch empfand er eine Verpflichtung, sich um die Sterbenden zu kümmern. Sicher galt sein Blick im Augenblick des Loslassens auch dem Faden, der sich wieder und wieder aus dem Wasserbecken erhob, diese Neugierde mochte er nicht vor sich leugnen, aber sie war nicht der Grund. Vielmehr gebot ihm einfach sein Mitgefühl, den Hilfebedürftigen nicht einfach den Rücken zuzuwenden.

Also blieb er noch neun Tage Gast in Weinsberg. Zuletzt starb ein Hund mit hellbraunem Fell, ein scheuer Geselle, dessen vier Pfoten allesamt vom Beige ins Weiß wechselten.

Der namenlose Vierbeiner, neben dem Isenhart im Gewölbe der Burg Weinsberg ausharrte, jenes schwache Tier, das ihm ebenso demütig wie dankbar die Hand leckte, wand sich unter Schmerzen, bevor es mit einem Mal ganz still wurde. Bis keine Vibration mehr den kleinen Körper durchlief, bis alles ganz ruhig war, der Blick auf Isenhart gerichtet, aus Augen, die nach und nach jeden Glanz verloren.

Isenhart strich dem verblichenen Hund noch einige Augenblicke durch das struppige Fell, bevor er den Kadaver schulterte und ihn dem Abdecker übergab, der ihm das Fell über die Ohren ziehen würde.

Jetzt war es vollbracht.

Am zehnten Tag verließ Isenhart die Burg Weinsberg und machte sich auf den Weg zum Kloster Sunnisheim, wo Sophia ihr Leben als Nonne fristete.

Milde, Güte und Nachsicht mit den Sterbenden war nur die halbe Wahrheit für jene Tage gewesen, die er in dem Gewölbe zugebracht hatte. Die andere Hälfte der Wahrheit bestand in seinem Versagen und seinem Verlust. Bestand darin, dass die letzten Jahre noch einmal wie in einem Fieberwahn an ihm vorbeizogen und Isenhart sich außerstande fand, am normalen Leben teilzunehmen.

Henning und er hatten sich verbündet, um Wissen in sich aufzunehmen und die Grenzen, ganz gleich, in welcher Disziplin sie sie vorfanden, infrage zu stellen. Knarrende Türen aufzustoßen und das schonungslose, grelle Licht nicht zu fürchten, das unweigerlich eintreten würde. Sie ergänzten sich, stachelten sich gegenseitig an, übertrafen einander in Schlagfertigkeit, Logik und geistiger Präzision, sie verblüfften sich gegenseitig, und ihr Lohn und ihre Triebfedern waren Anerkennung und Erkenntnis.

Erst jetzt, da er all das endgültig verloren hatte, begriff Isenhart, was für ein reicher Mann er gewesen war. Zu spät, denn natürlich war dieser Reichtum unwiederbringlich, und selbst wenn er wiederherstellbar gewesen wäre, hätte er den Zauber der Unschuld eingebüßt.

Man kann die Umstände zwar wieder herbeiführen, aber niemals wieder die einzigartige Magie des Augenblicks, wie Walther gesagt hatte, *ihr beide mögt Euch in diese und jene verlieben, jede wird euch einzigartig erscheinen, aber ich schwöre euch, niemals vergesst ihr die Weichheit und die Wärme des ersten Kusses und dazu das Trommeln eures Herzens. Denn keines von beidem wird jemals wiederkehren. Jedenfalls nicht so.*

Die von der Braakes mussten unwiderruflich in den Bann seines Vaters geraten sein, nahm Isenhart an. Und hatten in von Friedbergs Bemühungen um Antworten die Entsprechungen ihrer eigenen Sehnsüchte entdeckt. Niemand ließ sich ein Stück seines Fingers abhacken für eine Überzeugung, für die sein Herz nicht schlug.

Während er Richtung Sunnisheim ritt, bemühte sich Isenhart, die Ereignisse Revue passieren zu lassen, die nun zwangsläufig in einem neuen Licht erschienen.

Ob der Mord an Anna der erste war, den Henning oder Günther auf ihrer Suche nach der Seele begangen hatten, wusste er nicht. Sich allerdings Gedanken über jene zu machen, von denen er keine Kenntnis hatte, hatte keinen Sinn.

Also nahm er den Mord an ihr als Ausgangspunkt.

In seinen Gedanken erschien Isenhart wieder die Spur im Schnee, die sich zu der von Anna gesellt, sie verfolgt und – später an der Eiche, wo er ihren entsetzlich zugerichteten Leichnam fand – eingeholt hatte.

Es war die Spur *eines* Mannes gewesen. Günther? Henning? War dies sein »Gesellenstück« gewesen?

Es gab keinen konkreten Hinweis, wer von beiden ihm das Liebste genommen hatte, das er damals besaß. Lediglich die Untersuchung, die Walther von Ascisberg an ihrem aufgebahrten Leib durchgeführt hatte, der Schnitt nämlich durch die Kehle, bei dem der Mörder nachgesetzt haben musste, verwies auf jemanden, der darin noch nicht allzu viel Übung besessen hatte.

Was war wohl mit Annas Herz geschehen, das ihr der Mörder an Ort und Stelle entnommen hatte? Was hatten Henning oder Günther wohl damit bezweckt?

Chronologisch betrachtet war zwar Ketlin, die kleine Schwester von Brid, der Hübschlerin, das nächste Opfer. Henning – dieses Mal war Isenhart sich sicher – hatte das junge Ding mit vier Stichen in den Hinterkopf getötet. Mittlerweile hatten Vater und Sohn genug über den Aufbau des menschlichen Hirns in Erfahrung gebracht. Sie dürften versucht haben, jenen Punkt zu treffen, der zum sofortigen Tod führte.

Dennoch schob Isenhart Ketlin in Gedanken auf, weil die Abfolge der Ereignisse aus seiner Sicht eine andere war. Mit der Verurteilung und Hinrichtung Alexander von Westheims hätte alles beendet sein können. Er hätte ein neugieriges, aber beschauliches Dasein in Heiligster führen können. Bis er neben Liliths Leichnam gekniet und schon vor der Untersuchung des bleichen Mädchenkörpers die Gewissheit verspürt hatte, dass es noch nicht vorbei war. Wie aus einem Nebel heraus war der Mörder aufgetaucht und hatte erneut zugeschlagen. Wieder ein herausgerissenes Herz – so viel Zufall gab es nicht.

Nein, Henning von der Braake hatte seine Haare gefärbt, sich den rechten Arm vor den Bauch oder auch den Rücken gebunden und sich als Aberak von Annweiler ausgegeben.

Natürlich war er schon dort gewesen, zuvor. Sie musste ihm aufgefallen sein, die Tochter des Wirts. Vielleicht hatten Vater und Sohn dort einmal haltgemacht, hatten eine Kleinigkeit gegessen oder die Pferde getränkt, kurz mit dem Wirt geplaudert. Vielleicht war Lilith derweil über den Hof gegangen, hinüber zu den Kühen. Ein hübsches Kind. Unschuldig musste sie in Hennings Augen gewirkt haben. Unberührt.

Das, was auch ihr Vater später bezeugen sollte: *Lilith war mit niemandem, sie hatte kein teco-meco mit einem Burschen.*

Der Vorteil bei einem Mord an dem Kind hatte auf der Hand gelegen, wie Isenhart sich vergegenwärtigte. Wer immer sie entdeckte, Vater oder Bruder, würde nach dem Medicus der Stadt Spira schicken, ohne zu ahnen, dass er damit den Mörder zurück zu seinem Opfer beorderte.

Also schlich Henning sich in der Nacht in den Stall, wo Lilith neben der Kuh wachte, die alsbald kalben würde. Gut möglich, dachte Isenhart, dass er freundlich das Wort an sie richtete. Er stellte sich vor, wie Henning neben ihr Platz nahm. Wie er ein paar Worte über die Kuh verlor und dann über Liliths Erscheinung, ein Kompliment, das ihr die Röte ins Gesicht trieb. Dann ihr Lächeln, das in sich zusammenfiel, als sich zu dem einen Arm des Rothaarigen wie aus dem Nichts ein zweiter gesellte, der ihr eine dünne, harte Metallspitze ohne Zögern einen halben Fuß weit in den Schädel trieb.

Möglicherweise wand sich noch ein Seufzen oder Aufstöhnen über Liliths Lippen. Auf jeden Fall aber griff ihre Hand im Todeskampf nach ihm, fand seinen Schopf und packte ihn. Eine Gegenwehr, mit der er nicht gerechnet hatte. Also stieß er ein zweites Mal zu, und im Erstarren riss Lilith ihm die Haare aus der Kopfhaut, bevor sie tot zur Seite sackte.

All das war reine Einbildungskraft. So oder anders hatte es sich abgespielt. Sicher war nur: Lilith hatte ihrem Mörder schwarze Haare ausgerissen, die dieser zuvor rot gefärbt hatte. Den Mord an ihr hatte zweifelsohne Henning begangen. Danach – die Wachen hatten es am Folgetag bestätigt – hatte Henning alias Aberak von Annweiler rothaarig und einarmig die Stadttore passiert. Und schwarzhaarig und zweiarmig einige Stunden später die Stadt wieder verlassen.

Natürlich durchforsteten sie alle Gasthäuser und Herbergen vergebens nach Aberak, da der Mann, der vorgegeben hatte, jener zu sein, sich die ganze Zeit über direkt neben ihnen befand und auch noch, Isenhart erinnerte sich sehr genau an die frühen Abendstunden jenes Tages, sibyllinisch anzumerken wusste, dass Isenharts Vorschlag, alle Schenken und Herbergen zu durchsuchen, ein *guter Vorschlag* war. Und sich am kommenden Morgen, als sie ihre Suche nach dem einarmigen Rothaarigen abbrachen, nicht verkneifen konnte zu sagen: *Es ist, als hätte der Erdboden Aberak von Annweiler verschluckt.*

Um dieser Unverfrorenheit den letzten Schliff zu geben, hatte sich die pure Fassungslosigkeit über diesen unerhörten Umstand äußerst glaubwürdig in Hennings Gesicht gespiegelt.

Der Mord an Lilith hätte keine Konsequenzen für Henning von

der Braake gehabt. Er wäre mit seinem Vater im Stall des Wirts aufgetaucht, Günther hätte eine Untersuchung an der Leiche durchgeführt, Lilith zur Beisetzung freigegeben, sein Sohn hätte mit ehrlicher Miene versichert, man werde den Schuldigen bis ans Ende der Welt verfolgen lassen, um die Sache dann in Spira im Sande verlaufen zu lassen.

Dies wäre der Gang der Dinge gewesen. Aber Henning und sein Vater hatten stattdessen zwei Wachmänner der Stadt im Stall vorgefunden, die sich des Falles bereits angenommen hatten – und einer von ihnen wischte mit einer Analyse des Tathergangs, die er aus dem ableitete, was er beobachtet hatte, jede Hoffnung, man habe es mit zwei Tölpeln zu tun, denen man mühelos ein X für ein U vormachen konnte, beiseite. Während dessen Begleiter Konrad in Spira verweilen wollte, ließ dem anderen, Isenhart, die Angelegenheit keine Ruhe.

Henning begleitete ihn daher auf dem Weg nach Annweiler. Er kannte das Eußertal bereits, er war hier gewesen und hatte sich auf dem kleinen Friedhof für *Aberak* von Annweiler entschieden, weil dessen Vorname ein Anagramm zu *Braake* bildete.

Vielleicht hatte sie der Weg von Frankreich ins Heilige Römische Reich durchs Eußertal geführt, möglicherweise auch der Ruf eines kranken Fürsten. Jedenfalls mussten sie den Friedhof nach 1180 passiert haben, dem Jahr, in dem von Annweiler beigesetzt worden war. Hennings wachem Verstand dürfte sich die Buchstabenfolge Aberak geradezu aufgedrängt haben, überlegte Isenhart. Ihm war in die Augen gesprungen, wofür alle anderen – Walther und ihn selbst eingeschlossen – blind gewesen waren. *Braake* und *Aberak, Aberak* und *Braake.*

Isenhart schüttelte den Kopf, ein Zeichen der Verwunderung, das Offensichtliche, das, was sich unmittelbar vor ihm abgespielt hatte, nicht gesehen zu haben.

Auf der Reise ins Eußertal, von der Isenhart angenommen hatte, sie würden etwas über den Mörder in Erfahrung bringen, hatte er Henning lediglich als Studienobjekt gedient. Der junge von der Braake verfolgte jeden gedanklichen Schritt, den Isenhart unternahm. Und das, was er vorfand, musste ihn entzückt haben, ansonsten wäre die Nacht in der Scheune Anselms, des Wirtes und Mordbuben, anders ausgegangen.

Was sich erst später ereignete, dachte Isenhart und ordnete seine Gedanken, die bereits voranstürmten, weil er darauf brannte, jetzt all die Blicke und Gesten und Worte mit neuer Bedeutung zu füllen, der Wahrheit nämlich, denn Isenharts Erinnerung an die gemeinsamen Momente mit Henning entsprach den Tatsachen – aber nicht der Wahrheit. Er gebot seinen Gedanken Langsamkeit. Er zwang sie zurück zu jener Reise, die sie an von Annweilers letzte Ruhestätte geführt hatte.

Tatsächlich offenbarte sich ihm eine weitere Erkenntnis: Henning von der Braake hatte ihn auch deshalb begleitet, weil er dadurch ständig über den Stand der Jagd auf sich selbst in Kenntnis bleiben konnte. Sobald Isenharts Nachforschungen und Überlegungen ihm zu gefährlich erschienen, konnte er sie manipulieren, ablenken, zerstreuen.

Und niemals hatte er Isenhart während ihrer gemeinsamen Reise einen wertvollen Rat erteilt, wie dieser jetzt rückblickend feststellen konnte. Ohne eine Spur des Mörders waren sie nach Spira zurückgekehrt, unwissend und ratlos. Hennings Mission, die Suche im Sande verlaufen zu lassen, war von Erfolg gekrönt gewesen. Es hatte keinen Anlass mehr gegeben, sich noch länger mit dem Wachmann Isenhart abzugeben.

Und doch tat er es. Entflammte sich an Isenharts Traum vom Fliegen, stellte mit ihm Thesen auf, verwarf sie wieder, und es war Hennings Überlegung, aus den zwei beweglichen Flügeln einen einzigen zu konstruieren.

Ja, sie hatten ihre jeweilige *Ergänzung* gefunden. Sie zogen nicht mehr alleine ihre Bahnen, das – Isenhart war sich sicher – hatte auch Henning so empfunden.

Die Suche nach dem Mörder, die Isenhart wieder aufnahm, weil er aus seinem schier überwältigenden Bedürfnis zu fliegen, dem auch die Amputation eines Fingers nichts weiter anhaben konnte, das Bedürfnis des Täters zu morden ableitete, führte nach Spira. Zu

Ketlin. Zu dem Friedhof, auf dem Isenhart seine Schritte verlangsamt hatte, weil er meinte, die Toten bewegten sich unter der Erde.

Henning hatte sich zu ihm umgewandt, der Regen prasselte aus dem Nachthimmel auf sie hinab.

Es sind Gase, die entweichen. Fäulnisgase.

Mit diesen Worten hatte Henning ihn beruhigen wollen. Und er hatte noch etwas hinzugefügt: *Das erste Mal hab ich mich auch erschrocken. Aber mit den Jahren …*

Heute, als Isenhart seine Erinnerungen noch einmal Gestalt annehmen ließ, offenbarte sich hinter Hennings Äußerungen ein anderer, düsterer Sinn. Denn in Ketlins Schädel fand er kurz darauf vier Einstiche. Vier.

Bei Lilith, dem dritten Opfer, von dem Isenhart Kenntnis hatte, waren es nur noch zwei. *Zwei Stiche.* Er erschauerte bei dem Gedanken, Henning habe inzwischen eine Präzision erlangt, die ihn mit nur einem einzigen Stich töten ließ.

Er sah wieder Brid vor sich, ihre kleine Kammer, in der sich ein säuerlicher Geruch in Kleider und Lager, die Ritzen der Holzwand und in die Astlöcher in der Decke eingenistet hatte. Roch den Regen, der Henning, Konrad und ihm in den Leinen hing, während sie sich um Brid geschart hatten. Und er hörte wieder Henning von der Braake, der erneut jeden Verdacht weit von sich schob, indem er das Wort ergriff und es an die Hübschlerin richtete: *Aberak von Annweiler – kennst du ihn?*

Nein, Brid kannte ihn nicht, was kein Wunder war, denn von Annweiler war tot und hatte mit den Morden nichts zu tun, nur die Buchstaben seines Vornamens und eine Laune des Mörders hatten ihn Teil dieser Geschichte werden lassen.

Der Besuch bei der Hure brachte die – scheinbar – entscheidende Wende. Zum ersten Mal wussten sie, wen es zur Strecke zu bringen galt. Einen Mann namens Michael von Bremen.

Einen Menschenfresser.

Die erste Deckung, hinter der Henning von der Braake sich verschanzt hatte, war gefallen. Aberak von Annweiler wich der zweiten Deckung, Michael von Bremen.

Ein rothaariger, bärenstarker Mann. Einarmig. Ein furchterregendes Monstrum, dem der Arm bei Doryläum abgeschlagen worden war. Der sich wider jede Wahrscheinlichkeit von dieser Verletzung erholt hatte, indem er das Herz eines starken Gegners verspeist hatte. Eine großartige Geschichte, denn sie kreuzte jene von Sydal von Friedberg und Ibn Al-Hariqs, und, für Hennings Zwecke viel elementarer, sie lieferte eine sinnvolle Erklärung für den Raub der Herzen.

Im Orient gibt es die Vorstellung, dass der Verzehr eines starken Herzens denjenigen erstarken lässt, der es verspeist.

Eine weitere Absicherung, eine willkommene Verschleierung der wahren Motivation. Dazu angetan, Isenharts Verstand in die Irre zu führen.

In jener Nacht, in der sie vor dem Dauerregen Schutz in der Herberge suchten, war Isenhart Henning so dicht auf den Fersen wie niemals zuvor. Trotzdem schlug er Anselms Sohn Huste die Hand ab, die die Klinge zu Isenharts Kehle geführt hatte. Er rettete dem Mann das Leben, der vielleicht schon einen Tag darauf das seine zunichtemachen würde.

In der Rückschau der Ereignisse fühlte Isenhart sich fast geschmeichelt. Jemand hielt ihn für so unersetzlich, für so einmalig, dass er für sein Überleben die eigene Hinrichtung riskierte. Konnte es eine größere Zugewandtheit geben?

Was mochte in Henning vorgegangen sein, als sie in das Gewölbe in Tarup hinabstiegen? Ein ruhiges Wort an von Bremen und nur eine, vielleicht zwei Erwiderungen seinerseits hätten genügt, um der Illusion vom wahren Täter, den man in der eigenen Burg gestellt hatte, ein Ende zu machen. Henning und Günther, begriff Isenhart, mussten um jeden Preis einen Austausch zwischen Michael von Bremen und ihm verhindern. Kein Wort hatte fallen dürfen, oder alles wäre in Gefahr gewesen.

Isenhart erreichte eine Anhöhe und stieg vom Pferd. Von hier aus schob sich das Kloster Sunnisheim in sein Blickfeld, eine Benediktinerabtei, die auf dem Michaelsberg oberhalb des Ortes Sunnisheim errichtet worden war. Im Jahre 1100, wie Zolner berichtet hatte.

Das Kloster, das die Bräute Christi beherbergte. Eine von ihnen war Sophia.

Doch bevor er ihr gegenübertreten konnte, wollte Isenhart das, was passiert war, durchdacht wissen. Und hinter sich lassen.

Bevor er auf die Pergamente im Gewölbe der Burgruine stieß, hatte Henning sie von allen unbemerkt dort abgelegt. Er und sein Vater setzten überraschte Mienen auf. *Aufzeichnungen! Womöglich von Michael von Bremen selbst!*

Was für ein Ungeheuer. Das war Konrad angesichts der anatomischen Zeichnungen über die Lippen gekommen. Und weder ihm noch Isenhart war bewusst, dass dieses Ungeheuer neben ihnen stand.

Isenhart jedoch hatte spätestens an jenem Punkt begriffen, keinem Wiedergänger oder Wahnsinnigem auf den Fersen zu sein – sondern vielleicht einem Genie.

Vielleicht einem Genie. Was für ein Balsam mussten seine Worte für Hennings gepeinigte Seele gewesen sein. Der junge von der Braake, der bis dahin niemand Ebenbürtigen getroffen hatte, der dazu verdammt war, Schach mit sich selbst zu spielen, und der daher von keinem neuen Zug überrascht werden konnte, der für seine eigenen Züge stets ohne Anerkennung blieb, ebendiesem Henning von der Braake mussten Isenharts Worte die reinste Wonne bereitet haben.

Endlich jemand, der seine Taten als das beurteilte, was sie waren: bahnbrechend und einem begnadeten Kopf entsprungen.

Mitten in diesen Moment platzte Michael von Bremen. Durchaus eine Respekt einflößende Erscheinung, ein Mann, der nicht wissen konnte, wie ihm geschah. Der diese Zeichnungen nicht angefertigt, nicht gemordet und der nur als Sündenbock für Henning von der Braake gedient hatte. Der diesem vermutlich nur aus den Erzählungen Sydals von Friedberg bekannt gewesen war, den wiederum sein Vater getroffen hatte – damals in der Puente.

Isenhart schüttelte den Kopf, den Blick auf das Kloster Sunnisheim gerichtet. Ein Mückenschwarm kreuzte seine Position und verharrte über ihm und seinem Pferd. Isenhart setzte seinen Weg auf das Benediktinerstift zu Fuß fort. Und jeder Schritt erschien ihm schwerer als diejenigen, die ihn über das Alpenmassiv geführt hatten.

Michael von Bremen war in den Ruinen seiner Wohnstatt vier Fremden begegnet, verstand Isenhart. Vier Männern, die behauptet hatten, aus Spira zu stammen, und ihn wegen irgendwelcher Morde zur Verantwortung zu ziehen gedachten. Und einer von ihnen stürmte schon auf ihn zu: Konrad. Michael von Bremen entschloss sich zum Kampf – aber nicht, weil er die Morde an drei Jungfrauen begangen hätte, sondern um sich seiner Haut zu erwehren. Jeder Austausch zwischen Isenhart und von Bremen musste aus der Sicht der von Braakes unterbunden werden. Das war der Grund gewesen, begriff Isenhart, der Grund für Günther, den Armbrustbolzen auf den rothaarigen Hünen abzufeuern, der diesem in den Oberschenkel fuhr.

Und nachdem sie sich getrennt hatten – *es ist klüger, wenn wir uns aufteilen* –, während sie zu dritt, Konrad, Isenhart und Henning, in der Ruine nach dem verletzten Mann suchten, folgte Günther von der Braake der Blutspur, traf auf den Mann und erdrosselte ihn.

Nun war Günther nicht besonders kräftig gewesen, dachte Isenhart, er entsann sich Brids Schilderung, wie Michael von Bremen den Herrn des Frauenhauses mit nur einem Arm gepackt und die Treppe hinabgestoßen hatte.

Doch Michael von Bremen mochte die Kraft eines jungen Pferdes entfesseln können, aber nur, wenn er seinen verbliebenen Arm einsetzen konnte. Brachte man es fertig, von Bremens Arm zu fixieren, war der Mann quasi hilflos. Günther von der Braake hatte sich vermutlich eines Stockes und eines Stückes Tuch bedient, dem Hünen das Leinen um den Hals gelegt und es mit dem Stock, Wendung für Wendung, mit der er ihn im Kreis drehte, immer enger gezogen.

Anschließend beging er den Fehler, auf den Isenhart im Spiegel des Hauses von Marco Ray stieß: Er band einen Augspleiß, mit dem er den Toten an die Decke zog, bevor er auf seine Position zurückkehrte, an der sie ihn vorfanden.

So verließen sie Tarup. Die Taten waren gesühnt, Annas Mörder tot, aber der Sieg, den sie errungen hatten, schmeckte schal.

Dieser Umstand gelangte offenbar auch Günther und Henning zu Bewusstsein. *Ich begreife nicht, warum er das getan hat,* bekannte Günther von der Braake deshalb scheinheilig. Und sprach das aus, was Konrad und Isenhart empfanden.

In Spira wäre er bei lebendigem Leib verbrannt worden. Das war Hennings Erklärung gewesen, die ihnen halbwegs einleuchtete. Damit und mit ihrer Rückkehr nach Spira und Heiligster hatte das Morden ein Ende gehabt, war die Jagd abgeschlossen und waren Henning und er frei gewesen, sich anderen Dingen zu widmen, der Entwicklung eines Nurflüglers etwa.

Ohne Walthers Geständnis über Isenharts tatsächliche Herkunft und dessen Reise zurück zu seinen Wurzeln würden sie noch immer Seite an Seite das Hier und Jetzt erforschen, infrage stellen, neu definieren, neue Grenzen abstecken, kurz: sich ihre Welt ertasten.

35.

Als Sophia von Laurin das erste Mal in Begleitung von Vater Hieronymus das Tor zu der Anlage aus hellem Sandstein betreten hatte, dem Benediktinerkloster Sunnisheim, hatte sie geglaubt, ihr Herz habe aufgehört zu schlagen und das, was von der säkularen in die geistliche Welt übergetreten war, sei nur mehr ihr Körper gewesen.

Der Schrecken aber, vor dem sie sich gewappnet hatte, blieb aus. Über dem Torbogen war sorgsam das Credo des Ordensgründers Benedikt von Nursia in den Stein gemeißelt: *Ora et labora et lege.*

Das Gebet, das der heilige Benedikt als Erstes anmahnte, überraschte Sophia nicht. *Labora,* der Imperativ, der den Ordensmitgliedern das Arbeiten befahl, erwies sich als offenkundig. Nonnen und Laienbrüder schwirrten emsigen Ameisen gleich durch den Innenhof des Klosters. Sie widmeten sich der Arbeit im Garten oder gingen den Weltlichen zur Hand, die sich hier angesiedelt hatten. Dem Schmied, dem Zimmerer oder dem Seiler. Viele verrichteten ihre Arbeit auch auf den umliegenden Feldern oder Weinbergen.

Lege – lies! Darin lag für Sophia von Laurin der alleinige Trost. Denn nur um der Ehe mit Reimar von Vogt zu entrinnen, ohne damit Nachteile für Heiligster und seine Bewohner heraufzubeschwören, hatte sie sich für das Klosterleben entschieden. Wäre ihre Wahl auf einen anderen Verehrer gefallen, hätte sie vielleicht ihren Bruder in Lebensgefahr gebracht. Ein auf solche Art gedemütigter Reimar von Vogt hätte sich womöglich für diese Zurückweisung revanchiert, indem er dem Abt von Mulenbrunnen den Aufenthaltsort des letzten Stammhalters des Hauses Laurin verraten hätte.

Sophias Entschluss erlaubte es ihm dagegen, sein Gesicht zu

wahren. Gegen Jesus Christus den Kürzeren zu ziehen, erschien nicht nur annehmbar, sondern geradezu geboten.

An jenem Nachmittag, an dem Sophia das Kloster betrat, standen zwei der Nonnen im schwarzen Habit der Benediktiner nur wenige Fuß entfernt am Kräutergarten des Klosters. Eine weitere rührte mit einem Stab in einem Trog, in dem sich eine dunkle Brühe befand. Die anderen beiden waren eine Novizin und eine kleine, schmale Frau. Feingliedrig und sehnig.

»Das ist Gamander, er eignet sich ausgezeichnet gegen Magenverstimmungen«, erklärte diese der Novizin und deutete dabei auf die jeweilige Pflanze, »Odermennig. Anzuwenden bei Darm- oder Harnbeschwerden, zeigt aber auch Wirkung bei Zahnfleischentzündungen. Und das ist Weinraute. Sie …«

»Mutter Oberin«, rief die Nonne am Trog, »die Kukullen werden nicht schwarz.« Zum Beweis hob sie mit dem Stecken etwas von dem Leinen, das zu den Überwürfen der Benediktiner verarbeitet worden war, aus dem Trog. Tatsächlich hatte der Stoff erst eine dunkelgraue Schattierung angenommen.

»Rühr mehr Eichenlohe hinein und lass den Sud sich setzen«, wies die Oberin sie an und wollte sich wieder der Novizin zuwenden, um sie weiter in die Heilkräuterkunde einzuweisen, als ihr Blick an einer außergewöhnlichen Erscheinung hängen blieb.

Ein Paar grüner Augen, das sie musterte, ein zartes Gesicht voller Sommersprossen, der kleine Mund und das – darin spiegelte sich Sophias Wesen – ungezähmte rote Haar, das ihr vom Kopf abstand. Und sich nicht bändigen ließ.

Oberin Adina, deren blondes Haar an den Schläfen kaum merklich einem Aschgrau Platz machte und die ebenfalls mit Sommersprossen geschlagen war, bedauerte im gleichen Augenblick den Entschluss dieser jungen Frau.

Natürlich nahm man den Novizinnen alles, um sie zunächst von allem Weltlichen zu befreien, zuvorderst vom freien Willen, denn nur ein willenloser Charakter eignete sich, zu einer gottgefälligen Form zu reifen.

Man nahm ihnen ihren Besitz, und so geschah es auch mit Sophia, nachdem Oberin Adina ihr einen Platz im Dormitorium zugewiesen hatte. Sophia entsagte ihrem Kamm und ihren Kleidern, sie entblößte sich vor Adina, die ihr half, Tunika und Habit anzulegen.

Neque aliquid habere proprium, nullam omnino rem, neque codicem, neque tabulas, neque graphium, sed nihil omnino. Quippe quibus nec corpora sua nec voluntates licet habere in propria voluntate – *Keiner habe etwas als Eigentum, überhaupt nichts. Kein Buch, keine Schreibtafel, keinen Griffel, nichts. Den Brüdern ist es nicht erlaubt, nach eigener Entscheidung über ihren Leib und ihren Willen zu verfügen.*

So hatte Benedikt von Nursia es erlassen, Kapitel 33, Regel drei und vier.

Otiositas inimica est animae, et ideo certis temporibus occupari debent fratres in labore manuum, certis iterum horis in lectione divina. *Müßiggang ist der Seele Feind. Deshalb sollen die Brüder zu bestimmten Zeiten mit Handarbeit, zu bestimmten Stunden mit heiliger Lesung beschäftigt sein.* Kapitel 48, Regel 1.

Und im Anschluss daran hatte der Ordensvater 24 Regeln aufgestellt, die den Tagesablauf eines jeden Benediktiners bis ins Kleinste regelten, die letzte Regel entließ Sophia in den Schlaf, und die erste erwartete sie nach dem Aufwachen. Man nahm ihr die Zeit zum Nachdenken, wie man ihr die äußerlichen Eigenarten nahm, indem man ihr die widerspenstigen roten Haare vom Kopf schor.

Adina untersagte ihr vorläufig den Kontakt zu ihrer Familie, damit sie sich ganz auf ihren Bräutigam Jesus Christus konzentrieren konnte, der nicht gewillt war, ihre Liebe und Zuneigung mit einem Sterblichen zu teilen, sei es Bruder, Vater Hieronymus, Schwägerin Marie oder gar Isenhart.

Schon zwei Tage zuvor war eine Novizin aufgenommen worden, es war jene, der die Oberin die Kräuter und deren Wirkungen nahegebracht hatte. Ihr Name war Esther. Esther weinte sehr viel, sie weinte den Vergnügungen ihres adligen Hauses nach, ihren schönen, langen Haaren, sie weinte über ihr mangelndes Gedächtnis und über die Schwielen, die sich nun auf ihren Handflächen bildeten.

Eigentlich hätten Esther und Sophia das Postulat auf ihrem Weg zur Novizin durchlaufen müssen, aber ein strenger Winter hatte das Kontingent der Novizinnen ausgedünnt – daher übersprangen Esther und Sophia diese Sprosse in der Hierarchie. Ebenso wie Cloe, durch die sie wenige Tage nach Sophias Ankunft zum Trio wurden. In Cloes Augen loderte das Feuer des Glaubens bereits lichterloh, als sie vor Adina trat. Sie brannte darauf, ihre Haare loszuwerden, sie brannte auf die Horen und sie brannte darauf, sich zu kasteien.

In dem Scriptorium, in dem die Schwestern an den Pulten saßen und Buchstabe für Buchstabe kopierten oder – die gebildeteren – die Ursprungstexte aus dem Hebräischen oder Griechischen ins Lateinische transferierten, stellte Oberin Adina sich vor ihre drei Schülerinnen.

Es herrschte Stille, nur das Rascheln von Federkielen, die über Pergament kratzten und die hin und wieder nachgaben und mit einem scharfen Messer in Form gebracht werden mussten, durchbrach das Schweigen.

»Primus humilitatis gradus est oboedientia sine mora«, wandte Adina sich leise, aber sehr gut vernehmlich an sie. »Haec convenit his qui nihil sibi a Christo carius aliquid existimant. Kapitel 5, über den Gehorsam: *Der erste Schritt zur Demut ist Gehorsam ohne Zögern. Es ist die Haltung derer, denen die Liebe zu Christus über alles geht. Wegen des heiligen Dienstes, den sie gelobt haben, oder aus Furcht vor der Hölle und wegen der Herrlichkeit des ewigen Lebens darf es für sie nach einem Befehl des Oberen kein Zögern geben, sondern sie erfüllen den Auftrag sofort, als käme er von Gott.*

Von ihnen sagt der Herr: ›Aufs erste Hören gehorcht er mir.‹

Und ebenso sagt er den Lehrern: ›Wer euch hört, hört mich.‹

Daher verlassen Mönche sofort, was ihnen gerade wichtig ist, und geben den Eigenwillen auf.«

Mutter Adina wandte ihnen nacheinander einen prüfenden Blick zu. Cloes Gesicht strahlte von innen, jedes Wort verschlang sie so begierig, dass Sophia sich unwillkürlich fragte, weshalb es sie erst im Alter von sechzehn Jahren hierher verschlagen hatte.

»Das gilt natürlich auch für Nonnen«, fügte Adina hinzu.

»Und wann können wir tun, wonach uns der Sinn steht?«, fragte Esther mit weinerlicher Stimme.

»Gar nicht«, antwortete Adina ihr, nahm dabei aber Sophia ins Visier, »ein Gehorsam dieser Art ist nur dann Gott angenehm und für die Menschen beglückend, wenn der Befehl nicht zaghaft, nicht saumselig, nicht lustlos oder gar mit Murren und Widerrede ausgeführt wird. Kapitel 5, Regel 14.«

Sophia trafen all diese Regeln nicht. Sie wusste, was sie erwartete. Und sie war bereit, den Schwur aufzulösen, den sie ihrer Schwester gegenüber geleistet hatte, sie war bereit, sich allen Widrigkeiten zu beugen, jeder Maßnahme Benedikts von Nursia, die dazu angetan war, ihren Willen zu brechen. Denn trotz dieses Regelwerks, das von fast allem Besitz ergriff, gab es doch ein letztes Refugium, in das sie sich flüchten konnte: in die Freiheit ihrer Gedanken.

Diese Möglichkeit steigerte Sophias Leidensfähigkeit, an der Benedikts Regeln sich brachen wie das Meer an einer Steilküste, die sich erhaben und würdevoll über das Element neigte, das sie zu Fall zu bringen gedachte. Außerdem war sie dem Willen anderer nicht ohne eine Gegengabe ausgesetzt. Zum Ausgleich für die Leiden, die man ihr auferlegte, würde Oberin Adina sie in den sieben freien Künsten unterweisen, den *septem artes liberales*.

Am Abend des folgenden Tages fielen sie völlig ermattet auf ihre Lager, die sich in einem rechtwinkligen Dreieck zueinander befanden, wie Sophia feststellte. Die Müdigkeit hing bleiern in ihren Gliedern, aber die Konstellation ihrer Lager rief die Erinnerung an Isenhart wach. Er wandte das gleichwinklige Dreieck zur Bestimmung der Gestirne an. Wie war ihm das nur gegeben? Sophia konnte kaum abwarten, bis auch sie endlich in die Gesetzmäßigkeiten der Sternenbewegung eingeweiht werden würde.

»Soll das ewig so weitergehen?«, wisperte Esther mit brüchiger Stimme. Sie war kurz davor zu weinen.

»Denn reden und lehren kommen dem Meister zu, schweigen und hören dem Jünger«, beschied Cloe sie.

»Halt die Klappe«, zischte Esther ihr zu, eine Redewendung,

die ihrem neuen Alltag entstammte: Wenn sie sich in der Kirche von ihren Plätzen erhoben, mussten sie die hölzernen Sitzflächen festhalten, die ansonsten unter lautem Geklapper nach oben geschwungen und gegen die Wand gescheppert wären. Gerade den Novizen unterlief dieser Fehler anfangs noch häufig und zog die mahnenden Blicke der Älteren auf sich.

»Dir ist nicht erlaubt zu murren«, erinnerte Cloe sie.

»Und dir ist nicht erlaubt, dazwischenzuquatschen«, erwiderte Esther aufgebracht, »geh doch raus und kastei dich ein bisschen.«

»So findet er, selbst wenn er den Befehl ausführt, doch keinen Gefallen bei Gott, der das Murren seines Herzens wahrnimmt«, rezitierte Cloe unverdrossen, »Kapitel 5, Regel 18.«

Esther verdrehte die Augen, sah aber von einer Entgegnung ab und warf Sophia einen Blick zu. Dieser lag Cloe nicht besonders. In ihrem Bestreben, es Oberin Adina recht zu machen, legte sie eine abstoßende Streberhaftigkeit an den Tag. Binnen eines Tages schien Cloe die Vorschriften, die vor beinahe siebenhundert Jahren von Benedikt nach der Gründung des Klosters Montecassino verfasst worden waren, auswendig gelernt zu haben.

»Und vermutlich gegen ihren Verstand eingetauscht«, wie Sophia im Flüsterton mutmaßte, die einzige Wertung, die ihr bisher über die Lippen gekommen war. Esther prustete los, was ihr Cloes erneute Aufmerksamkeit einbrachte, ein zweifelhafter Zugewinn.

»Albernheiten aber, müßiges und zum Gelächter reizendes Geschwätz verbannen und verbieten wir für immer und überall. Wir gestatten nicht, dass der Jünger zu solchem Gerede den Mund öffne – Kapitel 6, Regel 8.«

Für Sophia war relativ deutlich vorhersehbar, welch unterschiedliche Wege Esther und Cloe innerhalb der Klostermauern einschlagen würden. Ihrer Gabe bedurfte es dazu nicht.

»Muss ich hier bleiben? Für immer?«, fragte Esther, und schon begann ihre Stimme wieder zu zittern.

»Nein. Du kannst gehen«, antwortete Sophia, die sich mit diesem Punkt sehr genau auseinandergesetzt hatte, bevor sie den

Entschluss gefasst hatte, ihre Freiheit gegen Bildung zu tauschen, »aber nach einem Jahr musst du dich entscheiden, ob du die Ordensgelübde ablegen willst.«

»Also kann ich auch jetzt schon gehen?«

»Aber natürlich.«

Esther blinzelte verblüfft. »Meine Brüder haben gesagt, dass ich für immer Psalmen singen muss und keinen Mann kriege.«

»Das ist doch besser, als zu Hause zu leben«, mischte Cloe sich ein, die für ihren Beitrag ausnahmsweise nichts in Benedikts Regularium fand, was dieser Situation angemessen gewesen wäre, »da hättest du keine Psalmen singen dürfen – und einen Mann hättest du auch nicht bekommen.«

Ein kleines, boshaftes Lächeln huschte über Cloes Gesicht. Esther war viel zu verblüfft, um mit einer Erwiderung zu kontern.

»Das ist der Unterschied«, legte Cloe nach, »ich bin hierhergekommen, weil ich keinen zum Manne will.«

»Hat es dir der weibliche Liebreiz angetan?«, fragte Sophia. Cloe verschluckte sich um ein Haar, ihre Wangen wurden von einem feinen Rot überzogen.

Esther schaute zwischen den beiden hin und her, als fragte sie sich, ob in dieser Bemerkung ein Körnchen Wahrheit steckte.

»Das dürfte auch Mutter Adina interessieren«, legte Sophia nach.

»Du sollst nicht falsch Zeugnis reden wider deinen Nächsten«, richtete Cloe das Wort an Sophia, die zweifellos die größere Bedrohung für sie darstellte.

»Du sollst alle Menschen ehren. Kapitel 4, Regel 8 des heiligen Benedikt«, gab Sophia unbeeindruckt zurück, »und keinem anderen antun, was du selbst nicht erleiden möchtest. Regel 9. Überheblichkeit fliehen, Regel 69. Du sollst deinen Mund vor bösem und verkehrtem Reden hüten und du sollst keine Arglist im Herzen tragen, Kapitel 4, Regel 51 und 24.«

Esther wandte ihren verwunderten Blick Sophia zu. Auch Cloe starrte die älteste der Novizinnen perplex an. Sie konnte nicht fassen, dass jemand beim Auswendiglernen des Regulariums mit ihr gleichgezogen hatte. Mehr noch: es anzuwenden und sie mit den eigenen Waffen zu schlagen wusste.

Sophia wartete, bis Cloe die Augen niederschlug, bevor sie sich erneut an Esther wandte: »Du kannst gehen, niemand hält dich auf. Aber zu Hause wird dich niemand aufnehmen. Wenn sie gewollt hätten, dass du nicht gehst, hätten sie dich zurückgehalten, nicht wahr?«

Darüber geriet Esther ins Grübeln und fiel schließlich in einen tiefen Schlaf.

Oberin Adina lehrte sie die sieben freien Künste, erst den Dreiweg, das *Trivium,* das aus Grammatik, Rhetorik und Dialektik bestand, dann das *Quadrivium,* den Vierweg, der Arithmetik, Geometrie, Musik und Astronomie umfasste.

Es handelte sich um jene Künste, die sich erst ein Mann leisten konnte, der sich keine Gedanken mehr um sein täglich Brot zu machen brauchte, weswegen man sie als »frei« klassifiziert hatte.

Esther verfügte lediglich über eine natürliche Ader zur Musik, wie Adina feststellte. Mit etwas Übung würde sie dem Chor Ehre machen. Mutter Adina war trotz ihrer Position eine pragmatisch denkende Frau geblieben. Wer dem Chor den Ton weisen konnte, musste nicht wissen, welche geometrische Figur entstand, wenn man ein Dreieck aus der Fläche in den Raum erhob, es also um seine Längsachse in Rotation versetzte.

Der Schöpfer hatte Vielfalt walten lassen, weswegen sie einander nicht glichen wie ein Ei dem anderen, sondern mit unterschiedlichen Fertigkeiten ausgestattet waren, die ihnen verschiedene Errungenschaften ermöglichten. Der Herr liebte die Vielfalt. Also folgte Schwester Adina dem göttlichen Pfad, in dem sie das förderte, was sie vorfand, und nicht das zu erzwingen versuchte, was ohnehin nicht gegeben war.

Wenn die drei Novizinnen Melodien gewesen wären, war Esther einfach, aber lieblich. Cloes musische Gestalt klang stets ein wenig zu schrill, zu bemüht und vor allem ohne eigene Substanz, ja, artifiziell. Aber nahezu perfekt.

Sie war das zu leisten imstande, was die Mehrheit der Mönche und Nonnen zu leisten vermochte. Cloe lernte mit großem Eifer alles auswendig, sie stopfte Gebote, Psalmen, Bibelstellen in ihren Kopf und war in der Lage, all das jederzeit zu rezitieren. Doch unfähig, es anzuwenden. Und so blieb ihre Melodie letzten Endes monoton. Sie eignete sich dazu, Novizinnen in den Regeln des heiligen Benedikt zu unterweisen oder aber Bücher zu kopieren. Buchstaben für Buchstaben abzumalen. Ohne Verständnis ihrer Bedeutung, aber akkurat in der Duplizierung ihrer Gestalten.

Blieb noch Sophia, an der sich bereits am ersten Tag ihr Blick verfangen hatte, draußen im Hof. Die dürre Gestalt, die den Blick nicht senkte, die in einfachen Bauernkleidern dort stand und bewusst oder unbewusst vermittelte, ihre Würde und ihren Willen niemandem unterzuordnen.

Oberin Adina lebte Benedikts Regeln, und sie trug nur und ausschließlich Gott in ihrem Herzen. Ihr Leben hatte sie dem Wohlgefallen des Schöpfers verschrieben, und die Führung der Nonnen brachte es mit sich, jeden Eigensinn systematisch zu brechen, damit die Persönlichkeit sich einfügte in das große Ganze. Denn das Ganze zählte, nicht das Einzelne, der eigene Gedanke wurde durch jenen ersetzt, den der Religionsgründer zu denken für gut befunden hatte. Nur so ergab sich eine Ordnung, war Adina überzeugt, alle dachten dieselben Gedanken, alle schritten sie im Gleichtakt des Glaubens einher, keine verwirrende Idee oder Frage suchte sie mehr heim, und wenn es doch einmal einer Unsicherheit innerhalb der Klostermauern vorzudringen gelang, war die beruhigende und ihre Ratio entlastende Erklärung: Es ist Gottes Wille.

Sophia aber passte sich nicht ein. Sie fügte sich nur auf den ersten Blick ins große Ganze, doch bei näherem Hinsehen stach sie stets ein wenig hervor. So wie bei den Besuchen von Gartachs.

Jeden zweiten Freitag stattete ihnen Fürst Norbert von Gartach mit seinem Knappen Eugen einen Besuch ab und beschenkte das Kloster Sunnisheim mit Lebensmitteln oder Wein oder Bier, mit Münzen oder Holz, mit Gewürzen oder Fellen. Als er das erste Mal Sophia im Hof stehen sah, erstarrte er vor Ehrfurcht.

»Norbert von Gartach hat siebenundzwanzig Kinder«, klärte Adina sie auf, »er war dem Würfelspiel anhängig, aber hat nun zum rechten Glauben gefunden.«

»Deshalb die Spenden?«

»Auch. Und zum Ablass.«

Von Gartach, erfuhren die drei Novizinnen, hatte nach Strich und Faden gesündigt, nichts ausgelassen, ein echter Lebemann, der sich nun langsam um sein Seelenheil sorgte. Für ihn und andere – vermögende – Besorgte hatte der Heilige Stuhl den Ablasshandel eingeführt. Gegen den Erhalt von Geld oder Waren oder Haus und Hof minimierte der Klerus die Tage der Seelen im Fegefeuer. In Sunnisheim waren für ein Huhn zehn Tage, für ein Schaf zwanzig Tage und für einen Auerochsen fünfunddreißig bis vierzig Tage rauszuschlagen. Ein ganzer Hof führte meist direkt ins Paradies. Wer einem seinen Besitz überließ, dem ersparte man schon im Diesseits das Fegefeuer.

Der Abt des Klosters stellte Ablassurkunden aus, die er als Brief samt Siegel ausgab, sodass die Spender damit vor das Himmelstor treten und ihn vorzeigen konnten.

»Aber niemand weiß um ihre Überzeugung«, hielt Sophia ihrer Lehrerin entgegen, »sie *erkaufen* sich ihre Absolution.«

Die Oberin deutete ein Nicken an, sie wusste nur zu gut um diese kleine Unlogik, die den meisten schlicht entging. Dieses Zögern, diese Lücke im Gesprächsfluss, interpretierte Cloe richtig und sprang deshalb ihrer Mentorin beiseite: »Aber Menschen wie Norbert von Gartach wissen um das Glück. Der gläubige Mann ist glücklicher als der Mann, der zweifelt.«

»Und der betrunkene Mann glücklicher als der nüchterne«, antwortete Sophia postwendend.

Keines ihrer Worte kam ihr unbedacht über die Lippen, stellte Adina fest und konnte sich einer gewissen Ehrfurcht nicht erwehren, denn Sophia benutzte die Sprache wie ein äußerst präzises Instrument. Schlagfertig und treffsicher. Wie eine scharfe Klinge.

Etwas Merkwürdiges nahm hier seinen Gang. Denn es war von alters her und Sitte so, dass der Discipulus beim Magister in die

Lehre ging – nicht andersherum. In Gedanken schalt Schwester Adina sich selbst. Musste denn erst diese junge Frau erscheinen und ihre Nase in das Offensichtliche pressen, bevor sie des morastigen Geruchs gewahr wurde?

Dabei war Sophia sich meist selbst nicht sicher. Es war mehr ein Gefühl. Ein Gefühl, das sie stolpern ließ. Das ihr signalisierte, dass etwas von dem, was Oberin Adina sie lehrte, nicht richtig war. Und deshalb so nicht stehen bleiben durfte.

So auch, wenn es um Strafe ging: Benedikt von Nursia hatte mehrere Kapitel über die Nuancen der Bestrafung verfasst, die man jenen Brüdern und Schwestern angedeihen zu lassen hatte, die gegen eine der Regeln verstießen.

»Das«, unterrichtete Mutter Adina, »fördert das Gute in ihnen zutage.«

Mit einem kurzen Blick vergewisserte sie sich, dass ihre Worte angekommen waren. Esther nickte, ihr Nacken musste vor Muskeln nur so strotzen, Hunderte Male täglich nickte sie bei Worten, deren Sinn ihr verschlossen blieb. Nicken war ihre bevorzugte Disziplin.

Cloe lächelte mit einer leicht abwesenden Miene, die die Erwähnung körperlicher Strafe bei ihr hervorrief. Mutter Adina war bekannt, dass die Novizin sich vom ersten Tag an auf Arten kasteite, die einen hohen Zoll an Schmerz einforderten.

»Schmerz und Strafe fördern das Gute in ihnen zutage?«, fragte Sophia nach.

Oberin Adina zögerte. Es war dieser klare Blick der Novizin, der sie ein ums andere Mal vor einer Replik warnte, vor einem klugen Gedanken, der in dem Kopf unter den kurz geschorenen roten Haaren gereift war.

»Zweifelst du daran«, fragte sie ruhig, »an meinen Worten? An meiner Erfahrung?«

»Aber nein, keineswegs«, beeilte Sophia sich zu sagen, und für jedermann war die Echtheit ihres Respekts gegenüber der Mutter Oberin spürbar, »ganz bestimmt verhält es sich so, wie Ihr sagt.«

»Aber?«

Sophia schluckte und starrte auf ihr Pult, sammelte sich kurz, bevor sie zu einer Antwort anhob. »Aber es erfüllt mich mit Traurigkeit«, konstatierte sie.

Adina musterte ihre Schülerin sorgfältig, doch nichts an Sophias Worten war künstlich oder gestelzt. Es musste in der Tat etwas geben, was sie bekümmerte.

»Warum?«, wollte Cloe wissen, und in ihrer Frage spiegelte sich bis auf ernsthaftes Interesse nichts anderes wider.

»Wenn die Menschen nur deshalb gute Christen sind, weil … weil sie Angst haben vor Strafe, wenn sie Christus nur folgen, weil sie auf Belohnung hoffen und … nichts sonst – ist das nicht traurig?«

Oberin Adina hatte es im Moment ihrer ersten Begegnung gespürt. Als sie sie im Hof stehen sah, vor bald einem Jahr. Sophia war nicht gekommen, um jeder Anweisung unwidersprochen nachzukommen. Sie war gekommen, um Erkenntnis zu erlangen.

Sie würde sich nicht mit dem abspeisen lassen, womit man die simpleren Gemüter Esthers oder Cloes oder all die anderen des Ordens ruhigstellen konnte, nämlich mit dem Hinweis, alles, was geschah, sei Gottes Wille. Sophia artikulierte es nie auf den Punkt, dazu empfand sie zu viel Achtung vor Schwester Adina, aber diese spürte dennoch die Skepsis der rothaarigen Novizin, der es nach den *septem artes* gelüstete.

Sophia fragte sich, wie sie in der Pflicht einer Idee stehen konnte, die keine Rechtfertigung zu brauchen meinte und keine Debatte duldete, sondern sich in Dogmen manifestierte, die das Nichtwissen zur Tugend erhoben und die Fragen verdammten. Einer Idee, die die Konformität der Gedanken zu erzwingen suchte, daher die Vielfalt verneinte und den Erhalt ihrer selbst der Erkenntnis der Ratio vorzog.

Mutter Adina wusste nur zu genau, wo all das enden würde.

Letztlich würde sie Schwester Sophia nicht vor den Regularien des Klosters Sunnisheim schützen können. Für Sophia von Laurin gab es hier keine Zukunft, dazu war sie schlicht zu klug.

Aber all dies fand am 13. September 1197 ein frohes Ende.

Cloe unterwies soeben zwei neue Novizinnen in der Kräuterkunde, Esthers Gesang drang gedämpft aus dem Mittelschiff hierher, als Adina den schmalen, sehnigen Kerl neben dem Pferd in den Hof treten sah. Ein wenig dünn, klein, fast unscheinbar, wenn seine Augen nicht gewesen wären. Außerdem fehlte ihm an seiner linken Hand der kleine Finger.

»Adina von Sunnisheim«, stellte sie sich ihm vor, »ich bin die Vorsteherin des Klosters. Was kann ich für Euch tun?«

Sein Blick senkte sich in den ihren und blieb nicht an der Oberfläche haften, es gab nichts, was er zu verheimlichen hatte.

»Ich bin hier, um Buße zu tun und eine Seele zu retten.«

Sein linkes Auge war noch von einem Bluterguss gekennzeichnet, im Sattel seines Pferdes führte er ein Schwert mit schmaler und schartiger Klinge mit. Schartig – oft benutzt. Er hatte getötet. Adina glaubte, das an den Blicken der Männer erkennen zu können. Norbert von Gartach beispielsweise, der hatte noch nicht getötet – außer Fasane vielleicht.

Der Mann im besten Alter, der hier vor ihr stand – Isenhart würde bald 27 Jahre alt werden –, hatte keine Lust am Töten empfunden. Was ihn nicht weniger gefährlich machte.

»Wer seid Ihr?«

»Ich bin Isenhart von Laurin.«

Mehr musste nicht gesagt werden.

Sophias erster Gedanke war, dass neben Oberin Adina ein Geist in den Kräutergarten trat, in dem sie Fenchel und Melisse zupfte, um dem rasselnden Atem einer älteren Schwester Einhalt zu gebieten. Und das, obwohl sie von Isenhart auf einem Floß geträumt hatte, neben dem ergrauten Bruder Hieronymus, weswegen seine Zeit eigentlich noch nicht gekommen sein durfte und er dementsprechend am Leben sein musste.

Isenhart hatte die Gestalt, die vor den Kräutern hockte, von schräg hinten gesehen. Zuerst fiel ihm das stoppelkurze, immer noch ungebändigte rote Haar auf. Aber als Sophia die Schritte hinter sich hörte und sich umwandte und gleichzeitig erhob, wäre Isenhart beinahe ins Straucheln gekommen. Sophia war schon immer eine etwas knöchrige Gestalt gewesen, aber sie war noch dünner geworden, und ihre eingefallenen Wangen und die dunklen Ringe unter den Augen erzählten von den Entbehrungen, in die er sie mit seiner Zurückweisung getrieben hatte. Gleichzeitig war trotzdem das erhalten geblieben, was sie schon im Haus Laurin ausgemacht hatte: Sie stand auch hier außen vor. Obwohl sie im schwarzen Habit steckte, stach sie doch hervor.

»Isenhart.«

Es war kein Ausruf, kein Raunen, einfach eine Feststellung, die – Isenharts Verkrampfung löste sich etwas – von einem Lächeln begleitet wurde. Sie lief auf ihn zu, sie fielen sich in die Arme.

»Du lebst«, flüsterte sie erleichtert und dankbar.

»Ja«, brachte er nur hervor und hielt sie. Sophia fühlte sich zerbrechlich an. Sie vergrub ihre Nase in das Leinen an seinem Halsansatz und atmete Isenhart einmal tief ein, bevor sie, ihn immer noch an den Unterarmen haltend, einen kleinen Schritt zurücktrat und ihn musterte.

Trug er Sorge im Blick? Ja, so schien es. Isenhart dagegen stellte fest, wie ihr Lächeln brach.

»Wo ist Konrad?«

»Bei seinem Sohn in Heiligster. Er ist unversehrt.«

Sophia hatte unwillkürlich die Luft angehalten und atmete nun erleichtert aus. Isenharts Züge waren eine Spur markanter geworden, seine dunklen, ruhigen Augen verharrten auf ihr, so wie sein ganzer Körper von einer merkwürdigen Ruhe erfüllt war. Sophia hatte keine Kenntnis von den Erlebnissen, den Torturen und den glücklichen Momenten seiner Reise, aber sie hatte einen Jüngling fortziehen sehen, und hier im Hof begegnete ihr ein Mann.

»Ich wollte dir das nicht antun, Sophia«, sagte er leise, aber klar, und sein Blick galt ihrem Habit. Schwester Adina, die ein paar Schritte hinter ihm stand, räusperte sich.

»Es war meine Wahl«, gab sie kühl zurück und unterbrach gleichzeitig den Kontakt ihrer Hände und Arme, eine Geste, die ihre Worte Lügen strafte.

In diesem Moment ertönte die Glocke.

»Ich wollte …«, setzte Isenhart an, wurde aber von Sophia unterbrochen.

»Ich muss jetzt zur Non und den Herrn preisen, Isenhart. Es war sehr schön, dich wiederzusehen. Gib auf dich acht auf deinem Rückweg. Und grüße Konrad herzlich.« Damit wandte sie sich ab und schritt in Richtung Kirchenschiff davon.

Isenhart war, als füllten seine Adern sich mit Sumpf und Morast, er war unfähig, sich zu bewegen.

Aber dann zwang er seinen Körper zu den ersten Schritten, behände lief er ihr nach und packte sie wenig zimperlich am Ellbogen und zwang sie zu sich herum. In ihren feuchten Augen lag Zorn, und mit einer ebensolchen Geste wollte sie ihren Arm losreißen, doch der Griff Isenharts war stark wie eine Zwinge. Adina eilte herbei, um Sophia beizustehen, falls der junge Mann glaubte, sich eine Frechheit herausnehmen zu können.

»Lass mich los.«

»Nein.« Seiner Stimme wohnte immer noch dieselbe Ruhe inne, die sie eben schon gespürt hatte. Er musste sie nicht einmal erheben.

»Ich wäre nicht die rechte Partie gewesen, bevor ich nicht Antworten gefunden hätte. Und ich wollte nicht, dass du eine junge Witwe wirst oder dein Mann verkrüppelt oder sonst wie versehrt zu dir zurückkehrt.« Jetzt ließ er ihren Ellbogen doch los, um auf die Knie zu gehen, aber den Blick zu halten.

»Bitte, steh auf, das ist albern«, stieß Sophia hervor, und natürlich kam er ihrer Bitte nicht nach, dieser sture Kerl.

»Ich habe die Antworten erhalten und ich bin unversehrt. Gut Tutenhoven ist mein, ich verfüge jetzt über Besitz und Land, um einem Weib und … einer Familie ein Leben ohne Sorge zu ermöglichen.«

Sophia konnte nicht anders, sie musste schlucken.

»Ich füge mich in dieses Leben und …«

»Tu das nicht, Isenhart. Füg dich nicht«, bat sie ebenso ernst wie eindringlich, sodass sie ihn kurz aus dem Konzept brachte.

»Ich füge mich, weil ich nicht mehr hadern werde mit meiner Zeit. Es sind … schon viel zu viele Augenblicke vergangen, die wir nicht geteilt haben. Ich wünsche mir, dass das ein Ende hat, Sophia. Und nun weis mich zurück oder begleite mich als meine zukünftige Frau nach Heiligster.«

Alles erstarrte, selbst ein Spatz, der gerade aufgescheucht worden war und sich in die Luft erhob, fror ein. Die Töne verzerrten sich und echoten nur noch von weit, weit her. Isenhart blickte ihr unverwandt in die Augen, es war, als habe er das seit hundert Jahren getan und würde es auch noch weitere hundert Jahre tun.

Sophia erinnerte sich an den kleinen, bleichen Jungen, von dem sie gespürt hatte, dass er *anders* war. Sie dachte zurück an jenen Abend, an dem sie ihn bewusstlos am Boden gefunden hatte, nachdem Chlodios Fausthieb ihm das linke Auge aus der Höhle katapultiert hatte.

Der Moment, in dem er das erste Mal tötete – um sie zu retten. Sein Jauchzen, weit droben im Winterwind, ein kleines Stück Mensch an einem Gerüst aus Holz und Haut, der einem Vogel gleich die dritte Dimension eroberte.

Und sie dachte an den Traum, den sie hier geträumt hatte, im Kloster zu Sunnisheim, ein Traum, der hinter der Schlacht lag, der Traum, in dem Isenhart sein höchstes Alter erreicht hatte. Ja, sie hatte nie von ihm geträumt als älterer oder alter Mann. Alle Träume mit ihm zeigten ihr einen jungen Mann, in etwa in dem Alter, in dem er nun vor ihr kniete. Sie hatte ihn abermals gesehen, während er sich auf seiner Reise nach Toledo befand, sie sah eine Wiese im Sommer, die im saftigen Grün stand, der Regen prasselte herab und neigte die Gräser. Isenhart hielt einen schweren Streitflegel in den Händen, sein Blick war klar, entschlossen – und traurig. Er ging auf einen Mann zu, der von Kopf bis Fuß in einer Plattenpanzerung steckte. Eine unverwundbare Gestalt, dunkel und nicht minder entschlossen, die ihre Hände aus Metall um den Griff einer Zweihänderklinge mit orientalischem Muster gelegt hatte und ihrerseits auf ihn zuschritt.

Ein Blitz hatte gleißend das Himmelszelt durchzogen und den Traum beendet.

Vielleicht war es sein Tod, mit dem zu messen er sich auf dieser Wiese anschickte. Sophia wusste es nicht, sie wusste nur, dass Isenhart nicht alt werden würde. Das war gewiss. Und die Trauer um ihn würde sie in zwei Stücke reißen und nie mehr ganz sein lassen.

Dessen eingedenk reichte sie ihm ihre Hand und nickte, und die Vibration der Glocke, die der mächtige Klöppel hervorgerufen hatte, tönte über das Kloster, der Spatz flatterte davon, die Zeit senkte sich wieder in ihre Läufte, alles fand zurück in den Raum.

»Meine Augenblicke sollen deine sein und deine die meinigen«, sagte sie.

Isenhart war irritiert von einem Schluchzen, das an sein Ohr drang – obwohl Sophias Mund geschlossen war. Erst mit Verzögerung begriff er, dass es von Oberin Adina stammte, die seinem Antrag gelauscht und nun Sophias Reaktion gehört hatte.

Er erhob sich, legte seine andere Hand auf die Sophias und blickte ihr in ihre grünen Augen. »Ich werde dir ein guter Mann sein«, versprach er und brachte sie damit zum Lächeln.

»Ich weiß«, erwiderte Sophia mit ruhiger Stimme, obwohl das Herz ihr bis zum Hals schlug.

Der Weg zurück nach Heiligster wäre mit etwas gutem Willen an einem Tag zu bewältigen gewesen, aber Isenhart behauptete, sein Pferd würde den linken Vorderlauf nachziehen, weswegen er Sophia den Platz im Sattel überließ und sein Ross am Zügel führte.

Sie hatte das Nachziehen nicht bemerkt, es schien nicht sonderlich augenfällig zu sein, aber sie war nicht so dumm, die Sache näher zu erörtern. Isenhart schien es nicht besonders eilig zu haben, und ihr erging es nicht anders.

Gegen Abend, sie waren eine Weile einem Bachlauf gefolgt, schlugen sie in Ermangelung einer anderen Nachtstatt ein Lager auf, nicht zu früh, denn von Westen zog eine schwere Regenfront auf. Dunkle Wolken, von einem giftigen Gelb durchzogen, aus deren Mitte sich immer neue Gebilde aufblähten. Weit droben zuckten die Blitze, als lägen die Engel in schwerem Gefecht. All das noch ohne jeden Ton, ohne ein Geräusch. Stumm.

Zwei Pappeln hatte der Herrgott nur dreißig Fuß vom Bach so nahe beieinander bestimmt, dass sie wie siamesische Zwillinge ineinander verwachsen waren und sich zur Bachseite hin geöffnet hatten, ein Fächer aus Wurzeln, die suchend aus den Stämmen in die Luft starrten und sich dann, einen Bogen nach unten beschreibend, in den Erdboden versenkten.

Isenhart führte drei Decken mit sich, etwas Stroh, all das breitete er in dem niedrigen Hohlraum aus, den die Pappeln bildeten. Das Pferd band er an eine Stelle, über der sich drei Äste verzweigten und mit ihren Blättern den größtmöglichen Schutz vor den nahenden Regenschauern boten.

Sophia und er kauerten sich in den Hohlraum, sie aßen ohne rechte Lust von dem getrockneten und gesalzenen Fisch, den Isenhart mit sich führte, während das Gewitter sich näherte und die Luft zusammendrückte.

Sie fragte ihn nach seiner Reise, nach dem, was Konrad und er auf ihrem Weg nach Hispanien erlebt hatten. Während die Fragen über ihre Lippen perlten und die Antworten aus seinem Mund kamen, verrieten ihre Blicke sie bereits. Manches Mal schon hatten sie einander gerochen, insbesondere in den Wintermonaten, wenn sie – einer Schafherde gleich – sich aneinandergekauert und auch im Schlaf umschlungen hatten, um nicht zu erfrieren. Sophia roch nach Lavendel, Isenharts Haut nahm sie als einen würzigen und warmen Duft wahr, der einen närrisch machen konnte, dessen Name aber noch nicht erfunden worden war, weil die Frucht erst im 16. Jahrhundert ihren Weg nach Europa finden sollte: Paprika.

Sie inhalierten den Geruch des anderen, der an Intensität zuzunehmen schien, je weiter sie sich dem Gesicht des anderen näherten. Isenhart hatte den Fisch einfach weggelegt und sich zu ihr gebeugt, so nah, dass sie beide zu schielen begannen, was sie in Lachen ausbrechen ließ. Eine Heiterkeit, in der auch ihre bisherige Anspannung ihre Entladung fand.

Die sich dann – von einem Augenblick auf den nächsten – verflüchtigte und einem geradezu heiligen Ernst wich.

Mit einem Mal war Isenhart neben ihr, waren ihre Gesichter

nah, berührten sich ihre Lippen, die seltsam warm waren, und das Blut, das von ihren wild schlagenden Herzen in Aufruhr gebracht wurde, rauschte ihnen durch die Ohren. Ihre Zungen berührten sich, umspielten einander so, wie sie einander fester umschlangen und sich noch nie gespürt hatten.

Alles an ihr erschien Isenhart anbetungswürdig, die weichen Lippen, die Augen, ihre Ohrmuscheln, der Wurf ihrer Schulter, ihr Busen, der sich unter dem Habit abzeichnete, unter das seine Hand fuhr, während das Gewitter um sie herum losbrach. Unter den sanften, kreisenden Bewegungen seiner Finger richtete Sophias Brustwarze sich auf, und sein Blick galt ihrer Fessel, die ihm perfekt erschien.

Sophia indessen hatte einen ungelenken Burschen erwartet, ein wenig unerfahren vielleicht, einen, der ihre eigene Unsicherheit vor lauter Erregung nicht bemerken würde. Dem sie nun das Leinen über den Kopf zog, von dem sie annahm, es sei zweiteilig und bedecke nur seinen Oberkörper – was nicht der Fall war. Nun war Isenhart komplett nackt. Sein Glied, das sie zuvor schon durch den Stoff ihrer Kleider gespürt hatte, war unübersehbar, sein Geschlecht, auf das er sich nun mit schamvoller Miene legte. Und damit seinen Hintern in ihr Blickfeld rückte, der ihr klein, aber äußerst anziehend erschien.

»Dreh dich«, wisperte sie.

Isenhart zögerte vor Scham, gab dann aber dem sanften Druck ihrer Hand nach, drehte sich auf den Rücken, sodass Sophia sich auf ihn legen konnte. So verharrten sie und blickten sich in die Augen.

Isenharts Hand fuhr langsam ihre Wirbelsäule hinab, über ihre Pobacke und dann tiefer. Es war neu für sie, sich unter seinen Augen gehen zu lassen, sich zu ihrer Lust zu bekennen, weswegen sie Isenharts Blick auswich, als sie sich öffnete und sein Geschlecht in sich eindringen ließ.

Sophia zuckte zusammen, denn Isenhart riss ihr Jungfernhäutchen ein, ein kurzer, heftiger Schmerz, der abebbte, als er sich in ihr zu bewegen begann. Langsam und vorsichtig. Sophia entspannte sich und überließ sich dem Gefühl und spürte Isenharts Blick, den sie erwiderte. Ganz nah, während ihrer beider Atem über die Haut des anderen strich.

Und als sie bemerkte, dass er sich aus ihr zurückziehen wollte, presste sie Isenhart an sich, legte ihre Handflächen auf seinen Hintern und hielt ihn fest, bis sein Körper zu verkrampfen schien, bis jeder Punkt seines Körpers in kraftvoller Spannung erstarrte und zu zerspringen drohte und er sich in sie ergoss und sie ihn so tief und umfassend in sich spürte, dass sie dachte und fühlte wie Isenhart, Sophia glaubte, sie seien *eins.*

36.

ANNO DOMINI 1200

»Du Pechvogel!«, brüllte Vater Hieronymus plötzlich.

Seine Hand schoss vor und packte den Kolkraben, der es sich auf Isenharts Schulter bequem gemacht hatte, riss ihn zu sich heran und ließ ihn in einer schleudernden Bewegung durch die Luft sausen und gegen die Wand krachen, an der Gweg abrutschte und zu Boden plumpste. Gweg schlug so panisch mit den Flügeln, dass der rechte, soeben gebrochene Flügel zu einer steten Kreisbewegung führte, die den Raben keinen Daumenbreit vom Fleck brachte.

Hieronymus hob den Fuß, um dem Vogel den Kopf zu zertreten.

»Nicht!«, kreischte Marie entsetzt. Ihr Ausruf verursachte exakt jenen Moment der Verzögerung, der den Geistlichen kurz verharren ließ und den Isenhart dazu nutzte, sich gegen ihn zu werfen, sodass Hieronymus zu Boden stürzte. Isenhart war es in dem Augenblick egal, ob er sich dabei etwas brach. Gwegs aufgeregte Flügelschläge und sein Unvermögen, auf die Beine zu kommen, die hellen Krächzlaute, die er ausstieß und die sofort Dolph und Unnaba auf den Plan riefen, fuhren Isenhart in die Glieder.

Er hockte sich über den Kolkraben, dessen Bewegungen zu nichts führten. Behutsam streckte Isenhart die Hände nach dem Vogel aus, der – wegen Hieronymus oder aufgrund unsäglicher Schmerzen – jedes Vertrauen in ihn verloren zu haben schien und seine absurd anmutenden Flugversuche nur umso intensiver fortsetzte, um auch vor ihm zu fliehen.

So sanft es eben ging, legte er dem Kolkraben den verletzten

Flügel an den Körper, bevor er ihn hochhob. Gweg erstarrte. Keine Erschlaffung, sondern Spannung. Reglos bis auf den Kopf, der hin und her ruckte und Isenhart von allen Seiten zu betrachten schien. Ganz so, als habe er sich schwerwiegend in den Menschen getäuscht, als habe Isenhart, der dieser Spezies angehörte, zu viel unverdientes Vertrauen genossen – was nun einer genaueren Einschätzung bedurfte.

»Was hast du getan?«, herrschte Isenhart Hieronymus an, der zu seinen Füßen lag und sich das linke Handgelenk rieb, das er sich beim Sturz verstaucht hatte. Der Geistliche warf ihm den Blick eines verletzten Kindes zu. Hieronymus war nicht in der Lage, Isenharts Worten einen Sinn zuzuordnen.

Was dieser nun auch begriff, weshalb er hinüber zum Kanal ging. Dolph und Unnaba folgten ihm in sicherem Abstand, ein Abstand, der sich soeben verdoppelt hatte. Isenhart war kein Experte, was gebrochene Flügel betraf, aber immerhin war ihm das Schienen von Gwegs durch einen Katzenangriff verletzten Flügel einst gelungen. Diese rohe Gewalt jedoch hatte zu einer schlimmen Verletzung geführt. Dort, wo der Flügel in den Körper mündete, war er aus ebendiesem zu einem Drittel herausgerissen worden. Isenhart entdeckte die Stelle aus von Blut durchtränkten Federn sofort.

Und auch, wenn er im Geist schon neuartige Arten des Schienens entwarf, wusste er es doch. Er wusste es schon, als Hieronymus den Raben gegen die Mauer geschleudert hatte, er wusste es, als Gweg nicht in der Lage gewesen war, davonzuflattern und sich in die Luft zu flüchten. Wusste, dass diese Geschichte hier zu enden hatte, die seinem Traum vom Fliegen eine erste Grundlage vermittelt und die zu einer bemerkenswerten Annäherung zwischen Mensch und Raben geführt hatte.

Am meisten machte ihm die Angst zu schaffen, mit der Gweg ihn beäugte. So sanft es ihm möglich war, fuhr Isenhart dem tödlich verletzten Vogel mit dem Zeigefinger zwischen den Augen entlang. Sanft und wieder und wieder und nicht müde werdend. Als Sophia mit Lilian auf dem Arm auftauchte, als ihre Augen stumm die Frage stellten und er ein Kopfschütteln andeutete, war alles gesagt. Die beiden folgten ihm den Kanal entlang zum Rhein, in dem sich die Abendsonne spiegelte.

»Gweg«, sagte Lilian und reckte ihre kleinen Finger.

»Gweg ist müde«, sagte Sophia, und die Brüchigkeit in ihrer Stimme zerkrampfte Isenhart das Herz. Er hätte weitere drei Finger gegeben, um den Raben mit Worten beruhigen zu können. Ihm sagen zu können, dass es letztlich nicht in Hieronymus' Absicht gelegen hatte, die Verletzung aber so schwer schien – hast du starke Schmerzen, Gweg? –, dass es keinen glücklichen Ausgang mehr geben würde. Um alles in der Welt hätte er ihm die Furcht nehmen wollen, ihm sagen mögen, dass er vor ihm keine Angst zu empfinden bräuchte. Das nicht tun zu können, sich für diese simple Verständigung unfähig zu finden, führte ihm seine eigene Nichtigkeit vor Augen, gegen die er – nur auf den ersten Blick ein Widerspruch – bis zum letzten Atemzug aufbegehren würde.

Isenhart hatte das Ufer fast erreicht, als er die Schritte hinter sich vernahm. Eine schnelle Trittfolge, die Kieselsteine knirschten unter dem Gewicht – Konrad. In dessen Miene las er echte Bestürzung.

»Gweg, alles in Butter?«

»Nein«, sagte Isenhart ruhig, er sah dem Freund in die Augen, und Konrad musste zurückdenken bis zum Tod seiner Schwester, um sich einer ähnlichen Traurigkeit Isenharts zu entsinnen, »nein, es ist nichts in Butter. Tu mir den Gefallen und sag das nie wieder.«

Konrad von Laurin begriff seinen Fehler, er beeilte sich zu nicken. »Was kann ich tun?«, fragte er.

»Such Würmer«, antwortete Isenhart mit brüchiger Stimme.

Sie alle begaben sich auf die Knie und formten mit ihren Fingern Rechen, mit denen sie durch den feuchten Ufersand fuhren und Würmer an die Oberfläche zwangen, mit denen sie Gweg fütterten, der mittlerweile jede Gegenwehr aufgegeben hatte und sich in sein Schicksal gefügt hatte.

Nach dem sechsten Wurm hielt Gweg den Schnabel eisern geschlossen. Isenhart fuhr mit dem Finger in die Strömung, um Gweg von den Wassertropfen trinken zu lassen, die ihm über die Fingerglieder liefen, aber der Kolkrabe starrte ihn nur stumm an.

Es war so weit. Isenhart begriff, dass es viel weniger Mut bedurfte, einen Feind zu töten, als einen guten Freund zu erlösen. Mit der Rechten umschloss er Gwegs Kopf, er ermaß all die ungeflogenen Meilen, die zu erkunden der Kolkrabe noch in der Lage gewesen wäre, er ermaß den Verlust, den er der Welt aus Erbarmen beizubringen gezwungen war, bevor er Gweg mit einer schnellen Drehung seiner Hand das Genick brach.

Das Knacken ertönte ganz leise, voller Haltung, ganz so, als wolle es diesem Tierleben einen stimmigen, also würdevollen Abschluss verleihen.

Isenhart bettete den kleinen Körper in den Sand, Dolph und Unnaba stiegen hinauf, bis sie eine günstige Thermik erwischten, die sie davontrug. Weit, weit weg. Es war das letzte Mal, dass Isenhart oder ein anderer Bewohner Heiligsters die beiden sah. Sie sollten nie mehr an diesen Ort zurückkehren.

»Wer hat ihm das angetan?«, fragte eine Stimme hinter Isenhart. Er wandte sich um. Hieronymus ging neben dem toten Kolkraben auf die Knie und begann bitterlich zu weinen, und als Isenhart sah, wie der Körper des alternden Mannes vom Schluchzen hin und her gerissen wurde, verflüchtigte sich sein Zorn, und auch er weinte um den schwarzen Vogel.

Das alles ereignete sich im Sommer 1200.

Als Sophia und Isenhart Jahre zuvor als Paar nach Heiligster zurückgekehrt waren, waren Marie und Konrad ebenso erleichtert wie dankbar gewesen. Die Braut Christi war heimgekehrt. Nur das Antlitz von Vater Hieronymus verfestigte sich zu Stein, und erst, als sie ihm versicherten, von ihm getraut werden zu wollen, brach sich ein kantiges Lächeln den Weg.

Am nächsten Morgen lag er neben einem zerborstenen Holzeimer, den Blick ohne jede Teilnahme an dieser Welt an einen weit entfernten Punkt gerichtet, weißen Schaum vor dem Mund und die

Arme merkwürdig verrenkt, die Hände waren bis zum Anschlag nach innen gebogen, die Finger verkrampft.

Isenhart stieß auf ihn, als er frühmorgens vor die Hütte trat, um frisches Wasser zu holen.

»Vater«, rief er Hieronymus an und schüttelte ihn vorsichtig. Doch der Angesprochene zeigte keinerlei Regung. Isenhart erfasste intuitiv den Ernst der Situation, aber er wusste nicht, was zu tun war. »Vater Hieronymus!«

Der Geistliche zuckte nicht einmal mit den Wimpern. Doch Isenharts Schrei sorgte für Aufruhr in Heiligster, Konrad und Marie stürzten gleichzeitig aus der Hütte, Konrad trug Sigimund. Gweg flatterte heran, zog einen Bogen und setzte sich auf einen Ast, um das Geschehen von dort aus zu beobachten.

Konrad beugte sich zu Hieronymus hinab, setzte Sigimund ab – »Warte da, du Knirps« – und zwang den Geistlichen mit all seiner Kraft auf die Beine, doch Marie schüttelte den Kopf.

»Wir müssen ihn baden – schnell. Und das Wasser mit Alaun und Asche mischen.«

»Wieso?«, fragte Sophia, die nun auch zu ihnen stieß.

»Der Schlag Gottes hat ihn getroffen«, erwiderte Marie, »wir müssen dem Allmächtigen danken, wenn er ihn nicht ganz zu sich ruft.«

Also betteten sie den teilnahmslosen Hieronymus in einen Zuber, sie sparten nicht mit Salz und schütteten immer wieder warmes Wasser nach, das Konrad über einem Feuer in den drei Kesseln erhitzte, die sie besaßen. Isenhart, der seinem alten Lehrer über die Haut fuhr und die Verkrampfungen mit Massagen zu lösen versuchte, bemerkte alsbald ein Nachlassen der Lähmungserscheinungen in den Waden, danach folgten die Schenkel. Auch das Gesicht des Geistlichen entspannte sich, die Lider flatterten und schlossen sich über den Pupillen. Die verrenkten Hände aber verblieben in ihrer unnatürlichen Haltung. Speichel rann dem Mann Gottes aus dem Mundwinkel.

Aber auch hier wusste Marie Rat, deren Onkel ebenfalls Opfer eines Schlag Gottes geworden war. Indem man die gelähmten Körperpartien mit frisch gerupften Brennnesseln schlug, lösten sich auch dort die Verkrampfungen.

»Ist das wirklich wahr?«, hakte Sophia nach, die Isenharts skeptischen Blick auffing.

»Sonst würde ich nicht dazu raten«, entgegnete Marie eine Spur gereizt.

Also malträtierten sie Vater Hieronymus mit frischen Brennnesseln, sie schlugen sie ihm über die Ober- und Unterarme, über die Handgelenke und Finger und sicherheitshalber auch über die nackten Schultern.

Pünktlich um Mitternacht beendeten sie die Behandlung. Danach, so Marie, wirke die Pflanze nicht mehr, erst wieder ab sechs Uhr in der Früh.

Isenhart war, als müssten ihm die Arme abfallen. Kraftlos ließ er den zerfledderten Strauch Brennnesseln sinken. Arme und Hände des Geistlichen schwollen rot an, die Verkrampfung indes löste sich nicht. Aber ein leises Stöhnen entwich seinem Mund.

»Vielleicht ist etwas in ihn gefahren«, sagte Konrad leise, »ein Dämon.«

Marie warf ihm einen ängstlichen Blick zu.

»Und was für ein Dämon soll das sein?«, fragte Isenhart. Der raue Ton seiner Stimme entsprang seiner Befürchtung, Konrad könnte damit vielleicht sogar recht haben.

Angespannte Stille senkte sich zwischen sie. »Es war ein langer Tag«, ergriff Sophia das Wort, »es hat uns allen einen gehörigen Schrecken eingejagt. Ich glaube, auch Vater Hieronymus tut der Schlaf jetzt gut.«

»Uns allen«, stimmte Konrad seiner Schwester halbherzig zu.

Seitdem wechselten sie sich ab, Hieronymus verbrachte die Nächte entweder bei Konrad und Marie oder bei Isenhart und Sophia. Die Verkrampfungen lösten sich in den darauffolgenden Tagen, alles kehrte wieder – nur der Verstand nicht.

Seinen Namen kannte er wohl, auch den Sophias, Konrad und Isenharts. Aber Marie, nein, er schüttelte den Kopf, nie zuvor war er ihr begegnet, und dann lächelte er und erklärte, es sei eine Freude, die Bekanntschaft der Gemahlin von Konrad von Laurin zu machen. Am nächsten Tag war seine Überraschung wieder dieselbe. Konrad war verheiratet? Das Haus Laurin besaß einen neuen Stammhalter? Sein Name war Sigimund? Welch Freude! Sogleich wollte er ein Dutzend Kerzen entzünden.

»Wir haben keine mehr«, eröffnete Isenhart ihm.

»Keine mehr?« Der gestrenge Blick des Geistlichen traf Isenhart. »Ihr müsst auf Vorräte achten«, rügte er ihn und schüttelte dabei den Kopf, »ohne Kerzen kein Licht. Ts, ts.«

»Ihr habt gestern die letzten Kerzen entzündet«, erinnerte Konrad ihn.

Hieronymus stockte, sein Blick richtete sich auf Konrad, er musterte ihn. »Treib keinen Schabernack mit mir, Konrad. Ah – wer seid Ihr?«

Er hatte Marie wahrgenommen, die hinter Konrad aus der Hütte trat. Sie trug Sigimund.

»Das ist Marie, mein Weib«, erklärte Konrad.

»Dein Weib? Warum weiß ich nichts davon? Und das Kind?«

»Mein Sohn. Er heißt Sigimund.«

»Sigimund – eine treffliche Wahl. Ich werde ihm zu Ehren ein Dutzend Kerzen anzünden.«

»Wir haben keine Kerzen mehr, Vater.«

»Keine Kerzen mehr?«

So drehten die Gespräche sich im Kreise. Glaubten sie, etwas geklärt zu haben, hatte Hieronymus es bereits wieder vergessen, kaum war der letzte Bissen Fisch verzehrt, war ihm nicht mehr bewusst, was er zu sich genommen hatte, ja, mehr noch, er beschuldigte sie, ihm nichts abgeben zu wollen und ihn verhungern zu lassen.

Mitunter verloren sie die Geduld, sie packten seine öligen Finger und rieben sie ihm unter die Nase und fragten, ob er nun wenigstens *rieche*, dass er eben Fisch in den Händen gehalten habe.

Der schroffe Ton bekümmerte den kranken Mann, wenige Momente später wusste er bereits nicht mehr um die Ursache seiner Verstimmung – sie selbst aber erfasste er, und es bereitete ihm eine unauflösbare Trübsal, den Grund dafür nicht zu kennen. Außerdem fragte er, wieso alle anderen Fisch aßen und er selbst nicht, ob es wohl boshafte Absicht war, ob sie sich abgesprochen hatten und ihn darben lassen wollten.

War das etwa der Dank für seine Erziehung? Für all die Stunden auf der Burg Laurin? Dafür, dass er Konrad das Heiligste mit auf den Weg gegeben hatte, das er besaß, den Heiligen Span vom Kreuz des Erlösers? Jener Span, der Konrad von Laurin als einzigen der drei Heißsporne lebendig und unversehrt zum Ascisberg hatte zurückkehren lassen?

Da war er wieder, der alte Hieronymus, der gesunde, der sich an diese Einzelheiten zu erinnern vermochte und damit kurz für ungläubiges Staunen bei den anderen sorgte.

»Das wisst Ihr noch?«, fragte Marie.

»Selbstverständlich. Der Herrgott hat mich mit einem hervorragenden Gedächtnis ausgestattet. Ihr erscheint mir bekannt. Wie ist Euer Name?«

»Marie, Vater. Ich bin's: Marie.«

»Marie, ja. Natürlich.«

Aber sie alle sahen die Leere in seinem Blick, die seine Worte begleitete und sie ins Gegenteil verkehrte. Dann schlugen die Wellen erneut über diesem wachen Moment zusammen, begruben ihn in einem Meer, dessen Oberfläche eine klare Grenze zog. Hieronymus gelang es nur noch äußerst selten, diese Linie zu durchbrechen. Den anderen aber war es nicht gegeben, sie zu übertreten. Sie vermochten nicht, dem Geistlichen in seine neue Welt zu folgen, die sich aus den wenig verbliebenen Resten der alten neu zusammengesetzt hatte und in der Regeln und Zusammenhänge wirkten, die niemandem außer Hieronymus bekannt waren.

Sophia erfasste als Erste, dass sie einem Verstand beiwohnten, der sich in kleinen Dosen täglich verringerte, als fräße er sich selbst auf, immer kleiner wurden die Wege, die die Gedanken des Geistlichen zu gehen in der Lage waren.

»Sein Verstand erlischt«, stellte Sophia leise fest.

Genau so kam es. Die Beschädigungen seines Geistes, die Hieronymus durch den Schlag Gottes erlitten hatte und die seinem Erinnerungsvermögen zugesetzt zu haben schienen, waren keinesfalls beendet. Wie ein Wundfraß oder ein Schimmelgewächs wucherte der Schlag weiter und vernichtete Erinnerung um Erinnerung, er brachte Hieronymus' geistige Fähigkeiten ins Wanken, beschädigte seine räumliche Koordination, sodass aus den festen, ruhigen Schritten überaus kurze wurden, die seinen Gang zu einem Schlurfen verkümmern ließen, und er merzte Stück um Stück mehr von dem aus, was es hieß, Hieronymus zu sein. Der Schlag Gottes raubte ihm mit der gemächlichen Langsamkeit des Siegers seine Identität.

Das, so begriff Isenhart, war unaufhaltsam. Doch wenn dem Geistlichen Speichel aus dem Mundwinkel rann, wischte er ihn ab, und wenn sein ehemaliger Lehrer dieselbe Frage das dritte, vierte oder achtzehnte Mal an ihn richtete, disziplinierte er sich, jede Wut aus seiner Stimme zu bannen und ihm freundlich zu antworten, als täte er es das erste Mal. Was sich als kräftezehrend herausstellte – aber Hieronymus' Würde nicht auch noch der Krankheit überließ. Zumindest nicht kampflos.

Hieronymus würde niemals zu ihnen nach Heiligster zurückkehren, nur ein Schatten war geblieben, ein wohlbekannter, und auch der verlor von Tag zu Tag an Substanz.

»Was gibt es Neues zu berichten?«, fragte der junge Mann mit dem schmalen Gesicht, der sein Maultier eng bei sich hielt, während der Ältere der beiden, vielleicht der Vater, sich auf den Sack aus Leinen setzte, in dem er vermutlich seine Habseligkeiten mit sich führte.

Isenhart packte den Staken mit beiden Händen und stieß das Floß, auf dem sie sich alle befanden, von der Uferböschung ab. Er schob es in das Wasser des Rheins, bevor er den Stab zu Boden legte und ihn mit einem Lederriemen sicherte, den er dort angebracht hatte, nachdem ihm zwei Staken ins Wasser gerollt und flussabwärts verschwunden waren.

»Wir hatten Unwetter«, erzählte Isenhart. Er stellte sich neben Hieronymus, der krampfhaft das Seil festhielt, das die beiden Ufer miteinander verband. Isenhart schlüpfte mit den Füßen in zwei lederne Schlaufen, die mittels Holzschrauben fest mit den Stämmen des Floßes verbunden waren. Mit flinken Fingern verschloss er sie über dem Rist der Füße und legte die Hände auf das Seil.

»Gut. Ihr könnt loslassen.«

»Wirklich?«, vergewisserte Vater Hieronymus sich mit leerem Blick.

»Ganz bestimmt.«

Hieronymus nickte und löste die Hände. Isenhart packte das Seil und zog daran, während er sich mit dem Körper gegen die Strömung des Rheins stemmte, die die hölzerne Fläche, auf der Isenhart seine Kundschaft übersetzte, flussabwärts drückte. Der Geistliche nahm neben ihm auf einem Schemel Platz, den Marie mit Hühnerfedern gepolstert hatte.

»Jesus Christus hat diesen Platz gesegnet«, hatte Sophia Vater Hieronymus versichert.

»Christus? Er war hier?«

»O ja. Auf seinem Weg nach … Jerusalem«, log Konrad.

Die Ehrerbietung, die Vater Hieronymus vor dem Schemel empfand, zeichnete sich für alle unübersehbar auf seinem Gesicht ab.

»Das ist ab jetzt Euer Platz«, fügte Konrad hinzu, »der Herr hat ihn Euch zum Lobe gesegnet.«

»Das … das kann ich kaum glauben.« Mit zittrigen Fingern war Vater Hieronymus über den dünnen Stoff gefahren.

Isenharts Hände waren mit Schichten von Leinen umwickelt. Eine unvorhergesehene Stromschnelle reichte, um ihm das Hanfseil tief in die Haut zu treiben und das Fleisch zu versengen. Im Umgang mit den Elementen war Umsicht gefordert. Die Masse an Wasser, die gegen das Floß drückte, besaß ungeheure Kraft. Und leitete man sie einmal in sinnvolle Bahnen – am Rande des Kanals hatte er mit der Hilfe der anderen ein Mühlrad errichtet, das ihnen das Korn aufs Gründlichste zermahlte –, nahm sie einem die Arbeit ab.

Überhaupt walteten in der Welt ungenutzte Kräfte. Das Wasser, der Wind. Wenn es also Schaufeln gab, mit deren Hilfe man sich die Wucht des Wassers zunutze machen konnte, was sprach dagegen, sich mit ebendiesen Schaufeln die Fähigkeiten des Windes zu eigen zu machen?

»Unwetter?«, fragte der Ältere der beiden mit einer Spur Besorgnis.

Isenhart nickte: »Hagel hat uns die Ähren zerrissen.«

»Und Spira«, fragte der Jüngere, »gibt es dort noch zu essen?«

»Ja. Weniger Brot und Mus. Aber Gemüse.«

»Und Bret?«

»Auch das, wenn die Münze stimmt.«

Die beiden Männer schienen erleichtert. Sie waren mit insgesamt vier Maultieren unterwegs, die allesamt schwer zu tragen hatten. Die Rücken der Tiere bogen sich unter dem Gewicht. Gewürze sind nicht so schwer, dachte Isenhart, während er das Floß Zug um Zug über den Rhein zerrte. Zug um Zug, der seine Muskeln anschwellen ließ, manchmal waren sie hart wie Stein, wenn er abends auf das Lager fiel. Seine ehemals feinen Hände wurden breiter und kräftiger, sie fuhren über die gespannte Haut von Sophias Bauch. Irgendwann wurde das Streicheln matter, die Radien der Kreise, in denen die Finger ihre Bahnen zogen, kleiner, bis er in den Schlaf fiel.

Wind und Sonne trieben erste Furchen in seine Gesichtshaut, um sie dann Tag um Tag, Stunde auf Stunde zu vertiefen.

»Na, Alter, wie ist dir? Ist das dein Sohn?«

Hieronymus strahlte die beiden Reisenden an und nickte. »Ja, mein Sohn.«

Die Reisenden bemerkten, dass mit ihm etwas nicht stimmte. Davon abgesehen handelte es sich wohl um einen harmlosen Gesellen. »Dein Sohn ist ein fleißiger Mann«, sagte der Ältere, um Hieronymus eine Freude zu bereiten, dem beim Lächeln Speichel über die Unterlippe rann.

Isenhart fuhr ihm sanft mit der Linken über das Kinn, ganz so, als verscheuche er ein Insekt, um dann wieder das Seil zu packen und sie näher ans andere Ufer zu ziehen, wo Heiligster auf ihn wartete. Und eine Gestalt am Ufer. Sophia, die eine noch kleinere Silhouette an der Hand hielt: Lilian.

»Ja, fleißig. Was treibt Euch nach Coellen?«

»Coellen?«, fragte der Jüngere, »wir sind bei Spira.«

»Oh, Ihr müsst vom Weg abgekommen sein«, merkte Hieronymus mit echter Bestürzung an, seine Finger verfingen sich ineinander und rangen einen unbestimmten Kampf.

»Nein, das ist schon recht, Vater«, beruhigte Isenhart ihn dann, »nach Coellen kommen wir erst am Nachmittag.« Was eine glatte Lüge war, die Isenhart – Übung macht den Meister – mittlerweile ohne ein Zögern über die Lippen kam.

»Natürlich, ja«, antwortete der Geistliche erleichtert.

Isenhart warf dem Gespann aus Vater und Sohn einen Blick zu, ein Nicken. Sie begriffen. Der Fährmann war mit einem verwirrten Alten geschlagen.

Isenhart unternahm gar nicht erst den Versuch, dieses Missverständnis aus der Welt zu räumen. Während seine Hände wieder und wieder nach vorne schnellten und das Seil ergriffen, seine Arme und Beine sich gegen die Strömung stemmten, erinnerte er sich an die Zeit in Heiligster, in der Sophia und er am Anfang die Augen nicht voneinander hatten lassen können und nahezu jeder Abend in einem Liebesspiel endete, in dem stets neuen und vergeblichen Versuch, zu einem Wesen zu verschmelzen. Ihre Blicke saugten jedes Detail auf, jede Kontur des Gesichts, jede Schwingung des Mundes, jeden Leberfleck, jeden einzelnen Sprenkel in der Pupille des anderen.

Sie erinnerten sich gemeinsam an die Jahre auf der Burg Laurin und stellten fest, wie sie beide Außenseiter gewesen waren. Jeder von ihnen hatte für Giselbert eine besondere Bedeutung eingenommen, wie sie erst jetzt, viele Jahre nach seinem gewaltsamen Tod, herausfanden. Sie streiften Alexander von Westheim und Hieronymus, Dolph von Grundauf und Chlodio. Über alles und jeden verschafften sie sich mit- und durcheinander Klarheit.

Lediglich Henning von der Braake ließen sie dabei aus. Isenhart gewährte seiner Frau, wie auch Konrad, zwar Einblick in seine Rekonstruktion der Ereignisse. Wann Henning was weshalb getan hatte. Oder unterlassen.

Aber stets, wenn sie ihn fragten, warum Henning ihn gerettet oder verschont hatte, in der Scheune des Wirtshauses und auch später bei diversen Anlässen, spätestens aber auf der Burg von Engelhardt von Weinsberg, als Simon von Hainfeld ihn bewusstlos geschlagen hatte, als es ein Leichtes gewesen wäre, sich Isenharts Nachstellungen ein für alle Mal zu entledigen, warum er diese Gelegenheit hatte verstreichen lassen – stets schüttelte er den Kopf und schwieg. Weigerte sich, auch nur ein weiteres Wort darüber zu verlieren.

Hennings Namen zu erwähnen war immer mehr zu einem Tabu geworden.

Unablässig hielt Isenhart den Kontakt mit dem Seil, er spürte die Spannung seiner Muskeln knapp unter der Hautoberfläche. Jeder Zug erinnerte ihn an jene Zeichnung, auf die sie in Tarup gestoßen waren, auf die Skizze von der Funktionsweise des Unterarms. An jene Gefühlsregung in seinem Herzen, die sich dem Hass und der Abscheu selbstbewusst entgegenstellte, nämlich Bedauern. Das Bedauern darüber, diesen Seelenverwandten – da hatte er es schon geahnt – vernichten zu müssen.

»Vermisst du ihn?«

Es war ein Wispern am Morgen gewesen. Isenhart lag matt auf dem Lager, es war Sommer und schon taghell. Sie hatten sich geliebt, Sophia und er. Mit dieser Leidenschaft, die schon Anna an Isenhart verwundert hatte. Frisch, gewaltig und sich nach dem Leben verzehrend, so zu küssen, als wisse man um den nahen Tod, so zu lieben, als spüre man bereits die ausgestreckte Hand des Schnitters.

»Vermisst du ihn?«

Sanft fuhr sie ihm mit den Zehen dabei über den nackten Bauch, sie schmunzelte über die Linie der Härchen, die vom Bauchnabel nach unten verlief. Sein Herz pochte noch vor Anstrengung, der Brustkorb hob und senkte sich, einen Arm hatte er angewinkelt und seinen Kopf darauf gebettet. Die Haare trug er immer noch kurz und stoppelig. Die frischen Barthaare stachen schwarz aus seinem Gesicht hervor. Sophia schlang die Beine um seinen Rumpf und fuhr ihm mit der Hand über den Kopf. Auch sie verspürte noch die Wärme in ihrem Schoß, in dem er gewesen war. Isenhart wandte sich ihr zu und vergrub sein Gesicht an ihrer Brust. Er tat es nicht um der Lust willen, das spürte sie, sondern um ihr nahe zu sein.

Sophia wäre am liebsten für immer so liegen geblieben.

So verharrten sie, bis ein Molkenstehler über die Fensteröffnung zu ihrem Lager fand. Schwarz um den Leib, hellrot in den Flügeln, ein schönes Muster.

Scheinbar ziellos flatterte der Falter über sie hinweg. Er landete auf Isenharts Hand, der den Blick hob, mit einem Lächeln und Ehrfurcht vor dem, was sich direkt vor ihm abspielte. Nichts Geringeres als das Wunder der Schöpfung. »Was außer einem Gott wäre wohl in der Lage, so etwas Vollkommenes zu erschaffen?«, flüsterte er. Seine Stimme war frei von Spott und Sarkasmus. Ehrliche Nachdenklichkeit lag in seinen Worten.

Er küsste die Wölbung ihrer linken Brust und schaute zu ihr auf: »Ja, ich vermisse seine Gesellschaft. Diejenige Seite, die staunend Fragen in die Welt wirft. Aber die andere werde ich zur Rechenschaft ziehen.«

Sophia, die ihre Schläfe auf seinen Kopf gebettet hatte, beugte sich weiter hinab, sodass sie sich in die Augen schauten.

»Du kannst nicht verstehen, dass ich die Nähe eines Mörders vermisse«, vermutete Isenhart, aber Sophia deutete ein Kopfschütteln an.

»Ich will, dass er sich für meine Schwester verantworten muss und für die anderen, für Walther. Aber Anna wird es uns nicht zurückbringen. Und du setzt dein Leben aufs Spiel«, antwortete sie mit Sorge in der Stimme.

Isenhart musterte ihre grünen Augen: »Hast du das geträumt?«

»Nein«, erwiderte sie schnell.

»Jemand muss diejenigen vor ihm schützen, die sich selbst nicht schützen können«, stellte Isenhart fest, »und nicht nur vor ihm, sondern auch vor seinen Ideen.«

»Du willst dich wieder aufmachen?« Sie bemühte sich, ihrer Frage eine unauffällige Beiläufigkeit zu verleihen, während Isenhart

Sophias Distanz zu ihren eigenen Worten heraushörte. Die Angst um ihn.

»Nein«, antwortete er daraufhin.

Niemals wieder, dessen war Isenhart gewiss gewesen, würde er sich wieder so aufgehoben fühlen wie bei Sophia. Das Wichtigste, was es auszutauschen gab, kommunizierten sie über Blicke und Gesten, das gröbste Instrument, dessen sie sich bedienten, blieb die Sprache. Langsam, behäbig, missverständlich.

Daran dachte Isenhart, während er Vater, Sohn und die vier Maultiere über den Rhein übersetzte.

»Wir waren drei Jahre auf der Seidenstraße unterwegs«, verriet ihm der Jüngere.

Isenhart merkte auf. »Habt Ihr vielleicht einen Hühnerzüchter getroffen? Sein Name ist Henrick. Es kann sein, dass er sich Henrick von Laurin nennt.«

Der Sohn blickte zum Vater, aber der deutete ein Kopfschütteln an.

»Und Ursel vom kleinen Bachlauf?«

»Nie gehört«, erwiderte der Ältere. Er verschleppte seit geraumer Zeit eine Erkältung, das leise Rasseln seiner Atmung verriet es Isenhart.

Isenhart hatte die Arbeit an dem Nurflügler nicht wieder aufgenommen. Seine Bauteile lagen noch oben in der Tenne und moderten vor sich hin. Denn sein Traum vom Fliegen war untrennbar verbunden mit Henning von der Braake. Für Isenhart wäre die Arbeit an dem Nurflügler gleichbedeutend gewesen mit der täglichen Konfrontation mit dem Mann, der wie ein Gespenst einfach verschwunden war – außer aus seinen Erinnerungen.

So hatte sich Isenhart wie angekündigt in das Leben eines Bauern gefügt. Er bestellte das Feld und fuhr die Ernte ein, er verkaufte die Erzeugnisse auf dem Markt in Spira, wo Konrad weiterhin seinen Dienst als Wachmann versah.

»Ich kann nicht die ganze Zeit hier draußen bleiben«, hatte dieser nur gesagt. Isenhart nickte, er verstand auch so. Konrad brauchte die Betriebsamkeit der Stadt, das Kommen und Gehen, das freundliche

Wort eines Kaufmanns oder den messerbewehrten Angriff eines Raufbolds, kurz: die Abwechslung. Den unbestimmten Augenblick. Den Puls des Lebens.

Heiligster erschien ihm eintönig und öd. Für Konrad waren die Tage voneinander nicht oder nur schwerlich zu unterscheiden. Dort, wo Isenhart die kleinen Fluchten aus dem Gleichmaß entdeckte, in denen Heiligster zu einem Erlebnis wurde, zu einem Gewinn, sah Konrad nur den Alltag ohne andere Wachmänner, ohne Würfelspiel, ohne Bier und Zank, ohne fremde Menschen.

Marie weigerte sich, nach Spira zu ziehen. Und aus Konrads allzu schnellem Einlenken vermochten die anderen abzulesen, wie recht ihm dieser Entschluss kam. In Spira ging er seinem Vergnügen nach, und wenn er in Heiligster einkehrte, war er von engelsgleicher Geduld, er war Marie ein guter Mann und Sigimund ein liebevoller Vater.

»Papst Innozenz III. hat den Laien das Lesen der Heiligen Schrift verboten«, erzählte der Ältere der Reisenden auf Isenharts Floß.

»Ich habe davon gehört«, gab Isenhart mit absichtlicher Unbestimmtheit zurück.

»Der Heilige Stuhl hat sogar Söldner nach Metz und Strasbourg geschickt, um die Bibelübersetzungen ins Feuer zu schicken.«

Sein Sohn, wie Isenhart vermutete, nickte: »Sie haben in mehreren Städten die übersetzten Bibeln auf dem Marktplatz aufgeschichtet und verbrannt.«

»Und gesagt«, fügte sein Vater hinzu, »dass in Zukunft ein jeder brennen wird, der die Schrift liest und kein Geistlicher ist.«

»Dabei können wir gar nicht lesen«, sagte der Jüngere. Er und sein Vater grinsten schief.

Isenhart nickte unwillkürlich. Das Verbrennen der Bücher auf dem Marktplatz zu Metz – *verwechsle nie Ursache und Wirkung,* wie Walther gesagt hatte – richtete sich nicht in erster Linie gegen die Laien, die in der Heiligen Schrift lesen wollten, nein, der Heilige Stuhl verbot Gott die Stimme. *Innozenz III. gebot dem Schöpfer zu schweigen.*

Wieder rann Vater Hieronymus etwas Speichel über das Kinn, ein Faden aus Spucke wehte im Wind. Isenhart umfasste den eigenen Ärmel mit der Hand und wischte ihn ab.

Es war Zeit, sich des Stakens zu bedienen. Isenhart ließ das Seil los und griff die hölzerne Stange, stieß sie auf den Grund des Flusses und schwenkte das Floß zum Ufer.

»Klug von Euch, diese Furt hier zu nutzen«, lobte ihn der Ältere. Er lächelte ein wenig und bot Isenhart ein paar grauschwarze Zahnstümpfe dar. Er musste Höllenqualen leiden.

»Habt Ihr Zahnschmerzen?«, erkundigte sich Isenhart.

»Unerträglich.«

»Ich kann sie Euch ziehen.«

»Mein Vater fürchtet«, wandte der Jüngere ein, »sein Schlag bei den Weibern wird dadurch einbüßen.«

Der Alte nickte.

»Seit wann betreibt Ihr Euer Fährgeschäft?«, fragte der Sohn.

»Seit fast vier Jahren«, antwortete Isenhart.

»Und lohnt es?«, wollte der Vater wissen.

Genau das hatte auch Sophia wissen wollen. Eine weitere Fähre über den Rhein? Wozu? Diejenigen, die Simon Rubinstein aus seinen lukrativen Fährgeschäften gedrängt hatten, würden nicht sonderlich erfreut sein.

»Die Händler müssen sich nicht bis Spira durchschlagen, wenn sie aus dem Süden oder dem Osten kommen«, erklärte Isenhart seiner Gemahlin, »sie können hier übersetzen, der Rhein läuft in eine Biegung, die Strömung bricht sich und die Wassertiefe ist gering. Hier ist es ideal. Und ich muss nicht mehr Wachmann sein und kann euch beschützen.«

Das leuchtete allen ein. Isenhart würde ebenso viel und vielleicht sogar mehr verdienen, wenn er in Heiligster seinen Dienst als Fährmann versah statt als Wachmann in Spira.

Und die Frauen und ihre Kinder, Sigimund und Lilian, waren nicht schutzlos Räubern, Wölfen oder trunkenem Pöbel ausgesetzt, wenn ein Mann zugegen war. Isenhart war kein Ritter, kein Streiter, kein Brabanzone. Aber er war im Gegensatz zu dem gebrechlicher werdenden Hieronymus in der Lage, den Bolzen der Armbrust auf seine todbringende Bahn zu schicken. Und zwar mit einer Treffsicherheit, die im Raum Spira ihresgleichen suchte. Er erlegte einen Hasen auf siebzig Fuß. Was einen Angreifer tötete, schreckte drei weitere ab.

»Ist das alles?«, hatte Sophia einmal gefragt. Sie kam mit frischem Wasser vom Kanal zurück und stoppte neben Isenhart, der die Seitenstämme des Floßes mit dem Öl imprägnierte, das er Bucheckern abgepresst hatte. Isenhart wischte sich den Schweiß von der Stirn und blinzelte gegen die Sonne. Dazu setzte er ein harmloses Lächeln auf: »Alles? Was meinst du?«

Ihr Mann mochte ein schlauer Kerl sein, aber er konnte sich nicht verstellen. »Du baust dieses Floß, als könntest du damit fliegen«, sagte Sophia, »Tag und Nacht arbeitest du und schleifst und besserst es aus.«

»Damit es nicht untergeht.«

Sophia nickte. Dann ging sie in die Hocke, um mit Isenhart auf Augenhöhe zu sein. Ihre grünen Pupillen ruhten dabei in den seinen, sie gewährten Isenhart keine Ausflucht.

»So kann ich das verdienen, was die Ernte nicht einfährt«, fügte er etwas hilflos hinzu.

Sophia nickte. Sie glaubte ihm kein Wort, sie wusste, er nahm Rücksicht. Auf ihre Schwangerschaft, auf Lilian, seine Tochter, die sie ihm gebären würde. Sie bohrte nicht weiter nach. Aber insgeheim, das wusste sie, war ihr Mann immer noch auf der *Jagd.*

Als er seinen Fährbetrieb aufnahm, hielt er die Augen und Ohren offen, wenn er Passagiere an Bord ließ und glaubte, Sophia würde nicht davon erfahren.

»Ich suche zwei Männer«, wisperte er, »Henning von der Braake und Simon von Hainfeld – habt Ihr von Ihnen gehört?«

»Von der Braake?«

»Ja, genau.«

»Nein, nie gehört. Was hat er Euch angetan?«

»Er hat fünf Menschen ermordet.«

Isenhart ging es nicht um das Geld und auch nicht um die Abwechslung, die der Plausch mit den Kaufleuten und Händlern brachte. Isenhart wartete ab. Er wartete, um die Witterung wieder aufnehmen zu können. Wie eine Spinne spannte er sein Netz, setzte Reimar von Vogt und Engelhard von Weinsberg in Kenntnis, auch ein paar Wachleute in Spira sowie einige frühere Freunde von Simon Rubinstein. Faden um Faden verknüpfte er miteinander. Das Netz war bereit, und selbst die kleinste Erschütterung eines seiner Fäden würde zu seinem Zentrum vorgetragen werden.

Henning oder auch seine rechte Hand Simon von Hainfeld mussten überhaupt nicht selbst durch die Gegend ziehen – so unvorsichtig wäre Henning auch kaum gewesen –, das Netz filterte die Neuigkeiten all jener, deren Wege über Spira führten. Sie kamen aus allen Himmelsrichtungen, erzählten von ihren Reisen, tauschten sich aus und gaben ihre Informationen, ohne es zu wissen, an Isenhart weiter.

Die Befragung jener, die bei Heiligster über den Rhein übersetzten, nahm er selbst vor.

Mit Reimar von Vogt hatte er sich oben in den Schatten der Trauerweide gesetzt, sie kauten Bärlauch. Der Adlige willigte nur zu freudig in den Handel ein, den Isenhart ihm anbot. Er tauschte Heiligster gegen Tutenhoven. »Unter drei Bedingungen«, wie er sagte.

»Als da wären?«, fragte Reimar von Vogt.

»Alle Bediensteten behalten ihre Anstellung – auf Lebenszeit gilt das für Cecilia und Zolner.«

Reimar von Vogt nickte, er war ein vernünftiger Mann.

»Ein Viertel des Ernteertrags kommt Heiligster zugute.«

»Ein Fünftel.«

»Abgemacht«, stimmte Isenhart zu.

»Und die dritte Bedingung?«, fragte der Mann mit den ebenmäßigen Gesichtszügen, der Isenhart um einen ganzen Kopf überragte.

»Den Almagest und die anderen elf Bücher.«

»Bücher? Ihr könnt sie alle haben, ich kann nicht lesen«, antwortet Reimar von Vogt nicht ohne eine Prise Stolz.

»Und den Beryll«, fiel Isenhart ein.

»Beryll? Ein Tier?«

»Nur ein Stück Stein«, untertrieb Isenhart.

»Es soll Euch gehören«, versicherte Reimar ihm.

Isenhart nickte, dann hielt er dem anderen seine offene Hand hin. »Schlagt ein, wenn das ein Handel ist«, forderte er ihn auf.

Reimar von Vogt hob die Hand, zögerte dann aber und suchte Isenharts Blick.

»Stimmt es, dass Ihr geflogen seid?«

»*Geflogen?* Wer sagt das?«

»Ach«, antwortete Reimar von Vogt und winkte ab, während ihm der Zweifel noch ins Gesicht geschrieben stand, »einige Leute in Spira erzählen davon …«

»Unsinn«, unterbrach Isenhart, »wenn ich fliegen könnte, wäre ich dann noch hier? Würden meine Schwingen mich nicht längst in eine bessere Welt getragen haben?«

»Ihr sagt es. Ihr sagt es«, brach es erleichtert aus Reimar von Vogt heraus, er konnte ein Lachen nicht mehr zurückhalten, »bei unserem Herrgott und der Jungfrau Maria, ich bin erleichtert, gebenedeit sei dein Name, Maria, du bist gebenedeit unter den Frauen.« Er schlug das Kreuz. »Ein alter Kauz erzählt, Ihr seid um den Knorrigen Alten geflogen.« Reimar von Vogt vermochte nur schwerlich ein Prusten zurückzuhalten.

»Ich bin also geflogen?«, fragte Isenhart scheinbar amüsiert nach und beschrieb mit dem Zeigefinger einen Halbkreis in der Luft, »um einen Berg herum geflogen?«

Von Vogt hatte sich nicht länger unter Kontrolle, er brach in schallendes Gelächter aus, in das Isenhart einfiel, sie brüllten ihre Erheiterung in die Zweige der Trauerweide. Sie lachten so sehr, dass sie feuchte Augen bekamen und Atemnot, die Tränen rannen ihnen über das Gesicht.

»Geflogen«, japste von Vogt.

»Um den Berg«, keuchte Isenhart, und dann krümmten sich ihre Oberkörper unter Lachkrämpfen. Isenhart beschrieb mit seinen beiden Armen Flugbewegungen, und Reimar von Vogt wäre am darauf folgenden Lachanfall um ein Haar erstickt.

»Ich flehe Euch an, hört auf«, bat er.

Am Abend des Tages, an dem Isenhart auf die denkbar eleganteste Art den Verdacht blasphemischer Handlungen aus der Welt geschafft hatte, wurden sie sich einig. Tutenhoven und Heiligster wechselten die Besitzer.

Von Vogt trabte auf seinem Maulesel davon. »Er ist also geflogen«, hörte man ihn noch eine Weile glucksen, und sein Zeigefinger zeichnete dabei den Halbkreis in der Abendluft nach.

Isenhart musste schmunzeln.

»Glaubst du, Walther wäre einverstanden gewesen?«

Isenharts Lächeln wurde schmaler, er schaute zur Seite, und Sophias Blick traf ihn. In ihren Augen lag kein Vorwurf, sie fragte sich das wirklich. Die beiden standen an der Biegung des Kanals, an dem sich einst der Hühnerstall befunden hatte.

»Ja«, antwortete Isenhart leise, »das wäre er gewiss. Er ist durch seine Schriften hier, er ist durch uns hier, und wir sind das, was wir sind, durch ihn, und er ist, was er war, durch uns, und er wird durch uns bleiben, und so sind wir alle Teil eines Ganzen. Kurz nur, aber lang genug, um eine Spur zu hinterlassen. Und Walthers Spuren sind in Tutenhoven und Heiligster.«

»Und deine?«, fragte Sophia.

Isenharts Miene wurde ernst, der Blick weit. »Sind in dir. Und du hast eine Spur in mir hinterlassen – und das ist es mir wert zu sein.«

Äußerlich war ihr nichts anzumerken gewesen, aber innerlich hatte Sophia gezittert, als hätte ihr jemand in kalter, unendlicher Dunkelheit die ruhige Hand gereicht.

Jahrelang tat sich nichts, blieb das Netz reglos.

Aber am 19. August 1201 wurde es mitten in seinem Zentrum erschüttert.

Isenhart setzte Vater und Sohn am Ufer ab, sie führten ihre Maultiere auf festen Grund und entlohnten ihn mit den zuvor vereinbarten Münzen. Sophia stand dort, sie hielt Lilian auf dem Arm, die ihren Vater neugierig ansah. Ihre Haare waren blond, ein Blond, das manchmal einen Schimmer trug, der ins Rötliche ging.

Sophia hüpfte auf das Floß. »Bring uns auf die andere Seite, Fährmann.«

»Ich muss einen Moment ausruhen«, entgegnete er außer Atem und stützte sich auf den hölzernen Stab.

»Bitte«, bettelte Lilian.

»Schon gut«, brachte Isenhart spielerisch hervor, »aber könnt ihr auch den Preis zahlen?«

Sophia wandte sich ihm zu, der feine Wind wehte ihr die roten Strähnen in die Stirn, ihre Augen blitzten auf, als sie ihm ein frivoles Lächeln zuwarf: »Eure Entlohnung wird außerordentlich sein. Ich verspreche Euch, sie wird Euch über alle Maßen verzücken.«

In diesem Augenblick nahmen sie Hufgetrappel wahr. Isenhart zog den Stock aus dem Grund und setzte ihn an die Böschung – bereit, das Floß auf den Fluss zu stoßen. Nicht jeder, der Heiligster aufsuchte, kam als Freund.

Dann sprengte ein Reiter um die Biegung, zwang sein Pferd mit den Zügeln zu stoppen, ließ den Blick schweifen, entdeckte sie und ritt dann aufs Ufer zu.

Isenhart legte den Staken beiseite. »Ich kenne ihn«, ließ er Sophia wissen, um sie zu beruhigen.

Der Mann brachte sein Ross vor ihnen zum Stehen, die Nüstern des Pferdes blähten sich, dem Reiter rann der Schweiß über das Gesicht und den Nacken hinab. »Sucht Ihr ihn noch?«

»Jeden Tag«, sagte Sophia ruhig, und Isenhart warf ihr einen überraschten Blick zu, »wenn Ihr von Henning von der Braake sprecht.«

»Von dem spreche ich. Er ist bei Haslach. Er hat von einem befreundeten Kaufmann eine große Menge Harz erworben.«

Haslach.

Isenhart kannte die Gegend. Ein Flusstal. An einer Stelle des Flusses hatte vor vielen, vielen Jahren ein Wasserrad gestanden. Walther von Ascisberg hatte ihn als Knaben dorthin mitgenommen.

»Meine Frau, Sophia von Laurin, und unsere Tochter Lilian«, stellte Isenhart sie einander vor, »Fürst Engelhardt von Weinsberg.«

»Was werdet Ihr nun tun?«, fragte der Burgherr.

Isenhart schlug den Blick nieder. »Nun, ich bin Fährmann geworden …«, begann er zögerlich.

Aber Sophia trat vor, ihr Blick war bestimmt: »Wir bringen es zu Ende. Jetzt gleich.«

37.

Für das Gelingen von Isenharts Plan war es unerlässlich, dass Sophia noch einmal das Habit des Benediktinerordens anlegte, sobald sie Haslach erreichten.

Der Ort selbst war klein, aber befestigt. An klaren Tagen war von hier aus der Ascisberg zu sehen, der sich in eineinviertel Meilen Entfernung erhob und früher den Weg zur Burg Laurin gewiesen hatte.

Wie durch einen Kurier von Engelhardt II. vereinbart, folgten sie dem Kirbach, bis sie ein kleines Stift erreichten, das sich noch im Aufbau befand, aber dennoch bereits zwei Dutzend Nonnen beherbergte, die bei den Bauarbeiten selbst Hand anlegten. Mitten im Wald verlief der Bach zwischen zwei Anhöhen hindurch. Dahinter, mit einer Treppe zum Fluss, war der Grundstein für das Kloster gelegt worden.

Konrad, Sophia und Isenhart saßen ab und führten ihre Pferde hinter sich her. Unten am Ufer hockte ein Mann, er mochte vierzig Lenze zählen. Er blickte zu ihnen auf und erhob sich langsam.

Sein Name war Biz. Er hatte auf sie gewartet, denn er war derjenige, der Henning von der Braake das Harz verkauft hatte, wie er ihnen bestätigte. Er beschrieb Henning und auch Simon von Hainfeld sehr genau. Isenhart hob seine linke Hand und deutete auf den Stumpf. Biz versicherte ihm, der Mann, dem er das Harz verkauft hatte, verfüge über eine identische Verstümmelung. »Hat er wirklich fünf Menschen ermordet?«

»Das hat er«, bestätigte Sophia.

»Auch unsere Schwester«, fügte Konrad mit verkniffener Miene hinzu. Er trug nun eine Narbe mehr im Gesicht. Ein rostiger Nagel, der sich im abgerissenen Bein eines Holzschemels befunden hatte, war für die Zeichnung verantwortlich, die sich vom linken Auge senkrecht bis zum Mundwinkel gebildet hatte.

Biz kannte ein paar Kartenspielertricks, in Burgund hatte er sich damit mal ein paar Monate über Wasser halten können. Konrads Gesicht riet ihm allerdings, sie besser nicht an ihm auszuprobieren. Zwar würde Konrad von Laurin, so hatte der Schmale ihn vorgestellt, den Trick mit Sicherheit nicht durchschauen. Aber derjenige, der mit ihm sprach, Isenhart, dem traute Biz es zu. Und es reichte durchaus, wenn der Kluge den Schläger auf den Betrug aufmerksam machte.

Dann war da noch die Rothaarige, Gattin des einen und Schwester des anderen. Sophia.

Sie war nicht schön, dazu war sie zu dünn. Ihr Gesicht war nicht symmetrisch, und auch Sommersprossen waren nicht jedermanns Sache. Trotzdem war sie von einer betörenden Wirkung. Die allerdings von einer jungen Nonne, derer sie gerade ansichtig wurden, bei Weitem übertroffen wurde.

Konrad erstarrte einfach, als sei er zu Stein geworden. Mitten in der Seitwärtsbewegung seines Kopfes kam die Reglosigkeit so abrupt über ihn, dass die anderen neugierig wurden auf den Umstand, der das bewirkt hatte.

Der Name des Umstands, so sollten sie alsbald herausfinden, war Lugardis.

Schwarzhaarig, wache dunkle Augen, feingliedrig und doch »an den richtigen Stellen füllig«, wie Konrad es ausdrücken sollte, als er am Abend seine Sprache wiederfand. Lugardis beugte sich hinab und knetete Wäsche im Bachwasser, wozu sie die Novizinnentracht abgelegt hatte. Sie kniete dort in ihrer Tunika, das Haar fiel ihr den Rücken hinab, und nicht nur auf Konrad stürmten eine Reihe unzüchtiger Bilder ein. Auch Isenhart wusste die außergewöhnliche Schönheit des Mädchens zu schätzen.

Biz, der Konrads sinnentleertem Blick gefolgt war, sog hörbar die Luft ein, um dann ähnlich wie Konrad das Atmen aufzugeben.

»Lugardis, nimm die Wäsche und komm!«, rief eine helle Stimme von weiter oberhalb. Sophia, die ihr Augenmerk zuerst von

Lugardis zu lösen imstande war, schaute hinauf und entdeckte die Äbtissin auf der Treppe.

Erst jetzt, als die Novizin die Wäsche aus dem Wasser zog, entdeckte sie die drei Männer am Ufer, Biz, Isenhart und Konrad. Sie erschrak und floh die Stufen hinauf. Doch auch ihre überstürzte Flucht war durchdrungen von der Anmut ihrer Bewegungen.

Äbtissin Clementia – »füllig, aber an den falschen Stellen« – kam ihnen entgegen. Biz hatte dafür gesorgt, dass sie ihre erste Nacht im Schutz des neuen Stiftes verbringen konnten.

»Du hast eine Frau zu Hause«, erinnerte Sophia ihren Bruder, der immer noch an die Stelle starrte, an der Lugardis verschwunden war.

»Ich hab nur noch nie so eine Tunika gesehen«, brachte Konrad hervor, und die Rauheit seiner Stimme entlarvte die Scham, die er empfand, weil seine Schwester ihn ertappt hatte.

Das Feuer prasselte in Mutter Clementias Kammer, die noch nicht fertig überdacht war. Biz nagte an einem drei Tage alten Hühnerknochen, alleine der Geruch wusste den Hunger etwas zu stillen.

»Wozu benötigt er all das Harz?«, hatte Isenhart Biz gleich bei ihrer ersten Begegnung gefragt und bereits am Achselzucken des Mannes erkannt, dass er keine befriedigende Antwort auf seine Frage erhalten würde. Denn Biz interessierte es im Allgemeinen nicht, wofür sein Abnehmer ihn bezahlte. Hauptsache, er bezahlte.

Gleichwohl erinnerte Isenhart sich an eine kleine Notiz, auf die er in der Burg Weinsberg gestoßen war – kurz bevor Simon von Hainfeld ihm diesen mörderischen Fausthieb verpasst hatte. *Resina*. Harz.

Konrad saß in der Ecke, die Arme verschränkt. Er starrte ins Nichts. Man konnte meinen, er denke an seine ermordete Schwester, dabei versuchte er sich nur auszumalen, wie Lugardis wohl ohne Tunika aussah. Ab und zu verirrte sich eine Maus auf der Suche nach Nahrung in die Kammer, um bei der kleinsten Bewegung sofort wieder die Flucht anzutreten.

Isenhart schaute ins Feuer, das ihn an seine Arbeit als Schmied erinnerte, während Sophia der Äbtissin den Grund und vor allem die Dringlichkeit ihrer Mission darlegte. Gelangte sie dabei an Stellen, die sie auf Nachfrage nicht detailliert genug beschreiben konnte, sprang Isenhart ihr bei.

Ansonsten gaukelten die Flammen ihm Formen und Schattierungen vor, aus denen sich Antlitze bildeten. So loderte Giselbert vor ihm auf und auch Wilbrand von Mulenbrunnen, dann Anna und ihr Vater Sigimund. Sicherlich waren diese »Erscheinungen« der Einbildung geschuldet, wie Isenhart umgehend konstatierte, aber insbesondere die Gesichter von Anna und auch von Walther, die sich bildeten, während ein Ast knackte, der in der Hitze brach, und sich ihm zuzuwenden schienen, strichen ihm nicht nur mit der Wärme des Feuers über die Haut, sondern auch mit der des Trostes.

»Und dieses Ungeheuer verkehrt in Haslach?«, vergewisserte Schwester Clementia sich besorgt.

»So ist es – ich habe schon mit ihm verkehrt«, erklärte Biz und genoss den Schauer, den seine scheinbare Abgebrühtheit der Geistlichen bescherte.

»Er will von Euch noch mehr Harz erwerben, richtig?«, schaltete Isenhart sich ein.

»Ja. Ich habe es hier gelagert und mache den Handel morgen perfekt.«

»Aber dann müsst Ihr ihn nur noch überwältigen und vor Gericht bringen«, stellte Clementia fest. Um ihren Blick dann auf Isenhart zu richten: »Wozu also erbittet Ihr meine Hilfe?«

»Euer reger Geist hat den springenden Punkt benannt«, lobte Isenhart sie. Sophia bemerkte, wie sich die Äbtissin entspannte. Isenharts Anerkennung machte Clementia zugänglich. »Doch nichts von dem, was Henning von der Braake begangen hat, könnten wir vor einem Gericht beweisen. Ihr seid der Erzählung meiner Gattin aufmerksam und geduldig gefolgt. Euch ist klar, dass niemand außer Henning von der Braake der fünffache Mörder sein kann. Aber wir haben niemanden, der es bezeugen kann. Biz, der

Händler hier, kann uns zu von der Braake führen. Aber nur mit Eurer Hilfe, Äbtissin, mit Eurem zupackenden Wesen können wir diesen teuflischen Taten ein Ende bereiten.«

Sophia nickte, sie hatte verinnerlicht, wie man die Bräute Christi für seine Sache gewann: »Henning von der Braake ist eine Ausgeburt Satans, eine Prüfung des Allmächtigen. Wenn unser Glaube aufrichtig und wahr ist …«

»Mein Glaube ist aufrichtig«, unterbrach Clementia, um diesbezüglich jeden Zweifel umgehend im Keim zu ersticken.

»Wenn er aufrichtig und wahr ist«, nahm Sophia den Faden wieder auf, »dann ist es unsere Pflicht, dem Bösen Einhalt zu gebieten. Können wir Euch in dieser heiligen Mission an unserer Seite wissen?«

Äbtissin Clementia zögerte.

»Henning von der Braake steht mit Luzifer im Bunde«, legte Isenhart nach.

»Wir sind hier, um ihn aufzuhalten«, schloss Konrad mit düsterer Miene. Er richtete seine Augen auf die Vorsteherin: »Und dazu brauchen wir Eure Hilfe.«

»Um Henning von der Braake seiner Bestimmung zuzuführen, müssen wir ihn auf frischer Tat stellen«, fuhr Isenhart fort, »und dazu brauchen wir einen Köder.«

»Einen Köder?«, fragte Clementia ein wenig hilflos.

»Eine Novizin von außergewöhnlicher Anmut«, präzisierte Sophia.

Isenhart pflichtete ihr mit einem leichten Nicken bei: »Wir wissen nicht, wann Henning von der Braake seinen nächsten Mord begehen will. Wir müssen ihm ein Opfer bieten, das alleine durch seine Erscheinung diese Frage beantwortet. Und dann können wir ihm den Garaus machen.«

Die Äbtissin begriff nun den Plan. Biz würde diesem Monstrum das Harz verkaufen, und just zu diesem Zeitpunkt müsste der Köder seinen Weg kreuzen und ihn durch sein Äußeres dazu verleiten, jede Vorsicht fahren zu lassen.

»Und dieses Opfer …«, begann Schwester Clementia.

»Machen wir es kurz«, unterbrach Konrad sie, »wir brauchen Lugardis.«

Die Vorsteherin erstarrte bei der Nennung dieses Namens.

»Mein Schwager hat recht«, pflichtete Isenhart ihm bei, »sie ist von einer Reinheit, der Henning von der Braake sich nicht wird entziehen können.«

Für ein paar Momente war nichts weiter zu hören als das Prasseln des Feuers. Biz' Oberkörper war nach hinten gesunken, der Hühnerknochen starrte ihm aus dem halb offenen Mund. Er schnarchte leise.

Clementia räusperte sich. »Sie ist ein unschuldiges Kind«, sagte sie dann leise, »wer gibt mir sein Wort darauf, dass ihr nichts geschieht?«

»Ich«, antwortete Isenhart fest.

Dann verstummte er abrupt, denn sie alle hörten Schritte, die sich näherten. Sophia stieß Biz unsanft an, Konrad schnellte in der Ecke hoch und zog sein Schwert. Isenhart huschte gebückt zurück, um sich des Lichtkegels zu entziehen. In seiner Rechten ruhte die Armbrust, die er bis zur Brust anhob.

Mit den Schritten ging ein leises Geräusch einher, das ertönte, wenn feines Metall auf ebensolches traf – Sporen. Es war ein Reiter, den sie hörten.

Sie alle richteten den Blick auf den einzigen Zugang zur Kammer, einen Durchlass in der Wand. Isenhart spannte die Sehne und ließ sie einrasten, bevor er zügig, aber mit Sorgfalt den Armbrustbolzen in der Abschussrinne platzierte. Biz blinzelte ins Feuer, dann erfasste er ebenfalls die Lage und seine Rechte den Knauf des Dolchs an seinem Gürtel.

Im Durchgang erschien eine Gestalt, die einen von Löchern durchzogenen Umhang trug. Sie machte halt, ihr Blick galt den beiden Frauen, die am Feuer sitzen geblieben waren.

Konrad trat aus dem Schatten. »Wer seid Ihr?«

»Das könnte ich Euch fragen«, erwiderte die Gestalt.

»Ich habe zuerst um Antwort gebeten«, antwortete Konrad, »wagt nicht, zur Waffe zu greifen. Eine Armbrust ist auf Euch gerichtet.«

Um diesen Worten Nachdruck zu verleihen, trat auch Isenhart aus dem Schatten, er war keine fünf Fuß von dem Mann entfernt, dessen Schläfe er anvisierte.

»Ich bin Erik von Owenbühl und ich bin hier, um das Stift und Haslach vor einem Aufrührer zu schützen.«

Von Owenbühl, so erfuhren sie, gehörte einem Geschlecht des niederen Adels an, das seine Ländereien gegen einen Mann namens Joseph von Vöhingen zu verteidigen suchte. Von Vöhingen glaubte – tatsächlich oder behauptet –, Anspruch auf Haslach und das halbe Kirbachtal zu besitzen. Er fühlte sich in der Erbfolge übergangen, Erik von Owenbühl hatte daher die Diözese zu Spira um Vermittlung oder Schlichtung ersucht. So geschehen im März 1201.

Doch der Bischof von Henneberg, mit dem Isenhart bereits unliebsame Bekanntschaft gemacht hatte, hüllte sich in Schweigen. Joseph von Vöhingen besetzte daraufhin eine Anhöhe nördlich Haslachs und brandschatzte zwei Gehöfte, sodass Erik von Owenbühl ebenfalls nicht mehr auf den Spruch des Bischofs warten wollte. Er entschloss sich zu kämpfen – weswegen er des Nachts zum Stift vordrang.

»Ich bin sicher, Joseph von Vöhingen – seine Seele möge im Fegefeuer brennen – hat Späher nach Haslach ausgesandt. Und sollten die bemerken, dass wir die Ortschaft wehrfähiger machen, wird er angreifen.«

»Das könnte er auch jetzt«, warf Konrad ein.

Von Owenbühl schüttelte den Kopf: »Dann hätte er das längst. Nein, er wartet auf Verstärkung.«

»Und wer sollte ihm die gewähren?«, fragte Isenhart.

Erik von Owenbühl sah ihm in die Augen: »Die Münze. Jemand unterstützt ihn mit Silber.«

»Für Soldritter«, vermutete Konrad.

Erik von Owenbühl nickte.

Sie saßen vor den Grundfesten des Stifts draußen bei ihren Pferden. Die Mehrheit der Männer, die von Owenbühl mit sich geführt hatte, schlief. Es waren vielleicht zwei Dutzend, vier von ihnen hatte der Graf zur Wache eingeteilt.

Kurz wurde es still.

»Und Ihr?«, fragte Erik von Owenbühl.

»Wir suchen jemanden«, antwortete Konrad.

»Jemanden, mit dem wir einen Handel schließen wollen«, kam Isenhart weiteren Auskünften zuvor, »dann machen wir uns wieder auf den Weg.«

»Wie es aussieht, solltet Ihr Euch sputen. Morgen Nacht, spätestens übermorgen, färbt der Kirbach sich rot.«

Biz trat von einem Fuß auf den anderen. Er stand auf der staubigen Hauptstraße Haslachs, die nicht mehr war als ein Feldweg, der die armseligen Hütten miteinander verband. Ein paar Hühner liefen an ihm vorbei, dann kamen zwei Mädchen, die Wäsche zum Kirbach trugen und ihm keck zugrinsten.

Unter anderen Umständen wäre er zum Fluss gegangen und hätte gesehen, was sich machen ließ. Für gewöhnlich waren die Töchter in so einem abgelegenen Ort unglaublich beschränkt. Entweder weil sie Produkt der Inzucht waren – die erkannte man am trüben Blick – oder weil sie wie ihre Eltern und Brüder auch aus einer Linie Zurückgebliebener stammten, von denen das Leben nie mehr forderte, als eine Scholle Erde zu wenden oder zwei Feuersteine aneinanderzureiben. Für gewöhnlich waren sie auch noch so dumm zu glauben, ein Kuss könnte sie schwängern. Nun ja, dachte Biz, man musste sie dabei ja nicht küssen.

Heute aber war alles anders. Der ganze Ort befand sich in heller Aufregung. Kinder liefen umher und flüsterten ihren älteren Geschwistern oder Eltern etwas zu. Sie deuteten dabei nach unten – ins Tal. Dort, wo der Kirbach sich durch die Landschaft wand. Ein Bauer zog vorbei, er trieb zwei Schafe und drei Ziegen vor sich her – nur fort von hier. Seine Frau, eine Gestalt mit einem Buckel und einem Leinensack voller Habseligkeiten, von denen lediglich der Stiel einer Pfanne herauslugte, folgte.

Ja, dachte sich Biz, alles war in Bewegung. Das, was sich hier verwurzelt hatte in der Hoffnung auf Land, Frieden, einen vollen Bauch und ein klein wenig Glück, dieses Etwas entpuppte sich als

Flachwurzler. Einige Worte vom Hörensagen, die Erzählung über einen Berittenen mit Kettenhemd, der auf leisen Sohlen durchs Unterholz gestapft sei, ein paar Ausbesserungen, die an der Furt vorgenommen worden waren, um sie enger zu gestalten – weniger zugänglich für Angreifer –, reichten aus für eine kleine Welle, die diese Pflanze von ihrer frisch gewählten Stelle schwemmte. Sie einfach davontrug, als habe nie der Wunsch bestanden, hier zu verweilen.

Biz war verwundert darüber, wie viel es benötigte, um jemanden anzusiedeln, und wie viel weniger es brauchte, um ihn wieder zu verjagen.

Er selbst hatte sehr früh seine Heimat ausgemacht. Dort, wo eine Marge winkte, war er zu Hause. Also auf den Handelsplätzen dieses Kontinents. Er liebte die Märkte und die Häfen mit den Schiffen und den fremden Gütern darauf, mit Männern, die von merkwürdigen Gebräuchen aus fremden Ländern erzählten und die nach Tang rochen, nach Salz, Teer und betörenden Gewürzen.

»Habt Ihr das Harz?«

Biz fuhr erschrocken herum. Vor ihm stand Henning von der Braake. Vor neugierigen Blicken geschützt durch eine Kukulle, einen Überwurf mit breiten Ärmeln und einer Kapuze, wie die Mönche sie zu besonderen Anlässen trugen oder im Winter. Schräg hinter ihm, nur ein paar Fuß entfernt, die wuchtige Gestalt Simon von Hainfelds.

Die Kirchenglocke ertönte, noch eine Stunde bis zur Non. Sie hatten als Treffpunkt die Schenke vereinbart, die aus dem Nebenraum der Werkstatt des Zimmermanns bestand, dessen Frau dort selbst gebrautes Bier ausschenkte. Und für die wenigen Kaufleute, die erst so spät in Haslach eintrafen, dass eine Weiterreise sie unweigerlich in die Nacht geführt hätte, gab es auch ein Lager neben den Schweinen.

Biz hatte den Weg im Blick gehabt, Henning von der Braake aber war von hinten an ihn herangetreten – er musste mit seinem Begleiter in der Schenke gewartet haben.

»Ich – es gab ein paar Schwierigkeiten. Wie Ihr vielleicht wisst, hat Joseph von Vöhingen die Wege im Norden und Westen besetzt. Ich bin zuversichtlich, dass wir in ein, zwei Stunden das Harz hierhergeschafft haben.«

Die Augen von der Braakes wurden schmal, Biz konnte ihm ansehen, wie in seinem Kopf das Für und Wider abgewogen wurde.

»Meine Zeit ist begrenzt«, sagte er mit einem etwas vorwurfsvollen Unterton, nur ganz leicht, denn die Begründung des Händlers war nur allzu verständlich. Eigentlich wollte er noch etwas hinzufügen, aber in diesem Augenblick trat Lugardis an Biz heran, nickte Henning freundlich zu, allerdings nicht zu überschwänglich, eben das rechte Maß, das die Höflichkeit erforderte.

Isenhart, Sophia und Konrad hielten den Atem an. Sie hatten sich in einer Scheune versteckt, die sich rund sechzig Fuß entfernt befand. Reglos starrten sie durch die Ritzen der Holzwand und lauschten angestrengt.

Ja, es war Henning höchstpersönlich, der sich hier in Haslach eingefunden hatte, der das linke Bein ein wenig nachzog und nun die Mönchstracht trug, um sich zu tarnen. Ein Detail, das Biz, der ein wenig phlegmatisch wirkte, zu berichten vergessen hatte, sich aber nun einfügte und Isenharts Plan den letzten Schliff verlieh.

Dieser hatte sich auf der Reise hierher fast ununterbrochen gefragt, was er beim Wiedersehen wohl empfinden würde. Zorn? Mitleid? Die Antwort war: nichts. Er fühlte nichts, er sah nur einen fünffachen Mörder, und sein Herz, das immer schneller schlug, pochte, weil er hoffte, Henning würde in die Falle tappen. Und er hoffte, Lugardis möge trotz ihrer Jugend und der Angst, die sie ganz gewiss empfand, nicht aus der Rolle fallen.

»Ich heiße Lugardis. Die Äbtissin schickt mich, die Kräuter zu holen – wenn Ihr Biz, der Händler, seid.«

»Das bin ich in der Tat, schönes Kind«, antwortete Biz und konnte sich ein leichtes Grinsen nicht verkneifen, was der Szene, die sie heute am frühen Morgen unter Isenharts wachsamen Augen wieder und wieder geübt hatten, die notwendige Glaubhaftigkeit verlieh. Der junge von der Braake konnte Biz die Gedanken, die er zweifelsohne hegte, nicht verdenken.

Während der Händler der Novizin erklärte, was Henning schon wusste – die Gründe für die Verzögerung der Lieferung –, konnte dieser Zeit gewinnen. Er hatte nicht vor, sich allzu lange in Haslach aufzuhalten. Doch dieses Mädchen, das mit ihrem lieblichen Gesicht nicht nur dem Händler den Atem zu verschlagen schien, ließ ihn wankelmütig werden. Etwas Reineres war ihm noch nie begegnet. Außerdem hatte sich das Harz, das Biz ihm letztes Mal offeriert hatte, besser als das anderer Händler für seine Zwecke geeignet. »Ich warte«, ließ er Biz wissen, der soeben auch Lugardis vertröstet hatte. Und die ihm ein freundliches Lächeln schenkte. »Ich auch, Bruder«, sagte sie und wandte sich ab.

Henning von der Braake konnte sein Glück kaum fassen. Oder war es Vorsehung gewesen, die ihn zur Kukulle statt zum Wams hatte greifen lassen?

Ich auch, *Bruder.*

Ganz instinktiv hatte sie Vertrauen zu ihm gefasst. *Lugardis.*

Isenhart lobte sie, als sie die Scheune erreicht hatte.

Lugardis zitterte am ganzen Körper. »Er sieht nicht aus wie ein Mörder«, stellte sie fest.

Sophia fragte sich, während sie Biz und Henning von der Braake durch einen Spalt zwischen zwei Holzlatten beobachtete, welche Vorstellung Lugardis von einem Mörder hatte.

Konrad indessen war dies recht gleichgültig, ihm reichte es, sie zu betrachten. Als er bemerkte, wie aus dem Betrachten ein Starren wurde, räusperte er sich und lobte sie wegen ihrer Kaltblütigkeit – die man ihr gar nicht zutrauen würde, wie er mit ungewöhnlich sanfter Stimme hinzufügte.

»Biz kommt«, unterrichtete Sophia sie. Wie besprochen hatte dieser Henning noch in ein kurzes Gespräch verwickelt, um ihn daran zu hindern, Lugardis' Fährte sofort aufzunehmen, falls ihm danach der Sinn stehen sollte.

Isenhart warf einen Blick durch den Spalt. Henning und Simon kehrten in die Schenke des Zimmermanns zurück. Die Tür schlug hinter ihnen zu, dann war es, als hätte ihm lediglich seine Einbildungskraft einen Streich gespielt und Henning von der Braake und Simon von Hainfeld mitten in Haslach aus dem Hut gezaubert – und nun wieder verschwinden lassen.

Wie von Isenhart gewünscht, hatten Biz und Henning sich zur Non vor der Werkstatt des Zimmermanns verabredet, um den Handel perfekt zu machen.

Bis dahin war noch eine knappe Stunde Zeit. Biz musste sich auf den Weg zum Stift machen, wo er die Ladung mit dem Harz aufbewahrte. Lugardis sollte Isenhart nicht von der Seite weichen.

Die Äbtissin hatte ihm am frühen Morgen ihren Segen gegeben.

»Lugardis geschieht nichts«, stellte sie fest und schaute ihm dabei in die Augen. Dunkle Augen, umrandet von langen Wimpern, die ihrem Blick nicht wichen.

»Nichts«, bestätigte er.

»Und Ihr steht mit Eurem Leben dafür ein«, fügte Clementia die Frage in Form einer weiteren Feststellung hinzu.

»So ist es«, versicherte er ihr.

Die Äbtissin sah zu Lugardis, stieß dann einen Seufzer aus und richtete den Blick erneut auf den schmalen Fremden.

»Ich nehme Euch beim Wort, Isenhart von Laurin. Lugardis' Leben gegen das Eure«, ließ sie ihn wissen.

»Nur zu diesem Zweck gebe ich Euch mein Wort«, entgegnete Isenhart ruhig.

»Meines habt Ihr auch«, fügte Konrad schnell hinzu, als er bemerkte, wie beeindruckt Lugardis von Isenharts Versprechen war. Die ihm daraufhin ein flüchtiges Lächeln zugeworfen hatte. Was wiederum Konrad bis zum Mittag hatte schwärmen lassen.

»Du«, sagte Isenhart nun in der Scheune zu ihm, »bist der letzte Punkt, den Lugardis passiert. Nach dir gibt es nur noch den Pfad zum Stift. An dir darf er nicht vorbei.«

»Das wird er nicht«, sagte Konrad mit geschwellter Brust, »eher würde eine Kröte einen Biber erlegen und eine Stromschnelle zu Eis werden und eine Schlange ...«

»Ja, schon gut«, unterbrach seine Schwester ihn ungeduldig, »lass ihn einfach nicht vorbei.«

Sophia fragte sich, wie es Herrscherhäusern und ganzen Dynastien gelungen war, trotz ihrer männlichen Köpfe und deren Stammhaltern, denen ein paar Rundungen und ein koketter Augenaufschlag genügten, um sich den gesunden Menschenverstand zerbröseln zu lassen, Jahrzehnte und manchmal gar Jahrhunderte zu überdauern.

Isenhart wandte sich an Lugardis: »Sophia bleibt hier in der Scheune. Falls du dich hier bedroht fühlst, ruf sie um Hilfe. Vermutlich wird das aber nicht der Fall sein, er wird sich dir hier nicht nähern wollen. Nicht mitten in Haslach.«

Lugardis nickte mit aufmerksamer Miene. Der größte Bewunderer ihres Mutes stand dabei direkt neben ihr und konnte sich nur schwerlich an ihr sattsehen.

»Ich selbst werde mich oben auf dem Dach befinden und warten«, fuhr Isenhart fort. »Dann folge ich dir und kann jederzeit eingreifen. Auch, wenn du mich nicht siehst – ich bin bei dir. Ein Ruf genügt, und er wird überwältigt.«

Isenhart drehte sich zu Biz um: »Während Biz Simon von Hainfeld folgt.«

Der Händler nickte. Was auch immer Simon von Hainfeld unternehmen sollte, Gott würde ein Auge auf ihn haben. Immerhin handelte es sich hier nicht um einen Tunichtgut, der irgendwo einen Apfel stibitzt oder einem hohen Herrn etwas Unflätiges nachgerufen hatte. Henning von der Braake war ein fünffacher Mörder und sein Begleiter von Hainfeld mit Sicherheit auch kein Unschuldslamm.

Der Obolus, den er bereits jetzt von Isenhart erhalten hatte, würde durch die Zahlung von der Braakes für die Ladung Harz verdoppelt werden. Zumal das Harz, wenn er sich beeilte, nach der Festnahme des Mörders an einem anderen Ort ein zweites Mal seinen Preis wert war.

Daher würde er natürlich gar keine Zeit und auch gar kein Interesse haben, sich um Simon von Hainfeld zu kümmern, wie er langsam begriff. Immerhin war er Händler, ein Kaufmann, es wäre *sub omni canone* gewesen, sich nicht um seinen Vorteil zu kümmern. Ein Händler, hatte sein Vater, Nicco von Mannenheim, gesagt, den sein Profit nicht scherte, sollte Schafe scheren.

Trotz des – man durfte das auch über den toten Vater sagen – ein wenig plumpen Wortwitzes verbarg sich doch ein Körnchen Wahrheit in diesem eher ländlichen Credo. Wer als Kaufmann seinen Vorteil aus den Augen verlor, würde es in seiner Profession nicht allzu weit bringen. Das war damit gemeint.

Und Biz sah in dieser Angelegenheit sehr klar, wo sein Vorteil lag.

»Zur Non«, sagte Isenhart und sah Lugardis an, »bist du bereit?«

»Ich bin bereit«, antwortete Lugardis. Die Angst ließ ihre Stimme ganz leicht vibrieren, ein sanftes Zittern, dessen sie sich schämte und mit dem sie die Umstehenden ganz gegen ihre Absicht für sich gewann. Sie war ein tapferes Mädchen.

Isenhart sah zu Biz.

»Wir schicken Lugardis erst los, wenn das Harz den Besitzer gewechselt hat.«

Der Händler nickte ihm zu und machte sich auf den Weg. Viel Zeit blieb nicht mehr, um den Karren vom Stift hierherzubringen.

»Ein halbes Dutzend dort hinauf«, hörten sie eine ihnen bekannte Stimme, »wahrscheinlich kennen sie den Weg nicht, aber sicher ist sicher.«

Als sie aus der Scheune blickten, sahen sie Erik von Owenbühl inmitten einer Schar Bewaffneter stehen, von denen sich sechs lösten und einen Seitenweg besetzten. Von Owenbühl hatte eine Meute von vielleicht fünfzig Männern um sich vereint, die meisten waren Bauern, bewaffnet mit Forken und Dreschflegeln, der eine oder andere hielt eine Axt. Ein paar Abenteurer waren wohl auch darunter, sie trugen Schwerter und Dolche, ein paar waren mit einem Helm bewehrt.

»Alle anderen weiter runter zum Kirbach!«, rief Erik von Owenbühl, als ein Reiter ihn erreichte, dessen Arme gepanzert waren. »Herr, wir halten das Tal mit über dreihundert Männern. Kundschafter berichten, dass Vöhingens Strauchdiebe sich in Marsch gesetzt haben.« Einige schlugen das Kreuz, bevor sie Erik von Owenbühl folgten, der entschlossenen Schrittes seinen Weg fortsetzte, um Haslach zu verteidigen.

Sophia und Lugardis blieben in der Scheune zurück, während Konrad und Isenhart einen schmalen Pfad zum Stift einschlugen, der sie über zwei Hinterhöfe führte. Im ersten machte sich eine Mutter mit ihren zwei Kindern, einem Jungen von vielleicht fünf Jahren und dessen knapp zweijähriger Schwester, auf den Weg.

»Sind sie durchgebrochen?«, fragte sie mit vor Angst geweiteten Augen.

»Nein«, antwortete Isenhart, »wir gehen zum Stift.«

»Seid Ihr Herren wohl so barmherzig und tragt mir das Kind?«, fragte die Frau. Konrad kam kein Wort über die Lippen, er griff sich das Mädchen und presste es an sich, also an die Ringe seines Kettenhemdes. Dessen Besitz hatte ihn in den Augen der Frau als einen Herren identifiziert. Flugs griff sie nach einem Beutel, eine Decke, deren vier Enden sie zusammengebunden und durch den so entstandenen Knoten einen Stock geführt hatte, der es ihr erlaubte, ihre gesamte Habe zu schultern.

Sie nahm ihren Sohn an die Hand, um mit den beiden Männern Schritt zu halten.

»Wo ist der Vater der Kinder?«, wollte Isenhart wissen.

»Er ist in den Kampf gezogen«, antwortete sie mit trostloser Miene, »er hat mir befohlen, mit den Kindern in den Wald zu gehen und mich dort zu verstecken.«

Konrad und Isenhart wechselten einen stummen Blick.

»Dein Mann ist ein kluger Kerl«, sagte Konrad, den das zweijährige Mädchen aus nächster Nähe anstarrte, unsicher, ob es Freude oder Furcht empfinden sollte. Konrad, der das intuitiv erfasste, wandte sich ihr zu und schielte. Die Kleine gluckste.

»Er wäre klug, wenn er sich mit uns im Wald versteckt hätte«, entgegnete die Mutter.

Isenhart schüttelte den Kopf, während der Pfad in den angrenzenden Wald überging. »Wenn sich nicht genug Männer vom Schlage deines Mannes finden«, sagte er, »dann wäre Haslach verloren. Es ist klug, dass er gegangen ist.«

»Wenn man ihn tötet – wie soll ich dann die Kinder über den Winter bringen?«, entgegnete die Frau.

Sie erreichten eine Stelle, an der der Trampelpfad um den mächtigen Stamm einer Buche herumführte.

»Wir können dich nicht weiter begleiten«, sagte Isenhart und deutete nach vorne, »aber da hinten siehst du schon den Glockenturm.«

Mit etwas Mühe konnte man die Holzkonstruktion, die jene Steine stützen sollten, die man Stück für Stück und mühsam durch Buschwerk und Unterholz hierherbefördern würde im Schweiß von Männern, Kindern, Maulesen und Ochsen, durch das Blattwerk von Bäumen und Sträuchern sehen. Die Frau nahm ihre Tochter wieder an sich, dankte ihnen und setzte ihren Weg fort.

»Glaubst du, von Vöhingen verschont das Stift?«

Isenhart nickte, er atmete tief durch. Den Vormarsch von Vöhingens, die Verteidigungslinie, die Erik von Owenbühl am Kirbach und der Haselahe in diesem Moment wohl bildete, all das schob er beiseite. »Der Mordversuch muss bezeugt werden«, erinnerte er Konrad daher, »wir haben nichts gegen ihn in der Hand. Erst, wenn er Lugardis angreift, können wir es bezeugen.«

Konrad von Laurin blinzelte unruhig. »Das ist nicht ungefährlich.«

»Ich weiß.«

»Aber du hast dein Wort gegeben.«

»Ja«, seufzte Isenhart, »hab ich.«

Konrad fuhr sich mit der Hand über das unrasierte Kinn. Die Gefahr, in die Lugardis – gerade dieses Geschöpf – sich zu begeben hatte, rief ein Unwohlsein bei ihm hervor. »Was ist, wenn sie umkommt?«

»Das darf nicht sein«, stellte Isenhart mit verkniffener Miene fest, »bis zu diesem Punkt hier bin ich in ihrer Nähe. Aber du bist der bessere Kämpfer, ab hier liegt ihr Leben in deiner Hand. Du musst rechtzeitig zur Stelle sein – aber keinesfalls zu früh.«

Konrad warf Isenhart einen forschenden Blick zu. Der Freund wusste nur zu gut, dass sein Plan nicht vollkommen war. Lugardis könnte nicht nur in Gefahr geraten, nein, *sie sollte*. Das war der Sinn ihrer Unternehmung.

Konrad schüttelte unvermittelt den Kopf. »Das kannst du nicht machen«, betonte er, »ich kann dein Köder sein. Aber nicht Lugardis. Was ist, wenn ihr ernstlich etwas zustößt?«

»Ich weigere mich, daran zu denken«, entgegnete Isenhart.

All die Jahre über hatte Konrad stets Hochachtung vor seinem Freund empfunden, der einst ein Knecht und Leibeigener gewesen war, und der sich nun zum Herrn über Heiligster und zu seinem Schwager gemausert hatte. Dieser unverbrüchliche Glaube in die Richtigkeit von Isenharts Handeln war in ihrer Kindheit begründet und in der Jugendzeit geformt worden. Und ganz gleich, womit auch immer sie konfrontiert worden waren, im Nachhinein hatten sich Isenharts Entscheidungen und Vermutungen, seine Haltungen und Gedanken stets als richtig erwiesen.

Konrad hatte gelernt, blind auf die Worte seines Freundes zu vertrauen. Und er empfand diesen Moment am Rande Haslachs als den passendsten, um ihm das mitzuteilen. »Wie du vielleicht bemerkt hast, hast du immer mein volles Vertrauen gehabt.«

»Ja, ich weiß, und hin und wieder …«

»Aber dieses Mal ist es ein Fehler«, unterbrach Konrad ihn, »wenn du bereit bist, Lugardis' Tod in Kauf zu nehmen, bist du um keine Stufe erhabener als Henning von der Braake.«

Sie kannten sich zu lange, als dass Isenhart ihm etwas hätte vormachen können. Konrad spürte ganz genau, wenn Isenhart in seinem Innersten getroffen wurde. Er hatte dann die Angewohnheit, die Arme hängen zu lassen, die offenen Handflächen leicht nach vorne zu richten und das Kinn zu recken, aber ohne Hochmut im Blick. So wie jetzt.

»Da ist ein Unterschied«, erwiderte Isenhart mit schneidender Stimme, »Henning tötet, und ich versuche, Leben zu schützen.«

»Henning tötet, und du tust es nicht, das stimmt. Du legst nicht selbst Hand an, du nimmst nur in Kauf, dass jemand ermordet wird. Ist das frei von Schuld?«

Isenhart blies die Wangen auf. »Gut. Lassen wir das. Wir bringen Sophia und Lugardis jetzt ins Stift und geben Biz Bescheid, dass wir uns morgen auf den Rückweg machen. Und dann? Was wird passieren?« Er trat dicht an Konrad heran, der seinen Atem am Kinn – der Schöpfer hatte Isenhart ein wenig kleiner ausfallen lassen – spüren konnte: »Du weißt, dass er wieder töten wird. Wieder und wieder. Er nimmt einem anderen Vater die Tochter und einem anderen Bruder die Schwester. Und du willst ihn daran nicht hindern – ist *das* frei von Schuld?«

Konrad hasste es, wenn Isenhart so etwas tat. Wenn er ihm einfach das Wort im Mund herumdrehte und diesen vorwurfsvollen Gesichtsausdruck aufsetzte, der ihm, Konrad, bedeutete, wieder einen Fehler begangen zu haben. So wie jetzt.

»Aber angenommen«, unternahm Konrad von Laurin einen verzweifelten Versuch, »ich wäre ihm nie begegnet und wüsste auch gar nicht, dass Henning ein …«

»Du *bist* ihm aber begegnet«, unterbrach ihn sein Freund, »und damit sind alle Spekulationen nichts weiter als ein Konjunktiv, ein nicht gewesenes Etwas, über das man keine Gedanken verlieren muss.«

Und keine Zeit, fügte Isenhart in Gedanken hinzu.

Konrad senkte den Blick, und der fiel auf seine ledernen Schuhe, die bald aus den Nähten zu gehen drohten. »Du weißt trotzdem, wovon ich rede«, stellte er fest. Isenhart wollte sich das Seufzen nicht gestatten, er unterdrückte es, aber es war noch kraftvoll genug, um bis an Konrads Ohr zu dringen. Der junge Laurin hob den Blick und begegnete dem Isenharts.

»Nur so kann ich ihn stoppen«, gab dieser zu, »nur so kann ich verhindern, dass noch mehr sterben. Wenn du einen besseren Vorschlag hast, dann lass ihn mich wissen. Jetzt gleich.«

»Hab ich nicht«, gab Konrad zurück, »aber tu nicht so, als würdest du Lugardis' Leben nicht aufs Spiel setzen. Halt mich nicht für so dumm.«

Isenharts Augen wanderten über das Gesicht Konrads. Und Wehmut packte ihn. Es gab Gegenden, so hatte Isenhart bisher geglaubt, in die zu begleiten nur ein Walther von Ascisberg oder ein Henning von der Braake die Voraussetzungen mitbrachten, nämlich die Kapazität ihres Geistes. Diese Pfade waren Konrad verwehrt. Nicht ganz, wie er sich nun eingestehen musste. Konrad beschritt diese Wege einfach, indem er sich auf seinen Bauch verließ. Oder auf sein Herz, in das sich die Sorge um Lugardis' Wohlergehen genistet hatte.

»Wenn wir ihn verfolgen, wird er eher auf uns aufmerksam werden, als den nächsten Mord zu begehen«, vermutete Konrad.

»Ich fürchte ja«, stimmte Isenhart ihm zu.

»Er wird Jungfrau um Jungfrau töten, wenn ihm niemand eine Falle stellt.«

»Vermutlich.«

»Also muss ihn jemand im Augenblick der Tat stellen, um dem ein Ende zu bereiten.«

»Besser heute als morgen«, stimmte Isenhart ihm zu.

Sie standen nun ein wenig ratlos voreinander, von weit her wehten Rufe zu ihnen herüber. Rufe von der Schlacht, die nun über den Kirbach zu wogen begonnen hatte.

»Ich *muss* das tun, Konrad.«

Es war mehr als eine Feststellung, die Konrad da zu Ohren kam. Es war eine Mission, die zu ihrem Ende geführt werden musste.

Sophia hatte einmal in der Scheune neben ihm gestanden, während sie die Kornähren mit kleinen Stücken Hanf banden. Ihr besorgter Blick hatte Isenhart gegolten, der unten am Kanal das Floß ausbesserte. »Ich hoffe«, hatte sie geflüstert, »Henning von der Braake lebt. Und dass sie sich begegnen. Sonst treibt er in … in eine andere Welt.«

Daran erinnerte Konrad sich, der Isenhart nun im Schutz der großen Buche unterhalb des Stifts gegenüberstand. Die Sorge seiner Schwester war im Anschluss an ihr kurzes Gespräch in Heiligster auch die seine geworden.

Isenhart war eine Menge daran gelegen gewesen, ihnen allen zu erklären, weshalb eine Fährverbindung bei Heiligster von wirtschaftlichem Nutzen sei. Kein Argument, das er vorbrachte, konnte von ihnen widerlegt werden. Selbstverständlich verdoppelte die Verbindung über den Rhein Heiligsters Einfluss, das war unbestritten. Und rein ökonomisch betrachtet war die Einführung dieser neuen Route mehr als geboten, wenn nicht gar überfällig.

Doch der wahre Zweck der Fährlinie offenbarte sich einem ganz von selbst, sobald man nur ein Quäntchen Zeit mitbrachte und Isenhart aus den Augenwinkeln beobachtete, was sich für Konrad von Laurin an einem Herbstmorgen 1199 ergeben hatte, als er den Köder an der Angelleine auswarf, sich unter eine Trauerweide hockte und auf ein paar hungrige Rotaugen wartete.

Isenhart hatte Unmengen an Steinen angehäuft – nach denen sie sich alle bei Saat und Ernte auf den Äckern mit schmerzendem Kreuz gebückt hatten –, die er nun nach einem exakten System, das seinem Kopf entsprungen war, im Kanal versenkte, um dessen Verschlammung vorzubeugen. Die Raben tänzelten um ihn herum, stießen Krächzlaute aus, sprangen ihm auf den Rücken und sahen sich die Welt von dort aus an. Ab und an schissen sie dabei auf sein Hemd, woran Isenhart aber keinen Anstoß zu nehmen schien, wahrscheinlich weil er den Vögeln dazu Bösartigkeit hätte unterstellen müssen.

Bis der helle Laut einer Glocke über den Fluss ertönte. Sofort ließ Isenhart von dem Kanal ab, sprang auf und rannte durch die Reißaus nehmenden Raben zum Ufer, wo er eine zweite Glocke an einem Baum befestigt hatte, so groß wie die Faust eines Mannes. Vom Messingklöppel reichte ein Hanfband hinab, das sich im Wind wiegte und von Isenhart genutzt wurde, um den Leuten auf der anderen Seite, die bei Nacht, Nebel oder starkem Regen für ihn unsichtbar ausharrten, zu signalisieren, dass ihr Ruf nicht ungehört verhallt war und er sich auf den Weg machen würde, sie mit seinem Floß abzuholen.

Konrad, der ein Auge auf die beiden Leinen hatte, die in die leicht bewegte Oberfläche des Rheins eintauchten und deren ruckhafte Bewegung ein reichliches Mittagessen ankündigen würden, blieb nicht verborgen, welch Metamorphose das Läuten der Glocke bei Isenhart auslöste. Was auch immer Isenhart gerade tat, sich mit Sophia unterhalten etwa, Lilian baden oder Steine im Kanal schichten, sobald das Läuten ertönte und über den Rhein schallte, ließ er alles stehen und liegen. Kein Gespräch, keine Tätigkeit, kein Vorhaben, das er nicht umgehend fahren ließ.

»Ich muss«, sagte er für gewöhnlich entschuldigend und federte hoch. Seine Augen glitten über den Fluss und zu dessen gegenüberliegendem Ufer. Mit der rechten Hand versicherte er sich seines Schwertes, das er bei den Überfahrten mit sich führte.

Und ein jedes Mal hoffte er inständig auf das Eintreffen des Unmöglichen: dass Henning von der Braake die Glocke am anderen Ufer betätigt hatte. Es war nicht der Wahn, der von ihm Besitz ergriffen hatte, sondern eine Besessenheit: Irgendwann einmal würde es Henning von der Braake sein, der den Klöppel gegen die Innenwand der kleinen Glocke schlug.

Drei Jahre lang, im Sommer wie im Winter, bei Regen, Sturm und Sonnenschein, setzte er über, um ihn endlich abzuholen. Vergebens natürlich, denn Henning hatte den Übergang gemieden, wie er alles gemieden hatte, was mit Isenhart oder Heiligster in Verbindung stand.

Diese Gedanken und Bilder ließ Konrad von Laurin vor seinem inneren Auge vorbeiziehen, während er Isenhart unter der Buche gegenüberstand. »Ich weiß«, antwortete er daher freundlich und nahm erleichtert wahr, wie Entspannung durch Isenharts Glieder fuhr, »und du bist nicht alleine. Ich will ihn auch endlich gestellt wissen.«

Biz freute sich über die drei Schillinge und zwanzig Silberpfennige, die Henning von der Braake ihm für die Fuhre Harz überließ, und er nahm ihm noch einmal vier Schillinge für den Karren und das Maultier ab, das vor das Gefährt gespannt war. All das in dem

Wissen, dass dieser Kerl mit den wachen Augen bald vor seine irdischen Richter geführt werden würde und er, Biz, Harz und Karren anderswo verkaufen und so den doppelten Preis erzielen würde. Innerlich jubilierte er und ließ sich auch von dem düsteren Blick des Begleiters nicht verstimmen.

Der Hüne packte das Maultier mit erstaunlich sanftem Griff und führte es zur Tränke.

»Wollt Ihr nicht wissen, wozu ich so viel Harz benötige?«, fragte Henning von der Braake, der immer noch die Kukulle trug. In diesem Augenblick galoppierten zwei Männer mit Schilden und Schwertern an ihnen vorbei, und unten, wo die Straße einen Bogen beschrieb, trugen sie die ersten Sterbenden und Verletzten zurück ins Dorf.

Henning warf einen verbitterten Blick hinab. Einige von ihnen hätte er retten können. Einige von ihnen waren geschaffen, um noch dreißig, auch vierzig Jahre über Gottes Erde zu wandeln. Doch hätten seine lebensrettenden Maßnahmen ihn als Ketzer der schlimmsten Sorte verraten. So musste er dem Tod, der gerade frisch nach Haslach getragen wurde, freies Geleit gewähren, obschon er in der Lage gewesen wäre, ihm diesen oder jenen abzutrotzen.

»Nein«, erwiderte Biz, der schon sah, wie Lugardis um die Ecke bog und Kurs auf sie nahm, »ich habe kein Interesse zu erfahren, wozu Ihr das Harz verwendet.«

»Euch interessiert nur Euer Profit«, merkte eine Stimme hinter ihm an. Sie war tief und dunkel. Schwer.

»Euer Begleiter kann sprechen«, sagte Biz zu Henning.

Henning kam nicht umhin, trotz der Beleidigung zu schmunzeln. Er sah hinüber zu Simon von Hainfeld, der erwartungsgemäß keine Miene verzog. Der holprige Humor eines fahrenden Händlers stieß bei ihm auf keine Gegenliebe, Kaufleute waren ihm suspekt. Von Hainfelds Geist war in anderen Kategorien zu Hause. *Wer* und *wann,* das galt es zu wissen, und natürlich: *wie viele.* Zu viele Gedanken riefen verwirrende Situationen hervor, und wenn Simon von Hainfeld etwas hasste, dann war es der Verlust der Kontrolle.

»An Eurer Stelle würde ich bald das Weite suchen«, gab Biz ihnen mit auf den Weg, »wer weiß, wie lange Erik von Owenbühl von Vöhingen noch aufhalten kann.«

Henning lächelte. »Wenn Ihr an meiner Stelle wärt, würdet Ihr einen Mann sehen, der sich alsbald für seine Sünden verantworten muss.« Ohne eine Erwiderung abzuwarten, wandte er sich ab. Zusammen mit Simon von Hainfeld wendete er den Karren und schob ihn und seine Ladung unter ein Vordach, wo von Hainfeld das Maultier mit einem Seil am Pflock festband, bevor er seinem Herrn in die Schenke folgte.

Isenhart lag flach auf dem Dach der Scheune und beobachtete von hier aus, was sich vor der Schenke zutrug. Weiter hinten bog Lugardis um eine Häuserecke und nahm Kurs auf den Händler. Sie erinnerte Isenhart ein klein wenig an Agnes von Weinsberg, es war der behutsame, weiche Gang.

Als Engelhardt II. von Weinsberg ihm in Heiligster den Aufenthaltsort Hennings genannt hatte, wäre er gerne um die Frage herumgekommen, die ihm sofort in den Sinn kam, aber die Höflichkeit gebot es, sie zu stellen – ganz gleich, wie erschütternd die Antwort ausfallen mochte. »Wie ist es Eurer Tochter ergangen?«

Während er diese Worte an den Fürsten richtete, erschienen vor seinem inneren Auge die Bilder von Exorzisten, die der Heilige Stuhl nach Weinsberg entsandt hatte und die Agnes mit Kneifzangen und glühenden Widerhaken zu Leibe rückten, um die Dämonen das Fürchten zu lehren. Psalme wispernd und die Güte des Herrn preisend würden sie ihr ein Martyrium bereiten und sie bestialischer Folter aussetzen, um ihren kranken Geist zu heilen.

Und die junge Fürstentochter müsste sich fragen, in welchem Schädel der kranke Geist sich eigentlich eingenistet hatte, in dem ihren oder in dem ihrer Peiniger.

Engelhardt räusperte sich kurz, bevor er lächelte. »Ich habe Euren Rat befolgt. Sie lebt in der Obhut eines Stammes weit im Osten, wo die Menschen verengte Augen haben. Dort glauben sie, dass die Krankheit meiner Tochter der Kuss Gottes ist. Sie verehren sie und lesen ihr jeden Wunsch von den Augen ab.«

Daran musste Isenhart denken, während er auf dem Scheunendach in Haslach kauerte.

Wie vereinbart trat Lugardis jetzt an Biz heran, gab ihm, um den Schein zu wahren, ein paar Münzen für die Heilkräuter, die er ihr im Austausch dafür überließ.

Isenhart hielt unwillkürlich den Atem an, als Biz den Schauplatz verließ. Lugardis wartete noch einen kleinen Augenblick lang ab, sie holte ein paarmal Luft. Sie kannte Isenharts Position, aber sie unternahm nicht den Versuch, einen Blickkontakt mit ihm herzustellen, denn mit Sicherheit beobachtete Henning von der Braake sie.

Lugardis wandte sich nach Norden – zur Scheune, in deren Verlängerung sich das Stift befand.

Jetzt galt es.

Isenhart lag bereits flach auf dem Holzdach der Scheune, in der Sophia nur wenige Fuß unter ihm durch einen Spalt in der Holzwand ebenfalls Lugardis' Schritte verfolgte, unternahm aber dennoch den Versuch, sich noch dichter an das Dach zu schmiegen.

Lugardis erreichte indessen eine Kreuzung. Rechts von ihr wartete die kleine Schar, die Erik von Owenbühl dorthin dirigiert hatte. Die Männer hatten sich bereit gemacht, waren verwachsen mit einem Heuschober und einer Mauer, sie lauschten auf den Feind, der vom Fluss hochstoßen und vielleicht genau hier seinen Vorteil suchen würde.

Isenhart hatte Lugardis eingebläut, auf gar keinen Fall einen Blick zurückzuwerfen. Alles, was sie tat, sollte dem Eindruck, den sie unzweifelhaft bei Henning hinterlassen hatte, keinen Abbruch tun.

Die Novizin wandte sich nach links, so war es abgesprochen, sie begab sich auf jenen Trampelpfad, den kurz zuvor auch Konrad und er beschritten hatten. Der Pfad zum Stift. Der Pfad, an dem Konrad sich versteckte.

Isenharts Blick flog hinüber zur Schenke, an der sich nichts regte. Nur der Kampfeslärm walzte vom Kirbach hinauf bis nach Haslach, das waidwunde Brüllen der Verletzten, das Scheppern von Metall auf Metall.

Hatte er sich getäuscht? Gab es ein neues Opferprofil, dem Lugardis nicht entsprach? Hatte Henning ihn etwa entdeckt und seine Absichten durchschaut?

In dem Moment, als Isenhart sich diesem Zweifel näher zuwenden wollte, löste sich von der Rückseite der Schenke eine Gestalt. Henning in seiner Kukulle, der nun kurz verharrte, dann die Hauptstraße Haslachs querte, den Kopf unter der Kapuze hob, ganz so, als nehme er die Witterung auf, und nach links abbog, zum Pfad.

Isenhart wagte kaum zu atmen und robbte zur Dachkante, schwang die Beine hinüber, packte die Kante mit den Händen und ließ sich kurz baumeln, bevor er losließ. Den Aufprall federte er ab. Die linke Hand versicherte sich des Knaufs seines Dolches, den er im Gürtel des Wamses trug.

Geduckt lief Isenhart in den angrenzenden Nadelwald und folgte Henning. Dieser hatte offenbar nur Augen für Lugardis, kein einziges Mal warf er einen Blick zurück. Da er aber die Distanz zu ihr Schritt um Schritt verringerte, beschleunigte Isenhart sein Tempo. Er lief über den Waldboden, der mit vertrockneten Tannennadeln übersät war und jedes Geräusch verschluckte.

Gleichzeitig zwang er sich flach zu atmen, weil sein Blut in Wallung geraten war, ihm durch die Ohren schoss und in seinem Kopf pochte, so dumpf und stark, dass es anderen unmöglich verborgen bleiben konnte. Es war keine Erschöpfung, die ihn heimsuchte, es war die Angst, Lugardis an Henning zu verlieren.

Konrad hat recht, dachte er. Welcher Wahnsinn hatte ihn geritten, das Leben dieser jungen Frau in die Waagschale zu werfen?

Isenhart schüttelte sich im Laufen. Es waren genug geopfert worden. Er riss den Dolch aus der Scheide und sprintete los.

Biz band das Maultier los.

Zwei Reiter sprengten vorbei, den einen hielt es kaum noch im Sattel, so schwer waren seine Verletzungen. Biz stieß den Atem aus seiner Lunge aus und spannte sich. Eile war geboten. Von Vöhingen würde Haslach überrennen, danach sah es aus. Noch konnte er den Karren mit dem Harz hier herausschaffen.

Menschen hetzten mit Hab und Gut und Kindern und Vieh die Hauptstraße hinauf. Sie ließen ihre Heimstatt zurück, die vier Wände, den Ofen, alles, was sie nicht tragen konnten, was erfahrungsgemäß wenig war oder auch nichts. Sie rannten um ihr Leben.

Er würde sich zum Stift durchschlagen, dachte Biz, ganz gleich, was der schmale Kerl gesagt hatte. Er war nicht von hier. Er hatte ihm nichts vorzuschreiben.

Hinter ihm ertönte ein Geräusch, als würde jemand Leinen zerreißen. Der Kaufmann fuhr herum. Simon von Hainfeld stand ihm gegenüber und hielt etwas Spitzes in der Hand. Der Hüne lächelte nicht, seine Hand schnellte vor und rammte Biz den Dolch bis zum Heft ins linke Ohr.

Lugardis trennten keine zehn Fuß von dem Baum, hinter dessen mächtigem Stamm Konrad auf seinen Einsatz lauerte. Wie von Isenhart vorhergesagt, war Henning von der Braake der Novizin gefolgt und hatte den Abstand zwischen ihr und ihm schnell verringert.

Lugardis blickte sich nicht über die Schulter, ganz so, wie Isenhart es von ihr verlangt hatte. Sie musste die eiligen Schritte hinter sich schon längst vernehmen, die Kukulle streifte Zweige und Büsche, Henning legte eine Hast an den Tag, die vermuten ließ, dass er, sollte Lugardis sich umdrehen und ihn erkennen, nicht von seinem Vorhaben ablassen würde.

Konrad von Laurin brannte darauf, Henning von der Braake den Dolch, den seine Rechte umklammerte, mit aller Wucht zwischen die Rippen zu stoßen, einmal, zweimal, in einem von der Wut beseelten Stakkato wieder und wieder.

Als er weitere Schritte hörte, nahm er an, es müssten Flüchtlinge sein, die sich über den Trampelpfad zum Stift zu retten gedachten. Flüchtlinge, die mitten in diesen waghalsigen Plan stolperten und ihn mit ihrem Auftauchen zunichtemachen würden.

Er beugte sich behutsam vor und lugte über eine Astgabel hinweg.

Es war Isenhart, der den Pfad wie von Furien gehetzt hinaufjagte und Konrad in Verwirrung stürzte. Was war passiert?

»Henning!«, brüllte Isenhart.

Der Mönch fuhr herum, Lugardis stoppte, Konrad schoss hinter dem Baum hervor, und Isenhart warf sich mit dem Dolch in der Hand gegen die Gestalt, die er mit sich zu Boden riss. Isenhart packte den Mann mit der linken Hand an der Gurgel, verlagerte sein Gewicht in den linken Arm, um den Körper unter ihm auf den Boden zu pressen, und holte mit dem Dolch aus, der in der Luft erstarrte.

Unter ihm lag nicht Henning von der Braake, sondern ein junger Mann, der vor Schreck seine Blase entleerte. Konrad sprang neben ihm in die Hocke, um Henning von der Braake die Kehle aufzuschlitzen – und auch er gefror mitten in der Bewegung zur Regungslosigkeit.

Isenhart war, als warte die Erkenntnis dessen, was sich hier abspielte, auf der anderen Seite eines Sumpfes. Seine Gedanken mühten sich mit jedem einzelnen Schritt durch diesen zähen Morast, obwohl er sie zur Eile antrieb, weil er ahnte, dass ihr Vorankommen von höchster Dringlichkeit war.

»Was tust du hier?«, herrschte Konrad den fremden Mann an. In der Heftigkeit und Lautstärke seiner Worte brach sich die ganze Anspannung des Tages Bahn.

»Bitte«, brachte der verängstigte Mann hervor, »bitte, ich habe nichts getan.«

Isenhart nahm seine Gedanken in Zaum, er spürte nur, dass schnelles Handeln vonnöten war. Er zwang sich zu jener Ruhe, die zu empfinden sein Bauch ihm abriet. »Warum bist du der Novizin gefolgt?«, fragte er atemlos.

»Ich sollte ihr etwas überbringen.«

»Was sollst du ihr überbringen?«, herrschte der junge von Laurin ihn an.

Der Mann griff in die Falten der Kukulle.

»Wenn das, was du aus deiner Kutte ziehst, eine Waffe ist, töte ich dich«, warnte ihn Konrad.

»Nein, nicht. Nein, ich … ich sollte nur ein Pergament überbringen.«

»Zeig es, mach schon«, trieb Isenhart ihn an, während Lugardis sich ihnen vorsichtig näherte.

Mit enervierender Langsamkeit zog der falsche Mönch das Stück Pergament hervor, das Konrad ihm ungeduldig aus den Fingern riss. *»Abyssus abyssum invocat«*, las er.

»Ich weiß nicht, was das heißt. Ich kann nicht lesen«, bekannte der Mann.

»Ein Fehler zieht den anderen nach sich«, übersetzte Isenhart.

Konrad nickte. Aber das war auch das Einzige, was er zu dieser Angelegenheit beizutragen wusste. Es war Isenharts Miene und nichts sonst, die ihm einen Schrecken einjagte und ihn hilflos machte, da er zwar spürte, wie sich das Unheil fast greifbar über ihren Köpfen zusammenzog und verdichtete, er seinen Ursprung aber nicht kannte und daher nicht wusste, was nun zu tun war. Isenhart schien es ähnlich zu ergehen. Er wandte den Blick ins Nichts, an einen Ort, der seinen Geist mit keinerlei Reizen ablenkte.

»Ein Fehler zieht den anderen nach sich«, wandte Konrad sich an Lugardis, »was soll das heißen? Die Nachricht ist für dich.«

»Die Nachricht ist nicht für sie«, widersprach Isenhart mit jener Tonlosigkeit, die gemeinhin von einem Schock verursacht wurde, »die Nachricht ist für mich.«

Langsam fand sein Blick zurück, endlich war der Sumpf durchschritten, endlich verstand er, warum der fremde Mann die Kukulle trug, begriff, dass diese Täuschung von Henning von der Braake erdacht worden war, in der sie alle sich wie Marionetten eingefunden hatten, die exakt das taten, was Henning vorhergesehen hatte.

»Es ist eine Falle«, stellte Isenhart fest und erhob sich. Konrad warf zügig einen Blick nach links und rechts, aber er konnte keine Angreifer ausmachen, niemanden, der sie bedrohte.

»Wovon sprichst du?«

»Von Sophia.«

38.

Es war das erste Mal, dass Konrad von Isenhart in einer körperlichen Disziplin bezwungen wurde. Niemals wieder sollte er einen Menschen sehen, der schneller lief.

Isenhart hastete über den Trampelpfad und brach nach rechts ins Unterholz aus, um den Weg zur Scheune zu verkürzen. Mit der Geschicklichkeit fliehenden Wilds berührten seine Füße nur dort den Boden, wo sie vor der Gefahr des Strauchelns gefeit waren.

Es war nicht nur die Angst um Sophias Wohl, die Isenhart jene Kraft in die Beine fahren ließ, es war die gegen sich selbst gerichtete Wut.

Abyssus abyssum invocat.

Was für ein Einfaltspinsel er gewesen war! Zu glauben, Henning von der Braake würde nach all den Jahren jede Achtsamkeit fahren lassen; zu glauben, Lugardis' Schönheit würde ihm den Verstand rauben und er ihr scheuklappig nachstolpern! Allein die Annahme, Henning würde in eine so plumpe Falle gehen, war in höchstem Grade fahrlässig gewesen.

Eine Fahrlässigkeit, die bestraft gehörte. Daher hatte Henning den Simpel beauftragt, ihm diesen Denkzettel zu überbringen.

Ein Fehler zieht den anderen nach sich.

Es war ein Fehler gewesen, Sophia alleine in der Scheune zurückzulassen.

Isenhart hetzte aus einer Seitengasse in den Hauptweg, rutschte mit einem Fuß im Matsch weg, fing sich gerade noch und rannte all den Flüchtenden entgegen, die sich blass und verletzt vom Kirbach wegschleppten.

Entfernt nahm er das Rasseln des Kettenhemdes wahr, das er

einst für den Stammhalter des Hauses Laurin aus über dreißigtausend einzelnen Ringen gewoben hatte, und an dem Konrad nun schwer zu tragen hatte.

»Sophia!« Isenhart stürmte mit erhobenem Dolch in die Scheune. Er drehte sich dabei um seine eigene Achse, um möglichst zügig einen Überblick über den gesamten Raum zu gewinnen, als Konrad die Tür so heftig aufstieß, dass sie gegen die Wand krachte und sich eine Staubwolke von ihr löste.

Isenhart erreichte mit einigen, wenigen Schritten die Stelle, an der Sophia sich versteckt hatte, um den Lauf der Dinge zu beobachten. Eine enge Flucht, linker Hand durch Strohballen, nach rechts durch die Scheunenwand flankiert. Wie Konrad auch schloss er aus den Fußabdrücken im Staub, aus den Blutspritzern an der Wand und an den Strohballen auf einen Kampf.

»Sie hat sich gewehrt«, sagte Konrad tonlos, um dann ansatzlos zu brüllen: »Sophia!« Keine Antwort.

»Sie sind nicht mehr hier«, stellte Isenhart fest, und seine Stimme zitterte leicht wegen seines Bemühens, ihr Ruhe zu verordnen, »sonst hat die Nachricht keinen Sinn.«

»Keinen Sinn?«, echote Konrad, der die Strohballen beiseitewarf und nach seiner Schwester suchte. Er warf einen Blick zu dem Freund, der sich nicht von der Stelle rührte, der jene körperliche Starre an den Tag legte, die immer dann einsetzte, wenn er am intensivsten überlegte. »Warum keinen Sinn?«, brüllte Konrad von Laurin ungeduldig.

Isenhart hob den Blick: »Henning hätte mit der Nachricht nicht auf sich verweisen müssen. Aber genau das hat er getan. Er hat mich vorgeführt, um … um mich jetzt zu bestrafen. Durch Sophia.«

»Er könnte sich in der Schenke verstecken«, gab Konrad zu bedenken.

Isenhart deutete ein Kopfschütteln an, aber er erklärte sich sofort bereit, dort mit ihm nach dem Rechten zu sehen.

Die Fassungslosigkeit in Biz' gebrochenem Blick fiel Isenhart zuerst auf. Konrad sah sich um, darauf bedacht, keine überflüssigen

Geräusche zu verursachen. Da stand der Karren mit dem Harz, selbst das Maultier hatte Henning zurückgelassen.

Isenhart ging neben dem Kaufmann in die Hocke und ergriff sein Handgelenk, um Biz den Finger auf den Puls zu legen. *Die Schlagzahl des Lebens,* wie Walther den Puls genannt hatte.

Die Schlagzahl bei Biz war gleich Null, stellte Isenhart fest. Er war froh, dass er seine Gedanken für einige flüchtige Augenblicke auf die Begutachtung des Toten lenken durfte.

Dem Kaufmann ragte das Heft des Dolches aus dem blutverschmierten Ohr.

Blutverschmiert. Das ließ Isenhart aufmerken.

Verschmiert. Nicht verkrustet.

»Er kann noch nicht lange tot sein«, sagte er daher leise und griff dem Toten an den Hals, um die weichende Körperwärme zu spüren.

»Ach was«, erwiderte Konrad gereizt, »wir haben ihn ja eben noch mit Lugardis schäkern sehen.«

Isenhart fühlte sich dabei ertappt, eine Umständlichkeit an den Tag zu legen, die der Dringlichkeit ihrer Suche nicht angemessen war. Er musste nicht anhand von Gerinnungsgrad des Blutes und der Körpertemperatur herleiten, wie viel Zeit zwischen der Tat und dem Auffinden des Toten vergangen war. Konrad brachte einfach das Offensichtliche ins Spiel. Vor einer Viertelstunde war Biz noch quicklebendig gewesen. Isenhart hatte es mit eigenen Augen gesehen.

Konrad tastete mit seinen Augen die Umgebung ab, die Gesichter, die Bewegungen. Die Bewohner Haslachs, die sich bisher noch nicht mit ihren Siebensachen aufgemacht hatten, taten es jetzt, als der Strom der Verletzten durch den Ort zog und dabei stetig anschwoll. Sie trugen ihre Kleider mit sich, klapperndes, rußgeschwärztes Kochgeschirr, und einige zogen ein Schwein oder eine störrische Ziege hinter sich her, die sich gegen den Zug des Hanfseils stemmte, das man ihr um den Hals gebunden hatte. Ein Junge verpasste ihr einen Tritt in die Hinterläufe, sodass sie erschrocken vorwärtssprang.

Alles eilte, drängelte, hastete, wieder und wieder warfen sie die

Blicke zurück auf das, was sie vielleicht jeden Augenblick einholen würde: die Meute Joseph von Vöhingens. »Herr, schütze uns«, hörte Isenhart ein junges Mädchen wispern, das das Kreuz schlug.

»Wo kann er sein?«, fragte Konrad. Isenhart war ihm dankbar dafür, dass er die Frage, die unzweifelhaft auch in seinem Kopf schwelte, nicht aussprach: *Glaubst du, sie lebt noch?*

Isenhart wusste inzwischen, wo Henning – und Sophia – sich in diesem Augenblick befanden. Er musste sich dazu nicht in seinen früheren Freund und Wegbegleiter hineinversetzen. Er musste sich nur fragen, wie er selbst seinen Verfolgern in dieser Situation ein Schnippchen schlagen würde.

»Er schlägt sich zu Joseph von Vöhingen durch«, sagte er daher.

Konrad warf ihm einen fassungslosen Blick zu: »*Jetzt?*«

»Gerade jetzt.«

»Woher willst du das wissen?«

»Ich würde es so machen.«

Auf ihren Pferden bahnten sie sich den Weg gegen die Stoßrichtung der Flüchtlinge. »Herr, kehrt um«, wurde Konrad von einer alten Frau beschworen, während sie sich bemühten, trotz aller Eile, die sie antrieb, niemanden niederzureiten.

Isenharts Augen musterten jeden Flüchtling, Verletzte ebenso wie Alte, Frauen und auch Jünglinge. Vielleicht unternahm Henning doch den Versuch, im Strom der Flüchtenden unbemerkt an ihm vorbeizutreiben, sich auf diese Weise also abermals zu tarnen.

Doch Henning von der Braake würde sich erst dann dem Zufall überlassen, wenn es keine Chance mehr gab, die Situation zu kontrollieren. Die größte Wahrscheinlichkeit für eine erfolgreiche Flucht bestand darin, sich den feindlichen Verbänden anzuschließen. Scheinbar oder wirklich.

Und für den unwahrscheinlichen Fall, trotzdem von Konrad und Isenhart entdeckt und aufgegriffen zu werden, bot nur eine Geisel von höchster Bedeutung die Möglichkeit auf freies Geleit. Nur deshalb, dachte Isenhart, nur aus diesem Grund musste Sophia noch am Leben sein.

Weil sie von strategischem Interesse war.

Und möglicherweise, möglicherweise, weil in Henning von der Braake ein Rest von Menschlichkeit schlummerte, ein Stück Zugewandtheit, die ihn daran hinderte, Isenhart ein zweites Mal das Liebste zu nehmen. Isenhart hätte gelogen, wenn er behauptet hätte, nicht auch ein wenig auf diesen Umstand zu hoffen.

Sie erreichten eine Weggabelung, von der aus der Strom der Flüchtenden seinen Ausgang nahm. Der Kirbach, kaum zwanzig Fuß breit an seinen ausgedehntesten Stellen, schlängelte sich durch die Auen und teilte eine sattgrüne Wiese, die von Nadelwald begrenzt wurde, in zwei Teile.

Ihre Pferde schnauften.

Diesseits standen die Mannen, die Erik von Owenbühl gefolgt waren. Sie mühten sich, den Feind nicht über den Kirbach treten zu lassen, und verteidigten insbesondere eine schmale Brücke, die kaum mehr als zwei Mann nebeneinander Durchlass bot, und eine Furt etwa hundertfünfzig Fuß links davon, in der sich das Flussbett so sehr erhob, dass ein Mann den Fluss hüfthoch zu durchschreiten vermochte.

Konrads Körper spannte sich bei dem Anblick, der sich ihm bot. Es war jene Spannung, die auch am Tejo in ihn gefahren war, als die berittenen Muselmanen aufgetaucht waren.

Wie von Owenbühls Männer auch bestanden die Gegner vornehmlich aus Bauern und einigen Abenteurern. Doch genau dort, wo eine Schar von Haslachern einen Keil in die feindliche Linie trieb, erhoben sich Piken in die Luft.

Sie waren es, die Konrads Aufmerksamkeit auf sich gezogen hatten. Piken von gut zwölf Fuß Länge, die sich jetzt senkten und in die Haslacher fuhren, die Arme, Beine, Bäuche durchstießen. Die Piken bildeten selbst im Zustoßen eine geschlossene Formation, die nicht dem Zufall entstammen konnte. Entsetzt von dem, was ihren Kameraden widerfuhr, wichen die Haslacher erst zurück, um dann in der Folge die Flucht zu ergreifen.

Der Keil in der Linie der Gegner wich, die Piken marschierten voran.

»Jemand zahlt sie, nicht wahr?«, fragte Konrad.

Isenhart nickte. Es brauchte kein weiteres Wort, um sich des Unbehagens, das sie bei dem Anblick der Pikenträger empfanden, zu versichern. Der Anblick dieser Männer war Konrad und Isenhart nur allzu bekannt. Behelmt und gepanzert an Schenkeln und Unterarmen waren sie. Sie marschierten unerschrocken voran. Es waren Brabanzonen.

»Sophia.«

Konrads Stimme, sonst kräftig und bestimmt, entfuhr der Name der Schwester wie ein kläglicher Seufzer. Isenhart folgte seinem Blick. Henning und Simon von Hainfeld hatten es durch die Linien von Joseph von Vöhingen geschafft. Sie zerrten Sophia mit sich, die sich sträubte und wehrte und von Simon von Hainfeld geschlagen wurde. Ihr Gesicht war blutig.

Isenhart nahm Konrads Blick nur noch von weit, weit her wahr. Die Flucht der Verwundeten, das Geschrei der Kämpfenden, das Klirren von Metall auf Metall, all das versank, wurde dumpf, ganz so, als befände Isenhart sich unter Wasser. »Das ist Wahnsinn«, drang eine Stimme zu ihm, als er das Schwert zog. In einer merkwürdigen Verzerrung, die die Zeit dehnte, nahm Isenhart seine Umgebung wahr. Die Haslacher, die sich erhoben, jene, die vom Kirbach flohen und nun stoppten und zu ihm aufblickten. Konrad, der vehement den Kopf schüttelte.

Isenhart schaute nach vorne, wo die Haslacher in den Kirbach getrieben wurden, der sich tatsächlich rot einfärbte. Von Vöhingens Männer zwangen sie ins Wasser, wo sie strauchelten und ertränkt, erdolcht und erschlagen wurden. Ein Vorstoß zu der Position, an der Henning, von Hainfeld und Sophia sich befanden, schien unmöglich.

»Männer«, brüllte er daher, »Ihr mögt heute sterben, aber dieses ist der letzte Tag, an dem ihr als freie Männer sterben könnt!«

Seine Worte gingen wie ein Ruck durch die Umstehenden und durch die ganze Umgebung. Es war, als würde die Landschaft sich einen Fußbreit versetzen. Isenhart gab seinem Pferd die Sporen, wendete nach links, hob das Schwert und jagte davon.

Wie einst Walther von Ascisberg bei Doryläum gereichte er damit seinen neu gewonnenen Mitstreitern zum leuchtenden Vorbild. Sie stürmten ihm nach. Darunter auch sieben Reiter, denen Konrad sich anschloss. Isenhart war ein guter Freund und heller Kopf, aber er war kein Kämpfer. Er war mit dem Schwert so erfahren wie Konrad mit dem Federkiel. Er benötigte dringend Schutz und Flankierung.

Isenhart war mitten in die Furt geprescht und natürlich gestoppt worden. Bauern prügelten mit Dreschflegeln auf die Vorderläufe seines Pferdes ein, das hell aufschrie und stieg – aber er fiel nicht.

Konrad und seine Begleiter ritten die Angreifer nieder und schufen so, ohne es zu wollen, den Raum für einen neuen Vorstoß der Haslacher. Denn Isenharts Worte waren für zwei Dutzend von ihnen Ansporn genug gewesen. Sie nahmen sich der niedergerittenen Gegner an – sie schlachteten die Hilflosen ab und sicherten Erik von Owenbühl und seinen Männern auf diese Weise erneut die Furt, was das mörderische Ringen um den Übergang an der Brücke entlastete.

»Keil!«, rief Konrad von Laurin, der sein Pferd als Erster aus dem Kirbach führte und sich an die Spitze jener Formation setzte, mit denen die Kreuzfahrer tiefe Schneisen in die muslimischen Verbände zu jagen pflegten.

»Reite nicht gegen die Brabanzonen!«, rief Isenhart ihm zu, der sich gleichzeitig bemühte, Anschluss zum rechten Ende des Keils zu gewinnen, »geh gegen die linke Flanke!«

Es waren neun einsame Reiter, die jetzt über die Wiese preschten, angeführt von Konrad von Laurin. Sie hoben Schwerter und Lanzen und trieben mit den Sporen die Rösser an, deren Hufe die Erde in die Luft jagten.

Konrad lenkte sein Pferd nach links und führte den Keil auf diese Weise in eine Zangenbewegung, der freilich ihre Entsprechung auf der rechten Seite fehlte und die ihre natürliche Begrenzung in dem Waldrand fand.

Einige Pfeile wurden auf sie abgeschossen, verfehlten sie aber.

Konrad hielt auf das Ende des linken Flügels zu, der keine geschlossene Linie bildete, denn bis auf die Brabanzonen, die von Vöhingen rekrutiert hatte, befanden sich auch auf seiner Seite nur Bauernsöhne und Hasardeure, denen jede Disziplin abging. So führte Konrad die Reiter gegen einen losen Haufen, aus dem die Ersten sich von jener Stelle abzusetzen versuchten, wo der Keil mit der Wucht eines herabkrachenden Baumstammes einschlagen würde.

Aber Konrad wandte einen Kniff an, den er bei den Kämpfen um Philippopolis beobachtet hatte. Kurz vor dem Auftreffen riss er die Zügel scharf nach links. Der Keil ließ von Vöhingens Anhängern, die von diesem Kurswechsel überrascht wurden, keine Chance mehr auszuweichen.

An unvermuteter Stelle und mit der Wucht von neun galoppierenden Pferden traf er auf die Angreifer, die beiseitegeschleudert oder zu Boden gerissen wurden. Schilde, Dreschflegel und Lanzen barsten und flogen empor und zu den Seiten. Wen die Pferde nicht niederritten, der wurde von einer Lanze durchbohrt oder von einem Schwerthieb getroffen. Konrad ließ sein Schwert nach links und rechts niederfahren. Er erblickte Sophia, die von Simon von Hainfeld mitgezogen wurde. Sie trennten vielleicht zweihundert Fuß.

Normalerweise hätte er die Keilformation in vollem Galopp aus der Flanke des Gegners wieder austreten lassen müssen, um sie an eine Stelle zu führen, an der sie sich neu bilden konnte. Aber er und Isenhart waren nicht hier, um die Schlacht für Erik von Owenbühl zu entscheiden, sondern um Henning von der Braake zu stellen und Sophia zu retten.

Also dirigierte er den Keil in engem Bogen weiter nach rechts, wohl wissend, dass die Zahl der Gegner zur Mitte hin zunehmen und der Vorwärtsbewegung der Pferde langsam, aber sicher ein natürliches Ende bereiten würde.

Und so kam es.

Der Vorteil der Überraschung war dahin.

Bogen- und Armbrustschützen feuerten aus nächster Nähe auf die Reiter, auch Lanzen schossen ihnen entgegen. Isenharts Nebenmann wurde aus dem Sattel gerissen.

Ein dürrer Kerl mit dem Herz eines Löwen sprang vor, entriss dem verdutzten Konrad von Laurin die Zügel und brachte das Pferd zu Fall. Konrad stürzte vorne über, rollte sich nach rechts ab in der Hoffnung, sein Pferd, das sich ebenfalls überschlug, möge ihm nicht alle Knochen brechen.

Darüber stürzten auch die beiden folgenden Reiter, und erst die dritte Linie der Keilformation wich aus, nun allerdings im Vorpreschen so abgebremst, dass eine erneute Formierung unmöglich schien. Der eine Streiter sprang daher ab, sein Nebenmann versuchte sein Ross zu wenden und wurde hinterrücks erschlagen.

Isenhart trieb dem Mann das Schwert ins Kreuz, der im Begriff war, dem unter ihm liegenden Konrad mit der Axt den Schädel zu spalten. Erneut krachten Dreschflegel gegen die Vorderläufe seines Pferdes, das wieder stieg – und ihn dieses Mal abwarf.

»Drescht sie in Stücke!«, gellte ein heiserer Ruf über das Schlachtfeld.

Konrad kam auf die Beine. Entgegen jeder Vernunft marschierte er gegen die Feinde, wie es schien. Tatsächlich lief er lediglich Sophia hinterher. Die anderen Kombattanten wähnten in ihm ihren Herzog, jenen, der vor ihnen herzog – und folgten ihm.

»Du kannst ihn treffen!«, brüllte Konrad in den Lärm der Waffen, in das Brüllen, Schreien und Seufzen hinein. In diesem Augenblick erst begriff Isenhart, der inzwischen auch wieder auf den Beinen war, Konrads Absicht. Natürlich, er trug die Armbrust, die Walther von Ascisberg ihm vermacht hatte, stets bei sich. Und offensichtlich schätzte Konrad die Möglichkeit, sich bis zu Sophia durchzukämpfen, als unmöglich ein.

Wie auch?

All diese Männer, die sich ihnen in den Weg stellten, ahnten nicht, in welcher Mission sie unterwegs waren. Einen Mörder zu fassen, ihm sein nächstes Opfer zu entreißen, deshalb waren sie hier. Die Schlacht galt ihnen nichts, es war lediglich Hennings Eingebung zu verdanken, dass sie sich nun hier eingefunden hatten. Mit etwas Fortune hätte der Keil der Reiter sie bis zu von der Braake und seinem Adlatus geführt, das war Isenharts Absicht gewesen. Es hier zur Entscheidung zu bringen. Es hier enden zu lassen.

Der Allmächtige verweigerte ihnen dieses Glück.

Die Zahl der Angreifer mehrte sich von Augenblick zu Augenblick, die anderen Reiter wandten ihnen ihre Rücken zu, sie igelten sich ein und bildeten einen Kreis, in dessen Mitte sich Isenhart wiederfand.

»Schieß jetzt, wenn es noch einen Sinn haben soll!«, herrschte Konrad ihn an, während er ihnen mit einer beeindruckenden Schlagfolge drei Angreifer vom Leib hielt. Isenhart hatte den Bogen bereits von seinem Rücken gerissen und spannte den Bolzen.

Aber auf diesen Gedanken waren ihre Feinde auch schon verfallen. Aus nächster Nähe schossen sie Pfeile und Bolzen ab. Zwei der abgesessenen Reiter wurden schwer verwundet. Brüllend vor Schmerzen stürzten sie vor.

»Herr Jesus sei mit uns!«

Isenhart richtete sich auf, dann wischte etwas durch sein Sichtfeld, ein schmaler dunkler Streifen, der sich in Form goss, als der Pfeil seinen linken Unterarm durchschlug. Mit Mühe hielt er die Armbrust fest und schob das Entsetzen, das er über seine Verwundung empfand, beiseite.

Isenhart visierte Henning an und feuerte den Bolzen ab, als von der Braake stoppte und sich umwandte. Der Armbrustbolzen schoss knapp an ihm vorbei und fuhr einem von von Vöhingens Gefolgsleuten in die Rippen. Henning rief Simon von Hainfeld etwas zu, der sich daraufhin umwandte und ihnen entgegenkam.

Für einen zweiten Schuss reichte es nicht mehr. Von den ehemals neun Reitern standen noch vier. Isenhart griff zum Schwert und ging mit Konrad zum Angriff über, da von Owenbühl zu ihnen durchstieß und ihnen von hinten und von den Flanken her Deckung bot.

Aber Henning zerrte Sophia weiter mit sich, weg von der Kampflinie, an der Konrad von Laurin seinem Vater alle Ehre machte. Mit kühlem Kopf und festem Stand schlug er auf die Gegner ein, täuschte sie mit einer Finte, hieb dem einen die Finger von der Hand und bohrte dem Nebenmann die Schwertspitze in den Unterkiefer.

Einige Männer wichen vor ihm zurück, um die nötige Distanz für einen Pfeilschuss zu erreichen.

Doch ermutigt von den Brabanzonen, die mit ihren Piken einschwenkten und sich mit stoischer Schrittfolge näherten, warfen sich von Vöhingens Männer wieder in das Getümmel.

Unter denen, die vorwärtsdrängten, befand sich auch Simon von Hainfeld. Er und Konrad nahmen in dem unübersichtlichen Hauen und Stechen, in dem Brüllen und Wimmern, aneinander Maß.

Jede Faser Isenharts sträubte sich gegen dieses Abschlachten, während er, über tote und verletzte Leiber trampelnd, seine Position an Konrads Seite zu halten versuchte.

Ein Fehler zieht den anderen nach sich.

Von rechts griffen die Brabanzonen mit ihren Piken in den Kampf ein, und entscheidender als ihr Kriegshandwerk, das sie auf den Schlachtfeldern des Abendlandes vervollkommnet hatten, war die Unerschrockenheit, die sie ausstrahlten. Ihre Gewissheit zu siegen war es, die ihren Schrecken ausmachte. Brabanzonen unterlagen nicht.

Schon wichen von Owenbühls Männer zurück: nur hinaus aus dem fürchterlichen Radius der Piken.

Konrad erschlug einen Mann mit einem Dreschflegel. »Wir müssen zurück«, rief er Isenhart im Kampfeslärm zu.

Und natürlich hatte er recht. Die Sache war aussichtslos.

Isenhart entdeckte Henning weiter hinten, er wurde jetzt von zwei Männern eskortiert, die Sophia in die Zange genommen hatten. Sie alle entfernten sich immer weiter vom Kampfschauplatz.

Was war es denn, was ihn am Leben hielt? Der Traum vom Fliegen etwa? Seiner Neugierde vorbehaltlos nachgehen zu können, seine Gedanken ohne Beschränkung auf den Weg zu schicken? Sie an den Ufern der Zeit verweilen zu lassen? Was, um Gottes willen, waren denn diese Augenblicke wert, wenn er sie nicht mehr mit Sophia teilen konnte?

Ahnte Sophia, wie gerne er sie beobachtete, wenn sie sich unbeobachtet wähnte? War sie sich der Anmut ihrer Bewegungen überhaupt bewusst? Selbst aus einem Stolpern ging sie grazil hervor.

Und wenn ihr Lächeln ihn ereilte, war ihm, als spürte er es als einen warmen Punkt, der sich ausbreitete und über seine Haut fuhr. Wusste sie überhaupt, dass sie ihn auf eine Weise ergänzte, die ihn erst zu einem Ganzen machte?

Wie sollte sie, denn er selbst begriff es erst jetzt. Hier, mitten unter jenen, die Leben nahmen, mitten in den blutigsten Momenten seines Daseins ereilte ihn diese Erkenntnis.

Auch Henning von der Braake hatte Isenhart ergänzt, aber doch stets nur mit seinen Gedanken, mit seiner Intelligenz, während Sophia ihn dort umschloss, wohin Henning niemals würde vordringen können, in der *Tiefe*.

»Wir müssen zurück!«, rief Konrad ihm abermals zu.

»Nein«, rief Isenhart zurück. Henning von der Braake hatte ihm bereits einmal das Liebste genommen. Ein zweites Mal würde er es nicht zulassen.

Daher stürmte er vor, bar jeder Kampferfahrung, und griff die Männer vor ihm an, die von dem Vorstoß des hageren Burschen überrascht waren und auswichen. Isenharts Schwerthieb ging ins Leere, und die Wucht, die er in den Schlag gelegt hatte, riss ihn um ein Haar von den Beinen.

Isenhart strauchelte nach vorne, fing sich und sah sich plötzlich Simon von Hainfeld gegenüber, der mit beiden Händen einen Streithammer umklammerte. Ein schweres Stück Holz, das zum Ende hin kugelförmig zulief und mit rostigen Metallspitzen übersät war. Isenhart gelang es noch, sein Schwert in die Höhe zu reißen, um dem Schlag des Hünen wenigstens irgendetwas entgegenzusetzen. Der Streithammer fegte ihm zwar das Schwert aus der Hand, das brachte den mörderischen Hieb aber so weit vom Kurs ab, dass ihn nicht seine volle Wucht traf. An die dreißig Metallspitzen, die seinen Kopf hätten treffen sollen, rissen ihm stattdessen die Schulter auf.

Isenhart fiel hintenüber. Der Schmerz brannte ihm vom Gelenk den Arm hinab. Von Hainfeld holte ein zweites Mal aus. Konrad schlug mit aller Kraft gegen den gepanzerten Arm des Mannes, aber die Schneide seines Schwertes war bereits zu schartig, um den Hünen ernsthaft zu verletzen, das Eisen prallte auf das Metall des Armpanzers und zwang von Hainfeld nur zu einem seitlichen Stützschritt.

Alles Weitere sah Isenhart nur noch durch ein Knäuel aus Leibern und Beinen, die über ihn stiegen und auf ihn traten. Statt den Schlag zu erwidern, packte Hennings Begleiter Konrad und hob ihn hoch, als habe der nur das Gewicht eines Kindes. Er warf ihn einfach von sich weg, sodass auch der Stammhalter des Hauses Laurin zehn Fuß entfernt zu Boden ging.

Wie die Wellen zweier aufeinandertreffender Meere wogten die Haufen von Owenbühls und von Vöhingens genau hier zusammen und bäumten sich auf; die Strömung riss Isenhart von Konrad fort. Mühsam kam er auf die Beine und vermied den Blick auf die eigene Schulter. Hektisch sah er sich um, doch dort, wo der Freund eben noch gelegen hatte, wüteten nun die Brabanzonen.

»Konrad!«

Wie befürchtet erhielt er keine Antwort. Stattdessen wurden sie zurückgedrängt, die meisten nahmen Reißaus vor den Soldrittern.

»Kämpft, um Gottes willen!«, rief Erik von Owenbühl ihnen zu, doch Angst und Panik waren größer, und ohne zum Kampf entschlossene Männer an seiner Seite blieb auch ihm nichts weiter übrig, als zum Kirbach zurückzulaufen.

»Konrad!«

Erneut blieb Isenharts verzweifelter Ausruf ohne Erwiderung.

Seine Schulter brannte. Er hielt sich den durchbohrten Unterarm, während er auf den Bach zulief, wo die Männer sich auch ohne von Owenbühls Kommando sammelten, ganz so, als habe das Durchwaten des kalten Wassers sie zur Räson gerufen.

Immer wieder sah Isenhart sich über die Schulter, einmal schwirrte ein Pfeil nah an seinem Ohr vorbei. Er konnte keinen von ihnen mehr ausmachen, Henning nicht und Sophia, von Hainfeld ebenso wenig wie Konrad. Das Herz krampfte sich ihm zusammen bei dem Gedanken, was man Sophia und Konrad antun würde – wenn man sie überhaupt am Leben ließ.

Er hatte sein Pferd ebenso verloren wie das Schwert, nur mehr die Armbrust, die Walther von Ascisberg vor Ewigkeiten – so erschien es ihm – in den Unterricht mitgebracht hatte, ruhte noch auf seinem Rücken. Ein Pfeil hatte sich in ihr Holz gebohrt und schützte ihn dadurch nicht nur vor einer weiteren Verletzung, sondern mahnte ihn auch zur Eile. Tot oder verkrüppelt wäre er seiner Frau und seinem Schwager keine große Hilfe.

Sich gegen von Vöhingens Leute zu stellen, hatte im Augenblick keinen Sinn. Während er den Kirbach zu erreichen versuchte, lief ihm das Blut den Arm hinab und tropfte von seinen Fingern rot auf die Wiese, deren Gräser von dem Auf und Ab der beiden Bauernheere niedergetrampelt worden waren.

Die Männer um Erik von Owenbühl, der nun ebenfalls das gegenüberliegende Ufer erreicht hatte, verschwammen vor Isenharts Augen. Er blinzelte kurz, aber die Unschärfe wollte nicht weichen. Hinzu gesellte sich eine der Situation unangemessene Leichtigkeit. Von einer Art, die die ersten Frühlingstage für gewöhnlich mit sich brachten. Wenn einen die warmen Sonnenstrahlen im Nacken zu kitzeln begannen und sich selbst die Lippen des überzeugtesten Misanthropen zu einem leisen Pfeifen spitzten.

Um ein Haar hätte Isenhart zu lächeln begonnen. Seine Beine gaben nach, er schlug hart auf, aber er spürte nichts. Nicht einmal Furcht. Ihm wäre es recht gewesen, auf ewig hier liegen zu bleiben, denn ihm war wohl und warm, nur der Arm fühlte sich furchtbar nass an.

Im Liegen sah er, wie von Owenbühls Männer mit ihm selbst an der Spitze erneut vorstürmten, sie liefen gegen die Brabanzonen. Diesmal musste Isenhart tatsächlich lächeln. Es war aller Ehren wert, sich gegen die Soldritter aus Brabant zu stellen.

Aber es hatte natürlich keinerlei Sinn.

Der Geruch des Grases wehte ihm in die Nase. Unsagbar schön. Satt und schön und direkt vor ihm ausgebreitet. Die Farben gewannen an Kraft, die Ränder der Grashalme brachen aus.

Zuerst drang das Stöhnen an sein Ohr.

Stöhnen und Schluchzen und Wimmern. Das leise Jammern der Jünglinge, die heute Morgen noch mit verächtlichem Lächeln auf den Lippen der flehenden Mutter den Rücken zugewandt hatten, um sich in der Schlacht Ruhm und Ehre zu verdienen – oder zumindest ein paar Münzen oder Schuhe oder andere Habseligkeiten –, und die nun ihrerseits flehten, man möge ihre Mütter holen, damit sie ihnen Beistand leisteten in der letzten Stunde.

Er öffnete die Augen. Es war Nacht, und es regnete. Isenhart befand sich bis zur Hüfte unter einem Fell, das man offenbar auf einigen Pfählen befestigt hatte, um den Verletzten einen Schutz zu bieten. Dicht an dicht lagen sie nebeneinander. Einige schliefen tief und fest, sie schnarchten, andere pressten die Atemluft vor Schmerz hinaus.

»Ich habe drei Katzen zu Tode gequält«, hörte Isenhart eine rasselnde, junge Stimme.

»Der Herr vergibt dir«, antwortete eine müde, alte Stimme.

»Und ich habe Unzucht getrieben mit meiner Schwester … mehrmals.«

»Die Güte des Herrn ist unermesslich. Dir sei vergeben, Christoph von Müllersen«, vernahm Isenhart wieder die Stimme des Alten. Er legte den Kopf beiseite und erspähte im Halbdunkel einen Mann seines Alters, der bleich wie ein Knochen nur wenige Schritte entfernt lag. Neben ihm kniend machte Isenhart einen Priester aus, der sich über ihn beugte.

Christoph von Müllersen bibberte. Isenhart empfand Mitleid mit ihm. »Und ich habe noch mehr gesündigt«, fuhr jener mit keuchender Stimme fort.

»Auch das sei dir vergeben«, unterbrach der Geistliche, der die Finger seiner rechten Hand eilig in eine Ledertasche führte. Müllersens Liste seiner Vergehen beanspruchte zu viel Zeit für ihre Aufzählung. Er wäre gestorben, ohne die Letzte Ölung und die geweihte Hostie empfangen zu haben.

Der Priester zog die glänzenden Finger aus der Tasche und zeichnete ihm das Kreuz auf Augen, Ohren, Nase und Lippen. Und im Anschluss auf die Brust, das Herz, die Schultern, Hände und Füße. »Ich salbe diese Hände mit geweihtem Öl, im Namen des Vaters, des Sohnes und des Heiligen Geistes«, sprach der Geistliche dabei,

»auf dass getilgt werde, was sie durch unerlaubtes oder schändliches Tun angerichtet haben. Der Allmächtige verzeihe dir, was du gesündigt hast durch deine Sinne. Durch Sehen, Hören, Reden, Riechen, Tasten und Tun. Amen.«

Christoph von Müllersen begann zu weinen. »Ich will nicht sterben«, flehte er.

Der Priester nickte. Er fuhr mit der Hand in einen zweiten Lederbeutel und vollführte dann mit der Hand eine ruckartige Bewegung ganz so, als wolle er ihm eine Maulschelle geben. Doch er berührte ihn nicht, weil er die Hand rechtzeitig zurückzog – auf diese Weise besprenkelte er Christoph von Müllersen mit Weihwasser.

Isenhart wusste, wozu das gut war: um die Dämonen zu vertreiben.

Er hob seinen linken Unterarm. Jemand hatte ihm den Pfeil entfernt und seine Wunde mit einem Verband aus Tonerde, Schimmelpilzen und ein paar Eichenblättern versorgt.

Schimmelpilze eignen sich hervorragend gegen jede Art von Entzündung, hörte er seinen alten Lehrer sagen.

Auch seine Schulter war – offenbar mit den identischen Heilmitteln – bandagiert worden. Zwar spürte er tief drinnen am Gelenk nach wie vor ein Brennen, aber die Intensität war auf ein erträgliches Maß abgeklungen.

Jemand ging neben ihm in die Hocke, Isenhart blickte auf. Im Halbdunkel erkannte er Lugardis in ihrem Habit, die ihn mit einem sorgenvollen Blick bedachte. »Wer hat meine Wunden versorgt?«, fragte er.

»Ich.«

»Das hast du hervorragend gemacht«, lobte Isenhart und bemerkte, wie schwach er klang, »weißt du etwas über mein Weib oder Konrad?«

Lugardis schüttelte den Kopf, in ihrem Blick lag Bedauern. »Schwester Clementia hat Euch auf dem Feld entdeckt und mit einem Maulesel hierherbringen lassen.«

»Wie lange liege ich schon hier?«

»Beinahe drei Stunden.«

Isenhart entfuhr ein tiefes Seufzen. Drei Stunden waren lang, aber gemessen daran, dass er aufgrund seiner Verletzungen auch erst nach zwei Tagen hätte erwachen können oder sogar gar nicht, erschienen ihm drei Stunden verschwindend gering. Hätte er gewusst, was er nur einige Stunden später erfahren würde, ein schmerzlicher Schrei hätte sich in die regnerische Nacht erhoben und für Augenblicke die Welt umspannt. Es war ein Segen, eine göttliche Gnade, die ihn im Moment davor verschonte.

Lugardis reichte ihm eine Holzschale mit einer Brotkruste. Isenhart setzte sich auf, nahm die Schüssel entgegen und roch daran. »Erbsen?«, fragte er.

Lugardis nickte: »Erbsenbrei und Schweinspfoten.«

Von so einer Kombination hatte Isenhart noch nie zuvor gehört, aber der Hunger brach sich Bahn. Mit einer Gier, die ihm selbst wenig schicklich erschien, schob er den Brei mittels der Brotkruste in sich hinein. Die Erbsen waren noch lauwarm.

»Welchen Ausgang hat die Schlacht genommen? Lebt Erik von Owenbühl?«

»Sie haben ihm einen Unterarm abgesägt«, antwortete die Novizin, »aber er ist wohlauf. Und Haslach ist sein. Am Kirbach hat es sich entschieden. Joseph von Vöhingen musste sich mit den Gefangenen zurückziehen.«

Mit den Gefangenen.

Noch gab es Hoffnung.

Mit einem letzten Seufzer an die Welt sackte der Kopf von Christoph von Müllersen beiseite, damit sein bußfertiger Geist diese Fessel des Körpers hinter sich lösen und dem Schöpfer selbst gegenübertreten konnte. Da war der Geistliche schon weiter und spendete der Reihe Verwundeter zu Isenharts Linken Trost und Zuversicht.

Zu beiden Seiten des Kirbachs lagen die Erschlagenen in abnorm anmutenden Verrenkungen, während der Regen unablässig auf ihre Körper prasselte. Fledderer waren unterwegs, Alte und Kinder, Mädchen wie Jungen, die zwischen den Toten hin und her huschten und die Vögel aufscheuchten, die sich diesen Schmaus nicht entgehen ließen, obwohl es Nacht war.

Die Erstarrung, die die Erschlagenen im Augenblick des Todes allesamt erfasst hatte, würde ihren Schmerz, ihre Verblüffung, ihre Angst für ein, zwei Tage konservieren, bevor die Fäulnis ihnen nach und nach ihre Persönlichkeit raubte.

Gebückt schlich Isenhart über das Schlachtfeld. Mit dem Anblick eines jeden Toten erhöhte sich der Druck auf sein Herz. Wofür hatten sie alle sich aus dem Leben reißen lassen, aus dem einzigen, das tatsächlich gewiss war? Waren sie nicht alle dem einen Geschlecht entsprungen, Adam und Eva? Waren sie deswegen nicht folgerichtig allesamt Brüder und Schwestern? Und war es daher nicht von erschütternder Einfalt, sich gegenseitig totzuprügeln?

»Ich hab ihn zuerst gefunden!«, rief ein Mädchen, das einen Kupferring in der Hand hielt. Sie hatte ihn vom erstarrten Finger eines Gefallenen gezerrt. Die Gier in ihren Augen ließ die Ebenheit ihres Gesichts schroff erscheinen, jeglicher Liebreiz war dahin.

Ein Junge trat ihr zwischen die Beine und schlug ihr im Anschluss auf die Nase. Zwei-, dreimal, und als sie zu Boden stürzte, trat er ihr noch einmal gegen den Kopf und stahl ihr den Kupferring.

Das Mädchen weinte nicht, kein Schrei entwand sich ihrem Mund. Es rappelte sich nur auf und lief davon.

Isenhart hockte sich neben einen Leichnam und nahm ihm den Dolch ab. Auf seinem Rücken trug er nach wie vor Walthers Armbrust. Es erschien ihm fast wie ein Wunder, dass man sie ihm nicht vom leblosen Körper gestreift hatte. Vermutlich, dachte er, weil viele sie wegen ihrer nach vorne gerichteten Bogenspitzen für eine Fehlkonstruktion gehalten hatten.

Er erhob sich und schlug eine südwestliche Richtung ein. Obwohl es regnete, glitzerten ein paar Sterne schwach am Firmament. Und mithilfe Andrea Centuriόns und des Polarsterns bestimmte Isenhart die Richtung, die er zu nehmen hatte.

Nach einer halben Stunde stieß er auf den ersten Wachtposten, den Joseph von Vöhingen für die Nacht abgestellt hatte. Isenhart trug nun einen zweiten Dolch bei sich, den er aus dem Hals eines toten Maultiers gezogen hatte. Der Regen dämpfte seine Schritte und brachte das Laub in den Bäumen über ihm zum Prasseln. Unbemerkt passierte er den Wachmann und auch die zweite Linie von Posten, die in einer engeren Formation ihrer Aufgabe nachgingen und in die Nacht starrten.

Lachen drang an sein Ohr, voll und kehlig. Und durch die Äste und Sträucher schimmerte das Licht von Fackeln. Isenhart duckte sich und warf einen Blick zurück. Eine Viertelmeile, so schätzte er, weiter hatte er sich nicht vom Schlachtfeld entfernt.

Und genau von dort stolperte ihm eine Gestalt entgegen. Groß und hager. Die Gestalt stoppte und starrte ihn unschlüssig an. Isenhart gab seine geduckte Haltung auf und trat dem Mann entgegen, der noch gar kein richtiger war. Ein vielleicht vierzehnjähriger Junge mit nichts weiter als Lumpen am Leib. An den Füßen trug er zwei unterschiedliche Schuhe, wie Isenhart mit einem Seitenblick feststellte. Vermutlich hatte er sie den Toten von den kalten, starren Füßen geklaubt.

Der Junge verharrte immer noch, er war unsicher.

»Man nennt mich Richwin«, stellte Isenhart sich vor und trat näher. Der Junge trug zwei große Holzeimer, in denen Wasser schwappte.

»Ich heiße Thilmann«, erwiderte der Junge.

»Komm, reich mir einen Eimer, mein Wachdienst ist zu Ende«, sagte Isenhart und nahm Thilmann, ohne eine Antwort abzuwarten, einfach einen der beiden Eimer aus der Hand, der sich doch als schwerer erwies, als es zunächst den Anschein gehabt hatte. Zu schwer für seine verwundete Schulter.

Isenhart wechselte den Holzeimer auf die linke Seite und marschierte los – dem Lachen entgegen. Wie von Isenhart erhofft, beeilte Thilmann sich, um an seiner Seite ins Lager zu treten. Mit seinen entschlossenen Schritten hatte Isenhart jeden Zweifel an seiner Zugehörigkeit zu den Leuten Joseph von Vöhingens aus dem Weg geräumt.

Das Lager, das dieser hatte ausheben lassen, unterschied sich keinen Deut von dem, aus dem Isenhart aufgebrochen war. Alle fünfzig Fuß loderte ein Feuer und qualmte gegen den Regen oder brannte im Schutz von eilig improvisierten Dächern aus Holz und Moos.

Der Geruch von heißem Bret hing in der Luft. An die Stelle von Brei, Beeren, Kleie und Waldfrüchten trat das, was gewöhnlich den hohen Herren und den Festtagen vorbehalten blieb. Ziegen, Schweine und Rinder waren zwar kostbar, doch heute waren sie im Rausch des *carpe diem*, den einige Alphabeten nach Horaz beschworen, geschlachtet und gebraten worden. In einer Mischung aus Übermut und trunkener Freude, den Tag überlebt, dem Gemetzel mehr oder weniger unverletzt entgangen zu sein, und der allgegenwärtigen Erinnerung an die Vergänglichkeit, an die die Sterbenden und Siechenden gemahnten, nahmen sie das Vieh nicht mit nach Hause, was die Vernunft geboten hätte, sondern teilten es in der regnerischen Kälte der Nacht mit ihren Waffenbrüdern.

Die Furcht vor der unermesslichen Nichtigkeit ihres Seins riss sie zu dieser Verschwendung hin, die Angst des Bauches, dass das Paradies ein leeres Versprechen sein konnte, und seine Forderung, ihm hier und jetzt den Himmel zu bereiten, statt ihn in christlicher Tradition auf ein ungewisses *vermutlich irgendwann* zu vertrösten.

Nichts sah Isenhart, was er nicht auch im Lager von Erik von Owenbühl gesehen hätte. Geistliche verteilten die letzte Ölung, Mönche und Nonnen umhegten die Verletzten. Medici und Bader verödeten und nähten Wunden, entfernten Pfeil- und abgebrochene Schwertspitzen und amputierten großzügig.

Huren hatten sich unter die Unversehrten gemischt. Sie mussten sich ins Zeug legen, denn die erbeuteten Kinder, Mädchen wie Jungen, machten ihnen ebenso unfreiwillig wie kostenlos Konkurrenz. Links und rechts des Weges, den Isenhart und Thilmann nahmen, übten die Krieger Notzucht an denen, die sich nicht zu wehren vermochten, und alles Flehen, Bitten und Weinen half nichts.

Die Männer sprachen dem Met und Bier, dem Wein und dem Gebrannten zu. Der Alkohol und das Gefühl des Glücks, dieses Massaker unversehrt überstanden zu haben, lösten die Zungen. Sie tauschten ihre Erlebnisse aus, wobei jeder Hieb geschildert wurde; kein Augenblick blieb unerwähnt, und ein jeder war ein Held.

Thilmann stellte den Eimer neben einem Bader ab, der bereits einige Amputationen vorgenommen hatte und dem zwei Novizinnen mit aschfahlen Gesichtern assistierten.

Isenhart setzte seinen Eimer ebenfalls ab. »Ich leg mich schlafen«, ließ er Thilmann wissen. Dieser nickte. Isenhart wandte sich von ihm und dem Bader ab und hielt Ausschau.

Möglicherweise war Konrad nicht mehr unter ihnen. Vielleicht lag er unweit des Kirbachs und wurde wie alle anderen auch gefleddert. Und Sophia – Isenhart mochte gar nicht daran denken. Seine Schulter schmerzte. Seine linke Hand versicherte sich des Dolchknaufs, bevor er mit einer Geste eine Nonne stoppte: »Wo finde ich die Gefangenen?«

Die Nonne deutete hinter sich. »Seht Ihr die Trauerweide? Dahinten, am Rande des Lagers?«

»Ja.«

»Da hat man sie zusammengepfercht.« Sie wandte ihm wieder ihr Gesicht zu, in ihre Miene hatte sich Argwohn geschlichen: »Warum fragt Ihr?«

»Ich muss einen Wachtposten ablösen«, sagte Isenhart. Seine Lüge glättete die Züge der Braut Christi.

Zuerst ging er am Lager an der Trauerweide vorbei, um sich einen Überblick zu verschaffen. Rund vier Dutzend Gestalten suchten unter dem ausladenden Baum und seinem Blattwerk Schutz vor dem Regen. Isenhart konnte keine Alten ausmachen und nur eine Handvoll Kinder, die sich mit großen, ängstlichen Blicken im Schein der beiden Fackeln zusammenkauerten, in denen immer wieder Regentropfen zischend vergingen.

Leibeigene waren nur einträglich, wenn Kraft und Zähigkeit sie zu harter Feldarbeit befähigte. Alles andere war der Mühe und der Nahrung nicht wert, die man in ihr Überleben investieren musste. Deshalb fanden sich keine Alten und keine dürren Gestalten unter den Gefangenen. Dieser Auslese folgend, schloss Isenhart, hätte die Meute einen Walther von Ascisberg erschlagen, statt ihn mitzunehmen.

Hinter der Trauerweide schloss sich eine Felswand an, die das Areal der Gefangenen zu zwei Dritteln begrenzte, wie er im Vorbeigehen feststellte. Das restliche Drittel grenzte an einen steilen Abhang, an dessen Senke die Brabanzonen lagerten und unter anfeuerndem Gejohle zwei nackte Knaben mit ihren Piken traktierten und sich an deren entsetzten und gepeinigten Gesichtern ergötzten.

Der einzig mögliche Fluchtweg der Gefangenen führte daher exakt in das Lager, und dort hatte man zwei Wachmänner abgestellt. Isenhart trat den Rückweg an, gab vor, sich an einem Busch zu erleichtern, und warf einen Blick auf die zusammengewürfelte Gruppe unter dem Baum.

Er kniff die Augen zusammen in der Hoffnung, rotes Haar im Schein der Fackeln schimmern zu sehen. Vergebens. Einige der Gefangenen hatten sich bereits zusammengerottet für die Nacht. So bildeten sie kleine, unförmige Haufen aus Armen, Beinen und Leibern. Bei Regen und Dunkelheit waren weder Konrad noch Sophia auszumachen.

Aber dort mussten sie sein, beschloss Isenhart, denn jeder anderen Mutmaßung wohnte ein Schrecken inne, den er nicht zu ertragen bereit war.

Die beiden Wachposten abzulenken, schätzte er als unmöglich ein. Einer ließ sich unter einem geeigneten Vorwand sicherlich weglocken. Und dann? Wie sollte er den zweiten Mann töten? Lautlos und ohne dass ihn jemand dabei beobachtete?

Unwillkürlich schüttelte Isenhart den Kopf. Selbst wenn ihm das gelang – und er war kein Krieger, das Töten nicht seine Profession –, würde er nicht unbemerkt bleiben.

Eine der beiden Wachen schaute in seine Richtung. Er bückte sich, sammelte etwas Reisig und ein paar halbwegs trockene Zweige ein und ging damit zu einem offenen Feuer, das auszugehen drohte. Das Reisig entflammte sich sofort, als er es in die Glut warf.

Isenhart stocherte mit den Zweigen im Feuer herum, um noch etwas Zeit zu gewinnen. Mit einer Konfrontation war niemandem geholfen. Im Moment war er selbst die einzige Chance, die Sophia und Konrad besaßen. Sich überwältigen zu lassen, wäre auch ihnen gegenüber fahrlässig gewesen.

Er kam aus Toledo zurück als ein anderer, erinnerte er sich an die Worte Walthers über seinen Vater. Und als ein anderer erhob Isenhart sich jetzt vom Feuer. Er ging mit festen, zielstrebigen Schritten auf die beiden Wachleute zu und setzte eine entschlossene, leicht gereizte Miene auf, ganz so als störe ihn das Treiben um ihn herum bei wichtigen Gedanken und Entscheidungen, die zu fällen waren.

In dieser Pose erreichte er das Lager der Gefangenen. Die beiden Wachmänner sahen auf, die Griffe um ihre Lanzen wurden fest, aber Isenhart kümmerte sich nicht darum, er tat so, als sehe er die kleinen Gesten nicht, sondern stoppte erst so kurz vor ihnen, dass sie einen Schritt vor ihm zurückweichen mussten.

»Bringt mir Sophia und Konrad von Laurin. Mein Herr wünscht sie zu sehen.«

Die beiden stutzten.

»Es eilt. Joseph von Vöhingen ist ungehalten«, fügte er hinzu, um ihnen keine Zeit zum Denken zu geben. Der Mann zu seiner Linken machte kehrt und ging zwischen den Gefangenen umher: »Konrad von Laurin, ist hier ein Konrad von Laurin? Oder Sophia von Laurin?«

Isenhart hoffte inständig auf ein Zeichen, auf eine Hand, die sich hob, einen Blick wenigstens. Gleichzeitig beschäftigte er den zweiten Mann. Er wies ihn auf das Husten und Keuchen hin und ermahnte ihn, den Gefangenen ein Feuer einzurichten, da ihnen mit Kranken nicht gedient sei.

Dann endlich kam der andere Wachmann zurück, er schob zwei Gestalten vor sich her. Der einen fielen die roten Haare über die Schultern, und sie stützte die andere, die den Kopf merkwürdig gesenkt hielt und deren Füße sich nur tastend den Weg über den Boden bahnten.

»Konrad und Sophia von Laurin«, meldete ihm der Mann.

Dann traten sie in den Lichtschein der Fackel. Sophias Gesicht war von tiefen Schnitten verunstaltet. Jemand war ihr mit einer Klinge kreuz und quer durch das Gesicht gefahren, hatte die Wangen aufgeschlitzt und mit der Schneide in Nase, Brauen, Mund und Kinn Furchen bis hinunter zum Knochen getrieben.

Isenhart empfand Erschütterung, Ohnmacht und Schuld. Eine Schuld, die er niemals würde tilgen können, die wie ein Fluch für den Rest seines Lebens an ihm haften würde wie eine besonders hartnäckige Klette. Der Täter hatte genau gewusst, was er ihr antat. Wenn man sie bald nähen würde, würde Sophia zwar noch so etwas wie ein Gesicht behalten. Aber jeder Schnitt durch ihr Antlitz hatte tiefe Risse in ihre Seele getrieben. Die Gewissheit, unwiderruflich ihre Schönheit eingebüßt zu haben, vielleicht ihre Anmut, ganz gewiss aber ihr Selbstverständnis, darin bestand der eigentliche Schmerz. Der dauerhafte. Derjenige, den man nicht beseitigen konnte.

Jeder Blick ins Wasser würde Sophia daran erinnern und den Schmerz erneuern. Wie die Kinder, die sie entsetzt anstarren würden, gleichzeitig abgestoßen und fasziniert von dem zerfetzten Gesicht, von diesen Einzelteilen, die bemüht wären, ein Ganzes darzustellen. So, wie Konrad durch seine bloße Existenz ein Stachel im Fleisch des Abtes von Mulenbrunnen gewesen war, würde Sophia durch ihre Narben bis zum letzten Atemzug daran erinnert werden, dass sie einst eine schöne Frau gewesen war.

Ihr Blick war klar, sie sah Isenhart in die Augen. Tränen hatten ihre Spuren durch das verkrustete Blut gezogen, und Isenhart verstand nun auch, warum. Sie hatte nicht ihr eigenes Leid beklagt, sie hatte die Tränen um ihres Bruders willen vergossen.

Als dieser den Kopf hob, erkannte Isenhart die Brandblasen, deren Form und Aussehen ihm noch allzu gut aus jener Nacht in Erinnerung waren, in der Sigimund von Laurin mithilfe des glühenden Schürhakens die Wahrheit über das verschwundene Herz seiner Tochter Anna aus Alexander von Westheims Haut zu brennen versucht hatte.

Rund um die Augen, über dem Nasenrücken und der Stirn waren sie aus der verbrannten und blutigen Haut getreten, um wild wuchernde Trauben aus kleinen und großen Wölbungen zu bilden. Auf den verglühten Brauen, den Lidern und den Tränensäcken sprossen sie so reichhaltig, dass sie Konrad jede Möglichkeit des Sehens nahmen.

Aber Konrad von Laurin konnte ohnehin nichts mehr sehen. Man hatte ihn geblendet, begriff Isenhart, seine Augäpfel waren verdampft. Hinter den Schwellungen mussten sich zwei leere, wunde Höhlen verbergen.

Isenhart zweifelte keinen Augenblick, wer für die beiden Entstellungen verantwortlich war. Man hatte nicht beabsichtigt, Konrad oder Sophia zu strafen, nein, sie waren lediglich Mittel zum Zweck, zum Zweck, ihn zu strafen. Ihn daran zu erinnern, dass eine Verfolgung Hennings nicht ungesühnt blieb. Dass er, so klug er auch sein mochte, so überlegen er sich wähnen mochte, in Henning stets seinen Meister finden würde. Die Verstümmelungen, die seine Frau und sein Freund hatten erleiden müssen, waren eine *Lektion.*

»Seid ihr allein?«

Diese Frage riss Isenhart aus seinen Gedanken. Er nickte, zog seinen Dolch und durchtrennte damit die engen Hanffesseln, die man Konrad und Sophia um die Handgelenke gezurrt hatte.

Die beiden Wachleute schauten plötzlich auf. Ihre Blicke gingen an ihm vorbei. Auch Sophia hob die Augen.

»Es ist, wie Ihr vorhergesagt habt«, hörte Isenhart eine Stimme hinter sich, die ihm bekannt vorkam. Sie stammte nicht aus Heiligster oder Spira, ihre Herkunft lag weiter zurück in der Zeit. Er konnte sie ihrem Besitzer nicht sofort zuordnen und wandte sich um.

Nach all den Jahren erkannte Isenhart ihn trotzdem wieder, vor allem, weil ihm seine unbewegte Miene in Erinnerung geblieben war, als er von Sigimund von Laurin beleidigt worden war. Es handelte sich um Hannes von Lauffen, Kurier des Abts von Mulenbrunnen.

Dessen einstmals schwarzer Bart war mittlerweile grau geworden. Er hatte das Wort an einen Mann gerichtet, den er mit seinem Körper verdeckte. Nun trat er beiseite und gab den Blick frei auf Henning von der Braake.

Die Verblüffung, die folgte, ereilte sie alle. Niemand hatte mit der Schnelligkeit gerechnet, mit der Sophia ihrem Mann den Dolch entrissen und sich auf Henning gestürzt hatte. Deshalb gebot ihr niemand Einhalt, als sie den Mörder ihrer Schwester attackierte und ihm die blanke Klinge ins überraschte Gesicht stieß.

39.

Das ist unmöglich«, flüsterte Isenhart, als die Gestalt durch den gewölbten Eingang trat. Er trug wie Konrad, der neben ihm verharrte, schlecht geschmiedete Fußeisen, die an der Haut scheuerten. Auf Handeisen hatte Hannes von Lauffen, der nur wenige Schritte von ihnen entfernt stand, verzichtet.

»Wer ist das?«, fragte Konrad leise.

Nach Kräften hatte er sich gewehrt, als Simon von Hainfeld ihn zu blenden gedachte, wieder und wieder den Kopf zur Seite gerissen, obwohl man ihn mit Tritten und Schlägen traktierte. Sein Gesicht war vor Anstrengung schweißbedeckt, jener Schweiß, der unter der Hitze des glühenden Eisenstabes, den von Hainfeld ihm vor die Augen hielt, zischend in den gasförmigen Zustand wechselte.

Er brüllte auf. Niemals, hatte er geglaubt, würde ihm in seinem Leben, ihm, Konrad von Laurin, ein Angstschrei über die Lippen treten. Aber das Entsetzen darüber, seinen Sohn Sigimund – vorausgesetzt, er kam überhaupt mit dem Leben davon – niemals wiedersehen zu können, ließ ihn gellend aufheulen. In einer so hellen Tonlage, dass selbst Simon von Hainfeld, der unerträgliche Schmerzen beim Verdampfen des Augenlichts als Ursache vermutete, den glühenden Stab fallen ließ.

Die verbrannte, waidwunde Haut, die überall aufsprang, ließ seine Augen zuschwellen. Doch als sich in den frühen Morgenstunden die Sonne über den Ascisberg erhob, nahm er das Licht wahr. Ein konturloser, ausufernder Fleck, wie er sich bildete, wenn man ins grelle Sonnenlicht blickte und anschließend die Lider schloss. Den Lichtreflex entdeckte Konrad allerdings nur auf der linken Seite. Rechts blieb alles dunkel.

Als der Trupp, angeführt von Hannes von Lauffen und einigen Soldrittern, schließlich die Burg Laurin erreicht hatte, war dieses der einzige Moment, in dem Isenhart sich den Gedanken gestattete, dass Konrads Blindheit eine Gnade war.

Im Burghof herrschte reges Treiben, Kinder rannten umher, Gesinde ging seiner Arbeit nach. Es war, als hätte der Kampf um das Haus Laurin nie stattgefunden, als sei der Verlust von so vielen, der Tod von Sigimund und Mechthild, nur einem Albtraum entsprungen. Plötzlich schien es nicht mehr unwahrscheinlich, dass der Hausherr um die Ecke schritt, vielleicht in ein Gespräch vertieft mit Walther.

Isenhart warf Sophia daraufhin einen Blick zu, der das nicht entging. Sie reckte ein wenig den Hals und sah ihm in die Augen. Die verkrusteten, rötlich braunen Linien, die ihr Gesicht auf unterschiedlichen Bahnen durchkreuzten, konnten ihrer Anmut nichts anhaben, wie er erstaunt registrierte. In ihren Augen lag ein Lächeln, das ihm galt. Während die ersten Kinder wie befürchtet auf die entstellte Frau starrten und mit Fingern auf sie und den Mann mit den verbrannten Augen zeigten, bewegte Sophia von Laurin sich, als sei nichts geschehen. Jeder Schritt eine echte Fürstentochter.

Isenhart fragte sich, womit er die Zuneigung dieser Frau verdiente, deren innerer Stärke er nicht das Wasser zu reichen vermochte. Henning, in dessen Gesicht ein tiefer Schnitt vom Wangenknochen, an dem Sophia mit der Klinge abgerutscht war, bis zum Ohr von dem Angriff der gestrigen Nacht zeugte, hatte sie zur Seite geführt. Und Simon von Hainfeld, der ihnen gefolgt war, hatte Isenhart die Sicht genommen, sodass dieser nicht hatte sehen können, wohin seine Frau gebracht wurde.

Und nun fand er sich in dem Raum wieder, in dem Vater Hieronymus und Walther sie unterrichtet hatten, in dem ihm dieses Privileg eines Adligen zuteilgeworden war. Trotz der Rohrstockhiebe, die er hier erlitten hatte, wurde ihm bei dem Anblick warm ums Herz. Viele Erinnerungen seiner Kindheit waren mit diesem Ort verbunden, in dem sie standen und auf jemanden warteten. Bis diese Gestalt eintrat, von der Isenhart überzeugt war, sie im Diesseits nicht mehr anzutreffen.

»Es ist Wilbrand von Mulenbrunnen«, flüsterte er Konrad zu, dem sich der Abt als dunkler Fleck vor hellem Hintergrund präsentierte.

»Das kann nicht sein«, sagte Konrad fassungslos.

Isenhart nahm an, der Freund dachte dabei ebenso wie er selbst zurück an die letzten Worte, die ihm aus dem Mund des Abts in Erinnerung waren: *Du kannst mich nicht töten.* Diese fünf Worte hatte er in jener Nacht in der Puente ausgestoßen, während ihm Konrads Messer im Bauch stak.

Der Abt musterte sie, und der Fang, den man ihm präsentierte, schien seine Laune zu steigern. Seine Mundwinkel hoben sich ein wenig. »Konrad von Laurin. Es ist mir eine große Freude, Euch zu sehen. Leider könnt Ihr das wohl nicht ehrlich erwidern.«

Die Worte verfehlten ihre Wirkung keineswegs. Aber es war nur Isenhart, der jene kaum merkliche Versteifung Konrads wahrnahm, diese Spannung, die ihn durchlief. Wie eine Wildkatze vor dem Angriff.

Wilbrand blieb ahnungslos. Er musste annehmen, Konrad würde diese Schmähung an sich abperlen lassen. »Ihr seid in den Schoß Eurer Familie zurückgekehrt – freilich ist er nicht mehr fruchtbar. Ich weiß das, weil einige Soldritter Eure Mutter geschändet haben, als sie schon kalt war.«

Konrad schoss vor. All die Abstumpfung, die er als Wachmann Spiras durchlaufen hatte, die Abkühlung seines Gemüts, war dahin. Mit der Hitzigkeit und Kraft der Jugend griff er den dunklen Fleck an. Von Lauffen riss den Ellbogen hoch, der Konrad ins Gesicht traf und zu Boden gehen ließ.

Isenhart hockte sich neben Konrad und half dem Benommenen wieder auf die Beine. »Unsere Stunde kommt«, flüsterte er ihm zu.

»Habt Ihr genug Schneid, um gegen einen Mann anzutreten, der sein Augenlicht verloren hat?«, rief Konrad. »Oder ist Euch das zu gewagt?«

»Mein Anstand verbietet es mir, auf Euren Vorschlag einzugehen, Konrad.«

»Dann kämpfe ich anstelle meines Herrn«, stieß Isenhart hervor.

Wilbrand von Mulenbrunnen nahm ihn ins Visier, jedwede Herablassung und Ironie verflüchtigte sich, ja, er musterte den Begleiter Konrads, dem er ein drittes Mal gegenüberstand. Die Haltung des Abtes war von Neugier geprägt. Von der Art, mit der man ein seltenes Tier in Augenschein nahm. »Isenhart, so nennt man dich, nicht wahr?«

Isenhart rührte sich nicht, mittlerweile hatte Konrad wieder festen Stand neben ihm gefunden. Hannes von Lauffen stieß ihm den Stab einer Lanze in die Rippen, sodass Isenhart kurz nach Luft schnappen musste. »Ja«, brachte er dann gepresst hervor.

Der Abt nickte, und das Interesse in seinem Blick wich nicht, die Neugier war noch nicht gesättigt.

Isenhart spürte Wilbrands Befremden. Ihm selbst erging es nicht anders. Was hatte der Abt im fernen Iberien verloren gehabt? Ausgerechnet in der Puente, die Ibn Al-Hariq und sein Vater aus der Taufe gehoben hatten? Wilbrand von Mulenbrunnen war kein Medicus – zumindest war das niemandem geläufig – und trotzdem hatte er sich um die Sterbenden gekümmert. Wozu?

»Ihr untersteht meiner Gerichtsbarkeit, Konrad«, stellte der Abt fest.

»Ich habe keine Ländereien mehr, die Ihr mir nehmen könnt«, ließ Konrad ihn mit spöttischer Stimme wissen.

»Aber Ihr habt noch ein Leben«, entgegnete der Abt ungerührt.

»Wir haben uns nichts zuschulden kommen lassen«, sagte Isenhart.

»Du hast einen Fürsprecher«, antwortete Wilbrand ruhig, »um dich sorgen wir uns später. Aber du warst dabei, als Konrad von Laurin mir nach dem Leben getrachtet hat. In Toledo.« Er hob sein Wams und gab den Blick frei auf eine große, aber gut verheilte Narbe. »Wir erwarten in den Nachmittagsstunden hohen Besuch, Konrad III. von Scharfenberg, der neue Bischof zu Spira. Er soll der

Verhandlung beiwohnen und Garant sein für die Unstrittigkeit des Todesurteils, das wir gegen Euch verhängen, Konrad.«

Wie Isenhart mit einem Seitenblick auf ihn feststellte, blieb Konrad äußerlich völlig reglos. Isenhart selbst verband keine guten Erinnerungen mit dem Bischofssitz, der seinen Traum vom Fliegen mit der Amputation des kleinen Fingers hatte ahnden lassen. »Wo ist Sophia von Laurin?«, fragte er.

»In meinen Gemächern«, antwortete der Abt von Mulenbrunnen lächelnd, »da kann sie mir etwas zur Hand gehen.«

Die Verliese, in die man sie geworfen hatte, lagen nebeneinander. Wenigstens das.

Sie kannten sie genau, jeden Winkel, denn als Kinder hatten sie hier unten manchmal gespielt und Konrads Schwestern erschreckt oder eine Magd, die auf dem Weg zum Gewölbe war, in dem ein Teil der Ernte für den Winter eingelagert wurde.

Von hier unten waren die Schreie Alexander von Westheims bis nach oben gedrungen. In einer der vier Zellen, die wie der Fluchtgang einfach in den Fels geschlagen worden waren, konnten an die zehn Gefangene untergebracht werden. Auch im Sommer wurde es hier nie trocken, und Boden wie Wände waren stets kalt. In einer Ecke lag ein halber Ballen Stroh aus, daneben ein Tonkrug, der zur Hälfte mit fauligem Wasser gefüllt war.

Konrads Schweigen zog durch die Kreuzgitter, die die Zelle begrenzten, hinaus auf den Gang, auf dem hinter der Biegung, die zur Treppe führte, eine Öllampe brannte. Hier schien es kurz zu verweilen, bevor es auch in Isenharts Zelle drang und ihm die Kehle zuschnürte. Ihm wäre wohler gewesen, wenn Konrad sich die Fäuste an den Wänden blutig gehauen oder brüllend am Gitter gerüttelt hätte. Die Stille signalisierte Isenhart, dass der Freund abgeschlossen hatte.

Füg dich niemals, hatte Sigimund von Laurin seinem einzigen Sohn eingeschärft. Und nicht nur ihm, auch seinen Töchtern. Nicht das Haupt zu senken – außer vor Kaiser und Gott –, dachte Isenhart, war wohl die Haltung, die Sigimund von Laurin am besten beschrieb. Und so hielt es auch sein Sohn. Konrad von Laurin gab nie klein bei, jedenfalls hätte Isenhart nicht von so einer Situation berichten können. Deshalb traf ihn das Schweigen des Freundes umso schmerzlicher.

Ein Rascheln in seinem Rücken ließ ihn herumfahren. Tief in Gedanken versunken, hatte er so reglos dort gestanden, dass die Ratte ihn wohl als festen Bestandteil der Zelle wahrnahm, von dem keine Gefahr für sie drohte. Jetzt verschwand sie in einer Fuge im Fels.

Isenhart erinnerte sich umgehend an jene Morgenstunden, in denen Walther von Ascisberg mit seiner Fußspitze ein gleichschenkliges Dreieck in den Sand des Burghofs gezeichnet hatte. Der Satz des Pythagoras. Von zwei Bekannten auf eine Unbekannte schließen.

Eine Ratte, die sich in eine Fuge rettet. Er hatte Hohn und Spott geerntet, als er im jugendlichen Alter Ratten und Intelligenz miteinander in Verbindung gebracht hatte. »Ratten sind wie Ungeziefer«, hatte Anna ihm gesagt.

Aber sie waren schlau. Isenhart hatte ein Kommunikationssystem unter Henricks Hühnern entdeckt. Es zu entschlüsseln, dazu reichte seine menschliche Intelligenz nicht. Und ebenso erging es ihm mit den Ratten. Aber auch sie »sprachen« miteinander.

Und Isenhart hatte noch nie eine Ratte gesehen, die sich in eine Höhle ohne zweiten Zugang gerettet hätte. Die bekannten Größen Ratte und Höhle wiesen auf eine Unbekannte hin, nämlich einen weiteren Ausgang – der möglicherweise ihr Blatt noch einmal wenden könnte. Ohne diesen Ausgang, da war Isenhart sich sicher, wäre sie das Risiko eingegangen, an ihm vorbeizuhuschen und sich auf den Gang zu retten.

»Gibt es unter den Verliesen einen Stollen?«, fragte er.

Isenhart zertrümmerte den Tonkrug und überprüfte die Scherben, bevor er von Konrad eine Antwort erhielt: »Nein. Warum?«

»Weil sich eine Ratte ins Gestein geflüchtet hat«, rief Isenhart, setzte mit einer Scherbe in der Fuge an und begann zu kratzen.

Er vernahm das Trippeln kleiner Füße, gefolgt von einem Platschen, ganz so, als würde man einen kleinen Stein ins Wasser werfen.

»Aha«, rief Konrad zurück, »eine Ratte.«

»Ja. Ratten flüchten sich nicht in eine Falle!«

Isenhart war der bittere Spott in Konrads Stimme, der sich nicht gegen ihn richtete, sondern gegen das Schicksal an sich, wenn es so etwas denn überhaupt gab, nicht entgangen. »Du baust wohl einen Syllogismus, nehm ich an!«, rief der junge Laurin hinterher.

Isenhart musste fast schmunzeln, während er die Tonscherbe in das Gestein trieb und sich zu seiner Freude der Fels als brüchig erwies.

»Aristoteles wird uns nicht retten!«, hörte er. Den Worten folgte ein unterdrücktes Lachen.

»Lamentieren auch nicht«, gab Isenhart zurück und nahm befriedigt wahr, wie das Lachen aus der Nachbarzelle verebbte.

»Wie kann es sein, dass er noch am Leben ist? Ich hab ihm den Dolch quer durch seine verlogenen Eingeweide gezogen.«

»Ich weiß es nicht«, bekannte Isenhart. Es gelang ihm, ein Felsstück aus der Wand zu ziehen. Das Herz wurde ihm leichter, weil Konrad zu reden begonnen hatte. Im Glanz der wenigen, matten Lichtreflexe, die sich bis hierhin verirrten, nahm er etwas Dunkles wahr, das sich von rechts nach links wie ein großes, schwarzes Band wand. »Gab es früher schon einen Kanal, der das Flusswasser unter der Burg durchgeführt hat?«

»Nein.«

Isenhart nickte. Seine Erinnerung trog ihn nicht. Jemand musste also hier im Haus Laurin auf denselben Gedanken gekommen sein wie er in Heiligster, als er Wasser vom Rhein abzweigte und mit einem Schieber dosierte.

Ein Husten riss ihn aus seinen Überlegungen. Schnell presste er das Felsstück wieder an die Stelle, an der er es aus der Wand gebrochen hatten und schob etwas Stroh davor.

Isenhart hörte die zügigen Schritte, die nun, als sie sich den Verliesen näherten, langsamer wurden. Dann trat Henning an das Kreuzgitter. Seine Miene war unbestimmt. Isenhart meinte in dem

Gesicht des Mannes, dem er sich am nächsten gewähnt hatte, eher Bedauern als Triumph zu entdecken.

Die ganze Nacht, die sie von Haslach bis hierher benötigten, hatten sie keinen Blick und kein Wort gewechselt. Ihre Bahnen waren wieder parallel verlaufen und hatten sich nicht mehr gekreuzt. Isenhart hatte Sophias Hand fest gedrückt und mit der Linken Konrad über Steine und Wurzelwerk geführt. Henning hatte auf seinem Pferd gesessen und geschwiegen.

Und nun standen sie sich gegenüber. Henning forschte in Isenharts Miene, um seine Haltung einzuschätzen. Und wurde aus ihm ebenso wenig schlau wie Isenhart aus ihm. Diesem fielen Hennings blutige Finger auf. Von der Braake blieb die Ursache für Isenharts Aufmerken nicht verborgen. »Ich hatte Simon gesagt, er soll Konrad einen Denkzettel verpassen, nicht das ... das, was passiert ist. Und als Sophia ihn angegriffen hat ...«

Er ließ es unausgesprochen. Isenhart begriff. Henning hatte also nicht veranlasst, ihn auf diese perfide Art zu bestrafen.

»Ich habe Sophias Wunden mit Rosenwasser gesäubert und mit gewichsten Fäden vernäht«, fügte Henning hinzu.

Isenhart war erleichtert, und das heiße Blut, das ihm durch den Körper jagte, seitdem Henning am Kreuzgitter aufgetaucht war, verlor an Temperatur. Das Rauschen in den Ohren ebbte auf ein erträgliches Maß ab.

Mit etwas Glück hatte von der Braake mit seinem chirurgischen Geschick, das sein Vater ihn gelehrt hatte, der Entstellung noch rechtzeitig etwas entgegengesetzt. Isenhart ertappte sich dabei, wie er für den Bruchteil eines Augenblicks Dank empfand. »Hast du viele geöffnet?«

Henning nickte.

»Bei lebendigem Leib?«

Henning deutete ein Kopfschütteln an: »Natürlich nicht, ich empfinde keine Freude am Quälen, das müsstest du wissen.«

»Ich dachte, ich wüsste viel über dich.«

»Das tust du auch. Weil du dich selbst kennst.« Hennings Blick wurde weich, seine Augen suchten den Kontakt mit denen Isenharts. »Und weil ich mich kenne«, fuhr er fort, »kenne ich auch dich.«

»Was soll dieses geschwollene Gerede?«, hörten sie Konrad aus seiner Zelle fragen.

Aber Henning von der Braake schenkte ihm keinerlei Beachtung. »Wir sind von derselben Art. Wir beide stehen außerhalb unserer Zeit. Du weißt, dass du keine verwandtere Seele finden wirst als meine, Isenhart.«

Isenhart konnte dem Blick Hennings nicht länger standhalten. Ja, das war der punctum saliens, der springende Punkt. Aber nur in der Fläche, nicht in der Tiefe. »Du irrst.« Er hob den Blick wieder und strahlte Ruhe und Selbstbewusstsein aus. Doch nur kurz gelang es ihm, sein Gegenüber zu irritieren.

»Ich verstehe: Sophia«, sagte Henning, und Isenhart war einmal mehr verblüfft über die enorme Auffassungsgabe des jungen von der Braake, »mit ihr wirst du tiefer tauchen können als mit mir, das mag sein und liegt in der Natur der Dinge. Aber du warst an Ufern, die sie zeit ihres Lebens nicht erreichen wird. An denen du solche treffen wolltest, die nicht nur im Heute verharren. Die nach der Erkenntnis streben, der Quelle, die alles speist, die das große Ganze durchsetzt und zusammenhält.«

»Der göttliche Funke.«

»Ja. Und wie viele hast du an diesen Ufern getroffen? Hat dir je jemand Gesellschaft leisten können da draußen?«

»Walther von Ascisberg konnte es.«

»Aber nur bedingt«, entgegnete Henning, »Walther war ein weiser Mann, und er ist so weit gegangen, wie es die Konventionen seiner Generation erlaubt haben. Aber er hat an den Grenzlinien haltgemacht, die Sydal von Friedberg überschritten hat.«

»Und zu denen du strebst«, schloss Isenhart.

Henning deutete ein Nicken an, Isenhart nahm in seinen Augen jenen begeisterten Glanz wahr, der ihm noch allzu gut im Gedächtnis haftete. Es war ein ansteckender Glanz.

»Ja, und an dieser äußeren Linie war ich alleine, bis unsere Wege sich gekreuzt haben. Und du müsstest lügen, wenn du behaupten würdest, es sei dir anders ergangen. Du warst genauso dankbar und erleichtert, auf eine verwandte Seele zu treffen, die der Generation eines Walthers von Ascisberg entwachsen war – ist es nicht so?« Er betonte dabei jedes einzelne der letzten vier Worte, und Isenhart hätte die Frage niemals ehrlichen Herzens verneinen können.

»Dein Vater hat den Anfang gemacht, damals in Toledo. Aber Ibn Al-Hariq wollte ihm nicht folgen. Also habe ich Sydals Forschung fortgesetzt, und Günther hat mir dabei assistiert.«

Isenhart stutzte, hielt es im ersten Moment für einen skurrilen Scherz, doch ein Blick auf die Mimik Hennings belehrte ihn eines Besseren. »Dein Vater war dein ... *Schüler?*«

Henning von der Braake beantwortete diese Frage nur mit einem kurzen Nicken. Offenbar gab es für ihn Wichtigeres, als das Verhältnis zwischen Günther und ihm weiter zu erhellen. Jedenfalls war es Henning und Günther über die Jahre gelungen, ihrem Umfeld ein gänzlich anderes Bild der Hierarchie, die zwischen ihnen herrschte, zu vermitteln. Als Günther von der Braake die tote Wirtstochter Lilith in Augenschein genommen hatte, führte er nicht seinem Adlatus vor, wie eine Leichenschau durchzuführen war, sondern er führte sie als Adlatus unter den Augen seines Meisters durch.

»Der Anfang des Heils ist die Kenntnis des Fehlers«, fuhr Henning ruhig fort.

»Epikur hat das gesagt«, wusste Isenhart. Walther hatte es ihn gelehrt. »Der Fehler besteht darin zu morden«, fügte er hinzu.

Hennings Stutzen nahm nur die Zeit in Anspruch, die eine Bö braucht, um einen Fensterladen zuzuschlagen. Dann lächelte er wie ein Mann, der sich von einer so durchsichtigen Finte nicht aus der Fassung bringen ließ. »Dann darf man nicht nur jene Fehler zählen, die einem passen, nicht wahr?«

Isenhart blieb reglos. Jemand musste Henning von der Braake aufhalten, das hatte er Sophia gegenüber gesagt, und das entsprach nach wie vor seiner Überzeugung. Aber, das *musste* er wissen, an welchem Punkt hatte sich Hennings Drang nach Erkenntnis über die Menschlichkeit erhoben?

»Epikur. Die Kenntnis des Fehlers oder auch die Erkenntnis des

Fehlers – führt zur Quelle. Die Vier-Säfte-Theorie nach Galenos ist ein Fehler. Und das Gleichgewicht der Säfte nur ein Erklärungsmodell, um Krankheiten einzuordnen, nichts sonst. Ein schlechtes dazu. Und vor allem eines, das unwahr ist. Günther und ich haben festgestellt, dass man die Leute, wenn man sie nach Galenos behandelt, eher zu Tode behandelt als heilt. Das ist die Kenntnis des Fehlers. O ja, ich habe viele geöffnet und seziert.«

»Gottes Kinder«, hörten sie Konrad sagen.

»Der Aderlass«, fuhr Henning unbeirrt fort, »schon dein Vater ahnte, dass er gefährlich ist und die geschwächten Patienten dem Tode nahebringt. Und man wird das noch jahrhundertelang praktizieren, wenn niemand die Wahrheit ans Licht bringt.« Er hatte sich in Rage geredet, sein Atem war schneller und flacher geworden: »Stell dir … stell dir vor, was wir beide zusammen bewirken könnten, Isenhart. Spürst du das nicht?«

Henning hatte die Finger um das Kreuzgitter gelegt, er ballte die Fäuste um das Metall, seine Augen fixierten Isenhart. »Gemeinsam würden wir uns in den Besitz von Erkenntnissen bringen, die wir alleine nicht erlangen könnten.«

Eine Symbiose zum Nutzen aller, von nichts Geringerem sprach Henning.

Körper und Geist, hatte Walter sie gelehrt, *sind einander ein Verlies. Der Geist zwingt den Körper unter die Knute von Vernunft, Glaube und Moral, und der Körper bereitet dem Geist seine Endlichkeit.* »Wir wären das, was wir vorher waren – zwei Inseln ohne jede Verbindung zur Welt«, antwortete Isenhart mit bitterer Überzeugung. »Das Wissen, das du angesammelt hast, übersteigt das meines Vaters vermutlich bereits. Aber es sind wertlose Erkenntnisse, Henning.«

Henning kehrte zu einer strammen Körperhaltung zurück, die Selbstbewusstsein verriet. In seiner Stimme schwang Empörung mit: »Wir haben mit unserem Wissen den Raum erobert! Wir sind geflogen, wir haben die Welt der Vögel geteilt. Nichts davon ist nutzlos oder vergebens. Es ist Fortschritt.«

Isenhart nickte: »Und wertlos. Eine Wahrheit, die man nicht verbreiten darf, das ist wie ... ein Acker, den man besitzt, aber nicht bestellen darf. Beides bleibt ohne Frucht.«

Henning kniff die Augen ein wenig zusammen. Isenhart hatte diese Eigenart nicht vergessen, die immer dann zutage trat, wenn der junge von der Braake sich konzentrierte.

»Ganz gleich«, fuhr Isenhart fort, »ob man von der Quelle gekostet hat oder nicht, es macht nur einen Unterschied, wenn man davon berichten kann. Der Anfang des Heils ist die Kenntnis des Fehlers – Epikur. Du hast es selbst gesagt. Wenn du die Kenntnis des Fehlers nicht verbreiten kannst, wirst du das tausendfache Begehen des Fehlers nicht verhindern.«

»Ich verstehe nicht«, entgegnete Henning, »wenn wir unsere Erkenntnisse in die Waagschale werfen würden und noch all die Erkenntnisse des Basars des Wissens dazu, wir könnten in bestimmten Bereichen, in der Medizin, der Astronomie und Philosophie, ein ganzes Jahrhundert überspringen. Hier und da vielleicht weniger, an anderer Stelle vielleicht gar das Anderthalbfache!«

Der Glanz war in seine Augen zurückgekehrt, seine Finger umklammerten das Metall des Kreuzgitters mit leidenschaftlicher Intensität.

»Aber man würde uns nicht lassen.«

»Die Zeit wird kommen«, beharrte Henning von der Braake.

»In ein, zwei Jahrhunderten, sicher. Wenn die Kurie dem eigenständigen Denken, dem freien Geist, keinen Einhalt mehr gebieten kann. Aber du wirst dann tot sein, Henning. Ein vergessener Niemand.«

Hennings Finger, die das Kreuzgitter nach wie vor umklammert hatten, lösten sich, der Glanz in seinen Augen trübte ein.

»Du kannst nichts ausrichten mit deinen Erkenntnissen, du wirst nichts ändern, Henning. Man wird dich einfach vergessen. Es wird so sein, als hättest du nie existiert.«

Henning ließ die Hände sinken. »Wir müssen das nicht hinnehmen«, warf er ein.

Doch Isenhart kam nicht näher, er blieb nach wie vor in der Mitte der Zelle stehen. Obwohl durch die Felswände des Verlieses begrenzt, fielen die Meilen zwischen sie. Isenhart musste kein Wort verlieren, seine Ablehnung war unübersehbar. Er würde nicht mit ihm, einem Mörder, paktieren.

»Wenn ich könnte, wenn ich die Macht dazu hätte, ich würde dir Anna von Laurin zum Geschenk machen.«

»Nimm ihren Namen nicht in den Mund, du Ratte!«, brüllte Konrad aus seiner Zelle.

Henning zuckte nicht zusammen, er verschwendete nicht einmal einen Blick, der nach wie vor Isenhart galt. »Aber das kann ich nicht«, fuhr er daher fort, »deshalb habe ich mich um Sophia gekümmert. Und egal, was passiert, sie steht unter meinem Schutz.«

Das Bedauern, das in seinen Worten mitschwang, schien Isenhart echt. Henning von der Braake empfand Reue wegen des Mordes an Anna. Jedoch nicht um ihretwillen, sondern weil er annahm, dass es ihr Tod war, der das Band zwischen ihnen unwiderruflich zerschnitten hatte.

»Was hat Wilbrand von Mulenbrunnen mit alledem zu tun?«, fragte Isenhart.

Henning seufzte, blickte zu Boden, als stünde dort geschrieben, ob er Isenhart einweihen sollte. »Der Abt unterstützt meine Forschungen. Wir bilden eine Allianz, von der beide profitieren«, antwortete er dann.

»Er weiß, dass du … Körper öffnest, sie sezierst?«

»Ja.«

»Aber er ist ein Mann Gottes. Er würde das niemals zulassen, sein Glaube verbietet es ihm.«

Henning riss die Augen vom Boden los und richtete sie wieder auf Isenhart: »An ihm kannst du sehen, dass die Kirche zu Zugeständnissen bereit ist.«

»Dann muss es für sie von Vorteil sein. Und die Erlangung von Wissen kann es nicht sein«, entgegnete Isenhart.

Henning nickte anerkennend. »50 Grän. Darum ging es ihm. Er hat Anna ausgesucht. Er wollte ihre Seele.«

»Die Seele«, echote Isenhart fassungslos, »wir wissen nicht, wo sie sich befindet.«

»Im Herzen. Oder hinter den Augen.«

»Du weißt nichts über ihre Gestalt.«

»Das habe ich dem Abt auch gesagt. Wilbrand von Mulenbrunnen wollte die Seele einer Jungfrau, Isenhart. Er hat dem Händler den Bernstein gegeben, den du wiedererkannt hast.«

Langsam erfasste Isenhart die Zusammenhänge. Wilbrand und Henning und Günther – sie alle hatten damals schon miteinander in Verbindung gestanden.

»Aber die Seele«, sagte Isenhart, der den Satz nicht zu einem sinnvollen Ende zu führen vermochte. Ein komplexes Gewitter aus Dutzenden von Gedanken samt ihren Querverbindungen zog durch seinen Kopf.

»Wir kennen ihre Gestalt nicht«, nahm Henning den Halbsatz auf, »sie entzieht sich uns – aber ihr Gewicht konnten wir bestimmen. Und nach aller Überzeugung vom Morgen- bis zum Abendland tritt sie aus dem Mund aus. Dort haben wir sie eingefangen.«

»Wer hat meine Schwester getötet?«, fragte Konrad, der den Kopf gesenkt hielt, aber mit seinen kräftigen Händen das Metallgitter umklammerte.

»Günther«, erwiderte Henning ohne Umschweife.

»Günther«, hakte Konrad umgehend nach, »hast du vorhin nicht behauptet, dein Vater sei *dein Schüler* gewesen?« Kaum hatte er seine Zweifel artikuliert, lachte er kaum hörbar auf: »Ich hoffe, dein fürstlicher Geist erweist sich nicht als zu entrückt für die Schlussfolgerungen eines Simpels.«

»Die Überschaubarkeit lädt zum Verweilen ein«, gab Henning sarkastisch zurück und fuhr fort: »Er hat es mich gelehrt. Den Schnitt an der Kehle. Die Entnahme des Herzens.«

Isenhart nickte: »Und dann hast du die Methode verfeinert. Sie sollten sofort tot sein. Die Stiche in den Hinterkopf.«

Henning gab keine Antwort, trotzdem wusste Isenhart, dass es sich so zugetragen haben musste.

Schritte näherten sich über die Treppe. Simon von Hainfeld trat in den Gang. Henning wandte ihm das Gesicht zu.

»Der Abt wünscht dich zu sehen. Gleich.«

»Gleich? Sagt er das?«

Die Herablassung, die der Frage innewohnte, trieb einen weiteren Keil zwischen Henning und Isenhart. Von Hainfeld nickte.

»Ich bin gleich bei ihm«, ließ Henning den Hünen wissen, während er noch einmal an das Kreuzgitter trat, das Isenhart und ihn trennte: »Ich kann diese Tür für dich öffnen. Und ich kann dir die Freiheit …«

»Ich mache mit einem Mörder keine gemeinsame Sache«, unterbrach ihn Isenhart.

»Ich hoffe für dich«, fügte Konrad hinzu, »dass das Gericht uns schuldig spricht und hinrichten lässt. Denn wenn nicht, werde ich dein Stachel sein, Henning. Ich werde dich aufstöbern und jagen, dein Leben wird nichts sein außer unsteter Flucht. Ich werde dich finden, irgendwann, und dann werde ich das Leben aus dir pressen, bis du nicht mehr bist.«

Konrads Drohung ließ Henning von der Braake kalt, während er Isenharts Zurückweisung als echten Verlust empfand. Er sah ihm in die Augen: »Dein Tod wäre ein Nachteil für diese Welt, schmerzlich und auch verschmerzbar – aber nicht notwendig. Es wäre«, Henning suchte nach dem richtigen Wort, und als er es fand, betonte er jede Silbe, »eine Verschwendung.«

Isenhart verzog keine Miene, er ließ nicht erkennen, ob Hennings Worte etwas bei ihm auslösten. Von der Braake wandte sich der Treppe zu.

»Die Seele, Henning«, richtete Isenhart aus dem Dunkel des Verlieses noch einmal das Wort an ihn, »wozu wollte der Abt sie?«

»Er hat sie geatmet«, antwortete Henning gedehnt, als wäre diese Schlussfolgerung von einer Offensichtlichkeit, die keiner Nachfrage bedurfte, »er hat sie in sich aufgenommen. Und wenn man dich heute richtet, dann nehme ich deine Seele zu mir, Isenhart.« Damit ließ er sie zurück, seine Fußtritte, mit denen er die groben Steinstufen nach oben nahm, wurden immer leiser.

Henning würde sie nicht befreien, so viel war gewiss. Daher zog Isenhart das Stück Fels wieder aus der Wand und machte sich daran, mit den Tonscherben, von denen eine nach der anderen in seinen Händen zerbrach, den Zugang zu dem unterirdischen Kanal zu vergrößern.

Offensichtlich, zu dem Schluss kamen Konrad und Isenhart, waren Henning und Wilbrand ein Zweckbündnis eingegangen, bei dem der eine im Zuge seiner Forschung über Aufbau und Mechanismus des menschlichen Körpers den Sitz der Seele untersuchte, während der andere, der ihm dafür Schutz und Diskretion gewährte, sie atmete. Und nicht nur das: Wilbrand bestimmte auch die Opfer, allesamt Jungfrauen, zumindest Unbefleckte, wenn man den Mönch aus Spira mit einbezog. Der Abt richtete sich dabei nach dem Grad ihrer Reinheit, den Ibn Al-Hariq und Isenharts Vater als Kriterium für den Wert der Seele bestimmt hatten.

»Er hat zwei Fliegen mit einer Klappe geschlagen«, stellte Konrad fest. Und führte auf Isenharts Nachfrage aus, dass er damit nicht Henning meinte, sondern Wilbrand von Mulenbrunnen. Was immer er auch mit dem Einatmen der Seele bezwecken mochte – ihnen beiden erschien alleine das als monströs –, Wilbrand hatte Anna auch als Mittel zum Zweck benutzt. Er hatte es auf die einträglichen Weinberge abgesehen, die das Haus Laurin besaß. Eine Rebe, die landauf und landab geschätzt und verschifft und gehandelt wurde, ein sicheres Einkommen also.

Wie viele Jahre mochte er wohl auf einen Missgriff des Fürsten von Laurin gehofft haben? Ein kleiner Fehltritt nur, eine marginale Unachtsamkeit, die ihm zum Vorwand gereichen konnte. Doch Sigimund von Laurin hatte sich diese Unachtsamkeit nicht erlaubt. Vielleicht war er ohne Tadel gewesen, vielleicht auch nur vorsichtig, weil er Wilbrand durchschaut und achtgegeben hatte, ihm nicht den erwünschten Vorwand zu liefern.

So, dachte Konrad sich, musste es sich zugetragen haben. Er hatte Anna von Günther von der Braake ermorden lassen und ihn beauftragt, ihm etwas Persönliches von der Fürstentochter mitzubringen – natürlich in der Absicht, dieses Alexander von Westheim im Zuge eines Tauschhandels zukommen zu lassen. Ganz so, wie der fahrende Händler es berichtet hatte.

Der Abt hatte auf Sigimunds Integrität gesetzt, die es ihm nicht erlauben würde, den Mann einfach hinzurichten, bevor er diesem einen Hinweis nicht nachgegangen war.

Genau so war es gekommen. Von Laurin hatte ihn in Mulenbrunnen aufgesucht, ließ sich aber zu nichts provozieren, was Wilbrand in die Lage versetzt hätte, eine Fehde vom Zaun zu brechen, die durch den Kaiser gedeckt war. Zum Glück, so hatte es damals dem Abt erscheinen müssen, machte die Hitzigkeit von Sigimunds Sprössling dem Vater einen Strich durch die Rechnung und spielte damit dem Herrn von Mulenbrunnen in die Hände. Der Forderung, seinen Sohn einem Gericht zu überlassen, wusste Wilbrand, würde der Fürst von Laurin niemals nachkommen. So war der Boden bereitet gewesen, um sich rechtmäßig in den Besitz der Weinberge zu bringen.

Ein großes Stück Fels gab nach, und bevor Isenhart es aus der Wand lösen konnte, fiel es in die künstliche Röhre, mit der jemand die Burg mit Frischwasser versorgt hatte.

»Jetzt ist es breit genug«, ließ er Konrad wissen, der nicht sofort antwortete. Isenhart griff in das schwarze, sich windende Band. Das Wasser war sehr kalt, es füllte den Querschnitt des in den Fels gehauenen Kanals komplett aus, was wiederum bedeutete, dass er nicht hoffen konnte, unterwegs eine Stelle zum Atmen zu finden.

»Was ist, wenn der Kanal sich verjüngt? Wenn du stecken bleibst?«, drang Konrads Stimme herüber.

Isenhart musste bei dieser Vorstellung unwillkürlich schlucken. Aber ganz gleich, welche weiteren Argumente Konrad im Gewand einer Frage vorbringen sollte, er würde ihn nicht abhalten. Die Antwort auf die Frage, ob er in den Kanal eintauchen sollte oder nicht, gestaltete sich in mathematischer Schlichtheit. Zu bleiben bedeutete zu sterben.

»Ich kann immer noch zurück«, tröstete er Konrad und wusste es doch besser. Gegen die Strömung an den Ausgangspunkt zurückzukehren, dazu würde ihm im Ernstfall die Kraft fehlen.

Isenhart tauchte mit den Füßen voran ins Wasser, drückte sich gegen die Strömung und sah sich zu akrobatischen Verrenkungen gezwungen, als es darum ging, die Schultern durch die Öffnung zu befördern.

Die Kälte des Wassers umschloss ihn bis zum Hals und fegte alle Müdigkeit davon, die sich auf dem kräftezehrenden Nachtmarsch von Haslach hierher angesammelt hatte. Er holte ein letztes Mal tief Luft und tauchte, ließ sich von der Strömung in die komplette Dunkelheit tragen. Er war blind, und das Rauschen der Strömung machte ihn taub. Entsetzt krallte er sich ins Gestein und warf einen Blick zurück. Aber das Loch, durch das er in diesen Kanal gelangt war, war schon nicht mehr zu erkennen.

Die Ratte schoss ihm durch den Kopf. Sie war auch im Kanal verschwunden. Und sie war ebenso wie er auf Luft angewiesen. Eilig stieß Isenhart sich mit Händen und Füßen nach vorne, nur weiter und weiter.

Während sich seine Beklemmung steigerte, kam ihm der Gedanke, dass es sich für ihn kurz vor seiner Geburt genauso angefühlt haben musste, dass er sich damals mit der Nabelschnur um den Hals, ebenfalls um Luft ringend, durch den Geburtskanal gekämpft haben musste, um letztlich dann doch zu ersticken.

Da entdeckte er einen Lichtschimmer, der, kaum gesichtet, schon fast wieder an ihm vorbeigezogen war, Isenharts Hand schoss hoch, packte eine Gesteinskante.

Für einige Augenblicke maßen sich seine Muskeln und die Strömung, bis es ihm gelang, sich nach oben zu ziehen. Mit dem Kopf zuerst stieß er durch die Oberfläche und hustete.

Dann, bemüht, kein weiteres Geräusch zu verursachen, verschaffte er sich einen Überblick. Er sah ein hell erleuchtetes Gewölbe, das zwei Durchlässe aufwies. Einen hinten links, wo es seine Begrenzung durch die Wand erfuhr, und einen zu Isenharts Rechten.

Er selbst kauerte in einer Art Tränke, etwa neun Fuß lang, drei Fuß breit, die in den Felsboden getrieben worden war. Trotz des Rauschens des Wassers lauschte er nach einem Geräusch, nach jemandem, der hier arbeitete oder wachte oder vielleicht nur schlief. Aber es schien, als sei kein Mensch hier, ein Zustand, der nicht allzu lange anhalten dürfte, wie er dem Lichtschein entnahm, der aus dem Nebenraum herüberdrang. Dort mussten Dutzende Kerzen oder Fackeln brennen.

Behutsam zog er sich aus der Tränke und verharrte zunächst in der Hocke, während das Wasser an Haut und Kleidung hinablief und auf den felsigen Grund tröpfelte.

Links zog sich eine Werkbank aus alter, rissiger Eiche an der Wand entlang. Isenhart war sich im ersten Moment nicht ganz sicher, was für ein bitterer Geruch es war, der in jedem Riss des Gewölbes zu nisten schien, entschied sich dann aber für Myrrhe. Günther wie Walther hatten sie bei Entzündungen im Rachen und an den Zähnen verwendet, und bei vielen Frauen war sie beliebt, um damit die Monatsbeschwerden erträglicher zu gestalten. In der Konzentration, die seine Nase auffing, hatte Isenhart Myrrhe allerdings noch nie gerochen.

Etwas beobachtete ihn, wie er plötzlich zu bemerken glaubte. Etwas sah ihn von der Seite an, er konnte den Blick förmlich spüren, tat aber so, als sei er ahnungslos, während er sich – ohne sich zu regen – nach einer geeigneten Waffe umsah. Erfolglos.

Wer auch immer ihn unverwandt von der Seite anstarrte, er musste ihn angreifen und mundtot machen. Es galt jetzt zu verhindern, dass seine Flucht entdeckt wurde. Ansonsten waren Konrad und er so gut wie tot. Und Sophia …

Isenhart wollte diesen Gedanken nicht zu Ende denken. Er konzentrierte sich und federte mit ausgebreiteten Armen hoch, kampfbereit. Das, was ihn anstarrte, war ein Auge. Es lag auf dem Tisch und war mit einer rötlich gelben Substanz überzogen. Das Lid hatte man entfernt und mit ihm die Wimpern, was den Eindruck des eintönigen Starrens noch betonte. Das Auge lagerte neben einem Holzeimer und einem Unterarm samt Ellbogengelenk. Dahinter, dicht über dem Eichentisch, prangten entrollte Pergamente an der Wand. Federkielzeichnungen. Schwarze, feine Linien, die den Aufbau jener menschlichen Leichenpräparate spiegelten, die unter ihnen lagen.

Isenhart ließ den Blick durch den Raum schweifen. Er war übersät von Papyrusrollen, von Tintenfässern und Kielen. Und von menschlichen Körperteilen. Einem Fuß etwa, den Isenhart im

Schein der zwei Öllampen ausmachen konnte, oder einem Paar Ohren, die noch blutbefleckt waren und in gelblicher Bleichheit nebeneinanderlagen.

Bei anderen mochte dieser Anblick Entsetzen auslösen. Nicht so bei Isenhart. Mit dem Zögern eines Mannes, der tiefen Respekt empfand, trat er näher. Seine Augen glitten über die Körperteile, über die Zeichnungen und Schriften, über die Hand, die vertikal in zwei Hälften geteilt worden war und deren Teile nun in einer harzigen Substanz im Holztrog schwammen. Fasziniert vergegenwärtigte Isenhart sich den Aufbau der Hand, die Knochen, die Handplatte, die Fingerglieder, umschlossen von Muskeln, Fett, Sehnen. Er sah auf. Die dazugehörige Zeichnung war die Studie zweier Zustände, nämlich der einer offenen und der einer geballten Hand. Feine Linien gaben die Sehnen wieder und die Kontraktion der Muskeln, die es dem Menschen erlaubten, die Hand zu einer Faust zu ballen.

Der Urheber dieser Illustration war zweifellos Henning von der Braake. Er hatte dem Schöpfer über die Schulter und in die Karten geblickt. Und seine Beobachtungen auf Pergament festgehalten.

Für Isenhart war es der erste Blick in die Funktionsweise der menschlichen Hand, deren filigraner Aufbau und die damit einhergehende Verletzlichkeit ihn aufs Tiefste erstaunten. Einen Teil dieser komplexen Schöpfung hatte Bischof Otto II. von Henneberg ihm und Henning abtrennen lassen.

Von Henneberg war am 3. März des letzten Jahres verstorben, ein außergewöhnlich warmer, heller Tag für diese Jahreszeit. Es hielten sich Gerüchte, die besagten, der Bischof sei an seinem entzündeten Darm zugrunde gegangen.

Isenharts Blick wanderte von einem Schatz zum nächsten, von Erkenntnis zu Erkenntnis. Stufen, die Hennings Geist erklommen, und die er hier für jeden, der bereit war, ihm zu folgen, ausgelegt hatte.

Neben den anatomischen Skizzen fanden sich auch Zeichnungen über den Aufbau von Flügeln, über die physikalischen Kräfte des Ober- und Unterwindes, die sie mithilfe des Rauchs und seiner

Verteilung im Wind in Heiligster bestimmt und als ausreichend stark berechnet hatten, sie samt ihrem Nurflügler beim Sprung vom Knorrigen Alten wie in einer himmlischen Sänfte zu tragen – welch ein fataler Irrtum.

Aus weiteren Aufzeichnungen entnahm Isenhart, dass Hennings Gedanken wie die seinen in alle Richtungen davonstoben. Medizin und Physik, Astronomie und Astrologie, Alchemie und Kräuterkunde, Exegese und Übersetzungen.

Wie lange, fragte Isenhart sich, mochte Henning wohl schlafen? Drei Stunden oder vier? Mehr als fünf gestattete Isenhart sich selbst nicht, die Lebenszeit war zu begrenzt und zu wertvoll, um sie mit Schlafen zu vergeuden. Dabei verachtete Isenhart das Schlafen nicht. Zwar war es bar jeden Beweises, aber es war offensichtlich, dass der Schlaf dem Körper als Erholung diente. Zu gerne hätte Isenhart aber einen Weg gefunden, dem Körper die nötige Erholung zuteilwerden zu lassen, ohne dass sich sein Geist den Gesetzen des Leiblichen beugen müsste. Was für ein Gewinn wäre das: den Geist ungehindert schweifen zu lassen, während der Körper ruhte!

Henning stand außerhalb seiner Zeit, daran bestand kein Zweifel. All die Pergamente und akribisch sezierten Organe bezeugten dies. Er gehörte nicht hierher, nicht an den Anfang des 13. Jahrhunderts, sein Platz war hundert Jahre in der Zukunft; vielleicht sogar das doppelte Maß.

In einer Zukunft, in die auch Isenhart sich gewünscht hatte. Endlich befreit von den Fesseln seiner Zeit.

Er schritt die Werkbank weiter ab und inspizierte den Unterarm genauer. Henning hatte ihm ein Viertel der Länge nach entnommen, sodass sich dem Betrachter vom Hand- bis zum Ellbogengelenk freie Sicht bis zum Mittelpunkt von Elle und Speiche ergab. Der anatomische Aufbau war damit für jedermann klar ersichtlich. Es wirkten keine geheimnisvollen Kräfte im Unterarm, alles war einem Zusammenspiel aus Gelenken, Knochen, Muskeln und Sehnen geschuldet.

Bis auf eine nicht ganz unwesentliche Kleinigkeit, wie Isenhart feststellte. Er sah sich noch einmal im Gewölbe um. Keines der Leichenpräparate konnte den Ansatz einer Erklärung liefern, wie es einst zum Leben erweckt worden war. Wann und warum also das Herz seinen ersten Schlag getan hatte.

Der göttliche Funke? War das, was Henning offengelegt hatte, die Ahnung von der göttlichen Mathematik? Kurz verneigte er sich vor der Erhabenheit dieser Antwort, die eine Erklärung zu bieten schien. Bis er begriff, dass sie keine beinhaltete. Die Antwort war nur ein Schein, dessen göttlicher Glanz seine Unwissenheit überstrahlte, nichts weiter.

Die Wahrheit war: Sie wussten es nicht. Sie konnten weder sich noch anderen erklären, weshalb ein Herz zu schlagen begann, wie ein Mensch entstand, doch ihre Unwissenheit war kein Beweis für einen göttlichen Funken, der seine Finger im Spiel gehabt hätte. Der Mangel an einer Antwort war nur das, was er war, nämlich der Mangel an einer Antwort, nicht mehr und nicht weniger. Wahrscheinlich würde ihre Lebensspanne nicht ausreichen, um diesen Mangel wettzumachen. Aber dann würde es die nächste Generation tun. Und wenn auch sie nicht, die darauffolgende. Irgendjemand würde es tun.

Und die Antworten, da war Isenhart sich sicher, würden neue Fragen aufwerfen, die es zu lösen galt, dies war der Weg des Fortschritts, wie das Wort schon beinhaltete – Fort-*Schritt* und nicht Fort-*Stand* –, denn der Zustand absoluter Perfektion, nämlich alle Antworten zu wissen, bedeutete Stillstand und damit Stagnation, womit der allwissende Herrgott per definitionem die Krone der Lethargie auf dem gelangweilten Haupt tragen musste.

Und trotzdem strebten Menschen wie Henning oder Walther oder er selbst genau diesem Zustand voller Ungeduld entgegen. *Das nennt man ein Paradoxon,* erinnerte Isenhart sich an die Worte seines Mentors. Der Gedanke an Walther presste ihm das Herz zusammen. Er vermisste den alten Mann, das silbrige Haar, das heitere Lächeln, das um die zuletzt verbliebenen drei Zähne tanzte. Isenhart fehlte sein vertrauter Händedruck.

Was hätte Walther von Ascisberg in seiner Situation getan?

Mit Sicherheit hätte er keine wertvolle Zeit mit hochtrabenden Gedanken verplempert, gestand Isenhart sich ein. Der Duft der Myrrhe hing schwer im Raum. Myrrhe. Harz.

Das war es, was Isenhart in der Kammer in Weinsberg gelesen hatte, bevor Simon von Hainfeld ihn dabei überrascht hatte. Myrrhe und Harz.

Isenhart kehrte zu dem Auge zurück und unterzog es einer genauen Betrachtung, die seine Vermutung bestätigte, insbesondere, als er feststellte, dass Henning alle Präparate mit Myrrhe behandelt hatte. Die harzige Substanz war von einer Transparenz, die dem Betrachter den unverstellten Blick auf die Organe gewährte, während er sie gleichzeitig in ihrer Gänze umschloss und auf diese Weise vor der Luft versiegelte.

Und damit vor der Fäulnis, schloss Isenhart, während er sich zwar sträubte, aber dennoch Bewunderung für die Anwendung dieser Technik spürte. Natürlich, keine seiner Errungenschaften durfte der junge von der Braake öffentlich machen. Die Wissenschaft durfte nicht unter der Sonne arbeiten, wo man ihr den Garaus gemacht hätte, sie musste im Geheimen operieren. Unter der Erde, vom Tageslicht ausgesperrt, hier konnte sie sich absurderweise freier entfalten.

Forum scientiae. Während er in der Puente unter freiem Himmel tagte, Stunde um Stunde, war Henning gezwungen, dem Basar in diesem Gewölbe die Zuflucht zu gewähren.

Refugium scientiae.

Auch das passte, wie Isenhart mit einem Schlag gewahr wurde. Er stand hier inmitten einer Gruft, in der Henning seine Erkenntnisse konservierte für eine bessere Zeit, in der ihr Überbringer den Tod nicht mehr fürchten musste. In diesem Gewölbe sollte sein Wissen die Ära des Glaubens überdauern, um jenen, die es nicht verteufelten, sondern zu würdigen wussten, zum Vorteil zu gereichen.

Er stand mitten in Hennings Vermächtnis.

Isenhart wandte sich zum Durchlass zur Rechten. Die Dringlichkeit seiner Mission gestattete ihm diesen Zeitverzug eigentlich nicht, doch seine Neugier siegte. Er trat in den kleinen Nebenraum, der von nicht weniger als zwanzig Kerzen erhellt wurde. Seine tiefe Decke verriet, dass er dem Fels nachträglich abgetrotzt worden war. Er wurde von einem Tisch dominiert, auf dem die Überreste einer Leiche lagen. Dem Kopf fehlten die Ohren, ein Auge und die Lippen. Außerdem war der linke Unterarm in Höhe des Gelenks amputiert worden.

Ein Schwarm von Fliegen, die trotz des fehlenden Sonnenlichts den Weg hierher gefunden hatten, stieg auf. Das Rauschen des Wassers hatte das dutzendfache Surren ihrer kleinen Flügel übertönt. Der Tote war ein Mann gewesen. Das graue Haar, das ihm aus dem geöffneten Schädel spross, gab Isenhart einen Anhaltspunkt seines Alters. Wie jener Kreuzritter in der Siedlung nördlich von Toledo, den die Gänseadler seiner Lippen beraubt hatten, trug auch dieser Leichnam ein groteskes Grinsen im Gesicht.

»Es gibt nur einen Zeitpunkt, der uns einen Blick auf die Seele erlaubt.«

Isenhart wirbelte herum. Er hatte Henning, der im Durchlass verharrte und ein Schwert in der Rechten hielt, dessen Spitze zum Boden gerichtet war, nicht kommen hören. Ohne eine Waffe war er chancenlos. Henning blickte zu der kleinen Wasserlache, die sich zu Isenharts Füßen gebildet hatte, dann zu der Tränke. Er muss mich nicht fragen, wie ich mich befreien konnte, dachte Isenhart, er kombiniert richtig.

»Nur einen Zeitpunkt«, fuhr Henning von der Braake ruhig fort, »an dem sie austritt.«

Isenhart nickte: »Wenn sie den Körper abstreift, ja. Aber dafür reicht es, auf den Tod zu warten, man muss ihn nicht selbst herbeiführen.«

Hennings Augen verengten sich eine Spur.

»Viele vernichtete Leben für ein erfülltes – dein Leben«, ergänzte Isenhart.

»Quantität ist eine flüchtige Geliebte, zweischneidig, wenn man so will«, erwiderte Henning und trat dabei in das Gewölbe ein, während seine wachsamen Augen auf Isenhart ruhten: »Ich kann sie ebenso gut gegen dich verwenden, ich *muss* sogar. Einige zerstörte Leben für viele gerettete. Denk an all die Krankheiten.«

»Was soll damit sein?«

»Wenn Verbote uns nicht daran hindern würden, Tote zu sezieren, könnten wir Krankheiten bekämpfen, besiegen möglicherweise. Wir wären in der Lage, Schmerzen zu lindern, Isenhart. Weil wir Zusammenhänge entdecken könnten. Was ist denn Gleichgültigkeit im Angesicht der Schmerzen anderer Menschen anderes als pure Barbarei?« Henning legte den Kopf ein wenig schief, als würde sich dadurch auf Isenharts Gesicht ein anderer Ausdruck einstellen. »Ist es nicht Barbarei?«, hakte er nach, und sein Bauchgefühl, auf das Isenhart mit zunehmendem Alter zu hören begann, falls sein Kopf zu langsam war – was zwar selten vorkam, hier und jetzt aber schon –, ließ ihm mit einem Nicken zustimmen.

Über Hennings Mund huschte ein kurzes Lächeln. »Vielleicht könnten wir sogar mehr als das«, sagte er, »mehr als nur Schmerzen lindern und die Ursachen von Krankheiten finden. Vielleicht könnten wir am Ende sogar dem Tod eine Weile trotzen.«

Isenhart sah ihm in die Augen und stellte fest, dass es keineswegs eine fixe Idee war, die Henning durch den Kopf ging.

»Was könnte ein Mann wie Sydal von Friedberg in der doppelten oder gar dreifachen Spanne seines Lebens erreichen? Ist es nicht ungerecht, dass dem Einfältigsten unter der Sonne genauso viel Zeit im Diesseits vergönnt ist wie deinem Vater? Wo der eine den fruchtbaren Acker aus Dummheit verkommen lässt, fährt der andere Ernten von seltener Reichhaltigkeit ein. Sag mir: Worin liegt da der Sinn?«

Isenhart schluckte. In der Tat war dies ein bestechender Gedanke. Mit der doppelten Spanne an Leben könnte er vielleicht eines Tages zu denen vorstoßen, die nicht mehr Gefangene ihrer Umstände waren. Möglicherweise nicht nur frei sein im Denken, sondern auch im Handeln. Ein Basar des Wissens, der sich nicht im fernen Iberien hinter wuchtigen arabischen Mauern vor den Blicken der Welt verstecken musste.

»In der Vielfalt«, erwiderte Isenhart, »gibt es auch das schwache

Element. Aber ohne das Schwache wäre das Starke nicht stark, sondern lediglich ein Faktum ohne Bezug.«

Henning war über die Schnelligkeit der Antwort ein wenig konsterniert.

»Den Schwachen zu töten, damit der Starke vorankommt? Den Dummen zu opfern für die Erkenntnis des Klugen? Führt das nicht zu dem, wovon du gesprochen hast? *Barbarei?*«, fragte Isenhart, dem die Kälte des Wassers in den Leib kroch.

Hennings Augenbrauen schossen in die Höhe vor Empörung. »Du sprichst«, brachte er zornig hervor, »von Moral, ja?«

Isenhart deutete ein Nicken an, das von seinem Gegenüber erwidert wurde. »Wenn wir nicht einige opfern, dann ist das, als hätten wir die Tausende getötet, denen wir nicht helfen können, weil wir die wenigen verschont haben. Was ist das für eine Moral, Isenhart?« Henning kam näher, das Schwert immer noch in der Hand. »Wir könnten einen Bund schmieden zum Wohle aller.«

In den Augen und dem ganzen Gestus des früheren Freundes lag ein Flehen, das Henning sich nicht mehr zu unterdrücken bemühte.

»Und hast du auch jeden Einzelnen gefragt, ob er sich zum Wohl der vielen opfern möchte? Oder hast du einfach deinen Drang nach Erkenntnis als wichtiger erachtet?«

Henning spürte, wie er an Boden verlor. Wie sein Werben infrage gestellt wurde, als sei es etwas Schmutziges.

»Und zählst du dabei auch die mit, die du ungefragt aus dem Leben reißt? Dem eigenen und dem Leben anderer? Anna von Laurin? Walther von Ascisberg?« Die Halsschlagader von Sydals Sohn schwoll an und pochte dicht unter der Haut, seine Stimme erhob sich: »Walther von Ascisberg war ein Gewinn für die Welt. Gerade für die, die dir vorschwebt. Was ist das für eine Welt, um derentwillen man einen freien Denker, einen wehrlosen, alten Mann erschlagen muss, Henning? Was maßt du dir an?« Die letzten fünf Worte brüllte Isenhart seinem Gegenüber ins Gesicht.

Die Finte gibt dir die Gelegenheit für den entscheidenden Hieb.

Genau an diese Worte Sigimunds erinnerte Isenhart sich. Sigimund und der junge Konrad hatten einander im Burghof gegenübergestanden. Der Vater führte den Sohn in die Kunst der Täuschung im Kampf ein.

»Ist Fintieren nicht feige?«, fragte Konrad seinen Vater.

»Nein. Aber die Stumpfsinnigen fürchten es, denn es ist die Waffe der Klugen«, hatte Sigimund erwidert.

Isenhart ließ die linke Hand vorschnellen, um mit dem Griff nach Hennings Schwert die Finte zu eröffnen, die zu der erwarteten Reaktion führte, nämlich dem Ausweichschritt nach hinten und dem Wegdrehen des Schwertes, was Henning von der Braakes Kopf exakt in die Position brachte, in der Isenharts Rechte, die in einem weiten, schwer zu erahnenden Haken kam, ihn mit voller Wucht an der Schläfe traf und taumeln ließ.

Ein Feind, der ein Schwert führt, hat nur noch eine Hand frei.

Getreu diesem Motto setzte Isenhart nach, nutzte das Taumeln aus und vollführte dieselbe Finte noch einmal. Henning, von dem ersten Schlag gegen seine Schläfe bereits etwas benommen, hatte den beiden Fausthieben, die ihn abermals seitlich am Kopf trafen, nichts entgegenzusetzen.

Er fiel gegen den Eichentisch, der zu schwanken begann, und von dort zu Boden. Das einbalsamierte Auge rollte nach vorne und plumpste neben Henning zu Boden, dem Isenhart das Schwert aus der Hand riss, es wendete und die Spitze gegen den Hals des Liegenden presste.

Ihrer beider Atem ging jetzt schnell, aus Isenharts Blick hatte sich jegliche Zugewandtheit verflüchtigt. »Wilbrand von Mulenbrunnen«, stieß er hervor, »wozu will er die Seelen?«

Hennings Verblüffung zeichnete sich so schlagartig auf seinem Gesicht ab, dass sie unmöglich vorgetäuscht sein konnte. Es schien, als hätte der junge von der Braake Isenhart mehr Assoziationsvermögen zugetraut.

»Begreifst du denn nicht?«, fragte er daher.

»Er will die Seelen«, stellte Isenhart fest, »er … *sammelt* sie.«

»Ja, ein Seelensammler«, bestätigte Henning.

»Aber wozu? Was verspricht er sich davon, sie einzuatmen?

Glaubt er, etwas vom Wesen der Toten zu sich nehmen zu können?«

Henning sah sich trotz seiner misslichen Lage zu einem Schmunzeln veranlasst. »Es geht um das Wesen der Seele«, sagte er.

Im gleichen Augenblick begriff Isenhart, weshalb Henning, dem er nach wie vor die Klinge gegen den Hals presste, ihn mit einem verwunderten Lächeln bedachte. Die Antwort war mehr als naheliegend, denn das Wesen der Seele wurde von dem dominiert, was die Menschen über sie dachten. Niemand hatte je so etwas wie eine Seele zu Gesicht bekommen, ein unsichtbares Geistwesen, das im Körper eines jeden nistete und unerkannt davonstob, sobald die körperliche Heimstatt zerstört wurde, und doch waren alle überzeugt von ihrer Existenz.

Weil sie das Grauen der Endlichkeit nimmt und jenen in die Hände spielt, die genau das verkünden, wie Walther von Ascisberg einmal gesagt hatte, *was die Frage aufwirft, ob die Seele tatsächlich ist oder nur von jenen erfunden wurde, die daraus einen Vorteil ziehen.*

Weil sie das Grauen der Endlichkeit nimmt, hallte es jetzt in Isenharts Kopf wider. Und damit präsentierte die Logik das Wesen der Seele, denn es musste das Gegenteil der Endlichkeit sein. »Unsterblichkeit«, flüsterte Isenhart daher.

Henning nickte: »Der älteste Traum, den Menschen träumen. Unbefristetes Leben.«

Deshalb hatten sie den Abt von Mulenbrunnen inmitten all jener Medici angetroffen, die den Todkranken in der Puente helfen wollten. Wilbrand spendete vielleicht ein tröstendes Wort oder auch einen Händedruck, doch war er nicht gekommen, zu geben, sondern zu nehmen. Isenhart erinnerte sich noch sehr genau daran, wie Wilbrands Kopf über dem eines sterbenden Kindes verharrt hatte. Wie der Eindruck entstanden war, er spreche dem Kind Mut zu – während Wilbrand das Wohl des Kindes in Wahrheit einerlei gewesen war und er nur bei ihm gesessen hatte, um die unbefleckte Seele nicht zu verpassen, die sich auf dem Sprung befand.

»Er will die Unsterblichkeit zu Lebzeiten, deshalb versucht er, die Seelen in sich aufzunehmen?«

Henning nickte.

»Was für ein absurder Gedanke«, entfuhr es Isenhart, womit er gleichzeitig die Belustigung aus Hennings Gesicht wischte.

»Absurd, ja? Wie alt schätzt du Wilbrand von Mulenbrunnen?«

»Ich weiß nicht«, bekannte Isenhart. Doch noch während die Worte über seine Lippen glitten, verglich er im Geiste den Wilbrand von Mulenbrunnen des Jahres 1190, als er ihn zum ersten Mal begegnet war, mit jenem, der ihm vor wenigen Stunden gegenübergestanden hatte. Tatsächlich war der Abt gealtert. Er schien zwei, drei Jahre mehr auf dem Buckel zu haben. Aber die Zeit zwischen diesen beiden Treffen barg eine Spanne von mehr als einer Dekade. Elf Jahre, um genau zu sein.

»Wie alt?«, hakte Henning nach.

»Fünfzig«, antwortete Isenhart und wusste bereits beim Anblick von Hennings triumphierendem Lächeln, dass er sich geirrt haben musste.

»Er ist achtundsechzig«, erwiderte Henning mit Zorn in der Stimme, »*achtundsechzig*. Hast du gesehen, wie er sich bewegt?«

Von der Braake musste es nicht näher ausführen, Isenhart begriff auch so, worauf er abzielte.

»Auch das«, entgegnete Isenhart, »ist der Vielfalt geschuldet. Dem einen bleibt das Herz nach dreißig Jahren stehen, dem anderen nach achtzig. Erinnere dich daran, dass Barbarossa in demselben Alter, mit achtundsechzig, in den Kreuzzug gegen Saladin gezogen ist. Was soll das sein außer der Gunst der Vielfalt? Hat Kaiser Friedrich auch Seelen geatmet? Oder wie hat er sich eine solche Rüstigkeit erhalten?«

Der Glanz des Triumphes schwand aus Hennings Blick. Isenhart hatte mit einem Vergleich seine zwingende Herführung zu einer möglichen degradiert. Damit war sie nur mehr eine von vielen.

Isenhart hob das Schwert etwas an, sodass es den Kontakt zu Hennings Haut verlor. Bitter wie Galle kroch ihm der Hass den Körper hinauf und breitete sich über seine Brust aus, er hatte das

Gefühl, es lege sich eine große, kalte Hand auf seinen Torso. Es war nicht nur der Hass, der dem Verlust Annas und Walthers entsprang, es war der Hass darauf, dass Henning ihm den wichtigsten Gefährten seiner Gedanken unwiderruflich genommen hatte – ihn selbst.

Aber Henning von der Braake ließ sich in seinem Forschungsdrang ebenso wenig begrenzen wie Isenharts Vater. Sie machten vor nichts halt. Sie stellten die Erkenntnis über alles, absolut.

Servire homini, erinnerte sich Isenhart. Diese Inschrift war eingemeißelt gewesen im Torbogen der Puente, der zum Basar des Wissens führte: *dem Menschen dienen.*

Zum Wohle aller – das hatte Henning gesagt, doch die Ermordung der Jungfrauen und des Mönchs entlarvten auf drastische Weise die Phrasenhaftigkeit dieser Worte. Henning von der Braake hatte sie gewählt, um Isenhart für sich und seine Ziele zu gewinnen. Aber wenn ihm das Wohl des Einzelnen nichts galt, dachte Isenhart, war ihm erst recht das Wohl der vielen gleichgültig.

»Ich habe die Seelen nicht geatmet«, unterbrach Henning von der Braake seine Gedanken. Er lag immer noch am Boden. Während er sprach, versuchte er gleichzeitig, in Isenharts Gesicht zu lesen.

Isenhart hob das Schwert an.

»Du glaubst an den Zufall. Gut, es ist Zufall, dass Wilbrand mit einem langen Leben gesegnet ist.«

Isenhart wusste, dass er nicht darauf eingehen durfte. Er durfte nicht zuhören, er musste seinen Geist vor Hennings Worten abschirmen, sonst konnte nicht gelingen, was getan werden musste.

»Aber es ist keiner, dass Sydal von Friedberg im Winter 1171 in der Siedlung am Fuß der Burg Laurin aufgetaucht ist. Er wusste, seine Zeit ist knapp bemessen. Im Frühjahr«, fuhr Henning fort, der erleichtert Isenharts aufmerksames Verharren wahrnahm und sich am Eichentisch aufsetzte, »hatte er mit sieben Frauen das Lager geteilt.«

»Woher willst du das wissen?«

»Günther hat es mir erzählt. Und jetzt, weil du die Vielfalt betonst, weil du den Zufall geltend machst, solltest du etwas wissen über das Wesen des Zufalls. Ihm hat dein Vater nichts überlassen. Seine Forschung hatte einen hohen Preis – ein Leben an der Seite einer Frau, wie du es in Heiligster führst, war ihm nicht möglich. Er wusste, er wäre früher oder später auf der Flucht. Und auf der überlebt man nur alleine. Aber mit Walther auf den Fersen war es nur eine Frage der Zeit, wann man ihn stellen und zur Verantwortung ziehen würde. Dennoch wollte er Kinder, in denen er weiterleben konnte. Daher teilte er das Lager mit den Frauen. Von den sieben Frauen wurden sechs schwanger. Sie gebaren zwei Knaben und vier Mädchen. Drei der Mädchen starben.«

»Und?«

»Sydal von Friedberg hat die beiden Knaben nach ihrer Geburt geküsst. Beide sind bei Männern aufgewachsen, die sie als ihre Väter betrachteten. Der eine war ein Medicus – und der andere ein Schmied. Wir sind nicht nur Seelenverwandte, Isenhart.«

Das war es, was er immer zwischen ihnen gespürt hatte, wurde Isenhart plötzlich bewusst. Es war etwas, was er nicht zu benennen imstande war, eine Nähe, die über die gemeinsame Neigung zu Erkenntnis und Neugier hinausging. Nur dass er sie sich nie hatte erklären können – bis heute.

»Oh«, hörten sie eine Stimme, die Isenhart bekannt vorkam, »diesen Teil der Gewölbe kenne ich gar nicht.«

»Ich verstehe, Ihr weilt selten hier, und die Burg befindet sich ja auch erst seit elf Jahren in Eurem Besitz«, antwortete eine zweite Stimme, durch die sich fein wie eine Spinnwebe die Ironie von Wort zu Wort spannte.

Isenhart wich mit zwei Sätzen zur Seite, um im zweiten Durchlass eine Deckung zu suchen, als die Gestalten im Gewölbe erschienen: Wilbrand von Mulenbrunnen, dessen Stimme sie soeben vernommen hatten, und zwei Wachmänner, deren Wappen auf der Brust ihre Zugehörigkeit zu dem Mann symbolisierten, der als Erster in das Gewölbe getreten war.

Er war hochgewachsen, Anfang vierzig. Das dichte, graue Haar fiel ihm auf die Schultern. Sein Talar war schwarz und frei von Staub, versehen nur mit Knöpfen aus roter Seide.

Henning stand auf. Der Blick des Fremden glitt über die Präparate, wanderte anschließend zu von der Braake, dann zu Isenhart.

Einer der Wachmänner übergab sich, als er die mit Harz konservierten Organe als solche identifizierte. Henning hielt dem Blick des Bischofs, um den es sich offenbar handelte, stand, während Wilbrand ihm auswich.

»Was um alles in der Welt hat das hier zu bedeuten?«, fragte er und wedelte dabei mit seinem purpurnen Hut. Seine Geste umschloss die Präparate, die er wohl auch als das erkannte, was sie waren, die ihn aber nicht zurückweichen ließen.

Isenhart widerstand seinem ersten Impuls, den Mann mit einem Schwerthieb zu töten, um sich den Fluchtweg zu bahnen. Es musste Konrad III. von Scharfenberg sein, der nur wenige Fuß von ihm entfernt so agierte, als sei Isenhart gänzlich unbewaffnet.

Um alles in der Welt, dachte Isenhart, das waren seine Worte gewesen. Nicht *um Gottes willen.* Und er trug den purpurnen Hut, der eigentlich den Kardinälen vorbehalten war und jene kennzeichnete, die direkt in päpstlicher Mission unterwegs waren. Der Bischof von Spira trug ihn nicht auf seinem Haupt, sondern nutzte ihn beim Gestikulieren als Verlängerung seines Armes.

»Achtet nicht weiter auf … das hier«, schaltete Wilbrand sich ein und deutete mit dem Kopf in Isenharts Richtung, »das dort ist der andere, der versucht hat, mich zu töten. Isenhart von Laurin.«

Konrad von Scharfenberg nahm ihn nun genauer ins Visier. Isenhart blickte ihm in die Augen, unverwandt und von provozierender Dauer. Von Scharfenberg wandte seinerseits die Augen nicht ab. Als ihre Blicke sich trafen, wusste Isenhart auf Anhieb, mit wem er es zu tun hatte. Es war einer von ihnen, ein Ebenbürtiger.

»Isenhart von Laurin«, wiederholte Konrad III. von Scharfenberg und vollführte einen Schritt auf ihn zu. Der zweite Wachmann trat ebenfalls vor, er griff nach dem Knauf seines Schwertes, doch der Bischof hob nur leicht die Hand, um dessen Absicht noch im Keim Einhalt zu gebieten. Von Scharfenberg wandte sich nicht einmal zu seiner Leibwache um: »Nicht. Das sollte nicht nötig sein.«

Er trat mit einer wehrlosen Offenheit an Isenhart heran, die es diesem unmöglich machte, die Waffe gegen den Mann zu erheben.

»Reicht mir Euer Schwert, Isenhart von Laurin, und ich versichere Euch, dass ich faires Gericht über Euch halten werde.«

Der Bischof streckte die offene Hand aus. Niemand im Gewölbe rührte sich mehr, alle Blicke richteten sich auf Isenhart, der zögerte.

Er las in den Augen des Bischofs eine Aufrichtigkeit, die ihn auf seltsame Weise berührte. Sie bezog ihre Seltsamkeit aus dem Umstand, dass Isenhart so etwas wie einen Plan dahinter erkannte.

Er wendete die Schlagwaffe und reichte dem Mann Gottes das Schwert.

Konrad III. von Scharfenberg quittierte das mit einem Nicken, als hätten sie beide soeben einen Pakt geschlossen.

40.

Der vierjährige Junge wischte sich mit dem Ärmel der freien Hand über die laufende Nase. Seine etwa drei Jahre ältere Schwester hielt ihn an der anderen Hand. Sie flüsterte einem Jungen von elf Jahren aufgeregt etwas ins Ohr. Dieser blieb nach außen hin gelassen, aber seine eilig hin und her wandernden Pupillen verrieten seine eigene Aufgeregtheit.

Als die drei Kinder den Eingang des Raums, in dem Isenhart und Konrad unterrichtet worden waren, erreichten und sich an dem Mann, der ihnen den Rücken zugewandt und mit verschränkten Armen im Eingang Stellung bezogen hatte, vorbeidrängeln wollten, sah dieser sich über die Schulter.

Der Junge und das Mädchen erstarrten. Das blanke Entsetzen stand ihnen ins Gesicht geschrieben. Sie stoppten so abrupt, dass der Vierjährige gegen das Bein des Mannes stolperte.

»Trollt euch«, befahl dieser ruhig. Das Mädchen schlug eilig das Kreuz, bevor sie ihren kleinen Bruder heftig mit sich zog und die Treppe zum Burghof nahm, den der eben noch mutige Junge schon hinabrannte.

Die Reaktion der Kinder, die Isenhart am Rande wahrnahm, bestätigte die Ahnung, die er beim ersten Anblick des Mannes gehabt hatte. Jede Berührung mit Edgar, diesen Namen hatte er aufgeschnappt, wurde gemieden. Er trug ein Schwert, das er auf den Rücken geschnallt hatte, sodass sich der Knauf und der Handschutz über seinen Kopf erhoben. Ein kurzer, fachkundiger Blick auf das Schmiedewerk der Klinge genügte Isenhart, um ihn als Henker zu identifizieren. Er war gekommen, um durch das scharfe Schwert zu richten.

Isenhart beschloss, Konrad, der mit gesenktem Kopf und von

Brandblasen entstellt neben ihm stand, nichts von seiner Beobachtung zu erzählen. Er empfand es als bittere Ironie ihres Lebens, sich ausgerechnet hier vor einem kirchlichen Gericht wiederzufinden, an diesem Ort, an dem Walther von Ascisberg sie die Vorteile der *Ratio* gelehrt hatte.

Im Raum hatten sich Schaulustige eingefunden, die sich überwiegend aus dem Gesinde rekrutierten. Die wenigsten von ihnen waren je einem leibhaftigen Bischof begegnet, der auf einem Stuhl Platz genommen hatte, der eigens für ihn vom fernen Spira bis hierher transportiert worden war. Die beiden bewaffneten Wachmänner, denen Isenhart bereits im Gewölbe begegnet war, flankierten ihren Herrn zu beiden Seiten. Schräg versetzt davon stand der Abt von Mulenbrunnen.

Die Leute, Mägde, Bogner, Schmiede, begafften abwechselnd den Bischof und Konrad, als könnten sie sich nicht entscheiden, wer von beiden die größere Sensation darstellte. Sie starrten und tuschelten, hier und da war ein Zeigefinger zu sehen. »Von Laurin«, wisperte jemand, »*das* ist Konrad von Laurin?«

Einige wenige hatten nach der Eroberung der Burg ihr gewohntes Leben vor Ort wieder aufnehmen können. Diesen wenigen war Konrad kein Unbekannter. Anderen war er vom Hörensagen geläufig. Der Sohn des großen Sigimund von Laurin. Und da stand er nun mit hängendem Kopf, ein Mann von beeindruckender Statur, das Gesicht aber von eitrigen Blasen und Schwellungen verunstaltet, die keine freie Sicht auf seine Augen gestatteten.

Eine durch und durch traurige Gestalt, gekleidet in schmutziges, blutiges Leinen. Daneben dieser Sohn des Schmieds, der mit seinen Fragen Geduld, Verständnis und Langmut seiner Mitmenschen beständig einer harten Prüfung unterzogen hatte. In welch unseliges Verbrechen waren die beiden wohl verstrickt, dass Bischof Konrad III. von Scharfenberg den Weg hierher auf sich genommen hatte, um über sie Gericht zu halten?

Die Neugier sprang dem Gesinde aus den Augen. Sie lag in jeder Geste, jedem Flüstern und schien sich von Person zu Person fortzupflanzen, bis sie auch Henning von der Braake erreichte, der jeden Blickkontakt mit Isenhart mied. Er hatte unweit von Wilbrand von Mulenbrunnen Aufstellung bezogen und machte auf Isenhart einen angespannten Eindruck.

Sein Halbbruder, wenn er die Wahrheit gesprochen hatte. Aber Isenhart schob den Gedanken daran weit von sich, er durfte sich jetzt nicht in langen Betrachtungen darüber verlieren, was diese neue Kenntnis alles mit sich brachte.

»Nehmt ihnen den Eid ab, Wilbrand«, ertönte von Scharfenbergs sonore Stimme. Sein ruhiger Blick ruhte auf Isenhart, während Wilbrand sich eine Bibel reichen ließ, deren abgewetzter Einband von ihrer häufigen Verwendung kündete, und damit auf die beiden Angeklagten zuging.

»Als Abt dieses Hauses, in dem Gericht gegen Euch gehalten wird«, sagte er, »fordere ich von Euch den Eid auf die Heilige Schrift, die Wahrheit zu sprechen. Und rufe in Erinnerung, dass ein Meineid unweigerlich mit dem Tod geahndet wird.«

Wilbrands Purpurtuch stank immer noch entsetzlich, wie Isenhart bemerkte, bevor er die Hand auf die Bibel legte: »Ich, Isenhart von Laurin, schwöre, dass ich vor diesem Gericht die Wahrheit sagen werde.«

Von Mulenbrunnen trat vor Konrad, dessen Hand langsam und unsicher durch die Luft fuhr, weshalb Wilbrand ihm einfach den Buchdeckel gegen die Handfläche drückte.

»Ich auch«, flüsterte Konrad mit rauer Stimme.

»Sprecht den ganzen Eid«, ermahnte Wilbrand ihn unnachgiebig.

Nun hob Konrad ein wenig den Kopf, es hatte den Anschein, als sehe er den Abt vor sich an. Seine verunstaltete Mimik verriet Trotz.

»Lasst gut sein, Abt Wilbrand«, hörten sie Konrad III. von Scharfenberg, »das soll dem Hohen Gericht genügen.«

Ein kurzes Zögern, dann wandte Wilbrand sich ab und kehrte zu seinem Platz hinter den Wachmännern zurück.

»Toledo«, sagte Konrad III. von Scharfenberg nachdenklich. Offensichtlich kannte er diesen Ort nicht. »Stimmt es, Konrad von

Laurin, dass Ihr dort versucht habt, den Abt von Mulenbrunnen zu ermorden?«

Ein Wispern ging durch die Zuschauer und pflanzte sich immer weiter fort, bis es wie ein Gewebe aus Lauten den Raum beherrschte.

»Ruhe«, verlangte der Bischof, und obwohl er seine Stimme dabei nicht ein Quäntchen erhoben hatte, schwiegen die Leute auf einen Schlag. Das Gesinde, rief Isenhart sich in Erinnerung. Etwas an von Scharfenberg war ungewöhnlich, er spürte es, ohne den Grund dafür benennen zu können.

»Das ist richtig«, gab Konrad zu, »aber es war Bestandteil einer Fehde. Und außerdem wollten wir ihm nur zuvorkommen.«

»Wir?«

»Ich«, korrigierte Konrad von Laurin sich.

»Nein, ich war dabei«, klärte Isenhart. Verwundert nahm er wahr, wie drei Männer im Raum mit Bedauern auf seine Einlassung reagierten: Konrad, der Bischof und Henning.

»Könnt Ihr beweisen, dem Abt von Mulenbrunnen zuvorgekommen zu sein?«, fragte von Scharfenberg, »denn wenn ich Euch richtig verstehe, Konrad von Laurin, wollt Ihr damit zu verstehen geben, dass Ihr Kenntnis von Mordplänen gegen Euch hattet.«

»Wir nahmen es an«, antwortete Konrad mit leisem Trotz, »jedenfalls gab es eine Fehde, die mich ermächtigt hat.«

Von Scharfenberg nickte, als habe er sich das bereits gedacht. »Ihr habt es *angenommen*. Nun, Annahmen erscheinen in vielerlei Gestalt, aber stets ohne feste Kontur. Sie sind nicht fassbar und deswegen vor Gericht auch ohne Wert. Jeder kann eine haben, und niemand muss sie belegen. Die Fehde war beendet«, belehrte er Konrad, »Ihr habt sie mit Eurer Ohrfeige ausgelöst und Wilbrand von Mulenbrunnen hat Euren Vater, der Euch nicht vor ein Gericht treten lassen wollte, dafür zur Rechenschaft gezogen. Damit war die Fehde beendet. Euer Mordanschlag auf Wilbrand von Mulenbrunnen fußt nicht auf dem Fehderecht.«

»Ist Geistlichen die Fehde nicht verboten?«, fragte Isenhart.

Konrad III. von Scharfenberg merkte interessiert auf und musterte den dünnen Mann, dem er das Schwert abgenommen hatte. Isenhart von Laurin. Wilbrand hatte ihm merkwürdige Geschichten über ihn erzählt. Von seiner Intelligenz berichtet, die bisher nur dazu angetan gewesen war, sich ohne jede Not zum Mittäter zu erklären. Für gemeinhin ein recht verlässliches Indiz für einen Hohlkopf.

Dieser Vorstoß aber, Konrad von Laurin aus dem Fokus der Betrachtung zu entfernen und gleichzeitig den Abt ins Unrecht zu setzen und damit jedermanns Aufmerksamkeit auf den Geistlichen zu lenken, ließ etwas von der Begabung des jungen Mannes erahnen. Möglicherweise war er doch von Nutzen.

Von Scharfenberg blickte zur Seite, dorthin, wo Wilbrand stand. »Was sagt Ihr dazu?«

Wilbrand erwiderte den Blick irritiert. »Ich … Kaiser Barbarossa befand sich auf dem Kreuzzug, sonst hätte er meine Interessen vertreten können.«

»Und mein Vorgänger, Otto II. von Henneberg? Habt Ihr einen Kurier zu ihm geschickt, um ihn in dieser Angelegenheit um seinen Rat zu ersuchen?«

Die Verstörung, die Wilbrand von Mulenbrunnen durch diese Fragen empfand, die sich an ihn statt an die Delinquenten richteten, nahm für jedermann sichtbar zu. »Ja«, sagte er.

»Das ist eine Lüge«, erwiderte Konrad, »kein noch so schnelles Pferd hätte die Strecke von hier nach Spira und zurück in der Spanne eines einzigen Tages bewältigen können.«

Konrad III. von Scharfenberg zog eine Augenbraue hoch, jene bewusste Form der Mimik, die nur durch einiges an Training zu erlangen war, wie Konrad und Isenhart aus eigener Erfahrung wussten.

»Otto von Henneberg weilte an dem Tag nicht in Spira. Wie von Gottes Hand gelenkt traf mein Kurier ihn bei Swiebertdingen an. Er war auf der Reise ins Bistum Constantia.«

»Ah, das ist eine stimmige Erklärung«, sagte der Bischof von Scharfenberg, wobei selbst bei genauem Hinhören und Werten der Worte und ihres Klanges für Isenhart wie für die anderen unersichtlich blieb, ob dabei eine gute Portion Ironie mitschwang oder echte Überzeugung.

Der Bischof musterte seinen Namensvetter und Isenhart. Er atmete einmal tief durch, bevor er das Wort an die beiden richtete: »Euer Attentat auf den Abt von Mulenbrunnen, das Ihr in Toledo durchführen wolltet und zu dem Ihr Euch beide freimütig bekennt, kann nicht als Fortführung der Fehde angesehen werden. Der Angriff steht für sich, und seine Ahndung …«

»Warum all die Mühe«, unterbrach Konrad von Laurin ihn, »Ihr seid gekommen, um uns schuldig zu sprechen. Das Urteil war bereits gefällt, als Ihr eintraft. Erspart uns Euer Gerede und …«

Und Konrad III. von Scharfenberg gab einem dritten Wachmann ein kurzes Handzeichen, woraufhin dieser Konrad einen Eisenstab mit ziemlicher Wucht gegen die Kniekehlen trieb. Konrad, der den Schlag nicht hatte kommen sehen, war völlig unvorbereitet. Mit einem schmerzvollen Stöhnen riss der Satz in seiner Mitte ab, aus seinem Mund wand sich ein Japsen, mit dem er auf die Knie ging.

»Es ist eine Unsitte der Heißsporne, ihren Mitmenschen ins Wort zu fallen«, stellte der Bischof ungerührt fest, »aber ich glaube, jetzt habe ich Eure Aufmerksamkeit.«

Konrad erwiderte nichts, sondern wollte sich schwer atmend erheben. All das zum Zeichen seines Trotzes und unerschütterlichen Willens. Lieber ließ er sich die Kniegelenke zertrümmern, als im Haus seines Vaters dem Befehl eines fremden Mannes zu folgen.

Der Wachmann in seinem Rücken hob erneut die Eisenstange. Isenharts Hand schnellte vor und legte sie auf die rechte Schulter des Freundes. »Steh nicht auf«, bat er. Und da er die Körperspannung Konrads, die er unter seinen Fingern fühlte, als das interpretierte, was sie war, die Bereitschaft zum Sprung und zum Kampf, fügte er hinzu: »Bitte, Konrad.«

Ein Zögern noch, dann wich die Spannung. Konrad von Laurin ließ es dabei bewenden und verharrte auf seinen Knien.

Isenharts Blick wanderte hinüber zu Henning, der nach wie vor jeglichen Augenkontakt mit ihm mied. Ihre physiognomischen Parallelen fielen nicht unbedingt ins Auge, waren aber nichtsdestotrotz vorhanden. Das leicht vorstehende Kinn etwa, das von einem kräftigen Willen zeugte, die schmale, unscheinbare Nase, die angewachsenen Ohrläppchen, vor allem aber der wache Blick, der sich mit nie versiegendem Interesse auf alles richtete, was diese Welt zu bieten hatte.

Wenn Hennings Worte der Wahrheit entsprachen – und Isenhart hielt das für wahrscheinlich –, war ihre Seelenverwandtschaft nicht dem Zufall geschuldet, sondern das Produkt einer Wahrscheinlichkeit. Sie stammten vom gleichen Vater ab. Von einem Mann, der das Erlangen von Wissen zum Maßstab seines Lebens gemacht hatte. In diesem Sinne, dachte Isenhart, lag es in der Natur der Dinge, dass ihre Lebensbahnen irgendwann ihren Kreuzungspunkt erfahren hatten. Mehr noch, es war ein stochastisches Gebot. Neben der geistigen Fähigkeit, die sie für den jeweils anderen einnahm, war es vermutlich das Erbe ihres Vaters, das das Fundament ihrer gegenseitigen und sich bedingenden Hingewandtheit bildete. Sie waren *ein* Fleisch und Blut.

»Wenn Ihr, Konrad und Isenhart von Laurin, kein Ereignis zu Eurer Entlastung anführen könnt oder wollt, obliegt es mir nun, das Urteil über Euch zu sprechen«, kündigte der Bischof von Spira an.

Edgar, der Henker, seufzte. Endlich musste er nicht länger untätig herumstehen, sondern konnte zur Tat schreiten. Er hatte am Morgen ein Kitz geschossen, das darauf wartete, ausgenommen zu werden. In aller Eile hatte er das junge Reh mit Erdreich bedeckt, um die Beute in seiner Abwesenheit vor Aasfressern zu schützen.

Der Gedanke an das Wildbret, das er sich draußen vor der Hütte zubereiten würde, die einst einem Mann namens Giselbert gehört hatte, wie ihm zu Ohren gekommen war, ließ seinen Magen knurren. Die beiden Gestalten in der Mitte des Raums, beide so heruntergekommen, dass schwerlich zu bestimmen war, wer von beiden der Nobile sein sollte – vermutlich basierte diese Annahme auch nur auf einer Lüge –, erschienen ihm schuldig. Er fragte sich, weshalb der Bischof sich all die Zeit nahm, statt schlicht kurzen Prozess zu machen.

»Wilbrand, was hat Euch eigentlich nach Toledo geführt?«, fragte Konrad III.

Henning von der Braake kniff die Augen zusammen. Isenhart erfasste, dass seinen Halbbruder dieselbe Frage umtrieb, die ihn selbst beschäftigte: Was hatte das mit dem Gericht zu tun, das über sie abgehalten wurde? Was bezweckte Bischof von Scharfenberg mit dieser Frage?

»Als guter Christ habe ich mit Sorge das Vordringen der Heiden nach Iberien verfolgt und den *Kastellanen* meine Hilfe angetragen.«

Der Bischof von Spira wirkte beeindruckt. Er nickte und blickte in die Runde. »Diese, mein lieber Wilbrand«, sagte er bestimmt und erhob erst seine Stimme und dann sich selbst vom Stuhl, »nämlich Eure entschlossene Hilfsbereitschaft, sie sollte gottgefälliges Vorbild für jeden sein, der sein irdisches Dasein nach Jesu Lehren auslegt!«

Einige aus dem Gesinde senkten den Blick zu Boden. Ein Mädchen, das eine Katze zu Tode gequält hatte, eine Frau, die trotz Monatsblutung ihrem Bruder zu Willen gewesen war, und ein Mann, der mit der Schwester seiner Frau verkehrte. Alle anderen fühlten zumindest den Hauch der Ermahnung, der sie erfasste.

»Habt Ihr noch einen Einwand?«, fragte der Bischof und sah Isenhart dabei in die Augen. Diesem war, als handle es sich um eine Art Ersuchen, das Konrad III. von Scharfenberg an ihn richtete.

Das Verhalten des Bischofs erschien Isenhart recht ungewöhnlich. Konrad und er waren so gut wie tot, niemand bezweifelte ihren Mordversuch, sie selbst hatten ihn sogar eingeräumt.

»Werden sie jetzt gerädert?«, fragte eine neugierige Stimme. Konrad III. von Scharfenberg versuchte, den Besitzer mit einem Blick ausfindig zu machen, was ihm misslang.

Weshalb stellte der Bischof ihm die Frage nach dem Einwand? Was wollte er hören? Und wozu die Anwesenheit des Gesindes, das vom Spiraer Bischof eigens hierherbestellt worden war?

Isenhart erinnerte sich an den Augenblick, an dem er dem Mann sein Schwert übergeben hatte. An das Gefühl, einen Pakt eingegangen zu sein, wobei ihm Sinn und Ziel dieses Bündnisses verschlossen blieb. Andererseits gab es für Konrad und ihn nichts mehr zu verlieren.

»Einen Einwand?«, fragte Isenhart in der Hoffnung, wenn nicht eine klare Antwort, so doch wenigstens einen kryptischen Hinweis auf die Frage zu erhalten, die der Bischof sich zu ersehnen schien.

Von Scharfenberg nickte: »Ganz recht. Gibt es noch irgendetwas, was Ihr dem Gericht für seine Urteilsfindung zu benennen habt?«

»Anna von Laurin«, sagte Isenhart aufs Geratewohl.

»Was war mit ihr?«, wollte der Bischof umgehend wissen, sein vehementes Interesse vermochte Isenhart noch nicht einzuordnen, immerhin aber signalisierte es ihm, damit möglicherweise den Weg eingeschlagen zu haben, den Konrad III. von Scharfenberg sich von ihm erhoffte.

»Sie wurde im Auftrag von Wilbrand von Mulenbrunnen ermordet, und Henning von der Braake dort«, er zeigte hinüber zu seinem Halbbruder, der abermals den Blickkontakt mit ihm vermied, »war dabei willfähriger Erfüllungsgehilfe. Er hat …«

»Lüge«, donnerte der Abt, »ich verbiete dir den Mund.«

Erwartungsgemäß begann das Gesinde zu tuscheln. Ein Abt als Anstifter zum Mord – wenn nur ein Quäntchen dieses Vorwurfs der Wahrheit entsprach, hatte sich der Weg hierher gelohnt. Ein Geistlicher, ein hoher Diener des Herrn, der im Zusammenhang mit dem eigentlich aufgeklärten Mord an der Tochter Sigimunds von Laurin stand, ein unfassbareres Verbrechen war kaum vorstellbar. Und würde, ganz nebenbei, die nächsten Wochen den Tratsch dominieren. Ganz davon zu schweigen, dass man sich nicht um stille Winterabende am Ofen sorgen müsste.

»Ganz recht«, ließ der Bischof sich vernehmen, »das ist in der Tat ein an Abscheulichkeit nicht zu überbietender Vorwurf. Bislang hat das Hohe Gericht im Sinne eines fairen Urteils keinerlei Unterschiede des Standes oder Leumunds geltend gemacht – hier aber übertretet Ihr eine Grenze.«

Isenhart atmete tief durch. Hatte er sich getäuscht? Waren die Ermutigungen, die er zwischen den Zeilen des Bischofs zu lesen geglaubt hatte, der Hoffnung geschuldet, noch einmal der Sense des Schnitters ausweichen zu können? Pure Einbildung also?

»Was er sagt, ist wahr«, stellte Konrad von Laurin fest, »Wilbrand von Mulenbrunnen ist ein Seelensammler. Aber getötet hat er nicht selbst – das hat der da übernommen. Henning von der Braake. Die beiden sind durch einen Pakt miteinander verbunden. Ihr habt selbst gesehen, welchen Vorteil von der Braake daraus zieht. Ihr habt es unten im Gewölbe mit eigenen Augen gesehen. Er schändet Leichen.«

»In der Tat, das habe ich gesehen«, gab von Scharfenberg nachdenklich und betrübt zu. Wobei Isenhart zu sehen meinte, dass der Spiraer Bischof die Betrübtheit, die er für jeden offensichtlich an den Tag legte, nicht unbedingt empfand.

»Nichts davon hat mit mir zu tun«, wandte Wilbrand ein, »nichts davon war mir bekannt. Bis heute.«

Jetzt hob Henning von der Braake zum ersten Mal den Blick. Und der galt dem Abt. Seine Enttäuschung ob dieser Worte war unübersehbar.

»Seelensammler«, sagte der Bischof leise, »ein absurder Vorwurf, mein lieber Wilbrand, nicht wahr?«

Von Mulenbrunnen reagierte nicht sofort.

»Nicht wahr?«, insistierte Konrad III. von Scharfenberg. Dieses Mal aber war es keine Frage mehr von Bischof zu Abt, dieses Mal stellte sie der Richter einem Verdächtigen. Und jetzt begriff Isenhart, dass seine Intuition ihn nicht getäuscht hatte. Was auch immer der Bischof zu Spira mit seinem Auftritt hier, mit dem Vorsitz über das Gericht, bewirken wollte – er räumte ihnen eine Chance ein. Die Chance, sich zu erklären und die Angelegenheit ins rechte Licht zu rücken. Das alles vor einem Publikum, das jede Voreingenommenheit in die Welt tragen würde. Ja, der Bischof hatte sich Zeugen ausgesetzt, vor denen ihm jeder willkürliche Akt teuer zu stehen kommen würde. Aber warum, fragte sich Isenhart. Dummheit? Wohl kaum. Unachtsamkeit? Dazu agierte der Mann, der das Bistum Spira leitete, viel zu umsichtig. Also blieb nur noch eines: Absicht.

Was wiederum im Einklang zu der Art und Weise stand, mit der Konrad III. von Scharfenberg diese Verhandlung führte. Da war Isenhart sich nun sicher. Welchen Zweck der Bischof mit seinem Vorgehen verfolgte, blieb allerdings auch ihm unerklärlich.

»Natürlich ist es nicht wahr«, erwiderte Wilbrand von Mulenbrunnen, »Seelensammler. Was soll denn das sein? Das ist das Gerede von zwei Todgeweihten, die ihren Kopf retten wollen. Und – sollte ihnen das nicht gelingen – bleibt ihr Bemühen, so viele Unbescholtene mit ins Verderben zu reißen wie möglich.«

»Natürlich«, lenkte von Scharfenberg ein und lächelte sogar ein wenig, »Seelensammler. So etwas ist mir noch nie zu Ohren gedrungen.«

»Absurd«, bekräftigte der Abt.

»Ganz recht«, pflichtete der Bischof ihm bei, »ganz recht.«

Er nickte sich selbst dabei zu, ganz so, als wolle er sich dadurch der Richtigkeit seiner Einschätzung vergewissern. Um dann erneut den Blick auf Isenhart zu richten.

»All das hat seine Geschichte«, sagte dieser ruhig, »all das hat seinen Ursprung im Zweiten Kreuzzug. In der Schlacht von Doryläum. Und es hat damit zu tun, dass ich der Sohn von Sydal von Friedberg bin.«

»Erzählt«, forderte Konrad III. von Scharfenberg ihn auf, »erzählt mir *alles.*«

Isenhart nickte. Wenn sie, Konrad und er, dem Tod geweiht waren, machte es ohnehin keinen Unterschied mehr.

Anna von Laurin, die Liebe seiner Jugend, Konrads und Sophias Schwester, ab diesem Punkt waren Isenhart und Konrad Teil der Geschichte geworden. Niemand unterbrach Isenhart, die Stille der anderen war vollkommen. Und wenn Wilbrand das Wort zu erheben versuchte, hob Konrad III. von Scharfenberg nur ein wenig die Hand, um diese Erzählung, die mit der Kreuzung vierer Lebenswege in der Schlacht von Doryläum begonnen hatte, ungestört zu Ende zu hören.

Isenhart ließ nichts aus. Er erklärte die Ohrfeige, die der Abt von

Mulenbrunnen erlitten hatte, als günstigen Vorwand, um sich der Ländereien derer von Laurin zu bemächtigen, verschwieg nicht, dass man mit Alexander von Westheim den falschen Mann vom Leben zum Tode befördert hatte, und wie er Jahre später in Spira erneut die Spur aufnahm. In dem Glauben natürlich, einen Schlächter zu jagen, einen Wahnsinnigen, der Jungfrauen meuchelte und ihnen das Herz aus dem Leib riss.

Bei dieser Schilderung ertönte hier und da ein Hüsteln aus dem Gesinde, einige schnappten nach Luft.

Isenhart legte die Symbiose offen, die Henning von der Braake und der Abt eingegangen waren. Auf der einen Seite ein Mann, der so im Diesseits gefangen war – obwohl ein Vertreter Gottes auf Erden, der mit allerhöchster Freude dem Jenseits zustreben sollte, wo er mit dem ewigen Paradies rechnen konnte –, dass er durch das Einatmen der Seelen sein Alter in die Höhe zu treiben versuchte, auf der anderen Seite ein Suchender. Einer, der mit der Suche nach Antworten all sein Handeln legitimierte. Einer, den das Warum trieb, der tiefe Grund, auf dem alles fußte. Und ihn zu bahnbrechenden Antworten und zu scheußlichsten Verbrechen führte. Was letzten Endes in jene Forschungsergebnisse mündete, die der Bischof von Spira mit eigenen Augen in den Gewölben der Burg gesehen hatte.

Das Gesinde war kaum merklich von Henning von der Braake abgerückt. Der Bischof ließ den letzten Satz Isenharts nachhallen. Er wandte sich zu Wilbrand von Mulenbrunnen um, der seinem Blick auswich. »Wilbrand«, richtete er leise, aber bestimmt das Wort an den Abt, »man hat schwere Vorwürfe gegen Euch erhoben. Ich nehme an, nein, ich hoffe, sie entbehren jeglicher Grundlage.«

»Natürlich tun sie das«, erwiderte der Angesprochene mit nur unzureichend unterdrücktem Zorn.

»Obschon es ein interessanter Gedanke ist«, fuhr Konrad III. fort.

Der Abt sah ihn an. »Was für ein Gedanke?«

»Seelen zu atmen. Die Seelen der Toten. Wie alt seid Ihr?«

»Das tut nichts zur Sache.«

»Natürlich, Ihr habt recht.« Der Bischof nickte, als habe er sich aufs Eis locken lassen und sei soeben eines Besseren belehrt worden. »Sagt es mir trotzdem.«

Die vier Worte gingen wie ein Peitschenschlag auf Wilbrand nieder, er zuckte wegen ihrer Unvorhersehbarkeit zusammen.

»Achtundsechzig«, half Isenhart aus.

Ein Raunen ging durch das versammelte Gesinde. Alles starrte erstaunt auf den Mann in der Kutte der Zisterzienser. Achtundsechzig, las Isenhart den Knechten, Mägden und Leibeigenen an der Nasenspitze ab, ein Alter, dem Wilbrand von Mulenbrunnen in keinerlei Hinsicht entsprach. Sein Geist war von Wachheit geprägt, seine Bewegungen die eines Fünfzigjährigen, und die Falten und Runzeln hielten sich in Grenzen. Wenn dieser Mann achtundsechzig Lenze zählte, hatte der Herrgott ihn reich beschenkt.

»Stimmt das?«, wollte der Bischof von Spira wissen.

»Ich kenne das Jahr meiner Geburt nicht«, entgegnete Wilbrand bestimmt.

Davon abgesehen war jedem, der die Replik Konrads III. gehört hatte, klar, dass der christliche Gedanke Abt und Bischof keineswegs einte, wie es zunächst den Anschein hatte – und damit stand das Urteil, das von Scharfenberg über sie verhängen würde, noch keineswegs fest, begriff Isenhart.

»Was sich in den Gewölben dieser Burg abspielt, der Ihr vorsteht«, führte von Scharfenberg fort, »davon hattet Ihr sicherlich keine Kenntnis.«

Die beißende Ironie dieser Feststellung konnte Wilbrand von Mulenbrunnen nicht entgangen sein. Der Abt zögerte mit seiner Antwort, die eindeutig und endgültig darüber Aufschluss geben würde, aus welchem Stoff die Bande zwischen Henning und ihm gemacht waren. »Meine kirchlichen Pflichten machen meine Anwesenheit im Kloster Mulenbrunnen unverzichtbar«, sagte er dann und mied dabei den Blickkontakt mit von der Braake, »hierher komme ich nur höchst selten. Und mein Weg hat mich bisher noch nie in die Gewölbe geführt.«

»Das würdet Ihr auch jederzeit beeiden«, vermutete der Bischof.

»Das würde ich.«

»Dann tut es *jetzt.*« Die Schnelligkeit, mit der Konrad III. von Scharfenberg den Eid einforderte, ließ erahnen, dass er Wilbrand von Mulenbrunnen nun an dem Punkt hatte, den er von vornherein angesteuert hatte.

»Ja, jemand muss mir die Heilige Schrift halten und …«

»Lasst den Firlefanz und schwört«, wies von Scharfenberg ihn an.

Isenhart meinte Wilbrand ansehen zu können, wie sich in dessen Kopf die Gedanken überschlugen in ihrem Versuch herauszufinden, welche Absicht der Bischof verfolgte. Denn nur dann war es auch möglich, aus der Falle, in die er offenbar getappt war, noch einmal mit heiler Haut davonzukommen.

»Ich schwöre, dass ich keine Kenntnis davon hatte, was sich unten in den Gewölben abspielt.«

Konrad III. von Scharfenberg schaute bei diesem Eid nicht etwa zum Abt, sondern er musterte sehr aufmerksam das Gesicht Hennings, der seine Züge zwar im Griff zu haben schien, doch die Verbitterung in seinen Augen verriet seinen wahren Gemütszustand.

Hinter ihm, im Schatten einer Säule, stand unbeweglich die hünenhafte Gestalt Simon von Hainfelds, der keine Miene verzog. Der Schatten ließ ihn und die dunkle Steinwand miteinander zu einer Einheit verschmelzen.

»Was sagt Ihr dazu, Henning von der Braake?«, fragte von Scharfenberg.

»Ich wollte den Aufbau und die Funktionsweise des menschlichen Körpers begreifen«, antwortete dieser ruhig, und die Verbitterung in seinen Augen wich jenem Glanz der Begeisterung, den Isenhart nur zu gut kannte.

»Wozu?«, fragte Konrad III. von Scharfenberg.

»Um mir Gewissheiten zu verschaffen. Für die Behandlung von Kranken und Siechen reicht es nicht, zu glauben zu wissen, wie der Mensch im Inneren beschaffen ist, sondern tatsächlich zu wissen. Ich kann jetzt beweisen, dass die Vier-Säfte-Theorie dem Kranken mehr schadet als nutzt und …«

»Es ist widerwärtig genug«, unterbrach der Bischof, »dass Ihr die Schöpfung des Herrn entweiht habt. Aber für einen Blick in das Innere muss man nicht töten.«

»Aber man muss es, wenn man die Seele entdecken will.«

Obwohl die Leute um ihn herum erschauerten, kam Isenhart nicht umhin, Henning für dessen klare, offene Haltung Respekt zu zollen. Während Wilbrand sich in leicht durchschaubare Lügen flüchtete – Konrad III. von Scharfenberg erwies sich als zu intelligent, um sich davon blenden zu lassen –, verschwieg von der Braake seine Überzeugungen nicht. Und das in der Gewissheit, dass seine Haltung ihn das Leben kosten konnte.

Der Bischof trat an ihn heran, angewidert von den Dingen, die dieser Mann getan hatte, und zu gleichen Teilen fasziniert davon. Vielleicht hätte er sogar gerne mit eigenen Augen gesehen, was Henning mit seinen Augen gesehen hatte. Denjenigen Augen, die dem Blick des Bischofs nicht wichen.

»Die Seele«, nahm von Scharfenberg den Faden wieder auf, »wozu? Um dem Abt zu dienen? Sich seinen Schutz zu erkaufen?«

Henning schüttelte den Kopf: »Ich wollte das Erbe meines Vaters vollenden.«

»Das Erbe vollenden? Wer ist Euer Vater?«

»Sydal von Friedberg.« Hennings Stolz über seine Herkunft war unübersehbar, er straffte sich und reckte ein wenig das Kinn vor. Ein leichtes Lächeln spielte nun um seinen Mund.

»Von Friedberg«, sagte der Bischof nachdenklich, »Euer Vater war ein Ketzer, ein Häretiker, ein Feind der Kirche, und sein ganzes Leben war nicht dazu angetan, ihm nachzueifern.«

Henning nickte: »Weil er den Glauben als Antwort auf alles infrage gestellt hat. Und damit den Heiligen Stuhl – auch Euch. Aber an seinen Fragen ist nichts Verwerfliches.«

»Nichts Verwerfliches?«, fragte Konrad III. von Scharfenberg, der mit einem solchen Widerwort nicht gerechnet zu haben schien.

»Nichts Verwerfliches, in der Tat«, gab von der Braake zur Antwort, »denn der Glaube alleine lehrt uns Unwissenheit, er lehrt uns, mit Vorstellungen von der Wahrheit zufrieden zu sein, nicht mit der Wahrheit selbst.«

»Gott steht über der Wahrheit«, stellte der Bischof von Spira klar.

»Die Wahrheit ist, dass wir nicht gegen Ungläubige ziehen in unseren Kreuzzügen, sondern nur gegen Menschen, die an einen anderen Gott glauben. Und wer sind wir denn, dass wir meinen, wir müssten unserem Schöpfer zur Hand gehen, der mit einem Fausthieb ganz Jerusalem in Schutt und Asche legen könnte – wenn er die Muselmanen denn so hassen würde wie wir. Mit seinem Namen auf den Lippen, dieses Schöpfers, dessen Sohn uns die Nächstenliebe ans Herz gelegt hat, in dessen Namen schlachten wir Frauen, Kinder und Alte ab. In Edessa haben sie den Schwangeren die Kinder aus den Bäuchen geschnitten! *Deus vult,* haben sie gebrüllt! Was ist das für ein Glauben, der so etwas zulässt? Mehr noch: der so etwas *einfordert?* Und noch schlimmer: Was ist das für ein Glauben, der das nicht verhindert? Es kann jedenfalls keiner sein, dem man sich anschließen sollte, wenn man die Menschen liebt. Die Meute, die damals in Edessa einfiel, folgte dem Glauben. Wäre sie dem Wissen gefolgt, sie hätte das Heilige Römische Reich nie verlassen.«

Jede Farbe war dem Bischof aus dem Gesicht gefahren.

Tauche den Pfeil der Wahrheit in einen Topf mit Honig, bevor du ihn abschießt, das hatte Walther sie gelehrt. Henning hatte den Topf ausgelassen. Isenhart empfand eine Bewunderung, die er eigentlich nicht fühlen wollte. Nicht für einen Mörder.

Konrad III. von Scharfenberg blieb die Unruhe, die Hennings Worte unter dem Gesinde auslöste, nicht verborgen. »Es kann nur einen Gott geben«, entgegnete er. Das erste Mal meinte Isenhart in seinen Worten einen Hauch von Unsicherheit wahrzunehmen. Sie lag kaum verborgen unter dem Trotz, mit dem der Stellvertreter des Herrn hoffte, Henning von der Braake in die Schranken weisen zu können.

»Das sagt Ihr, weil Ihr eingesperrt seid, eingesperrt wie ein Sklave«, konterte Henning.

»Ich bin nicht eingesperrt, mein Glaube macht frei.«

»Glaube ist das Gefängnis der Unwissenden«, sagte von der Braake, und Isenhart hätte jedes Wort unterschreiben können, »frei wären wir nur ohne Religion.«

Stille.

Niemand rührte sich, die Mehrzahl der hier Versammelten fand sich nicht in der Lage, die Stufe zu nehmen, die sie auf eine Ebene mit der philosophischen Debatte zu setzen vermochte.

»Wir könnten freie Menschen sein«, begann Henning von der Braake von Neuem.

»Schweigt!«, befahl der Bischof und unterband damit jegliche Kritik auf kirchliche Art: durch Verbot. »Alleine für Eure blasphemischen Reden gehörtet Ihr dem Tod überantwortet«, fuhr er fort und wandte sich nun an das versammelte Gesinde, »seht Euch diesen Mann an! Der einen Blick zu erhaschen glaubte auf das göttliche Gefüge der Schöpfung. Durch Denken!«

Beim letzten Wort verzog Konrad III. von Scharfenberg ein wenig das Gesicht, als hätte er etwas Verabscheuungswürdiges ausgesprochen. »Durch Denken!«, ermahnte er mit lauter Stimme und legte eine kurze Pause ein, »Denken ist nichts, wofür man bestraft gehört. Aber«, er sah in die Runde, und abgesehen von Konrad, der es nicht konnte, und Isenhart, der nicht wollte, wagte niemand seinen Blick zu erwidern, »es muss gottgefällig sein. Hätte dieser Mann hier Jesu zum Vorbild genommen, den Sohn Gottes, unseren Vordenker, der in seiner Bergpredigt die Gedanken von Barmherzigkeit und Nächstenliebe verkündet hat, er hätte nicht getötet, er hätte sich nicht an den Toten versündigt. Er hätte sich nicht aufgeschwungen, um Gott ebenbürtig zu sein!«

Der Bischof ging einmal auf und ab, wenige Schritte nur. Er beherrschte den Raum. »Freies Denken trägt schon den Keim des Irrtums in sich. Denn niemand ist ohne Fehl.«

Es gibt nichts Zwingenderes als die Logik, hörte Isenhart seinen alten Lehrer sagen. Ja oder nein. Schwarz oder weiß. Es gab nur zwei Zustände, die die Logik zuließ. Deshalb hatte sie auf die Frage, wie man den Irrtum vermeiden wollte, auch nur eine zwingende Antwort: sich mit Unwissenheit zu umhüllen. Wer nicht irren wollte, durfte nicht versuchen, wer nicht stolpern wollte, durfte den ersten Schritt nicht wagen. Den Fehler zu vermeiden konnte nur im Verharren gelingen.

»Es ist dem Glauben vorbehalten, ganze Berge zu versetzen«, sagte von Scharfenberg.

Und nur das Wissen erklimmt die Gipfel, ergänzte Isenhart in Gedanken.

»Euch den rechten Weg zu weisen«, nahm der Bischof den ursprünglichen Faden wieder auf, »dazu haben wir uns eingefunden, ganz gleich ob Priester, Prior, Abt oder Bischof. Oder Papst. Wir sind nur Stellvertreter seines Willens auf Erden. Und Wächter über das gottgefällige Denken.

Henning von der Braake hat sich bekannt in seiner Abwendung von Gott. Aber selbst wenn es ihm gelänge, einen kleinen Zusammenhang im großen Schöpferplan unseres Herrgotts zu erhaschen, er könnte dennoch eine kleine Spinne zertreten und wäre unfähig, alleine oder mit Tausenden seinesgleichen eine neue zu erschaffen.

Aber er hat sich bekannt und nicht geleugnet. Wer Kenntnis ablegt, kann geheilt werden. Durch Zuspruch, Mühsal oder Schmerz. Und deshalb lasst Euch die Fehlleitung des Henning von der Braake ein Beispiel dafür sein, wohin das freie Denken führen kann.

Es ist ein Funke in der Nacht, der das Stroh auf den Dächern eurer Hütten in Brand setzen kann, er kann euch entflammen und mit euch alle, die um euch sind, und er kann euch um euer Seelenheil bringen.«

Beklommenheit nahm von den Versammelten Besitz, ganz gleich ob Kinder, Weiber oder Mannsvolk. Konrad III. von Scharfenberg konnte es spüren, und es verlieh ihm Sicherheit, dass seine Worte auf fruchtbaren Boden fielen. »Geht nicht nur in euch selbst und unterzieht euch der Frage eures Gewissens«, sprach er weiter, »achtet auch auf eure Mitmenschen, auf die kleinen Zeichen. Ob sie etwa zweifeln in ihrer Hinwendung zum Allmächtigen, denn die Frage ist dem Wankelmut des Glaubens geschuldet. Zögert nicht, uns jene zu nennen, die euch diesbezüglich verdächtig erscheinen, denn wir werden sie nicht strafen, sondern um ihr Heil bemüht sein. Der freie Gedanke unterliegt keiner Norm, das liegt im Wesen seiner Natur. Aber fruchtbar ist er nur und allen dienlich, wenn er sich im Rahmen des Göttlichen bewegt. Tut er das nicht, ist er nicht gottgefällig.«

Er hat sie gründlich verunsichert, begriff Isenhart. Denn sie waren außerstande, zwischen dem freien Denken und dem gottgefälligen zu unterscheiden. Wo verlief die Grenzlinie?

»Wo die Grenze ziehen«, fuhr der Bischof fort, als habe er seine Gedanken gelesen, »das fragt ihr euch. Nun, keine Ähre auf Gottes Erde gleicht einer anderen, und so verhält es sich auch mit euren Gedanken. Jeder für sich muss einzeln betrachtet und auf Gottgefälligkeit beurteilt werden. Dazu sucht uns auf, wenn ihr unsicher seid, und kein Geistlicher, den ihr ins Vertrauen zieht, wird euch strafen, sondern vielmehr mit gutem Rat Beistand leisten.«

Isenhart war sich nicht sicher, ob das Gesinde erfasste, dass dieses Ansinnen an der Realität scheitern würde, denn die Leute schufteten von Sonnenauf- bis Sonnenuntergang. Von ihrem fünften, sechsten oder siebten Lebensjahr an bis ins Grab. Niemand, den bei der Feldernte ein neuer Gedanke ereilte, konnte den Weg zur nächsten Kirche auf sich nehmen und warten, bis ein Geistlicher ihm Gehör schenkte.

Als Isenhart zu Henning blickte, las er in seinen Augen dieselbe Conclusio.

Der Bischof von Spira komplettierte sie zum unfreiwilligen Trio: »Im täglichen Einerlei mag das nicht immer möglich sein. Sucht euer Heil daher in Arbeit und Gebet. Denn der beste Weg, einen falschen Gedanken zu vermeiden, mit dem ihr den Zorn Gottes und die Verdammnis in der Hölle auf euch zöget, ist es, sich gar nicht erst dem Denken zu überlassen.«

Von Scharfenberg ließ den Blick über die versammelten Menschen schweifen, falls jemand seine Stimme zum Widerwort erheben sollte. Doch zu seiner offenkundigen Zufriedenheit fand sich niemand.

Die Hölle, dachte Isenhart, deshalb sprach man von Gottes*furcht*.

Wenn gute Worte nicht halfen, griffen die Vertreter des Schöpfers zum Mittel der Angst.

Dies alles mochte nicht die Schuld des Allmächtigen sein. Aber wie Walther einst gesagt hatte: *Wer Recht von Unmenschen brechen lässt und tatenlos zuschaut, ist selbst einer.*

Weiter konnte Isenhart seine Gedanken, die ihn unweigerlich auf die Fährte seines Vaters führten mit seiner Hypothese von der Nichtexistenz Gottes, nicht verfolgen, denn Konrad III. von Scharfenberg wandte sich nun direkt ihm zu. »Doch deswegen haben wir uns hier nicht zusammengefunden. Sondern um Recht zu sprechen und ein Urteil zu fällen.«

Der Bischof sah von ihm zu Konrad, der weiterhin den Kopf gesenkt hielt, schaute hinüber zu Wilbrand von Mulenbrunnen, der keinen Deut weniger reglos an seinem Platz verharrte, und ließ die Augen zu Henning von der Braake schweifen, dem er den Mund verboten hatte, der sich dafür aber in aufreizend provokanter Form weigerte, seinem Blick auszuweichen.

»Hier zwei, die dem Abt von Mulenbrunnen nach dem Leben getrachtet haben, dort einer, der wohl getötet hat, um sich ein Bildnis Gottes zu machen auf seiner Jagd nach der Seele. Und schließlich ein Vierter, der ihn dazu anstiftete und bei seinen Taten unterstützte. Die einen räumen einen Teil ein, die anderen streiten alles in Bausch und Bogen ab, insgesamt beschuldigen sie sich gegenseitig. Und nun tagt dieses Hohe Gericht, um ein gerechtes Urteil zu fällen. Bloß wie?«

»Knüpft sie alle auf!«, rief eine helle Frauenstimme und erntete zustimmendes Gemurmel. Edgar, der Scharfrichter, der nach wie vor im Durchgang verweilte, nickte kaum merklich.

Konrad III. von Scharfenberg machte sich nicht einmal die Mühe zu fragen, von wem der Einwurf stammte, denn erfahrungsgemäß blieb von den Forderungen, die lautstark aus der anonymen Deckung erhoben wurden, wenig übrig, sobald sich ein Gesicht dazugesellte, das die Forderung für alle sichtbar wiederholen musste.

Er hasste es, wenn er auf mangelnde Gottesfurcht stieß. Und hier fand er sie gleich vierfach vor, wobei Konrad von Laurin und

Wilbrand von Mulenbrunnen sie aus Bequemlichkeit missen ließen – die beiden anderen aber aus Absicht. Die Ersteren würden sie bei entsprechender Behandlung sicher an den Tag legen. Die Letzteren nicht. Sie waren gefährlich. Sie gehörten zu jenen, die für ihre Überzeugung zu sterben bereit waren. Fanatiker des Wissens.

»Wenn wir alle aufknüpften, bräuchten wir kein Gericht«, antwortete er schließlich, »das aber erhebt uns über die Heiden und Ketzer. Doch was soll ich tun? Ich war kein Zeuge. Nichts von dem, was sie sich vorwerfen, habe ich mit eigenen Augen gesehen. Und es gibt auch sonst niemand, der einen Eid schwören könnte.« Von Scharfenberg vollführte eine Vierteldrehung, sodass er Isenhart gegenüberstand. Sie trennten gut zehn Fuß. Doch die Distanz schmolz, weil der Bischof ihm bei den folgenden Worten tief in die Augen sah: »Kann ich mir anmaßen, im Namen unseres Herrgott, der alles gesehen hat, während ich nichts davon bezeugen kann, ein Urteil zu sprechen?«

In diesem Moment war Isenhart mit einem Schlag klar, worauf Konrad III. von Scharfenberg von Anfang an abgezielt hatte. Und auch, warum er Isenhart dazu auserkoren hatte. »Dann fordere ich ein Gottesurteil«, sagte er mit fester Stimme. Der Bischof zog zwar eine Augenbraue hoch, als missfiele ihm, dass ein Delinquent mitten in einer Verhandlung eines Hohen Gerichts so eine selbstbewusste Forderung an ihn richtete, doch das kaum sichtbare Lächeln, das über seinen Mund huschte, bestätigte Isenhart in seiner Annahme.

Der Grund dafür blieb ihm allerdings weiterhin verschlossen. Vorerst.

»Das steht ihm nicht zu!«, donnerte Wilbrand von Mulenbrunnen. Doch sah er den Bischof gänzlich unbeeindruckt.

»Ein Gottesurteil steht niemandem zu«, belehrte Konrad III. von Scharfenberg ihn mit so lauter Stimme, dass seine Worte gleichsam der Belehrung aller entsprach, »nur dem Schöpfer. Wer ihn anruft, dessen Stimme darf nicht ungehört verhallen. Und – angesichts der verzwickten Lage und mangels Zeugen – scheint es mir, dass das Hohe Gericht gut daran tut, dem Allmächtigen den Richterspruch zukommen zu lassen. Wer könnte ein besseres Urteil fällen als er?«

Niemand wagte zu widersprechen, auch Wilbrand nicht.

Gespannt blickte das Gesinde auf die vier Männer, zwischen denen es entschieden werden würde. Nur Edgar, der Carnifex, stellte eine leicht betrübte Miene zur Schau.

»Ich bin achtundsechzig Jahre alt«, warf Wilbrand von Mulenbrunnen ein.

»Man sieht es Euch nicht an«, versicherte Konrad III. ihm.

»Gegen einen jungen Gegner bin ich trotzdem im Hintertreffen.«

»Ihr dürft einen Stellvertreter wählen«, ließ der Bischof ihn wissen.

Der Abt ließ den Blick schweifen, bis er bei Simon von Hainfeld landete. Aber Henning schüttelte unmerklich den Kopf, mit seinen Augen beschwor er den Abt von Mulenbrunnen. Dieser zögerte kurz, bevor er einen Entschluss fällte und den Kopf schüttelte. »Ich kämpfe selbst«, stellte er fest und rief damit ein anerkennendes Raunen hervor, das durch die Menge glitt. Henning von der Braake nickte ihm zu, als wolle er sagen: gut gemacht.

»Dann werden wir das Urteil umgehend herbeiführen, draußen, vor den Toren«, verkündete Konrad III. von Scharfenberg, »und falls Euch etwas zustoßen sollte, Wilbrand – da sei der Herrgott vor –, kümmere ich mich persönlich um den Fortbestand Eurer Ländereien.«

Nun endlich erfasste Isenhart den Sinn von von Scharfenbergs Bemühungen. Darum ging es, um die Ländereien, um den Besitz derer von Laurin. Natürlich! Wenn der Abt im Streit um das Gottesurteil fiel, musste zunächst ein Nachfolger für sein Amt bestimmt werden. In dieser Interimszeit konnte der Bischof sich nicht nur die Burg unter den Nagel reißen, sondern vor allem die einträglichen Weinberge. Das, was Wilbrand einst Sigimund von Laurin unter dem Vorwand einer Fehde gestohlen hatte, das konnte Konrad III. von Scharfenberg nun der Diözese überantworten, falls der Abt den Ausgang des Gottesurteils nicht überstehen sollte. Genau das hatte ihm bereits unten im Gewölbe vorgeschwebt, als er von Isenhart das Schwert eingefordert hatte. Dieses war der Pakt, den Isenhart unwissentlich eingegangen war.

Die Verblüffung des Abtes, auf diese Weise hintergangen zu werden, war Isenhart Bestätigung genug. Der große Fisch Wilbrand hatte den kleineren Fisch Sigimund geschluckt – und wurde nun seinerseits von einem noch größeren Raubfisch gefressen.

»Mein Herr ist blind«, brachte Isenhart vor, »er kann sein Recht im Kampf nicht wahrnehmen.«

»Auch er kann einen Stellvertreter wählen, der den Kampf für ihn austrägt«, ließ der Bischof ihn wissen.

Isenhart sah sich um, das Gesinde rückte unmerklich zurück. Niemand wollte in die engere Wahl fallen, keiner gefragt werden. Mutlosigkeit kam über ihn. »Da ist niemand, der für meinen Herrn einspringen könnte.«

»Dann springt Ihr ein«, empfahl der Bischof ruhig, in seinen Worten lag keine Süffisanz, »der Herr wird über Euch wachen und Euer Schwert führen.«

Isenhart empfand das als äußerst kargen Trost.

»Ich kämpfe für mich«, ließ Konrad sich vernehmen und hob das Haupt.

Abermals ging ein Raunen durch die Menge und pflanzte sich fort bis hinaus auf den Burghof, wo sich jene in dichten Trauben eingefunden hatten, die im Inneren der Kapelle keinen Platz mehr gefunden hatten. Ein geblendeter Mann, der sich dem Zweikampf stellte! Wahrhaft, es musste der Sohn von Sigimund von Laurin sein.

Von Mulenbrunnen lächelte.

»Das ist unmöglich«, stieß Isenhart hervor.

»Schweigt, der Mann hat seine Wahl getroffen«, befahl der Bischof und fuhr fort, bevor Isenhart etwas erwidern konnte: »Ein jeder darf tragen, was sich in seinem Besitz befindet. Denjenigen ohne Besitz stellt der Schmied eine Waffe seiner Wahl zur Verfügung.«

Henning von der Braake räusperte sich vernehmlich, die Augen der anderen richteten sich auf ihn, als er sich an Konrad III. von Scharfenberg wandte: »Es gibt da noch einen Umstand, der bisher unerwähnt blieb.«

»Und der wäre?«

»Dieser Mann hier«, Henning deutete mit dem Kopf auf Simon von Hainfeld, »er war mir bei meinen Taten behilflich und ist in alles eingeweiht. Ohne seinen bereitwilligen Schutz hätte ich meine … Suche nach Erkenntnissen nicht betreiben können. Sein Name ist Simon von Hainfeld.«

Am meisten von allen war von Hainfeld über diese Offenbarung überrascht, die ihn offensichtlich völlig unvorbereitet traf.

Konrad III. von Scharfenberg trat näher, um einen prüfenden Blick auf den hünenhaften Mann zu werfen, der sich die ganze Zeit über in den Schatten einer Säule gedrückt hatte, wo man ihn kaum in seiner ganzen Größe wahrnahm.

»Ist das so, Simon von Hainfeld?«, fragte ihn der Bischof von Spira. Simon war mit dieser Frage anscheinend überfordert, weshalb er einen Hilfe suchenden Blick dem Mann zuwarf, der ihn mit wenigen beiläufigen Worten soeben ins Zentrum des allgemeinen Interesses katapultiert hatte.

Von der Braake nickte kaum merklich.

»Ja, Herr«, sagte Simon daher und lächelte dabei, was wohl Ehrerbietung ausdrücken sollte, aber völlig fehl am Platze war.

Der Bischof nickte: »Gut. Dann unterliegt auch Ihr dem Gottesurteil. Kämpft ihr selbst oder …«

Der Hüne trat mitten im Satz aus dem Schatten vor. Die Frage hatte sich erübrigt, wie von Scharfenberg realisierte.

Isenhart atmete einmal tief durch. Er und sein blinder Freund im Kampf mit einem alten Abt und Henning – das wäre vielleicht noch zu bewältigen gewesen. Aber mit Simon von Hainfeld im Spiel, den er in der Schlacht zwischen von Owenbühl und von Vöhingen leibhaftig erlebt hatte, minimierten sich ihre Chancen, das Blatt zu ihrer Seite zu wenden, ins Bodenlose.

»Keine Sorge«, raunte Konrad, der seine Gedanken zu erraten

schien, ihm mit gepresster Stimme zu, »ich binde ihn. Dann hast du freie Hand und musst nur Wilbrand und Henning töten.«

Wie tröstlich, wollte Isenhart erwidern, aber als er einen Seitenblick auf Konrad warf, bemerkte er, wie dessen Nasenflügel vor Zorn bebten. Dort, wo die Augen sich befunden hatten, war alles übersät von Brandblasen, trotzdem beschlich ihn das Gefühl, der Freund schaue direkt zu dem großen Mann neben Henning. Zu dem Mann, der ihm und Sophia das alles angetan hatte. Isenhart begriff, dass Konrad es kaum erwarten konnte, Simon von Hainfeld in Stücke zu schlagen. Indes, sein Augenlicht spielte dabei nicht mit.

»Damit hat das Hohe Gericht seine Tagung beendet und die Urteilsfindung voller Vertrauen und Demut in die Hände unseres Schöpfers gelegt«, verkündete Konrad III. von Scharfenberg.

Henning und Isenhart tauschten einen Blick, und sie lasen in den Augen des jeweils anderen die Gewissheit, dass alles Mögliche den anstehenden Kampf entscheiden würde.

Nur nicht Gott.

41.

Henning hatte nicht gelogen.

Sophia stand neben dem Tross des Bischofs beim Gesinde, das sich so zahlreich versammelt hatte, als handle es sich um einen Feiertag, an dem es seine Arbeit ruhen lassen konnte. An die hundertfünfzig drängten sich hinter dem Bischof, dem man einen schweren Stuhl auf die Wiese gestellt hatte, auf dem er nun thronte.

Sophia befand sich hundert Fuß von Isenhart entfernt, aber er glaubte trotzdem die feinen Nähte zu erkennen, die ihr kreuz und quer durchs Gesicht liefen. Nein, es war nicht das Garn, es waren die geschwollenen und geröteten Hautränder, die Henning vernäht hatte und die jene Linien bildeten, die Isenhart wahrnahm.

Für den unerfahrenen Betrachter wirkte sie immer noch entstellt, beinahe mehr als zuvor. Doch Henning von der Braake hatte seine gesamte Kunstfertigkeit aufgebracht und sein medizinisches Wissen in die Waagschale geworfen, um der barbarischen Entstellung so weit Einhalt wie möglich zu bieten. Dennoch würde sie Narben behalten, dachte Isenhart, und Lilian würde das erste Mal beim Anblick ihrer Mutter kreischen vor Angst.

Eine Bö fuhr auf sie nieder und brachte die Grashalme zum Tanzen, sie bogen sich gen Südwesten, um sich anschließend wieder aufzurichten. Der Schmied, der Konrad und ihm hinter einer groben Werkbank gegenüberstand, riss sich endlich von Konrads Gesicht los, dessen Verbrennungen seine Aufmerksamkeit über die Maßen auf sich zogen, und schaute in den Himmel. Isenhart tat es ihm gleich. Dunkle, schwere Regenwolken waren aufgezogen. Sie brachten den Wind mit sich, der erneut über die Wiese fegte.

»Wählt Eure Waffen«, sagte der Schmied und deutete mit einer

Kopfbewegung auf die Werkbank. Fein säuberlich aufgereiht fanden sich dort einige Hieb- und Stichwaffen. Ein mächtiger Zweihänder mit einem anderthalb Fuß langen Knauf. Und von einer Länge, die den Knauf mühelos bis hoch zum Herzen reichen ließ. Eine schwere, beinahe klobige Waffe, die zu führen einem viel Kraft und noch mehr Erfahrung abverlangte.

»Ich will ein Schwert und einen Schild«, sagte Konrad bestimmt, »habt Ihr einen Rundschild?«

Statt einer Antwort griff der Schmied zur Seite, neben die Werkbank, an der die Schilde lehnten, und reichte es ihm. Als Konrad sich nicht rührte, begriff der Mann und presste es ihm gegen den Arm. Konrad ertastete den Schild und ließ den linken Arm mit einer routinierten Bewegung durch die lederne Schlaufe auf der Rückseite fahren.

»Das Schwert muss mit einer Hand zu führen sein.«

»Was ihr nicht sagt«, antwortete der Schmied mit Blick auf den Rundschild, der Konrads linken Arm band. Er griff nach einer Klinge, die leichte Scharten trug, und wollte sie Konrad reichen, doch Isenhart nahm sie stattdessen entgegen. Er ließ das Schwert durch die Luft fahren. Nicht sanft und genau, sondern mit Kraft.

Dabei drehte er sich zur Hälfte um seine eigene Längsachse. Dort, auf der anderen Seite der Wiese, etwa zweihundert Fuß von ihnen entfernt, spielte sich die identische Situation ab. Wilbrand, Henning und Simon von Hainfeld ließen sich ebenfalls mit Waffen ausstatten.

Er riss sich von dem Bild los, wandte sich erneut dem Schmied zu und gab ihm das Schwert zurück. »Die Klinge ist zu starr, sie könnte splittern«, erklärte er. Der verdutzte Schmied sah ihn an, als treibe er einen Scherz mit ihm. »Ich habe sie selbst geschmiedet«, entgegnete er schroff.

»Nehmt nächstes Mal mehr weiches Eisen«, gab Isenhart mit gleicher Schroffheit zurück und ergriff ein Schwert, dessen Klinge schmaler war, die allerdings etwas gräulich wirkte. Wieder schwang er die Waffe durch die Luft, verteilte wuchtige Hiebe nach links und rechts. Es lag gut in der Hand. Wer immer es hergestellt hatte, verstand etwas von seiner Profession. Der Schwerpunkt war ausbalanciert, die Klinge schwang nach. Kaum sichtbar zwar, aber Isenhart spürte es. Er wandte sich dem Schmied zu, der leicht den Kopf schüttelte. »Keine gute Wahl. Mein Vetter hat es von einem Mann erstanden, der sagte, er habe es in Toledo erworben.«

Ein Schwert aus Toledostahl, begriff Isenhart. Ein Blick in die Augen des Pinkepanks verriet ihm, dass der Mann nicht ahnte, welch unsagbaren Wert er hütete.

»Schwerter aus Toledostahl sind die besten Schwerter der Welt«, merkte er an.

Der Schmied bedachte ihn mit einem tadelnden Blick: »Es ist eine Waffe, die Ungläubige geschmiedet haben.«

Isenhart sagte dem Mann nicht, dass Toledo sich seit mehr als hundert Jahren wieder in christlicher Hand befand, während er Konrad das Schwert in die Hand drückte.

»Ihr werdet auch nie den köstlichen Geschmack einer Orange kosten«, ließ Konrad den perplexen Pinkepank wissen, der sich unter einer Orange nicht das Geringste vorzustellen vermochte. Ganz abgesehen davon, dass er mit der Bemerkung auch sonst nichts anfangen konnte.

Während Konrad sich mit dem Schwert vertraut machte, stand Isenharts erste Wahl umgehend fest. Er deutete auf die Armbrust: »Ich nehme die da.«

Der Schmied zog zum Zeichen seiner Missbilligung lediglich die Augenbrauen hoch, reichte ihm aber die Fernkampfwaffe, in die Isenhart den Bolzen einlegte und sie sich dann wie gewohnt auf den Rücken schnallte, während er bereits die anderen Waffen mit seinen Augen inspizierte. Streithammer, Dolche, Hammer, Schwerter fanden sich auf dem Tisch.

Er erinnerte sich an die Zeit, als sie noch jung gewesen waren und Konrads Interesse für Waffen seinen Zenit erreicht hatte. Wie sie Walther gefragt hatten, auf welche Waffen seine Wahl wohl fiele, wenn er gegen sie kämpfen müsste. Und wie er sich dann für unterschiedliche Waffen entschieden hatte.

Deshalb hatte Konrad wohl ein leichtes Schwert und einen

leichten Schild gewählt. In der Auseinandersetzung mit Simon von Hainfeld sah er seinen einzigen Vorteil in seiner Behändigkeit. Er musste auf ein flinkes Ausweichen setzen. Wie er Isenhart auf dem Weg hierher zugeflüstert hatte, sah er auf dem rechten Auge nichts, und der brennende Schmerz, den er dort empfand, verriet ihm auch nichts darüber, ob sein Augapfel tatsächlich verdampft war oder nicht. Aber links nahm er Gestalten und Bewegungen schemenhaft wahr. Farben sah er kaum, aber Umrisse und Formen – wenn sie günstig gegen das Licht standen.

Von fern bahnte sich das Donnergrollen seinen Weg. Dann setzte Regen ein, kleine, feine Tropfen, die sie langsam, dem Morgentau gleich, durchnässten. Sanft.

»Trefft Eure Wahl«, rief der Bischof ihm zu. Isenhart warf einen Blick über seine Schulter. Ihre drei Gegner hatten sich auf der Wiese aufgebaut. Simon von Hainfeld mit dem Streithammer, der ihm mit seinen rostigen Eisendornen die rechte Schulter aufgerissen hatte. Auf der anderen Seite Henning, der einen Dolch im Gürtel trug und ein Schwert in der linken Hand. Sie flankierten den Abt von Mulenbrunnen, der etwa fünfzehn Fuß vor ihnen stand – in seiner Rüstung.

Gepanzert von Kopf bis Fuß. Isenharts Hoffnung, eine – wenn auch überschaubare – Chance zu haben, verflüchtigte sich noch vor der nächsten Bö. Zu lebhaft war ihm noch in Erinnerung, wie Konrad und er den Brabanzonen Rogier von Heyden im Durchgang der Burg Laurin mit ihren unablässigen, aber wirkungslosen Hieben traktiert hatten. Damals war der nachlässige Übergang von Rogier van Heydens Brustharnisch zum Helm ihre Rettung gewesen. Aber auf die Gelegenheit, Wilbrand so nahe zu kommen, und auf den Zufall zu hoffen, die Geschichte möge sich hier und heute beim Abt wiederholen, konnte Isenhart nicht setzen.

»Eure Wahl!«, rief Konrad III. von Scharfenberg abermals, und das Drängen in seiner Stimme war nicht zu überhören. Isenhart ließ seinen Blick zügig über die vorhandenen Waffen gleiten – und blieb ganz am Ende auf dem Streitflegel haften. Schaft, kurze Kette, dornenbesetzte Eisenkugel. Die Waffe, die Michael von Bremen verwendet hatte und die Konrad unbekannt vorgekommen war. Jemand, der sich gegen sie verteidigte, musste in der Lage sein, die Flugbahn der Kugel vorherzusehen. Sie galt als unritterlich, ein Umstand, der Isenhart einerlei war. Er griff sich den Flegel und wandte sich um, damit er Aufstellung neben Konrad von Laurin nehmen konnte. Der Wind trieb ihnen den Regen, der stärker geworden war, direkt ins Gesicht.

Der Bischof erhob sich, warf den beiden Streitparteien je einen Blick zu und rief: »Wer den Kampf übersteht, soll ein freier Mann sein, dem alle früheren Sünden vergeben werden. Möge der Herrgott ein gerechtes Urteil fällen!«

Er nahm wieder Platz. Unter den Augen Hunderter setzte Konrad sich in Bewegung, mit den Füßen ertastete er vorsichtig die Unebenheiten des Geländes. Isenhart folgte. Von der anderen Seite setzte sich zuerst Wilbrand von Mulenbrunnen in Marsch. Er schritt ihnen entgegen wie ein rüstiger Mann im besten Alter. Forsch und die unmittelbare Entscheidung suchend.

Henning und Simon von Hainfeld schlossen sich an, darauf bedacht, ihre vom Abt versetzte Position zu halten, sodass sie alle zusammen ein vorrückendes Dreieck bildeten.

Das ist mein Traum, dachte Sophia, deren Narben brannten, als hätte man ihr feine Feuerlinien kreuz und quer über das Gesicht gelegt. Dieses war der Traum, der Isenharts maximales Alter barg, der Traum, von dem sie gewusst hatte, er würde sich eines Tages bewahrheiten. Und dieser Tag war heute.

Wilbrand von Mulenbrunnen griff nach dem Knauf seines Schwertes und zog es aus der Scheide. Der Ansatz der Klinge war mit einem orientalischen Muster verziert. Ja, von diesem Mann, dem ihr Gatte entgegenschritt, hatte sie geträumt. Von diesem Augenblick.

Ging er auf seinen Tod zu, fragte Sophia sich. Ihr Herz krampfte sich zusammen. Nicht nur wegen Isenhart, auch wegen ihres Bruders, der sich mit tastenden Schritten auf die anderen zubewegte. Blind. Hilflos.

Simon von Hainfeld schritt auf Konrad zu, während Wilbrand

und Henning sich eher auf Isenhart zu konzentrieren schienen. Sophia schlüpfte aus ihren Holzschuhen. Sie entriss dem unaufmerksamen Wachtposten neben ihr die Lanze und lief quer über die Wiese. »Flieht!«, brüllte sie.

Alle starrten sie an, und auch der Wachmann war einen Augenblick lang fassungslos, bevor er ihr nachsetzte, um seine Unaufmerksamkeit und Schmach wettzumachen und der körperlichen Strafe, die ihn zweifelsohne erwartete, zu entgehen.

Aber Sophia, deren rotes Haar ihr vom Kopf abstand, war flink. Als Kind war sie im Wettlauf mit den Jungs aus dem Gesinde stets als Siegerin hervorgegangen, selbst schneller als Isenhart war sie gewesen. Es gab nur einen, der sie in allen Disziplinen geschlagen hatte. Konrad, natürlich.

Die Männer, die sich zu duellieren anschickten, warfen ihr einen überraschten Blick zu. Damit hatte niemand gerechnet. Sophia rannte auf den Mann zu, der ihr am nächsten war: Simon von Hainfeld. An den schnellen Atemzügen hinter sich hörte sie, wie der Wachmann Boden gegen sie gutmachte. Sie wusste nicht, was sie mit der Lanze anfangen sollte, wenn sie von Hainfeld ungehindert erreichen sollte, aber sie war entschlossen, den Tod von Mann und Bruder zu verhindern.

Der Wachposten hechtete auf sie zu. Sophia begriff, es würde nicht reichen, weshalb sie alle Zielgenauigkeit und Kraft in den Wurf legte, mit dem sie den Speer auf den Hünen schleuderte, der ihr mit der schartigen Klinge ihre Schönheit genommen hatte. Vor Anstrengung brüllte sie auf, bevor das Gewicht des Wachmannes sie zu Boden riss. Obwohl vom weichen Grasboden abgefedert, schlug sie so hart mit dem Kinn auf, dass ihre Zahnreihen aufeinanderschlugen.

Die Lanze schoss haarscharf an Konrad vorbei, der sie nicht kommen sah. Simon von Hainfeld, auf den sie zuflog, riss geistesgegenwärtig den Streithammer hoch und wehrte sie damit ab.

Wilbrand trennten noch siebzig Fuß von Isenhart, der in der Konfrontation mit dem Abt nur die Chance sah, ihn zu Fall zu bringen, damit das Gewicht der Plattenpanzerung ihn an den Grund fesselte.

Doch von Mulenbrunnen hob die eisenbewehrte Hand, um das Visier nach unten zu senken. Und jetzt entdeckte Isenhart die Lücke.

Chlodios Schlag, der ihm das linke Auge aus dem Schädel katapultiert hatte. Seitdem präsentierte sich ihm, wenn er das rechte Auge schloss, nicht nur die Fläche, sondern eine Art Relief. Eine Ahnung der dritten Dimension.

Er ließ den Streitflegel aus der Hand gleiten. Die Eisenkugel plumpste ins satte, nasse Gras. Die Rechte glitt in seinen Nacken, riss die Armbrust hervor. Den Schwung fing er mit der linken Hand ab. Isenhart blieb nur der Bruchteil eines Augenblicks.

Er hob die Armbrust an, das rechte Auge zugekniffen. Die Landschaft und die Menschen darin verschmolzen zu einer Ebene mit winzigen Erhebungen. Wilbrand erfasste, was er vorhatte. Er legte all seine Kraft in den linken Arm, der den schweren Schild hielt und der nun von Bizeps und Unterarm in die Höhe gerissen wurde.

Isenhart drückte den Abzug durch, der Bolzen jagte auf seine Bahn, zweihundert Fuß in der Sekunde. Er schoss knapp über den Schild hinweg, schlug ins noch offene Visier ein und zertrümmerte dem Abt den Schädel.

Wilbrand von Mulenbrunnen fiel tot ins Gras, als hätte man einer Marionette mit einem einzigen Streich die Fäden gekappt.

Aus Konrads Sicht war es nur eine schimmernde Kontur, die rücklings ins Gras sank. Dafür schob sich eine viel größere in sein Sichtfeld: Simon von Hainfeld.

Die List entspringt nicht der Feig-, sondern der Klugheit, hörte er die Worte seines Vaters in seinem Kopf nachhallen. Daher vollführte er noch einen weiteren, scheinbar unbedachten Schritt nach vorne. Es trat exakt das ein, was er sich erhofft hatte: Simon von Hainfeld hielt ihn für blind. Er schwang den Streithammer und legte all seine Kraft in den Schlag, den Konrad, der sich rechtzeitig duckte, ins Leere laufen ließ. Die Wucht des eigenen Hiebes riss den Hünen nach vorne, genau in die Linie jener Bahn, die seine Waffe in der Luft beschrieb. Konrad federte hoch und riss die Klinge aus

Toledostahl hinab, um den ungeschützten Nacken seines Gegners zu verletzen. Aber sein mangelndes Augenlicht ließ ihn nur den Rücken des Mannes treffen, in dessen Fleisch der Stahl einen halben Daumenbreit eindrang. Von Hainfeld fing sich ab. Konrad setzte nach, deckte seine Flanke durch den Rundschild und trieb von der Braakes Gehilfen die Schwertspitze in den Unterarm. Im selben Augenblick krachte der Streithammer gegen seinen Schild und zwang ihn zu einem Stützschritt.

Währenddessen fand Isenhart sich Henning von der Braake gegenüber, dessen helles Lederwams vom Regen dunkelbraun gefärbt wurde. »Ich will dich nicht töten!«, brüllte dieser ihm zu.

Isenhart zögerte, seine Rechte umfasste den Streitflegel. »Ich will dich auch nicht töten«, sagte er leise, seine Stimme ging beinahe im Regen unter. Henning schluckte. Er nahm es als Bekenntnis der Zuneigung, die Isenhart für ihn empfand. »Aber ich muss, um die zu retten, die du ermorden wirst«, fügte Isenhart hinzu.

Und dieses Mal lag eine Entschlossenheit in seinem Ton, den der Regen nicht übertönte. Er sprang vor und ließ die Eisenkugel nach vorne fliegen. Mit der Überraschung auf seiner Seite gelang ihm ein Treffer. Die Kugel traf von der Braake mit voller Wucht an der Hüfte, die Parade, die er mit seinem Schwert ausführte, kam zu spät. Doch blieb die Wirkung aus, kurz nur verzog Henning das Gesicht, als die Dornen drei Löcher in seinen Wams rissen. Nicht mehr.

Isenhart hatte es gespürt. Die Kugel federte nicht mit Verzögerung zurück, wie es erwartbar gewesen wäre, wenn Metall auf Fleisch traf. Etwas hatte ihre Flugbahn abrupt gestoppt, ja fast zurückgeworfen. Er trägt versteckt ein Kettenhemd, folgerte Isenhart. Alle weiteren Schläge, die sich den Torso zum Ziel nahmen, waren daher Verschwendung von Chance und Kraft.

Henning ging nicht etwa zum Gegenangriff über, sondern wich nach links und rechts aus, beide Hände umschlossen den Knauf. »Wozu?«, brüllte er gegen die Regenwand an, die über sie hinwegzog, »wozu? Wir sind Halbbrüder! Wir haben denselben Vater, Isenhart! Wir tragen ihn in uns!«

Das Böse ebenso wie das Gute, fügte Isenhart in Gedanken hinzu. Er startete einen erneuten Ausfall, doch dieses Mal fand er Henning auf der Hut, der den Schlag mit dem Streitflegel ins Leere laufen ließ – um seinerseits zuzustoßen. Der Hieb traf Isenhart an der rechten Schulter, an der die Wunde, die von Hainfeld ihm mit dem Streithammer beigebracht hatte, ohnehin erneut zu bluten begonnen hatte. Die Schneide fuhr einen Zoll tief in seine Haut und krachte bis hinab auf den Schulterknochen, obwohl er noch den Versuch des Wegdrehens unternahm. Der Schmerz kam mit Verzögerung. Einen winzigen Moment lang war ihm der Blick auf den weißen Knochen gestattet, bevor das eigene Blut in die Kerbe seines Körpers stürzte.

Plötzlich wurde ihm schlecht, schwarze Punkte mischten sich in sein Gesichtsfeld, seine Beine wurden kalt und starr. Mit einer Kopfbewegung, die ihm unnatürlich viel Kraft abverlangte, vergewisserte er sich, dass Konrad und Simon von Hainfeld sich immer noch gegenseitig attackierten.

Und dann kam ihm etwas in den Sinn, es war ein Gedanke, ein Erinnerungsfetzen.

Der Schlag, mit dem Henning ihn verletzt hatte, war mit links ausgeführt worden. Mit *links.*

Die frische Erinnerung löste eine alte aus. Eine an jene Nacht, in der sie zu viert nach Tarup unterwegs gewesen waren und in der Scheune übernachtet hatten, in der sie überfallen worden waren. Günther von der Braake hatte seinen Dolch auf einen Angreifer geschleudert – mit dem rechten Arm. Günther von der Braake war Rechtshänder gewesen, vergegenwärtigte Isenhart sich. Hennings Aussage, Günther habe Anna von Laurin ermordet, ihr in der kalten Winternacht die Kehle durchschnitten, widersprach der Erinnerung an einen noch viel weiter zurückliegenden Tag.

Betäubt von Schmerz und Kälte hatte Isenhart neben Walther von Ascisberg ausgeharrt, weil er der Begutachtung ihres Leichnams beiwohnte und seinem Lehrer mit der Fackel das benötigte Licht spendete.

Er hat nicht viel Erfahrung in so etwas, hörte er Walthers Stimme in seinem Kopf widerhallen. Und sah ihn wieder vor sich, wie er auf die grässliche Schnittwunde deutete, die der Mörder Anna beigebracht hatte: *Dort, wo er begonnen hat, ist die Schnitttiefe ein Fingerglied tief – zu wenig, um eine Kehle zu durchtrennen. Aber hier hat er nachgesetzt.*

Ja, alles hatte auf einen Anfänger gedeutet. Auf einen, der zum ersten Mal Leben nahm. Doch eines war seinem ansonsten so wachen Lehrmeister bei der Leichenschau entgangen. Isenhart konnte den Schnitt durch die Kehle in seinem Kopf aufrufen, als läge die älteste Tochter des Fürsten hier vor ihm. Hier, auf der Wiese.

Der Schnitt begann links und führte nach rechts, wobei er sich vertiefte. Der Ursprung links, das Ende rechts. Wer seinem Opfer von hinten die Kehle durchschnitt, setzte auf der anderen Seite an. Der Rechtshänder ganz links am Hals, um die Klinge zu sich zu ziehen, der Linkshänder am rechten Ende. Und Annas Mörder hatte rechts begonnen, er hatte die Schneide von rechts nach links gezogen.

Es gibt nichts Zwingenderes als die Logik.

Annas Mörder war Linkshänder, einen anderen Schluss ließ der Schnitt durch ihre Kehle nicht zu.

Sie mussten Sophia, die sich nach Kräften wehrte, zu zweit durch das nasse Gras zurückschleifen.

Konrad, der zur Seite auswich, sah den Schlag zu spät kommen. Er versuchte noch, den Rundschild zur Deckung hochzureißen. Doch die Keule mit den Dornen zersplitterte ihn und traf Konrad am Kopf. Er stürzte. Simon von Hainfeld setzte ihm nach, sprang über ihn.

Die Eisendornen hatten Konrad von Laurin das Gesicht bis zum Wangenknochen aufgerissen. Er erwartete ein Brennen, doch er spürte auf seiner linken Gesichtshälfte nur eine merkwürdige Kälte. Die Situation erinnerte ihn an Philippopolis, als Dolph verwundet worden war und der Speerträger zum entscheidenden Stoß angesetzt hatte. Damals war sein Vater zur Stelle gewesen, um ihn zu retten. Dieses Mal war er auf sich gestellt.

Der Streithammer sauste auf ihn nieder, und für das, was er plante, musste er den Hieb in Kauf nehmen.

Überlasse dich niemals dem Zorn.

Konrad schützte sich mit dem unteren Teil des Schildes, der noch nicht von seiner querstrebigen Halterung gesprengt worden war. Unter der Wucht des Schlages wurde es ihm in der Hand in Stücke gerissen, der Streithammer brach ihm Elle und Speiche des linken Armes. Der Schmerz jagte ihm in den Kopf. Simon von Hainfeld war vornübergebeugt, abgelenkt vom Schild und dem gebrochenen Unterarm fuhr der Hammer in den Boden.

Damit war von Hainfeld nah genug, um von Konrad anvisiert zu werden. Er riss das leichte Schwert hoch und trieb dem Hünen die Spitze durch den Hals.

Von Hainfeld erstarrte, das Blut schleuderte im Rhythmus seines schwächer werdenden Herzschlags hinaus und über ihn. Der Hüne schreckte zurück, während sein Körpergewicht ihm das Toledoschwert weiter und weiter durch den Hals trieb, die Wunde in ihrer Breite vergrößerte und schließlich die Haut aufspringen ließ.

Er sackte auf den Mann nieder, den er zu blenden geglaubt hatte.

Isenhart wankte Henning von der Braake entgegen. Die Kraft sprudelte ihm aus der Wunde, alles verschwamm. Und so sah er den Schwerthieb nicht kommen, nicht mehr als ein verwischtes Etwas, das in aberwitziger Geschwindigkeit durch sein Gesichtsfeld schoss, so unwirklich wie der Pfeil am Kirbach. Umso wirklicher der Schmerz, der ihm in die Glieder fuhr, als die Stahlklinge ihn um die halbe Ohrmuschel erleichterte und abermals in sein Schlüsselbein fuhr.

Erschrocken über die Verwundung, die er seinem Halbbruder beigebracht hatte, wich Henning einige Fuß zurück. Isenharts Beine wollten nachgeben, doch er gestattete es ihnen nicht.

Aus den Augenwinkeln nahm er wahr, wie Simon von Hainfeld über dem liegenden Konrad zusammenbrach. Isenhart wusste nicht, wer von beiden noch am Leben war, der Schmerz versetzte ihn in Trance.

Jetzt galt es.

»Wir beide«, richtete Henning das Wort an ihn, »wir hätten niemals in dieses Jahrhundert hineingeboren werden sollen. Wir stehen außerhalb unserer Zeit.« Von der Braake kam auf ihn zu. »Noch haben wir Gelegenheit«, beschwor er ihn.

»Nein«, widersprach Isenhart und nahm seine eigene Stimme wie einen Fremdkörper wahr, »nein, uns bleibt keine Zeit mehr. Und wir stehen auch nicht außerhalb von ihr. Das ist nur eine Illusion, Henning.«

Wer außerhalb der Zeit stand, war zeitlos, während sie beide Ausdrucksformen der Zeit waren und ihr mit jeder Bewegung, jedem noch so kleinen Indiz der Alterung zu allgemeiner Sichtbarkeit verhalfen. Und deshalb, dachte Isenhart, bedingten sie einander, die Zeit und sie, und sie waren mit ihr, der Herrscherin des *Wann*, untrennbar im Jetzt verbunden. Die Vergangenheit war unverrückbar und unabänderlich, sie war für die Ewigkeit. Die Zukunft dagegen ungewiss, ein Meer von Möglichkeiten. Und alles, um die zukünftigen Tage in jene zu verwandeln, auf die man zufrieden und mit einer Art innerlichen Friedens zurückblickte, war der Moment. Hier und jetzt.

Sie standen einander gegenüber. Kampfbereit. Der Regen lief ihnen durch die Haare, die eng am Kopf klebten, über den Bart und das Antlitz. Die Halbbrüder waren durchnässt bis auf die Haut und taxierten einander.

»Wir stehen außerhalb unserer Zeit, Isenhart«, beharrte Henning und fügte hinzu, »ich will dich nicht töten.«

Isenhart ließ den Streitflegel sinken, er atmete tief durch, der Geruch von nassem Gras hing über der Wiese.

Entgegen seinen Worten sprang Henning vor und ließ das Schwert zum Herzen seines Halbbruders vorschnellen.

Sophia erstarrte im Augenblick dieser Attacke, die ihren Mann unvorbereitet treffen und ihn töten würde. Dies war der Grund, weshalb sie von ihm nie als von einem älteren Mann geträumt hatte.

Einige meinten später, Isenhart sei auf der Stelle tot gewesen, andere wollten gesehen haben, wie er sich noch für einige Augenblicke im Gras gewälzt hatte, bevor die Reglosigkeit von seinem Körper Besitz ergriff.

Auf jeden Fall stand er nicht wieder auf. Sophia brüllte aus Leibeskräften, als sie auf ihn zulief. Sie ließ sich neben den Toten fallen und wiegte ihn wimmernd in ihren Armen.

»O Herrgott, nein!«

Konrad stapfte herüber, fassungslos und betäubt.

Jeder Moment ist voll der Möglichkeit.

Und Isenharts Tod war nur eine von unzähligen Möglichkeiten, auf die die Zukunft sich noch nicht festgelegt hatte, als Henning zustieß und zu seiner Verblüffung in Isenhart auf keinen überraschten, sondern einen vorbereiteten Gegner traf. Aus der Ausweichbewegung schöpfte Isenhart den Schwung, mit dem er den Streitflegel ein kraftvolles Halbrund beschreiben ließ, um die Zukunft festzulegen.

Auf Hennings Gesicht zeichnete sich die Erkenntnis über den Fehler ab, den er soeben beging, doch befand er sich noch in der Vorwärtsbewegung, als er die Eisenkugel von links auf sich zurauschen sah – und war daher nicht in der Lage, seine ungeschützte Flanke wirksam zu decken.

Er krümmte den Ellbogen des linken Schlagarmes nach oben, doch die Eisenkugel des Streitflegels zertrümmerte das Armgelenk und wurde daraufhin ein wenig abgelenkt, weshalb sie ihn nicht knapp verfehlte, wie es zunächst den Anschein gehabt hatte, sondern gebändigt durch die kurze Kette einschwenkte und mit ihrem Aufprall Hennings Hinterkopf zertrümmerte.

Der ganze Mann erstarrte, ein Zittern durchlief ihn, ganz sachte. Ihre Blicke fanden sich. Hennings Fassungslosigkeit spiegelte sich in seinen vor Schreck und Schock geweiteten Augen. Schmerz empfand er bereits nicht mehr. Er nahm noch das unendliche Bedauern in Isenharts Augen wahr, bevor er ins Gras stürzte, wobei seine Arme ihn nicht mehr abfingen.

Isenhart kniete sich neben seinen Halbbruder. »Wir sind in dieser Zeit gefangen, ob wir wollen oder nicht«, sagte er.

»Natürlich«, flüsterte Henning, dem dort, wo Isenhart ihn am Hinterkopf hielt, ein Teil des Gehirns aus dem Schädel trat, »wer seid Ihr?«

Kurz senkte Isenhart den Blick, um sein Erschrecken zu verbergen. Er musste Henning mit dem Streitflegel an einer Stelle am Kopf verletzt haben, die die Erinnerungen der Menschen aufbewahrte.

»Ich bin Euer Bruder«, antwortete Isenhart schließlich und nahm die suchenden Finger Hennings in seine freie Hand. Dessen skeptische, ängstliche Miene wich einer gewissen Vertrautheit und Sicherheit. Doch beides nicht ohne Vorsicht. »Mein Bruder?«

»Ja«, versicherte Isenhart. Er sah auf. Sophia und Konrad näherten sich.

Mit einem Schlag, mit einem Akt roher Gewalt hatte er Henning von der Braake um das beraubt, was ihn so einzigartig gemacht hatte. Isenhart hatte ihm unwillentlich das Schlimmste angetan, was man einem Menschen antun konnte: Er hatte Hennings Identität vernichtet.

Nun blickte er zu ihm herab. In den Augen des Sterbenden lag kindliches Vertrauen. »Mein Bruder«, flüsterte er, und Isenhart bestätigte es mit einem Nicken, »ich bin froh, mich in Eurer Obhut zu wissen.«

Hennings Rechte umklammerte seine Hand, und er erwiderte den Druck der Finger. Isenhart schluckte. Er wollte keinen Schmerz empfinden, sondern Genugtuung. Nicht Verlust, sondern den Triumph. Doch alles, was er empfand, war eine Welle, die Henning mit seinen Worten ausgelöst hatte, die ihn durchströmte und schließlich an seinen Augen brach, als Henning seinen letzten Atemzug tat.

42.

ANNO DOMINI 1203

»Es ist besser, du gibst ihn mir«, sagte Konrad. Er reichte seinem Sohn Sigimund die Hand, aber der schwarze Vogel strafte ihn mit einem Hieb seines scharfen Schnabels.

Konrad zog seine am Daumen blutende Hand mit respektvoller Miene zurück, und Sigimund war offenbar unentschieden, ob er mit dem verletzten Raben, den er in den Händen hielt, böse oder zufrieden sein sollte.

»Er hat sich den Flügel gebrochen«, diagnostizierte Konrad.

Marie kam aus der Hütte, an dessen Wand ein teilnahmsloser Vater Hieronymus lehnte und sich von den Sonnenstrahlen kitzeln ließ. Den Ausdruck eines glücklichen Idioten auf dem Gesicht.

Marie trug einen Säugling im Leinenbündel, behutsam presste sie den Zweitgeborenen an ihre Brust.

»Man muss dem verletzten Vogel den Hals umdrehen«, riet Konrad seinem Sohn.

Sigimund schaute auf das gefiederte Bündel in seinen kleinen Händen. Der Rabe war noch jung. »Isenhart sagt, man kann am Flügel eine Schiene machen.«

Konrad seufzte und versuchte zu verbergen, dass der Seufzer einem tief empfundenen Respekt entsprang. »Nun ja«, relativierte er, »Isenhart wollte dich vielleicht trösten und hat deshalb …«

»Isenhart lügt nicht«, unterbrach Sigimund. Von Stirn zu Nasenwurzel zog sich dabei eine Falte des Ärgers in die noch junge Haut.

»Na, wenn Isenhart das sagt«, lenkte Konrad ein und erhob sich von den Schienbein- und Armschützern, denen er den Dreck abgekratzt und -gebürstet hatte. Er berührte sanft die Schulter seines Sohnes, die er in Grautönen wahrnahm.

Die Welt der Farben hatte sich ihm durch die versuchte Blendung verschlossen. Nie mehr würde er sie betreten können. Über dem rechten Auge trug er ein Stück Tuch. Das andere Auge war zwar in Mitleidenschaft gezogen worden, präsentierte ihm seine Umgebung aber wenigstens als farblose Fläche. Konrad hatte damit zu leben gelernt und stand mittlerweile der Wachmannschaft der Stadt Spira vor.

»Mit einem guten Flügel kann er wieder fliegen«, sagte Sigimund. Seinen besorgten Blick hielt er auf den versehrten Jungraben gesenkt.

Konrad holte tief Luft. Es sah so aus, als müsste er bei Gelegenheit ein Wörtchen mit Isenhart reden und ihm nahelegen, seine Flausen vom Fliegen ausnahmsweise auch mal bei Lilian zu verbreiten.

Diese lief ihnen von rechts über den Weg. Sie war fünfeinhalb, ein Rotschopf mit Sommersprossen um die Nase, der die Arme ausgebreitet hatte. »Ich kann fliegen«, gluckste sie.

Konrad seufzte. Er hatte es schon getan. Und statt des Grimms, den er empfinden wollte, verzogen seine Lippen sich zu einem Lächeln. Auch Sigimund, der gerade aufschaute und Notiz davon nahm, grinste. Konrad hob ihn hoch und setzte sich seinen Sohn auf die Schultern.

»Du hast einen verrückten Onkel«, sagte Konrad.

Seine Worte waren frei von Tadel und angefüllt mit Stolz.

Sophia saß am Fluss, den Blick auf die unvorhersehbaren Schlieren gerichtet, die die Strömung des Rheins an der Oberfläche hervorrief.

Isenhart hatte sich ihr genähert, ohne von seiner Gemahlin bemerkt worden zu sein. Der Wind presste das dünne Leinen vorteilhaft an ihren Körper. Unter dem Leinen erahnte Isenhart den Bogen der Wirbelsäule, über den seine Hände so oft gefahren waren.

Wortlos nahm er neben ihr Platz. Isenhart wusste um den genauen Verlauf jeder Narbe, die seine Frau in den Augen anderer trotz aller Bemühungen Hennings von der Braake entstellt hatte. Er hatte es damals, als Konrad III. von Scharfenberg sie zu freien Menschen erklärt hatte, nicht für möglich gehalten, über diese Verstümmelungen hinwegsehen zu können. Doch es fiel ihm leicht, viel leichter als Konrad, der drei Viehtreiber, die bei Sophias Anblick zu grinsen und tuscheln begonnen hatten, aufs Fürchterlichste verprügelt hatte.

Isenhart begriff, warum. Und Sophia auch.

Die Anmut und Grazie ihres Wesens, sie hatte Simon von Hainfeld nicht verwüsten können. Und ihnen, verborgen hinter dem vernarbten Antlitz, galt Isenharts ganze Zuneigung.

Um ihn war es nicht unbedingt besser bestellt, stellte Sophia in Gedanken fest. Sein linkes Ohr bestand lediglich noch aus einem Fünftel seiner Substanz und bildete den oberen Bogen der Ohrmuschel, die nicht mehr war. Die rechte Schulter eiterte von Zeit zu Zeit immer noch.

Dessen ungeachtet ging Isenhart unermüdlich seinen Gedanken und Forschungen nach – mit Ausnahme der Fliegerei, die er nach wie vor mit Henning in Verbindung brachte. Er tüftelte, zeichnete und baute, und wenn sie ihm dabei zusah, spürte Sophia ein Kribbeln im Bauch, das ihr kein Anblick sonst zu verschaffen in der Lage war.

In solchen Augenblicken spürte sie den Wunsch in sich, mit Isenhart zu einer Einheit zu verschmelzen, zu einem Ganzen.

In der ersten Nacht nach dem Gottesurteil hatte sie erneut geträumt. Sie sah Isenhart und sich, sie waren beide ergraut und durchquerten lachend einen Fluss. Dieser und viele weitere Träume ergaben sich, nachdem Konrad und Isenhart den Kampf auf der Wiese vor der Burg Laurin überstanden hatten. Es war, als hätten sie die Zukunft in eine neue Bahn gelenkt, die auch neue Träume ermöglichten.

»Bist du immer noch so langsam wie früher?«, neckte Isenhart Sophia und band ihre Gedanken, die von nah und fern herbeieilten, an sich. Dazu zog er eine Augenbraue hoch. Sophia konnte nicht anders, sie musste lächeln.

Sophia und Isenhart schlüpften aus ihren Leinenüberhängen und warfen sich kopfüber und nackt in die Fluten, kraulten mit dem anderen und der Strömung des Rheins um die Wette, um schließlich gleichzeitig und nebeneinander die Hand ans andere Ufer zu legen.

Mehr konnte man vom Leben nicht verlangen.

In jedem Dorf gibt es eine Fackel,
den Lehrer, und jemanden, der dieses
Licht löscht, den Pfarrer.

Victor Hugo

NACHWORT

Isenhart ist mir das erste Mal 1989 in Mannheim begegnet, während ich mich im Zuge eines Germanistikstudiums mit alt- und mittelhochdeutschen Texten beschäftigte – als Adjektiv »isenhart«: eisenhart.

Mir kam dazu die Idee für die Geschichte einer Jagd nach einem Serienmörder im tiefsten Mittelalter. Eine realistische Jagd. Eben mit den Möglichkeiten der damaligen Zeit. Weshalb ich die Dauer der Suche gleich auf 28 Jahre festsetzte. Ich beschloss außerdem, Isenhart würde am Ende bei einem Gottesurteil erschlagen werden (nur keine falsche Romantik), und diese ganze Geschichte verberge sich hinter einem realen Schriftstück aus den Archiven Kölns, in dem zwei Wachleute erwähnt werden (Verbeugung vor Großmeister Eco).

Es dauerte dann aber erst mal 20 Jahre, in denen ich (nach Abbruch des Germanistikstudiums und dem Wechsel an die Filmakademie im baden-württembergischen Ludwigsburg) ein Drehbuch nach dem anderen schrieb, bis sich 2009 Dinge im privaten und beruflichen Umfeld so fügten, dass ich beschloss, entweder meinen ersten Roman zu schreiben oder es für dieses Leben zu lassen.

Die Wahl fiel auf *Isenhart*.

Drei Faktoren bestimmten meine neue Sicht auf die Geschichte.

Durch die Jahre des Drehbuchschreibens, deren Projekte sich in ihren meist 90 Minuten Erzählzeit auf den Kern ihrer Geschichten beschränken müssen, erschien mir eine authentische Mördersuche im Hohen Mittelalter, die sich nur auf sich selbst fokussiert – *den Thriller* – als unrealistisch. Denn ich wollte das Mittelalter nicht bloß als eine Art Hintergrundtapete für die eigentliche Handlung missbrauchen, sondern letztere fest in dieser Epoche verankern.

Dies bringt mit sich, dass es keine hauptberuflichen Ermittler gab, sodass Isenhart einem Broterwerb nachgehen muss. Spuren sind nicht eindeutig, reißen ab, Ermittlungen kommen zum Erliegen. Werden Jahre später wieder aufgenommen. Ein kurzer Anruf nach Toledo ist nicht möglich, ja, wenn man es so erzählen möchte, wie es halbwegs wirklich gewesen sein könnte, dann halten die Lebensumstände massiv Einzug in das Geschehen.

Was wiederum eine sehr gründliche Recherche erfordert: Nach über 20 Bänden von Otto Borsts »Alltagsleben im Mittelalter« und Ulrich Nonns »Quellen zur Alltagsgeschichte im Früh- und Hochmittelalter« über Amin Maaloufs »Der Heilige Krieg der Barbaren« und Klaus Herbers »Geschichte Spaniens im Mittelalter« sowie einige andere fühlte ich mich für die ersten Schritte gerüstet und habe bei Bedarf in mir geeignet erscheinenden Quellen (etwa zum Stand der Forschung über die Intelligenz der Kolkraben) noch mal spezifisch nachgehakt.

Was mich nicht daran hinderte, in der ersten Auflage des Buches zu behaupten, Isenhart und Konrad ritten an einem Maisfeld vorbei – eine Pflanze, die erstmalig um 1525 in Europa angebaut wurde.

Ganz sicher haben die Bewohner Aspergs, dessen mittelalterlicher Name *Ascisberg* lautet, meine Schreie gehört, wenn der Wind an jenem Abend günstig stand, an dem ich die Rezension las, die auf diesen groben Schnitzer aufmerksam machte.

Der zweite Faktor bohrte sich in meinen Kopf, als mein Zahnarzt die Wurzelbehandlung in der irrigen Annahme begann, die Narkose würde bereits wirken: *Wir sind die Gefangenen unserer Epoche.*

Wir können uns viel ausmalen und Wenns und Abers durchspielen, aber spätestens auf dem Zahnarztstuhl landen wir im *Jetzt.*

Ich hatte mir vorgestellt, wie sich Schulkinder in 200 Jahren, wenn sie etwas über die angewandte Zahnmedizin von heute auf ihren daumengroßen *Holo-Tablet-Beamern* erfahren, mit Grausen abwenden von dieser dunklen Epoche.

Wie also muss sich jemand, den wir heute als hochbegabt bezeichnen würden, vielleicht sogar als Genie, wie würde sich wohl so einer fühlen, wenn er 1171 das Licht der Welt erblickt, während »seine« Ära die der Aufklärung ist oder doch wenigstens die der Renaissance?

Unendlich einsam und verlassen. In der falschen Zeit.

Aber er ist nicht verloren, solange es Menschen wie Walther, Konrad und Sophia gibt, die ihm in dieser Dunkelheit die Hand reichen. Das zumindest ist meine Überzeugung, dass wir ohne Fürsorge, Freundschaft und Liebe noch viel einsamer und verlassener wären.

Diese Erkenntnis sorgt im Roman dafür, dass Isenhart am Ende den Frieden mit seiner Zeit finden kann.

Ich las Stefan Kleins »Da Vincis Vermächtnis« über Leonardo da Vinci, von dessen geschätzten 10000 Seiten Vermächtnis nur geschätzte 5000 Seiten erhalten sind – was für ein Verlust.

Was – fragte ich mich – ist eigentlich mit all den Universalgenies, die die Zeit verschluckt hat? Leute, auf deren Wirken wir vielleicht erst durch zukünftige Ausgrabungen oder neue physikalische Verfahren stoßen werden? Oder überhaupt niemals? Wie viele da Vincis mag es gegeben haben?

Isenhart könnte also durchaus gelebt und in seinem Umfeld gewirkt haben. Der Umstand, dass nichts von ihm überliefert wurde, ist kein Beweis seiner Nichtexistenz. Ein Leonardo da Vinci wäre für uns vermutlich ein völlig Unbekannter, wenn all seine Aufzeichnungen und Werke verschwunden wären. »Isenhart« ist für mich ein um Authentizität bemühtes Spiel mit den historischen Möglichkeiten.

Der dritte Faktor muss nicht lange erläutert werden. Wann immer jemand Wissen erwirbt, sieht er sich mit Unwissen konfrontiert.

Wann immer jemand Neuerungen anstrebt, müssen alte Überzeugungen infrage gestellt werden.

Wer nichts weiß, hat Marie von Ebner-Eschenbach treffend gesagt, muss alles glauben.

Und so ist es folgerichtig, dass Isenhart in den Konflikt mit einer mächtigen Gegenspielerin gerät, die das Unwissen zu Tugend erhebt und den Glauben über das Wissen stellt: die Kirche.

Die Lektüre von Richard Dawkins' »Der Gotteswahn« in diesem Zusammenhang ist sehr anregend, und den logischen Schluss, weshalb ein Gott nicht allmächtig und allwissend zugleich sein kann, habe ich diesem entnommen.

Alle Faktoren zusammen haben mich zu dem Entschluss geführt, »Isenhart« über einen bloßen Thriller als vielseitige Lebensgeschichte eines Mannes zu schreiben – mit der Tätersuche als Rahmenhandlung.

Auf das Schriftstück im Kölner Archiv, das mir 1989 noch vorschwebte, habe ich verzichtet. Außerdem habe ich davon abgesehen, die Tätersuche von außen auf 28 Jahre festzulegen, sondern sie so lange dauern lassen, wie sie sich beim Schreiben entwickelt hat.

Isenhart erschlagen zu lassen – das habe ich am Ende schlicht nicht übers Herz gebracht, da war er mir schon zu vertraut. Und da ich ihn mit den letzten Zeilen nach langer gemeinsamer Wegstrecke ohnehin loslassen musste, wollte ich ihn wenigstens lebend loslassen.

Die Burg Laurin befindet sich in meinen Gedanken dort, wo ich diesen Roman beendet habe, nördlich des Hohenaspergs. Und wer weiß: Vielleicht entdeckt man irgendwann nach meinem Tod genau hier bei Ausgrabungen die Grundmauern einer Burgruine aus dem Hohen Mittelalter.

Holger Karsten Schmidt
Asperg, 2012

DANK

Mein Dank gilt den Testlesern, jenen, die mir mit Rat während der ersten Schritte zur Seite standen und mich in meinem Vorhaben bekräftigten, ebenso wie jenen, die erst zum Zug kamen, als die erste Fassung vorlag:

Marc Conrad, Peter Fendrich, Karin Herczog, Bettina Holzschuh, Stefan Jäger, Anne Karlstedt, Annette Köster, Anja Martens, Ina Maier, Mel Raiser, Stefan Schanz, Claudia Schröder, Oliver Schündler, Kurt Stocker, Martina und Sven Wippermann.

Nicht zu vergessen Victoria Schlederer für den *Poitevin,* Katrin Blum für ihr großzügiges Angebot, Wolfgang Schorlau für seine Empfehlung und Hans Göbbel, der ehrenamtlich als Archivar für die Stadt Weinsberg arbeitet, für seine Unterstützung.

Außerdem herzlichen Dank an meine Lektoren Dr. Stephanie Kratz und Lutz Dursthoff, die »Isenhart« mit viel Geduld, fachlicher Kompetenz und immer aufgeschlossen begegnet sind. Und natürlich Ulla Brümmer für eine nicht enden wollende Serie an Coverentwürfen.

Zwei Menschen, die meinen beruflichen Werdegang und mittlerweile auch mich selbst begleiten, gehörten zu den ersten Testlesern, die das Manuskript nach der Lektüre in die richtigen Bahnen lenkten: meine Drehbuchagenten Ellen Bleckmann und Michael Töteberg.

Meine Mutter, Monika Schmidt, hat meine ersten schriftstellerischen Gehversuche auf einer alten Triumph-Adler gefördert und die kürzesten Kurzgeschichten der Welt ernsthafter Kritik unterzogen. Etwas Besseres kann ersten Schritten nicht widerfahren.

Meine Frau Ira stand und steht mir verlässlich zur Seite, und sie ist meine beste Ratgeberin, weil sie fernab von dramaturgischen Regeln und all den kleinen Kniffen das einzig Richtige tut: Sie hört auf ihren Bauch. Und der hat mich noch nie getrogen.